PETER
PRANGE

DER
TRAUMPALAST

Roman in zwei Büchern

FISCHER Taschenbuch

FSC
www.fsc.org
MIX
Papier | Fördert
gute Waldnutzung
FSC® C083411

2. Auflage 2025
Erschienen bei FISCHER Taschenbuch
Frankfurt am Main, November 2022

Satz: Dörlemann Satz, Lemförde
Druck und Bindung: CPI books GmbH, Leck
ISBN 978-3-596-70407-1

Kontaktadresse nach EU-Produktsicherheitsverordnung:
produktsicherheit@fischerverlage.de

FÜR DICH

sowie namentlich

BENJAMIN BENEDICT

Make the best of it!

»Du sollst dir kein Bildnis noch irgendein Gleichnis machen, weder von dem, was oben im Himmel, noch von dem, was unten auf Erden, noch von dem, was im Wasser unter der Erde ist.«

EXODUS 20,4

»Der Film lebt so lange, wie es im Kino dunkel ist.«

SAMUEL GOLDWYN

Vorbemerkung

Die nachfolgende Geschichte ist, obwohl angelehnt an historische Ereignisse, frei erfunden. Rückschlüsse auf die tatsächliche Lebenswirklichkeit der geschilderten Personen sollen in keiner Weise nahegelegt oder ermöglicht werden. Die einzelnen Handlungsstränge sind ebenso wie die Lebenswege der Protagonisten Erfindungen des Autors. Dies gilt insbesondere für deren Verstrickungen in die Geschichte des Nationalsozialismus und die Schilderung ihrer Privatsphäre. Alle intimen Szenen sowie die Dialoge und die Darstellung der Gefühlswelt des gesamten Romanpersonals sind reine Fiktion.

ERSTES BUCH

Im Bann der Bilder

1917 – 1924

»Und ist ein Wunder vor unseren Augen …«

PSALM 118,23

PROLOG

Das Virus

1917

1

Ach, was war das Leben doch für eine großartige Erfindung!

Bester Laune verließ Konstantin Reichenbach, dreiunddreißig Jahre jung und von Freunden wie Verwandten nur Tino genannt, seine Sieben-Zimmer-Junggesellen-Wohnung am Gendarmenmarkt und trat hinaus auf die Straße, wo ihn heller Sonnenschein empfing. Mit dem Elfenbeingriff seines Spazierstocks rückte er seinen Strohhut in die Stirn, damit das Feuermal am Haaransatz, ein unschönes Erbe seiner Vorfahren, unter der Krempe verschwand, und nachdem er die champagnerhafte Frühsommerluft mehrere Male in seine Lungen hatte strömen lassen, tauchte er in das Gewusel der hin- und hereilenden Menschen ein, um eins zu werden mit dem pulsierenden Wogen im Herzen Berlins, wo an diesem herrlichen Maienmorgen im Jahre 1917 von dem in Europa wütenden Krieg nicht das Geringste zu spüren war. Das neueste Operettencouplet vor sich hin pfeifend – »Ganz ohne Weiber geht die Chose nicht« –, zwinkerte er einem hübschen Dienstmädchen zu, warf zwei auf dem Trottoir spielenden Kindern ihren Ball zurück und kläffte aus lauter Übermut eine Katze an, die tatsächlich darauf hereinfiel und sich erschrocken in die Laubkrone eines frisch erblühten Lindenbaums rettete.

Heute, so seine Hoffnung, würde sein Leben endlich wieder in jene erfreulichen Bahnen zurückkehren, die der liebe Gott oder wer auch immer sein Schicksal leitete, seit Anbeginn der Schöpfung für ihn vorgesehen hatte. Zwei Jahre war er an der Front gewesen, zwei Jahre hatte er in Schlamm und Dreck gewühlt und kaum eine Nacht in einem richtigen Bett geschlafen, zusammengepfercht mit wildfremden Menschen in kalten, feuchten Unterständen oder übelriechenden Notquartieren, während der Tod ihm bedrohlich nah auf die Pelle gerückt war. Seine halbe Kompanie war bei einem Giftgasangriff der Engländer verreckt, und bei einem Sturmtrupp auf einen Hügel, auf dem es nichts als eine leerstehende Scheune zu erobern gegeben hatte, waren Dutzende seiner Kameraden von französischen Granaten in Stücke gerissen worden. Und wenn er nachts keinen Schlaf fand, weil er die Erinnerung nicht loswerden konnte, starb sein Freund Leo Hengstenberg, mit dem er schon zur Schule gegangen war, wieder und wieder in seinen Armen, blutend wie ein abgestochenes Schwein.

Nein, im Gegensatz zu den Abertausenden Idioten, die immer noch wie im Sommer 1914 hurrabrüllend in ihr Verderben zogen, war er von diesem Wahn kuriert und hatte eingesehen, dass das Kriegshandwerk nicht sein Handwerk war – er war für dieses Leben nicht geschaffen. Doch zum Glück würde der Irrsinn für ihn jetzt ein Ende haben, er selbst hatte es an diesem Vormittag in der Hand, vom Dienst an der Front befreit zu werden. Ein für alle Mal!

Obwohl die in einer Stunde beginnende Konferenz, an deren Zustandekommen er maßgeblich beteiligt war, im Kriegsministerium stattfand, trug er Zivil. Er war heute nicht in seiner Eigenschaft als Oberleutnant des Kaiser-Alexander-Garderegiments No. 1 im III. Garde-Armee-Korps gefragt, sondern als Vertreter der familieneigenen Handels- und Kreditbank Reichenbach, die sein Großvater vor einem halben Jahrhundert in Dresden gegründet hatte. Und dank seines Talents, sich überall Freunde zu machen, sowie unter kluger Nutzung der Beziehungen, die seine Eltern bis in die höchsten Kreise von Wirtschaft, Politik und Militär unterhielten, war es ihm gelungen, eine Reihe höchst einflussreicher Herren an einem Tisch zu vereinen, die ihm hervorragend geeignet schienen, sein privates und berufliches Wohl in der von ihm erwünschten Weise zu befördern. Doch da er wusste, dass Tüchtigkeit allein niemals reicht, um ans Ziel zu gelangen, verließ er sich auch heute nicht nur auf diese, sondern suchte wie fast jeden Morgen den kleinen Blumenladen an der Ecke des Gendarmenmarkts auf, um eine Nelke zu kaufen – sein persönlicher Glücksbringer, den er sich täglich ans Revers steckte. Denn eine ordentliche Portion Glück würde er heute gewiss brauchen, damit die Dinge sich für ihn zum Guten wandten, egal, wie gründlich er alles vorbereitet hatte. Außerdem bedeutete in England, wo er vor dem Krieg bei der Londoner Baring's Bank in die Lehre gegangen war, das Tragen einer Nelke im Knopfloch »mein Herz ist frei«. Und sein Herz war immer frei, auch wenn er drei Freundinnen auf einmal hatte.

2

Jedes Mal, wenn Rahel Rosenberg das Verlagsgebäude der »Vossischen Zeitung« in der Charlottenstraße betrat, klopfte ihr das Herz bis zum Hals. Dies war für sie der aufregendste Ort in ganz Berlin, ein Umschlagplatz von Nachrichten und Sensationen, die hier gehandelt wurden wie Aktien an der Börse. Schon in der Eingangshalle herrschte ein Lärm wie auf einem Jahrmarkt. Telefone klingelten, Schreibmaschinen klapperten, Stimmen riefen, und aus dem Untergrund dröhnte das Stampfen der Druckerpressen im Kellergeschoss herauf und ließ den Boden beben, während Journalisten an ihren Schreibtischen mit aufgeknöpften Kragen und hochgekrempelten Ärmeln ihre Artikel in die Tasten hämmerten. Im Minutentakt trafen hier Tatsachen und Gerüchte ein, Stimmungen und Meinungen aus aller Herren Länder und wurden in Windeseile zu Schlagzeilen verdichtet, um nur wenige Stunden später von den Zeitungsjungen auf den Straßen wieder in alle Welt hinausgerufen zu werden.

Hier wollte Rahel einmal arbeiten, als Reporterin oder Redakteurin, ja, wenn es sein musste, für den Anfang sogar als Sekretärin – Hauptsache, sie wurde Teil dieser aufregenden Welt! Seit sie zu Ostern am Wilmersdorfer Lyzeum das Abitur abgelegt hatte, hatte sie einen Kurs in Stenographie und Schreibmaschine belegt, und ausgestattet mit diesen Fertigkeiten, verfasste sie mindestens ein bis zwei Beiträge pro Woche über alle Fragen des Lebens, die ihr selbst auf den Nägeln brannten. Und wann immer ihr Vater, der am Fehrbelliner Platz eine Uniform- und Modeschneiderei betrieb, sie mit einem Botengang in die Stadt schickte, nutzte sie die Gelegenheit, um ihre Artikel in der Redaktion zu präsentieren, in der Hoffnung, eines Tages Gnade vor den Augen Arno Sumskis zu finden, damit ihr Traumberuf kein bloßer Wunschtraum blieb.

Arno Sumski, ein untersetzter Mittfünfziger mit auffallend buschigen Brauen und Bartkoteletten, war der Chef vom Dienst der »Vossischen Zeitung« und residierte, abgetrennt von den übrigen Journalisten wie ein Herrscher von seinem Volk, in einem erhöhten, gläsernen Büro inmitten der Eingangshalle. Um Eindruck auf ihn zu machen, hatte Rahel extra das braun-beige gestreifte Kostüm angezogen, das sie eigentlich gar nicht mochte, weil sie sich darin wie eine schlechte Männerkopie vorkam, und trug dazu passend sogar braune Schnürschuhe, wie die Wandervögel sie trugen. Doch die Kleidung verfehlte leider die erhoffte Wirkung. Auch heute schüttelte Sumski wieder den Kopf, als er ihre neueste Arbeitsprobe überflog: ein in mühsamer Recherche zusammengetragener Artikel über das Schicksal von Frauen, deren Männer im Krieg waren und die sich mit ihren Kindern allein und ohne Hilfe durchschlagen mussten.

»Wie oft soll ich Ihnen noch sagen, dass Sie über andere Dinge schreiben sollen, Fräulein Rosenberg?«

»Was denn für andere Dinge?«, fragte Rahel, obwohl sie die Antwort schon im Voraus wusste.

»Das Neueste aus der Mode zum Beispiel, dazu sind Sie ja von Hause aus geradezu prädestiniert. Und natürlich alles rund um die Küche. Beiträge für die Frauenseite – Kochrezepte, Schnittmuster, das Übliche eben.«

»Aber die Frauen von heute leben doch nicht hinter dem Mond! Sie wollen kein Heimchen am Herd mehr sein.«

»Ach Kindchen, ich fürchte, da ist der Wunsch der Vater des Gedankens.« Er beugte sich über seinen Schreibtisch und reichte ihr den Artikel zurück.

Rahel schaute auf die maschinengetippte Seite in seiner Hand. Wie viel Arbeit, wie viel Mühe steckte darin. Doch es war immer dasselbe.

»Das heißt also wieder – abgelehnt?«

»Hatten Sie etwas anderes erwartet?« Mit seinen wässrigen Augen erwiderte er ihren Blick.

Rahel musste schlucken. Wie oft hatten sie dieses Gespräch schon geführt.

»Bitte, Herr Sumski. Geben Sie mir eine Chance.«

Eine Weile schaute er sie ohne eine Regung in seinem roten Gesicht an. Doch als sie seinem Blick beharrlich standhielt, holte er einmal tief Luft, dann stieß er einen Seufzer aus und legte ihren Artikel zuoberst auf einen Stapel.

»Na, gut. Ich will sehen, was ich für Sie tun kann.«

»Wirklich?« Rahels Herz machte vor Freude einen Sprung. »Dann werden Sie meinen Beitrag also bringen?«

Das Klingeln des Telefons auf seinem Schreibtisch enthob ihn der Antwort. So eilig, als hätte er nur darauf gewartet, nahm er den Hörer ab. »›Vossische Zeitung‹, Sumski am Apparat.« Mit der Hand gab er ihr ein Zeichen, seinen Glaskäfig zu verlassen.

Rahel wandte sich zur Tür. Doch bevor sie den Raum verließ, schaute sie noch einmal zurück. Ihr Artikel lag wirklich ganz zuoberst – so weit hatte sie es bisher noch nie geschafft!

Im Geiste spuckte sie dreimal über die Schulter auf die Seite, so wie Schauspieler es vor einer Premiere taten. Das würde ihr Glück bringen.

3

Als Tino die Tür des Blumenladens öffnete, schlug ein Strauß weißer Porzellanmaiglöckchen über dem Türrahmen an und meldete mit hellem Klingeln sein Kommen. Das Blumenmädchen, das hinter der Theke gerade ein paar Fliederzweige schnitt, blickte von ihrer Arbeit auf. Als sie ihren Kunden erkannte, lächelte sie, wie nur ein Blumenmädchen lächeln kann.

»Guten Morgen, Herr Reichenbach. Welche Farbe soll's denn heute sein?«

»Eine gelbe, bitte, Fräulein Anna.«

»Das heißt, Sie brauchen heute eine Extraportion Glück?« Sie legte die Fliederzweige auf die Theke und trat an den Kübel mit den Nelken. Plötzlich stutzte sie. »Oh, die gelben sind leider aus.«

Tino zog scharf die Luft ein. »Wie ärgerlich! Ausgerechnet heute!«

»Es tut mir wirklich leid. Aber wenn Sie vielleicht ein paar Minuten Zeit haben? Die Lieferung vom Großmarkt muss jeden Moment kommen.«

Er überlegte kurz, ob er warten sollte, doch ein Blick auf seine Rolex-Armbanduhr sagte ihm, dass dafür keine Zeit war. »Ich fürchte, das ist nicht möglich. Was haben Sie sonst im Angebot?«

Mit geübtem Griff fischte Fräulein Anna eine weiße Nelke aus dem Kübel. »Wie wär's mit dieser? Ein wirkliches Prachtexemplar!«

Tino nickte. »Wenn schon keine gelbe, dann besser die als keine.« Er nahm den Stängel und brach ihn zwei Fingerbreit unter dem Fruchtknoten ab. Während er sich die Blüte ins Knopfloch steckte, wandte er sich zur Tür. »Setzen Sie's wie immer auf die Rechnung, Fräulein Anna. Bis morgen.«

»Gern, Herr Reichenbach. Ihnen noch einen schönen Tag. Viel Glück!«

Wieder klingelten die Porzellanmaiglöckchen, doch ihr leises Geläut war noch nicht verklungen, da schien sich Fräulein Annas Wunsch bereits zu erfüllen. Kaum war Tino zur Tür hinaus, stieß er auf dem Trottoir mit einer jungen Frau zusammen, bei deren Anblick ihm der Atem stockte: kastanienbraune Locken, blaugrüne Augen, Sommersprossen, voller, großer Mund – und die süßeste Stupsnase der Welt.

Unwillkürlich nahm er die Nelke von seinem Revers, um sie mit gezücktem Hut und einer angedeuteten Verbeugung der fremden Schönheit zu verehren.

Doch die runzelte nur die Brauen.

»Eine Friedhofsblume – wie charmant!« Lachend schüttelte sie den Kopf. »Besten Dank, der Herr! Aber die können Sie sich für Ihre Beerdigung aufsparen!«

Überrascht von ihrer Schlagfertigkeit blickte Tino sie an. »Oh, Sie kennen sich in der Sprache der Blumen aus? Ich bin beeindruckt.«

Das war er in der Tat, und nicht nur das – er war begeistert! Endlich ein weibliches Wesen, das seine Marotte verstand. Fieberhaft dachte er nach, wie er sie in ein Gespräch verwickeln könnte. »Und was, wenn ich sie gelb für Sie färbe?«

Verwundert hob sie die Brauen. »Ihre Friedhofsblume?«

»Ja, das heißt natürlich nur die Blüte, den Rest lassen wir grün.«

»Natürlich. Doch darf ich fragen, wozu die Naturverschandelung dienen soll?«

»Gelbe Nelken bringen Glück – so zuverlässig wie die Post! Wissen Sie das nicht?«

»Was für eine reizende Idee, ich bin gerührt. Nur …«, spöttisch schaute sie sich um, »… leider sehe ich hier nirgendwo ein Malergeschäft.«

Er beschloss, ihren Einwand zu ignorieren, und als hätte sie gar nichts gesagt, fuhr er mit gesenkter Stimme fort: »Oder wie wär's mit rosa? Als Zeichen der Gefühle, die Sie in mir auslösen?«

Den immer noch gelüfteten Hut in der Hand, schaute er ihr so tief in die Augen, dass es ihm selbst davon heiß den Rücken runterlief. Doch statt seinen Blick zu erwidern, lachte sie nur ein zweites Mal, und auch noch doppelt so laut wie zuvor.

»Warum nicht gleich rot? Sie wissen doch – die Farbe der Liebe …« Und wieder schüttelte sie den Kopf. »Nein, mein Herr, nicht um diese Tageszeit.«

Ohne ein weiteres Wort ließ sie ihn stehen. Es kam nur selten vor, dass es Tino die Sprache verschlug, doch jetzt war es geschehen. Mit einer Mischung aus Verblüffung und Bezauberung schaute er der Fremden nach. Was für eine Frau – tipptopp! Er durfte sie unmöglich laufen lassen, ohne ihren Namen in Erfahrung zu bringen. Ihren Namen und ihre Adresse …

Aber zu spät! Kaum setzte er sich in Bewegung, da schlug vom Turm des Französischen Doms die Glocke zur halben Stunde. Die strenge Mahnung brachte ihn wieder zu Verstand.

Warum zum Teufel hatte der liebe Gott nur die Arbeit erfunden?

Mit einem Seufzer fügte er sich, und während er sich den Hut wieder aufsetzte, eilte er zu seinem Auto, ein brandneues Audi-Cabriolet, das einen Steinwurf entfernt am Straßenrand parkte. Der Mann, auf den es bei der heutigen Konferenz mehr als auf jeden anderen ankam, hasste Unpünktlichkeit, und Tino konnte ihn nicht warten lassen, ohne seine eigenen Pläne zu gefährden. Also nahm er Anlauf und flankte über den Wagenschlag in sein Auto. Wenn er ordentlich Gas gab, würde er es gerade noch schaffen.

4

Rahel zögerte. Sollte sie sich umdrehen oder nicht? Wie immer, wenn sie sich nicht entscheiden konnte, beschloss sie, das Schicksal für sich entscheiden zu lassen. Falls in den nächsten zehn Sekunden jemand die Fleischerei gegenüber betrat, würde sie sich umdrehen. Wenn nicht, dann nicht …

Eins, zwei, drei, vier …

Ein Arbeiter mit Schirmmütze und Pfeife im Mund steuerte auf das Schlachtergeschäft zu. Rahel hielt den Atem an. Tatsächlich, der Arbeiter steckte die Pfeife in seine Lederschürze und öffnete die Tür. In derselben Sekunde drehte sie sich um – gerade noch rechtzeitig, um zu sehen, wie ihr Nelkenkavalier in einem offenen Auto davonbrauste. Gegen ihren Willen musste sie sich eingestehen, dass er ihr gefiel. Ein Mann, der sein Glück einer Blume anvertraute – wo hatte man so was schon mal gesehen? Außerdem schien er Humor zu haben, Humor und Selbstbewusstsein, zwei Eigenschaften, ohne die nicht mal die Gebrüder Ullstein bei ihr landen könnten, die Besitzer der »Vossischen Zeitung«. Und mit seiner blonden Tolle, die ihm etwas Verwegenes gab, den himmelblauen Augen und dem kleinen Schnäuzer auf der Oberlippe konnte man ihn unmöglich hässlich nennen, im Gegenteil – hätte er nicht dieses Feuermal auf der Stirn gehabt, wäre er ihr sogar eine Spur zu perfekt gewesen.

Als würde er wissen, dass sie ihm nachschaute, zog er im Davonfahren seinen Strohhut, um sie noch einmal zu grüßen. Doch ohne sich nach ihr umzudrehen.

Rahel schnappte nach Luft. Was bildete der Kerl sich ein? Bei allem

Sinn für Humor: Das war ihr dann doch ein bisschen zu viel Selbstbewusstsein!

Auf dem Absatz machte sie kehrt. Die Eltern hatten sie ermahnt, pünktlich zu sein, zu Hause warte eine Überraschung auf sie, und bis Wilmersdorf dauerte es mit dem Pferdebus eine Ewigkeit, weil auf der Strecke Schienen für eine elektrische Straßenbahn verlegt wurden. Doch eilig hatte sie es darum nicht. Sie konnte sich denken, was für eine Überraschung das war: Der Vater wollte, dass sie sich freiwillig als Krankenschwester meldete. Sie sollte verwundete Soldaten pflegen, das war sein größter Wunsch, als patriotisches Zeichen der Familie Rosenberg, die leider ein bisschen zu jüdisch war, um als ganz und gar deutsche Familie zu gelten. Er hatte sogar schon seine Kontakte spielen lassen – Stabsarzt Dr. Recknagel war einer seiner besten Kunden. Vielleicht saß der jetzt schon mit den Eltern am Wohnzimmertisch und trank Kaffee.

An der Haltestelle traf der Pferdebus ein. Keine Zeit mehr zum Trödeln! Im Laufschritt überquerte Rahel den Platz und schaffte es gerade noch, auf die Plattform zu springen, als der Bus losfuhr. Die Kundin, der sie im Auftrag des Vaters ein Nachmittagskleid gebracht hatte, wohnte im Grunewald, und der Umweg, den sie für ihren Besuch bei der »Vossischen« genommen hatte, hatte sie fast eine Stunde gekostet. Wenn sie zu spät kam, würde es peinliche Fragen geben. Die Eltern hatten ja keine Ahnung, was sie bei ihren Botengängen in der Stadt trieb. Und das sollte nach Möglichkeit auch so bleiben.

5

Das Kriegsministerium war ein langgezogener, dreigeschossiger, finsterer Kasten am unteren Ende der Leipziger Straße, der mit seinen gleichförmigen Fensterreihen Tino stets an eine Kompanie strammstehender Soldaten erinnerte – steingewordenes Sinnbild des preußischen Kommisswesens. Von hier aus ergingen die Befehle, die erwachsene Männer zwangen, wie Kinder auf einem Spielplatz im Schlamm und Dreck zu wühlen, nur mit dem Unterschied, dass ihr Spielplatz kein Spielplatz war, sondern der Krieg, wo einem Kugeln und Granaten um die Ohren flogen – mit den bekannten Folgen. Die Aussicht, dass ausgerechnet hier seine militärische Laufbahn ein Ende nehmen würde, bereitete ihm ein geradezu diebisches Vergnügen.

Als er die Eingangshalle betrat, erwartete ihn dort bereits mit gezückter Taschenuhr der Mann, auf den es heute mehr als auf jeden anderen ankam: Emil Georg von Stauß. Mit seinen vierzig Jahren, der hohen Stirnglatze, auf der die wenigen verbliebenen Haupthaare sprossen, sah er in seinem schlichten, ganz und gar unmodernen Anzug und dem schlecht gebügelten Stehkragen aus wie ein Dorfschullehrer aus der Mark Brandenburg. Tatsächlich aber war er der Generaldirektor der Deutschen Bank und bekleidete darüber hinaus Aufsichtsratsposten in den bedeutendsten deutschen Unternehmen. Dieser Mann, für den arbeiten zu dürfen Tino einer Empfehlung seines Freundes und Regimentskameraden Erich Pommer verdankte, hatte die Macht, Schicksale zu wenden.

Jetzt klappte er den Deckel der Taschenuhr zu und steckte sie in die Westentasche.

»Mal wieder auf den letzten Drücker, Reichenbach?« Mit gerunzelter Stirn musterte er seinen Aufzug. »Sind Sie auf dem Weg in die Sommerfrische?«

Tino drückte der Garderobiere Hut und Stock in die Hand. »Bitte entschuldigen Sie die Verspätung, Herr Generaldirektor, aber …«

»Und was ist mit der Nelke? Wollen Sie die etwa während der Sitzung tragen?«

»Nur mit Ihrer Erlaubnis«, erwiderte Georg. »Aber glauben Sie mir«, fügte er eilig hinzu, als er die unwillige Miene seines Gegenübers sah, »die bringt uns Glück.«

Stauß schüttelte den Kopf. »Ganz wie Sie meinen, Sie sind ein erwachsener Mann. Doch apropos – hat Seine Exzellenz zugesagt?«

»Ich habe getan, was ich konnte«, antwortete Tino ausweichend. »Aber Sie wissen ja, wie eigensinnig die Herren vom Militär manchmal sind.«

»Da haben Sie ausnahmsweise recht.« Stauß rückte den Knoten seines Binders zurecht. »Dann wird es das Beste sein, wir schauen gleich nach.«

Der Konferenzraum befand sich im ersten Stock. Ein junger Leutnant führte sie die Treppe hinauf. Tino schickte ein Stoßgebet zum Himmel, dass er den Mund nicht zu voll genommen hatte. Mit Hilfe seiner Mutter, in deren Salon die einflussreichsten Leute verkehrten, hatte er den Kontakt zu General Ludendorff hergestellt, dem Ersten Generalquartiermeister und engstem Berater des Chefs der Obersten Heeresleitung Paul von Hindenburg. Dessen Adjutant hatte die Anfrage huldvoll entgegengenommen, doch eine verbindliche Zusage war nie erfolgt.

Umso größer war Tinos Erleichterung, als der Leutnant die Flügeltür zum Konferenzsaal aufstieß und Tino Seine Exzellenz erblickte. So aufrecht, als hätte er einen Stock verschluckt, saß Erich von Ludendorff – mit dem kahlen Schädel, dem Knebelbart und dem freudlosen Gesicht ein preußischer Offizier wie aus dem »Simplicissimus« – am Kopfende eines Tisches, um den herum ein Dutzend Ministerialbeamte und Militärs versammelt war, darunter an Ludendorffs Seite Major Grau, der Pressechef des Kriegsministeriums und Vertrauter des allmächtigen Ersten Generalquartiermeisters – Tinos und Stauß' heimlicher Verbündeter, der sie mit einem kaum wahrnehmbaren Kopfnicken begrüßte.

»Gut gemacht, Reichenbach«, raunte Stauß.

Während Tino grinsend auf seine Nelke deutete, ergriff Ludendorff das Wort. In militärischer Knappheit begrüßte er die Anwesenden, dann nannte er den ersten und einzigen Tagesordnungspunkt:

»Die moralische Mobilmachung Deutschlands im großen Völkerringen mittels bewegter Bilder.« Mit erhobenen Brauen schaute er in die Runde. »Kann mir einer der Herren erklären, was ich darunter zu verstehen habe?«

6

Um in die Privatwohnung der Familie Rosenberg zu gelangen, musste man die Schneiderwerkstatt passieren, die sich auf derselben Etage des gutbürgerlichen Mietshauses am Fehrbelliner Platz befand. Das Atelier in einem so angesehenen Stadtquartier, wo lauter bessere Leute wohnten, war der ganze Stolz des Familienoberhaupts Simon Rosenberg, der, aus ärmlichsten Verhältnissen stammend, sich mühsam emporgearbeitet und sein Handwerk noch bei einem jüdischen Flickschneider in Breslau erlernt hatte, für einen Lohn von zwölf Pfennigen die Stunde. Mit siebzehn Jahren war er nach Berlin gezogen und hatte sich selbständig gemacht, in einem Hinterhof im Wedding. Zwei Jahrzehnte und vier Umzüge, vor allem aber unermüdlicher Fleiß sowie die tatkräftige Unterstützung seiner Frau waren nötig gewesen, um es so weit zu bringen, und noch immer arbeitete Simon Rosenberg zehn, zwölf oder gar vierzehn Stunden am Tag, um sich und seiner Familie den mühsam geschaffenen Wohlstand zu sichern und zu wahren. Doch als Rahel nun den Etagenflur entlangeilte, sah sie durch die offene Werkstatttür nur die zwei Gesellen und den Lehrling ihres Vaters, die mit untergeschlagenen Beinen nebeneinander auf dem Nähtisch hockten, als wären sie dort festgewachsen.

»Wenn du den Meister suchst ...« Ohne von der Arbeit aufzuschauen, deutete Altgeselle Anton, ein kleiner, freundlicher Mann von fast siebzig Jahren mit einer Nickelbrille im runzligen Gesicht, der seit den Weddinger Zeiten schon zum Inventar der Werkstatt gehörte, mit seinem zerstochenen Daumen in Richtung Wohnung. »Der wartet im *Salong* auf dich. Hoher Besuch!«

Rahel schloss kurz die Augen. Der »Salong« war ein Raum voller Plüsch und Nippes, der nur zu besonderen Anlässen wie Weihnachten oder Jom Kippur geöffnet wurde, die übrigen Tage im Jahr aber in seiner kalten Pracht abgeschlossen sich selbst überlassen blieb. Wenn der Vater hier jemanden empfing, dann konnte der Grund dafür nur die angedrohte Überraschung sein. Und wenn Dr. Recknagel, von dem die Eltern vor lauter Ehrfurcht stets nur im Flüsterton sprachen, sich herbemüht hatte, würde es kaum möglich sein, sich in seiner Gegenwart dem Willen des Vaters zu widersetzen.

Was um Himmels willen konnte sie also tun, um ihrem Schicksal zu entgehen? Sie hatte nicht das geringste Bedürfnis, fremden Männern Bettpfannen unterzuschieben – sie hatte andere Pläne für ihr Leben!

Durch die Tür drangen schon freudig erregte Stimmen.

Rahel zählte bis dreizehn, in der unsinnigen Hoffnung, dass ihre Lieblingszahl das Unglück noch abwenden könnte, dann schlug sie die Augen auf und öffnete die Tür.

»Na, endlich, da bist du ja!«

Der Vater trug seinen besten Anzug, und die Mutter richtete einen Strauß Rosen in einer Vase. Doch wer war der Gast? Rahel musste zweimal hinschauen, um ihn zu erkennen. Nein, das war nicht Stabsarzt Dr. Recknagel, sondern Edgar Weißpfennig, seines Zeichens Rayonleiter im Kaufhaus Wertheim an der Leipziger Straße.

»Sind die nicht herrlich?«, fragte die Mutter und zeigte auf die Rosen. »Die hat unser Gast dir mitgebracht.«

Bevor Rahel begriff, was geschah, trat Edgar Weißpfennig auf sie zu und ergriff mit beiden Händen ihre Rechte.

»Mein liebes, hochverehrtes Fräulein Rosenberg. Bitte verzeihen Sie, wenn ich Sie so ohne jede Vorbereitung überfalle, aber Ihr Herr Vater, nein, Ihr Herr Vater und Ihre Frau Mutter, sie beide haben mich zu meiner Kühnheit ermutigt, nämlich Sie, mein liebes, hochverehrtes Fräulein Rosenberg …« Er hielt für einen Moment inne, wie ein Schauspieler, der seinen Text vergessen hat, und blinzelte mit den Augen, als hätte er einen nervösen Tick, bevor er endlich seinen Satz zu Ende sprach. »… Sie um Ihre Hand anzuhalten.«

Rahel war so entgeistert, dass sie erstarrte. Was hatte dieser Mann gesagt? Während sie seine feuchten Hände, mit denen er ihre Rechte umklammert hielt, auf der Haut spürte, wusste sie nicht, was sie erwidern sollte. Grundgütiger – *die* Überraschung war gelungen! Eher hätte sie damit gerechnet, dass Kaiser Wilhelm abdanken würde, als dass dieser Mann ihr einen Antrag machte … Sie kannte Edgar Weißpfennig, seit sie ein Kind war, der Vater schneiderte in seinem Auftrag gelegentlich für das Kaufhaus Wertheim. Doch bisher war der Rayonleiter für sie stets nur ein netter Onkel gewesen, er war ja mehr als doppelt so alt wie sie, ein Mann, dessen weißblondes Haar schon so stark gelichtet war, dass er es von den Rändern her in langen, albernen Strähnen quer über den Schädel kämmte, um die Glatze darunter zu verbergen.

Rahel räusperte sich, ihr Hals war so trocken, dass sie kaum sprechen konnte. »Habe … habe ich richtig verstanden? Sie wollen mich – *heiraten?*«

Edgar Weißpfennig neigte den Kopf zur Seite, und wieder setzte das nervöse Blinzeln ein. »Ich weiß«, sagte er, »ich bin Ihrer nicht würdig – aber wollen Sie die Meine sein?«

Mit jedem Wort, das er sprach, wurde es schlimmer. Fassungslos starrte Rahel auf das elegante, seidige Einstecktuch, das seine Rockbrust zierte. War das, was sie gerade erlebte, tatsächlich wahr? Oder war dies nur ein fürchterlicher Albtraum?

Edgar Weißpfennig schien ihre Not zu ahnen, blinzelnd schaute er sie an, wobei inzwischen nicht nur seine Augen, sondern sein ganzes Gesicht in merkwürdigen Kontraktionen zu zucken begann. Fast konnte man meinen, er würde Zahnschmerzen leiden.

Mit einem Seufzer drückte er noch einmal ihre Hand, dann ließ er sie los und trat einen Schritt zurück.

»Sie wissen nun, was Sie wissen müssen«, sagte er leise. »Ihr Jawort würde mich zum glücklichsten Mann der Welt machen. Aber was zählt mein Glück, wenn ich es nur um den Preis Ihres Unglücks erlangen könnte? Ich bin mir bewusst, es sind Welten, die uns trennen, und dabei meine ich nicht nur das Alter, sondern auch Anmut, Liebreiz, Witz – all die wunderbaren Gaben, die Sie in solcher Fülle besitzen und deren ich vollkommen entrate. Ich habe darum größtes Verständnis für Ihr Zögern, auch nimmt es mich nicht wunder, wenn mein Überfall Sie in Verlegenheit bringt und Sie das von mir so sehr ersehnte Wort nicht hier und jetzt über die Lippen zu bringen vermögen. – Nur bitte«, fügte er, fast flehentlich, hinzu, »weisen Sie mich nicht schlankerhand zurück, lassen Sie mir die Hoffnung, und sei es nur ein winzig kleiner Funke, die Hoffnung, dass Sie bereit sind, über meinen Antrag nachzudenken, das Für und Wider einer gemeinsamen Zukunft immerhin zu erwägen – mehr erwarte ich nicht für heute.« Er nickte einmal ihr, einmal den Eltern zu, dann wandte er sich zur Tür. Auf der Schwelle drehte er sich noch einmal um. »Lassen Sie sich Zeit für Ihre Entscheidung, Fräulein Rosenberg, so viel Zeit, wie immer Sie brauchen. Doch eines verspreche ich Ihnen. Sollten Sie mich erhören, werde ich Ihnen meine ganze kleine Welt zu Füßen legen und mit allem, was ich bin und habe, danach trachten, Sie glücklich zu machen.«

7

Major Alexander Grau, ein gertenschlanker Mann um die vierzig, dessen feine, fast feminin wirkenden Gesichtszüge unter dem symmetrisch aus der Stirn gekämmten Mittelscheitel in auffallendem Kontrast zu seinem stechenden Blick und seinem martialischen Kaiser-Wilhelm-Bart standen, übernahm, wie mit Tino und Stauß besprochen, die Aufgabe, das in Frage stehende Unternehmen zu erläutern. Unter der moralischen Mobilmachung mittels bewegter Bilder, so führte er aus, sei eine völlig neue Form der Propaganda zu verstehen, eine Propaganda mit Hilfe der noch jungen Filmkunst, die sich hervorragend eigne, die nach fast drei Jahren Kampf erlahmende Kriegsbegeisterung des Volkes aufs Neue zu entfachen. Dies sei vor allem angesichts der anstehenden Rationierungsmaßnahmen in der Lebensmittelversorgung erforderlich, die die Kriegsmüdigkeit der Zivilbevölkerung nur noch verstärke, um so allen Widrigkeiten zum Trotz an der Heimatfront für den nötigen Rückhalt der im Felde liegenden Soldaten zu sorgen sowie die Bereitschaft der Untertanen zu fördern, durch Zeichnung von Kriegsanleihen ihren unverzichtbaren Beitrag zum Sieg im großen Völkerringen zu leisten.

»Die Regierungen der Entente-Mächte, insbesondere England und Frankreich, setzen diese Form der Propaganda bereits im großen Stil ein. Sie produzieren mehrere kinematographische Streifen pro Monat, in denen sie gegen die angeblichen Mörderhaufen der deutschen ›Hunnen‹ hetzen und die Unbesiegbarkeit der eigenen Truppen preisen. Mit überragendem Erfolg. Der deutsche Landser ist bei ihnen so verhasst wie nie, während englische und französische Soldaten, wo immer sie sich in der Heimat zeigen, bejubelt werden wie Schauspieler auf der Bühne. Es ist darum höchste Zeit, dass wir unseren Feinden auch auf diesem Schlachtfeld so entschlossen wie nur irgend möglich entgegentreten.« Mit sich und seinem Vortrag sichtlich zufrieden, strich Major

Grau sich über den Bart. »Ich danke Ihnen für Ihre Aufmerksamkeit, meine Herren.«

Während er Platz nahm, richteten sich alle Blicke auf General Ludendorff. Doch der ließ keine Reaktion erkennen, mit ernster Miene saß er da, die Mundwinkel wie immer freudlos heruntergezogen, und schwieg eine lange Weile. Tino spürte, wie sich sein Puls beschleunigte. Ludendorff war der starke Mann der Obersten Heeresleitung, nur wenn er das Unternehmen unterstützte, konnten seine Pläne aufgehen.

Plötzlich kam Leben in Ludendorffs Rechte, und während er mit den knochigen Fingern einen Marsch auf der Tischplatte zu trommeln begann, hellte sich seine Miene auf.

»Kriegsreklame im Kintopp? Da ist Musike drin! Zivilisten sind Kinder und wollen wie Kinder behandelt werden. Brot und Spiele, das wussten schon die alten Römer.« Er lachte einmal kurz und so trocken auf, dass es wie ein Bellen klang, dann wurde er wieder ernst. »Die Frage ist nur, wie lässt sich ein solches Unternehmen möglichst schnell und effektiv bewerkstelligen?«

Tino atmete auf. Der Damm war gebrochen! Eilig tauschte er einen Blick mit Stauß. Der hob die Hand.

»Wenn ich mich dazu äußern darf?«

Ludendorff nickte.

»Als erste Maßnahme schlage ich vor, eine Denkschrift zu verfassen, adressiert an Seine Majestät den Kaiser sowie an Reichskanzler Bethmann Hollweg und den Kriegsminister, damit die nötigen Geldmittel bereitgestellt werden. Um die Dringlichkeit der Sache zu dokumentieren, sollte ein solches Memorandum idealerweise Ihre Unterschrift tragen, Exzellenz.«

»Einverstanden. Wer ist als Verfasser vorgesehen?«

Stauß deutete auf Tino. »Oberleutnant Reichenbach.«

Ludendorff nahm das Monokel, das an einer Kordel vor seiner Ordensbrust baumelte, und klemmte es sich ins Auge. »Reichenbach von der Handels- und Kreditbank?« Er fixierte Tino mit einem kurzen, scharfen Blick. Als Tino mit einer angedeuteten Verbeugung bejahte, nickte er. »Sehr gut.« Dann wandte er sich wieder an den Chef der

Deutschen Bank. »Was wird geschehen, wenn die Finanzmittel bereitstehen? Wollen Sie eine eigene Firma zur Filmfabrikation gründen?«

»Eine Firmengründung bräuchte zu viel Zeit«, erwiderte Stauß. »Um möglichst schnell handeln zu können, würde ich empfehlen, aus bereits bestehenden Firmen ein Konglomerat zu schaffen. Dabei sind Größe und Schlagkraft entscheidend!«

»Größe und Schlagkraft – ausgezeichnet!« Abermals nickte der General, um seine Zustimmung zu bekunden. »Dann wird wohl Hugenberg der erste Mann an der Spitze sein? Habe gehört, dass er bereits ein Lichtspielunternehmen betreibt.«

»Allerdings, die Deutsche Lichtspielgesellschaft, kurz Deulig genannt.«

»Außerdem ist er ein Mann von einwandfreier nationaler Gesinnung«, fuhr Ludendorff fort. »Haben Sie schon mit ihm gesprochen?«

Tino biss sich auf die Lippe. Hugenberg war als Vorstandsvorsitzender der Friedrich Krupp AG in Essen einer der einflussreichsten Industriellen im Land. Doch gerade deshalb war die Beteiligung des Ruhrbarons, der neuerdings auch in anderen Gefilden als Kohle und Stahl wilderte, für Tino ein fast unlösbares Problem. Nur wenn Stauß und die Deutsche Bank in dem neu zu gründenden Unternehmen das Sagen hatten, konnte er sein Ziel erreichen, vom Kriegsdienst befreit zu werden. Wenn Hugenberg hingegen mit von der Partie war, würde alles nach seiner Pfeife tanzen. Andererseits durfte man Hugenberg nicht vor den Kopf stoßen. Die Reichenbach Bank war eine der Hausbanken des Magnaten. Im Falle seiner Ausbootung würde Tino gegen deren eigene Interessen handeln und damit Gefahr laufen, sich mit seiner Familie zu überwerfen.

Jetzt kam alles auf Stauß' Antwort an.

»Verzeihen Sie, Exzellenz, wenn ich widerspreche«, erklärte der Chef der Deutschen Bank. »Aber eine Mitwirkung Hugenbergs halte ich nicht für opportun.«

Ludendorff riss die Augen so weit auf, dass sein Monokel aus der Augenhöhle sprang. »Aus welchem Grund? Hugenberg steht im Ruf, ein Finanzgenie zu sein!«

Tino biss sich auf die Lippe, und während sein Puls immer schneller raste, trocknete ihm der Mund aus. Doch Stauß bewahrte unerschütterlich die Ruhe.

»Ich bitte, mich nicht misszuverstehen, Exzellenz. Selbstredend ist Hugenberg ein äußerst erfolgreicher Unternehmer, und seine nationale Gesinnung steht außer Frage. Doch mit seiner kürzlich geäußerten Kritik am Reichskanzler wäre er für uns untragbar.«

»Drücken Sie sich bitte klarer aus!«

Stauß straffte sich. »Hugenberg hat Bethmann Hollweg vorgeworfen, sich bei der Sozialdemokratie lieb Kind zu machen. Aber noch schlimmer wiegt seine öffentlich getätigte Behauptung, der Reichskanzler würde nicht mehr an Deutschlands Sieg glauben. Eine solche Äußerung grenzt an Hochverrat. Deshalb bin ich der Meinung …«

»Genug«, fiel Ludendorff ihm ins Wort.

Mit einem Schlag war es so still im Raum, dass nur noch der schnaubende Atem des Generals zu hören war. Kein Zweifel, Stauß hatte Seine Exzellenz verärgert. Wie konnte ein solcher Fehler unterlaufen? Es war doch allgemein bekannt, dass Ludendorff den Kanzler nicht ausstehen konnte, er hielt Bethmann Hollweg für einen Schwächling, für einen verkappten Pazifisten.

Tino rann der Schweiß an den Achselhöhlen herunter. War damit sein schöner Plan geplatzt?

»Die Sache ist entschieden«, erklärte Ludendorff. Und nach einem Blick in die Runde fügte er hinzu: »Dann eben ohne Hugenberg!« Der Anflug eines Lächelns huschte über sein Gesicht. »Der Herr ist mir in letzter Zeit sowieso ein bisschen zu üppig geworden, da kann ein Denkzettel nicht schaden.«

Die Herren am Tisch quittierten die Bemerkung mit einem pflichtschuldigen Lachen. Tino hätte am liebsten seine Nelke geküsst, und es gelang ihm nur mit Mühe, seinen Jubel zu unterdrücken, während Ludendorff den Punkt abhakte und Stauß beauftragte, eine Liste von Unternehmen zusammenzustellen, die für das angestrebte Konglomerat in Frage kamen.

»Dann nur noch eins, meine Herren«, schloss er die Sitzung. »Die

Operation unterliegt absoluter Geheimhaltung! Die Öffentlichkeit darf nicht erfahren, welche Rolle das Militär in der Sache spielt. Das Ganze muss nach außen hin rein zivilen Charakter haben. Sonst geht der Schuss nach hinten los. Also strengste Vertraulichkeit! Haben wir uns verstanden?«

Nachdem jedermann sein Einverständnis erklärt hatte, löste die Versammlung sich auf. Zusammen mit Stauß verließ Tino den Konferenzraum.

Auf der sonnenbeschienenen Straße wartete Major Grau auf sie.

»Ich hoffe, mit meinem Referat der Sache dienlich gewesen zu sein!«

»Ausgezeichnete Arbeit«, erwiderte Stauß. »Man wird Ihre Verdienste zu gegebener Zeit angemessen zu würdigen wissen.«

Die Augen des Majors blitzten kurz auf, dann nahm er Haltung an. »Habe nur meine Pflicht getan.« Er salutierte und stieg in einen Wagen, der vor dem Eingang des Kriegsministeriums wartete.

Während der Wagen sich die Leipziger Straße hinauf entfernte, drehte Stauß sich zu Tino herum.

»Ich werde noch heute mit Ihrem Regimentskommandeur sprechen und Ihre Freistellung beantragen. Es gibt viel zu tun.«

Tino schlug die Hacken so zackig zusammen, dass selbst Major Grau sich davon eine Scheibe hätte abschneiden können, und salutierte. »Ich werde meine Pflicht tun, an welche Front auch immer Sie mich stellen.«

Stauß lachte laut auf. »Hören Sie auf, den Soldaten zu spielen, Reichenbach, Sie machen sich nur lächerlich. Selbst als Offizier taugen Sie höchstens fürs Casino.« Dann wurde er wieder ernst. »Umso mehr zähle ich jetzt auf Sie. Als geborener Zivilist sind Sie der perfekte Mann für unser Unternehmen. Sie wissen, was auf dem Spiel steht.«

»Gewiss, Herr Generaldirektor. Der Sieg im großen Völkerringen.«

Stauß hob die Brauen. »Höre ich da einen ironischen Unterton?«

Tino zögerte. Dann sagte er: »Darf ich Ihnen eine persönliche Frage stellen, Herr Generaldirektor? Ganz unter uns?«

»Nur zu!«

»Glauben Sie, dass es wirklich noch möglich ist, eine Wende herbeizuführen? Oder hat vielleicht Bethmann Hollweg recht? Ich meine – kann Deutschland diesen Krieg überhaupt noch gewinnen?«

Stauß runzelte die Stirn. »Es ist in unser beider Interesse, wenn ich diese Frage nicht gehört habe.« Er machte eine kurze Pause. »Aber ganz unter uns«, fuhr er mit gesenkter Stimme fort, »was auch immer in diesem Krieg noch passieren mag – ich glaube, wir tun gut daran, bereits jetzt über den Tag hinaus zu denken.«

Tino brauchte eine Weile, um zu begreifen. »Sie meinen – über das Kriegsende hinaus?«

Stauß nickte. »Und deshalb können wir Hugenberg nicht gebrauchen, unsere Interessen sind nicht dieselben. Ich hoffe, darin stimmt Ihr Herr Vater mit mir überein.«

Bei der Erinnerung an seine Familie holte Tino tief Luft. »Das hoffe ich auch.«

8

Rahel konnte sich nicht erinnern, dass es im Salon der Familie Rosenberg je Streit gegeben hatte. Wann immer man das Paradezimmer nutzte, wurde darin etwas gefeiert oder Besuch empfangen. Doch jetzt sprach der Vater hier in solcher Lautstärke auf sie ein, dass die Mutter eilig die Tür schloss, damit die Gesellen und der Lehrling in der Werkstatt nichts hörten.

»Du willst zu hoch hinaus! Kein Mann ist dir gut genug!«

»Dein Vater hat recht«, pflichtete die Mutter ihm bei. »Du bist zu eigensinnig. Immer nur deiner eigenen Nase nach. Das war schon in der Schule so. Du hattest nicht mal richtige Freundinnen.«

»Und ich weiß auch, woher sie das hat!«, fügte der Vater mit hochrotem Kopf hinzu. »Das ist das Jüdische an ihr!«

»Ach was, Simon, das sind die Bücher! Die waren ihr immer wichtiger als ihre Schulkameradinnen.«

»Das meine ich ja mit dem Jüdischen – die Bücher!«

»Seit wann hast ausgerechnet du was gegen Bücher?«, rief Rahel. »Du selbst hast mir doch das Lesen beigebracht. Da war ich noch keine fünf Jahre alt.«

»Aber nicht dafür, dass du Propagandaschriften von Flintenweibern wie dieser Rosa Luxemburg liest!«

»Rosa Luxemburg ist kein Flintenweib, sondern Jüdin wie du und ich.«

»Und wenn sie die Thora geschrieben hätte! Rosa Luxemburg ist Kommunistin! Und ich dulde nicht, dass sie meine Tochter zur Kommunistin macht! Dafür habe ich nicht mein Leben lang gearbeitet!«

In seiner Erregung versuchte der Vater, den Kragenknopf zu öffnen, doch seine Hände zitterten so sehr, dass die Mutter ihm zu Hilfe eilen musste. Trotz ihrer Rage rührte Rahel der Anblick. Die Eltern waren in allem, was sie dachten oder sagten oder taten, stets so sehr eins, dass sie im Laufe der Zeit förmlich zu einem Leib und einer Seele geworden waren. Beide klein von Wuchs, hatten sie dasselbe schlohweiße Haar, dieselben Stirnfalten, dieselben Altersflecken im Gesicht und dieselben gichtigen Hände, an denen sie einander noch immer wie ein junges Liebespaar hielten, wenn sie zusammen das Haus verließen oder einfach nur nebeneinander auf dem Sofa saßen. So wie ihre Eltern hatte Rahel sich Philemon und Baucis vorgestellt, als sie im Lateinunterricht Ovids »Metamorphosen« durchgenommen hatten: die zwei Alten, die, als Zeus sie nach ihrem größten Wunsch fragte, nur darum baten, zur selben Stunde sterben zu dürfen, damit keiner von ihnen das Grab des anderen schauen musste.

»Dein Vater hat ja nur Angst, dass du eines Tages, wenn wir nicht mehr da sind, allein zurückbleibst«, sagte die Mutter. »Ohne Mann und ohne Kinder.«

»Richtig«, pflichtete der Vater ihr bei. »Eine Frau braucht schließlich einen Ernährer. Wer soll sonst für sie sorgen?«

Die eine Bemerkung reichte, um Rahel wieder in Harnisch zu bringen. »Ich kann selber für mich sorgen! Dazu brauche ich keinen Mann! Lieber ende ich als alte Jungfer, als jemanden zu heiraten, den ihr mir aufzwingt!«

»Aber Herr Weißpfennig ist doch so ein herzensguter Mensch«, sagte die Mutter. »Und außerdem eine glänzende Partie. Du bräuchtest dein Lebtag nicht zu arbeiten!«

»Und wer weiß«, fügte der Vater hinzu, »vielleicht fällt er noch weiter die Treppe hinauf und wird eines Tages Filialleiter. Dann bekämst du sogar eigenes Personal.«

»Ich will aber kein Personal«, sagte Rahel. »Ich will arbeiten und mein eigenes Geld verdienen!«

Der Vater schüttelte den Kopf. »Arbeit schickt sich nicht für eine Tochter aus gutem Hause!«

»Was sollen sonst die Leute denken?«, ergänzte die Mutter.

»Als hätte man das nötig!«

»Nein, das haben wir Gott sei Dank hinter uns.«

Die beiden wechselten einander ab wie zwei Echos. Doch das brachte Rahel nur noch mehr auf die Palme. Obwohl sie ihre Eltern liebte, wollte sie niemals so werden wie sie – die zwei waren ja nur zusammen ein ganzer Mensch. Nein, sie wollte auf eigenen Füßen stehen! Und wenn sie dafür über Kochrezepte und Schnittmuster schreiben musste …

»Wozu habt ihr mich das Abitur machen lassen, wenn ich nicht arbeiten soll?«

»Was für eine Frage«, erwiderte der Vater. »Weil Bildung wichtig ist. Das ist jüdische Tradition.«

»Ach, jetzt auf einmal wieder doch?«

»Dreh mir nicht das Wort im Mund herum!«

»Aber was nützt mir Bildung, wenn ich sie nicht anwenden darf?«

»Bildung braucht man nicht für die Arbeit, sondern fürs Leben.«

»Damit du deinem Mann eine gute Frau sein kannst«, sagte die Mutter.

»Und deinen Kindern eine gute Mutter«, echote der Vater.

»Was für ein Unsinn!«, protestierte Rahel. »Ich will selbst entscheiden, ob ich arbeiten oder heiraten will!«

Jetzt war es die Mutter, die sie kopfschüttelnd anschaute. »Ach, Kindchen«, sagte sie, mit derselben singenden Stimme wie ihr Mann. »Was in aller Welt kann denn schöner sein als eine glückliche Ehe?«

9 Das Stadtpalais der Familie Reichenbach befand sich in der Simsonstraße, in unmittelbarer Nachbarschaft und Sichtweite zum Reichstag, in dem sich die Parteien über das Wohl und Wehe der Nation die Köpfe heiß redeten. Doch noch heftiger als im Parlament wurde an diesem späten Vormittag im Kreis der Familie Reichenbach debattiert, nachdem Tino seinen Eltern, Gustav und Constanze, sowie seinem Bruder Arnim vom Ausgang der Konferenz im Kriegsministerium berichtet hatte. Schließlich ging es um das Wohl und Wehe der familieneigenen Bank.

»Willst du uns ruinieren?«, fragte Arnim, der, obwohl zwei Jahre jünger als Tino, diesem mit den blauen Augen, dem Schnurrbart und dem Feuermal auf der Stirn zum Verwechseln ähnlich sah, nur dass er sein blondes Haar nicht wie sein Bruder zu einer Tolle frisierte, sondern es jeden Morgen mit Brillantine in militärisch straffe Form brachte. »Es ist ein katastrophaler Fehler, sich gegen Hugenberg zu stellen. Hugenberg ist der Mann der Zukunft!«

»Dem kann ich nur zustimmen«, sagte die Mutter, eine trotz ihrer zweiundfünfzig Jahre immer noch sehr attraktive Frau, die ihr graumeliertes, nach wie vor üppiges Haar zu einem babylonischen Kunstwerk aufgetürmt auf dem stets hocherhobenen Haupt trug, und spielte mit der Rechten an ihrer Perlenkette. »Außerdem verkehrt Hugenberg in meinem Salon. Wie soll ich dem Mann denn wieder unter die Augen treten?« Mit dem Ausdruck größten Tadels in ihrem elfenbeinernen Gesicht schüttelte sie den Kopf. »Nein, Konstantin, dafür habe ich dir meine Kontakte nicht zur Verfügung gestellt.«

Der Vater, ein Mittfünfziger von einiger Köperfülle und etwas zu kurz geratenen Gliedmaßen, drehte sich vom Fenster herum, durch das er bislang schweigend auf den Reichstag geschaut hatte, und blickte Tino mit seinen Seehundsaugen an. »Ich fürchte, du hast dich von Stauß vor den Karren spannen lassen.«

»Vor welchen Karren, Papa?«

»Bist du so blöd oder tust du nur so?«, rief Arnim. »Den der Deutschen Bank natürlich!«

Um dem Blick seines Bruders auszuweichen, schaute Tino auf den altarähnlichen Schrein, den seine Mutter zu Ehren ihres vergötterten Vaters errichtet hatte, mit einem Ölgemälde des Verstorbenen als Prunkstück. Natürlich wusste er, was Arnim meinte. Bei der Bildung des Firmenkonglomerats, die an diesem Morgen beschlossen worden war, kollidierten die Interessen der zwei wichtigsten Industriezweige Deutschlands: auf der einen Seite Kohle und Stahl, verkörpert durch Alfred Hugenberg, der nicht nur der Friedrich Krupp AG vorstand, sondern auch dem Bergbauverein und Zechenverband der Ruhrbarone, und auf der anderen Seite Öl und Chemie, verkörpert durch Emil Georg von Stauß, der die Europäische Petroleum Union gegründet hatte, als er noch keine dreißig Jahre alt gewesen war, und seitdem als Generaldirektor der Deutschen Bank seinen ganzen Einfluss nutzte, um die Belange der deutschen Öl- und Chemiewirtschaft zu fördern. Die beiden Rivalen bekriegten sich schon seit Jahren bei der Eroberung neuer Märkte, sowohl im In- als auch im Ausland, vor allem auf dem Balkan und im Orient. Hier preschte unter Hugenbergs Führung die rheinisch-westfälische Schwerindustrie vor, um neue Rohstoffquellen zu erschließen, während die Deutsche Bank schwindelerregende Summen in den Bau der Bagdad-Bahn investierte, um dem Petroleumkartell den Weg für gewinnbringende Geschäfte zu ebnen. Wer in dem Wettbewerb am Ende die Nase vorn haben würde, das wurde nicht zuletzt auf dem Schlachtfeld der Propaganda entschieden.

Als Tino den Blick hob, sah er in das Gesicht seines Bruders. Der schaute ihn voller Verachtung an.

»Du hast deine Familie verraten. Und das nur, um dich vor dem Kriegsdienst zu drücken.«

Die Worte trafen Tino wie ein Schlag ins Gesicht. Sein Bruder hatte aus heiterem Himmel ins Schwarze getroffen, und ein paar Sekunden lange wusste er nicht, was er auf den Angriff erwidern sollte.

»Das behauptet der Richtige«, brachte er schließlich lahm hervor. »Du hast dich doch gleich bei Kriegsbeginn *uk* stellen lassen, um nicht an die Front zu müssen. Von so einem lasse ich mir nicht vorhalten, ich wäre …«

»Arnim hat einen Herzfehler, von Geburt an!«, unterbrach ihn die Mutter. »Untauglich für den Kriegsdienst, das haben wir amtlich!«

»Ja, mit dem Attest, das du ihm besorgt hast. Tipptopp!«

»Unterzeichnet von zwei Professoren der Charité! Also versündige dich nicht! Wir können froh sein, dass Arnim überhaupt noch lebt. – Aber du?« Sie hielt kurz inne, um Tino mit ihren stahlblauen Augen zu fixieren. »Dir habe ich meinen Namen geschenkt – einem Drückeberger! Ich kann dir gar nicht sagen, wie sehr ich mich für dich schäme!«

10

Normalerweise herrschte in der Uniform- und Modeschneiderei Simon Rosenberg von zwölf bis zwei Uhr Mittagspause, und um Punkt Viertel nach zwölf, wenn Altgeselle Anton mit dem »Vorwärts« vom Klosett im Treppenhaus zurück auf die Etage kam, betätigte Rahel den Gong, um zum Essen zu rufen, das die Familie zusammen mit den Angestellten in der großen Küche einnahm. Doch heute verging die Zeit, ohne dass der Gong ertönte, und es wurde eins und schließlich halb zwei, und noch immer stand kein Essen auf dem Tisch.

»Du behauptest, du willst arbeiten?«, sagte der Vater. »Aber hast du dich überhaupt schon mal gefragt, in welchem Beruf? Meine Werkstatt willst du ja nicht, die ist dir ja nicht gut genug. Dabei hat Handwerk immer noch goldenen Boden, jeder junge Meister in der Innung würde sich die Finger danach lecken, und ich bräuchte nur mit dem Innungsmeister …«

»Natürlich habe ich mich das schon gefragt«, fiel Rahel ihm ins Wort, damit das leidige Thema gar nicht erst wieder hochkam. »Oder glaubst du, ich bin blöd?«

»Nicht in diesem Ton, Frolleinchen!«

Rahel dachte gar nicht daran, ihren Ton zu ändern. »Ich will Journalistin werden!«, erklärte sie noch eine Spur lauter, und warf den Kopf in den Nacken.

»Journalistin?«, wiederholte der Vater. »Nein, das ist kein Frauenberuf.«

»Und was sind deiner Meinung nach Frauenberufe?«

»Das weiß doch jedes Kind«, antwortete die Mutter. »Sekretärin, Verkäuferin …«

»Oder Telefonistin«, ergänzte der Vater. »Das ist sogar ein Beruf mit Zukunft. Bald wird es in allen größeren Städten Telefon geben.«

»Papa will auch eins für die Werkstatt anschaffen, wenn es so weit ist.« Die Mutter zwinkerte Rahel verschwörerisch zu, als verrate sie ein Geheimnis. »Dann müssen die Kunden nur noch anrufen, wenn sie eine Bestellung aufgeben wollen. Und Papa kann sie zurückrufen, sobald die Sachen fertig sind. Ist das nicht praktisch?«

Rahel musste sich beherrschen, um nicht zu explodieren. »Habe ich dafür Latein und Algebra gebüffelt? Um als Fräulein vom Amt Stecker umzustöpseln? – Nein, wenn es einen Beruf mit Zukunft gibt, dann Journalismus!«

»Woher willst du das wissen?« Der Vater lächelte sein mildes Lächeln, mit dem er Rahel schon als Kind zur Raserei gebracht hatte.

»Weil ich mich auskenne!«

»Tatsächlich, tust du das?«

»Allerdings!«, platzte sie heraus. »Ich habe schon Dutzende Zeitungsartikel geschrieben.«

Die Eltern waren so überrascht, dass sie verstummten. Während sie nach Luft schnappten, verfluchte Rahel ihre Unbeherrschtheit. Am liebsten hätte sie sich die Zunge abgebissen. Doch dafür war es zu spät.

Die Mutter fand als Erste die Sprache wieder. »Aber Kind, das haben wir ja gar nicht gewusst …«

»Dann wisst ihr es jetzt!«

»Und für welche Zeitung hast du die Artikel geschrieben?«, fragte der Vater.

»Für die ›Vossische‹!«

Kaum hatte sie den Namen genannt, veränderte sich seine Miene. Die »Vossische« war sein Leib- und Magenblatt, außerdem war die Familie Ullstein, der die Zeitung gehörte, in seinen Augen der lebende Beweis, wie weit Juden es in Deutschland bringen konnten – in nur zwei Generationen hatten die Ullsteins aus dem Nichts ihr Presseimperium aufgebaut, weshalb der Vater sie regelmäßig als Vorbilder pries, denen es unbedingt nachzueifern galt.

»Donnerwetter!«, sagte er. »Das ist natürlich was anderes. Wenn eine so renommierte Zeitung deine Arbeit zu schätzen weiß …« Voller Anerkennung nickte er mehrmals mit dem Kopf. »Allerdings«, fügte er dann hinzu, »warum ist mir noch kein Artikel von dir untergekommen? Ich lese die ›Vossische‹ doch jeden Tag von der ersten bis zur letzten Seite.«

Rahel spürte, wie ihr das Blut ins Gesicht schoss, beschämt schlug sie die Augen nieder. »Bis jetzt ist noch keiner meiner Beiträge erschienen«, sagte sie leise.

»Ach so?«

»Aber mein neuester Artikel hat Aussichten, gedruckt zu werden.« Sie hob den Kopf und schaute ihren Vater an. »Das hat mir der Chef vom Dienst persönlich versprochen.«

Der Vater erwiderte mitleidig ihren Blick. »Hat man dir denn ein Honorar bezahlt?«

Rahel musste abermals passen und schwieg mit zusammengepressten Lippen.

Halb resigniert, halb erleichtert stieß der Vater einen Seufzer aus. »Und das nennst du Arbeit, Kind?«

11

Constanze Reichenbach kehrte ihrem Erstgeborenen den Rücken zu und strich den Ärmel ihrer graublauen Seidenbluse glatt, um erhobenen Hauptes zur Tür hinaus zu rauschen. Mit einer Mischung aus Belustigung und Fassungslosigkeit sah Tino ihr nach. Mal wieder der ganz große Auftritt, so war sie schon immer gewesen.

Während die Tür sich hinter ihr schloss, ergriff der Vater das Wort.

»Lassen wir die Moral beiseite und beschäftigen uns mit wichtigeren Dingen, schließlich geht es hier ums Geschäft.« Er klemmte den Daumen in die Westentasche, um mit den Fingern auf seinem Bauch zu trommeln, der sich in stattlicher Rundung unter dem Anzugsstoff wölbte. »Was können wir tun, um Hugenberg als Kunden zu halten?«

»Ich fürchte gar nichts«, sagte Arnim. »Es sei denn, du schmeißt Tino aus der Bank. Das könnte ihn vielleicht versöhnlich stimmen.«

»Hast du noch alle Tassen im Schrank?«

Tino wollte seinem Bruder an den Kragen. Doch der Vater hielt ihn zurück.

»In einem muss ich Arnim recht geben«, erklärte er, die Hand auf Tinos Unterarm. »Hugenberg wird dein Vorgehen als schweren Affront auffassen, anders kann es gar nicht sein. Schließlich hat sein eigener Mann, Generaldirektor Klitzsch, Anfang des Jahres in einer Rede vor dem Reichstag als Erster überhaupt die Idee aufgebracht, den Kintopp als Instrument der Auslandspropaganda zu nutzen.«

»Sehr richtig«, sagte Arnim. »Die Abgeordneten haben überhaupt nicht mehr aufgehört zu klatschen. Sogar Stresemann und seine Nationalliberalen waren wie aus dem Häuschen. Das stand in allen Zeitungen.« Herausfordernd blickte er Tino an. »Oder willst du das bestreiten?«

Tino schüttelte den Kopf. »Nein, das will ich nicht. Aber Hugenberg hat sich mit seiner Behauptung, der Kanzler würde die Sozis poussieren und nicht mehr an den Sieg glauben, unmöglich gemacht. Wenn wir ihn beteiligen, gibt uns die Regierung kein Geld. Und dann platzt die ganze Sache.«

»Besser, als unseren wichtigsten Kunden zu verlieren!«

»Eine Allianz mit Stauß ist für uns mehr wert als jeder Kunde. Selbst wenn er Hugenberg heißt.«

»Dass ich nicht lache!«

»Du weißt ja nicht, wovon du redest«

»Schluss mit der Streiterei!« Der Vater trat zwischen seine Söhne und wartete, bis beide sich halbwegs beruhigt hatten. Dann drehte er sich zu Tino herum. »Hast du einen Plan?«

»Allerdings.«

»Dann klär uns verdammt nochmal auf!«

Tino legte eine Kunstpause ein, um die Wirkung seiner Worte zu erhöhen. »Stauß ist bereit, die Handels- und Kreditbank Reichenbach an dem Unternehmen zu beteiligen. Mit zehn Prozent.«

Der Vater hob die Brauen. »Zehn Prozent von was?«

»Fünfundzwanzig Millionen. Auf diese Summe wird sich das Gründungskapital der Gesellschaft belaufen.«

»Fünfundzwanzig Millionen Reichsmark?« Der Vater pfiff durch die Zähne. »Alle Achtung! Das ist kein Pappenstiel.«

Arnim zuckte die Schultern. »Geld ist nicht alles. Hier geht es um die nationale Sache, und deren Interessen vertritt niemand so entschieden wie Hugenberg. Deshalb brauchen wir ihn, wenn wir den Krieg gewinnen wollen!«

»Wenn das deine Meinung ist, solltest du den Beruf wechseln«, erwiderte der Vater. »Die Aufgabe einer Bank ist es nicht, Kriege zu gewinnen. Ihre Aufgabe ist es, Geld zu verdienen.«

»Und dazu bietet sich hier eine wunderbare Gelegenheit«, beeilte Tino sich hinzuzufügen.

Arnim verzog angewidert das Gesicht, wie früher als Kind, wenn er vor einem Teller Spinat saß. »Mein Gott, ihr redet wie zwei Juden!«

»Was fällt dir ein?«, herrschte der Vater ihn an.

»Ich bin sicher, Mama denkt genauso«, entgegnete Arnim trotzig. »Soll ich sie holen und fragen?«

Die beiden maßen einander mit ihren Blicken, und für eine Sekunde zuckte das Feuermal auf der Stirn des Vaters. Dann aber schüttelte er den Kopf.

»Das wird nicht nötig sein.«

»Ach so?«

Tino sah den Spott in Arnims Augen, und er wusste auch, worauf sein Bruder anspielte. Über die Haltung der Mutter konnte es keinen Zweifel geben, und wenn die Eltern uneins waren, war es keineswegs ausgemacht, wer von beiden die Oberhand behielt. Doch der Vater überging die Provokation, als hätte er sie gar nicht bemerkt.

»Wenn Stauß ein so finanzstarkes Unternehmen auf die Beine stellt«, erklärte er, »spekuliert er auf das ganz große Geschäft. Wir müssten mit dem Klammerbeutel gepudert sein, wenn wir sein Angebot ausschlagen würden.«

»Noch einmal«, sagte Arnim. »Geld ist nicht alles. Und Verrat bleibt Verrat!«

»Jetzt ist es aber genug! Halt endlich deinen gottverdammten Mund!«

Wie eine Handgranate war der Vater hochgegangen. Arnim parierte und schwieg. Doch seinem Gesicht war anzusehen, wie sehr er innerlich kochte – er konnte es auf den Tod nicht ertragen, zurechtgewiesen zu werden, das war schon als Kind so gewesen. In ohnmächtiger Wut funkelte er den Vater an, und als er beide Fäuste ballte, fürchtete Tino einen Moment tatsächlich, es käme zum Eklat. Doch wie meistens, wenn es darauf ankam, zog Arnim am Ende den Schwanz ein. Während seine Fäuste sich wieder öffneten, schnaubte er nur einmal durch die Nase, dann warf er beleidigt den Kopf in den Nacken und folgte der Mutter hinaus. Wahrscheinlich, um sich bei ihr auszuheulen.

Der Vater quittierte den Abgang mit einem Seufzer. »Ein Bankier, der kein Geld verdienen will. Was habe ich nur falsch gemacht?« Mit beiden Händen zog er seinen Rock gerade. »Wie auch immer: Es bleibt die Frage, wie wir Hugenberg ruhigstellen können.«

»Darüber habe ich bereits nachgedacht«, sagte Tino.

»Und – was ist dabei herausgekommen? Ich erkenne nicht, wie du mit Kriegspropaganda so viel Geld verdienen willst, dass wir ihm etwas Brauchbares anbieten können. Der Staat ist knapp bei Kasse. Und Hugenberg ist Kaufmann, also brauchen wir eine kaufmännische Lösung.«

Tino blickte seinem Vater bedeutungsvoll in die Augen. »Stauß meint, wir sollten in dieser Angelegenheit über den Tag hinaus denken.«

Der Vater verstand sofort. »Du meinst – über das Kriegsende hinaus?«

Tino grinste. »Sobald die Firma ihren kurzfristigen Geschäftszweck erfüllt hat, können wir Hugenberg und seiner Lichtspielgesellschaft das Feld der Propaganda getrost überlassen, um uns selbst neuen Geschäftsfeldern zuzuwenden. Das ließe sich bereits jetzt vertraglich regeln.«

»Aber warum sollte Hugenberg sich darauf einlassen?«

»Du hast es gerade selbst gesagt – weil er ein Kaufmann ist, aber nur ein Kaufmann, kein Bankier. Geld bedeutet ihm nicht alles, sondern ist für ihn lediglich Mittel zum Zweck. Und der ist die nationale Sache. Darin hat Arnim ausnahmsweise recht.«

Der Vater fuhr sich mit seiner fleischigen Hand über die Glatze, und er dachte so intensiv nach, dass sein Seehundsgesicht sich in Falten legte. Dann holte er einmal tief Luft und sagte: »Stauß ist also der Ansicht, dass dem Film die Zukunft gehört?«

Tino nickte. »Daran hat er nicht den geringsten Zweifel. Im Gegenteil. Er ist fest davon überzeugt, dass wir mit der Filmproduktion nach dem Krieg so viel Geld verdienen werden, dass uns die Taschen davon überlaufen.«

Der Vater straffte sich. »Nun gut, dann wollen wir es angehen«, sagte er. »Weißt du schon, mit welchen Firmen ihr fusionieren werdet?«

»Wir werden die Besten der Besten zusammenführen. Dafür werde ich persönlich sorgen.«

»Aber wie willst du das schaffen? Du hast doch keine Ahnung von der Branche.«

Auf die Frage hatte Tino nur gewartet. »Wozu war ich im Krieg?«, erwiderte er. »Mein Regimentskamerad Erich Pommer kennt die Branche wie seine Westentasche. Er hat mir versprochen, mich mit den richtigen Leuten zusammenzubringen.«

12

Die Zeit tat, was sie immer tut, sie verging, und indem sie verging, erneuerte sie sich. Die Tage wurden täglich länger, und während am Fehrbelliner Platz die Lindenbäume blühten und Blätter trieben, ging der Frühling allmählich in den Sommer über. Noch immer dauerte der endlose Stellungskrieg in Frankreich an, nach wie vor lagen sich die Soldaten der verfeindeten Länder in Dreck und Schlamm an der Somme gegenüber und lieferten sich regelmäßig kleine und große Scharmützel, ohne dass es zu einer Entscheidung kam, während jenseits des Atlantiks der amerikanische Präsident Millionen Dollar dafür ausgab, mit Propaganda sein Volk auf den Eintritt der USA in einen Krieg einzuschwören, von dem in Berlin, auch als die Tage wieder kürzer wurden, nur so viel zu spüren war, dass Reichskanzler Bethmann Hollweg auf Druck der Obersten Heeresleitung, die ihm mangelnde Durchsetzungskraft vorwarf, von Kaiser Wilhelm zur Abdankung genötigt wurde und der Uniform- und Modeschneider Simon Rosenberg in seiner Werkstatt am Fehrbelliner Platz fortan auf seinen zweiten Gesellen sowie den Lehrling verzichten musste, weil beide zum Waffendienst einberufen worden waren.

Auf dem Nähtisch hockte im August also nur noch Altgeselle Anton neben dem Meister zwischen den Stoffbahnen, und während die beiden mit der Arbeit kaum noch nachkamen, weil die Nachfrage nach Uniformen nach wie vor ungebrochen war, schrieb Rahel weiter ihre Artikel, ohne Auftrag und Honorar, um immer wieder dieselbe Enttäuschung zu erleben, wenn sie die »Vossische Zeitung« aufschlug und in fiebriger Erwartung die Seiten durchblätterte und ihren Namen wieder nicht darin fand. Und immer wieder erinnerten die Eltern sie ebenso leise wie nachdrücklich an den Antrag, den Edgar Weißpfennig, seines Zeichens Rayonleiter im Kaufhaus Wertheim, ihr gemacht hatte, ohne dass sie sich entschließen konnte, in diese Ehe einzuwilligen. Sie wusste, ihre Eltern meinten es gut mit ihr und wollten nur ihr Bestes. Sie war ja das ganze Glück der beiden, ein über alle Maßen verspätetes Wunschkind, das erst zur Welt gekommen war, als die schon damals betagten Eltern längst die Hoffnung aufgegeben hatten, und es brach ihr das Herz, sie zu enttäuschen.

Doch sollte sie darum auf ihr eigenes Lebensglück verzichten?

Drei Monate waren seit Edgar Weißpfennigs Besuch vergangen, als er an einem schwülen Sommertag ein zweites Mal in der Sache vorstellig wurde. Rahel kam gerade von einer Besorgung nach Hause zurück, als sie seine Stimme auf dem Etagenflur hörte.

»Ich habe mich nun ein Vierteljahr in Geduld gefasst, und ich würde mich auch ohne Murren weiter gedulden. Aber äußere Ereignisse, die Entwicklung des Krieges betreffend, lassen mir keine Wahl. So leid es mir tut – ich muss nun auf eine Entscheidung drängen.«

»Ich verstehe«, hörte Rahel durch die Salontür den Vater sagen. »Jetzt kommt wohl auch Ihr Jahrgang an die Reihe, nicht wahr?«

»Dem ist leider so, ich rechne täglich mit meinem Stellungsbefehl. Und wenn ich nun ins Feld ziehen muss, möchte ich wissen, ob es da jemanden gibt, der auf mich wartet. Ich hoffe, das können Sie verstehen.«

»Aber natürlich tun wir das!« Das war die Stimme der Mutter. »Man müsste ja ein Herz aus Stein haben. Ach, dieser fürchterliche Krieg. Er bringt nichts als Unglück über die Menschen.«

Die Tür zum Salon war nur angelehnt. Durch den Spalt sah Rahel, wie die drei um den kleinen Mahagonitisch herumsaßen, auf den die Mutter stets mit größter Vorsicht das Kaffeetablett abstellte aus Sorge, das zierliche Gestell könne unter dem Gewicht zusammenbrechen. Offenbar war der Besuch auch für die Eltern überraschend gekommen, die Mutter trug ihre Küchenschürze und der Vater seinen Schneiderkittel, während Edgar Weißpfennig, einen Strauß roter Rosen in der Hand, in seinem eleganten Anzug mit dem Einstecktuch auf dem äußersten Rand seines Stuhls Platz genommen hatte, als hätte er Angst, die Rückenlehne zu berühren, blass und verlegen. In seinem feinen, zarten Gesicht zuckte es so heftig, dass seine Frisur verrutscht und eine von den quer über den Schädel verlaufenden Strähnen ihm in die schweißbeperlte Stirn gefallen war.

»Wenn ich dann vielleicht Ihr Fräulein Tochter sprechen dürfte?«

»Ich schaue mal nach, ob sie schon da ist.«

Die Mutter erhob sich von ihrem Stuhl. Erschrocken wich Rahel von der Tür zurück. Nichts wie weg! Doch dann besann sie sich. Nein, sie durfte nicht davonlaufen, hier ging es um ihre Zukunft!

Ohne zu überlegen, was sie tat, öffnete sie die Tür und betrat den Salon.

Im selben Moment schnellte Edgar Weißpfennig in die Höhe.

»Mein liebes, verehrtes Fräulein Rahel …«

Er wollte ihr den Rosenstrauß überreichen, doch sie verharrte zwei Schritte vor ihm, ohne eine Hand zu rühren. Erst jetzt merkte sie, dass ihr das Herz bis zum Hals klopfte. Wie sollte sie es ihm sagen? Fieberhaft suchte sie nach Worten, um ihm ihre Ablehnung möglichst schonend beizubringen. Doch solche Worte gab es nicht.

Kurz entschlossen räusperte sie sich. »Ihr Antrag ehrt mich, Herr Weißpfennig. Aber nein, ich kann ihn nicht annehmen. Es tut mir leid.«

Edgar Weißpfennig wurde noch blasser, als er schon gewesen war, so dass Rahel für eine Sekunde unsinnigerweise glaubte, das Leben sei aus ihm gewichen. Doch dann fasste er sich, sein Adamsapfel ruckte, und mit einer Miene wie aus Marmor deutete er eine Verbeugung an.

»Ich bedaure Ihre Entscheidung zutiefst«, sagte er mit belegter Stimme. »Doch selbstredend werde ich sie akzeptieren. Wie konnte ich nur so vermessen sein, es überhaupt zu wagen? Ich bin ein Mann in fortgeschrittenem Alter, und vielleicht ereilt mich schon bald der Tod auf dem Feld der Ehre. Sie aber sind jung und haben das Leben noch vor sich. Ich wünsche Ihnen alles Glück dieser Welt.«

Rahel musste schlucken. Fast wäre es ihr lieber gewesen, er hätte sie beschimpft.

»Ich … ich danke Ihnen aus ehrlichem Herzen für Ihr Verständnis, lieber Herr Weißpfennig«, brachte sie mühsam hervor.

»Sie sind mir keinen Dank schuldig, Fräulein Rahel«, erwiderte er. »Vielmehr bin ich es, der Ihnen zu danken hat. Für all die Wochen und Monate, in denen ich hoffen durfte. Denn was gibt es Kostbareres als die Hoffnung? – Ich empfehle mich.«

Noch einmal verbeugte er sich, dann wandte er sich zur Tür. Der Vater wollte ihn hinausbegleiten, doch wortlos lehnte Edgar Weißpfennig ab.

Nachdem er den Raum verlassen hatte, stieß die Mutter einen Seufzer aus. »Was für ein nobler Mensch.«

Mit angehaltenem Atem hörte Rahel, wie die Schritte sich den Flur entlang entfernten. Wann würde er explodieren?

Doch es gab kein Türenknallen, nur diesen lautlosen Abgang.

Dafür explodierte der Vater. So wütend, wie Rahel ihn noch nie erlebt hatte, fuhr er zu ihr herum. »Du willst also arbeiten?«, rief er mit überschnappender Stimme. »Dann sollst du lernen, was Arbeiten heißt!«

Rahel schaute in sein wutverzerrtes Gesicht. »Was … was willst du damit sagen?«

»Das wirst du noch früh genug erfahren!« Er war so erregt, dass Speicheltropfen zwischen seinen Lippen hervorspritzten. »Noch heute spreche ich mit Dr. Recknagel!«

13

Tino hatte nicht übertrieben: Sein Freund und Regimentskamerad Erich Pommer kannte die Filmbranche tatsächlich wie seine Westentasche. Obwohl noch keine dreißig Jahre alt, war er Teilhaber der Decla Filmproduktionsgesellschaft, die er mitten im Krieg als Ableger einer französischen Firma gegründet hatte und die, während er im Feld stand, seine Ehefrau Gertrud für ihn weiterführte. Außerdem war er nach Monaten im Schützengraben zum Berliner Bild- und Filmamt abkommandiert worden, das im Auftrag des Kriegsministeriums die kämpfenden Truppen zur Hebung der Moral mit Feldkinos und Filmen versorgte, bevor er wieder zurück an die Front beordert worden war, um im Rang eines Gefreiten als Gefechtsordonnanz zu dienen. Im Laufe der Jahre hatte er Kontakte zu fast allen wichtigen Filmleuten in Deutschland geknüpft. Vor allem aber hatte er das Versprechen gehalten, das er Tino gegeben hatte, nämlich ihn jenen Männern zu empfehlen, die in der Branche bedeutsam waren, so dass das Firmenkonglomerat, das General Ludendorff in Auftrag gegeben hatte, zunehmend Gestalt annahm.

Zum Dank für seine bisherige und hoffentlich noch weitere Unterstützung hatte Tino ihn ins »Café des Westens« am Kurfürstendamm eingeladen, auch »Café Größenwahn« genannt, weil in dem Lokal vor allem Künstler und Literaten verkehrten, die sich mit ihren hochfliegenden Plänen gegenseitig übertrumpften. Er kannte Pommer und wusste, dass dieser der geborene Genießer war, sich und die Seinen aber von seinem Sold als einfacher Soldat ernähren musste und darum buchstäblich am Hungertuch nagte – seine Bewerbung für die Offizierslaufbahn war wegen seiner jüdischen Herkunft mehrmals abgelehnt worden. Mit nichts konnte man ihn also mehr beglücken als mit einer Einladung zu einem guten Essen.

Jetzt saßen sie beide – Tino im leichten Sommeranzug, Pommer in seiner grauen Uniform – auf der Terrasse des »Café Größenwahn« und schlürften im Schatten der Sonnenschirme Austern und Champagner. Während Tino die Gläser nachschenkte, vertilgte Pommer bereits das zweite Dutzend der sündhaft teuren Schalentiere und erzählte gleichzeitig voller Begeisterung von seinem Sohn. Das Hänschen war schon ein paar Monate alt, doch da Pommer zu seiner Geburt keinen Fronturlaub bekommen hatte, hatte er ihn erst jetzt zum ersten Mal gesehen und auf dem Arm gehalten.

»Auf deinen Stammhalter, Erich!« Tino hob sein Glas.

»Ja, auf das Hänschen! Und auf seine wunderbare Mutter!«

Nachdem sie getrunken hatten, griff Pommer in die Tasche seiner Uniformjacke und holte eine Packung Salem sowie seine unvermeidliche Zigarettenspitze daraus hervor. Rauchen war sein einziges Laster, und obwohl er dauernd ein schlechtes Gewissen hatte, weil er dafür so viel Geld ausgab, konnte er nicht von den Glimmstängeln lassen.

»Und du«, fragte er, während er eine Zigarette in die Spitze steckte. Seine dunklen Augen blitzten, und um seinen Mund in dem schmalen, durchgeistigten Gesicht spielte ein feines ironisches Lächeln. »Immer noch solo?«

Tino zuckte die Schultern. »Du weißt ja, ich glaube nicht an die Liebe, nur an die Verliebtheit – das schönste Gefühl der Welt!«

Pommer lachte. »Ich glaube dir kein Wort.« Er zündete seine Zigarette an und nahm einen Zug. »Wie weit bist du inzwischen mit deinem Unternehmen gediehen?«

Wie auf Kommando zückte Tino die Denkschrift, die er für Ludendorff verfasst hatte. »Die Nordisk hat bereits zugesagt, und Messter und die PAGU zeigen starkes Interesse. Dazu kommen noch ein paar kleinere Kandidaten. Aber lies selbst.«

Pommer nahm die gehefteten Blätter, die Tino ihm reichte, und überflog die aufgeschlagene Seite mit den Firmennamen. Während seine wachen, flinken Augen die Zeilen entlanghuschten, konnte Tino förmlich hören, wie es in seinem Gehirnkasten ratterte.

»Die *Crème de la crème* der deutschen Filmindustrie.« Sichtlich beeindruckt gab Pommer ihm die Denkschrift zurück.

»Nicht mein Verdienst«, erwiderte Tino. »Das habe ich dir zu verdanken. Ohne deine Hilfe hätte ich das nie geschafft.« Er hielt für einen Moment inne, dann fügte er hinzu: »Die wichtigste Firma allerdings fehlt leider noch.«

Pommer runzelte die Stirn. »Welche?«

»Dreimal darfst du raten.«

Voller Anspannung blickte Tino auf die Zigarettenspitze seines Freundes. Die zeigte stets mit der Präzision eines Manometers an, was sein Freund gerade dachte. Zeigte sie nach oben, konnte man über alles mit ihm sprechen. Zeigte sie aber nach unten …

»Ach so!«, rief Pommer. »Du willst meine Decla!« Während seine Zigarettenspitze nach unten schnellte, schüttelte er den Kopf. »Tut mir leid, mein Bester, aber ich bin Filmproduzent, kein Propagandist. Ich lasse mich vor keinen Karren spannen, erst recht nicht von irgendwelchen Militärs. Die haben mich in meinem Leben schon genug rumkommandiert.«

Tino hatte mit einer solchen Reaktion gerechnet und darum schon seine Antwort parat. »Von Rumkommandieren kann keine Rede sein. Die Generäle haben in unserer Firma nichts zu sagen. Das Sagen hat Emil Georg von Stauß von der Deutschen Bank. Und der interessiert sich nur für Zahlen und kommt uns nicht in die Quere.«

»Glaubst du, ich bin blöd?« Unwillig stieß Pommer den Rauch seiner Zigarette aus. »Mag sein, dass die Generäle nicht im Vorstand deiner Firma sitzen, trotzdem werden sie es sein, die hinter den Kulissen die Strippen ziehen, zusammen mit den Politikern. Sonst würde die Regierung nicht einen solchen Haufen Geld ausgeben. – Nein«, wehrte er ab, als Tino etwas einwenden wollte, »ich produziere nur Filme, bei denen ich die volle künstlerische Freiheit habe. Kannst du mir die etwa garantieren?«

Tino schlug die Augen nieder und schwieg. Nein, das konnte er nicht.

»Siehst du? Keine Antwort ist auch eine Antwort!« Mit einem Grinsen deutete Pommer auf die überbordende Tafel. »Ich fürchte, du hast dich umsonst in Unkosten geschmissen.«

Während Tino fieberhaft überlegte, wie er Pommer doch noch herumkriegen konnte, machte der sich über das dritte Dutzend Austern her. Was für eine Pleite! Pommer war der beste Produzent, den es in Deutschland gab. Schon sein erster Film, »Das Geheimnis der Lüfte«, hatte mit nie zuvor gesehenen Luftaufnahmen aus einem Zeppelin heraus Furore gemacht, und auch mit seinen weiteren Produktionen, ob Reportagen oder Detektivgeschichten, hatte er bewiesen, dass er den Geschmack des Publikums traf wie kein zweiter Produzent im ganzen Land. Das hatten alle Filmleute bestätigt, mit denen Tino in den letzten Wochen gesprochen hatte.

Und ein solches Genie sollte ihm durch die Lappen gehen? Obwohl sie beste Freunde waren?

In seiner Verzweiflung strapazierte Tino noch einmal das Argument, mit dem er schon seinen Vater herumbekommen hatte.

»Und wenn wir über den Tag hinaus denken?«

Die Antwort war nur ein genüssliches Schlürfen.

»Herrgott, könntest du bitte zuhören, wenn ich mit dir spreche!«

»Nicht, bevor ich fertig bin.«

Seelenruhig tröpfelte Pommer Zitronensaft auf seine letzten beiden Austern. Nachdem er sie verschlungen hatte, spülte er mit einem Schluck Champagner nach. Dann tauchte er seine Finger in Zitronenwasser, das eigens zu diesem Zweck auf dem Tisch bereitstand, und trocknete sie mit seiner Serviette ab, bevor er sich eine weitere Zigarette ansteckte.

»Ich höre.«

»Na endlich!«, schnaubte Tino. »Also, mit über den Tag hinaus meine ich, wenn der Krieg vorbei ist, werden die Karten neu gemischt.«

»Wenn du Skat spielen willst, fehlt uns noch ein dritter Mann!«

»Jetzt lass deine blöden Witze. Ich will dir einen Vorschlag machen.« Der letzte Satz war Tino einfach so herausgerutscht. Aber vielleicht war das gar keine schlechte Idee.

»Welchen Vorschlag?«, wollte Pommer wissen.

Tino beugte sich vor, und mit verschwörerischer Stimme raunte er ihm zu: »Wenn der Krieg vorbei ist, hat sich der Propagandaauftrag erledigt. Aber die Firma besteht weiter, die größte Filmfabrik Deutschlands. Dann könnten wir loslegen, du und ich, ohne Politiker und Militärs. Du verstehst, was ich meine?«

Es dauerte keine Sekunde, und die Zigarettenspitze ging in die Höhe. »Klingt nicht übel«, sagte Pommer. »Ja, wir sollten unbedingt darüber reden, wenn es so weit ist. Aber nicht jetzt!« Er warf seine Serviette auf den Tisch und stand auf. »Ich muss dringend los, sonst komme ich zu spät.«

»Zum Windelnwechseln?« Mehr brachte Tino in seiner Überrumpelung nicht mehr hervor.

Lachend schüttelte Pommer den Kopf. »Leider nicht. Dreharbeiten in Tempelhof.« Mit der Zigarettenspitze im Mundwinkel verabschiedete er sich. »Danke für die Einladung.«

Und schon war er fort.

Ohnmächtig sah Tino, wie er in der U-Bahn verschwand. Ihm blieb nur noch die Rechnung. Und die würde fürchterlich sein. Sicherheitshalber beschloss er, vorher noch einen Cognac zu trinken, um sich für den Schock zu stärken.

Er winkte gerade den Kellner herbei, als er plötzlich stutzte. Nur ein paar Schritte von ihm entfernt lief eine Frau den Ku'damm hinunter, die ihm irgendwie bekannt vorkam. Sie hatte kastanienbraunes Haar und trug den Kopf noch höher als seine Mutter. Wo hatte er sie nur schon mal gesehen?

Ach ja, das Fräulein Naseweis, das ihn mit seiner Nelke hatte abblitzen lassen …

Im selben Augenblick war Pommer vergessen. Eilig drückte er dem Kellner die nötigen Scheine in die Hand und lief der Fremden nach. Ein zweites Mal sollte sie ihm nicht entkommen.

Als würde sie ahnen, dass er ihr folgte, blieb sie stehen und drehte sich um.

Tino spürte, wie sein Herz zu galoppieren begann.

Doch nein – ein vollkommen fremdes Gesicht schaute ihn an. Keine Spur von Sommersprossen oder Stupsnase. Und die Augen waren nicht blaugrün, sondern braun, und die Lippen dünn wie ein Strich.

Irritiert erwiderte die Fremde seinen Blick. »Kennen wir uns?«

»Ent … Entschuldigung«, stammelte er. »Ich habe Sie verwechselt.«

Kopfschüttelnd setzte die Frau ihren Weg fort. Tino schaute ihr nach, erfüllt von einem absurden Gedanken. Vielleicht, wer weiß, wäre sie die große Liebe seines Lebens geworden. Wenn sie es nur gewesen wäre …

Trotz seiner Enttäuschung musste er über sich lächeln. Solche Anwandlungen kannte er sonst gar nicht an sich.

Hm, seltsam. Sehr, sehr seltsam …

Aber irgendwie auch schön.

14

Rahel musste zweimal umsteigen, um zum Fliegerhorst am Tempelhofer Feld zu gelangen, wo Dr. Recknagel in einem Lazarett verwundete Soldaten und Flugzeugpiloten für ihre Wiederverwendung zusammenflickte. Von Wilmersdorf bis Friedenau hatte sie die neue U-Bahn-Linie genommen, dann war sie mit dem Autobus weiter bis Schöneberg gefahren, um von dort aus den Rest der Strecke mit der guten, alten Pferdebahn zurückzulegen.

Nachdem der Vater sein Machtwort gesprochen hatte, war ihr nichts anderes übriggeblieben, als sich in ihr Schicksal zu fügen. Er hatte seine Drohung wahr gemacht und Dr. Recknagel ihre »freiwillige« Meldung als Krankenschwester übermittelt. Wenn sie unbedingt arbeiten wolle, hatte er gesagt, dann solle sie sich wenigstens nützlich machen: Soldaten pflegen für den deutschen Sieg, als sichtbares Bekenntnis einer jüdischen Tochter aus gutem Haus zu ihrem Vaterland – das würde ihr die Flausen austreiben! Kein Gottesentscheid hatte ihr geholfen, das Schicksal hatte sie schmählich im Stich gelassen. Doch wer weiß, wofür es einmal gut sein würde? Das war der Lieblingsspruch ihrer Großmutter gewesen, und der hatte ihr schon über manche Enttäuschung im Leben hinweggeholfen. Zumal sich oft genug herausgestellt hatte, dass sich auch die schlimmsten Dinge am Ende zu etwas Gutem fügen konnten. Wie zum Beispiel ihre Diphtherieerkrankung, an der sie in der Oberprima fast gestorben wäre und wegen der sie die letzte

Klasse vor dem Abitur noch einmal hatte wiederholen müssen. Denn nur deshalb war Dr. Rübsamen ihr Deutschlehrer geworden, und der hatte ihr einen Text von dem Philosophen Arthur Schopenhauer zu lesen gegeben, dessen Titel zu ihrem persönlichen Credo geworden war: »Selbstdenken«.

Über eine Stunde hatte die Fahrt bis zu dem Fliegerhorst gedauert. Jetzt stand Rahel ziemlich verloren in einem Verbandszelt, in dem es zuging wie in einem Taubenschlag, ohne zu wissen, an wen sie sich wenden sollte. Während die Flugzeuge draußen mit dröhnenden Motoren starteten und landeten, eilten Sanitäter und Krankenschwestern um sie herum, Verletzte wurden auf Tragen hereingebracht, Befehle gerufen und Flüche gebrüllt.

Wie aus dem Nichts kam plötzlich Dr. Recknagel auf sie zu, umgeben von einem Tross Ärzte und Schwestern, der weiße Kittel voller Blut, die Ärmel bis zu den Ellbogen hochgeschoben.

»Hat man Ihnen noch keine Aufgabe gegeben?«

»Nein, ich bin gerade erst angekommen.«

»Dann melden Sie sich in der Küche, Essen austeilen. Da können Sie nicht viel verkehrt machen.«

Obwohl Rahel sich ärgerte, wie wenig der Arzt ihr offenbar zutraute, war sie gleichzeitig froh über die Aufgabe, die er ihr zugeteilt hatte. Küchendienst war immerhin besser, als fremden Männern Bettpfannen unterzuschieben.

Sie wandte sich zu der Tür, durch die sie gekommen war.

»Nein, da hinten raus!«, sagte Dr. Recknagel und zeigte auf den Ausgang am anderen Ende des Zelts. »Gleich bei dem Glaspalast.«

Noch während er sprach, zog er mit seinem Tross weiter.

Rahel hatte keine Ahnung, was er mit Glaspalast meinte. Doch als sie ins Freie trat, verstand sie. Einen Steinwurf von ihr entfernt spiegelte sich in der Herbstsonne die Glasfront eines Gebäudes, das sich wie ein riesiges Gewächshaus in den Himmel erhob. Das mussten die Ateliers der Berliner Filmgesellschaften sein, sie hatte Bilder davon in einer Illustrierten gesehen.

Wo war die Küche?

Auf dem Rollfeld wurde gerade ein Flugzeug gestartet. Ein Mechaniker im ölverschmierten Blaumann warf den Propeller an. Rumpelnd setzte die Maschine sich in Bewegung, unbeholfen wie ein Albatros auf dem unebenen Boden, und dreimal hob sie stolpernd ab, um nach ein paar Metern wieder aufzusetzen, bevor der Start beim vierten Mal endlich gelang.

Dann aber schwang sich das Flugzeug in den tiefblauen Himmel des Altweibersommers hinauf, mit einem Mal so mühelos und erhaben und elegant wie ein Albatros in den Lüften. Als Rahel den Kopf in den Nacken legte, um ihm hinterherzuschauen, sah sie das Gesicht des Piloten in seiner Kanzel.

Lachend hob er die Hand und winkte ihr aus seiner luftigen Höhe zu.

15

Im Grand Hotel »Adlon« knallten die Champagnerkorken! Es war eine schwere Geburt gewesen, doch heute, am 18. Dezember des Jahres 1917, im vierten Jahr des großen Völkerringens, war es geschafft, das lang herbeigesehnte Kind hatte das Licht der Welt erblickt. Und was für ein Prachtkind es geworden war! Größe und Schlagkraft! Die drei bedeutendsten im Kaiserreich tätigen Filmgesellschaften sowie ein Dutzend kleinerer Unternehmen hatten sich zu einer Firma zusammengeschlossen, um mit vereinten Kräften auf dem Schlachtfeld der Propaganda dem Feind entgegenzutreten, unter einem Namen, der den allumfassenden Anspruch der neuen Filmfabrik in wunderbarster Weise zum Ausdruck brachte: Universum Film AG, kurz Ufa genannt.

Ausgestattet mit stolzen fünfundzwanzig Millionen Reichsmark Gründungskapital, vereinte das Unternehmen alle nötigen Geschäftszweige, um einen Film unters Volk zu bringen: von der Produktion über den Verleih bis zum Kinobetrieb. Im Gebäude des Stellvertretenden Generalstabs waren am Morgen die Verträge unterzeichnet worden, jetzt stieß man im »Adlon« zur Premierenfeier an, natürlich nur im kleinen Kreis der Eingeweihten. Alle Beteiligten bekamen einen

Posten im Vorstand, zum Lohn für ihre Arbeit und ihren unermüdlichen Glauben an den Erfolg. Den Vorsitz nahm auf Vorschlag von General Ludendorff Emil Georg von Stauß ein, Generaldirektor der Deutschen Bank, zu seinem Stellvertreter wurde der bisherige Pressechef im Kriegsministerium und Ludendorffs Gewährsmann Major Grau ernannt. Während man einander zuprostete, freute man sich über die gelungene Ausbootung des Ruhrbarons Alfred Hugenberg. Vergeblich hatte der bei der Regierung gegen den Zusammenschluss der ehemaligen Konkurrenten protestiert, in dem er einen Anschlag auf seine Deutsche Lichtbildgesellschaft sah. Und obwohl im Reichstag ein paar Sozis unbequeme Fragen zur Gründung der Ufa gestellt hatten, war die Geheimhaltungsstrategie aufgegangen: Die Beteiligung und Rolle des Militärs in der Propagandafabrik war nicht publik geworden.

Ludendorff selbst sprach aus, was alle im Raum Versammelten wussten: »Das Verdienst dafür gebührt insbesondere dem Oberleutnant der Reserve Konstantin Reichenbach. Er hat für die generalstabsmäßige Planung und Organisation des Unternehmens gesorgt und wird darum künftig als Finanzdirektor der Universum Film AG fungieren.«

Ein Grinsen unterdrückend, strich Tino über die gelbe Nelke, die er sich auch heute wider jeden Comment ans Revers gesteckt hatte. Tipptopp – es war geschafft! An diesem Tag, an dem die Ufa aus der Taufe gehoben wurde, um die letzten Reserven Deutschlands im großen Völkerringen zu mobilisieren, war für ihn der Krieg ein für alle Mal beendet.

»Erheben Sie Ihre Gläser!«, forderte Ludendorff die Herren am Tisch auf. Dann fixierte er Tino durch sein Monokel und prostete ihm zu. »Auf Ihr Spezielles, Direktor Reichenbach!«

16

Nächtliche Ruhe war in der Lazarettbaracke am Tempelhofer Feld eingekehrt, als Rahel mit den »Buddenbrooks« von Thomas Mann in der Hand den Schlafsaal betrat, in dem die am Tage frisch Operierten vor sich hindämmerten. In einer Ecke stand ein kleiner

Weihnachtsbaum und tauchte den Raum in friedvollen Kerzenschein, es waren nur noch wenige Tage bis zum Fest. In der Stille war ab und zu ein leises Stöhnen oder Röcheln oder Husten zu hören – die meisten Männer, die hier lagen, waren noch weit weg in schweren, narkotischen Träumen, irgendwo zwischen Leben und Tod.

Rahel nahm einen Stuhl und setzte sich an das Bett eines Piloten, dem der halbe Leib aufgerissen worden war und der diese Nacht wohl nicht überleben würde. Dr. Recknagel hatte bald festgestellt, dass sie zu mehr zu gebrauchen war, als nur Essen zu verteilen. Sie übte inzwischen fast alle Tätigkeiten einer ausgebildeten Krankenschwester aus, sie assistierte sogar bei Operationen, und fremden Männern Bettpfannen unterzuschieben schreckte sie schon lange nicht mehr.

Jetzt war es ihre Aufgabe, den sterbenden Piloten in den Tod zu begleiten. Das Buch unaufgeschlagen im Schoß, betrachtete sie sein Gesicht. Weiß wie Wachs schimmerte es in der Dunkelheit. War er vielleicht derselbe Pilot, der ihr am ersten Tag bei seinem Start zugewinkt hatte? Mit einem feuchten Tuch kühlte sie seine Stirn und flüsterte ihm leise Worte zu, in der Hoffnung, dass diese ihn doch noch irgendwo erreichen und ein wenig trösten würden. Obwohl sie inzwischen schon manchen Patienten hatte sterben sehen, ging sein Schicksal ihr so nahe, als würde sie ihn kennen. Er war ja noch so jung und hatte gestern noch das ganze Leben vor sich gehabt, bevor ein feindlicher Treffer ihn und sein Flugzeug vom Himmel geholt hatte.

»Warum hat man das mit Ihnen getan?«, flüsterte sie.

Nein, er konnte ihre Worte nicht hören, sein wächsernes Gesicht regte sich nicht. Leblos und stumm lag er da, unendlich weit von ihr entfernt, obwohl seine Hand in der ihren lag.

War er schon tot?

Als sie seinen Unterarm nahm, um seinen Puls zu fühlen, glaubte sie plötzlich, ein Zucken seiner Lider zu sehen. Tatsächlich, blinzelnd schlug er die Augen auf, und ein winziges Lächeln zupfte an seinem Mund.

»Nein«, flüsterte er, »niemand hat mir was angetan, im Gegenteil …«

Er sprach so leise, dass sie sich über ihn beugen musste, um seine gehauchten Worte zu verstehen.

»Ich war dem Himmel so nah … Fast … fast konnte ich die Sterne berühren … Nichts im Leben kann schöner sein …« Fragend schaute er sie an. »Verstehen Sie, was ich meine?«

Rahel nickte ihm zu. Während Tränen in ihr aufstiegen, legte sie ihre Hand auf seinen Arm.

»Ja, Sie haben recht, das muss wunderbar sein.«

Dankbar erwiderte er ihren Blick, und noch einmal spielte ein Lächeln um seine Lippen. Dann wandte er den Kopf zum Fenster, und während er hinaus in die sternenklare Nacht schaute, glitt er hinüber in ein anderes Leben.

17

Am selben Abend trafen Tino und Pommer sich im »Café Größenwahn«, um Abschied zu nehmen – um elf musste Pommer am Anhalter Bahnhof sein, dann ging sein Zug nach Frankreich. Dass er so kurz vor Weihnachten zurück an die Front musste, war seine eigene Entscheidung gewesen. Er hätte das Fest auch bei seiner Familie verbringen können, sein Regimentskommandeur hatte den Antrag schon unterschrieben, aber um die Dreharbeiten für einen Film, bei dem der Regisseur plötzlich ausgefallen war, ordentlich zu Ende zu bringen, war ihm nichts anderes übriggeblieben, als seinen Weihnachtsurlaub schon in der Adventszeit zu nehmen.

»Ich kann dir gar nicht sagen, wie sehr ich dich beneide, du Glückspilz«, sagte er, schon reisebereit in Uniform und Feldmantel.

»Du meinst – wegen meiner Freistellung?« Tino zuckte die Achseln. »Selbst schuld. Wenn du bei der Ufa mitgemacht hättest, hättest du den Krieg jetzt auch hinter dir.«

»Dafür meine Seele verkaufen?« Pommer schüttelte den Kopf. »Nein, der Preis war zu hoch!« Er nahm einen Schluck von dem Kaffee, den er anstelle von Wein oder Bier bestellt hatte, um für die Zugfahrt wach zu bleiben. Dann sagte er: »Wenn du bei Verstand bist, suchst du dir jetzt ein nettes Mädchen und heiratest.«

»Bist du vom Affen gebissen?« Tino verschluckte sich fast an seinem Châteauneuf-du-Pape. »Wo ich gerade erst meine Freiheit zurückgewonnen habe? Den Teufel werde ich tun!«

»Und warum nutzt du deine Freiheit dann nicht, um dich mit einer von deinen Freundinnen zu treffen?«, fragte Pommer, die unvermeidliche Zigarettenspitze zwischen Daumen und Zeigefinger drehend. »Anstatt hier mit einem hoffnungslosen Spießer wie mir herumzusitzen? Und dabei den ganzen Abend so dämlich aus der Wäsche zu gucken, als hätte dir jemand dein Cabriolet geklaut?«

»Tue ich das?«

»Du solltest mal dein Gesicht sehen. Irgendwas brütest du aus.«

Tino zögerte, er wusste selbst nicht, was seit ein paar Tagen über ihn gekommen war. Aber er hätte nicht gedacht, dass man ihm das so deutlich anmerken würde.

Noch bevor er sich entschieden hatte, ob er überhaupt antworten sollte, hörte er sich sagen: »Ich glaube, es hat mich erwischt.«

Pommer lachte. »Also doch! Wer ist sie! Kenne ich sie?«

»Keine Sie«, erwiderte Tino ernst. »Ein Er!«

»Was sagst du da?« Seinem Freund, dem sonst die Intelligenz nur so ins Gesicht geschrieben stand, fiel wie bei einem Idioten die Kinnlade runter. »Bist du plötzlich vom andern Ufer?«

»Keine Angst«, grinste Tino. »Eher gefriert die Hölle.« Wieder nachdenklich nippte er an seinem Châteauneuf, und mit dem Glas in der Hand schaute er durch das Fenster hinaus in die Nacht.

Am Himmel funkelten die Sterne.

»Spann mich nicht auf die Folter!«, sagte Pommer. »Was meinst du damit – es hat dich erwischt?«

»Der Film-Fimmel«, antwortete Tino, mehr zu sich selbst als zu ihm, während er mit den Augen den Himmel nach dem Großen Wagen absuchte – das einzige Sternbild, das er in dem funkelnden Durcheinander am Himmel mit einiger Sicherheit wiedererkannte.

»Der Film-Fimmel?«, wiederholte Pommer. »Soll … soll das etwa heißen, du willst jetzt auch Filme machen?«

»Nein«, sagte Tino, während seine Augen weiter den Nachthimmel entlangwanderten. »Das ist dein Metier. Ich verstehe nur was von Geld. Aber das ist ja auch was. Weil, ohne Geld sind alle Träume Schäume.«

»Kannst du bitte aufhören, in Rätseln zu sprechen?«

Endlich hatte Tino den Großen Wagen entdeckt und drehte sich um.

»Ich will Filme finanzieren«, erklärte er.

»Im Ernst?« Pommer schaute ihn ungläubig an. »Ich dachte, das sei nur ein Vorwand gewesen und in Wirklichkeit ginge es dir bloß um deine *uk*-Stellung.«

»Das dachte ich auch. Aber ich habe inzwischen begriffen, dass ihr recht habt, du und Stauß. Dem Film gehört die Zukunft. Und da will ich dabei sein.« Tino hob sein Glas. »Darauf lass uns trinken! Auf sprudelnde Gewinne!«

Pommer nahm seine Kaffeetasse, um den Toast zu erwidern. »Auf die Kunst!«

»Und auf das Verliebtsein!«

»Nein, auf die Liebe!«

»Das klären wir später!«, lachte Tino.

Mit Glas und Tasse stießen sie an.

»Ex!«

»Ex!«

18

Rahel strich mit der Hand über die Stirn des Piloten, um seine Augen für immer zu schließen. Sein Gesicht war noch warm, und noch immer schien er zu lächeln. Der Anblick zerriss ihr fast das Herz. Und zugleich tröstete er sie. Sie wusste ja, was dieses Lächeln bedeutete. Obwohl er so jung sein Leben hatte lassen müssen, war er glücklich gestorben. Weil er sich getraut hatte zu fliegen.

Sie zog die Decke über sein Gesicht, dann verließ sie das Bett, um der Nachtschwester Bescheid zu sagen. Wenn sie sich beeilte, würde sie noch die letzte Pferdebahn erreichen.

Nachdem sie die Meldung gemacht hatte, holte sie ihren Mantel und ging hinaus in die Nacht. Auch in den Filmateliers waren die

Lichter inzwischen erloschen, stumm und schwarz erhob sich das riesige Gewächshaus am Ende des Rollfelds. Doch in den dunklen Glasscheiben spiegelten sich leuchtend und funkelnd vom Himmel die Sterne.

Rahel dachte noch einmal an die letzten Worte des Piloten, dann wand sie ihren Schal um den hochgeschlagenen Mantelkragen und machte sich auf den Weg.

Nein, man wusste wirklich nie, wozu etwas gut war. Fast war sie ihrem Vater dankbar.

TEIL EINS

Fieber

1918/19

1

Millionen und Abermillionen Dollar hatte der amerikanische Präsident für Propaganda ausgegeben, um sein Volk auf den Eintritt der USA in einen Krieg einzustimmen, der im fernen Europa tobte. Doch der Einsatz der horrenden Summen war nicht vergebens gewesen, die moralische Aufrüstung sollte schon bald die erhofften Früchte tragen. Als die deutsche Kriegsmarine im Februar 1917 den uneingeschränkten U-Boot-Krieg eröffnete, durch den friedliche Handelsschiffe auf den Weltmeeren von einem Tag zum anderen zu Freiwild wurden, erklärte die Regierung der USA mit Unterstützung des Parlaments wie auch großer Teile der Bevölkerung im April dem Kaiserreich den Krieg und machte landesweit mobil, um an der Seite der Entente-Mächte England, Frankreich und Russland die verhassten Hunnen niederzuwerfen.

Das war die Wende im großen Völkerringen. Während Hunderttausende amerikanische Soldaten über den Atlantik kamen, jung und kräftig und wohlgenährt, gelang es der deutschen Führung nicht, noch einmal die Flamme der Begeisterung für diesen Krieg zu entfachen. Der Grund dafür war die katastrophale Versorgungslage der Zivilbevölkerung, es haperte inzwischen an allem, was die Menschen zum Leben brauchten, und als auf Verlangen der Militärs die tägliche Brotration auf hundertfünfzig Gramm pro Kopf reduziert wurde, kam es in vielen Städten zu Massenstreiks, in Berlin und Leipzig ebenso wie in Magdeburg und Hamburg oder Bremen und Nürnberg. Allein in der Reichshauptstadt erfasste der Ausstand über dreihundert Betriebe, und mehr als zweihunderttausend Arbeiter legten die Arbeit nieder.

Zwar konnte General Ludendorff im Frühjahr 1918 noch einmal seine Truppen in Frankreich in eine erfolgreiche Offensive führen, doch war dieser Etappensieg mit hohen Verlusten erkauft, und da die Amerikaner täglich weiter Tausende von Soldaten über den Ozean schickten, wuchs die Übermacht der Alliierten so sehr an, dass die Moral der deutschen Landser auf den Nullpunkt sank. Der Vormarsch kam zum Erliegen, und während die Soldaten sich wieder in ihren Schützengräben eingruben, um dort vergeblich auf Nachschub an Waffen und Lebensmitteln und Menschenmaterial zu warten, machte in der Heimat eine Bemerkung Hindenburgs die Runde, die er vor seinen Generälen geäußert haben sollte: »Mit hungrigen Männern kann man keinen Krieg gewinnen.« Damit nahm der Chef der Obersten Heeresleitung bereits im Sommer 1918 die Kapitulation vorweg, die der Zentrumsabgeordnete Matthias Erzberger im November desselben Jahres in einem Eisenbahnwaggon im Wald von Compiègne mit seiner Unterschrift unter den Waffenstillstandsvertrag vor der Weltöffentlichkeit de facto eingestand.

Nein, die moralische Mobilmachung Deutschlands im großen Völkerringen mittels bewegter Bilder war gescheitert, der Krieg, den Kaiser Wilhelm 1914 nach dem Attentat auf den österreichischen Thronfolger in leichtfertiger Nibelungentreue zur k. u. k.-Monarchie begonnen hatte, um Deutschland an die Spitze unter den Völkern Europas zu führen, war verloren. Doch Frieden gab es darum nicht. Denn in dem untergehenden Kaiserreich entflammte ein ganz und gar neuer Krieg, ein Krieg zwischen Deutschen und Deutschen. Im Felde angeblich unbesiegt, kehrten Millionen Soldaten von der Front zurück, um das Land mit ihrer Verzweiflung zu fluten, und während sie versuchten, in der fremd gewordenen Heimat wieder heimisch zu werden, verbanden sich in Kiel meuternde Matrosen der Kriegsmarine, die ihre Offiziere in den letzten Kriegstagen noch einmal in einen längst sinnlos gewordenen Kampf hatten schicken wollen, mit streikenden Werftarbeitern und führungslosen Landtruppen, und ein Ruf erschallte in Deutschland, der sich von der Meeresküste ausbreitete, rasend schnell wie der zischende, sprühende Funke einer Zündschnur, und der von Tag zu

Tag, von Stunde zu Stunde lauter wurde, bis er in sämtlichen Winkeln des Reichs zu hören war:

REVOLUTION!

2

Tino erwachte aus bleiernem Schlaf mit dumpfen, bösen Träumen, und sein an allen Gliedern schmerzender Körper war bedeckt mit kaltem Schweiß. In quälender Anstrengung versuchte er, die Augen aufzuschlagen, doch es gelang ihm nicht – es war, als wäre sein Geist allein aufgewacht, sein Körper aber noch gefangen im Schlaf.

Als er es endlich schaffte, die verklebten Lider einen Spalt weit zu öffnen, sah er in das Gesicht eines Engels.

Zum Glück gehorchte ihm wenigstens seine Zunge.

»Lebe … lebe ich noch? Oder bin ich schon im Himmel?«

Der Engel lächelte ihn an. »Keine Angst, Herr Reichenbach. Im Himmel war noch kein Platz für Sie frei.«

Ein grauhaariger Mann mit wallendem Bart trat an sein Bett. Gottvater? Tino hätte es fast geglaubt. Doch dann wurde er gewahr, dass Gottvater einen weißen Kittel trug und auf seiner roten Pockennase ein sehr weltlicher Kneifer saß. Außerdem sprach er mit der schnarrenden Stimme eines preußischen Gardeoffiziers.

»Mehr Glück als Verstand gehabt, mein Bester – dem Tod gerade noch mal von der Schippe gesprungen.« Er setzte sich eine Maske auf, um Nase und Mund zu bedecken, und deutete mit einer Kopfbewegung auf den Engel. »Bedanken Sie sich bei Schwester Rahel. Sie hat Sie gerettet.«

Tino dämmerte es – er war in einem Krankenhaus. Während der Arzt sich zu ihm aufs Bett setzte, kam die Erinnerung in ihm hoch. Er hatte Fieber und unerträgliche Kopfschmerzen gehabt und sich gefühlt wie ein geprügelter Hund. Mit dem Auto war er in die Charité gefahren, um sich selbst einzuliefern. Doch dort hatte man ihn abgewiesen, aus Sorge, dass er sich mit der Spanischen Grippe angesteckt hatte, die seit einiger Zeit grassierte, und ihn zur Isolation in ein Lazarett am Tempelhofer Feld geschickt – Seuchengefahr!

Der Arzt tastete seinen Puls, dann fühlte er seine Stirn. »Sieht ganz so aus, als ob Sie über den Berg wären.« Er nahm die Maske vom Gesicht und stand auf. »Dann überlasse ich Sie mal der Obhut Ihrer Lebensretterin. Wünsche weiter gute Besserung.«

Mit einem Kopfnicken verabschiedete er sich.

»Danke, Schwester«, sagte Tino, als der Arzt fort war.

Sein Schutzengel schüttelte den Kopf. »Danken Sie Ihren Eltern, Herr Reichenbach – für Ihre robuste Natur. Ehrlich gesagt hatten wir Sie schon aufgegeben. Aber irgendjemand da oben«, sie zeigte kurz in die Höhe, »war wohl der Ansicht, dass Sie hier unten noch gebraucht werden.«

Sie griff in ihren Kittel und holte eine Maske hervor. Als sie sie aufsetzen wollte, hielt Tino sie zurück.

»Sagen Sie mal – sind wir uns schon mal begegnet?«

Die Schwester runzelte die Brauen. »Nein, nicht dass ich wüsste.«

»Seltsam. Dabei könnte ich schwören, Sie schon mal gesehen zu haben.«

»Das ist ja ein reizendes Kompliment«, lachte sie, »wenn Sie sich nicht mal erinnern können … Aber keine Sorge«, fügte sie hinzu, als er zu einer Entschuldigung ansetzte, »so was passiert öfter. Eine Folge des Fiebers.« Prüfend schaute sie ihn an. »Haben Sie Appetit? Oder Durst? Das wäre ein gutes Zeichen.«

»Nur Durst«, erwiderte Tino. »Auf Champagner.« Er hatte noch nicht ausgesprochen, da fiel ihm etwas ein. Im selben Moment fühlte er sich wie durch ein Wunder genesen. »Welches Datum haben wir?«

»Heute? Den siebten November. Warum?«

Auf den Ellbogen richtete er sich im Bett auf. »Würden Sie mir einen Gefallen tun?«

»Kommt darauf an, welchen.«

»Wenn Sie morgen wiederkommen, könnten Sie mir eine Nelke mitbringen? Morgen ist ein sehr wichtiger Tag, und Nelken bringen mir Glück.«

Die Schwester stutzte, dann ging ein staunendes Leuchten durch ihr Gesicht. »Ach, du grüne Neune! Sind Sie etwa der Nelkenkavalier vom Gendarmenmarkt? Der mir mal eine Friedhofsblume verehren wollte?«

Jetzt fiel auch bei Tino der Groschen: die kastanienbraunen Locken, die blaugrünen Augen, die Sommersprossen, der volle, große Mund und dazu die süßeste Stupsnase der Welt – wie konnte man sich daran nur nicht erinnern?

»Jetzt weiß ich, warum Sie mich gerettet haben«, sagte er mit einem Grinsen. »Um mir endlich Ihre Adresse zu verraten! Das hatten Sie damals nämlich vergessen.«

»Von wegen!«, sagte sie mit gespielter Strenge. »Wenn ich Sie erkannt hätte, hätte ich einen Bogen um Ihr Bett gemacht.«

»Sie hätten es bis an Ihr Lebensende bereut.«

»Einbildung ist auch eine Bildung.« Lachend wollte sie sich abwenden, doch wieder hielt er sie zurück.

»Würden Sie mir den Gefallen tun? Bitte! Es ist wirklich wichtig.«

Ebenso ernst wie er erwiderte sie seinen Blick. Dann lächelte sie.

»Na gut. Aber nur, weil Sie mein Patient sind und ich für Ihr Wohl verantwortlich bin.«

»Sie sind wirklich ein Engel!« Ebenso erleichtert wie erschöpft sank Tino zurück auf sein Bett. »Nur bitte keine weiße, auch wenn ich sie vielleicht verdient hätte. Meine Beerdigung muss warten, ich werde hier unten wirklich noch gebraucht.«

3

Am nächsten Tag musste Rahel erst zur zweiten Schicht am Tempelhofer Feld sein, sie hatte mit einer anderen Schwester den Dienst getauscht, um am Vormittag Arno Sumski einen Besuch in der Redaktion der »Vossischen Zeitung« abzustatten. Diesmal wollte sie es wirklich wissen – ein für alle Mal. Die Zeiten änderten sich gerade so rasend schnell wie ein D-Zug, und wer weiß, vielleicht war das ja ihre große Chance. Außerdem hatte sie ihrem Patienten versprochen, eine Nelke zu besorgen. Die wollte sie in dem kleinen Blumenladen kaufen, vor dem sie ihm zum ersten Mal in die Arme gelaufen war – auf dem Weg zur Redaktion kam sie ja dort vorbei.

Doch als sie die Elektrische am Gendarmenmarkt verließ, hielt sie inne. Vor dem Geschäft an der Ecke des Platzes drängten sich Scharen von Arbeitern und Soldaten auf dem Trottoir. Seltsam, wozu brauchten die alle Blumen? Rahel fragte sich, ob sie wirklich anstehen sollte, nur um einen so albernen Wunsch zu erfüllen – es würde eine Ewigkeit dauern, bis sie an die Reihe kam.

Während sie zögerte, musste sie daran denken, wie sie sich bei ihrer ersten Begegnung mit ihrem Patienten nach ihm umgedreht hatte, nur weil irgendein fremder Mensch auf die Idee gekommen war, die Fleischerei gegenüber zu betreten. Wäre sie damals besser nicht dem Gottesurteil gefolgt? Wahrscheinlich hätte sie die flüchtige Begegnung dann längst vergessen und ihren Patienten im Lazarett gar nicht wiedererkannt … Konstantin Reichenbach – schon dieser Name … Doch andererseits, man kann nicht alles selbst entscheiden, das kann und soll man auch nicht, dann wird das Leben langweilig, hatte ihre Großmutter immer gesagt, und die war die klügste Frau, die sie je gekannt hatte. Noch jetzt hatte sie ihren Spruch im Ohr: Man weiß nie, wozu etwas gut ist …

Ohne länger nachzudenken, beschloss Rahel, auch diesmal ihrem Beispiel zu folgen und sich dem Schicksal anzuvertrauen. Wenn sie bei ihrem Besuch in der Redaktion Erfolg haben würde, würde sie die Nelke besorgen. Wenn nicht, dann nicht.

4

Tino hatte die ganze Nacht so tief und fest wie ein Säugling geschlafen und war ohne Schmerzen und Fieber aufgewacht. Als Stabsarzt Dr. Recknagel zur Vormittagsvisite erschien, hielt es ihn darum kaum noch im Bett. Heute war der achte November, und am Abend fand im Piccadilly-Haus ein Ereignis statt, auf das er sich seit Wochen freute und das er auf keinen Fall verpassen wollte.

»Antreten zum Morgenappell!«, schnarrte Dr. Recknagel.

»Wie bitte?«

»Hinsetzen und Oberkörper frei machen! Wohl ein bisschen schwer von kapé, oder was?«

Tino gehorchte, als wäre er immer noch beim Kommiss. Der Arzt nahm sein Stethoskop und horchte ihm die Brust ab. Dann zückte er ein flaches, braunes Holzstäbchen.

»Dann wollen wir mal einen Blick in Ihr Innerstes werfen. Sagen Sie laut und kräftig ah!«

»Aaaah!«

Tino kam sich vor wie ein Kind, als er den Rachen aufriss und Dr. Recknagel ihm das Stäbchen auf die Zunge drückte. Das hatte er schon immer gehasst. Bei der Berührung durch das stumpfe Holz trocknete ihm jedes Mal der Mund aus, außerdem kitzelte das Ding an seinem Zäpfchen. Fast hätte er sich übergeben.

Zum Glück war die Untersuchung schnell vorbei.

»Bin ich noch ansteckend?«, fragte er.

»Natürlich nicht. Glauben Sie, ich würde Ihnen sonst ohne Maske auf die Pelle rücken? Bin doch nicht lebensmüde!«

»Wunderbar. Dann können Sie mich ja entlassen.«

»Mal immer langsam mit den jungen Pferden, Sie stürmischer Husar. Sie brauchen noch ein paar Tage Erholung.«

»Erholen kann ich mich zu Hause. Mein Auto steht vor der Tür.«

»Mit dem Automobil rumkutschieren? In Ihrem Zustand? Wohl geisteskrank!«

»Aber ich fühle mich putzmunter!«

»Das bilden Sie sich nur ein. In Ihrem Zustand schaffen Sie es nicht mal bis zur Tür.«

Tino schwang seine Beine aus dem Bett. »Wollen wir wetten?«

Dr. Recknagel blickte ihn so scharf an, dass er zusammenzuckte. »Wetten tun die Juden, wenn sie kein Geld haben. Drei Tage Matratzenhorchdienst! Und wehe, Sie gehen mir von der Fahne!«

Damit rauschte er hinaus. Während Tino wartete, dass die Tür sich hinter ihm schloss, streifte er sich sein Nachthemd über. Das wäre ja wohl gelacht! Tastend setzte er die Füße auf den Boden, dann stützte er sich auf dem Nachtkasten ab und stand auf. Aber schon beim ersten Schritt knickten seine Beine ein, als wären sie aus Pudding. Mit beiden Armen hangelte er sich zurück zu seiner Matratze.

Die Tür schien ihm plötzlich so weit weg wie der Mond.
Wo zum Kuckuck blieb Schwester Rahel?

5

Arno Sumski verdrehte die Augen, als Rahel seinen Glaskäfig betrat.

»Nein, nicht schon wieder.«

»Keine Sorge. Ich habe keinen Artikel dabei.«

Die Miene des Redakteurs hellte sich schlagartig auf. »Oh, haben Sie es endlich eingesehen?«

»Im Gegenteil!« Ohne darauf zu warten, dass er ihr einen Platz anbot, setzte sie sich gegenüber von seinem Schreibtisch auf einen Stuhl. »Ich möchte mich um ein Volontariat bewerben.«

Noch bevor sie den Satz beendet hatte, schüttelte Sumski den Kopf. »Davon kann ich nur dringend abraten, so ein Volontariat ist eine Ochsentour. Abgesehen davon, dass Sie als Frau sowieso keine Chance haben – warum wollen Sie sich das antun? Das haben Sie doch gar nicht nötig, so hübsch wie Sie sind.«

Wie ein Dackel schaute er sie aus seinen wässrigen Augen an. Rahel musste sich beherrschen, um ihm nicht die passende Antwort zu geben.

»Danke für das Kompliment«, sagte sie so freundlich, wie sie nur konnte. »Aber es passieren gerade so viele Dinge, da müssten Sie sich doch über jeden zusätzlichen Journalisten eigentlich freuen.«

Sumski runzelte seine buschigen Brauen. »Nicht, wenn er einen Rock trägt und im Kirchenchor Sopran singt. Oder glauben Sie, ich bin ein Unmensch, der Frauen in den Krieg schickt?«

»Wir sind in Berlin, nicht im Krieg. Außerdem ist es mein eigener Wunsch!«

»Nein, Fräulein Rosenberg. Kommt nicht in Frage. Erstens grundsätzlich nicht und zweitens nicht in diesen Zeiten. Wenn die Tumulte so weitergehen, werden wir hier bald schlimmere Zustände haben als an der Front.«

Um zu demonstrieren, dass für ihn das Gespräch beendet war, nahm er einen Artikel von dem Stapel auf seinem Schreibtisch und begann zu lesen. Empört über sein unverschämtes Verhalten, stand Rahel auf, um zu gehen.

Sie hatte die Türklinke schon in der Hand, da sah sie plötzlich den Piloten vor sich, der nichts anderes gewollt hatte als fliegen, sah sein glückliches Gesicht und das Lächeln, mit dem er gestorben war.

Auf dem Absatz machte sie kehrt und pflanzte sich wieder auf ihren Stuhl.

»Ich gehe hier nicht raus, bevor Sie mir eine Zusage gegeben haben.«

Der Redakteur tat, als würde er weiterlesen, und ein paar Minuten war in dem Raum nur von draußen der Lärm der Journalisten zu hören.

»Ich habe Zeit«, sagte Rahel, obwohl ihr das Herz bis zum Hals klopfte, und schickte ein Stoßgebet zum Himmel, dass jetzt nur ja nicht das Telefon klingelte.

Mit einem Seufzer blickte Sumski auf. Offenbar hatte er begriffen, dass sie es ernst meinte. »Na, gut«, sagte er. »Bevor Sie hier festwachsen. Aber nur, wenn Sie mir einen Artikel bringen, den wir drucken können.«

Rahel wäre ihm am liebsten um den Hals gefallen. Wie aus der Pistole schlug sie ihm ein Dutzend Reportagen vor, mit denen sich sämtliche Ausgaben der »Vossischen Zeitung« bis Weihnachten füllen ließen: von der Not im Lazarett, von den Kranken und Toten, vom Leid der Angehörigen und dem aufopferungsvollen Kampf der Ärzte, Schwestern und Sanitäter …

Sie redete um ihr Leben. Doch je länger sie sprach, desto unwilliger hörte Sumski zu.

»Schluss mit dem Unsinn!«, unterbrach er sie. »Davon haben die Leute mehr als genug in ihrem eigenen Leben. Wenn sie beim Frühstück die Zeitung aufschlagen, wollen sie von Dingen lesen, die sie von ihrem Elend ablenken, die sie zerstreuen, die ein bisschen Freude in ihr Leben bringen.« Mit einer Miene, aus der mehr Skepsis als Zuversicht sprach, nickte er ihr zu. »Wenn Sie so etwas für mich haben, dürfen Sie wiederkommen. Aber keinen Tag früher, sonst schmeiß ich Sie hochkantig raus. Haben wir uns verstanden?«

6

Durch das Lazarettfenster sah Tino hinaus in den schmutziggrauen Novemberhimmel. Die Dämmerung hatte bereits eingesetzt, der Tag ging allmählich in den Abend über, doch Schwester Rahel war immer noch nicht da. Hatte sie heute vielleicht auf einer anderen Station Dienst? Als Tino sich bei einem Sanitäter nach ihr erkundigte, zuckte der nur mit den Schultern und sagte, dass Dr. Recknagel schon den ganzen Nachmittag operiere – womöglich assistiere sie ja dem Chef.

Oder hatte sie ihr Versprechen einfach nur vergessen?

Tino wartete bis um sechs, dann verließ er das Bett, um sich anzuziehen. Spätestens um acht musste er im Piccadilly-Haus sein, sonst würde er das Beste verpassen. Mit vorsichtigen Schritten tastete er sich zu seinem Spind. Zwar fühlte er sich schon viel sicherer auf den Beinen als bei seinem ersten Gehversuch am Morgen, doch vom Aufstehen war ihm so schwindlig, dass er sich einmal kurz an der Wand abstützen musste, um nicht das Gleichgewicht zu verlieren.

Ob es hier draußen wohl eine Droschke gab, die ihn in die Stadt bringen würde?

Er nahm seine Sachen aus dem Spind und ließ sich auf einen Stuhl sinken. Zu blöd, dass er keinen Smoking dabeihatte, sondern nur den schlichten Straßenanzug, in dem er gekommen war. Er zog das Nachthemd aus, in das man ihn gesteckt hatte, und streifte sich die Hose über. Sich anzuziehen ging fast über seine Kräfte, und als er es endlich geschafft hatte, fühlte er sich erschöpfter als sonst nach einem ganzen Arbeitstag.

Er knöpfte sich gerade den Hemdkragen zu, da ging die Tür auf, und Schwester Rahel kam herein.

»Um Gottes willen, was machen Sie denn da?«

»Ich muss in die Stadt«, sagte er. »Dringender Notfall.«

Mit sichtlichem Misstrauen musterte sie ihn. »Hat Dr. Recknagel

Sie entlassen?« Ihr Kittel war voller Blutflecken, offenbar kam sie gerade aus dem Operationssaal.

Tino schüttelte den Kopf. »Nein, aber genau deshalb brauche ich Ihre Hilfe. Es geht um Leben und Tod.«

»Um Leben und Tod?«

»Allerdings!« Plötzlich sah er die Nelke in ihrer Hand. Im selben Augenblick spürte er, wie die Lebensgeister in ihn einschossen. »Gott sei Dank! Und sogar eine gelbe! Ich wusste ja, Sie würden Ihr Versprechen halten.«

»Nur, weil Sie mein Patient sind.« Mit einem Lächeln, von dem er nicht genau wusste, wie es gemeint war, reichte sie ihm die Blume. »War gar nicht so einfach, sie zu bekommen. In dem Blumenladen gab es einen regelrechten Ansturm – Dutzende Arbeiter und Soldaten, die alle Nelken haben wollten. Aber zum Glück nur rote.«

Tino nahm die Blume und steckte sie sich ins Knopfloch. »Können Sie Auto fahren, Schwester?«

»Nicht, dass ich wüsste«, erwiderte sie.

»Prima, dann ist heute Ihr Glückstag. Ich bringe es Ihnen bei.«

7

Zehn Minuten später saß Rahel zum ersten Mal in ihrem Leben am Steuer eines Automobils.

»Und jetzt?«, fragte sie.

»Fahren Sie einfach los«, erwiderte Konstantin Reichenbach. »Wir müssen zum Potsdamer Platz.«

Er drückte auf einen Knopf am Armaturenbrett, und mit lautem Getöse sprang der Motor an.

»Schön«, sagte Rahel. »Dann muss ich ja nur noch wissen, wie das geht – einfach losfahren.«

»Das ist so leicht, das kann sogar ich. Sehen Sie die drei Pedale zu Ihren Füßen? Das sind Gas, Kupplung und Bremse. Wenn Sie die richtig bedienen, geht der Rest wie von selbst.«

Um den Lärm des Motors zu übertönen, musste er brüllen. Rahel klopfte das Herz bis zum Hals, mit beiden Händen hielt sie das vibrierende Lenkrad so fest umklammert, als könnte das Auto sonst jeden Moment mit ihr durchgehen. Während Konstantin Reichenbach ihr die Funktionen der verschiedenen Pedale erklärte, schaltete er die Scheinwerfer ein. Zwei schwache Lichtkegel leuchteten ein paar Meter hinaus in die Nacht, dahinter verlor sich die Straße in bedrohlicher Finsternis.

»Sind Sie bereit?«

Rahel schluckte einmal und nickte. Sie konnte nur hoffen, dass sie alles begriffen hatte.

»Dann jetzt die Kupplung!«

Das Pedal ging so schwer, dass sie ihre ganze Kraft anstrengen musste, um es bis zum Anschlag durchzutreten. Als sie es geschafft hatte, betätigte Konstantin Reichenbach einen Hebel zwischen ihren beiden Sitzen.

»Jetzt langsam die Kupplung kommen lassen und gleichzeitig Gas geben.«

Rahel versuchte es. Mit einem wilden Satz schoss das Auto nach vorn, als wollte es das Scheinwerferlicht jagen, um dann mit einem Ruck wieder stillzustehen.

»Sie müssen mehr Gas geben, wenn Sie die Kupplung kommen lassen.«

Ein halbes Dutzend Mal wiederholte sie den Versuch, vergeblich. Dann aber klappte es, wie durch ein Wunder hatte sie zum richtigen Zeitpunkt die jeweils richtigen Pedale erwischt Das Auto bockte zwar wie ein störrisches Pferd, aber halleluja – es *fuhr*!

»Na, sehen Sie!«, lachte Konstantin Reichenbach. »Ist doch gar nicht so schwer. Jetzt immer nur der Nase nach.«

Rahel war froh, dass sie noch lebte. »Warum mache ich das überhaupt?«, fragte sie, die Augen geradeaus auf die dunkle Straße gerichtet. »Erst schmuggle ich Sie aus dem Lazarett, dann kutschiere ich Sie mit dieser Höllenmaschine in die Stadt.«

»Ich habe den Eindruck, dass Ihnen das großen Spaß macht!«

Rahel musste innerlich grinsen, er hatte sie erwischt. So groß ihre Angst vor ein paar Sekunden noch gewesen war – jetzt, da der Motor ratterte wie eine Nähmaschine und das Automobil, gelenkt von ihren eigenen Händen, fast ohne zu bocken die Straße entlang durch die Nacht brauste, spürte sie nur noch diese ungeheure Kraft und Geschwindigkeit, die sich auf jede Faser ihres Leibs übertrug. Noch nie hatte sie ein solches Gefühl erlebt – nur Fliegen konnte schöner sein! Am liebsten hätte sie vor Freude laut gejauchzt.

Aus den Augenwinkeln sah sie, dass Konstantin Reichenbach den Kopf zu ihr herumdrehte. Die Augen weiter fest auf die Straße gerichtet, konnte sie sein triumphierendes Grinsen förmlich spüren. Doch eher würde sie sich die Zunge abbeißen, als einzugestehen, wie großen Spaß ihr das Autofahren machte!

Stattdessen fragte sie: »Haben Sie eigentlich keine Angehörigen, die sich um Sie kümmern?«

Er wandte den Blick von ihr ab und schaute wieder nach vorne. Dann sagte er mit ungewohnter Ernsthaftigkeit: »Ich fürchte, die haben andere Sorgen.«

8

In der Tat, die Familie Reichenbach hatte andere Sorgen. Obwohl von den Unruhen, die sich seit der Meuterei der Kieler Matrosen im ganzen Reich ausbreiteten, in Dresden noch nicht allzu viel zu spüren war, war Feuer am Dach der familieneigenen Handels- und Kreditbank, da diese ihre Geschäfte nicht nur von ihrem Stammsitz an der Elbe aus tätigte, sondern auch von ihren zwei Filialen in Berlin und in München. Dabei war vor allem die Niederlassung in der bayerischen Landeshauptstadt in Gefahr. Denn am heutigen Tag hatte dort ein Schriftsteller und Journalist namens Kurt Eisner, ein langhaariger, bärtiger Mensch, der auf den Zeitungsbildern aussah wie ein galizischer Kaftanjude, den Freistaat Bayern ausgerufen und das Königshaus der Wittelsbacher für abgesetzt erklärt.

Insofern konnte Constanze Reichenbach nicht verstehen, mit welch sträflicher Sorglosigkeit ihr Ehemann Gustav es versäumte, sich gegen das drohende Unheil zu stemmen. Obwohl sie selbst nicht in der Bank tätig war – schließlich war sie eine Dame –, ließ sie sich stets von ihrem Sohn Arnim über den aktuellen Stand der Dinge unterrichten. Sie hatte in ihrer Jugend auf schmerzhafte Weise erfahren, wohin es führte, wann man nicht auf der Hut war. Ihr Vater, ein eleganter Mann von unvergleichlicher Lebensart, hatte eine überaus angesehene Tuchfabrik besessen, deren Wirk- und Webwaren im ganzen Reich nachgefragt worden waren. Doch laxe Saumseligkeit hatte allen Wohlstand zunichtegemacht. Der Prokurist, ein verschlagenes, hinterhältiges Individuum, hatte sich das Vertrauen des Vaters erschlichen und diesen in heimtückischer Weise dazu ermuntert, mehrere Male im Jahr zur Kur nach Baden-Baden, Karlsbad und Monte Carlo zu fahren, um sich von den Strapazen des aufreibenden Berufslebens zu erholen – die Geschäfte seien ja in besten Händen. Constanze war gerade achtzehn Jahre alt gewesen, also im besten heiratsfähigen Alter, als es geschah. Sie hatte es damals allein ihrer Schönheit zu verdanken gehabt, dass sie, obwohl nicht länger Tochter aus gutem Hause und bar jeder Mitgift, standesgemäß hatte heiraten können. Gustav Reichenbach, drei Jahre älter als sie und Erbe einer wohlangesehenen Handels- und Kreditbank, hatte um ihre Hand angehalten, und ohne Rücksicht auf sein unelegantes Äußeres und seine fehlende Lebensart hatte sie ja gesagt.

Sollte sie nun ein zweites Mal zum Opfer eines solchen Schicksals werden?

»Du musst endlich handeln, Gustav! Bevor ein Unglück passiert!«

»Aber was soll denn schon passieren, meine Liebe? Die Dinge werden sich bald wieder beruhigen.«

»Und wenn nicht? Soll es uns so gehen wie meinen armen Eltern? Nein, man muss sich selber kümmern – hilf dir selbst, dann hilft dir Gott! Das hat das Leben mich gelehrt.«

»Und was denkst du, was ich tun soll?«

»Muss ich dir das wirklich erklären? Jemand muss nach München – besser heute als morgen!«

Wie immer, wenn Gustav nicht weiterwusste, zog er sein Seehundsgesicht. Ohnmächtig hob er die Arme. »Wie bedauerlich, dass Tino ausgerechnet jetzt nicht auf dem Posten ist.«

Constanze schaffte es kaum, den Blick seiner Triefaugen zu erwidern. Wie hasste sie diese Miene! Es war dieselbe, die er zog, wenn er sie zur Ausübung ihrer ehelichen Pflichten nötigte.

»Und wenn stattdessen Arnim nach München fährt?«

Gustav schüttelte den Kopf. »Arnim ist zu unerfahren. Und außerdem ist er ein Hitzkopf. Im Zweifel richtet er mehr Schaden als Nutzen an.«

Constanze musste an sich halten, um nicht aus der Haut zu fahren. Warum wollte Gustav nicht einsehen, dass Arnim sein Vertrauen verdiente – weit mehr als sein Erstgeborener? Tino war ein Luftikus, der das Leben als seinen persönlichen Spielplatz betrachtete und dem es im Zweifelsfall nur um sein eigenes Wohlergehen ging – *»Ubi bene, ibi patria!«* Arnim dagegen war ein ernsthafter junger Mann, der sehr wohl wusste, worauf es im Leben ankam, und wenn ihm manchmal die Pferde durchgingen, dann war das nur ein Zeichen, wie tief durchdrungen und beseelt er von seinen Überzeugungen war.

Doch jetzt war keine Zeit, um zu streiten – jetzt musste gehandelt werden! Obwohl es sie Überwindung kostete, trat Constanze zu ihrem Mann und küsste ihn auf die Wange.

»Ich fürchte, mein Lieber, dann wird dir nichts anderes übrigbleiben, als dich selbst nach München zu bequemen.«

9

Tino staunte, wie schnell Schwester Rahel gelernt hatte, Auto zu fahren, er selbst hatte dazu eine Ewigkeit gebraucht. Nach nur wenigen Kilometern bediente sie die Pedale mit geradezu traumwandlerischer Sicherheit, ohne auch nur einmal Kupplung, Gas oder Bremse zu verwechseln, und lenkte seinen Flitzer so sicher durch die Straßen wie ein Berliner Bierkutscher seine Kaltblüter. Einfach tipptopp! Offenbar war Spaß an der Freude ein besserer Lehrer als der Mechaniker, der ihm das Fahren beigebracht hatte. Und die Freude war Schwester Rahel an der hübschen Nasenspitze anzusehen. Strahlend über das ganze Gesicht, legte sie sich wie ein Rennfahrer in die Kurven.

»Verflucht, was ist denn da los?«

Als sie auf den Potsdamer Platz einbogen, trat er vor lauter Schreck auf die Bremse, obwohl es auf der Beifahrerseite gar keine gab. Zum Glück hatte Rahel genauso schnell reagiert. Vor dem Bahnhof hatten sich Tausende Menschen zusammengerottet, Arbeiter und Soldaten. Einander untergefasst, standen sie in Reih und Glied bewaffneten Polizisten gegenüber, die bereits ihre Schlagstöcke gezückt hatten.

»Jetzt weiß ich auch, warum es keine roten Nelken mehr gab«, sagte Schwester Rahel.

Es hatte inzwischen zu nieseln begonnen, so dass Tino im Gegenlicht der Gaslaternen nur schwer etwas erkennen konnte. Doch dann sah er, was Schwester Rahel meinte. Die Demonstranten trugen fast alle Nelken an ihren Jacken und Uniformröcken, doch keine gelben wie er, sondern rote. Während die beiden Parteien sich wie zwei verfeindete Armeen gegenüberstanden, ließ er den Blick zwischen ihnen hin- und herwandern. Noch schien nichts passiert zu sein. Aber die Anspannung, die über dem Platz lag, war mit Händen zu greifen. Ein Funke würde genügen, um das Pulverfass explodieren zu lassen.

»Das Piccadilly-Haus liegt dort hinten.« Er zeigte an das andere Ende des Platzes, wo sich neben dem Bahnhof ein Gebäude so groß wie eine Kathedrale erhob, mit hohen Säulengängen im Erdgeschoss und einem imposanten Kuppelgewölbe über dem hellerleuchteten Haupteingang. »Was meinen Sie – schaffen Sie das?«

Statt einer Antwort zog Schwester Rahel eine Rot-Kreuz-Armbinde aus ihrer Manteltasche und reichte sie ihm mit einem Grinsen.

»Haben wir nicht einen Notfall?«

»Hervorragende Idee!«

Tino klappte das Seitenfenster herunter und hielt die Binde gut sichtbar in die Höhe. »Aus dem Weg! Platz da für einen Krankentransport!«

Tatsächlich, es funktionierte! Ein paar Arbeiter, die mit Knüppeln und Steinen in den Händen schon bedrohlich nah vor ihrem Auto standen, traten beiseite, so dass sie unbehelligt weiterfahren konnten. Während Tino fleißig die Binde schwenkte, steuerte Schwester Rahel das Auto im Schritttempo durch die Menge.

Als sie vor dem Piccadilly-Haus anhielten, flogen die ersten Steine, und nur ein paar Meter entfernt prügelten zwei Polizisten einen Arbeiter nieder.

»Jetzt müssen wir nur noch heil hier rauskommen«, sagte Schwester Rahel.

»Keine Angst.« Tino stellte den Motor ab. »Ich glaube, da hinten kommt unsere Rettung.«

Aus der Gegenrichtung näherten sich zwei Lichter, und plötzlich wichen wie von Geisterhand dirigiert die Menschenmassen zurück, um einem anderen Auto Platz zu machen. Als es vor dem Haupteingang des Gebäudes zum Stehen kam, eilte ein Portier herbei, um den Wagenschlag zu öffnen.

Dem Auto entstieg eine Frau in großer Abendrobe, die sich trotz des Nieselregens lachend dem Volk präsentierte.

»Aber … aber das ist doch – *Pola Negri*!«, rief Schwester Rahel.

»Mein Notfall«, erwiderte Tino. »Möchten Sie sie vielleicht kennenlernen?«

Schwester Rahel drehte sich zu ihm um. »Machen Sie sich über mich lustig?«

»Keineswegs.« Obwohl er sich immer noch wacklig auf den Beinen fühlte, verließ er das Auto, um ihr beim Aussteigen zu helfen. »Darf ich bitten?«

10

In ihrem schlichten Regenmantel kam Rahel sich ein bisschen vor wie Aschenputtel, als sie an Konstantin Reichenbachs Arm über den roten Teppich schritt, der zum Eingang des Gebäudes führte. Wenn sie das gewusst hätte – in ihrem Schrank hätte es ein halbes Dutzend passender Kleider gegeben, ihr Vater war schließlich Modeschneider!

Damit ihr niemand etwas anmerkte, warf sie den Kopf in den Nacken. Es gab keinen Grund, sich zu genieren! Ihr Begleiter trug ja auch nur einen schlichten Straßenanzug.

Rahel kannte das Piccadilly-Haus, im Erdgeschoss gab es ein Kino und ein Café – in dem hatte sie einmal so schlechten Kuchen gegessen, dass sie kein zweites Mal hierhergekommen war. Damals hatte das Gebäude mit seiner grauen, nüchternen Zweckmäßigkeit sie an einen calvinistischen Tempel erinnert. Doch heute war es herausgeputzt wie ein katholischer Dom zum Pfingstfest. Überall Blumenschmuck und Lichterglanz.

Neugierig schaute sie sich um.

»Was wird hier gefeiert?«

»Eine Pressevorführung des neuesten Ufa-Spielfilms«, erwiderte Konstantin Reichenbach. »›Carmen‹, nach der Oper von Bizet.«

Als sie das Foyer betraten, ertönte die Ouvertüre, gleichzeitig ging ein wahres Blitzlichtgewitter los. Rahel war so geblendet, dass sie die Musikkapelle gar nicht sah. Eine ganze Armada von Fotografen hatte ihre Kameras aufgebaut und auf Pola Negri gerichtet, eine kaum zwanzig Jahre alte Polin, die trotz ihrer Jugend in der Heimat angeblich schon ein Star war und jetzt im Begriff stand, auch das deutsche Publikum zu erobern – erst letzte Woche hatte die »Berliner Illustrierte« einen großen Artikel mit zahlreichen Fotos über sie gebracht, den Rahel gelesen hatte. Jetzt stand sie in der Mitte des Foyers, von dessen Kuppeldecke ein riesiger Kronleuchter herabhing, und posierte in einem enganliegenden, glitzernden Lamé-Kleid, den kunstvoll frisierten Kopf in den Nacken geworfen, die eine Hand in die Hüfte gestemmt und in der anderen eine ellenlange Zigarettenspitze. In ihrem Rücken, unweit der Musikkapelle, die ein Medley der Opernmelodien spielte, wachte ein Mann von etwa dreißig Jahren, dessen Nase noch größer war als die Zigarre in seinem Mund, mit grimmiger Miene wie ein Zerberus über die blutjunge Schauspielerin.

»Das ist der Regisseur«, raunte Tino, der Rahels fragenden Blick sah. »Ernst Lubitsch! Der wird mal ein ganz Großer!«

Rahel kam aus dem Staunen nicht mehr heraus. Von den Unruhen draußen auf dem Platz war hier drinnen nicht das Geringste zu spüren. Während Pola Negri sich unter der Aufsicht ihres Regisseurs weiter fotografieren ließ, hallte das Foyer vom Lachen und Gläserklingen der Gäste wider. Befrackte Kellner schwebten mit Champagnerflaschen durch den Raum, um die Gläser aufzufüllen, es wurde geplaudert, gelacht und geschäkert, als gäbe es kein Draußen.

»Das ist der Vorteil, wenn man am Rand des Abgrunds steht«, sagte Konstantin Reichenbach und reichte Rahel ein Glas Champagner. »Man sieht ihn einfach nicht mehr.«

Sie stießen gerade an, da ertönte ein quäkender Ton, wie von einer Autohupe. Die Musik verstummte, und plötzlich drängte alles in Richtung einer sich öffnenden Flügeltür, die in einen verdunkelten Saal führte.

»Beeilen wir uns!« In einem Zug leerte Tino Reichenbach sein Glas. »Damit uns niemand die Plätze wegschnappt.«

11

Gleich in der zweiten Reihe, direkt hinter der Hauptdarstellerin und dem Regisseur, waren für Tino zwei Plätze reserviert. In weiser Voraussicht hatte er Stauß' Sekretärin gesagt, dass er »in Begleitung« zu der Vorführung kommen würde – man wusste ja nie, was das Leben für einen bereithielt –, und Gott sei Dank hatte Fräulein Jaschek die Reservierung aufrechterhalten, trotz Erkrankung und Lazarett.

Als er Schwester Rahel zu ihrem Platz führte, drehte Ernst Lubitsch sich um und begrüßte ihn mit einem Kopfnicken.

»Ich hoffe, Sie sind beeindruckt«, raunte Tino, nachdem sie ihre Plätze eingenommen hatten. Doch leider setzte genau in diesem Augenblick mit lautem Getöse die Musik ein. Der Vorhang ging auf, und Schwester Rahel drehte den Kopf herum und schaute auf die Leinwand, wo eine Fabrik und ein sonnenüberfluteter Platz zu sehen waren. »Sevilla in Spanien«, verkündete der Zwischentitel. Offenbar war in der Fabrik gerade Mittagspause, Arbeiter und Arbeiterinnen strömten aus dem Tor ins Freie, vor dem ein paar gelangweilte Soldaten mit ihren Gewehren patrouillierten, während von ferne ein weiterer Trupp Soldaten zur Wachablösung heranmarschierte, begleitet von einer Horde Gassenjungen.

Tino beugte sich zu seiner Nachbarin, die mit großen Augen das Geschehen verfolgte.

»Ich muss Ihnen etwas gestehen«, flüsterte er.

»Was?«, flüsterte sie zurück, ohne den Blick von der Leinwand zu lassen.

»Die Not*lage* war eher eine Not*lüge*. Können Sie mir trotzdem verzeihen?«

»Natürlich nicht, Sie Schuft! Aber man weiß ja nie, wozu was gut ist …«

»Wie bitte?«

»Psssssst!!!!!«

Sie hatte so energisch gezischt, dass er verstummte. Auf der Leinwand erschien jetzt Pola Negri in Großaufnahme: Carmen, die Hauptfigur des Films, eine Arbeiterin aus der Zigarettenfabrik. Obwohl sie Lumpen trug, sah sie hinreißend aus. Im Publikum brandete Beifall auf. Auch Schwester Rahel klatschte, als die Schauspielerin sich vor ihnen von ihrem Platz erhob, um sich für den Applaus zu bedanken.

Tino registrierte es mit Vergnügen. Vielleicht fiel ein bisschen von dem Glanz ja auch auf ihn ab.

Während Pola Negri sich wieder setzte, entbrannte auf der Leinwand ein Streit um die von ihr verkörperte Carmen. Ein Soldat und ein Arbeiter standen einander gegenüber, in gebückter Haltung wie zwei Ringkämpfer belauerten sie sich mit Augen voller Hass. Plötzlich, im selben Augenblick, fielen sie über einander her. Fäuste flogen, Messer blitzten auf, ein wütender Kampf entstand.

Da knallte ein Schuss!

Tino zuckte zusammen. Um Gottes willen – war das Pulverfass draußen explodiert? Er schaute über die Schulter in den Saal, doch niemand außer ihm schien etwas gehört zu haben. Alle starrten auf die Leinwand, auch Schwester Rahel.

Über sich selber schmunzelnd, schüttelte Tino den Kopf. Dieser Teufelskerl Ernst Lubitsch! Er war ein solcher Meister seines Fachs, das man nicht mehr wusste, was Film war und was Wirklichkeit.

Beruhigt lehnte er sich zurück, um die weitere Vorführung zu genießen.

12

Als der Vorhang fiel, saß Rahel eine Weile reglos da, noch immer gefangen von der fremden, wunderbaren Welt, in die sie für anderthalb Stunden eingetaucht war.

»Wie schaffen die das nur?«, fragte sie, als sie mit Konstantin Reichenbach den Saal verließ.

»Wer soll was schaffen?«

»Die Schauspieler. Ich meine, eigentlich ist es ja eine vollkommen verrückte Idee, eine Oper zu verfilmen – ohne Ton. Und trotzdem glaubte ich, die Darsteller reden und singen zu hören.«

»Das ist die Kunst des Regisseurs«, erwiderte Tino. »Er schafft in unseren Köpfen eine Wirklichkeit, die es gar nicht gibt. So ähnlich wie der liebe Gott. Der gaukelt uns ja manchmal auch Dinge vor, die nicht existieren. Zum Beispiel im Traum. Oder in der Liebe …«

Bedeutungsvoll schaute er sie an. Doch bevor sie fragen konnte, was er mit seiner Bemerkung meinte, wurden Beifallsrufe laut. Sie kamen aus dem Foyer und galten der Hauptdarstellerin und ihrem Regisseur. Die beiden waren vorausgegangen und nahmen jetzt, umringt von begeisterten Zuschauern, deren Huldigungen entgegen: Pola Negri mit einem bezaubernden Lächeln, bei dem ihre weißen Zähne zwischen den rotgeschminkten Lippen mit den Magnesiumblitzen der Fotografen nur so um die Wette strahlten, Ernst Lubitsch mit der Miene eines strengen Gottes, dem man die schuldigen Opfergaben darbrachte.

»Wie aufregend das alles ist«, sagte Rahel. »Zu schade, dass ich schon nach Hause muss.« Sie wandte sich zur Garderobe, um ihren Mantel zu holen.

»Aber warum?«, fragte Tino Reichenbach. »Die Party geht doch jetzt erst richtig los.« Er deutete mit dem Kopf auf die Kellner, die schon wieder Champagner ausschenkten, und auch die Musiker kehrten zu ihren Instrumenten zurück.

Rahel zögerte. Der Grund war ihr ein bisschen peinlich, immerhin war sie fast zwanzig Jahre alt. Aber lügen wollte sie nicht.

»Meine Eltern warten auf mich«, sagte sie kleinlaut.

Tino Reichenbach lachte. »Aber das muss Ihnen doch nicht peinlich sein! Ich bin schon über dreißig, und trotzdem kommandiert meine Mutter mich rum, als würde ich noch im Matrosenanzug stecken.« Plötzlich nahm er ihre Hand, als wäre es das Selbstverständlichste der Welt. »Und wenn ich Sie bitte? Nur fünf Minuten. Würden Sie die noch bleiben?«

Rahel spürte seine Hand um ihre Hand. Und sie spürte das merkwürdige Kribbeln, das ihr gerade den Rücken rauf und runter lief, ohne zu wissen, was das eine mit dem andern zu tun hatte.

War sie etwa beschwipst?

Im selben Moment ließ er ihre Hand los. Fast ein wenig enttäuscht, schaute sie ihn an.

»Ich hatte Ihnen versprochen, Sie der Negri vorzustellen«, sagte er, als er ihren fragenden Blick sah. »Und versprochen ist versprochen.«

Mit einem Schlag war sie wieder nüchtern. »Meinen Sie das im Ernst?« Sie hatte so laut gesprochen, dass einer der Kellner sich nach ihr umdrehte.

»Wofür halten Sie mich?«, erwiderte Konstantin Reichenbach mit gespielter Empörung. »Ich bin ein Ehrenmann!«

Rahel war es ganz egal, was er war. Hauptsache, er tat, was er sagte.

Das war ihre Chance – vielleicht die Chance ihres Lebens!

Er reichte ihr seinen Arm, und ohne zu zögern, hakte sie sich bei ihm unter.

»Na, los – worauf warten wir? Machen wir der Dame unsere Aufwartung!«

13

Was für ein wunderbarer Abend, dachte Tino und nippte an seinem zweiten Glas Champagner. Vor ein paar Stunden noch hatte er sich kaum auf den Beinen halten können, und jetzt fühlte er sich wie ein junger Gott.

Doch war das ein Wunder?

Wie wunderschön Schwester Rahel war – noch schöner als Pola Negri, obwohl sie nur ein schlichtes Straßenkleid trug. Die beiden Frauen sprachen jetzt schon eine ganze Weile miteinander. Während die Schauspielerin in ihrem glitzernden Lamé-Kleid jedes ihrer Worte mit dramatischen Gesten begleitete, war Schwester Rahel ganz und gar auf das Gespräch konzentriert und hörte mit aufmerksamer Miene zu, um nur hin und wieder eine Bemerkung zu machen. Die Ernsthaftigkeit stand ihr besser, als jede noch so spektakuläre Robe sie hätte kleiden können. Tino hatte sie als Journalistin vorgestellt, Lubitsch hatte einen Grund verlangt, weshalb man seine Hauptdarstellerin in Beschlag nehmen wollte – es stand ja ein Dutzend Reporter Schlange für ein Interview mit seinem Star. Tino war überrascht, wie gut Schwester Rahel jetzt die Rolle spielte, die er ihr kurzerhand zugedacht hatte. Sie hatte sogar Schreibblock und Stift gezückt, als würde sie sich Notizen machen.

Plötzlich hatte er eine Idee. Welchen von den Fotofritzen kannte er?

Er schaute sich gerade um, da hörte er eine Stimme in seinem Rücken.

»Reichenbach! Welche Freude, Sie wieder gesund und munter zu sehen!«

Tino fuhr herum. Vor ihm stand Emil Georg von Stauß, in Smoking und Fliege, wie es sich für den Anlass gehörte.

»Herr Generaldirektor! Ja, zum Glück wurde ich heute entlassen. Wie Sie sehen, hatte ich nicht mal Zeit, mich umzuziehen. Aber das Ereignis wollte ich mir natürlich nicht entgehen lassen.«

»Kein Grund, sich zu entschuldigen«, erwiderte Stauß. »In korrekter Kleidung hätte ich Sie vermutlich gar nicht erkannt – höchstens an Ihrer Nelke. Aber was meinen Sie«, wechselte er das Thema, »wird unser Film ein Erfolg?«

Aus den Augenwinkeln sah Tino, dass Ernst Lubitsch gerade Pola Negri am Arm fasste, um sie von Schwester Rahel fortzuführen. »Bitte entschuldigen Sie«, sagte er. »Ich muss kurz was erledigen.«

Ohne weitere Erklärung ließ er Stauß stehen. Zum Glück entdeckte er in der Meute der Fotografen Heini Sawatzke von der »Berliner Volkszeitung«. Der hatte gerade seine Kamera aufgebaut und schob eine Platte zur Belichtung in den Apparat. Tino eilte zu ihm und tippte ihm auf die Schulter.

»Könnten Sie mir einen Gefallen tun?«

Heini Sawatzke drehte sich um und schob seine Mütze aus der Stirn. »Kommt ganz darauf an.«

Tino zückte sein Portemonnaie. Heini Sawatzke nahm das Fünfmarkstück, das Tino ihm in die Hand drückte, und ließ es mit einem Grinsen in der Hosentasche verschwinden.

»Wat soll es denn sein, Meester?«

14

Rahel hatte ihre Chance bekommen, und sie hatte sie genutzt. Ihr erstes großes Interview – und dann mit einem richtigen Star! Noch ganz aufgekratzt von dem Gespräch mit der Schauspielerin, trat sie an die Garderobe, wo Konstantin Reichenbach bereits mit ihrem Mantel auf sie wartete.

»Woher haben Sie eigentlich gewusst, dass ich Journalistin bin?«, fragte sie, während er ihr in den Mantel half.

»Sind Sie das wirklich?«, fragte er, sichtlich verblüfft. »Um ehrlich zu sein, das war einfach ins Blaue gesagt. Ich brauchte doch einen Vorwand, um Sie vorzustellen. Jetzt bin ich von meiner eigenen Intuition beeindruckt.«

Lachend schüttelte sie den Kopf. »Ich glaube, Sie sind ziemlich häufig von sich beeindruckt, kann das sein?« Und bevor er etwas entgegnen konnte, fügte sie hinzu: »Dann will ich nur für Sie hoffen, dass Sie sich nicht eines Tages selbst enttäuschen!«

»Das ist mir bis jetzt zum Glück noch nicht passiert.«

»Was nicht ist, kann noch werden.«

»Soll das eine Drohung sein?«

»*Honi soit, qui mal y pense.*«

»Tut mir leid. Ich hatte leider kein Chinesisch in der Schule.«

»Das war Französisch, Sie Witzbold. *Ein Schelm, der Böses dabei denkt.*«

»Ach ja, tatsächlich?«

Sein freches Grinsen ignorierend, machte sie einen Schritt zur Seite, um einem Mann Platz zu machen, der an ihnen vorbei zur Garderobe drängte. Das Foyer hatte sich inzwischen bis auf ein paar letzte Premierengäste geleert, nur noch zwei Journalisten standen bei Pola Negri und ihrem Zerberus um ein Interview an, und während die Musiker ihre Instrumente einpackten, begannen die Kellner, die leeren Gläser abzuräumen.

»Damit Sie nichts Böses, sondern nur Gutes von mir denken«, sagte Tino Reichenbach und zog aus seiner Tasche etwas hervor, das aussah wie eine Tafel Schokolade.

»Was ist das?«, fragte Rahel.

»Eine belichtete fotografische Platte. Von Pola Negri und Ihnen.«

Ungläubig blickte sie auf die falsche Schokoladentafel. »Wirklich?«

Lachend schüttelte er den Kopf. »Zweifeln Sie schon wieder an meiner Ehrenhaftigkeit?«

Rahel spürte, wie ihr Herz vor Aufregung zu galoppieren begann. Ein Interview und eine Fotografie – als wäre heute Weihnachten und Geburtstag auf einmal! Schon jetzt freute sie sich auf das dumme Gesicht eines gewissen bärtigen Menschen in der Charlottenstraße …

Am liebsten hätte sie sich bei Konstantin Reichenbach mit einem Kuss bedankt, doch da sie das schlecht konnte, beschloss sie, ihm wenigstens ein Kompliment zu machen.

»Vielleicht sind Sie ja doch nicht der Hallodri, den Sie so gern markieren.«

Irritiert erwiderte er ihren Blick. »Machen Sie sich gerade über mich lustig?«

»Jetzt gucken Sie nicht noch dümmer aus der Wäsche, als Sie sowieso schon sind«, sagte sie. »Ich gebe zu, Sie haben mich beeindruckt, mein frisch genesener Nelkenkavalier.« Sie nickte ihm zu, dann ging sie zur Tür. »Aber jetzt wird es höchste Zeit für mich. Ich habe noch was Wichtiges vor.«

15

Als Tino sie zur Tür begleitete, spürte er plötzlich, wie erschöpft er war. In der Euphorie des Abends hatte er sich hoffnungslos überanstrengt. Hätte er wenigstens den Champagner weggelassen! Jetzt wusste er kaum noch, wie er sich auf den Beinen halten sollte, und konnte nur hoffen, dass er keinen Rückfall erlitt.

Mit letzter Kraft riss er sich zusammen, damit Schwester Rahel ihm seine Schwäche nicht anmerkte. Gleichzeitig überlegte er, wie er sich mit ihr verabreden konnte. Er wollte, er *musste* sie wiedersehen!

Er griff in die Hosentasche und holte seinen Autoschlüssel hervor. »Gern würde ich Sie ja nach Hause fahren«, sagte er. »Aber besser wäre es natürlich, Sie fahren selbst. Damit Sie nicht aus der Übung kommen.«

»Bevor ich mich schlagen lasse.« Lachend nahm sie ihm den Schlüssel aus der Hand.

Tino stieß einen heimlichen Seufzer aus. Zum Glück hatte er sein Auto nur wenige Meter vor dem Ausgang geparkt. Die paar Schritte würde er noch schaffen, und sobald er sie bei ihren Eltern abgesetzt hatte, würde er sich in eine Droschke werfen und sich nach Hause kutschieren lassen.

Als er die Außentür öffnete, traute er seinen Augen nicht.

»Das darf ja wohl nicht wahr sein!«

Sein nigelnagelneues Auto, das teuerste Modell der Marke Audi mit Cabriolet-Verdeck und elektrischem Anlasser sowie fünfundzwanzigeinhalb Pferdestärken, lag wie ein Käfer umgestürzt am Straßenrand, die Reifen in der Luft, die Fahrertür aus den Angeln gerissen, das schwarze Stoffdach aufgeschlitzt. Dahinter hatten sich Arbeiter und Soldaten verbarrikadiert, um vor einem Trupp berittener Polizisten in Deckung zu gehen, die ihre Pferde rücksichtslos in die Menge trieben und mit ihren Knüppeln links und rechts auf alles einschlugen, was sich bewegte. Aufständische bewarfen sie mit Steinen, andere versuchten, sie von den Pferden zu zerren, doch sie wurden einfach in Grund und Boden geritten.

Irgendwo in der Ferne peitschten Schüsse durch die Nacht.

Nein, das war keine Inszenierung von Ernst Lubitsch, das war gottverdammte Wirklichkeit!

»Und jetzt?«

Tino blickte Schwester Rahel an. Die raffte mit beiden Händen ihren Mantelkragen.

»Ich versuche, mich zur U-Bahn durchzuschlagen.«

»Um Gottes willen! Sind Sie verrückt?«

Ohne auf ihn zu hören, rannte sie los. Tino wollte ihr folgen – das war doch Wahnsinn, was sie da tat, er musste sie aufhalten, die Menge würde sie zertrampeln! Doch da flog ein Stein durch die Luft, direkt auf ihn zu. In letzter Sekunde gelang es ihm, sich wegzuducken. Laut klirrend landete der Stein in einem Fenster des Piccadilly-Hauses.

»Schwester Rahel! Kommen Sie zurück! Sofort!«

Zu spät – die Menge trug sie davon wie ein Floß, das steuerlos auf dem Meer treibt. Ohnmächtig sah Tino zu, wie sie sich entfernte. Wieder knallten Schüsse, ein Mann sank zu Boden, ganz in ihrer Nähe, kreischend stoben die Menschen auseinander, als wäre eine Bombe eingeschlagen.

Zum Glück blieb Schwester Rahel unversehrt, sie war nur ins Stolpern geraten. In Windeseile rappelte sie sich wieder auf, schaute einmal nach rechts, einmal nach links, dann nutzte sie die plötzlich freie Fläche vor sich, um im Eilschritt den Platz zu überqueren, schnurgerade auf das Bahnhofsgebäude mit dem U-Bahn-Schacht zu.

Erleichtert atmete Tino auf.

Als sie den Eingang erreichte, drehte sie sich noch einmal um und winkte ihm zu. Sich am Türrahmen stützend, hob er die Hand, um ihr zurückzuwinken. Doch da hatte sie schon wieder kehrtgemacht, und im nächsten Moment war sie im U-Bahn-Schacht verschwunden.

16

Schweißgebadet tauchte Rahel aus der U-Bahn am Gendarmenmarkt wieder auf, in dem überfüllten Zug war es so heiß und stickig gewesen, dass ihr die Kleider am Leibe klebten. Vorsichtig schaute sie sich um, als sie ins Freie trat. Auf dem Platz wogte ein aufgewühltes Menschenmeer, und eingeschlagene Fensterscheiben zeugten davon, dass auch hier Kämpfe stattgefunden hatten. Aber jetzt fielen keine Schüsse mehr, noch flogen Steine durch die Luft, es gab nicht mal mehr Prügeleien. Unter den Augen berittener Polizisten zogen die Demonstranten ab, so dass Rahel ohne Gefahr ihren Weg fortsetzen konnte.

Nur wenige Minuten später war sie in der Redaktion der »Vossischen Zeitung«. In der Eingangshalle herrschte Chaos. Ein Dutzend Telefone klingelte gleichzeitig, mit roten Köpfen brüllten die Journalisten sich gegenseitig die neuesten Nachrichten zu, und Laufburschen rannten zwischen den Schreibtischen hin und her, um die fertigen Artikel in die Druckerei zu bringen. In dem Durcheinander schaffte Rahel es kaum, zu dem Glaskäfig in der Mitte vorzudringen.

Als sie es endlich geschafft hatte, legte Arno Sumski gerade den Telefonhörer auf die Gabel. Auf seinem Schreibtisch türmten sich so hohe Stapel, dass er fast dahinter verschwand.

»Was wollen Sie denn schon wieder?«, fragte er, während er irgendwas auf ein Blatt Papier kritzelte.

Rahel reichte ihm ihren Notizblock. »Ich habe einen Artikel, den Sie unbedingt drucken müssen.«

Der Redakteur blickte mitleidig zu ihr auf. »In Berlin ist die Hölle los, Mädchen. Glauben Sie, da hätte ich nichts Besseres zu tun, als mich mit Ihren Schreibversuchen zu beschäftigen?«

»Ich bin sicher, das wird Ihnen gefallen«, beharrte Rahel. »Ein Interview mit Pola Negri. Über ihren Film ›Carmen‹.«

»Und ich dachte ein Interview mit Kaiser Wilhelm.«

Sie biss sich auf die Lippe. Was konnte sie tun, damit er sie ernst nahm?

Plötzlich hatte sie eine Idee. Kurzentschlossen steckte sie ihren Block wieder ein.

»Na gut, wer nicht will, der hat schon. Sie können das Interview dann in der ›Berliner Illustrierten‹ lesen.«

Sumski lachte kurz auf. »Wollen Sie mich für dumm verkaufen?«

Mit erhobenen Brauen schaute sie auf ihn herab. »Ich gebe Ihnen drei Sekunden, sich zu entscheiden. – Eins … zwei …«

Sie spürte, wie ihre Hände feucht wurden. Hatte sie zu hoch gepokert?

»Na gut«, schnaubte er, bevor sie *drei* gesagt hatte. »Geben Sie her.«

Schneller als er die Worte aussprechen konnte, drückte sie ihm ihre Aufzeichnungen in die Hand. Mit erhobenen Brauen begann er zu lesen. Während sie voller Anspannung seine Miene beobachtete, klingelte das Telefon. Ausgerechnet jetzt! Doch ohne von seiner Lektüre aufzuschauen, nahm er nur kurz den Hörer von der Gabel und legte ihn gleich wieder auf.

Als er zu Ende gelesen hatte, war sein Gesicht ein einziges Lächeln. »Warum nicht gleich so?«

Rahel schickte ein Dankgebet zum Himmel. Eilig griff sie in ihre Manteltasche.

»Und natürlich habe ich dazu auch ein Bild«, sagte sie und reichte ihm die fotografische Platte. »Von Pola Negri und mir beim Interview. Und Regisseur Ernst Lubitsch müsste auch drauf sein.«

»Tatsächlich? Das ist ja großartig!« Als hätte er Angst, sie könne es sich anders überlegen, riss Sumski ihr die Platte aus der Hand

Rahel konnte ihr Glück kaum fassen. »Dann werden Sie das Interview also bringen?«

»Worauf Sie Gift nehmen können, Fräulein Rosenberg.«

»Sie sind ein Schatz!«, platzte sie heraus. »Aber nicht vor der offiziellen Premiere!«, fügte sie hinzu. »Die ist am dreiundzwanzigsten. Bis dahin gilt die Sperrfrist!«

So viel Strafe musste sein.

17

Auf dem Potsdamer Platz sah es aus wie nach einer Schlacht. Überall lagen Glasscherben und Trümmer verstreut, und an manchen Stellen war das Pflaster aufgebrochen – da hatten die Demonstranten sich mit Wurfgeschossen versorgt. Doch für heute war der Kampf vorbei. Sowohl die streikenden Arbeiter und Soldaten als auch die Polizisten waren abgezogen, nur noch ein paar Betrunkene torkelten durch die Nacht, grölten Parolen oder drohten dem Himmel mit den Fäusten. Irgendwann musste jeder schlafen – morgen war schließlich ein neuer Tag.

Die Lichter in den Häusern waren erloschen, und in den Fenstern des Piccadilly-Hauses spiegelte sich friedlich der Mond. Doch Tino Reichenbach, obwohl längst am Ende seiner Kräfte, war immer noch da. Im trüben Schein einer Gaslaterne betrauerte er sein geschundenes Cabriolet, dessen Überreste ein Schlossermeister gerade mit Hilfe eines Flaschenzugs und zweier Gesellen auf die Ladefläche eines mit schweren Belgiern bespannten Kutschwagens hievte. Tino konnte von Glück sagen, dass die Leute überhaupt gekommen waren. Er hatte Himmel und Hölle in Bewegung gesetzt, um den Transport zu organisieren, und ein Dutzend Telefonate war nötig gewesen, bis es geklappt hatte. Stauß hatte ihm inzwischen einen Wagen samt Fahrer geschickt, so dass er nicht zu Fuß nach Hause laufen musste. Er wusste nicht, ob er das nach diesem Tag noch geschafft hätte.

Es hatte schon Mitternacht geschlagen, als sein Auto endlich auf dem Kutschwagen stand und der Schlossermeister sich verabschiedete.

»Was meinen Sie«, fragte Tino, »kriegen Sie den Wagen wieder hin?«

»Keine Sorge, in einem Monat ist er wieder wie aus dem Ei gepellt.«

Der Meister stieg zu dem Kutscher auf den Bock. Während die Belgier anzogen, schleppte Tino sich mit letzter Kraft zu Stauß' Wagen. Vollkommen erschöpft ließ er sich auf den Rücksitz fallen.

Der Fahrer schnippte seine Zigarette aus dem Fenster und drehte sich um. »Wohin soll's gehen, Chef?«, fragte er über die Schulter.

»In die Simsonstraße«, erwiderte Tino.

Er hatte jetzt nur noch das Bedürfnis, sich pflegen zu lassen.

18

In der Wohnung war alles dunkel, als Rahel die Etagentür öffnete. Offenbar schliefen die Eltern schon.

Gott sei Dank …

Sie zog die Schuhe aus, und ohne Licht zu machen, schloss sie so leise sie konnte die Tür hinter sich. Auf Strümpfen und Zehenspitzen schlich sie über den Flur. Als sie die Werkstatt passierte, knarrte eine Bodendiele. Mit angehaltenem Atem blieb sie stehen und lauschte in die Dunkelheit, doch nur die Schlafgeräusche des Vaters waren zu hören. Manchmal schnarchte er so laut, dass die Mutter ihm eine Wäscheklammer auf die Nase stecken musste, um schlafen zu können. Aber das ertrugen beide lieber, als nach vierzig Jahren Ehe in getrennten Zimmern zu nächtigen.

Im Geiste zählte Rahel bis neununddreißig, dreimal ihre Lieblingszahl dreizehn, dann tastete sie sich weiter, dem schmalen Streifen Mondlicht folgend, das durch das Fenster am Ende des Flurs schien. An der Wand zwischen ihrem Zimmer und dem Salon hing das Telefon, der ganze Stolz des Vaters – erst vor einer Woche hatte er es angeschafft. Beim Anblick des Apparats bekam Rahel ein schlechtes Gewissen. Doch das nahm sie heute in Kauf. Herr Sumski hatte versprochen, das Interview zu drucken – *versprochen*, nicht nur in Aussicht gestellt. Sie freute sich schon auf das Einschlafen. Wenn sie sich ganz besonders über etwas freute, gelang es ihr manchmal, davon im Schlaf weiter zu träumen.

Sie hatte die Türklinke zu ihrem Zimmer schon in der Hand, da hörte sie plötzlich Schritte. Im nächsten Moment ging das Licht an.

Als sie sich umdrehte, standen die Eltern im Flur, beide im Nachtzeug.

»Wo hast du so lange gesteckt?«, fragte der Vater.

Rahel hasste Lügen, aber die Wahrheit konnte sie unmöglich sagen.

»Ich … ich musste mich noch um einen Patienten kümmern«, stotterte sie. Das war wenigstens nicht völlig gelogen.

»Bis um Mitternacht?«, wunderte sich die Mutter. »Du hattest heute doch gar keine Nachtschicht, oder?«

»Nein, das heißt ja – es … es war ein besonders schwerer Fall, und deshalb …«

»Warum hast du dann nicht angerufen?«, fiel der Vater ihr ins Wort. »Wofür haben wir den Apparat?«

»Ja«, pflichtete die Mutter ihm bei, »wenigstens das hättest du tun können.«

Rahel wusste nicht, wohin sie blicken sollte. »Ich … ich habe nicht daran gedacht, wir haben das Telefon ja noch nicht so lange. Außerdem hatte ich keine Minute Zeit. Und später wollte ich euch nicht mehr wecken, ihr geht doch immer so früh ins Bett.«

Die Mutter schüttelte den Kopf. »Aber das wäre doch nicht schlimm gewesen! Nichts im Vergleich zu unserer Sorge. Wir haben uns zu Tode geängstigt.«

»Allerdings«, bestätigte der Vater. »Auf den Straßen ging es ja zu wie im Krieg.«

»Gott sei Dank wurden unsere Gebete erhört.«

Rahel musste schlucken. »Ihr habt für mich – gebetet?«

»Aber natürlich«, sagte die Mutter. »Zu Gott dem Dreifaltigen und zu Gott Jahwe. Was bleibt uns denn, wenn du nicht bist? Du bist doch alles, was wir haben.«

Statt nach weiteren Ausreden zu suchen, trat Rahel zu ihrer Mutter und nahm sie in den Arm. »Tut mir leid, Mama.«

Der Mutter standen Tränen in den Augen. »Hauptsache, du bist wieder da«, sagte sie und drückte sie an sich. »Du bis doch unser liebes kleines Mädchen.«

Der Vater strich mit beiden Händen über ihre Köpfe und küsste Rahel auf die Stirn. Dann nahm er die Mutter an der Hand und führte sie fort.

»Jetzt aber Abmarsch ins Bett. Morgen früh ist die Nacht wieder herum!«

19

Eingepackt in eine dicke Kamelhaardecke und mit einer Wärmflasche auf der Brust lag Tino auf der Couch im Wohnzimmer des elterlichen Stadtpalais und ließ sich von seiner Mutter pflegen. Wobei pflegen nicht ganz der richtige Ausdruck war – keine fünf Minuten ließ sie ihn in Ruhe, ständig verabreichte sie ihm irgendwelche Mittel und kommandierte ihn herum, wie er zu liegen, zu niesen und zu husten hatte. Inzwischen bereute er schon, dass er sich von Stauß' Fahrer nicht in seine Wohnung am Gendarmenmarkt hatte bringen lassen, sondern in die Simsonstraße zu seiner Mutter. Während er den grässlichen Ingwertee schlürfte, den er schon als Kind gehasst hatte und dessen Geschmack sich in ekelerregender Weise mit den Ausdünstungen des Zwiebelwickels vermischte, den die Mutter ihm aufgezwungen hatte, stellte er sich vor, dass Schwester Rahel ihn an ihrer Stelle pflegen würde. Was war er auch nur für ein Esel! Die nächtliche Eskapade war ihm ganz und gar nicht bekommen, er fühlte sich so elend, dass er sich fast zurück ins Lazarett sehnte, auf jeden Fall aber in die Obhut von Schwester Rahel.

Schmerzend dröhnte sein Kopf, und das Stimmengewirr, das von draußen in die Wohnung drang, machte es noch schlimmer. Schon am frühen Morgen war er von dem Lärm aufgewacht. Tausende von Menschen hatten sich zu einer Zeit, in der zivilisierte Menschen schliefen, vor dem Reichstag versammelt und warteten seitdem voller Ungeduld darauf, dass irgendetwas geschah. Manchmal konnte Tino einzelne Rufe unterscheiden. Die meisten verlangten die Abdankung des Kaisers.

Die Mutter trat ans Fenster und schob die Gardine beiseite, um auf den Platz hinauszuschauen. »Der ganze Pöbel von Berlin hat sich vor unserem Haus zusammengerottet! Was für eine Schande!«

»Zum Glück meinen die nicht uns, Mamá, sondern das Parlament!«

»Wenn du dich da mal nicht irrst!« Über die Schulter sah sie ihn an. »Vor nichts haben die Respekt. Sie reißen den Offizieren auf offener Straße die Ehrenzeichen von den Schultern. Sogar Hermann Göring war unter ihren Opfern, das stand heute in der Zeitung.«

»Wer zum Teufel ist Hermann Göring?«

»Der berühmte Jagdflieger und Kriegsheld natürlich! Erinnerst du dich nicht? Er war schon mehrmals in meinem Salon.« Sie wandte sich wieder zum Fenster. Tino nutzte die Gelegenheit, um den Rest seines Tees in einen Blumenkübel zu kippen. »Ein paar von diesen Verbrechern haben ihn zusammengeschlagen«, fuhr die Mutter fort. »Einen Mann, der sich solche Verdienste um unser Vaterland erworben hat. *Un-fass-bar*!«

Tino hörte nur mit halbem Ohr zu. Seine Gedanken waren wieder bei Schwester Rahel. Sie war ihm nun schon zum zweiten Mal entwischt, bevor er nach ihrer Adresse hatte fragen können. Doch diesmal wusste er wenigstens, wie er sie wiederfinden würde. Allerdings musste er dafür erst mal gesund werden.

»Ich glaube, jetzt passiert was!«, sagte die Mutter.

»Wo?«

»Im Reichstag! Jemand tritt auf den Balkon!«

Während sie gesprochen hatten, war das Gejohle draußen immer lauter angeschwollen. Jetzt aber setzte plötzlich eine fast unheimliche Stille ein.

»Offenbar will der eine Rede halten«, sagte die Mutter.

»Wer ist *der*?«, fragte Tino.

»Woher soll ich das wissen? Ich lehne es ab, solche Leute zu kennen.«

Langsam wurde Tino neugierig. Wer weiß, vielleicht passierte gerade etwas, das er später seinen Enkeln erzählen konnte – vorausgesetzt, er würde je welche haben. Mit der umgehängten Kamelhaardecke quälte er sich in die Höhe und trat zu seiner Mutter ans Fenster.

Auf dem Balkon des Reichstags stand ein Mann mit hoher Stirnglatze und grauem Spitzbart.

»Das ist Philipp Scheidemann.«

Verwundert blickte die Mutter ihn an. »Ich dachte, der ist ein Sozi.«

»Ja, das auch. Aber nicht nur. Er ist auch Staatssekretär.«

Tino öffnete einen Spalt weit das Fenster, um zu hören, was Scheidemann sagte. Genau im richtigen Moment. Denn jetzt lehnte der Politiker sich über die Brüstung des Balkons, und mit erhobenem Arm und geballter Faust rief er der Menge zu:

»Das alte Morsche ist tot! Der Militarismus ist erledigt …«

Seine weiteren Worte waren nicht mehr zu verstehen. Tosender Applaus brandete auf, begeistert wurde geklatscht und gejubelt, sogar Hüte flogen in die Luft.

Die Mutter wurde blass. »Dass so etwas in Deutschland möglich ist …« Um Fassung ringend schüttelte sie den Kopf. »Und – was bedeutet das?«

Tino zog sich die Decke um die Schultern, um sich gegen die nasskalte Novemberluft zu schützen, die von draußen in das Zimmer drang.

»Ich glaube, jetzt haben wir eine Republik.«

20

Die Münchner Niederlassung der Handels- und Kreditbank Reichenbach befand sich in der Maximilianstraße, im Erdgeschoss eines neoklassizistischen Prachtbaus unweit des Nationaltheaters, in dessen oberen Stockwerken eine Feuerversicherung sowie ein Büro des Beamtenbundes untergebracht waren. In normalen Zeiten fühlte man sich hier, mitten im Herzen der bayerischen Landeshauptstadt, so sicher wie in Abrahams Schoß. Doch was war in diesen Zeiten normal?

Kaum in München angekommen, hatte Gustav Reichenbach eine Schwabinger Zimmerei beauftragt, die Bank in eine Festung zu verwandeln. Seitdem wurde gesägt und gehämmert, um Eingang und Fenster des Gebäudes mit Eichenbohlen zu verbarrikadieren und gegen die Unruhen auf der Straße zu sichern, wo sich die Anhänger der unterschiedlichsten politischen Richtungen erbitterte Schlachten lieferten. In Antwort auf die Ausrufung der Republik durch den Sozialdemokraten Philipp Scheidemann hatte der Kommunist Karl Liebknecht in Berlin nur zwei Stunden später die freie sozialistische Republik Deutschland proklamiert. Damit war das Chaos perfekt, kein Mensch wusste mehr, wer Freund und wer Feind war, und die bayerische Regierung unter dem sogenannten Ministerpräsidenten Eisner, der nach seiner Ernennung durch den Arbeiter- und Soldatenrat König Ludwig im Rausch der Usurpation kurzerhand für abgesetzt erklärte hatte, war nicht in der Lage und vermutlich auch nicht willens, das Chaos zu bändigen.

Die Rüstungsarbeiten leitete Arnim. Gustav hatte seinen Zweitgeborenen eigentlich nur mit auf die Reise genommen, um seiner Frau guten Willen zu beweisen. Seit Jahr und Tag machte Constanze ihm den Vorwurf, kein Vertrauen zu Arnim zu haben, obwohl der dieses mehr verdiene als Konstantin, der längst Prokura in der familieneigenen Bank hatte. Jetzt war Gustav froh über seinen Entschluss. Nicht nur weil Constanze ihn in der Nacht vor der Abreise auf die wunderbarste Weise, die einer Frau zu Gebote stand, für sein Entgegenkommen belohnt hatte, sondern auch weil Arnim bei der Anleitung der Handwerker eine Umsicht und Durchsetzungskraft unter Beweis stellte, die Gustav ihm bisher in der Tat nicht zugetraut hatte.

Hatte er seinen Zweitgeborenen unterschätzt?

»Heute Abend findet eine Tagung der Thule-Gesellschaft statt«, sagte Arnim, als sie nach getaner Arbeit im Hotel zu Abend aßen. »Ich denke, ich werde mal vorbeischauen. Vielleicht hast du ja Lust, mich zu begleiten?«

»Thule-Gesellschaft?« Mit dem schweren Silberbesteck zerteilte Gustav das letzte Stück seines ausgezeichneten Burgunderbratens, von dem er zum Glück eine doppelte Portion bestellt hatte, und spießte es auf die Gabel. »Nie gehört.«

»Ein Bund patriotisch gestimmter Männer. Zur Verteidigung Deutschlands gegen Chaos und jüdische Unterwanderung – die besten Kräfte des Volkes.«

Während Arnim den Rest seiner Forelle filetierte, spülte Gustav mit einem Schluck Rotspon nach.

»Ich weiß nicht, bei den vielen Krawallen in der Stadt? Man ist sich auf der Straße ja nicht seines Lebens sicher.«

»Keine Sorge, die Versammlung findet hier im Haus statt.«

»Du meinst – hier im ›Vier Jahreszeiten‹?«

»Ja«, bestätigte Arnim. »Wir brauchen also gar nicht auf die Straße. – Glaub mir«, fügte er mit einem aufmunternden Blick hinzu, »du wirst es nicht bereuen. Das sind alles sehr honorige Leute.«

»Na gut.« Gustav tupfte sich mit der weißen Damastserviette den Mund ab und winkte den Ober für das Dessert herbei. »Dir zuliebe, mein Junge. Du hast deine Sache heute wirklich gut gemacht.«

Die Anerkennung tat Arnim sichtlich gut, und mit einem Lächeln, das Gustav schon eine Ewigkeit nicht mehr an ihm gesehen hatte, erhob er sein Glas.

»Danke, Vater.«

Als sie eine Stunde später den Konferenzsaal des Hotels mit seinen Ölgemälden, Perserteppichen und kristallfunkelnden Kronleuchtern betraten, entdeckte Gustav tatsächlich lauter honorige Leute, von denen er manche persönlich und andere zumindest aus der Zeitung kannte: allen voran hochrangige Militärs in Uniform, dazu nicht wenige Universitätsprofessoren, deren Narben noch von den Mensuren zeugten, die sie als Studenten geschlagen hatten, Vertreter bedeutender Adelsgeschlechter sowie allerlei Unternehmer, Kaufleute in Gehrock und gemusterten Westen und Bankiers im anthrazitfarbenen Habit. Sie alle hatten sich unter einem kunstvoll gemalten Emblem versammelt, das ein Hakenkreuz mit Strahlenkranz hinter einem blanken Schwert zeigte, und man begrüßte einander mit »Heil und Sieg!«.

Die meisten der Anwesenden hatten ihre Plätze schon eingenommen. Gustav und Arnim fanden darum nur noch in einer der hinteren Reihen zwei freie Stühle. Kaum hatten sie sich gesetzt, ertönte ein lautes Klopfen.

»Ruhe, bitte, meine Herren! *Ru-he*!«

Die Gespräche im Saal verstummten. Gustav reckte seinen zu kurz geratenen Hals, um etwas zu sehen. Auf dem Podium saß ein schwergewichtiger Endvierziger mit klobigem Schädel und auffallendem Doppelkinn, dem gerade ein Offizier etwas ins Ohr flüsterte. Mit sehr ernster Miene hörte er zu.

»Wer ist das?«, fragte Gustav leise.

»Rudolf von Sebottendorf«, flüsterte Arnim. »Der Vorsitzende der Gesellschaft – ein Verleger. Ihm gehört der ›Münchner Beobachter‹.«

Gustav nickte, er kannte die Zeitung, er hatte sie zum Frühstück gelesen. Der Leitartikel hatte das Münchner Rätesystem mit scharfen Worten angegriffen und Eisners Regierung als Teil einer großangelegten, jüdischen Weltverschwörung gegeißelt. Ein gutes, wenn auch etwas einseitig orientiertes Blatt.

Neugierig geworden, blickte Gustav zum Podium hinauf, wo der Offizier sich gerade entfernte. Sebottendorf erhob sich von seinem Platz.

»Freunde und Kameraden! Soeben habe ich erfahren, dass Seine

Majestät Kaiser Wilhelm sich außer Landes begeben hat. Um Seine Majestät vor anmarschierenden Aufständischen in Sicherheit zu bringen, wurde sie mit einigen wenigen Vertrauten bereits gestern Abend in den Hofzug umgesiedelt. Dieser befindet sich seit den frühen Morgenstunden auf dem Weg nach Holland, wo Seine Majestät sich unter den Schutz der niederländischen Regierung begeben wird.«

Die Nachricht schlug ein wie eine Bombe. Entsetzensrufe wurden laut, Stühle kippten um, als einige Männer im Saal aufsprangen und lautstark dafür plädierten, Wilhelm zurück ins Reich zu holen, notfalls mit Waffengewalt. Andere warfen dem Kaiser enttäuscht und erbost Feigheit vor. Die meisten aber rangen bleich und bestürzt um Fassung.

War dies das Ende, das endgültige Aus der alten Zeit?

Auch Gustav traf die Nachricht wie ein Schock, kaum war er fähig, dem weiteren Verlauf der Sitzung zu folgen, die Sebottendorf nach der Schreckensnachricht für eröffnet erklärte. Die meisten Tagesordnungspunkte betrafen die Frage, wie man Eisner und seiner Bande den Garaus machen konnte. Die Vorschläge reichten von der militärischen Erstürmung des Parlaments bis zur Einstellung aller Geldzahlungen durch die Banken. Auch war von der Gründung einer neuen Partei die Rede, einer sogenannten Deutschen Arbeiterpartei, mit der, wenn Gustav richtig verstanden hatte, Sebottendorf einen Werkzeugschlosser und einen Sportjournalisten beauftragen wollte, um die Basis einer völkischen Bewegung zu schaffen, die alle national gesinnten Kräfte vereinen sollte.

Während Arnim sich an der Diskussion mit mehreren Wortbeiträgen beteiligte, rauschte an Gustav das meiste wie aus weiter Ferne vorbei. Seine Gedanken wanderten immer wieder zurück zu seinem Kaiser. Seit er dem Matrosenanzug entwachsen war, hatte Kaiser Wilhelm das Reich regiert, von Gottes Gnaden und mit dem Willen des Volkes. Unter seiner Führung war Deutschland zur Weltmacht aufgestiegen, ein Land mit Kolonien in Afrika, China und im Pazifik, mit einer Hauptstadt, die schneller wuchs als jede andere Metropole in Europa, und einer Industrie, die vor Ausbruch des Krieges sich angeschickt hatte, die englische Vorherrschaft auf den internationalen Märkten zu brechen. Doch nicht nur das Reich hatte dem Kaiser diesen unvergleichlichen Aufstieg zu verdanken, auch die Handels- und Kreditbank Reichenbach war während Wilhelms Regierungszeit zu ihrer heutigen Größe erstarkt. Nie würde Gustav den Tag vergessen, an dem er Seiner Majestät vorgestellt worden war. Der Bankier Gerson von Bleichröder, ein Freund von Gustavs Vater und enger Vertrauter des Kaisers, hatte ihn bei Hofe eingeführt. Der schönste Tag in seinem Leben …

Plötzlich wurde es wieder laut im Saal, und Gustav schrak aus seinen Gedanken auf. Der Grund dafür war der Antrag eines Mannes, den er von Angesicht kannte – Major Grau, der stellvertretende Vorsitzende der Universum Film AG, an deren Stammkapital die Reichenbach Bank mit zehn Prozent beteiligt war.

»… und deshalb beantrage ich hiermit, Graf Arco wegen mangelhafter nationaler Gesinnung aus unserem Kreis auszuschließen.«

Ein junger Mann von Anfang zwanzig, mit bartlosem, fast kindlichem Gesicht, sprang wutentbrannt in die Höhe.

»Das wagen Sie mir ins Gesicht zu werfen?«

Gustav hob die Brauen. Offenbar handelte es sich um den Angesprochenen selbst.

»Allerdings«, erwiderte Major Grau. »Ich habe die Gründe soeben genannt.«

»Das ist infam! Es gibt in diesem Saal keinen entschlosseneren Patrioten als mich, und ich bin bereit, auf der Stelle jeden erdenklichen Beweis dafür anzutreten!«

Sebottendorf hob seinen Hammer und klopfte damit auf sein Pult. »Ruhe, meine Herren. Wir stimmen ab! Wer dafür ist, Major Graus Antrag zu folgen, der hebe die Hand.«

Ein ganzer Wald von Armen flog in die Höhe.

»Damit ist der Antrag angenommen. Graf Arco wird mit sofortiger Wirkung aus der Thule-Gesellschaft ausgeschlossen. Bitte verlassen Sie den Saal.«

»Einen Teufel werde ich tun! Niemand hat das Recht, mir solche Dinge vorzuwerfen! Geschweige, mich auf diese Weise zu demütigen!«

Doch seine wütenden Proteste nützten ihm nichts. Auf einen Wink des Vorsitzenden traten zwei Uniformierte auf ihn zu, packten ihn unter den Armen und führten ihn ab. Ein Saaldiener schloss die Tür, und man war wieder unter sich.

Während Sebottendorf zum nächsten Punkt der Tagungsordnung überging, beugte Gustav sich zu seinem Sohn.

»Die werfen hier einen veritablen Grafen raus? Alle Achtung!«

Arnim zuckte die Schulter. »Der Fall ist eindeutig. Arcos Mutter ist mosaischen Glaubens – eine Oppenheim. Der Kerl hat jüdisches Blut!«

»Ja, und?«, erwiderte Gustav. »Das hatte Gerson von Bleichröder auch. Jude ist nicht gleich Jude, mein Junge – die Worte des Kaisers. Und die Oppenheims sind eine der bedeutendsten Bankiersfamilien Deutschlands.«

»Umso schlimmer!«, zischte Arnim, und von seinem Lächeln war keine Spur mehr zu sehen. »Die finanzieren doch die Unterwanderung.« Ernst und entschlossen schüttelte er den Kopf. »Nein, wenn wir jetzt aufräumen, dann richtig!«

21

Es war am Morgen von Heiligabend, in der Nacht war Schnee gefallen, und das weihnachtlich geschmückte Berlin bereitete sich auf das Christfest vor. Doch Tino Reichenbach saß in seinem Büro im Piccadilly-Haus und arbeitete. Sechs Wochen hatte er gebraucht, um sich von seinem Rückfall zu erholen, zwei Wochen mehr, als für die Reparatur seines Autos nötig gewesen war, und seine Mutter hatte ihn nicht eher aus der Wohnung gelassen, als bis Dr. Röpke, der einzige Arzt in Berlin, dem sie vertraute, seinen Segen dazu gegeben hatte. Am Vorabend hatte er zum ersten Mal wieder das Haus verlassen, um bei der Publikumspremiere der »Carmen« dabei zu sein – das Universum-Kino am Kurfürstendamm war aus den Nähten geplatzt.

Jetzt war er gespannt auf die Presseresonanz. Am liebsten wäre er selbst zum Bahnhof gelaufen, um die Morgenzeitungen zu besorgen. Doch am Schreibtisch wartete dringende Arbeit auf ihn. Im Auftrag von Stauß sollte er die erste Vorstandssitzung der Ufa im neuen Jahr vorbereiten – eine Sitzung, die über das weitere Schicksal der Filmfabrik entscheiden würde. Schon bei der Gründung hatte Stauß »über den Tag« hinaus gedacht. Jetzt war die Zeit gekommen, um zu handeln! Doch der angestrebte Kurswechsel konnte nur gelingen, wenn »Carmen« ein Erfolg war – und Alfred Hugenberg in das Angebot einwilligte, das Stauß ihm vorschlagen würde und das Tino hier zu Papier bringen sollte.

Es klopfte an der Tür.

»Herein!«

Fräulein Jaschek, die Direktionssekretärin, betrat das Büro mit einem dicken Packen Zeitungen.

»Na endlich!«

Tino riss ihr die Blätter aus der Hand, und sie war noch nicht zur Tür hinaus, da fing er schon an zu stöbern. Nach den ersten, flüchtig überflogenen Artikeln atmete er auf. Gott sei Dank, die Kritiken waren gut, nein, nicht gut, sie waren hervorragend, geradezu hymnisch – man prophezeite dem Film einen riesigen Erfolg!

Als Tino die »Vossische« aufschlug, zuckte er zusammen.

Das Foto hatte er doch selbst in Auftrag gegeben!

Er klemmte sich die Zeitung unter den Arm und sprang auf. Das musste gefeiert werden!

»Wenn jemand nach mir fragt«, wies er im Vorzimmer Fräulein Jaschek an. »Ich muss zu einem Termin.«

»Am Heiligen Abend?«

»Allerdings!« In der Tür drehte er sich noch einmal um. »Fast hätte ich es vergessen – frohe Weihnachten!«

»Frohe Weihnachten, Herr Direktor!«

Im Laufschritt eilte er die Treppe hinunter zum Ausgang, wo sein frisch reparierter Wagen wartete. Zum Glück sprang der Motor gleich an. Die halbe Stadt schien auf den Beinen, so dass er nur mühsam vorankam. Immer noch gab es Protestmärsche, trotz Heiligabend, und vor der zerschossenen Fassade des Berliner Schlosses standen in der Kälte Tausende von Menschen, die wieder auf irgendetwas zu warten schienen, vielleicht auf eine Rede, vielleicht auch auf das nächste Gefecht mit der Polizei.

Nur einen Steinwurf weiter wurde ein Weihnachtsmarkt abgehalten, als wäre alles wie immer, mit Leierkastenmännern, Lebkuchen und Flitterkram. Ein fast unwirkliches Wintermärchen im Schnee.

Tino parkte vor einer Glühweinbude und stieg aus. Doch er war weder an Glühwein noch an sonstigen Weihnachtsleckereien interessiert, obwohl er Lebkuchen und Printen für sein Leben gern aß.

Er suchte nach etwas anderem, etwas ganz und gar Sommerlichem.

22

Auch im Advent hatte die Spanische Grippe keine Gnade gekannt, noch machte die Influenza jetzt vor dem Weihnachtsfest halt. Mit ungebrochener Wut grassierte sie weiter, in Berlin und im Reich nicht anders als in ganz Europa, und forderte so viele Opfer, als wäre der Krieg trotz des am elften November geschlossenen Waffenstillstands noch immer nicht zu Ende. In den meisten Fällen dauerte die heimtückische Krankheit, von den Ärzten darum auch »Blitzkatarrh« genannt, nur wenige Tage. Einsetzend mit Kopf- und Gliederschmerzen, nahm sie in rasender Geschwindigkeit von dem befallenen Körper Besitz. Begleitet von Schüttelfrost und Fieber sowie quälendem Reiz- und Krampfhusten breitete sie sich vor allem in den Atemorganen aus und schwächte dabei die natürlichen Abwehrkräfte so sehr, dass hinzukommende Krankheitskeime leichtes Spiel hatten, das Vernichtungswerk zu vollenden. Dies geschah meist in Gestalt einer sogenannten Sekundärpneumonie, hervorgerufen durch eine bakterielle Superinfektion, und wenn die Haut sich infolge des Sauerstoffmangels irgendwann bläulich schwarz zu färben begann, war der Moment nicht mehr weit, dass der Tod einmal mehr seine grausame Ernte hielt.

Rahel musste wegen der Seuche auch am Heiligen Abend ihren Dienst im Lazarett versehen, in den Genuss von Ausnahmeregelungen über die Feiertage gelangten nur verheiratete Schwestern mit Kindern. Seit dem frühen Morgen war sie ununterbrochen im Einsatz, vor lauter Arbeit war sie nicht mal dazu gekommen, sich eine Zeitung zu besorgen. Ausgerechnet heute, da ihr erster Artikel erschien! Umso mehr freute sie sich über das Buch, das Dr. Recknagel ihr zu Weihnachten geschenkt hatte, »Königliche Hoheit« von Thomas Mann. Sie hatte dem Arzt gegenüber erwähnt, das seit ihrer Lektüre der »Buddenbrooks« Thomas Mann ihr Lieblingsautor war, und er hatte es sich gemerkt. Am Abend, wenn die Patienten schliefen, wollte sie gleich anfangen, dessen neuen Roman zu lesen.

Doch bis dahin würden noch etliche Stunden vergehen. Jetzt musste sie erst mal das schmutzige Geschirr vom Mittagessen abräumen und danach bei den Patienten, die nicht mehr das Bett verlassen konnten, die Bettpfannen wechseln.

Sie setzte sich ihre Gesichtsmaske auf und machte sich an die Arbeit. Doch als sie ihren Küchenwagen in den Krankensaal fuhr, sah sie plötzlich einen Patienten, der die »Vossische« las.

Augenblicklich ließ sie den Wagen stehen und eilte an sein Bett.

»Ist die Zeitung von heute?«

Der Mann schaute verwundert zu ihr auf. »Ja, warum?«

»Darf ich kurz sehen?«

Ohne seine Antwort abzuwarten, nahm sie ihm die Zeitung aus der Hand, und kaum hatte sie umgeblättert, sah sie auch schon den Artikel.

Den Artikel – und den Namen seines Verfassers.

23

Tino hatte eine Ewigkeit gebraucht und den ganzen Weihnachtsmarkt abklappern müssen, bis er endlich gefunden hatte, wonach er suchte. Nun betrat er mit einem großen Strauß gelber Nelken das Lazarett, in dem er vor wenigen Wochen selbst noch gelegen hatte – ein Sanitäter hatte ihm gesagt, wo er Schwester Rahel finden würde.

Als er sie entdeckte, machte sein Herz vor Freude einen Sprung. Sie stand am Bett eines Patienten und las in der »Vossischen Zeitung«. Perfekter hätte der Moment nicht sein können!

»Herzlichen Glückwunsch! Ein wirklich großartiges Interview.«

Als sie seine Stimme hörte, drehte sie sich um. Da sie eine Maske trug, konnte er nur ihre Augen sehen. Doch statt der zu erwartenden Freude sprach aus ihrem Blick eine Mischung von Unglaube und Wut.

»Welche Laus ist Ihnen denn über die Leber gelaufen?«

Wortlos reichte sie ihm die Zeitung. Er hatte den Beitrag am Morgen nur überflogen. Jetzt las er ihn Wort für Wort, einschließlich des Verfassernamens.

Arno Sumski …

»Das kann ja wohl nicht wahr sein!«

»Und schauen Sie mal, was unter dem Bild steht.«

Als er der Aufforderung folgte, blieb ihm endgültig die Spucke weg. In der Legende zu der Fotografie, die sie zusammen mit Pola Negri und dem Regisseur Ernst Lubitsch zeigte, wurde sie als unbekannte Autogrammjägerin bezeichnet.

»So eine gottverdammte Schweinerei! Wie konnte das passieren?«

Schwester Rahel zuckte die Schultern. »Arno Sumski ist der Chef vom Dienst. Offenbar fand er seinen Namen schöner als meinen.«

»Aber so was kann man doch nicht machen! Sagen Sie – soll ich … soll ich den Kerl verprügeln? Ein Wort, und ich schlage ihn zu Brei!«

Sie lachte laut auf. »*Sie* wollen jemanden verprügeln? Mit Ihren Samtpfötchen? Ich wette, Sie haben sich in Ihrem ganzen Leben noch nicht geschlagen.«

Beschämt wich er ihrem Blick aus. Sie hatte ja recht, schon als Kind auf dem Schulhof hatte er es mit seiner Klappe immer geschafft, einen Streit mit Worten statt Fäusten auszutragen, und auch später, beim Militär, hatte er sich nie geprügelt, nicht mal bei Siebzehnundvier. Wenn es im Casino gefährlich geworden war, weil jemand mit gezinkten Karten spielte, hatte er sich stets darauf verlassen können, dass er besser bluffte als jeder Betrüger.

»Dann nehmen Sie wenigstens die«, sagte er und drückte ihr die Nelken in die Hand. »Ein Strauß voller Glück!«

Er glaubte, unter ihrer Maske ein Lächeln zu erkennen.

»Danke«, sagte sie und nahm die Blumen. Dann runzelte sie die Stirn. »Aber sind Sie deshalb extra hergekommen?«

»Wäre das nicht Grund genug?«, fragte er zurück. »Allerdings habe ich tatsächlich noch ein Attentat auf Sie vor.«

»Da bin ich aber gespannt!«

Tino zögerte. Der Grund dafür war ihr Patient, der das Gespräch von seinem Bett aus verfolgte, als säße er im Theater. Auch die Männer in den Nachbarbetten blickten zu ihnen herüber.

»Sollen wir nicht lieber rausgehen? Dann könnten Sie auch diesen scheußlichen Lappen abnehmen. Ich bin ja nicht mehr ansteckend, und so ein hübsches Gesicht wie Ihres zu verstecken gehört unter Strafe.«

»Das hätten Sie wohl gerne.« Schwester Rahel schüttelte den Kopf. »Nein, mein Herr! Ich habe vor meinen Patienten keine Geheimnisse.«

»Na gut«, sagte er. »Dann frage ich Sie also vor den Augen der hier versammelten Öffentlichkeit: Haben Sie Silvester schon etwas vor?«

»Ja. Da habe ich Dienst.«

Schlagartig sank seine Laune in den Keller. »Lässt sich das nicht ändern?«, fragte er. »Vielleicht können Sie ja mit einer Kollegin tauschen?«

»Wenn das so einfach wäre«, erwiderte sie. »Jeder möchte auf Silvester frei haben. Abgesehen davon – warum sollte ich?«

Für die Antwort brauchte Tino keine Sekunde. »Es gibt eine wunderbare Party. Aber ich habe noch keine Begleitung.«

Wieder lachte sie auf. »Das ist ja die charmanteste Einladung, die ich je bekommen habe.«

»So habe ich das nicht gemeint.« Er tat nicht nur zerknirscht, er war es wirklich. »Bitte, Schwester. Sie haben mir das Leben gerettet. Damit haben Sie bis zu meinem Tod die Verantwortung für mich übernommen – ein alter chinesischer Brauch.«

»Brauch oder nicht! Es gibt sich auch!«, konterte sie. Während er überlegte, woher er den Spruch kannte, fügte sie hinzu: »Goethe, ›Faust I‹. Mephisto zu Margarete.«

Tino schlug sich vor die Stirn, als würde er sich erinnern. »Können Sie Gedanken lesen?«

»Merken Sie das erst jetzt?« Sie machte eine kurze Pause, dann sagte sie: »Also gut, ich werde versuchen zu tauschen, vielleicht findet sich ja jemand. Aber nur, wenn Sie mir versprechen, dass ich wieder Auto fahren darf.«

»Solange Sie wollen, bis uns der Sprit ausgeht!« Mit den Augen deutete er auf die Blumen in ihrer Hand. »Sehen Sie? Es funktioniert! Sie haben uns schon Glück gebracht!«

»Uns?«, fragte sie mit erhobenen Brauen. »*Ihnen*, wollten Sie wohl sagen.«

Tino schaute ihr in die Augen. »Ist das nicht ein und dasselbe?«

24

Es war Silvesterabend, draußen schossen schon die ersten Raketen in den Nachthimmel, um etwas voreilig das neue Jahr zu begrüßen, und es roch nach Fisch in der kleinen Dreizimmerwohnung in der Kienitzerstraße, in die Erich Pommer nach seiner Rückkehr aus dem Krieg mit Gertrud und dem nunmehr zwei Jahre alten Hänschen gezogen war – erstens weil die Wohnung nur einen Katzensprung von den Filmateliers am Tempelhofer Feld entfernt lag, zweitens und vor allem aber weil die Mieten in Neukölln deutlich günstiger waren als in Mitte oder Charlottenburg. Der Silvesterkarpfen, für den Gertrud die letzten Groschen ihres Haushaltsgelds zusammengekratzt hatte, war nicht mehr ganz frisch gewesen, so dass sie jetzt das Fenster öffnen und das Wohnzimmer lüften musste, in dem sie zur Feier des Tages statt in der Küche gegessen hatten, während Erich vor dem Weihnachtsbaum am Boden hockte und Zigaretten rauchend seinem Sohn beim Spielen mit dem Bauernhof zusah, den das Christkind vor einer Woche gebracht hatte, doch ohne ihn wirklich zu sehen.

Denn in Gedanken war er ganz woanders.

»Spiel mit, Papa!«, sagte das Hänschen.

»Natürlich, mein Junge!« Schuldbewusst nahm Erich eine Figur aus dem Stall des Bauernhofs und machte laut *Muuh*.

Das Hänschen blickte ihn voller Empörung an. »Aber das ist doch das Pferd!«

»Na, so was!«

Um seinen Fehler wettzumachen, wieherte Erich los wie eine ganze Pferdeherde. Dabei verschluckte er sich am Rauch seiner Zigarette, so dass er einen Hustenanfall bekam.

Gertrud, die bereits den Tisch abräumte, blickte kopfschüttelnd auf ihn herab.

»Jetzt zieh dir endlich deinen Smoking an und verschwinde.«

»Kommt nicht in die Tüte. Du glaubst doch nicht im Ernst, dass ich euch an Silvester alleinlasse.«

»Ich bestehe darauf. Tino hat Himmel und Hölle in Bewegung gesetzt, um noch eine Karte für dich zu ergattern. Außerdem habe ich schon für dich zugesagt.«

Erich schüttelte den Kopf. »Ich habe eine bessere Idee. Wir fragen die Nachbarn, ob sie auf unser Hänschen aufpassen können. Dann kommst du einfach mit.«

»Ach, Erich, du weißt doch, dass ich mir aus solchen Festen nichts mache.«

Bei dem Klang ihrer Stimme wurde ihm ganz blümerant. Er drückte seine Zigarette aus und schaute zu ihr auf. Wie hübsch und unbeschwert war sie gewesen, als sie geheiratet hatten. Und jetzt? Hübsch war sie mit ihren blonden Locken und den grünen Augen noch immer, aber die Unbeschwertheit war dahin. Die Falten auf ihrer Stirn und um den Mund herum zeugten von den täglichen Sorgen, ihrem Gesicht war die frühere Frische fast völlig abhandengekommen, und in ihrem billigen Kattunkleid sah sie viel älter aus, als sie mit ihren achtundzwanzig Jahren in Wirklichkeit war. Das alles war seine Schuld, weil er ihr nicht das Leben bieten konnte, das sie verdiente – sie stammte aus gutem Hause, ihre Eltern betrieben ein Kaufhaus in Leipzig und waren wohlhabende Leute. Doch kein einziges Mal in den Jahren ihrer Ehe hatte Gertrud sich beklagt, im Gegenteil. Sie hatte ihn bei der Gründung der Decla sogar dazu gedrängt, ihre gesamte Mitgift einzusetzen, damit er so viele Anteile an der Firma kaufen konnte, wie nötig waren, um die Mehrheit zu erlangen, und sparte sich seitdem jede Mark, die sich irgendwie erübrigen ließ, buchstäblich vom Munde ab. Weil sie an ihn und an sein Talent und an seine Filme glaubte.

Aufmunternd nickte sie ihm zu. »Worauf wartest du noch? Du *musst* dich da blicken lassen. Das sind doch alles wichtige Leute.«

Erich stieß einen Seufzer aus. »Soll das heißen, du lässt mir keine Wahl?«

»Allerdings!«, sagte Gertrud mit gespielter Strenge. »Wenn du nicht endlich tust, was ich sage, jage ich dich mit dem Nudelholz aus dem Haus!«

»Dann bleibt mir ja wohl nichts anderes übrig.«. Er gab dem Hänschen einen Kuss und rappelte sich vom Boden auf. Dann nahm er Gertrud in den Arm. »Weißt du eigentlich, wie sehr ich dich liebe?«

»Ja, Erich, das weiß ich. Und ich liebe dich genauso. Und deshalb ziehst du dich jetzt um.«

Sie nahm ihn an der Hand und führte ihn ins Schlafzimmer. Dort holte sie den Smoking aus dem Kleiderschrank, den sie ihm zu Weihnachten geschenkt hatte, damit er sich bei den Galas und Premieren, an denen er als Filmproduzent teilnehmen musste, nicht blamierte.

»Wenn ich dich nicht hätte, mein Trudchen«, sagte er und knöpfte sich das Hemd auf. »Aber du wirst es nicht bereuen. Auch wenn wir jetzt noch in dieser Bruchbude hausen – eines Tages werden wir in unserer eigenen Villa am Wannsee leben. Das verspreche ich dir.«

Mit einem Lächeln, aus dem ein stilles, leises Glück sprach, strich sie ihm über die Wange. »Was bist du nur für ein Träumer, Erich. Aber genau deshalb liebe ich dich.«

25

Rahel schaltete in den dritten Gang. Der Nelkenkavalier hatte Wort gehalten; als er sie mit seinem Auto von der Arbeit abgeholt hatte, hatte er sie gleich auf der Fahrerseite einsteigen lassen, und jetzt steuerte sie den Wagen vom Tempelhofer Feld zum Ku'damm so sicher, als hätte sie nie etwas anderes getan. Zum Glück war der Schnee, der über Weihnachten gefallen war, inzwischen wieder geschmolzen, so dass sie tüchtig Gas geben konnte. Der Velocimeter zeigte über dreißig Stundenkilometer!

Vor dem »Café des Westens« hielt sie an. Noch wie berauscht von der Fahrt, betrat sie das Lokal. An der Garderobe half Konstantin Reichenbach ihr aus dem Mantel.

»Mein lieber Herr Gesangverein!«, sagte er, als sie in ihrem Trägerkleid aus dunkelgrünem Satin mit extra tiefer Taille vor ihm stand. »Sie sehen einfach umwerfend aus!«

Rahel warf einen Blick in den Spiegel. Das Kleid war wirklich wie für sie geschaffen. Trotz der Stoffrationierungen, die vor zwei Jahren eingeführt worden waren, hatte der Vater es für sie geschneidert, nach einem Modell, das sie im Schaufenster des KaDeWe entdeckt hatte. Sie hatte es am Morgen hinter dem Rücken der Eltern mit zur Arbeit genommen, damit sie es nach Dienstschluss im Lazarett gleich hatte anziehen können, zusammen mit dem silbernen Stirnband und der schwarzen Federboa, die sie sich zu Weihnachten gewünscht hatte und die sie jetzt wie die Schaufensterpuppe im KaDeWe zu dem Kleid trug.

»Ihnen steht der Smoking aber auch nicht schlecht«, erwiderte sie sein Kompliment. »Abgesehen natürlich von der Nelke!«

Lachend reichte er ihr seinen Arm. Aus dem Saal drang laute Tanzmusik. Rahel spürte ein wunderbares Kribbeln. Während der letzten Kriegsjahre hatte in Berlin Tanzverbot geherrscht, als hätte Kaiser Wilhelm Angst gehabt, das Vergnügen der Bevölkerung könnte den Siegeswillen der Frontsoldaten schwächen. Das Verbot war erst jetzt zu Silvester aufgehoben worden. Rahel konnte es gar nicht erwarten, endlich wieder zu tanzen.

»Auf ins Getümmel!«, sagte Konstantin, der offenbar ihre Ungeduld sah.

Als sie den Saal betraten, liefen Rahel die Augen über: Eine solche Party hatte sie noch nie erlebt! Wie ein Rudel hungriger Wölfe stürzten sich die Leute auf die Tanzfläche, um zu der ohrenbetäubenden Musik, die eine Kapelle mit zwei Schlagzeugern und einem Dutzend Blechbläsern produzierte, ihrer Lust zu frönen.

Am liebsten hätte sie gleich mitgemacht. Doch ihr Begleiter wollte ihr vorher unbedingt einen Freund vorstellen. Während er sie durch die brodelnde Menge führte, winkten ihm von rechts und links lauter Bekannte zu – darunter auffallend viele hübsche junge Damen, in Abendkleidern, die noch viel gewagter waren als ihres.

»Dafür kann ich nichts!«, brüllte er gegen den Lärm an, als er ihren Blick sah. »Das bringt mein Beruf ganz von allein mit sich. Leider!«

»Von wegen – leider! Wer's glaubt, wird selig!«

Sie fanden den Gesuchten im hintersten Winkel des Saals: ein Mann um die dreißig, mit feingeschnittenem Gesicht, schwarzem, nach hinten gewelltem Haar und olivfarbenem Teint, aus dessen kleinen braunen Augen einem Witz und Intelligenz nur so entgegenblitzten.

»Das ist mein Freund Erich Pommer«, stellte Konstantin ihn vor. »Ihm verdanke ich mehr als mir selbst.«

Zum Glück war die Musik hier nur halb so laut, so dass man sich einigermaßen verständigen konnte. Während Konstantin einem Kellner drei Gläser Sekt vom Tablett fischte, hob Erich Pommer eine Augenbraue und musterte Rahel wie ein Insekt.

»Haben Sie schon mal daran gedacht, es beim Film zu probieren?«

»Wie kommen Sie denn darauf?«

Während seine Braue noch ein Stückchen weiter in die Höhe ging, bildete er mit Daumen und Zeigefinger seiner zwei Hände ein Rechteck, um sie dadurch zu betrachten. »Die Kamera wird Sie lieben.«

Rahel musste lachen. »So einen Blödsinn habe ich noch nie gehört.«

Ohne eine Miene zu verziehen, erwiderte er ihren Blick. »Das ist mein voller Ernst.«

Energisch schüttelte sie den Kopf. »Schauspielerei interessiert mich nicht. Ich habe andere Interessen.«

»Schwester Rahel ist in Wirklichkeit nämlich gar keine Schwester«, sagte Konstantin, der gerade mit dem Sekt anrückte, »sondern eine sehr begabte Journalistin. Erst heute erschien ein Artikel von ihr in der ›Vossischen‹.«

Als wäre er gar nicht da, zückte Pommer seine Visitenkarte und reichte sie ihr.

»Für den Fall, dass Sie Ihre Meinung ändern. Besuchen Sie mich im Studio. Dann machen wir Probeaufnahmen!«

»Hörst du wohl sofort damit auf!«, protestierte Konstantin. »Die Dame ist schon vergeben, zumindest für heute Abend.« Er drückte Pommer die Gläser in die Hand und forderte Rahel mit einer Verbeugung auf. »Darf ich bitten?«

»Aber mit dem größten Vergnügen!«

Während sie sich bei ihm unterhakte, blickte Pommer seinen Freund an, als hätte der den Verstand verloren.

»Seit wann gehst du freiwillig tanzen?«

26

Je weiter der Abend voranschritt, umso öfter schossen bunt leuchtende Raketen in den Berliner Nachthimmel hinauf, und überall in den Straßen explodierten laut krachend die Böller. Die meisten Menschen verbrachten diese Nacht mit Freunden oder Verwandten, ganz gleich, ob auf Bällen, in Kneipen oder in privater Runde. Niemand wollte an diesem Abend allein sein, sondern in Gesellschaft das Ende des alten Jahres feiern, in dem endlich wieder Frieden eingekehrt war, und auf das neue Jahr und eine hoffentlich bessere Zukunft anstoßen.

Nur Hanne und Simon Rosenberg waren sich auch an diesem Abend selbst genug. Nachdem ihr Altgeselle Anton sich verabschiedet hatte, hatten sie die Werkstatt zum letzten Mal in diesem Jahr geschlossen und saßen jetzt zu zweit im Salon, Simon in seinem Lieblingsanzug, einem anthrazitfarbenen Dreiteiler, zu dem er einen Binder mit Stehkragen trug, und Hanne in ihrer Sonntagsbluse aus Brüsseler Spitze, die wunderbar mit ihrem dunkelbraunen Tonnenrock harmonierte. Während draußen irgendwo ein verängstigter Hund kläffte, stand auf der Kredenz ein eisgefüllter Kübel mit einer Flasche Henkell Trocken zum mitternächtlichen Anstoßen bereit.

Noch aber nippten sie an ihren Gläsern mit dem selbstgemachten Eierlikör, den Hanne so gerne trank und den Simon jeden Herbst für sie ansetzte, damit seine Frau an den langen Winterabenden immer mal wieder eine kleine Freude hatte. Eigentlich hatten sie heute Abend Blei gießen wollen, Rahel hatte es als Kind so sehr geliebt, aus den bizarren Formen, zu denen das geschmolzene Blei im Wasser erstarrte, die Zukunft herauszulesen. Doch da ihre Tochter nicht da war, hatten sie es einfach vergessen.

»Was haben wir nur falsch gemacht?«, sagte Simon mit einem Seufzer.

Auch ohne weitere Worte verstand Hanne sogleich, was er meinte, und tätschelte seine Hand. »Es ist nicht unsere Schuld, mein Lieber. Rahel hat noch nie getan, was andere Mädchen und Frauen tun. Manchmal fürchte ich, sie will einfach nur das Schicksal herausfordern. Schon allein ihre Art, Entscheidungen zu treffen. Genauso wie deine Mutter.«

»Ach, hätte sie nur Herrn Weißpfennigs Antrag angenommen. Dann wäre sie jetzt eine wohlversorgte Ehefrau und wahrscheinlich schon Mutter und müsste nicht in der Silvesternacht als Krankenschwester Dienst tun.«

»Das arme Kind, mutterseelenallein in einem Lazarett.« Hanne nahm einen kleinen Silberlöffel, um, sparsam, wie sie war, die letzten Eierlikörreste aus ihrem Glas zu kratzen. »Ich sehe sie geradezu vor mir, zwischen all diesen kranken Menschen. Hoffentlich findet sie in der Nacht wenigstens Zeit, um ein bisschen zu lesen. Wusstest du, dass Dr. Recknagel ihr einen Roman geschenkt hat?«

»Ach ja, hat er?«, antwortete Simon. »Wie freundlich von ihm.«

Während seine Frau ihren Löffel ableckte, wanderte sein Blick zu der einsamen Flasche Sekt auf der Kredenz.

Plötzlich hatte er eine Idee.

»Was meinst du, mein Täubchen? Sollten wir die nicht mit unserer Tochter zusammen trinken?«

Er deutete mit dem Blick auf die Flasche, und wieder verstand seine Frau, ohne dass eine weitere Erklärung nötig war.

»Ach, Simon, was bist du nur für ein wunderbarer Vater! Aber glaubst du denn, dass um diese Zeit noch Busse oder Bahnen fahren?«

Er nahm ihre Hand und führte sie an die Lippen. »Wir brauchen heute keinen Bus und keine Bahn. Heute leisten wir uns eine Droschke.«

27

Die Schlagzeuger prügelten auf ihre Trommeln ein, dass ihnen der Schweiß nur so herunterströmte, und die Trompeter und Saxophonisten bliesen sich die Lungen aus dem Leib. Mit gnadenlos vorwärtstreibenden Rhythmen, die wie das eigene Blut in den Adern pulsierten, und dem Kreischen der Blasinstrumente brachte das Orchester den Saal zum Kochen. Hoochy-Koochy hieß der Tanz, der das »Café Größenwahn« in einen Käfig voller Verrückter verwandelte. Wie von Sinnen führten die Tänzerinnen und Tänzer sich auf – als wären sie vom wilden Affen gebissen, schüttelten sie die Leiber, wackelten mit den Hinterteilen, beugten die Oberkörper vor und zurück und wirbelten dabei mit Armen und Beinen gleichzeitig herum.

Angesichts solcher Künste fühlte Tino sich hoffnungslos überfordert. Während Rahel nach nur wenigen Minuten den Bogen raus hatte, tanzte er sich einen Knoten nach dem andern in die Beine, was sie zu seiner Verärgerung köstlich zu amüsieren schien.

»Jetzt verstehe ich, was Ihr Freund meinte«, brüllte sie ihm ins Ohr, fröhlich weiter tanzend, ohne auch nur für eine Sekunde aus dem Takt zu geraten.

»Um ehrlich zu sein«, brüllte er zurück, »ich *hasse* tanzen!«

»Warum haben Sie mich dann überhaupt aufgefordert?«

»Ich dachte, Sie erwarten das von mir, weil es sich ja nun mal so gehört. Und ich – ich wollte mich doch nicht um meine Chancen bringen!«

Während er sprach, brach mit einem Mal die Musik ab, so dass seine letzten Worte durch den ganzen Saal hallten. Doch zum Glück waren die meisten Leute auf der Tanzfläche genauso aus der Puste wie er selbst und deshalb vor allem damit beschäftigt, wieder zu Atem zu kommen.

»Bei mir müssen Sie gar nichts«, sagte Rahel. »Vor allem nichts, was sich gehört.«

Ganz ruhig und ernst schaute sie ihn an, das Gesicht leicht gerötet, die Augen fest auf ihn gerichtet. Der Blick traf ihn in seinem Innersten. Sein Herz fing noch schneller an zu schlagen, als es beim Tanzen geschlagen hatte, und am liebsten hätte er sie geküsst. Doch das traute er sich nicht.

Wie konnte das sein? Tino Reichenbach und Angst vor einer Abfuhr?

Er wusste selbst nicht, warum, doch irgendwie hatte er das Gefühl, dass diese Frau anders war als alle Frauen, die er kannte. Diese Frau, so sagte ihm eine innere Stimme, ließ sich nicht erobern – er konnte sie nur gewinnen, wenn sie sich selbst für ihn entschied.

Die Kapelle spielte einen Tusch, ein Conférencier sprang auf die Bühne und verkündete, dass Mitternacht nahte. Während überall Champagnergläser gefüllt wurden, begann er, die Sekunden runterzuzählen, und der ganze Saal fiel ein.

»Zehn … neun … acht …«

Tino nahm Rahel an der Hand. »Wollen wir rausgehen und das Feuerwerk anschauen?«

Sie zog ein überraschtes Gesicht. »Wollen Sie nicht erst mit Ihrem Freund anstoßen?« Ein Anflug von Spott blitzte in ihren Augen auf. »Beziehungsweise mit Ihren vielen Freundinnen?«

Grinsend erwiderte er ihren Blick. »Natürlich will ich das. Aber dafür habe ich ja noch das ganze Jahr Zeit.«

28

Vor dem Eingang des Lazaretts zog der Kutscher die Leinen an. Schnaubend und stampfend kam der Droschkengaul zum Stehen. Hanne bewegte ihre in der Kälte steif gewordenen Glieder. Leider hatte Simon keine Automobil-Droschke mehr auftreiben können, so dass sie eine Pferdedroschke hatten nehmen müssen, um zum Tempelhofer Feld zu gelangen.

»Was sind wir Ihnen schuldig?«, fragte Simon, als sie ausgestiegen waren.

»Zwei Mark siebzig, Meester«, erwiderte der Kutscher, der, eine Mütze über den Ohren und bis zur Brust in eine Decke gewickelt, mit krummem Rücken und gefrorener Triefnase auf sie herabsah.

Als Hanne den Betrag hörte, musste sie schlucken. So viel Geld für eine einzige Fahrt? Dafür hätten sie einen ganzen Tag lang Tram fahren können. Während Simon bezahlte, ordnete sie das Tuch auf ihrem Korb. Sie hatten nicht nur die Flasche Sekt und drei Gläser mitgebracht, sondern auch alles, was man zum Bleigießen braucht. Vielleicht durfte Rahel ja ein halbes Stündchen Pause machen, dann würden sie zusammen die Zukunft raten, was das neue Jahr wohl bringen würde, so wie sie es immer auf Silvester machten. Dann wäre beinahe alles so wie früher.

Als die Droschke davonfuhr, bekam sie plötzlich Angst vor der eigenen Courage.

»Was wird Dr. Recknagel wohl sagen, wenn wir hier bei unserer Tochter aufkreuzen? Schließlich hat sie Dienst. Vielleicht hätten wir vorher anrufen sollen. Dafür haben wir ja das Telefon.«

Simon schüttelte den Kopf. »Ach was, dann wäre das ja gar keine Überraschung. Außerdem ist Dr. Recknagel Vater von einem halben Dutzend Kindern, er wird das sicher verstehen.« Er fasste sie am Arm. »Komm, mein Täubchen, gehen wir rein. Bevor wir uns hier noch den Tod holen.«

Als sie das Lazarett betraten, liefen sie dem Stabsarzt direkt in die Arme. Der hob verwundert die Brauen.

»Was zum Kuckuck machen Sie denn hier?«

»Wir wollten unsere Tochter überraschen«, sagte Simon.

Hanne zeigte auf ihren Korb mit der Sektflasche. »Um mit ihr auf das neue Jahr anzustoßen.«

Die Verwunderung in Dr. Recknagels Gesicht wurde noch größer. »Aber wie kommen Sie darauf, dass sie hier ist? Sie hat doch Himmel und Hölle in Bewegung gesetzt, um mit einer Kollegin zu tauschen. Haben Sie das nicht gewusst?«

29

Auf dem Ku'damm wurden Raketen abgeschossen, und die kalte Winterluft schmeckte nach Schwefel, als Rahel mit Konstantin ins Freie trat, beide mit einem Glas Champagner in der Hand. Sie waren als Einzige hinausgegangen; während von drinnen das Lachen und Gläserklingen der Ballgäste zu hören war, standen sie allein auf der Terrasse des Cafés. Rahel trug über ihrem schulterfreien Kleid nur ihre Federboa und fror wie ein Schneider. Doch das störte sie nicht im Geringsten. Dafür hatte sie ja den Champagner.

»Prosit Neujahr!«

»Prosit Neujahr!«

Während sie tranken, machte sie sich darauf gefasst, dass Tino gleich versuchen würde, sie zu küssen – die Situation schrie ja förmlich danach. Aber sie war fest entschlossen, ihn abblitzen zu lassen. Sie hasste es, wenn Männer versuchten, eine Situation auszunützen

Doch als sie ihre Gläser absetzten, hauchte Tino ihr nur einen unschuldigen Kuss auf die Wange. Dann zog er sein Jackett aus und legte es ihr um die Schultern.

»Damit Sie sich nicht erkälten.«

»Ist das alles?« Ein kleines bisschen war sie enttäuscht.

»Oh – soll ich Ihnen Ihren Mantel holen?«

Er machte Anstalten zu gehen. Rahel spürte, dass sie mehr als nur ein kleines bisschen enttäuscht war, eher ein großes bisschen. Der Mund trocknete ihr aus, und trotz der Kälte wurde ihr plötzlich ganz warm.

Wie zum Kuckuck war das möglich?

Energischer als sie wollte, schüttelte sie den Kopf.

»Nein, das meinte ich nicht.«

»Was meinten Sie dann?« Fragend schaute er sie an.

Prüfend erwiderte sie seinen Blick. War er wirklich so unschuldig oder tat er nur so?

Es gab nur eine Möglichkeit, es herauszufinden.

Ohne die Augen von ihm zu lassen, schnippte sie mit dem Finger gegen die Nelke an seinem Revers. »Haben Sie so wenig Vertrauen in Ihr Glück?«

Sie sah, wie sein Adamsapfel ruckte, und sein Schnurrbart fing an zu zittern.

»Worauf warten Sie?«, flüsterte sie. »Oder muss ich Ihnen erst eine schriftliche Einladung schicken?«

Wieder ruckte sein Adamsapfel. »Aber bitte per Einschreiben«, sagte er, und seine Stimme klang plötzlich ganz rau. »Am besten in dreifacher Ausfertigung.«

Während die eisige Nachtluft in weißen Wölkchen aus seinem Mund stob, nahm er ihr Gesicht zwischen die Hände und beugte sich über sie. Mit klopfendem Herzen schloss sie die Augen, und als sie den Kopf in den Nacken legte, spürte sie endlich seine Lippen.

30

Auch im Grand Hotel »Adlon« wurden die Gläser auf das neue Jahr erhoben, doch anders als im »Café Größenwahn« in gesitteter Weise. Im Foyer war nur leise Kammermusik zu hören, ein Streichquartett intonierte mit gebotener Dezenz Beethovens Neunte – wie konnte man das neue Jahr besser begrüßen als mit einer »Ode an die Freude«? Nicht mal der Lärm des Volkes draußen, das im Schatten des Brandenburger Tors feierte, drang durch die doppelt verglasten Fenster des prachtvoll glitzernden, mit Luftschlangen geschmückten Speisesaals, wo die Ehepaare Stauß und Hugenberg bei einem Sieben-Gänge-Menü den Abend verbracht hatten. Nach der kurzen, mitternächtlichen Unterbrechung saß man nun beim Dessert, und während die Frauen sich darüber unterhielten, ob für den Winterurlaub Davos oder St. Moritz der Vorzug zu geben sei, waren die Männer wieder bei den Geschäften. Schließlich war man ja nicht zum Vergnügen zusammengekommen.

Alfred Hugenberg, ein kleiner drahtiger Mann Mitte fünfzig mit angegrautem, aufgewichstem Stehhaar, imposantem Schnauzbart und runder Nickelbrille, nahm den letzten Löffel von seinem Fürst-Pückler-Eis, dann faltete er seine Serviette zusammen und zog ein Zigarrenetui aus der Innentasche seines Anzugs hervor.

»Kompliment, Stauß«, sagte er, während er mit einem Knipser die Spitze seiner Havanna zurechtschnitt. »Ihr Reichenbach hat gute Arbeit geleistet.«

Emil atmete auf. Endlich war das erlösende Wort gefallen! Den ganzen Abend hatte er darauf gewartet.

»Dann sind wir uns also einig?« Er warf einen Blick über die Schulter zu dem Ober, der sich in diskretem Abstand zu ihrer Bedienung bereithielt. »Zwei Cognac, bitte. Courvoisier, aber vom 96er.« Lautlos entfernte sich der Kellner, und Emil wandte sich wieder seinem Gegenüber zu. »Es freut mich außerordentlich, dass unser Angebot zu Ihrer Zufriedenheit ausgefallen ist.«

»Ist es, durchaus! Ich denke, damit sind unsere Differenzen bereinigt.« Hugenberg leckte die Spitze seiner Zigarre an, dann streckte er Emil sein Etui entgegen. »Auch eine? Echte Cohibas – meine Empfehlung!«

»Aber mit dem größten Vergnügen.«

Obwohl Stauß Zigarren hasste, griff er beherzt zu. Was sein muss, muss sein – schließlich gab es noch einige Details zu besprechen. Der Vertragsentwurf, den Konstantin Reichenbach in seinem Auftrag erarbeitet hatte, regelte, wie die Ufa und die Scherl-Verlagsgruppe den deutschen Filmmarkt künftig untereinander aufteilen würden. Darin erklärte die Ufa sich bereit, zugunsten von Hugenbergs Deulig auf den Bereich wirtschaftlicher Propagandafilme jedweder Art zu verzichten, und trat sogar die erfolgreiche »Messter Woche« an die Deutsche Lichtspielgesellschaft ab. Darüber hinaus verpflichtete sie sich, auch in Zukunft keine eigene Wochenschau zu produzieren. Das war für Stauß eine nur schwer zu schluckende Kröte gewesen, die »Messter-Woche« hatte regelmäßig einen hübschen Gewinn abgeworfen, aber Reichenbach hatte ihn überzeugt, dass dieses Zugeständnis genau der richtige Köder war, um Hugenberg zum Einlenken zu bewegen. Die Wochenschau fügte sich in den Scherl-Verlag mit seinen Zeitungen, Nachrichtenagenturen und Pressediensten auf geradezu perfekte Weise ein. Im Gegenzug sicherte Hugenberg der Ufa zu, etwaig entstehende Einnahmeverluste durch den Ausfall der Wochenschau zu kompensieren, vor allem aber garantierte er mit diesem Vertrag, seinerseits von der Produktion von Spielfilmen abzusehen, und darauf kam es für die Universum Film AG mehr als alles andere an. Unter dem Strich also ein gutes Geschäft für beide Seiten. »Und wer weiß«, sinnierte Hugenberg, als das Gespräch sich allmählich vom Konkreten zum Allgemeinen fortbewegte, »vielleicht findet man ja sogar eines Tages unter einem gemeinsamen Dach zusammen, um beide Kräfte miteinander zu vereinen …« Ein Gedanke, dem Stauß sich keinesfalls verschloss – laut Aristoteles war das Ganze mehr als die Summe seiner Teile, er hatte nicht umsonst ein humanistisches Gymnasium besucht. Und Hugenberg war nicht nur ein glänzender Geschäftsmann, er hatte auch die richtige Gesinnung, er war Mitbegründer des Alldeutschen Verbandes und in der Deutschnationalen Volkspartei aktiv. Da konnte möglicherweise dereinst etwas von wahrhaft vaterländischer Bedeutung entstehen, auch wenn das jetzt noch Zukunftsmusik war.

Der Ober brachte den Cognac. »Courvoisier. Jahrgang 96.«

»Vornehm geht die Welt zugrunde.« Mit sichtlichem Wohlgefallen sah Hugenberg zu, wie der Ober einschenkte, dann hob er sein Glas. »Auf eine glorreiche Zukunft!«

Auch Stauß hob sein Glas, doch bevor er trank, hielt er es gegen das Licht, um die Farbe des in über zwanzig Jahren gereiften Courvoisier zu prüfen. Mit geschlossenen Augen beugte er sich über den Schwenker und schnupperte an der sich machtvoll entfaltenden Blume.

»Ich denke, sie hat bereits begonnen. – Zum Wohle!«

31

Als Tino aus dem Kuss erwachte, schlug ihm das Herz bis zum Hals. Ihm war, als hätte er für eine Sekunde ins Paradies geschaut. Obwohl er sich fühlte, als strömte plötzlich Champagner durch seine Adern, schämte er sich gleichzeitig vor sich selbst. Schließlich hatte er einen Ruf zu verteidigen, der ganz und gar nicht zu der Verwirrung passte, in die der Kuss ihn gestürzt hatte.

Um sie zu überspielen, sagte er, was er sonst in solchen Momenten sagte: »Ich glaube, das ist genau der richtige Augenblick, um Du zueinander zu sagen.«

Doch Rahel legte ihm den Finger auf die Lippen. »Kein Du, bleiben wir beim Sie.«

Tino blickte sie ungläubig an. »Meinst du – ich meine, meinen Sie das im Ernst?«

»Ja, ein Du würde alles gewöhnlich machen. Und gewöhnlich wollen wir doch nicht, oder?«

Er brauchte eine Sekunde, um zu begreifen, so etwas war ihm noch nie passiert. Doch dann war er Feuer und Flamme. Was für eine wunderbare Idee! Gleichzeitig schüchterte sie ihn allerdings auch ein kleines bisschen ein. Nein, kein kleines, sondern ein ziemlich großes bisschen – schon wieder!

Zum ersten Mal in seinem Leben hatte Tino das Gefühl, dass er einer Frau vielleicht nicht gewachsen sein könnte.

»Gut, kein Du. Aber küssen darf ich Sie noch mal?«

Die Worte waren ihm ganz von allein über die Lippen gekommen, voller Befremden hörte er sich sie sagen, als stammten sie aus dem Mund eines anderen. Was zum Teufel war plötzlich mit ihm los? Am Abend, als er diese Frau im Lazarett abgeholt hatte, war er noch einer der begehrtesten Junggesellen von ganz Berlin gewesen und nach eigener Einschätzung ziemlich genau das, was man unter einem Lebemann verstand.

Und jetzt, da er sie nicht mehr Schwester Rahel, sondern einfach nur noch Rahel nannte, bettelte er wie ein verliebter Friseurgehilfe um einen Kuss?

»Natürlich dürfen Sie«, flüsterte sie und schenkte ihm ein Lächeln, das ihn auf der Stelle alle Zweifel vergessen ließ. »Ich bitte sogar darum.«

Sie hatte noch nicht ausgesprochen, da verschmolzen ihre Münder ein zweites Mal, erst zögernd und tastend, dann voller Leidenschaft und Verlangen. Hatte er beim ersten Kuss geglaubt, ins Paradies zu schauen, konnte er es jetzt förmlich schmecken.

Jemand hüstelte in ihrer Nähe. Als Tino aufblickte, sah er in das grinsende Gesicht seines Freundes Erich Pommer.

»Hier steckt ihr also? Ich habe euch schon die ganze Zeit gesucht.«

Während Tino ihn ans andere Ende der Welt wünschte, löste Rahel sich aus der Umarmung, und mit ihrem Glas in der Hand trat sie auf seinen Freund zu.

»Herr Pommer, seien Sie willkommen. Wollen wir vielleicht Brüderschaft trinken?«

32

Von den drei Zwiebeltürmen der orthodoxen Auferstehungskathedrale schlug es halb drei, als Simon Rosenberg und seine Frau den Hohenzollerndamm entlangfuhren, um in ihre Wohnung am Fehrbelliner Platz zurückzukehren. Es hatte eine Ewigkeit gedauert, bis sie eine Droschke gefunden hatten, die sie wieder nach Wilmersdorf brachte, und hätte Dr. Recknagel ihnen nicht sein Telefon zur Verfügung gestellt, hätten sie wahrscheinlich die ganze Nacht am Tempelhofer Feld verbringen müssen.

Jetzt standen sie in der Küche am Ofen, um sich aufzuwärmen, während auf dem Tisch die unangebrochene Flasche Sekt stand. Draußen war es fast wieder so still wie in gewöhnlichen Nächten. Schwarz und schweigend spannte sich der Himmel über die Stadt, die Silvesterraketen waren erloschen, die Böller verpufft, nur ab und zu waren noch ein paar letzte Nachtschwärmer zu hören, die durch die Straßen zogen.

»Wo kann das Kind nur sein?«, fragte Hanne. »Mein Gott, ich darf gar nicht daran denken, was alles passiert sein kann.«

»Reg dich nicht auf, mein Täubchen, es wird schon nichts Schlimmes sein«, erwiderte Simon, mehr um sich selbst als seine Frau zu beruhigen, er machte sich ja nicht weniger Sorgen als sie. »Ich bin sicher, gleich geht die Tür und sie kommt fröhlich zu uns hereinspaziert.«

»Wie kann sie uns das nur antun? Sie muss doch wissen, welche Ängste wir ausstehen.«

»Unbekümmertheit ist das Vorrecht der Jugend.« Das hatte Dr. Recknagel gesagt, als sie ihm hatten eingestehen müssen, dass ihre Tochter sie offenbar hinters Licht geführt hatte. Die Worte hatten Simon so wenig trösten können, wie sie jetzt seiner Frau ein Trost waren. Bei der Erinnerung an die peinliche Situation wurde er immer noch rot vor Scham. Wie stand er jetzt vor dem Stabsarzt da? Dr. Recknagel war einer seiner besten Kunden! Was für eine Blamage …

Fassungslos schüttelte er den Kopf. »Ich kann mich nicht erinnern, dass Rahel uns je angelogen hat. Das ist das allererste Mal, seit sie bei ihrer Konfirmation dem Pastor vorgeschwindelt hatte, sie wäre nicht getauft, weil sie doch Jüdin sei.«

Hanne drehte sich zu ihm herum, die Augen voller Angst. »Ob wohl ein Mann dahintersteckt?«

Simon hob ohnmächtig die Arme. »Eine andere Erklärung fällt mir nicht ein. Aber glaub mir, wenn ich den Kerl erwische, ich werde ihn mit meinen eigenen Händen …«

»Pssst«, machte Hanne und legte den Finger an die Lippen. »Hörst du das?«

Simon verstummte. Von der Straße war das Motorengeräusch eines sich nähernden Automobils zu hören.

»Was meinst du?«, fragte seine Frau. »Könnte sie das sein?«

33

Kaum hatte Rahel den Motor abgestellt, sprang Tino vom Beifahrersitz und eilte um den Wagen herum, um ihr beim Aussteigen zu helfen. Mit einem Lächeln nahm sie die Hand, die er ihr reichte.

»Danke für den wunderschönen Abend.«

»Man soll den Abend nicht vor dem Morgen loben«, erwiderte er.

Fragend blickte sie ihn an. »Oh, Sie haben noch etwas vor?«

»Natürlich – Sie zur Tür begleiten! Oder glauben Sie, ich würde Sie den weiten Weg allein gehen lassen? Nein, das ist viel zu gefährlich – mitten in der Nacht!«

Lachend ließ sie ihn stehen. Vor der Haustür griff sie in die Manteltasche und kramte nach ihrem Schlüssel. »So, jetzt wissen Sie, wo ich wohne. Und wo wohnen Sie?«

»Warum interessiert Sie das?«, fragte er ebenso überrascht wie hoffnungsfroh zurück.

»Aus Gründen der Gleichberechtigung. Warum sollen Sie mehr über mich wissen als ich über Sie?«

Die Frage weckte schlagartig alte Instinkte in ihm. »Gendarmenmarkt sechsunddreißig. Wenn Sie es wünschen, zeige ich Ihnen gerne …«

»Ihre Briefmarkensammlung?«, unterbrach sie ihn spöttisch.

»Halten Sie mich für einen Unhold? Nein, meine Wohnung!« Und mit gesenkter Stimme fügte er hinzu: »Vielleicht bei unserem nächsten Rendezvous?«

»Warum nicht? Abgemacht!«

Ihre unverhoffte Zusage verschlug ihm für einen Moment die Sprache. Während er nach Worten suchte, zückte sie ihren Schlüssel und wandte sich zur Tür.

»Dann bleibt nur noch die Frage, wann?«, beeilte er sich zu sagen, bevor sie verschwand.

Mit dem Schlüssel schon in der Hand drehte sie sich noch einmal herum. »Das entscheiden Sie.«

»Wunderbar, dann schlage ich vor …«

»Nein, nein, nicht so«, unterbrach sie ihn zum zweiten Mal.

»Wie dann?«

»Zählen Sie im Geiste von eins bis einunddreißig, und wenn Sie bei einunddreißig angekommen sind, fangen Sie wieder von vorne an.«

»Mein Gott, ist das kompliziert«, seufzte er, tat aber brav, was sie sagte.

Während er im Geiste zählte, schaute sie ihm unverwandt in die Augen. Ein unbekanntes, wunderbar warmes Gefühl regte sich in seiner Brust und breitete sich in seinem ganzen Körper aus. Wie in aller Welt sollte er sich da konzentrieren? Er kam sich vor wie ein I-Männchen, so viel Mühe kostete es ihn, beim Zählen nicht durcheinanderzugeraten.

»Stopp!«, rief sie plötzlich. »Was war die letzte Zahl?«

»Einundzwanzig.«

»Gut.« Sie nickte. »Dann sehen wir uns also am einundzwanzigsten wieder.«

Tino fiel ein Termin ein, den er an dem Tag hatte, die Vorstandssitzung der Ufa. »Um Himmels willen – das ist ja erst in drei Wochen!«

Mit einem Gesicht, von dem er nicht wusste, ob es echtes oder gespieltes Bedauern ausdrückte, erwiderte sie seinen Blick. »Ich fürchte, die Zeit wird mir genauso lang werden wie Ihnen. Aber es war ein Gottesurteil, und daran ist nun mal nicht zu rütteln, leider. Warum haben Sie auch so langsam gezählt?«

»Ich habe ja gar nicht langsam gezählt!«, protestierte er. »Im Gegenteil, ich war schon einmal durch und hatte wieder von vorn angefangen.« Er war so enttäuscht, dass er schlucken musste. »Wie soll ich das nur so lange aushalten?«

»Und an mich denken Sie gar nicht?«, fragte sie leise.

Tino wurde noch wärmer in der Brust. Nein, ihr Bedauern war nicht gespielt, sie war genauso geknickt wie er und lächelte ihn in einer Weise an, dass er sich allein dadurch schon getröstet fühlte.

»Ach, Rahel …«

Plötzlich hellte sich ihre Miene auf. »Ich glaube, ich weiß was, das uns helfen könnte – eine kleine Wegzehrung.« Bevor er wusste, wie ihm geschah, fasste sie ihn mit beiden Händen am Mantelkragen und zog ihn zu sich.

»Eins«, flüsterte sie und küsste ihn auf den Mund. »Zwei …« Wieder gab sie ihm einen Kuss. »Drei …« Und noch einen. »Vier …«

Das war die schönste Wegzehrung, die Tino sich wünschen konnte. Für jeden Tag einen Kuss.

Sie waren gerade bei dreizehn angelangt, da flammte plötzlich Licht auf. Während er vor Schreck zurückfuhr, ging von innen die Haustür auf, und im nächsten Moment stand ein alter, grauhaariger Mann, zürnend wie ein Rachegott, in dem hellerleuchteten Flur, am ganzen Körper bebend vor Erregung.

»Was machen Sie mit meiner Tochter?«

34

Auf dem Küchentisch stand eine Flasche Henkell Trocken. Mit stummem Vorwurf blickte sie Rahel an. Wie ein gefallenes Mädchen.

»Wo warst du nur die ganze Nacht?«, fragte die Mutter.

Obwohl Rahel wusste, dass die Antwort den Eltern nicht gefallen würde, beschloss sie, die Wahrheit zu sagen. »Auf einer Silvesterfeier, im ›Café des Westens‹, am Kurfürstendamm.«

Der Vater war entsetzt. »Das ist doch der Tingeltangel, wo sich lauter Künstler rumtreiben?«

»Erstens ist das kein Tingeltangel«, erwiderte Rahel, »und zweitens verkehren da nicht nur Künstler. Die meisten Gäste waren ganz normale Leute wie ich.«

»Komm mir jetzt nicht mit Spitzfindigkeiten! Wir sind hier nicht in der Judenschule!«

Die Mutter schüttelte den Kopf. »Wie konntest du uns das nur antun? Die eigenen Eltern anlügen.«

»Und dann für so einen Taugenichts«, fügte der Vater hinzu. »Mit einer Nelke im Knopfloch! Das spricht doch Bände! Ein … ein Glücksritter, auf der Jagd nach Gelegenheiten …« Er war so in Rage, dass ihm die Worte ausgingen.

Doch die Mutter verstand ihn wie immer auch so. Mit ernster Miene blickte sie Rahel an. »Sag uns die Wahrheit, Kind. Hat dieser Mann dich … hat er dich, habt ihr beide – Herrgott, verstehst du nicht, was ich meine?«

Rahel musste an sich halten, um nicht laut aufzulachen. »Keine Sorge, Mama, es ist nichts passiert.«

Mit einem Seufzer sank die Mutter auf einen Stuhl. Der Vater aber war weit davon entfernt, sich zu beruhigen. Schnaubend vor Erregung trat er ans Fenster, schaute eine Sekunde hinaus, schüttelte den Kopf, dann drehte er sich auch schon wieder herum und kehrte zurück an den Tisch.

»Das ändert nichts daran, dass du uns in eine unmögliche Situation gebracht hast! Wie soll ich Dr. Recknagel nur unter die Augen treten?«

Wieder nahm er seine Wanderung durch die Küche auf. Während er auf und ab marschierte, wäre Rahel am liebsten im Boden versunken. Fast bereute sie, Tinos Einladung angenommen zu haben. Sie hatte Lügen immer verachtet, und jetzt hatte sie ihre Eltern nach Strich und Faden belogen und das Vertrauen, das beide ihr immer geschenkt hatten, kaltschnäuzig missbraucht. Die zwei waren ja nicht aus Misstrauen zum Tempelhofer Feld gefahren, sie hatten es nur lieb gemeint und wollten sie überraschen, damit sie die Silvesternacht nicht allein verbringen musste.

»Was hätte ich denn tun sollen?«, fragte sie leise. »Wenn ich euch gefragt hätte, hättet ihr mir doch nie die Erlaubnis gegeben.«

»Woher willst du das wissen?«, fragte der Vater zurück. »Wer weiß, wenn dieser Herr den Anstand besessen hätte, uns zu fragen, wie es sich gehört …«

»Dann hättet ihr doch gleich wieder mit euren Hochzeitsplänen angefangen«, platzte Rahel heraus.

Der Vater blieb stehen, irritiert drehte er sich zu ihr um. »Weshalb? Wer ist dieser Mann überhaupt?«

Rahel biss sich auf die Lippen. Warum hatte sie nur nicht den Mund gehalten? Sie kannte ihren Vater und wusste, wie er reagieren würde, wenn sie den Namen sagte. Hilfesuchend schaute sie in der Küche umher, in der Hoffnung auf ein Zeichen.

»Jetzt keinen Gottesentscheid!«, sagte die Mutter. »Einfach nur die Wahrheit!«

Als Rahel ihren Blick erwiderte, schaffte sie es nicht, irgendwelche Ausflüchte zu machen. Also gab sie sich einen Ruck.

»Sein Name ist Konstantin Reichenbach.«

Der Vater zog ein Gesicht, als hätte er nicht richtig gehört. »Reichenbach?«, wiederholte er. »Von der Handels- und Kreditbank?«

Rahel nickte. »Wir haben uns im Lazarett kennengelernt. Er … er war mein Patient.«

Der Vater hörte gar nicht hin. »Aber warum hast du das nicht gleich gesagt, mein Engele?«, rief er, mit einem Mal wie verwandelt. Einen Moment stand er da, wie bestellt und nicht abgeholt, dann trat er an den Tisch und nahm die Flasche Sekt. »Ich glaube, wir sollten jetzt endlich auf das neue Jahr anstoßen. Was meint ihr?« Ohne eine Antwort abzuwarten, machte er sich an dem Drahtverschluss zu schaffen.

»Ja«, sagte die Mutter und griff nach einem Glas. »Eine wunderbare Idee. Und danach noch ein bisschen Bleigießen.«

»Aber natürlich, mein Täubchen«, sagte der Vater. »Das wäre ja sonst gar kein richtiges Silvester.«

Mit lautem Knall entwich der Korken, kaum schaffte die Mutter es, dem Vater das Glas zu reichen, da strömte der Sekt auch schon schäumend hinein.

35

Arnim hatte mit der Abendpost gute Nachrichten aus München bekommen – Rudolf von Sebottendorf, der Vorsitzende der Thule-Gesellschaft, hatte ihm geschrieben, persönlich! Und wie immer, wenn es gute Nachrichten gab, wollte er sie trotz der späten Stunde als Erstes mit dem Menschen teilen, der ihm so nahestand wie sonst niemand: seine Mutter Constanze.

Er traf sie beim Nachttee in ihrem Boudoir an, einem kleinen, unmittelbar an ihr Ankleidezimmer grenzenden Raum. An den mit schwarzer Tapisserie ausgekleideten Wänden hingen Bilder französischer Rokoko-Maler, die Arnim in ihrer sonnendurchfluteten Sinnenfreudigkeit stets ein wenig störten und die er als absolut unpassend für ein Zimmer seiner Mutter empfand – angesichts ihrer sonstigen Stilsicherheit konnte er sich diesen geschmacklichen Fauxpas nicht erklären, doch als er sie einmal darauf angesprochen hatte, hatte sie ihm kurzerhand den Mund verboten. Die Tasse in der Hand, saß sie in der einen Hälfte ihres Vis-à-vis, dem einzigen Möbelstück im Raum außer der mit rotem Samt bespannten Chaiselongue, auf der sie nach dem Nachtmahl in einem Déshabillé zu ruhen pflegte.

»So spät noch, mein Junge? Es ist schon fast Mitternacht.«

»Ich weiß, Mama. Aber ich bin sicher, du wirst dich freuen.«

Auf ihr Kopfnicken hin nahm Arnim in der anderen Hälfte des zwei-Personen-Sessels Platz, auf dem man einander, nur durch die gemeinsame, S-förmig geschweifte Armlehne getrennt, von Angesicht zu Angesicht gegenüber saß.

»Sebottendorf hat seine Ankündigung wahr gemacht«, sagte er. »Die Deutsche Arbeiterpartei wurde gegründet, das künftige Bollwerk des deutschen Volkes gegen Juden und Kommunisten. Ich werde so bald wie möglich nach München reisen, um mir vor Ort ein Bild zu machen.«

Die Mutter hob die rechte Augenbraue. Das tat sie immer, wenn sie Zweifel hatte. »Glaubst du, das ist der Mühe wert?«

»Wie kannst du nur fragen? Diese Partei wird nicht nur hilfreich für die Wiederaufnahme unserer Geschäfte sein, sie hat das Zeug, ganz Deutschland von Grund auf zu erneuern!«

Die Augenbraue der Mutter ging noch weiter in die Höhe. »Wer waren noch mal die Gründer? Ein Sportreporter und ein Werkzeugmacher, nicht wahr? – Außerdem«, fügte sie hinzu, als Arnim etwas einwenden wollte, »was nützt uns eine neue Partei für den Augenblick? Angesichts der Gefahr, in der unser Vaterland schwebt, muss hier und jetzt etwas geschehen! Ich fürchte, die Absichten eines Sportreporters und eines Werkzeugmachers sind da wenig hilfreich, mögen sie auch noch so löblich sein.«

Sie führte die Tasse an die Lippen und nahm einen Schluck von ihrem Tee. Arnim wusste, damit war für sie das Thema beendet. Beschämt musste er innerlich eingestehen, dass sie wohl recht hatte. Er hatte sich von Sebottendorfs Begeisterung anstecken lassen wie ein Kind. Der Vorsitzende der Thule-Gesellschaft war ein Schwärmer, das war allgemein bekannt, ein Mann mit äußerst bewegter Vergangenheit, der früher zur See gefahren war und in der Türkei gelebt hatte und sich seitdem mit Okkultismus beschäftigte – angeblich hielt er sogar spiritistische Séancen ab. Vielleicht war die DAP in Wirklichkeit nur ein Verein von ein paar Dutzend seltsamer Leute, die sich in den Hinterzimmern irgendwelcher Münchener Gaststätten trafen.

Mit einem Blick, aus dem Mitleid und Enttäuschung sprachen, schaute die Mutter ihn an. »Bis diese Partei es auch nur in das bayerische Parlament schafft, haben die Kommunisten und Juden unser Land längst zugrunde gerichtet.«

»Du hast recht, Mama«, sagte Arnim. »Ich hatte nicht genug nachgedacht.«

»Natürlich habe ich recht! Es ist Feuer unterm Dach! Die Spartakisten haben bereits zum Generalstreik aufgerufen! Allen voran der Kommunist Karl Liebknecht und sein jüdisches Flittchen.«

»Du meinst Rosa Luxemburg?«

»Es ist keineswegs nötig, dass du den Namen in meiner Gegenwart aussprichst.«

»Es wird nicht wieder geschehen, Mutter.«

»Uns droht ein Bürgerkrieg! Und was tut die Regierung? Nichts! Weil Sozis nicht auf Kommunisten schießen lassen.«

Während sie einen weiteren Schluck von ihrem Tee trank, um auch dieses Thema zu beenden, klopfte es an der Tür.

Unwillig stellte sie ihre Tasse auf den Beistelltisch. »Wer stört?«

36

Obwohl es schon fast Mitternacht war, war Rahel nach Beendigung der Abendschicht im Lazarett nicht zur elterlichen Wohnung am Fehrbelliner Platz gefahren, sondern in die Charlottenstraße, in der sich die Redaktion der »Vossischen Zeitung« befand. Entschlossenen Schritts betrat sie das auch zu dieser späten Stunde hellerleuchtete Foyer des Gebäudes und marschierte geradenwegs auf den Glaskasten in der Mitte der Eingangshalle zu. Als sie die Tür aufstieß, hatte Arno Sumski gerade den Hörer am Ohr und telefonierte. Ohne abzuwarten, dass er das Gespräch beendete, knallte sie ihm ihre mitgebrachte Zeitung auf den Schreibtisch.

»Wie konnten Sie das tun?«

Am liebsten hätte sie ihn noch an Heiligabend, dem Tag, an dem ihr Interview unter seinem Namen erschienen war, zur Rede gestellt. Doch eine innere Stimme hatte sie davon abgehalten. Wenn sie es sich mit dem Chef vom Dienst der Zeitung verdarb, würde sie nie mehr eine Chance bekommen, ihr Talent zu beweisen. Inzwischen waren drei Wochen vergangen, doch die innere Stimme hatte es nicht geschafft, sie zur Vernunft zu bringen, im Gegenteil, je öfter sie an den Betrug dachte, desto größer wurde ihre Empörung. Und heute hatte sie beim Gedanken daran eine solche Wut bekommen, dass ihr Gerechtigkeitsempfinden endgültig über ihre Vorsicht gesiegt hatte. Nein, sie durfte sich eine solche Missachtung nicht gefallen lassen! Egal, welche Nachteile ihr daraus erwuchsen!

Sumski legte den Hörer auf und schaute mit seinen wässrigen Augen zu ihr auf. Das schlechte Gewissen war ihm in jede Falte seines teigigen Gesichts geschrieben.

»Ich verstehe Ihre Erregung, Fräulein Rosenberg, und ehrlich gesagt, wundere ich mich, dass Sie nicht früher gekommen sind. Aber es ist nicht meine Schuld.«

»Nicht Ihre Schuld? Für wie dumm halten Sie mich?« Mit zitterndem Finger zeigte sie auf die Unterschrift unter dem Artikel. »Ist das Ihr Name oder nicht?«

»Ja, das ist mein Name. Aber ...«

»Kein Aber! Was hat Ihr Name da zu suchen? Habe ich das Interview geführt oder Sie?«

»Sie natürlich. Aber ...«

»Hören Sie endlich mit Ihrem verdammten Aber auf!«

Sumski schlug mit der Hand auf seinen Schreibtisch. »Und hören Sie endlich auf, mich zu unterbrechen, verdammt nochmal!«

Er hatte so laut gesprochen, dass Rahel tatsächlich verstummte.

»Ich weiß, wie enttäuscht Sie sind«, sagte er. »Ich war schließlich auch mal jung und kann mich noch bestens erinnern, wie stolz ich auf meinen ersten Artikel war – ich weiß ihn bis heute auswendig, ein Nachruf auf den Autoingenieur Gottlieb Daimler. Darum würde ich nie und nimmer den Artikel eines Kollegen mit meinem Namen zeichnen.«

»Aber wie kommt dann Ihr Name unter mein Interview?«

Sumski beugte sich vor, und so leise, als fürchte er, dass jemand mithören könnte, sagte er: »Ein Setzer hat die Namen vor dem Andruck ausgetauscht. Anweisung von oben!«

»Anweisung von oben? Aus welchem Grund?«

»Können Sie sich das nicht denken?«, fragte er, um sich selbst die Antwort zu geben. »Sie haben nun mal das falsche Geschlecht.«

Rahel schüttelte den Kopf. »Ein Artikel ist entweder gut oder schlecht – egal, ob ein Mann oder eine Frau ihn geschrieben hat.«

»Ganz meine Meinung, aber was soll ich tun? Beschweren Sie sich beim lieben Gott! Meinen Segen haben Sie!«

»Von wegen beim lieben Gott! Ich beschwere mich bei Ihrem Chef!«

»Wenn Sie unbedingt wollen, dass man Sie rausschmeißt – bitte sehr, tun Sie, was Sie nicht lassen können!« Mit einem Blick, aus dem ehrliches Mitgefühl sprach, blickte Sumski sie an. »Ach, Fräulein Rosenberg, sehen Sie es doch endlich ein! Als Frau werden Sie es in diesem Beruf niemals schaffen. Es sei denn, Sie beschäftigen sich mit solchen Themen, die man von einer Frau ...«

Noch während er sprach, flog die Tür auf, und ein Journalist stürmte in das Büro. »Sondermeldung! Wir müssen die Titelseite schmeißen!«

Als wäre Rahel auf einmal nicht mehr da, wandte Sumski sich ab und zückte einen Stift. »Was ist passiert?«

37

Arnim glaubte, nicht richtig zu sehen, als plötzlich der Vater, schon im Nachtrock, ohne Voranmeldung in der Tür erschien. Das Boudoir war das Heiligtum seiner Frau, in das sie sich nach dem Abendessen zurückzog, um für sich zu sein – hier duldete sie niemanden außer Arnim. Das war ein ungeschriebenes Gesetz, an das jeder im Haus sich hielt, die Dienstboten nicht anders als ihr Ehemann. Wenn der nun trotzdem hier plötzlich auftauchte, musste etwas ganz und gar Außergewöhnliches vorgefallen sein.

»Konstantin hat aus Berlin angerufen«, sagte er mit kurzem Atem. »Karl Liebknecht ist tot! Auf der Flucht erschossen.«

Die Mutter rückte an ihrer ohnehin perfekt sitzenden Hochfrisur. »Es geschehen noch Zeichen und Wunder.«

»Und was ist mit Rosa Luxemburg?«, wollte Arnim wissen, ihren tadelnden Blick bei der Nennung des Namens ignorierend. »Hat es die auch erwischt?«

»Darüber weiß man noch nichts«, erwiderte der Vater. »Angeblich ist sie wie vom Erdboden verschwunden.«

Die Mutter lächelte ihr unnachahmliches Lächeln, für das Arnim sie schon immer bewundert hatte. »Vielleicht zeigt die Dame ja Solidarität mit ihrem Herrn Genossen – Solidarität wird bei den Kommunisten ja groß geschrieben.«

»Bitte, Constanze«, sagte der Vater. »Auch Kommunisten sind Menschen.«

»Ach so?« Die Mutter hob die Brauen. »Deine Humanität in Ehren, Gustav, aber man kann es damit auch übertreiben.«

»Du weißt, was ich über den Kommunismus denke, meine Liebe, und ich bin der Letzte, der Karl Liebknecht auf diesem Erdball vermisst.« Er nahm ihre Hand und deutete einen Handkuss an. »Allerdings scheinen die Umstände seines Todes doch einigermaßen obskur …«

Während er das wenige erzählte, was Konstantin berichtet hatte, kam Arnim plötzlich eine Idee. Die Vorstellung war vollkommen verrückt, und er hatte keine Ahnung, wie sie sich in die Tat umsetzen ließ. Er wusste nur, um sie zu verwirklichen, brauchte er jemanden, der für ihn die nötige Verbindung herstellte.

Nachdenklich ließ er seinen Blick über die Bilder an den Wänden schweifen, bis sein Auge an einem Fragonard hängen blieb. Eine in Rosa gekleidete junge Frau saß auf einer Schaukel, und während sie mit solchem Schwung in die Höhe aufstieg, dass ihr der Schuh vom Füßchen flog, lag unter ihr im Gras ein Mann, der mit solchem Entzücken unter ihre Röcke schaute, als schaue er unter die Röcke der Vorsehung.

Wer könnte dieser jemand sein?

38

Der 19. Januar des Jahres 1919 war, äußerlich betrachtet, ein ganz gewöhnlicher Wintersonntag. In der Hauptstadt Berlin war wie fast überall im Reich der Himmel von grauen Wolken verhangen, hier und da gab es Niederschläge, die in den Höhenlagen in Schnee übergingen, so dass die Menschen, die sich auf den Kirchgang vorbereiteten, wie stets in dieser Jahreszeit gut daran taten, sich warme, regenfeste Kleider anzuziehen. Doch in Wahrheit war dieser Sonntag ein ganz und gar ungewöhnlicher Tag, wie es ihn im Deutschen Reich noch nie zuvor gegeben hatte. Denn heute war das gesamte Volk zum Urnengang aufgerufen, nicht nur der männliche Teil der Bevölkerung, sondern erstmals auch der weibliche, um nach der endlich erfolgten Abdankung des Kaisers im holländischen Exil in freier und geheimer und gleicher Wahl ein Parlament zu wählen, als Voraussetzung für die Bildung einer demokratisch legitimierten Regierung.

Doch wie sollte das Volk sich einigen, wenn sich bereits die Familien über die Wahl entzweiten?

Der Streit in der Familie Rosenberg war losgebrochen, als der Vater sich bei Rahel erkundigte, welcher Partei sie ihre Stimme geben werde.

»Der USPD?«, rief er. »Willst du, dass man uns enteignet? Herr im Himmel, das kommt dabei raus, wenn man Frauen zur Wahl lässt!«

»Am liebsten würde ich sogar die KPD wählen«, erwiderte Rahel, schon im Mantel wie er, »aber die ist ja leider noch nicht zugelassen.«

»Ist es jetzt so weit? Du, meine Tochter, bist eine Kommunistin?«

Die Mutter schlug die Hände über dem Kopf zusammen. »Um Gottes willen, Simon! Wie kannst du so etwas nur unterstellen? Das würde das Kind uns doch niemals antun!«

»Bist du dir da so sicher?«

Wie auf Kommando drehten beide Eltern sich zu ihr herum, die Augen voller Angst. Doch Rahel schüttelte den Kopf.

»Keine Sorge, ich mag die Kommunisten genauso wenig wie ihr, schon wegen dieser entsetzlichen Schalmeienmusik.«

»Aber warum in aller Welt willst du sie dann wählen?«, fragte der Vater.

»Wegen Karl Liebknecht.«

»Wie bitte? Der ist doch tot.«

»Eben darum!«

»Bist du jetzt vollkommen meschugge geworden?«

Rahel fühlte sich wie auf der Anklagebank, und sie wusste nicht, was sie als Erstes zu ihrer Rechtfertigung vorbringen sollte.

»Ich finde, es ist eine Frage der Gerechtigkeit«, sagte sie schließlich.

»Aber das hat doch nichts mit Gerechtigkeit zu tun!«, widersprach die Mutter.

»Und was ist mit der Hetzjagd, die seit Wochen auf die Spartakisten veranstaltet wird? *Schlagt ihre Führer tot! Tötet Karl Liebknecht!* In ganz Berlin hängen Plakate mit dem Aufruf, angeblich von ehemaligen Frontsoldaten. Und jetzt hat es jemand getan.«

»Aber deshalb muss man diese Leute doch nicht wählen!«, protestierte der Vater.

»Doch«, sagte Rahel. »Das war Meuchelmord! Und der muss gesühnt werden. Dafür gebe ich ihnen meine Stimme.«

»Meuchelmord«, wiederholte er voller Verachtung. »Dass ich nicht lache! Karl Liebknecht kam zu Tode, weil er sich dem Zugriff der Staatsgewalt entzogen hat! Das hat Polizeiminister Noske offiziell verkündet.«

»Der muss es ja wissen.«

»Was willst du damit andeuten?«

»Gar nichts. Aber Noske ist der größte Kommunistenfresser in ganz Berlin. Das weiß doch jedes Kind. Dem traue ich alles zu!«

»Gustav Noske ist Sozialdemokrat wie ich! Der hat mein blindes Vertrauen!«

»Und wohin ist dann Rosa Luxemburg verschwunden?«

Darauf hatte der Vater keine Antwort, genauso wenig wie Rahel selbst. Mit einem Ruck wandte er sich ab, und wie immer, wenn er nicht mehr weiterwusste, trat er ans Fenster, um auf die Straße hinauszuschauen. Hatte er vielleicht selber Zweifel, die er nur nicht zugeben konnte? Nach der Nachricht von Liebknechts Tod hatte Rahel sämtliche Zeitungen durchstöbert, deren sie hatte habhaft werden können, vom »Reichsanzeiger« über die »Vossische« und den »Vorwärts« bis zur »Arbeiter-Zeitung«. Nach allem, was sie herausgefunden hatte, war Karl Liebknecht am Abend des fünfzehnten Januar verhaftet worden, dann hatte es bei seiner Überführung angeblich einen Fluchtversuch gegeben, Schüsse waren gefallen, und irgendwann in der Nacht war er als »unbekannte Leiche« in der Rettungswache des Tiergartens eingeliefert worden, bevor man ihn anhand der Initialen an seiner Kleidung identifizieren konnte. Und von Rosa Luxemburg, die am selben Abend verhaftet worden war, fehlte weiter jede Spur.

Der Vater drehte sich vom Fenster herum. »Wenn du die Sozialisten wählst, verbiete ich dir, zur Wahl zu gehen. Karl Liebknecht hat sein Schicksal selbst heraufbeschworen. Der Mann war ein Fall fürs Irrenhaus. Sogar der ›Vorwärts‹ hat ihn für geisteskrank erklärt.«

Rahel schnappte nach Luft. »Du … du willst mir verbieten zu wählen?«

»Allerdings. Schließlich bist du immer noch meine Tochter!«

»Aber das kannst du nicht! Die Wahl ist erstens geheim und zweitens frei.«

Er wollte etwas entgegnen, doch die Mutter, die keinen Streit ertrug, trat dazwischen.

»Warum musst du nur immer mit dem Kopf durch die Wand, Kind? Wenn du nicht an uns denkst, denk an deinen Verehrer. Herr Reichenbach ist doch Bankier. Was wird der wohl dazu sagen, wenn du den Kommunisten deine Stimme gibst?«

Entgeistert starrte Rahel sie an. Das hatte ihr gerade noch gefehlt!

Auf dem Absatz machte sie kehrt und marschierte zur Tür. Doch sie hatte den Raum noch nicht verlassen, da fiel ihr ein Satz ein, den sie bei Rosa Luxemburg gelesen hatte und der jetzt passte wie der Deckel auf den Topf.

»Freiheit ist die Freiheit der Andersdenkenden!«

Bevor die Eltern reagieren konnten, knallte sie die Tür ins Schloss, und im Eilschritt lief sie die Treppe hinunter.

Doch sie war noch nicht im Erdgeschoss angekommen, da blieb sie mit einer Vollbremsung stehen. Und bekam auf einmal einen solchen Lachanfall, dass sie sich am Geländer festhalten musste.

Im Eifer des Gefechts hatte sie tatsächlich vergessen, dass sie noch gar nicht alt genug war, um zu wählen – das durfte man ja erst mit einundzwanzig! Es war alles so neu und ungewohnt, dass niemand sich auskannte, nicht mal ihr Vater, obwohl er die »Vossische« jeden Tag zweimal las.

Auf leisen Sohlen verließ sie das Haus. Damit die Eltern nichts merkten, würde sie einmal zum Wahllokal spazieren und zurück.

Eher würde sie sich die Nase abbeißen, als eine solche Dummheit einzugestehen!

39

Der einundzwanzigste Januar, der Tag, dem Tino seit Wochen entgegenfieberte, war endlich da! Doch bevor der Abend kam, an dem er den Tag loben konnte, musste er sich in Geduld fassen. Denn heute bot sich ihm nicht nur die Aussicht auf ein bisher unbekanntes Liebesglück, zuvor würde sich auch die Zukunft des Unternehmens entscheiden, in dem er das Amt des Finanzdirektors versah.

Für elf Uhr war an diesem Vormittag im Piccadilly-Haus die richtungsweisende Vorstandssitzung der Universum Film AG angesetzt. Während die Teilnehmer – darunter als Vertreter des Aufsichtsrats der Elektroindustrielle Dr. Robert Bosch, Oberregierungsrat Dr. Wilhelm Cuno sowie Guidotto Fürst Henckel von Donnersmarck, Mehrheitsaktionär der gleichnamigen Schlesischen Hüttenbetriebe – nach und nach eintrafen, kommentierte man den Ausgang der Wahl vom vergangenen Sonntag. »Ach ja, die dümmsten Kälber wählen ihre Schlächter selber …« Wie von den meisten der anwesenden Herren befürchtet, hatten die Sozialdemokraten die Mehrheit gewonnen. Doch wer geglaubt hatte, deshalb würden nun die Unruhen auf den Straßen ein Ende haben, sah sich getäuscht. Nach dem rätselhaften Tod des Spartakistenführers Liebknecht und dem noch rätselhafteren Verschwinden seiner Genossin Rosa Luxemburg ging der öffentliche Aufruhr nicht nur ungebrochen weiter, sondern nahm derart bedrohliche Formen an, dass mancher exponierte Vertreter des untergegangenen Kaiserreichs sich an Seiner Majestät ein Beispiel nahm und außer Landes floh, um sich in Sicherheit zu bringen. Als der Vorstandsvorsitzende Stauß die Sitzung mit dem Hinweis eröffnete, dass einer der geladenen Teilnehmer durch die »schwierigen Reiseverhältnisse« entschuldigt sei, verstand darum jeder im Raum, auf wen die Anspielung gemünzt war. Erich von Ludendorff, einst der heimliche Militärdiktator Deutschlands, hatte sich nach Schweden abgesetzt – er wurde bei der Sitzung von Major Grau vertreten, dem stellvertretenden Vorstandsvorsitzenden der Ufa.

Während der sich im Vollgefühl seiner ihm auf diese Weise zugewachsenen Bedeutung über seinen Kaiser-Wilhelm-Bart strich, verlas Stauß die Präliminarien.

»Mit folgender Beschreibung des Firmenzwecks wurde der Eintrag der Universum Film AG ins Handelsregister beantragt: *Gegenstand des Unternehmens ist der Betrieb aller Zweige des Filmgewerbes, insbesondere der Filmfabrikation, des Filmmietgeschäftes und des Filmtheatergeschäftes sowie Fabrikation und Handel jeder Art, der mit dem Film- und Lichtbildgewerbe im Zusammenhang steht …*«

Tino kannte den Antrag in- und auswendig, er hatte ihn ja selbst formuliert. Seine Gedanken konnten deshalb ungehindert zu Rahel wandern. Heute Abend würde sie ihn besuchen. Er hatte in den vergangenen Tagen und Nächten Stunden damit verbracht, sich den Verlauf des Abends vorzustellen, ein Dutzend Mal hatte er seinen Kleiderschrank durchwühlt und sich den Kopf zerbrochen, was er anziehen sollte. Und wie sollte er sie bewirten? Am liebsten hätte er die Dienste des »Adlon« bemüht, um ihr mit allem aufzuwarten, was Küche und Keller des Luxushotels zu bieten hatten. Aber das wäre vermutlich des Guten zu viel, erstens wollte er sie nicht erschlagen, und zweitens war sie nicht der Typ Frau, der sich von so was beeindrucken ließ. Nur – würde sie überhaupt kommen? Er konnte immer noch nicht fassen, mit welch schulterzuckender Selbstverständlichkeit sie seine Einladung angenommen hatte. Bei jeder anderen Frau, die er kannte, hätte das nur eines heißen können … Doch Rahel war anders, das wusste er, und gerade das gefiel ihm ja so sehr an ihr. Aber *wie* anders war sie wirklich? Vielleicht hatte sie sich ja mit ihrer Zusage nur über ihn lustig gemacht und dachte nicht im Traum daran, ihn zu besuchen. Weil sie befürchtete, dass er genau das von ihr erwartete, was er nicht von ihr erwartete – sosehr er es sich auch wünschte.

»Wenn ich Sie jetzt bitten darf, Direktor Reichenbach?«

Tino zuckte kurz zusammen, als er seinen Namen hörte. Eilig nahm er seine Unterlagen, und während Stauß sich setzte, erhob er sich von seinem Platz. Wie abgesprochen, würde er sich bei der Vorstellung der neuen Unternehmensstrategie nicht mit langen Vorreden aufhalten, sondern gleich in *medias res* gehen.

»*Tempora mutantur et nos mutamur in illis* – ›die Zeiten ändern sich, und wir ändern uns in der Zeit‹. Das ist das Gebot der Stunde, nicht nur in der Politik, sondern auch in der Wirtschaft – und darum auch in der künftigen Führung und Ausrichtung unseres Unternehmens. Die ursprüngliche Zwecksetzung der Universum Film AG stammt aus einer Zeit, die es nicht mehr gibt. Mit dem Ende des Krieges hat sie sich erübrigt, so dass wir uns gezwungen sehen, unser Unternehmen von Grund auf zu erneuern. Jetzt ist eine neue, ganz und gar andere Zeit angebrochen, deren Anforderungen wir zu gehorchen haben. Meine Herren, die Universum Film AG wird sich folglich nicht länger mit der Produktion von Filmen zum Zweck der Propaganda beschäftigen, sondern der Kunst und Unterhaltung!«

Lautes Raunen war die Antwort, vor allem unter den Uniformträgern am Tisch. Während die Wirtschaftsvertreter nachdenklich die Köpfe wiegten, schoss Major Grau wie von der Tarantel gestochen in die Höhe.

»Ich protestiert aufs schärfste! Die Beeinflussung der Massen durch Propaganda war noch nie so nötig wie jetzt, da unser Land im Chaos unterzugehen droht. Die Unterrichtung des Volkes mit Hilfe bewegter Bilder ist in hervorragender Weise geeignet, um in unserem geliebten Vaterland wieder Recht und Ordnung herzustellen.«

»Recht und Ordnung herzustellen ist die Aufgabe des Staates«, erwiderte Stauß. »Ein Unternehmen hingegen ist allein seinen Anteilseignern verpflichtet, und diese Verpflichtung bedeutet, so viel Geld zu verdienen, dass sich das eingesetzte Kapital verzinst. Mit Propagandafilmen lassen sich keine Gewinne in der erwünschten Höhe erwirtschaften, wohl aber mit Filmen, die das Bedürfnis der Massen nach Kunst und Unterhaltung befriedigen.«

»Ist das die neue Zeit?«, rief Grau. »Die Herrschaft des Mammons?«

»Wie sich die neue Zeit entwickelt, hängt nicht von unseren Wünschen ab. Nicht sie hat sich nach uns zu richten, sondern im Gegenteil wir uns nach ihr. Die noch amtierende Regierung teilt im Übrigen meine und Direktor Reichenbachs Sichtweise und hat deshalb die Universum Film AG, was ihre staatliche Verflechtung angeht, inzwischen vom Kriegs- ins Innenministerium übersiedelt.«

»Das ist Verrat! Verrat an der Daseinsbestimmung dieser Firma!

Und Ihre verdammte Pflicht und Schuldigkeit wäre es gewesen, das zu verhindern!« Der Major war so erregt, dass die Enden seines Bartes zitterten.

Doch Stauß fuhr unbeirrt fort. »Darum lautet meine dringende Empfehlung, diese Zeit des Umbruchs als eine Chance zur Weiterentwicklung zu nutzen. Wer gegen den Strom schwimmt, fällt zurück! Doch zu Ihrer Beruhigung sei gesagt, dass sich dabei unsere ökonomischen Ziele durchaus mit dem politisch von uns allen hier Gewünschten verbinden lassen. Indem die Ufa mit der Produktion von Kunst und Unterhaltung ihre wirtschaftlichen Interessen verfolgt, kann sie weit mehr für den Frieden im Land tun als mit plumper Propaganda. Ganz ähnlich, wie es Horaz bereits vor zweitausend Jahren den Dichtern ins Stammbuch geschrieben hat: *Aut delectare aut prodesse volunt poetae aut simul iocunda et idonea dicere vitae* – die Dichter wollen entweder unterhalten oder nützen. Oder am besten beides zugleich.«

Das war dem Major sichtlich zu hoch. Immer wieder schüttelte er den Kopf und strich sich über den Bart, das bleiche Gesicht voller roter Flecken, als hätte ihn die Spanische Grippe erwischt. Doch zu einer Entgegnung war er in seiner Erregung nicht fähig.

»Die Menschen wollen träumen«, erklärte Stauß, »gerade in diesen Zeiten. Also geben wir ihnen die dafür nötige Nahrung! Das verspricht unserem Unternehmen gute Gewinne, und gleichzeitig ist nichts besser geeignet, die erhitzten Gemüter im Land zu beschwichtigen und die Leute von den Straßen zu holen.«

Mit einem Blick forderte er Tino auf, den Faden aufzunehmen.

»Das wird die neue Universum Film AG sein – eine Traumfabrik. Und die Träume, die wir in dieser Fabrik produzieren, werden wir in Kinosälen vorführen, wie die Welt noch keine gesehen hat. Ein erster solcher kinematographischer Traumpalast ist bereits in Planung und wird noch vor Ende des Jahres hier in Berlin eröffnet!«

Major Grau zog ein Gesicht, als hätte er Gift geschluckt. Die Flecken auf seiner Haut vervielfältigten sich, sein Hals schwoll an wie der Kamm eines Hahns. Doch als Tino schon glaubte, er würde explodieren, nahm er plötzlich Haltung an.

»Ich denke, Sie kommen ohne mich aus!«

Er legte die Hand an die Stirn, um wie auf dem Exerzierplatz zu salutieren, dann machte er auf dem Absatz kehrt und stürmte mit knallenden Stiefelschritten aus dem Saal, gefolgt von ein paar weiteren Uniformierten.

40

Als wäre er der Chef, stolzierte Tino im Direktionsbüro der Reichenbach Bank herum, während er von der Vorstandssitzung der Ufa berichtete. Arnim hätte ihm am liebsten vor die Füße gekotzt.

»Ich denke, unser Engagement in der Universum Film AG wird uns noch viel Freude bereiten.«

»Welche Jahresrendite liegt der Kalkulation zugrunde?«, fragte der Vater, der hinter seinem mächtigen Eichenschreibtisch thronte und sich hin und wieder Notizen machte.

»Stauß geht von fünf Prozent *per annum* auf das eingesetzte Kapital aus.«

»Bei zwei Komma fünf Millionen sind das hundertfünfundzwanzigtausend Reichsmark im Jahr. Nicht schlecht.«

»Und das ist noch sehr vorsichtig gerechnet, du kennst ja Herrn von Stauß. Wenn unser neues Großkino rechtzeitig fertig wird, dürften die Gewinne noch kräftiger sprudeln.«

»Respekt«, sagte der Vater. »Du weißt, am Anfang war ich skeptisch, aber jetzt bin ich froh, dass du nicht lockergelassen hast.« Seine kleinen Augen funkelten, und zufrieden lehnte er sich zurück. »Ja, man kann vom Dümmsten lernen!«

Das war das größte Kompliment, das Gustav Reichenbach zu vergeben hatte. Arnim traf es wie eine Ohrfeige. Seit einer halben Stunde ertrug er inzwischen diese Folter. Es war dieselbe Folter, die er seit seiner Geburt immer wieder erlitt: Tino, Tino, Tino … Sein ganzes Leben war ein ewiges Hase-und-Igel-Spiel: Was immer er tat oder versuchte, sein großer Bruder war stets vor ihm da. Wie glücklich war er gewesen, als er in den Armen des Kindermädchens, das sie beide aufgezogen hatte, zum Mann geworden war – welch wunderbarer, krönender Abschluss seiner Erziehung! Zärtlich hatte Betty, so ihr Name, seine Wange getätschelt und ihn gelobt wie einen gelehrigen Schüler. »Das hast du gut gemacht.« Um dann sein ganzes Glück mit einem einzigen Halbsatz zu vernichten: »Fast so gut wie dein Bruder.«

Würde er je die Anerkennung erlangen, die er verdiente?

»Manche begreifen es nie!«, lachte Tino, der dem Vater weiter von seinem Triumph berichtete. »Du hättest mal sehen sollen, wie der Herr Major die Sitzung verließ. Die beleidigte Leberwurst in Person.«

»Wenn er Charakter hat, legt er seinen Posten nieder.«

»Das glaube ich kaum. Es heißt, die Ansprüche seiner Frau Gemahlin seien weitaus größer als sein Portemonnaie. Sie stammt wohl aus reichem Hause, da kann es natürlich manchmal knapp werden mit dem Sold eines kleinen Majors!«

Arnim konnte nicht länger an sich halten. »Wie kommst du dazu, so über einen Offizier des Kaisers zu reden!«, fuhr er seinen Bruder an. »Was für eine unglaubliche Großkotzigkeit! Glaubst du, ein Kintopp-Heini wie du wäre was Besseres als ein Major des deutschen Heeres, der vier Jahre im Feld gestanden hat?«

Er hatte lauter gesprochen, als er wollte, und seine Wortwahl war auch nicht gerade *comme il faut*, wie seine Mutter gesagt hätte. Trotzdem prallte der Angriff ohne erkennbare Wirkung an Tino ab. Der hatte mal wieder nur ein überlegenes Grinsen für seinen kleinen Bruder übrig.

»Ich weiß, wie gern du dich fürs Vaterland hättest erschießen lassen – wenn nur dieser blöde Herzfehler nicht wäre. Ach ja. Aber falls ich dir einen Rat geben darf, warum gehst du nicht zu Major Grau und lässt dich von ihm rekrutieren? Ich bin sicher, er kann Leute wie dich brauchen!«

Arnim musste sich beherrschen, um nicht handgreiflich zu werden – allein die Gegenwart des Vaters hielt ihn davon ab. Fieberhaft suchte er nach Worten, um seinen Bruder wenigstens verbal in die Schranken zu weisen, da kam ihm plötzlich die Erleuchtung.

Was hatte Tino gesagt?

Im selben Moment löste seine Wut sich auf, so vollständig und ganz, dass es ihn nicht mal Mühe kostete, seinen Bruder mit einem Lächeln zu bedenken.

»Ich danke dir für deinen Rat, lieber Tino. Du weißt ja gar nicht, welchen Gefallen du mir damit getan hast.«

41

Gendarmenmarkt No. 36. Neugierig blickte Rahel an der stuckverzierten Fassade des Hauses hinauf: Hier also lebte Konstantin Reichenbach. Das massige, vierstöckige Gebäude war das mit Abstand größte in der ganzen Umgebung und protzte mit seinen falschen Barockornamenten wie ein Operettengeneral mit seinen Blechorden. Sie rückte ihren Glockenhut zurecht, streifte die Handschuhe ab und drückte auf die Klingel. Fast im selben Augenblick ertönte ein elektrischer Summer und öffnete die Tür. Aha, offenbar wurde sie erwartet.

Was erhoffte Tino sich wohl von diesem Abend? Dass sie mit ihm schlief?

Er empfing sie auf dem Treppenabsatz des ersten Stocks. *Bel étage*, natürlich, wie konnte es auch anders sein? In seinem rostbraunen Blazer mit beigen Streifen, zu dem er außer seiner unvermeidlichen Nelke einen rostroten Querbinder und eine beige Hose trug, sah er besser aus, als die Polizei erlaubte. Im Gegensatz zum Architekten des Hauses hatte er Geschmack, das musste man ihm lassen.

Sie erwartete, dass er sie zur Begrüßung küssen würde, doch stattdessen führte er sie in einen mit modernen Möbeln und expressionistischen Gemälden bestückten Vorraum, der so groß war wie bei anderen Leuten die ganze Wohnung.

»Ich bin glücklich, dass Sie unsere Verabredung nicht vergessen haben«, sagte er, während er ihr aus dem Mantel half.

Auf den Absätzen ihrer hochhackigen Schuhe drehte sie sich zu ihm herum. »Hatten Sie etwa Angst, ich würde nicht kommen?«

»Ich dachte, vielleicht hat Ihr Vater Sie ja eingesperrt nach unserer Begegnung in der Silvesternacht.«

»Wo denken Sie hin?« Sie nahm ihren Hut ab und legte ihn auf die

Garderobe. »Mein Vater ist entzückt von Ihnen. Allerdings erst seitdem er weiß, wer Sie sind. Vorher wollte er Sie totschlagen.«

»Dann bin ich ausnahmsweise einmal dankbar für meine Herkunft, ich lebe nämlich ganz gerne. Und vielleicht fühlt Ihr Herr Vater sich in seinem positiven Eindruck ja bestätigt, wenn Sie heute mit einer guten Nachricht nach Hause kommen.«

»Oh, wollen Sie mich gleich wieder zurückschicken? Ohne mir Ihre Briefmarkensammlung zu zeigen?«

»Natürlich nicht. Ich wette, wenn Sie meine blaue Mauritius gesehen haben, schmelzen Sie …« Als er ihr Gesicht sah, hielt er inne. Mit ernster, fast feierlicher Miene fuhr er fort: »Ich kann Ihnen eine Stellung anbieten, die, wenn ich nicht irre, Ihren Wünschen ebenso wie Ihren Neigungen auf wunderbare Weise entspricht.«

Überrascht hob sie die Brauen. »Ich gebe es nur ungern zu, aber Sie machen mich neugierig.«

»Die Ufa plant große Dinge«, erklärte er. »Aber damit das vor der Welt nicht geheim bleibt, brauchen wir jemanden, der die Presse mit den entsprechenden Informationen versorgt. Und nachdem ich erlebt habe, wie Sie solche Dinge anpacken …« Statt den Satz zu Ende zu sprechen, blickte er sie fragend an.

Rahel spürte, wie ihr Herz höher schlug, und am liebsten hätte sie einfach laut ja gesagt – *JA! JA!! JA!!!* Aber dann sah sie den endlos langen, gleichfalls mit teuren Bildern behangenen Flur, der sich an den Vorraum anschloss und in dem sich eine Tür an die andere reihte.

»Wie viele Zimmer bewohnen Sie hier eigentlich?«

»Sieben. Warum?«

»Ganz allein?« Sie zögerte einen Moment, die Antwort fiel ihr alles andere als leicht, doch dann schüttelte sie den Kopf. »Es tut mir leid, und das meine ich ganz ehrlich, aber ich kann Ihr Angebot nicht annehmen.«

»Aber das könnte Ihre große Chance sein! Die Chance, auf die Sie immer gewartet haben!« Seinem Gesicht war anzusehen, wie enttäuscht er war. Wie ein kleiner Junge, dem das Muttertagsgedicht missglückt ist.

»Ich weiß«, sagte sie. »Aber genau das ist der Grund, weshalb es mir unmöglich ist. – Nein«, fiel sie ihm ins Wort, als er widersprechen wollte. »Ich muss es selbst schaffen, aus eigener Kraft, und das werde ich auch. Denn wenn man weiß, was man will, öffnet sich einem irgendwann ganz von allein die richtige Tür.«

»Woher haben Sie denn diese Weisheit?«

»Von meiner Großmutter.«

»Oh, dann war Ihre Großmutter also Madame Curie?«

»Wie kommen Sie denn darauf?«

»*Le hazard ne rencontre que l'esprit préparé*«, zitierte er. »Der Zufall begünstigt nur den vorbereiteten Geist.«

Rahel lachte. »Abgesehen davon, dass meine Oma kein Französisch konnte, hätte sie sich niemals so vornehm ausgedrückt. Ihr Spruch war: ›Man weiß nie, wozu etwas gut ist.‹«

»Verstehe.« Tino nickte. »Daher Ihr Tick mit den Zufallsentscheidungen.«

»Kein Wort gegen meine Oma! Oder Sie fallen auf der Stelle in Ungnade!«

»Ich werde mich hüten!« Er machte eine kurze Pause. »Dann wollen Sie also vorerst weiter fremden Leuten Bettpfannen unterschieben? Bis sich Ihnen irgendwo eine Tür öffnet?«

Sie zuckte die Schulter. »Warum nicht? Die Arbeit im Lazarett erscheint mir als eine durchaus sinnvolle Tätigkeit.«

»*Touché!* Wer wüsste das besser als ich?« Er nahm ihre Hand und führte sie an die Lippen. »Aber wenn Sie mein Angebot ausschlagen, machen Sie mir wenigstens die Freude, einen Wunsch zu nennen, den ich Ihnen erfüllen darf. Es muss auch nichts Schicksalhaftes sein. Ein Eis zu einem Groschen vielleicht oder eine Spritztour an die Riviera, um dem Winter zu entfliehen. Wenn Sie wollen, dürfen Sie auch die ganze Strecke fahren. Über tausend Kilometer! Hin und zurück!«

Lachend entzog sie ihm ihre Hand.

»Wie schade!«, sagte er. »Dann wünschen Sie sich bitte etwas anderes. Na, los! Strengen Sie sich ein bisschen an! So schwer kann das doch nicht sein!«

»Na gut«, sagte sie. »Zu Befehl.« Um zu beweisen, dass sie sich tatsächlich anstrengte, legte sie die Stirn in so viele Falten, wie sie nur konnte.

Sichtlich amüsiert beobachtete er sie. »Kann es sein, dass sich da gerade ein klitzekleiner Wunsch in Ihrem Kopf bildet?«

»Kompliment! Sie können ja ebenfalls Gedanken lesen!« Mit dem Finger schnippte sie gegen seine Nelke. »Ja, vielleicht gibt es wirklich etwas, das ich gerne hätte. Und es kostet Sie nicht mal einen Pfennig.«

42

Voller Bewunderung betrachtete Arnim den Bart seines Gegenübers, der in zwei kraftvollen Aufwärtsschwüngen die Virilität seines Trägers bezeugte und erst auf der Höhe der Ohren in äußerst elegant gezwirbelten Spitzen endete. Von einem solchen Bart hatte er sein Leben lang geträumt. Doch vergebens. Trotz Zuhilfenahme allerlei Mittel mit so vielversprechenden Namen wie »Potzblitz« oder »Männerstolz« reichte es bei ihm nur zu einem schmalen, dünnen Schnäuzer, den er wie sein Bruder auf der Oberlippe trug.

»Kaum zu glauben, dass Konstantin Reichenbach und Sie vom selben Stamm sind«, sagte Major Grau.

»Na ja«, erwiderte Arnim. »Die äußerliche Ähnlichkeit ist leider nicht zu leugnen.«

»Aber nur die äußerliche! Was das Innere angeht – ein Unterschied wie Tag und Nacht! Fassen Sie das als Kompliment auf, mein Bester!«

Auf gut Glück hatte Arnim am Abend den Major in dessen Wohnung aufgesucht, Tinos Sekretärin in der Bank hatte ihm die Adresse verraten, und als er seine Visitenkarte abgegeben hatte, hatte es zuerst geheißen, der Hausherr sei nicht zu sprechen. Doch als er die Dringlichkeit seines Anliegens deutlich gemacht hatte, war das Dienstmädchen mit seiner Karte verschwunden, und es hatte keine Minute gedauert, bis Major Grau im seidenen Hausrock erschienen war, um ihn in sein Raucherkabinett zu führen, in dem sie nun bei Cognac und Zigarren zusammensaßen.

Der Major hob sein Glas, und nachdem sie einander zugeprostet hatten, kam er auf ihr Thema zurück. »Sie wollen dem Juden also eine Chance zur Bewährung geben?«

»Ja, dann kann er beweisen, was stärker ist: seine Vaterlandsliebe oder sein Blut.«

Nachdenklich sog Grau an seiner Zigarre, dann nickte er. »Verstehe. Der Zweck heiligt die Mittel, auch wenn die uns manchmal nicht schmecken. Aber warum kommen Sie damit ausgerechnet zu mir?«

Während er mit gerundeten Lippen einen Ring in die Luft paffte, beugte Arnim sich in seinem Sessel vor. »Weil Sie der einzige Mann sind, der den nötigen Kontakt herstellen kann«, sagte er mit gesenkter Stimme. »Darf ich also mit Ihrer Unterstützung rechnen?«

43

Statt mit der Sprache rauszurücken, zögerte Rahel. Wollte sie ihn auf die Folter spannen? Tino konnte kaum fassen, wie perfekt sie in seine Wohnung passte – diese schien durch ihre Gegenwart erst wohnlich zu werden. Bei seinem Einzug waren die Räume noch schlimmster Gründerzeitstil gewesen. Er hatte den ganzen verschnörkelten Krempel rausgeschmissen, die schweren Tapeten durch Raufaser und all die Tischchen und Sesselchen und Schränkchen, mit denen jeder Winkel vollgestopft war und die nur als Staubfänger und Stellflächen für irgendwelchen Nippes dienten, durch ein paar wenige, ausgesuchte Möbel in klaren, geometrischen Formen ersetzt. Die Einrichtung war wie geschaffen für seine Besucherin, die offenbar selbst eine Art-Déco-Jüngerin war. Sie hatte ihr Haar hochgesteckt, so dass ihr schlanker Hals wunderbar zur Geltung kam, und trug nichts weiter als ein schlichtes, beigefarbenes Trägerkleid, eine doppelreihige Perlenkette und dazu schwarze Lackpumps. Doch entscheidend war nicht, *was*, sondern die Art, *wie* sie diese wenigen Dinge trug. Das tat sie mit einer geradezu gleichgültigen Nachlässigkeit, als würde sie es einfach der Kleidung überlassen, sich um ihr Aussehen zu kümmern, weil dieses ihr selbst offenbar schnuppe war.

»Nun?«, fragte er. »Wie lautet Ihr Wunsch?«

»Stellen Sie mich Ihrer Familie vor!«

Es war, als hätte jemand in einen Luftballon gestochen, so plötzlich entwich aus ihm das Hochgefühl, das er gerade noch empfunden hatte. Er war überrascht, irritiert, enttäuscht – alles auf einmal. Vor allem aber enttäuscht. Sah sie in ihm etwa eine gute Partie? Und wollte so schnell wie möglich Nägel mit Köpfen machen?

»Bitte wünschen Sie sich etwas anderes«, sagte er. »Möchten Sie … möchten Sie vielleicht mein Schlafzimmer sehen?« Der Vorschlag war ihm einfach so rausgerutscht, aus alter, schlechter Gewohnheit.

Verwundert hob sie die Brauen. »Ich hätte gedacht, dass Sie mir vorher wenigstens etwas zu trinken anbieten.«

»Danke, dass Sie mich an meine gute Erziehung erinnern.« In seiner Enttäuschung musste er seine ganze Routine aufbringen, um das Geplänkel fortzuführen, an dem ihm plötzlich alle Freude vergangen war. Nie und nimmer hätte er gedacht, dass diese Frau es auf sein Geld abgesehen haben könnte. »Die Getränke stehen schon bereit.«

Er führte sie ins Wohnzimmer. Als sie den Champagnerkübel auf dem schwarzlackierten Sideboard sah, runzelte sie die Stirn.

»Haben Sie nichts anderes? Zum Beispiel eine schöne Fassbrause? Darauf hätte ich gerade Lust.«

»Ich bedaure. Leider habe ich nur die Brause der Witwe Clicquot.«

»Sehen Sie?« Ohne dass er sie dazu aufgefordert hatte, nahm sie in einem der schwarzweißen Ledersessel Platz und schlug die schlanken Beine übereinander. »Wegen solcher Dinge würde ich gern die Menschen kennenlernen, die Sie so sträflich verzogen haben.«

Die Champagnerflasche schon in der Hand, schaute er sie forschend an. »Ist das der einzige Grund für Ihren Wunsch?«

»Welchen anderen sollte ich sonst haben? Oder haben Sie etwa Angst, ich wollte Sie heiraten?«

Tino glaubte, die Felsbrocken zu hören, die ihm vom Herzen fielen. Ihre unverblümte Frage, vor allem aber ihr absolut argloser, unbekümmerter Blick sagte ihm, dass er sich in ihr geirrt hatte. Beziehungsweise eben nicht. Auf jeden Fall hatte er ihren Wunsch, seine Eltern kennenzulernen, vollkommen missverstanden. Daran gab es keinen Zweifel.

Trotzdem war das Problem damit noch nicht behoben. Um Zeit zu gewinnen, öffnete er die Flasche und schenkte zwei Gläser ein.

»Fällt es Ihnen so schwer, mir meinen harmlosen Wunsch zu erfüllen?«, fragte sie, als er ihr ein Glas reichte.

»Sie meinen es wirklich ernst, nicht wahr?«

»Warum nicht? Oder hat Ihre Mutter vielleicht ein Glasauge oder Ihr Vater ein Holzbein, weshalb Sie sich genieren?«

Amüsiert schaute sie ihn an.

»Nicht ganz. Aber … um ehrlich zu sein – so was in der Richtung.«

»Wie bitte?«

Er wusste nicht, wie er es ihr erklären sollte. »Mein Gott, Eltern sind Eltern, nichts könnte langweiliger sein«, sagte er ins Ungefähre, darauf hoffend, dass sie sich damit begnügte.

Doch das tat sie natürlich nicht. »Ich bestehe auf Gleichberechtigung«, erwiderte sie. »Immerhin haben Sie schon Bekanntschaft mit meinem Vater gemacht – ein Vorsprung, den ich unmöglich tolerieren kann.«

Sie brachte ihn immer mehr in Verlegenheit, so dass er kaum noch wusste, wohin er schauen sollte. Schließlich fasste er sich ein Herz und hob den Blick.

»Nun, meine Eltern sind, wie soll ich sagen – ziemlich speziell. Besonders meine Mutter.«

»Wie interessant! Ich glaube, jetzt will ich Ihre Familie erst recht kennenlernen!«

Als Tino das Leuchten in ihren Augen sah, begriff er, dass er auf verlorenem Posten stand. Dieses Gefecht konnte er nicht mehr gewinnen.

»Na, gut«, seufzte er. »Ihr Wunsch soll mir Befehl sein. Am besten, wir besuchen sie in Dresden. Meine Mutter unterhält dort einen Salon, da sind manchmal in der Tat ganz interessante Leute zu Gast.«

»Dann sind wir uns also einig?«

»Sie wollen es ja nicht anders. Aber behaupten Sie später nicht, ich hätte Sie nicht gewarnt.«

»Keine Sorge, ich bin schon groß.«

Sie stellte ihr Glas ab und stand auf. In der Erwartung, dass sie ihn nun endlich küssen würde, entledigte auch er sich seines Champagners und trat auf sie zu. Doch statt irgendwelche Anstalten zu machen, die üblicherweise einem Kuss vorangehen, marschierte sie an ihm vorbei in Richtung Tür.

»Wollen Sie etwa schon gehen?«, fragte er. »Der Abend hat doch gerade erst begonnen, Sie haben ja noch nicht mal richtig abgelegt.«

Offenbar verstand sie die dämliche Anspielung, die ihm mal wieder ohne Einschaltung des Gehirnkastens rausgerutscht war, und er machte sich schon auf eine entsprechende Abfuhr gefasst. Doch Gott sei Dank quittierte sie sie mit einem geheimnisvollen Lächeln. »Ich habe meine Gründe.«

»Dann bleibt mir wohl nichts anderes übrig, als diese zu akzeptieren«, erwiderte er zerknirscht.

»Obwohl Sie sie nicht kennen?«

Sie blickte ihn in einer Weise an, dass ein Kuss geradezu zwingend wurde. Doch er beherrschte sich, so schwer es ihm auch fiel.

»Ich kenne *Sie*«, sagte er, »zumindest genug, um mir weitere blöde Fragen zu verkneifen. Die Folgen wären absehbar.«

Lachend verließen sie das Wohnzimmer. Im Vestibül half er ihr in den Mantel.

»Sie haben übrigens eine sehr schöne Wohnung«, sagte sie. »Kompliment.«

»Danke. Aber ich habe den Eindruck, meine Wohnung mag Sie auch.«

»Umso besser!« Rahel setzte sich ihren Hut auf. Die Türklinke schon in der Hand, drehte sie sich noch einmal um. »Ich möchte übrigens auch mit Ihnen schlafen, Konstantin Reichenbach. Aber es muss der richtige Augenblick sein. Ist das akzeptabel für Sie?«

Tino spürte, wie ihn wieder dieses seltsam warme Gefühl durchströmte. Ohne die Augen von ihr zu lassen, nahm er die Nelke aus seinem Knopfloch und reichte sie ihr. »Ich lege mein Glück in Ihre Hände.«

44

Arnim hatte einen Monat gebraucht, um alles vorzubereiten. Zwar hatte Major Grau schon nach einer Woche den Kontakt hergestellt, um den er ihn gebeten hatte, doch weitaus mehr Zeit hatte die Beschaffung der für die Ausführung seines Plans nötigen Pistole in Anspruch genommen. Obwohl man in diesen Zeiten fast an jeder Ecke Waffen kaufen konnte, musste man doch Vorsicht walten lassen, damit die Spur nicht zu einem zurückverfolgt werden konnte. Auch dabei hatte Major Grau sich als hilfreich erwiesen. Ein wahrer Patriot!

Als Arnim in München aus dem Zug stieg, riefen Zeitungsjungen die neuesten Schlagzeilen aus.

»Ebert zum Reichspräsidenten gewählt!«

»Kabinett Scheidemann nimmt Regierungsarbeit auf!«

Arnim hätte sich am liebsten die Ohren zugehalten. Was für eine gottverdammte Schande! Damit hatten die Novemberverbrecher die Macht vollständig an sich gerissen, Deutschland wurde sozialdemokratisch regiert, von denselben Landesverrätern, die den Untergang des Kaiserreichs auf dem Gewissen hatten.

Im Eilschritt durchquerte er die Bahnhofshalle, um das Geschrei nicht länger als nötig zu hören. Auf dem Vorplatz stieg er in ein Taxi. Er war unter dem Vorwand nach München gereist, sich um die Niederlassung der Bank zu kümmern, die Geschäfte in der bayerischen Landeshauptstadt ließen sehr zu wünschen übrig – kein Wunder, ein Ministerpräsident wie Eisner war Gift für jede wirtschaftliche Tätigkeit. Doch bei aller Dringlichkeit der Geschäfte – in die Maximilianstraße würde er später fahren, er hatte vorher Wichtigeres zu tun.

»Zum Bürgerbräukeller.«

Normalerweise, wenn er in München war, liebte er es, das fremdländisch anmutende Treiben auf den Straßen zu beobachten. München war ja schon ein bisschen Italien! Doch danach stand ihm heute nicht der Sinn. Während der Fahrt in die Rosenheimer Straße bereitete er sich innerlich auf sein Treffen vor. Hoffentlich würde er den Mann wiedererkennen, mit dem er im Bürgerbräukeller verabredet war, er hatte ihn ja nur einmal gesehen.

Als er das niedrige Gewölbe betrat, sah er vor lauter Tabaksqualm zuerst kaum die Hand vor den Augen – die Luft konnte man ja mit dem Messer schneiden! Männer in Lodenanzügen und mit Gamsbärten verzierten Hüten saßen hinter riesigen Bierkrügen und rauchten abenteuerlich geschwungene Pfeifen. In der Mitte des Raums hatte sich ein Mann, der aussah wie ein Gymnasialprofessor, auf einen Stuhl gestellt und hielt eine Rede. Die Wortfetzen, die Arnim aufschnappte, ließen darauf schließen, dass er sehr vernünftige Ansichten vertrat, er verurteilte Eisner und Konsorten als Usurpatoren und geißelte den Bolschewismus als jüdischen Betrug. Doch er trug seine Rede in so umständlicher Weise vor, dass ihm kaum jemand zuhörte.

»Das ist der Drexler Anton«, sagte ein Kellner, der Arnims suchenden Blick missverstand. »Von der Deutschen Arbeiterpartei.«

Arnim musste schlucken. Das sollte der Führer der Partei sein, die Sebottendorf als das künftige Bollwerk gegen Kommunisten und Juden gepriesen hatte? Armes Deutschland! Offenbar hatte die Mutter den richtigen Riecher gehabt, leider, der Vorsitzende der Thule-Gesellschaft war wirklich ein weltfremder Schwärmer.

Arnim bestellte ein Kännchen Kaffee, aber der Kellner schüttelte den Kopf.

»Hier gibt's nur Bier. Eine halbe oder ganze Maß?« Er redete in einem kaum verständlichen Dialekt, der Arnim nur von Ferne an seine Muttersprache erinnerte.

»Dann eine halbe.«

Er schaute sich nach einem freien Platz um, da erblickte er auch schon den Gesuchten – ein junger Mann Anfang zwanzig, mit bartlosem, fast kindlichem Gesicht, der nur ein paar Meter weiter etwas verloren hinter seinem Bierkrug saß.

Entschlossen trat Arnim zu ihm an den Tisch.

»Graf Arco, nicht wahr?«

Der Angesprochene erhob sich, um ihn zu begrüßen. Sein Handschlag fühlte sich so weich und zart an wie der einer Frau.

»Und Sie sind Herr Reichenbach, nehme ich an?«

Als sie Platz nahmen, wischte Arnim sich verstohlen die Hand an der Hose ab. Der Kellner kam mit dem Bierkrug, Arnim wartete, bis er ihn abgestellt hatte, dann sagte er: »Bitte erlauben Sie mir, Graf Arco, Ihnen mein größtes Bedauern auszudrücken, Ihr Ausscheiden aus der Thule-Gesellschaft betreffend. Ein Skandal, wenn Sie mich fragen.«

Zu seiner Verwunderung zuckte sein Gegenüber nur müde die Schultern. »Ich kann niemandem einen Vorwurf machen. Meine Mutter ist schließlich Jüdin. Das lässt sich nun mal nicht leugnen.«

Arnim war so überrascht, dass er einen Moment für die Antwort brauchte. »Aber in diesen Zeiten zählt vor allem die Gesinnung«, sagte er. »Die nationalen Kräfte müssen jetzt mehr denn je zusammenhalten, gerade hier in München, wo dieser unsägliche Eisner das Sagen hat.«

Die Miene des Grafen verhärtete sich. »Eisner ist Bolschewist«, erklärte er mit fester Stimme. »Er ist Jude, er ist kein Deutscher. Er fühlt nicht deutsch, er untergräbt jedes vaterländische Denken und Fühlen. Er ist ein Landesverräter!«

Arnim nahm die Äußerung mit größter Befriedigung zur Kenntnis. Das waren genau die Worte, die er hören wollte! Trotz seines Bluts und des femininen Händedrucks schien Graf Arco ein Mann von rechtem Schrot und Korn zu sein.

Wie sollte er sein Anliegen am besten vorbringen?

Um Zeit zum Nachdenken zu gewinnen, setzte Arnim seinen Krug an die Lippen. Während er das unangenehm süßlich schmeckende Bier in kleinen Schlucken trank, beobachtete er aus den Augenwinkeln seinen Tischnachbarn, der Drexlers Rede aufmerksam zu verfolgen schien. Als der Führer der Arbeiterpartei forderte, Eisner vor ein Standgericht zu stellen, klatschte Graf Arco demonstrativ Beifall.

Arnim stellte seinen Krug ab und wischte sich den Schaum vom Mund.

Jetzt oder nie!

Er beugte sich über den Tisch, und so leise, dass niemand sonst ihn hören konnte, fragt er: »Sind Sie im Besitz einer Schusswaffe?«

»Nein, warum?«, fragte Arco irritiert.

Eindringlich erwiderte Arnim seinen Blick. »In Berlin weiß man, wie man mit Landesverrätern umgeht.«

Der Graf runzelte verständnislos die Stirn, dann ging ihm ein Licht auf. »Sie meinen – Rosa Luxemburg und Karl Liebknecht?«

Arnim nickte. »Ich denke, gewisse Kreise würden es für den Beweis eines über jeden Verdacht erhabenen Patriotismus erachten, wenn sich jemand ermannen würde, hier in München dem Feind ähnlich entschlossen entgegenzutreten, wie das in der Reichshauptstadt geschehen ist.«

»Könnten Sie sich bitte genauer erklären?«, fragte Arco mit rauer Stimme.

»Natürlich, gewiss.«

Um sicherzugehen, dass sie nicht beobachtet wurden, schaute Arnim einmal um sich, dann griff er unter dem Tisch in seine Tasche und zog die Pistole hervor. Verdeckt unter dem blauweiß karierten Tischtuch, schob er die Waffe über den Tisch.

Vorsichtig lüftete Graf Arco einen Zipfel der Decke. Als er sah, was sich darunter verbarg, wurde er blass.

»Sie verstehen, was ich meine?«, fragte Arnim.

Graf Arco nickte.

45

Die Nachbesprechung zur Vorstandssitzung der Universum Film AG, zu der Stauß geladen hatte, fand in kleinster Runde statt. Außer ihm selbst nahmen daran nur noch sein Stellvertreter Major Grau sowie Konstantin Reichenbach als Finanzdirektor teil. Während die zwei ihre Mäntel ablegten und am Konferenztisch Platz nahmen, spürte Stauß, wie ihm der Frühstückskaffee aufstieß. Obwohl er Kaffee nicht vertrug, konnte er nicht auf ihn verzichten, ohne Kaffee war er unfähig zu denken, und das einzige Mittel, das ihm hätte helfen können, Natron, hatte man ihm verwehrt. Als er seine Sekretärin darum gebeten hatte, hatte sie sich schlichtweg geweigert, es ihm zu geben. Sie steckte mit seiner Frau unter einer Decke, und die war der Meinung, dass ein allzu häufiger Gebrauch des Mittels, das er an besonders schlimmen Tagen alle paar Stunden zu sich nahm, seine Magenprobleme nur noch verschlimmern würde. Den Schaden hatte er jetzt allein zu tragen. Jedes Mal wenn die Säure kam, zog sich seine Speiseröhre in schmerzhaften, auf- und absteigenden Konvulsionen zusammen, als würde das Sodbrennen darin Paternoster fahren.

Aber es war natürlich nicht der Kaffee allein, der ihm zu schaffen machte. Nach der Palastrevolution, die er angezettelt hatte, war er zum Erfolg verdammt. Der Aufsichtsrat der Universum Film AG stand keinesfalls geschlossen hinter ihm, in dem Kontrollgremium waren einige Männer vertreten, die mit dem neuen Kurs alles andere als einverstanden waren, Lobbyisten wie Carl Bratz vom Kriegsausschuss des deutschen Jute-Großhandels etwa, die, geleitet von vorsintflutlichen Interessen, nicht über den Rand ihrer Pickelhauben hinausblicken konnten. Doch das enthob ihn nicht der Verpflichtung, die er eingegangen war. Er hatte für die Neuausrichtung der Ufa mit Zahlen argumentiert, jetzt musste er die Skeptiker mit Zahlen überzeugen. Und die sahen noch lange nicht so aus, wie sie aussehen sollten.

Die meisten Gründe dafür waren Folgen des verlorenen Krieges. Finanzdirektor Reichenbach fasste sie gerade zusammen.

»Die Reichsmark hat im Vergleich zum Dollar stark an Wert verloren, dadurch sind die Preise für das Rohfilmmaterial, das wir von der Firma Kodak aus den Vereinigten Staaten beziehen, kaum noch zu bezahlen. Auch machen uns die fehlenden Kohlelieferungen aus dem Ruhrgebiet immer mehr zu schaffen, viele Kinobetreiber sind nicht mehr imstande, ihre Säle zu heizen, was unmittelbar zu Buche schlägt, weil dadurch die Kinos als Wärmestuben ausfallen – nicht wenige Leute gehen ja nur deshalb in einen Film, damit sie ein paar Stunden nicht frieren müssen. Und jetzt hat die Regierung auch noch beschlossen, eine Lustbarkeitssteuer zu erheben.«

»Zehn Prozent Aufschlag auf jede Kinoeintrittskarte«, stöhnte Stauß. »Eine Katastrophe.« Er spürte, wie das Sodbrennen mit Macht zurückkehrte, und wechselte das Thema. »Umso wichtiger ist es, dass wir möglichst rasch und in möglichst großen Stückzahlen Filme produzieren. Sonst ist unser Traum von der Traumfabrik bald ausgeträumt.«

»In der Hinsicht gibt es glücklicherweise gute Nachrichten«, erklärte Reichenbach.

»Sie meinen den ›Dubarry‹-Film?«

»Ja. Wir sind mit den Dreharbeiten nicht nur im Plan, sondern dank unseres Regisseurs sogar ein paar Tage im Voraus. Lubitsch hält die Schauspieler im Zaum wie ein preußischer Feldwebel seine Rekruten. Und was die Stückzahlen angeht, tun sich gerade neue interessante Möglichkeiten auf. Es heißt, die Regierung will die Zensur aufheben.« Reichenbach blickte bedeutungsvoll in die Runde.

»Ja und?«, wollte Stauß wissen.

»Das eröffnet uns die Möglichkeit, Aufklärungsfilme zu produzieren – wenn Sie verstehen, was ich meine. Die lassen sich schnell und kostengünstig herstellen und werden die Menschen scharenweise in die Kinos locken.«

»Aufklärungsfilme?«, wiederholte Major Grau, der bislang das Gespräch verfolgt hatte wie der Zuschauer eines Tennismatchs den hin- und herfliegenden Ball. »Das kann ja wohl nicht Ihr Ernst sein!«

Stauß verdrehte innerlich die Augen. Nach der Vorstandssitzung vor einem Monat, die Grau aus Protest gegen die Neuausrichtung so theatralisch verlassen hatte, hatte er gehofft, der Major würde sein Amt niederlegen, aber bereits am nächsten Tag war er gestiefelt und gespornt in sein Büro zurückgekehrt, als wäre nichts geschehen. Entweder er klebte an dem Titel als stellvertretender Firmenvorstand, oder er brauchte das Geld. Abgesehen davon, dass er ein unverbesserlicher Kommisskopp war, hatte er von Tuten und Blasen keine Ahnung und war höchstens als Frühstücksdirektor zu gebrauchen – der ganze Kerl war nur noch ein Relikt aus der Gründungsphase der Firma, so überlebt wie sein Kaiser-Wilhelm-Bart. Um ihn möglichst folgenlos zu beschäftigen, hatte Stauß ihm die Leitung des hauseigenen Theaterverlags übertragen, der für die Zukunftsplanung der Ufa keine Rolle spielte, und wenn er bei Besprechungen wie dieser überhaupt mit am Tisch saß, dann nur, um General Ludendorffs Anhänger im Aufsichtsrat wie Carl Bratz nicht zu brüskieren.

»*Pecunia non olet*«, sagte Konstantin Reichenbach. »Geld stinkt nicht.«

»Danke für die absolut überflüssige Übersetzung«, erwiderte Major Grau. »Ich bin von Hause aus ein leidenschaftlicher Lateiner.«

»Und Geld brauchen wir dringend«, fuhr Reichenbach fort, ohne sich durch die säuerliche Bemerkung aus dem Konzept bringen zu lassen. »›Madame Dubarry‹ macht ihrem Namen leider alle Ehre und verschlingt wahre Unsummen. Aber daran lässt sich nichts ändern, wir dürfen hier nicht am falschen Ende sparen. Schließlich wird das unser Premierenfilm zur Eröffnung des neuen Kinos. Und wir alle wissen, wie viel davon abhängt.«

Stauß warf ihm einen dankbaren Blick zu. »Apropos – wie geht es denn mit den Umbauarbeiten voran? Wird der Traumpalast rechtzeitig fertig?«

46

Arnim war nur ein mäßiger Raucher, oft vergingen Tage, ohne dass er das Bedürfnis nach einer Zigarette verspürte. Doch jetzt, da er in der Notambulanz der Münchner Universitätsklinik auf den Ausgang der Operation wartete, die sich seit nunmehr über eine Stunde hinzog, rauchte er vor lauter Nervosität eine Zigarette nach der anderen.

Graf Arco hatte es tatsächlich getan – ein Held, der für Deutschland sein Leben aufs Spiel gesetzt hatte. Er hatte den Usurpator getötet, ihn kaltblütig liquidiert, mit zwei Pistolenschüssen in Kopf und Rücken, am Morgen des einundzwanzigsten Februar, auf dem Weg zwischen Bayerischem Hof und Landtag, wo Eisner nach einer vernichtenden Wahlniederlage zu Beginn des Monats seine Rücktrittsrede als Ministerpräsident hatte halten wollen. Doch Eisner war nicht allein gewesen, außer seiner Frau und seinem Schwiegersohn hatten ihn zwei Leibwächter begleitet, und die hatten das Feuer eröffnet, bevor Arco die Flucht ergreifen konnte.

In Windeseile hatte sich die Nachricht von dem Attentat in der Stadt verbreitet. Sie hatte Arnim in der Niederlassung der Reichenbach Bank erreicht, bei der Erstellung der letzten Quartalsbilanz mit Filialdirektor Permaneder. Er hatte umgehend alles stehen- und liegenlassen, um in die Klinik zu eilen – es hieß, Freikorpssoldaten hätten Arco dorthin gebracht, blutüberströmt und mit dem Tode ringend.

In der Ambulanz herrschte zum Glück ein solches Tohuwabohu, dass niemand von ihm Notiz nahm. Unentwegt klingelten Telefone, immer neue Delegationen und Komitees tauchten auf, Abordnungen irgendwelcher Arbeiter- und Soldatenräte, die laut schreiend die Herausgabe des Grafen forderten, während Ärzte und Schwestern und Pfleger hin und her rannten und die widersprüchlichsten Nachrichten aus dem Operationssaal nach außen trugen.

Würde Graf Arco überleben?

Angeblich hatte ihm bei der Einlieferung blutiger Schaum vor dem Mund gestanden, und gerade erzählte eine Schwester, die aus dem Operationssaal gekommen war, mit vor Aufregung überschnappender Stimme, dass Professor Sauerbruch, der Chirurg, der Arco operierte, den Patienten an den Beinen aufgehängt habe, um die Atemwege von dem aufgestauten Blut zu befreien. Obwohl Arnim eigentlich nicht an Gott glaubte, schickte er ein Stoßgebet zum Himmel. Er hatte Arco zu der Tat angestiftet, ihm die Pistole buchstäblich in die Hand gedrückt. Wenn der Graf jetzt starb, würde sein Tod für immer auf ihm lasten – und wenn es tausendmal ein Heldentod war.

Plötzlich wurden Stiefelschritte laut, vier Männer in abgerissenen Uniformen und roten Armbinden, angeführt von einem kaum zwanzigjährigen Jüngling, stürmten in die Ambulanz, zwei von ihnen schwer bewaffnet, und als ein Pfleger ihnen in den Weg trat, schoss einer mit seinem Gewehr in die Decke.

Im nächsten Moment flog die Tür des Operationssaals auf, und Professor Sauerbruch stand im weißen Operationsmantel auf dem Gang, ein knorriger Mann mit hoher Stirnglatze, kreisrunder Nickelbrille und kleinem, quadratischem Oberlippenbärtchen.

»Was ist das hier für ein Radau?«

Auf einmal herrschte Todesstille. Mit einer Kopfbewegung bedeutete der Jüngling seinen Männern, die Waffen einzustecken, dann trat er mit einem freundlichen Lächeln auf den Professor zu. Arnim beobachtete ihn mit angehaltenem Atem. Trotz seines Lächelns, trotz seiner

Jugend, trotz seiner ganzen zivilisierten Art haftete ihm etwas Gefährliches, Unheimliches an, viel mehr als seinen bewaffneten Begleitern, ohne dass man hätte sagen können, warum.

»Wir kommen im Auftrag der Regierung, um Graf Arco abzuholen«, erklärte er mit sanfter Stimme.

»Nur über meine Leiche«, erwiderte Sauerbruch scharf. »Graf Arco ist mein Patient und steht unter meinem persönlichen Schutz.«

Das Lächeln des Jünglings wurde noch freundlicher. »Ich hoffe nicht, dass Sie Graf Arcos Schicksal zu dem Ihren machen wollen, Herr Professor.« Er zog ein mit mehreren Stempeln versehenes Schreiben hervor und hielt es dem Chirurgen unter die Nase. »Graf Arco wurde zum Tode verurteilt und wird hingerichtet. Geben Sie ihn also heraus.«

»Habt ihr den Verstand verloren?«, rief Sauerbruch. »Hier wird niemand hingerichtet! Wir haben schon genug Tote! Wollt ihr gar keine Ruhe geben?«

Der Jüngling schien nicht im Geringsten beeindruckt. »Bitte widersetzen Sie sich nicht«, fuhr er unvermindert höflich fort. »Ich führe die Befehle der Regierung aus.«

»Welcher Regierung?«, brüllte der Arzt. »Meinst du, deiner *Sauregierung*?«

Für eine Sekunde passierte gar nichts – die Ärzte, die Pfleger, die Schwestern, sie alle waren starr vor Schreck, genauso wie Arnim. Dann bewegte der Jüngling einmal kurz den Kopf, kaum merklich, doch die Bewaffneten verstanden, sie legten ihre Gewehre an und zielten auf den Chirurgen, der, plötzlich im Gesicht so weiß wie sein Operationsmantel, die Arme hob.

»Abführen!«

Der Befehl des Jünglings war noch nicht verhallt, da schrie plötzlich eine Stimme, so laut, als stäke jemand am Spieß: »Sauerbrucha!«

Arnim fuhr herum. Ein Soldat in russischer Uniform, flankiert von zwei weiteren russischen Soldaten, stand, in jeder Hand eine Pistole, wie angewurzelt da und starrte mit großen, ungläubigen Augen auf den Professor.

»Sauerbrucha! Gutes Sauerbrucha!«

Der Professor erwiderte unsicher seinen Blick. »Kennen … kennen wir uns?«

Statt einer Antwort warf der Russe die Pistolen von sich, stürzte sich auf den Arzt, der ihn immer noch anschaute wie eine Erscheinung, schlang seine Arme um ihn und drückte ihn an sich, um einen wahren Veitstanz aufzuführen.

»Sauerbrucha«, kreischte er wie ein Irrer. »Du gutes Sauerbrucha! Du gut in Zürich zu armes nihilistisches Student! Du sagen zu mir in Hörsaal: Armes russisches Luder nix soll sitzen oben, du sitzen unten, damit gut sehen. Schweizer reiche Luder nach oben! Habe niemals vergessen! Du nix müssen sterben!«

47

Die Nachricht vom Tod des bayerischen Ministerpräsidenten erfüllte Constanze mit tiefer Befriedigung, als sie in der Abendausgabe der »Sächsischen Staatszeitung« davon las.

»Ein Volksschädling weniger.« Sie legte die Zeitung beiseite und zerteilte mit einem Eierschneider ihr Solei.

Gustav schlug ein Kreuzzeichen. »Gott sei seiner Seele gnädig.«

»Schämst du dich nicht?«

Er schüttelte den Kopf. »Du weißt, wie ich darüber denke. Es ist nicht an uns, über andere Menschen zu richten. Auch wenn ich gerne zugebe, dass ohne diesen fürchterlichen Mann die Geschäfte unserer Münchener Filiale sich vermutlich in Zukunft wieder besser entwickeln werden als in der jüngeren Vergangenheit.«

Amen – fügte Constanze im Geiste hinzu. Es gab vieles, was sie an ihrem Mann missbilligte, doch kaum etwas verachtete sie an ihm so sehr wie seinen katholischen Glauben, den er seinen aus dem Rheinland stammenden Vorfahren verdankte, und die damit verbundene Scheinheiligkeit. Der Katholizismus war eine Religion für Schwächlinge – in der Woche sündigen, um sich am Samstag die Absolution erteilen zu lassen. Statt für seine Taten vor Gott und der Welt geradezustehen, wie es sich für einen anständigen Menschen gehörte.

Sie nahm einen Löffel Zucker und rührte ihn in den Tee. »Wenn du wirklich an bessere Geschäfte glaubst, bewundere ich deine Zuversicht! Hast du nicht gelesen, was sie in der Zeitung schreiben? In München ist die Hölle los! Ein Schankkellner, natürlich ein Sozi, ist in den Landtag eingedrungen, um Eisner zu rächen. Er hat wie wild um sich geschossen, zwei Abgeordnete wurden getötet.« Sie führte ihre Tasse an die Lippen und trank einen Schluck. »Ich bete zu Gott, dass Arnim mit heiler Haut davonkommt!«

»Keine Angst, Arnim ist erwachsen und weiß, was er tut. Ihm passiert schon nichts.«

»Ach ja? Auf einmal? Obwohl du ihm sonst nie etwas zutraust?«

Statt zu antworten, vermischte Gustav auf seinem Teller Rindertatar mit Eigelb – eine seiner Lieblingsspeisen. Normalerweise musste Constanze an sich halten, um sich bei dem Anblick nicht zu übergeben. Doch heute drückten sie andere Sorgen. Hatte Arnim womöglich etwas mit dem Attentat zu tun? Sie traute es ihm durchaus zu, und ihr Stolz würde keine Grenzen kennen, wenn dem so wäre. Doch andererseits – als Mutter konnte sie nur hoffen, dass er sich nicht in Dinge hineinziehen ließ, durch die er womöglich zu Schaden kam.

»Weiß man eigentlich, wer der Attentäter war?«, fragte Gustav.

Constanze griff noch einmal zu der Zeitung, sie hatte den Namen schon wieder vergessen. »Ein gewisser Graf Arco«, sagte sie dann.

Gustav, der gerade seine Gabel zum Mund führte, hielt in der Bewegung inne. »Graf Arco?«

»Wieso fragst du? Kennst du ihn?«

»Ja, nein – das heißt, nur flüchtig. Ich … ich bin ihm mal in München begegnet. Seine Mutter ist eine Oppenheim.«

Constanze runzelte die Stirn. »Aber dann ist er ja ein halber Jude! Wie ist es möglich, dass so einer eine solche Heldentat begeht?«

Gustav schüttelte den Kopf. »Seltsam das alles, sehr, sehr seltsam.« Nachdenklich begann er zu essen. »Hat der Graf überlebt?«

»Ich weiß es nicht.« Constanze warf einen erneuten Blick auf den Artikel. »Sie schreiben, das stand bei Redaktionsschluss nicht fest.«

48

Ein Arzt und ein Pfleger rollten Graf Arco unter Leitung von Professor Sauerbruch auf einer Trage aus dem Operationssaal.

»Wer bist du denn?«, wollte der Chirurg wissen, als er Arnim erblickte.

Der war über die vertrauliche Anrede so verdutzt, dass er sie widerspruchslos hinnahm. »Ich … bin hier, um Arco zu helfen«, antwortete er, eingeschüchtert wie ein Schuljunge. »Der Graf und ich sind Freunde.«

Sauerbruch blickte ihn voller Misstrauen durch die runden Gläser seiner Brille an. »Hast du vielleicht auch einen Namen?«

»Reichenbach. Meine Familie betreibt die gleichnamige Bank in der Maximilianstraße.«

»Ist das so?« Die Antwort schien den Professor zu beruhigen. »Gut, dann nehme ich an, du bist keiner von der roten Saubande. Von mir aus kannst du dich also nützlich machen, wir versuchen gerade, den Grafen in Sicherheit zu bringen. Dieser freundliche Menschensohn«, er deutete auf den Arzt, »weiß, was zu tun ist. Mach einfach, was er sagt.« Dann wandte er sich an den Pfleger. »Abmarsch, Kratzat. Wir haben zu tun – Freund Hein wartet nicht!«

Irritiert schaute Arnim den beiden nach.

»Bitte wundern Sie sich nicht, Herr Reichenbach«, sagte der Arzt. »Der einzige Mensch, den der Chef nicht geduzt hat, war Kaiser Wilhelm. – Übrigens, Dr. Jehn ist mein Name.«

Während er die Bremse an der Trage löste, betrachtete Arnim den reglos daliegenden Grafen. Er war noch in Narkose, mit dem bleichen, schlafenden Gesicht sah er aus, als wäre er bei den Engeln.

»Wird er durchkommen?«

»Keine Sorge«, erwiderte Dr. Jehn. »Der Chef hat mal wieder wahre Wunderdinge vollbracht. Aber jetzt kommt es auf uns an, wir müssen Arco so schnell wie möglich verstecken. Am besten, wir bringen ihn in die Psychiatrie. Da wird ihn keiner suchen.«

Gemeinsam schoben sie die Trage den Flur entlang.

»Wer war eigentlich dieser Russe?«, wollte Arnim wissen.

»Ein ehemaliger Student des Chefs. Professor Sauerbruch war vor seiner Berufung nach München Ordinarius in Zürich. Da gab es jede Menge russische Exilstudenten, die vor dem Zaren Reißaus genommen hatten. Die meisten waren arm wie die Kirchenmäuse. Der Chef hat sie trotzdem in seine Vorlesungen gelassen, ohne Kolleggelder. – Aber kommen Sie, wir müssen uns beeilen. Bevor wir irgendwelchen Revoluzzern in die Arme laufen.«

Sie bugsierten die Trage durch eine Flügeltür, dann erreichten sie einen Lift. Kaum hatte Dr. Jehn auf den Knopf gedrückt, ertönte aus dem Schacht ein Rumpeln und gleich darauf das Ächzen und Pfeifen der Seilwinden.

Doch der Aufzug war noch nicht da, da kam vom Ende des Ganges eine Horde Arbeiter auf sie zu, einer von ihnen schwenkte eine rote Fahne. Bei ihrem Anblick trocknete Arnim der Mund aus.

»Was tun wir, wenn sie uns aufhalten?« Erst jetzt registrierte er den scharfen Karbolgeruch, wegen dem er schon als Kind Krankenhäuser gehasst hatte. Ihm wurde fast schlecht. Und der Aufzug war immer noch nicht da.

Dr. Jehn biss sich auf die Lippe. »Dann sagen wir, dass wir im Auftrag von Professor Sauerbruch handeln. Sein Wort gilt in diesem Haus mehr als das Wort Gottes.«

»Sind Sie sicher?«

»Ganz sicher«, erwiderte der Arzt.

Doch als Arnim versuchte, seinen Blick zu fangen, sah er, wie Dr. Jehn mit bangen Augen auf den Schacht starrte, als wolle er den Fahrstuhl beschwören, endlich aufzutauchen.

49

Eine Ahnung von Frühling lag in der Luft, als Tino aus seinem Wagen stieg, um im »Café Größenwahn« seinen Freund Erich Pommer zu treffen. An den Platanen, die den Ku'damm säumten, sprossen die ersten Blätter, und in den noch kahlen Baumkronen flatterten aufgeregte Spatzen umher. Doch von ihrem Gezwitscher war nichts zu hören, es ging unter im Lärm eines nicht enden wollenden

Demonstrationszuges, der sich den Prachtboulevard in seiner gesamten Breite entlangwälzte. Mit wütenden Sprechchören forderten die Demonstranten Vergeltung für die Ermordung Karl Liebknechts und Aufklärung über das Schicksal Rosa Luxemburgs, die immer noch spurlos verschwunden war, verlangten die sofortige Freilassung aller politischen Gefangenen, die Auflösung der Freikorps, die Aufhebung der Standgerichte, die Anerkennung der Arbeiter- und Soldatenräte sowie die Verstaatlichung der Schlüsselindustrien – allesamt Forderungen, für die sie schon im November auf die Straße gegangen waren – und drohten, bei Nichterfüllung die Reichshauptstadt durch einen Generalstreik lahmzulegen.

Tino aber hatte andere Sorgen, sie waren der Grund, weshalb er sich mit Pommer verabredet hatte. Stauß erkundigte sich fast täglich nach den Fortschritten des neuen Ufa-Kinos am Zoo, vor allem wollte er wissen, wodurch der geplante Traumpalast sich außer der Größe von jedem anderen Lichtspielhaus unterscheiden würde, damit er wirklich einzigartig war. Tino brauchte deshalb unbedingt ein paar zündende Ideen, und dabei konnte ihm niemand so gut auf die Sprünge helfen wie Deutschlands bester Filmproduzent.

Pommer wartete im Innern des Lokals, auf der Terrasse verstand man ja bei dem Lärm der Demonstranten kaum sein eigenes Wort, außerdem war es trotz aller Frühlingsbemühungen der Natur noch zu kalt, um im Freien zu sitzen. Doch als Tino sich zu ihm an den Tisch setzte, dachte sein Freund gar nicht daran, ihn nach seinen Problemen zu fragen. Stattdessen redete er in einem fort von seinen eigenen Problemen, und zwar bei den Produktionsvorbereitungen zu seinem neuesten Film, ›Das Cabinet des Dr. Caligari‹. Eigentlich sollte Fritz Lang, laut Pommer das größte Genie unter den jüngeren Spielleitern, bei dem Film Regie führen, doch da dessen Frau, die Schauspielerin Elisabeth Rosenthal, sich dummerweise vor kurzem entleibt hatte, noch dazu mit einer Pistole aus dem Besitz des Herrn Gemahl, nachdem sie diesen *in flagranti* mit der Drehbuchautorin Thea von Harbou erwischt hatte, stand dem Genie gerade nicht der Sinn danach, Filme zu drehen, so dass Pommer sich nach einem neuen Spielleiter umschauen musste.

»Aber egal, wer Regie führt – ›Dr. Caligari‹ wird alles revolutionieren, was es bisher auf der Leinwand gab. Hollywood kann einpacken! Berlin wird die Hauptstadt des internationalen Films.«

»Glaubst du wirklich?«

»Und ob! Mein ›Caligari‹ wird die ganze Welt erobern! Aber das kann ein Banause wie du natürlich nicht begreifen. Stimmt es, dass die Ufa neuerdings Aufklärungsfilme produziert?«

»Oh, hat sich das schon herumgesprochen?«

»Wenn sich jemand lächerlich macht, spricht sich das immer herum. Was für ein Segen, dass ich dir nicht auf den Leim gegangen bin. Wenn ich mir vorstelle, ich müsste jetzt neckische Nackedeis ablichten, statt den ›Caligari‹ zu drehen …« Er sprach den Satz nicht zu Ende, doch seine Zigarettenspitze zeigte zu Boden – das war Aussage genug.

Tino nahm die Kritik gelassen, er wusste ja, wes Geistes Kind sein Freund war, vom wirklichen Leben hatte er nicht die blasseste Ahnung.

»Geld regiert die Welt«, erklärte er. »Film ist ein Geschäft, wie alles andere auch.«

Pommer hatte dafür nur ein verächtliches Schnauben. »Film ist kein Geschäft! Film ist Kunst!«

»Aber Kunst geht nach Brot. Sonst ist es zur Brotlosigkeit nur ein Schritt.«

»Warum bist du dann nicht gleich Bäcker geworden? Oder Metzger? Oder Krämer?«

Tino zuckte die Achseln. »Nicht alles, was hinkt, ist ein Vergleich. Auch das Filmgeschäft funktioniert nach dem Prinzip von Angebot und Nachfrage. Im Gegensatz zu dir hat Stauß das erkannt. Die Ufa ist ein Warenhaus, in dem der Kunde bekommt, wonach sein Herz begehrt. Von billiger Ramschware bis zu exklusiven Luxusartikeln.«

Voller Spott erwiderte Pommer seinen Blick. »Nackte Haut begehrt höchstens ein moralisch so verkommenes Herz wie deins.«

»Wenn du wüsstest«, erwiderte Tino. »Wir drehen gerade einen Film, da werden die Augen übergehen. ›Madame Dubarry‹ – die Geschichte der Mätresse von Louis XV., *le bien-aimé*.«

»Der Vielgeliebte, ich weiß«, grinste Pommer. »Das verspricht natürlich Aufklärung im ganz großen Stil.«

»Warte nur ab. Mit dem Film werden wir unser neues Schaufenster eröffnen.«

Tino blickte Pommer bedeutungsvoll an. Der begriff wie immer sofort. »Redest du von dem geplanten Kino?« Die Zigarettenspitze zeigte wieder nach oben. »Hast du inzwischen ein Gebäude gefunden?«

»Allerdings. Die Messehalle am Zoologischen Garten.«

»Wo früher die Sechstagerennen ausgetragen wurden?« Pommer pfiff durch die Zähne. »Junge, Junge! Wie viele Zuschauer gehen da rein?«

»Bei großzügiger Bestuhlung zweitausend. Aber um ehrlich zu sein, das ist genau mein Problem. Mit dem riesigen Saal allein ist es ja nicht getan, um ihn zu füllen, muss das Kino etwas ganz und gar Besonderes werden, ein Palast für jedermann, erschwinglich für ein paar Groschen! Ob Dienstmädchen oder Arbeiter, Friseuse oder Fabrikant – die Zuschauer sollen dort für ein paar Stunden alles andere vergessen. Der Kinobesuch als Ausflug in eine andere Welt. Jede Vorführung muss eine Show sein, wie die Amerikaner sagen, ein Ereignis, das die Besucher so sehr begeistert, dass sie gleich am nächsten Abend wiederkommen wollen. Aber mir fällt nichts ein, wie ich das hinkriegen soll. Hast du vielleicht eine Idee?«

In banger Erwartung blickte er Pommer an. Der steckte sich eine weitere Zigarette an.

»Wie lange hast du Zeit?«

»Von mir aus bis morgen früh.«

Die Zigarettenspitze in die Höhe deutend, fing Pommer an zu reden. Dabei sprudelten die Ideen aus ihm hervor wie der bläulich sich kringelnde Tabaksqualm. Nein, Tino hatte sich nicht getäuscht, Pommer war nicht nur der beste Filmproduzent Deutschlands, er war der Fleisch und Blut und Leidenschaft gewordene Kintopp selbst – wie kein anderer wusste er, womit man das Publikum verzaubern konnte.

»Zufrieden?«, fragte er, als er zu Ende gesprochen hatte.

»Zufrieden ist gar kein Ausdruck!«, erwiderte Tino. »Ich kann dir gar nicht sagen, wie dankbar ich dir bin. Noch heute fange ich an.«

»Gut.« Pommer drückte seine Zigarette aus. »Dann bin ich nur gespannt, was unser künftiger Filmstar dazu sagt. Ich gehe davon aus, dass du dich deshalb so ins Zeug legst. Stimmt's oder habe ich recht?«

»Welcher Filmstar?« Tino hatte keine Ahnung, wovon er redete.

»Rahel Rosenberg natürlich«, lachte Pommer, »meine neue Duz-Freundin. Ich hatte Silvester den Eindruck, dass es dich diesmal wirklich erwischt hat.«

Tino spürte, wie er rot anlief. Doch während er noch überlegte, wie er die Peinlichkeit verbergen konnte, flog ein Stein durchs Fenster, mit lautem Klirren zerbarst die Scheibe. Kreischend sprangen die Gäste von ihren Stühlen, und sie hatten sich noch nicht in Sicherheit gebracht, da krachten draußen Schüsse.

50

Im Lazarett am Tempelhofer Feld ging es zu wie auf einem Truppenverbandsplatz. Militärlastwagen donnerten aus der Stadt herbei und brachten immer neue Verwundete, blutüberströmt und mit abgerissenen Gliedern, wie Soldaten von der Front. Doch trugen diese Soldaten keine Uniformen, sondern Schirmmützen und Lederjacken und Manchesterhosen – Arbeiter und Demonstranten, die Regierungstruppen bei den nun schon seit Tagen tobenden Straßen- und Häuserkämpfen zusammenkartätscht hatten. Jeder der Verletzten brauchte Hilfe, jeder stöhnte und schrie und winselte vor Schmerz, aber es waren einfach zu wenig Ärzte und Schwestern und Sanitäter da, um allen auf einmal zu helfen.

Auch Rahel gingen allmählich die Kräfte aus. Den ganzen Tag stand sie schon im Operationssaal, um Dr. Recknagel zu assistieren, der wie im Akkord die Verwundeten versorgte. Kaum hatte er einen zusammengeflickt, landete auch schon der nächste auf seinem Tisch.

Mit dem Handrücken wischte er sich den Schweiß von der Stirn. »Herr Noske sorgt ja ganz prächtig dafür, dass uns die Kundschaft nicht ausgeht. Ja, wer hätte das gedacht, dass Sozialdemokraten auf Kommunisten schießen lassen?«

Rahel war so erschöpft, dass sie nur nickte. Ihr Dienst dauerte inzwischen fast vierundzwanzig Stunden, aber noch immer schien kein Ende in Sicht. Seit die Berliner Arbeiter in den Generalstreik getreten waren, herrschte auf den Straßen Krieg. Kommunisten marschierten gegen Sozialdemokraten, Radikalsozialisten gegen Nationalisten, und zwischen allen Fronten marodierten bis an die Zähne bewaffnete Freikorpsverbände. Um die Ordnung wiederherzustellen, hatte Wehrminister Noske den Belagerungszustand verhängt. Doch da war der Teufel erst richtig aus der Flasche gefahren, die Demonstranten liefen Sturm gegen die Regierung, und die Polizei schoss auf alles, was hinter einer Fahne herlief, gleich welcher Farbe. Angeblich gab es schon über tausend Tote.

»Skalpell, bitte«, sagte Dr. Recknagel.

Wortlos reichte Rahel ihm das Instrument. Der neue Fall war zum Glück nur eine unkomplizierte Fleischwunde – ein Oberschenkelsteckschuss ohne Absplitterungen. Nach fünf Minuten war die Kugel entfernt und die Wunde versorgt.

»Der nächste Herr, dieselbe Dame!«

Während die Sanitäter einen weiteren Verletzten auf den Operationstisch legten, blickte Dr. Recknagel Rahel an.

»Mein Gott, wie sehen Sie aus? Können Sie sich überhaupt noch auf den Beinen halten?«

»Keine Sorge, Herr Doktor, eine Weile schaffe ich's noch.«

Der Arzt schüttelte den Kopf. »Höchste Zeit, dass Sie ein paar Tage Urlaub nehmen, Schwester. Nein, keine Widerrede«, schnitt er ihr das Wort ab, als sie etwas entgegnen wollen. »Sie fallen mir sonst noch vom Fleische. Nur machen Sie mir bitte nicht jetzt schlapp. Bis wir mit der Sauerei fertig sind, brauche ich Sie. Aber dann ab mit Ihnen auf die Weide!«

51

Die Psychiatrie der Münchener Universitätsklinik war ein Ort, den Arnim Reichenbach freiwillig niemals betreten hätte, und obwohl er inzwischen seit Wochen hier ein und aus ging, war immer noch jeder Besuch für ihn ein Gang in die Hölle. Sobald die Tür der Geschlossenen Abteilung hinter ihm zugeriegelt wurde, drängten sich ihm die hier hausenden Kreaturen entgegen wie Lemuren der Unterwelt. In weißen Hemden, Gespenstern gleich, irrten sie über die Gänge, verstörten Blicks, mit bleichen Gesichtern, die seit Ewigkeiten kein Sonnenstrahl mehr berührt hatte, wimmerten und jammerten und jaulten und schrien sie wie Tiere, riefen Namen, die niemand kannte, sprachen mit Menschen, die es nicht gab, beschworen die Möbel und Wände und Lampen, ihr Schicksal zu wenden, fielen über ihre blödsinnigen Artgenossen her wie auch über die Wärter, die die Rabiatesten in Zwangsjacken steckten, damit sie Ruhe gaben und verstummten und bis zum nächsten Anfall wieder mit leeren Augen vor sich hindämmerten, erlöst von einer Welt, die nicht mehr die ihre war.

Doch so schrecklich dieser Ort war, zu Graf Arcos Schutz konnte es keinen besseren geben. Hier war er so sicher wie im Tresor der Reichenbach Bank. Professor Sauerbruch hatte dafür gesorgt, dass sein Patient ein eigenes Zimmer bekommen hatte, und abgeschottet von den Irren, hatte Arco sich in den sechs Wochen, die er inzwischen darin logierte, so weit erholt, dass er ohne Gefahr für seine Gesundheit hätte entlassen werden können, wäre die andere Gefahr, die jenseits der schützenden Mauern auf ihn lauerte, nicht ungleich größer gewesen, so dass man beschlossen hatte, ihn so lange in der Anstalt zu verwahren, bis wieder Recht und Ordnung in der bayerischen Hauptstadt herrschten. Nach dem Tod des Usurpators konnte dies nur noch eine Frage von Tagen sein. Zwar hatte der Landtag eine Minderheitsregierung unter dem Sozialdemokraten Johannes Hoffmann gewählt, um Eisners Nachfolge so schnell wie möglich zu regeln, doch die einander widerstreitenden revolutionären Gruppen, die allesamt in München die Macht für sich reklamierten, Sozialisten und Anarchisten, Kommunisten und Pazifisten und wie sie sonst noch hießen, sprachen sich gegenseitig die Legitimation zur Regierung ab und bekämpften einander mit so unerbittlicher Wut, dass die Macht den nationalen Kräften bald wie eine reife Frucht in den Schoß fallen musste.

»Der Dank des deutschen Volkes wird Ihnen gewiss sein«, sagte Arnim dem Grafen. »Der Tag ist nicht fern, da wird man Ihnen für Ihre patriotische Tat Denkmäler errichten.«

»Apropos«, erwiderte Arco. »Sie hatten bei unserer ersten Begegnung davon gesprochen, dass gewisse patriotische Kreise …«

»Machen Sie sich darum keine Sorgen«, ersparte Arnim es ihm, seine Bitte vorzutragen. »Ich werde mit Sebottendorf reden. Es müsste doch mit dem Teufel zugehen, wenn ein Held wie Sie nicht wieder in die Gesellschaft aufgenommen würde.«

»Ich wäre Ihnen zu größtem Dank verpflichtet.«

Als Arnim die Hand spürte, die der Graf ihm zum Abschied reichte, konnte er kaum glauben, dass diese zarte, weiche Hand die Tat vollbracht hatte. Fast fühlte er sich von diesem so feminin wirkenden Mann beschämt.

»Heil und Sieg!«

Arcos Augen leuchteten. »Heil und Sieg!«

Ein Wärter führte Arnim durch die Geschlossene Abteilung hinaus. Als er ins Freie trat, strahlte die Frühlingssonne ihm so hell entgegen, dass er für einen Augenblick geblendet war. Ein Auto raste heran, nur mit knapper Not gelang es ihm, sich auf das Trottoir zu retten. Auf allen vieren landete er auf dem Pflaster.

Ein Schutzmann half ihm auf. »Das war der Toller, unser neuer Stadtkommandant«, sagte er und zeigte mit seinem Schlagstock auf das davonrasende Auto.

»Ihr neuer was?« Arnim blickte verwundert zu ihm auf.

»Ja, da schaun S'.« Der Polizist steckte den Schlagstock ein. »Den Hoffmann Johannes haben's zum Teifi gejagt. Unser schönes bajuwarisches Königreich heißt jetzt Räterepublik.«

52

Die »Sauerei«, wie Dr. Recknagel die blutigen, fast den ganzen März über anhaltenden Straßen- und Häuserkämpfe in der Reichshauptstadt genannt hatte, war vorbei, die Regierung hatte den Arbeiter- und Soldatenräten ein paar Zugeständnisse gemacht, der Generalstreik war eingestellt worden, in den Fabriken liefen wieder die Maschinen, und nachdem Wehrminister Noske den Schießbefehl aufgehoben hatte, hatten die Auseinandersetzungen zwischen den Demonstranten und den Regierungstruppen fast überall ein Ende. Zweitausend Tote waren auf der Strecke geblieben, doch seit April wurden kaum noch Verwundete im Lazarett am Tempelhofer Feld eingeliefert, so dass die Ärzte und Pflegekräfte ein wenig durchatmen konnten. Und auch die andere Bestie, die Spanische Grippe, hatte ihren Hunger offenbar gestillt und schien zumindest vorerst gesättigt. Mit dem Einzug des Frühlings und den damit einhergehenden milden Temperaturen war die Zahl der Opfer des Blitzkatarrhs so stetig gesunken, dass Dr. Recknagel Schwester Rahel ein paar Tage frei gegeben und »auf die Weide« geschickt hatte, damit sie nach den Strapazen der letzten Wochen wieder Fleisch ansetzen konnte.

Als Tino sie mit seinem Cabriolet abholte, strahlte hell und warm die Frühlingssonne vom Himmel. Mit offenem Verdeck brausten sie los, hinaus aus Berlin, sie wollten die Zeit für eine Spritztour durch die Sächsische Schweiz nutzen, sie hatten die Nase voll von dem Chaos in der Hauptstadt, ein paar Tage ländliches Idyll würde ihnen guttun, und auf dem Rückweg würden sie Tinos Eltern in Dresden besuchen.

Bei Tage wanderten sie in der freien Natur und besichtigten zusammen die Sehenswürdigkeiten, die Tino aus seiner Kindheit kannte und die er Rahel unbedingt zeigen wollte. Sie bestaunten den Lilienstein im Morgenlicht, erklommen den Winterberg und die Bastei, durchstiegen den Höllenschlund und blickten bei Rathen auf die Elbe hinab. Abends kehrten sie in einfachen Landgasthöfen ein, aßen Wickelklöße mit Petersilienkartoffeln, Kohlrouladen und Quark-Kirschkuchen und tranken dazu Schloss Proschwitzer Spätburgunder und

Radebeuler Goldriesling. Die Nächte aber verbrachten sie nach wie vor getrennt in ihren Zimmern. Tino hatte das Gefühl, dass Rahel das Gefühl hatte, der richtige Augenblick sei noch nicht gekommen, und weil er wusste, dass er sie nicht drängen durfte, seufzte er sich jede Nacht allein in den Schlaf.

An diesem Tag, dem letzten vor Rahels Antrittsbesuch in Dresden, waren sie auf den Falkenstein geklettert. Obwohl die Sonne von einem blitzblanken Himmel schien und man kilometerweit ins Land schauen konnte, war Tino nicht imstande, die Aussicht zu genießen. Schon beim Frühstück war er angespannt gewesen.

»Ist es wegen Ihrer Eltern?«, fragte Rahel.

Statt einer Antwort verzog er nur das Gesicht.

»Sind sie wirklich sooo speziell?«

»Das werden Sie ja bald sehen. Beziehungsweise hoffentlich nicht.«

In der Ferne dröhnten Motoren, die Luft schien plötzlich zu zittern, und am Himmel tauchten drei Flugzeuge auf. In geschlossener Formation flogen sie über das Tal, und während die beiden äußeren Maschinen in zwei symmetrischen Schleifen kehrtmachten, stieg der Doppeldecker in der Mitte immer steiler in die Höhe empor, um sich in einem Looping zu überschlagen.

»Eine Flugshow«, rief Rahel. »Das muss ich aus der Nähe sehen!«

Sie nahm Tino an der Hand und lief mit ihm zum Auto. Einige Minuten später erreichten sie eine von Hunderten Menschen umstandene Wiese, wo die tollkühnen Flieger unter dem Applaus des Publikums ihre Maschinen starteten und landeten.

Rahel schaute mit offenem Mund den Kunststücken zu.

»Dem Himmel so nah …«, flüsterte sie.

Als Tino ihre Begeisterung sah, fuhr die Liebe in ihn ein wie ein Stromschlag.

»So möchten Sie leben, nicht wahr?«, fragte er.

Mit leuchtenden Augen drehte sie sich zu ihm um.

»Ja«, sagte sie. »Und wer weiß, vielleicht sogar mit Ihnen.« Ein Lächeln huschte über ihr Gesicht. »Oder haben Sie Angst vor Loopings?«

Sein Mund war so trocken, dass er nicht antworten konnte. Doch als er den Kopf schüttelte, gab sie ihm einen Kuss, der ihn direkt in den Himmel katapultierte.

53

Das Haus, in dem Tinos Familie lebte, befand sich im Stadtteil Loschwitz, in bester Halbhöhenlage am Elbhang, mit herrschaftlichem Blick über Dresden und das Tal und den Fluss. Doch mit seinen Türmen und Erkern war es keineswegs eine Villa, wie Tino behauptet hatte, sondern ein veritables Schloss, und wie in einem Schloss wurden sie bei ihrer Ankunft von einem livrierten Diener empfangen, in einer Halle, die mit ihrem imposanten Portal und dem altarähnlichen Stammbaum an der Stirnwand sowie der hohen, von Halbpilastern getragenen Kuppel eher an ein Gottes- als ein Wohnhaus erinnerte. Zum Glück führte der Diener, den Tino mit »Robert« ansprach, als hätte der Mann keinen Nachnamen, sie gleich weiter, so dass Rahel gar keine Zeit blieb, um nervös zu werden.

Der Raum, in dem der Salon zelebriert wurde, war in üppigem Jugendstil eingerichtet. Die zwei Dutzend Menschen, die auf verschiedene Gruppen verteilt saßen, unterbrachen bei ihrem Eintritt ihre Gespräche und drehten neugierig die Köpfe herum. Rahel erkannte die Eltern sofort. Die Mutter war die einzige anwesende Frau, eine überaus elegante Erscheinung mit zeitlos schönem Gesicht, die in stolzer, aufrechter Haltung wie eine regierende Fürstin in ihrem Sessel thronte, neben ihr stehend der Vater, ein Mann, der im Vergleich dazu mit seiner rundlichen, gedrungenen Figur einen fast kleinbürgerlichen Eindruck machte und mit dem herunterhängenden Schnauzbart ein wenig an einen Seehund erinnerte.

Tino nahm Rahels Hand und trat mit ihr durch das Spalier von Blicken auf die Eltern zu.

»Mamá, Papá«, sagte er mit so deutlicher Betonung der jeweils zweiten Silbe, dass Rahel ein Lachen unterdrücken musste, »darf ich euch Fräulein Rosenberg vorstellen?«

Während der Vater ihre Hand nahm und ein wenig tollpatschig einen Handkuss andeutete, erstarrte die Mutter zur Salzsäule.

»Wie war Ihr Name? Rosenbaum?«

»Rosen*berg*!«, sagte Tino. »Ich hatte gehofft, mich einigermaßen klar artikuliert zu haben.«

Die Brauen der Mutter gingen in die Höhe. »Was für ein ausgesucht schöner Name. Leider ist es nicht jedem vergönnt, sich selbst einen Namen zu geben. Dieses Vorrecht wurde ja bekanntlich nur äußerst privilegierten Teilen unserer Bevölkerung zugestanden, die darum heute mit Namen glänzen, gegen die unsere gewöhnlichen Namen verblassen wie Sternschnuppen am Himmel.«

Im Raum entstand ein Schweigen, an dem Rahel zu ersticken glaubte. Was hatte Tinos Mutter da gesagt? War das wirklich so gemeint, wie es in ihren Ohren klang? Rahel holte tief Luft. Das hatte Tino also mit »speziell« gemeint … Im selben Moment bereute sie ihren Wunsch, die Eltern kennenzulernen. Hätte sie nur auf ihn gehört!

Ein junger Mann, der Tino auf geradezu lächerliche Weise ähnlich sah, blickte grinsend zu ihnen herüber. Das konnte nur sein Bruder sein – er hatte sogar dasselbe Feuermal am Haaransatz. Offenbar stand er auf der Seite der Mutter. Doch ausgerechnet sein unmittelbarer Platznachbar, ein stattlicher, gutaussehender Mann Mitte dreißig mit dunkelblondem, wellig zurückgekämmtem Haar und stahlblauen Augen, kam Rahel zu Hilfe.

»Sind Sie zufällig mit den Rosenbergs aus Nürnberg verwandt?«, erkundigte er sich. »Dr. David Rosenberg war ein Freund und Kollege meines Ziehvaters Dr. Epenstein, sie besuchten wohl dieselbe Synagoge.«

Die Irritation unter den Gästen war mit Händen zu greifen, und während man in peinlicher Verlegenheit auf die Schuhspitzen blickte, verzog sich das Gesicht von Tinos Mutter zur Grimasse. Doch nur für einen winzigen Moment, dann hatte sie sich wieder unter Kontrolle. Als wäre nichts passiert, schaute sie, ganz aufmerksame Gastgeberin, in die Runde und forderte mit einem Händeklatschen die Dienerschaft auf, die Gläser nachzufüllen.

Wie auf Kommando nahmen die Gäste die abgebrochenen Gespräche wieder auf.

»Nein«, antwortete Rahel auf die ihr gestellte Frage. »Mit einem Dr. Rosenberg bin ich leider nicht verwandt. Mein Vater ist ein einfacher Schneider aus Breslau.«

»Wie schade«, erwiderte ihr Retter. »Es wäre allerdings auch ein ziemlich großer Zufall gewesen. Aber ich habe mich Ihnen ja noch gar nicht vorgestellt.« Er erhob sich von seinem Platz und reichte ihr die Hand. »Göring, mein Name.«

Rahel stutzte. »*Hermann* Göring?«, fragte sie. »Der berühmte Jagdflieger?«

Mit einem geschmeichelten Lächeln deutete er eine Verbeugung an.

»Soll das heißen, das waren gestern *Sie* am Falkenstein?«

»Nicht ich allein. Wir wollen doch meine Kameraden nicht vergessen. Aber wenn Sie unsere kleine Flugnummer gesehen haben – interessieren Sie sich für die Fliegerei?«

»Ja, nein, das heißt – nicht direkt …«

Vor lauter Aufregung stammelnd, erzählte Rahel von ihrer Arbeit im Lazarett und dem Fliegerhorst am Tempelhofer Feld. Und von dem Piloten, der ihr beim Start aus der Kanzel seiner Maschine zugewinkt hatte, womöglich derselbe Mann, den sie später beim Sterben hatte begleiten sollen. Und schließlich erzählte sie von seinen letzten Worten.

Göring war sichtlich beeindruckt. »Wenn jemand Ihre Arbeit zu schätzen weiß, dann ich«, sagte er mit ernster Miene. »Ich bin im Krieg mehr als einmal abgeschmiert und wurde wieder zusammengeflickt. Ohne die Pflege der Schwestern würde ich heute nicht hier sitzen. – Darf ich fragen, ob Sie schon mal geflogen sind?«

»Nein, leider nicht«, sagte Rahel. »Aber ich stelle es mir ganz wunderbar vor!«

»Dann wird es aber Zeit, dass wir das nachholen«, erwiderte Göring mit einem Lächeln. »Was meinen Sie, Fräulein Rosenberg – haben Sie Lust?« Vor lauter Wohlwollen konnte er kaum noch aus den Augen gucken.

»Aber mit dem größten Vergnügen«, rief sie, voller Genugtuung die säuerliche Miene von Tinos Mutter registrierend. »Vielleicht in Berlin?«

54

Während in der Reichshauptstadt nach und nach wieder Ruhe einkehrte, so dass die Menschen einigermaßen unbehelligt ihren Alltagsgeschäften nachgehen konnten, herrschte in der bayerischen Hauptstadt weiterhin Chaos. Niemand konnte genau sagen, wer die Räterepublik eigentlich regierte, täglich war von neuen Namen die Rede, die kein Mensch kannte: Ernst Toller, Erich Mühsam, Gustav Landauer – in Arnims Augen allesamt verkrachte Existenzen, ungewaschene Bohémiens und Kaffeehausbesucher, Schriftsteller, Philosophen und sonstiges Gesocks, die ohne jede Kenntnis von der Bestimmung des deutschen Volkes es wagten, am Rad der Geschichte zu drehen. Doch als Kommunisten am Palmsonntag versuchten, den Teufel mit dem Beelzebub auszutreiben, indem sie gegen die Anarchisten putschten, gelang es den Einheiten der Räteregierung nicht nur, den Aufstand aus den eigenen Reihen niederzuschlagen, auch griff die sogenannte »Rote Armee«, ein wilder, entschlossener Haufen unter dem Kommando des Dichters Ernst Toller, wenige Tage später in Dachau die Freikorpsverbände an, die sich dort zum Widerstand formiert hatten, mit solchem Erfolg, dass diese sich zum Rückzug gezwungen sahen. Es würde also wohl länger als von Arnim erhofft dauern, bis in München endlich die richtigen Kräfte die Macht an sich rissen.

Ja, Arnim hielt sich noch in der bayerischen Hauptstadt auf. Zum einen, um sich um die Geschäfte der familieneigenen Bank zu kümmern, zum andern und vor allem aber, weil er bei Graf Arco im Wort stand.

Als Ende April die Thule-Gesellschaft wieder im »Vier Jahreszeiten« tagte, war die Gelegenheit gekommen, sein Versprechen einzulösen. Nachdem Sebottendorf als Vorsitzender die Versammlung begrüßt und die Regularien verlesen hatte, stellte Arnim den Antrag, Graf Arco in Anerkennung seiner Heldentat umgehend zu rehabilitieren und wieder in die Gesellschaft aufzunehmen.

»Ich denke, dieser Mann hat mehr als eindrücklich bewiesen, dass er ein wahrer Patriot ist. Seine durch und durch deutsche Gesinnung steht erhaben über allen Zweifeln, die aufgrund seiner Abstammung und seines Blutes zum Ausschluss aus unseren Reihen geführt haben.«

Die Anwesenden klatschten Beifall, und als einige sich sogar erhoben, um ihre Zustimmung zu bekunden, schien Sebottendorf bereit, den Antrag per Akklamation anzunehmen.

Doch da ergriff zu Arnims Überraschung Major Grau das Wort. »Nur über meine Leiche«, rief er. »Jude bleibt Jude! Wenn wir dem Antrag folgen, versündigen wir uns an den Idealen unserer Gesellschaft. *Gedenke, dass du ein Deutscher bist! Halte dein Blut rein!* Das ist der Wahlspruch, den wir uns gegeben haben. Handeln wir also danach, reinigen wir uns von allem Jüdischen, ganz und gar, gleichgültig, welche Verdienste ein Einzelner erworben haben mag. Sonst laufen wir Gefahr, dass der Ungeist sich unter uns ausbreitet wie eine Seuche. Heil und Sieg!«

Für einen Moment war es totenstill im Saal, dann regte sich eine Hand zum Beifall, und es dauerte nicht lange, da schwoll ein Applaus an, der den nach Arnims Rede an Lautstärke weit übertraf. Bald erhoben sich alle von den Plätzen, um gemeinsam den Wahlspruch der Thule-Gesellschaft zu skandieren.

»Heil und Sieg!«

»Heil und Sieg!«

»Heil und Sieg!«

Sebottendorf klopfte mit einem Hammer auf sein Pult. »Ich bitte um Ruhe! Ruhe, meine Herren – Ruhe im Saal! Die Entscheidung wird bis auf weiteres vertagt.«

Während der Lärm sich legte, nahm Grau seinen Platz wieder ein.

»Wie konnten Sie nur?«, zischte Arnim ihm zu.

Grau zuckte die Schultern. »Der Mohr hat seine Schuldigkeit getan, der Mohr kann gehen.«

Er zwirbelte seinen Bart und blickte mit erhobenem Kinn hinauf zum Podium, wo Sebottendorf, bekrönt von dem mit Hakenkreuz, Strahlenkranz und blankem Schwert verzierten Emblem der Gesellschaft, den nächsten Tagesordnungspunkt aufrief.

Arnim war so erregt, dass sein Puls raste. Graus Wortmeldung war

Verrat! Ein Überraschungsangriff wie von einem Heckenschützen! Ohne jede Vorwarnung war der Major ihm in den Rücken gefallen, hatte seinen Versuch, Graf Arcos Ehre wiederherzustellen, zunichtegemacht, den ganzen Plan exekutiert.

Obwohl Arnim sich schändlich hintergangen fühlte, war er zugleich fasziniert – fasziniert von der Charakterfestigkeit dieses Mannes. Seine Prinzipien bedeuteten ihm alles, mehr als sentimentale moralische Bedenken.

Der Mohr hat seine Schuldigkeit getan, der Mohr kann gehen …

Ein Schauer lief Arnim den Rücken hinunter, als er zu Grau hinübersah, der nun mit stoischer Miene und in die Unendlichkeit gerichtetem Fritzenblick dasaß und die Bewunderung demonstrativ ignorierte, die ihm von allen Seiten zuteilwurde.

Ja, den preußischen Offizier, den machte Deutschland so schnell keiner nach …

Inzwischen war eine Diskussion entfacht, mit welchen Mitteln die Räteregierung zu stürzen sei. Gustav Prinz von Thurn und Taxis, ein Philosophiestudent aus Tübingen und ehemaliger Frontsoldat, erhob sich von seinem Platz. In klaren, wohlgesetzten Worten plädierte er für eine Aushöhlung des Regimes von innen, durch massenhafte Unterwanderung von Rätepolizei und Roter Armee mit Soldaten der Freikorpsverbände.

»Aber wie soll man so viele Kameraden nach München holen?«, wollte jemand wissen. »Das kostet Unsummen Geld!«

Ein Mann, der sich als Bahninspektor vorstellte, meldete sich mit einem Lösungsvorschlag zu Wort. »Wir müssen nur alle kampfbereiten Männer als Eisenbahner ausweisen. Dann können wir sie mit Freifahrscheinen aus ganz Deutschland anreisen lassen, in so großen Scharen, wie immer wir wollen.«

Während man den Vorschlag beklatschte, flogen plötzlich die Türen auf, ein Schuss krachte, und im nächsten Moment drangen Soldaten der Räteregierung in den Saal, Pistolen und Gewehre im Anschlag.

»Niemand verlässt den Raum! Wer sich rührt, wird erschossen!«

55

»Mamááá!«, rief Rahel. »Mamááá und Papááá!«

»Hören Sie endlich auf, sich über mich lustig zu machen«, sagte Tino. »Ich kann nichts dafür, ich wurde von Jugend an darauf dressiert. Bei jeder falschen Betonung hat meine Mutter mir eine Ohrfeige verpasst. Und jetzt bin ich zu alt, um mich umzugewöhnen.«

Lachend passierten sie die Rezeption des »Dresdner Hofs«, wo Tino für die Nacht zwei Zimmer gebucht hatte, und gingen die Treppe hinauf. Das Haus seiner Eltern war zwar groß genug, um eine halbe Kompanie zu beherbergen, aber dort zu übernachten hatte er Rahel nicht zumuten wollen. Er hatte ja nicht ahnen können, dass ihr Antrittsbesuch ein solcher Erfolg werden würde. Hermann Göring, der berühmte Jagdflieger und Kriegsheld und Idol seiner Mutter, den sie wie kaum einen zweiten Mann verehrte, war den ganzen Abend nicht von Rahels Seite gewichen und hatte sich aufgeplustert wie ein Auerhahn in der Balz. Er hatte sie nicht nur zu einem Flug eingeladen, er hatte ihr sogar angeboten, ihr selbst das Fliegen beizubringen!

»Ich nehme an, unsere Zimmer befinden sich in der *bel étage*?«, fragte Rahel.

»Natürlich, was denken Sie denn? Schließlich sind Sie mein Gast.«

»Sie hoffnungsloser Snob.«

Als sie ihre Zimmer erreichten, verstummten sie. Wie bei der Reservierung erbeten, lagen die beiden Räume unmittelbar nebeneinander.

Von der Frauenkirche schlugen die Glocken Mitternacht.

»Was für ein wunderbarer Abend«, sagte Tino mit belegter Stimme.

»Und Sie hatten vorher solches Fracksausen«, kicherte Rahel.

»Das war allein Ihr Erfolg.«

»Das Fracksausen?«

»Nein! Der Abend! Sie waren einfach fabelhalft.«

»So, war ich das?«

Aus ihren Augen sprach ein klitzekleiner Schwips, der ihr einfach zauberhaft stand. Statt zu antworten, nahm er ihr Gesicht zwischen die Hände und küsste sie. Voller Leidenschaft erwiderte sie seinen Kuss.

Als ihre Lippen sich voneinander lösten, schlug Tino das Herz bis zum Hals. Ihr Gesicht zwischen den Händen, schaute er ihr in die Augen. Ganz ruhig erwiderte sie seinen Blick.

»Wäre jetzt nicht der richtige Moment?«, flüsterte er.

Rahel nickte. »Ja, das wäre er. – Wenn Sie nur nicht gefragt hätten.« Lachend küsste sie ihn auf die Nasenspitze, dann machte sie kehrt, und bevor er sie daran hindern konnte, verschwand sie in ihrem Zimmer.

56

Zwischen den beiden Zimmern gab es eine Verbindungstür, natürlich gab es die – Tino hatte wie immer an alles gedacht, sogar eine Flasche Champagner wartete eisgekühlt in einem Kübel auf der Anrichte. Aber Rahel war entschlossen, keinen Gebrauch davon zu machen, weder von der Verbindungstür noch von dem Champagner. Auf eine so plumpe Masche fiel sie nicht rein! Und sollte er sich einfallen lassen, ungefragt bei ihr hereinzuschneien, würde sie ihn hochkantig wieder hinauswerfen.

Während sie Mantel und Schuhe abstreifte, schaute sie sich um. Das Zimmer war so groß wie ein Tanzsaal und verfügte über ein eigenes Bad. Als sie das Licht darin anknipste, wähnte sie sich für eine Sekunde in einer Schatzkammer – von allen Seiten funkelten und blitzten ihr Spiegel und Kristallleuchter und Messingarmaturen entgegen. Seltsam, welchen Luxus manche Menschen brauchten, wenn sie eine Nacht außer Haus verbrachten. Gähnend zog sie sich aus, nach dem ereignisreichen Tag kam allmählich die Müdigkeit über sie, so dass sie es bei einer Katzenwäsche beließ. Als sie damit fertig war, kehrte sie ins Schlafzimmer zurück, um sich für die Nacht umzuziehen. Normalerweise schlief sie gerne nackt, doch heute wollte sie lieber ein Nachthemd tragen. Nachdem sie es übergestreift hatte, legte sie sich ins Bett und löschte das Licht.

Die schweren Samtvorhänge waren bis auf einen schmalen Spalt zugezogen, so dass nur ein blasser Streifen Mondlicht ins Zimmer drang. Rahel zog sich die Daunendecke über die Schultern und schmiegte ihre Wange an das mit Satin bezogene Kissen. Wie man sich bettet, so liegt man – noch nie hatte sie in einem so herrlichen Bett genächtigt. Trotzdem konnte sie nicht schlafen, im Gegenteil, kaum hatte sie sich hingelegt, war sie wieder hellwach.

Mit angehaltenem Atem horchte sie in die Stille hinein. Doch aus dem Nebenzimmer war nichts zu hören, kein einziger Mucks.

Ob die Tür sich wohl öffnen ließ?

Bevor sie wusste, was sie tat, schwang sie sich aus dem Bett, und auf Zehenspitzen, um nur ja kein Geräusch zu machen, durchquerte sie den Raum. Zum Glück war der Teppich so dick und flauschig, dass er ihre Schritte vollkommen verschluckte.

Als sie das Ohr an die Türfüllung legte, setzte ihr Herzschlag aus. Sie hatte etwas gehört, ganz in der Nähe, auf der anderen Seite der Tür.

Bildete sie es sich nur ein, oder war das tatsächlich sein Atem?

Unsicher griff sie nach der Türklinke. Im selben Moment wurde diese von der anderen Seite heruntergedrückt. Ein paar Sekunden, die ihr wie eine Ewigkeit erschienen, blieb die Klinke in der Schwebe.

Rahel starrte sie an wie ein Orakel. Ihr Herz, das eben noch ausgesetzt hatte, raste jetzt wie ein durchgehendes Pferd. Wenn sie bis dreiunddreißig zählte und Tino die Tür immer noch nicht aufgemacht hatte, würde sie es tun.

Eins … zwei … drei …

Sie war bei siebzehn angekommen, als die Klinke zuckte.

Rahel sprang von der Tür zurück, als wäre ihr der Leibhaftige erschienen. Polternd fiel etwas zu Boden.

»Alles in Ordnung?«, rief Tino auf der anderen Seite.

Rahel blickte sich um. Sie hatte den Sektkübel zu Boden gerissen. Zum Glück war die Flasche nicht geplatzt – dem Teppich sei Dank.

»Ja, alles in Ordnung«, rief sie zurück.

»Dann ist ja gut«, sagte er. »Gute Nacht. Und schlafen Sie schön.«

»Sie auch, Tino. Gute Nacht.«

Lautlos ging die Türklinke wieder in die Höhe.

Mit einer Mischung aus Enttäuschung und Erleichterung kehrte Rahel zurück in ihr Bett. Nein, es wäre zu abgeschmackt gewesen – sie hätte sich dafür noch vor ihren Enkelkindern geschämt.

Als sie die Augen schloss, um es zum zweiten Mal zu versuchen, hörte sie, wie Tino sich nebenan zur Nacht fertig machte. Die leisen, unschuldigen Geräusche erfüllten sie mit zärtlichsten Gefühlen, und während sie allmählich wegdämmerte und die Bilder vor ihrem inneren Auge ineinander verschwommen, bis sie nicht mehr wusste, was Traum war und was Wirklichkeit, glaubte sie, zusammen mit Tino gen Himmel zu fliegen, Arm in Arm.

57

Durch das Gitterfenster schien die Sonne, und vom Dach des Luitpold-Gymnasiums in der Müllerstraße, nur wenige Gehminuten vom Viktualienmarkt entfernt, zwitscherten die Spatzen in der lauen Frühlingsluft, doch im Keller des Schulgebäudes, wo man Arnim eingekerkert hatte, war es noch kalt und feucht wie im Winter. Seit vier Tagen hockte er nun schon in dem Loch, frierend und mit knurrendem Magen auf einer Pritsche, zusammen mit sechs anderen Mitgliedern der Thule-Gesellschaft, die man wie ihn bei der Razzia im »Vier Jahreszeiten« aus der Versammlung herausgepickt und festgenommen hatte. Vier Tage eingepfercht mit sechs anderen Menschen auf zwanzig Quadratmetern, ohne warme Mahlzeiten und die Möglichkeit, sich zu duschen oder die Wäsche zu wechseln. Vier Tage, in denen er immer wieder verhört worden war, über ein Dutzend Mal, mit den immer wieder gleichen Fragen. Nach Umsturzplänen der Thule-Gesellschaft gegen die Räteregierung. Nach Anführern, Hintermännern und Geldgebern der Verschwörung. Nach Weißgardisten und Freikorpsverbänden, die den Putsch ausführen sollten. Die Verhöre leitete stets derselbe Mensch, ein schmächtiger, dunkelhaariger Kerl von vielleicht dreißig Jahren in schwarzer Lederjacke, der sich Politkommissar nannte, assistiert von zwei Bulldoggen, die mit grimmigen Gesichtern die Tür des Verhörraums bewachten. Gefoltert hatte man ihn bislang nicht, nur ein wenig hin und her geschubst und mit Schlägen gedroht, wenn er nicht endlich reden würde. Doch er hatte nicht geredet, hatte standgehalten und jede Aussage verweigert – kein Sterbenswörtchen, das einem Kameraden hätte schaden können, war ihm über die Lippen gekommen. Seine Mutter würde stolz auf ihn sein.

»Wie lange werden sie uns wohl noch hierbehalten?«, fragte der Bahninspektor, den es zusammen mit Arnim erwischt hatte, ein Familienvater Mitte vierzig, der Tag und Nacht nur von seiner Sorge um seine Frau und seine sieben Kinder sprach.

»Noch ziemlich lange, fürchte ich«, erwiderte Arnim. »Sie benutzen uns als Geiseln.«

»Geiseln?« Der Bahninspektor wurde noch blasser, als er ohnehin schon war.

»Ja, für Verhandlungen. Was glauben Sie wohl, warum sie ausgerechnet den Prinzen verhaftet haben?«

Arnim drehte sich zu seinem Pritschennachbarn herum, doch Gustav Prinz von Thurn und Taxis reagierte nicht. Er lag ausgestreckt auf seiner Bettstatt und las wie meistens zwischen seinen Verhören in dem schmalen Band, den er bei seiner Verhaftung bei sich getragen hatte. Immanuel Kant, »Grundlegung zur Metaphysik der Sitten«.

Der Bahninspektor schüttelte den Kopf. »Das haben wir alles nur diesem verfluchten Juden zu verdanken …«

Arnim biss sich auf die Lippen. Er wusste, was der Bahninspektor meinte. Hätte Arco Eisner nicht erschossen, säßen sie nicht hier. Diese Meinung teilten auch die anderen Mitgefangenen, die bislang schweigend das Gespräch verfolgt hatten, und überboten sich nun gegenseitig in Beschimpfungen des Grafen. Arnim drängte es, zu widersprechen, es war seine Pflicht, Arco zu verteidigen. Der Graf war ein Held, und außerdem hatte er nicht allein gehandelt. Aber es hatte keinen Sinn, es würde nur Streit geben, und das war das Letzte, was sie brauchten. In dem engen Loch war es ohnehin kaum auszuhalten.

»Wir haben nichts zu befürchten«, sagte er. »Wir nützen den Roten nur, solange wir leben. Das ist auch der Grund, warum sie uns nicht foltern.«

»Und wenn es gar keine Verhandlungen gibt?«, fragte jemand. »Weil sie schon zu fest im Sattel sitzen? Und sie sich einfach nur für Eisner rächen wollen?«

»Ja! Als Zeichen für ihre Anhänger!«

»Dann geht es uns an den Kragen!«

Der Prinz richtete sich auf seiner Pritsche auf. »Schluss mit dem Gejammer!«

Alle verstummten und schauten ihn an. Gustav von Thurn und Taxis war ihr *primus inter pares*, dank seiner Geburt wie auch seiner Gedankenklarheit hatte sein Wort unter den Gefangenen das größte Gewicht.

»Unsere Kameraden pauken uns hier raus«, erklärte er. »Es kann nur noch Tage dauern. Die Roten sind am Ende. Alle Zufahrtswege nach München sind blockiert, die ganze Stadt ist von der Außenwelt abgeschnitten.«

»Woher wissen Sie das?«, fragte Arnim.

»Von einem Meldegänger. Als sie mich heute morgen zum Verhör führten, hat er dem Politkommissar rapportiert. Ich konnte alles Wort für Wort mithören.«

»Umso schlimmer, wenn es so ist«, sagte der Bahninspektor. »Das wird ihre Wut nur noch mehr anstacheln. Es soll ja jetzt schon Plünderungen geben, Plünderungen und Vergewaltigungen. Mein Gott, wenn ich mir vorstelle, dass sie womöglich meine Frau und meine Kinder …«

Mitten im Satz verstummte er. Von draußen näherten sich Schritte. Ein Schlüsselbund rasselte, dann ging die Tür auf.

Eine der Bulldoggen trat in die Zelle und zeigte auf den Prinzen.

»Mitkommen!«

»Aber ich wurde doch schon heute morgen …«

»Schnauze!«

Schulterzuckend erhob der Prinz sich von seiner Pritsche. Es war ja nicht das erste Mal, dass jemand innerhalb weniger Stunden zweimal verhört wurde.

»Heil und Sieg!«

Die Bulldogge quittierte seinen Gruß mit einem Schlag in die Rippen.

»Heil und Sieg!«, erwiderte Arnim, als die Zellentür sich hinter dem Prinzen schloss.

Er trat an das Gitterfenster, durch das man die Kameraden sehen konnte, wenn sie über den Schulhof zum Verhör geführt wurden. Arnim empfand es als Ehrensache, ihren Weg salutierend zu begleiten.

Wie lange würde er es ohne seine Herztropfen wohl noch schaffen? Dr. Röpke, der Arzt seiner Mutter, hatte ihm eingeschärft, sie täglich dreimal zu nehmen – es drohe akute Lebensgefahr, wenn er sich nicht an die Vorschrift halte. Schon zwei oder drei Tage ohne die Tropfen könnten sein Ende bedeuten. Und jetzt waren es schon vier Tage geworden …

Es dauerte keine Minute, bis der Prinz auf dem Schulhof erschien. Arnim nahm Haltung an und legte die Hand an die Stirn. Der Prinz wusste, dass er am Fenster stand, und salutierte in seine Richtung zurück.

Doch was war das? Die Bulldogge führte ihn nicht zum Haupttrakt des Gebäudes, in dem sich der Verhörraum befand, sondern über den Hof in Richtung Turnhalle, um hinter der Ecke des Gebäudes mit ihm zu verschwinden.

Irritiert ließ Arnim den Arm sinken. Was hatte das zu bedeuten?

Er wandte sich ab, um seine Kameraden nach ihrer Meinung zu fragen, da ertönte von draußen laut schallend ein Befehl.

»Feuer!«

Eine Sekunde später krachte ein Schuss.

58

Die Messehalle am Zoologischen Garten, in der früher Sechstagerennen stattgefunden hatten, war seit einigen Wochen die größte Baustelle am Kurfürstendamm. Scharen von Handwerkern – Maurer und Stuckateure, Schreiner und Zimmerleute, Installateure und Elektriker – waren rund um die Uhr damit beschäftigt, die ehemals nüchterne Sport- und Ausstellungshalle in einen barocken Palast zu verwandeln, ein Lichtspielhaus, wie die Welt noch keines gesehen hatte, mit allem erdenklichen Luxus und Platz für zweitausend Menschen.

Obwohl die Eröffnung erst für September geplant war, kam es schon jetzt auf jeden Tag an. Zeit ist Geld! Tino war sich dessen nur allzu bewusst, Stauß schärfte es ihm bei jeder Gelegenheit aufs Neue ein. Und doch gab es keinen einzigen Tag ohne eine Katastrophe. Heute war die gesamte Elektrik zusammengebrochen, ausgerechnet bei dem Versuch, zum ersten Mal den neuen Großprojektor auszuprobieren, den Tino für sündhaftes Geld aus Amerika beschafft hatte, weil es in ganz Europa keinen Hersteller gab, der ein Gerät zu produzieren imstande war, das den Ansprüchen für einen so riesigen Kinosaal genügte. Tino hatte für die Probe extra die ersten fertigen Szenen aus dem »Dubarry«-Film kopieren lassen, der bei der Eröffnung des Kinos laufen sollte. Umso größer war nun seine Enttäuschung. Seit zwei Stunden versuchten die Elektriker ebenso verzweifelt wie vergebens, den Fehler zu beheben.

»So, jetzt müsste es klappen!«, rief jemand von dem Gerüst herunter, auf dem der Projektor provisorisch installiert war.

Tino hörte die Botschaft wohl – allein, ihm fehlte der Glaube. Er konnte schon gar nicht mehr sagen, wie viele Male es so geheißen hatte, doch jedes Mal war wieder etwas anderes schiefgegangen. Er traute darum seinen Augen nicht, als plötzlich ein Lichtkegel aufflammte, und gleich darauf Pola Negris Gesicht in Großaufnahme auf der unverputzten Hallenwand erschien, die in Ermanglung einer Leinwand als Projektionsfläche diente.

»Na, endlich!«

Die Handwerker unterbrachen ihre Arbeit und klatschten Beifall. Tino durchquerte die Halle, um sich bei den Elektrikern zu bedanken, da sah er plötzlich Erich Pommer. Mit einem Gesicht, als wäre seine Großmutter gestorben, kam er auf ihn zu, ohne für Pola Negri, die gerade König Ludwig anschmachtete, auch nur einen Blick übrigzuhaben.

»Hast du es schon gehört?«, fragte er mit düsterer Stimme.

»Was gehört?«, wollte Tino wissen.

Pommer schüttelte den Kopf. »Nicht hier«, sagte er und führte Tino hinaus.

59

Durch die Kuppel des Dresdner Hauptbahnhofs, die sich in einer kühnen Konstruktion aus Glas und Stahl über achtzehn parallel verlaufende Bahngleise spannte, leuchtete die helle Frühlingssonne, doch Constanze nahm weder das Licht noch die Wärme wahr. In aufrechter Haltung stand sie zusammen mit ihrem Mann am Ende des Kopfbahnhofs und wartete auf die Rückkehr ihres Sohns. Der Zug aus Halle war für vierzehn Uhr einunddreißig angekündigt. Jetzt standen die Zeiger der Bahnhofsuhr auf vierzehn Uhr achtundzwanzig. Aus München hatte man ihnen am Morgen gemeldet, dass der Zug dort pünktlich abgefahren sei. Wenn auch der Anschluss in Halle fahrplanmäßig erfolgt war, musste Arnim also jeden Moment eintreffen.

Der große Uhrzeiger sprang gerade auf vierzehn Uhr dreißig, da fuhr fauchend und dampfend die Lokomotive ein, und eine Minute später kam der Zug mit kreischenden Bremsen pünktlich auf Gleis drei zu stehen. Der Stationsvorsteher hob seine Kelle, die Waggontüren gingen auf, und Dutzende Fahrgäste strömten auf den Bahnsteig. Viele wurden erwartet, mit freudigen Gesichtern eilten sie auf ihre Angehörigen zu.

Constanze konnte den Anblick der sich umarmenden Menschen kaum ertragen. Gustav schien zu spüren, wie ihr zumute war, er nahm ihren Arm, hakte ihn bei sich unter und streichelte ihren Handrücken. An seinen fahrigen, zittrigen Bewegungen merkte sie jedoch, dass ihm ganz ähnlich zumute war wie ihr. Es hatte geheißen, dass Arnim in Begleitung von Rudolf von Sebottendorf käme, doch es dauerte eine Ewigkeit, bis der Vorsitzende der Thule-Gesellschaft sich mit einem angedeuteten Gruß aus der Ferne zu erkennen gab. Ganz allein stand er auf dem Bahnsteig, er hatte gewartet, bis die übrigen Fahrgäste den Zug verlassen hatten. Constanze war ihm für sein Taktgefühl dankbar.

Sie hob das Kinn und straffte sich. Jetzt kam der schwerste Teil, und sie war nicht sicher, ob sie die Prüfung bestehen würde. Sebottendorf schaute fragend zu ihnen hinüber. Als Gustav nickte, öffnete er einen Wagenschlag, und zwei Freikorpssoldaten traten hervor und bugsierten den Sarg aus dem Waggon.

Am ganzen Körper zitternd, rang Constanze um Fassung. Gustav aber brach in Tränen aus.

»Reiß dich zusammen«, zischte sie. »Jetzt ist es zu spät, ihm deine Anerkennung zu zeigen.«

Bestatter Draheim, der, den Zylinder vor der Brust, sich schon seit ihrer Ankunft bereithielt, wies die Leichenträger an, den Sarg zu übernehmen. Durch langjährige Vertrautheit mit dem Tod zu keiner anderen Miene als der der Trauer fähig, hoben die in tiefstes Schwarz gekleideten Männer den Sarg auf ihre Schultern und trugen ihn aus der Bahnhofshalle hinaus auf den Platz, wo sie ihn auf den mit vier Rappen bespannten Leichenwagen luden, der Arnim ein letztes Mal nach Hause bringen würde.

Constanze und Gustav stiegen in den Fond ihres Maybachs, der mit Robert am Steuer vor dem Bahnhofsportal wartete. Sebottendorf nahm auf dem Beifahrersitz Platz. Bis zur Beisetzung sollte Arnim in seinem Elternhaus aufgebahrt werden, damit Verwandte und Freunde Gelegenheit hatten, sich von ihm zu verabschieden.

Als die Rappen anzogen, startete Robert den Motor. Während sie im Schritttempo dem Leichenwagen folgten, stieß Constanze ihrem Mann in die Seite. Zum Glück verstand er und griff in seine Brusttasche, um Sebottendorf den Scheck zu reichen, den er auf ihren Wunsch bereits ausgestellt hatte.

Ohne einen Blick auf die Summe zu werfen, steckte Sebottendorf den Scheck ein.

»Ihr Einverständnis vorausgesetzt, werde ich den Betrag zur Unterstützung unserer Freikorps-Kameraden verwenden.«

Über die Schulter blickte er Gustav an. Doch der war immer noch überwältigt von seiner Trauer und zu keiner Antwort fähig.

»Ja«, sagte Constanze darum anstelle ihres Mannes, »ich denke, das wäre in Arnims Sinn. Und in unserem auch.«

60

Rahel hatte gleich gespürt, dass mit Tino etwas nicht stimmte, als er sie im Lazarett abgeholt hatte. Statt sie wie sonst ans

Steuer zu lassen, hatte er sich selber auf den Fahrersitz gesetzt, und ohne zu fragen, ob sie einen Wunsch hatte, wie sie den Abend verbringen möchte, war er mit ihr an den Wannsee gefahren. Er hatte nur gesagt, dass er mit ihr reden müsse.

Es war ein Maienabend wie aus dem Bilderbuch. Überall auf den Wegen spazierten Liebespaare und benahmen sich, als würden sie die Liebe gerade neu erfinden. Sie hielten sich an den Händen, plapperten und lachten, rannten plötzlich ohne erkennbaren Grund los oder hüpften wie Kinder, um sich immer wieder zu umarmen und zu liebkosen und zu küssen. Tino hatte Rahel an diesem Abend noch kein einziges Mal geküsst, und während er schweigend neben ihr herlief, zog er ein Gesicht, als wäre nicht Mai, sondern November. Aber das konnte auch gar nicht anders sein. Bevor sie beim Glienicker Jagdschloss das Auto verlassen hatten, hatte er berichtet, was passiert war.

»Ich kann Ihnen gar nicht sagen, wie leid es mir tut. Der einzige Bruder. Sie müssen sehr an ihm gehangen haben.«

Die Augen weiter zu Boden gesenkt, schüttelte Tino den Kopf. »Um ehrlich zu sein, Arnim und ich hatten nie viel gemeinsam.«

»Wenn man Sie beide gesehen hat, kann man das kaum glauben. Ich habe zuerst sogar gedacht, Sie wären Zwillinge.«

»Ich weiß, das denken viele. Aber unsere Interessen waren nie dieselben. Schon als Kinder haben wir kaum miteinander gespielt.«

»Gab es dafür einen Grund?«

»Ich glaube, wir waren einfach zu verschieden. Arnim war viel ernster als ich, im Vergleich zu ihm hatte ich nur Unsinn im Kopf. Ich wollte immer nur Spaß. Für ihn dagegen war es das Wichtigste, was unsere Eltern dazu sagten, was er tat. Vor allem unsere Mutter. Ich kann mich kaum erinnern, dass er je gelacht hat. Manchmal hat er mir richtig leidgetan.«

Tino verstummte. Für einen Moment hatte Rahel das Bedürfnis, ihn zu duzen, um ihm näher zu sein. Aber sie wusste nicht, ob sie das durfte, ohne womöglich etwas zwischen ihnen zu zerstören.

»Das macht es vielleicht noch schwerer«, sagte sie darum nur. »Ich meine, wenn Ihr Bruder und Sie mehr aneinander gehangen hätten, wäre es jetzt sicher einfacher für Sie, um ihn zu trauern.«

Tino schien zu verstehen, was sie sagen wollte, dankbar drückte er ihre Hand.

»Wann hört der Wahnsinn nur endlich auf?«, fragte sie leise.

»Sie meinen – das Morden?«

Rahel nickte. Hier war alles so friedlich, dass man sich kaum vorstellen konnte, dass woanders die Menschen nichts Besseres zu tun hatten, als sich gegenseitig umzubringen. Auf dem See glitten Segelboote über das Wasser, Rentner fütterten im Schein der Abendsonne Enten und Schwäne, Mütter pflückten mit ihren Töchtern Blumen und flochten Kränze, und Väter zeigten ihren Söhnen, wie man Steine im Wasser flitschen lässt.

Tino blieb stehen. »Ich habe eine Bitte, Rahel. Würden Sie mich nach Dresden begleiten?«

»Zur Beerdigung?« Sie atmete einmal tief durch. »Ich weiß nicht. Ich … ich gehöre doch gar nicht zur Familie.«

»Aber Sie gehören zu mir«, sagte er. »Und deshalb möchte ich Sie an meiner Seite haben.« Er nahm ihr Kinn und hob es ein wenig an, damit sie seinen Blick erwidern musste. »Tun Sie mir den Gefallen? Bitte! Ich wäre Ihnen sehr dankbar.«

61

Tino fröstelte, als er die Aussegnungshalle verließ, um zusammen mit seinen Eltern dem Sarg seines Bruders zum Grab zu folgen. Obwohl auf dem Friedhof schon der Flieder blühte und zwischen Heidekraut und Immergrün büschelweise Maiglöckchen und Gedenkemein aus dem Erdreich sprossen, wehte ein empfindlich kalter Wind über den Hügel. Über Nacht hatte es einen Temperatursturz gegeben, die Schafskälte war in das Frühlingswetter eingebrochen, als wolle der Winter sich noch einmal in Erinnerung bringen, bevor er sich für dieses Jahr endgültig verabschiedete.

Die Beisetzung fand auf dem Loschwitzer Friedhof statt, der zur evangelischen Gemeinde gehörte. Es war der Wunsch der Mutter gewesen, das Familiengrab der Reichenbachs vom Alten Katholischen Friedhof in der Innenstadt hierher zu verlegen. Tino war damals noch ein Kind gewesen und hatte gestaunt, dass seine Großeltern, die schon vor seiner Geburt gestorben waren, plötzlich ein neues, viel schöneres Zuhause hatten – »Mausoleum« hatte die Mutter die ehrfurchtgebietende Stätte mit all den Marmorsäulen und Marmorbögen genannt, die von einem übermannsgroßen Marmorkreuz mit dem sterbenden Jesus bekrönt wurde.

Feucht und kalt roch der schwarzbraune Erdhügel, der neben dem frischen Grab aufgeworfen war. Während die Totengräber den Sarg in die mit Tannengrün ausgekleidete Gruft hinabließen, betete die Trauergemeinde das Vaterunser. Dann rückte Pastor Wohlrabe an seinem weißen Bäffchen und stimmte mit seinem volltönenden Bariton ein Lied an.

Wenn ich denn einst soll scheiden …

Keine zwei Dutzend Trauergäste standen an Arnims Grab. Die Mutter hatte bestimmt, dass nur die engsten Angehörigen in die Nähe des Mausoleums durften, außer der Familie gehörten dazu ein paar Studienfreunde von Arnim, die im vollen Wichs erschienen waren und nun mit blankgezogenen Säbeln ihm die letzte Ehre erwiesen, eine Handvoll Uniformträger, die Tino nicht kannte, sowie Hermann Göring, der taktvollerweise Zivil trug. Rahel konnte darum nicht an Tinos Seite sein, obwohl er es sich so sehr gewünscht hatte, doch um des lieben Friedens willen hatte er nicht darauf bestanden. Sie hielt sich jetzt mit den Trauergästen, die weder zur Familie noch zum engsten Freundeskreis gehörten, in einigem Abstand am Rande des Friedhofs. Trotzdem war Tino froh, dass sie da war. Er liebte sie, daran gab es keinen Zweifel mehr, so deutlich spürte er es, gerade in dieser Stunde.

Als er in der Hoffnung auf ein Lächeln von ihr zu ihr hinübersah, zuckte er zusammen. Statt Rahel, die gerade in ihr Gesangbuch schaute, erwiderte Betty seinen Blick, das Kindermädchen, das Arnim und ihn großgezogen hatte. Mit einem traurigen Lächeln nickte sie ihm zu. Unwillkürlich schlug Tino die Augen nieder.

Nachdem die letzte Strophe verklungen war, trat Pastor Wohlrabe an das Grab, um den Geist des Verstorbenen ein letztes Mal heraufzubeschwören.

»Allzu früh hat Gott diesen Mann, der doch gerade erst in die Blüte seiner Jahre eingetreten war, zu sich genommen. Doch sein Tod war nicht umsonst, noch kam er wie ein fremdes Schicksal über ihn. Nein, in fester, männlicher Entschlossenheit nahm Arnim Reichenbach das Kreuz auf sich, das die Vorsehung ihm auferlegt hatte, und ist zusammen mit seinen Kameraden in den Heldentod gegangen, freudig und als freier Christenmensch, hat wie Jesus unser Herr sein Leben hingegeben, für Deutschland, sein über alles geliebtes Vaterland …«

Der Vater schluchzte lauf auf. Tino eilte zu ihm, um ihn zu stützen.

»Glücklich die Eltern«, fuhr der Pfarrer fort, »die einen solchen Sohn ihr eigen nennen dürfen …«

Als Tino in die zweite Reihe zurücktrat, sah er das Gesicht der Mutter. In entrückter Verzückung lauschte sie der Rede des Pastors.

Armer Arnim. Er wäre so stolz gewesen.

62

In der von Thujen gesäumten Einfahrt der Reichenbach Villa stauten sich die Automobile, Kutschen und Kaleschen der Trauergäste, und Kies knirschte unter Rahels Füßen, als sie aus dem Wagen stieg. Tino hatte darauf bestanden, dass er und sie nach der Beerdigung zusammen zum Haus seiner Eltern fuhren.

Ein riesiger Trauerflor aus schwarzer Seide bauschte sich über dem Portal. In der von Kerzen beschienenen Eingangshalle hing noch der Duft süßlicher Essenzen, und eingetopfte Buchsbäume rahmten die Stelle ein, wo Arnims Sarg aufgebahrt gewesen war, ein nun verlassenes, leeres Rechteck inmitten der Pflanzen, unmittelbar unter dem wandhohen Familienstammbaum, den links und rechts gekreuzte Palmenwedel zierten.

Auf einem Pult war ein Kondolenzbuch aufgeschlagen. Tino bat Rahel, sich einzutragen. Mit leichtem Zittern ihrer Hand kam sie seinem Wunsch nach.

»Kann ich mich vorher noch kurz frisch machen?«, fragte sie dann.

»Natürlich. Du weißt ja, wo die Toilette ist.«

In ihrer Nervosität erinnerte sie sich nur noch ungenau. Doch zum Glück befand sich der Raum gleich hinter der ersten Tür, die sie öffnete. Um sich zu beruhigen, holte sie mehrmals tief Luft, dann drehte sie den Hahn auf und ließ warmes Wasser über ihre Unterarme laufen. Während sie sich ein wenig entspannte, schaute sie sich um. Der Spiegel über dem Waschbecken war mit einem schwarzen Tuch verhängt. Sie hatte nie wirklich verstanden, warum die Leute das machten. Der Brauch, so hatte sie mal in einem Buch über Todesrituale gelesen, sollte verhindern, dass die Seele des Verstorbenen vor ihrem eigenen Anblick erschrak und dadurch womöglich auf ihrer Reise ins Jenseits aufgehalten würde. Doch bei der Vorstellung, dass Arnims Seele sich ausgerechnet in die Toilette verirrte, musste sie lachen. Noch absurder fand sie die zweite Erklärung, die in demselben Buch gestanden hatte. Danach musste angeblich jeder sterben, der in einem Trauerhaus in einen Spiegel schaute, in den früher der Tote geblickt hatte. Kopfschüttelnd drehte sie den Wasserhahn zu und trocknete sich die Hände. Bevor sie den Raum verließ, lüftete sie kurz das Tuch und streckte ihrem Spiegelbild die Zunge raus.

Tino wartete in der Halle auf sie. »Sind Sie bereit?«

Im Salon war die Trauergesellschaft schon vollständig versammelt. Tinos Eltern standen mit dem Rücken zur Tür und waren in ein Gespräch mit dem Jagdflieger Göring vertieft. Rahel registrierte es mit Erleichterung, das würde die Sache für sie einfacher machen.

»Mamá, Papá«, sagte Tino. »Fräulein Rosenberg möchte euch ihr Beileid aussprechen.«

Als die Eltern sich umdrehten, sah Rahel, wie der Mutter die Gesichtszüge entglitten. Die Frau, die sonst so erhaben wirkte wie eine Statue, schien plötzlich zu schwanken, sie griff nach dem Arm ihres Mannes, und Rahel fürchtete schon, sie könne stürzen. Doch die Schwäche dauerte nur eine Sekunde, dann straffte Tinos Mutter sich, mit einer herrischen Geste ließ sie den Arm ihres Mannes wieder los, ja, stieß ihn regelrecht zurück, als habe er sie belästigt, dann richtete sie den Oberkörper auf, in einer entschlossenen, kontrollierten Bewegung, und während sie immer größer und größer zu werden schien, sprühten ihre Augen Funken.

»Wie können Sie es wagen?«, sagte sie mit bebender, mühsam beherrschter Stimme. »Sie und Ihresgleichen haben meinen Sohn auf dem Gewissen!«

Die Worte trafen Rahel wie Peitschenhiebe – jede einzelne Silbe war ein Schlag in ihr Gesicht. Während die Gespräche im Raum verstummten, warf sie Göring einen hilfesuchenden Blick zu. Doch der wandte sich mit versteinerter Miene ab und kehrte ihr den Rücken zu.

»Wie kannst du dich so vergessen, Mamá?«, sagte Tino. »Was hat Fräulein Rosenberg mit Arnims Tod zu tun?«

»Fragst du das im Ernst?« Die Mutter zog die Mundwinkel nach unten, als wäre ihr übel. »Dein Bruder würde sich im Grab umdrehen, wenn er wüsste, dass du zu seiner Trauerfeier dieses jüdische Weibsstück …«

»Ich verbiete dir, so über Fräulein Rosenberg zu reden!«, schnitt Tino ihr das Wort ab.

Offenbar war er genauso erregt wie die Mutter, sein Gesicht war ganz bleich und von rötlichen Flecken übersät, ein nervöses Zucken spielte um seine Augen, und sein Adamsapfel ruckte.

Rahel hoffte, dass er sich abwenden würde, bevor der Streit noch weiter eskalierte, doch stattdessen reckte er sein Kinn in die Höhe und sagte: »In deinem eigenen Interesse, Mamá. Schließlich ist Fräulein Rosenberg meine Verlobte!«

Der Mutter sprangen fast die Augen aus den Höhlen. »Sie ist WAS?«

»Ja, du hast richtig gehört«, erwiderte er, plötzlich ganz ruhig und bestimmt. »Meine Verlobte.«

Rahel war so verblüfft, dass sie im ersten Moment glaubte, nicht richtig gehört zu haben. Was hatte Tino gesagt? Er hatte ihr nie einen Antrag gemacht, geschweige, dass sie einen solchen Antrag angenommen hätte. Nie war die Rede von dergleichen Dingen gewesen – sie kannten sich ja gerade erst ein halbes Jahr und hatten noch nicht mal miteinander geschlafen. Doch sein Gesicht ließ keinen Zweifel daran, dass er es ernst meinte, und wie um seine Worte zu beglaubigen, nahm er, die Augen weiter fest auf die Mutter gerichtet, ihre Hand und hauchte einen Kuss darauf.

Die Mutter warf den Kopf herum, und mit einem Blick, der töten wollte, schaute sie Rahel an. »Raus!«, zischte sie. »Raus aus diesem Haus!«

Als hätte jemand ein verabredetes Zeichen gegeben, nahmen die Gäste mit übertriebenem Eifer die unterbrochenen Gespräche wieder auf, dabei peinlich vermeidend, Mutter und Sohn anzuschauen, die in erbittertem Schweigen einander gegenüberstanden.

Die Mutter war die Erste, die ihre Sprache wiederfand.

»Du musst dich entscheiden, Konstantin – deine Familie oder diese Frau!«

Tino schaute seinen Vater an, der so hilflos wirkte wie ein gestrandeter Seehund an Land.

»Ist das auch deine Meinung?«

Der Vater warf seiner Frau einen verzweifelten, flehenden Blick zu. Die aber zuckte nur einmal mit der Braue. Mit einem Seufzer fügte sich der Vater und nickte.

»Damit habt ihr die Sache entschieden«, erklärte Tino. Er drehte sich um und reichte Rahel seinen Arm. »Wir gehen!«

Sie schloss kurz die Augen, dann hakte sie sich bei ihm unter. Die wenigen Meter bis zur Tür erschienen ihr wie ein endloser Spießrutenlauf. Als hätten Tino und sie eine ansteckende Krankheit, wichen die Gäste vor ihnen zurück. Niemand unternahm mehr den Versuch, seine Neugier zu verbergen. Verfolgt von den Blicken, spürte Rahel, wie ihr Unterkiefer zu zittern begann, und sie hatte Angst, vor der ganzen Gesellschaft in Tränen auszubrechen.

Doch irgendwann war es geschafft, und die Tür fiel hinter ihnen zu.

Auf der Treppe kam ihnen ein kleiner drahtiger Endfünziger mit aufgewichstem Stehhaar, Schnauzbart und Nickelbrille entgegen.

»Mein herzliches Beileid zum Verlust Ihres Herrn Bruders, lieber Reichenbach«, sagte er.

Doch Tino ließ ihn einfach stehen und rauschte mit erhobenem Kinn und Rahel am Arm an ihm vorbei.

63

Tino schloss das Verdeck seines Cabriolets, es war zu kalt, um offen zu fahren, dann setzte er sich ans Steuer. Wie auf der Hinfahrt hatte Rahel, die sonst keine Gelegenheit ausließ, selbst zu fahren, auf dem Beifahrersitz Platz genommen.

Als Tino den Motor startete, musste er kurz an die Begegnung mit Hugenberg denken. War es ein Fehler gewesen, den Mann so zu schneiden? Obwohl Stauß sich mit ihm geeinigt hatte, konnte er der Ufa immer noch gefährlich werden. Außerdem war Hugenberg der wichtigste Klient der Reichenbach Bank. Aber ging die ihn nach dem heutigen Auftritt überhaupt noch etwas an?

Er wendete den Wagen, dann setzte er den Winker und bog auf die Landstraße ein, die hinunter ins Tal führte.

»Ich kann Sie nur bitten, den Vorfall nicht persönlich zu nehmen«, sagte er irgendwann.

»Ich weiß«, erwiderte Rahel. »Es ist ja nur, weil ich Jüdin bin. Aber was ist der Grund, weshalb Ihre Mutter alles Jüdische so sehr hasst?«

Tino spürte, wie sie ihn fragend von der Seite anschaute. Er wusste nicht recht, wie er anfangen sollte, und brauchte eine Weile, bis er glaubte, die richtigen Worte gefunden zu haben.

»Der Grund ist mein Großvater«, sagte er schließlich, »der Vater meiner Mutter. Er hatte früher eine bekannte Textilfabrik – Eldena Tuchwaren, vielleicht haben Sie den Namen schon mal gehör?«

»Natürlich«, sagte Rahel. »Mein Vater ist ja Schneider. Er hat die Qualität der Stoffe immer gepriesen.«

Tino nickte. »Die Familie lebte damals auf großem Fuß, mein Großvater verdiente mehr Geld, als ein Mensch eigentlich ausgeben kann. Meine Mutter hat immer erzählt, wie sehr er sie als Kind verwöhnt hat. Einmal hat er ihr sogar ein Pony geschenkt – direkt von der Pferdekoppel eines Bauernhofs, bei einem Sonntagnachmittagsausflug.«

»Jetzt wundert mich auch nicht mehr, dass Sie als Kind verwöhnt wurden. Aber ich verstehe nicht ganz den Zusammenhang.«

Ein Pferdefuhrwerk tauchte vor ihnen auf, Tino trat auf die Bremse und schaltete zurück in den zweiten Gang. »Der Prokurist ihres Vaters war Jude«, fuhr er dann fort. »Um es kurz zu machen: meine Mutter erzählte immer davon, dass sie gerade achtzehn war, als mein Großvater wie aus heiterem Himmel Konkurs anmelden musste, angeblich hatte sein Prokurist ihn betrogen und die Firma ruiniert. Die Schmach hat mein Großvater nicht verwunden. Drei Tage später war er tot. Offiziell hatte sich beim Reinigen seines Jagdgewehrs ein Schuss gelöst. Tatsächlich aber hat er sich umgebracht.«

Rahel legte die Hand auf seinen Arm. »Das tut mir wirklich leid. Und das … das erklärt natürlich einiges.«

»Nein«, sagte Tino, »das erklärt überhaupt nichts, außer die Verblendung meiner Mutter. Mein Vater hat später einmal mit dem Bankier meines Großvaters gesprochen und dabei herausgefunden, dass den Prokuristen nicht die geringste Schuld traf. Mein Großvater hat den Bankrott ganz allein herbeigeführt, er war ein Hasardeur, ein Spieler, der am Roulettetisch das Vermögen der Familie durchgebracht hat. Aber davon wollte meine Mutter nie etwas wissen und weigert sich bis heute, die Wahrheit zu akzeptieren.«

Das Pferdefuhrwerk holte zu einem Bogen auf die andere Fahrbahn aus, um auf einen Feldweg abzubiegen. Tino hielt an, um zu warten, bis er wieder freie Fahrt hatte.

»Um ehrlich zu sein«, sagte er, die Augen geradeaus auf die Straße gerichtet, »wenn Sie jetzt die Nase voll von mir haben, kann ich Sie verstehen.«

»Was für ein Unsinn!« Rahel drückte seinen Arm, und als er sich zu ihr umdrehte, gab sie ihm einen Kuss. »Niemand kann etwas für seine Eltern, auch Sie nicht! – Aber das mit der Verlobung«, fügte sie mit einem Lächeln hinzu, »darüber müssen wir vielleicht noch mal reden.«

64

Normalerweise fuhr Erich Pommer morgens mit der Elektrischen ins Filmstudio, von seiner Wohnung in Neukölln bis zum Tempelhofer Feld brauchte er nicht mal umzusteigen, doch heute streikte die Straßenbahn, so dass er sich ein Taxi nehmen musste. Ein

Schleusenarbeiter hatte Rosa Luxemburgs Überreste aus dem Landwehrkanal gefischt, es hatte Tage gedauert, bis die Wasserleiche identifiziert worden war. Heute sollte die Arbeiterführerin auf dem Zentralfriedhof in Friedrichsfelde neben dem Grab von Karl Liebknecht beigesetzt werden. Seit dem frühen Morgen verstopften deshalb Trauerzüge fast sämtliche Straßen der Stadt, so dass auch mit dem Taxi kein Fortkommen war.

Die Dreharbeiten hatten längst begonnen, als Erich endlich das Studio erreichte. Der Regisseur ließ gerade eine Schlüsselszene aus dem zweiten Akt des »Caligari« proben. Die Scheinwerfer waren auf das absolute Minimum heruntergefahren, in dem Dämmerlicht wirkten die Kulissen mit den labyrinthisch ineinander verschachtelten Häusern und Gassen wie ein gespenstischer, unerträglicher Albtraum – genau die Wirkung, die Erich angestrebt hatte.

»Und *action*, bitte!«, rief Robert Wiene, der Regisseur, der für Fritz Lang eingesprungen war, und klatschte in die Hände.

Die Szene spielte in einer Jahrmarktsbude. Die Augen weit aufgerissen, die Haare wirr vom Kopf abstehend, trat Hauptdarsteller Werner Krauß als Dr. Caligari hinter einem Bühnenvorhang hervor und bewegte sich mit beschwörenden Bewegungen auf den Somnambulen Cesare zu, um ihn wie ein Magier aus seiner Todesstarre zu wecken. Als dieser mit leerem Blick erwachte, wandte er sich an sein Kirmespublikum und forderte die Zuschauer auf, Fragen nach ihrem persönlichen Schicksal zu stellen – Cesare kenne die Zukunft und wisse auf alles die Antwort. Lachend meldete sich ein junger Mann und fragte, wie lang er noch leben werde. Bei der Antwort des Somnambulen erstarb das Lachen in seinem Gesicht, um blankem Entsetzen zu weichen: noch bis zum Morgengrauen …

»Nein! Nein! Nein!« Ohne Rücksicht auf den Regisseur brach Erich die Szene ab. »Haben Sie nicht begriffen, worum es geht? Die Schlüsselfrage des Films lautet: Kann man einen Somnambulen zu Handlungen bewegen, die er im Wachzustand verabscheuen würde? *Das* müssen Sie zum Ausdruck bringen, mit jeder Geste, mit jeder Miene. Sie müssten das Ganze viel dämonischer anlegen, die Zuschauer sollen hier keine Kirmesbudenaufführung erleben, sondern die Heraufkunft eines Ungeheuers, die Vorboten einer ganz und gar düsteren, unheilvollen Zukunft …«

Während er sprach, tippte ihm jemand auf die Schulter.

»Ja, was ist denn?«

Als er sich umdrehte, stand Tino vor ihm.

65

»Was gibt es so Dringendes, dass du mich mitten in der Arbeit störst?«, fragte Pommer sichtlich ungehalten. »Siehst du nicht, dass wir drehen?«

»Doch«, erwiderte Tino. »Aber es dauert nur eine Minute. Können wir irgendwo ungestört reden?«

»Na gut. Wenn's unbedingt sein muss.«

Ohne einen Hehl aus seiner Verärgerung zu machen, ging Pommer durch die Filmkulissen voran. Inmitten der unwirklichen Szenenbilder kam Tino sich vor wie in einer außer Rand und Band geratenen Welt, die ein verrückt gewordener Gott erschaffen hatte. Welcher normale Mensch hatte Lust, sich so etwas anzuschauen, wenn er sich abends nach einem anstrengenden Arbeitstag im Kino amüsieren wollte?

»Schieß los!«, sagte Pommer, als sie einen ruhigen Platz gefunden hatten. »Wozu der dramatische Auftritt?«

»Ich braue deine Hilfe«, sagte Tino.

»Wieder wegen eures neuen Kinos?« Pommer verdrehte die Augen. »Und deshalb platzt du hier mitten in eine Szene hinein?«

Tino schüttelte den Kopf. »Nein, der Traumpalast kommt gut voran. Ich brauche dich für einen Botengang.«

»Hast du sie noch alle? Seit wann bin ich dein Laufbursche?«

Statt einer Antwort griff Tino in die Brusttasche seines Anzugs und zog ein Schriftstück daraus hervor, das sein Anwalt für ihn aufgesetzt und ein Notar beglaubigt hatte.

»Hier! Lies selbst.«

Mit einem Seufzer nahm Pommer die mit Tinos Unterschrift versehene Urkunde. Doch kaum hatte er die ersten Zeilen überflogen, füllte sich sein Gesicht mit Staunen.

»Verstehst du jetzt, warum ich dich brauche?«, fragte Tino.

Ungläubig schaute Pommer zu ihm auf. »Das willst du wirklich tun? Hat es dich so sehr erwischt?«

66

Der Stammsitz der Handels- und Kreditbank Reichenbach befand sich am Altmarkt, mitten im Herzen von Dresden, so dass man vom Konferenzraum aus beste Sicht auf die klassizistische Barockfassade des Altstädter Rathauses mit seinen Rundbogenfenstern und dem Trophäenschmuck hatte. Doch keiner der heute Anwesenden wusste die Aussicht zu schätzen. Denn an diesem Julimorgen standen überaus ernsthafte Dinge auf der Tagesordnung. Gustav hatte die Eigentümer der Bank zu sich geladen, um die durch Arnims Ausscheiden notwendig gewordene Neuregelung des Gesellschaftervertrags zu beschließen.

Die Sitzung war für neun Uhr anberaumt. Außer Gustav und Constanze waren noch der steinalte Onkel Gisbert, der das Bankhaus als Juniorpartner von Gustavs Vater mitbegründet hatte, zugegen sowie dessen Söhne Nikolaus und Benedikt, die eine Beteiligung von jeweils fünf Prozent des Stammkapitals hielten. Sie saßen links und rechts von dem leeren Platz, an dem sonst Arnim gesessen hatte. Um zu vermeiden, dass jemand seinen Stuhl benutzte, hatte Constanze einen Trauerflor dort anbringen lassen. Gustav bewunderte, mit welcher Haltung sie den Anblick ertrug. Er selbst konnte gar nicht hinsehen.

Die Standuhr am Kopfende des Raums schlug neun.

Onkel Gisbert schreckte aus seinem Dämmerschlaf, in den er seit seiner Ankunft gefallen war, und schaute sich missmutig um. »Ist Konstantin immer noch nicht da?«, fragte er. Wie jeder in der Familie wusste, litt er an fortgeschrittener Blasenschwäche und hatte bei den Eigentümerversammlungen stets große Mühe, bis zum Ende durchzuhalten.

»Ich denke, er wird jeden Augenblick erscheinen«, sagte Gustav.

»Das will ich sehr hoffen. Du weißt, wie viel Wert ich auf Pünktlichkeit lege.«

Während Onkel Gisbert mit einem Seufzer die Augen schloss, um in seinen Dämmerschlaf zurückzusinken, überbrückte man die Wartezeit mit Politik. Jeder im Raum war empört über die Unterwerfungspolitik der Siegermächte. Diese hatten Deutschland bei der Ausarbeitung des Friedensvertrags in Versailles schlankerhand von den Verhandlungen ausgeschlossen, die Reichsregierung hatte nicht mal mit am Tisch gesessen und lediglich Ersuche einreichen dürfen, so dass selbst der sozialdemokratische Kanzler Philipp Scheidemann sich geweigert hatte, den Knebelvertrag zu unterzeichnen. »Welche Hand müsse nicht verdorren, die sich und uns diese Fessel legt?« Doch Scheidemann war von seinem Amt zurückgetreten, und die Nachfolgeregierung unter dem neuen Kanzler Gustav Bauer war der ultimativen Aufforderung der Siegermächte gefolgt und hatte den Vertrag unterschrieben, der dem Reich und seinen Verbündeten die Alleinschuld am Weltkrieg gab. In dem Diktat hatte Deutschland sich nicht nur verpflichten müssen, große Gebiete an Polen und Frankreich abzutreten, darunter ganz Westpreußen sowie Elsass-Lothringen, man hatte dem deutschen Volk auch Reparationsleistungen aufgezwungen, unter deren Folgen noch die Kinder und Enkelkinder der heute Lebenden leiden würden. Obwohl Außenminister Hermann Müller in Vertretung des Kanzlers den Vertrag nur unter Protest unterzeichnet hatte, war dieser inzwischen vom Parlament ratifiziert worden. Damit war die Unterwerfung Deutschlands unter den Willen seiner Feinde perfekt.

»Eine Schande, die sich noch bitter rächen wird«, sagte Constanze. »Die Siegermächte wollen keinen Frieden, sie wollen, dass wir vor ihnen im Staub kriechen. Im ›Staatsanzeiger‹ stand, dass sie die Züge der deutschen Delegation auf dem Weg nach Versailles gezwungen haben, im Schritttempo über die ehemaligen Schlachtfelder zu fahren, und in Versailles hat man französische Kriegskrüppel aufmarschieren lassen, um uns Deutschen unsere angebliche Schuld vor Augen zu führen. Nur gut, dass Arnim das nicht mehr erleben muss.«

Es schlug Viertel nach neun, als endlich die Tür aufging.

»Das wurde aber auch Zeit! Ich bin gespannt, wie du deine Verspätung diesmal …«

Als Gustav den Kopf hob, hielt er inne. In der Tür stand nicht sein Sohn Tino, sondern ein junger Mann von höchstens dreißig Jahren mit ziemlich hochmütiger Miene, den er noch nie gesehen hatte.

»Pommer ist mein Name. Ich komme in Konstantins Auftrag und soll Ihnen das hier aushändigen.«

Gustav erinnerte sich – der ehemalige Kriegskamerad seines Sohnes, der jetzt als Filmproduzent tätig war und Tino öfters beriet. Irritiert nahm er das mit Siegeln und Stempeln versehene Schriftstück entgegen, das der andere ihm reichte.

Was für ein Unsinn war das nun schon wieder?

Als er zu lesen begann, spürte er, wie ihm das Blut aus den Adern wich.

»Nun, sag schon«, drängte Constanze. »Was steht darin?«

Mit zitternden Händen legte Gustav die Urkunde auf den Tisch.

»Konstantin gibt mit sofortiger Wirkung sein Amt als Vorstandsmitglied der Reichenbach Bank auf und zieht sich von allen Geschäften des Hauses zurück.«

67

Die Premierenfeier, mit der der Ufa-Palast am Zoo pünktlich und wie geplant am achtzehnten September eröffnet wurde, war das spektakulärste Ereignis, das die Reichshauptstadt seit Ende des Krieges erlebt hatte. Obwohl das neue Lichtspielhaus über zweitausend Sitzplätze verfügte, war es seit Wochen ausverkauft, und zu den Ehrengästen zählte alles, was in Politik, Wirtschaft und Kultur Rang und Namen hatte. Halb Berlin war herbeigekommen, um die festlich gekleideten Berühmtheiten zu bestaunen, die über den roten Teppich auf das taghell erleuchtete Portal des Prachtbaus zuschritten, immer wieder brandete Beifall auf, wenn ein bekanntes Gesicht sich zeigte, und als endlich Pola Negri, die Hauptdarstellerin des Premierenfilms, an der Seite ihres Regisseurs Ernst Lubitsch im Blitzlichtgewitter der Fotografen aus einer riesigen Mercedes-Limousine stieg, gab es kein

Halten mehr – die Begeisterung war so groß, dass Polizisten die beiden mit Gummiknüppeln vor ihrem Publikum schützen mussten, damit sie unbehelligt das Kino betreten konnten, in dem an diesem Abend ihr neuestes gemeinsames Werk, »Madame Dubarry«, zur Uraufführung gelangte.

Tino konnte sich nicht erinnern, je im Leben so stolz gewesen zu sein wie in dem Augenblick, als er im weißen Smoking mit Rahel am Arm den von ihm erschaffenen Palast betrat. Mit großen Augen staunend wie Alice im Wunderland schaute sie sich in der Eingangshalle um. Er hatte alle Ideen seines Freundes Pommer aufgegriffen, damit die Kinozuschauer eine Show erlebten, als wäre man in Amerika. Bereits das Foyer war eine Sehenswürdigkeit, ein einziger funkelnder Traum aus Kristall und Messing und Spiegeln. Doch das war nichts im Vergleich zu dem, was die Besucher im Saal erwartete – wie ein kleiner Junge freute Tino sich schon darauf, Rahel all die Wunderdinge vorzuführen, die er dort erschaffen hatte. Zur musikalischen Begleitung der Filme hatte er eine riesige Orgel installieren lassen, die aus ihren vielen hundert Pfeifen mächtiger tönte als die der Garnisonskirche, und zwischen dem Vor- und dem Hauptfilm würde ein hauseigenes Damenballett tanzen, zu den Klängen einer ebenfalls hauseigenen Vierundzwanzig-Mann-Kapelle. Während die Premierengäste in das Gebäude strömten, gaben die Künstler im Foyer bereits erste Proben ihres Könnens.

»Na, sind Sie beeindruckt?«, fragte Tino.

»Und wie!«, sagte Rahel, dann fügte sie mit einem Grinsen hinzu: »Das Funkeln und Glitzern erinnert mich allerdings ein kleines bisschen an das Bad im ›Dresdner Hof‹. War das die Quelle Ihrer Inspiration?«

Tino musste lachen, doch bevor er etwas erwidern konnte, trat ein Reporter auf ihn zu.

»Herr Direktor Reichenbach. Darf ich Ihnen als dem Schöpfer dieses herrlichen Lichtspielhauses ein paar Fragen stellen?«

Tino hoffte, dass Stauß den Reporter nicht hörte. Doch zum Glück wurde der gerade selbst interviewt, zusammen mit seinem Stellvertreter Major Grau, der sich in seiner Galauniform zwischen all den

Fracks und Smokings wie ein Paradiesvogel ausnahm. Während Tino die Fragen nach Kosten und Entstehung des Kinos beantwortete, sah er aus den Augenwinkeln, wie die vorüberkommenden Männer sich nach Rahel umdrehten. Obwohl sie nur ein schlichtes cremefarbenes Satinkleid mit einer Pfauenfeder als einzigem Schmuck im Haar trug, war sie die schönste Frau im ganzen Publikum.

»Zum Abschluss noch eine persönliche Frage«, sagte der Reporter, während ein Fotograf eine Aufnahme von ihnen machte. »Verraten Sie unseren Lesern, wer die unbekannte Schöne an Ihrer Seite ist? Ein neuer Star der Ufa?«

Tino blickte Rahel fragend an. Als sie sein Zögern sah, nahm sie ihm die Antwort ab. »Sehen Sie das denn nicht?« Mit einem bezaubernden Lächeln schmiegte sie sich an Tinos Schulter, und als wäre es das Selbstverständlichste der Welt, erklärte sie: »Ich bin Direktor Reichenbachs Verlobte.«

68

Das rauschende Fest war vorbei, die Lichter im Traumpalast erloschen, verklungen der Premierenapplaus, das Lachen und Gläserklingen. In lautloser Dunkelheit lag Tinos Wohnung da, nur aus dem Flur drang ein wenig Licht ins Schlafzimmer, wo Rahel zusammen mit Tino auf dem Bett lag, nackt und bloß, wie sie zur Welt gekommen waren. Es war der absolut richtige Augenblick gewesen. Keiner von ihnen hatte gefragt oder gezweifelt oder gedrängt, es war ganz von allein geschehen.

Den Fleck auf dem Laken konnte Rahel nur ahnen. War sie in dieser Nacht ein anderer Mensch geworden? Wie oft hatte sie sich gefragt, welche Wandlung sich an ihr vollziehen würde, wenn sie zum ersten Mal mit einem Mann geschlafen hätte. Doch es hatte keine Wandlung gegeben, sie war immer noch dieselbe Frau, nur glücklicher als je zuvor. Es war so wunderbar einfach gewesen, wie nur Dinge sein können, die ganz und gar richtig sind. Erst hatte es ein bisschen weh getan, aber danach war es so schön gewesen, dass sie es niemals mehr vergessen würde. Sie hatten beide jede erste Berührung genossen, als könnte es die letzte sein. Und jetzt lagen sie so selbstverständlich beieinander, in inniger Vertrautheit, ohne jede Scheu oder Scham, als könnte es gar nicht anders sein.

»Haben Sie das wirklich ernst gemeint?«, fragte Tino in die Stille hinein.

»Dass ich Ihre Verlobte bin? Um ehrlich zu sein, ich hatte mir nicht viel dabei gedacht. Doch jetzt …«

Er stützte sich auf die Ellbogen auf. »Sie meinen – für den Fall, dass die Nacht Folgen haben könnte?« Obwohl sie seine Gesichtszüge nur schemenhaft erkennen konnte, wusste sie, dass er grinste.

»Keine Sorge«, sagte sie und wuschelte sein Haar, »auf meine Periode ist Verlass.«

»Na, Gott sei Dank!«

»Außerdem hatte ich ja gesagt, dass wir darüber noch mal reden müssten.«

»Stimmt. Aber – ist das nicht ein bisschen spießig, so eine Verlobung? Beziehungsweise gewöhnlich?«

Lachend schüttelte sie den Kopf. »Wenn Sie solche Angst davor haben, ein Spießer zu sein, fürchte ich, dass Sie schon einer sind.«

Ein Auto fuhr über den Gendarmenmarkt. Das Licht der Scheinwerfer erleuchtete für einen Augenblick den Raum. Als Rahel darin Tinos Gesicht aufscheinen sah, sein Lächeln, seinen zärtlichen, liebenden Blick, begriff sie, dass sich in dieser Nacht ihr Leben doch verändert hatte, vielleicht sogar mit Folgen für immer.

»Ich kann mir nichts Schöneres vorstellen, als mit Ihnen verlobt zu sein«, sagte sie. »Aber damit unsere Verlobung gilt, lassen Sie sie uns an eine Bedingung knüpfen.«

»Welche?«, fragte er, genauso ernst wie sie.

»Dass wir einander alle Freiheiten lassen.«

»Was meinen Sie damit?«

Sie wusste, von ihrer Antwort würde ihre gemeinsame Zukunft abhängen – falls das Schicksal wirklich eine Zukunft für sie vorgesehen hatte. Um nichts Falsches zu sagen, dachte sie darum eine Weile nach. Zum Glück wartete er, bis sie die richtigen Worte gefunden hatte.

»Die Vorstellung ewiger Liebe und Treue«, sagte sie schließlich, »ich meine, dass zwei Menschen nur einander und nie einen anderen Menschen begehren, ist eine wunderbare romantische Idee. Aber ist sie auch realistisch angesichts von zwei Milliarden Menschen auf der Welt?«

In der Dunkelheit sah sie, wie er den Kopf schüttelte. »Nein, vermutlich nicht.«

»Deshalb sollten wir einander nicht einzwängen«, fuhr sie fort. »Auch nicht durch unsere Liebe. Lieben wir uns als freie Menschen. Das heißt, jeder darf tun, was er will, und keiner schuldet dem anderen Rechenschaft. Sollte es tatsächlich passieren, dass einer von uns sich anderweitig vergnügt, dann soll er das tun, ohne schlechtes Gewissen, und zwar so, dass der andere es nicht merkt – es würde ihn ja nur sinnlos verletzen. Doch es gibt eine Grenze. Wenn wirkliche Liebe ins Spiel kommt, muss jeder es dem anderen sagen – das ist seine Pflicht. Also keine Fragen, dafür aber unbedingtes Vertrauen, dass der andere sich an die Spielregeln hält.«

Jetzt war es Tino, der schwieg, und Minuten vergingen, ohne dass er etwas sagte. Hatte sie ihn mit ihrem Vorschlag verstört? Oder sogar abgeschreckt? Rahel hatte plötzlich Angst, doch nicht die richtigen Worte gefunden zu haben, und wollte ihm erklären, wie sie das alles meinte. Doch er legte einen Finger auf ihre Lippen.

»Psssst …« Er nahm ihr Gesicht zwischen die Hände und beugte sich über sie, so nah, dass sie seinen Atem spürte. »Was für eine zauberhafte Idee«, flüsterte er und küsste sie auf den Mund. »Aber – ist Ihnen bewusst, worauf wir uns damit einlassen?«

»Weshalb fragen Sie?«, erwiderte sie, irritiert vom Klang seiner Stimme.

Fordernd spielte seine Zunge zwischen ihre Lippen. »Es ist ein gefährliches Spiel«, sagte er. »Weil – zum Wesen der Freiheit gehört immer die Möglichkeit ihres Missbrauchs.«

Rahel spürte, wie seine Erregung sich auf sie übertrug. In einer Aufwallung schlang sie die Arme um ihn, um seinen Kuss zu erwidern.

»Brauch oder nicht!«, flüsterte sie. »Es gibt sich auch!«

TEIL ZWEI

Flimmeritis

1920

1

Noch beseelt von der letzten Nacht, bewunderte Gustav einmal mehr, mit welcher Eleganz seine Frau ihr Frühstück verzehrte, das wie jeden Morgen aus einem Ei, einem Schälchen Schnittlauchquark sowie einem Teller Obstsalat bestand. Nachdem sie Bienenhonig in ihren Tee geträufelt hatte, führte sie mit leicht angewinkeltem kleinen Finger die Tasse an die Lippen. Womit hatte er nur dieses göttliche Wesen verdient? Jetzt griff sie mit ihrer schlanken Hand, die ihn vor wenigen Stunden an seinen intimsten Stellen berührt hatte, nach dem Silberglöckchen auf dem Tisch, um nach Robert zu läuten. Im nächsten Moment betrat der Diener in seiner gestreiften Livree das Frühstückszimmer und brachte auf einem Tablett die gebügelte Morgenausgabe der »Sächsischen Staatszeitung«.

Als er Gustav das Blatt reichen wollte, schüttelte der den Kopf.

»Zuerst die gnädige Frau.«

Nein, ihm war an diesem herrlichen Wintermorgen nicht danach, von den Schrecken der Welt zu lesen. Nach wochenlanger Entbehrung hatte er endlich einmal wieder seiner Frau zu Diensten sein dürfen – der Lohn für seine großzügige Spende zur Unterstützung der Freikorpsverbände. Trotz ihrer langen, weit über dreißig Jahre währenden Ehe war Constanze für ihn immer noch die begehrenswerteste Frau der Welt. Vor allem wenn sie ihm wie in der vergangenen Nacht seine geheimsten Wünsche erfüllte.

Er wollte ihr einen zärtlichen Blick zuwerfen, doch sie war schon in die Zeitungslektüre vertieft.

»Die Siegermächte pochen auf die Auflösung der Freikorpseinheiten«, sagte sie. »Und unsere Erfüllungspolitiker haben tatsächlich einen entsprechenden Befehl erlassen.«

Gustav horchte auf. »Soll das heißen, dass wir unser schönes Geld zum Fenster rausgeworfen haben?«

»Musst du immer nur ans Geld denken, du Jude?«

Über den Rand ihrer Zeitung blickte Constanze ihn missbilligend an. Er wusste, wenn sie ihn einen Juden nannte, drohte Ehekrach, und den wollte er nicht riskieren. Also schluckte er seinen Unmut hinunter, und um seine Frau versöhnlich zu stimmen, sagte er: »Hindenburg hat recht, unser Heer hat den Krieg nicht verloren, vaterlandslose Gesellen haben ihm den Dolch in den Rücken gestoßen.« Und als sie zustimmend nickte, fügte er sicherheitshalber noch hinzu: »Wer hat uns verraten? Sozialdemokraten!«

»Nicht zu vergessen die jüdischen Bolschewisten.«

»Natürlich, gewiss«, pflichtete er ihr bei. »Aber vielleicht gibt es ja einen Hoffnungsschimmer«, fuhr er fort, um etwas Erfreuliches zu sagen. »Die NSDAP …«

Constanzes Brauen gingen in die Höhe. »Schon wieder eine neue Partei?«

»Nein, meine Liebe. Die frühere Arbeiterpartei, Arnim hat einige Male darüber gesprochen, sicher erinnerst du dich. Sebottendorf schreibt, dass die sich in Kürze umbenennen werden. Angeblich hat da jetzt ein neuer Mann das Sagen, ein gewisser Adolf Hitler. Der soll ein großartiger Redner sein. Vielleicht bringt der ja die Partei auf Vordermann.«

»Warten wir's ab. Maulhelden haben wir schon genug.«

Constanze blätterte die Zeitung um. Während Gustav einen Schluck von seinem Kaffee nahm, lugte er vorsichtig zu ihr hinüber. Hatte sie sich wieder beruhigt?

Als er ihr Gesicht sah, schrak er zusammen.

»Um Gottes willen, was ist mit dir? Du bist ja ganz blass!«

Wortlos zeigt Constanze ihm eine großformatige Zeitungsannonce.

Ihre Verlobung geben bekannt …

Gustav holte tief Luft, dann nickte er. »Er hat sich also tatsächlich entschieden. Gegen die Familie.«

»Für dieses Weibsstück!« Constanzes Augen blitzten vor Wut, mit einer heftigen Bewegung warf sie die Zeitung auf den Tisch. »Das muss Folgen haben!«

2

Für elf Uhr *sine tempore* war Tino an diesem Morgen ins Reichspräsidentenpalais in der Wilhelmstraße einbestellt. Stauß hatte ihm einen Termin bei Eberts Bürochef besorgt, einem gewissen Dr. Striesow, der im Range eines Gesandten den Kalender des Präsidenten organisierte. Tino wollte mit dem Kanzleivorsteher über den nächsten großen Ufa-Film sprechen, »Anna Boleyn«, die Geschichte der zweiten Ehefrau Heinrichs VIII. von England, das teuerste und aufwendigste Filmvorhaben der Universum Film AG bisher überhaupt, das selbst seine Vorgänger »Carmen« und »Madame Dubarry« weit in den Schatten stellte – eine Probe aufs Exempel der neuen Unternehmensstrategie. Um schon im Vorfeld Werbung für den Film zu machen, hatte Tino die Idee gehabt, Reichspräsident Ebert zum abschließenden Höhepunkt der Dreharbeiten einzuladen – das werde jede Menge Presse bringen.

Um zehn vor elf meldete er sich am Empfang. Ein Mann aus Striesows Stab mit einem kolossalen Schmiss auf der Wange, der sich als Oberleutnant Quandt vorstellte, führte ihn durch das U-förmige Barockgebäude, das außer den Privatwohnungen des Präsidenten und seiner wichtigsten Mitarbeiter mehrere Empfangs- und Repräsentationsräume beherbergte.

Als sie nach Durchquerung eines im Louis-Quinze-Stil gehaltenen Saals den Verwaltungstrakt mit dem Büro des Reichspräsidenten erreichten, war dort die Hölle los. Ein Dutzend Zivilbeamte und Militärs eilte sichtlich aufgeregt durcheinander.

»Was ist passiert?«, fragte Quandt einen Hauptmann.

»Jemand hat auf Erzberger geschossen.«

»Das hat gerade noch gefehlt! Hat der Minister überlebt?«

»Zum Glück wurde er nur leicht verletzt. Aber kommen Sie mit, Striesow hat soeben den ganzen Stab einberufen. Krisensitzung!«

Quandt drehte sich zu Tino herum. »Ich muss Sie leider um Geduld bitten, Herr Reichenbach, aber Sie haben es ja selbst gehört. Wenn Sie vorerst hier Platz nehmen wollen?«

Während Quandt mit dem Hauptmann verschwand, kam Tino wohl oder übel der Aufforderung nach. Warum hatte der Idiot von Attentäter sich auch ausgerechnet diesen Tag für seinen Anschlag ausgesucht? Der »Anna Boleyn«-Film musste ein Vierteljahr lang den neuen Ufa-Palast bis auf den letzten seiner zweitausend Plätze füllen, um die Unsummen wieder einzuspielen, die die Produktion kostete. Das ging nur mit der Unterstützung des Reichspräsidenten.

Tino unterdrückte seinen Ärger nur mit Mühe. Doch eigene Schuld! Das kam dabei heraus, wenn er auf seine Nelke verzichtete! Stauß hatte ihm verboten, den Bürochef des Präsidenten mit einer Blume im Knopfloch aufzusuchen, und er war so dumm gewesen, sich daran zu halten.

In angespannter Nervosität blickte er auf seine Uhr, als könne er dadurch die Zeiger zu einem schnelleren Fortschreiten bewegen. Doch das konnte er natürlich nicht, quälend langsam verstrich die Zeit. Es wurde halb zwölf, halb eins, halb zwei – und nichts geschah. Mit jeder Minute wuchs nicht nur seine Ungeduld, sondern auch sein Hunger. Sein Magen war daran gewöhnt, dass er zwischen zwölf und eins Nahrung bekam, und wenn das nicht geschah, waren Kopfschmerzen die unweigerliche Folge.

Um zwei wollte Tino die Hoffnung aufgeben, da kehrte Quandt endlich zurück.

»Dr. Striesow erwartet Sie. Wenn Sie mir bitte folgen?«

3

Auf der Höhe der Kaiser-Wilhelm-Gedächtniskirche verließ Rahel die Straßenbahn. Dr. Recknagel hatte ihr eine Stunde früher freigegeben, damit sie es noch rechtzeitig zur Premiere schaffte. An diesem Abend wurde im Marmorhaus, kaum mehr als einen Steinwurf vom neuen Ufa-Palast entfernt, »Das Cabinet des Dr. Caligari« uraufgeführt, der Film, von dem Tinos Freund Pommer behauptete, er werde die ganze Filmwelt revolutionieren.

Tino wartete bereits an der Haltestelle auf sie. Es war bereits so mild, dass er nur einen leichten Übermantel trug. Als er die Zeitung mit der Verlobungsanzeige in ihrer Hand sah, grinste er übers ganze Gesicht.

»Na, ist die Überraschung gelungen?« Ohne ihre Antwort abzuwarten, nahm er sie in den Arm und gab ihr einen Kuss. »Ich musste es einfach in die Welt hinausposaunen, ich wäre sonst vor lauter Glück geplatzt!«

Als Rahel am Morgen die Anzeige in der Zeitung entdeckt hatte, hatte ihr Herz vor Freude einen Hüpfer gemacht. Obwohl es natürlich eine unglaubliche Frechheit von Tino war, so etwas allein zu entscheiden.

»Sie hätten mich wenigstens fragen können.« Nur mit Mühe gelang es ihr, zumindest ein kleines bisschen verärgert zu wirken.

»Jetzt seien Sie keine Spielverderberin. Ich weiß ja, dass Sie sich genauso freuen wie ich. Ach, wenn ich nur an das dumme Gesicht meiner Mutter denke – ein Genuss!«

Bei aller Freude, ganz so begeistert wie Tino war Rahel nicht. »Meine Eltern haben die Annonce auch gesehen. Jetzt wollen sie wissen, warum sie das aus der Zeitung erfahren, und erwarten einen Antrittsbesuch.«

»Antrittsbesuch?« Tinos Grinsen wurde noch breiter. »So was Gewöhnliches?«

Lachend gab sie ihm einen Klapps auf die Wange, dann wechselte sie das Thema. »Wie ist es Ihnen beim Reichspräsidenten ergangen?«

»Endlich fragen Sie was Vernünftiges!« Er nahm Haltung an, und wie ein Ordonnanzoffizier rapportierte er: »Fabelhafte Audienz. Reichspräsident Ebert wird der Universum Film AG aus Anlass der Dreharbeiten ihrer neuesten Produktion höchstselbst die Ehre geben.«

»Das ist ja großartig!«

»Natürlich ist es das – tipptopp!« Schon fiel Tino wieder in seinen alten Ton zurück. »Oder haben Sie etwa was anderes von mir erwartet? – Aber kommen Sie, wir müssen uns beeilen.«

Das Marmorhaus lag der Gedächtniskirche direkt gegenüber, auf der anderen Seite des Ku'damms. Tino nahm Rahels Hand, und als sie den Boulevard überquerten, sahen sie Pommer auch schon. Er empfing sie im Eingang des Filmtheaters, geschniegelt und gestriegelt, in Smoking und Lackschuhen, zwischen den Lippen eine Zigarette.

Verwundert schaute Tino sich um. »Wo sind die Ehrengäste? Und die Pressefritzen?«

Pommer schnippte seine Zigarette fort. »Alle schon im Saal.«

4

Erich Pommer spürte, wie seine Hände feucht wurden, als auf der Leinwand der Titel seines Films aufflackerte.

DAS CABINET DES DR. CALIGARI
Ein Film in 6 Akten

Noch während des Vorspanns setzte die Musik ein. Nur schade, dass es im Marmorhaus keine Orgel gab wie im Ufa-Palast – eine Orgel würde ganz anders tönen als die Klavierbegleitung. Der Kapellmeister hatte den Film am Vortag zum ersten Mal überhaupt gesehen. Anfangs war er ziemlich ratlos gewesen, unsicher und zögernd hatte er zu den Bildern auf seinen Tasten herumprobiert, mit Tonfolgen, die an Beethoven und Brahms und Bruckner erinnert hatten. Doch dann hatte er alles verworfen und sich zu einer bewährten Mischung entschlossen: ein bisschen Rossini, ein bisschen Donizetti, dazu ein paar Takte Schubert sowie ein kräftiger Schuss Paul Lincke, dem Berliner Operettenkomponisten. Erich war zuerst skeptisch gewesen, ob das die richtige Musik für seinen Film war, doch dann hatte er sich überzeugen lassen. Paul Lincke hörten die Leute immer gern.

Tatsächlich, ein paar Zuschauer im Saal summten leise mit, andere fingen sogar an, fröhlich zu pfeifen. Pommer musste grinsen. Na, die würden gleich ihr blaues Wunder erleben …

Als der Vorspann vorüber war, erschien ein dunkler Wald auf der Leinwand, Nachtvögel flatterten umher, und ein Zwischentitel verriet, was die Zuschauer tatsächlich erwartete.

ES GIBT GEISTER … ÜBERALL SIND SIE UM UNS HER.
MICH HABEN SIE VON HAUS UND HERD –
VON WEIB UND KIND GETRIEBEN …

Erich lehnte sich zurück. Jetzt nahm das Schicksal seinen Lauf, nichts ließ sich mehr ändern. Zum Glück schien das Publikum zu begreifen, dass dies keine Unterhaltungsklamotte war. Kaum setzte die Handlung ein, hörte das Singen und Pfeifen auf, es knisterte förmlich vor Spannung im Saal, und als Dr. Caligari zum ersten Mal erschien, wurde es so still, dass man eine Stecknadel hätte zu Boden fallen hören. Mit angehaltenem Atem verfolgten die Zuschauer, wie der Arzt den Somnambulen aus der Totenstarre erweckte. Niemand schien sich der Magie der Bilder entziehen zu können, die immer schauriger, immer beklemmender, immer unheilvoller wurden. Ein Toter wurde in seinem Bett gefunden. War Caligari der Mörder? Oder hatte in Wirklichkeit der Somnambule die grausige Tat vollbracht? Szene für Szene, Akt für Akt wurde die fürchterliche Ahnung zur noch fürchterlicheren Gewissheit: Ja, es war möglich, einen Somnambulen zu Handlungen zu bewegen, zu denen er im Wachzustand niemals fähig wäre – sogar zu einem Mord … Als Cesares Leichnam in das Irrenhaus gebracht wurde, lief es sogar Erich selbst den Rücken hinunter, obwohl er den Film schon ein dutzendmal gesehen hatte.

Ja, das war sie, die Dämonie, die er zeigen wollte, die Heraufkunft eines Ungeheuers …

Unauffällig blickte er zur Seite. Tino und Rahel saßen bis zu den Ohren versunken in ihren Sesseln und starrten mit offenen Mündern auf die Leinwand.

Tino schien seinen Blick zu spüren und drehte sich zu ihm um.

»Und, was meinst du?«, fragte Erich leise.

»Um ehrlich zu sein«, flüsterte Tino, »bei den Dreharbeiten hatte ich Zweifel. Vor allem wegen der Kulissen. Aber das ist allergrößte Kunst. Das erkenne sogar ich.«

»Wirklich?«

Tino nickte. »Ich gratuliere, ein wahres Meisterwerk. Aber jetzt halt die Klappe, ich will wissen, wie es weitergeht.«

Erich hätte seinen Freund am liebsten umarmt, doch der war schon wieder mit allen Sinnen in der Geschichte verschwunden.

Hatte er es wirklich geschafft? War dies der Film, auf den die Welt gewartet hatte? Das große Kunstwerk, das alles verändern würde?

Endlich fiel der Vorhang, und die letzten Klaviertöne verhallten. Voller Anspannung wartete Pommer auf den Beifall. Nur mit Mühe ertrug er die Ruhe vor dem Sturm, er glaubte geradezu das Ticken der Sekunden zu hören. Während er im Geiste mitzählte, nickte Tino ihm aufmunternd zu, und Rahel hielt schon die Hände bereit, um zu klatschen. Doch noch immer regte sich kein Applaus. Es war, als wäre das Kino ein Totenhaus.

Was hatte das zu bedeuten? Standen die Zuschauer noch in Dr. Caligaris Bann?

Pommer hielt es nicht länger aus, um zu schauen, was los war, drehte er sich um. Da begann jemand zu klatschen, und andere fielen ein. Endlich, endlich kam er – der alles erlösende Applaus! Doch es waren nur einige wenige Zuschauer, die ihre Hände rührten, verzweifelt wenige sogar, nicht mal ein Dutzend im ganzen Saal. Stattdessen breitete sich ringsum ein unwilliges Murren und Zischen aus, Buhrufe und Pfiffe wurden laut, so dass der spärliche Applaus bald ganz und gar darin unterging. Ohnmächtig wie der Somnambule musste Pommer mit ansehen, wie die Zuschauer ihre Sitze verließen und in Scharen zum Ausgang drängten, als könnten sie gar nicht schnell genug den Saal verlassen.

Mit erhobenen Händen trat ihnen der Kinobetreiber entgegen.

»Ruhe, meine Herrschaften! Bitte bewahren Sie Ruhe! Und bleiben Sie auf Ihren Plätzen!«

»Ich will mein Geld zurück!«, rief jemand.

»Ja, ich auch! Das ist Betrug!«

Verzweifelt ruderte der Kinobetreiber mit den Armen. »Aber das war doch nur der Vorfilm, meine Herrschaften! Das Beste kommt erst! Der Hauptfilm, ›Hoppla, Herr Lehrer!‹ – Sie werden sich köstlich amüsieren! Garantiert! Aber bitte kehren Sie zu Ihren Plätzen zurück!«

5

Was für eine Demütigung! Was für eine fürchterliche Schmach! Tino konnte gar nicht sagen, wie leid sein Freund ihm tat. Seit über einer Stunde versuchte er zusammen mit Rahel, ihn zu trösten, doch vergebens.

Für die Premierenfeier hatte Pommer im »Größenwahn« einen Raum gemietet, der hundert Menschen fasste – in seiner gähnenden Leere erschien er jetzt so riesig groß, als wolle er sie verschlucken. Außer ihnen war kein einziger Mensch da, der mit ihnen feiern wollte. Die Ehrengäste hatten sich nach der Aufführung verdrückt, genauso wie die Filmcrew, sogar die Hauptdarsteller und der Regisseur hatten das Weite gesucht – von den Pressefritzen ganz zu schweigen.

»Von wegen Hollywood«, sagte Pommer, der mit aufgelassener Schleife rittlings auf einem Stuhl saß, die Lehne vor der Smokingbrust, und in sein Bierglas starrte. Er war so niedergeschlagen, dass er sogar vergaß zu rauchen.

»Man weiß nie, wofür es gut ist«, sagte Rahel. »Wahrscheinlich lag es an der Musik. Sie passte so wenig zu dem Film wie eine Tanzkapelle zu einer Totenfeier.«

»Totenfeier ist der richtige Vergleich.«

»Glaub mir, Erich. Alles, was du brauchst, ist ein guter Komponist. Der eine neue Musikbegleitung schreibt, die der Eigenart des Films gerecht wird, dann ist die Wirkung sofort eine ganz andere. Das Operettentralala hat die Zuschauer ja regelrecht in die Irre geführt. Ich wette, die meisten waren so verwirrt, dass sie einfach nicht wussten, was sie mit den wunderbaren Bildern anfangen sollten.«

Doch Pommer hörte gar nicht hin. »Und ich hatte gedacht, das ist der Film meines Lebens. Aber ich habe versagt. Das Ungeheuer, dessen Heraufkunft ich beschwören wollte, war offenbar der Film selbst.«

»Jetzt hör endlich auf, dir Vorwürfe zu machen. Es ist nicht deine Schuld, das Publikum war einfach überfordert.«

»Ich sage es ja – meine Schuld.«

Rahel strich ihm über die Schulter. Seit sie hier zusammensaßen, bemühte sie sich so rührend um Pommer, dass Tino fast eifersüchtig wurde. Trotzdem gelang es auch ihr nicht, seinen Freund aufzumuntern.

»Unsinn, Erich«, sagte Tino. »Das Publikum besteht aus lauter Affen. Und wenn ein Affe in einen Spiegel hineinschaut, kann kein Apostel herausblicken.«

Pommer zuckte die Schultern. »Kann ja sein, dass jeder einzelne Zuschauer ein Affe ist. Zusammen aber ist das Publikum ein Genie.« Deprimiert schüttelte er den Kopf. »Der Kinobetreiber hat es geahnt. Weshalb sonst hat er einen zweiten Film in Reserve gehalten? ›Hoppla, Herr Lehrer!‹ Damit die Zuschauer ihm nicht die Bude zertrümmern.«

Tino biss sich auf die Lippe. Er hatte gehört, dass die Decla Probleme gehabt hatte, überhaupt ein geeignetes Filmtheater für die Premiere zu finden, und angeblich hatte der »Caligari« nur im Marmorhaus laufen können, weil ein anderer Film ausgefallen war. Tino hatte das bis jetzt für ein Gerücht gehalten. Aber nach der Katastrophe an diesem Abend konnte er nicht ausschließen, dass tatsächlich etwas daran war.

In seiner Hilflosigkeit klopfte er seinem Freund auf die Schulter. »Kopf hoch, Erich! Neues Spiel, neues Glück! Dir wird schon wieder was einfallen. An Ideen hat es dir doch nie gefehlt.«

Aus müden Augen schaute Pommer ihn an. »An Ideen vielleicht nicht. Aber hier geht es ja nicht nur um Ideen, hier geht es auch um Geld.«

»Seit wann spielt Geld für dich eine Rolle?« Tino bereute die dämliche Frage, noch bevor er sie ausgesprochen hatte.

Pommer schüttelte den Kopf. »So was kann nur jemand sagen, der zu viel davon hat. Herrgott, Tino, ich habe schließlich eine Frau und einen Sohn! Wenn ich daran denke, was meine Gertrud sowieso schon alles für mich erdulden musste. Und jetzt stoße ich sie und das Hänschen vielleicht endgültig ins Unglück.«

»Ist es wirklich so schlimm?«, fragte Rahel.

Pommer stieß einen Seufzer aus. »Noch viel schlimmer. Die Existenz der Decla steht auf dem Spiel. Wenn ›Caligari‹ nicht die Kosten einspielt, sind wir pleite.«

6

Wie ausgestorben lag der Ku'damm da, die Bürgersteige vor den dunklen Ladenfronten waren menschenleer, nur hin und wieder kam ihnen ein anderes Automobil entgegen, verirrte Lichter in der Dunkelheit, während sie den nächtlichen Boulevard entlangfuhren.

Rahel war nicht nach Autofahren zumute gewesen, als Tino und sie sich von Pommer verabschiedet hatten – nicht nach diesem Abend. Armer Erich … Er war so begeistert von seinem Film gewesen, so überzeugt, mit dem »Cabinet des Dr. Caligari« etwas ganz und gar Einzigartiges geschaffen zu haben. Doch was nutzte alle Kunst, wenn das Publikum sie nicht erkannte? Rahel hatte vorgeschlagen, dass er bei Tino übernachten sollte, damit die beiden zusammen seinen Kummer in Alkohol ertränkten – die Nacht war ja ohnehin bald vorbei. Doch davon hatte er nichts wissen wollen, er wollte lieber bei seiner Familie sein. Wahrscheinlich war das die richtige Entscheidung. So, wie er an seiner Frau und seinem Sohn hing, konnten die beiden ihm besser helfen als Alkohol.

Tino betätigte den Winker und bog in Richtung Wilmersdorf ab.

»Es ist einfach so, wie es ist«, sagte er. »Auch im Filmgeschäft. Entweder man macht Kunst. Oder man macht Geld.«

Rahel schüttelte den Kopf. »Sie sagen das, als wäre es ein Naturgesetz. Aber wo steht das geschrieben? Goethes ›Faust‹ ist große Kunst, und trotzdem strömen seit Jahrhunderten die Leute ins Theater, um das Stück zu sehen, und zahlen dafür jede Menge Eintritt.«

»Klar, ab und zu kommt so etwas vor, aber das sind weiße Raben.«

»Und was ist mit ›Hamlet‹ und ›Don Quijote‹? Dem ›Decamerone‹ und ›Madame Bovary‹? Der ›Divina Commedia‹ und ›Anna Karenina‹? Ganz zu schweigen von Homers ›Odyssee‹. Die findet seit zweitausend Jahren reißenden Absatz. Alles weiße Raben?«

»Nein, das sind Klassiker der Weltliteratur.« Tino warf ihr von der Seite einen Blick zu. »Wollen Sie damit etwa Pommers Film vergleichen?«

»Warum nicht?« Rahel zuckte die Schultern. »Nur weil etwas ein paar Jahrhunderte alt ist, muss es nicht besser oder wertvoller sein als was Neues. Nehmen Sie die ›Buddenbrooks‹, die hat Thomas Mann vor zwanzig Jahren geschrieben, und trotzdem ist das vielleicht der beste Roman aller Zeiten. Auf jeden Fall ist er ein hervorragendes Beispiel dafür, dass Kunst und Geld sich nicht ausschließen. Soweit ich weiß, ist Thomas Mann inzwischen berühmt *und* wohlhabend.«

Tino nahm die Hände vom Steuer und hob sie kurz in die Luft. »Schon gut, schon gut, schon gut! Ich gebe mich geschlagen!«

Aber Rahel war noch nicht fertig. »Und das gilt nicht nur für Literatur, sondern genauso für alle anderen Formen von Kunst. Hunderttausende Menschen pilgern jedes Jahr in Museen, um da Vincis ›Mona Lisa‹ oder Rembrandts ›Nachtwache‹ oder Monets ›Seerosen‹ zu sehen. Und ich weiß nicht, wie viele Millionen Musikliebhaber schon die Konzertsäle dieser Welt besucht haben, um Mozarts ›Zauberflöte‹ oder Verdis ›Aida‹ oder Beethovens ›Neunter‹ zu lauschen. Alles große Kunstwerke, die gleichzeitig die Menschen immer wieder dazu bewegen, Geld auszugeben, um in ihren Genuss zu gelangen. Oder wollen Sie das bestreiten?«

Tino trat auf die Bremse. »Nein, das will ich nicht. Aber was im Himmel hat das alles mit Erich Pommer zu tun?«

Mit großen Augen erwiderte Rahel seinen Blick. »Fragen Sie das im Ernst, oder machen Sie sich lustig über mich?«

7

In der Wohnung war alles dunkel und still, als Erich nach Hause kam – natürlich, wie sollte es auch anders sein? Für das Hänschen war um acht Uhr Zapfenstreich, und auch Gertrud ging in der Regel früh schlafen; wenn sie nach dem Abendessen mit einer Handarbeit auf dem Sofa saß, fielen ihr die Augen meistens schon zu, noch bevor es neun Uhr schlug. Nur gut, dass sie seinem Drängen nicht nachgegeben hatte, ihn zu der Premiere zu begleiten – sie fühlte sich einfach nicht wohl auf solchen Veranstaltungen. So war ihr wenigstens erspart geblieben, die Katastrophe mitzuerleben.

Wie sollte er ihr morgen nur in die Augen sehen?

Er schloss die Etagentür, und ohne das Licht anzuknipsen, trat er an die Garderobe, um Hut und Mantel abzulegen. Normalerweise nahm er die Wohnung, in der sie hausten, gar nicht mehr wahr, er kam ja praktisch nur zum Schlafen hierher. Doch heute, nach dem niederschmetternden Misserfolg des »Caligari«, auf den er seine ganze Hoffnung, ja seine ganze Zukunft gesetzt hatte, wurde ihm nur allzu schmerzlich bewusst, was für erbarmungswürdige Verhältnisse er seiner Frau und seinem Kind zumutete. Die Armut war überall mit Händen zu greifen. Die billige Garderobe aus Fichtenholz, der rahmenlose Spiegel an der Wand, der schadhafte Linoleumteppich am Boden, durch den an manchen Stellen die rohen Dielen hervorlugten. Eine Wohnung, für die jeder anständige Familienvater sich geschämt hätte. Weil er alles Geld, das er je mit seinen Filmen verdient hatte, immer wieder in neue Filme steckte, in der blinden, größenwahnsinnigen Hoffnung auf den wundersamen Durchbruch, den ganz großen Erfolg, dem er in seiner Verblendung alles andere in seinem Leben untergeordnet hatte. Und dem er, was noch schlimmer war, auch in Zukunft alles andere unterordnen würde, egal, wie sehr er seine Frau und seinen Sohn liebte. Weil er nicht anders konnte.

Er streifte seine Schuhe von den Füßen, und auf Strümpfen schlich er ins Schlafzimmer. Vor dem Fenster gab es nicht mal einen Vorhang, hell und ungehindert schien der Mond herein. Das Kinderbett war leer, Gertrud hatte das Hänschen zu sich ins Ehebett genommen. Gleichmäßig atmend schliefen die zwei im Mondschein, mit offenen Mündern, Wange an Wange und so eng aneinander geschmiegt, als müssten sie sich gegenseitig schützen.

Erich beugte sich über sie, um sie, leise, ganz leise zu küssen – erst seinen Sohn, dann seine Frau.

»Verzeiht mir«, flüsterte er. »Bitte, verzeiht.«

8

Tino stellte den Motor ab. Sie waren in Wilmersdorf angekommen und standen vor Rahels Haus. Von den Zwiebeltürmen der Auferstehungskathedrale schlug es Viertel nach drei.

»Vielleicht haben Sie recht«, sagte er. »Man weiß nie, wofür etwas gut ist. Und vielleicht wäre das wirklich eine Lösung.«

»Wollen Sie es also versuchen?«, fragte sie.

»Natürlich, ich werde mit Stauß reden. Erich ist schließlich mein Freund.«

Er stieg aus dem Wagen, um sie zur Haustür zu begleiten. Dort angekommen, gab er ihr einen Kuss.

»Ich glaube, für Ihre Idee haben Sie eine Belohnung verdient. Und ich weiß auch schon welche«, fügte er hinzu, noch bevor sie danach fragen konnte. »Morgen führe ich Sie zum Tanzen aus.«

Irritiert schaute Rahel ihn an. »Wie kommen Sie denn auf diese Schnapsidee?«

»Warum Schnapsidee? Ich dachte, Sie tanzen für Ihr Leben gern.«

»Das tue ich auch. Aber haben Sie nicht gesagt, dass Sie Tanzen hassen?«

»Da können Sie mal sehen, wie sehr ich Sie liebe.«

Zärtlich erwiderte sie seinen Blick. »Das ist wirklich ein Liebesbeweis. Aber nein, sosehr ich Ihr heldenhaftes Angebot zu schätzen weiß, ich kann es leider nicht annehmen.«

»Und warum nicht, wenn ich fragen darf?«

»Weil keiner etwas gegen seinen Willen tun sollte, nur um dem andern zu gefallen. Das ist würdelos – und außerdem ein Gift, das auf Dauer jedes wahre Gefühl abtötet.«

Sie sprach mit solcher Entschiedenheit, dass er einmal mehr bewunderte, wie konsequent sie sich an ihre eigenen Regeln hielt. Gleichzeitig war er zutiefst geknickt. Er hatte sich für sie aufopfern wollen, als ihr ergebener Ritter, doch sie hatte seine Minnegabe abgelehnt. Schade, dass er nicht Walther von der Vogelweide hieß, dann könnte er jetzt wenigstens ein Gedicht für sie schreiben.

»Hätte ich Sie nur einfach überrascht«, sagte er. »Es wäre mir wirklich eine Freude gewesen, mir Ihnen zuliebe mal wieder ein paar Knoten in die Beine zu tanzen.«

Mit einem Lächeln tätschelte sie seine Wange. »Jetzt ziehen Sie nicht so ein Gesicht. Dafür gibt es keinen Grund, im Gegenteil, ich bin Ihnen von Herzen dankbar. Sie haben mich nämlich daran erinnert, dass ich unbedingt mal wieder tanzen gehen sollte.«

Tino spürte ein seltsames Ziehen in der Brust, das ihm ganz und gar nicht gefiel. »Sie meinen – allein?«

»Ja«, lachte sie. Dann wurde sie ernst, prüfend schaute sie ihn an. »Oder haben Sie was dagegen?«

Tino spürte, wie er unter ihrem Blick rot wurde. Nur gut, dass es dunkel war. »Natürlich nicht«, sagte er. »Oder für wie gewöhnlich halten Sie mich?«

»Sicher?«

»Ganz sicher.« Und weil sie ihn immer noch so anschaute, fügte er hinzu: »Übrigens, wenn Sie sich wirklich amüsieren wollen, empfehle ich Ihnen das ›Eldorado‹, ein brandneues Lokal, das erst vor kurzem in der Lutherstraße eröffnet hat. Angeblich ist da mehr los als irgendwo sonst in der Stadt.«

Endlich hörte sie auf, ihn mit diesem Blick zu traktieren. Stattdessen schlang sie die Arme um seinen Hals und küsste ihn auf den Mund.

»Ich glaube, Sie sind wirklich der Richtige.«

9

Georg Emil von Stauß hatte an diesem Morgen schon eine ganze Kanne Kaffee getrunken, ohne dass sein Magen revoltierte. Keine Spur von Sodbrennen, kein Paternoster, der in seiner Speiseröhre auf und ab fuhr – und das alles ohne Natron. Der Grund für sein Wohlbefinden waren die neuesten Geschäftszahlen der Universum Film AG, die er an diesem Morgen zusammen mit Finanzdirektor Konstantin Reichenbach durchging. Ihre Spekulation schien aufzugehen, die Menschen brauchten in diesen harten Zeiten Zerstreuung wie das tägliche Brot, und die suchten und fanden sie offenbar vor allem im Kino. Zwei Millionen zahlende Zuschauer besuchten täglich Deutschlands Lichtspielhäuser, von denen es inzwischen über dreitausend gab – nicht nur in den Städten, auch auf dem flachen Land. Für die grassierende Filmbegeisterung kursierte sogar schon ein medizinischer Begriff: »Flimmeritis« – so hatte ein Nervenarzt unlängst »die krankhafte Sucht nach kinematographischer Zerstreuung« in der »Vossischen Zeitung« genannt.

Besonders glücklich war Stauß über die Zwischenbilanz des Premierenfilms, mit dem der Ufa-Palast am Zoologischen Garten eröffnet worden war. In nur einem Vierteljahr hatte »Madame Dubarry« die Kosten bereits mehr als eingespielt. Jetzt fehlte nur noch, dass sie den Streifen ins Ausland verkauften, um in jene Profitzonen vorzustoßen, die er mit der Universum Film AG anstrebte, um vor den Aufsichtsräten der Deutschen Bank sein Engagement in das junge Unternehmen zu rechtfertigen. Denn wenn das Filmgeschäft, so seine Spekulation, erst international wurde, hatte es das Zeug, sich zu einer ernstzunehmenden Branche zu entwickeln, die eines Tages womöglich Erträge abwerfen könnte wie die Petrolwirtschaft.

»Ich denke, wir sollten die Gunst der Stunde nutzen und die Überschüsse reinvestieren, um so schnell wie möglich zu wachsen«, erklärte Reichenbach. »Damit wir für die Konkurrenz uneinholbar sind.«

»Sie meinen – die Ufa als Quasi-Monopolist?«, erwiderte Stauß. »Interessanter Gedanke. Haben Sie einen Vorschlag?«

Reichenbach zupfte an der Nelke in seinem Knopfloch. »Ich habe da was Interessantes läuten hören. Angeblich ist die Decla in Schwierigkeiten und steht zum Verkauf.«

»Die haben doch gerade erst den ›Caligari‹ rausgebracht.«

»Ja, und die Presse ist begeistert. Haben Sie Tucholskys Kritik in der ›Weltbühne‹ gelesen? Eine regelrechte Hymne.«

Stauß zuckte die Schultern. »Pressekritiken interessieren mich nur, wenn sie das Publikum in die Kinos locken. Aber davon kann hier keine Rede sein, ›Caligari‹ ist nach allem, was mir zu Ohren kam, das reinste Kassengift.«

»Das ist noch nicht entschieden. Wir müssen strategisch denken, über den Tag hinaus – Ihre eigenen Worte, Herr Generaldirektor! Und der Weg, den Pommer mit dem ›Caligari‹ eingeschlagen hat, wird zum Erfolg führen. Alle große Kunst setzt sich am Ende durch, auch kommerziell. Denken Sie an die Literatur! Von der ›Odyssee‹ bis zu Goethes ›Faust‹, von der Bibel bis … bis … ›Ein Kampf um Rom‹«.

»Sie halten ›Ein Kampf um Rom‹ für große Kunst?«

»Was weiß ich? Ich bin kein Germanist«, erwiderte Reichenbach. »Was … was ich damit sagen will, ist, egal ob in der Literatur oder im Film, Qualität zahlt sich immer in klingender Münze aus – irgendwann.«

»Ja, irgendwann«, wiederholte Stauß. »Aber Zeit ist Geld! Und die Investoren wollen ihr Geld möglichst schnell wieder sehen.«

»Glauben Sie mir«, insistierte Reichenbach, »die Decla ist eine Goldgrube, das hat sie schon oft genug bewiesen. Vor allem mit ihren Detektiv- und Abenteuerfilmen. Das waren große kommerzielle Erfolge. Außerdem besitzt sie einen eigenen Verleih.«

Stauß horchte auf. »Einen eigenen Verleih?«

»Ja, und zwar den einzigen in ganz Deutschland, der ausländische Filme herausbringt.«

Stauß dachte nach. Eine Ausweitung des Verleihgeschäftes war für eine mögliche Monopolbildung überaus wertvoll – wer den Vertrieb dominiert, dominiert den Markt, das war ein ökonomisches Grundgesetz. Zugleich aber musste er an einen Spruch denken, den seine Frau vor einigen Jahren in einem Roman über eine Lübecker Kaufmannsfamilie gefunden und ihm vorgelesen hatte. »Sey mit Lust bey den Geschäften am Tage, aber mache nur solche, dass wir bey Nacht ruhig schlafen können.« Stauß liebte seinen Schlaf, und der Spruch hatte in so vollkommener Weise seinem eigenen kaufmännischen Selbstverständnis entsprochen, dass er ihn zu seiner persönlichen Maxime erkoren hatte.

»Ich weiß nicht«, sagte er. »Auch wenn unsere Einnahmen gerade kräftig sprudeln, dürfen wir nicht übermütig werden. Unser nächster Großfilm, ›Anna Boleyn‹, wird wahre Unsummen verschlingen. Da müssen wir unser Pulver trocken halten.«

»Aber dafür auf ein Monopol verzichten?«, fragte Reichenbach. »Das kann nicht Ihr Ernst sein!«

»Ihr Engagement in Ehren«, erwiderte Stauß. »Aber ich fürchte, Sie verrennen sich da gerade ein wenig. Fast könnte man meinen, Sie verfolgen persönliche Interessen in der Sache.« Prüfend sah er Reichenbach an.

Ohne mit der Wimper zu zucken, strich der nur einmal über seine Nelke. »Ist Ihnen bewusst, dass die Decla Zugang zum französischen Markt hat?«, fragte er.

»Oh, ist das so?«

»Allerdings. Der Grund dafür liegt in der Eigentümerstruktur. Erich Pommer ist nicht der Alleinbesitzer der Decla, die französische Éclair fungiert seit der Gründung als stiller Teilhaber. Leichter lässt sich die ›Dubarry‹ nicht ins Ausland verkaufen. Die Franzosen werden uns den Film aus der Hand reißen, wenn wir die Decla übernehmen. Darauf würde ich meinen rechten Arm verwetten!«

»Das würde ich niemals verlangen«, lachte Stauß. »Der linke tut's auch.«

Reichenbach fiel in sein Lachen ein. »Tipptopp – die Wette gilt!« Dann wurde er wieder ernst. »Soll ich also mit Pommer Kontakt aufnehmen?«

10

Das »Eldorado« in der Lutherstraße war unmöglich zu übersehen. Mindestens fünf mal fünf Meter groß war das Plakat, das über dem Eckeingang des Tanzlokals prangte. Darauf hatte ein Dekorationsmaler einen überlebensgroßen Beau mit Brillantinefrisur und Bleistiftbart verewigt, der einer Sektreklame entsprungen schien. Schon von weitem zwinkerte er Rahel zu, als sie den U-Bahn-Schacht verließ, verführerisch lächelndes Sinnbild des Versprechens, mit dem das ›Eldorado‹ in kreischroten Lettern für den Besuch des Etablissements warb:

HIER IST'S RICHTIG!

Obwohl es noch nicht mal neun war, staute sich die Schlange vor dem Einlass bis hinaus auf die Straße. Beim Warten spürte Rahel, wie es in ihr zu kribbeln begann. Ob drinnen wohl wirklich so viel los sein würde, wie Tino behauptete? Sie hatte sich spontan entschlossen, heute Abend tanzen zu gehen, nachdem er ihr kurzfristig abgesagt hatte. Er musste sich mit Pommer treffen, um ihm vom Ausgang seiner Besprechung mit Stauß zu berichten.

Es dauerte eine halbe Stunde, bis sie an die Reihe kam. Doch als sie den Saal betrat, war sie enttäuscht. Alles war dunkel, nur ein paar Lampions unter der Decke beleuchteten spärlich den Raum, kaum konnte man die eigene Hand vor Augen sehen. Irgendwo spielte eine Kapelle leise Tanzmusik, doch kein einziges Paar ließ sich auf der gähnend leeren Tanzfläche blicken, die von schemenhaften, in der Dunkelheit nicht erkennbaren Wesen umringt war.

Das sollte das verrückteste Tanzlokal von ganz Berlin sein?

Plötzlich drehte die Kapelle auf, Rahel platzten fast die Ohren, so laut spielte jetzt die Musik, Scheinwerfer flammten auf, und eine Tänzerin betrat die Bühne – nein, wie auf Schwingen flog sie herbei, eine fast vollständig nackte Schönheit, nur ein paar Stofffetzen bedeckten ihre intimsten Stellen, und auf dem Kopf trug sie eine Krone aus purem Licht. Während sie sich wie eine verzückte Tempeltänzerin zu der Musik bewegte, strömten die Besucher auf die Tanzfläche: Herren in Smoking und Frack, Damen in großer Robe, dazwischen grell herausgeputzte Paradiesvögel, Frauen in Männer- und Männer in Frauenkostümen, kunterbunt durcheinander, jeder, wie er wollte, und überall blitzte nackte Haut auf. Obwohl der Rückenausschnitt von Rahels Kleid fast bis zum Po reichte, kam sie sich im Vergleich dazu wie eine Spießerin vor.

Die Kapelle spielte jetzt einen ganz und gar verrückten Rhythmus, den sie noch nie gehört hatte. Doch noch verrückter als die Musik war der dazugehörige Tanz. Die Tänzer machten abwechselnd X- und O-Beine, mit nach innen und außen gedrehten Knien und Füßen, während sie die nach unten schlenkernden Arme im Gegentakt zu den Beinen vor den Knien kreuzten.

Das musste sie unbedingt ausprobieren!

Als sie sich nach einem Partner umschaute, der ihr den Tanz beibringen könnte, entdeckte sie auf dem Parkett einen Mann in weißem Smoking mit einer riesigen, knallroten Schleife, der alle anderen Tänzer förmlich in Grund und Boden tanzte. Er bewegte sich mit einer solchen Geschmeidigkeit, als wäre sein Körper aus Gummi. Dabei akzentuierte er seine Schritte so perfekt und sicher im Takt, als hätte er ein Metronom verschluckt.

Der musste es sein! Kurz entschlossen ging sie auf die Tanzfläche. Doch als der Tänzer sich umdrehte, traute sie ihren Augen nicht. Den Mann kannte sie doch – Edgar Weißpfennig, der Rayonleiter aus dem Wertheim, der um ihre Hand angehalten hatte!

Für eine Sekunde trafen sich ihre Blicke. Rahel sah, dass auch er sie erkannte, ein Zucken ging durch sein Gesicht. Nichts wie weg! Doch zu spät … Ohne auch nur einen Schritt auszusetzen, tanzte Edgar Weißpfennig auf sie zu, um sie mit einer Verbeugung aufzufordern.

»Darf ich bitten, Fräulein Rosenberg?«, brüllte er gegen die ohrenbetäubende Musik an.

Rahel zögerte nur eine Sekunde. »Aber mit dem größten Vergnügen!«, brüllte sie zurück. »Ich wusste ja gar nicht, was für ein fabelhafter Tänzer Sie sind.«

Edgar Weißpfennig strahlte über das ganze Gesicht. »Meine große Leidenschaft. Aber bitte nicht Ihrem Herrn Vater erzählen, meine Reputation würde sonst schweren Schaden leiden.«

11

Eigentlich hatte Erich Pommer seiner Frau zum Geburtstag versprochen, nur noch eine Zigarette pro Stunde zu rauchen, und meistens hielt er sich sogar daran – von dem Geld, das eine Packung Salem kostete, konnte Gertrud genügend Essen kaufen, um sie einen Tag lang zu ernähren. Doch heute schaffte er es einfach nicht, seine Nervosität war stärker als seine guten Vorsätze, und während er im »Café Größenwahn« auf Tino wartete, der sich mal wieder hoffnungslos verspätete, paffte er eine Zigarette nach der anderen.

Er war schon bei der letzten in der Packung angekommen, als sein Freund endlich erschien.

»Gute Nachrichten! Stauß ist bereit, dir den Arsch zu retten! Die Ufa ist offiziell an einer Übernahme der Decla interessiert.«

»Gott sei gelobt, gepriesen und gepfiffen!« Erich spürte, wie wahre Bleigewichte von seinen Schultern fielen. »Ich weiß gar nicht, wie ich dir danken soll.«

»Da wüsste ich schon etwas«, erwiderte Tino mit einem Grinsen. »Mach einfach so gute Filme, dass die Leute uns die Bude einrennen!«

»Nichts lieber als das! Vorausgesetzt, ihr lasst mir die nötige Freiheit!«

Tino schüttelte den Kopf. »Kaum dem Tod von der Schippe gesprungen, und schon wieder des Teufels.«

»Im Ernst.« Erich drückte seine Zigarette aus. »Ein bisschen mulmig ist mir schon bei der Vorstellung, in Zukunft nicht mehr auf eigene Kappe, sondern für einen Konzern zu produzieren.«

Tino begriff sofort, was er meinte. »Du kriegst den Tucholsky nicht aus dem Kopf, stimmt's? Herrgott, jetzt vergiss endlich, was der Blödmann geschrieben hat, und freu dich einfach.«

»Wenn das so einfach wäre! Tucholsky hat ja recht. ›Auf einen Dr. Caligari‹«, zitierte er aus dem »Weltwoche«-Artikel, »›kommen bei den Konzernen neunhundert Kitsch-Angelegenheiten. Weil die Seele vons Buttergeschäft im Aufsichtsrat sitzt.‹«

Tino verdrehte die Augen. »Das ist doch Quatsch! Außerdem, was nützt alle Kunst, wenn dafür der Laden den Bach runtergeht? Nein, wenn du Hollywood angreifen willst, kannst du das nur mit einer Produktionsfirma, die imstande ist, den großen amerikanischen Studios Paroli zu bieten. Und dafür kommt hierzulande einzig und allein die Ufa in Frage. Als Gegenleistung erwarten wir lediglich dein Versprechen, zwischendurch auch mal ein paar Detektiv- und Abenteuergeschichten zu drehen. Das ist doch nicht zu viel verlangt, oder?«

»Nein, natürlich nicht.« Erich wollte sich eine neue Zigarette anstecken, doch als er sah, dass die Packung leer war, zerknüllte er sie und warf sie in den Aschenbecher. »Wenn ihr mir tatsächlich den Allerwertesten rettet, produziere ich zur Not sogar Aufklärungsfilme. Hauptsache, ich kann weiter richtige Filme machen, ohne verhungern zu müssen.«

»Keine Angst, die Sorge bist du los. Du sollst immer satt zu essen haben. Und zu rauchen natürlich auch!« Tino schnippte ein Bauchladenfräulein herbei und ließ sich eine Packung Salem geben. »Hast du morgen früh um sechs Uhr schon was vor?«, fragte er dann.

Erich runzelte die Stirn. »Schlafen, sonst nichts. Warum?«

»Gut. Dann treffen wir uns morgen Punkt sechs im Piccadilly-Haus. Stauß will dich kennenlernen.«

12

Selten war Rahel so ausgelassen gewesen wie an diesem Abend. Drei Stunden hatte sie ununterbrochen getanzt, wie in einem Rausch, mitgerissen von der Ekstase, die das ganze Lokal regelrecht elektrisiert hatte, und Mitternacht war schon vorbei, als sie endlich mit Edgar Weißpfennig das »Eldorado« verließ. Links und rechts des Eingangs lehnten Paare an den mit abgerissenen Plakaten übersäten Wänden und küssten sich im Schein der Laternen, Männlein und Weiblein oft kaum unterscheidbar, nicht wenige angetrunken und in aufgelösten Kleidern. Einander umschlingend versuchten sie, Abschied zu nehmen, und konnten doch nicht voneinander lassen, während andere Nachtschwärmer, angezogen von der bis auf die Straße zu hörenden Musik, noch immer unternehmungslustig in das Lokal strömten.

»Danke für den schönen Abend«, sagte Edgar. »Es war wunderbar, mit Ihnen zu tanzen. Darf ich auf eine Wiederholung hoffen?«

»Sehr gern«, erwiderte Rahel. »Einen Tänzer wie Sie finde ich kein zweites Mal.«

»Zu freundlich von Ihnen, doch ich kann Ihr Kompliment nur erwidern. Dann kommen Sie doch einfach wieder, wann immer Sie Lust haben. Ich bin praktisch jeden Abend hier.« Er streckte ihr seine Hand entgegen. »Abgemacht?«

»Abgemacht«, sagte Rahel. Doch bevor sie einschlug, zögerte sie. »Aber nur, wenn Sie sich keine falschen Hoffnungen machen.«

Sie hatte befürchtet, ihn zu enttäuschen oder gar zu verletzen, doch zu ihrer Verwunderung lachte er laut auf.

»Keine Sorge, meine Schöne. So attraktiv Sie für jeden anderen Mann zweifellos sind – für mich kommen Sie leider nicht in Frage. Ich mache mir nämlich nichts aus Frauen.«

Rahel brauchte einen Moment, bis sie begriff. »Wollen Sie … wollen Sie damit etwa sagen, dass Sie …?« In der Hoffnung, dass er sie auch so verstand, sprach sie den Satz nicht zu Ende.

Statt einer Antwort klimperte er nur mit den Augendeckeln.

Sie musste einmal tief Luft holen, um das zu verdauen. »Aber … aber warum wollten Sie mich dann heiraten?«

»Das ist nicht ganz leicht zu erklären«, sagte er. »Um ehrlich zu sein, hatte ich nie wirkliche Neigung zur Heirat verspürt. Aber als Ihr Herr Vater mit dem Gedanken an mich herantrat, sah ich darin meine letzte Chance. Damals hoffte ich ja noch, dass ich vielleicht zu kurieren sei.«

Jetzt war es Rahel, die lachen musste. »Soll das heißen, dass Sie inzwischen die Hoffnung aufgegeben haben?«

Edgar nickte fröhlich mit dem Kopf. »Es hat ein bisschen gedauert, bis ich aufgehört habe, gegen den Menschen anzukämpfen, der ich nun mal bin. Aber jetzt fühle ich mich so wohl in meiner Haut wie nie zuvor. Weil ich mich in keiner anderen Haut mehr verstecken muss. Auch wenn ich natürlich nicht überall zu erkennen geben darf, von welcher Fakultät ich bin.«

»Sie meinen, weil Sie sonst womöglich Ihre Arbeit verlieren?«

»Nicht nur das.« Edgar Weißpfennig wurde ernst. »Sie haben ja keine Ahnung, wozu Menschen fähig sind, wenn sie entdecken, dass jemand anders ist als sie. Im Krieg habe ich mich in jemanden aus meinem Regiment verliebt. Und dieser Jemand sich auch in mich. Aber als wir erwischt wurden, hat er behauptet, ich hätte ihn gewaltsam zur ›Unsittlichkeit‹ gezwungen. Danach ging ich durch die Hölle. Meine sogenannten Kameraden haben mich halb totgeschlagen. Gott sei Dank war irgendwann der Krieg vorbei. Es war wie eine Erlösung.«

13

Mit einem Seufzer hängte Constanze ihr schwarzes Trauerkleid auf einen Bügel, froh, dass endlich wieder ein Tag herum war und sie sich schlafen legen konnte. Schlaf war ihr einziger Trost. Sie vermisste Arnim so sehr, als wäre mit ihm ein Teil von ihr selbst gestorben. Anfangs hatte sie gehofft, dass mit der Zeit der Schmerz nachlassen würde, doch diese Hoffnung hatte sich nicht erfüllt, im Gegenteil, mit jedem Tag, der seit dem Tod ihres Zweitgeborenen vergangen war, verspürte sie den Verlust umso mehr. Arnim war ihr Verbündeter gewesen, der einzige Verbündete in der Familie, ihr wahrer Sohn im Geiste.

Sie streifte einen Frisierumhang über, dann nahm sie vor der Spiegelkommode Platz, um ihr Haar für die Nacht zu bürsten. Sie hatte gerade damit begonnen, als es an ihrer Tür klopfte und gleich darauf Gustav in ihr Schlafzimmer trat. Er hatte sich bereits zur Nacht umgezogen, unter seinem Hausrock lugte eine Schlafanzughose hervor. Doch die Bartbinde, die er normalerweise zum Schlafen anlegte, um seinen jämmerlich herunterhängenden Seehundsbart zumindest ein bisschen in Form zu bringen, trug er noch nicht. Das konnte nur eines bedeuten.

So behutsam, als habe er Angst, sie zu erschrecken, schloss er die Tür.

»Ich wollte dir nur berichten, dass alles wie besprochen erledigt ist.«

»Das heißt, das Geld ist wieder auf dem Konto der Bank?«

»Ja, meine Liebe – zweieinhalb Millionen. Wenn auch leider ohne Verzinsung.«

»Darauf kommt es in diesem Fall nicht an. Hauptsache, Tino kann nicht länger darüber verfügen.«

»Natürlich, meine Liebe.«

Im Spiegel sah sie, wie er von hinten an sie herantrat und sie voller Bewunderung betrachtete, mit diesem hingebungsvoll schmachtenden Blick, der einfach nur unwürdig war.

»Wie schön du immer noch bist.«

»Mach dich nicht lächerlich!«

Sie fuhr so heftig mit der Bürste durch eine Strähne, dass es schmerzte. Was für prachtvolles Haar hatte sie einst gehabt – alle

Frauen hatten sie darum beneidet! Doch inzwischen war es so ausgedünnt, dass ihr Coiffeur darin Perückenteile hatte einflechten müssen, damit ihre Hochfrisur trotz der verlorenen Fülle noch gelang.

Gustav trat noch einen Schritt näher heran und legte seine Hand auf ihre Schulter. »Jetzt, da alles so geregelt ist wie von dir gewünscht – denkst du nicht, dass dein Ehemann eine kleine Belohnung verdient hätte?«

»Lass das!« Mit einer unwirschen Bewegung schüttelte sie ihn ab. »Du bist einfach unersättlich. Das letzte Mal ist noch kein Vierteljahr her.«

Wie ein geprügelter Hund wich er zurück. Gott sei Dank! Sie konnte seine Nähe kaum noch ertragen, jede Berührung war ihr ein Gräuel. Dabei wurde seine Leidenschaft für sie immer größer, je weniger sie diese erwiderte. Wie konnte ein Mensch sich nur so erniedrigen? Allein die Tatsache, dass er eine alte, verbrauchte Frau wie sie begehrte, war der Beweis für seine Minderwertigkeit.

»Weißt du schon«, fragte sie, »wie du das Geld investieren wirst?«

Mit einem Seufzer griff Gustav in die Rocktasche und holte seine Bartbinde hervor. »Ich dachte an Industrieaktien«, sagte er. »Kohle, Stahl, Öl, Chemie. Und Elektrizität natürlich. Die Siemens-Papiere rentieren zur Zeit mit ein dreiviertel Prozent.«

Constanze schüttelte den Kopf. »Da habe ich eine bessere Idee.« Auf ihrem Hocker drehte sie sich herum. »Hugenberg hat bei seinem letzten Besuch in meinem Salon von einer interessanten und überaus profitablen Okkasion gesprochen, die er sich von neuen Aktivitäten seiner Deutschen Lichtspielgesellschaft verspricht.«

Verwundert schaute er sie an. »Seit wann interessierst du dich fürs Geldverdienen?«

Mit erhobenen Brauen erwiderte sie seinen Blick. »Seit ich meine zwei Söhne verloren habe.«

»Grundgütiger! Wie kannst du so etwas sagen? Du hast nur einen Sohn verloren! Tino lebt schließlich noch!«

Constanze zuckte die Schultern. »Mag sein«, sagte sie. »Aber mein Sohn ist er nicht mehr.«

14

Im Piccadilly-Haus brannte erst in zwei Fenstern Licht. Vor Müdigkeit gähnend stieg Tino aus dem Wagen, es hatte ihn seine ganze Selbstüberwindung gekostet, sich zu dieser nachtschlafenden Zeit aus dem Bett zu quälen. Kein normaler Mensch tat so etwas freiwillig! Umso mehr staunte er, was für ein Betrieb schon auf dem Potsdamer Platz herrschte. Obwohl noch alles in nächtlichem Dunkel lag, eilten ganze Völkerscharen auf das hellerleuchtete Bahnhofsportal zu – lauter fleißige Ameisen, die offenbar gar nicht schnell genug zur Arbeit kommen konnten.

Er schaute auf die Uhr. Fünf vor sechs, doch von Pommer noch keine Spur. Er wollte schon vorgehen, da kam sein Freund endlich angerannt.

Tino empfing ihn mit einem tadelnden Blick. »Kannst du eigentlich niemals pünktlich sein?« Diesen Satz einmal selbst sagen zu können war ihm ein Fest.

Doch Pommers Sinn für Humor schien noch nicht wach zu sein. »Ein Termin zu dieser unchristlichen Zeit gehört unter Strafe gestellt.«

»Unsinn, das ist ein gutes Zeichen. Stauß setzt nur wichtigste Besprechungen so früh an, um ungestört konferieren zu können, bevor der Bürobetrieb losgeht. Wahrscheinlich will er dir heute schon konkrete Vorschläge machen.«

Doch als Tino sie zwei Minuten später anmeldete, ließ die Sekretärin nur ihn vor. Fragend blickte Pommer ihn an. Tino zuckte die Achseln und ging allein in das Büro seines Chefs.

»Schlechte Nachrichten«, verkündete Stauß, kaum dass er die Tür hinter sich geschlossen hatte »Die Decla-Übernahme ist geplatzt!«

»Was sagen Sie da?«

Stauß strich seinen Gehrock glatt. »Bedanken Sie sich bei Ihrem Herrn Vater. Die Reichenbach Bank hat uns mit Wirkung des heutigen Tages ihr Kapital entzogen. Zweieinhalb Millionen Reichsmark. Ich habe es selbst gerade erst erfahren.«

Trotz des Schocks begriff Tino sofort, was die Nachricht bedeutete. Stauß übernahm es, die bittere Wahrheit auszusprechen.

»Entweder der ›Anna Boleyn‹-Film oder die Übernahme der Decla«, sagte er. »Beides zusammen schaffen wir nicht.« Er fixierte Tino mit seinem Blick. »Wie lautet Ihre Entscheidung, Finanzdirektor Reichenbach? Welchen Tod sollen wir sterben?«

Tino zögerte, doch nur einen Augenblick. Als ein Mann, der von Berufs wegen alles in Zahlen übersetzte, wusste er, dass es nur eine Entscheidung geben konnte. Schließlich hatten sie in die Produktion des neuen Films schon Millionen investiert.

In seiner Not fasste er an sein Revers. Doch der Blumenladen am Gendarmenmarkt hatte so früh am Morgen noch nicht aufgehabt.

»Ich werde Herrn Pommer ins Bild setzen«, sagte er.

Stauß nickte. »Gut. Und richten Sie ihm bitte mein allergrößtes Bedauern aus. Ich informiere unterdessen Major Grau.«

15

Gustav Reichenbach war es gewohnt, seine Geschäfte vom eigenen Schreibtisch aus zu tätigen. Wenn Kunden um einen Kredit ersuchten, war es nur natürlich, dass sie in seinem Büro vorstellig wurden, wo er sie wie in einer Höhle empfing. Diese Gepflogenheiten seines Gewerbes kamen seinem Wesen durchaus entgegen. Nach einem halben Menschenleben im Bankgeschäft war er nicht nur der Überzeugung, dass das Geld zum Manne und nicht der Mann zum Gelde kommen musste – der umgekehrte Weg widersprach auch seiner von Hause aus vorsichtigen Natur.

Doch heute war ihm nichts anderes übriggeblieben, als seine Höhle zu verlassen. Um das Geschäft in die Wege zu leiten, von dem seine Frau gesprochen hatte, hatte er um einen Termin bei dem wichtigsten Kunden der Reichenbach Bank gebeten: Alfred Hugenberg, seines Zeichens Vorstandsvorsitzender und Eigentümer der Scherl-Verlagsgruppe, der in den zwei Jahrzehnten, in denen Gustav ihn als Bankier begleitete, vom Generaldirektor der Friedrich Krupp AG zum Herrscher über Deutschlands größtes Presseimperium aufgestiegen war, um nicht länger mit der Produktion von Kohle und Stahl, sondern mit dem Verkauf von Nachrichten sein Geld zu verdienen.

Der Zollernhof, in dem Hugenberg residierte, war eines der imposantesten Gebäude unter den ohnehin imposanten Gebäuden, die den Boulevard Unter den Linden säumten, und durchaus geeignet, dem Besucher Respekt einzuflößen. Auch Gustav konnte sich dieses Eindrucks nicht erwehren, als sein Chauffeur vor dem Haupteingang hielt und ihm aus dem Wagenfond half, und der ehrfurchtgebietende, beidseitig geschweifte Treppenaufgang in der Halle, der in das erste Stockwerk hinaufführte, war in seiner kalten Marmorpracht noch weniger dazu angetan, Gefühle des Willkommenseins zu erzeugen.

Immerhin wurde Gustav gleich vorgelassen, ohne dass man ihn warten ließ. Bei seinem Eintreten erhob Hugenberg sich hinter dem Schreibtisch, um ihn mit schnarrender Freundlichkeit zu empfangen.

»Dann sind Sie also dem Rat Ihrer verehrten Frau Gemahlin gefolgt? Eine kluge Entscheidung. Und *en passant* vielleicht auch eine kleine Lektion für den abtrünnigen Filius?«

Über den Rand seiner Nickelbrille nahm er Gustav ins Visier. Der entzog sich mit einem Seufzer der Antwort, um gleich zum Geschäftlichen zu kommen.

»Sie hatten meiner Frau gegenüber von einer interessanten Okkasion gesprochen?«

»Allerdings.« Wie immer wippte Hugenberg beim Sprechen auf den Fußballen – eine Angewohnheit, mit der er vermutlich seinen geringen Körperwuchs zu kompensieren suchte. »Wie Sie vielleicht wissen, hat die zum Scherl-Verlag gehörige Deutsche Lichtspielgesellschaft von der Universum Film die ›Messter Wochenschau‹ übernommen. Dadurch besitzt die ›Deulig Woche‹ nicht nur das Quasi-Monopol in dem Geschäft, wir haben auf diese Weise auch mit einem Schlag unser Vertriebsnetz verdoppelt. Wir werden die Wochenschau deshalb künftig im ganz großen Stil aufziehen. Unsere Nachrichten in bewegten Bildern werden mehr Zuschauer in die Kinos locken als jeder Spielfilm! Sämtliche Kinobesitzer im Land werden die Wochenschau abonnieren, ein todsicheres Geschäft! Und gleichzeitig kann man damit auch noch die nationale Sache unterstützen. Nachrichten machen schließlich Meinungen.«

»Verstehe«, sagte Gustav. »Das *Utile* mit dem *Bonum* verbinden.«

Hugenberg nickte. »Richtig, mein Bester, das Nützliche mit dem Guten. – Außerdem«, fuhr er fort, »plane ich zur Zeit die Übernahme einer Produktionsgesellschaft aus dem Unterhaltungsgewerbe, um die Ufa zu gegebener Zeit auf ihrem eigenen Terrain angreifen zu können. Die Flimmeritis breitet sich ja schneller aus als die Spanische Grippe – nach allem, was mir zu Ohren gekommen ist, hat der ›Dubarry‹-Film ein Vermögen eingespielt. Da will ich mir die Möglichkeit offenhalten, eines Tages mitzumischen. – Doch was rede ich mir hier den Mund fusselig?«, unterbrach er sich. »Da Sie hier sind, nehme ich an, dass ich Sie nicht mehr überzeugen muss. An ein Engagement in welcher Höhe haben Sie gedacht?«

»Zwei Komma fünf Millionen Reichsmark«, erklärte Gustav.

Hugenberg strich sich mit der Rechten über seine Stehhaarfrisur. »Ihre Investition ist willkommen. Allerdings, so viel Strafe muss sein, unter einer Bedingung.«

Gustav horchte auf. »Nämlich?«

16

Erich blickte sich unauffällig in dem Konferenzzimmer um, doch konnte er in dem holzgetäfelten Raum nirgendwo einen Aschenbecher entdecken, weder auf dem Besprechungstisch noch in einem der mit großformatigen, lederbezogenen Folianten bestückten Regale. Offenbar war Dr. Felix Spannagel, der neue Leiter der Kreditabteilung seiner Hausbank, ein drahtiger, durchtrainierter Jungspund mit unerträglich sprühender Energie, einer von diesen Gesundheitsaposteln, die sich nur von Obst und Gemüse ernährten und Rauchen für schädlich hielten. Also ließ er seine Zigaretten stecken, so schwer es ihm auch fiel.

»Dann wollen wir mal«, sagte Dr. Spannagel munter wie ein Turnlehrer, der ein Völkerballspiel anpfeift. »Wenn ich um Ihre Unterlagen bitten darf?«

Fordernd streckte er seine Hand aus, mit Zeige- und Mittelfinger ungeduldig zuckend. Erich griff in seine Aktentasche und reichte ihm einen überquellenden Leitz-Ordner – die Bilanzen der Decla seit ihrer Gründung. Nach Tinos Hiobsbotschaft, dass die Ufa sich die Übernahme nicht leisten konnte, war ihm nichts anderes übriggeblieben, als diesen Gang nach Canossa anzutreten, um vor dem Bankenfritzen die Hosen runterzulassen. Was für eine Tortur! Er war kein Buchhalter – er war Filmproduzent!

Während Dr. Spannagel in den Akten blätterte, lachte er mehrmals laut auf, als würde er in einem Witzblatt lesen.

»Eine Unterbilanz von drei Komma acht Millionen? Bei eins Komma zwei Millionen eingesetztem Kapital? Junge, Junge! Das ist rekordverdächtig! Respekt! Wie haben Sie das hingekriegt?«

»Ihr Vorgänger Dr. Weichbrod war mit den Büchern bestens vertraut«, erwiderte Erich. »Er hatte nie etwas zu beanstanden.«

Mit vor Vergnügen blitzenden Augen schaute Dr. Spannagel von den Unterlagen auf. »Dann wissen Sie jetzt ja, warum man Dr. Weichbrod abgelöst hat und ich hier vor Ihnen sitze.«

Erich konnte die Fröhlichkeit seines Gegenübers kaum ertragen, und nur mit größter Beherrschung gelang es ihm, nicht aus der Haut zu fahren. »Es gibt keinen Grund, sich wegen des Kredits Sorgen zu machen. ›Das Cabinet des Dr. Caligari‹ kommt in Kürze neu in die Kinos. Generalüberholt! Das Publikum wird begeistert sein. Ich brauche nur drei Monate Luft. Wenn Sie mir so lange Aufschub geben könnten …«

»Drei Monate?« Dr. Spannagel klopfte sich auf den Schenkel. »Na, Sie machen mir Spaß! Welche Sicherheiten haben Sie denn zu bieten?«

»Meine Frau hat ein Mietshaus in Leipzig als Mitgift in die Ehe gebracht«, sagte Erich.

»Junge, Junge, Sie sind wirklich ein Witzbold!«, rief Dr. Spannagel mit vor Heiterkeit überschnappender Stimme. »Auf dem Gebäude lastet doch schon eine Hypothek im zweifachen Buchwert, und sämtliche Mieteinnahmen gehen jeden Monat direktemang ans Finanzamt.« Plötzlich hörte er mit dem Gefeixe auf, mit ernster Miene gab er Erich den Ordner zurück. »Nein, nein, mein Freund. Entweder Sie legen mir innerhalb eines Monats einen überzeugenden Geschäftsplan vor, oder es ist Matthäi am Letzten. Beziehungsweise *Sabbat*«, fügte er, schon wieder in alter Fröhlichkeit hinzu, »falls Ihnen das geläufiger sein sollte.«

17

Kaum hatte Gustav Reichenbach sich verabschiedet, griff Hugenberg zum Telefon, um sich mit Ludwig Klitzsch verbinden zu lassen, dem Generaldirektor der Scherl-Verlagsgruppe und seinem persönlichen Mädchen für alles.

»Ich habe einen Auftrag für Sie.«

»Stehe Gewehr bei Fuß«, erwiderte Klitzsch am anderen Ende der Leitung so zackig, dass Hugenberg förmlich sah, wie er die Hacken zusammenschlug.

»Sagt Ihnen der Name Erich Pommer etwas?«

»Natürlich, das ist der Mann, der gerade im Begriff steht, die Decla zu exekutieren.«

»Danke, dass Sie wie immer gleich zum Kern der Sache kommen, Klitzsch. Ich möchte, dass Sie dem Herrn ein Angebot machen.«

»In welcher Höhe?«

»Fangen Sie mit zwei Millionen an. Wenn das nicht reicht, legen Sie noch mal bis zu fünfhunderttausend drauf. Erfreulicherweise haben wir einen unerwarteten Mittelzufluss in entsprechender Höhe von der Reichenbach Bank bekommen. Dort orientiert man sich offenbar gerade um. Statt der Ufa soll es nun die Deutsche Lichtspielgesellschaft sein, um ins Filmgeschäft einzusteigen. Dem missratenen Filius sei Dank!«

»Wann soll ich den Kontakt aufnehmen?«

»Sofort! Dieser Pommer hat den Ruin vor Augen, er sollte also für unser Angebot offen sein.«

Während er sprach, kam seine Sekretärin herein und legte ihm einen Zettel mit dem Namen eines Mannes auf den Tisch, der ihn zu sprechen wünschte.

Hugenberg nahm den Zettel zur Hand, um den Namen zu lesen. »Kennen Sie einen Korvettenkapitän namens Ehrhardt?«, fragte er ins Telefon hinein.

»Das kann nur der Führer der gleichnamigen Marinebrigade sein«, erwiderte Klitzsch. »Der berühmten Eliteeinheit, die sich während der Novemberrevolution in Wilhelmshaven im Kampf gegen die Kommunisten hervorgetan hat. Jetzt soll sie auf Befehl von Noske aufgelöst werden, weil sie angeblich die nationale Sicherheit gefährdet.«

»Interessant. Die Fronten klären sich.« Hugenberg bedeckte mit der Hand die Sprechmuschel und sagte zu seiner Sekretärin: »Lassen Sie den Kapitän eine Stunde warten und schicken Sie ihn dann herein. Oder besser in zwei Stunden. Kein Grund, auf meinen Mittagsschlaf zu verzichten.«

18

Das Licht im Vorführraum der Decla Produktionsgesellschaft war schon bis auf die Notbeleuchtung gelöscht, und der Maestro, Professor Giuseppe Becce mit Namen, saß am Klavier bereit. Beide Hände über den Tasten, warf er mit einer energischen Bewegung des Oberkörpers die Künstlermähne aus der Stirn, dann gab er Erich das Zeichen, den Film zu starten. Leise ratterte der Projektor in der Dunkelheit, und gleich darauf flackerte auf der Leinwand der Vorspann des ›Caligari‹ auf.

Vor lauter Nervosität sog Erich so heftig an der Zigarette, dass der Rauch ihm auf der Zunge brannte. Wenn einer die Kastanien noch aus dem Feuer holen konnte, dann Professor Becce. Der Maestro war der renommierteste Kinokomponist in ganz Deutschland, und Rahels Ratschlag folgend, hatte Erich sein letztes Geld zusammengekratzt, um eine neue Begleitmusik für den Film schreiben zu lassen, der ihm nicht weniger bedeutete als Frau und Kind.

An der Glut seiner bis auf den Filter heruntergebrannten Zigarette zündete er sich die nächste an. Hatte der Aufwand sich gelohnt? Oder ruinierte er gerade endgültig die Zukunft seiner Familie? Er hatte den Maestro extra aus München kommen lassen, und das Honorar war schwindelerregend.

Eine Weile herrschte gespenstische Stille, dann setzte die Musik ein – mit Tönen, wie Erich sie noch nie gehört hatte. Keine Spur mehr von Operette, kein Donizetti, kein Rossini und erst recht kein Paul Lincke. Der Professor traktierte das Klavier, als wollte er ein wildes Tier bändigen, und entlockte ihm atonale, vollkommen schräge, ganz und gar verrückte Akkorde, als wäre der Klimperkasten außer Rand und Band geraten: ein einziger Albtraum in Tönen, der jedoch in vollkommener Weise den albtraumhaften Bildern entsprach.

Ja, Rahel hatte recht gehabt, die Musik war der Grund gewesen, weshalb das Publikum seinen Film nicht begriffen hatte. Die Bilder und Töne, die in der alten Fassung ein verwirrender Widerspruch gewesen waren, bildeten jetzt eine vollkommene Einheit. Das war die Rettung! Die Leute würden begeistert sein und in Massen die Kinos stürmen!

Aber würde das reichen, um den Konkurs noch abzuwenden?

Kaum kam die Frage in ihm hoch, fiel die Euphorie, die ihn für einen Moment erfasst hatte, in sich zusammen wie ein zu schnell aufgegangener Hefekuchen. Nein, das würde nicht reichen, natürlich nicht. Selbst wenn der Film dank der neuen Musik irgendwann die Kosten einspielen würde, war die Zeit zu knapp. Dr. Spannagel hatte ihm ja nur einen Monat Luft gegeben.

Arme Gertrud, armes Hänschen …

Die Tür des Vorführraums ging auf, für einen Moment schloss Erich geblendet die Augen. Bruno Münsterberg, ein Regieassistent, kam herein, um einen Besucher zu melden. Der folgte ihm bereits auf dem Fuße: ein semmelblonder Mittvierziger mit derbroten Wangen wie ein Kompaniefeldwebel und strammem Mittelscheitel.

»Ludwig Klitzsch«, stellte er sich vor. »Generaldirektor der Scherl-Verlagsgruppe. Kann ich Sie einen Moment sprechen?« Mit zackigen Schritten trat er zu dem Pianisten ans Klavier. »Wenn Sie uns bitte allein lassen würden?«

Ohne um Erlaubnis zu fragen, schob er den verdutzten Professor zusammen mit dem Regieassistenten hinaus und schloss hinter den beiden die Tür, bevor er sich zu Erich herumdrehte.

»Es geht das Gerücht, dass die Decla nach dem ›Caligari‹-Debakel in finanziellen Schwierigkeiten steckt.«

Erich wollte widersprechen, doch Klitzsch ließ ihn gar nicht erst zu Wort kommen.

»Verplempern wir keine Zeit mit überflüssigem Gerede«, sagte er. »Ich bin hier, um Sie vor dem Konkurs zu bewahren. Also schlage ich vor, dass wir uns setzen und Sie mir zuhören.«

19

Hugenberg erhob sich von seiner Chaiselongue und richtete seinen Anzug, dann zog er seine goldene Breguet aus der Westentasche hervor und ließ den Deckel aufspringen.

Punkt drei. Auf seine innere Uhr war wie immer Verlass.

Es klopfte an der Tür.

»Herein!«

Vom Mittagsschlaf erquickt, nahm er seinen Besucher in den Blick. Korvettenkapitän Ehrhardt war das Muster eines deutschen Marineoffiziers: rank und schlank von Wuchs, nordisches Gesicht, klares Auge. Die Uniform saß ihm wie angegossen, bei einer Parade flogen ihm vermutlich die Herzen aller Frauen und Mädchen zu. Doch der allzu perfekte Haarschnitt, der unter der Mütze zum Vorschein kam, sowie der auffallend gepflegte Stutzerbart, den er statt der Seemannskrause trug, ließen auf eine gewisse Eitelkeit schließen. Eine Schwäche, die Hugenberg beruhigte. Menschen, die keine Schwächen hatten, traute er nicht über den Weg.

»Ich habe mit meiner Brigade Wilhelmshaven von der Räterepublik befreit«, erklärte Ehrhardt, nachdem man sich miteinander bekannt gemacht und Platz genommen hatte. »Jetzt gilt es, das Reich von den Novemberverbrechern zu befreien, die unser deutsches Vaterland in den Untergang führen.«

Hugenberg rückte seine Brille zurecht. »Wie wollen Sie das anstellen? Soweit ich weiß, hat Wehrminister Noske die Auflösung Ihrer Brigade befohlen.«

Ehrhardt zuckte die Achseln. »Noske hätte uns keinen größeren Gefallen tun können. Sein Befehl hat einen Sturm der Empörung ausgelöst, vor allem beim Militär. Der Befehlshaber des Gruppenkommandos Berlin, General Lüttwitz, hat nicht nur energischen Protest beim Minister eingelegt, er hat mir sogar Anweisung gegeben, meine Brigade öffentlich aufmarschieren zu lassen.«

»Ist das nicht Befehlsverweigerung?«

»Das ist der Beginn einer Revolution! Eine Abordnung des Alldeutschen Verbands ist schon nach Schweden gereist, um General Ludendorff aus dem Exil zurückzuholen. Seine Exzellenz soll die militärische Führung der Operation übernehmen.«

»Warum weiß ich davon nichts?«, fragte Hugenberg. »Schließlich bin ich einer der Gründer des Alldeutschen Verbands.«

»Das entzieht sich meiner Kenntnis.« Ehrhardt zögerte einen Moment, dann sagte er mit vertraulich gesenkter Stimme: »Ich bin gekommen, um Sie um finanzielle Unterstützung zu bitten. Zur Durchführung unserer Operation sind wir auf die Hilfe von Männern wie Ihnen angewiesen.«

Wie immer, wenn es in seinem Gehirnkasten arbeitete, fuhr Hugenberg sich mit der Hand über das Stehhaar. Einerseits konnte er die Stoßrichtung der Operation nur begrüßen – die Sozi-Regierung musste weg, je früher, desto besser, daran konnte kein Zweifel bestehen. Doch andererseits, nüchtern und langfristig betrachtet, nach guter alter Kaufmannsart … Plötzlich fiel es ihm wie Schuppen von den Augen. Natürlich, das war der Grund, warum man ihn nicht eingeweiht hatte.

Energisch schüttelte er den Kopf. »Tut mir leid, ich kann Ihnen nicht helfen.«

Ehrhardt reckte das Kinn in die Höhe. »Soll das heißen, Sie verweigern sich der nationalen Sache?«

»Werden Sie nicht unverschämt«, erwiderte Hugenberg. »Wenn irgendwer in Deutschland für die nationale Sache einsteht, dann ich. Aber um ihr zum Sieg zu verhelfen, müssen wir das Volk hinter uns bringen. Auf dieses Ziel habe ich die DNVP eingeschworen. Dabei sind wir auf einem guten Weg. In weniger als anderthalb Jahren ist die Zahl unserer Mitglieder auf fast eine halbe Million gewachsen, und es kommen täglich neue hinzu. Was sind dagegen ein paar versprengte Freikorps-Haufen? – Nein«, fuhr er mit erhobener Stimme fort, als sein Gegenüber etwas einwenden wollte, »es ist nur eine Frage der Zeit, bis wir den Reichstag erobern und die Macht ergreifen, und darum investiere ich mein Geld nicht in politische Phantastereien, sondern setze es zur Förderung einer großen nationalen Bewegung ein, durch die das Volk selbst uns zum Sieg über Bolschewismus und Judentum tragen wird.«

Ehrhardt wartete mit zusammengepressten Lippen, bis er zu Ende gesprochen hatte.

»Ist das Ihr letztes Wort?«, fragte er dann.

Hugenberg nickte.

Der Kapitän erhob sich von seinem Platz. »In dem Fall bleibt mir nichts anderes übrig, als mich zu empfehlen. Ich danke Ihnen für Ihre Aufmerksamkeit.« Er setzte seine Mütze auf und salutierte, dann machte er kehrt und wandte sich zur Tür.

Die Klinke schon in der Hand, drehte er sich noch einmal um.

»Ich akzeptiere natürlich Ihre Haltung. Aber falls Sie mir jemanden nennen könnten, der womöglich bereit wäre, auch meinen Weg zu unterstützen …?«

20

Constanze schloss die Augen, um den musikalischen Vortrag zu genießen, zu dem sie an diesem Dienstag in ihren Salon geladen hatte. Helena Forti, die erste Sopranistin der Dresdner Hofoper, brachte einige Arien aus ihrer Antrittspartie als Elisabeth aus dem »Tannhäuser« zur Darbietung – ein Kunstgenuss, auf den Constanze sich seit Wochen gefreut hatte. Sie liebte die Oper, schon in ihrer Jugend hatte sie dort ihren Kunstsinn geschult, denn kaum war das neue Opernhaus, das Gottfried Semper am Theaterplatz errichtet hatte, eröffnet, hatte ihr Vater eine Privatloge für die Familie gemietet. Abgesehen von Kapellmeister Fritz Reiner, der als Jude natürlich nicht gesellschaftsfähig war, verkehrten die wichtigsten Mitglieder des Ensembles wie auch des Orchesters in ihrem Salon, vom Generalmusikdirektor bis zum Heldentenor, und die Privataufführungen, die sie in ihrem Hause veranstaltete, gehörten zu den kulturellen Höhepunkten im Leben der Stadt.

Doch heute gelang es ihr nicht, sich auf den Kunstgenuss zu konzentrieren. Der Grund dafür saß ihr schräg gegenüber, Korvettenkapitän Hermann Ehrhardt, der ihr mit einer Empfehlung Hugenbergs die Aufwartung gemacht hatte. Immer wieder blickte sie aus den Augenwinkeln zu ihm hinüber. Sie kannte den berühmten Marineoffizier natürlich von fotografischen Reproduktionen in der »Sächsischen Staatszeitung«, und schon auf den Bildern hatte er einen vorzüglichen Eindruck auf sie gemacht. Doch weitaus eindrucksvoller noch war die Wirkung seiner Erscheinung in Fleisch und Blut sowie seiner maßgeschneiderten Uniform.

Als er sie nach dem Ende des Konzerts um ein Gespräch unter vier Augen bat, kam sie seinem Wunsch deshalb gern nach. Da die Dienerschaft damit beschäftigt war, die Hinterlassenschaft der Gäste aufzuräumen, führte sie Ehrhardt vom Salon in die angrenzende Bibliothek, um ungestört mit ihm plaudern zu können. Doch als er ihr sein Anliegen vortrug, war sie skeptisch.

»Das sind sehr hochfliegende Pläne, Kapitän, aber erlauben Sie mir ein offenes Wort?«

»Selbstverständlich, gnädige Frau.«

»Ihren Leuten ist es ja nicht mal gelungen, mit Erzberger fertigzuwerden. Der Minister wurde kaum verletzt.«

»Erzberger hatte mehr Glück als Verstand. Die Kugel prallte an einem Metallgegenstand in seiner Brusttasche ab.«

Constanze hob die Brauen. »Sie meinen, wie die berühmte Kugel in der Schlacht von Kunersdorf an der Tabatière des alten Fritz?«

»Mit Verlaub, den Vergleich halte ich für gewagt.«

»Immerhin hat das gescheiterte Attentat zu dem Befehl geführt, Ihre Brigade aufzulösen.«

»Ein Befehl, dem ich mich auf das schärfste widersetze«, erwiderte Ehrhardt. »Und was Erzberger angeht – seien Sie versichert, gnädige Frau, die Kugel, die den Verräter erledigen wird, ist bereits gegossen. Ich denke, das weiß er sogar schon selbst.«

Constanze zuckte zusammen. Wie bei einem Blitz in dunkler Nacht, der für einen Wimpernschlag eine in Schlaf und Vergessen versunkene Welt der Finsternis entreißt, tauchten die schlimmsten Schreckensbilder ihres Lebens vor ihrem inneren Auge auf. Sie selbst hatte ihren toten Vater entdeckt, nachdem er sich entleibt hatte, das Jagdgewehr noch in der Hand, aus der die Kugel sich gelöst hatte. Doch mochte der Vater den Abzug betätigt haben, die tödliche Kugel hatte ein anderer gegossen, der jüdische Prokurist und Verräter, der ihn in den Ruin getrieben hatte.

Nachdenklich rückte sie an ihrer Frisur, dann erhob sie sich von ihrem Platz.

»Wäre Ihnen mit zehntausend Mark gedient, Kapitän?«, fragte sie.

»Weit mehr als das, gnädige Frau«, erwiderte Ehrhardt, der gleichzeitig mit ihr aufgestanden war. »Ein solcher Betrag wäre uns eine außerordentliche Hilfe.«

»Gut, ich werde mit meinem Mann sprechen.« Sie streckte ihm ihre Rechte entgegen.

Ehrhardt schlug die Hacken zusammen. »Ihr ergebenster Diener.«

Noch während er sich zum Abschied über ihre Hand beugte, wusste Constanze, welchen Preis sie für ihre Zusage würde zahlen müssen. Doch das war das Andenken ihres Vaters ihr wert.

21

Vor Erregung am ganzen Leib zitternd, blickte Gustav zu seiner Frau auf. Nackt, wie seine Mutter ihn zur Welt gebracht hatte, folgte er Constanze auf allen vieren an der Leine, die sie in ihrer schwarz behandschuhten Hand hielt – seine Belohnung dafür, dass er einen Scheck über zehntausend Reichsmark zugunsten von Korvettenkapitän Ehrhardt ausgestellt hatte. Ihm zuliebe hatte sie heute sogar das schwarze Negligé sowie die Strapse und Lackstiefel angezogen, die er in einem Berliner Spezialgeschäft gekauft hatte. Während sie ihn durch das Schlafzimmer zog, erteilte sie ihm mit scharfer Stimme Befehle, und wann immer er es versäumte, diese auf der Stelle zu befolgen, strafte sie ihn mit einem Hieb ihrer Peitsche, die er in demselben

Laden erworben hatte wie das übrige Necessaire. Die Striemen brannten inzwischen so schmerzhaft auf seiner Haut, dass er vor Lust kaum noch an sich halten konnte.

Sie riss einmal kurz und scharf an der Leine, die an seinem Lederhalsband eingeklinkt war. In Erwartung eines Befehls verharrte er.

»Wie macht der Seehund?«

Er hob den Kopf in den Nacken und jaulte.

»Idiot!« Zur Strafe fuhr die Peitsche auf seinen Rücken nieder. »Wie macht der Seehund?«

Er richtete sich auf den Knien auf, hob die Hände wie zwei Vorderpfoten in die Höhe und bellte.

Diesmal beschimpfte sie ihn erst gar nicht. Dafür sauste die Peitsche gleich ein Dutzend Mal hintereinander auf ihn herab.

»Danke«, flüsterte er.

»Du wagst es, den Mund aufzumachen, du Vieh?«

Für seine Frechheit züchtigte sie ihn mit doppelter Kraft. Die ledernen Peitschenriemen schnitten so tief in seine Haut, dass er gleichzeitig jaulte und bellte.

»Na endlich! Warum nicht gleich so?«

Sie streifte einen Stiefel ab und streckte ihm ihren nackten Fuß entgegen. In äußerster Erregung starrte er auf die rot lackierten Nägel. Das war der Moment, auf den er gewartet hatte – der Moment, für den er zu sterben bereit war … Mit beiden Händen umfing er den Fuß und nahm ihren großen Zeh zwischen die Lippen, um wie ein Säugling daran zu saugen. Doch kaum spürte er, wie sie den Zeh in seinem Mund bewegte, war es geschehen. Er konnte sich nicht länger beherrschen, das Pulsieren zwischen seinen Schenkeln steigerte sich ins Unerträgliche – ein kurzes, heftiges Zucken, und seine Lust ergoss sich auf den Teppich.

Constanze zog ihren Fuß zurück und warf ihm einen Lappen zu. »Mach die Sauerei weg! Bevor mir schlecht wird!«

Drei erbärmliche Tropfen. Gustav setzte die Brille auf und nahm einen Lappen, um mit der Reinigung zu beginnen. Wie immer nach dem Höhepunkt wurde er sich voller Scham seiner Situation bewusst, und er schwor sich bei allem, was ihm heilig war, sich nie wieder so zu erniedrigen. Aber wann immer er den Schwur tat, wusste er jedes Mal zugleich, dass er ihn brechen würde. Denn schon in ein paar Stunden würde er sich nichts sehnlicher wünschen als eine Wiederholung seiner Demütigung. Er konnte ohne diese qualvolle Lust, für die er sich bis in die Hölle schämte, einfach nicht leben.

Constanze zog sich einen Nachtmantel über. »Du hast von einer Bedingung gesprochen, die Hugenberg für unser Engagement gestellt hat?«, fragte sie. »Was hat er damit gemeint?«

»Ich soll einen Maulwurf in der Ufa installieren«, erwiderte Gustav, ohne seine Arbeit zu unterbrechen. »Damit er immer weiß, was die Konkurrenz treibt.«

»Hugenberg ist wirklich ein Fuchs«, sagte sie voller Bewunderung. »Tu, was er sagt, es ist auch in unserem Interesse. Dann hast du die Möglichkeit, eine gewisse Kontrolle über deinen Sohn zu wahren.«

Gustav blickte vom Boden auf. »Ich soll Tino ausspionieren?«

»Warum nicht? Er hat es nicht anders verdient.«

Obwohl ihm die Vorstellung zuwider war, wagte Gustav es nicht, seiner Frau zu widersprechen. Also beugte er sich weiter über den Teppich, um die Flecken zum Verschwinden zu bringen.

»Jetzt heißt es Farbe bekennen!«, hörte er Constanze sagen. »Wer nicht für uns ist, ist wider uns.«

»Natürlich, meine Liebe.«

Er stand auf, um den Lappen im Bad auszuspülen, doch sie hatte noch eine Frage.

»Hast du schon jemanden für den Posten im Auge?«

Gustav schaute sie an. Warum war sie nur so wunderschön?

»Ja, es gibt jemanden«, sagte er, »der dafür wie geschaffen ist. Hugenberg selbst hat ihn mir empfohlen.«

22

Im »Café Größenwahn« herrschte Hochbetrieb. Grund dafür war die Weigerung von Korvettenkapitän Ehrhardt, seine Marinebrigade aufzulösen. Ein Putsch lag in der Luft – was konnte es

Schöneres geben? Im Eifer der Wortgefechte erhitzten die Gemüter sich so sehr, dass die Debatte in dem Café höhere Wellen schlug als im Reichstag. Kaffee und Alkohol flossen in Strömen, und Ernst Pauly, der pausbäckige Besitzer des Lokals, rieb sich hinter seiner Registrierkasse die Hände. Der Tag versprach eine Rekordeinnahme. Denn nichts liebten die bei ihm verkehrenden Künstler, Schriftsteller und selbsternannten Philosophen mehr, als wenn die Politik sie von der Arbeit abhielt und sie sich im »Größenwahn« gegenseitig ihre Meinungen um die Ohren hauen konnten.

Tino und Pommer mussten eine Viertelstunde warten, bis der uralte Oberkellner Franz, wegen seiner kerzengeraden Haltung und seines Monokels von den Stammgästen nur »Graf Franz« genannt, ihnen einen Platz anwies.

»Hugenberg will also die Decla schlucken?«, fragte Tino, als sie sich setzten. »Ich hoffe, du hast seinen Laufburschen hochkantig rausgeschmissen!«

»Das konnte ich mir leider nicht leisten, nachdem du mich im Stich gelassen hast«, erwiderte Pommer.

»Das war nicht ich – das war Stauß!«

»Wie auch immer. Jetzt drückt Hugenberg aufs Tempo, offenbar hat die Hyäne Aas gewittert. Einen Monat räumt Klitzsch mir für die Entscheidung ein, und zwei Wochen davon sind schon rum.«

»Und wozu neigst du?«

»Von Neigung kann keine Rede sein.« Pommer klopfte eine Salem aus der Packung. »Das Wasser steht mir bis zum Hals.«

»Soll das heißen, du willst dich versklaven? Das darf doch wohl nicht wahr sein!«

»Was bleibt mir anderes übrig, wenn ich meiner Frau und meinem Sohn noch ins Gesicht sehen will?«

»Aber was ist mit deiner künstlerischen Freiheit?«, rief Tino so laut, dass sich trotz des Lärms ein paar Köpfe zu ihm herumdrehten. »Hugenberg kennt nur drei Ziele: Profit, Profit und noch mal Profit. Statt Kunst kannst du dann Meterware für die ›Deulig Woche‹ produzieren, von Politikerauftritten und Militärparaden.«

»Meinst du, das wüsste ich nicht?« In Pommers Augen schimmerten Tränen, und Tino glaubte nicht, dass sie vom Rauch herrührten. »Dabei geht es gerade endlich ein bisschen aufwärts. Dank der neuen Filmmusik wollen plötzlich viel mehr Leute den ›Caligari‹ sehen, die Zuschauerzahlen haben sich fast verdoppelt. Außerdem haben wir ein paar Kopien ins Ausland verkauft. Auch wenn das natürlich längst noch nicht reicht, um schwarze Zahlen zu schreiben – die Richtung stimmt, zum ersten Mal!«

Tino musste schlucken. Nein, der Rauch war nicht die Ursache für die Tränen seines Freundes. Himmelhergottsakrament – sollte das wirklich das Ende ihrer Träume sein? Es musste doch noch irgendeine Möglichkeit geben, den Kopf aus der Schlinge zu ziehen.

Fieberhaft dachte er nach. Dann hatte er eine Idee.

»Und wenn die Decla mit einer anderen Firma fusionieren würde?«, fragte er. »Zum Beispiel mit der Bioskop?«

Pommer lachte bitter auf. »Und wie stellst du dir das bitte schön vor?«, fragte er, und seine Zigarettenspitze zeigte nach unten.

23

Den ganzen Tag hatte Rahel sich darauf gefreut, am Abend mit Tino ins Theater zu gehen. Im Kleinen Schauspielhaus wurde Schnitzlers »Reigen« gezeigt. Das Stück machte gerade wie kein anderes in der Stadt Furore. Den Pressekritiken zufolge entlarvte der Autor darin sämtliche Erscheinungsformen der Liebe, vom ersten Frühlingserwachen bis zur Erfüllung der ehelichen Pflicht, als Mummenschanz des Eros, der Seelenregungen vorgaukelte, wo in Wahrheit nur der Trieb regierte. Die Premiere war ein Skandal gewesen, das Publikum hatte getobt, die eine Hälfte vor Empörung, die andere vor Begeisterung, angeblich waren Stühle und Sessel aus den Logen ins Parkett geflogen. Jetzt riss sich ganz Berlin um die Karten, und Tino hatte es mit seinen Beziehungen tatsächlich geschafft, zwei zu ergattern – sogar im ersten Rang. Doch kurz vor Dienstschluss hatte er im Lazarett angerufen, um abzusagen. Schon zum dritten oder vierten Mal in diesem Monat. Diesmal war sein Freund Pommer der Grund, in Erichs Firma, so hatte Tino gesagt, sei Feuer unterm Dach.

Es war ihr nicht leichtgefallen, die Enttäuschung herunterzuschlucken. Aber hatte sie eine Wahl? Erstens waren Freunde genau für solche Situationen da, und zweitens hatten Tino und sie einander versprochen, sich gegenseitig jede Freiheit zu lassen, die der andere wofür auch immer brauchte. Nicht Tino, sie selbst hatte auf dieser Bedingung bestanden. Also hatte sie jetzt kein Recht, sich zu beklagen, wenn er Gebrauch davon machte.

Um den Abend über nicht Trübsal zu blasen, hatte sie beschlossen, tanzen zu gehen, und damit Tino ihre Enttäuschung nicht merkte und sich womöglich darauf noch was einbildete, hatte sie ihm das auch gesagt. Doch als sie im »Eldorado« ankam, erwartete sie die zweite Enttäuschung an diesem Tag. In den letzten Wochen war sie mehrere Male hergekommen, stets aufs Geratewohl, und jedes Mal war Edgar Weißpfennig da gewesen, ohne dass sie sich vorher verabredet hatten. Aber ausgerechnet heute keine Spur von einem weißen Smoking und einer großen roten Schleife.

Sollte sie nach Hause gehen? Auf ihrem Nachttisch wartete der Roman, den Dr. Recknagel ihr zu Weihnachten geschenkt hatte, »Königliche Hoheit« von Thomas Mann. Doch die Vorstellung, darin weiter zu lesen, war nicht dazu angetan, ihre Laune zu heben. Die Lektüre war eine ziemliche Quälerei, in dem Roman gab es so gut wie keine Handlung, dafür jede Menge überflüssiger Betrachtungen – sie las das Buch eigentlich nur noch für den Fall, dass Dr. Recknagel sie irgendwann danach fragte. Unfassbar, dass ein und derselbe Autor, der ein Wunderwerk wie die »Buddenbrooks« geschaffen hatte, einen so langweiligen Mist fabrizieren konnte!

Während sie suchend über die Tanzfläche schaute, wurde sie plötzlich gewahr, dass ihr Anblick offenbar auf die männlichen Gäste wirkte wie ein mit Honig bestrichener Papierstreifen auf Stubenfliegen. Gleich mehrere Aspiranten versuchten, ihren Blick zu fangen, oder tanzten sogar auf sie zu.

Dann vielleicht doch lieber Thomas Mann?

Sie wollte sich abwenden, da stach ihr ein androgynes Wesen ins Auge, das offenbar nichts anderes wollte als sie – tanzen! War es ein Mann oder eine Frau? Sie war sich nicht sicher. Gekleidet in einen Frack, der so eng am Körper saß wie ein Etuikleid, trug es eine weibliche Maske vor dem Gesicht und bewegte sich zu der Musik fast so geschmeidig und akzentuiert wie Edgar Weißpfennig. Das versprach ungetrübtes Tanzvergnügen, ohne lästige Komplikationen.

Kurz entschlossen kehrte sie ihren Möchtegern-Kavalieren den Rücken zu, um sich vor dem Hermaphroditen zu verbeugen.

»Darf ich bitten?«

24

Graf Franz brachte endlich die Getränke, zwei Gläser Schultheiß, angeblich frisch gezapft.

»Zum Wohlsein, die Herren!«

Der Anblick war so deprimierend, dass Tino am liebsten reklamiert hätte – in beiden Gläsern waren die Schaumkronen komplett in sich zusammengesunken. Wahrscheinlich hatte das Bier eine Ewigkeit auf dem Tresen gestanden, schließlich war es schon eine Viertelstunde her, dass sie ihre Bestellung aufgegeben hatten. Aber Reklamationen akzeptierte Graf Franz grundsätzlich nicht. Wer reklamierte, bekam eine Woche Lokalverbot, das war ungeschriebenes Gesetz im »Größenwahn«. Also bedankte Tino sich mit einem Kopfnicken, woraufhin Graf Franz sich würdevoll entfernte.

Pommer drückte seine Zigarette aus. »Die Decla ist so gut wie pleite«, erklärte er. »Die Bioskop dagegen ist ein Vermögen wert, schon allein wegen ihrer Studios in Babelsberg.«

»Eben deshalb wäre eine Fusion zu eurem großen Vorteil«, erwiderte Tino, ohne das schale Bier anzurühren.

»Aber was haben wir denn zu bieten?«

»Zukunft – das ist das Pfund, mit dem du wuchern musst! Die Fusion ließe sich durch einen Aktientausch gestalten.«

»Ich verstehe nur Bahnhof. Was heißt das auf Deutsch?«

»Und so einer nennt sich Unternehmer!« Tino verdrehte die Augen.

»Aber gut, weil du mein Freund bist. Fangen wir also ganz von vorn an. Weißt du, was eine Aktie ist?«

Pommer zuckte beleidigt die Achseln. »Das weiß doch jedes Kind. Ein Anteilsschein an einem Unternehmen.«

»Richtig«, bestätigte Tino. »Und dafür kassiert der Anteilseigner Jahr für Jahr seine Dividende. Aber eine Aktie ist noch viel mehr als bloß eine Sparbüchse, und hier wird es spannend.« Er beugte sich vor, und nachdem er sich der vollen Aufmerksamkeit seines Freundes vergewissert hatte, fuhr er fort: »Eine Aktie ist eine Wette auf die Zukunft. Das heißt, ich zahle heute einen bestimmten Preis auf den Anteilsschein eines Unternehmens in der Erwartung, dass sich dessen Wert künftig vermehrt und ich deshalb beim Verkauf der Aktie einen höheren Preis erziele, als ich selbst dafür eingesetzt habe. So weit verstanden?«

»Klar, ich bin ja nicht blöd.« Pommer steckte sich eine weitere Zigarette an. »Aber was hat das mit der Decla zu tun?«

»Ganz einfach«, sagte Tino. »Wenn zwei Unternehmen per Aktientausch fusionieren, ermittelt man ihren jeweiligen Wert. Dafür legt man als Erstes die aktuellen Bilanzen zugrunde. Bei dem Vergleich ist die Bioskop der Decla natürlich überlegen, schon wegen der Studios, genau wie du sagst. Doch als zweiter Faktor wird die künftige Wertentwicklung beider Firmen in die Betrachtung einbezogen. Und da liegt die Decla vorn. Nimm nur die jüngste Erfolgskurve des ›Caligari‹, rechne die und ein paar andere Positiva in die Zukunft hoch, und du bekommst das Bild eines äußerst dynamischen Wachstums. Wenn man nun beide Aspekte gegeneinander abwägt, aktueller Status und künftige Entwicklung, dürften der Wert der Bioskop, die seit Jahren nur so vor sich hindümpelt, und der der Decla einander ungefähr die Waage halten. Das Ganze muss man dann nur noch in Zahlen ausdrücken, und fertig ist die Laube.«

»Du hast gut reden«, stöhnte Pommer. »Ich bin Filmproduzent, kein Buchhalter!«

»Ich weiß, den Spruch sagst du ja immer, wenn du nicht mehr weiterweißt. Aber was, wenn ich dir helfe? Bilanzen frisieren, bis sie strahlen wie eine schöne Frau beim Coiffeur, ist meine Spezialität.«

In Pommers Blick flackerte Hoffnung auf. »Das würdest du für mich tun?«

»Natürlich, dafür sind Freunde schließlich da! Ich darf nur nicht offiziell in Erscheinung treten – wegen möglicher Interessenkonflikte mit der Ufa. Immerhin wäre das ja ein Engagement zugunsten eines Konkurrenten.«

Pommer runzelte die Stirn, und seine Zigarettenspitze verharrte in unbestimmter Schwebe. Dann aber grinste er – offenbar ging ihm ein Licht auf.

»Von wegen Interessenkonflikte, du scheinheiliger Pharisäer! Ich weiß ganz genau, warum du dich so ins Zeug legst. Du willst die Decla nur mästen, bevor du sie selber schluckst.«

Tino grinste zurück. »Und wenn es so wäre?«

»Darüber denke ich besser gar nicht erst nach. Eine andere Chance habe ich ja offenbar nicht.«

»Dann ist es also abgemacht?«

Pommer stieß einen Seufzer aus. »Bleibt mir was anderes übrig?«

»Natürlich nicht!«

Tino nahm sein Glas, um ihm zuzuprosten. Doch als er die abgestandene Brühe darin sah, stellte er es wieder zurück auf den Tisch. Damit konnte man unmöglich anstoßen, das würde nur Unglück bringen. Um zu zahlen, legte er zwei Mark auf den Tisch. Das war zwar viel zu viel, aber ein Trinkgeld war im »Größenwahn« eine notwendige Investition in die Zukunft. Andernfalls würde Graf Franz einen beim nächsten Mal erst gar nicht bedienen.

»Gehen wir?«

Aufmunternd nickte er Pommer zu. Doch der war noch nicht so weit.

»Warte, ich trinke noch schnell aus. Du weißt ja – lieber sich den Bauch verrenken …«

Ungläubig sah Tino zu, wie sein Freund beide Gläser hintereinander in sich hineinschüttete. Offenbar hatte er mal wieder den ganzen Tag gedarbt.

Mit dem Ärmel wischte Pommer sich den Mund ab. »Jetzt können wir!«

Als sie ins Freie traten, schlug Tino den Mantelkragen hoch. Die Nachtluft war noch winterlich kalt.

»Trifft du dich noch mit Rahel?«, fragte Pommer.

»Nein«, sagte Tino, »sie ist heute Abend tanzen.«

»Schon wieder?« Pommer schüttelte den Kopf. »Ihr seid wirklich ein seltsames Paar. Wenn ich mir vorstelle, dass meine Gertrud nächtelang allein durch irgendwelche Tanzlokale ziehen würde – ich glaube, ich würde kein Auge zutun.«

25

Rahel fühlte sich beschwipst, als sie das »Eldorado« verließ, und tatsächlich war sie es auch. Sie hatte an diesem Abend nicht nur stundenlang getanzt, sie hatte auch ein klitzekleines bisschen mehr Sekt getrunken, als sie vertrug – jedes Mal wenn die Musiker pausierten, hatte ihr Tänzer ihr ein weiteres Glas gebracht. Obwohl sie bis auf die Haut durchgeschwitzt war, war sie nicht im Geringsten müde, im Gegenteil, sie fühlte sich so quicklebendig und hellwach, dass sie sich kaum vorstellen konnte, jetzt schon schlafen zu gehen. Würde am nächsten Morgen nicht der Dienst im Lazarett auf sie warten, hätte sie einfach weiter getanzt und getrunken, bis das »Eldorado« irgendwann schloss.

Ja, man wusste nie, wozu etwas gut war …

»Jetzt möchte ich aber wissen, wem ich diesen schönen Abend zu verdanken habe«, sagte sie. »Geben Sie sich zu erkennen?«

»Wenn Sie darauf bestehen.«

Voller Spannung schaute sie zu, wie ihr Tänzer die Gummibänder seiner Maske hinter den Ohren löste. Den ganzen Abend hatte sie gerätselt, ob sie es mit einem Mann oder einer Frau zu tun hatte, doch nicht mal die Stimme hatte es ihr verraten.

Als sie das Gesicht sah, das jetzt zum Vorschein kam, klappte ihr die Kinnlade runter.

»Oh, das hatte ich nicht erwartet.«

»Enttäuscht?«

»Um ehrlich zu sein – nein.«

Sie war so verblüfft, dass sie kaum Worte fand. Das vermeintlich androgyne Wesen hatte sich als ein Mann entpuppt, der ziemlich genauso aussah wie der Beau auf der Reklametafel über dem Eingang des »Eldorado«: Brillantinefrisur, Menjoubart – und ein Lächeln, das verführerischer war, als die Polizei erlaubte.

Er machte einen Schritt auf sie zu und schaute ihr tief in die Augen.

»Die Nacht ist noch nicht vorbei, meine Schöne«, sagte er mit einer Stimme, die wie ein Streicheln war. »Wo wollen wir sie beschließen?«

War es der Sekt, weshalb sie plötzlich weiche Knie bekam? Eine wunderbare Erregung erfasste sie, verbunden mit dem übermütigen Gefühl, dass in dieser Nacht alles möglich war.

»Nun, was sagen Sie?«, flüsterte er wieder mit dieser Stimme.

Es lief ihr heiß und kalt den Rücken hinunter. Erneut machte er einen Schritt auf sie zu, und plötzlich war sein Gesicht dem ihren so nah, dass sie seinen Atem auf der Haut spürte. Er hob die Hand, um eine Strähne aus ihrem Gesicht zu streichen, seine Finger berührten ihre Wange, ihren Hals, und während ein herrliches Prickeln ihren ganzen Leib durchströmte, hörte sie Tinos Stimme.

Sind Sie sich bewusst, worauf wir uns einlassen? … Denn zum Wesen der Freiheit gehört die Möglichkeit ihres Missbrauchs …

26

Ruhelos warf Tino sich in seinem Bett herum, um endlich in den Schlaf zu finden. Doch vergeblich, seit Stunden lag er wach und kriegte kein Auge zu. Hätte Pommer nur seinen Mund gehalten … *Ihr seid schon ein seltsames Paar. Wenn ich mir vorstelle, dass meine Gertrud nächtelang allein durch die Tanzlokale ziehen würde …* Wieder und wieder klangen die Worte in Tinos Kopf nach, fraßen sich wie ein Gift in seine Gehirnwindungen hinein, bis er nichts anderes mehr denken konnte.

Die Nachtglocke des Französischen Doms schlug an. Im Geiste zählte er mit. Viertel vor zwei.

Das Licht der Straßenlaternen leuchtete mit gelbem Schein durch die Vorhänge. Er drehte sich vom Fenster weg, um es noch einmal zu probieren. Seit er im Krieg gewesen war, hatte er Mühe, nachts in den Schlaf zu finden, aus Angst vor den Albträumen, die ihn immer wieder heimsuchten, sobald er vom Wachsein ins Reich der Träume hinüberglitt, und hatte er es irgendwann geschafft, endlich einzuschlafen, schrak er oft schweißgebadet nach wenigen Minuten wieder auf, weil sein Freund und Kriegskamerad Leo Hengstenberg zum tausendsten Mal in seinen Armen starb, blutüberströmt am ganzen zerrissenen Leib, in einem Schützengraben vor Verdun. Ganz ohne Albträume schlief er eigentlich nur in den Nächten, in denen Rahel bei ihm war und ihn hielt. Dann schlummerte er so friedlich wie ein Kind. Doch diese Nächte waren selten, nicht mal ein halbes Dutzend waren ihm bislang vergönnt gewesen, denn Rahel konnte nur bei ihm übernachten, wenn sie ihre Eltern belog und ihr Ausbleiben zu Hause damit begründete, dass sie Nachtdienst hatte, und sie hasste es ja zu lügen.

Wie sehnte er sich danach, jetzt in ihren Armen zu liegen. Doch sie war nicht da, und sie würde diese Nacht auch nicht kommen, sie war ja tanzen gegangen, allein, und morgen früh hatte sie Dienst. Und während er überwach dalag, bekamen seine Gedanken Hörner, noch schlimmer als in seinen Albträumen von Leo Hengstenberg und vom Krieg. Die Ungewissheit gaukelte ihm irritierende, quälende Bilder vor, die ihn fast um den Verstand brachten und ihn gleichzeitig auf böse Weise erregten … Rahel, wie sie allein durch Tanzlokale zog … Rahel, wie sie mit anderen Männern tanzte … Rahel, wie sie mit anderen Männern schäkerte … Rahel, wie sie andere Männer küsste … Rahel, wie sie mit anderen Männern schlief …

Wie hatte er so verrückt sein können, sich auf ihre Bedingung einzulassen? Ein solches Übermaß an Freiheit verkraftete kein Mensch!

Irgendwann musste er dennoch eingeschlafen sein, denn als er blinzelnd die Augen öffnete, weil er glaubte, ein Rascheln gehört zu haben, schlug es halb drei.

Ein Schatten trat an sein Bett.

»Ich bin's – Rahel.«

»Sie?«

Statt einer Antwort schlüpfte sie zu ihm unter die Decke. Als sie sich an ihn schmiegte, spürte er, dass sie nackt war.

»Gott sei Dank.« Er nahm sie in den Arm und küsste sie. »Ich wusste gar nicht, dass Sie heute Nachtdienst haben.«

»Ein dringender Hausbesuch. Aber zum Glück haben Sie mir ja Ihren Schlüssel gegeben, damit ich jederzeit nach Ihnen schauen kann.«

Er spürte, wie sein Begehren wuchs, und streifte seinen Pyjama ab. Plötzlich aber fielen ihm wieder die Bilder ein, die seine Phantasie ihm vorgegaukelt hatte. Und bevor er es verhindern konnte, hörte er sich die Frage stellen, die er auf keinen Fall stellen durfte.

»Wo sind Sie gewesen?«

»Pssst …«

Sie legte ihm die Finger auf die Lippen und schüttelte den Kopf, dann breitete sie ihre Arme aus, um ihn zu empfangen. Mit einem Gefühl, das alle Gefühle vereinte, die er für sie empfand, drang er in sie ein.

»Nein, keine Fragen«, flüsterte er.

Dann waren sie eins. Mit einer Zärtlichkeit, die erregender war als alles Begehren, küssten sie sich. Nie hätte Tino gedacht, dass er vor Glück je weinen würde, doch als er spürte, wie willkommen er in ihr war, rannen Tränen aus seinen Augen.

Danach lagen sie eine Weile wortlos ineinander verschlungen da, ohne zu wissen, wo der eine von ihnen anfing und der andere aufhörte.

»Ich glaube«, sagte er irgendwann, »es ist an der Zeit, dass Sie mich Ihren Eltern vorstellen sollten. Was meinen Sie?«

27

Julius Grünbaum, der Inhaber der Deutschen Bioskop, war ein in Ehren ergrauter Herr fortgeschrittenen Alters, der wie einst Pommers längst verstorbener Großvater noch einen veritablen Zwicker trug. Seit über zwei Jahrzehnten genoss er Respekt und Ansehen in der deutschen Filmindustrie, bereits in der frühesten Anfangszeit der Kinematographie, als die Bilder gerade laufen lernten, hatte er seine Gesellschaft zur Filmfabrikation gegründet, die seitdem langsam, aber stetig gewachsen war. Zu der Bioskop gehörten nicht nur die Studios in Neubabelsberg, sondern auch eine ganze Reihe von Kinos, in denen die eigenen Produktionen zu Geld gemacht wurden.

Um die Gleichwertigkeit von Erich Pommers Firma mit einem so renommierten Unternehmen darzustellen, hatte Tino seine ganze bilanztechnische Frisierkunst aufwenden müssen. Darüber hinaus hatte er für das Portefeuille der Decla einige wohlklingende Markensignets wie »Decla-Abenteuer-Klasse« oder »Decla-Weltklasse« erfunden, um den Wert des firmeneigenen Bestands an vermarktbarem Filmmaterial möglichst eindrucksvoll zur Geltung zu bringen. Den Ausschlag aber, warum Julius Grünbaum in den ungleichen Handel eingewilligt hatte, hatte letztlich etwas ganz anderes gegeben, nämlich das hohe Alter des Besitzers. Den nahenden Tod vor Augen, wollte Julius Grünbaum sein Lebenswerk für die Zeit nach seinem Ableben in die denkbar besten Hände legen. Und dass Erich Pommer der beste Filmproduzent Deutschlands war, daran hegte er so wenig Zweifel wie irgendjemand sonst, der sich in der Branche auskannte.

Der Vertrag, den Tino für die Verschmelzung der zwei Produktionsgesellschaften ausgearbeitet hatte, war so umfangreich wie »Krieg und Frieden«. Seite für Seite wurde er nun von einem Notar verlesen, und auf jeder einzelnen Seite mussten Erich Pommer und Julius Grünbaum mit ihrer Paraphe bestätigen, dass sie den Inhalt zur Kenntnis genommen hatten und diesen billigten. Dann endlich konnten die neuen Partner mit ihren Unterschriften das Geschäft besiegeln.

Eine halbe Stunde später traf Erich im »Café Größenwahn« ein, wo er mit Tino verabredet war. Graf Franz wies ihm den Weg.

»Herr Reichenbach empfängt heute an Tisch drei.«

Tino hatte bereits für Champagner gesorgt und begrüßte ihn mit erhobenem Glas. »Alles unter Dach und Fach?«

Erich reckte eine Siegesfaust in die Luft. »Heute zahle ich!«

»Von wegen, mein Bester! So billig kommst du mir nicht davon.«

Er nahm einen Stuhl und setzte sich. »Sag, was ich tun soll? Ich erfülle dir jeden Wunsch.«

Tino wurde ernst. »Nur einen einzigen«, sagte er. »Du musst mir versprechen, dass dies lediglich der erste Schritt war.«

Erich lachte. »Ich wusste, ich habe meine Seele verkauft. Aber das kommt davon, wenn man sein Schicksal einem kapitalistischen Halsabschneider wie dir in die Hände legt.«

»Im Ernst, Erich. Versprich mir, dass es bei unserem Plan bleibt.«

Tino streckte die Hand aus. Erich zögerte nur kurz, dann schlug er ein.

»Du hast mein Wort. Schließlich brauche ich dich genauso wie du mich …«

28

Seit nunmehr acht Jahren stand Ludwig Klitzsch in Hugenbergs Diensten, aber selten hatte er seinen obersten Dienstherrn so in Rage gesehen wie an diesem trüben Vormittag im März des Jahres 1920. Vor einer Viertelstunde war er zum Rapport bestellt worden. Seitdem prasselten die Vorwürfe nur so auf ihn herab.

»Wie ist es möglich, dass mein Auftrag nicht ausgeführt wurde?«, wetterte Hugenberg. »Habe ich unklare Anweisungen gegeben? Die Decla war überreif und wartete nur darauf, gepflückt zu werden. Sie haben mich schwer enttäuscht, Klitzsch, und jetzt frage ich mich, wofür ich Sie überhaupt bezahle, wenn Sie sich von einer so läppischen Aufgabe überfordert zeigen. Jeder frischgebackene Assessor wäre damit fertiggeworden. Es ist mir völlig unbegreiflich, wie Ihnen ein solcher Fehler passieren konnte!«

In aufrechter Haltung, die Lippen zusammengepresst und den Blick ins Nichts gerichtet, nahm Klitzsch die Standpauke entgegen. Sein offizieller Titel war Generaldirektor der Scherl-Verlagsgruppe, doch er selbst verstand sich als Hugenbergs erster Soldat, und seine soldatische Ehre bezog er daraus, die Anweisungen seines Chefs mit der Präzision eines Uhrwerks auszuführen. Er war stolz darauf, keine eigene Meinung zu haben, eine eigene Meinung stand ihm nicht zu, er hielt sich an die Zehn Gebote Gottes und die Befehle seines Dienstherrn – mehr Orientierung brauchte er nicht, um ein erfülltes Leben zu führen. Umso mehr schmerzte ihn nun, so jämmerlich versagt zu haben – ausgerechnet in einer Sache, in der es Hugenberg nicht nur ums Geschäft, sondern viel mehr noch um die Wiedergutmachung für seine Ausbootung bei der Gründung der Universum Film AG ging. Eine Schmach, die Hugenberg, wie Klitzsch sehr wohl wusste, bis heute nicht verwunden hatte.

»Warum zum Kuckuck hat Julius Grünberg mit Pommer fusioniert? Die Bioskop und die Decla – das ist doch, als würde sich Preußen mit dem Herzogtum Lichtenstein verbünden, um gegen Frankreich zu marschieren.«

Hugenbergs Augen blitzten so gefährlich hinter den Gläsern seiner Rundbrille, dass Klitzsch seinen ganzen Mut zusammennehmen musste, um den Blick seines Chefs zu erwidern.

»Ich vermute, dass Konstantin Reichenbach dahintersteckt. Das Geschäft erfolgte auf der Basis eines Aktientauschs. Darauf wäre Pommer nie von allein gekommen.«

Hugenberg nickte. »Da vermuten Sie ausnahmsweise richtig. Es ist ja bekannt, dass der junge Reichenbach und der Decla-Chef dicke Freunde sind. Und man muss nur eins und eins zusammenrechnen, um zu wissen, was Reichenbach im Schilde führt. – Nun, Klitzsch? Wie viel ist Ihrer Meinung nach eins und eins?«

»Nach Adam Riese würde ich sagen, Reichenbach strebt eine Vereinigung der Decla-Bioskop mit der Ufa an!«

»Hervorragend, Sie Rechenkünstler! Herrgott, wenn das passiert, ist der Zug für uns abgefahren, dann ist die Ufa endgültig konkurrenzlos im Spielfilmmarkt!« Hugenberg schüttelte den Kopf. »Aber noch ist nicht aller Tage Abend. Der alte Reichenbach ist gerade dabei, einen Maulwurf bei der Ufa unterzubringen. Sollte der Herr Sohn tatsächlich versuchen, die Decla-Bioskop zu schlucken, werden wir rechtzeitig davon Wind bekommen.«

Plötzlich ging die Tür auf, und Dr. Stöber, der Pressechef des Scherl-Verlags, stürmte herein.

»Was fällt Ihnen ein, hier ohne Anklopfen reinzuplatzen?«

Hugenberg war sichtlich erbost. Dr. Stöber nahm Haltung an.

»Schlechte Nachrichten, Herr Kommerzienrat. General Lüttwitz hat Präsident Ebert ein Ultimatum gestellt. Darin fordert er ihn auf, die Anordnung zur Auflösung der Brigade Ehrhardt unverzüglich zurückzunehmen. Doch Präsident Ebert hat die Forderung kategorisch zurückgewiesen.«

Klitzsch drehte sich zu seinem Dienstherrn herum. Noch blasser als sonst im Gesicht fuhr der sich mit der Hand über sein aufgewichstes Stehhaar.

»Offenbar meinen die Idioten es ernst. Jetzt kommt es zum Knall.«

29

Constanze hatte sich bislang strikt geweigert, ihren Mann bei einem seiner Kinobesuche zu begleiten. Gustav liebte dieses Groschenvergnügen, er war und blieb nun mal ein Kind des Volkes. Constanze hingegen, von Jugend auf an große Kunst gewöhnt, konnte beim besten Willen nicht verstehen, wie ein erwachsener Mensch sich an dem Jahrmarktspektakel einer kinematographischen Vorführung ergötzen konnte. Ein Grund mehr, den Mann zu verachten, an dessen Seite zu leben das Schicksal ihr auferlegt hatte.

Doch heute hatte sie aus freien Stücken beschlossen, zusammen mit Gustav das Filmtheater am Neuen Markt zu besuchen. Nicht wegen des albernen Spielfilms – Gotte behüte, allein der Titel, »Lottchens Heirat«, sprach Bände –, sondern wegen der »Deulig Woche«, die im Vorprogramm gezeigt wurde. Schließlich war die Wochenschau der Grund, weshalb Gustav zweieinhalb Millionen Reichsmark in Hugenbergs Unternehmen investiert hatte. Da war es ein Gebot der Vernunft, sich das Produkt einmal anzusehen, von dem Hugenberg sich so glänzende Geschäfte versprach.

Eine separate Loge gab es zu Constanzes Leidwesen nicht. Obwohl Gustav die teuersten Plätze gelöst hatte, saßen sie eingequetscht zwischen einem dickleibigen Zigarrenraucher und einer nach Schweiß riechenden Gouvernante, die aus einem Korb Bockwürstchen an ihre zappelnden Schützlinge verteilte, so dass Constanze schon bereute, mit ihren Gewohnheiten gebrochen zu haben.

Doch als die ersten Bilder auf der Leinwand erschienen, begann ihr Herz höher zu schlagen. Die Wochenschau zeigte lauter in Reih' und Glied marschierende Soldaten unter der Führung jenes blendend aussehenden Marineoffiziers, der ihr in ihrem Salon seine Aufwartung gemacht hatte, um sie um Unterstützung für die nationale Sache zu bitten. Als sie die Texte las, die zwischen die Bilder eingefügt wurden, hätte sie am liebsten laut Beifall geklatscht. Jedes flimmernde Bild, jeder flackernde Zwischentitel war eine Offenbarung.

BRIGADE EHRHARDT MARSCHIERT AUF DIE REICHSHAUPTSTADT ZU.

GENERAL LUDENDORFF AUS SCHWEDEN ZURÜCK,
UM DIE OPERATION ZU LEITEN.

BERLIN RÜSTET ZUM KRIEG.

Das Geklimper, das ein im Dunkeln verborgener Klavierspieler zur Begleitung der Wochenschau produzierte, wäre normalerweise für Constanze ein Grund gewesen, den Saal zu verlassen. Jetzt klang es in ihren Ohren so herrlich wie die Ouvertüre des »Lohengrin«. Nicht mal der Zigarrenqualm von Gustavs Nachbarn oder das Würstchenschmatzen der Kinder zu ihrer Rechten konnte ihre Freude schmälern.

»Ich denke, wir haben auf das richtige Pferd gesetzt«, sagte sie. »Noch nie hast du zehntausend Mark gewinnbringender investiert.« Sie beugte sich vor, um besser zu sehen. »Aber was sind das für Abzeichen auf den Helmen? Irgendwie kommen mir die bekannt vor.«

Ausnahmsweise war Gustav in der Lage, Auskunft zu geben. »Das ist das Hakenkreuz, das Abzeichen der Thule-Gesellschaft.«

»Wie erfreulich«, sagte Constanze. »Vielleicht geht es den Landesverrätern jetzt ja wirklich an den Kragen.« Zufrieden erhob sie sich von ihrem Platz. »Ich denke, wir haben genug gesehen.«

Mit großen, dummen Augen blickte Gustav zu ihr auf. »Aber der Hauptfilm hat doch noch gar nicht angefangen.«

»›Lottchens Hochzeit‹?« Voller Verachtung schaute sie auf ihn herab. »Den kannst du dir allein angucken. Ich wünsche viel Vergnügen!«

30

Die Rotunde war das Prachtstück des Alten Museums am Berliner Lustgarten. Hier war Gustav an diesem Nachmittag mit dem Mann verabredet, den er in Hugenbergs Auftrag als Maulwurf aktivieren sollte. Wie immer, wenn er einen von diesen Musentempeln betrat, fühlte er sich so fehl am Platze wie ein Priester im Bordell. Unsicher schaute er in die Höhe des kreisrunden Kuppelbaus. Waren die Säulen, die die umlaufende Galerie trugen, dorisch oder korinthisch? Obwohl Constanze ihm den Unterschied schon tausend Mal erklärt hatte, konnte er ihn sich einfach nicht merken.

Wozu auch? In seinen Augen war Kunst dafür da, dass man sich zu Hause etwas Hübsches an die Wand hängen konnte. Aber ganze Paläste bauen, nur um ein paar olle Bilder und Figuren aufzubewahren, für die ansonsten kein Mensch Verwendung hatte? Was für eine Verschwendung! Die Rotunde war so groß, dass sich darin die Fourage eines ganzen Bataillons unterbringen ließe, das Interesse des Publikums an den Werken hingegen so gering, dass sich nicht mal ein halbes Dutzend Besucher in dem prachtvollen Raum verlor. Doch aus genau diesem Grund hatte Gustav den Ort für das Treffen gewählt. Hier bestand keine Gefahr, von jemand Bekanntem entdeckt zu werden.

»Herr Direktor Reichenbach?«

Als er sich umdrehte, sah er zuerst nur einen gewaltigen Kaiser-Wilhelm-Bart. Aber das reichte, um den Mann wiederzuerkennen.

»Major Grau!« Gustav schüttelte seine Hand. »Danke, dass Sie meiner Einladung gefolgt sind. Ich schlage vor, wir gehen ein paar Schritte.«

Obwohl der Major Zivil trug, schlug er die Hacken zusammen. »Mit dem größten Vergnügen.«

Gemeinsam folgten sie den Wegweisern des Rundgangs, doch ohne die Statuen, die im Halbkreis aufgestellt waren, eines ernsthaften Blickes zu würdigen. Über seine Sekretärin hatte Gustav dem Major ausrichten lassen, dass er mit ihm über seine Position in der Ufa sprechen wollte, so dass er gleich auf den Punkt kommen konnte.

»Nach allem, was man hört, findet die kommerzielle Ausrichtung der Universum Film AG nicht Ihren uneingeschränkten Beifall?«

»Um ehrlich zu sein«, erwiderte Grau, »in meinen Augen ist die von Stauß betriebene Strategie glatter Verrat. Die Ufa-Filmfabrik wurde von General Ludendorff im Bewusstsein der eminenten nationalen Verantwortung gegründet, die der Filmkunst obliegt, doch ausgerechnet in diesen Zeiten, in denen die Zukunft unseres Vaterlands auf dem Spiel steht, stellt sich heraus, dass sie dieser Verantwortung in keiner Weise Rechnung trägt. Statt die Moral des Volkes zu heben, huldigt sie mit albernen Unterhaltungsprodukten dem Gott Mammon. Ich sage nur ein Wort – *Aufklärungsfilme* …«

Er sprach mit solcher Heftigkeit, dass sich für Gustav jede weitere Frage zu seiner Gesinnung erübrigte. Major Grau war genau der richtige Mann für Hugenbergs Zwecke! Dafür sprach nicht nur seine politische Einstellung, ebenso sehr qualifizierte ihn seine unverkennbare Geltungssucht. Abgesehen von seinem Mordsbart hatte sein Gesicht etwas geradezu weibisch Eitles. Vermutlich hatte er einst davon geträumt, General zu werden, war dann aber an der Majorsecke gescheitert – dem Vernehmen nach sehr zur Enttäuschung seiner Ehefrau, der Tochter eines reichen Schnapsfabrikanten, der die Familie angeblich mit einer monatlichen Apanage alimentierte. Ein klassischer Zukurzgekommener, dachte Gustav zufrieden, den man mit Geld und guten Worten nach Belieben steuern konnte.

Vor einem nackten Jüngling, der vermutlich irgendeinen antiken Gott verkörpern sollte, blieb Gustav stehen.

»Gewisse einflussreiche Leute würden es gern sehen, wenn Sie uns über die Entscheidungen des Ufa-Vorstands regelmäßig unterrichten könnten. Um gegebenenfalls korrigierend einzugreifen. Wäre das für Sie vorstellbar?«

Mit einem kurzen, militärischen Nicken bekundete Grau seine Zustimmung. »Vorausgesetzt natürlich, dass es der nationalen Sache dient.«

»Dessen kann ich Sie vollkommen versichern, Major. Und es soll auch nicht Ihr persönlicher Schaden sein. Selbstverständlich würde man Ihre Dienste am Vaterland angemessen honorieren.«

»Wollen Sie mich beleidigen?«

»Pssst, nicht so laut.« Gustav schaute sich um. Doch zum Glück war gerade niemand außer ihnen im Raum. »Ich weiß, Sie sind ein Mann, der allein seiner Ehre verpflichtet ist. Aber eine Vergütung Ihrer Tätigkeit ist als Ausdruck unserer Wertschätzung unumgänglich. Eine Ablehnung wäre inakzeptabel.«

Der Major strich sich über seinen Bart. »Nun gut, wenn es nicht anders geht.«

»Schön.« Gustav reichte ihm die Hand. »Ich muss wohl nicht betonen, dass unsere Vereinbarung unter uns bleibt – auch meinem Sohn Konstantin gegenüber.«

»Selbstverständlich«, sagte Grau und schlug ein. »Diskretion ist Ehrensache. Heil und Sieg.«

Gustav verkniff sich die Erwiderung, man wusste ja nie, wohin etwas führte, und verabschiedete sich mit einem einfachen Händedruck. »Dann überlasse ich Sie mal der Kunst.« Er wollte sich abwenden, doch da fiel ihm noch etwas ein, was dem eitlen Fatzke gefallen müsste. »Dürfte ich Sie vielleicht um Ihre Privatadresse bitten?«

»Aber herzlich gern!« Mit einem geschmeichelten Lächeln zückte Grau seine Brieftasche und reichte ihm seine Karte.

Gustav tastete über die Buchstaben. Sie waren natürlich in Prägeschrift gesetzt.

»Sie werden von mir hören, Major. Beziehungsweise von meiner Frau.«

»Ach so?« Grau hob die Brauen. »Ich würde mich außerordentlich freuen, die verehrte Frau Gemahlin persönlich kennenzulernen. Bitte richten Sie ihr schon jetzt meine vorzügliche Hochachtung aus.«

31

Obwohl Tino alles Militärische von Herzen zuwider war, sollten sich bei der Herstellung des »Anna Boleyn«-Films seine sonst stets als vergeudete Zeit empfundenen Jahre im Dienst der Armee als wahrer Segen erweisen, insofern ihm die an der Front gemachten Erfahrungen nun in unverhoffter Weise zugutekamen. Die Organisation des Mammutunternehmens erforderte generalstabsmäßige Planung, sonst bestand die Gefahr, mit der Produktion dieses einen Films die ganze Universum Film AG zugrunde zu richten. Um bei den gewaltigen Massenszenen, die leichtfertige Autoren ohne Rücksicht auf Verluste in das Drehbuch geschrieben hatten, den Überblick zu behalten, hatte Tino auf dem Ufa-Gelände in Tempelhof eine Art Gefechtsstand errichten lassen, der es Regisseur Ernst Lubitsch bei den Dreharbeiten ermöglichen sollte, das Heer der Darsteller und Komparsen zu dirigieren wie ein Feldherr seine Truppen.

An diesem Morgen hatte Tino Generaldirektor Stauß auf das Podest gebeten, damit dieser sich von der Zweckmäßigkeit der Vorrichtung persönlich überzeugen konnte. Der Blick über das Tempelhofer Feld führte ihnen überaus anschaulich vor Augen, welche Unsummen an Geldern der Film tagtäglich verschlang. Überall wurde gehämmert und gesägt, gezimmert und geschraubt, gemalert und tapeziert, um ein riesiges Potemkin'sches Dorf entstehen zu lassen, zwischen dessen Kulissen Scharen verkleideter Schauspieler herumwuselten.

Stauß riss ein Tütchen Natron auf und spülte es mit einem Schluck Wasser hinunter. »Wenn Ehrhardt und Konsorten weiter auf Berlin marschieren, war vielleicht alles umsonst«, sagte er mit düsterer Stimme.

Tino ahnte, was er meinte. »Ja, der Reklameauftritt des Präsidenten würde dann wohl ausfallen. Eine Katastrophe.«

»Und niemand ist da, der sie aufhalten kann. Noske hat zur Verteidigung des Regierungsviertels drei Regimenter angefordert. Aber die Offiziere haben sich schlichtweg geweigert, dem Befehl Folge zu leisten. ›Reichswehr schießt nicht auf Reichswehr.‹

»Welcher Idiot hat das denn gesagt?«

»Hans von Seeckt, der Chef des Truppenamts.« Stauß' Stimme wurde noch düsterer. »Wenn die Putschisten die Regierung tatsächlich stürzen, wird Ludendorff als Erstes die Ufa requirieren. Und sie dann in das zurückverwandeln, als was er sie von Anfang an geplant hatte – eine Propagandamaschine des Militärs.«

Er verstummte. Der Grund dafür war Major Grau, Ludendorffs Vertrauter, der gerade eiligen Schritts die Stufen des Podiums hinaufstieg.

»Was machen Sie denn hier?«, fragte Tino verwundert.

Grau würdigte ihn keines Blickes. »Hatte gestern Gelegenheit, ein Gespräch mit Generalintendant Reinhardt zu führen«, rapportierte er an Stauß gewandt. »Er hat uns ein Theaterstück zur Verfilmung angeboten. ›Sumurun‹ – damit hat er formidable Erfolge in Salzburg und Wien erzielt. Ihr Einverständnis vorausgesetzt, habe ich uns das Vorkaufsrecht gesichert. Allerdings war dies nur für eine Dauer von vierundzwanzig Stunden möglich, eine längere Frist wollte Reinhardt nicht einräumen.«

Stauß blickte ihn an wie einen Irren. »Und dafür verlassen Sie Ihren Schreibtisch und kommen hierher?«

Grau nahm Haltung an. »Jawoll! Dachte, eine Frage von solcher Dringlichkeit …«

»Dringlich ist, dass Sie die Arbeit erledigen, für die Sie bezahlt werden! Sie sind der Leiter der Theaterabteilung, also entscheiden Sie verdammt noch mal selbst!«

Stauß hatte mit so ungewöhnlicher Schärfe gesprochen, dass Grau die Hacken zusammenknallte.

»Zu Befehl!«

Auf dem Absatz machte er kehrt und verließ das Podium. Kopfschüttelnd blickte Stauß ihm nach.

»Was meinen Sie, Reichenbach? War die Lizenz wirklich der Grund, warum der Major uns die Ehre erwiesen hat?«

»Keine Ahnung«, erwiderte Tino. »Um Erlaubnis zu fragen, ist eigentlich nicht seine Art, er hält sich ja für ein Genie. Aber ich wüsste nicht, warum er sich sonst die Mühe gemacht haben sollte.«

»Na ja.« Stauß zuckte die Schultern. »Vielleicht sind Entscheidungen einfach nicht seine Stärke. Daran ist schon mancher Major auf dem Weg nach oben gescheitert.«

32

Im Osten graute schon der Morgen, als Rahel endlich ihren Kittel an den Haken hängen konnte, um nach Hause zu fahren. Müde vom Nachtdienst stieg sie in den Autobus. Den Kopf an die Fensterscheibe gelehnt, sah sie zu, wie draußen die Straßen sich allmählich mit Leben füllten. Während sie sich auf ihr Bett freute, kam ihr wieder Tinos Vorschlag in den Sinn, ihren Eltern einen Antrittsbesuch abzustatten. Darüber dachte sie schon seit ein paar Tagen nach, doch ohne zu einem Ergebnis zu gelangen. Irgendwie ging das alles plötzlich in eine Richtung, die sie nie gewollt hatte, und wenn sie sich vorstellte, wie Tino mit seiner Nelke im Knopfloch im Salon ihrer Eltern saß und die Mutter mit vor Aufregung zitternden Händen den Kaffee servierte und der Vater sich mit strenger Miene nach der Ernsthaftigkeit seiner Absichten erkundigte, wusste sie nicht, ob sie lachen oder weinen sollte. Doch andererseits … Tinos Vorschlag war ja kein Zugeständnis, das sie ihm abgenötigt hätte, sondern ein spontaner Liebesbeweis. Außerdem waren ihre Eltern nun mal so, wie sie waren, und sie würden außer sich vor Freude sein, wenn Tino ihnen seine Aufwartung machte. Also gab sie sich einen Ruck und beschloss, ihnen seinen Besuch anzukündigen, am besten gleich heute, wenn sie nach Hause kam.

Als sie Unter den Linden ausstieg, um in die Elektrische zu wechseln, war fast schon heller Tag. Eilig überquerte sie die Straße, um an der gegenüberliegenden Haltestelle nicht den Anschluss zu verpassen, da hörte sie plötzlich aus der Ferne Stiefelschritte und Männergesänge.

Nanu, um diese Zeit? Was konnte das sein?

Irritiert schaute sie den Boulevard hinauf. Durch das Brandenburger Tor marschierte ein Trupp Soldaten auf sie zu. Neugierig geworden, ließ sie die schon zur Abfahrt bimmelnde Elektrische sausen und lief den Männern entgegen. Als diese sich bis auf einen Steinwurf genähert hatten, erkannte sie auf den Helmen ein seltsames Abzeichen, das sie keiner Waffengattung zuordnen konnte, ein gleichschenkliges Kreuz mit Haken an den vier Enden, das irgendwie an ein Sonnenrad erinnerte.

Auf dem Trottoir riefen Zeitungsjungen die neuesten Schlagzeilen aus.

»Extrablatt! Extrablatt! Brigade Ehrhardt in Berlin!«

»Umsturz und Chaos in der Reichshauptstadt!«

»Ebert und Noske auf der Flucht!«

Trotz der frühen Tageszeit strömten von überall Menschen herbei, und bald entbrannten auf der Straße Diskussionen wie in einem Kaffeehaus. Wer regierte jetzt das Land? Gab es überhaupt noch eine Regierung? Und wer hatte die Befehlsgewalt über Militär und Polizei? Dabei fiel immer wieder ein Name, den Rahel noch nie gehört hatte: Wolfgang Kapp – angeblich der neue Kanzler.

»Wissen Sie, wer das ist?«, fragte sie einen Schuhputzer, der tatenlos neben seinem Schemel auf Kundschaft wartete.

»Der preußische Generallandschaftsdirektor – so 'ne Art besserer Gärtner!«

»Der soll jetzt Deutschland regieren?«

Der Schuhputzer zuckte die Achseln. »Mir fragt ja keener.«

Rahel war inzwischen auf der Höhe des »Adlon«. Noch in Nachtzeug gekleidete Hotelgäste erschienen an den Fenstern und blickten verwundert auf die vorbeimarschierenden Soldaten. Doch Rahel hatte genug gesehen. Wenn Deutschland künftig von einem Gärtner regiert wurde, konnte es ja so schlimm nicht werden – Gärtner waren bekanntlich friedliche Menschen. Außerdem fiel sie vor Müdigkeit fast um. Also ging sie weiter zum Brandenburger Tor, um dort die erstbeste Verbindung zu nehmen, die in ihre Richtung fuhr.

Als sie zu Hause ankam, empfing sie eine seltsame Stille. Normalerweise war der Vater um diese Uhrzeit längst bei der Arbeit, und die Mutter klapperte in der Küche mit Geschirr.

Irritiert sah sie in der Werkstatt nach. Doch auf dem Nähtisch hockte einsam und allein nur der Altgeselle Anton. Über den Rand seiner Nickelbrille schaute er zu ihr auf.

»Deine Eltern sind im Bett.«

»Am hellichten Vormittag? Wie kommt das denn?«

Anton zuckte die Schultern und beugte sich wieder über die Arbeit.

»Sie fühlten sich nicht wohl und haben sich nach dem Frühstück noch mal hingelegt. Wahrscheinlich eine Erkältung.«

33

In Dresden war der Teufel los. Auf den Straßen und Plätzen und Gassen, vor dem Parlament, dem Rathaus und den Verwaltungsgebäuden – überall bekriegten sich die Parteien. Reichspräsident Ebert und Wehrminister Noske hatten nach ihrer Flucht aus Berlin versucht, in Dresden unterzutauchen, doch das war ihnen nicht gelungen. Kurz nach ihrer Ankunft in der Stadt waren sie entdeckt worden, und um ein Haar wären sie sogar den Putschisten in die Fänge gegangen – Georg Maercker, der Wehrkreisbefehlshaber, hatte schon Anweisung erhalten, die Flüchtlinge in Schutzhaft zu nehmen. Aber in den allgemeinen Wirren hatten diese es geschafft, sich in Richtung Süden abzusetzen, nach Stuttgart, wo die Regierung noch die Kontrolle besaß. Seitdem tobten die Straßenkämpfe in der sächsischen Hauptstadt mit doppelter Heftigkeit. Allein auf dem Postplatz waren angeblich fünf Dutzend Menschen getötet worden, Regierungssoldaten ebenso wie Demonstranten. Und der Generalstreik, zu dem Ebert aus Stuttgart aufgerufen hatte, hatte inzwischen das gesamte öffentliche Leben lahmgelegt. Weder fuhren Straßenbahnen oder Busse, noch wurde die Post zugestellt, und die Telefonleitungen waren seit Tagen tot.

Wie würde der Machtkampf ausgehen?

Gustav wusste, wenn seine Landsleute einmal in Rage gerieten, kannten sie kein Pardon. Vor einem Jahr erst hatten aufgebrachte Dresdner den sächsischen Kriegsminister wegen der Androhung von Pensionskürzungen in die Elbe geworfen, und als er versucht hatte, wieder an Land zu schwimmen, hatten sie ihn erschossen. Um gegen mögliche Übergriffe gewappnet zu sein, hatte Gustav die Dienerschaft angewiesen, sämtliche Fenster und Türen der Villa im Erdgeschoss zu verriegeln. Constanze warf ihm beim Abendessen darum Defätismus vor. Sie standen doch auf der richtigen Seite und hatten von den Aufständischen nichts zu befürchten.

»Kann es sein«, fragte Gustav vorsichtig, »dass du die wirtschaftlichen Folgen für unsere Bank ein wenig außer Acht lässt, meine Liebe?«

»Ich bin zuversichtlich, dass du die nötigen Maßnahmen längst in die Wege geleitet hast.« Ohne seinen Blick zu erwidern, führte sie mit ihrer Gabel eine kunstvolle Komposition aus Lachs, Remoulade und Dill zum Mund. »Wenn es ums Geld geht, kann man sich ja auf dich verlassen. Außerdem dürften die Geschäfte der Reichenbach Bank kaum Schaden nehmen, wenn erst die richtigen Leute am Ruder sind.«

Gustav beschmierte sein Butterbrot mit Leberwurst. »Meiner Meinung nach ist längst noch nicht ausgemacht, welche Partei am Ende gewinnt. Schließlich streiken auch die Beamten.«

Constanze lächelte ihr überlegenes Lächeln. »Willst du damit sagen, die Beamten könnten den Ausschlag geben? Ausgerechnet?«

»Ich weiß, meine Liebe, es klingt sonderbar. Aber die allermeisten Putschisten sind Reichswehrsoldaten, und wenn die Beamten, die ihnen den Sold auszahlen, die Arbeit verweigern, bekommen sie kein Geld. Ich bin mir nicht sicher, ob sie dann bereit sein werden, weiter zu kämpfen.«

Während er versuchte, ihren Blick zu fangen, begann plötzlich der Kronleuchter zu flackern, um gleich darauf zu erlöschen.

»Um Himmels willen!«, rief Constanze. »Fällt jetzt auch noch der Strom aus?«

Gustav biss in sein Butterbrot. »Wahrscheinlich haben sich die städtischen Versorgungwerke ebenfalls dem Streik angeschlossen.«

Robert eilte mit einem Kandelaber herbei, um Licht zu machen. Doch er hatte die Kerzen noch nicht angezündet, da kam die Köchin Elsbeth aus der Küche gelaufen.

»Es gibt kein fließend Wasser mehr!«

Jetzt verlor Constanze endgültig die Contenance. »Zum Kuckuck noch mal! Kann man nicht mal mehr in Ruhe zu Abend essen? Jetzt tu endlich etwas, Gustav!«

»Das würde ich ja zu gerne, nur weiß ich nicht …«

Mitten im Satz hielt er inne. Jemand klopfte an der Haustür, mit solcher Macht, dass es vom Erdgeschoss bis hinauf in die *bel-étage* dröhnte. Gustav sprang auf, um Robert zu folgen, der schon die Treppe hinuntereilte.

Während das Klopfen immer drängender wurde, trat Gustav an die Haustür, um durch den Spion zu schauen. Erleichtert atmete er auf. Draußen standen zwei uniformierte Freikorpssoldaten, zusammen mit einem Zivilisten, den er noch nie gesehen hatte. Der Mann war kreidebleich im Gesicht und schlotterte am ganzen Leib wie in Todesangst.

Gustav wies Robert an, die Tür zu entriegeln.

»Mit wem habe ich die Ehre?«, fragte er die Männer draußen.

»Kapp ist mein Name«, erwiderte der Zivilist.

»Oh, der Reichskanzler?«, rief Constanze, die gerade die Treppe herunterkam.

Der Mann deutete eine Verbeugung an. »Bitte verzeihen Sie den Überfall, gnädige Frau, aber widrige Umstände haben mich leider genötigt …« Ohne den Satz zu einem vernünftigen Ende zu bringen, wandte er sich wieder an Gustav. »Korvettenkapitän Ehrhardt hat mir Ihre Adresse gegeben. Ich … ich wollte Sie bitten, mich kurzzeitig in Ihrem Haus aufzunehmen, bis meine Kameraden eintreffen und mich in Sicherheit bringen.«

34

Tino griff zum Telefon auf seinem Schreibtisch und ratterte mit der Gabel, um ein Gespräch anzumelden. Nachdem er dem Fräulein vom Amt den gewünschten Fernsprechteilnehmer genannt hatte, wartete er mit dem Hörer am Ohr auf die Verbindung. Eigentlich wäre Rahel an der Reihe gewesen, sich zu melden, sie hatten ausgemacht, dass sie einander immer nur abwechselnd anriefen, damit sich keiner von ihnen gedrängt fühlte – eine von Rahels Regeln, an die Tino sich normalerweise strikt hielt. Aber heute musste er eine Ausnahme machen, anders ging es nicht, sonst würde er platzen. Erstens hatte sie sich schon eine Ewigkeit nicht mehr bei ihm gemeldet, und zweitens und vor allem …

»Hier Uniform- und Modeschneiderei Rosenberg.«

Als er ihre Stimme hörte, machte sein Herz vor Freude einen Sprung.

»Oh, sind Sie selbst am Apparat? Wie schön!«

»Tino? Sind Sie das?«

»Nein, der Weihnachtsmann. Ich habe nämlich eine Überraschung!«, rief er aufgeregt in die Muschel, und bevor sie fragen konnte, was für eine Überraschung das war, fügte er hinzu: »Zwei Karten für den ›Reigen‹! Kleine Wiedergutmachung! Die Vorstellung beginnt heute um acht! Wann kann ich Sie abholen?«

Er hatte einen Freudenjauchzer erwartet, er wusste ja, wie enttäuscht sie gewesen war, als er ihr wegen Pommer abgesagt hatte. Doch am anderen Ende der Leitung herrschte Totenstille.

»Hallo! Rahel? Sind Sie noch dran?«

»Ja … ja, natürlich.«

»Warum sagen Sie dann nichts?«

Wieder dauerte es eine Weile, bis sie antwortete. »Ich … ich fürchte, ich kann nicht«, sagte sie schließlich. »Meine Eltern liegen mit Fieber im Bett. Es geht ihnen gar nicht gut. Und deshalb …«

»Ach was«, unterbrach er sie. »Das wird nur eine harmlose Frühlingsgrippe sein, die geht gerade um. Ich kenne ein Dutzend Leute, die es erwischt hat.«

»Wahrscheinlich haben Sie recht«, erwiderte Rahel. »Aber trotzdem, meine Eltern sind so schlapp, dass sie das Bett nicht verlassen wollen, das kenne ich sonst gar nicht von ihnen. Ich … ich würde mich deshalb einfach nicht wohl fühlen, wenn ich sie heute allein lasse, nur um auszugehen. Außerdem hätten wir dann auch nichts von dem Abend. Können Sie die Karten nicht umtauschen?«

Tino war so enttäuscht, dass er einmal kräftig schlucken musste. Das war nun schon das dritte Mal, dass sie ihm einen Korb gab. Zweimal hatte sie ihm kurzfristig abgesagt, weil im Lazarett Not am Mann gewesen war und sie für eine Kollegin hatte einspringen müssen – das hatte sie jedenfalls behauptet. Und diesmal die Eltern? Da stimmte doch was nicht …

»Sie haben überhaupt keine Zeit mehr für mich«, sagte er. »Hat das vielleicht …, ich meine – hat das vielleicht mit Ihren nächtlichen Streifzügen zu tun?«

Die Frage war ihm ganz von allein rausgerutscht, und am liebsten hätte er sie sofort wieder rückgängig gemacht, aber das ging natürlich nicht.

Entsprechend fiel ihre Reaktion aus. »Wir hatten uns doch versprochen, keine Fragen zu stellen.« Sie stellte das so nüchtern und sachlich fest, dass es schon lieblos klang.

»Entschuldigung«, sagte Tino. »Das … das wollte ich nicht. Sie haben recht, keine Fragen, und ich bin ein Esel, dass ich überhaupt – schließlich war ich ja gar nicht an der Reihe …«

Während er stammelnd nach den richtigen Worten suchte, um seinen Fehler wiedergutzumachen, ging plötzlich die Tür auf und Stauß kam in sein Büro.

»Gute Nachrichten, Reichenbach!«, rief er, ohne Rücksicht auf Tinos Telefonat. »Der Spuk ist vorbei!«

35

Rahel hörte, wie Tino am anderen Ende der Leitung mit einem Mann sprach. Sie wartete eine Weile, ob er sich noch einmal melden würde, doch das tat er nicht. Enttäuscht hängte sie den Hörer ein. Was für ein blödes Gespräch, sie hatten sich nicht mal voneinander verabschiedet.

»Welche Laus ist dir denn über die Leber gelaufen?«, fragte Anton durch die offene Werkstatttür.

»Ach nichts.«

Unschlüssig blickte sie auf das Telefon. Sollte sie noch mal zurückrufen? Tino hatte recht, sie hatte gerade wirklich wenig Zeit für ihn. Es waren ja nicht nur die beiden Male, die sie ihn versetzt hatte, weil sie für eine Kollegin eingesprungen war – seit ihre Eltern krank im Bett lagen, hatte sie sich kein einziges Mal bei ihm gemeldet, obwohl sie eigentlich dran gewesen wäre. Und trotzdem hatte er sich heute ein Herz gefasst und sie außer der Reihe angerufen. Sicher hatte er Himmel und Hölle in Bewegung gesetzt, um noch mal zwei Karten aufzutreiben. Vor lauter Freude über seine Überraschung hatte er ganz aufgekratzt geklungen. Und sie hatte reagiert wie eine blöde Schnepfe.

Sie nahm den Hörer ab und betätigte die Gabel.

»Mit welchem Teilnehmer darf ich Sie verbinden?«, fragte das Fräulein vom Amt.

»Universum Film AG, bitte. Piccadilly-Haus, Potsdamer Platz.«

»Einen Moment, bitte.«

Rahel hörte, wie es in der Leitung knackte. Dann ertönte das Freizeichen. Doch bevor am anderen Ende jemand abnahm, rief ihre Mutter aus dem Schlafzimmer.

»Rahel?«

Sie rief so leise, dass es fast nur ein Wimmern war.

»Rahel? Wo bist du?« Das war der Vater, offenbar wollte er der Mutter zu Hilfe kommen. Doch seine Stimme klang genauso schwach wie ihre.

Rahel legte den Hörer auf. Nein, sie durfte heute nicht ausgehen. Ihre Eltern brauchten sie.

36

Emil Georg von Stauß war kein Mann, der seine Gefühle gern zur Schau stellte – normalerweise waren die Regungen seines Innenlebens hinter der Fassade seines perfekt kontrollierten Äußeren so sicher aufgehoben wie die Einlagen seiner Kunden im Tresor der Deutschen Bank. Doch heute strahlte er wie ein Kind, das gerade sein Sparschwein geschlachtet hat.

»Der Aufstand ist beendet«, rief er, ganz außer sich vor Freude. »Kapp ist geflohen, und Lüttwitz und Ludendorff haben die Waffen gestreckt, nachdem man ihnen eine Amnestie versprochen hat.«

Tino brauchte keine Sekunde, um zu begreifen. »Ebert bleibt also im Amt? Das ist ja wunderbar!«

»Das können Sie laut sagen«, bestätigte Stauß. »Der Präsident ist zusammen mit Noske schon auf dem Weg von Stuttgart zurück nach Berlin. Ich habe eben mit seinem Bürochef gesprochen. Dr. Striesow hat mir sein Wort gegeben, dass Präsident Ebert die Dreharbeiten wie geplant besuchen wird. ›Anna Boleyn‹ ist gerettet!«

Tino hätte Stauß am liebsten umarmt, doch das war natürlich ein

Ding der Unmöglichkeit. Außerdem hielt er immer noch den Telefonhörer in der Hand, in der Hoffnung, dass sein Chef das Büro wieder verließ, bevor Rahel die Verbindung beendete.

Doch Stauß dachte gar nicht daran. »Ich werde zur Feier des Tages ein paar Kisten Champagner spendieren«, erklärte er stattdessen. »Die Crew hat eine Belohnung verdient, die Stimmung war ja in den letzten Tagen ziemlich am Boden. Ich dachte an eine kleine Party – Brot und Spiele, Sie wissen schon. Könnten Sie da vielleicht etwas arrangieren?«

»Natürlich«, erwiderte Tino. »Sehr gerne.«

Stauß blickte auf die Nelke an seinem Revers. »Ich verlasse mich auf Sie, Reichenbach. Sie sind für solche Dinge ja viel besser geeignet als ich.«

Damit wandte er sich zum Gehen. Tino atmete auf. Endlich! Doch in der Tür drehte Stauß sich noch einmal um.

»Vielleicht kann Major Grau Ihnen ja ein wenig zur Hand gehen. Dann hat unser Frühstücksdirektor zur Abwechslung mal etwas zu tun und kommt sich nicht so überflüssig vor. Ich wünsche Ihnen einen schönen Tag.«

»Ihnen auch, Herr Generaldirektor.«

Kaum war Stauß zur Tür hinaus, hob Tino den Telefonhörer wieder ans Ohr.

»Rahel, sind Sie noch da?«

Doch die Leitung war tot, nur ein leises Rauschen drang aus der Ferne zu ihm. Tino legte den Hörer zurück auf die Gabel. Enttäuscht nahm er seine Nelke aus dem Knopfloch und warf sie in den Papierkorb.

Offenbar reichte sie nur für einmal Glück am Tag.

37

Als Rahel in das Schlafzimmer der Eltern zurückkehrte, war sie froh, Tinos Drängen nicht nachgegeben zu haben. So schwer ihr die Entscheidung gefallen war – es war die einzig richtige Entscheidung gewesen.

»Da bist du ja endlich«, flüsterte die Mutter.

»Unser Engele«, fügte der Vater ebenso leise hinzu. »Wir sind dir ja so dankbar.«

Erst vor einer halben Stunde hatte Rahel die Kissen und Laken gewechselt, doch das Bettzeug war schon wieder durchgeschwitzt. Glühend vor Fieber und kaum ansprechbar, dämmerten die Eltern vor sich hin, und als Rahel sich zu ihnen aufs Bett setzte, um ihnen ein bisschen Tee einzuflößen, schafften sie es nur mit größter Mühe, sich so weit aufzurichten, dass sie trinken konnten.

War es möglich, dass die Spanische Grippe sie erwischt hatte?

Es war nicht das erste Mal, dass Rahel sich das fragte, aber sie hatte die Möglichkeit bislang ausgeschlossen. Die Seuche war doch längst vorbei, seit Monaten hatte es im Lazarett keinen einzigen Fall von Blitzkatarrh mehr gegeben, und auch in den Zeitungen hatte gestanden, dass die Influenza abgeklungen und die Gefahr gebannt sei – gleich mehrere Professoren hatten sich entsprechend geäußert, darunter sogar Professor Frosch, der berühmte Virologe der Charité. Außerdem waren die Opfer der Spanischen Grippe in der Regel viel, viel jünger als die Eltern, die meisten, die an der Seuche gestorben waren, waren zwischen zwanzig und vierzig Jahre gewesen.

Aber was war mit den Symptomen? Das Fieber und der trockene Husten, die Kopf- und Gliederschmerzen, die Müdigkeit und Mattigkeit, über die die Eltern klagten, das Frösteln und die wiederkehrenden Anfälle von Schüttelfrost? Genau dieselben Symptome, unter denen damals auch Tino gelitten hatte.

»Ich werde Dr. Recknagel anrufen«, sagte sie.

»Bist du … meschugge?«, fragte der Vater.

»Ich will, dass er sich euch anschaut.«

»Aber … das ist doch nur eine einfache Grippe … Dafür dürfen wir diesem wichtigen Mann … nicht die Zeit stehlen …«

Rahel wollte widersprechen, doch der Vater war schon wieder weggedämmert, genauso wie die Mutter. Hand in Hand lagen die beiden da, vereint in ihren Fieberträumen.

Philemon und Baucis …

38

Tinos Party stieg in einem Atelier, in dem vor einer Stunde noch für den »Anna Boleyn«-Film gedreht worden war. Jetzt strömte hier der Champagner, irgendwer hatte ein Grammophon und Schallplatten aufgetrieben, so dass getanzt werden konnte, und zwischen den Kulissen des Gemachs, in dem Heinrich VIII. seine Frau Katharina von Aragon mit der Hofdame Anna Boleyn betrogen hatte, fanden sich die ersten Liebespaare. Sogar Major Grau, sonst so steif wie ein Spazierstock, poussierte mit funkelndem Fritzenblick eine kleine Komparsin, die ihm in neckischer Bewunderung über die Enden seines Kaiser-Wilhelm-Bartes strich, und Regisseur Ernst Lubitsch brachte seiner Hauptdarstellerin Henny Porten die letzten Finessen für eine Kussszene mit Erich Jannings bei, der als Heinrich VIII. gerade mit Hedwig Pauly-Winterstein alias Königin Katharina seltsamerweise eine ganz ähnliche Szene probierte.

Die Party dauerte noch keine zwei Stunden, da knisterte die Luft nur so vor erotischer Spannung. Jemand hatte das Licht bis auf eine letzte einsame Glühbirne gelöscht, so dass man nur noch ahnen konnte, was in den Ecken und Nischen getrieben wurde, wo schemenhafte Schatten verlockend sündhafte Laute von sich gaben, die die Phantasie derer, die noch niemanden zu Paarungszwecken gefunden hatten, so sehr reizte, dass sie wie brünftige Tiere umeinander her schlichen. Nur Tino blieb von alledem unberührt. Er hatte ein Skriptgirl und zwei Komparsinnen, die ihm im Laufe des Abends unzweideutige Avancen gemacht hatten, der Reihe nach abblitzen lassen, ohne auch nur eine von ihnen wirklich anzuschauen. Mit einem Glas in der Hand lehnte er an einem Pfosten und schaute den anderen zu, wie sie um die erhofften Gunstbezeigungen buhlten. Was für ein würdeloses Schauspiel – hätte Rahel ihm nicht abgesagt, wäre er schon längst verschwunden. Jetzt aber blieb ihm nichts anderes übrig, als sich einsam zu betrinken.

Aber selbst das war ihm an diesem Abend nicht vergönnt. Er hatte sein Ziel noch längst nicht erreicht, da spürte er, wie bei dem Annäherungsversuch einer hübschen Maskenbildnerin, die ihm seit einer Weile schon schöne Augen machte, es sich in seinen südlichen Regionen regte. In seiner Not fiel ihm nur das Vaterunser ein: *Und führe uns nicht in Versuchung …* Leider erhörte der liebe Gott sein Stoßgebet so wenig wie dessen blonder Anlass, ungeniert fuhr das kleine Luder fort, ihn mit ihren Blicken zu befeuern.

Nein, nicht mit ihm – noch war er der Herr in seinem Haus!

Als sie im Vorübergehen wie aus Versehen die Beule in seiner Hose streifte, beschloss er, die Party auf der Stelle zu verlassen. Er kannte sich und wusste, dass er in diesem Zustand für nichts garantieren konnte. In einem Zug leerte er sein Glas und machte sich aus dem Staub.

Geschafft!

Stolz auf seine Willenskraft, eilte er zum Atelierausgang. Doch als er die Tür aufstieß, stolperte er in die Arme eines halbnackten weiblichen Wesens, das ihn wie ein Schutzengel auffing.

»Hoppla, Herr Direktor. Wohin denn so eilig?«

Eingehüllt in den zarten Duft eines Maiglöckchenparfüms, stand sie wie vom Himmel herabgefallen da und lächelte ihn aus zwei hellblauen Augen an. Tino kannte das Gesicht, es gehörte einer Kleindarstellerin, Gretchen Lehmann mit Namen, die im Film eine Hofdame spielte, er wusste nur nicht mehr, in wessen Gefolge sie ihre zwei Sätze aufsagen durfte – im Gefolge der Königin oder dem von Heinrichs Favoritin?

Plötzlich spürte er, dass er doch schon betrunkener war, als er gedacht hatte. Bei seinem Beinahe-Sturz war ihm der Alkohol so heftig in den Kopf geschossen, dass er es nur noch mit Mühe schaffte, ohne Lallen zu artikulieren.

»Das … das weiß ich selbst nicht so genau.« Verwundert stellte er fest, dass das die reine Wahrheit war. Es wartete ja wirklich niemand auf ihn – weder zu Hause noch sonst irgendwo.

Voller Mitleid blickte Gretchen ihn an. »Sie sehen aus wie jemand, der ein bisschen Fürsorge braucht.«

Tino brachte als Antwort nur einen Seufzer hervor. Endlich ein Mensch, der ihn verstand.

»Sie Ärmster …« Gretchen strich über das Feuermal auf seiner Stirn und hauchte ihm einen Kuss auf die Wange.

Er war so überrascht, dass er es wehrlos geschehen ließ. Wie ein Idiot stand er da und starrte sie an, zwischen Hoffen und Bangen darauf wartend, was sie wohl als Nächstes tun würde.

»Finden Sie mich denn so wenig anziehend?«, fragte sie.

Ihr Maiglöckchenparfüm brachte ihn immer mehr durcheinander. Der Duft war genauso unschuldig und verführerisch wie ihr Augenaufschlag. Wieder regte es sich im Süden, noch schlimmer und drängender als bei der Maskenbildnerin, und er beugte sich vor, um die Beule in seinem Schritt zu verbergen. Doch als Gretchen Lehmann sich auf die Zehenspitzen stellte und ihr hübsches kleines Puppengesicht seinem Gesicht immer näher kam, ergab er sich in sein Schicksal. Denn plötzlich fand er das freundliche Wesen, das ihn wie ein Schutzengel aufgefangen hatte, so anziehend, dass er es am liebsten ausgezogen hätte.

»Einmal ist keinmal …«

Wie eine Taube gurrte sie, während ihre Lippen seinen Mund streiften. Täuschte er sich oder war das gerade ihre Zungenspitze gewesen? Jetzt kraulte sie auch noch mit den Nägeln seinen Nacken und schaute ihn dabei in einer Weise an, dass ihr Blick wie ein Blitz in ihn einfuhr und genau dort ankam, wo er auf keinen Fall ankommen durfte. Er konnte nur noch beten, dass sie damit aufhörte. Oder aber immer so weiter und weiter machte.

»Stimmt's oder hab ich recht?«, flüsterte sie.

Wieder streiften ihre Lippen seinen Mund, und diesmal war er sicher, dass das ihre Zunge war, die ihn so fordernd lockte. Einen Augenblick zögerte er, hielt der Versuchung stand. Doch dann schoss ihm die eine unbeantwortete Frage durch den Kopf, die in den letzten Tagen und vor allem in den Nächten immer größer in ihm geworden war.

Was trieb Rahel, wenn sie im »Eldorado« war?

Ein Gefühl seliger Ohnmacht, das alle Abwehrkräfte schwinden ließ, bemächtigte sich seiner, und bevor er wusste, was er tat, erwiderte er Gretchens Kuss.

Brauch oder nicht. Es gibt sich auch …

39

Noch in derselben Nacht, keine zwei Stunden, nachdem Rahel im Lazarett angerufen hatte, war Dr. Recknagel herbeigeeilt. Jetzt betrat er den Wohnungsflur und legte den Mantel ab, unter dem er noch seinen Arztkittel trug. Nachdem er auch den Hut an die Garderobe gehängt hatte, befestigte er eine Schutzmaske vor Nase und Mund und folgte Rahel mit der Arzttasche in der Hand ins Schlafzimmer der Eltern.

»Wie hoch war die zuletzt gemessene Temperatur?«, fragte er, während er seine Instrumente hervorholte.

»Vierzig Komma fünf beziehungsweise vierzig Komma neun«, erwiderte sie.

Ohne den Befund zu kommentieren, nickte er, dann steckte er sich die Stöpsel seines Stethoskops in die Ohren und setzte sich zu den Eltern aufs Bett, um sie nacheinander abzuhorchen. Der Vater ließ es geschehen, als wäre er schon gar nicht mehr da, und auch die Mutter, die eigentlich so genant war, dass selbst Rahel sie noch nie zuvor unbekleidet gesehen hatte, wehrte sich nicht, als der Arzt ihre Brust entblößte.

»Die Herzfrequenz ist stark reduziert«, sagte er.

»Was bedeutet das?«, fragte Rahel, obwohl sie die Antwort wusste.

Schweigend setzte Dr. Recknagel die Untersuchung fort. Voller Anspannung beobachtete sie seine Miene, aber die hellte sich während der quälend langen Minuten kein einziges Mal auf. Nach einer Ewigkeit blickte der Arzt über die Schulter und erkundigte sich nach der bisherigen Behandlung.

Rahel zählte die Maßnahmen auf. »Wadenwickel und lauwarme Umschläge, dazu Chinin, um das Fieber zu senken.«

»Wie lange beobachten Sie die Symptome bereits?«

»Es fing vor über einer Woche mit einem leichten Reizhusten an. Der Krampfhusten setzte zwei, drei Tage später ein.«

»Also ein Verlauf von insgesamt etwa zehn Tagen?«

»Ja, mindestens. Deshalb bin ich ja davon ausgegangen, dass es sich um eine ganz normale Frühjahrsgrippe handelt. Weil, bei der anderen Grippe …« Sie brachte den Namen nicht über die Lippen.

Der Arzt sprach ihn für sie aus. »Sie meinen die Spanische Grippe?«

»Ja, da geht doch alles blitzschnell, höchstens vier oder fünf Tage, auf jeden Fall weniger als eine Woche. Außerdem sind die Opfer doch viel jünger, nicht wahr?« Flehend schaute sie Dr. Recknagel an.

Der tat einen tiefen Seufzer. »Normalweise ist es so, wie Sie sagen, Schwester. Aber ich fürchte, es gibt an der Diagnose keinen Zweifel.«

»Das kann doch gar nicht sein!«, stieß sie hervor. »Die Seuche ist doch vorbei! Das hat in allen Zeitungen gestanden! Sogar Professor Frosch von der Charité …« Als sie Dr. Recknagels mitfühlenden Blick sah, verstummte sie.

»Ich habe dafür auch keine Erklärung«, sagte er. »Wahrscheinlich erleben wir gerade den Beginn einer neuerlichen Welle, das ist bei einer Epidemie nichts Ungewöhnliches. Leider.«

Rahel schloss kurz die Augen. »Werden meine Eltern es schaffen?«

Statt zu antworten, konzentrierte der Arzt sich wieder auf die Untersuchung seiner Patientin. Zentimeter für Zentimeter verschob er den runden, blanken Eisenkopf des Stethoskops auf der Brust der Mutter, um systematisch beide Lungenflügel abzuhorchen.

Als er fertig war, schüttelte er den Kopf. »Eine beidseitige Pneumonia. Wahrscheinlich infolge einer Sekundärinfektion.«

Rahel wusste, was er damit sagen wollte, eine Lungenentzündung gehörte zum klassischen Krankheitsbild, und in den meisten Fällen dauerte es dann nicht mehr lange, bis …

»Es ist meine Schuld«, flüsterte sie. »Ich hätte die Symptome erkennen müssen.«

»Papperlapapp! Sie haben alles richtig gemacht und getan, was gegen eine Influenza zu tun ist.«

»Aber es war keine Influenza! Und wenn ich nicht versagt hätte …«

»Zum Kuckuck noch mal! Ich verbiete Ihnen, sich Vorwürfe zu machen! Das ist ein Befehl!« Dr. Recknagel drückte ihren Arm, und mit gesenkter Stimme fuhr er fort: »Glauben Sie mir, ich hätte es auch nicht besser gewusst. Wir hatten ja alle geglaubt, die Sache wäre ausgestanden. – Aber schauen Sie nur«, unterbrach er sich plötzlich und deutete auf das Bett.

Als Rahel sah, was er meinte, schossen ihr Tränen in die Augen. Der Vater war aufgewacht, blinzelnd wandte er den Kopf zur Seite und tastete nach der Hand seiner Frau.

»Mein Täubchen … Wo bist du?«

Als er sie fand, schlug auch die Mutter die Augen auf.

Mit ihren erschöpften, von der Krankheit gezeichneten Gesichtern lächelten die zwei sich an und tauschten einen innigen, beinahe glückseligen Blick.

»Ist das … ist das ein gutes Zeichen?«, fragte Rahel.

Dr. Recknagel nickte. »Ja, das ist es.« Noch einmal drückte er ihren Arm. Dann holte er eine Schutzmaske aus seiner Tasche hervor und reichte sie ihr. »Trotzdem sollten Sie die ab sofort tragen. Sicher ist sicher.«

40

Es war ein sehr kurzes Vergnügen gewesen, das Tino genossen hatte, keine fünf Minuten hatte es alles in allem gedauert. An seinem Schlips hatte Gretchen Lehmann ihn vom Ausgang weggezogen und in ein Kabuff geführt, in dem die Statisten ihre Kostüme anprobierten – leider hatte es darin weder ein Bett noch ein Sofa gegeben, so dass sie die Sache im Stehen hatten verrichten müssen. Jetzt, da er mit herunterhängender Hose in dem schummrigen Licht versuchte, sich den Schlips neu zu binden, fühlte er sich, als wäre er aus einem Traum erwacht, den ein Fremder an seiner Stelle geträumt hatte. Wie eine Wunderkerze war der Zauber erloschen, mit dem Gretchen in einem kurzen und trotzdem viel zu langen Moment seine Sinne betört hatte, und der Duft ihres Maiglöckchenparfüms ging unter in dem Garderobenmief von alten Kleidern und Mottenkugeln.

Mit einem Ruck zog er sich die Hose hoch.

»Du willst schon gehen?«, fragte sie.

Er gab ihr einen Kuss auf die Nasenspitze. »Du warst sehr fürsorglich – danke.«

Mit ihren himmelblauen Augen schaute sie ihn an. »Sehen wir uns wieder?«

Wie immer in solchen Momenten war die Ernüchterung hundertmal stärker als das bisschen Lust zuvor. Er hatte nur noch das Bedürfnis, aus diesem engen und stickigen Kabuff herauszukommen.

»Vielleicht besser nicht.«

»Aber warum nicht? Hat es dir denn keinen Spaß gemacht?«

Während sie begann, sein Gesicht mit Küssen zu bedecken, versuchte er, seine Hose zuzuknöpfen.

»Doch, doch, Süße, du warst wirklich wunderbar, aber darum geht es nicht.«

»Worum geht es dann?«

Als sie plötzlich aufhörte, ihn zu küssen, hielt er inne und schaute sie an. Die Enttäuschung in ihrem Puppengesicht versetzte ihm einen Stich, und die unter ihren Kulleraugen verlaufene Wimperntusche und der verschmierte Lippenstiftmund machten es noch schlimmer.

Er brauchte eine Weile, bis ihm eine halbwegs plausible Antwort einfiel. »Zweimal wäre nach Adam Riese mindestens einmal«, sagte er schließlich. »Und das wäre einmal zu viel.«

Verständnislos erwiderte sie seinen Blick. »Willst du damit sagen, ich bin dir nicht gut genug?«

Aus ihren Augen sprach eine solche Traurigkeit, dass er sich in Grund und Boden schämte. Nicht nur für seine dämliche Antwort, sondern überhaupt.

»Vielleicht … vielleicht ein andermal.«

»Ich verstehe, Herr Direktor.«

Sie schaute ihn noch einmal an, doch da er nicht reagierte, nickte sie nur einmal kurz mit dem Kopf, dann drehte sie ihm den Rücken zu und bückte sich, um ihre Kleider aufzusammeln.

»Ach Gretchen …«

Er hätte ihr gern etwas Nettes gesagt, etwas Netteres als nur ihren Namen, sie konnte ja nichts dafür, wie er sich fühlte, aber es fiel ihm einfach nichts ein. Also nahm er wortlos sein Jackett und ging hinaus.

Auf dem Gang wäre er um ein Haar Major Grau in die Arme gelaufen. Doch zum Glück knutschte der gerade mit seiner hübschen Komparsin, so dass er ihn gar nicht bemerkte.

41

Das sanfte Kerzenlicht erinnerte Rahel an glückliche Familienfeste in früheren, längst vergangenen Kindertagen. Sie hatte den Chanukka-Leuchter auf die Fensterbank des Schlafzimmers gestellt und zwei der Kerzen angezündet – für jede Seele eine. Einen Moment hatte sie sogar überlegt, die Spiegel in der Wohnung zu verhängen, wahrscheinlich hätte es den Eltern gefallen, zumindest dem Vater, obwohl er immer so getan hatte, als habe er den Bräuchen seiner Vorfahren abgeschworen. Doch das hatte sie nicht über sich gebracht, es war am Ende ja doch nur ein Aberglaube.

Nein, die Hoffnung, die bei Dr. Recknagels Visite noch einmal aufgeflackert war, hatte sich nicht erfüllt. Nur wenige Stunden nachdem der Arzt gegangen war, waren die Eltern gestorben, hatten ihr Leben innerhalb nur weniger Minuten nacheinander ausgehaucht, Hand in Hand.

Philemon und Baucis. Die Götter hatten ihren Wunsch erhört, keiner von ihnen musste das Grab des anderen schauen.

Rahel faltete die Hände. Doch kein Gebet kam über ihre Lippen. Zu welchem Gott sollte sie auch beten? Sie glaubte an Jahwe so wenig wie an Jesus Christus, und das Schicksal hatte keinen Namen, mit dem sie es hätte anrufen können. Obwohl die Eltern noch in denselben Betten lagen, in denen sie sich ein halbes Leben lang jeden Abend schlafen gelegt hatten, um am nächsten Morgen zusammen wieder darin aufzuwachen, schienen sie schon seltsam fern. Nur ab und zu hatte es in dem flackernden Kerzenlicht den Anschein, als regte sich noch einmal das Leben in ihren wächsernen Gesichtern, und einmal glaubte Rahel sogar die Stimme ihres Vaters zu hören.

Mein Engele …

Tränen rannen aus ihren Augen. Wie oft hatte sie gegen die Eltern aufbegehrt, wie oft sich nichts sehnlicher gewünscht, als endlich frei von ihrer Bevormundung zu sein … Doch jetzt, da ihr Wunsch in Erfüllung gegangen und sie frei war von allem, wogegen sie revoltiert hatte, begriff sie, wie blind, wie ungerecht, wie undankbar sie gewesen war. Die Eltern hatten doch immer nur das Beste für sie gewollt, und es war ihnen gar nicht möglich gewesen, ihre Liebe anders zu zeigen als durch ihre Ängste und Sorgen, ihre Vorhaltungen und Ermahnungen, ihre Gebote und Verbote – sie waren doch selber darin gefangen gewesen, ihr ganzes Leben lang.

Die zwei Kerzen waren inzwischen bis auf die Stümpfe heruntergebrannt. In ihrem nun ruhigen Schein wirkten die Eltern auf fast gespenstische Weise friedlich und entspannt – wie erlöst von allen Nöten dieser Welt. Plötzlich fühlte Rahel sich entsetzlich allein, und in einer Aufwallung der Gefühle hatte sie nur noch das Bedürfnis, die beiden zu streicheln, sie zu liebkosen und zu küssen, um ihnen zu danken. Sie beugte sich über das Bett, aber als sie ihre Hand ausstreckte, um sie mit den ineinander verschränkten Händen der Eltern zu vereinen, spürte sie, wie die Maske, die Dr. Recknagel ihr gegeben hatte, ihr von der Nase rutschte, und sie schrak zurück.

Nein, sie durfte die Eltern nicht berühren, jede Berührung konnte tödlich sein – in ihrer friedlichen, weltentrückten Ruhe trugen sie ja immer noch den Keim in sich, an dem sie selbst zugrunde gegangen waren.

Eine lange Zeit stand Rahel da wie im Gebet. Und mit jedem Atemzug, den sie tat, entschwanden die Eltern ihr ein bisschen mehr, ohne dass sie wusste, wohin.

Irgendwann klingelte es an der Haustür. Als sie den Kopf hob, wurde sie gewahr, dass draußen schon ein neuer Tag begonnen hatte.

Sie löschte die Kerzen und ging hinaus auf den Flur. Als sie die Etagentür öffnete, stand Tino auf dem Treppenabsatz, mit einer Bäckertüte in der Hand.

»Ich musste Sie einfach sehen«, sagte er. »Ich habe frische Brötchen mitgebracht, vielleicht können wir ja zusammen frühstücken. Und Ihren Eltern würde ich bei der Gelegenheit auch gern meine Aufwartung …« Plötzlich stutzte er, irritiert blickte er auf die Maske in ihrem Gesicht. »Was um Himmels willen ist passiert?«

Vollkommen erschöpft sank Rahel in seine Arme.

»Gott sei Dank, dass Sie da sind.«

42

Tino hatte erwartet, dass Rahel ihn zu ihren Eltern führen würde, um zusammen mit ihm an ihrem Bett die Totenwache zu halten. Doch stattdessen hatte sie ihn gebeten, Frühstück zu machen – sie müsse etwas Dringendes erledigen. Während er in der Küche Kaffeewasser aufsetzte, hörte er durch die Flurtür, wie sie das Fräulein vom Amt um die Verbindung mit einem Beerdigungsunternehmen bat. Als niemand antwortete, versuchte sie es bei zwei weiteren Bestattern, doch beide Male wieder ohne Erfolg, offenbar war es noch zu früh. Schließlich probierte sie es bei der Jüdischen Gemeinde. Dort ging sofort jemand an den Apparat.

Ein Gottesurteil?

Als sie in die Küche kam, hatte er den Frühstückstisch gedeckt.

»Sie wollen Ihre Eltern jüdisch beerdigen?«, fragte er.

Ohne zu antworten, setzte sie sich an den Tisch.

»Aber ich dachte, Ihr Vater wäre seit Jahren nicht mehr in die Synagoge gegangen. Und Ihre Mutter war doch christlich getauft, oder?«

»Ja. Aber bei den christlichen Instituten hat ja keiner abgehoben. Außerdem verstehen Juden mehr vom Tod als irgendjemand sonst. Sie haben mir versprochen, eine Chewra Kadischa zu schicken. – Die Beerdigungsbruderschaft der Gemeinde«, fügte sie hinzu, als sie sein verständnisloses Gesicht sah. »Die werden sich um alles kümmern. In einer Stunde sind sie da.«

»Aber … aber warum diese Eile?«

»Das ist jüdisches Gesetz. Nach Möglichkeit sollen die Toten noch am selben Tag beerdigt werden.«

Irritiert schaute er sie an. Sie sprach in einem Ton, der ganz und gar nicht zu der Verzweiflung passte, mit dem sie ihm an der Tür in die Arme gesunken war.

»Ist das wirklich der Grund?«, fragte er.

Rahel schlug die Augen nieder. »Nein, natürlich nicht«, sagte sie leise. »Aber … verstehen Sie denn nicht?«

Ihr Anblick tat ihm in der Seele weh. Wie fahl und blass sie war, offenbar hatte sie die ganze Nacht nicht geschlafen. Als wären seine

Blicke ihr unangenehm, riss sie die Bäckertüte auf, nahm ein Brötchen und stieß ihr Messer so heftig in den Teig, dass er Angst hatte, sie könne sich verletzen. Mit überhasteten und gleichzeitig fahrigen Bewegungen bestrich sie eine Brötchenhälfte, erst mit Butter und Honig und dann auch noch mit Marmelade, und ohne es zu merken, biss sie hinein.

Tino holte tief Luft. Doch, er verstand, natürlich tat er das. Der Schock war zu groß, sie konnte noch nicht darüber sprechen. Sie wollte einfach nur irgendetwas tun, um die nächsten Minuten und Stunden zu überstehen.

Er verließ seinen Platz und nahm die Kaffeekanne vom Herd.

»Darf ich?«

Wortlos reichte sie ihm ihre Tasse. Während er einschenkte, überlegte er, wie er sie ablenken konnte. Ablenkung war jetzt das Einzige, was ihr helfen würde.

»Ich hatte es Ihnen schon mal angeboten«, sagte er. »Wenn Sie möchten, können Sie sofort in der Ufa anfangen.«

»Sie wissen, wie ich darüber denke.«

»Ja, das weiß ich. Aber ich meine, in solchen Situationen ist es am besten, etwas Neues anzufangen, und deshalb sollten Sie vielleicht …«

Sie hob den Kopf und schaute ihn an. »Was für Situationen meinen Sie?«

Als er ihren Blick sah, schrak er zusammen. Es war, als würde sie auf den Grund seiner Seele schauen. Ahnte sie, was er getan hatte? Plötzlich fing er so heftig an zu zittern, dass er die Kanne abstellen musste.

»Ist Ihnen nicht gut?« fragte sie.

»Nein, nein, es ist nur, weil …«

Auf dem Flur wurden Schritte laut.

»Das wird Anton sein«, sagte sie. »Unser Geselle.« Sie stand auf und wandte sich zur Tür. »Ich bin gleich wieder da.«

Tino schaute ihr nach, wie sie auf den Flur verschwand. Fast war es, als wolle sie vor ihm fliehen. Obwohl er wusste, dass das Unsinn war, war ihm die Vorstellung unerträglich … Durch die offene Tür hörte er, wie sie mit dem Gesellen sprach. Aber die zwei redeten so leise, dass er kein Wort verstand.

Nach einer Minute kehrte Rahel wieder zurück.

»Ich habe Anton nach Hause geschickt. Die Nachricht hat ihn so mitgenommen, dass er unmöglich arbeiten kann. Ich habe ihm bis zur Beerdigung freigegeben. Er wird mich auf dem Friedhof begleiten.«

»Der Geselle?«, fragte Tino. »Ich … ich dachte, dass ich … Ich meine, das ist doch selbstverständlich …«

»Danke.« Rahel schaute ihn voller Zärtlichkeit an. »Das ist wirklich lieb von Ihnen. Aber nein, lieber nicht.« Bevor er widersprechen konnte, schüttelte sie den Kopf. »Anton gehört zur Familie, seit ich auf der Welt bin. Es war sein Wunsch. Und den – den wollte ich ihm nicht abschlagen.«

43

War alles vergeblich gewesen?

Aufgewachsen in einer der ersten Familien Dresdens, hatte Constanze in ihrer Jugend große und glanzvolle Momente erlebt, von denen sie heute noch zehrte. Nie würde sie vergessen, wie ihr Vater sie bei ihrem Debüt König Albert von Sachsen vorgestellt und dieser drei Walzer hintereinander mit ihr getanzt hatte. Auch beim jährlichen Opernball war sie jedes Mal der alles überstrahlende Stern gewesen, und einmal hatte in der Oper – bei der Premiere des »Rosenkavalier« – der ganze Saal applaudiert, noch bevor der Vorhang aufgegangen war, nur weil sie die Privatloge ihrer Familie betreten hatte.

Ja, ihre Jugend war eine Aneinanderreihung großer und glanzvoller Momente gewesen, bevor der unglückselige Tod ihres Vaters ihrer gesellschaftlichen Karriere ein so jähes Ende bereitet hatte. Doch selbst aus damaliger Zeit konnte sie sich an keinen Moment erinnern, in dem sie so stolz gewesen wäre wie an dem Abend, da Reichskanzler Kapp an ihrer Haustür angeklopft und um Einlass gebeten hatte. Wie hatte sie diesen Moment genossen, den Triumph über ihren kleingeistigen Gatten, dessen Lieblingsbeschäftigung darin bestand, die Coupons festverzinslicher Wertpapiere zu schneiden.

Umso größer war die Enttäuschung gewesen, als ihre Erwartungen einmal mehr so grausam zerstört worden waren. Es hatte sich herausgestellt, dass Kapps Kanzlerschaft schon beendet gewesen war, noch bevor er ihr Haus betreten hatte, um darin für diese eine Nacht Zuflucht zu suchen. Und der Morgen hatte kaum zu grauen begonnen, als seine Kameraden auch schon erschienen waren, um ihn außer Landes zu bringen – gerade so, als wäre er nie da gewesen.

Jetzt war Korvettenkapitän Hermann Ehrhardt zum zweiten Mal bei ihr zu Gast, um ihr im Namen aller Patrioten für die gewährte und überaus großzügige Hilfe zu danken. Tatsächlich aber berichtete er vor allem von ihrer Niederlage, insbesondere der Auflösung seiner einstigen Eliteeinheit, auf der vor noch kurzer Zeit die Hoffnung aller national gesinnten Deutschen geruht hatte. Und das Bild, das er von der Zukunft zeichnete, war noch dunkler und erschreckender als das der unmittelbaren Vergangenheit. Wenn man seinen Worten Glauben schenken durfte, war die Lage desaströs, wenn nicht gar aussichtslos. Ein Gesetz, mit dem die wieder im Amt befindliche Regierung der Novemberverbrecher sich ein weiteres Mal dem Diktat von Versailles unterworfen hatte, verfügte den Einzug von 1680 Maschinenpistolen, 18 000 Maschinengewehren, 78 000 Pistolen und Revolvern, 85 000 Handgranaten sowie 2,2 Millionen Gewehren. Sollte dem Erlass tatsächlich Folge geleistet werden, wäre die Partei der Nationalen praktisch entwaffnet. Ein Glück nur, dass Gustav sich gerade in Berlin statt in Dresden aufhielt, er würde sich sonst nur in seiner Kleinmütigkeit bestätigt sehen.

»Aber wir geben darum nicht auf«, erklärte Ehrhard. »Wenn man unseren Einsatz für das Vaterland verbietet, werden wir den Kampf aus dem Untergrund heraus fortsetzen.«

»Aber wie stellen Sie sich das vor?«

»Wir haben bereits eine neue schlagkräftige Einheit geründet, Organisation Consul mit Namen. Ich persönlich werde sie leiten und kann dabei auf fünftausend zum Kampf entschlossene Männer zurückgreifen. Wir werden dem System so lange zusetzen, bis die Verräter kapitulieren.«

»Organisation Consul?« Constanze hob die Brauen. »Den Namen habe ich noch nie gehört.«

Ehrhardt senkte die Stimme. »Ein Geheimbund, gnädige Frau. Wir haben bislang nur einige wenige, absolut hervorragende Persönlichkeiten ins Vertrauen gezogen. Persönlichkeiten wie Sie.«

Der Blick, mit dem er seine Worte begleitete, ließ Constanze nicht unberührt. Der Kapitän hatte schon bei seinem ersten Besuch großen Eindruck auf sie gemacht, und die Bilder, die sie in der Wochenschau von ihm gesehen hatte, wie er mit gezogenem Säbel an der Spitze seiner Männer vorausmarschiert war, hatten ihr imponiert. Doch wahre Größe zeigte ein Mann erst, wenn er sich unbeirrt von allen Rückschlägen auch aus einer Niederlage erhob, um weiter der Bestimmung zu folgen, die er für sich erkannt hatte.

Während Constanze mit den Fingern an ihrer Halskette spielte, fragte sie sich, ob Korvettenkapitän Ehrhardt wohl verheiratet war.

»Dann meinen Sie also, man darf trotz allem noch hoffen?«

In kerzengerader Haltung straffte er seinen Uniformrock. »Seien Sie dessen versichert, gnädige Frau. Sieg oder Tod!« Dann beugte er sich vor, um ihr noch einmal in die Augen zu schauen. »Dürfen wir auf Ihre Unterstützung zählen?«

44

Eine milde Frühlingssonne schien auf den Jüdischen Friedhof in der Schönhauser Allee herab, und in den Baumkronen zwitscherten die Spatzen, als Tino zusammen mit den anderen Trauergästen den Gebetsraum verließ, wo die Totenfeier für Simon und Hanne Rosenberg stattgefunden hatte, um den zwei Särgen auf dem Weg zum Grab zu folgen.

Wie schön Rahel in ihrer Trauer war. Wie schön und gleichzeitig fremd …

Gewandet in ein schwarzes Kostüm mit Hut und Schleier schritt sie an der Seite des Gesellen zu der Stätte, wo ihre Eltern zur letzten Ruhe gebettet werden sollten. Wie Rahel gesagt hatte, hatten die Männer und Frauen der Jüdischen Gemeinde sich um alles Nötige gekümmert und die Bestattung vorbereitet. Sie hatten die Toten gereinigt und die Mutter in ein langes, weißes Kleid und den Vater in einen Gebetsmantel gehüllt, bevor sie beide in die Särge gelegt hatten. In seiner Trauerrede hatte der Rabbiner die Eltern in anrührenden Worten geschildert: zwei Menschen, die in lebenslanger Liebe so miteinander verschmolzen waren, dass sie als ein Leib und eine Seele aus dem Leben geschieden waren. Wahrscheinlich, dachte Tino, hatte Rahel dem Rabbiner die Worte eingegeben, sie hatte ja gesagt, dass die Eltern am Gemeindeleben kaum noch teilgenommen hatten. Umso mehr bedauerte er, dass er sich nie bemüht hatte, die zwei kennenzulernen. Obwohl er gewusst hatte, dass sie das von ihm erwarteten, hatte er einfach nicht daran gedacht. Jetzt war es zu spät.

Die Trauergemeinde hatte das Grab erreicht, so dass er den Gedanken nicht zu Ende denken musste.

»Der Herr hat's gegeben, der Herr hat's genommen; der Name des Herrn sei gelobt.«

Obwohl der Rabbiner noch keine vierzig Jahre alt war, sah er mit seinem wallenden Bart und den an den Schläfen herabrieselnden Ringellocken genauso aus, wie Tino sich als Kind Moses vorgestellt hatte, als dieser mit den Gesetzestafeln vom Berg Sinai herabgestiegen war. Jetzt trat er auf Rahel zu und riss den Saum ihrer schwarzen Bluse ein. Tino hatte keine Ahnung, was der Brauch bedeutete. Es war das erste Mal, dass er an einer jüdischen Beerdigung teilnahm. Doch immerhin hatte er in Erfahrung gebracht, warum die Beisetzung so schnell vonstattengehen musste. Nach jüdischem Glauben, so hatte er im »Brockhaus« nachgeschlagen, kann die Seele eines Toten erst dann zum Himmel aufsteigen, wenn seine sterblichen Überreste unter der Erde liegen.

»Sieh auf drei Dinge, und du wirst nie fehlschlagen im Leben: Wisse, woher du kommst und wohin du gehst und vor wem du wirst einst Rechenschaft ablegen müssen.«

Tino sah ein Zucken in Rahels Gesicht und versuchte, ihren Blick zu fangen, doch sie schlug die Augen nieder. War es die Trauer? Oder war es, weil sie es nicht über sich brachte, ihn anzuschauen? Jetzt griff sie nach Antons Arm, als wäre der Geselle ihres Vaters der einzige Mensch auf der Welt, der ihr Halt geben konnte.

»Denn du bist Erde und sollst zu Erde werden.«

Als die Särge herabgelassen wurden, sah Tino, wie Tränen ihre Wangen herabliefen. Abermals suchte er ihren Blick, und abermals wich sie ihm aus. Und während ihm ein so großer Kloß im Hals wuchs, dass er kaum noch schlucken konnte, schämte er sich, wie er sich noch nie zuvor in seinem Leben geschämt hatte. Ausgerechnet in der Nacht, in der Rahel ihn am meisten gebraucht hätte, hatte er … Wieder brach er den Gedanken ab. Nein, es war doch unmöglich, dass sie etwas ahnte, sie war doch keine Hellseherin.

»Bewahre mich, Herr, denn ich traue auf dich.«

Die Totengräber holten die Seile ein und begannen, das Grab zuzuschaufeln. Tino straffte sich in der Erwartung, dass der Rabbiner ein Lied anstimmen würde, wie er es von christlichen Beerdigungen kannte. Doch das tat er nicht. Schweigend wartete er mit der Trauergemeinde ab, bis beide Särge vollständig mit Erde bedeckt waren, um dann das Schlussgebet zu sprechen.

»Jitgadal vejitkadasch sch'mei rabah …«

Beim Beten beugte der Rabbiner den Oberkörper manchmal nach links, manchmal nach rechts, dann wieder machte er ein paar Schritte vor oder zurück. Einige Trauergäste murmelten die Verse leise mit. Tino aber verstand kein einziges Wort. Sein Blick wanderte immer wieder zu Rahel, die mit tränennassen Augen auf das Grab ihrer Eltern schaute. Offenbar waren ihr die Verse so wenig geläufig wie ihm, auch ihre Lippen blieben stumm. Trotzdem sah sie aus, als würde sie beten.

»Hu b'rachamah ja'aseh schalom aleinu, ve al kol jisroel v'imru: Amein!«

»Amen«, wiederholte die Gemeinde.

Der Rabbiner ging beiseite, damit die Trauergäste von den Toten Abschied nehmen konnten. Als Erstes trat Rahel ans Grab. Mit ernster, gefasster Miene warf sie drei Handvoll Erde auf die bereits bedeckten Särge, dann hob sie einen Stein vom Boden und legte ihn auf die Grabplatte mit den auf Deutsch und Hebräisch eingravierten Namen der Eltern. Die übrigen Trauergäste taten es ihr der Reihe nach gleich, dann bildeten sie vor dem Grab ein Spalier, darunter auch Dr. Recknagel. Der Arzt war außer Rahel der einzige Mensch auf dem Friedhof, den Tino kannte.

Der Rabbiner gab ihr ein Zeichen, das Spalier zu durchschreiten.

»Der Herr tröste euch inmitten der anderen Trauernden Zions und Jerusalems«, sagte er, als Rahel der Aufforderung folgte.

Dann war die Beerdigung vorbei, und nachdem die Gäste einer nach dem andern ihre Hände in ein dafür bereitgestelltes Becken getaucht hatten, löste die Gemeinde sich auf.

Mit ernster Miene trat Dr. Recknagel zu Tino und drückte ihm die Hand.

»Ich hoffe, Sie werden sich um sie kümmern.«

»Selbstverständlich, Herr Stabsarzt.«

»Ich verlasse mich auf Sie.«

Als Dr. Recknagel sich abwandte, trat Tino an Rahels Seite, um sie vom Friedhof zu führen. Und endlich, endlich erwiderte sie seinen Blick und lächelte ihn an.

Es war wie eine Erlösung. Nein, er hatte sich geirrt, nichts stand zwischen ihnen, sie hatte nur in ihrer Trauer allein sein wollen …

Ihr Lächeln zärtlich erwidernd, reichte er ihr den Arm. Doch als sie sich unterhaken wollte, näherte sich plötzlich ein Mann, den er noch nie gesehen hatte. Gekleidet in einen Anzug aus feinstem Tuch, umarmte er Rahel mit solcher Innigkeit, dass Tino dasselbe schmerzhafte Ziehen in der Brust verspürte, das er empfunden hatte, als Rahel zum ersten Mal allein tanzen gegangen war.

War das der Mann, mit dem sie die Nächte im »Eldorado« verbrachte?

Als würde sie spüren, was in ihm vorging, löste sie sich aus der Umarmung des Fremden und drehte sich zu ihm um.

»Ein Freund meiner Eltern«, sagte sie.

Um ihre Worte zu beglaubigen, nickte sie ihm zu. Doch der Klang ihrer Stimme schien zu verraten, dass das nicht die ganze Wahrheit war.

45

Solange Rahel zurückdenken konnte, klingelte Hauseigentümer Otto Jablonski jeden Ersten im Monat um Punkt zwölf Uhr an der Wohnungstür, um in seiner blutverschmierten Schlachterschürze den Mietzins zu kassieren. Doch in diesem Monat erschien er nun schon zum zweiten Mal auf dem Treppenabsatz, allerdings nicht zur Mittagszeit und auch nicht in seiner Arbeitstracht, sondern nach dem Abendessen und im guten Anzug. Gleich am ersten Tag nach der Beerdigung hatte er Rahel angerufen, um seinen Besuch anzukündigen. Er wollte mit ihr über die Fortsetzung des Mietverhältnisses reden.

»Als Eigentümer brauche ich Sicherheit.«

Rahel führte ihn in den Salon, sie war froh, dass sie zu tun hatte, so hatte sie keine Zeit für die Trauer. Die brennende Zigarre in der Hand, setzte Otto Jablonski sich an den Tisch, an dem Anton bereits Platz genommen hatte. Rahel hatte Tinos Rat befolgt und mit dem Altgesellen ihres Vaters gesprochen. Der hatte sein ganzes Geld zusammengekratzt und beschlossen, sich trotz seines Alters selbständig zu machen. Mäxchen Hoppe, ein ehemaliger Lehrling, besaß nach bestandener Gesellenprüfung inzwischen den Meisterbrief und würde mit von der Partie sein. Zusammen wollten sie die Uniform- und Modeschneiderei samt Werkstatt übernehmen.

»Aber können Sie sich das überhaupt leisten?«, wollte Otto Jablonski wissen. »Drei Monatsmieten Kaution? Und der Monatszins im Voraus?«

»Ich habe mein Leben lang gespart«, sagte Anton. »Und jeden Pfennig auf die hohe Kante gelegt.«

»Na dann mal Butter bei die Fische.«

Der Hauseigentümer zog einen Vertrag aus der Tasche, um Anton entlang der Paragraphen die Haupt- und Nebenkosten sowie sonstige Pflichten des Mieters zu erläutern. Rahel hörte nur mit halbem Ohr zu. Mein Gott, wie sehr vermisste sie ihre Eltern! Früher hatte sie sich oft für sie geschämt, wenn sie in diesem Raum hohen Besuch empfingen und der Vater ehrfürchtig vor dem Gast buckelte und die Mutter mit ihren vor Aufregung zitternden Händen es kaum schaffte, den Kaffee einzuschenken. Bei der Erinnerung tastete Rahel nach dem eingerissenen Saum ihrer Bluse. Der Vater hatte ihr den Brauch erklärt, als ihre Großmutter gestorben war. Der Riss sollte den Schmerz symbolisieren, den der Verlust der Toten den Hinterbliebenen bereitete. Doch dafür reichten die paar Zentimeter nicht aus. Für den Schmerz, den Rahel empfand, hätte der Rabbi die ganze Bluse in Stücke reißen müssen.

»Dann sind wir uns also einig?«, fragte Otto Jablonski.

Anton reichte ihm seine zerstochene Hand.

Doch der Vermieter schüttelte den Kopf. »Von wegen, Meister. Da reicht ein Handschlag nicht aus, dafür brauche ich schon Ihren Friedrich Wilhelm.«

Mit seiner Zigarre zeigte er auf den Vertrag, und während Anton an der bezeichneten Stelle unterschrieb, paffte er zufrieden ein paar Ringe in die Luft und wandte sich dann an Rahel.

»Und jetzt zu uns zwei Hübschen. Was meinst du – ich darf doch noch du zu dir sagen, oder? – willst du die Wohnung behalten?«

46

Großkampftag in Tempelhof! Hier und heute würde sich das Schicksal des »Anna Boleyn«-Films entscheiden!

Der Frühnebel versprach zum Glück gutes Wetter für diesen Septembertag. Schon seit dem Morgengrauen wimmelte es auf dem Freigelände der Universum Film AG von Menschen, ganze Völkerscharen waren damit beschäftigt, die heute anstehenden Dreharbeiten vorzubereiten. Berittene Hilfsregisseure galoppierten kreuz und quer über das Feld und brüllten Anweisungen in ihre Megaphone, Lichtmeister leuchteten mit ihren Scheinwerfern den aus Pappmaché errichteten Londoner Straßenzug mit der Westminster Abtei aus, Szenenbildner korrigierten letzte Details an den Kulissen, und Bühnenarbeiter verlegten zwischen all den nachgebildeten Gebäuden des riesigen Potemkin'schen Dorfes Schienengleise, damit die Kameramänner bei ihren Dollyfahrten erschütterungsfreie Aufnahmen machen konnten, während gleichzeitig Dutzende von Ständen mit Selterswasser, Kaffee und belegten Broten bestückt wurden, um zwischen den Dreharbeiten Tausende von Menschen mit Essen und Trinken zu versorgen.

Tino hatte vor lauter Nervosität in der Nacht kaum ein Auge zugemacht, und lange bevor der Wecker geklingelt hatte, war er regelrecht aus seinem Bett geflohen, um endlich die Dinge in Angriff zu nehmen. Nur mit einer Tasse Kaffee im Magen hatte er das Haus verlassen, doch in dem kleinen Blumenladen an der Ecke des Gendarmenmarkts hatte er sich trotz aller Eile eine ganze Ewigkeit Zeit gelassen, um die eine Nelke zu finden, die für diesen Schicksalstag das meiste Glück versprach.

Ja, Reichspräsident Ebert hatte Wort gehalten und würde heute Mittag auf dem Ufa-Gelände eintreffen, um die Dreharbeiten des sündhaft teuren Films zu besuchen – die Chance auf ein Presse-Tamtam, wie es noch keines in der Geschichte der deutschen Filmkunst gegeben hatte. Während ein Dutzend Maskenbildner, Modistinnen und Friseure die Haupt- und Nebendarsteller herausputzten und eine Hundertschaft von Garderobieren das schier endlose Heer von Komparsen in ihre Kostüme steckte, kam in der Produktionsbaracke die Firmenleitung zusammen, um mit Regisseur Ernst Lubitsch die wichtigste Frage des Tages zu erörtern.

Für welche Szene sollte man den Besuch des Präsidenten nutzen, um die größtmögliche Werbewirkung zu erzeugen? Für den Krönungszug auf dem Weg zur Westminster Abtei mit dem jubelnden Volk? Oder für die Krönungsfeier in der Kirche?

»Ich plädiere für den Krönungszug«, erklärte Tino. »Nichts begeistert die Massen so sehr wie eine Massenszene.«

»Davon rate ich dringend ab«, entgegnete Major Grau. »Bei dem Krönungszug kommen über viertausend Komparsen zum Einsatz. Die meisten davon sind arbeitslose Hungerleider, die für eine Tasse Muckefuck und ein Butterbrot sich den ganzen Tag lang die Beine in den Bauch stehen. Solches Menschenmaterial ist unberechenbar – als Offizier weiß ich, wovon ich rede. Wenn das aus dem Ruder läuft, geht der Schuss nach hinten los. Das sollte unser Oberleutnant a. D. eigentlich auch wissen.«

Mit einem verächtlichen Seitenblick auf Tino zwirbelte er seinen Bart. Während der die Kröte wohl oder übel schluckte, wandte Stauß sich an den Regisseur.

»Ihre Meinung, Lubitsch?«

Dessen Gesicht war anzusehen, wie es in ihm arbeitete. Natürlich reizte ihn die cineastische Großtat, anders konnte es ja gar nicht sein, jeder der Anwesenden wusste, dass er sich für den bedeutendsten Filmkünstler Deutschlands, wenn nicht gar Europas hielt. Außerdem galt er als wahrer Virtuose der Massenregie, und wie konnte er das besser unter Beweis stellen als bei einem solchen Spektakel? Doch andererseits ... Graus Einwand war alles andere als unberechtigt, und wenn irgendetwas Unvorhergesehenes geschah und Lubitsch bei der Szene die Kontrolle verlor, würde man sich bis auf die Knochen blamieren. Vor dem Präsidenten und – noch schlimmer – vor der gesamten Pressemeute, einschließlich Hugenbergs »Deulig Woche«.

Lubitsch wollte gerade den Mund aufmachen, doch Tino kam ihm zuvor.

»Wenn einer das kann, dann Sie!«

Während der Regisseur die Bemerkung mit einem geschmeichelten Lächeln quittierte, richteten sich alle Blicke auf Stauß. Doch der reichte die Entscheidung an Tino weiter.

»Danke für Ihre Einschätzung, Reichenbach. Aber sind Sie auch bereit, die Verantwortung zu übernehmen, wenn die Sache schiefgeht?«

Tino zögerte einen Moment, als Finanzdirektor des Unternehmens wusste er wie kein Zweiter, was auf dem Spiel stand. Doch dann sah er Major Graus arrogante, höhnische Miene, und noch bevor er seine Entscheidung getroffen hatte, nickte er, im Vertrauen auf Ernst Lubitschs Regiekunst sowie die Nelke in seinem Knopfloch.

47

Wehmütig betrachtete Rahel das metallisch glitzernde Orakel in ihrer Hand, ein in plötzlicher Kälte erstarrtes Stückchen

Blei, und während sie mit den Fingern die bizarre Form entlangtastete, versuchte sie, diese zu deuten.

War es ein Füllhorn? Oder eher ein ausgelatschter Wanderstiefel?

Das Orakel war in der Silvesternacht entstanden, beim letzten Bleigießen mit den Eltern, nachdem Rahel von der Party im »Café Größenwahn« zurückgekehrt war. Zuerst war der Vater entsetzt gewesen, als er sie im Hausflur erwischt hatte und ihre Lüge ans Licht gekommen war, und er hätte Tino am liebsten zum Teufel gejagt. Doch als sich herausgestellt hatte, wer ihr Verehrer war, waren die Eltern so glücklich gewesen, dass die Mutter trotz der späten Stunde vorgeschlagen hatte, wie in früheren Jahren Blei zu gießen. Wie immer hatten sie sich über das Ergebnis wie die Besenbinder gestritten. Aber das war ja gerade das Schöne daran, dass jeder etwas anderes in den seltsamen Formen erkennen konnte, es kam ja nicht wirklich darauf an, niemand glaubte im Ernst, dass ein im Wasserbad erstarrtes Stückchen Blei etwas über die Zukunft verraten könnte, das ganze Rätselraten war ja nur ein Spiel, um sich in der längsten Nacht des Jahres die Zeit zu vertreiben.

Versunken in ihre Gedanken, drehte Rahel das Orakel herum. Jetzt schien es plötzlich ein Pilz zu sein. Doch war es ein Glückspilz? Oder einer von der giftigen Sorte?

Man wusste nie, wozu etwas gut war …

Das Stückchen Blei war ihr vor ein paar Minuten beim Aufräumen in die Hände gefallen, sie hatte gerade damit begonnen, die Hinterlassenschaften der Eltern zu sichten. Seit Wochen hatte sie das vor sich hergeschoben, als hätte sie Angst, dabei etwas zu entdecken, was sie nicht entdecken wollte. Doch da sie heute dienstfrei hatte, hatte sie beschlossen, den Tag zu nutzen, um es endlich hinter sich zu bringen. Zumal Tino wegen des Präsidentenbesuchs sowieso keine Zeit für sie hatte.

Wie viel hätte sie jetzt darum gegeben, wenn das Orakel tatsächlich etwas über ihre Zukunft aussagen würde …

Obwohl sie es nicht einmal sich selbst eingestehen wollte, hatte sie wirklich Angst, doch nicht vor irgendwelchen unerwarteten Fundstücken, sondern vor der Ungewissheit, in die ihre Zukunft sich aufgelöst hatte. Sie hatte immer davon geträumt, auf eigenen Füßen zu stehen, doch es war leicht gewesen, davon zu träumen, solange sie ihre Füße unter den Tisch der Eltern hatte stecken können. Jetzt wusste sie nicht mal, ob sie weiter in der Wohnung leben würde, Otto Jablonski war schon mehrmals in seiner Schlachterschürze aufgekreuzt, um auf eine Entscheidung zu drängen, die Kündigungsfrist betrug nur ein Quartal. Wenn sie, wie Tino ihr geraten hatte, zwei oder drei Zimmer untervermietete, würde ihr Lohn gerade ausreichen, um die Wohnung zu halten.

Aber wollte sie das überhaupt? Oder war es nicht besser, sich etwas Neues, etwas Eigenes zu suchen? Und was war mit ihrem Beruf? Sollte sie bis in alle Ewigkeit Verbände wechseln und Nachttöpfe ausleeren? Sie hatte doch davon geträumt, Journalistin zu werden. Dieses Ziel schien ihr jetzt so weit entfernt wie der Mond.

So viele Fragen, auf die sie keine Antwort wusste … Weil sie keinen Plan hatte … Und das Schicksal so beharrlich schwieg wie die Götter, ohne ihr irgendein Zeichen zu geben …

Mit einem Seufzer legte sie das nutzlose Orakel zurück in die Küchenschublade, in der sie es gefunden hatte, dann ging sie ins Elternschlafzimmer, um weiterzumachen. Als Erstes holte sie sämtliche Kleider und Anzüge und Mäntel aus dem Schrank und verteilte sie über das Ehebett. Bevor sie entschied, welche Stücke sie behalten und welche sie weggeben würde, leerte sie die Taschen. In einer Kostümjacke der Mutter kam tatschlich ein schmales silbernes Armband zum Vorschein – der Verschluss war kaputt, wahrscheinlich hatte die Mutter es eingesteckt, um es zur Reparatur zu bringen. Noch ergiebiger waren die Anzüge des Vaters. Darin fand Rahel außer der Brieftasche auch verschiedene Ausweispapiere, darunter sogar die Mitgliedskarte des jüdischen Fußballvereins Wilmersdorf. Seltsam, davon hatte sie gar nichts gewusst.

Als eines der letzten Kleidungsstücke blieb ein alter Morgenmantel übrig, den hatte der Vater bereits getragen, als Rahel noch ein Kind gewesen war. Sie wollte ihn schon unbesehen auf den Kleiderhaufen werfen, den sie weggeben würde, da entdeckte sie den Rand eines Briefumschlags, der aus einer Tasche hervorlugte. Auf der Vorderseite stand ihr Name in der Handschrift des Vaters.

Hatte er ihn in dem Morgenmantel vergessen?

Irritiert öffnete sie das Kuvert. Dem Datum nach musste er den Brief einen Tag, bevor er und die Mutter gestorben waren, geschrieben haben.

Mein geliebtes Engele,
meine Kraft reicht nur noch für ein paar wenige Zeilen, und wenn Du sie liest, sind Mutter und ich wohl nicht mehr auf dieser Welt. Wie gern hätten wir Dir ein Vermögen vererbt, mit dem Du auch ohne uns sorgenfrei leben könntest. Aber trotz allen Fleißes war uns nicht mehr vergönnt als das bescheidene Leben, das wir miteinander führten. So hat es am Ende auch nur für ein paar Märker auf unserem Sparkassenkonto gereicht, die Nummer findest du auf einem Zettel in meinem Nachtkasten.
»Und ist es auch köstlich gewesen, so war es nur Mühe und Arbeit …«
Ja, auch das Alte Testament enthält so manche Wahrheit. Du weißt ja, die Konkurrenz war groß, das Konfektionsgeschäft der Kaufhäuser … hat uns in den letzten Jahren … immer mehr zu schaffen gemacht …, weshalb ich nach dem Krieg auch keinen zweiten Gesellen … mehr einstellen konnte. Deshalb können … Deine Mutter und ich … jetzt nur hoffen …, dass der junge Herr Reichenbach … es ernst mit Dir meint … und Dich in seine Obhut …

Mit jeder Zeile wurden die Wörter krakeliger und die Abstände zwischen ihnen immer größer, bis der Brief plötzlich mitten im Satz abbrach.

Mit Tränen in den Augen wendete Rahel den Bogen. Doch die Rückseite war leer.

48

Der Frühnebel hatte sich aufgelöst, und in herrlichstem Kaiserwetter strahlte die Sonne zum Empfang von Reichspräsident Ebert auf das Tempelhofer Feld herab, wo dieser sich heute zu den Dreharbeiten der neuesten Ufa-Großproduktion angesagt hatte. Die Ankunft des Staatsoberhaupts hatte sich ein wenig verzögert, und unter den viertausend Komparsen, die seit Stunden nichts mehr zu essen und zu trinken bekommen hatten und die sich nun schwitzend in ihren Kostümen vor den Versorgungsständen mit den letzten Flaschen Selterswasser drängten, breitete sich schon Unruhe aus, als die Limousine des Ehrengasts mit großem Gefolge und umringt von der Pressemeute endlich auf dem Drehgelände eintraf.

»Gott sei Dank.«

Nicht nur Tino fiel ein Stein vom Herzen, auch die übrigen Mitglieder des Ufa-Vorstands, der sich zusammen mit Regisseur Lubitsch auf dem Regieturm versammelt hatte, atmeten auf. Stauß, der aus Anlass des hohen Besuchs einen schweißtreibenden Cutaway trug, setzte sich seinen Zylinder auf.

»Halten Sie hier bitte die Stellung, Reichenbach, bis ich mit Seiner Exzellenz zurück bin.«

Gefolgt von seinem Stellvertreter Major Grau, der zur Feier des Tages seine mit sämtlichen Orden behängte Galauniform angelegt hatte, stieg Stauß von der Empore, um dem Tross des Präsidenten entgegenzueilen. Tino wusste, was immer heute geschah, es geschah in seiner Verantwortung. Lubitsch war seinem Vorschlag gefolgt und hatte sich entschlossen, trotz aller Unwägbarkeiten den Krönungszug vor Eberts und der Presse Augen zu drehen. Während Tino der Schweiß an den Achseln herunterlief, gab er dem Regisseur das vereinbarte Zeichen.

Lubitsch, der einen schlichten Arbeitsanzug ohne Kragen trug, um die volle Gewalt seiner Stimme einsetzen zu können, hob sein Sprachrohr an die Lippen. »Jedermann auf Position!«

Die berittenen Hilfsregisseure gaben den Befehl weiter, und während sie aus den Sätteln ihrer galoppierenden Pferde durch Megaphone ihre Anweisungen riefen, geschah das Unfassbare: Wie von

Geisterhand geleitet, verwandelte sich das Chaos auf dem Feld in eine wunderbare Ordnung. Verstreuten Eisenspänen auf einer Metallplatte gleich, die mit einem Magneten in Berührung kommt, formierten sich all die umherirrenden Statisten zu einer riesigen Jubelschar, die nur darauf wartete, Emil Jannings als Heinrich VIII. und Henny Porten als Anna Boleyn auf ihrem Weg in Richtung Westminster zu huldigen.

Präsident Ebert war sichtlich beeindruckt.

»Kolossal«, sagte er, als er, flankiert von Stauß und Grau, den Regieturm bestieg. »Aber lassen Sie sich bitte nicht bei Ihrer Arbeit stören«, fügte er an Lubitsch gewandt hinzu, um von der Tribüne aus das Schauspiel zu verfolgen. »Wirklich kolossal!«

Heinrich und Anna erreichten gerade unter dem Jubel des Volkes das Kirchenportal, da wurden plötzlich Rufe laut, die nicht im Drehbuch standen.

»Da – der Ebert!«

»Wo?«

»Da oben! Auf dem Podest!«

Tino beugte sich über die Brüstung. Ein paar Statisten hatten den Präsidenten erkannt und zeigten in die Höhe. Immer mehr Köpfe flogen herum und schauten zur Empore hinauf. Tino sah die Verblüffung in den Gesichtern, offenbar konnten die Menschen kaum glauben, was sie sahen, doch als Ebert ans Geländer trat, um ihnen zuzuwinken, schlug die Stimmung unter den Komparsen so plötzlich um wie das Wetter auf hoher See, und statt weiter als Heinrichs Untertanen dem englischen König zuzujubeln, wüteten sie gegen ihr deutsches Staatsoberhaupt, das ihnen hier so unverhofft erschienen war.

»Nieder mit Ebert!«

»Nieder mit der Regierung!«

»Wir wollen Arbeit und Brot!«

Zwei Offiziere aus der Entourage des Präsidenten warfen sich zwischen Ebert und die Brüstung, um ihn vor dem Volk abzuschirmen. Tino brach der kalte Schweiß aus.

Wie würde Lubitsch reagieren?

Als er sich nach dem Regisseur umdrehte, sah er in den Trichter von dessen Megaphon. Lubitsch brüllte sich die Lunge aus dem Hals, aber gegen den plötzlichen Tumult kam er so wenig an wie seine berittenen Hilfsregisseure, die mit roten Köpfen hin und her galoppierten und alle Hände voll damit zu tun hatten, ihre scheuenden und sich aufbäumenden Pferde zu zügeln.

Jetzt begann die Menge auch noch zu skandieren.

»Wer hat uns verraten?«

»Sozialdemokraten!«

Während die Offiziere den Präsidenten von der Empore zerrten, ließ Lubitsch sein Sprachrohr sinken. Mit großen Augen starrte er auf das brodelnde Menschenmeer, fassungslos, was unter seinem Regieturm geschah. Laut Drehbuch sollte das jubelnde Volk jetzt durch das Stadttor einströmen, angetrieben von der Garde des Königs. Doch vor dem Tor hatte sich eine Menschenkette gebildet, die niemanden mehr durchließ. Das Königspaar an der Spitze des Krönungszugs verharrte ratlos vor dem Portal des Gotteshauses und sandte verzweifelte Blicke in Richtung Regie.

Unwillkürlich fasste Tino nach der Nelke an seinem Revers. Musste Lubitsch die Szene abbrechen?

»Wer hat uns verraten?«

»Sozialdemokraten!«

Vor dem Podium wurde Eberts Limousine gestartet. Als Emil Jannings sah, dass der Präsident die Flucht ergriff, vergaß er seine Königswürde und nahm gleichfalls vor dem wütenden Volk Reißaus, zusammen mit den Pagen, die Anna Boleyns Schleppe getragen hatten. Einsam und verlassen stand Henny Porten als verschmähte Braut vor dem Eingang der Westminster Abtei, wo sie zur Königin gekrönt werden sollte, unfähig, sich in ihrem Kleid aus Goldbrokat, das schwerer war als sie selbst, vom Fleck zu rühren.

»Wer hat uns verraten?«

»Sozialdemokraten!«

Während die Limousine des Präsidenten sich hupend einen Weg durch die Menge bahnte, überlegte Tino fieberhaft, was zu tun war, um die Szene zu retten. Doch nichts fiel ihm ein.

Da ergriff Major Grau die Initiative. »Machen Sie weiter, Lubitsch!«, brüllte er plötzlich wie auf dem Exerzierplatz.

Der Regisseur blickte ihn an, als hätte Grau den Verstand verloren. Doch der brüllte nur noch lauter.

»Haben Sie nicht verstanden, Kerl? Los! Worauf warten Sie? Weiter drehen! Das ist ein Befehl!«

49

Am 12. Dezember 1920 wurde »Anna Boleyn« im Ufa-Palast am Zoologischen Garten uraufgeführt. Insgesamt hatte die Produktion über acht Millionen Mark verschlungen. Nicht wenige Kritiker warfen der Universum Film AG deswegen Verschwendungssucht vor. Um sie zu beschwichtigen, hatte Stauß angeordnet, die Premiere als Wohltätigkeitsveranstaltung des Vereins Berliner Presse zugunsten notleidender Journalisten zu deklarieren. Mit Erfolg: Schon vor der Uraufführung feierten die Zeitungen »Anna Boleyn« als einzigartiges cineastisches Großereignis, um das selbst Hollywood die Filmhauptstadt des Reiches beneiden würde.

Rahel saß bei der Premiere zusammen mit Tino in der ersten Reihe. Als der Vorhang aufging, herrschte erwartungsvoll knisternde Stille in dem zweitausend Plätze fassenden Saal, und kaum flackerten die ersten Bilder über die Leinwand, sprang der Funke auch schon auf das Publikum über. Machtvoll setzte die Saalorgel ein, und während sie die Szenen mit immer dramatischeren Klängen befeuerte, verfolgte Rahel mit angehaltenem Atem, wie Anna Boleyn an den englischen Königshof kam und Heinrich sie mit seinen Avancen umgarnte, obwohl sie die Hofdame seiner eigenen Frau war … Wie Anna, hin und her gerissen zwischen den Liebesschwüren des Königs und ihrer heimlichen Liebe zu dem Höfling Norris, fast dem Wahnsinn verfiel … Wie Heinrich sich über alle Grenzen hinwegsetzte und sogar mit dem Papst in Rom brach, um sich von seiner Frau Katharina scheiden lassen zu können und Anna Boleyn zum Altar zu führen …

»Das ist noch gar nichts«, flüsterte Tino ihr zu. »Das Beste kommt erst.«

Rahel wusste, was er meinte – er hatte ihr erzählt, wie beim Besuch von Präsident Ebert auf dem Drehgelände das Chaos ausgebrochen war. Doch den Ausgang der Sache hatte er ihr nicht verraten. Umso gespannter blickte sie jetzt auf die Leinwand, wo gerade König Heinrich vor Anna niederkniete, um ihr seinen Antrag zu machen.

»Gleich! Aufgepasst!«

Ein Raunen ging durch den Saal, als der Krönungszug in seiner ganzen Pracht und Herrlichkeit erschien, und aus den vielen hundert Pfeifen der Saalorgel ertönte ein Hochzeitsmarsch. Rahel lief ein Schauer über den Rücken, es war, als wäre sie selbst Teil des Geschehens, das sie doch nur auf der Leinwand sah – so zum Greifen wahr und wirklich wirkten die Bilder auf sie. Ganz London jubelte dem König und seiner Braut zu, Bürgersfrauen und Handwerker, Tagelöhner und Dienstmädchen winkten mit Tüchern und drängten mit solcher Begeisterung gegen die Absperrungen an, dass berittene Soldaten und mit Lanzen bewaffnete Landsknechte sie zurückdrängen mussten, um den Festzug im Gefolge des Königspaars vor dem Volk zu schützen: die Geistlichkeit im Festtagsornat, die gewappnete Ritterschaft, die Adelsmänner und Hofdamen in ihren Prunkgewändern – fast glaubte man, das Festgeläut vom Turm der Westminster Abtei zu hören.

»Wie habt ihr das bloß geschafft?«, fragte Rahel.

»Wie hat Ihre Oma immer gesagt«, erwiderte Tino grinsend. »Man weiß nie, wozu etwas gut ist …«

»Jetzt sagen Sie schon!«

»Na gut. Aber nur, wenn Sie es niemandem verraten.« Er beugte sich zu ihr, und leise raunte er ihr ins Ohr: »Als der Aufstand losging, hat Lubitsch einfach weiter drehen lassen, die Kameraleute haben regelrecht um die Wette gekurbelt. Was jetzt auf der Leinwand wie die Begeisterung des Volkes für König Heinrich aussieht, war in Wirklichkeit die Wut auf Präsident Ebert.«

Rahel schnappte nach Luft. »Aber … das ist ja – *Betrug*!«

»Nein, das ist Kunst! Genau darin besteht doch ihre Magie – Lügen in Wahrheit zu verwandeln.«

Wieder lief Rahel ein Schauer über den Rücken, noch stärker als zuvor. Doch gleichzeitig wich ihre Empörung faszinierter Bewunderung.

»Dann ist dieser Lubitsch ein Genie ...«

Tino nickte. »Mein Gott, wenn das schiefgegangen wäre – ich will es mir gar nicht vorstellen! Allein diese eine Szene hat eine Viertelmillion Mark gekostet! Das ganze Geld hätte sich in Luft aufgelöst.«

»Eine Viertelmillion? Für eine Szene?« Rahel schüttelte den Kopf. »Glauben Sie, dass der Film die Kosten je wieder einspielt?«

Tino strich über die Nelke an seinem Revers. »Ist bereits geschehen. Die Amis haben für die Rechte zweihunderttausend Dollar geboten.«

»Wie viel ist das in Reichsmark?«, fragte sie.

»Vierzehn Millionen«, erklärte er mit einem triumphierenden Grinsen. »Das heißt, wir sind schon jetzt mit sechs Millionen im Gewinn.«

Rahel wollte ihm mit einem Kuss gratulieren. Aber als sie sich zu ihm umdrehte, wurde ihr plötzlich speiübel. Mit der Hand vor dem Mund sprang sie auf, um Hals über Kopf aus dem Saal zu laufen.

50

Was in aller Welt war in sie gefahren?

In geduckter Haltung verließ Tino seinen Platz, um ihr durch die Dunkelheit zu folgen. Obwohl er den Kopf einzog, entstand in den vorderen Reihen ein unwilliges Murren, während er unter der Leinwand hindurch in Richtung Ausgang huschte.

Im Foyer wurden die letzten Vorbereitungen für die Premierenfeier getroffen. Köche bauten das Buffet auf, Kellner stellten den Champagner kalt, und auf einem Tisch stapelten sich Dutzende von Pressemappen für die Journalisten. Morgen würde es in ganz Berlin nur ein Thema geben: »Anna Boleyn«, die neueste Produktion der Universum Film AG.

Doch von Rahel keine Spur.

»Haben Sie vielleicht meine Begleitung gesehen?«, fragte Tino einen Kellner, unter dessen Aufsicht gerade zwei Pikkolos die Gläser für eine Champagnerkaskade übereinandertürmten.

Der Ober hob hochmütig die Brauen. »Wenn Sie mir freundlicherweise sagen könnten, wie die Dame aussieht?«

»Kastanienbraune Locken, Sommersprossen, beiges Satinkleid, dazu …«

Während er sprach, ging die Tür zum Toilettengang auf, und Rahel kam ins Foyer – weiß wie eine Wand.

»Um Gottes willen! Was ist los?«

Mit einem Gesicht, das eine Mischung aus allem Möglichen war, aus Lachen und Weinen, Bestürzung und Freude, vor allem aber grenzenloser Überraschung, erwiderte sie seinen Blick.

»Ich … ich glaube, ich bin schwanger.«

TEIL DREI

Schwanger

1921

1

Vom Französischen Dom riefen die Glocken zum ersten Gottesdienst im neuen Jahr. Seit Weihnachten hatte es fast ununterbrochen geschneit, in der Silvesternacht aber war die Wolkendecke aufgebrochen, so dass nun die Sonne von einem stahlblauen Winterhimmel herabschien und der eingeschneite Gendarmenmarkt in kristallisch glitzernder Pracht erstrahlte.

Während dick eingemummte Kirchgänger durch den Schnee stapften, wachte Tino, vom nahen Geläut geweckt, in seiner Wohnung auf. Obwohl er bei der Silvesterparty im »Café Größenwahn« mehr Alkohol getrunken hatte, als ihm bekam, hatte er so wohlig geschlummert wie ein Baby, ganz ohne Albträume und Angst. Der Grund dafür war Rahel, die noch tief und fest an seiner Seite schlief. Beide Arme ausgebreitet, lag sie auf dem Rücken da, wie hingegeben an ihr Schicksal, das Gesicht vollkommen entspannt und gelöst – Inbild einer glücklichen Frau und werdenden Mutter. Ihr Anblick löste ein wunderbar sanftes Gefühl in ihm aus. Damit sie nicht fror, zog er die verrutschte Decke über ihre halb entblößte Brust, dann beugte er sich über sie, um ihr einen leisen, ganz leisen Kuss in ihre Träume zu senden.

Bei der Berührung zupfte ein kleines, spöttisches Lächeln an ihren Lippen. Im selben Moment regte sich in ihm ein böser, giftiger Gedanke, drang ein in das Glück dieses friedlichen Neujahrsmorgens wie die Schlange ins Paradies.

War er überhaupt der Vater ihres Kindes?

Die Frage quälte ihn, seit Rahel ihm ihre Schwangerschaft offenbart hatte. Schon ein Dutzend Mal war er versucht gewesen, sie ihr zu stellen, aber er wusste, dass er das nicht durfte. Damit würde er alles zerstören.

Blinzelnd schlug sie die Augen auf. »Guten Morgen, Herr Reichenbach.«

»Guten Morgen, Fräulein Rosenberg. Willkommen im neuen Jahr.«

Wieder huschte ein Lächeln über ihr Gesicht. Doch diesmal sprach daraus nicht der geringste Anflug von Spott, nur liebevolles Mitgefühl.

»Sie Ärmster. Kann es sein, dass Sie einen klitzekleinen Kater haben?«

»Wie kommen Sie denn darauf?«

»Na, Sie sollten mal Ihr Gesicht sehen.«

Tino fühlte sich erwischt. Ahnte sie, was er gerade gedacht hatte? Manchmal hatte er das Gefühl, dass sie wirklich Gedanken lesen konnte.

»So ein Blödsinn!«, protestierte er. »Haben Sie nicht bemerkt, dass ich mich den ganzen Abend mit dem Trinken zurückgehalten habe? Als werdender Vater habe ich schließlich Verantwortung.«

Damit sie seine Verlegenheit nicht sah, tauchte er unter die Decke. Darunter duftete es nach ihrer beider Liebe. Mit neu erwachender Lust schmiegte er seinen Kopf an ihrem Bauch.

Sie lüftete die Decke, um nach ihm zu schauen.

»Würden Sie mir bitte verraten, was Sie da unten treiben?«

»Pssst! Ich horche nach unserem Baby. Ob es sich vielleicht schon regt.«

»Aber das ist doch noch viel zu früh!«

Tino kehrte wieder an die Oberfläche zurück. »Es ist nie zu früh, das Richtige zu tun!« Er schaute ihr in die Augen, doch sie wich seinem Blick aus. Er wusste, warum. »Nein, nein, keine Angst – ich mache Ihnen jetzt keinen Heiratsantrag. Nur wegen einer Schwangerschaft würden Sie mich ja sowieso nicht heiraten.«

Erleichtert lachte sie auf. »Wie gut Sie mich doch kennen.«

»Aber wie wär's, wenn Sie bei mir einziehen würden?« Die Frage war ihm ganz von allein herausgerutscht.

Rahel runzelte die Stirn. »Wozu? Ich bin doch schon da.«

»Nein, nicht nur über Nacht und zu Besuch, ich meine so richtig, mit Umzugswagen und allem Drum und Dran.«

Unsicher erwiderte sie seinen Blick. »Wäre das nicht fast dasselbe wie heiraten?«

»Im Prinzip ja, aber nicht in diesem Fall. Hier liegen zwingende politische Gründe vor. Schließlich geht es nicht an, dass ein Junggeselle mutterseelenallein in einer Siebenzimmerwohnung haust. Was für eine Raumverschwendung! Die Zimmer gehören ausgelastet, schon wegen der Gerechtigkeit, sonst muss man sich in diesen Zeiten ja schämen.«

»Seit wann haben Sie ein soziales Gewissen, mein Herr? Ich dachte, Sie sind Bankier! Vorsicht, Ihre Berufsehre steht auf dem Spiel!«

»Im Ernst.« Er hockte sich vor sie aufs Bett. »Ich stelle es mir wundervoll vor, mit Ihnen zusammenzuleben. Nicht der Leute oder Ihres bald dicken Bauches wegen, sondern aus reiner bekloppter Verliebtheit.«

»Hm«, machte Rahel, und wie immer, wenn sie nachdachte, kräuselte sich die Haut auf ihrer Nasenwurzel, so dass die Sommersprossen darauf zu tanzen schienen. »Unter der Vorausetzung könnte man das zumindest in Betracht ziehen.«

Sie streifte die Bettdecke beiseite und richtete sich auf. Tino staunte einmal mehr, wie wunderschön sie in ihrer Nacktheit war.

Ihr entging keineswegs, was gerade mit ihm geschah, und warf einen amüsierten Blick zwischen seine Schenkel. »Meinen Sie nicht, dass wir langsam aufstehen sollten?«

»Jetzt schon? Es ist ja noch nicht mal Mittag.«

»Aber das neue Jahr hat angefangen. Wir sollten es nicht länger warten lassen!«

Sie machte Anstalten, das Bett zu verlassen, doch er hielt sie zurück.

»Glauben Sie, ich hätte nichts zu tun?« Ohne ihre Antwort abzuwarten, küsste er sie. »Aber dafür ist immer Zeit, wenn man sich liebt.«

»Wo Sie recht haben, haben Sie recht«, flüsterte sie.

»Pssst! Nicht reden jetzt …«

»Ich bin ja schon still …«

»Na, endlich …«

Er spürte, wie ihre Lippen sich öffneten, und während Rahel seinen Kuss erwiderte, sanken sie zusammen zurück auf das Bett.

2

Major Alexander Grau, ehemals General Ludendorffs Referent für Presse- und Propagandafragen und nunmehr stellvertretender Vorstandsvorsitzender der Universum Film AG, war an einem Neujahrstag geboren, und wie in jedem Jahr hatte er das Feuerwerk in der Silvesternacht als angemessene Würdigung seines vor dreiundvierzig Jahren gefassten Entschlusses empfunden, zur Welt zu kommen, um diese durch seine Gegenwart zu adeln. Doch der Neujahrstag war ebenso vergangen wie sein Geburtstag und auch der 18. Januar, der fünfzigste Jahrestag der Reichgründung, den er im Kreis seiner Regimentskameraden verbracht hatte, zur Erinnerung an Deutschlands einstige Größe, und der Alltag hatte ihn wieder, als er an diesem kalten Januarmorgen nach gründlicher Körperpflege und Toilette das Bad seiner nicht ganz standesgemäßen Wohnung am Nollendorfplatz verließ, um mit seiner Familie das Frühstück einzunehmen, bevor er sich auf den Weg zur Arbeit machte.

Seine Frau Erna saß im Esszimmer bereits mit den Kindern am Tisch. Obwohl er strikte Anweisung gegeben hatte, dass keine Mahlzeit begonnen werden durfte, bevor die Familie vollständig versammelt war, kauten der zehnjährige Hubert und seine zwei Jahre jüngere Schwester Friederike schon mit vollen Backen ihre Frühstücksbrote, und ihre Mutter löffelte ein Ei. Er holte einmal kurz Luft, um seinen Unmut über die so frech zur Schau gestellte Unbotmäßigkeit zum Ausdruck zu bringen, doch noch bevor er dazu kam, ging Erna in die Offensive.

»Was hast du denn so lange im Bad gemacht? Musste der Herr Major auf dem Lokus strafexerzieren? Oder bist du bei deinem Geschäft eingeschlafen? Du weißt doch, dass die Kinder zur Schule müssen!«

»Du wirst wohl nicht erwarten, dass ich darauf antworte«, erwiderte er. »Wie dir nach so vielen Ehejahren bekannt sein dürfte, lege ich

Wert auf ein gepflegtes Äußeres. Und der Schulbeginn ist durchaus kein Grund, sich über Regeln hinwegzusetzen. Während meiner Ausbildung zum Soldaten hatten wir genau fünf Minuten fürs Frühstück, und wem die Zeit nicht reichte, der musste eben ein bisschen schneller kauen – wie die Backen, so die Hacken! Abgesehen davon wäre ich dir dankbar, wenn du den Gossenjargon deiner Jugend endlich ablegen könntest – wenn schon nicht mir zuliebe, dann bitte mit Rücksicht auf die Kinder. Wir sind hier schließlich nicht in einer Kneipe.«

Stolz auf die gelungene Contre-Attaque nahm er auf seinem Stuhl am Kopfende des Tisches Platz. Doch Erna ignorierte seine Worte, wahrscheinlich hatte sie ihn gar nicht verstanden. Statt ihm zu antworten, schnupperte sie mit den zwei kreisrunden Nüstern ihrer Stummelnase, die ihr im Verbund mit dem fleischigen, rosafarbigen Gesicht das Aussehen eines frisch gewaschenen Ferkels gab, in der Luft.

»Oh, der Herr hat heute das extra teure Rasierwasser genommen? Wie kommt's? Das trägst du doch sonst nur an Feiertagen!«

Mit einem Seufzer faltete er seine Serviette auseinander. »Um zehn trifft sich der Vorstand im Piccadilly-Haus. Es gilt, wichtige Entscheidungen zu treffen.«

»Und dabei wirst ausgerechnet du zu Rate gezogen?«

»Natürlich werde ich das, schließlich bin ich der stellvertretende Vorstandsvorsitzende.«

»Auf dem Papier vielleicht. In Wirklichkeit bist du da doch nur dem Stauß sein Grüßaugust. Das jedenfalls ist die Meinung meines Vaters.«

»Der Herr Schnapsfabrikant muss es ja wissen!«

»Allerdings, Major Großkotz. Mein Vater hat aus dem Nichts eine Firma aufgebaut, ohne die wir heute verhungern müssten. Wenn er uns nicht jeden Monat einen Wechsel ausstellen würde …«

»Nicht vor den Kindern!«, unterbrach er. »Mein Gott, wie oft soll ich das noch sagen!«

Verärgert strich er sich über den Bart. Mit einem Schulterzucken nahm Erna ihren Löffel und widmete sich wieder ihrem Frühstücksei. Dabei zog sie ein Gesicht, als wolle sie sagen: »Ich weiß, was ich weiß.« Als ob er das nicht selber wüsste! Obwohl er von morgens bis abends schuftete wie ein Pferd, um seine Familie zu ernähren, wären sie ohne die Unterstützung ihres Vaters nicht imstande, ein halbwegs angemessenes Leben zu führen. Aber er war nicht der einzige Familienvorstand, der auf das Geld seines Schwiegervaters angewiesen war, im Gegenteil, das war allgemeiner und bewährter Comment: Der Mann bringt den Titel, die Frau das Geld in die Ehe! Erna hatte jedenfalls keinen Grund, sich zu beklagen, von dem Geschäft profitierte sie mehr als er selbst. Ohne seinen militärischen Rang wäre sie nichts weiter als die Tochter eines satisfaktionsunfähigen Emporkömmlings, der vor zwanzig Jahren noch selbst hinter dem Tresen seiner Schnapsbude gestanden hatte. Als weitaus entwürdigender empfand er die Missachtung, die seine Arbeit in der Universum Film AG erfuhr. Obwohl er mit seiner Geistesgegenwart die teuerste Szene des »Anna Boleyn«-Films gerettet und so die Ufa vor einer Katastrophe bewahrt hatte, ließ Stauß ihn weiter in der Theaterabteilung verschimmeln, und wenn strategische Entscheidungen zu treffen waren, beriet er sich nicht mit seinem militärisch erfahrenen Stellvertreter, sondern mit einem Fatzke wie Konstantin Reichenbach, der von Strategie so viel verstand wie die Kuh vom Beten.

Aber wer weiß, heute würde das Blatt sich ja vielleicht wenden. Die Konkurrenz schlief nicht, man wartete nur auf geeignete Informationen, um den Herren im Piccadilly-Haus einen Strich durch die Rechnung zu machen.

Hubert biss schmatzend in sein Brot. »Der Opa hat gesagt, du würdest besser in seiner Fabrik arbeiten als in der Filmfabrik. Weil die ja gar keine richtige Fabrik wäre. Außerdem könntest du bei ihm viel mehr Geld verdienen.«

»Ja«, pflichtete seine Schwester ihm bei. »Warum hörst du nicht auf den Opa? Der Opa ist der schlauste Mann der Welt, hat die Mama gesagt.«

»Ruhe!« Grau schlug mit der Hand auf den Tisch. »Mit vollem Mund spricht man nicht! Oder es gibt Stubenarrest!«

Während die Kinder auf Tauchstation gingen, kam Trixi, das hübsche neue Dienstmädchen, das er vor Weihnachten eingestellt hatte, um etwas Freude in sein tristes Dasein zu bringen, mit der Morgenpost herein. Verstohlen zwinkerte sie ihm zu. Doch dafür hatte er jetzt keinen Sinn.

Auf dem Tablett verlor sich ein einziges Kuvert neben dem Briefmesser.

»Ist das alles?«

Trixi deutete einen Knicks an. »Zu Diensten, Herr Major.«

»Na, dann her damit!«

Er nahm das Messer und öffnete den Umschlag. Als er den Inhalt sah, hellte sich seine Stimmung schlagartig auf. Eine Einladung auf feinstem Bütten.

Frau Kommerzienrat Constanze Reichenbach gibt sich die Ehre …

Mit erhobenen Brauen überflog er die Zeilen.

Der Salon findet jeden ersten Dienstag im Monat statt, Beginn 16 Uhr, Anmeldung nicht erforderlich. … In der Hoffnung, schon in Bälde Ihre persönliche Bekanntschaft machen zu dürfen … Ihre ergebenste … etcetera pp …

Neugierig lugte Erna über den Tisch, um einen Blick auf das Schreiben zu erhaschen, dabei mit ihrem Rüssel witternd wie ein Schweinchen auf Nahrungssuche.

Bevor sie sich erdreisten konnte, nach der Einladung zu greifen, faltete er den Bogen wieder zusammen und steckte ihn in seine Brusttasche.

»Tut mir leid, meine Teuerste. Aber das betrifft wohl nur mich.«

3

Eingepackt in Mantel, Mütze und Schal verließ Rahel die Wohnung. Im Laufschritt eilte sie das Treppenhaus hinunter auf die Straße, die Elektrische musste jeden Moment kommen. Das vereiste Trottoir war glatt wie eine Schlenderbahn, und fast wäre sie einem Zeitungsjungen in die Arme geschlittert, der gerade die neuesten Nachrichten ausrief.

»Arbeitslosigkeit steigt! 350 000 Mann ohne Lohn und Brot!«

»Reparationszahlungen festgesetzt! Blutet Deutschland aus?«

»Siegermächte verlangen 226 Milliarden Goldmark Kriegentschädigung!«

Rahel war viel zu sehr mit sich selbst beschäftigt, um auf die Schlagzeilen zu achten. Tino hatte recht, sie musste etwas Neues anfangen, viel zu lange hatte sie das vor sich hergeschoben. Doch in der letzten Nacht hatte das Schicksal ihr ein Zeichen gegeben, sie hatte von dem Piloten geträumt, der so glücklich und mit sich selbst im Reinen in ihren Armen gestorben war, weil er sich in seinem kurzen Leben seinen größten Traum erfüllt hatte. Seit Monaten hatte sie nicht mehr an ihn gedacht. Kein Wunder, dass sie sich manchmal gefühlt hatte, als wäre sie mit beiden Beinen am Boden festgewachsen und würde nicht mehr vom Fleck kommen.

Die Haltestelle lag gleich gegenüber. Rahel wartete, bis die Straße frei war, dann lief sie auf die andere Seite. Heute würde sie ihre Zukunft endlich in Angriff nehmen, und weil sie wusste, dass sich an ihrer Zukunft nur dann etwas ändern würde, wenn sie bei sich selbst damit anfing, hatte sie drei Beschlüsse gefasst. Als Erstes würde sie Otto Jablonski in seiner Schlachterei aufsuchen, um die viel zu große Wohnung zu kündigen. Seit dem Tod der Eltern hatte sie vier Untermieterinnen gehabt, eine Kellnerin, eine Sekretärin, eine Verkäuferin und eine Telefonistin. Doch mit keiner hatte es geklappt. Die Kellnerin war ihr die Miete schuldig geblieben, die Sekretärin hatte zwei Freundinnen mitgebracht, um mit ihnen zu dritt in einem Zimmer zu hausen, die Verkäuferin hatte bei jedem Kochen die Küche in ein solches Schlachtfeld verwandelt, dass man danach kaum noch den Spülstein wiederfand, und die Telefonistin hatte jeden Abend Partys gefeiert, manchmal bis tief in die Nacht, so dass Rahel kein Auge hatte zumachen können und morgens vollkommen erledigt zur Arbeit hatte fahren müssen.

Ihr zweiter Beschluss war, mit Dr. Recknagel zu sprechen. Sie war keine Krankenschwester, war nie eine gewesen und würde auch nie eine sein, das Einzige, was sie auf diesem Gebiet konnte, war Nachttöpfe leeren – sonst wären ihre Eltern noch am Leben. Heute würde sie die Konsequenz daraus ziehen und ihren Dienst im Lazarett quittieren. Und nachdem sie mit Dr. Recknagel gesprochen hatte, würde sie drittens das Sparbuch auflösen, das ihr die Eltern hinterlassen hatten. Der Vater hatte in seinem Abschiedsbrief zwar geschrieben, dass die Summe nicht der Rede wert sei, doch wenn sie keine Arbeit mehr hatte, würde sie jede Mark brauchen.

An der Haltestelle saß eine junge Mutter, die gerade ihrem Kind ein Fläschchen gab. Bei dem Anblick musste Rahel an das kleine Wesen denken, das in ihrem Bauch heranwuchs. Obwohl sie den ersten Schock inzwischen verdaut hatte, empfand sie noch keine wirklichen Muttergefühle, von Mutter*glück* zu schweigen. Natürlich freute sie sich auf ihr Kind – es würde sie noch mehr mit Tino verbinden. Doch gleichzeitig hatte sie Angst. Wie sollte sie mit einem Kind ein neues Leben anfangen? Sie hatte sich ganz und gar auf ihre Periode verlassen, ihre Regel kehrte ja Monat für Monat so zuverlässig wieder, dass man den Kalender danach ausrichten konnte. Sie hatte deshalb nicht im Traum damit gerechnet, je schwanger zu werden, solange sie nur ein bisschen aufpasste. Und wenn das Schicksal trotz allem anders entschied, so hatte sie gedacht – nun ja, wer weiß, wofür es gut sein würde …

Wie hatte sie nur so naiv sein können?

4

Tino hatte zwei Wecker gestellt und sich extra früh auf den Weg gemacht, um ja nicht zu spät zu kommen. Schließlich wollte er die Vorstandssitzung, die an diesem Vormittag im Piccadilly-Haus angesetzt war, dafür nutzen, Stauß von seinen Plänen für die Zukunft der Universum Film AG zu überzeugen. Darum durfte er auf keinen Fall riskieren, sich durch Unpünktlichkeit den Unmut seines Chefs zuzuziehen – das war das wärmste Bett nicht wert, nicht mal bei dieser Eiseskälte!

Bereits eine Viertelstunde vor Beginn der Sitzung erreichte er mit seinem Wagen den Potsdamer Platz. Trotzdem geriet er auf den letzten Metern noch in Zeitnot. Vor dem Bahnhof hatten sich Hunderte von Eisenbahnern zu einer Demonstration versammelt, so dass kaum noch ein Fortkommen war. Wütend reckten die Arbeiter auf ihren Transparenten und Pappschildern ihre Forderung in die Höhe: siebzig Prozent mehr Lohn! Tino wusste, die Männer lebten von Hungerlöhnen, und es war für ihn ein Rätsel, wie man mit den paar Pfennigen, die sie für ihre Arbeit bekamen, es überhaupt schaffen konnte, eine Familie durchzubringen. Aber siebzig Prozent? Wenn die Regierung solchen Forderungen nachgab, drohte eine Gefahr, die das ganze Land in den Ruin stürzen konnte. Doch zum Glück war das nicht mehr sein Problem, er war ja nicht mehr in der Bank.

Er kurbelte das Seitenfenster runter und streckte den Kopf durch die Öffnung.

»Bitte machen Sie Platz! Ich habe einen dringenden Termin!«

Ein Heizer mit schwarz verrußtem Gesicht fletschte grinsend seine weißen Zähne. »Wo denn, wenn ick fragen darf? Beim Friseur?«

Ein paar seiner Kollegen lachten.

»Nein, bei der Ufa!«, erwiderte Tino. »Da drüben, im Piccadilly-Haus! Bitte lassen Sie mich durch!«

Verwundert blickte der Arbeiter ihn an. »Willste damit sagen, du bist einer von den Filmfritzen?«

Tino hätte sich am liebsten die Zunge abgebissen. Bei dem Aufstand auf dem Ufa-Drehgelände hätten die Komparsen den Präsidenten beinahe gelyncht – dieselben wütenden Hungerleider wie die hier auf dem Platz. Doch während er sich auf das Schlimmste gefasst machte, drehte der Heizer sich zu den anderen Streikenden herum und hob beide Arme.

»Platz da!«, rief. »Alle Mann aus dem Weg!«

Tino traute seinen Augen nicht. Statt über ihn herzufallen, wich die aufgebrachte Menge vor ihm zurück.

Der Heizer beugte sich noch einmal zu ihm herab und fletschte seine Zähne. »Nischt für unjut, Meester! Ick konnte ja nicht wissen, wat für eener Sie sind, wa? Mein Jott, wenn ick dit meiner Auguste erzähle … Die is janz verrückt nach Kino!«

5 Mit dem guten Gefühl, genau das Richtige getan zu haben, verließ Rahel die Schlachterei »Otto Jablonski, feinste Fleisch- und Wurstwaren« in der Kaubstraße und eilte zur nächsten Haltestelle, um den Autobus nach Tempelhof zu nehmen. Der erste Schritt war geschafft, sie hatte die Wohnung zum Ende des Quartals gekündigt. Der Hausbesitzer war zuerst alles andere als begeistert gewesen, aber als sie ihm versichert hatte, dass Anton, der Altgeselle ihres Vaters, und der einstige Lehrling und jetzige Schneidermeister Mäxchen Hoppe die Wohnung zusätzlich zur Werkstatt übernehmen würden, hatte er eingewilligt.

Jetzt stand der zweite Schritt an. Sie musste mit Dr. Recknagel sprechen.

»Was machen Sie denn hier?«, fragte der Arzt verwundert, als sie wenig später sein Sprechzimmer betrat. »Heute ist doch Ihr freier Tag. Da gehören Sie auf die Weide!«

Rahel zögerte, sie wusste nicht, wie sie es ihm sagen sollte, und der Anblick der Blutspritzer auf seinem Kittel machte es ihr nicht leichter.

»Heute ist nicht mein freier, sondern mein letzter Tag«, sagte sie schließlich.

Dr. Recknagel brauchte einen Moment, um zu begreifen. »Soll das heißen, Sie wollen kündigen? Das kann nicht Ihr Ernst sein. Aus welchem Grund in aller Welt?«

»Weil ich als Krankenschwester nicht tauge«, erwiderte sie.

»Wie kommen Sie denn darauf?« Unwillig schüttelte er den Kopf. »Ich kann mich nicht erinnern, je eine bessere Hilfe gehabt zu haben. Und das, obwohl Sie noch nicht mal eine reguläre Ausbildung …« Plötzlich hielt er inne, offenbar war der Groschen gefallen. »Es ist wegen Ihrer Eltern, nicht wahr?«

Rahel nickte.

»Aber das war doch nicht Ihre Schuld, Kindchen.«

»Doch, Herr Doktor, ich habe versagt. Und deshalb möchte ich Sie bitten, meine Kündigung anzunehmen.«

Statt zu antworten, nahm er seinen Zwicker ab und hauchte mehrmals auf die Gläser, um sie dann umständlich am Ärmel seines Kittels zu reinigen, als hätte er sie seit Monaten nicht mehr geputzt.

»Obwohl Sie im Unrecht sind«, sagte er, »ein bisschen kann ich Sie sogar verstehen, und Ihre Beweggründe ehren Sie durchaus. Aber – haben Sie denn überhaupt schon etwas Neues?«

»Nein. Noch nicht.«

»Was für ein Leichtsinn! Ich weiß nicht, wie Sie sich das vorstellen, aber es ist in diesen Zeiten kein Kinderspiel, eine Anstellung zu finden. Bis Sie woanders in Arbeit und Brot sind, rate ich Ihnen dringend, hier schön bei der Fahne zu bleiben. Das ist nicht nur ein Gebot der Vernunft, das bin ich auch Ihrem verehrten Herrn Vater schuldig, und Ihrer Frau Mutter natürlich nicht weniger …«

Rahel schüttelte so energisch den Kopf, dass er verstummte. »Das ist sehr freundlich von Ihnen – aber nein, mein Entschluss steht fest. Heute ist mein letzter Tag. Sonst schaffe ich es nicht.«

Eine lange Weile sah er sie prüfend an. Doch als sie keinerlei Regung zeigte, stieß er einen Seufzer aus.

»Nun gut, ich will nicht weiter in Sie dringen, Sie sind eine erwachsene Frau.« Mit einem Ruck klemmte er sich den Zwicker wieder auf seine rotblaue Nase. »Dann bleibt mir nur zu hoffen, dass der junge Reichenbach sich so um Sie kümmert, wie Sie es verdienen. Immerhin hat er Ihnen zu verdanken, dass er überhaupt noch unter den Lebenden weilt.«

»Wie … wie kommen Sie auf Herrn Reichenbach?«, fragte sie überrascht.

Mit einem Lächeln erwiderte er ihren Blick. »Ich bin zwar ein alter Mann, und ein Spekuliereisen brauche ich auch. Aber das heißt noch lange nicht, dass ich blind bin.«

Rahel spürte, wie sie rot anlief. »Wenn Sie jetzt vielleicht glauben, Herr Reichenbach sei der Grund für meine Kündigung, irren Sie sich.«

»Ach, Kindchen«, sagte er, und seine Stimme klang auf einmal ganz weich, fast zärtlich. »*Si jeunesse savait, si vieillesse pouvait* … – Eine französische Redensart«, fügte er hinzu. »›Wenn die Jugend wüsste und das Alter könnte …‹ Fast beneide ich Sie.« Er machte eine Pause, und für einen Moment schien er sich in einer Erinnerung zu verlieren. Dann aber straffte er sich und sagte: »Damit ich Ihre Kündigung akzeptieren kann, müssen Sie mir eins versprechen. Sollte mein Ex-Patient Sie eines Tages um Ihre Hand bitten, bestehe ich auf einer Einladung zur Hochzeit. Haben wir uns verstanden?«

6 Stauß wartete, bis die Sekretärin allen Anwesenden Kaffee eingeschenkt hatte, dann eröffnete er die Sitzung. Seiner Gewohnheit entsprechend hielt er sich mit den Formalitäten nicht länger als unbedingt nötig auf und kam nach der Begrüßung des Vorstands sowie der Feststellung der Beschlussfähigkeit sogleich auf das alles überragende Unternehmensziel der Universum Film AG für das gerade begonnene Geschäftsjahr zu sprechen.

»Der gescheiterte Putschversuch hat gezeigt, welche Gefahren die Verflechtung unseres Unternehmens mit der Politik birgt. Das sollte uns eine Lehre sein. Die Eigentümerstruktur der Ufa stammt noch aus der Zeit des Kriegs und muss so schnell wie möglich den neuen Verhältnissen angepasst werden. Damit die Universum Film AG nicht länger den Unwägbarkeiten der Politik ausgesetzt ist, ist es mein Ziel, sie vollständig der Einflussnahme der Regierung zu entziehen. Nur so können wir sicherstellen, dass unser Unternehmen nach rein kaufmännischen Prinzipien geführt werden kann, ohne dass politische, sprich: irrationale Rücksichtnahmen die Interessen unserer Investoren beeinträchtigen und mögliche Profite schmälern. Solange sich Teile des Unternehmens in Staatsbesitz befinden, wird jede neue Regierung versuchen, die Ufa-Filmfabrik für ihre Zwecke zu missbrauchen. Diesmal ging die Gefahr von den Freikorps aus. Doch was, wenn die Kommunisten einen Putsch anzetteln? Oder die DNVP den nächsten Reichskanzler stellt und dieser womöglich – *horribile dictu* – Alfred Hugenberg heißt?«

Einmütiges Kopfnicken war die Antwort auf die rhetorische Frage. Zufrieden stellte Tino fest, dass die Argumentation des Vorstandsvorsitzenden allgemeinen Beifall fand. Das kam seinen eigenen Plänen in vollkommener Weise zupass.

Nur Major Grau, der eine Duftwolke verströmte, als hätte er in Rasierwasser gebadet, hatte einen Einwand.

»Bei allem Respekt, Herr von Stauß – wie wollen Sie die Regierung dazu bewegen, ihre Firmenanteile abzugeben? Die Ufa produziert stattliche Gewinne. Angesichts der leeren Staatskassen wird man auf die kaum verzichten.«

Mit erhobenen Brauen blickte er in die Runde und zwirbelte dabei die Enden seines Bartes. Obwohl Tino den Kerl nicht ausstehen konnte, musste er zugeben, dass der Einwand berechtigt war.

Zum Glück war Stauß offenbar gut vorbereitet und kanzelte den Major entsprechend ab. »Das lassen Sie mal meine Sorge sein, Grau.« Er blickte kurz in die Runde, ob es weitere Wortmeldungen zu dem Thema gab, um sodann, als dies nicht der Fall war und auch Grau seinen Arm sinken ließ, in seiner Agenda fortzufahren: »Punkt zwei der Tagesordnung. Verwendung der durch die anstehende Kapitalerhöhung zu erwartenden Geldmittel.«

Tino hob die Hand. »Wenn ich dazu einen Vorschlag machen dürfte.«

»Bitte sehr!« Stauß nickte ihm zu. »Sie haben das Wort, Reichenbach.«

7

Die Schalterstube war menschenleer, als Rahel die Sparkasse am Fehrbelliner Platz betrat. Herr Nüskens, der alte Kassierer, begrüßte sie wie immer mit einem freundlichen Lächeln. Er hatte mit seiner Fliege und den Ärmelschonern schon hinter dem Schalter gesessen, als sie hier ihre erste Sparbüchse abgegeben hatte, und in späteren Jahren hatte der Vater sie unzählige Male zu ihm geschickt, um die Erträge der Uniform- und Modeschneiderei, die am Ende eines Monats nach Abzug aller Kosten übrig waren, auf das Firmenkonto einzuzahlen.

»Womit kann ich Ihnen dienen, Fräulein Rosenberg?«

Sie reichte Herrn Nüskens den Zettel, den der Vater in seinem Nachtkasten hinterlegt hatte. »Ich würde gern das Firmenkonto auflösen. Möchten Sie meinen Erbschein sehen?« Sie griff nach ihrer Handtasche.

»Aber ich bitte Sie, das ist doch nicht nötig, wir kennen uns doch.«

Herr Nüskens warf nur kurz einen Blick auf die Kontonummer, dann verließ er den Schalter und verschwand in dem angrenzenden Kassenraum. Durch die halb offene Tür sah Rahel, wie er den Tresor öffnete und daraus ein Fach hervorholte. Damit setzte er sich an einen Tisch, nahm ein Blatt Papier und einen Stift zur Hand und begann, das in vielen Jahren angesparte Geld zu zählen.

Der Anblick stimmte Rahel so traurig, dass ihr die Tränen kamen. Ihre Eltern waren die fleißigsten Menschen gewesen, die sie kannte, ihr ganzes Leben lang hatten sie gearbeitet, von morgens bis abends, tagein, tagaus, ohne sich etwas zu gönnen. Der größte Luxus, den sie sich je geleistet hatten, war ihr Salon mit dem wackligen Mahagonitisch und den Nippesfiguren gewesen, der ganze Stolz der Mutter. Und trotzdem erschöpfte sich der Reinerlös ihres aufopferungsvollen und entbehrungsreichen Lebens in den paar Scheinen und Münzen, die Herr Nüskens gerade aus dem Kontofach las.

Deshalb können … Deine Mutter und ich … jetzt nur hoffen …, dass der junge Herr Reichenbach … es ernst mit Dir meint … und Dich in seine Obhut …

Für einen Moment verspürte Rahel ein solches Bedürfnis nach Schutz und Geborgenheit, dass sie am liebsten auf der Stelle zu Tino geeilt wäre, um in seinen Armen Zuflucht zu suchen. Aber so stark das Bedürfnis war, wusste sie doch, dass sie ihm auf keinen Fall nachgeben durfte. Nein, sie konnte sich unmöglich unter Tinos Fittiche verkriechen. Es würde der Anfang vom Ende sein.

»So, da wäre ich wieder.« Sie hatte gar nicht gemerkt, dass Herr Nüskens an den Schalter zurückgekehrt war, vor sich ein Tablett mit dem aufgeschichteten Geld. »Dreitausendvierhundertsiebenundzwanzig Mark und achtundneunzig Pfennig«, verkündete er.

»Wie bitte?« Irritiert runzelte Rahel die Stirn. »Das … das kann unmöglich sein!«

»Aber warum nicht?«, fragte er. »Hatten Sie mit mehr gerechnet? – Nun, wenn Sie mir nicht glauben«, fügte er ein wenig pikiert hinzu, »können Sie gern selbst nachzählen.«

»Nein, nein! Um Gottes willen, Herr Nüskens – wo denken Sie hin? Es ist nur …« Sie war so durcheinander, dass sie kaum Worte fand. »Nie und nimmer hätte ich mit einer so großen Summe gerechnet.«

»Dann bin ich ja erleichtert«, sagte er, und es war ihm anzusehen, dass ihm tatsächlich ein Stein vom Herzen fiel. »Ja, das ist ein ganz hübsches Sümmchen, Fräulein Rosenberg, das Ihre lieben Eltern für Sie erwirtschaftet haben. Wenn Sie ordentlich haushalten, können Sie davon eine ganze Weile leben. Mindestens ein Jahr, denke ich.«

»Sie … Sie ahnen ja nicht, was das für mich bedeutet!« Bevor Rahel wusste, was sie tat, beugte sie sich über den Tresen und küsste Herrn Nüskens auf die Wange.

Vor Verlegenheit wurde der alte Kassierer rot bis in die Haarspitzen. Doch gleichzeitig strahlte er übers ganze Gesicht. »Endlich mal jemand, der den Wert des Geldes zu schätzen weiß«, sagte er. »Ach, wenn ich mir vorstelle, dass Ihre Eltern uns vielleicht gerade vom Himmel aus zuschauen und sehen, wie Sie sich freuen, wird mir ganz warm ums Herz.«

8

Alexander Grau wusste, dass Konstantin Reichenbach ihn nicht ausstehen konnte, aber diese Abneigung basierte durchaus auf Gegenseitigkeit. Reichenbach junior war im Hauptberuf Sohn, ein Lebemann und Drückeberger, der die Beziehungen seiner Erzeuger schamlos missbraucht hatte, um sich dem Kriegsdienst zu entziehen. Und jetzt maßte dieser verkommene Mensch sich an, Vorschläge zur Zukunft eines Unternehmens zu machen, das kein Geringerer aus der Taufe gehoben hatte als Seine Exzellenz General Ludendorff?

Am besten würde es sein, man hörte gar nicht hin! Grau beugte sich über den Konferenztisch und nahm eine Zigarre aus der dort bereitstehenden Kiste. In der Regel waren die Vorstandssitzungen ohnehin vertane Zeit. Bis jetzt jedenfalls war dabei noch nichts verhandelt worden, was für Dritte von Interesse und der Berichterstattung wert gewesen wäre.

Während er an der Havanna schnupperte, sah er, wie Reichenbach gleichsam zum Beweis der eigenen Lächerlichkeit an der albernen Nelke in seinem Knopfloch rückte, bevor er sich von seinem Platz erhob. Was würde jetzt kommen? Eine Rede zum Lobpreis des Aufklärungsfilms?

Grau entzündete seine Zigarre. Um die Zeit zu nutzen, beschloss er, ein wenig von dem Mercedes-Tourenwagen zu träumen, den der Fahrradhändler Pommerenke am Nollendorfplatz seit ein paar Tagen in seinem Schaufenster ausstellte. Doch dazu kam er nicht. Denn zu seiner Überraschung schlug Reichenbach ein vollkommen anderes Thema an, wobei sich seine Rede in nur einem einzigen Satz erschöpfte.

»Ich schlage vor, dass die Universum Film AG die vorgesehene Kapitalerhöhung für die Übernahme der Decla-Bioskop einsetzt.«

Grau verschluckte sich fast am Rauch seiner Zigarre. Potzblitz! Mit einem Mal hellwach, wurden ihm zwei Dinge gleichzeitig klar. Sollte der Vorschlag Vorstandsbeschluss werden, würde er das endgültige Ende der Universum Film AG bedeuten, wie sie General Ludendorff bei der Gründung vor Augen gestanden hatte. Das musste unbedingt verhindert werden! Doch andererseits … Wenn Stauß sich den Vorschlag tatsächlich zu eigen machte, wäre das die erste Nachricht, die sich lohnte, weitergemeldet zu werden. Und vielleicht musste dann der Traum von einem Mercedes-Tourenwagen nicht länger bloß ein Traum bleiben …

Während Reichenbach sich wieder setzte, richteten sich alle Augen am Tisch auf den Vorstandsvorsitzenden.

Stauß wiegte nachdenklich den Kopf. »Eine hervorragende Idee, Reichenbach. Und zwar, wenn ich die Sache recht überschaue, aus drei Gründen. Erstens würden wir damit eine Übernahme nachholen, die wir schon im letzten Jahr angestrebt haben. Zweiten würden wir auf diese Weise die Scharte auswetzen, die damals durch den Wegfall gewisser Kapitalmittel entstand – ich denke, die Herrschaften wissen, wovon die Rede ist. Drittens und vor allem aber würden wir durch die Realisierung Ihres Vorschlags unserem Ziel, der Ufa ein Quasi-Monopol im deutschen Spielfilmmarkt zu sichern, einen großen Schritt näher kommen. Aber die Sache hat einen Haken. Die Decla-Bioskop wurde gerade erst erfolgreich fusioniert. Ich kann mir deshalb nur schwer vorstellen, dass die Verantwortlichen die dadurch gefestigte Selbständigkeit nun ohne Not aufgeben werden.«

Während Grau mit Genugtuung die Skepsis in Miene und Ton des Vorstandsvorsitzenden registrierte, überlegte er, was er tun sollte: Stauß' Bedenken mehren, um Reichenbachs Vorschlag zu sabotieren? Oder lieber sich ruhig verhalten und den Dingen ihren Lauf lassen?

Bevor er sich entschieden hatte, ergriff Reichenbach erneut das Wort. »Ob die Fusion ein Ende oder einen Anfang bedeutet, hängt allein von uns ab. Für die Ufa würde sie jedenfalls einen Quantensprung bedeuten, wie die Physiker sagen, und unsere Firma in eine neue Dimension katapultieren.«

Grau wusste nicht, was Physik mit einer Filmfabrik zu tun haben sollte. Doch Stauß brauchte keine Sekunde, um den Orakelspruch zu verstehen.

»Sie denken an das Bioskop-Filmgelände in Babelsberg?«, fragte er. »Das würde uns bei der Produktion von Großfilmen in der Tat ganz neue Möglichkeiten eröffnen. Unsere Verhältnisse in Tempelhof sind ja doch begrenzt, wie die letzten Dreharbeiten gezeigt haben.«

»Das Filmgelände ist das eine«, erwiderte Reichenbach. »Noch wertvoller ist das Menschenkapital. Die Decla-Bioskop hat mit Fritz Lang, Robert Wiene und Friedrich Murnau die angesehensten Spielleiter der Branche unter Vertrag. Nicht zu vergessen die Schauspielerinnen und Schauspieler, Werner Krauß, Conrad Veidt, Lil Dagover – die größten Stars und Talente der deutschen Filmindustrie! Und dazu haben die Decla und die Bioskop im Laufe der Jahre einen umfangreichen Rechtekatalog an Spielfilmen erwirtschaftet, die ihr Ertragspotenzial noch längst nicht ausgeschöpft haben.«

Stauß nickte. »Keine Frage, eine Übernahme würde beachtliche Vorteile bringen – auch wenn Ihr Vergleich ein wenig hinkt. Ein Quantensprung bezeichnet schließlich einen mikrophysikalischen Vorgang, und Ihnen schwebt ja wohl eher etwas Größeres vor Augen, nehme ich an. – Doch Scherz beiseite«, sagte er, als Grau zusammen mit einigen anderen Herren am Tisch auflachte. »Gehen wir die Sache einmal in groben Zügen durch.« Aus dem Stand entwarf der Vorstandsvorsitzende eine vertikale Unternehmensstruktur für den möglichen neuen Konzern, die alle Stufen der Wertschöpfung umfasste, von der Produktion eines Films über den Verleih bis zum Kinobetrieb. »Aber noch einmal gefragt – wird die Decla-Bioskop ein Angebot überhaupt in Erwägung ziehen?«

»Da habe ich nicht das geringste Bedenken«, erklärte Reichenbach. »Erich Pommer träumt große Träume, und dafür braucht er die größtmögliche Unterstützung. Die Ufa ist die einzige deutsche, wenn nicht gar europäische Filmfabrik, mit der er seine Ziele verwirklichen kann.«

Grau beschloss, alle Rücksichten auf Ludendorff und die Vergangenheit beiseitezulassen und den Antrag mit Blick auf seine persönliche Zukunft zu unterstützen. Die Nachricht, die er im Falle der Annahme zu bieten hätte, würde bei gewissen Leuten einschlagen wie eine Bombe! Eine solche Chance durfte er sich nicht entgehen lassen!

Doch bevor er sich zu Wort melden konnte, kam Stauß bereits zum Schluss.

»Also gut, nehmen wir die Sache in Angriff! Oder hat einer der Herren Einwände?« Er hielt einen Moment inne, um einen Blick in die Runde zu werfen. »Schön, dann werde ich mit dem zuständigen Staatssekretär reden. Und Sie«, wandte er sich an Reichenbach, »nehmen die Gespräche mit Pommer auf. Ich erwarte eine konkrete Agenda über Konditionen und Ablauf der Übernahme. Bis dahin, meine Herren, strikte Geheimhaltung! Von unserem Plan darf niemand außerhalb dieses Raums etwas erfahren – kein Sterbenswörtchen. Haben wir uns verstanden?«

9

Zur selben Zeit tagte in Dresden der Kreditausschuss der Reichenbach Bank. Der Grund, weshalb Gustav die außerordentliche Sitzung einberufen hatte, war eine Entwicklung auf dem Finanzmarkt, die zu einer ernsthaften Gefahr für das gesamte Bankgewerbe und somit auch für die Reichenbach Bank werden konnte. Inflation war ihr Name, eine Nachgeburt des verlorenen Kriegs und der horrenden Reparationszahlungen, die das Reich nach dem Diktat des Versailler Vertrags an die Siegermächte entrichten musste. Durch das Ausbluten der deutschen Wirtschaft sank der Wert der Mark im Verhältnis zum Dollar so rapide, dass die Preise für Waren und Güter, für deren Erzeugung ausländische Rohstoffe eingekauft werden mussten, immer mehr ins Kraut schossen, mit der Folge, dass in fast sämtlichen Branchen die Arbeiter und Angestellten ständig für höhere Löhne streikten, um den Wert des in ihren Portemonnaies dahinschmelzenden Geldes auszugleichen, was bei Erfüllung der Forderungen jedoch wiederum auch die Preise innerhalb des Landes in die Höhe trieb, nicht nur für Industriegüter, sondern auch für das Brot beim Bäcker und die Wurst beim Metzger.

Wie sollte die Bank auf diesen Teufelskreis reagieren?

Während Gustavs über neunzig Jahre alter Onkel Gisbert, der früher selbst dem Kreditausschuss vorgesessen hatte und darum aus Tradition immer noch an den Sitzungen teilnahm, über der komplizierten Materie eingeschlafen war, stritten dessen Söhne Benedikt und Nikolaus mit Gustav über die Frage, zu welchem Prozentsatz die Bank ihre Soll- und Haben-Zinssätze anheben sollte, um nicht mit in den Strudel gerissen zu waren. Die Festlegung verlangte gleichermaßen mathematisches Kalkül wie auch psychologisches Fingerspitzengefühl, um einerseits mit der zunehmenden Geldentwertung Schritt zu halten, ohne andererseits kreditbedürftige Unternehmen durch überhöhte Zinsen von neuen Investitionen abzuschrecken. Selten hatte Gustav seinen ältesten Sohn so sehr vermisst wie bei dieser Sitzung. Konstantin verstand nicht nur etwas von Finanzmathematik, sondern besaß wie kein anderer in der Familie ein sicheres Gespür für die Bedürfnisse der Kunden.

»Telefon für Sie, Herr Direktor!«

Als Gustav sich umdrehte, stand Fräulein Lerche hinter ihm, seine Sekretärin.

»Aber ich habe doch gesagt, keine Anrufe während der Sitzung!«

»Es scheint aber dringend zu sein. Ein gewisser Major Grau.«

»Tatsächlich?« Gustav erhob sich von seinem Platz. »Fünf Minuten Pause, meine Herren. Ich bin gleich wieder da.«

Mit vom Sitzen steifen Gliedern folgte er seiner Sekretärin ins Büro, wo sie ihm sogleich den Hörer reichte.

»Was gibt's denn so Dringendes, Major?«

Grau rapportierte in kurzen, knappen Sätzen. Anfangs noch verärgert über die Störung, hörte Gustav mit wachsender Aufmerksamkeit zu.

»Das sind in der Tat interessante Neuigkeiten«, sagte er. »Können Sie absehen, wie weit die Dinge schon gediehen sind?«

»Da muss ich leider passen«, erklärte Grau. »Ein genauer Schlachtplan liegt noch nicht vor.«

Gustav zögerte. Sollte er die Information gleich weiterleiten oder vorerst noch abwarten? Hugenberg war ein Mann, der nicht an Spekulationen, sondern an Tatsachen interessiert war.

Vom Alten Rathaus schlug es Mittag. Durch das Fenster sah Gustav, wie unten auf dem inzwischen von Eis und Schnee wieder freien Altmarkt die Obst- und Gemüsebauern anfingen, ihre Stände abzubauen.

»Behalten Sie die Dinge im Auge, Major«, sagte er schließlich. »Aber geben Sie umgehend Bescheid, sobald die Sache konkrete Formen annimmt.«

10

Endlich war der Winter auch in Berlin vorbei. Im Februar hatte Tauwetter eingesetzt, Eis und Schnee hatten sich in die rauen Berge verzogen, von denen es in der Hauptstadt zum Glück keine gab, und jetzt, Mitte März, war es so frühlingshaft warm, dass Rahel sogar die Fenster öffnen konnte, als sie mit dem Auszug aus der

Wohnung begann. Fröhliches Vogelgezwitscher drang von draußen herein. Während Hauseigentümer Otto Jablonski in seiner Schlachterschürze die Zimmer für die Übergabe inspizierte, ging Rahel in den Salon. Diesen Raum zu räumen würde ihr am schwersten fallen, also wollte sie sich ihn als Erstes vornehmen. Obwohl sie die Nippesfiguren, die ihre Mutter im Laufe der Jahre angesammelt hatte, immer nur scheußlich gefunden hatte, schlug sie jetzt jede einzelne sorgfältig in Zeitungspapier ein, bevor sie sie in einen der Kartons legte, mit denen Edgar Weißpfennig sie aus dem Kaufhaus Wertheim versorgt hatte. Sie hatte keine Ahnung, was sie mit den Figuren anstellen sollte, aber sie zu verschenken oder ins Pfandhaus zu bringen oder gar fortzuwerfen brachte sie nicht übers Herz.

»Ich bin dann so weit«, sagte Otto Jablonski. »Keine Beanstandung. Zumindest nichts, was die Wohnung betrifft.« Mit einem Grinsen schaute er auf ihr Kleid, wo sich auf der Höhe des Nabels bereits eine kleine Wölbung abzeichnete.

Statt zu antworten, ging Rahel hinaus, um einen neuen Karton zu holen. Auf dem Flur hatten Anton und Mäxchen Hoffe schon ein paar Kisten abgestellt. Die beiden wollten einziehen, sobald die Wohnung frei war.

»Nur schade«, fuhr Otto Jablonski fort, als sie in den Salon zurückkehrte, »dass deine Eltern das Würmchen nicht mehr zu sehen kriegen. Das erste Enkelkind. Die beiden haben sich ja immer solche Sorgen um dich gemacht – kein Wunder, du warst ja ihr Ein und Alles. Na ja, vielleicht ist es auch besser so, ich meine, dass sie das alles nicht mehr mitbekommen.«

Rahel hatte versucht, auf Durchzug zu stellen, doch jetzt war es genug.

»Sie meinen, weil ich nicht verheiratet bin?«

»Das hast du gesagt!«

Mit einem noch breiteren Grinsen erwiderte Otto Jablonski ihren Blick. Rahel kehrte ihm den Rücken zu. Was ging den Katzowen ihr Kind an?

Eine Weile war nur das Vogelgezwitscher zu hören.

»Na, dann gehe ich jetzt wohl mal«, brummte er schließlich. »Es ist ja so weit alles in Ordnung. Schönen Tag noch!«

Endlich! Rahel atmete auf. Doch als er sich zum Gehen wandte, wurden plötzlich von der Straße Stimmen laut. Und statt zu verschwinden, trat Otto Jablonski ans Fenster.

»Das kann ja wohl nicht wahr sein! Jetzt streiken die schon wieder! Dabei haben die doch ihren Willen bekommen! Siebzig Prozent mehr Lohn! Aber die Kommunisten kriegen den Hals ja nicht voll.«

Rahel achtete nicht auf sein Gerede, so wenig wie auf den immer lauter werdenden Lärm von der Straße. Während sie ein braunes Rehkitz aus Porzellan einwickelte, das die Mutter sich zu ihrem letzten Geburtstag gewünscht hatte, glaubte sie, ihre Stimme zu hören.

Ein Kind ohne Vater? Oh Gott, oh Gott – was sollen die Leute denken? …

Rahel stieß einen Seufzer aus. Otto Jablonski hatte ja recht, die Eltern wären entsetzt gewesen! Und trotzdem war sie todtraurig, dass die beiden ihr Kind, in dem sie doch fortleben würden, nie im Arm halten konnten.

11

Es hatte Wochen gedauert, bis Stauß einen Termin bei dem für die Ufa zuständigen Staatssekretär bekam. Grund für die Verzögerung waren nicht nur die politischen Unruhen, die die Regierung immer mehr in Atem hielten, sondern auch der Wechsel der politischen Zuständigkeit. War bei der Gründung der Universum Film AG das Kriegsministerium Eigentümer der staatlichen Unternehmensanteile gewesen, so waren diese inzwischen an das Ministerium des Innern übertragen worden, und der dort tätige Staatssekretär Dr. Willibald Löffler war der Mann, den Stauß zum Rückzug der Regierung aus der Ufa-Teilhaberschaft bewegen musste.

Doch der Gesprächsbeginn war alles andere als ermutigend. Dr. Löffler empfing ihn mit geradezu erschreckender Euphorie.

»Hochverehrter Herr von Stauß! Ich gratuliere Ihnen zu der großartigen Entwicklung Ihrer Filmfabrik. Mit Ihrer Arbeit machen Sie sich um ganz Deutschland verdient. Der Herr Minister lässt Ihnen seinen persönlichen Dank für die Dividende ausrichten, die Sie regelmäßig mit der Ufa erwirtschaften. Bei der Schuldenlast des Reichs kann die Regierung ja jede Mark gebrauchen. Ein Glück, dass man Sie noch rechtzeitig in den Adelsstand erhoben hat. Uns würden ja leider dazu die Möglichkeiten fehlen.«

Wie vor jedem wichtigen Termin hatte Stauß sich auch auf dieses Gespräch gründlich vorbereitet und hatte eine Strategie parat, um die Regierung von den Vorteilen eines Verkaufs ihrer Unternehmensanteile zu überzeugen. Sie fußte auf der primitivsten Eigenschaft der menschlichen Natur: der Gier. Darum hatte er beschlossen, Löffler als Verlockungsprämie einen Preis pro Aktie anzubieten, der fünf oder notfalls auch zehn Prozent – je nach Verlauf der Verhandlung – über dem aktuellen Kurs liegen würde. Doch angesichts dieses Empfangs entschied er spontan, seine vorgefertigten Pläne über den Haufen zu werfen und frei zu improvisieren.

»Ich danke Ihnen für die Anerkennung unserer Arbeit«, sagte er. »Aber ich denke, die Regierung kann sich schon bald über noch kräftiger sprudelnde Dividenden freuen.«

»Tatsächlich?« Dr. Löffler strahlte. »Das wäre ja wunderbar.«

»Ja, Wunder werden manchmal Wirklichkeit, vor allem in unserer Branche«, lachte Stauß. »Schließlich produzieren wir Träume. – Doch im Ernst, Herr Staatssekretär, der Vorstand der Ufa hat beschlossen, das Tempo unseres Wachstums nicht nur beizubehalten, sondern sogar noch kräftig zu beschleunigen. Wir sind sicher, dass die Profitabilität des Unternehmens sich auf diese Weise nochmals spürbar steigern lässt. Voraussetzung dafür ist allerdings eine Aufstockung des Stammkapitals.«

Er hatte das Wort noch nicht ausgesprochen, da erlosch das Strahlen im Gesicht seines Gegenübers.

»An welchen Betrag haben Sie gedacht?«, wollte Dr. Löffler wissen.

»Nun«, erwiderte Stauß, »die gegenwärtige Kapitalausstattung von fünfundzwanzig Millionen Mark ist vollkommen unzureichend angesichts unserer Möglichkeiten. Um das angestrebte Wachstum zu finanzieren, brauchen wir ein Stammkapital von hundert Millionen Reichsmark.«

Bei der Nennung des Betrags wurde der Staatssekretär blass. »Das … das können wir unmöglich leisten. Nicht in diesen Zeiten, wo im Kabinett um jeden Pfennig gefeilscht werden muss. Der Innenminister ist ja nur noch damit beschäftigt, immer neu aufreißende Löcher im Haushalt zu stopfen. Gerade fehlen wieder fünf Millionen für die Polizei.«

Das war genau die Reaktion, auf die Stauß gehofft hatte. »Es tut mir leid, das zu hören. Aber das sind leider nun mal die Gesetze der Wirtschaft: Ohne Investition gibt es keinen Gewinn. Und wir sind zum Gewinn verdammt – fressen oder gefressen werden! Wenn wir auf Wachstum verzichten, wird die Ufa früher oder später zur Beute der Konkurrenz. Und die hat einen Namen: Alfred Hugenberg. Ich brauche wohl nicht zu betonen, welche Gefahr dieser Mann für eine sozialdemokratische Regierung bedeutet.«

Löffler rang sichtlich um Fassung. »Wollen … wollen Sie mich erpressen? Das kann ich unmöglich akzeptieren. Um ehrlich zu sein, ich bin enttäuscht von Ihnen, Stauß, zutiefst enttäuscht. Offenbar vergessen Sie, dass die Ufa zu dem Zweck gegründet wurde, den Interessen des Reichs zu dienen, nicht aber dem Profitstreben privater Kapitalgeber.«

»Danke, dass Sie mich daran erinnern«, erwiderte Stauß. »Aber seien Sie versichert, niemandem liegen die Interessen des Reichs mehr am Herzen als mir beziehungsweise dem Kreditinstitut, dem vorzustehen ich die Ehre habe. Um etwaige Zweifel an meiner Gesinnung auszuräumen, erkläre ich mich hiermit in meiner Eigenschaft als Generaldirektor der Deutschen Bank bereit, die von Ihnen angesprochene Unterfinanzierung des Haushalts durch Übernahme der Regierungsanteile auszugleichen, um die unschätzbaren Dienste des Staats zur Sicherung des allgemeinen Wohls im Interesse der öffentlichen Ordnung zu sichern. Wäre das ein Angebot?«

Der Staatssekretär zögerte, und seinem Gesicht war anzusehen, wie sehr er mit sich kämpfte. Um die Sache abzukürzen, beschloss Stauß, ihm die Entscheidung abzunehmen.

»Habe ich übrigens erwähnt, dass laut Gesellschaftervertrag der Universum Film AG die Entscheidung über eine Kapitalerhöhung nötigenfalls der Vorstand allein treffen kann?«, fragte er. »Sollte dieser sich in einfacher Mehrheit dafür entscheiden, bleibt der Regierung gar nichts anderes übrig, als ihr finanzielles Engagement entsprechend zu erhöhen. Es sei denn, die Regierung zieht es vor, ihre Anteile gewinnbringend zu veräußern, um sich auf diese Weise ihrer Verpflichtung zu entziehen.«

Stauß wusste, dass er damit sein Pulver verschossen hatte, und eine lange Weile stummen Schweigens bangte er um den Erfolg seiner Rede. Doch zum Glück war Dr. Löffler intelligent genug, um zu begreifen, dass ihm letztlich keine Wahl blieb.

»Also gut«, seufzte er. »In Würdigung aller genannten Aspekte werde ich dem Minister empfehlen, die Anteile der Regierung an der Universum Film AG an die Deutsche Bank abzutreten. – Doch unter zwei Bedingungen«, fügte er hinzu, als Stauß schon die Hand ausstreckte, um den Handel zu besiegeln. »Erstens muss die Deutsche Bank sich als künftiger Vorzugsaktionär verpflichten, für die Wahrung der Interessen des Reichs zu sorgen.«

»Sie haben mein Wort«, erklärte Stauß. »Und zweitens?«

»Zweitens«, erwiderte Löffler, »erwarte ich Ihren Scheck innerhalb eines Monats, damit die Gelder noch in den Haushalt des nächsten Quartals eingerechnet werden können. Der Innenminister wird dann zusammen mit Finanzminister Wirth entscheiden, ob der Scheck tatsächlich belastet wird. Bis dahin bleiben die in Frage stehenden Unternehmensanteile im Besitz der Regierung.«

12

Wie jeden Abend nach dem Nachtmahl hatte Constanze sich in ihr Boudoir zurückgezogen, um allein mit sich und ihrem Fragonard zu sein. Sie liebte dieses Bild wie kein anderes, es erinnerte sie an das wunderbare Leben, das sie in ihrer Jugend einst geführt hatte.

Doch kaum hatte Robert ihr den Nachttee serviert, war Gustav in ihr Refugium mit der Nachricht eingebrochen, dass er bei ihrem nächsten Salon verhindert sei. Obwohl sie es schon lange aufgegeben hatte, irgendetwas von ihrem Mann zu erwarten, gelang es ihm dennoch immer wieder, sie zu enttäuschen. Ausgerechnet zu diesem Salon, bei dem es ganz besonders galt zu repräsentieren, gab er ihr einen Korb! Nicht nur dass Korvettenkapitän Ehrhardt sein Kommen angesagt hatte, er hatte darüber hinaus versprochen, einen hochtalentierten jungen Dichter mitzubringen, dem eine große Zukunft vorausgesagt wurde. Er würde aus einem noch unveröffentlichten Manuskript lesen – eine literarische Premiere, womöglich von einem künftigen Nobelpreisträger!

»Und bei so einem Ereignis beschließt mein Gatte, durch Abwesenheit zu glänzen? Unfassbar!«

Gustav hob ohnmächtig die Arme. »Was soll ich denn machen? Finanzminister Wirth hat mich einbestellt. Da kann ich unmöglich absagen.«

»Unmöglich ist allein deine Weigerung, mich bei meinen gesellschaftlichen Aufgaben zu unterstützen. Wie stehe ich denn da vor Ehrhardt und seinem Protegé?«

»Es hieße ja doch nur Perlen vor die Säue werfen. Du weißt doch, dass ich von Literatur nichts verstehe.«

Seine Seehundsaugen trieften nur so vor Zerknirschung, und er traute sich nicht, sie anzuschauen. Angewidert nahm sie einen Schluck von ihrem Tee. Warum in aller Welt hatte sie diesen erbärmlichen Menschen geheiratet?

»Wovon verstehst du überhaupt etwas außer von Geld, du Jude?«

Zu ihrer Verblüffung hob er plötzlich den Blick. »Ich erlaube dir nicht, mich so zu nennen! Das habe ich nicht verdient! Außerdem kann ich deine Verachtung des Geldes in keiner Weise gutheißen. Das ist ebenso ungehörig wie undankbar! Immerhin ermöglicht es dir, das Leben zu führen, das du führst. Vielleicht erinnerst du dich daran, in welcher Situation du warst, als ich um deine Hand anhielt …«

»Raus!«, zischte sie. »Raus aus diesem Raum!«

Gustav schrak so heftig zusammen, als hätte sie ihm eine Ohrfeige verpasst. »Um Gottes willen, meine Liebe! Bitte echauffiere dich nicht. So war das nicht gemeint!«

»Raus hab ich gesagt! Auf der Stelle! Ich kann deine Gegenwart nicht länger ertragen.«

Wie ein geprügelter Hund kuschte er, die triefenden Seehundsaugen, die sie in den Wahnsinn trieben, ängstlich lauernd auf sie gerichtet. Sie musste an sich halten, um ihm nicht ihre Tasse an den Kopf zu werfen.

Gerade noch rechtzeitig wandte er sich ab und verließ den Raum.

Vor Erregung zitternd wartete sie, bis er verschwunden war. Als die Tür sich endlich hinter ihm schloss, kehrte ihr Blick zu ihrem Fragonard zurück.

War die junge Frau auf der Schaukel, die mit so viel Schwung himmelwärts flog, dass sie ihr Schühchen verlor, nicht einmal sie selbst gewesen? Die Erinnerung tat ihr in der Seele weh. Denn der strahlende junge Mann, der in glückseligem Verlangen zu ihren Füßen im Gras lag – den hatte es in ihrem Leben nie gegeben.

Durch die Tür hörte sie, wie Gustav sich entfernte.

Mit einem Seufzer nahm sie die Kanne von ihrem Beistelltisch und schenkte sich eine frische Tasse Tee ein. Nun ja, vielleicht hatte die Absage ihres Mannes ja auch ihr Gutes. Korvettenkapitän Ehrhardt war schließlich ein überaus attraktiver Mann.

13

Schon seit acht Uhr saß Tino im Piccadilly-Haus an seinem Schreibtisch, um die betriebswirtschaftlichen Aspekte zur Übernahme der Decla-Bioskop zu Papier zu bringen, mit deren Ausarbeitung sein Chef ihn beauftragt hatte. Stauß hatte zwar in groben Zügen die Unternehmensstruktur des neuen Konzerns skizziert, der durch die Eingliederung der Decla-Bioskop in die Ufa entstehen sollte, doch all die vielen Einzelteile beider Firmen, die als autarke Unternehmen ja über jeweils eigene Ateliers und Kopieranstalten, eigene Verleihsysteme und eigene Lichtspielhäuser verfügten, unter einem Dach zusammenzuführen war ein organisatorisches Gesamtkunstwerk, das Tino gehöriges Kopfzerbrechen bereitete. Zumal er an diesem Vormittag ohnehin Schwierigkeiten hatte, sich zu konzentrieren.

War womöglich seine ganze Arbeit für die Katz'?

Nachdem Stauß es geschafft hatte, die Regierung zum Verkauf ihrer Anteile zu bewegen, war seine Expansionsstrategie innerhalb der Deutschen Bank auf ebenso unerwarteten wie heftigen Widerstand gestoßen. Die Deutsche Bank engagierte sich zwar schon seit Jahrzehnten in Unternehmungen, die ähnlich hohen oder sogar noch größeren Finanzbedarf hatten, vor allem in der Petrolwirtschaft, auch hatte man den Hunderte Millionen verschlingenden Bau der Bagdad-Bahn aus eigener Kraft finanziert, doch das waren Geschäftsbereiche, in denen man sich auskannte. Der Filmindustrie hingegen haftete immer noch die Kintopp-Vergangenheit der frühen Rummelplatzjahre an, weshalb manche Vorstandskollegen die Branche mit solcher Skepsis betrachteten, dass Stauß sich genötigt gesehen hatte, den Aufsichtsrat einzuschalten. Der tagte an diesem Morgen, um die Sache zu entscheiden.

Tino brütete gerade über der Frage, ob die Ufa die zur Decla-Bioskop gehörenden Lichtspieltheater unter eigener Marke oder besser unter dem Einheitssignet der Universum Film AG führen sollte, da ging die Tür auf und Stauß kam herein, triumphierend mit einem Scheck in der Hand wedelnd.

»Es ist vollbracht! Wir sind frei!«

Er war so aufgekratzt, wie Tino ihn selten zuvor erlebt hatte.

»Gratulation, Herr Generaldirektor. Aber um ehrlich zu sein, ich habe keine Sekunde an Ihrem Erfolg gezweifelt.«

»Sie sind ein Schwindler, Reichenbach. Auch wenn man Ihnen das seltsamerweise nicht verübelt.« Dann wurde Stauß ernst. »Jetzt fehlt nur noch die Unterschrift von Finanzminister Wirth. – Hier«, er reichte Tino den Scheck, »bringen Sie den persönlich ins Innenministerium. Aber Aushändigung nur gegen schriftliche Empfangsbescheinigung von Staatssekretär Dr. Löffler.«

14

Das Fuhrwerk der Spedition Bollmann & Söhne stand zur Abfahrt bereit. Die Ladefläche war nicht mal zur Hälfte gefüllt. Rahel war es gelungen, einen Großteil der elterlichen Wohnungseinrichtung zu verkaufen, die meisten Möbel hatten zum Glück Anton und Mäxchen Hoppe übernommen. Von dem sonstigen Inventar hatte sie nur solche Dinge behalten, für die sie wirklich Verwendung hatte oder an denen aus welchen Gründen auch immer ihr Herz hing, wie die Nippesfiguren der Mutter. Wenn man in die Zukunft aufbrach, dann am besten mit leichtem Gepäck … Doch als an diesem späten Vormittag Anton auf der Straße vor ihr stand, der Altgeselle ihres Vaters, auf dessen Schoß sie als Kind gesessen hatte und der noch einmal aus der Werkstatt zu ihr hinuntergekommen war, um sie zu verabschieden, war ihr blümeranter zumute, als sie sich selber eingestehen wollte.

»Lebwohl«, sagte sie, mit den Tränen kämpfend. »Und pass gut auf alles auf.«

»Versprochen, Rahel.« Mit seinen dünnen Armen drückte Anton sie an sich. »Aber warum Lebwohl? Wir sind doch nicht aus der Welt. Komm uns einfach besuchen, wenn du dich nach deinem alten Zuhause sehnst. Du weißt doch, du bist immer willkommen.« Er löste sich aus der Umarmung und nickte ihr aufmunternd zu. »Versprochen?«

»Versprochen.«

Er versuchte zu lächeln, doch Rahel sah, dass hinter seinen Brillengläsern auch in seinen alten Augen Tränen schimmerten. Bevor das »arme Dier« sie überkam, wie ihre Großmutter früher gesagt hatte, wenn sie traurig war, gab sie ihm einen Kuss auf die stopplige Wange. Dann machte sie auf dem Absatz kehrt und stieg zu dem Kutscher auf den Bock.

Der nahm die Leinen in die Hand und schnalzte mit der Zunge.

»Hüh!«

Die zwei Kutschpferde zogen an, und in langsamem Tempo zuckelte das Fuhrwerk den Hohenzollerndamm entlang in Richtung Charlottenburg. Rahel hatte sich vorgenommen, nicht zurückzuschauen, doch als vom Turm der Orthodoxen Kathedrale die Glocke anschlug, die sie jahrelang jeden Morgen auf dem Schulweg zur Eile gemahnt hatte, drehte sie sich doch noch einmal um. Anton stand vor dem Haus und winkte ihr mit seinem Taschentuch. Sie hob die Hand und winkte zurück. Der Geselle war schon dabei gewesen, als die Familie in das Mietshaus von Schlachtermeister Jablonski am Fehrbelliner Platz eingezogen war. Wie stolz waren die Eltern damals gewesen – endlich hatten sie den Wedding hinter sich gelassen und waren in einem Stadtquartier mit lauter angesehenen Leuten angekommen …

Bei der Erinnerung wurde ihr noch blümeranter. Als sie ihren Entschluss zu dem Umzug gefasst hatte, war sie voller Vorfreude und Neugier auf ihr neues Leben gewesen. Doch je mehr sie sich von ihrer Vergangenheit entfernte, umso größer wurden die Zweifel.

Hatte sie die richtige Entscheidung getroffen?

Mit einem Ruck wandte sie sich wieder nach vorn. Während der Kutscher sich einen Priem zwischen die Zähne steckte, tastete sie nach der Börse in ihrer Manteltasche. Obwohl sie Anton und Mäxchen einen guten Preis gemacht hatte, hatten die zwei ihr für die Wohnungsmöbel und die Werkstatteinrichtung noch einmal sechshundertzwanzig Mark bezahlt. Die kamen jetzt zu den dreitausendvierhundertsiebenundzwanzig Mark und achtundneunzig Pfennigen hinzu, die ihre Eltern ihr auf dem Konto hinterlassen hatten. Ja, Herr Nüskens von der Sparkasse hatte recht, man durfte den Wert des Gelds nicht geringschätzen. Geld bedeutete Freiheit! Mit der Summe, die sie nun besaß, konnte sie über ein Jahr lang tun und lassen, was sie wollte, ohne jemanden fragen zu müssen. Bis das Schicksal ihr einen Wink gab und irgendwo die richtige Tür für sie aufging.

»Brrrrrr!«

Mit einem plötzlichen Ruck zog der Kutscher an den Leinen und kurbelte die Bremse seines Wagens herunter. Der Grund war ein Demonstrationszug, der ihnen auf Höhe der Fasanenstraße entgegenkam, eine vielhundertköpfige Menschenlawine, umwogt von roten Fahnen.

Schnaubend und wiehernd traten die Pferde auf der Stelle.

»Und jetzt?«, fragte Rahel.

Der Kutscher beugte sich zur Seite und spuckte den Saft seines Priems aus. »Ick würde sarjn, jetzt ham wa die Kacke am Dampfen, Madamchen.«

15

Als Tino das Piccadilly-Haus verließ, um sich mit dem Scheck der Deutschen Bank auf den Weg zum Innenministerium zu machen, sah er sie von Ferne kommen, aus zwei Straßen gleichzeitig strömten die Demonstranten in Richtung Potsdamer Platz. Was zum Teufel braute sich da schon wieder zusammen? Er hatte von keinem Streikaufruf gehört, gestreikt wurde gerade doch nur in Mitteldeutschland, wo die Kommunisten mal wieder die Regierung stürzen wollten und deshalb zum Generalstreik aufgerufen hatten, dem aber außer in der Gegend um Halle, Leuna und Merseburg kaum jemand folgte.

Um nichts zu riskieren, beschloss Tino, sein Auto stehen zu lassen und stattdessen die U-Bahn zu nehmen. Die Randalierer hatten ihm schon einmal sein schönes Cabriolet demoliert, das sollte ihm kein zweites Mal passieren. Zum Glück hatte er den Wagen im Hof des Piccadilly-Hauses geparkt, da stand er sicher.

Ohne Eile überquerte er den Platz, und bevor auch nur ein einziger Demonstrant den Bahnhof erreichte, war er bereits im U-Bahn-Schacht verschwunden. Unter der Erde war alles so friedlich wie an jedem normalen Werktag. Nur eine Handvoll Menschen wartete am Bahnsteig. Als der Zug einlief, stieg Tino in ein fast leeres Erste-Klasse-Abteil und löste beim Schaffner den Fahrschein. Zufrieden mit sich und seiner weisen Voraussicht, setzte er sich an ein Fenster, und nachdem er sich mit einem Griff in die Innentasche seines Anzugs vergewissert hatte, dass die Brieftasche an ihrem Platz war, lehnte er sich zurück. Das Reichsministerium des Innern befand sich im ehemaligen Generalstabsgebäude am Königsplatz, die Fahrt würde also eine Weile dauern. Zu dumm nur, dass er keine Zeitung dabeihatte, die hätte er jetzt in Ruhe lesen können. Vielleicht hätte er dann auch erfahren, was die Randalierer schon wieder auf die Barrikaden trieb.

Er war gerade halb eingedöst, als der Schaffner die Haltestelle ausrief.

»Königsplatz, Ecke Moltke-Brücke!«

Tino war der einzige Fahrgast, der ausstieg. Kein Wunder, es war Mittagszeit, da machte die ganze Stadt Pause. Als er die Treppe hinauflief, spürte er, wie ihm der Magen knurrte. Höchste Zeit, dass er was zu essen bekam! Während er überlegte, welche Restaurants es in der Gegend gab, trat er ins Freie.

Im selben Augenblick erstarrte er.

Die Moltke-Brücke war schwarz von Menschen, die rote Fahnen schwenkten und Transparente in die Höhe reckten.

»Solidarität mit den Genossen in Halle!«

Berittene Polizisten schlugen auf die Streikenden ein, die sich mit Knüppeln und Stangen wütend zur Wehr setzten. Auf der anderen Seite der Brücke loderte ein Feuer, schwarzer Rauch stieg mit den Flammen in den Himmel empor. Ein Lastwagen war in Brand geraten, in unmittelbarer Nähe des ehemaligen Generalstabsgebäudes, in dem das Innenministerium untergebracht war. Mit einem Knall explodierte der Tank.

»Wer hat uns verraten? Sozialdemokraten!«

Tino wollte auf dem Absatz kehrtmachen, doch da stieß ihn jemand in den Rücken, so dass er in die wütende Menge stolperte.

»Wat willst du denn hier, du Fatzke?« Ein Arbeiter griff mit ölverschmierten Händen nach seinem Mantel. »So ein feines Stöffchen. Das hätte ich auch gerne. Und sogar eine Blume im Knopfloch.« Ohne zu fragen, pflückte er die Nelke von Tinos Revers.

»Was zum Teufel fällt Ihnen ein?«

Der Mann grinste ihn frech an. »Die schenke ich meiner Liebsten.«

Tino war empört, er wollte seine verdammte Blume zurück! Doch da fiel ihm der Scheck ein, den er bei sich trug, wie ein Stromstoß fuhr der Gedanke ihm in die Glieder. Nein, das Risiko war zu groß! Also ließ er den Kerl stehen, um zurück zur U-Bahn zu laufen. Aber zu spät! Der Weg war inzwischen abgeschnitten, eine Kette Polizisten hatte den Eingang verriegelt. Er stellte sich auf die Zehenspitzen und schaute hinüber auf die andere Seite des Flusses. Beim Anblick der Menschenmassen, die die Brücke verstopften, überkam ihn Panik.

Wie sollte er je auf die andere Seite gelangen?

»Solidarität mit den Genossen in Leuna!«

Plötzlich hatte er eine Idee. War das die Rettung? Er wusste es nicht, er wusste nur, es war seine einzige Chance.

Kurz entschlossen zog er seinen Mantel aus und kehrte zu dem Arbeiter zurück.

»Wollen wir tauschen?«, fragte er und streckte ihm den Mantel entgegen.

»Wat sagste da?«

»Da, Sie können meinen Mantel haben. Ich verlange dafür nur Ihren Kittel.«

Voller Misstrauen erwiderte der Mann seinen Blick. »Willste mir verarschen?«

»Nicht im Geringsten.« Tino griff in seine Jackentasche und nahm eine Handvoll Klimpergeld daraus hervor, das er darin stets bei sich führte. »Wenn Sie mir auch Ihre Kappe geben, kriegen Sie das obendrauf.«

Unsicher schaute der Mann auf die Münzen, doch als Tino ihm zunickte, griff er zu. »Bevor ick mir schlagen lassen …« So plötzlich, als hätte er Angst, Tino könne es sich anders überlegen, nahm er das Geld und ließ es in der Hosentasche verschwinden. Dann knöpfte er seinen Kittel auf, an die er inzwischen die Nelke geheftet hatte.

Eine Minute später war Tino ein Arbeiter.

»Wer hat uns verraten? Sozialdemokraten!«

Mit lauter Stimme fiel er in die Parole ein, und während er sich seine neue Mütze aufsetzte und sie so tief ins Gesicht zog, dass ihn niemand erkennen konnte, reihte er sich in einen Trupp Streikender ein, der geradewegs auf die Brücke zusteuerte.

Jetzt brauchte er sich nur noch treiben zu lassen, und er war am Ziel.

»Solidarität mit den Genossen in Merseburg!«

Tatsächlich, es klappte, sein Plan ging auf! Untergehakt mit wildfremden Menschen, marschierte Tino über die Brücke, innerlich jubelnd wie ein Pennäler über einen gelungenen Streich, und sie hatten das Ende der Brücke fast schon erreicht, da – da flog plötzlich das Hoftor des Generalstabsgebäudes auf, und berittene Polizisten sprengten auf den Platz. Links und rechts mit ihren Knüppeln auf alles einschlagend, was sich bewegte, trieben sie ihre Pferde zwischen die Demonstranten. Gleichzeitig kesselte eine zweite Abteilung sie ein, um sie auf die Brücke zurückzudrängen.

»Wer hat uns verraten? Sozialdemokraten!«

Wie wenn man Öl ins Feuer gießt, brachte der Angriff die Wut der Demonstranten zum Überkochen. Um Tino herum brachen ein paar Streikende das Pflaster mit Stemmeisen und Stangen auf, und während immer mehr es ihnen nachmachten, manche sogar mit bloßen Händen im Boden wühlten, um sich zu munitionieren, flogen auch schon die ersten Steine.

»Da! Nimm!«

Tino drehte sich um. Ein blutjunger Kerl von höchstens fünfzehn Jahren reichte ihm einen Pflasterstein. Ihm wurden die Knie weich. Um Gottes willen, das konnte er unmöglich tun!

»Vorwärts, Genosse! Worauf wartest du?«

Als Tino das Flackern in den Augen des Jungen sah, wusste er, dass er keine Wahl hatte. Mitgegangen, mitgefangen …

»Wer hat uns verraten? Sozialdemokraten!«

Mit beiden Händen packte Tino den Stein.

»Na, endlich!«

Seinen ganzen Mut zusammennehmend, hob er den Stein in die Höhe. Doch genau in dem Moment, als er zum Wurf ausholte, traf ihn ein Schlag auf dem Kopf, mit solcher Wucht, dass er zu Boden sank.

Wie ein Käfer auf dem Rücken lag er da, unfähig, sich zu rühren. Ein Polizist trieb sein Pferd an ihn heran, und während das Pferd sich wiehernd über ihm aufbäumte, zeigte er mit dem Schlagstock auf ihn herab.

»Verhaften den Mann!«

Tino schwanden die Sinne, und während er in eine sanfte, süße Ohnmacht sank, wich alle Furcht und Angst von ihm.

»Gott sei Dank«, flüsterte er.

Dann war nur noch schwarze Stille um ihn her, erfüllt von zartem Nelkenduft.

16

Der Aufruhr an der Moltke-Brücke war eine Sache von weniger als einer Stunde gewesen, dann hatte die Polizei die öffentliche Ruhe rund um das Innenministerium wiederhergestellt. Kein vernünftiger Mensch in der Reichshauptstadt interessierte sich ernsthaft für die Aufstände der Industriearbeiter rund um Halle. Das taten nur die Kommunisten, die ja jede sich bietende Gelegenheit nutzten, um die verhassten Sozialdemokraten zu stürzen. Doch zum Glück hatte auch dieser Versuch sich einmal mehr als ein Schuss in den Ofen erwiesen.

Auch die Demonstration auf dem Potsdamer Platz hatte sich längst aufgelöst, als Alexander Grau an diesem Nachmittag ins Piccadilly-Haus kam, um sich seiner Büroarbeit zu widmen. Er hatte mit dem Theaterintendanten Max Reinhardt zu Mittag gegessen. Die Ufa hatte die Rechte an »Sumurun« inzwischen erworben, die Dreharbeiten würden bald beginnen. Stauß hatte deshalb Blut geleckt und wollte weitere Lizenzen von Stoffen erwerben, die bereits auf der Bühne oder im Roman ihre Massentauglichkeit bewiesen hatten. Doch die meisten Autoren verachteten Spielfilme immer noch als billige After-Kunst und zeigten kein Interesse, ihre Geschichten auf der Leinwand zu sehen. Reinhardt hatte versprochen, seinen Einfluss geltend zu machen, um unter den arroganten Schöngeistern einen Sinneswandel herbeizuführen. Und einen ersten Erfolg hatte er heute Mittag bereits verkündet. Der berühmte Gerhart Hauptmann hatte seinen Roman »Atlantis« zur Verfilmung freigegeben. Das würde seine Kollegen aufhorchen lassen.

So erfreulich dieser kleine Erfolg war – Graus wirkliches Interesse galt heute einer ganz anderen Frage. War der entscheidende Schritt getan, um die Ufa aus dem Staatsbesitz herauszulösen?

Bevor er sich seinen Akten widmete, ließ er sich mit Stauß verbinden. Eine winzig kleine Hoffnung gab es ja noch, dass die für heute geplante Scheckübergabe gescheitert war: Konstantin Reichenbach. Der Kerl war trotz seines militärischen Rangs ein so hoffnungsloser Zivilist, dass er vor den kleinen Scharmützeln in der Stadt womöglich Reißaus genommen hatte.

Dreimal tutete es in der Leitung, dann hörte Grau, wie am anderen Ende der Hörer abgenommen wurde.

»Hier Stauß.«

»Nur eine kurze Frage, Herr Generaldirektor«, sagte Grau. »Ist alles wie erhofft über die Bühne gegangen?«

17

Im Studio der Decla-Bioskop wurde gedreht. »Zirkus des Lebens« hieß der Film, das Drama eines Kleinbürgers, der höher hinauswollte, als das Schicksal für ihn vorgesehen hatte … Seit Stunden wurde die alles entscheidende Szene geprobt, darin schlüpfte der tragische Held in die Rolle eines anderen Mannes, um seine unerreichbaren Ziele zu erreichen. Doch Erich Pommer war nicht bei der Sache. Während der Regisseur seinen Hauptdarsteller Werner Krauß ein ums andere Mal die Szene wiederholen ließ, blickte Erich immer wieder auf die Uhr. Tino hatte versprochen, sofort Bescheid zu geben, wenn er im Ministerium fertig war – spätestens zur Mittagszeit. Inzwischen war es schon halb fünf, aber Tino hatte immer noch nichts von sich hören lassen. Erichs Nervosität wuchs von Minute zu Minute. Eine solche Unpünktlichkeit war selbst für Tinos Verhältnisse ungewöhnlich.

Wieder brach der Regisseur die Szene ab. »Aus, aus, aus!«

Diesmal war es die Beleuchtung, die angeblich nicht in Ordnung war. Während der Spielleiter aus dem Regiestuhl sprang und mit eigener Hand die Scheinwerfer einrichtete, fragte Erich sich, ob er nicht selbst der Kleingernegroß war, von dem der Film handelte. Griff nicht auch er nach Sternen, die an einem allzu fernen Himmel erstrahlten, weit jenseits seiner Reichweite? Seit Monaten war er wie besessen von der Idee für einen bahnbrechenden Sensationsfilm – »Dr. Mabuse, der Spieler« sollte er heißen, ein Kriminalfilm als Spiegelbild der Gesellschaft. Die Geschichte spielte in Nachtlokalen und Spielhöllen und Bordellen, sie zeigte die ganze Verdorbenheit und Anarchie der gegenwärtigen Zeit und hatte das Zeug, in den Kinos für mindestens ebenso viel Furore zu sorgen wie Schnitzlers »Reigen« in den Theatern, auch stand mit Fritz Lang, der seine häuslichen Querelen inzwischen hinter sich gelassen hatte, der ideale Regisseur für das schon fertige Drehbuch bereit und wartete nur darauf, so bald wie möglich loszulegen. Doch Julius Grünbaum, Erichs neuer Kompagnon, wollte nichts von dem Film wissen, und als wären seine Taschen zugenäht, weigerte er sich mit dem immer wieder selben Argument, das dafür nötige Geld rauszurücken: »Zu teuer!« Statt »Dr. Mabuse« musste Erich darum Filme wie »Zirkus des Lebens« produzieren, die nur von der Kunst ihrer Hauptdarsteller lebten, ansonsten aber die aberwitzigsten Kapriolen schlugen und Unsinn an Unsinn reihten. Es war zum Verzweifeln! Wenn es Tino nicht gelang, die Bioskop-Decla in die Ufa zu überführen, würden sich seine Träume in genau dem Brot- und Buttergeschäft auflösen, vor dem Kurt Tucholsky in seinem »Weltwoche«-Artikel gewarnt hatte. Statt mit Grünbaum zu fusionieren, hätte er dann genauso gut bei Hugenberg anheuern können, um Meterware für die »Deulig Woche« zu fabrizieren.

Der Regisseur klatschte in die Hände. »Und bitte!«

Werner Krauß ging zurück auf Position, um mit der ganzen Wucht seiner Schauspielkunst vorzuführen, was für ein erbärmliches Würstchen der von ihm verkörperte Held war. Erich konnte es nicht länger ertragen. Da beim Drehen Rauchen verboten war, verließ er das Atelier.

Auf dem Flur lief er einem Mann in die Arme, den er erst beim zweiten Hinsehen erkannte. Der Grund dafür war der Verband, den der andere wie einen Turban um seinen Kopf trug.

»Tino? Um Himmels willen – wie siehst du denn aus?«

Der grinste über das ganze Gesicht. »Ach ja, was tut man nicht alles für die Kunst? Ich habe wie Siegfried den Drachen bezwungen, um den Schatz der Nibelungen zu verteidigen.«

Pommer brauchte einen Moment, bis der Groschen fiel. Kaum traute er sich zu hoffen, was er hoffte.

»Soll das … soll das heißen, es ist vollbracht?«

»So gut wie!« Tino strahlte. »Ich habe den Scheck wohlbehalten ins Ministerium gebracht, auch wenn es mich fast mein Leben gekostet hätte, und Staatssekretär Löffler hat den Empfang quittiert. Jetzt brauchen wir nur noch die Unterschrift des Finanzministers, dann ist die Sache perfekt.«

Bei den Worten hatte Erich mit einem Mal das wunderbare Gefühl, als würde ein allzu enger Panzer von seiner Brust abfallen.

»Was für eine wunderbare Nachricht! Das muss ich Gertrud erzählen!« Vor lauter Erleichterung nahm er seinen Freund in den Arm und drückte ihm einen Schmatzer auf den Mund. »Ich kann es gar nicht erwarten, ihr die frohe Botschaft zu bringen.«

»Du und deine Gertrud.« Mit einer Mischung aus Ekel und Triumph im Gesicht wischte Tino sich den Mund ab. »Aber willst du denn gar nicht wissen, wie ich das Husarenstück fertiggebracht habe?«

18

Als Tino am Abend nach Hause fuhr, erinnerte auf den Straßen nichts mehr an die Unruhen des Tages, die ihn zu seinem Husarenstück gezwungen hatten. Wobei »Husarenstück« vielleicht ein ganz klein wenig übertrieben war. In Wahrheit war die Sache die: Nach seiner Verhaftung war er praktisch ohne eigenes Zutun ans Ziel gelangt, das Polizeirevier, in dem man ihn verhört hatte, befand sich aufgrund einer glücklichen Fügung des Schicksals in einem Seitentrakt des Innenministeriums. Es hatte zwar eine Weile gedauert, bis man ihn in seinem Arbeiterkittel ans Telefon gelassen hatte, doch dann hatte ein Anruf bei Stauß genügt, um seine Identität zu klären, und unter Bücklingen und Entschuldigungen für das Missverständnis, das zu seiner Festsetzung geführt hatte, hatte man ihn zu Staatssekretär Dr. Löffler gebracht, der, hocherfreut, dass der Finanzdirektor der

Universum Film AG mit dem Schrecken sowie einer Beule am Kopf davongekommen war, den Scheck der Deutschen Bank entgegengenommen und dessen Empfang ordnungsgemäß mit seiner Unterschrift quittiert hatte, woraufhin Tino selbstredend wieder in die Freiheit entlassen worden war.

Aber wen interessierte schon die Wahrheit? Erich Pommer war Künstler, und als solchem war ihm eine gute Geschichte mit Sicherheit lieber als eine Wahrheit, die am Ende sich ja nur als erschreckend banal entpuppt hätte. Warum ihn also damit langweilen? Und außerdem, wer weiß, vielleicht lieferte seine Geschichte ja sogar den Stoff für einen neuen Ufa-Film. An diesem Tag hatte er schließlich die Zukunft der Universum Film AG gerettet, er ganz allein, und die Art und Weise, wie er sich mit dem millionenschweren Scheck durch die aufgebrachte Menschenmenge hatte schlagen müssen, hatte doch eine verblüffende Ähnlichkeit mit den Wildwestfilm-Produktionen aus Amerika, in denen stets ein auf sich allein gestellter Held gegen eine übermächtige Horde Banditen oder Indianer kämpfen musste, um eine Postkutsche oder einen Siedlertreck allen Angriffen zum Trotz sicher und wohlbehalten durch Feindesland ans Ziel zu bringen … Ja, je länger Tino darüber nachdachte, desto überzeugender schien ihm die Idee. Er sollte wirklich mal mit Pommer darüber reden.

Im Hochgefühl des überstandenen Abenteuers brauste er die Spree entlang, und nachdem er den Fluss überquert hatte, schaltete er in den vierten Gang und beschleunigte Unter den Linden den Wagen auf ein solches Tempo, als wäre der Boulevard die Avus, die in ein paar Monaten im Westen der Stadt als erste deutsche Automobilrennstrecke eröffnet werden sollte.

Im Fahren tastete er nach der Stelle an seinem Schädel, wo ihn der Schlagstock des Polizisten getroffen hatte. Die Beule war inzwischen abgeklungen, und auch der Schmerz hatte nachgelassen. Mit nur einer Hand am Lenkrad wickelte er den Verband ab und warf ihn durch das offene Fenster hinaus auf die Straße. Wie freute er sich auf den Abend mit Rahel! Hoffentlich hatte sie noch keine Pläne gemacht. Da er nicht zu Mittag gegessen hatte, spürte er einen Bärenhunger.

Am besten, sie würden zu »Aschinger« gehen. Er hatte seine Rettung nicht zuletzt dem einfachen Volk zu verdanken, da konnte er nicht im »Adlon« feiern. Außerdem gab es bei »Aschinger« die besseren Bratkartoffeln, und im Gegensatz zum »Adlon« wurde man dort anständig satt.

Beim Gedanken ans Essen lief ihm schon jetzt das Wasser im Mund zusammen, und er trat noch einmal aufs Gas. Doch als er von der Charlottenstraße auf den Gendarmenmarkt einbog, um seinen Parkplatz anzusteuern, musste er plötzlich scharf bremsen.

Der Platz vor dem Eingang des Hauses Nr. 36, wo er stets sein Auto abstellte, war besetzt. Von einem Fuhrwerk der Spedition Bollmann & Söhne.

19

»Ist irgendwer zu Hause?«, rief Erich, als er den Wohnungsflur betrat, wie jeden Abend bei seiner Heimkehr.

»Der Papa ist da! Der Papa ist da!«, rief das Hänschen aus der Küche.

Als er das helle Stimmchen seines Sohnes hörte, wurde es Erich ganz warm ums Herz. Einen schöneren Empfang konnte es für ihn am Ende eines Tages gar nicht geben, vor allem nicht am Ende dieses Tages. Rasch legte er Mantel und Hut ab, und mit der »Vossischen Zeitung« in der Hand ging er in die Küche.

Gertrud stand mit der Schürze am Herd und rührte in der Biersuppe, die es dreimal in der Woche gab. Als sie ihn hörte, drehte sie sich um.

»Essen ist in fünf Minuten fertig«, sagte sie und gab ihm einen Kuss.

»Keine Eile.« Er setzte sich zu seinem Sohn an den Tisch. Das Hänschen saß schon auf seinem Hochstuhl und löffelte mit vorgebundenem Schlabberlatz seinen Brei. Nachdem Erich auch ihn mit einem Kuss begrüßt hatte, schlug er die Zeitung auf. »Dann wollen wir mal sehen, was die Zukunft für uns bereithält.«

Gertrud warf ihm über die Schulter einen spöttischen Blick zu. »Nanu? Seit wann interessierst du dich für Horoskope?«

»Wer behauptet, dass ich das tue?« Erich blätterte weiter, bis er die

Wohnungsinserate gefunden hatte. Obwohl sein Sohn kein Wort verstand, las er ihm die Angebote vor. »›Vier Zimmer in Spandau, Altbau, Klo auf halber Treppe.‹ – Na, was hältst du davon, kleiner Mann?«

Das Hänschen schlug mit dem Löffel in seinen Brei, dass es nur so spritzte.

»Du hast recht«, sagte Erich. »Altbau wollen wir nicht. Außerdem brauchen wir ein eigenes Badezimmer, und vor allem ein Spielzimmer für dich.« Mit dem Finger fuhr er die Spalte entlang. »Das hier klingt schon besser, hör mal! ›Fünf Zimmer mit Bad und WC in Zehlendorf.‹ – Hm, nicht schlecht. Aber ist Zehlendorf nicht vielleicht ein bisschen zu weit außerhalb?«

Gertrud schaute ihn verständnislos an. »Kannst du mir mal verraten, was das wird, wenn's fertig ist?«

»Ist das so schwer zu erraten?« Mit gespieltem Unwillen schüttelte er den Kopf, dann blickte er wieder in die Zeitung. »Sechs Zimmer in Schöneberg, Neubau, sämtliche Sanitäranlagen auf allermodernstem und neuestem Stand, Zentralheizung.› – Was meinst du, Johannes Pommer? Würde dir das gefallen?«

Lachend vor Freude über das neue Spiel klatschte das Hänschen in die Hände.

»Gut.« Erich griff in die Innentasche seines Jacketts und zückte einen Stift. »Dann werden wir das mal anstreichen.«

Gertrud wischte sich die Hände an der Schürze ab. Aus ihren braunen Augen sprach ungläubige Hoffnung, als sie an den Tisch trat.

»Ist das wirklich dein Ernst, Erich? Eine neue Wohnung?«

Er legte die Zeitung beiseite, und während er mit einem zärtlichen Lächeln ihren Blick erwiderte, nahm er ihre Hand. »Ja, Trudchen. Jetzt geht es aufwärts mit uns.«

20

Im Vorraum von Tinos Sieben-Zimmer-Junggesellenwohnung sah es aus wie in einem Warenlager. An den Wänden stapelten sich Rahels Möbel und Kleidertruhen bis unter die Decke, so dass die Gemälde fast vollständig dahinter verschwanden, und der Flur war mit Bücherkisten vollgestellt. Schließlich konnte sie mit der Einrichtung erst beginnen, wenn Tino nach Hause kam.

»Vorsicht bitte mit den Bildern! Und die Stehlampe einfach hier abstellen.«

Zusammen mit Herrn Bollmann, der bei ihrer Ankunft am Gendarmenmarkt schon mit zwei Möbelpackern vor der Haustür gewartet hatte, dirigierte sie die Arbeit. Wegen der Demonstranten hatte der Kutscher einen Umweg durch die halbe Stadt gemacht, so dass das Fuhrwerk erst mit anderthalb Stunden Verspätung eingetroffen war.

Die Möbelpacker trugen Rahels Truhe mit den Winterkleidern herein und setzten sie auf dem Boden ab. »Dit is die letzte«, sagte der Ältere der beiden, ein wahrer Hüne, der mit seinen muskelbepackten Oberarmen und dem gezwirbelten Schnauzbart aussah wie ein Jahrmarktringer und neben dem sein Kollege wie ein Hänfling wirkte.

»Wenn ick dann kassieren dürfte?«, sagte Herr Bollmann.

Rahel hatte die vereinbarte Summe schon parat. Während der Spediteur die Scheine nachzählte, nahmen seine Männer die Mützen vom Kopf und wischten sich in der Hoffnung auf ein Trinkgeld demonstrativ den Schweiß von der Stirn. Rahel gab ihnen ein paar Münzen, dann verabschiedeten sich die drei, und sie war allein in der Wohnung.

Nachdenklich schaute sie sich in den Zimmern um, die von nun an ihr Zuhause sein würden. Obwohl es vollkommen kindisch war, wünschte sie sich in diesem Augenblick, dass ihre Eltern sie sehen könnten. Auch wenn sie sich nicht in Tinos Obhut begab, wie der Vater es sich in seinem letzten Brief gewünscht hatte, würde sie doch fortan unter einem Dach mit ihm leben. Und das hatte sie allein dem Geld zu verdanken, das die Eltern sich ihr ganzes, arbeitsames Leben lang vom Munde abgespart hatten. Weil das Geld ihr die Freiheit dazu gab.

Sie schickte den beiden im Geiste ein Dankeschön gen Himmel, da hörte sie plötzlich eine Stimme.

»Was ist denn hier los?«

Als sie sich umdrehte, stand Tino vor ihr und blickte sie mit großen Augen an.

»Sehen Sie das denn nicht?«, fragte sie. »Ich habe mich entschieden,

Ihr Angebot anzunehmen. Ich dachte, Sie würden sich freuen! Sagen Sie jetzt bloß nicht, ich hätte mich getäuscht.«

»Und ob ich mich freue!« Er nahm ihre beiden Hände, um sie nacheinander zu küssen, jede Fingerspitze einzeln. »Das ist die zweitgrößte Freude, die Sie mir überhaupt machen können!«

Rahel hatte keinen Zweifel, was seine größte Freude sein würde, doch die wollte sie nicht aussprechen. Es konnte ja sein, dass die Götter sie belauschten.

»Bedanken Sie sich bei meinen Eltern«, sagte sie stattdessen. »Sie haben mich überzeugt.«

»Hier einzuziehen?« Tino schüttelte den Kopf. »Das verstehe ich nicht.«

»Ist auch nicht nötig«, lachte sie. »Jede Frau braucht schließlich ihr Geheimnis. – Aber«, fügte sie hinzu, als sie sein irritiertes Gesicht sah, »damit wir uns richtig verstehen, auch wenn wir von jetzt an zusammen hier wohnen, habe ich nicht vor, meine Gewohnheiten zu ändern. Ich werde weiterhin tanzen gehen! Allein!«

Mit gespielter Gleichgültigkeit zuckte Tino die Schultern. »Keine Sorge, ich habe viel zu viel zu tun und gar keine Zeit, um meine Abende mit Ihnen zu verplempern. Hauptsache, mein Heimchen steht tagsüber brav für mich am Herd.«

»Das werde ich ganz bestimmt nicht – versprochen!« Sie schlang die Arme um seinen Hals und küsste ihn. Während er den Kuss in einer Art und Weise erwiderte, die nur ins Schlafzimmer führen konnte, ertastete sie plötzlich eine Schwellung an seinem Hinterkopf. »Was haben Sie denn da gemacht?«

»Das erzähle ich Ihnen besser nicht«, raunte er. »Sie würden sich nur unnötig aufregen.«

»Gut. Dann will ich nicht weiter fragen.«

Sie nahm seinen Kopf zwischen die Hände, um mit dem Kuss fortzufahren. Doch statt darauf einzugehen, machte er einen Schritt zurück.

»Sind Sie denn gar nicht neugierig, wie es zu der Verletzung kam?« Fast klang er enttäuscht.

»Nein, mein Nelkenkavalier«, flüsterte sie. Sie zog ihn wieder zu sich und streifte mit ihren Lippen seinen Mund. »Schließlich braucht auch ein Mann sein Geheimnis.«

21 Nobel geht die Welt zugrunde …

Alexander Grau pfiff leise durch die Zähne, als das Taxi, das ihn vom Dresdner Hauptbahnhof nach Loschwitz gebracht hatte, von der Landstraße abbog und er am Ende einer kiesbedeckten Auffahrt die Reichenbach Villa erblickte. Wie die Trutzburg eines Raubrittergeschlechts erhob sich das imposante Gebäude mit seinen Türmen und Zinnen über der Elbe.

Vor der Freitreppe brachte der Fahrer den Wagen zum Stehen.

»Macht eins fünfundneunzig«, sagte er über die Schulter.

Grau beugte sich vor und reichte ihm wortlos ein Zweimarkstück.

»Die Firma dankt!« Der Fahrer tippte an den Schirm seiner Mütze und ließ die Münze in der Tasche verschwinden.

Grau schnippte mit dem Finger. »Wo bleibt mein Wechselgeld?«

»Wechselgeld?« Irritiert drehte der Fahrer sich um. »Ich dachte …«

»Überlassen Sie das Denken den Pferden! Die haben einen größeren Kopf.«

Nur widerwillig rückte der Fahrer die fünf Pfennige heraus. Grau steckte sie ein und verließ den Wagen. Der Bedeutung seiner Mission entsprechend, hatte er Uniform angelegt, doch die Moral in diesem Land war inzwischen so auf den Hund gekommen, dass nicht mal mehr ein Droschkenkutscher Respekt vor dem Waffenrock eines preußischen Offiziers hatte. Es war einfach nur noch zum Kotzen.

Für den Fall, dass er beobachtet wurde, fasste er den Griff seines Ziersäbels, und schwungvoll zwei Stufen auf einmal nehmend, stieg er die Freitreppe hinauf. Auf dem Treppenabsatz straffte er mit beiden Händen seinen Rock, dann betätigte er den Klingelzug.

Wie viel würde die Nachricht Gustav Reichenbach wohl wert sein?

Als Stauß ihm mitgeteilt hatte, dass der Scheck der Deutschen Bank im Ministerium angekommen war und damit der Plan des Vorstandsvorsitzenden, die Ufa vollständig aus dem Regierungsbesitz herauszulösen, um sodann mittels einer Kapitalerhöhung die Decla-Bioskop zu übernehmen, konkrete Formen annahm, hatte er spontan zum Telefon greifen wollen, um Gustav Reichenbach von der veränderten Lage zu unterrichten. Doch dann hatte er es sich anders überlegt. Die Nachricht war viel zu wertvoll, um sie fernmündlich zu übermitteln. Einen Mercedes-Tourenwagen würde er sich von seinem gewöhnlichen Gehalt niemals leisten können – um sich diesen Traum zu erfüllen, bedurfte es hin und wieder einer Sondergratifikation.

Ein Diener in gestreifter Livree öffnete die Tür.

»Wen darf ich melden?«

»Major Grau.«

»Sehr wohl.« Mit einer Verbeugung trat der Diener zur Seite. »Wenn ich Sie bitten dürfte, mir zu folgen?«

22

Ernst von Salomon hieß der Dichter, der in Constanzes Salon vortrug, ein blutjunger Mann von nicht mal zwanzig Jahren, aus dessen Blick der Wille zur Tat einer ganzen Generation zu sprechen schien. Grußlos und ohne jede Regung in seinem eckigen Gesicht hatte er an dem von Robert auf einem Podium installierten Tisch Platz genommen, dessen schwarze Bespannung das goldene Hakenkreuz der Thule-Gesellschaft zierte, und las nun mit vor Energie bebender Stimme aus einem bislang unveröffentlichten Manuskript mit dem Titel »Die Geächteten« vor. Darin beschrieb er in erschütternder Selbstentblößung sein persönliches Schicksal, wie er nach dem verlorenen Krieg, einem blinden Saulus gleich, im Sold der Usurpatoren die letzten wahren Patrioten Deutschlands bekämpft hatte, ehemalige Frontsoldaten, die sich trotz des Dolchstoßes, den die Heimat ihnen an der Front versetzt hatte, in unverbrüchlicher Treue zum Vaterland weigerten, die Verbrechen der Novemberverräter hinzunehmen, um sodann, nach seiner völkischen Erweckung, die Seiten zu wechseln und als wiedergeborener Paulus in den Reihen der Freikorpskrieger sein Leben ganz und gar in den Dienst der nationalen Sache sowie der Befreiung Deutschlands aus den Fesseln des Versailler Diktats zu stellen.

> Ich hatte auf dem Tische die Dinge aufgebaut, die mir den Halt geben sollten. Das Bild meines Vaters, in Uniform, bei Kriegsausbruch aufgenommen, die Bilder von Freunden und Verwandten, die im Kriege gefallen waren, die Feldbinde, den krummen Husarensäbel, die Achselstücke, den französischen Stahlhelm, die durchschossene Brieftasche meines Bruders – das Blut war schon ganz dunkel und fleckig geworden –, die Epauletten meines Großvaters mit den schweren, nun schwärzlichen Silbertroddeln, ein Bündel Briefe aus dem Felde auf stockigem Papier – aber ich konnte es nicht mehr sehen, all das. Nein, ich konnte es nicht mehr sehen. Dies alles war nicht mehr gültig. Dies alles gehörte zum Bestande jener Siege, da aus allen Fenstern die Fahnen hingen. Nun kamen keine Siege mehr, nun hatten die Fahnen ihren leuchtenden Sinn verloren.

Angestrengt versuchte Constanze, dem Vortrag zu folgen, aber sosehr der junge Dichter ihr aus dem Herzen sprach, sie schaffte es nicht, sich zu konzentrieren. Seit Beginn der Lesung ließ Korvettenkapitän Ehrhardt immer wieder seinen Blick zu ihr herüberwandern, um ihn eine unerträglich lange, unerträglich süße Weile auf ihr ruhen zu lassen. Jedes Mal wenn seine braunen Augen sie berührten, klopfte ihr Herz wie in ihrer Jugendzeit, und alles in ihr drängte danach, den fordernden Blick zu erwidern. Doch so stark das Bedürfnis in ihr brannte, sie widerstand der Versuchung, mit eisernem Willen löschte sie das Begehren. Sie hatte inzwischen herausgefunden, dass Brigadeführer Ehrhardt verheiratet war. Doch nicht seine Bindung an eine andere war der Grund ihrer Entsagung, im Gegenteil, es war seine allzu große Entflammbarkeit in Liebesdingen, die ihr ein Nachgeben wie auch jede intime Beziehung zu ihm unmöglich machten. Ihre Nachforschungen hatten nicht nur Aufschluss über seinen Ehestand gegeben, sie hatten auch ans Licht gebracht, warum die Karriere dieses außerordentlichen Mannes, der mit seinen Fähigkeiten in der Kaiserlichen Marine doch mindestens zum Kapitän zur See, wenn nicht gar zum Kommodore oder Konteradmiral hätte aufsteigen müssen, immer wieder ins Stocken geraten war. Hässliche schwarze Flecken in seiner Conduite hatten diesen Aufstieg verhindert, Pflichtversäumnisse und andere soldatische Verfehlungen unverzeihlicher Art, und jeder dieser Flecken hatte seinen Ursprung in einer Liebeständelei gehabt, mit irgendwelchen Blumenmädchen oder Tingeltangelkellnerinnen, für die er so entbrannt war, dass er ihnen auf dem Altar seiner Leidenschaft seine eigentliche Bestimmung geopfert hatte. Sollte nun sie, Constanze Reichenbach, geborene Löwenthal und Tochter einer der angesehensten Familien Dresdens, jetzt ein solches Blumenmädchen oder gar eine Tingeltangelkellnerin sein, die diesen Mann davon abhielt, dem Ruf des Schicksals zu folgen? Nein, nein und abermals nein, das durfte sie nicht, niemals hätte sie sich das verziehen. Kapitän Ehrhardt war zu Höherem ausersehen als zu einer weiteren Liebschaft. An seinem Wesen sollte ganz Deutschland genesen.

> Ich beugte mich aus dem Fenster meiner Dachkammer. Unter mir in der Regenrinne klickerte das Wasser. Ich sah die drohenden schwarzen Schatten der Häuser, die nassen, zerflederten Bäume tief drunten auf dem glitzernden Asphalt. Von der Straße stieg ein fauliger Dunst herauf, kletterte am grauen Stein, strömte in alle Ecken der kleinen Stube. Die Kerze ging aus. Ich warf im Dunkeln die Dinge, die auf dem Tische lagen, polternd in eine Schublade. Ich schlief die ganze Nacht nicht. Ich war der gefährlichen Stille ausgeliefert und wusste nur, dass ich zu bestehen hatte, um jeden Preis zu bestehen, vor was es auch immer sein möge. Denn was sich nun aus der Wirre anbot, konnte nicht anders bezwungen werden als durch die Unbeirrbarkeit einer Haltung, um die ich von nun an zu ringen hatte.

Der Applaus des Publikums riss Constanze aus ihren Gedanken. Ernst von Salomon hatte seinen Vortrag beendet und war aufgestanden, um mit regloser Miene den Beifall entgegenzunehmen.

Wehrkreisbefehlshaber Georg Maercker, der Mann, dem es fast gelungen wäre, Präsident Ebert und Minister Noske nach ihrer Flucht aus der Reichshauptstadt in Dresden festzusetzen, erhob sein Glas.

»Ein Toast auf Ihre großartige, wahrhaft vaterländische Haltung, junger Freund! Heil und Sieg!«

»Heil und Sieg!«

Alle Gäste standen auf, um auf das Wohl des Dichters anzustoßen. Nachdem man die Gläser geleert hatte, setzte man sich. Nur Korvettenkapitän Ehrhardt blieb stehen.

»Es gibt Neuigkeiten von Graf Arco aus München«, verkündete er. »Die Todesstrafe, mit der die Verbrecherjustiz seine Heldentat geahndet hat, wurde in lebenslange Festungshaft umgewandelt. Doch das darf uns nicht genügen. Wir werden weiter dafür kämpfen, dass die Freiheit und Ehre dieses Mannes vollkommen wiederhergestellt wird. Das sind wir nicht nur Graf Arco schuldig, der das bayerische Volk von dem Juden Eisler befreit hat, sondern auch«, Ehrhardt drehte sich zu Constanze herum und deutete eine Verbeugung in ihre Richtung an, »unserer verehrten Gastgeberin sowie dem Andenken ihres Sohnes Arnim, der für die große Sache sein Blut und Leben ließ. Heil und Sieg!«

»Heil und Sieg!«

Als ihre Blicke sich trafen, spürte Constanze, wie ihr die Tränen in die Augen schossen, und sie konnte nur hoffen, dass diese von ihren Gästen so gedeutet wurden, wie sie es sich für sich selber wünschte.

Was hatte der Dichter zum Schluss über die Haltung gesagt, die seine Rettung gewesen war?

Während sie versuchte, sich an die Worte zu erinnern, ging die Flügeltür auf, und Robert meldete einen Gast.

»Major Grau!«

Constanze stutzte für einen Moment, dann fiel ihr ein, dass sie auf Gustavs Wunsch eine Einladung an einen Mann dieses Namens geschickt hatte. Froh über sein unverhofftes Erscheinen, das sie vor einer möglichen Peinlichkeit bewahrte, erhob sie sich von ihrem Platz.

»Seien Sie uns willkommen, Major!«

Zur Begrüßung streckte sie ihm den Arm entgegen. Während er sich über die Enden seines imposanten Bartes strich, trat er auf sie zu, und mit einer Grandezza, wie man sie nur in einem preußischen Garderegiment erlangen konnte, beugte er sich über ihre Hand, das Kreuz durchgedrückt und die Hacken seiner blank polierten Stiefel fest geschlossen.

»Es ist mir eine Ehre, Frau Kommerzienrat.«

Als er sich wieder aufrichtete, sah sie, was für ein hübsches Gesicht sich hinter dem Bart verbarg. Angenehm überrascht forderte sie ihn auf, ihr gegenüber Platz zu nehmen – einen solchen Gast hätte sie Gustav gar nicht zugetraut! Doch statt der Aufforderung zu folgen, schaute er mit funkelndem Fritzenblick einmal nach links, einmal nach rechts in die Runde, dann hob er verwundert die Brauen.

»Der Herr Kommerzienrat ist nicht zugegen?«

»Zu seinem großen Bedauern lässt mein Mann sich heute entschuldigen. Ein Termin beim Finanzminister.«

»Ach ja, natürlich, gewiss.« Mit kaum verhohlenem Unwillen ordnete der Major die Schöße seiner Galauniform, um dann in dem ihm angewiesenen Sessel Platz zu nehmen. »Die Geschäfte gehen vor, natürlich, gewiss. Wie könnte es im Bankgewerbe anders sein?«

23

Emil von Stauß warf einen verstohlenen Blick auf seine Taschenuhr. Wann würde es endlich eine Pause geben? Seit über zwei Stunden tagte schon die Konferenz, zu der Finanzminister Wirth, der seinem Parteifreund Erzberger nach dessen Rücktritt infolge des Attentats im Amt nachgefolgt war, die wichtigsten Privatbankiers des Landes in sein Ministerium geladen hatte, um die Gefahr einer Inflation und deren mögliche Auswirkungen zu erörtern, doch er hatte immer noch keine Gelegenheit gehabt, mit Wirth ein Wort unter vier Augen zu wechseln, um ihm die Frage zu stellen, die ihm weit mehr auf der Seele brannte als der eigentliche Anlass der Zusammenkunft. Und der Minister machte keine Anstalten, etwas daran zu ändern. Das kantige Gesicht von Sorgen zerfurcht, schien er die Zeit vergessen zu haben und wiederholte ein ums andere Mal mit leiser, aber eindringlicher Stimme seine Botschaft.

»Es ist unsere heilige Pflicht, der Inflation Einhalt zu gebieten. Eine Geldentwertung ist nicht nur eine ökonomische, sondern auch eine soziale Bedrohung für unser Volk. Je schneller sie voranschreitet, umso weiter wird die Schere zwischen Arm und Reich auseinanderklaffen. Wenn die Preise den Löhnen davoneilen, drohen Millionen Menschen Hunger und Not, und während der kleine Mann sich außerstande sieht, sich und seine Familie mit dem Lebensnotwendigen zu versorgen, werden bessergestellte Bevölkerungsteile von der Inflation sogar noch profitieren, weil Aktien- und Immobilienbesitz vom Wertverlust des Geldes verschont bleiben beziehungsweise sogar noch an Wert gewinnen.«

Mit ernster Miene blickte der Minister in die Runde, doch die Bankiers zuckten teilnahmslos die Schultern.

»Das ist natürlich sehr bedauerlich«, erwiderte Theodor Wille jr., Chef der Hamburger Commerzbank, »aber so sind nun mal die Gesetze der Ökonomie. Wir haben sie nicht erfunden.«

Wirth schüttelte den Kopf. »Umso mehr ist es die Aufgabe des Staates, diese Gesetze so anzuwenden, dass sie dem Wohle des Volkes und nicht dem Wohle weniger Einzelner dienen. Sonst laufen wir Gefahr, den inneren Zusammenhalt der Gesellschaft, der so mühsam nach dem Krieg hergestellt wurde, schon bald wieder zu verlieren.«

»Einspruch«, entgegnete Wille. »Der Staat kann unmöglich ausgleichen, was die Siegermächte uns mit ihren Reparationszahlungen eingebrockt haben. Die Inflation ist eine Folge der Zahlungen, die uns durch das Diktat von Versailles aufgebürdet wurden.«

»Verzeihen Sie, wenn ich widerspreche, aber das ist nur die halbe Wahrheit.« Wirth rückte an seiner Brille und zupfte an seinem Schnauzbart. »Die Inflation ist keineswegs nur eine Folge der reparationsbedingten Belastungen, die uns von den Siegermächten zugemutet werden, sondern auch eine Folge staatlichen Eigenverschuldens. Während des Krieges hat die Regierung die Bevölkerung immer wieder dazu aufgerufen, Kriegsanleihen zu zeichnen, und unzählige Menschen haben es als ihre patriotische Pflicht empfunden, dem Ruf Folge zu leisten. Der Staat steht darum nicht nur moralisch, sondern auch ökonomisch in der Schuld seines Volkes – im buchstäblichen Sinn des Wortes.«

Gustav Reichenbach, der bis jetzt schweigend die Diskussion verfolgt hatte, hob die Hand. »Und was schlagen Sie vor, um aus dem Schlamassel herauszukommen? Zusätzliches Geld drucken?«

Allgemeines Murmeln erhob sich am Tisch. Obwohl Gustav Reichenbach mit seinen Triefaugen und dem Seehundsbart aussah, als könne er kein Wässerchen trüben, hatte er die alles entscheidende Frage gestellt. Während die Diskussion immer höhere Wellen schlug, rechnete Stauß im Kopf hoch, was eine Vermehrung der umlaufenden Geldmenge für die angestrebte Entwicklung der Universum Film AG bedeutete. Sein Kalkül ließ nur einen Schluss zu: Die Ufa musste besser noch heute als morgen ihre Unabhängigkeit vom Staat erlangen, bevor die Regierung kapierte, welche Dummheit sie gerade zu begehen im Begriff stand. Es musste ja nur irgendein Griffelspitzer auf die Idee kommen, die langfristigen Dividendenausschüttungen dem kurzfristigen Gewinn beim Verkauf der Firma gegenüberzustellen.

»Kaffeepause!«

Mit dem einen Wort bewirkte Wirth zur Schlichtung der Gemüter mehr als mit all seinen Ausführungen zuvor. Hatte man sich gerade noch mit zunehmender Schärfe gestritten, herrschte plötzlich größte Einigkeit am Tisch, und wie auf Kommando verließ man die Plätze, um sich in einen Nebenraum zu begeben, wo eine Kaffeetafel aufgebaut war.

Stauß wartete, bis Wirth sich von einem Kellner einschenken ließ, dann trat er auf ihn zu.

»Wenn ich Sie auf ein Wort sprechen darf, Herr Minister?«

Wirth nickte ihm mit einem Lächeln aufmunternd zu. »Wie könnte ich dem Generaldirektor der Deutschen Bank einen Wunsch ausschlagen?«

»Zu liebenswürdig«, erwiderte Stauß. »Aber ich habe eine Frage in meiner Eigenschaft als Vorsitzender der Universum Film AG. Wann, glauben Sie, wird der Scheck zur Auszahlung der staatlichen Anteile belastet?«

Er hatte noch nicht ausgesprochen, da veränderte sich die Miene seines Gegenübers. Alle Freundlichkeit schwand daraus, um missbilligender Strenge zu weichen.

»Ich denke, privatwirtschaftliche Interessen sind hier nicht am Platz«, sagte Wirth mit leiser Stimme. »Man wird den Vorgang in meinem Haus prüfen und Sie zu gegebener Zeit das Ergebnis wissen lassen.«

Ohne ein weiteres Wort ließ er Stauß stehen und trat ans Fenster, das in den Park hinausging, um den Rest seines Kaffees allein zu trinken. Stauß hätte sich am liebsten die Zunge abgebissen. Während er überlegte, wie er seinen Fauxpas wiedergutmachen konnte, beobachtete er aus den Augenwinkeln den Minister. Staatssekretär Löffler hatte ihn inzwischen wissen lassen, dass Wirth der Übernahme der Staatsanteile durch die Ufa sehr reserviert gegenüberstehe und das Angebot nur darum nicht rundheraus abgelehnt habe, weil sein Vorgänger im Amt, Matthias Erzberger, der trotz seines Rücktritts nach wie vor als der starke Mann der Zentrumspartei galt, ein entschiedener Fürsprecher des Geschäfts sei. Umso mehr Sorge bereitete Stauß ein in Berlin kursierendes Gerücht, wonach Erzberger unter den Folgen des Attentats noch immer so sehr litt, dass er dringend der Kur bedürftig sei.

Während Wirth seinen Kaffee austrank, holte Stauß Luft. Wenn das Gerücht zutraf, konnte er nur hoffen, dass Erzberger vor Antritt der Reise noch ein Machtwort mit seinem Parteifreund sprach.

24

Die Dichterlesung war vorbei, doch immer noch scharte sich alles um diesen Jüngling, der die Huldigungen des Publikums mit solchem Hochmut entgegennahm, als wäre er Graf Rotz persönlich. Nur mit Mühe gelang es Grau, Haltung zu wahren. Was zum Teufel hatte er hier verloren? Die ganze Veranstaltung war doch reine Zeitverschwendung! Und dafür hatte er sich auf den Weg gemacht und sich auch noch in Schale geschmissen, für nichts und wieder nichts …

Aber eigene Blödheit – er hätte wissen müssen, dass Gustav Reichenbach heute in Berlin sein würde, Stauß war ja auch zu der Konferenz im Finanzministerium einbestellt worden. Wenn er wenigstens in Ehrhardts Nähe platziert worden wäre, mit dem hätte er sich gern unterhalten. Aber Ehrhardt saß zu weit von ihm entfernt, als dass er ihn hätte ansprechen können.

»Und was ist Ihre Meinung zur politischen Lage, Herr Major?«

Grau zuckte kurz zusammen, als die Gastgeberin so unvermittelt das Wort an ihn richtete. »Meinen Sie den Aufstand in Mitteldeutschland vom vergangenen März?«, fragte er. »Nun, da haben die Roten einmal mehr bewiesen, dass sie von Tuten und Blasen keine Ahnung haben, wenn es um militärische Fragen geht. Einen Bund mit den sowjetischen Bolschewiken wollten die Herrschaften schließen und die Regierung stürzen. Dass ich nicht lache! Das alles war so stümperhaft geplant, dass selbst unser Herr Sattlermeister im Präsidentenpalais damit fertigwurde. Ebert musste nur kurz Artikel achtundvierzig zücken und den Ausnahmezustand erklären, und schon war es mit der Möchtegern-Revolution vorbei. Jetzt gehen ihnen die eigenen Leute von der Fahne – scharenweise. Und was den Sturz der Regierung angeht: Ob der Reichskanzler Fehrenbach oder Wirth heißt, ist doch Jacke wie Hose.«

Constanze Reichenbach hob interessiert die Brauen. »Darf ich daraus schließen, dass Sie kein Freund des neuen Systems sind?«

Grau strich sich über seinen Bart. Seine Gastgeberin war mit ihrem elfenbeinernem Gesicht und der beeindruckenden Hochfrisur nicht nur eine ausgesprochen attraktive Frau, sondern auch eine echte Dame – eine ganz andere Erscheinung als die Schnapsfabrikantentochter, mit der er zu Hause Tisch und Bett zu teilen sich gezwungen sah.

Er ordnete die Schöße seiner Galauniform, dann setzte er sich auf der Vorderkante seines Fauteuils in Pose, wie er es unzählige Male vor dem Spiegel geübt hatte. »Ich würde von jedem, der mich einen Freund dieses Systems nennt, auf der Stelle Satisfaktion verlangen«, erklärte er, den Ziersäbel mit der Linken haltend, den leicht nach vorn geneigten Oberkörper durchgedrückt, ein Bein vor-, das andere zurückgestellt. »Diese Quatschbudenpolitiker sind doch verantwortlich für das Chaos, das in unserem geliebten Vaterland herrscht, nicht nur Scheidemann und seine Sozi-Kumpane, auch der Kathole Erzberger und der DDP-Ganove Walther Rathenau, die unser Volk in die Knechtschaft des internationalen Judentums führen wollen. Wie soll sich Deutschland da vom Krieg erholen und zu alter Größe zurückkehren?«

Befriedigt stellte er fest, dass Constanze Reichenbach ihm nicht nur mit größter Aufmerksamkeit, sondern auch mit unverkennbarer Zustimmung folgte – mehrmals hatte sie demonstrativ mit dem Kopf genickt und ihm außerdem einmal aufmunternd zugelächelt. Auch Wehrkreisbefehlshaber Maercker bekundete mit ernster Miene seinen Beifall, und sogar Brigadeführer Ehrhardt, der sich eben noch höchst angeregt mit dem Dichterling unterhalten hatte, unterbrach das Gespräch und schaute herüber.

War die Fahrt nach Dresden vielleicht doch keine Metzgerfahrt gewesen?

Constanze Reichenbach fasste nach ihrer Halskette, und während ihre feingliedrige Rechte mit den Perlen spielte, verlor sich ihr Blick ins Ungefähre, was ihrem schönen Gesicht einen zusätzlichen und ganz besonderen Liebreiz verlieh.

»Das könnte die große Stunde der Organisation Consul sein«, sagte sie wie zu sich selbst.

»Organisation Consul?«, wiederholte Grau. »Pardon, Gnädigste, aber den Namen habe ich noch nie gehört.«

»Tatsächlich nicht? Ein Mann wie Sie? Wie kann das sein?« Verwundert schaute sie ihn an. Nach einer Weile, die ihm ein klein bisschen länger schien als unbedingt nötig, wandte sie sich ab, um einen kurzen Blick mit Kapitän Ehrhardt zu tauschen. Als der mit einem Nicken sein Einverständnis gab, fragte sie: »Haben Sie im Anschluss an unsere Runde noch ein wenig Zeit, Herr Major?«

Grau wollte schon verneinen, sein Zug ging um zwölf vor sieben zurück nach Berlin. Doch aus einer Eingebung heraus korrigierte er sich. »Natürlich, gewiss. Ich habe ein paar Zimmer im ›Dresdner Hof‹

gemietet und kehre erst morgen in die Hauptstadt zurück. Stehe mit größtem Vergnügen zu Ihrer Verfügung.«

25

Seit Tino ein erwachsener Mann war, hatte es für ihn immer nur zwei Formen von Glück gegeben: Glück bei den Frauen – und Glück im Beruf. Doch das hatte sich mit Rahels Einzug in seiner Wohnung von Grund auf geändert. Seitdem genoss er nicht nur jeden Tag und jede Nacht aufs Neue ihre Liebe, die so vollkommen anders war als alle seine Liebschaften zuvor, sondern auch ein Glück, das er bisher nur aus Poesiealben kannte: »Suche das Glück nicht weit / Es liegt in der Häuslichkeit.« Solches Glück kam vielleicht für seinen Freund Erich Pommer in Frage, aber für ihn? Tatsächlich aber bereitete ihm inzwischen keine Beschäftigung so viel Freude, wie zusammen mit Rahel seine seelenlose Sieben-Zimmer-Junggesellenwohnung, Schauplatz ungezählter erotischer Eskapaden auf der Flucht vor sich selbst, in ein wirkliches Zuhause zu verwandeln: in ein Heim, in dem er fortan zusammen mit Frau und Kind leben würde – hoffentlich bis an sein Lebensende.

Heute hatte er Stauß' Abwesenheit für einen frühen Büroschluss genutzt, um mit Rahel das überflüssigste Zimmer in der ganzen Wohnung leerzuräumen: das Raucherkabinett. Er hatte es in der Vergangenheit so selten genutzt, dass die Gardinen noch so weiß waren wie am ersten Tag und keine Spur nach Tabaksqualm rochen – abgesehen von ein paar Zigaretten, die Pommer hier vielleicht mal gepafft hatte, hatte kein Mensch je in dem Kabinett geraucht.

»Wo soll die Wiege stehen?«, fragte er, während er den Humidor von der Wand abrückte.

»Da, wo jetzt der Sessel steht«, erwiderte Rahel.

»Aber dahinter ist doch das große Fenster. Wie soll unser Kindchen dann bei Vollmond schlafen?«

»Das ist doch kein Problem. Erstens gibt es Rollos, und zweitens schlafen Babys fast so fest wie Sie.«

»Und was, wenn unser Purzelchen schlafwandelt?«

»Das wäre allerdings fatal. Und eine ernste Bedrohung für das Rehkitz.«

»Welches Rehkitz?«

»Das von meiner Mutter, aus Porzellan. Ich dachte, das kommt auf die Wickelkommode.«

»Um Himmels willen, das arme Kind! Haben Sie denn gar keine Angst, dass die kleine Seele Schaden in ihrem ästhetischen Empfinden nimmt?«

Lachend schüttelte Rahel den Kopf. »Nur gut, dass uns keiner hören kann. Wir reden ja schon, als wären wir verheiratet.«

»Nein«, sagte Tino. »Wir reden nur wie zwei Menschen, die sich lieben.«

»Dann kann ich nur hoffen, dass das nie ein und dasselbe sein wird.«

»Darauf haben Sie mein Versprechen.« Er ließ den Humidor stehen und gab ihr einen Kuss. Und um ihr zu zeigen, dass sein Versprechen kein leeres war, fragte er: »Warum gehen Sie nicht mal wieder tanzen?«

Rahel runzelte die Stirn. »Das raten Sie einer schwangeren Frau?«

»Nur, solange Ihr Bauch Sie nicht daran hindert.«

»Sie haben recht, warum nicht? Gut, dann gehe ich heute ins ›Eldorado‹.«

»Tatsächlich?« Die Frage war ihm schneller rausgerutscht, als er es verhindern konnte.

»Ja«, erwiderte sie. »Da war ich schon seit einer Ewigkeit nicht mehr, und wer weiß, wie lange mein Bauch es mir noch erlaubt. Außerdem ist Tanzen eine gute gymnastische Übung, und Gymnastik soll ja die beste Vorbereitung für die Entbindung sein, habe ich irgendwo mal gelesen. – Aber stimmt etwas nicht?«, fragte sie und blickte ihn prüfend an.

Tino fühlte sich erwischt. Offensichtlich ahnte sie mal wieder seine Gedanken, vielleicht hatte sie auch gesehen, wie sein Adamsapfel ruckte.

Zum Glück wechselte sie das Thema. »Wie wär's, wenn Sie sich mit Ihrem Freund Pommer auf ein Bier treffen, wenn ich ausgehe?«

Tino zuckte die Schultern. »Gute Idee, aber soweit ich weiß, hat Erich heute schon was vor. Fußball, Nürnberg gegen Vorwärts 90 Berlin. Endspiel um die Deutsche Meisterschaft.«

»Ja und? Dann begleiten Sie ihn doch!«

Sie nahm das Otto-Dix-Bild von der Wand, das sie sich für ihr Zimmer ausgesucht hatte, und verließ damit den Raum.

Eilig stolperte er hinter ihr her. »Aber Sie wissen doch, dass ich mir nichts aus Fußball mache.«

»Was nicht ist, kann noch werden. Vielleicht finden Sie ja Spaß daran.« In ihrem Zimmer angekommen, lehnte sie das Bild gegen die Wand, dann öffnete sie den Schrank und holte ein ärmelloses Trägerkleid aus cremefarbenem Satin daraus hervor. »Man muss ab und zu auch mal was Neues ausprobieren, sonst vergreist man schon in der Jugend.« Mit dem Kleid vor der Brust drehte sie sich zu ihm herum. »Was meinen Sie? Steht es mir? Wenn ich heute ausgehe, würde ich gern auf jemanden Eindruck machen, dessen Hilfe ich womöglich brauche.«

Tino musste schlucken. Und ob das Kleid ihr stand! Sie sah wunderschön darin aus – viel *zu* schön, um alleine auszugehen, erst recht, wenn sie auf jemanden Eindruck machen wollte.

»Sie haben recht«, sagte er, bevor er eine falsche Frage stellte. »Ich rufe Pommer an. Vielleicht kann er ja noch eine Karte für mich auftreiben.«

26

Constanze verspürte ein Hochgefühl, das sie seit Urzeiten kannte, doch das sie schon viele Jahre schmerzlich vermisste: das Hochgefühl einer Frau, der die Männer zu Füßen lagen. Nach Beendigung des Salons hatte sie Korvettenkapitän Ehrhardt und Major Grau zum intimen Gespräch in die kaum benutzte Bibliothek ihres Gatten gebeten. Seitdem wetteiferten ihre beiden Gäste offen um ihre Gunst. Zwar sprachen sie über Politik, doch die Blicke, die sie ihr dabei zukommen ließen, redeten eine andere Sprache. Mit wohligem Schauer erinnerte sie sich an ihren Debütantinnenball vor vielen Jahren, auf dem König Albert von Sachsen dreimal hintereinander mit ihr getanzt hatte. Danach hatten ihre Verehrer sie in solchen Scharen bestürmt, dass ihre Tanzkarte innerhalb von fünf Minuten voll gewesen war.

Auf Kapitän Ehrhardts Avancen durfte sie natürlich nicht eingehen, gleichgültig, wie sehr sie sich zu ihm hingezogen fühlte – ihr Entschluss, sich seiner Bestimmung nicht in den Weg zu stellen, stand unerschütterlich fest. Allein, Major Graus nicht minderer und ebenso unverkennbarer Ehrgeiz, ihr zu gefallen, machte den Verzicht erträglich. Wie anmutig er sich in seiner Uniform auf dem Fauteuil ausnahm, den Ziersäbel in der Linken, den Oberkörper vorgeneigt, ein Bein vor-, das andere zurückgestellt. Der Anblick war so gewinnend, dass sie, um die Contenance zu wahren, sich die Worte ihres Vaters in Erinnerung rufen musste, wonach die Attraktivität einer Frau in umgekehrter Proportion zu ihren eigenen Gunstbezeigungen stand. Sie konnte nur hoffen, dass die Wallung ihres Blutes sich nicht in einer Rötung ihres Teints bemerkbar machte. Als junges Mädchen hatte sie unter dieser verräterischen Schwäche ihres Naturells sehr gelitten.

»Wir haben allzu lange Geduld mit dem Treiben der Politiker gezeigt«, erklärte Ehrhardt. »Jetzt ist es an der Zeit zu handeln.«

»Ich selbst könnte es kaum treffender ausdrücken«, pflichtete Grau ihm bei. »Nicht durch Gequatsche, nur durch entschlossene Tat kann Deutschland sich vom Versailler Diktat befreien.«

Constanze rückte an ihrer Frisur. »Ich hatte die Ehre, Wolfgang Kapp in meinem Hause zu beherbergen. Ein nationales Unglück, dass seine Mission gescheitert ist.«

»Ich bewundere Ihren politischen Scharfsinn, gnädige Frau.« Grau deutete eine Verbeugung an. »Der Putsch hätte General Ludendorff auf den Schild gehoben, und der wäre der richtige Mann gewesen, um in Deutschland aufzuräumen. Ich hatte während des Kriegs das Privileg, Seine Exzellenz aus nächster Nähe kennenzulernen.«

»Tatsächlich?«

»Allerdings. Ich darf nicht ohne Stolz sagen, dass ich als Pressechef des Kriegsministeriums zu den engsten Vertrauten des Generalquartiermeisters gehörte.«

»Beeindruckend.« Constanze zögerte einen Moment. »Dann … dann sind Sie also auch der Meinung, dass wir nicht vor der Anwendung von Gewalt zurückschrecken sollten, um unsere Ziele zu erreichen?«

Der Major lachte einmal trocken auf. »Wie soll man ohne Gewalt einen Krieg gewinnen?«

»Sind wir denn im Krieg?«

»Selbstverständlich. Im Krieg gegen den schlimmsten Feind überhaupt – den Feind im eigenen Volk. Und deshalb ist es unsere verdammte Pflicht, ihn mit allen uns zu Gebote stehenden Mitteln zu bekämpfen. Das mag in den Augen mancher Cunctatoren illegal sein, doch es ist zweifellos legitim.«

»Was wollen Sie damit sagen?«, fragte Kapitän Ehrhardt.

Grau strich sich über den Bart. »Selbst Thomas von Aquin hat den Tyrannenmord gerechtfertigt, und der gilt in der katholischen Kirche bekanntlich als Heiliger. Muss ich mehr sagen?«

Nein, das musste er nicht. Constanze war jedenfalls überzeugt, und mit dem erhebenden Gefühl, durch die Zusammenführung der zwei Männer in diesem Raum vielleicht nicht unerheblich zur Förderung der nationalen Sache beizutragen, warf sie Ehrhardt einen fragenden Blick zu.

Der schien zu derselben Schlussfolgerung gelangt zu sein wie sie.

»Dann will ich Ihnen den Zweck der Organisation Consul nicht länger verhehlen«, erklärte er, an den Major gewandt. »Unser Ziel ist die Exekution hochrangiger Vertreter des verbrecherischen Regierungssystems, das unser Vaterland an die Siegermächte ausgeliefert hat. Ganz oben auf der Liste stehen der Novemberverbrecher Erzberger, der im Wald von Compiègne die Kapitulation unterzeichnet hat, und der Jude Walther Rathenau, der gerade nach dem Amt des Außenministers drängt, um unser Land endgültig in den Abgrund zu stürzen.«

27

Grau verschlug es für einen Moment die Sprache. Ihm war nicht entgangen, welchen Eindruck seine eigenen im Verlauf des

Gesprächs geäußerten Bemerkungen auf Constanze Reichenbach gemacht hatten, insbesondere seine Bemerkung über den Tyrannenmord, doch das, was Brigadeführer Ehrhardt soeben vorgebracht hatte, war ein ganz anderes Kaliber. Seine Rede war keine graue Theorie – sie bedeutete Staatsstreich, Kugelblitz und Pulverdampf! Und er, Major Alexander Grau, der sich bereits am Ende seiner militärischen Karriere gewähnt hatte, abgeschoben auf den Posten eines Frühstücksdirektors in einer Kirmesbudenfabrik, wurde ins Vertrauen gezogen!

Nein, die Fahrt nach Dresden war keine Metzgerfahrt gewesen, im Gegenteil, selten hatte er die Unbequemlichkeit einer Reise als so lohnend empfunden wie heute. Doch noch während sein altes besseres Ich, das in den dunklen Zeiten seit Kriegsende so oft geschunden und gedemütigt worden war, sich in seinem Innern aufzurichten begann wie ein Genesener auf seinem Krankenlager nach allzu langem Siechtum, kam ihm plötzlich eine Frage in den Sinn, die sich wie Galle in seine Freude mischte.

Und was, wenn man ihm vielleicht gerade eine Falle stellte?

»Warum erzählen Sie mir das?«, platzte es aus ihm heraus. »Ich meine, wir sind einander kaum bekannt, und wenn die Äußerungen, die Sie gerade getätigt haben, diesen Raum verlassen und weitergetragen würden – die Folgen wären unabsehbar für Sie!«

Wieder tauschten seine Gastgeberin und der Kapitän einen Blick. Und wieder nickten die beiden einander zu.

»Sie wollen wissen, warum ich Sie ins Vertrauen ziehe«, fragte Ehrhardt. »Weil wir Männer wie Sie brauchen – Männer mit Ihrer Gesinnung und der nötigen militärischen Qualifikation. Und was unsere Bekanntschaft betrifft, so hege ich an Ihrer Vertrauenswürdigkeit nicht den geringsten Zweifel. Allein die Tatsache, dass Sie in diesem Hause verkehren, ist mir Garantie genug.«

Er hatte so ruhig und gleichzeitig bestimmt gesprochen, dass sich jeder Zweifel verbot. Nein, das war keine Falle, das war das offene Bekenntnis eines Kameraden, eines Waffenbruders. Die bittere Galle, die Grau gerade noch geglaubt hatte zu schmecken, hatte sich bei Ehrhardts Worten restlos aufgelöst, und geblieben war reine, unvermischte Freude. Endlich erkannte jemand wieder seine Fähigkeiten! Endlich wurde er wieder gebraucht!

Er beschloss, Vertrauen mit Vertrauen zu vergelten, und die Hand am Säbel erklärte er in kurzer, militärischer Knappheit: »Es wäre mir eine Ehre, Herr Kapitän, Ihrer Organisation anzugehören!«

Constanze Reichenbach hob die Brauen. »Nichts anderes hatte ich von Ihnen erwartet, Major«, sagte sie und schenkte ihm ein so bezauberndes Lächeln, dass sich allein dafür die Reise gelohnt hatte. »Dann schlage ich vor, dass die Herren jetzt ihre Karten tauschen.«

»Natürlich, gewiss.«

Grau griff in die Innentasche seines Uniformrocks, und auch Ehrhardt zückte seine Brieftasche. Nachdem die Förmlichkeiten erledigt waren, stand der Kapitän auf, um sich zu verabschieden.

Grau wollte seinem Beispiel folgen, doch dann kam ihm eine Idee.

»Haben Sie noch etwas auf dem Herzen, Major?«, fragte Constanze Reichenbach.

Obwohl Zögern nicht seine Sache war, zögerte er. Er wusste, es war eigentlich ein Unding, aber es wäre blanke Feigheit vor dem Feind, sich eine solche Chance entgehen zu lassen. Also fasste er sich ein Herz und schlug die Hacken zusammen.

»Wenn ich vielleicht noch fünf Minuten Ihrer kostbaren Zeit in Anspruch nehmen dürfte, gnädige Frau?«, fragte er. Und mit einem Blick auf Ehrhardt, der schon in der Tür stand, fügte er hinzu: »Unter vier Augen?«

Constanze Reichenbach schenkte ihm ein zweites Mal ihr Lächeln. »Aber mit dem allergrößten Vergnügen, mein Lieber.«

28

Tino hatte noch nie verstanden, welches Vergnügen man daran finden konnte, zweiundzwanzig Männern zuzuschauen, die in kurzen Hosen hinter einem Ball herrannten und versuchten, diesen mit den Füßen in ein Tor zu bugsieren. Umso größer war seine Verwunderung, dass an diesem lauen Juniabend ganze Völkerscharen in das Stadion an der Bosestraße gepilgert waren, um dem Endspiel um die Deutsche Fußballmeisterschaft zwischen Vorwärts 90 Berlin und dem 1. FC Nürnberg zu huldigen.

»Na, habe ich zu viel versprochen?«, fragte Pommer, der sich trotz der milden Temperaturen seltsamerweise einen Schal umgebunden hatte, einen blauweißen Wollschlauch, der ihm links und rechts vom Hals runterhing, und zeigte triumphierend in das überfüllte Rund. »Fünfundzwanzigtausend Zuschauer, das sind mehr als zehnmal so viele, wie in den Zoo-Palast passen!«

»Na und?« Tino schüttelte den Kopf. »Das macht die Sache nicht besser! Als Kaiser Wilhelm zu den Waffen rief, sind ihm noch viel mehr Idioten gefolgt, und wir wissen, was dabei herausgekommen ist. Aber kannst du mir mal sagen, wozu du mitten im Sommer einen Schal trägst? Hast du dich erkältet?«

»Fragst du das im Ernst?« Pommer erwiderte ungläubig seinen Blick. »Damit unterstütze ich meine Mannschaft! Blauweiß sind die Farben von Vorwärts Berlin, einem der ältesten Fußballvereine Deutschlands. Als der Club gegründet wurde, wurden Fußbälle noch aus Lumpen zusammengeflickt. Und dieses Jahr sind wir zum ersten Mal im Endspiel um die deutsche …«

»Kein Wort weiter«, sagte Tino. »Oder ich verliere jegliche Achtung vor dir.«

Auf dem Rasen pfiff der Schiedsrichter das Spiel an. Während Pommer wie von der Tarantel gestochen aufsprang, um in den Jubel der Massen einzufallen, schlug Tino das Memorandum auf, das sein Freund ihm bei der Begrüßung in die Hand gedrückt hatte, erstens, um die verlorene Zeit für die Arbeit zu nutzen, und zweitens und vor allem, um die Kobolde zu vertreiben, die ihm durch den Kopf geisterten. Ob Rahel wohl schon unterwegs war? Seit er das Haus verlassen hatte, nagte an ihm die Frage, bei wem sie mit ihrem Kleid Eindruck schinden wollte, und inzwischen bereute er zutiefst, dass er sich nicht getraut hatte, sie danach zu fragen. Zerstreut und ohne wirkliches Interesse blätterte er in dem Memorandum, in dem Pommer die weitere künstlerische Entwicklung der Ufa skizziert hatte – Stauß hatte für seine Agenda darum gebeten. Am meisten Aussicht auf Erfolg versprach vermutlich der Sensationsfilm, den Erich als Allererstes in Angriff nehmen wollte, sobald die Übernahme der Decla-Bioskop unter Dach und Fach war, »Dr. Mabuse«, eine Adaption des berühmten Romans von Norbert Jacques, in dem es jede Menge nackter Haut zu sehen geben würde.

»Kannst du nicht mal für eine Stunde die Arbeit sein lassen?«, fragte Pommer.

»Eine Stunde?«, erwiderte Tino. »Soweit ich weiß, dauert so ein Spiel geschlagene neunzig Minuten.«

»Ja, wie ein guter Spielfilm.«

»Hast du sie noch alle? Was ist das für ein bekloppter Vergleich?«

»Von wegen! Ein Fußballspiel ist ein Kunstwerk, und es folgt derselben Dramaturgie wie ein Film: Exposition, steigende Handlung, Peripetie … Aber wenn dich das Spiel nicht interessiert, warum bist du dann überhaupt mitgekommen?«

Ein Raunen ging durch das Stadion, ein Stürmer in Blauweiß hatte nur knapp das Tor verfehlt. Pommer biss sich vor Enttäuschung in die Faust.

»Deine Sorgen möchte ich haben«, sagte Tino.

Misstrauisch schaute Pommer ihn an. »Woher die schlechte Laune? Gefällt dir nicht, was ich geschrieben habe?«

»Doch, doch, dein Memorandum ist eins a. Aber …«

»Aber was? Raus mit der Sprache!«

Tino zögerte. »Ich … ich brauche deinen Rat«, sagte er schließlich. »Als Freund.«

Wie immer, wenn es darauf ankam, verstand Pommer sofort. »Wegen Rahel, nicht wahr?« Als Tino nickte, stieß er einen Seufzer aus. »Ach ja, der Zirkus des Lebens …«

29

Mit einem seltsamen Gefühl innerlichen Befremdens nahm Constanze Abschied von Korvettenkapitän Ehrhardt, der sich noch einmal vor ihr verbeugte, bevor er auf dem Absatz kehrtmachte und durch die geöffnete Flügeltür aus ihrem Salon verschwand. Wie lange war es her, dass die Blicke dieses Mannes ihr Herz hatten höher schlagen lassen? Drei Stunden oder drei Jahre? Sie hatte befürchtet, dass der Entschluss, den sie um höherer Interessen willen gegen ihr eigenes Empfinden gefasst hatte, eine schmerzende Wunde in ihrer Seele zurücklassen würde, doch als sie nun eigenhändig die Tür hinter ihm schloss, verspürte sie im Gegenteil Erleichterung, ja, fast so etwas wie Glück.

Lag es daran, dass nichts auf der Welt einem Menschen tiefere Befriedigung bereiten kann als die Erfüllung einer heiligen Pflicht, wie Dr. Wilkes, der Direktor des Mädchenpensionats, das sie einst besucht hatte, unter Berufung auf irgendeinen Philosophen behauptet hatte? Oder lag es vielmehr an dem Mann, der sie um fünf Minuten ihrer Zeit gebeten hatte und jetzt darauf wartete, dass sie sich ihm widmete?

Als sie sich umdrehte, wusste sie die Antwort. Wie ein Monument stand Major Grau da, umwoben vom Duft eines Rasierwassers, das herbe Moschusnoten verströmte: Mann gewordene Verkörperung all dessen, was sie in den langen Jahren ihrer Ehe so schmerzlich vermisst hatte, und wenn ihr Herz dennoch nicht zu jauchzen wagte, dann nur aufgrund der bangen Frage, ob er ihr aus wirklichem Interesse oder aber nur aus Galanterie den Hof machte.

Sie wollte ihn bitten, wieder Platz zu nehmen, doch bevor sie dazu kam, eröffnete er schon das Gespräch.

»Darf ich Ihnen eine indiskrete Frage stellen?«

Die wenigen Worte genügten, um ihren Mund austrocknen zu lassen. »Nur zu. Vorausgesetzt natürlich, dass sie nicht die Grenzen der Schicklichkeit verletzt.«

»Keineswegs, gnädige Frau! Aber bevor ich auf mein eigentliches Anliegen zu sprechen kommen kann, bedarf ich einer dringenden Auskunft.«

»Nämlich?«

Den Fritzenblick auf sie gerichtet, zwirbelte er die Spitzen seines Bartes. »Wieweit sind Sie mit den Unternehmungen Ihres Herrn Gemahls vertraut?«

Constanze musste schlucken. Das war ganz und gar nicht die Frage, die sie erhofft hatte. »Nun«, erwiderte sie, »ich bin zwar nicht unmittelbar in die Geschäfte der Reichenbach Bank verwickelt, doch im Großen und Ganzen durchaus im Bilde.«

»Sehr schön.« Grau nickte befriedigt. »Dann habe ich Ihnen eine wichtige Mitteilung zu machen, die ich Sie bitten möchte dem Herrn Kommerzienrat auszurichten. Wenn wir vielleicht noch einmal Platz nehmen könnten?«

»Bitte sehr.« Überrumpelt von seiner Eigenmächtigkeit, blieb ihr nichts anderes übrig, als ihm mit einer Geste die Erlaubnis zu geben.

Er wartete, bis sie sich gesetzt hatte, dann nahm auch er wieder sein Fauteuil ein. »Die Sache ist die«, erklärte er, »Ihr Herr Gemahl hat mich in meiner Eigenschaft als stellvertretender Vorstandsvorsitzender der Universum Film AG um einen Gefallen gebeten – eine offen gestanden nicht ganz unheikle Mission. Der Auftrag lautet, ihn in dem Falle, dass gravierende Entscheidungen zur Zukunft des Unternehmens getroffen werden, schnellstmöglich in Kenntnis zu setzen. Ich nehme an, dass väterliche Fürsorge diesen seinen Wunsch leitet – das Verhältnis zu Ihrem Herrn Sohn ruht ja wohl zur Zeit. Kurz und gut: Dieser Bitte möchte ich heute mit der Nachricht entsprechen, dass die Universum Film AG im Begriff steht, sich vollständig aus jeglichem Staatsbesitz zu lösen, um ihren letzten großen Konkurrenten auf dem Filmmarkt, Decla-Bioskop mit Namen, zu übernehmen und unter ihre Kontrolle zu bringen.«

Er hielt inne, und während er auf seinem Fauteuil wieder die Haltung einnahm, die ihr eben noch so sehr gefallen hatte, schaute er sie bedeutungsvoll an.

»Und weiter?«, fragte sie.

»Nichts weiter«, erwiderte er irritiert. »Doch seien Sie versichert, dass die Tragweite der Nachricht für Ihren Herrn Gemahl eine ungeheure ist.«

Ernüchtert senkte Constanze den Blick. Das war alles, was er ihr zu sagen hatte? Für diese eine dumme Nachricht hatte er sie um ein Vieraugengespräch gebeten? Die Erkenntnis war so deprimierend, dass ihr altes, müdes Herz fast zu klopfen aufhörte. Nein, Major Grau hatte ihr keineswegs den Hof gemacht, sein Werben war nichts weiter gewesen als die Galanterie eines routinierten Gardeoffiziers.

»Ich danke Ihnen«, sagte sie. »Ich werde Ihre Nachricht meinem Mann ausrichten, sobald er aus Berlin zurück ist.«

»Ich wäre Ihnen sehr verbunden, gnädige Frau.« Er stockte einen Moment, dann fügte er hinzu: »Zumal …« Er sprach den Satz nicht zu Ende.

»Zumal was?«, fragte sie.

»Zumal ich …«, setzte er an, um sich zugleich zu korrigieren. »Ach, nein, ich glaube, ich kann es nicht sagen … Es … es wäre nicht schicklich …«

Constanze war nun ebenso irritiert wie er. War etwa doch noch nicht alles gesagt?

Unsicher zögernd und voller Angst, ein zweites Mal enttäuscht zu werden, hob sie den Kopf. Doch als ihre Blicke sich trafen, war es, als würden zwei Funken aufeinanderschlagen. Ein Zucken ging durch Major Graus Gesicht, und während ein verhaltenes, geradezu verlegenes Lächeln um seine schönen Lippen spielte, sprach aus seinen braunen Augen solche Hingabe, dass ihr altes, müdes Herz, das eben noch vor lauter Enttäuschung fast zu klopfen aufgehört hatte, wie einst in der Blüte ihrer Jahre zu rasen begann.

»Ich glaube«, sagte sie mit rauer Stimme, »ich … ich habe verstanden, was Sie andeuten möchten, mein Lieber. Und ich verhehle nicht, dass ich zu gern mehr darüber erfahren würde – ich meine, die Veränderungen in Ihrer Filmfabrik betreffend, selbstverständlich …«

»Selbstverständlich …«, wiederholte er.

Sie machte eine kurze Pause, um ihm noch tiefer in die Augen zu schauen. »Würden Sie mir also die Freude machen, noch ein wenig mein Gast zu sein und mir bei einem kleinen, zwanglosen Souper Gesellschaft zu leisten? Um die Dinge weiter zu vertiefen? Ich meine, da Sie ja über Nacht ohnehin in der Stadt zu bleiben gedenken …«

30

Obwohl noch nicht einmal die Dämmerung angebrochen war, standen vor dem »Eldorado« die Nachtschwärmer schon Schlange, als Rahel in der Lutherstraße die U-Bahn verließ. Beim Anblick des Brillantine-Beaus, der überlebensgroß von seinem Plakat über dem Eingang auf sie herablächelte, bekam sie ein schlechtes Gewissen.

Welcher Teufel hatte sie geritten, Tino mit ihrer blöden Andeutung zu piesacken? Wahrscheinlich hatte sie ihm den ganzen Abend verdorben, weil er sich jetzt fragte, welchen Mann sie beeindrucken wollte.

Es dauerte eine Viertelstunde, bis sie den Einlass erreichte. Sie war inzwischen so oft hier gewesen, dass der Kassierer in seinem Glaskasten sie wiedererkannte. Mit einem breiten Grinsen riss er die Eintrittskarte ab.

»Na, dann man rin ins Vajnüjen!«

Im Innern des Lokals war wie immer finstere Nacht, und auf der Tanzfläche herrschte zu dem ohrenbetäubenden Lärm der Kapelle schon jetzt ein Gedränge, als wäre dies der einzige Ort in ganz Berlin, wo man sich amüsieren konnte. Trotzdem dauerte es keine Minute, bis Rahel den Mann gefunden hatte, den sie suchte. Sein weißer Smoking und die riesige rote Schleife waren auch im dichtesten Gewühl nicht zu übersehen.

»Rahel!« Edgar strahlte über das ganze Gesicht, als er sie entdeckte. »Großartig sieht du aus!«, brüllte er. »Ein neues Kleid?« Während er sich im Rhythmus der Musik auf sie zubewegte, streckte er ihr beide Arme entgegen, um sie aufzufordern.

Doch Rahel schüttelte den Kopf. »Heute nicht!«

»Keine Lust zu tanzen?« Verwundert schaute er sie an. »Warum bist du dann hier?«

»Ich muss mit dir reden«, erwiderte sie, so laut sie konnte gegen den Lärm anschreiend. »Können wir kurz rausgehen?«

31

Major Alexander Grau war durchaus ein im Kampf erprobter Soldat, erst in der zweiten Hälfte des großen Völkerringens war er an die Heimatfront abkommandiert worden, um als Pressechef des Kriegsministeriums im Schutz der Reichshauptstadt dem Vaterland zu dienen. Davor hatte er über zwei Jahre an vorderster Front sein Leben riskiert und dabei dem Tod mehrere Male ins Gesicht geschaut. Ihm war das Eiserne Kreuz sowohl zweiter als auch erster Klasse verliehen worden, letzteres hatte er als Hauptmann vor Verdun erworben, als er mit einem von ihm angeführten Stoßtrupp dem Feind einen strategisch wichtigen Hügel abgerungen hatte – er hatte dabei einen Steckschuss abbekommen, der ihn für mehrere Wochen außer Gefecht gesetzt hatte. Doch bei keinem Einsatz war seine Kühnheit so sehr gefordert gewesen wie bei dem kleinen Souper, das er nun in Constanze Reichenbachs Boudoir einnahm. Während er eine Königinpastete verspeiste, zu der ein livrierter Diener einen vorzüglichen Sancerre eingeschenkt hatte, wanderte sein Blick hin und her zwischen seiner Gastgeberin und einigen überaus gewagten Bildern an den Wänden, die zweifellos französischen Ursprungs waren, darunter ein besonders frivoles von einer Schönen auf einer Schaukel, das mittels der Perspektive eines unter ihr im Grase liegenden Galans ahnen ließ, welche Glückseligkeit einen Mann unter den fliegenden Röcken der Schaukelnden erwartete. *Quel raffinement!*

Noch erregender aber als die Bilder an den Wänden war das unverhohlene Interesse, das die Frau ihm entgegenbrachte, die ihn zu diesem privaten Imbiss in ihr Allerheiligstes geladen hatte. Wenn ihn nicht alles täuschte, sog Constanze Reichenbach jedes Wort seiner Rede in sich auf, als wäre es Seelennahrung, und dabei hing sie mit ihren Augen so sehr an seinen Lippen, dass sie darüber zu essen vergaß. Was für eine Wohltat! Wenn er im Vergleich dazu an das stumpfe Desinteresse dachte, das ihm zu Hause von der Schnapsfabrikantentochter entgegenschlug … Selbst Trixi, das hübsche Dienstmädchen, das er kürzlich eingestellt hatte, um sich für seinen Ehealltag zu entschädigen, verlor im Vergleich zu dieser Frau jeglichen Reiz.

»Und als sämtliche Komparsen aufmarschiert waren, zehntausend an der Zahl, und zwei Dutzend Kameras liefen, erkannte plötzlich in der Menge jemand den Reichspräsidenten. Ein Sturm der Empörung brach los, im Nu verwandelte sich das Drehgelände in ein Schlachtfeld, und der Regisseur, dem es als Zivilist natürlich an der nötigen Kaltblütigkeit mangelte, war von der Situation so überfordert, dass er die Szene schon abbrechen wollte. Erst im letzten Moment gelang es mir, das Blatt zu wenden, indem ich dem Mann befahl, einfach weiter zu drehen – der Aufstand der Massen war doch wie geschaffen für die Leinwand!«

»Was für ein Drama!«, hauchte Constanze Reichenbach.

»Sie sagen es, Gnädigste!« Grau nickte. »Wäre die Szene geplatzt, hätte dies einen Verlust von einer Viertelmillion Mark bedeutet. Ich bilde mir ja nichts darauf ein, schließlich bin ich durch Ludendorffs Schule gegangen, aber ohne mein Eingreifen hätten wir die Summe wohl abschreiben müssen.«

»Warum stellen Sie Ihr Licht so unter den Scheffel, Major? Was Sie vollbracht haben, war eine Heldentat.« Voller Bewunderung hob seine Gastgeberin ihr Glas, um mit ihm anzustoßen. »Doch apropos Ludendorff: Sie waren tatsächlich ein Vertrauter Seiner Exzellenz?«

»Mehr als das, gnädige Frau. Ich übertreibe durchaus nicht, wenn ich mich als seinen *Intimissimus* bezeichne. Seine Exzellenz hat mir meine Treue damit gedankt, dass ich für sie die Universum Film AG aus der Taufe heben durfte.«

»Das müssen Sie mir unbedingt erzählen!«

»Aber langweile ich Sie nicht mit meinen Geschichten?«

»Wie kommen Sie denn darauf? Ich bin ganz begierig, mehr davon zu erfahren.«

»Nun, da Sie mich so sehr dazu drängen …« Grau nahm einen weiteren Schluck von dem Sancerre und tupfte sich dann mit seiner Serviette den Mund ab. »In der Geschichte der Ufa zeigt sich einmal mehr die Weisheit Heraklits, dem zufolge der Krieg der Vater aller Dinge ist. Tatsächlich wurde die Filmfabrik gegründet, um die erlahmende Kriegsbegeisterung der Bevölkerung aufs Neue zu entfachen.«

»Was Sie nicht sagen! Davon hatte ich keinerlei Kenntnis!«

»Wie denn auch? Die Sache unterlag ja strengster Geheimhaltung. Deswegen war es auch eine überaus mühevolle Operation, all die Kräfte aus Politik und Wirtschaft unter dem Kommando des Militärs zu vereinen, die nötig waren, um eine solche dem Zweck der nationalen Propaganda dienenden Filmfabrik zu gründen. Und wenn ich mir eines in meinem Leben vielleicht zugutehalten kann, dann die Tatsache, dass mir dies gelungen ist.«

Mit großen Augen schaute seine Gastgeberin ihn an. »Dann sind Sie also der eigentliche Vater der Universum Film AG?«

»In aller gebotenen Bescheidenheit, gnädige Frau – so könnte man es ohne weiteres ausdrücken.«

»Aber warum wurden dann nicht Sie, sondern Herr von Stauß zum Vorstandsvorsitzenden bestellt?«

Grau zuckte die Achseln. »›Am Golde hängt, zum Gold drängt doch alles, ach, wir Armen …‹ – wenn ich den ollen Geheimrat zitieren darf. Will sagen, Stauß verdankt den Posten natürlich seiner Stellung bei der Deutschen Bank.«

»Natürlich«, pflichtete sie ihm bei, und es war ihrem Gesicht anzusehen, wie sehr sie mit ihm fühlte.

»Allerdings«, fuhr er mit gesenkter Stimme fort, »kommt noch ein anderer Grund hinzu, und der ist politischer Natur. Ganz zweifellos sind Männer wie ich den Herrschaften zu unbequem. Wenn Sie verstehen, was ich meine?«

»Und ob ich das verstehe, mein Lieber.« Ernsthaft erwiderte sie seinen Blick. »Die Welt ist ungerecht.«

Ein Seufzer entwand sich seiner Brust. »Es tut so gut, von einer Frau wie Ihnen verstanden zu werden.«

Sie stellte ihr Glas ab und griff nach seiner Hand. »Ich bin sehr, sehr glücklich, dass Sie den Weg zu mir gefunden haben, Major.«

Die unverhoffte Berührung erfasste ihn an Leib und Seele, so dass sich seine Erregung ins schier Unerträgliche steigerte. Dies war der Augenblick der Wahrheit: Sollte er, oder sollte er nicht?

Ohne zu wissen, was er tat, nahm er ihre Hand und führte sie an seine Lippen.

Hatte er befürchtet, sie könne ihm die Hand entziehen, sah er sich auf wunderbare Weise enttäuscht. Als habe sie nur auf eine solche Kühnheit gewartet, überließ sie ihm nicht nur ihre Hand, sondern dankte es ihm sogar mit einem Lächeln, bei dem es ihm heiß und kalt den Rücken herunterlief.

»Alexander …«, flüsterte sie.

»Constanze …«

Eine lange Weile verharrten sie so in aufgewühlter Innigkeit, die Blicke ineinander versunken – zwei Seelen, die einander begehrten, in stummem, lautlosem Zwiegespräch, das keiner Worte außer ihrer beider Namen bedurfte.

Ein Räuspern brach den Zauber.

»Wenn ich dann den nächsten Gang servieren dürfte?«

Der Diener stand in der Tür, ein Tablett vor sich tragend. Wie auf Kommando ließ Grau die Hand seiner Gastgeberin fahren.

»Natürlich, Robert«, sagte Constanze Reichenbach mit bewundernswerter Contenance. »Sie können abräumen.«

»Sehr wohl, gnädige Frau.«

Während der Diener an den Tisch trat, blickte Grau auf seine Uhr. Um Gottes willen – schon halb zehn? Er hatte ja noch gar kein Zimmer für die Nacht!

»Ich fürchte, ich muss mich empfehlen.« Eilig faltete er die Serviette zusammen und warf sie auf den Tisch.

Constanze Reichenbach hob verwundert die Brauen. »Noch vor dem Dessert?«

»Leider«, erwiderte er. »Im Hotel wartet ein dringendes Telefonat auf mich, das keinen Aufschub duldet. Ein Ferngespräch.«

»Von Seiner Exzellenz?«

Er bestätigte mit einem stummen Nicken.

»Dann darf und will ich Sie nicht aufhalten.« Ihrer Miene war anzusehen, wie beeindruckt sie war. »Aber ich entlasse Sie nur unter einer Bedingung. Sie müssen mir versprechen, dass dies nicht Ihr letzter

Besuch war. Meine Tür steht für Sie jederzeit offen!« Und mit einem Blick, der ihm durch Mark und Pfennig ging, fügte sie hinzu: »Habe ich darauf Ihr Wort, mein Teuerster?«

32

Mit fünf zu null Toren hatte der 1. FC Nürnberg gegen Vorwärts 90 Berlin gewonnen. Damit war die deutsche Fußballmeisterschaft des Jahres 1921 entschieden. Doch die Anhänger der Blauweißen waren nicht bereit, sich mit der Niederlage abzufinden, und hatten darum im Biergarten der Stadiongaststätte, die Tino und Pommer nach dem Spiel aufgesucht hatten, mit dem Anhang des Gegners eine so heftige Prügelei angezettelt, dass der Wirt die Polizei hatte rufen müssen, um die Gemüter zu beschwichtigen. Jetzt war die Ruhe wieder so weit hergestellt, dass man das Zwitschern der Vögel in den Laubkronen der Platanen hören konnte, die den Biergarten überdachten, während über dem wie ein Kartoffelacker zerfurchten Fußballfeld die untergehende Sonne sich mit ihren letzten Strahlen von dem Tag verabschiedete.

»Ich glaube, Rahel hat was mit einem anderen Mann«, sagte Tino. »Heute ist sie schon wieder tanzen gegangen, allein, und hat extra ihr schönstes Kleid angezogen.«

Pommer grinste. »Darum bist du also mit mir zum Fußball gekommen. Ich hatte mich auch schon gewundert.«

Tino hob den Blick. »Ist das alles, was dir dazu einfällt, wenn meine schwangere Freundin nachts allein durch die Lokale zieht?«

Pommer zuckte die Achseln. »Was soll ich zu so einem Quatsch sonst sagen? Rahel würde dich nie und nimmer betrügen.«

»Wie kannst du dir da so sicher sein? Du kennst doch unsere Vereinbarung.«

»Und du kennst Rahel. Und aus diesem Grund hast du ihr immer vertraut. Zu Recht! Warum jetzt also plötzlich nicht mehr?«

Die Arglosigkeit, mit der Pommer seine Frage gestellt hatte, beschämte Tino so sehr, dass er in sein leeres Bierglas schaute. In der Pfütze auf dem Grund zappelte eine Fliege.

»Weil ich mir selber nicht trauen kann.«

Pommer pfiff leise durch die Zähne. »Soll das heißen, du bist rückfällig geworden?«

Tino nickte. »Es ist schon eine Weile her. Ich hatte einen entsetzlichen Tag, Rahel hatte mich versetzt, und es gab da diese verfluchte Party, zum Abschluss des ›Anna Boleyn‹-Films. Eine Kleindarstellerin, Gretchen Lehmann mit Namen.«

»Grundgütiger – auch noch ein Gretchen! Geschmackloser ging es wohl nicht?«

»Scheiß auf den Namen! Das kleine Luder hat mich nach Strich und Faden verführt. Außerdem war ich betrunken.«

»Vor mir musst du dich nicht entschuldigen, du Möchtegern-Faust – das musst du schon mit dir selbst ausmachen.« Pommer steckte eine Zigarette in seine Spitze und zündete sie an. »Oder erwartest du etwa von mir, dass ich dir die Absolution erteile? Dann bist du an der falschen Adresse.«

Tino fischte mit dem Finger die Fliege aus seinem Glas und trank den letzten Schluck Bier. »Ich weiß, ich bin ein Idiot.«

Pommer lehnte sich zurück und sog genüsslich den Rauch ein. »Einsicht ist der erste Schritt zur Besserung.«

»Komm mir jetzt ja nicht so! Wenn du glaubst, nur weil Rahel schwanger ist, will ich ein gottverdammter Spießer werden wie du, hast du dich geschnitten!«

»Du bist wirklich ein Idiot, Konstantin Reichenbach. Gertrud und das Hänschen haben mir in meinem Leben tausendmal mehr Kraft gegeben als dir alle deine Liebschaften zusammen. Die haben dich nur Kraft gekostet.«

»Ja, ja, ja«, schnaubte Tino. »Wenn ich eine Predigt hören will, gehe ich in die Kirche, dazu brauche ich keinen Freund. – Ach, verflucht, ich hätte erst gar nicht davon anfangen sollen.« Er blickte über die Schulter und schnippte nach der Bedienung. »Noch ein Bier! Aber bitte ein bisschen dalli!«

Um die Blicke seines Freundes nicht ertragen zu müssen, starrte er in die Dämmerung, die das Stadion schon fast verschluckt hatte. Die

Kreidemarkierungen auf dem Rasen waren kaum noch zu erkennen, genauso wie die beiden Tore an den Enden des Platzes. Im »Eldorado« war jetzt bestimmt schon die Hölle los. Tino war noch nie dort gewesen, aber er war sicher, dass es in dem Schuppen noch dunkler war als hier. Mit wem Rahel gerade wohl tanzte? Während er innerlich verfluchte, ein so hundsmiserabler Tänzer zu sein, kam ihm ein schlimmer Gedanke. Vielleicht tanzte Rahel ja schon gar nicht mehr, vielleicht war sie ja schon einen Schritt weiter und hatte das »Eldorado« inzwischen mit ihrem Tänzer verlassen und würde jetzt womöglich schon mit ihm … Am liebsten wäre er in sein Auto gesprungen, das vor dem Biergarten parkte, und in die Lutherstraße gefahren, um sich zu vergewissern.

Zum Glück brachte der Kellner sein Bier. Tino nahm ihm das Glas direkt aus der Hand und trank es in einem Zug leer.

»Noch eins!«

Pommer schüttelte den Kopf. »Willst du dich jetzt volllaufen lassen oder meine Meinung hören?«

»Beides.«

»Na gut.« Pommer drückte seine Zigarette aus. »Du hast mich als Freund um Rat gefragt, also will ich dir meine Meinung ganz offen sagen. Meiner Meinung nach ist dein Problem, dass du im Grunde deines Herzens ein hoffnungsloser Romantiker bist.«

»Wie bitte?« Verdutzt drehte Tino sich zu Pommer um.

»Du hast richtig gehört. Du singst zwar ständig das Hohelied der unverbindlichen Liebschaften, um nach Herzenslust rumzuvögeln, aber ich kenne dich gut genug, um zu wissen, dass du dich eigentlich wie wir alle nach der einen großen Liebe sehnst. Du bist nur zu feige, dir das einzugestehen …«

»Dass ich nicht lache!«

»Ja, zu feige – und zwar aus Angst, daran zu scheitern. Und aus diesem Grund hast du dich dein Leben lang von einer Liebschaft in die nächste gestürzt. Wie ein Alkoholiker, der nach jedem Rausch einen noch stärkeren Rausch braucht, damit der große Katzenjammer ihn nicht einholt.«

Der Kellner kam mit dem nächsten Bier. Doch Tino rührte es nicht an. Was Pommer gerade gesagt hatte, hatte ihn in tiefster Seele getroffen. Ihm selbst waren ja ganz ähnliche Gedanken durch den Kopf gegangen, als er zusammen mit Rahel seine Junggesellenwohnung ausgemistet hatte.

»Ach, wenn in der Praxis nur alles so einfach wäre wie in der Theorie«, sagte er. »Vielleicht ist der Mensch mit so viel Freiheit, wie Rahel und ich sie uns zugestanden haben, überfordert.«

»Gut möglich«, erwiderte Pommer und steckte sich die nächste Zigarette an. »Aber ich frage mich gerade was ganz anderes. Nämlich, warum dir ausgerechnet jetzt diese Zweifel kommen. Das kann doch kein Zufall sein, dafür gibt es doch einen Grund, oder?«

Tino spürte, wie er unter dem forschenden Blick seines Freundes rot wurde, und wusste nicht, wohin er schauen sollte. Der Wirt hatte inzwischen das Licht in dem Biergarten angemacht, bunte Glühbirnen leuchteten im Laub der Bäume und warfen sanfte Schatten.

»Ich habe Angst«, sagte er leise und fuhr mit dem Finger der Form eines auf dem Biertisch eingeritzten Herzens nach. »Angst, dass ich vielleicht gar nicht der Vater von Rahels Kind bin.«

»Bist du jetzt völlig übergeschnappt?« Pommer verschluckte sich fast am Rauch seiner Zigarette. »Rahel ist der ehrlichste Mensch, den ich kenne, sie hasst Lügen wie die Pest. Außerdem liebt sie dich. Das sieht doch ein Blinder mit Krückstock.«

Tino zuckte die Schultern. »Liebe ist keine Garantie gegen Dummheit. Ich selbst bin dafür der beste Beweis. ›Brauch oder nicht. Es tut sich auch.‹«

»Was ist das denn für ein idiotischer Spruch?«, wollte Pommer wissen.

»Egal.« Tino nahm einen Schluck von seinem Bier. »Vielleicht hast du ja recht, vielleicht sollte ich Rahel nach guter alter Spießerart einfach einen Antrag machen. Ab in den Hafen der Ehe und Augen zu! Ich halte diese Unsicherheit nicht länger aus.«

In der Gewissheit, Pommer aus der Seele gesprochen zu haben, prostete er ihm zu. Doch zu seiner Verwunderung dachte der gar nicht daran, mit ihm anzustoßen. Stattdessen zeigte er mit seiner Zigarettenspitze pfeilgerade nach unten.

»Das halte ich für eine ganz schlechte Idee. Rahel ist keine Frau, die man zu etwas nötigen kann, sie braucht ihre Freiheit wie die Luft zum Atmen, auch wenn sie diese im Gegensatz zu dir wahrscheinlich nie missbrauchen wird. Und wenn du ihr nur deshalb einen Antrag machst, um sie an dich zu binden, wird sie das spüren und vor der Ehe zurückschrecken wie vor einer Zwangsjacke.«

Ungläubig ließ Tino sein Glas wieder sinken. »Das sagst ausgerechnet du?«

Pommer lachte. »Nur weil ich ein Spießer bin, bin ich noch lange kein Esel.« Dann wurde er wieder ernst. »Du hast nur eine Möglichkeit, Rahel an dich zu binden. Lass sie laufen, so weit sie will, dann kommt sie immer wieder zu dir zurück. Also sei verdammt nochmal ein Mann und steh zu dem Wort, das du ihr gegeben hast.«

33

Das Leben konnte manchmal ziemlich seltsam sein, dachte Rahel, während sie Hand in Hand mit Edgar Weißpfennig durch den nächtlichen Tiergarten lief. In ihrem ganzen Leben hatte sie nie wirkliche Freunde oder Freundinnen gehabt, weder als Kind in der Volksschule noch später als junges Mädchen auf dem Lyzeum, genau wie ihre Mutter so manches Mal gesagt hatte, und wenn sie in ihrer Jugend nicht mehr weitergewusst hatte, war sie lieber in die Wilmersdorfer Bücherei gegangen, um in irgendwelchen Romanen oder Abhandlungen nach Antworten auf ihre Fragen zu suchen, statt sich einer Schulkameradin anzuvertrauen. Um den Wert der Freundschaft schätzen zu lernen, hatte sie erst eine erwachsene Frau werden und ins »Eldorado« gehen müssen. Denn dort hatte sie in Edgar Weißpfennig nicht nur einen fabelhaften Tänzer, sondern auch einen echten Freund gefunden – ausgerechnet in dem Mann, der in seinem früheren Leben um ihre Hand angehalten hatte, um sich von sich selbst zu kurieren.

Kaum hatte sie gesagt, weshalb sie mit ihm sprechen wollte, hatte er ihr zuliebe auf sein Tanzvergnügen verzichtet und vorgeschlagen, mit ihr ein paar Schritte zu laufen. Beim Laufen, so meinte er, könne man besser reden als im Sitzen, so wie man beim Reden besser denken könne als beim Schweigen.

»Ich will endlich wieder arbeiten«, sagte Rahel. »Ich hatte eigentlich gedacht, ich warte, bis das Baby da ist, aber den ganzen Tag nur rumsitzen, bis Tino nach Hause kommt, ist nichts für mich. Außerdem reichen die Ersparnisse meiner Eltern nicht ewig, und ich will nicht eines Tages in die Lage kommen, dass ich Tino um Geld bitten muss.«

»Hatte er dir nicht die Pressestelle der Ufa angeboten?«, fragte Edgar. »Das wäre doch was für dich.«

»Nein, das kommt nicht in Frage. Ich kann nicht seine Angestellte sein und ihn gleichzeitig lieben und mit ihm zusammenleben. Aber ich bin dadurch auf eine andere Idee gekommen, und dazu würde ich gern deine Meinung wissen.«

Edgar blieb unter einer Laterne stehen. »Jetzt sag ja nicht, du willst im Wertheim arbeiten.«

»Doch.«

»Du und Verkäuferin? Das kann ich mir nicht vorstellen!«

Er hatte so laut gesprochen, dass ein Abendspaziergänger, der seinen Hund ausführte, sich nach ihm umdrehte.

»Keine Angst«, lachte Rahel. »Ich schnappe dir deine Kunden schon nicht weg. Nein, ich dachte an die Reklameabteilung. Kennst du den Roman ›Das Paradies der Frauen‹ von Émile Zola?«

»Nein, nie gehört. Warum?«

»Die Geschichte handelt von einem Pariser Warenhaus, das aber in Wirklichkeit viel, viel mehr ist als nur ein Warenhaus. Es ist ein Ort, in dem es alle Dinge gibt, die das Leben schöner machen. Genau so sollte man das Wertheim präsentieren – als eine Art Konsumtempel oder Einkaufsparadies. Und ich habe auch schon ein paar Ideen, wie man das bewerkstelligen kann. Als Erstes müsste das Wertheim eine eigene Zeitschrift herausbringen, exklusiv für die Kundschaft des Hauses. Darin könnte man zum Beispiel …«

»Das ist eine großartige Idee«, fiel Edgar ihr ins Wort. »Aber leider hatte die schon jemand vor dir.«

Rahel klappte die Kinnlade runter. »Wer?«

»Georg Wertheim«, erwiderte Edgar und zupfte an seiner roten Fliege, »der Chef höchstpersönlich. Er hat seinen Reklameleiter bereits damit beauftragt, eine solche Kundenzeitschrift zu entwerfen. – Aber da fällt mir ein«, unterbrach er sich, »für die Zeitschrift werden gerade Redakteure gesucht – vor allem weibliche, für die Themen, in denen Frauen sich besser auskennen als Männer. Kochen und Backen zum Beispiel, und Mode natürlich.«

»Hm, ich weiß nicht …«

»Wenn du willst«, fuhr Edgar fort, »stelle ich dich dem Reklameleiter vor und lege ein gutes Wort für dich ein. Und vielleicht könnte ich es sogar schaffen, dass auch Herr Wertheim dich zu einem Gespräch …« Er sah ihre Enttäuschung und unterbrach sich. »Darauf hast du wohl keine große Lust, oder?«

Rahel schüttelte den Kopf.

»Und warum nicht?«

Sie zögerte einen Moment, dann sagte sie: »Habe ich dir schon mal von dem Jagdflieger erzählt, der kurz vor Kriegsende bei mir im Lazarett gestorben ist? Noch auf dem Totenbett war er glücklich darüber, dass er seinen Traum vom Fliegen verwirklicht hat, und sagte, dass es für einen Menschen nichts Schöneres geben kann, als dem Himmel so nahe zu kommen …«

34

Tino wäre seinem Freund Pommer an diesem Abend ein paarmal fast an die Gurgel gesprungen, doch jetzt, als er mit offenem Verdeck durch die laue Sommernacht nach Hause fuhr, war er heilfroh, dass sein Freund ihm so gründlich den Kopf gewaschen hatte. Pommer hatte ja tausendmal recht. Er liebte Rahel, nur sie allein, sie war die eine große Liebe seines Lebens, und gerade darum durfte er sie nicht zu einem Glück drängen, das sie wie eine Zwangsjacke empfinden würde.

Die Einsicht war eine solche Befreiung, dass die Versuchung, Rahel im »Eldorado« nachzuspionieren, wie weggeblasen war. Sie würde ganz von allein zurückkommen – sie war ja jedes Mal zurückgekommen, wenn sie ausgegangen war. Er warf einen Blick auf die Uhr – Viertel nach elf. Statt seine Zeit mit ebenso nutzlosen wie demütigenden Umwegen zu verplempern, beschloss er, bis zu ihrer Rückkehr zu arbeiten – er hatte Pommers Memorandum ja nur einmal kurz überflogen. Und wenn Rahel zurück war und nicht zu müde vom Tanzen, könnten sie vielleicht ja noch ein bisschen …

Er wollte gerade in die Charlottenstraße abbiegen, da trat er so heftig auf die Bremse, dass er den Motor abwürgte.

Jenseits der Kreuzung, nur einen guten Steinwurf entfernt, war Rahel – in Begleitung eines Mannes! Die beiden gingen Hand in Hand die Straße hinunter und schienen so vertraut miteinander, dass es Tino das Herz zusammenzog. Ihr Begleiter trug einen weißen Smoking – kein Wunder, dass sie ihr schönstes Kleid angezogen hatte! Unter einer Laterne blieben die beiden stehen. Um besser zu sehen, beugte Tino sich so weit über das Lenkrad vor, dass seine Nase fast die Windschutzscheibe berührte. Im Schein der Laterne konnte er das Gesicht des Smokingheinis erkennen, er hatte den Kerl schon einmal gesehen, auf der Beerdigung von Rahels Eltern – derselbe Kerl, der ihr am Grab so auffallend kondoliert hatte, angeblich ein Freund ihrer Eltern.

Tino hielt den Atem an, und das Herz klopfte ihm bis zum Hals. Oh nein, jetzt umarmten sich die zwei auch noch, wahrscheinlich, um sich zu verabschieden – Rahel war ja schon fast zu Hause, sicher wollte sie die letzten paar hundert Meter alleine gehen, damit Tino sie nicht sah.

Von wegen ein Freund ihrer Eltern … Wann würden sie sich küssen?

Eine lange Weile hielten die beiden einander umschlungen. Doch dann, ohne dass ihre Lippen sich berührten, lösten sie sich aus der Umarmung, nur ein harmloses Küsschen links, ein harmloses Küsschen rechts, und Rahel wandte sich zum Gehen.

Als würden Bleigewichte von ihm abfallen, atmete Tino auf, und er wollte schon den Motor wieder starten, da sah er, wie der Fremde Rahel noch einmal zurückhielt und ihr mit der Hand über die Wölbung ihres Bauchs strich.

Der Anblick traf ihn wie ein elektrischer Schlag.

War das der Vater ihres Kindes?

35

»Zum Weißen Hirsch« hieß der Gasthof, in dem Grau untergekommen war. Das Taxi, das Constanze Reichenbach für ihn hatte rufen lassen, hatte fast eine Stunde gebraucht, und als er endlich in der Innenstadt angekommen war, waren sämtliche Pensionen schon geschlossen gewesen, genau wie er befürchtet hatte, nur die großen Hotels, die er sich nicht leisten konnte, hielten ihre Rezeptionen über Nacht besetzt. Dass man im »Weißen Hirsch« noch mal für ihn aufgemacht hatte, hatte er nur dem glücklichen Umstand zu verdanken, dass der Taxifahrer mit dem Pensionsinhaber befreundet war.

Das Zimmer, in dem er die Nacht verbringen würde, war so schäbig, dass man sich schämen musste. Keinem Quartiermeister hätte er eine solche Bruchbude durchgehen lassen! Ein Bett, ein Schrank, ein Tisch und ein Stuhl – dazu an der Wand ein vollkommen misslungenes Ölgemälde von einer Alpenlandschaft. Für die Toilette gab es nur eine Waschschüssel auf dem Tisch, und da er kein Nachtzeug dabeihatte, musste er in der Unterwäsche schlafen. Doch das alles tat seiner Hochstimmung keinen Abbruch. *Meine Tür steht für Sie jederzeit offen …* Während er sich auszog, musste er an die Einladung denken, mit der Constanze Reichenbach ihn so unmissverständlich zur Vertiefung ihrer Beziehung aufgefordert hatte. Keine Frage, der Kontakt, den er heute geschlossen hatte, war mehr wert als jeder Lohn, den er sich von ihrem Mann erhoffte. Mehr sogar als ein Mercedes-Tourenwagen.

Aber jetzt war Zapfenstreich!

So ordentlich, wie er es als junger Rekrut gelernt hatte, hängte er seine Kleider auf den einzigen Bügel im Schrank, dann löschte er das Licht, und in Unterhemd und Unterhose legte er sich ins Bett.

Allein, er war viel zu aufgewühlt, um zu schlafen.

»Alexander …«, hatte sie geflüstert. »Alexander …«

Wieder und wieder durchlebte er den wunderbaren, erregenden Moment, in dem es fast passiert wäre, ihre Hand in der seinen, die

Blicke miteinander verschmolzen … Als er irgendwann die Augen schloss, war er auf einmal mit ihr im »Dresdner Hof«, in einer prachtvollen Suite, die er für die Nacht gemietet hatte. Auf einer Anrichte stand der Champagner schon in einem Kübel bereit. Er legte gerade den Hörer auf, er hatte ein dringendes Telefonat geführt, das keinen Aufschub geduldet hatte, Seine Exzellenz, Generalquartiermeister Ludendorff persönlich hatte ihn angerufen – als sie hereinkam. Angetan mit einem Nichts von Negligé, trat sie auf ihn zu, mit ihrer schönen, wohlgeformten Hand an ihrer Perlenkette spielend, die Augen unverwandt auf ihn gerichtet, die Lippen zum Kuss geschürzt.

»Mein Teuerster …«

36

Rahel nahm den Schlüssel aus der Tasche und schloss die Wohnungstür auf. Sie hatte lange gezögert, bei Tino einzuziehen, doch mit jedem Tag, den sie länger hier wohnte, wuchs ihre Gewissheit, die richtige Entscheidung getroffen zu haben. Nach dem Tod ihrer Eltern war Tino der einzige Mensch auf der Welt, dem sie sich wirklich zugehörig fühlte, seine Wohnung war auch ihr Heim geworden, sie hatten jetzt ein richtiges gemeinsames Zuhause, in dem sie schon bald, wenn erst ihr Kindchen da war, als eine richtige Familie zusammenleben würden. Die Vorstellung war zwar unglaublich gewöhnlich, aber vor allem unglaublich schön. So schön, dass die Enttäuschung, die sie an diesem Abend hatte einstecken müssen, im Vergleich dazu kaum noch ins Gewicht fiel. Sie würde schon Arbeit finden, ihr Geld reichte ja noch eine Weile, ohne dass sie verhungern oder betteln musste, und wenn sie imstande war, Ideen zu produzieren, die der berühmte Warenhauskönig Georg Wertheim jetzt mit viel Aufwand und Geld in die Tat umsetzte, würden ihr auch noch andere Möglichkeiten einfallen, um ihrem Traumberuf näherzukommen.

Als sie die Tür öffnete, stutzte sie. In der Wohnung brannte nirgendwo Licht. Nanu – Tinos Auto parkte doch vor dem Haus! Hatte er zu tief ins Glas geschaut und sich ein Taxi genommen? Oder hatte er sich schon schlafen gelegt? Das war eigentlich nicht seine Art, vor allem nicht, wenn sie allein ausging, um zu tanzen – es war ja gerade mal halb zwölf!

Vorsichtig, um keinen Lärm zu machen, schaute sie nach. Tatsächlich, als sie ins Schlafzimmer lugte, lag er schon im Bett. Das Mondlicht, das durchs Fenster fiel, schien so hell auf sein Gesicht, dass sie das Feuermal an seinem Haaransatz erkennen konnte. Der Anblick des kleines Makels löste eine warme Wallung in ihr aus. Mein Gott, wie sehr liebte sie diesen Mann …

Ohne das Licht anzuknipsen, zog sie sich aus. Nur noch mit BH und Schlüpfer bekleidet, trat sie ans Bett. Als sie sich über ihn beugte, hatte sie plötzlich das Gefühl, dass er sie durch die Augenschlitze beobachtete.

»Sie Schuft! Ich werde Ihnen helfen, sich schlafend zu stellen! Das werden Sie büßen!«

Eilig streifte sie die Unterwäsche ab und legte sich zu ihm. Während er ein paar unverständliche Laute brummte, schmiegte sie sich an ihn und tastete mit der Hand Richtung Süden.

»Dann wollen wir mal sehen, ob vielleicht noch jemand wach ist.« Aber das war zu ihrer Überraschung nicht der Fall. »Oh, der schläft ja tatsächlich! Missfällt dem Herrn etwa mein dicker Bauch?«

»Rahel, bitte …« Unwillig blinzelnd schaute Tino sie an. »Nicht jetzt … Es ist schon spät …«

»Spät? Wir haben noch nicht mal Mitternacht!«

Statt einer Antwort kehrte er ihr den Rücken zu. »Ich bin wirklich müde … Es war ein anstrengender Tag … die Firmenübernahme …«

Rahel wusste nicht, was sie davon halten sollte. So etwas war noch nie vorgekommen. Es drängte sie, ihn zu fragen, ob es einen bestimmten Grund für die neuen Manieren gab, aber sie beherrschte sich. Dazu hatte sie kein Recht, Tino war zu nichts verpflichtet – vor allem dazu nicht.

Aus einer Eingebung heraus schob sie die Decke beiseite, und bevor er reagieren konnte, streifte sie ihm die Pyjamahose von den Hüften.

Wie ein Spatz in seinem Nest verbarg sich sein schlummerndes Gemächte zwischen den Schenkeln. Wieder überkam sie dieses zärtliche

Gefühl, sie kniete sich vor ihn, und während sie ganz behutsam das Vögelchen in ihre Hand nahm, hauchte sie einen Kuss auf das Köpfchen.

»Nein«, flüsterte sie, »du musst nicht immer groß und stark sein. Ich mag dich auch so.«

Als sie ihn ein zweites Mal küsste, stieß er einen Seufzer aus, und das Vögelchen wachte auf.

»Rahel! Bitte …«

»Psssst. Bleib einfach hier, bei mir … Du musst auch gar nichts tun.«

Wortlos hielt er still, und sie liebkoste ihn weiter, ganz behutsam, ganz zärtlich, nur aus dem einzigen Bedürfnis heraus, ihm gutzutun.

»Vertrau dich mir einfach an, ich bin immer für dich da. Ob so oder so …« Während sie sprach, wurde er größer und größer in ihrer Hand, und je mehr seine Erregung wuchs, spürte sie ihre eigene. »Aber ganz besonders gerne auch so …«

Sie strich sich die Haare aus der Stirn und schaute zu ihm auf. Tino hatte die Augen aufgeschlagen und erwiderte ihren Blick, voller Verlangen.

»Na, was meinen Sie?«, fragte sie. »Ist es immer noch zu spät?«

Um ihm die Antwort zu erleichtern, drückte sie ihn ganz sanft. Mit einem Lächeln schüttelte er den Kopf. Erfreut über seine Antwort, wollte sie sich wieder über ihn beugen, da veränderte sich plötzlich sein Gesicht.

»Was ist das?«

Aufgestützt auf seine Ellbogen, starrte er mit aufgerissenen Augen auf das Bettlaken.

Als sie sah, was er meinte, schrak sie zusammen.

Auf dem Laken war, genau auf der Höhe ihres Unterleibs, ein großer, dunkler Fleck.

37

Gustav stand am Fenster seines Privatkontors und schaute hinunter auf den sonnenbeschienenen Altmarkt, wo die Bauern aus dem

Umland zwischen grunzenden Ferkeln und flatterndem Federvieh Gemüse und Obst, Wurst und Speck, Eier und Käse verkauften. Angebot und Nachfrage – ja, so einfach und überschaubar waren die Geschäfte einst gewesen, als er mit sechzehn Jahren in die Bank seines Vaters eingetreten war. Und jetzt? Die Usancen des modernen Finanzgewerbes wurden ihm immer fremder, so dass er manchmal das Bedürfnis verspürte, einfach alles hinzuwerfen. Aber ach, das konnte er nicht – Tino war ja aus der Bank ausgeschieden, und Arnim lebte nicht mehr.

»Wir sollten endlich damit anfangen, Kredite an Privatkunden auszureichen«, sagte sein Cousin Benedikt, der ältere von Onkel Gisberts Söhnen. »Die Zeiten sind passé, in dem sich das Kreditgeschäft allein auf Wirtschaftsbetriebe beschränkt. Die Bedürfnisse des kleinen Mannes sind dieselben wie die eines Unternehmens. Um voranzukommen, braucht er Geld, und wenn er es nicht hat, muss man ihm die Möglichkeit geben, es sich zu leihen. Die Leute wollen sich ihre Wünsche erfüllen, solange sie jung sind, statt damit zu warten, bis sie den Tod schon vor Augen haben. Das ist eine gewaltige Chance für unsere Bank.«

»In Amerika ist die private Kreditvergabe längst gang und gäbe«, pflichtete sein Bruder Nikolaus ihm bei. »Das Geschäft ist so profitabel, dass viele Geldinstitute es bereits als ihr Hauptgeschäft betreiben. Die Commerzbank hat das begriffen und ist auf den Zug aufgesprungen. Wir dürfen auf keinen Fall länger warten. Sonst werden wir von der Konkurrenz abgehängt.«

»Außerdem ist jetzt der ideale Zeitpunkt für den Einstieg«, fügte Benedikt hinzu. »Bei der Inflation werden wir uns dumm und dämlich verdienen.«

Gustav drehte sich vom Fenster herum. »Und was, wenn der kleine Mann sich übernimmt und nicht imstande ist, seinen Kredit zu bedienen? Dann stürzt er ins Unglück, und wir tragen die Schuld daran.«

»Jeder ist seines Glückes Schmied«, erwiderte Nikolaus. »Wir wollen ja keine Kredite an Kinder vergeben, sondern an erwachsene, geschäftsfähige Menschen. Die können selbst entscheiden, welches Risiko sie eingehen wollen und welches nicht …«

Während er sprach, ging die Tür auf, und Constanze kam herein.

»Kann ich dich einen Moment sprechen, Gustav?«

Er hasste es, wenn sie einfach in eine Besprechung hineinplatzte, und er hatte sie auch schon hundertmal gebeten, darauf Rücksicht zu nehmen. Aber vergebens.

Mit einem Seufzer wandte er sich an seine Cousins. »Wenn wir unsere Besprechung vielleicht in fünf Minuten fortsetzen könnten?«

»Natürlich.«

»Selbstverständlich.«

Mit einem Handkuss begrüßten die beiden Constanze und entfernten sich.

»Was führt dich so Dringendes zu mir?«, fragte Gustav, als die Tür sich hinter ihnen schloss.

»Ich soll dir eine Botschaft von Major Grau ausrichten«, erklärte Constanze.

Bei dem Namen horchte er auf. »War er etwa in deinem Salon?«

»Ja, gestern, er wollte dich dringend sprechen. Aber du hast es ja vorgezogen, Finanzminister Wirth deine Aufwartung zu machen. Und da du aus Berlin direkt in die Bank gefahren bist, ohne die Freundlichkeit zu haben, mir zuvor auch nur einen guten Tag zu wünschen, habe ich mich entschlossen, dich aufzusuchen. Du weißt ja, wenn der Prophet nicht zum Berge kommt …« Statt den Spruch zu vollenden, hob sie nur vorwurfsvoll die Brauen.

»Es war gewiss nicht meine Absicht, dich zu verärgern, meine Liebe. Und wenn es dennoch geschehen ist, tut es mir leid. Du hast ja gesehen, dass ich einen wichtigen Termin habe. Wir besprachen gerade die Folgen, die sich aus der gestrigen Konferenz im Finanzministerium für unser Bankhaus ergeben. Doch sag, was lässt Grau mir ausrichten?«

Indigniert zuckte sie die Schultern. »Eigentlich hast du meine Freundlichkeit gar nicht verdient, aber da Major Grau nun mal behauptet hat, die Sache sei von einigem Interesse, will ich Gnade vor Recht ergehen lassen.« Sie machte eine kurze Pause, um die Wirkung ihrer Worte zu erhöhen. »Die Deutsche Bank will dem Staat dessen

Anteile an der Ufa abkaufen, damit diese ihren größten Konkurrenten übernehmen kann.«

»Die Decla-Bioskop?«

»So war der Name, wenn ich mich recht entsinne.«

Gustav holte einmal tief Luft. »Das ist allerdings dicke Post. Am besten, ich rufe Hugenberg gleich an.«

Er ging an den Schreibtisch, doch als er zum Telefon griff, legte Constanze ihre Hand auf seinen Arm.

»Meinst du nicht, dass meine Mühe eine Belohnung verdient?«

»Eine Belohnung?«

»Ja, ich dachte an ein kleines Konto zu meiner persönlichen Verfügung. Ein wenig Spielgeld, damit ich dich nicht bei jeder Gelegenheit belästigen muss. Das lässt sich doch sicher einrichten, oder?«

»Gewiss, es wäre mir eine Freude.« Er nahm ein Blatt Papier und einen Stift zur Hand. »Ich werde gleich eine entsprechende Anweisung geben. Welcher Betrag schwebt dir vor?«

Constanze zögerte einen Moment. »Ich nehme an, dreißigtausend würden vorerst genügen«, erklärte sie dann.

»Dreißigtausend?«, wiederholte er. »Nun, das ist kein Pappenstiel. Darf ich fragen, zu welcher Verwendung? Vielleicht bis du so gut, mir ein oder zwei Beispiele zu nennen. Nur, damit ich eine ungefähre Vorstellung habe.«

Constanze schüttelte den Kopf. »Damit will ich deine wertvolle Zeit nicht verschwenden. Ich weiß ja, dass Nikolaus und Benedikt auf dich warten. Und auch für mich wird es höchste Zeit.« Damit wandte sie sich zum Gehen.

Überrumpelt schaute er ihr nach. »Aber … dreißigtausend, meine Liebe? Ich … ich meine …«

Die Türklinke schon in der Hand, drehte sie sich noch einmal um. »Erscheint dir der Betrag als zu gering?«, fragte sie. »Wie großzügig von dir.« Ihr Gesicht erblühte in einem Lächeln, wie sie es ihm schon seit langem nicht mehr geschenkt hatte. »Vielleicht können wir uns ja heute Abend darüber austauschen, in einer etwas privateren Atmosphäre? Was meinst du, mein Lieber – wäre das in deinem Sinn?«

38

Hugenberg legte den Hörer auf die Gabel.

»Ihre Meinung, Klitzsch?«

»Allzu überrascht bin ich nicht«, erwiderte sein Adlatus, der das Gespräch mitgehört hatte. »Reichenbachs Maulwurf hat im Grunde nur bestätigt, was Sie bereits prophezeit hatten.«

Hugenberg nickte. »Richtig. Stauß hat getan, was ich an seiner Stelle auch getan hätte. Er privatisiert die Ufa und schluckt die Decla-Bioskop, um sich in seinem Markt unangreifbar zu machen. Die Frage ist nur: Sollen wir darauf reagieren?«

Klitzsch fuhr sich mit der Hand über seinen semmelblonden Stoppelkopf. »Um ganz offen zu sein, Herr Kommerzienrat, ich kann nicht recht erkennen, welchen Nutzen wir davon hätten. Die Tätigkeit der Deutschen Lichtbildgesellschaft bleibt von der neuen Ausrichtung der Ufa unberührt, vor allem aber ist diese selbst in so prächtiger Verfassung, dass ein Kurswechsel mir nicht sinnvoll erscheint. Unsere laufenden Einnahmen sprudeln nur so, die ›Deulig Woche‹ ist ein Kassenschlager, Woche für Woche, zweiundfünfzig Mal im Jahr. Aus welchem Grund sollten wir also das Geschäft der Ufa betreiben und uns mit der Produktion von Spielfilmen beschäftigen? Der Spielfilmmarkt ist viel riskanter und weitaus schwerer zu kalkulieren als das Nachrichtengeschäft, außerdem ist die Ufa der Konkurrenz auf diesem Feld schon jetzt so weit enteilt, dass man den Kampf nur gewinnen könnte, indem man das ganze Unternehmen übernimmt.«

»Sie haben mit jedem Wort recht«, sagte Hugenberg. »Aber – was passiert, wenn Stauß eines Tages auf die Idee kommt, uns umgekehrt Konkurrenz zu machen? Auf unserem eigenen Terrain?«

»Indem er auch eine Wochenschau produzieren lässt?« Wie immer, wenn Klitzsch mit einem unerwarteten Sachverhalt konfrontiert wurde, blies er kurz seine roten Feldwebelbacken auf. »Halten Sie das für möglich? Immerhin haben Stauß und Sie eine Vereinbarung getroffen, wonach die Ufa und die Deutsche Lichtspielgesellschaft sich nicht gegenseitig die Märkte streitig machen. Und Stauß ist ein Mann, der Abmachungen respektiert.«

»Sie sagen es, Klitzsch«, erwiderte Hugenberg, »Stauß ist ein Mann. Und Männer sind verführbar – abgesehen vielleicht von Ihnen.« Er lachte einmal kurz auf, dann wurde er wieder ernst. »Nach vollzogener Fusion wird die Ufa nicht mehr dasselbe Unternehmen sein wie jetzt. Die Decla-Bioskop besitzt eine eigene Kinokette, genauso wie die Ufa selbst. Falls man sich nach der Übernahme im Piccadilly-Haus zur Produktion einer Wochenschau entschließt, könnte diese auf zwei Vertriebswegen gleichzeitig vermarktet werden, in Hunderten von Lichtspielhäusern. Auch ist die Ufa über die Theaterabteilung mit dem Ullstein-Verlag verflochten, der mit seinen Zeitungen so viele Nachrichten produzieren kann, wie Stauß nur will. Ich bin nicht sicher, ob er angesichts solcher Möglichkeiten auf Dauer widerstehen wird.«

Hugenberg griff in die Zigarrenkiste, die zu diesem Gebrauch stets auf dem Konferenztisch bereitstand, und steckte sich eine Havanna zwischen die Lippen. Klitzsch strich ein Zündholz an, um ihm Feuer zu geben.

»Dann sind Sie also der Meinung, wir sollten die Übernahme der Decla-Bioskop durch die Ufa verhindern?«

»Auf jeden Fall«, erklärte Hugenberg. »Und ich glaube«, fügte er paffend hinzu, »ich habe auch schon eine Idee. Allerdings brauchen wir dazu Gustav Reichenbachs Hilfe. Am besten, Sie machen gleich einen Termin mit ihm aus.«

39

Die Unterhaltungen mit dem Theaterintendanten Reinhardt gehörten zu den wenigen Lichtblicken im Berufsleben von Alexander Grau, das ansonsten leider seinem Nachnamen allzu große Ehre machte. Dieser Reinhardt war zwar ein typisch österreichischer Schlawiner, aber seltsamerweise trotzdem ein tüchtiger Mann. Er hatte in seiner Heimat nicht nur mit irgendeinem Totentanz-Spektakel so sehr Furore gemacht, dass die Stadt Salzburg daraus ein alljährlich wiederkehrendes Festspielereignis machen wollte, auch hatte er der Ufa schon so manches brauchbare Theaterstück für eine Verfilmung vorgeschlagen. Vor allem aber war er Dauergast in den Garderoben sämtlicher Wiener und Berliner Fräuleins vom Theater und wusste deshalb die pikantesten Anekdoten zu erzählen.

Doch bei seinem heutigen Besuch im Piccadilly-Haus hatte er sich ganz und gar darauf versteift, einen jungen, unbekannten Bühnenautor namens Bertolt Brecht anzupreisen. Grau war an den Verfilmungsrechten nicht interessiert, auf dem Foto, das Reinhardt den Unterlagen beigefügt hatte, sah dieser Brecht mit seiner Lederjacke und der Nickelbrille aus wie ein sowjetischer Politkommissar, und seine bislang noch unaufgeführten Stücke rochen gewaltig nach Bolschewismus. Während Reinhardt trotzdem unverdrossen seinen Wiener Schmäh aufbot, um irgendwie zu einem Abschluss zu gelangen, schweiften Graus Gedanken immer wieder ab.

Zu Constanze.

Obwohl ihre Begegnung nun schon einige Zeit zurücklag, ging sie ihm nicht mehr aus dem Kopf, und jede Nacht, wenn seine Frau Erna neben ihm eingeschlafen war, erschien sie ihm mit ihrem berückenden Lächeln. Wie hatte er nur so dämlich sein können, die Gelegenheit verstreichen zu lassen? Nur weil ein Diener in den Raum gekommen war und er sich um seine nächtliche Unterbringung gesorgt hatte? Das war ein klarer Fall von Feigheit vor dem Feind gewesen, und hätte man ihm dafür sein Eisernes Kreuz aberkannt, er hätte keinen Grund gehabt zu murren. Ein Dutzend Briefe hatte er dieser wunderbaren Frau inzwischen geschrieben, doch keinen davon hatte er abgeschickt. Ihm fehlte einfach die zündende Idee, unter welchem Vorwand er sich ihr ein zweites Mal nähern konnte.

Das Klingeln des Telefons schreckte ihn auf. Widerwillig nahm er den Hörer ab.

Am anderen Ende der Leitung meldete sich eine Stimme, die ihm bekannt vorkam. »Spreche ich mit Major Grau? Hier Ehrhardt!«

Unwillkürlich nahm er Haltung an. »Ich bin hochgradig erfreut, Herr Kapitän. Was verschafft mir die Ehre Ihres Anrufs?«

»Sind Sie gerade allein?«

»Einen Moment.« Grau legte die Hand auf die Sprechmuschel

und warf Reinhardt einen Blick zu. »Wenn Sie vielleicht ganz kurz so freundlich wären?«

Zum Glück verstand Reinhardt sogleich und verließ den Raum.

»Jetzt kann ich sprechen«, meldete Grau sich zurück.

»Sehr schön«, sagte Ehrhardt. »Es gibt hochbrisante Neuigkeiten. Der Novemberverbrecher Erzberger reist in Kürze nach Bad Griesbach in den Schwarzwald. – Zur Kur«, fügte er bedeutungsvoll hinzu.

»Zur Kur?«, wiederholte Grau verwundert. »Pardon, aber offen gestanden …«

»Ja, verstehen Sie nicht, Mann?«, fragte Ehrhardt. »Das ist die Chance, auf die wir gewartet haben!«

40

Wenn Alfred Hugenberg es mit einem Menschen zu tun bekam, den er noch nicht kannte, verwandte er gehörige Zeit und Energie darauf, dessen Schwäche in Erfahrung zu bringen, denn in seinen Augen war die Schwäche an einem Menschen ziemlich genau das, was an einem Automobil das Lenkrad war. Um jedoch die Schwäche des Mannes herauszufinden, den er an diesem Nachmittag in die Zentrale der Scherl-Verlagsgruppe einbestellt hatte, war kein großer Aufwand nötig gewesen. Es war allgemein bekannt, dass Gustav Reichenbach unter dem Pantoffel seiner Frau stand – ein Umstand, der sich in der Vergangenheit schon einige Male als ausgesprochen nützlich erwiesen hatte. Abgesehen davon aber fühlte Hugenberg sich dem Bankier durchaus wesensverwandt. Sie liebten beide eine gute Zigarre und verachteten gleichermaßen jede Form von gesellschaftlichem Schnickschnack, und obwohl Reichenbach manchmal so tumb und unbedarft wirkte wie ein russischer Muschik, war er in Wirklichkeit von erstaunlich wachem Verstand.

Dies bestätigte sich einmal mehr bei ihrer heutigen Zusammenkunft. Hugenberg brauchte keine zwei Sätze, da hatte sein Bankier auch schon begriffen, worum es ging.

»Ich soll Ihnen also helfen, die von Stauß angestrebte Mehrheitsbeteiligung der Deutschen Bank an der Ufa zu verhindern? Indem meine

Bank den Anteil der Regierung an der Kapitalerhöhung finanziert und der Staat auf diese Weise seine Mehrheitsbeteiligung behält?«

Hugenberg nickte. »Ich bin bereit, mit meinem Konzern die nötigen Mittel bereitzustellen. Voraussetzung ist allerdings, dass das Ganze mit der gebotenen Diskretion vonstattengeht. – Cognac?«

»Gern!«

Klitzsch, der das Gespräch bislang mit stummer Aufmerksamkeit verfolgt hatte, erhob sich wie auf Kommando von seinem Platz, um zwei Gläser einzuschenken.

»Die Sache gefällt mir«, sagte Reichenbach. »Nicht nur unter geschäftlichen Gesichtspunkten. Abgesehen davon, dass Sie mit einer solchen Intervention die ›Deulig Woche‹ vor unliebsamer Konkurrenz schützen, hat diese ja auch einen politischen Reiz.«

»Ich sehe, wir verstehen uns«, erwiderte Hugenberg. »Nun, für die nationale Gesinnung des Herrn von Stauß würde ich nicht unbedingt die Hand ins Feuer legen, und bei der Vorstellung, dass seine jüdischen Freunde vom Ullstein-Verlag ihn womöglich dazu bringen, mit einer eigenen Wochenschau Propaganda für das System zu machen, schaudert es mich.«

Reichenbach grinste über sein ganzes bauernschlaues Gesicht. »Da ist es natürlich viel klüger, vorübergehend mit dem Staat zu paktieren, indem man ihm finanziell ein wenig unter die Arme greift, um weiter ungestört gegen ihn agitieren zu können.«

»Was heißt hier agitieren, mein Bester?«, fragte Hugenberg mit gespielter Harmlosigkeit. »Die ›Deulig Woche‹ verbreitet doch nur Nachrichten.«

»Aber diese wohlsortiert, damit das hochverehrte Publikum sie in der rechten Weise versteht.« Reichenbachs Grinsen wurde noch breiter. »Respekt! Die nationale Sache wird auf breiter Front vorangetrieben, doch ohne Krawall auf den Straßen, der allem vernünftigen Wirtschaften ja nur abträglich wäre.«

»So ist es«, pflichtete Hugenberg ihm bei, und mit einem Seufzer fügte er hinzu: »Auch wenn manche unserer politischen Freunde das leider nicht begreifen wollen.«

Sie prosteten einander zu. Nachdem sie getrunken hatten, behielt Reichenbach sein Glas in der Hand, um nachdenklich den Cognac darin zu schwenken.

»Allerdings frage ich mich, wozu Sie eigentlich mich in der Angelegenheit brauchen. Warum verhandeln Sie nicht direkt mit dem Innenminister?«

Hugenberg warf Klitzsch einen Blick zu. Wenn es um seine eigene Person ging, überließ er lieber anderen das Wort.

»Der Kommerzienrat ist prominentes Mitglied der DNVP«, erklärte Klitzsch, »und in manchen Kreisen geht das Gerücht, dass er den Parteivorsitz anstrebt. Die Systempolitiker werden unter diesen Umständen kaum Interesse daran haben, einem ihrer einflussreichsten politischen Widersacher Tür und Tor zu öffnen. Außerdem ist die persönliche Antipathie der Herrschaften gegenüber Herrn Hugenberg bekannt.«

»Eine Antipathie«, ergänzte Reichenbach mit einem Schmunzeln, »die wohl auf Gegenseitigkeit beruhen dürfte.«

»Das können Sie laut sagen«, bestätigte Hugenberg. »Gut, dann sind wir uns also einig? Oder haben Sie noch Fragen?«

Reichenbach schüttelte den Kopf. »Ich denke, ich bin ausreichend im Bilde und werde noch heute die nötigen Schritte einleiten. Doch ob wir Erfolg haben werden, hängt natürlich vor allem von einer Frage ab.« Bevor er sie aussprach, nahm er einen zweiten Schluck von seinem Cognac. »Hat das Ministerium den Scheck der Deutschen Bank inzwischen eingelöst?«

41

Ein schwüler, drückender Julitag lastete auf der Reichshauptstadt, und ganz Berlin wartete auf ein Gewitter, damit die seit Tagen angestaute Hitze sich endlich entlud. Obwohl Stauß beide Fenster seines Büros geöffnet hatte, war es so heiß und stickig im Raum, dass er sogar seinen Kaffee, von dem er normalerweise jeden Morgen mehrere Tassen brauchte, um überhaupt arbeiten zu können, ungetrunken stehen ließ, während er die Agenda studierte, die Konstantin

Reichenbach zusammen mit Erich Pommer für die Übernahme der Decla-Bioskop erstellt hatte.

Es klopfte an der Tür.

»Herein!«

Konstantin Reichenbach trat in sein Büro.

»Sie haben mich rufen lassen?«

Auch er schien unter der Hitze zu leiden, Schweiß perlte auf seiner Stirn, und unter beiden Achseln seines Leinenanzugs zeichneten sich dunkle Schwitzflecken ab, da half auch die riesige Nelke in seinem Knopfloch nichts.

»Schön, dass Sie da sind. Bitte nehmen Sie Platz.«

»Danke.« Reichenbach schaute kurz auf seine Armbanduhr, dann kam er der Aufforderung nach.

Stauß deutete auf die Agenda auf seinem Schreibtisch. »Ausgezeichnete Arbeit, mein Kompliment.«

»Sehr freundlich, Herr Generaldirektor. Aber das Hauptverdienst daran hat Erich Pommer. Ich habe nur ein paar juristische und kaufmännische Betrachtungen beigetragen. Und natürlich die Stellenbeschreibungen.«

»Genau darum wollte ich mit Ihnen sprechen. Sie schlagen vor, Pommer mit den Befugnissen eines allein verantwortlichen Produktionsdirektors auszustatten, für das gesamte künftige Ufa-Konsortium, mit eigener Budgethoheit. Habe ich das richtig verstanden?«

»Allerdings.« Wieder warf Reichenbach einen Blick auf seine Uhr. »Ein Filmproduzent hat immer eine doppelte Aufgabe: Er muss sowohl die künstlerische Entwicklung der Produktion steuern und gleichzeitig für deren finanzielle Absicherung sorgen. Pommer bringt alle dafür nötigen Voraussetzungen mit.«

Obwohl Stauß keinen Kaffee getrunken hatte, stieß ihm der Magen auf. »An Pommers künstlerischen Qualitäten habe ich nicht den geringsten Zweifel. Aber sind Sie sicher, dass er einer solchen Generalverantwortung auch als Kaufmann gewachsen ist?«

»Ganz sicher.« Zerstreut strich Reichenbach über seine Nelke. »Sie nicht?«

»Ehrlich gestanden – nein. Wenn Pommer der Kaufmann ist, für den Sie ihn halten, warum sieht er sich dann genötigt, sein Unternehmen zu veräußern? Hätte er besser gewirtschaftet, könnte er die Decla-Bioskop doch in eigener Regie führen.«

»Pommer willigt in die Übernahme ja nur ein wegen Amerika.«

»Wegen Amerika?«, wiederholte Stauß verwundert. »Ich fürchte, ich kann gerade nicht folgen.«

»Verzeihung, nicht wegen Amerika – ich meine natürlich Hollywood.«

»Ach so, Hollywood. Und das heißt?«

Reichenbach schaute ein drittes Mal auf seine Uhr. »Pommer will mit seinen Filmen den amerikanischen Major-Studios Paroli bieten. United Artists, Universal, Pathé. Und das kann er nur, wenn er die Ufa im Rücken hat. Allein deshalb ist er bereit, die Eigenständigkeit der Decla-Bioskop zu opfern. – Quatsch, *Pathé*«, unterbrach er sich. »*Paramount*, wollte ich natürlich sagen.«

»Natürlich.« Stauß runzelte die Stirn. »Sagen Sie mal, was ist heute eigentlich los mit Ihnen?«

Reichenbach zupfte an seiner Nelke. »Was … was soll mit mir los sein?«

»Nun, dauernd schauen Sie auf die Uhr, als säßen Sie auf glühenden Kohlen, Sie verwechseln die amerikanische Paramount mit der französischen Pathé, und dabei fummeln Sie auch noch die ganze Zeit an Ihrer Nelke herum, dass es einen wirklich nervös macht. Gibt es irgendein Problem, von dem ich wissen sollte?«

Rot im Gesicht wie ein Schüler, der von seinem Lehrer erwischt wurde, rutschte Reichenbach auf seinem Stuhl hin und her. Die Schwitzflecken unter seinen Achseln waren inzwischen handtellergroß.

»Bitte entschuldigen Sie«, sagte er. »Nein, keine Probleme, von denen Sie wissen müssten, Herr von Stauß. Nur eine Sorge privater Natur, in keiner Weise die Ufa betreffend.« Er nahm ein Tuch aus der Tasche und wischte sich den Schweiß von der Stirn. »Was war noch mal Ihre Frage?«

42

Mit knapper Not hatte Rahel es in die Elektrische geschafft. In dem rappelvollen Waggon standen die Leute dicht an dicht, vergeblich schaute sie sich nach einem freien Platz um, alle Bänke waren besetzt. Ein vornehm gekleideter Herr mittleren Alters sah ihren Bauch und stand für sie auf. Dankbar nahm sie die Freundlichkeit an, sie hatte über ein Dutzend Stationen vor sich, und von der Hitze war ihr schon ganz flau. Doch sie hatte sich noch nicht gesetzt, da fuhr die Bahn so plötzlich los, dass sie das Gleichgewicht verlor und nur mit Glück auf der harten Holzbank landete.

Unwillkürlich fasste sie an ihren Bauch. Lebte ihr Kindchen noch?

Als Tino den Blutfleck auf dem Bettlaken entdeckt hatte, hatte sie sich zu Tode erschrocken. Aber noch in derselben Nacht hatte sie mehrmals gespürt, wie das Kindchen sich in ihrem Leib bewegte, und sie hatte sich wieder beruhigt. Fast zwei Wochen lang war alles bestens gewesen, das Kindchen war quietschlebendig und keine verdächtige Spur in ihrem Schlüpfer. Gestern Abend aber hatte sie zum zweiten Mal geblutet, es war auf der Toilette passiert, und seitdem hatte das Kindchen sich kein einziges Mal mehr gerührt, die ganze Nacht lang nicht. Tino hatte kein Auge zugetan und war am Morgen so besorgt gewesen, dass sie ihm hatte versprechen müssen, noch am Vormittag Dr. Geppert aufzusuchen, ihren alten Frauenarzt am Hohenzollerndamm, der sie kannte, seit sie zum ersten Mal ihre Periode bekommen hatte.

Die Hitze in dem Waggon war einfach unerträglich. Wann kam sie endlich an?

»Zoologischer Garten!«, rief der Schaffner.

Immerhin, die Hälfte der Strecke war geschafft! Um nicht umsteigen zu müssen, hatte sie die Elektrische genommen. Jetzt bereute sie die Entscheidung, in der U-Bahn wäre es kühler gewesen. Eingequetscht zwischen der Waggonwand und einem schwitzenden dicken Mann, der die ganze Zeit leise vor sich hinstöhnte, war ihr so heiß, dass sie glaubte, platzen zu müssen, und obwohl sie nur ein ärmelloses Baumwollkleid trug, lief ihr der Schweiß in Strömen am Körper herab.

War das allein die Hitze oder mehr noch die Angst davor, was der Arzt sagen würde?

Wie aus einer anderen Welt erinnerte sie sich an den eiskalten Januarmorgen, als sie am Gendarmenmarkt zusammen mit einer Mutter und deren Säugling auf die Elektrische gewartet hatte. Damals war sie noch unsicher gewesen, ob sie das kleine Wesen, das in ihrem Bauch heranwuchs, überhaupt wollte. Doch spätestens als sie irgendwann zu ihrer eigenen Überraschung festgestellt hatte, dass sie dieses Geschöpf im Geiste nur noch »Kindchen« nannte, ohne sich dessen gewahr gewesen zu sein, hatte sie begriffen, dass sie es genauso wollte, wie sie Tino wollte. Ja, sie wollte beide so sehr, dass, würde Tino ihr jetzt einen Antrag machen, sie nicht länger zögern würde, ihn anzunehmen.

Eine rundliche Frau lächelte sie an. »Wann ist es denn so weit?«

»Ende August, wenn alles gutgeht.«

»Keine Sorge.« Die Frau nickte ihr aufmunternd zu. »Das wird schon, glauben Sie mir. Der liebe Gott passt auf Sie auf.«

43

Constanze hatte für diesen Tag bereits alle Pflichten erfüllt, die ihr zur Führung des großen Hauses oblagen. Sie hatte mit der Köchin den Speisezettel besprochen, sie hatte die Mädchen zum Wäschewaschen und Nähen und Putzen eingeteilt, und sie hatte den Gärtner instruiert, welchen Blumenschmuck sie für den nächsten Salon wünschte. Jetzt hatte sie sich in den Wintergarten zurückgezogen, den kühlsten Raum in der Villa, wo Robert ihr ein Glas Champagner servierte. Ihr Arzt hatte ihr geraten, zu dem Mittel zu greifen, zur Belebung ihres niedrigen Blutdrucks, unter dem sie bei diesen tropischen Temperaturen noch mehr als an anderen Tagen litt.

»Danke.« Sie nahm das Glas von Roberts Tablett und trank einen Schluck. »Kann es sein, dass du die Post vergessen hast?«

»Die Post ist leider noch nicht gekommen, gnädige Frau.«

»Wie ist das möglich? Es ist schon bald Mittag.«

»Ich will gern noch mal nachsehen.«

»Bitte tu das! Aber beeil dich.«

»Sehr wohl, gnädige Frau.«

Robert deutete eine Verbeugung an und wandte sich zur Tür. Hoffentlich kehrte er bald zurück! Mit der Hand fächelte Constanze sich Luft zu, und um ihre Ungeduld zu dämpfen, nahm sie einen zweiten Schluck von ihrem Champagner. Die prickelnde Arznei verfehlte nicht ihre Wirkung, wohltuend breitete der Alkohol sich in ihr aus. Trotzdem zitterte ihre Hand, als sie das Glas abstellte. Nein, das hatte nichts mit ihrem Blutdruck zu tun, der Grund für diese innere Unruhe, die in fast vollkommener Weise von ihr Besitz ergriffen hatte, war ein gänzlich anderer. Seit einer gewissen Begegnung war sie nicht mehr der Mensch, der sie bis vor kurzer Zeit gewesen war, der Mensch, der schon in jungen Jahren gelernt hatte, seine Gefühle zu beherrschen – der frühe Tod ihres Vaters, verbunden mit dem jähen Ende ihrer unbeschwerten Adoleszenz, hatte ihr keine andere Wahl gelassen, als ihren Seelenhaushalt einer unerbittlichen Zucht zu unterwerfen. Jetzt hingegen schien es, als würden in den tiefsten Tiefen ihrer Seele sich längst abgetötet geglaubte Regungen erheben, um sich für ihre allzu lange Unterdrückung zu rächen, und voller Schrecken und heimlicher Beglückung zugleich stellte sie fest, dass der vermeintlich unbesiegbare Schutzschild, mit dem sie ihr Herz gewappnet hatte, nicht mehr als eine dünne Papierwand war.

Wie hatte es dazu nur kommen können?

Um ihre Gedanken in andere Bahnen zu lenken, verließ sie ihren Korbstuhl und trat ans Fenster. Vom raschen Aufstehen wurde ihr schwindlig. Wann würde es endlich Abkühlung geben? Noch war der Himmel über Dresden von reinem, tiefem Blau, doch am Horizont zeigten sich erste Anzeichen eines Gewitters, ein paar blumenkohlförmige Wolken, die sich jenseits der Elbe übereinanderschoben, und wenn ihre Ohren sie nicht trogen, war aus der Ferne ein leises Grummeln zu hören.

Sie wollte gerade das Fenster öffnen, da kehrte Robert zurück.

»Die Post ist soeben eingetroffen, gnädige Frau.«

Wie elektrisiert drehte sie sich vom Fenster herum. »Na endlich, gib her!«

Sie griff nach den Umschlägen, die Robert auf einem Silberteller reichte, und überflog die Absender. Aber nein, worauf sie gehofft hatte war nicht dabei. Enttäuscht wollte sie den Packen zurücklegen, da begann ihr Herz zu rasen, sie hatte, versteckt zwischen zwei Werbesachen, die so schmerzhaft herbeigesehnte Post entdeckt, ein Kuvert, auf dessen Rückseite in eindrucksvollem Prägedruck der Name des Mannes prangte, der ihr Herz so bedingungslos erobert hatte, dass sie nur noch kapitulieren konnte.

Major Alexander Grau.

44

Endlich – endlich entlud sich die so lange aufgestaute Hitze über Berlin, Blitze zuckten aus dunklen Wolkengebirgen, begleitet von schweren, ohrenbetäubenden Donnerschlägen, dann öffnete der Himmel seine Schleusen. Erst nur ein paar dicke vereinzelte Tropfen, die im Straßenstaub zerplatzten, ein plötzlicher, böiger Wind, der sich mit einem Mal erhob und die eben noch daniederliegenden Blätter in wildem Tanz aufwirbelte, und während Blitz und Donner in immer kürzeren Abständen aufeinanderfolgten, brach ein sintflutartiges Unwetter los, ein Regen- und Hagelsturm brauste auf die Reichshauptstadt herab, und die Tropfen und Körner trommelten mit solcher Macht gegen die Fenster, dass Gustav Reichenbach, der sich nach Verlassen seines Automobils gerade noch trockenen Fußes in das Innenministerium hatte retten können, um seinen Termin bei Staatssekretär Dr. Willibald Löffler wahrzunehmen, in seiner gerade erst begonnenen Rede innehielt, weil er sein eigenes Wort nicht mehr verstand – ausgerechnet in dem Moment, in dem er die alles entscheidende Frage stellen wollte.

»Was für ein dramatischer Auftritt, Herr Kommerzienrat«, sagte Dr. Löffler lachend, als der schlimmste Lärm sich gelegt hatte. »So kenne ich Sie ja gar nicht. Aber wo waren wir stehengeblieben?«

Gustav öffnete den Knopf seines Stehkragens, um sich Luft zu verschaffen. »Ich wollte mich gerade erkundigen, ob Sie bereits den Scheck der Deutschen Bank eingelöst haben.«

»Für die Anteile der Regierung an der Ufa?« Der Staatssekretär schüttelte den Kopf. »Nein, wir haben den Scheck an das Finanzministerium weitergeleitet. Dort hat man noch nicht entschieden. Aber warum fragen Sie?«

Gustav atmete auf. »Um Sie vor einem Fehler zu bewahren. Als Bankier kann ich Ihnen nur dringend raten, trotz der für die Universum Film AG vorgesehenen Kapitalerhöhung die Anteile zu halten. Das eingesetzte Geld geht ja nicht verloren, und angesichts der zu erwartenden Dividendengewinne, die die Regierung als Mehrheitsgesellschafterin Quartal für Quartal einstreichen würde …«

»Sie rennen bei mir offene Türen ein«, fiel Dr. Löffler ihm ins Wort. »Aber das Grundkapital soll auf hundert Millionen Reichsmark aufgestockt werden. Woher nehmen, wenn nicht stehlen? Ich brauche Ihnen wohl nicht zu erklären, wie es um die Staatsfinanzen steht.«

»Eben darum bin ich hier«, erwiderte Gustav. »Angesichts der leeren Kassen wie auch der allgemeinen politischen Lage betrachte ich es als meine Pflicht, dem Staat die Unterstützung der Reichenbach Bank anzubieten.«

Dr. Löffler schaute ihn über den Rand seiner Brille an. »So viel Uneigennützigkeit eines Bankiers? Um ehrlich zu sein, da werde ich nervös.«

Gustav schüttelte den Kopf. »Von Uneigennützigkeit kann keine Rede sein. Meine Bank ist zwar bereit, der Regierung Vorzugskonditionen einzuräumen, das heißt aber nicht, dass sie bei dem Geschäft leer ausgehen wird.«

»Bitte werden Sie konkret!«

Wieder zerriss draußen ein Blitz die Dunkelheit und tauchte für eine Sekunde den Raum in grünblaues Licht. Dann sank alles wieder in die Schatten zurück.

Gustav wartete, bis der Donner verhallt war. »Um mein Angebot auf eine einfache Formel zu bringen«, sagte er dann. »Der Zinsfuß für den Regierungskredit ist fix gebunden an die von der Ufa ausgeschüttete Dividendenrendite und wird diese stets um einen halben Prozentpunkt unterschreiten. Garantiert.«

Dr. Löffler hob die Brauen. »Unabhängig von der Inflation?«

»Unabhängig von der Inflation!«, bestätigte Gustav. »Nun, was meinen Sie, Herr Staatssekretär – kommen wir ins Geschäft?«

45

Rahel hatte sich über zwei Stunden lang in Dr. Gepperts Wartezimmer gedulden müssen, bis sie an die Reihe kam. Je länger sie hatte warten müssen, umso mehr war ihre Nervosität gestiegen. Sie hatte das Gewitter darum fast als Segen empfunden, das Blitzen und Donnern hatte sie besser abgelenkt als die im Wartezimmer ausgelegten Zeitungen und Zeitschriften, die ihr angesichts der darin beschriebenen Komplikationen, die im Verlauf einer Schwangerschaft und bei der Geburt auftreten konnten, nur noch mehr Angst machten.

Jetzt lag sie wehrlos ausgebreitet in dem Behandlungsstuhl, und während Dr. Geppert sie untersuchte, hörte sie von draußen das monotone Rauschen des sintflutartigen Regens, in den das Gewitter inzwischen übergegangen war. Sie spürte, wie der Arzt an ihrem Unterleib tastete und dann ein kaltes, glattes Instrument in sie einführte. Einmal zuckte sie vor Schmerz kurz zusammen, doch sie traute sich nicht, Dr. Geppert zu fragen. Bei der Begrüßung war der Arzt so freundlich wie immer gewesen, und voller Anteilnahme hatte er ihrem Bericht von den zwei Blutungen zugehört, doch als er sich nach ihrem Ehemann erkundigt und sie erwidert hatte, dass sie unverheiratet sei, war seine Freundlichkeit ins Gegenteil umgeschlagen, und statt sie weiter wie früher mit dem vertraulichen Du anzureden, war er von einer Sekunde zur anderen zum distanzierten Sie übergewechselt und hatte sie so frostig behandelt, dass sie am liebsten davongelaufen wäre, um einen anderen Arzt zu konsultieren, wenn es dazu nicht zu spät gewesen wäre.

»Sie können sich wieder anziehen«, sagte Dr. Geppert irgendwann und richtete sich auf seinem Untersuchungsschemel auf.

Rahel wartete, dass er sich an seinen Schreibtisch setzte, dann verließ sie den Behandlungsstuhl und trat hinter eine Trennwand, wo sie ihre Sachen abgelegt hatte. Sie war jetzt so nervös, dass sie ihr Kleid auf links anzog und es noch einmal wenden musste, bevor sie es zuknöpfen konnte, und als sie eine Minute später dem Arzt gegenübersaß, klopfte ihr das Herz bis zum Hals, und ihr Mund war so trocken, dass sie kaum sprechen konnte.

Draußen rauschte weiter der Regen vom Himmel herab, doch in dem Sprechzimmer war es nach wie vor stickig und heiß.

»Und – wie lautet Ihr Befund?«

Dr. Geppert machte noch eine Notiz, dann hob er mit ernster Miene den Blick. »Blutungen in der zweiten Schwangerschaftshälfte sind in der Regel Anzeichen schwerwiegender Komplikationen«, erklärte er. »Die Ursache ist oftmals eine vorzeitige Plazentaablösung, das heißt, der Mutterkuchen trennt sich von der Gebärmutterwand. In Frage kommt aber auch eine *Placenta praevia*, was bedeutet, dass der Mutterkuchen fälschlicherweise zu nah oder gar vor dem Muttermund selbst sitzt …« Er unterbrach sich und schüttelte den Kopf. »Wie konnten Sie das Ihren Eltern nur antun? Ein Kind ohne Vater … Fast muss man sich ja freuen, dass sie das nicht mehr erleben müssen.«

Rahel verschlug es für einen Moment die Sprache, und nur mit Mühe gelang es ihr, sich zu beherrschen. »Lassen Sie jetzt bitte meine Eltern aus dem Spiel«, sagte sie mit mühsam beherrschter Stimme. »Verraten Sie mir einfach nur eins: Lebt mein Kindchen noch, und ist es gesund?«

46

Durchnässt bis auf die Haut und am ganzen Körper triefend, als käme er aus der Badewanne, eilte Tino, zwei Stufend auf einmal nehmend, mit vor Feuchtigkeit quietschenden Schuhen das Treppenhaus hinauf. Das Verdeck seines Cabriolets hatte geklemmt, als das Unwetter eingesetzt hatte, er hatte es in seiner Aufregung einfach nicht geschafft, es zu schließen, und statt den Wagen irgendwo unterzustellen und auf ein Taxi zu warten, hatte er sich kurz entschlossen hinter das Lenkrad geschwungen und war mit offenem Dach durch den Gewitterregen gefahren, um so schnell wie möglich nach Hause zu gelangen, wo Rahel von ihrem Arztbesuch inzwischen zurück sein musste.

Mit abgeknickter Blüte hing die Nelke von seinem Revers herab, und sein Sakko war für immer hinüber, genauso wie seine Hose und das nagelneue Paar Wildlederschuhe. Aber was kümmerten ihn jetzt die Blume und sein Anzug?

In der *bel-étage* angekommen, zitterten seine Hände so sehr, dass er eine Weile brauchte, bis er den Schlüssel ins Schloss bekam, um die Wohnungstür zu öffnen.

»Rahel?«

Draußen war die Temperatur durch den Regen um mindestens fünfzehn Grad gefallen, aber in der Wohnung stand die Hitze immer noch wie in einem Backofen.

»Rahel?«

Er schaute im Wohnzimmer nach, in der Küche, im Schlafzimmer – vergebens. Schließlich fand er sie in seinem ehemaligen Raucherkabinett. Dort lag sie mit dem Rücken zu ihm auf seiner alten Ledercouch.

»Rahel?«

Als sie seine Stimme hörte, drehte sie sich um und richtete sich auf. »Ich hatte mich kurz hingelegt«, sagte sie. »Offenbar bin ich eingenickt.«

Er hockte sich zu ihr und nahm mit beiden Händen ihre Hand. »Und – was hat der Arzt gesagt?«

Ihre Antwort war ein einziges Lächeln. »Es ist alles gut, mein Liebster. Unser Kindchen lebt und ist gesund und gedeiht.«

»Und die Blutungen?«

Ihr Lächeln wurde zu einem Grinsen. »Ich fürchte, die waren Ihre Schuld. Zu häufiger Geschlechtsverkehr. Kontaktblutung heißt wohl der Fachausdruck.«

»Das hat der Arzt gesagt?«

»Ja, und mich dabei sehr streng und sehr böse angeschaut.«

Tino küsste ihre Hand. »Gepriesen sei Ihr strenger und böser Arzt!«

Die Anspannung fiel so plötzlich von ihm ab, dass ihm die Tränen in die Augen schossen. »Unser Kindchen«, hatte Rahel gesagt, »unser Kindchen …« Mehr brauchte er nicht zu wissen. Plötzlich hatte er nur noch einen Wunsch: Er wollte, er *musste* sie heiraten! Und er wusste auch schon, wann er ihr den Antrag machen würde. Gleich nach der Entbindung, im Angesicht ihres Kindchens.

Mit ihrer Hand in seinen Händen blickte er zu ihr auf. »Ich werde von jetzt an aufpassen. Bis zur Geburt, und auch darüber hinaus. Und wenn es sein muss, gelobe ich sogar ewige Keuschheit!«

»Mein geliebter Spinner.« Sie beugte sich zu ihm und gab ihm einen Kuss. »Aber meinen Sie nicht«, fragte sie dann und wuschelte sein nasses Haar, »dass Sie sich umziehen sollten? Sie holen sich sonst noch den Tod, und ich weiß nicht, wie Sie dann aufpassen wollen.«

»Da könnten Sie eventuell recht haben.«

Er gab ihr noch einen Kuss, dann ließ er ihre Hand los und wandte sich zur Tür. Rahel schwang ihre Beine von der Couch und hangelte nach ihren Schuhen.

»Lassen Sie ein bisschen frische Luft rein?«, fragte sie. »Ich glaube, es hat aufgehört zu regnen.«

Tino trat ans Fenster und öffnete weit beide Flügel. Rahel hatte recht, auf der Straße klappten die Leute ihre Regenschirme zu, nur noch von den Blättern der Bäume tropfte es auf die Erde herab. Alles glänzte wie frisch gewaschen. Die schweren, dunklen Wolken hatten sich verzogen, hier und da lugte sogar schon wieder die Sonne am Himmel hervor, und während ein paar erste vorsichtige Strahlen auf die noch vor Nässe dampfende Welt herabschienen, schüttelten die Vögel auf den Stromleitungen und Dächern ihr Gefieder und begannen wieder zu singen.

47

In einer silbern glänzenden Barbierschale, die über dem Eingang eines Friseurladens hing, überprüfte Alexander Grau mit kritischem Blick sein Äußeres, und nachdem er sich vom tadellosen Sitz seines grauen Gehrocks wie auch der dazugehörigen Melone gleicher Farbe überzeugt hatte, zwirbelte er die Enden seines Bartes, dann klemmte er seinen Gehstock unter den Arm und überquerte die Straße in Richtung »Dresdner Hof«, wo er in exakt einer Minute erwartet wurde.

Ein Türsteher in Uniform und Zylinder bewachte den Eingang. Grau blieb kurz stehen und blickte an der stuckverzierten Fassade empor, die mit den Fahnen aller europäischen Länder beflaggt war.

War es ein gutes oder schlechtes Zeichen, dass Constanze Reichenbach ihn in das Grand Hotel statt zu sich nach Hause geladen hatte?

Ohne dem Türsteher Beachtung zu schenken, betrat er die vor Messing und Kristall nur so funkelnde Halle. Pompfortionös! An den Wänden hingen großformatige Ölgemälde, und die Teppiche auf dem Marmorboden waren so flauschig, dass man darin versank. Ja, hier war das alte, schwere Geld zu Hause.

Während er sich suchend umschaute, kam ungefragt ein Ober auf ihn zu.

»Major Grau?«

»Oh, Sie kennen mich?«

»Sie werden erwartet. Wenn Sie mir bitte folgen wollen?«

Constanze Reichenbach empfing ihn an einem Tisch, der durch grün wuchernde Palmen und Farne vom Rest der Halle abgeschirmt war. Bei ihrem Anblick musste er schlucken. Ihr Lächeln war noch berückender, als er es in Erinnerung hatte, und mit dem weitgeschweiften, federgeschmückten Hut auf dem Kopf sah sie in ihrem schwarzweiß gestreiften, eng anliegenden Kleid, das ihre Figur ganz wunderbar zur Geltung brachte, wie eine regierende Großfürstin aus.

Donnerwetter – hatte sie sich extra für ihn so aufgetakelt?

»Ich bin entzückt, Sie wiederzusehen.«

»Das Vergnügen ist ganz meinerseits.«

Er beugte sich über ihre Hand, die sie ihm zur Begrüßung entgegenstreckte. Ein Hauch von Patschuli wehte ihn an, als seine Lippen ihre Haut berührten.

»Aber bitte, nehmen Sie doch Platz.«

»Mit verbindlichstem Dank.« Er reichte dem Ober Stock und Hut und kam ihrer Aufforderung nach.

»Vielleicht wundern Sie sich über den Ort«, sagte sie, nachdem der Ober sich entfernt hatte. »Doch angesichts des Themas, das Sie in

Ihrem Schreiben anklingen ließen, dachte ich, dass wir bei unserem Rendezvous möglichst ungestört sein sollten. Ist das in Ihrem Sinn?«

Hatte sie wirklich »Rendezvous« gesagt? Grau spürte einen Kloß im Hals und musste sich räuspern.

»Durchaus, gnädige Frau. Sehr in meinem Sinn sogar.«

»Wunderbar. – Eine Tasse Tee?« Als er nickte, nahm sie die Kanne, die auf einem Stövchen bereitstand, und schenkte ihm ein. »Sie sprachen in Ihrem Billet davon, dass unsere Chance gekommen sei. Was meinen Sie damit?«

»Eine Möglichkeit, dem System einen empfindlichen Schlag zu versetzen.«

»Wie interessant.« Sie stellte die Kanne zurück auf das Stövchen und öffnete die Zuckerdose. »Ein oder zwei Löffel, Herr Major?«

»Anderthalb, bitte. Zu freundlich von Ihnen.«

Er spürte, wie sein Adamsapfel ruckte. Constanze Reichenbach süßte seinen Tee – mit eigener Hand!

»Wenn Sie bitte probieren mögen?«

Aufmerksam beobachtete sie, wie er seine Tasse an die Lippen führte. Gott sei Dank war er kriegserprobt, so dass er es trotz ihrer Blicke ohne zu zittern schaffte.

»Vorzüglich. Absolut perfekt!«

Mit einem Lächeln quittierte sie seine Auskunft. »Könnten Sie mir nun etwas näher erläutern, worin die von Ihnen erwähnte Chance besteht?«

Der Tee war so heiß, dass der eine Schluck genügt hatte, um ihm Zunge und Lippen zu verbrennen. »Ich fürchte, meine Kavalierspflicht verbietet es mir, Details zu nennen«, sagte er und setzte die Tasse ab. »Genauere Kenntnisse der Operation könnten Sie womöglich gefährden. Je weniger Sie wissen, desto besser.«

»Ich weiß Ihre Ritterlichkeit einer Dame gegenüber zu schätzen, Alexander. – Ich darf Sie doch Alexander nennen?«

Grau schlug die Hacken zusammen. »Selbstredend, gnädige Frau.«

»Constanze«, korrigierte sie. »Aber da Sie angedeutet haben, dass vielleicht meine Hilfe vonnöten sei, wäre ich Ihnen natürlich dankbar, wenn Sie mir trotzdem ein klein wenig mehr …« Sie ließ den Satz so perfekt in der Schwebe, dass er gar nicht anders konnte, als ihr den Wunsch zu erfüllen.

»Aber nur ganz im Vertrauen.« Er beugte sich vor, und während er ihren Blick erwiderte, sagte er mit gesenkter Stimme: »Der Novemberverbrecher Erzberger ist zur Kur in den Schwarzwald gefahren. Kapitän Ehrhardt – dank Ihrer schätzenswerten Vermittlung stehen wir inzwischen in regem Austausch – hat zwei geeignete Männer gefunden, die sich der Sache annehmen werden, erprobte und zuverlässige Marineoffiziere. Allerdings bedürfen sie zur Ausführung der Operation qualifizierter strategischer Führung.« Ohne die Augen von ihr zu wenden, richtete er sich auf seinem Stuhl wieder auf. »Wenn Sie verstehen, was ich meine?«

»Durchaus.« Sie berührte ganz kurz seine Hand. »Und seien Sie bedankt für Ihr Vertrauen. Ja, ich denke, ich bin jetzt ausreichend im Bilde.« Ohne mit der Wimper zu zucken, nahm sie einen Schluck von ihrem Tee. »Umso mehr muss ich Sie jedoch um Verzeihung bitten, wenn ich mich Ihnen als nüchtern denkende Bankiersfrau zu erkennen gebe.«

»Ich fürchte, ich verstehe nicht ganz.«

Sie fasste an ihren Hals und spielte mit ihrer Perlenkette. »Nun, ich könnte mir vorstellen, dass eine solche Operation nicht nur strategische Führung erfordert, sondern auch Geld. Das meinten Sie doch wohl mit Hilfe – oder irre ich mich?«

Grau deutete eine Verbeugung an. »Ich bin Offizier, Constanze, und als solcher kein Mann, der gern über Geld redet.«

»Sie ahnen ja gar nicht, wie sehr mich das freut, Alexander.« Wieder berührte sie ihn, doch diesmal ließ sie ihre Hand auf der seinen ruhen. »Und seien Sie versichert, ich selbst verachte den Götzen Mammon und seine Jünger genauso wie Sie. – Was meinen Sie, welche Summe werden Sie benötigen?«

48

Stauß riss das Natrontütchen auf, das seine Sekretärin ihm zusammen mit einem Glas Wasser gebracht hatte, und während Konstantin Reichenbach auf der anderen Seite des Schreibtischs Platz nahm, verrührte er den Inhalt. Ein Anruf aus dem Innenministerium, im Auftrag von Staatssekretär Dr. Wendelin Löffler, war der Grund seines Sodbrennens, das ihn seit langer Zeit zum ersten Mal wieder so heftig befallen hatte, dass seine Speiseröhre sich in quälend langsamen Konvulsionen zusammenzog, als würde die Säure darin Paternoster fahren.

»Was hat Löffler ausrichten lassen?«, wollte Reichenbach wissen.

»Im Grunde nur einen einzigen Satz.« Stauß tropfte den Löffel ab und legte ihn auf das Tablett. »Der Herr Staatssekretär hat sich entschieden, den Scheck vom Finanzministerium zurückzufordern.«

»Ohne ihn einzulösen?« Reichenbach entglitten die Gesichtszüge. »Um Gottes willen! Das ist eine Katastrophe!«

»Katastrophe ist noch gelinde ausgedrückt.« Stauß nahm die Natronlösung und leerte das Glas in einem Zug.

»Aber – wie konnte es dazu kommen?«

»Ehrlich gestanden, fällt mir darauf nur eine Antwort ein …«

»Hugenberg!«, fiel Reichenbach ihm ins Wort.

Stauß nickte. »Am besten, ich mache mich gleich auf den Weg ins Ministerium. So kommt Löffler mir nicht davon!«

Er erhob sich von seinem Schreibtisch. Doch als er sich zur Tür wandte, hielt Reichenbach ihn zurück.

»Meinen Sie, das ist klug?«

Stauß schaute ihn an. »Fällt Ihnen was Besseres ein?«

Reichenbach schüttelte den Kopf. »Nein. Aber bitte bedenken Sie die Folgen. Sie sind nicht nur der Chef der Ufa, sondern auch der Deutschen Bank und darüber hinaus Vorstand und Aufsichtsrat in dreißig deutschen Unternehmen. Wenn ruchbar wird, dass Sie persönlich gegen Hugenberg intervenieren, ist das eine Kriegserklärung an einen Mann, mit dem Sie in mindestens einem Dutzend Firmen zusammen im Vorstand oder Aufsichtsrat sitzen. Wollen Sie das wirklich riskieren?«

Stauß spürte, wie das Natron seine segensreiche Wirkung tat, das Sodbrennen ließ allmählich nach, der Paternoster fuhr ein letztes Mal hinauf und hinunter, dann kam er zum Stehen.

»Sie haben recht«, erklärte er. »Eine solche Kollision würde mehr Schaden als Nutzen anrichten. Allerdings, wenn ich mich bedeckt halte, muss jemand anderes in die Bresche springen.«

»Gute Idee«, erwiderte Reichenbach. »An wen denken Sie?«

»Dreimal dürfen Sie raten«, sagte Stauß. »Jetzt können Sie zeigen, was in Ihnen steckt, Reichenbach!«

49

Tino hatte mehr Schiss als Vaterlandsliebe – so hätte er früher als Frontsoldat den Zustand beschrieben, in dem er sich nun befand, als er nach stundenlangem Antichambrieren endlich bei Staatssekretär Dr. Willibald Löffler vorgelassen wurde. Sein Vater hatte für Hugenberg die Kohlen aus dem Feuer geholt, jetzt war er dazu verdonnert, dieselben Kastanien Hugenberg wieder zu entreißen – in einem Grabenkrieg, der nicht weniger gefährlich war als einst der Grabenkrieg vor Verdun. Jedes Scharmützel konnte tödlich sein. Doch eigene Schuld! Weil er so dämlich gewesen war, Stauß von einer Intervention in eigener Person abzuraten, hatte der ihn in die Pflicht genommen, um zu retten, was wahrscheinlich nicht mehr zu retten war.

»Der Staat ist zu arm, um sich einen Verkauf der Ufa-Anteile leisten zu können«, erklärte Dr. Löffler. »Dank der Vorzugskonditionen, die die Reichenbach Bank uns zur Finanzierung der Kapitalerhöhung einräumt, liegt die ausgeschüttete Dividende stets ein halbes Prozent über dem Tilgungszins, den wir umgekehrt an die Bank entrichten. Garantiert und unabhängig von der Inflation.«

Während der Staatssekretär sprach, glaubte Tino, seinen Vater reden zu hören. Wahrscheinlich betete Dr. Löffler einfach Wort für Wort nach, was der Alte ihm vorgekaut hatte. Doch darauf war er vorbereitet und hatte sich entsprechend munitioniert.

»Die Reichenbach Bank handelt nicht in eigener Initiative, sondern im Auftrag. Ein klassisches Strohmann-Geschäft.«

»Das ist ein schwerwiegender Vorwurf«, erwiderte der Staatssekretär. »Wenn Sie eine solche Behauptung aufstellen, müssen Sie Ross und Reiter nennen.«

»Nichts leichter als das. Der Auftraggeber ist Alfred Hugenberg.«

»Was sollte dessen Interesse sein?«

»Die Sicherung des Wochenschau-Monopols für die ›Deulig Woche‹. Einzig die Ufa wäre imstande, ihn auf diesem Feld herauszufordern.«

Erleichtert stellte Tino fest, dass der Schuss saß. Nachdenklich fuhr Dr. Löffler sich über das Kinn.

»Hm, das wäre ein möglicher Grund, in der Tat.«

»Und vergessen Sie nicht den politischen Aspekt«, feuerte Tino nach. »Hugenberg ist der starke Mann der DNVP, und Sie selbst wissen besser als ich, wie die Deutschnationalen zur Regierung stehen.«

»Das weiß ich, allerdings. Doch andererseits – warum sollte sich die Reichenbach Bank vor Hugenbergs Karren spannen lassen?«

»Ganz einfach – die Reichenbach Bank ist Hugenbergs Hausbank.«

»Und weiter?«, fragte der Staatssekretär.

»Nichts weiter«, erwiderte Tino.

Dr. Löffler schaute ihn prüfend an. »Soll das heißen, mehr Beweise haben Sie nicht?« Als Tino schwieg, schüttelte er den Kopf. »Nun, wenn das alles ist, um Ihre Behauptung zu stützen, sehe ich keinen Grund, unsere Entscheidung rückgängig zu machen.« Er setzte sich an seinen Schreibtisch und schlug einen Aktenordner auf. »Wenn Sie mich jetzt bitte entschuldigen?«

Während Dr. Löffler in dem Ordner blätterte, dachte Tino fieberhaft nach, was er entgegnen konnte, aber er hatte sein Pulver verschossen – einen Beweis für seine Behauptung gab es nicht. Nein, dieses Gefecht musste er wohl oder übel verloren geben. Ohne dass der Staatssekretär überhaupt noch Notiz von ihm nahm, stand Tino auf und wandte sich zur Tür.

Da fiel ihm plötzlich ein Stoßtrupp ein, den er als junger Leutnant angeführt hatte, um einen feindlichen Graben zu stürmen. Er hatte den Angriff eröffnet, indem er eine Blendgranate geworfen hatte. Der

Gegner war so unter Schock gewesen, dass er den Graben ohne Gegenwehr preisgegeben hatte.

Die Türklinke schon in der Hand, drehte er sich noch einmal um.

»Sie wünschen einen Beweis, Herr Staatssekretär?«

»Sie sind immer noch da?« Unwillig blickte Dr. Löffler von seinen Unterlagen auf. »Na gut, ich höre.«

Tino zögerte, aber nur eine Sekunde. In der Hoffnung, dass sein Zerwürfnis mit seinen Eltern sich noch nicht bis ins Ministerium herumgesprochen hatte, beschloss er, alles auf eine Karte zu setzen.

»Als Vorstand der Reichenbach Bank war ich persönlich dabei, wie die Vereinbarung zwischen Kommerzienrat Hugenberg und meinem Vater getroffen wurde«, erklärte er mit fester Stimme. »Ist das Beweis genug?«

50

Endlich Feierabend! Wie jeden Abend nach dem Nachtmahl suchte Gustav das Herrenzimmer auf. Hier durfte er Mensch sein! Er öffnete die Knöpfe seines Vatermörders, entledigte sich seiner allzu eng geschneiderten Anzugjacke, um sie gegen einen weiten und bequemen Hausrock zu tauschen, und befreite seine schmerzenden Füße von den harten Lederstiefeln. Da Constanze sich bereits in ihr Boudoir zurückgezogen hatte, gab es keinen Grund, die Formen zu wahren. Mit einem Seufzer ließ er sich in seinen Sessel sinken, schlüpfte in die Hausschuhe, die Robert für ihn bereitgestellt hatte, und ohne sich um das Telefon zu kümmern, das draußen läutete, steckte er sich seine Verdauungszigarre an, bevor er schließlich nach der »Sächsischen Staatszeitung« griff, um die Nachrichten vom Tage zu lesen.

Wie immer schlug er als Erstes die letzte Seite auf. Was gab es Neues im Kino? Mit der Brille auf der Nase und der Zigarre zwischen den Lippen studierte er die Inserate der Lichtspielhäuser. »Die Geier-Wally«, »Papa kann's nicht lassen«, »Freie Bahn den Tüchtigen« – alles Ufa-Produktionen, wie er mit Stolz registrierte. Obwohl er es Constanze niemals eingestehen würde, verfolgte er insgeheim die Tätigkeiten der Firma, der sein Ältester als Finanzdirektor vorstand, mit größter Aufmerksamkeit, um wenigstens auf diese Weise Anteil an dessen Leben zu nehmen. Er vermisste Tino noch schmerzlicher als Arnim, gerade weil er noch lebte und die Trennung ja ganz und gar unsinnig war, und in manchen Nächten, wenn er keinen Schlaf finden konnte, stellte er sich vor, dass sie zusammen im Kino einen seiner Ufa-Filme anschauen würden. In diesen Momenten war er fast glücklich.

Ein Räuspern schreckte ihn auf, so dass ihm die Asche von der Zigarre fiel.

Robert stand in der Tür. »Entschuldigung, Herr Kommerzienrat. Ein Anruf für Sie.«

Gustav blickte über den Brillenrand. »Du weißt doch, keine Telefonate nach Feierabend«, brummte er, um sich wieder in seine Zeitung zu vertiefen.

Doch Robert räusperte sich ein zweites Mal. »Staatssekretär Dr. Löffler ist am Apparat. Er sagt, es sei dringend.«

»Dr. Löffler? Um diese Zeit? Na, dann bleibt mir wohl nichts anderes übrig.«

Unwillig legte Gustav Zigarre und Zeitung beiseite und folgte Robert hinaus auf den Gang, wo der Diener ihm den Telefonhörer reichte.

»Herr Staatssekretär! Was verschafft mir das Vergnügen?«

»Ich bin nicht sicher, ob von Vergnügen die Rede sein kann«, erwiderte Dr. Löffler mit so kalter, scharfer Stimme, dass Gustav zusammenzuckte. »Ich habe eine Frage zu unserer Vereinbarung, mit der dringenden Bitte um uneingeschränkte Auskunft. Das Kreditangebot, das Sie meinem Hause unterbreitet haben – erfolgte das aus eigener Initiative oder im Auftrag Dritter?«

Die Frage traf Gustav so überraschend und vollkommen unvorbereitet, dass er ins Stottern geriet. »Ich … ich weiß nicht, wovon Sie sprechen.«

»Dann will ich Ihnen auf die Sprünge helfen!«, fuhr Dr. Löffler fort. »Ihr Herr Sohn hat mir heute seine Aufwartung gemacht und behauptet, dass Sie Alfred Hugenbergs Strohmann sind. Angeblich war er persönlich dabei, wie Hugenberg und Sie die Verabredung getroffen haben, dass Sie in seinem Auftrag meinem Ministerium ein Angebot zur Finanzierung der Ufa-Kapitalerhöhung machen sollten.«

»Aber … aber das ist – unmöglich!«

»Warum unmöglich?«

Gustav konnte gar nicht so schnell denken, wie er antworten musste. Weil ihm nichts Besseres einfiel, nahm er Zuflucht zur Wahrheit. »Ja, unmöglich«, wiederholte er. »Weil Tino, ich meine Konstantin – mein Erstgeborener … er … er ist inzwischen aus der Bank ausgeschieden.«

»Wie bitte?«, rief Dr. Löffler in den Apparat. »Ihr Herr Sohn hat sich mir gegenüber als Mitglied des Vorstands ausgegeben!«

»Das … das tut mir leid …«, in rasender Eile versuchte Gustav, seine Gedanken zu sortieren, »… und ich bedauere zutiefst, Ihnen widersprechen zu müssen. Aber wenn mein Sohn so etwas behauptet hat, entspricht das nicht der Wahrheit, so ungern ich das als sein Vater sage. Konstantin hat sein Vorstandsmandat in der Reichenbach Bank gekündigt, und zwar von sich aus, weil er, wie Sie ja wissen, inzwischen einer neuen Beschäftigung nachgeht. Und um sich auf seine neue Aufgabe, die wohl den ganzen Mann fordert, mit all seinen Kräften zu konzentrieren, hat er beschlossen …«

»Jetzt verstehe ich überhaupt nichts mehr!«, fiel Dr. Löffler ihm ins Wort. »Wollen Sie damit etwa sagen, Ihr Sohn ist gar nicht mehr in Ihrem Haus tätig?«

»Ja, Herr Staatssekretär – das heißt, nein!«, stammelte Gustav. »Schon seit Monaten nicht mehr, ich weiß nicht mal mehr, wann er zum letzten Mal die Bank überhaupt betreten hat. Ich kann Ihnen darum mit dem besten Gewissen versichern, dass er keinerlei Einblick in die laufenden Geschäfte der Reichenbach Bank hat – geschweige denn befugt wäre, irgendwelche Äußerungen zu diesen Geschäften zu machen.« Je länger Gustav sprach, umso mehr gewann er seine Sicherheit zurück. Die Wahrheit war auf seiner Seite!

Die Erkenntnis brachte ihn auf eine Idee. »Um ganz offen zu sein, Herr Staatssekretär«, sagte er mit gedämpfter Stimme, »nur damit Sie sehen, dass ich Ihnen kein X für ein U vormachen will, und um der uneingeschränkten Auskunft willen, die Sie zu recht von mir erwarten – mein Sohn Konstantin und ich, wie soll ich sagen, wir … wir sind nicht im Frieden voneinander geschieden.«

»Bitte reden Sie weiter.«

»Darf ich um Vertraulichkeit bitten?«

»Sie haben mein Wort.«

Gustav stieß einen Seufzer aus. »Die Wahrheit ist die – Konstantin hat sich für eine Frau entschieden, die nicht den Vorstellungen seiner Eltern entspricht. Und da er partout nicht mit sich reden lassen wollte, sahen meine Frau und ich uns schließlich gezwungen, ihn vor die Entscheidung zu stellen …« Er ließ das Ende des Satzes bedeutungsvoll in der Schwebe.

Die erhoffte Wirkung ließ nicht auf sich warten. »Verstehe, die alte Geschichte.« Aus Dr. Löfflers Stimme war plötzlich alle Kälte und Schärfe verschwunden. »Nun ja, so etwas kommt in den besten Familien vor. Und da Sie so offen zu mir waren, will ich nicht verhehlen, dass auch mir solche Erfahrungen im Laufe meines Lebens nicht erspart geblieben sind. Leider.«

Gustav atmete vorsichtig auf. Hatte er es geschafft?

»Ich danke Ihnen für Ihr Verständnis, Herr Staatssekretär. Und erlauben Sie mir bitte, mich in aller Form dafür zu entschuldigen, dass Sie auf so unschöne Weise in unsere Familienangelegenheiten hineingezogen wurden.«

»Ach was, Reichenbach! Schwamm drüber! Die Sache ist bereits vergessen.«

»Sehr nobel von Ihnen, Herr Doktor, sehr, sehr nobel.«

»Schluss jetzt. Kein Wort mehr darüber!«

Gustav zögerte einen Moment. Bei der Frage, die ihm auf den Lippen brannte, würde sich entscheiden, ob er es geschafft hatte. Entweder oder! Ohne länger zu überlegen, fasste er sich ein Herz.

»Darf ich … darf ich dann also davon ausgehen, dass damit unser kleines Missverständnis ausgeräumt ist? Und es bei der getroffenen Vereinbarung wie besprochen bleibt?«

»Natürlich«, erwiderte Dr. Löffler. »Ich sehe keinen Grund, der dagegen spräche. Das heißt … Einen Moment, bitte«, unterbrach er sich, »man sagt mir gerade, es gibt ein Problem.«

»Ein Problem?«

Dr. Löffler antwortete nicht. Mit angehaltenem Atem lauschte Gustav in den Hörer hinein. Am anderen Ende der Leitung hörte er zwei Stimmen, offenbar besprach der Staatssekretär sich mit einem seiner Referenten. Doch so angestrengt Gustav lauschte, er konnte kein einziges Wort verstehen. Er hoffte nur, dass nicht Hugenberg das Problem war. Denn was dessen Rolle in der Sache betraf, war die Wahrheit ganz und gar nicht auf seiner Seite.

Es dauerte eine Ewigkeit, bis Dr. Löffler sich wieder meldete.

»Sind Sie noch dran, Reichenbach?«

»Selbstverständlich, Herr Staatssekretär. Sie … Sie sprachen gerade von einem Problem. Darf ich fragen, ob es sich inzwischen geklärt hat?«

»Geklärt ja«, erwiderte Löffler. »Aber ich fürchte, nicht in unserem Sinn. Man hat mir soeben mitgeteilt, dass Finanzminister Wirth wohl auf Drängen seines Vorgängers Erzbergers vor dessen Abreise zur Kur den Scheck freigegeben hat, mit dem die Deutsche Bank die Ufa-Anteile meines Ministeriums übernimmt. Ich fürchte, damit erübrigt sich unsere Vereinbarung.«

51

Ein Polster im Rücken, die Untertasse in der einen, die Teetasse in der anderen Hand, ruhte Constanze mit übereinandergeschlagenen Unterschenkeln auf der Chaiselongue in ihrem Boudoir, und während ihr Blick sich ins Nirgendwo verlor, ließ sie die Gedanken schweifen. Ob Alexander wohl schon unterwegs war? Sie hatte ihm geraten, den Nachtzug zu nehmen, damit er sicher und erholt an sein Ziel gelangte, wo schließlich seine ganze Geistesgegenwart gefordert war.

Ja, sie fühlte sich ihm inzwischen so sehr verbunden, dass sie ihn im Geiste nur noch Alexander nannte. Bei der Erinnerung an ihre Begegnung im »Dresdner Hof« beschleunigte sich ihr Atem. Dieser Mann, der mit seinem blendenden Aussehen und seiner überragenden Art doch jede Frau der Welt haben konnte, hatte ihr den Hof gemacht. Doch es war nicht nur seine äußere Erscheinung und sein souveränes Auftreten gewesen, die sie faszinierten, noch mehr hatte seine innere Wesensart sie in den Bann geschlagen, seine natürliche Noblesse und Ritterlichkeit – ganz und gar das Gegenteil des Mannes, an den sie durch ihre Ehe gekettet war. Es war ihr unmöglich gewesen, sich seiner Wirkung zu entziehen, er hatte nicht mal um sie kämpfen müssen, allein durch seine Gegenwart hatte er sie erobert. Und jetzt, nach gerade zwei Begegnungen, wollte sie nichts anderes mehr sein als nur noch die Seine.

Dass sie das einmal erleben durfte …

Ihre Augen wanderten zu dem Fragonard an der Wand. Für einen Moment stellte sie sich vor, Alexander wäre der Galan, der dort im Gras lag, und sie die angebetete Schöne auf der Schaukel. Ob er sich wohl für sie duelliert hätte? Ach, ganz sicher hätte er das! Als sie die Augen schloss, sah sie ihn vor sich als jungen Offizier, am Spieltisch eines Casinos, wie er, die Uniformmütze verwegen in der Stirn, eine Zigarette im Mundwinkel, bei Siebzehnundvier sein Blatt ausreizte … Sie konnte es gar nicht erwarten, dass er nach vollbrachter Tat zu ihr zurückkehrte – sie hatte schon alles vorbereitet zu seinem Empfang. Nur zurückkehren musste er, heil und unversehrt, dafür betete sie zu Gott! Er hatte sie zwar nicht in Details eingeweiht, doch dass seine Mission gefährlich war, das wusste sie – lebensgefährlich sogar!

Ein markerschütterndes Jaulen riss sie aus ihren Gedanken.

Um Gottes willen – das war Gustavs Stimme! Eilig stellte sie Tasse und Untertasse ab und lief hinaus.

Kreidebleich im Gesicht stand ihr Mann am Telefon, den Hörer in der Hand.

»Grundgütiger – was ist in dich gefahren?«

Die Augen weit aufgerissen, starrte er sie an wie eine Erscheinung. »Tino war im Innenministerium … Hinter meinem Rücken … Um gegen mich zu intrigieren – gegen mich und die Bank …«

»Was redest du da? Ich verstehe kein einziges Wort!«

Als hätte er den Verstand verloren, blickte er durch sie hindurch und brabbelte weiter unverständliches Zeug.

»Das Geschäft mit Hugenberg ist geplatzt … Mein Gott, ich weiß gar nicht, wie ich dem Mann unter die Augen treten soll … Unser eigener Sohn …«

Constanze hatte genug! Sie nahm ihm den Hörer aus der Hand und hing ihn auf die Gabel.

»Jetzt reiß dich zusammen und erzähl, was passiert ist! Und zwar der Reihe nach! Welches Geschäft mit Hugenberg meinst du? Und warum war Tino im Ministerium?«

Endlich rastete Gustavs Blick wieder ein. »Verzeih, meine Liebe, du hast recht. Der Reihe nach. Ich … ich will es versuchen.«

Er schien wieder bei Sinnen, und nachdem er mehrmals durchgeatmet hatte, war er auch Gott sei Dank in der Lage, einigermaßen zusammenhängend zu berichten. Nach nur wenigen Worten begriff sie voller Entsetzen, was Tino getan hatte: Er hatte seinem Vater, seinen Eltern, der ganzen Familie ins Gesicht gespuckt! Damit hatte er das Band zwischen ihnen endgültig zerschnitten!

Als Gustav geendet hatte, stand Constanze wie versteinert da, und sie brauchte einen Moment, bis sie die Sprache wiederfand.

Dann sagte sie: »Es ist Zeit, dass wir zum Notar gehen.«

»Zum Notar?«, wiederholte Gustav. »Wozu?«

Fassungslos schüttelte sie den Kopf. »Bist du wirklich so dumm, Gustav Reichenbach, oder tust du nur so?«

52

Bad Griesbach war ein idyllischer Kurort im Badischen, auf etwa vierhundert Metern Höhe gelegen. Eingebettet in die tiefen Täler des Schwarzwalds, wurde die kleine, nur einige wenige hundert Einwohner beherbergende Ortschaft von der Wilden Rench durchzogen. Es gab zwei Kirchen und zwei Gasthöfe, dazu ein paar Privatpensionen sowie ein kleines Kurhaus, in dem das für seine heilenden Kräfte bekannte Wasser einer Mineralquelle sprudelte, dem Griesbach seinen bescheidenen Ruf als Badeort verdankte.

Hierher hatte sich Matthias Erzberger zurückgezogen, zusammen mit seiner Frau und seiner Tochter, um sich von dem Attentat zu erholen, das vor anderthalb Jahren auf ihn verübt worden war und unter dessen Folgen er immer noch litt. Vor allem, so hieß es, habe sein Gemüt durch den Anschlag Schaden genommen, es war von Schlafstörungen und nervösen Zuständen die Rede, die er mit Hilfe des hiesigen Heilwassers sowie ausgedehnter Wanderungen durch die umliegenden Wälder zu kurieren suche.

Unterkunft hatte er im Gasthof »Zum Lamm« genommen, dem ersten Haus am Platze, in unmittelbarer Nachbarschaft des Rathauses. Hier bezog auch Alexander Grau, der nur wenige Stunden nach Erzberger eingetroffen war, sein Zimmer. Während die von Ehrhardt zur Ausübung des Anschlags rekrutierten Marineoffiziere, Tillessen und Schulz mit Namen, sich in einer Privatpension bereithielten, war es seine Aufgabe, die Lage zu erkunden, um den strategisch idealen Ort und Zeitpunkt ihrer Mission zu bestimmen. Dabei wurde seine Geduld jedoch auf eine gehörige Probe gestellt, das Wetter stand ihren Plänen im Wege, ein nicht enden wollender Dauerregen ging auf das Renchtal nieder, bei dem kein Mensch das Haus verließ und der auch Erzberger in dem Gasthof gefangen hielt. Mit jedem Tag, der tatenlos verstrich, steigerte sich Graus Ungeduld, und bald waren seine Nerven so angespannt, dass er, wann immer er Erzbergers scheinheiliges Milchbubigesicht sah – beim Frühstück im Speisesaal, bei den Anwendungen im Kurhaus oder beim Abendschoppen in der Weinstube des Gasthofs –, an sich halten musste, um ihm nicht mit eigener Hand den Garaus zu machen. Matthias Erzberger war der Volksfeind Nummer eins im Reich, der Mann, der im November 1918 mit der Unterzeichnung des Waffenstillstandvertrags in einem Eisenbahnwaggon bei Compiègne Deutschland an seinen Erzfeind Frankreich ausgeliefert hatte. Einmal war er seiner Hinrichtung entkommen, jetzt aber würde ihn die gerechte Strafe für seinen Verrat ereilen – und wenn Grau bis zum St. Nimmerleinstag in dem verregneten Kaff ausharren musste.

Dann aber, fast eine Woche war vergangen, ließ der Regen nach und ging in ein dünnes Nieseln über, und als Grau am Morgen des 26. August das Bett verließ, schaute er in einen fast wolkenfreien Himmel. Eilig verrichtete er seine Toilette und zog sich an – Erzberger war Frühaufsteher, und es bestand durchaus Gefahr, dass er schon im Aufbruch begriffen war.

Zum Glück aber saß er noch mit Frau und Tochter beim Frühstück, als Grau in den Speisesaal kam. Ein Gast, der am Vorabend angekommen war, Carl Diez, Zentrumspolitiker wie Erzberger, trat gerade zu der Familie. Bewaffnet mit dem »Badischen Boten«, fasste Grau Posto an dem ihm zugewiesenen Tisch, auf dem sein Frühstück schon bereitstand. Verborgen hinter der Zeitung, hörte er, wie man sich für einen Ausflug verabredete, und er hatte noch nicht die zweite Tasse Kaffee getrunken, da wusste er ausreichend Bescheid.

Endlich – der Tag war gekommen!

Um keinen Verdacht zu erregen, faltete er in demonstrativer Ruhe die Zeitung zusammen, trank seinen Kaffee aus und verließ, die Nachbartische freundlich grüßend, den Raum.

Draußen empfing ihn heller Sonnenschein, nur am Ende des Tals hingen noch ein paar Regenwolken. Auf der Freitreppe blieb er stehen und wandte sich in die Richtung der Pension, in der Tillessen und Schulz untergebracht waren, um zweimal seinen Hut zu lüften – das verabredete Zeichen.

Eine Minute später kamen die Offiziere heraus ins Freie. Grau folgte ihnen hinter eine Hecke, von wo aus man die Straße einsehen konnte, man selbst jedoch vor fremden Blicken geschützt war.

»Haben Sie Ihre Waffen dabei?«

Tillessen nickte, und Schulz klopfte mit der Hand auf seine Jackentasche.

»Sehr gut. Erzberger will heute nach Kniebis wandern, das sind mehrere Kilometer immer nur durch einsame Wälder. Diez wird ihn begleiten.«

»Was ist mit der Frau und dem Mädchen?«

»Die bleiben hier. Die Tochter hat sich erkältet, und die Mutter will Post erledigen. – Aber aufgepasst, sie kommen!«

Ausgerüstet mit Rucksäcken und Regenschirmen verließen Erzberger und Diez den Gasthof. Vor dem holzverkleideten Haus drehten sie sich noch einmal um und winkten hinauf in den ersten Sock, wo die Mutter zusammen mit der Tochter am Fenster stand. Dann wandten sie sich nach links, und am Rathaus vorbei gingen sie die Dorfstraße entlang, von der aus der Wanderweg hinauf in den Wald führte.

Grau wartete, bis sie sich einen Steinwurf entfernt hatten. Dann schickte er Schulz und Tillessen los.

»Heil und Sieg!«, flüsterte er.

»Heil und Sieg!«

53

»Gut gemacht, Reichenbach«, sagte Stauß. »Einen veritablen Staatssekretär zur Vernunft zu bringen – tipptopp, um mich Ihres Lieblingsausdrucks zu bedienen!«

Grinsend strich Tino über die Nelke in seinem Knopfloch. »Kunststück!«

Stauß lachte. »Jetzt stellen Sie mal nicht Ihr Licht unter den Scheffel, das entspricht doch gar nicht Ihrer Art!« Dann wurde er wieder ernst. »Um ehrlich zu sein – ich war nicht wirklich sicher, ob die Sache gutgehen würde, als ich Sie ins Feuer warf. Aber da mir nichts anderes übrigblieb, habe ich es riskiert, und ich kann sagen, Sie haben Ihre Feuertaufe bravourös bestanden. Jetzt muss nur noch der Scheck eingelöst werden, und wir haben gewonnen.«

Die Worte waren Musik in Tinos Ohren, er gehörte zu den glücklichen Menschen, die Komplimente bestens vertrugen. Trotzdem hoffte er, dass Stauß allmählich zum Ende kam. Sein restliches Tagesprogramm war noch schöner, als sich die Komplimente seines Chefs anzuhören.

Obwohl er sich vorgenommen hatte, es nicht zu tun, schaute er auf die Uhr.

Stauß runzelte die Stirn. »Haben Sie einen Termin?«

»Einen sehr dringenden sogar.«

»Nun, dann will ich Sie nicht länger aufhalten. Aber vergessen Sie nicht, mit Julius Grünbaum zu sprechen. Er hat sich immer noch nicht geäußert, ob er seine Anteile an der Decla-Bioskop stehen lassen will oder eine Auszahlung bevorzugt.«

»Wird erledigt!«

»Dann wünsche ich noch einen schönen Tag.«

»Ich bin sicher, den werde ich haben! Ihnen auch, Herr von Stauß…«

Tino hatte noch nicht ausgesprochen, da war er schon zur Tür hinaus. Im Laufschritt eilte er die Treppe hinunter.

Vor dem Piccadilly-Haus parkte sein Cabriolet im Sonnenschein. Rahel saß bereits am Steuer und begrüßte ihn mit einem Lächeln. »Na endlich!« Ihr dicker, runder Bauch passte kaum noch hinter das Lenkrad.

»Bin schon da!« Ohne den Wagenschlag zu öffnen, flankte er auf den Beifahrersitz und gab ihr einen Kuss. »Na los, worauf warten Sie? Um halb sieben macht das Wertheim zu!!«

54

Als sie das Kaufhaus erreichten, staute sich der Verkehr auf dem Leipziger Platz in alle vier Richtungen. Trotzdem entdeckte Rahel zwischen einem Lieferwagen und einer Horch-Limousine noch einen freien Parkplatz, sogar direkt vor dem Haupteingang.

»Da haben Sie ja Glück gehabt!«, sagte sie.

»Warum ich?«, fragte Tino.

»Weil Sie dann nicht so weit tragen müssen.«

Voller Freude über sein dummes Gesicht setzte sie den Winker und fuhr mit Schwung in die Lücke. Als sie auf die Bremse trat, verspürte sie plötzlich einen scharfen, ziehenden Schmerz im Unterleib. Waren das etwa schon die Wehen? Laut Dr. Gepperts Berechnung war sie nächste Woche fällig. Noch einmal zogen sich ihre Gedärme zusammen, aber als sie den Motor abstellte, hörten die Schmerzen schon wieder auf.

Tino eilte um den Wagen herum, um ihr beim Aussteigen zu helfen. Als sie vor ihm stand, schaute er sie plötzlich an, als würde er sie zum allerersten Mal anschauen.

»Wissen Sie eigentlich, dass ich noch nie so glücklich in meinem Leben gewesen bin wie jetzt?«, fragte er.

Rahel spürte eine warme Woge, die von ihrer Brust aus ihren ganzen Körper durchströmte. Sie nahm sein Gesicht zwischen die Hände und gab ihm einen ganz zärtlichen, ganz innigen Kuss, den er genauso zärtlich und innig erwiderte.

»Sie sind wirklich ein hoffnungsloser Romantiker«, flüsterte sie. »Hätte ich das nur vorher gewusst.«

»Soll das heißen, dass Sie irgendwas bereuen?«

»Kommt darauf an, wie viel Bargeld Sie dabeihaben.«

»Mein Gott, was sind Sie nur für ein kaltschnäuziges, berechnendes Biest!« In gespielter Empörung ließ er sie los und machte einen Schritt zurück. Dann klopfte er auf seine Brusttasche. »Glauben Sie, dass tausend Mark reichen?«

Rahel schüttelte den Kopf. »Offenbar sind Sie nicht nur ein Romantiker, sondern auch noch ein Geizhals. Aber gut, wenn wir genügend Sonderangebote finden, kommen wir vielleicht damit hin.«

Eine Rolltreppe brachte sie in den ersten Stock, wo sich die Kinderabteilung befand. Rahel gingen die Augen über. So hatte sie sich, als sie klein war, die Himmelswerkstatt vorgestellt, wo das Christkind die Weihnachtsgeschenke abholt.

Tino schien von dem Angebot ähnlich überwältigt zu sein wie sie. »Ich schlage Arbeitsteilung vor. Sie rechts, ich links. Einverstanden?«

Während er nach links in Richtung Spielsachen marschierte, wandte Rahel sich nach rechts, wo sich die Babywäsche in den Regalen stapelte. Wie viele Größen gab es überhaupt? Wenn so ein Winzling wie der in ihrem Bauch erst mal auf der Welt war, wuchs er ja angeblich jeden Tag mehrere Zentimeter und brauchte alle naslang was Neues … Zum Glück sah eine Verkäuferin ihre Not, und geduldig erklärte sie ihr, welche Sachen direkt nach der Geburt, welche nach einem Monat, welche nach einem halben Jahr nötig waren. Rahel versuchte, sich alles zu merken, doch wurde sie immer wieder von Tino abgelenkt. Während die Verkäuferin Leibchen und Hemdchen und Strampelhosen vor ihr ausbreitete, kam er alle zwei Minuten angerannt, um ihr mit kindlicher Freude irgendwelche Spieluhren und Räppelchen und Mobiles vorzuführen.

Nach einer Stunde hatten sie zusammen schon so viel eingekauft, dass er ein Dutzend Tüten und Kartons zu schleppen hatte.

»Ob das wohl alles in mein armes, kleines Auto passt?«

»Dann soll sich Ihr armes, kleines Auto mal ein bisschen anstrengen und wachsen. – Aber jetzt zu den Möbeln, wir haben nicht ewig Zeit.«

Beladen wie ein Packesel, stolperte Tino voran. Obwohl die Auswahl in der Möbelabteilung etwas übersichtlicher war, brauchten sie zwei Stunden, bis sie alles beisammenhatten, von der Wiege über den Wickeltisch bis zu dem Himmelbettchen, das nach der Wiege kam – nicht zu vergessen Schrank und Stühle und Kommoden und Regale. Und weil die Lieferung im Preis inbegriffen war und Tino die Möbel nicht tragen musste, schlug er vor, auch gleich noch einen Schreibtisch zu bestellen – schließlich gab es ja auch noch die Schule, und sechs Jahre waren bekanntlich im Nu herum. Rahel erklärte ihn für verrückt, doch als er ihr ein winzig kleines Exemplar von Schreibtisch mit einem winzig kleinen Drehstuhl zeigte, an dem Schneewittchens sieben Zwerge ihre helle Freude gehabt hätten, konnte auch sie nicht wiederstehen.

»Jetzt fehlen nur noch die Lampen«, sagte der Verkäufer. »In welcher Farbe wünschen Sie die Schirme? In rosa oder hellblau?«

Rahel musste grinsen. »Verstehe. Je nachdem, welche Farbe man wählt, wird es dann ein Junge oder Mädchen, stimmt's?«

»Ein großartiger Service!«, sagte Tino, bevor der Verkäufer antworten konnte. »Davon sollten wir unbedingt Gebrauch machen!«

»Ach ja?« Spöttisch schaute sie ihn an. »Was darf es denn sein, der Herr? Lieber ein Junge oder doch ein Mädchen? Wir empfehlen unseren Kunden in der Regel …«

»Ach, Rahel, das ist mir doch vollkommen egal.« Plötzlich so ernst, dass sie schlucken musste, erwiderte er ihren Blick. »Und wenn es ein Zwitter wird – Hauptsache, es ist unser Kindchen!«

55

Dr. Eberhard Brettschneider hieß der Notar, den Constanze mit ihrem Mann aufsuchen wollte. Wohl wissend, dass Gustav aufgrund seines Phlegmas jeder Veränderung grundsätzlich abhold war, hatte sie sich darauf gefasst gemacht, einen langen Kampf führen zu müssen, damit er die nötigen Maßnahmen traf. Doch zu ihrer Überraschung hatte er sich noch am selben Abend, da Tinos Verrat an der Familie offenbar geworden war, bereit erklärt, ihrem Drängen zu folgen. Diesmal hatte ihr Ältester es zu weit getrieben! Es waren deshalb keine zwei Wochen vergangen, bis Dr. Brettschneider alles vorbereitet hatte und sie sich in der Brühlschen Gasse einfanden, wo der Notar unweit des Pulverturms seine mit viel Mahagoni und noch mehr Kübelpflanzen eingerichtete Kanzlei unterhielt, um das Testament zu unterschreiben, das Gustav in Auftrag gegeben hatte.

Kaum hatte man einander begrüßt und Platz genommen, begann Dr. Brettschneider, ein energischer Mann von vierzig Jahren mit feuerrotem Bürstenhaar, das von ihm aufgesetzte Schriftstück zur Prüfung zu verlesen. Da das Testament nicht nur Gustavs private Hinterlassenschaften betraf, die es für die Zeit nach seinem Ableben zu regeln galt, sondern auch seine Teilhaberschaft an der Reichenbach Bank, der er als geschäftsführender Gesellschafter vorstand, sowie aller damit verknüpften Geschäfte, dauerte der Vortrag eine gehörige Weile, so dass Constanze sich einige Male dabei ertappte, dass, während ihr Blick durchs Fenster zur nahe gelegenen Frauenkirche wanderte, ihre Gedanken trotz der Ernsthaftigkeit der verhandelten Sache bei einem ganz anderen Mann verweilten als dem, der an ihrer Seite saß.

Endlich kam Dr. Brettscheider zum Schluss.

… Damit widerrufe ich ausdrücklich alle in früheren Testamenten verfügten Anordnungen, insbesondere diejenigen, die meinen erstgeborenen Sohn Konstantin Reichenbach betreffen, und setze hiermit meine treue und mich liebende Ehefrau Constanze Leonore Charlotte Reichenbach, geborene Löwenthal, als alleinige und ausschließliche

Universalerbin sowohl meines privaten wie auch meines geschäftlichen Vermögens ein.

Der Notar reichte Gustav das Testament und zeigte auf die Stelle, wo die Unterschrift zu leisten war. Während Constanze aufmerksam verfolgte, wie ihr Mann seinen letzten Willen in dreifacher Ausfertigung beglaubigte, kam ein Kanzleigehilfe herein und flüsterte Dr. Brettschneider etwas ins Ohr.

»Ist etwas passiert?«, fragte Constanze, als sie die plötzlich veränderte Miene des Notars sah.

»Allerdings, durchaus«, erwiderte Dr. Brettschneider, sichtlich erregt. »Ein höchst tragisches Ereignis, mit vielleicht unabsehbaren politischen Folgen …«

Constanze spürte, wie ihr Herz zu rasen anfing. »Wenn Sie sich vielleicht ein klein wenig deutlicher ausdrücken könnten?«

56

Wie von Stauß aufgetragen, hatte Tino mit Julius Grünbaum gesprochen, um dessen Abfindungswünsche in den Übernahmevertrag einzuarbeiten. Stauß hatte gehofft, dass Grünbaum sich seine Anteile an der Decla-Bioskop auszahlen lassen würde, das hätte die Position der Deutschen Bank als Mehrheitsaktionär an dem neu entstehenden Filmkonzern weiter gestärkt, doch Grünbaum hatte sich entschieden, seine Anteile stehen zu lassen. Er betrachtete seine frühere, jahrzehntelange Produzententätigkeit, mit der er die Bioskop aus dem Nichts heraus geschaffen und zu nationaler Bedeutung geführt hatte, als eine Art Saat, die nun in der Universum Film AG aufgehen würde, und wenn Erich Pommer künftig mit der ganzen Kraft der drei fusionierten deutschen Filmfabriken auf den internationalen Markt vordringen würde, um Hollywood anzugreifen, wollte er zumindest als stiller Teilhaber dabei sein, wenn sein Lebenswerk sich vollendete.

Als Tino mit seinem Entwurf in Stauß' Büro erschien, legte der gerade den Telefonhörer auf.

»Erzberger ist tot«, sagte er mit tonloser Stimme. »Ein Attentat.«

»Was sagen Sie da? Wann … wann ist das passiert?«

»Gestern, während eines Kuraufenthalts im Schwarzwald. Auf der Wanderung mit einem Parteifreund, irgendwo in einem abgelegenen Waldstück. Sechs Schüsse wurden auf ihn abgefeuert. Dann stürzte er eine Böschung hinunter, wo ihn noch zwei weitere Schüsse in den Kopf trafen.«

Tino ballte die Faust. »Hat man die Täter gefasst?«

»Nein«, erwiderte Stauß. »Laut Aussage seines Parteifreunds haben zwei Männer den Anschlag ausgeführt. Aber bei einer solchen Tat ist davon auszugehen, dass es Hinterleute gibt – die Staatsanwaltschaft vermutet, dass die Organisation Consul dahintersteckt. Erzbergers Begleiter hat wohl noch versucht, die Schüsse mit einem Regenschirm abzuwehren. Vergeblich.« Stauß stieß einen Seufzer aus, und die Ellbogen auf dem Schreibtisch aufgestützt, rieb er sich die Schläfen. »Was für eine Katastrophe.«

»Ja«, sagte Tino. »Erzberger war ein Mann des Ausgleichs, sein Tod kann für unser Land zur Zerreißprobe werden …«

Stauß hob den Kopf und blickte ihn an. »Nicht nur für unser Land«, sagte er unheilvoll.

Tino brauchte eine Weile, um zu begreifen. Dann wurde ihm gleichzeitig heiß und kalt. »Um Gottes willen! Der Scheck!«

57

Als der Zug im Dresdner Hauptbahnhof einlief, warf Alexander Grau einen prüfenden Blick auf seine Taschenuhr, dann nickte er zufrieden und klappte den Deckel zu. Zwölf Uhr siebenundvierzig – auf die Deutsche Reichsbahn war Verlass, egal, welche Idioten in Berlin regierten! Nur zweimal hatte er umsteigen müssen, um von Bad Griesbach in die sächsische Hauptstadt zu gelangen, und da er im Nachtzug von Offenburg nach Fulda ein Schlafwagen-Coupé reserviert hatte, fühlte er sich frisch und munter wie ein junger Fähnrich, als er den Zug verließ.

Auf dem Bahnhofsplatz stieg er in ein Taxi. Von Offenburg aus hatte er zwei Telefonate geführt. In dem ersten hatte er seiner Frau gesagt, dass sich seine Geschäftsreise um einen Tag verlängern würde; in dem zweiten hatte er Constanze um ein Rendezvous gebeten, um ihr Bericht zu erstatten. Sie hatte den »Dresdner Hof« vorgeschlagen. Eine perfekte Wahl! Ihre Begegnung dort war ihm in lebhafter, überaus beglückender Erinnerung geblieben. Wie großzügig sie sich gezeigt hatte … Er hatte sie zur Unterstützung seiner Mission lediglich um tausend Mark gebeten, doch sie hatte schlankerhand einen Scheck über den dreifachen Betrag ausgestellt. Tatsächlich hatte er, alles in allem und die Auslagen von Schulz und Tillessen eingerechnet, nur vierhundertachtundvierzig Mark und zweiundfünfzig Pfennige an Spesen verbraucht. Blieb also ein Rest von zweitausendfünfhunderteinundfünfzig Mark und achtundvierzig Pfennig.

Sollte er ihr den Betrag zurückerstatten? Nach kurzer, aber reiflicher Überlegung entschied er sich dagegen. Nein, damit würde er sie beleidigen! Außerdem kehrte er nicht mit leeren Händen zurück. Er hatte den Novemberverbrecher Erzberger, den Volksfeind Nummer eins, seiner gerechten Strafe zugeführt. Dafür würde man ihm eines Tages Ehrensäulen errichten!

In froher Erwartung, ihr von der erfolgreichen Exekution zu rapportieren, verließ er das Taxi. Doch als er das Foyer des Grand Hotels betrat, konnte er Constanze Reichenbach nirgendwo entdecken. Eine Sekunde war er verwirrt, dann fiel ihm des Rätsels Lösung ein. Natürlich, Mittagszeit – sie wartete im Restaurant auf ihn.

»Major Grau?«

Als er sich umdrehte, stand ein Ober vor ihm – derselbe, der ihn schon einmal zu ihr geführt hatte.

»Warum fragen Sie? Sie kennen mich doch!«, erwiderte er schroffer, als es seine Absicht war. »Haben Sie eine Nachricht für mich?«

»Sehr wohl. Herr Major werden in der Fürstensuite erwartet.«

»Fürstensuite?«, wiederholte er. Er war so überrascht, dass er glaubte, nicht richtig gehört zu haben.

Der Ober zeigte mit seiner weiß behandschuhten Rechten in Richtung Rezeption. »Die Suite befindet sich in der ersten Etage. Wenn

Sie den Aufzug nehmen, wenden Sie sich bitte gleich nach rechts. Sie gehen dann direkt darauf zu.«

»Natürlich, verstehe.«

Grau ließ den Ober stehen. Sein Puls raste wie vor einer Schlacht. Was hatte das zu bedeuten? Unter Aufbietung seiner im Frontdienst erworbenen Disziplin befahl er sich Ruhe – wenn es in die Schlacht ging, war Ruhe die erste Pflicht eines Offiziers … Um Zeit zu gewinnen, beschloss er, statt des Aufzugs die Treppe zu nehmen. Während er die Stufen hinaufging, überschlugen sich seine Gedanken. Sollte es tatsächlich möglich sein, dass Constanze Reichenbach …? Hier und heute …? Nein, unmöglich! … Aber warum empfing sie ihn dann in einer Suite?

In der ersten Etage angekommen, wäre er fast in die falsche Richtung gelaufen. Doch zum Glück wies ein Messingschild ihm den Weg. Nach rechts, hatte der Ober gesagt.

Vor der Suite angekommen, hielt er kurz inne. Nach Auslösung des Zünders, so hatte er in seiner Grundausbildung als Soldat gelernt, hatte man bis zum Abwurf der Granate genau zehn Sekunden Zeit, die man durch inneres Abzählen bestimmte.

Eins … zwei … drei …

Als er bei zehn angelangt war, nahm er Haltung an und klopfte an die Tür.

58

Tino knurrte der Magen. Statt zu Mittag zu essen, wie es sich für diese Zeit gehörte, saß er nun schon über eine Stunde im Büro seines Chefs und starrte zusammen mit diesem auf das Telefon, in der Hoffnung, dass es endlich klingelte. Nach der Meldung von dem Attentat hatte Stauß die Scheckabteilung der Deutschen Bank angerufen, mit der Bitte um sofortige Klärung. Alles kam jetzt darauf an, ob der Scheck, den Wirth angeblich auf Erzbergers Drängen freigegeben hatte, vom Innenministerium inzwischen belastet worden war. Wenn nicht, konnte Wirth nach dem Tod seines Vorgängers die Vereinbarung noch in letzter Sekunde platzen lassen.

»Diese elenden Verbrecher«, murmelte Stauß.

Tino nickte. »Wir waren so kurz vor dem Ziel.«

»Man kann nur hoffen, dass sie möglichst bald gefasst werden. Der Staat darf nicht zulassen, dass Terroristen unser Handeln bestimmen. Das würde das ganze System in Frage stellen.«

Tino war nicht sicher, welches System Stauß meinte, als das Telefon plötzlich schrillte. Obwohl sie die ganze Zeit auf nichts anderes gewartet hatten, zuckten sie zusammen. Stauß griff nach dem Hörer, doch statt abzuheben, hielt er mit bleichem Gesicht die Hand unentschlossen über dem Apparat in der Schwebe – fast sah es aus, als wolle er ihn segnen.

Hatte er genauso viel Angst vor der Antwort wie Tino?

Er hatte es ein halbes Dutzend Mal läuten lassen, da fasste er sich endlich ein Herz. »Hier Stauß!«, meldete er sich.

Tino blickte ihn fragend an. »Die Scheckabteilung?«, flüsterte er.

Stauß nickte. Dann war eine Weile nur die quäkende Stimme zu hören, die aus dem Telefonhörer drang. Tino bekam feuchte Hände, und während Stauß mit regloser Miene lauschte, spannte er alle Sinne an, um etwas von dem zu erhaschen, was am anderen Ende der Leitung gesagt wurde. Aber er verstand kein einziges Wort.

Es dauerte eine Ewigkeit, bis Stauß auflegte.

»Und«, fragte Tino, der es vor Anspannung kaum noch aushielt.

»Der Scheck wurde belastet«, erklärte Stauß, immer noch blass. »Die Summe befindet sich bereits auf dem Konto des Innenministeriums.«

Tino war so erleichtert, dass er ein Kreuzzeichen schlug.

Auch Stauß atmete auf, und in sein bleiches Gesicht kam wieder Farbe. »Machen Sie einen Termin mit Pommer, Reichenbach, am besten noch heute. Damit wir so schnell wie möglich alles unter Dach und Fach bringen, bevor noch irgendeine Katastrophe passiert.«

59

Um nicht immer wieder auf die Uhr schauen zu müssen, richtete Constanze die schweren, goldenen Atlasstores vor den Fenstern der Fürstensuite, rückte die Bilder an den Wänden gerade und ordnete zum hundertsten Mal den Strauß Rosen, der in einer Meißner Vase auf dem Beistelltisch stand – eine Aufmerksamkeit der Hoteldirektion, die der Page zusammen mit dem Imbiss gebracht hatte.

Da klopfte es an der Tür.

Wie elektrisiert fuhr sie herum. Sie atmete einmal tief durch, dann straffte sie mit beiden Händen ihr Dekolleté und hob das Kinn.

»Herein!«

Mit wogendem Busen wartete sie, dass die Tür aufging.

»Ist es gestattet?«

Der Mann, den sie so sehnsüchtig erwartete, stand vor ihr – Alexander. Obwohl er Zivil trug, war jeder Zoll an ihm ein Soldat: die stolze Haltung, der beidseitig hochgezwirbelte Kaiser-Wilhelm-Bart, der unwiderstehliche Fritzenblick … Kaum war sie imstande zu sprechen.

»Aber … natürlich, bitte, treten Sie ein!«

»Verbindlichsten Dank.« Er verbeugte sich und schloss die Tür. »Da bin ich – gekommen, Ihnen Bericht zu erstatten.«

»Ich kann es kaum erwarten. Waren … waren Sie mit Ihrer Mission erfolgreich?«

Mit ernster Miene nickte er. »Der Verräter wurde liquidiert.«

Vier Worte, die alles enthielten. Fasziniert von seiner soldatischen Knappheit, empfand Constanze diese zugleich als beängstigend, jedoch in einer Weise, die ihr Herz nur umso höher schlagen ließ.

»Ich muss unbedingt mehr erfahren«, sagte sie. »Wollen wir uns nicht setzen? Ich habe eine Kleinigkeit vorbereiten lassen.«

Die Augen unverwandt auf sie gerichtet, schüttelte er den Kopf.

»Dann vielleicht zuerst ein Glas Champagner?«

Sie griff schon zu der Flasche, die in einem Eiskübel auf der Anrichte stand, doch sein Blick hielt sie fest.

»Was … was wünschen Sie dann?«

Statt zu antworten, hob er nur eine Augenbraue, dann wandte er den Blick von ihr ab und schaute sich um. Sie hatte Austern zum Champagner bestellt, danach würde es glacierten Rehrücken mit Preiselbeeren geben und zum Abschluss Birne Helene, die Platten und Schüsseln standen schon bereit. Doch teilnahmslos glitt sein Blick über die Köstlichkeiten hinweg zu der geöffneten Flügeltür, die den Salon mit dem angrenzenden Schlafzimmer verband.

Mein Gott, wie hatte sie nur vergessen können, die Tür zu schließen?

Mit strenger Miene kehrte sein Blick zu ihr zurück. Und die eine Braue noch immer erhoben, wanderten seine Augen an ihr herab, bis zu ihrem Dekolleté, um ganz unverwandt darauf zu verweilen.

In diesem Moment wusste sie, dass es kein Zurück mehr gab.

»Alexander …«

»Constanze …«

Wortlos legte er Hut und Stock auf einen Stuhl, und ehe sie sich's versah, fasste er sie unter und hob sie in die Höhe, um sie ins Schlafzimmer zu tragen.

»Erbarmen«, flüsterte sie, als sie mit ihm aufs Bett sank.

»Schweig still!«, herrschte er sie an, und während er seine Lippen auf ihren Mund presste, knöpfte er sich die Hose auf.

Den Duft von Moschus atmend, schloss sie die Augen.

Endlich ein Mann – ein richtiger Mann!

60

Hugenberg stand mit dem Rücken zur Tür und schaute zum Fenster hinaus, als Ludwig Klitzsch das Direktionsbüro betrat.

»Welche Optionen stehen uns zur Verfügung, um in Sachen Ufa noch zu intervenieren?«, fragte er, den Blick auf die Lindenbäume draußen gerichtet.

Klitzsch wiegte den Kopf. »Was die Privatisierung angeht, sehe ich schwarz. Die Verträge sind unterschrieben, das Ministerium hat den vereinbarten Betrag kassiert. Damit ist das Geschäft abgeschlossen.«

»Und was ist mit der Übernahme der Decla-Bioskop?«

»Ich fürchte, auch da stehen unsere Chancen schlecht. Pommer kann gar nicht schnell genug unter das Dach der Ufa kommen, er scharrt schon mit den Füßen, um endlich die Filme zu drehen, die er sich selbst nie leisten könnte. Julius Grünbaum wäre der Einzige, der die Sache noch aufhalten könnte. Aber er ist ein alter Mann, und nach allem, was man in der Branche hört, steht er wohl auf der Abschussliste und will nur noch seine Ruhe.«

»Das heißt, wir sollten die Segel streichen?«

Klitzsch zögerte. Es gab ein Dutzend Eigenschaften, die er an Hugenberg bewunderte. Dazu gehörte nicht zuletzt seine nüchterne Art, den Realitäten ins Auge zu blicken, wie er gerade einmal mehr bewies. Doch wenn er nur eine einzige Eigenschaft hätte nennen müssen, die seiner Meinung mehr als alle anderen Hugenbergs Besonderheit ausmachte, dann war es seine Fähigkeit, bei allen Veränderungen des Lebens, gleichgültig, ob äußere Umstände ihm diese aufzwängten oder ob er sie umgekehrt selbst in die Wege leitete, stets ein und derselbe zu bleiben – ob als Kohle- und Stahlbaron oder als Pressezar oder als Filmmogul. Alfred Hugenberg war eine Katze, die viele Leben besaß, wenn er in der einen Existenzform verging, gebar er sich in einer anderen wieder, und mit jeder Metamorphose wuchsen sein Reichtum und seine Macht – die einzigen Dinge, nach denen er strebte, sein wirklicher und wahrer Lebenszweck, zu dem alle seine Tätigkeiten nur Mittel waren.

»Eine Möglichkeit gibt es vielleicht doch noch, um die Ufa in Schach zu halten«, sagte Klitzsch.

Hugenberg drehte sich um. »Welche?«

»Wir könnten uns an der Börse engagieren, verdeckt natürlich, mit Hilfe der Reichenbach Bank, um nach und nach Anteile an der Universum Film AG zu erwerben und diese zu akkumulieren, bis …«

»… bis wir genug Aktien haben, um zuzuschlagen?« Hugenberg dachte einen Moment nach, dann nickte er. »Ausgezeichneter Vorschlag, Klitsch. Von mir aus können Sie jetzt Feierabend machen. Sie haben sich für heute Ihr Gehalt bereits verdient.«

Klitzsch spürte, wie er vor Stolz rot anlief. »Ich meine, der Kampf um die Vorherrschaft auf dem Filmmarkt ist ein Krieg, der einen langen Atem erfordert. Und keiner hat einen längeren Atem als Sie.«

Hugenberg tat, was er nur sehr selten tat: Er lächelte. »Manchmal habe ich das Gefühl, Sie kennen mich besser als meine Frau.« In seinen sonst so kalt blickenden Augen schien fast so etwas wie Wärme auf.

Aber die Gefühlsregung dauerte nur eine Sekunde, dann war er wieder der Alte. »Also dann, Klitzsch, nehmen Sie die Sache in Angriff, doch in aller Ruhe. Lassen wir Stauß einfach ein paar Jahre gewähren, und wenn er glaubt, er hat es geschafft, werden wir aktiv und verleiben uns die Ufa ein.«

61

Schampus und ein nacktes Weib – Herz, was willst du mehr?

Noch verschwitzt von dem Kraftakt, den er soeben mit Bravour gemeistert hatte, strich Grau sich über die Enden seines Bartes und prostete Constanze zu, die, kaum bedeckt von einem Laken, ihm auf der Matratze mit einem Glas Champagner in der Hand gegenübersaß. Während sie trank, ließ sie ihn keine Sekunde aus den Augen, und als sie ihr Glas absetzte, fuhr sie sich mit der Zunge über die Lippen. Donnerwetter – hatte sie immer noch nicht genug? Obwohl bereits der erste Schuss gesessen hatte, hatte er noch zweimal nachgefeuert, und beide Male war es zur vorschriftsmäßigen Detonation gekommen, mit solchem Getöse, dass die Mauern von Jericho davon eingefallen wären.

Da half wohl nur noch ein geordneter Rückzug.

»Jetzt eine Zigarre …«

Sorgsam darauf achtend, sich im Zustand zwischenzeitlicher Erschöpfung keine Blöße zu geben, hangelte er nach dem Etui, das er vorsorglich auf dem Nachtkasten abgelegt hatte, zusammen mit den Zündhölzern.

»Darf ich?«, fragte sie.

Ohne seine Antwort abzuwarten, nahm sie ihm die Zigarre ab. Den Blick auf ihn gerichtet, leckte sie das Mundstück an, ein lüsternes Blinzeln in den Augen. Was für ein Weib – unnahbare Dame und verkommenes Luder zugleich, mit einem Temperament, das man in keine Stute reinzüchten kann, das konnte nur die Natur. »Du gehst ja ran wie Blücher«, hatte sie gesagt, als er an ihre Pforte geklopft hatte, um sich ihm dann voller Leidenschaft hinzugeben. »Dein will ich sein, ganz und gar …«

Sie nahm ein Streichholz und entzündete die Havanna. Nachdem sie ein paar Züge gepafft hatte, reichte sie ihm die brennende Zigarre.

»Das machst du ja ganz fabelhaft«, sagte er. »Danke.« Genüsslich sog er den Rauch ein und blies ein paar Ringe. »Aber sag mal, hast du eigentlich keine Angst vor Entdeckung? Man kennt dich doch in ganz Dresden.«

»Keine Sorge«, erwiderte sie. »Das Hotel hat so hohe Schulden bei unserer Bank, dass der Direktor es niemals wagen würde, den Mund aufzumachen. Mein Mann würde ihm ohnehin kein Wort glauben und auf der Stelle den Kredit kündigen. Und das Personal habe ich mit den nötigen Trinkgeldern versehen.«

Bei der Antwort verspürte Grau einen feinen, aber heftigen Stich. Wenn eine Frau so strategisch denkend das Terrain absicherte – war es dann vielleicht gar nicht das erste Mal, dass sie aus dem Kerker ihrer Ehe ausbrach? Doch das Lächeln, das sie ihm schenkte, machte den kurz aufblitzenden Zweifel sofort wieder zunichte. Nein, er hatte sie erobert, sie hatte widerstandslos kapituliert. Und während zu seiner eigenen Verblüffung schon wieder die Kampfeslust in ihm erwachte, betrachtete er die ganze Herrlichkeit, die er erbeutet hatte: dieses edle, elfenbeinerne Gesicht, das so wunderbar lüstern und versaut blicken konnte, diese schwellenden, üppigen Formen, Brüste wie zwei pralle, überreife Melonen und dazu ein Prachtarsch, vor dem eine ganze Kompanie Dragoner strammstehen würde – das alles war ihm untertan!

In einer Aufwallung warf er die Zigarre in den Ascher und packte sie an beiden Schultern, um sie ein weiteres Mal zu unterwerfen.

»Ja, mein sollst du sein … Ganz und gar mein …«

62

Rahel streifte sich den alten Arbeitskittel ihres Vaters über und setzte sich die Mütze auf den Kopf, die sie aus Zeitungspapier gefaltet hatte, um ihr Haar gegen die Farbspritzer zu schützen. Bis Tino kam, wollte sie das Kinderzimmer zu Ende streichen, und sie hatte noch die ganze Decke vor sich.

Sie nahm Pinsel und Farbe, doch als sie sich damit zur Trittleiter umdrehte, wäre sie fast über den Notkoffer gestolpert, der dort im Weg stand. Das hätte ihr mit ihrem dicken Bauch gerade noch gefehlt! Mit dem Fuß schob sie den Koffer beiseite. Was hatte das blöde Ding überhaupt hier zu suchen? Tino hatte in einer Illustrierten den Rat eines Frauenarztes gelesen, der werdenden Müttern empfahl, einen solchen Koffer stets parat zu halten, mit allem darin, was eine Gebärende im Krankenhaus brauchte, und obwohl sie gar nicht im Krankenhaus entbinden wollte, sondern zu Hause und mit einer Hebamme auch schon alles besprochen hatte, hatte er sie gedrängt, für den Fall der Fälle einen Notkoffer zu packen.

Typisch Tino. Besser hätte er ihr gesagt, in welcher Farbe sie das Kinderzimmer streichen sollte. Rosa oder hellblau? Als sie ihn am Morgen nach seiner Meinung gefragt hatte, hatte er sich aus dem Staub gemacht und ihr die Entscheidung überlassen. Da sie genauso unentschlossen gewesen war wie er, hatte sie eine Münze geworfen. Einmal war Kopf dabei herausgekommen, einmal Zahl. Also hatte sie zwei Wände rosa, zwei Wände hellblau gestrichen. Jetzt freute sie sich auf sein dummes Gesicht.

Doch was war mit der Decke? Gestreift oder kariert? Oder vielleicht violett? Schließlich hatte er gesagt, ihm sei auch ein Zwitter willkommen.

Sie war noch zu keinem Entschluss gelangt, da klingelte es an der Wohnungstür. Sie legte Pinsel und Farbe beiseite und eilte hinaus. Im Flur spürte sie plötzlich wieder dieses Ziehen im Unterleib. Doch darauf fiel sie nicht mehr rein. Sie hatte inzwischen ständig solche Scheinwehen, und als sie die Hebamme gefragt hatte, wie sie diese von echten Wehen unterscheiden könne, hatte die Hebamme gesagt, dass sie das schon von ganz allein merken würde, wenn es wirklich so weit sei.

Sie wischte sich die Hand an ihrem Kittel ab und öffnete die Tür. Auf dem Treppenabsatz stand ein Postbote und händigte ihr ein Einschreiben aus.

»Bitte hier einmal unterschreiben!«

Sie nahm einen Stift und kam der Aufforderung nach. Der Postbote tippte sich an die Mütze und verschwand. Mit dem Umschlag in der Hand machte sie die Tür hinter ihm zu und kehrte in die Wohnung zurück.

Ein Einschreiben an Tinos Privatadresse? Seltsam. Neugierig drehte sie den Umschlag um, um nach dem Absender zu schauen.

Dr. Eberhard Brettschneider, Dresden. Rechtsanwalt und Notar.

Mit einem Schulterzucken legte sie den Umschlag auf den Schuhschrank, damit Tino das Schreiben gleich sah, wenn er nach Hause kam.

Jetzt aber zurück an die Arbeit!

63

Tino konnte sein Glück kaum fassen. Endlich war er da, der große Augenblick, auf den er und Pommer und Stauß das ganze Jahr hingearbeitet hatten. Zu dritt hatten sie sich im Konferenzraum des Piccadilly-Hauses eingefunden, um das fast hundert Seiten umfassende Vertragswerk zu unterschreiben. Damit war die Übernahme der Decla-Bioskop durch die Universum Film AG perfekt.

Tino zwinkerte Pommer verschwörerisch zu, als er ihm den Füllfederhalter reichte. Ergänzend zum Hauptvertrag hatte er noch ein Addendum hinzugefügt, in dem Pommer zum allein verantwortlichen Produktionsdirektor des neugeschaffenen Konzerns erklärt wurde, mit uneingeschränkter Budgethoheit bei allen Filmen, die die neugeschaffene Filmfabrik von nun an produzieren würde.

»Auf die Zukunft«, sagte Tino, während Pommer unterschrieb.

Dessen Zigarettenspitze zeigte senkrecht in die Höhe. »Ich kann gar nicht sagen, wie sehr ich mich auf die freue!«

Sogar Stauß war ganz aus dem Häuschen. »Der Zeitpunkt könnte nicht günstiger sein. Der Dollar ist inzwischen auf achtundachtzig Reichsmark gestiegen – glänzende Aussichten für unser Auslandsgeschäft!«

»Jetzt kann uns niemand mehr gefährlich werden«, grinste Tino.

»Außer wir uns selbst«, erwiderte Stauß, der nie länger als eine Minute den Ernst des Lebens vergessen konnte, und hob sogar mahnend den Zeigefinger. »Hochmut kommt vor dem Fall! – Aber jetzt schlage ich vor, dass wir ins ›Adlon‹ überwechseln. Der Tisch ist bereits reserviert.«

»Nichts lieber als das«, sagte Tino und griff nach seinem Hut.

Als er die Tür aufmachte und in den Büroflur trat, kam ihm Fräulein Jaschek entgegen, die Direktionssekretärin – im Laufschritt und sichtlich aufgeregt.

»Gut, dass Sie noch da sind, Herr Reichenbach! Gerade kam ein Anruf für Sie – von der Charité! Ich soll Ihnen ausrichten, es ist so weit.«

64

»Willkommen auf dieser Welt, mein süßer, kleiner Liebling.«

Durchströmt von einer Seligkeit, die mit keinem je zuvor empfundenen Gefühl vergleichbar war, hielt Rahel ihr Kindchen auf dem Arm. Obwohl die Entbindung erst wenige Stunden her war, verspürte sie vor lauter Mutterglück keinerlei Erschöpfung. Mutterglück – sie hatte bisher kaum geglaubt, dass es so etwas wirklich gab. Jetzt aber, da dieser Winzling, der heute Morgen noch in ihrem Bauch geschlummert hatte, auf ihrer Brust lag, die kleinen, roten Händchen auf ihrem milchprallen Busen, und sie aus seinen Knopfaugen anblinzelte, als hätte er tatsächlich schon eine Ahnung, wer sie war, wusste sie es besser. Sie konnte sich an dem schrumpeligen Gesichtchen gar nicht sattsehen, ein so süßer, winzig kleiner Greis – kaum zu glauben, dass in einem so kleinen Gesicht so viele Falten überhaupt Platz hatten!

Auch wenn sie es Tino gegenüber nie zugegeben hatte, hatte sie vor der Geburt gehörigen Respekt gehabt. Es gab ja so vieles, was bei einer Entbindung schiefgehen konnte – die Zeitungen und Zeitschriften, die in Dr. Gepperts Wartezimmer auslagen, waren voll davon. Darin hatte sie gelesen, dass eine Niederkunft sich manchmal über mehrere Tage und Nächte hinziehen konnte, und nicht wenige Babys mussten mit Hilfe einer fürchterlich aussehenden Zange zur Welt gebracht werden oder sogar mit Hilfe einer Operation, bei der den Müttern der ganze Bauch aufgeschlitzt wurde. Im Vergleich dazu war ihre Geburt ein Klacks gewesen. Sie hatte das Kinderzimmer fast fertig gestrichen, als sie sich plötzlich eingenässt hatte. Der Blasensprung! Während die Flüssigkeit an ihren Beinen herablief, hatte sie die Hebamme anrufen wollen, doch dann war ihr eingefallen, dass die gar kein Telefon hatte. Doch zum Glück gab es den Taxistand am Gendarmenmarkt. Also hatte sie sich ihren Notkoffer geschnappt und sich in einer Droschke zur Charité fahren lassen, wo man sie, kaum dass sie aus dem Wagen gestiegen war, sogleich in den Kreißsaal gebracht hatte. Keine Minute zu früh, die Presswehen hatten schon während der Fahrt eingesetzt. Jetzt stand der Notkoffer neben dem Schrank ihres Einbettzimmers, sie hatte ihr Lieblingsnachthemd an, und ihr Kulturbeutel lag griffbereit auf der Spiegelablage über dem Waschbecken.

Danke, Tino.

Obwohl die Stationsschwester ihr strikt verboten hatte, ohne Hilfe das Bett zu verlassen, schlug sie die Decke zurück, und ihr Kindchen auf dem Arm, stand sie auf und trat ans Fenster. Sie musste dem kleinen Wesen doch die Welt zeigen.

Trotz des fortgeschrittenen Abends war die Luisenstraße draußen schwarz von Menschen – Demonstranten, die gegen die horrend gestiegenen Brotpreise protestierten, wie im Schein der Straßenlaternen auf den Transparenten und Plakaten zu lesen war.

Rahel spürte, wie ihr Kindchen auf ihrem Arm zuckte, dann fing es leise an zu greinen. Um es zu beruhigen, drückte sie es behutsam an sich.

»Keine Sorge, mein kleiner Liebling, du wirst immer satt zu essen haben.«

Sie beugte sich über das aufgeregte Gesichtchen und hauchte einen Kuss auf die Stirn, da hörte sie, wie die Tür aufging. Hoffentlich war das nicht die Schwester!

Doch nein, als sie sich umdrehte, stand Tino vor ihr, mit einem Strauß gelber Nelken in der Hand.

Bei seinem Anblick spürte sie wieder diese wunderbare Seligkeit.

»Da sind Sie ja, mein Liebster. Möchten Sie vielleicht unser Kindchen begrüßen?«

65

Erich öffnete die Wohnungstür und trat in den Flur. Endlich zu Hause! Er fuhr mit der Hand in seine Jackentasche und tastete nach dem Schlüssel, den er auf dem Heimweg bei dem neuen Vermieter abgeholt hatte. Er konnte es gar nicht erwarten, Gertrud die wunderbare Nachricht zu bringen, er wusste nur noch nicht, wie – ein kleines bisschen Überraschung gehörte schließlich dazu, sonst machte es keinen Spaß.

Als er den Hut auf die Garderobenablage warf, kam das Hänschen aus dem Badezimmer gerannt, im Schlafanzug und mit nackten Füßen.

»Papa! Papa!«

»Nanu? Du bist so spät noch auf?« Erich ging in die Hocke, und das Hänschen flog ihm um den Hals. »Warum bist du denn noch nicht im Bett?«

Das Hänschen bleckte seine weißen Milchzähne. »Gerade geputzt!«

»Tatsächlich, blitzeblank. Aber sag, wo ist die Mama?«

»In der Küche. Abwaschen.«

Plötzlich hatte Erich eine Idee. »Ich habe einen Auftrag für dich.« Er nahm den Schlüssel aus der Tasche und drückte ihn dem Hänschen in die Hand. »Bringst du den der Mama und sagst, der ist für sie vom Papa und sie soll ihn an ihren Schlüsselbund machen?«

Er hatte noch nicht ausgesprochen, da war das Hänschen auch schon in der Küche verschwunden.

»Da, Mama – für dich!«

Durch die Tür sah Erich, wie Gertrud sich am Spülstein herumdrehte und verwundert auf den Schlüssel schaute. »Wo hast du den denn her?«

»Vom Papa. Er sagt, du sollst ihn an deinen Schlüsselhund machen.«

»Schlüsselbund meinst du wohl.« Sie trocknete sich die Hände an der Schürze ab und nahm den Schlüssel. »Hat der Papa denn auch gesagt, wofür der ist?«

»Kann die Mama sich das nicht selber denken?«, fragte Erich und trat in die Küche.

Ungläubig erwiderte Gertrud seinen Blick. »Soll das … soll das etwa heißen …?« Offenbar traute sie sich nicht, die Frage auszusprechen.

»Ja, mein Trudchen.« Er nickte. »Es ist zwar noch nicht die versprochene Villa am Wannsee, aber immerhin sechs Zimmer in Schöneberg. Mit Zentralheizung, Telefon und allen Schikanen.«

»Ach, Erich. Dann hast du also wirklich Wort gehalten?«

»Hast du je an mir gezweifelt?«

»Nein.« Sie schüttelte den Kopf. »Das habe ich nie, keine Sekunde. Ich habe immer gewusst, dass du es eines Tages schaffst.« Ihre Augen schimmerten feucht, und ein Leuchten erhellte ihr müdes Gesicht.

Als er ihre Freude sah, musste Erich schlucken. »Komm jetzt ganz schnell her zu mir, mein Trudchen.«

Mit einem Lächeln kam sie in seine ausgebreiteten Arme. »Danke, Erich«, flüsterte sie und schmiegte sich an ihn. »Danke.« Und als sie den Kopf hob, um ihm einen Kuss zu geben, klatschte das Hänschen vor Freude in die Hände.

66

Das erste, was Tino auffiel, waren die Farbspritzer zwischen all den Sommersprossen in Rahels Gesicht, manche rosa, andere hellblau. Dann erst sah er das Bündel auf ihrem Arm.

»Es ist ein Junge«, sagte sie mit seligem Lächeln.

»Wirklich? Ein Junge? Mit allem Drum und Dran?«

»Ja, sogar mit einem Schniepel, wie es sich gehört!«

»Das muss ich mir unbedingt anschauen!«

Tino warf seinen Blumenstrauß aufs Bett und nahm ihr das Bündel vom Arm. Ein Sohn – er hatte einen Sohn! Konnte es einen glücklicheren Mann auf der Welt geben als ihn? Bevor er ins Detail ging, beschloss er, die Inspektion erst mal ganz oben anzufangen. Vorsichtig, um dem Winzling nicht weh zu tun, schob er das verrutschte Tuch beiseite, damit er überhaupt etwas sehen konnte.

Als das Gesichtchen zum Vorschein kam, musste er lachen. Die Wangen, die Stirn, die Nase – alles voller Sommersprossen.

»Der ist Ihnen ja wie aus dem Gesicht geschnitten!«

»Das spricht für seinen guten Geschmack«, erwiderte Rahel. »Der kleine Schlauberger hat sich natürlich für die vorteilhaftere Variante von uns beiden entschieden. Aber keine Sorge, den Schniepel hat er von Ihnen.«

»Das will ich hoffen. Den Schniepel und …«

»Und was?«

»Einen Moment, das werden wir gleich haben.«

Er schob das Tuch noch weiter zurück, um das ganze Gesicht freizulegen. Doch als er den Haaransatz sah, zuckte er zusammen. Wonach er suchte, war nicht da – abgesehen von den Sommersprossen kein einziger brauner Fleck, überall nur reine, makellose Babyhaut, auch dort, wo der rötliche Flaum zu sprießen begann, den er gleichfalls von seiner Mutter geerbt hatte.

»Wo … wo ist das Feuermal?«

»Welches Feuermal?«

»*Mein* Feuermal! Alle männlichen Reichenbachs werden damit geboren. Sie haben doch meinen Vater gesehen, er hat es an derselben Stelle wie ich, genauso wie früher schon mein Großvater. Und auch mein Bruder Arnim hatte es.« Er fasste sich an den Haaransatz. »Genau hier!«

Während Rahel ihn anschaute wie einen armen Irren, sah er sie plötzlich vor sich, mit ihrem runden Bauch, auf der Straße in der Nacht, als er nach dem Abend mit Pommer beim Fußball nach Hause gefahren war: Rahel zusammen mit dem fremden Mann, dem angeblichen Freund ihrer Eltern, wie die beiden sich umarmten und der Kerl sie begrapscht hatte, um nach dem Kind in ihrem Bauch zu tasten.

»Was ist?«, fragte sie. »Was zum Teufel haben Sie?«

Mit einem Gefühl, als zöge man ihm den Boden unter den Füßen weg, erwiderte er ihren Blick. War es wirklich möglich, dass sie ihn so schäbig hintergangen hatte? Das war doch gar nicht ihre Art, sie hasste Lügen ja wie die Pest … Aber das Abkommen, das sie getroffen hatten! Es wäre gar keine Lüge gewesen, sie hatten ja ganz offen darüber gesprochen, und warum sollte sie sich nicht dieselbe Freiheit genommen haben, die er sich selbst genommen hatte?

Im Geiste hörte er ihre Stimme, die kryptischen Worte, die sie bei ihrem Einzug in seiner Wohnung gesagt hatte: *Jede Frau braucht ihr Geheimnis ...*

»Wer ist der Vater des Kindes?«, hörte er sich sagen.

Rahel schnappte nach Luft. »Was … was …« Mehrmals öffnete sie den Mund, ohne dass ein vernünftiges Wort über ihre Lippen kam

Ihre Sprachlosigkeit schürte seinen Verdacht nur noch mehr. »Wer ist der Vater dieses Kindes?«, wiederholte er und hob dabei das Bündel auf seinem Arm in die Höhe.

Rahel schluckte, dann fand sie ihre Sprache wieder. »Sind – Sie – *wahnsinnig*?«, fragte sie, jede Silbe einzeln betonend.

»Warum wahnsinnig?«

»Weil … weil die Frage einfach absurd ist!«

»Von wegen absurd! Sie haben von Anfang an darauf bestanden, sich alle Freiheiten nehmen zu dürfen. Das war Ihre Idee, nicht meine! Und Sie haben mehr als reichlich Gebrauch davon gemacht.«

»Nur weil ich ab und zu tanzen gegangen bin?«

»Ab und zu?« Er lachte bitter auf. »Dutzende von Malen, oft bis in den frühen Morgen! Aber ich durfte ja keine Fragen stellen, das war ja strikt verboten … ›Brauch oder nicht. Es gibt sich auch.‹ Und ich … ich musste das einfach so hinnehmen, ganz egal, was in meinem Kopf vorging, wenn ich nachts allein im Bett lag und nicht schlafen konnte, weil ich mir vorstellte, wie Sie vielleicht gerade …« Er war so erregt, dass er den Faden verlor. »Und dann das jetzt!« Wieder hob er das Bündel in die Höhe. »Nichts, aber rein gar nichts daran ist von mir!«

Fassungslos starrte Rahel ihn an. »Soll … soll das heißen, Sie glauben dem Aussehen mehr als mir?« Plötzlich löste sie sich aus ihrer Erstarrung, und wie eine Furie stürzte sie auf ihn zu. »Geben Sie her!« Mit funkensprühenden Augen riss sie ihm das Kind aus den Armen. Und während sie ihm den Rücken zukehrte, drückte sie es an sich, als müsse sie es vor ihm schützen

In diesem Augenblick begriff er, was er getan hatte.

»Bitte, verzeihen Sie. Ich … ich …«

»Halten Sie den Mund!«

»Ich weiß, ich habe einen fürchterlichen, unverzeihlichen Fehler …«

»Sie sollen Ihren gottverdammten Mund halten!«

Sie hatte so scharf gesprochen, dass er verstummte. Während sie mit dem Rücken zu ihm leise auf ihr Kind einsprach, überschlugen sich in seinem Kopf die Gedanken.

Was konnte er tun, um seinen Fehler wiedergutzumachen?

Ihm fiel nur eine Möglichkeit ein. Bevor er wusste, was er tat, sank er auf die Knie.

»Werden Sie meine Frau!«

Ungläubig drehte sie sich zu ihm herum. »Sind Sie noch bei Trost?«

»Heiraten Sie mich! Bitte! Damit ich beweisen kann, dass ich …«

Er griff nach ihrer Hand, doch mit ihrem Kind auf dem Arm wich sie vor ihm zurück.

Voller Verachtung schaute sie auf ihn herab. »Wie können Sie es wagen? Ausgerechnet jetzt!«

»Ich flehe Sie an! Ich will für Sie sorgen. Für Sie und unser … unser …« Unter ihrem vernichtenden Blick gingen ihm die Worte aus.

»Unser was?«

»Kindchen …«

Ein Zucken ging durch ihr Gesicht, und für einen Moment hielt sie inne, die Augen fest auf ihn gerichtet. Dann sagte sie: »Nennen Sie mir eine Zahl.«

»Wie bitte? Was für eine Zahl?«

»Irgendeine. Zwischen eins und einunddreißig.«

»Um Gottes willen! Welche?«

»Wissen Sie das wirklich nicht?«

»Ich … ich habe keine Ahnung, worauf Sie hinauswollen.«

Eine lange Weile wartete sie ab, und während ihre Augen weiter auf ihm ruhten, fragend oder fordernd oder hoffend – er konnte es nicht unterscheiden –, ratterten alle Zahlen zwischen eins und einunddreißig durch seinen Kopf, rauf und runter, vorwärts und rückwärts, ohne dass er zu einem Ergebnis gelangte.

»Und«, fragte sie. »Haben Sie's?«

Er schüttelte den Kopf.

»Einundzwanzig«, sagte sie. »Das wäre die Antwort gewesen.«

»Einundzwanzig?« Plötzlich fiel es ihm wie Schuppen von den Augen. »Natürlich! Einundzwanzig!« Das Datum ihrer ersten Verabredung – sie hatte ihn aufgefordert, im Geiste zu zählen, von eins bis einunddreißig, damit das Schicksal über den Tag ihres Wiedersehens entschied, und als sie Stopp gesagt hatte, war er bei einundzwanzig gewesen. »Einundzwanzig! Ja, natürlich, einundzwanzig! Einundzwanzig, einundzwanzig«, wiederholte er immer wieder verzweifelt.

Doch als er den Kopf hob und ihr Gesicht sah, wusste er, dass es zu spät war.

»Ich will, dass du gehst«, sagte sie mit kalter, schneidender Stimme. »Verschwinde!«

Ihr plötzliches Du traf ihn wie ein Schlag ins Gesicht. Unfähig, sich zu rühren, blickte er zu ihr auf.

»Hast du nicht gehört, was ich gesagt habe?« Mit dem Kind auf dem Arm ging sie zur Tür und drückte die Klinke herunter, um sie zu öffnen. »Du sollst verschwinden! Raus!«

Sein kläglicher Wille prallte an ihrer Entschlossenheit ab wie ein Regentropfen an einer Fensterscheibe. Ihm blieb nichts anderes übrig, als zu gehorchen. Mühsam rappelte er sich auf, und während sie sich wieder über ihr Kind beugte und leise auf es einredete, als wäre er schon gar nicht mehr da, wandte er sich zur Tür, in der verzweifelten Hoffnung, dass sie sich vielleicht beruhigte, wenn er nur tat, was sie wollte.

Auf der Schwelle drehte er sich noch einmal um. »Soll ich … soll ich vielleicht später noch mal …?«

»Untersteh dich!« Sie nahm den Strauß Nelken vom Bett und warf ihn ihm vor die Füße. »Scher dich zum Teufel, Konstantin Reichenbach – ein für alle Mal! Ich will dich nie mehr wiedersehen! Nie, nie mehr! In meinem ganzen Leben nicht!«

TEIL VIER

Chaos

1922/23

1

Ein Gespenst, das im vergangenen Jahr noch schemenhaft in den Kulissen gelauert hatte, gewann immer mehr Gestalt und wuchs allmählich zu einem Monster heran, das seine Schatten über das ganze Land zu werfen drohte, als späte Folge des verlorenen Krieges: die Inflation. Das Deutsche Reich hatte im großen Völkerringen auf Sieg gewettet und hemmungslos Papiergeld gedruckt, als Gegenwert zu den Staatsanleihen, die das Volk zur Unterstützung des Vaterlands massenhaft gezeichnet hatte in der Hoffnung, dass die Regierung nach dem Sieg das geliehene Geld mit Hilfe der Bußzahlungen, die Deutschland den unterworfenen Feinden auferlegen würde, mühelos und mit Gewinn zurückerstatten könnte. Doch Deutschland hatte den Krieg verloren, und statt Reparationszahlungen aus dem Ausland zu erhalten, musste es nun selbst welche an die Siegermächte entrichten, zweihundertsechsundzwanzig Milliarden Mark, zahlbar in Gold, nicht in Papier, so dass der Wert der Papiermark im Vergleich zur Goldmark in dramatischer Weise verfiel. Zur Jahreswende betrug er nur noch ein Hundertstel des Vorkriegswertes, der Kurs des Dollar war auf einhundertachtundachtzig Mark gestiegen, und während die Regierung immer mehr und noch mehr Papiergeld druckte, um den Austausch von Waren und Gütern aufrechtzuerhalten, stiegen die Preise für die lebensnotwendigen Dinge des Alltags in immer höhere Höhen. Überall im Land wurde gegen die stetige Verteuerung des Lebens zu Streiks aufgerufen, Hunderttausende Menschen legten die Arbeit nieder, und wenn es nicht bald gelingen würde, das Monster zu bändigen, drohte ganz Deutschland in den Abgrund zu stürzen.

In dieser bedrohlichen Zeit war das Kino einer der wenigen Orte, wo Menschen noch Trost und Ablenkung fanden. Hier konnten sie in andere Welten entfliehen, fern ihrer Nöte und Sorgen, hier konnten sie sich erheben und ergreifen lassen, hier konnten sie lachen und unbeschwert fröhlich sein, und wenn sie auch hier einmal weinen mussten, dann Tränen, die nicht ihre eigenen Tränen waren und diese für kurze Zeit sogar vergessen ließen.

Doch im Januar des Jahres 1922 wurde ihnen auch dieser Zufluchtsort verwehrt. Aus Protest gegen die staatliche Lustbarkeitssteuer, die jede Eintrittskarte um zehn Prozent verteuerte, traten die Lichtspielhäuser in Streik und blieben geschlossen, und um die Möglichkeit gebracht, wenigstens für ein paar Stunden der bedrückenden Wirklichkeit in das Reich der Träume zu entfliehen, wurden die Menschen der Last des Lebens überlassen, dem eigenen Elend schutz- und hilflos ausgesetzt an Leib und Seele.

2

Der Wecker hatte schon fast ausgeklingelt, als Rahel es endlich schaffte, die Augen aufzuschlagen. Draußen war noch alles dunkel, und in dem Zimmer, das sie mit ihrem Kind teilte, war es so kalt, dass an den Fensterscheiben Eisblumen blühten. Nur vom Flur fiel etwas Licht durch die Türritzen herein, während aus der Küche bereits Geschirrklappern zu hören war. Das würde ihre Vermieterin sein, die das Frühstück bereitete, bevor ihr Mann zur Arbeit in die Siemensstadt fuhr.

Mit der noch warmen Bettdecke um die Schultern stand Rahel auf, und auf bloßen Füßen tastete sie sich zur Tür und knipste das Licht an. Im trüben Schein der Fünfundzwanzig-Watt-Birne beugte sie sich über die Wiege und holte den schlummernden Alex daraus hervor. Ja, Alexander hatte sie ihr Söhnchen genannt, weil ihr Taxi auf dem Weg zur Charité gerade den Alexanderplatz überquerte, als die Presswehen eingesetzt hatten.

Mit dem Kind auf dem Arm hockte sie sich aufs Bett und machte die Brust frei. Obwohl Alex inzwischen über vier Monate alt war, hatte er immer noch einen sehr unruhigen Schlaf, auch diese Nacht hatte er sie wieder ein halbes Dutzend Mal geweckt. Vor Müdigkeit gähnend, legte Rahel ihn an, und obwohl die kleinen Äuglein noch geschlossen waren, fand das Mündchen sogleich, wonach es suchte, und begann zu saugen.

Das innige Glück, das auf sie überströmte, wenn der Kleine an ihrer Brust lag, ließ sie für die Zeit des Stillens ihr Unglück vergessen. Sie lebte nun zur Untermiete, in einer Mietskaserne im Wedding, dritter Hinterhof, zweiter Stock, nur einen Steinwurf entfernt von der ersten Werkstatt ihres Vaters. Es gab in der Wohnung kein Bad, und das Klosett befand sich auf halber Treppe, doch ihre Vermieterin, Ottilie Lehmkuhl, war eine Seele von Mensch, genauso wie ihr Mann Fritz, und das frisch gestrichene Zimmer, das Rahel bei ihnen bezogen hatte, war nicht nur reinlich, sondern mit vier mal fünf Metern auch geräumig und hatte darüber hinaus sogar einen Linoleumteppich und vor allem einen eigenen kleinen Ofen, mit dem sie bei Tage heizen konnte. Noch vom Wochenbett aus hatte sie ein Zeitungsinserat aufgegeben, um eine Unterkunft für Alex und sich zu suchen, und zum Glück hatte Tante Ottilie, wie sie ihre Vermieterin inzwischen nannte, nur einen Tag später, als sie noch in der Charité lag, auf die Anzeige geantwortet. Tino hatte sie nicht mehr wiedergesehen, weder im Krankenhaus noch beim Umzug. Sie hatte ihn in einem Brief aufgefordert, ihr einen Tag zu nennen, an dem er nicht zu Hause sein würde, damit sie bei ihm ausziehen konnte, ohne ihm zu begegnen. Sie hatte nur die Möbel mitgenommen, die noch aus der Elternwohnung stammten und ihr gehörten, dazu die Wiege und das Bettchen und die Wickelkommode für ihr Kind samt dem Nippes-Rehkitz ihrer Mutter. Alles Übrige hatte sie zurückgelassen, zusammen mit dem Wohnungsschlüssel.

Es klopfte an der Tür. Im nächsten Augenblick steckte Lilly Seidenschön, die zweite Untermieterin in der Wohnung, ein hübsches blondes Mädchen von einundzwanzig Jahren, ihren Bubikopf herein.

»Wo bleibst du denn? Schon halb sieben!«

»Pssst«, machte Rahel und legte den Finger an die Lippen. »Bin gleich da.«

Sie hatte noch nicht ausgesprochen, da war Lilly auch schon wieder fort. Alex hatte aufgehört zu saugen und blickte vorwurfsvoll zu ihr auf, als wolle er sich über die Störung beschweren, dann suchte er wieder mit seinem Mündchen nach der Brust. Geduldig wartete Rahel ab, bis er sich satt getrunken hatte, schließlich war das seine letzte ordentliche Mahlzeit für diesen Tag, danach würde es bis zum Abend nur noch das Fläschchen geben. Als er fertig war, nahm sie ihn von der Brust und legte ihn auf den Wickeltisch, um ihn für Tante Ottilie fertig zu machen, bevor sie am Waschtisch ihre eigene Toilette erledigte und sich schließlich anzog.

Eine Viertelstunde später brachte sie Alex in die Küche, wo Tante Ottilie, eine rundliche Sechzigjährige mit dickem silbrig grauen Haarknoten, damit beschäftigt war, Berge von Stullen zu schmieren, während ihr Mann Fritz, einen halben Kopf kleiner als sie und mager wie ein Hering, seinen Muckefuck trank und den »Vorwärts« las. Da er als Kalfaktor in der Siemens-Hauptverwaltung angestellt war, musste er nicht früher zur Arbeit als Rahel und Lilly, die bereits die Stullen für sie beide in Butterbrotpapier einschlug.

»Na, dann gib den kleinen Mann mal her.«

Tante Ottilie wischte sich die Hände an ihrer Kittelschürze ab und streckte die Arme aus. Doch genau in dem Moment fing Alex an zu weinen. Es war jeden Morgen dasselbe, solange er in Rahels Arm lag, war alles gut, dann war er das friedlichste Kind der Welt, doch sobald sie ihn in Tante Ottilies Obhut geben wollte, war es mit seiner Zufriedenheit vorbei und er schrie wie am Spieß, als wüsste er genau, dass seine Mutter ihn nun für viele lange Stunden verließ, und es zerriss Rahel jedes Mal das Herz.

»Jetzt komm endlich«, drängte Lilly, die bereits in der Tür stand. »Wir sind gestern schon zu spät gekommen.«

Auch Ottilie nickte ihr zu. »Nu mach man. Der kleine Schreihals kriegt sich schon wieder ein.«

Mit einem Seufzer gab Rahel ihrem Kindchen einen Kuss, dann machte sie kehrt, um Lilly hinterher zu eilen. Doch das Schreien folgte ihr das ganze Treppenhaus hinunter bis in den verschneiten Hof hinaus, wo aus der Ferne schon das Bimmeln der Elektrischen zu hören war.

3 »Die Zentralheizung ist wirklich ein Segen«, sagte Gertrud, als Erich in das vor Kacheln und Armaturen nur so funkelnde Badezimmer kam, wo sie das Hänschen für den Kindergarten fertig machte. »Wenn ich daran denke, wie ich in der alten Wohnung jeden Morgen erst den Ofen schüren musste, damit wir warmes Wasser hatten … Jetzt brauche ich nur den Hahn aufzudrehen.« Während sie dem Hänschen das Haar kämmte, warf sie Erich im Spiegel einen Blick zu. »Ich kann dir gar nicht sagen, wie ich mich jedes Mal freue.«

Ihre Dankbarkeit rührte ihn. Obwohl sie inzwischen schon ein Vierteljahr hier lebten, sagte sie ihm immer noch jeden Tag, wie glücklich sie in der neuen Wohnung war. Sechs Zimmer, darunter ein eigenes Spielzimmer für das Hänschen und ein so großes Wohnzimmer, dass ihre ganze frühere Wohnung hineingepasst hätte! Und draußen die Terrasse mit Blick auf den Wald, und dann der riesige Garten, in dem das Hänschen im Frühjahr einen eigenen Sandkasten bekommen würde …

»Du bist der beste Ehemann der Welt.«

»Jetzt hör schon auf. Erstens hatte ich es dir versprochen, und zweitens … Wenn du mir damals nicht die Mitgift überlassen hättest, damit ich die Decla gründen konnte – ich weiß nicht, was aus mir geworden wäre.«

»Ach, Erich. Du hättest auch ohne mich deinen Weg gemacht.«

»Da bin ich mir ganz und gar nicht sicher. – Sitzt meine Krawatte?«

»Nicht ganz.« Sie legte den Kamm beiseite und rückte den Knoten zurecht. »Bist du sehr nervös?«

»Nervös ist gar kein Ausdruck«, erwiderte er. »Als Produktionsdirektor habe ich zwar Budgethoheit, doch welcher Film gemacht wird, entscheidet immer noch der Vorstand. Und du weißt ja, wie wichtig mir ›Dr. Mabuse‹ ist. Um solche Filme zu drehen, habe ich mich überhaupt auf Tinos Idee eingelassen. Und wenn der Vorstand sich heute dagegen entscheidet, weil Stauß genauso auf seinem Geld sitzt wie Julius Grünbaum …«

Zärtlich tätschelte sie seine Wange. »Keine Angst, Erich, du wirst sie schon von deinem ›Mabuse‹ überzeugen.«

»Dein Wort in Gottes Ohr.« Er gab ihr einen Kuss. »Wünschst du mir Glück, mein Trudchen?«

»Aber natürlich. Und das Hänschen auch.« Sie hob den Kleinen in die Höhe, und zusammen spuckten sie ihm dreimal über die Schulter. »Aber jetzt ab mit dir. Auf in den Kampf!«

4

Vom Französischen Dom läuteten die Glocken. Aus tiefsten Tiefen wachte Tino auf, am ganzen Leib schwitzend und gleichzeitig frierend, unfähig, die verklebten Augenlider zu öffnen. Sein Kopf schmerzte, als würden die Glocken im Innern seines Schädels dröhnen, und sein Mund war rau und trocken wie Schmirgelpapier.

Es war mal wieder spät geworden gestern Abend, viel zu spät …

Noch gefangen in dem ewig immergleichen Albtraum, der ihn auch in dieser Nacht heimgesucht hatte, lag er mit geschlossenen Augen da, nur quälend langsam ins Bewusstsein findend. Er war in der »Statistenbörse« versumpft und dort geblieben, bis die Lichter ausgegangen waren und man ihn rausgeworfen hatte, wie fast jeden Abend, um nur nicht nach Hause zu müssen, wo das große, leere Bett auf ihn wartete. Das große, leere Bett und Leo Hengstenberg, sein Regimentskamerad, der wieder Nacht für Nacht in seinen Armen verendete, blutend wie ein abgestochenes Schwein.

Wasser … Er brauchte Wasser … Und Aspirin!

Als er nach dem Glas griff, das er wie immer vor dem Ausgehen zusammen mit den Tabletten auf dem Nachtkasten bereitgestellt hatte, wurde er gewahr, dass er nicht allein war. Links und rechts von ihm lagen zwei nackte Frauen, die mit ihren blondgelockten Käthe Kruse-Puppengesichtern und den verschmierten roten Mündern einander zum Verwechseln ähnlich sahen und den aufdringlichen Geruch eines Veilchenparfüms verströmten. Was zum Teufel hatten die in seinem Bett verloren? Voller Grauen kam ihm die Erinnerung: die Rosy Girls – zwei Tänzerinnen aus einem Tingeltangel in der Friedrichstraße, wo er auf dem Heimweg noch vorbeigeschaut hatte, weil er in der »Statistenbörse« nicht fündig geworden war … Sie hatten ihm ekelhaft süßen Sekt eingeflößt, und irgendwann hatten sie auf seinem Schoß gesessen und er hatte abwechselnd mit ihnen geknutscht. Doch wie die zwei von seinem Schoß in sein Bett gelangt waren, war ihm schleierhaft.

Eine der beiden Rosys schlug blinzelnd die Augen auf. »Guten Morgen, Süßer. Bist du schon wach?«

Um überhaupt sprechen zu können, nahm er einen Schluck Wasser. »Wach wäre übertrieben.« Mit zitternden Händen schraubte er das Tablettenröhrchen auf und nahm drei Aspirin auf einmal, um sie mit dem Rest aus seinem Glas runterzuspülen.

»Dann wird es aber Zeit. Du wolltest doch heute Probeaufnahmen mit uns machen.«

»Probeaufnahmen?«

Bei dem Stichwort wurde auch die zweite Rosy wach. »Ja, Süßer – Probeaufnahmen. In Babelsberg.«

Tino verdrehte die Augen. Offenbar hatte er wieder seine alte Masche geritten, und die zwei waren darauf reingefallen.

»Tut mir leid. Heute nicht.« Er schüttelte so heftig den Kopf, dass der Schmerz darin explodierte.

»Aber du hattest es uns versprochen!«, protestierte Rosy 1.

»Und versprochen ist versprochen!«, fügte Rosy 2 hinzu.

Wie mit einem einzigen Augenpaar schauten die beiden ihn an, legten gleichzeitig die Stirn in zwei identische Falten und klimperten dabei synchron mit ihren künstlichen Wimpern. Als sie auch noch dieselbe Schmollschnute zogen, zweifelte Tino an seinen Sinnen. Waren das wirklich zwei verschiedene Lebewesen, oder hatte er noch so viel Alkohol im Blut, dass er doppelt sah?

Mit einem Seufzer sank er zurück auf das Kissen. »Seht ihr nicht, in welchem Zustand ich bin?« Bevor sie etwas erwidern konnten, zog er sich die Bettdecke über den Kopf. »Seid mir nicht böse, aber ein andermal. Für heute tut mir bitte nur einen Gefallen und verschwindet.«

5

Um halb neun öffnete das Kaufhaus Wertheim die Pforten für seine Kunden, weshalb das Personal bis spätestens Viertel nach acht die Stechuhr drücken musste, doch erst um drei vor halb neun kamen Rahel und Lilly in der Leipziger Straße an. Die Straßenbahn hatte unterwegs einen unvorhergesehenen Aufenthalt gehabt, eine Weiche war so vereist gewesen, dass keine Weiterfahrt möglich gewesen war, und es hatte zehn Minuten gedauert, bis der Schaffner sie mit einem Flammenwerfer aufgetaut hatte. Im Laufschritt eilten sie nun durch den Personaleingang in das Gebäude, zusammen mit einem Dutzend anderer Nachzügler. Während Lilly im Erdgeschoss verschwand, wo sie als Verkäuferin in der Kurzwarenabteilung arbeitete, stieg Rahel in den überfüllten Paternoster und fuhr hinauf in die Büroetage, wo die allmorgendliche Redaktionssitzung der Reklame- und Presseabteilung jeden Augenblick begann.

Als sie in den Konferenzraum hastete, waren ihre Kollegen schon vollzählig versammelt. Der Redaktionsleiter Joachim Raschke, »der schöne Joachim« genannt, ein Mann Ende dreißig, der sich für unwiderstehlich hielt, weil er mit seinem pomadisierten Haar und dem feinen Oberlippenbärtchen ein bisschen aussah wie der Hollywood-Schauspieler Douglas Fairbanks und außerdem der Liebling von Kaufhaus-Chef Georg Wertheim war, begrüßte sie mit einem süffisanten Lächeln.

»Je später der Vormittag … Schön, dass Sie sich doch noch entschließen konnten, uns mit Ihrer Gegenwart zu beglücken, Fräulein Rosenberg.«

»Bitte entschuldigen Sie.« Eilig zog Rahel den Mantel aus und setzte sich auf ihren Platz am unteren Ende des Tisches. »Aber die Elektrische hatte …«

»Schon gut, schon gut«, fiel der schöne Joachim ihr ins Wort. »Es ist ja nicht das erste Mal. – Doch nun zur Tagesordnung.«

Hin und her stolzierend wie ein Pfau, dozierte er über die nächste Ausgabe der »Wertheim Welt«, der von ihm herausgegebenen Kundenzeitschrift des Kaufhauses. Rahel holte Papier und Stift hervor, um sich Notizen zu machen. Seit sie im Oktober als Volontärin angefangen hatte, machte sie genau die Arbeit, die sie vor wenigen Monaten noch auf keinen Fall hatte machen wollen. Während der schöne Joachim die wenigen interessanten Artikel – Reportagen über das Berliner Nacht- und Großstadtleben oder Interviews mit berühmten Künstlern und Stars –, stets den männlichen Kollegen und vor allem sich selbst vorbehielt, fielen für sie immer nur Beiträge über solche Themen ab, über die angeblich ausschließlich Frauen berichten konnten: Kochen und Backen und Mode. Das Schreiben war ihr jedes Mal eine Qual. Aber was blieb ihr übrig? Das Geld, das die Eltern ihr hinterlassen hatten, hatte ihr nur so lange Freiheit verschafft, wie sie nicht für sich selbst hatte aufkommen müssen. Seit sie es aber für Miete und Essen und Alex' Betreuung brauchte, schmolz ihr kleines Vermögen dahin wie Schnee in der Sonne. Sie konnte darum von Glück sagen, dass sie die Stelle überhaupt bekommen hatte. Ohne Edgars Hilfe, der sich bei Herrn Wertheim persönlich für sie verbürgt hatte, hätte sie keine Chance gehabt – es hatte angeblich fünf Dutzend Bewerberinnen für die Stelle gegeben.

Diesmal teilte der schöne Joachim ihr die Aufgabe zu, die Ankündigung für eine hausinterne Modenschau zu verfassen, auf der das Wertheim seine neue Damen-Frühjahrskollektion präsentieren würde.

»Noch irgendwelche Unklarheiten, Fräulein Rosenberg?«, fragte er, als sie am Ende der Sitzung als Einzige zurückblieb, während alle anderen bereits den Raum verließen.

»Nein«, antwortete sie, »das heißt, ich … ich wollte fragen, ob ich heute Vormittag vielleicht zwei Stunden frei bekommen könnte.«

Der schöne Joachim hob verwundert die Brauen. »Darf ich wissen wofür?«

Rahel hasste es zu lügen, aber diesmal ging es nicht anders – ihre privaten Verhältnisse gingen den Lackaffen nichts an. Sie wollte im Rathaus endlich eine Eintragung vornehmen lassen, die sie monatelang vor sich hergeschoben hatte, aus Angst, das Leben ihres Kindes womöglich in eine falsche Bahn zu lenken. Doch in dieser Nacht hatte der kleine Alex selbst entschieden, sie hatte ihn als Orakel befragt, und seine Antwort war eindeutig gewesen. Also gab es keinen Grund mehr, die Sache länger hinauszuzögern.

»Es ist wegen meiner neuen Wohnung«, erklärte sie. »Ich habe mich noch nicht umgemeldet.«

Kopfschüttelnd schaute der schöne Joachim sie an, dann gab er ihr mit demonstrativer Großzügigkeit seinen Segen.

»Aber nur unter einer Voraussetzung«, fügte er hinzu, »dass Sie die verlorene Zeit am Abend nachholen. Ich brauche den ersten Entwurf Ihres Textes noch heute.«

»Danke, Herr Raschke«, sagte sie, wohl wissend, dass die Eile ganz und gar nicht nötig war, die Modenschau würde ja erst in ein paar Wochen stattfinden. »Sie können sich auf mich verlassen.«

Während er sie mit seinem unwiderstehlichen Douglas-Fairbanks-Lächeln verabschiedete, nahm sie ihre Tasche und ging hinaus.

Wahrscheinlich würde er ihr heute Abend wieder einen seiner Besuche abstatten.

6

Die Glocken des Französischen Doms hatten längst aufgehört zu schlagen, doch Tino lag immer noch wie gelähmt in dem nach Veilchenparfüm riechenden Bett. Der Kopfschmerz hatte dank der drei Aspirin zwar nachgelassen, und genug getrunken hatte er inzwischen auch. Doch es gab etwas, das viel schlimmer war als jeder Kopfschmerz und jeder Durst und ihm das Aufstehen unmöglich machte – etwas, gegen das kein Mittel half auf dieser Welt, und das hörte und hörte und hörte nicht auf.

Rahel …

Seit sie ihn verlassen hatte, tat er alles, um nicht an sie denken zu müssen, betäubte sich von morgens bis abends und von abends bis morgens, mit Arbeit und Alkohol und jeder nur möglichen Zerstreuung und Ablenkung. Doch sobald die Betäubung auch nur eine Sekunde nachließ und er bei sich selbst war, ging es wieder los, schneller, als er es verhindern konnte, und er dachte an sie, ob er wollte oder nicht, konnte gar nichts anderes denken, ja, jeder verfluchte Gedanke, den zu denken er fähig war, war wie besessen von ihr, und wann immer er die Augen schloss, sah er ihr Gesicht … Ihr Gesicht und ihre Sommersprossen … Ihr Gesicht und ihre Sommersprossen und ihre Augen … Wie sie strahlten und lachten vor Glück, als sie ihm ihr Kindchen zeigte … Wie sie größer und größer wurden bei seiner Frage und sich mit ihrem Innersten füllten, erst mit Erstaunen und dann mit Entsetzen und schließlich mit funkensprühender Wut … Und während er noch jetzt mit jeder Pore die Verachtung spürte, die sie dabei für ihn empfunden hatte, hörte er in seinem Innern wieder den allerletzten Satz, den sie an ihn gerichtet hatte, er hatte ihr Zimmer schon verlassen, als sie ihn ihm im Flur hinterhergeschleudert hatte – ein Satz, der alles beendet hatte, was jemals zwischen ihnen gewesen war, ein so vernichtender, zerstörender Satz, dass er ihn am liebsten für immer aus seinem Gedächtnis ausgelöscht hätte, doch der sich so tief in sein Gehirn eingebrannt hatte, dass er ihn niemals würde vergessen können.

Leise stöhnte er auf. Wäre er Rahel nur niemals begegnet …

Im Flur klingelte das Telefon. Fast erleichtert floh er aus dem Bett. Im Gehen fischte er seine Unterhose vom Boden und eilte hinaus, um abzuheben.

Pommer war in der Leitung. »Wo bleibst du denn, verdammt nochmal?«

»Wo ich bleibe?« Tino verstand kein Wort.

»Ausgerechnet heute!«, erwiderte sein Freund. »Du weißt doch, was auf dem Spiel steht!«

Plötzlich fiel es Tino wieder siedend heiß ein. Dr. Mabuse!

»Keine Sorge! Bin schon unterwegs!«

Er legte den Hörer auf die Gabel, dann warf er einen Blick auf seine Armbanduhr – das einzige Kleidungsstück, das die Rosy Girls ihm am Leib gelassen hatten.

Noch eine Viertelstunde Zeit, das würde er schaffen.

Im Stehen zog er sich die Unterhose an. Als er sich nach seinen anderen Sachen bückte, die in der Reihenfolge seiner Entkleidung im Flur verstreut waren – erst der Mantel, dann das Jackett und die Hose und die Krawatte und das Hemd –, sah er plötzlich das aufgerissene Kuvert, das immer noch auf dem Schuhschrank lag, wo er es nach seiner Rückkehr aus dem Krankenhaus entdeckt hatte.

Dr. Eberhard Brettschneider, Notar.

Ach ja, wenn es drauf ankam, ging doch nichts über eine intakte Familie.

7

Gustav hatte seinen Kaffee noch nicht ausgetrunken, da griff Constanze bereits zu ihrem Silberglöckchen, um nach Robert zu läuten.

Keine zwei Sekunden später trat der Diener herein. »Gnädige Frau?«

»Du kannst abservieren. Wir sind fertig.«

Normalerweise brachte es Gustav zum Kochen, wenn sie den Tisch abräumen ließ, bevor er sein Frühstück beendet hatte. Das war doch keine Art, den Tag zu beginnen! Doch an diesem Morgen kam ihre Unart seinen Wünschen ausnahmsweise entgegen. Er hatte eine Überraschung für sie, und er konnte es kaum erwarten, dass Robert mit seinem Tablett den Raum verließ und er mit seiner Frau allein war.

»Noch einen Moment, meine Liebe«, sagte er, als sie Anstalten machte, aufzustehen.

»Aber bitte nur kurz, meine Zeit ist begrenzt.«

Er griff in seinen Gehrock und holte das Etui hervor, das ihm ein Bote von Lange & Söhne ins Kontor gebracht hatte. »Für dich«, sagte er und reichte es ihr über den Tisch.

Mit erhobenen Brauen klappte sie den Deckel auf. »Eine Brosche?«

»Passend zu deiner Perlenkette.«

»Sehr aufmerksam. Gibt es dafür einen Anlass?«

»Allerdings. Die Quartalsdividende der Deutschen Lichtspielgesellschaft – sie fiel überaus erfreulich aus. Und da du mich dazu ermutigt hast, in Hugenbergs Firma zu investieren …«

»Apropos Hugenberg«, fiel Constanze ihm ins Wort, während sie das Etui auf den Tisch legte. »Hat er inzwischen den Tort verwunden, den dein Sohn ihm angetan hat?«

»Du meinst Tinos Intervention beim Innenministerium?« Gustav schüttelte den Kopf. »Keine Sorge, meine Liebe, Hugenberg ist ein nüchtern denkender Mann. Und da er die Reichenbach Bank auch weiterhin braucht, ist die Sache vergessen. Er hat mich beauftragt, an der Börse verdeckt Ufa-Aktien zu kaufen. Er trägt sich wohl mit der Absicht, über kurz oder lang die Filmfabrik zu übernehmen.«

»Dann ist ja alles bestens.« Constanze nahm noch einmal das Etui zur Hand, um einen prüfenden Blick auf die Brosche zu werfen. »Sehr apart, in der Tat. So viel Geschmack hätte ich dir gar nicht zugetraut. Danke.«

Damit klappte sie den Deckel zu und erhob sich.

Enttäuscht schaute er zu ihr auf. »Willst du sie denn gar nicht anprobieren?«

»Später. Jetzt habe ich keine Zeit. Ich habe einen Termin beim Friseur.«

»Aber dein Haar ist doch perfekt!«

Mitleidig blickte sie auf ihn herab. »Ach, ihr Männer. Ihr habt wirklich keine Augen im Kopf.«

8

Obwohl Tino seinen Gehpelz trug, fror er in seinem zugigen Wagen so sehr, dass ihm vor Kälte die Zähne klapperten, während er mit Vollgas zum Potsdamer Platz raste. Vielleicht sollte er sich für den Winter ein zweites Auto anschaffen, so ein Cabriolet war nur was für die warme Jahreszeit, auch bei geschlossenem Verdeck fegte der Wind durch sämtliche Ritzen.

Zum Glück fand er vor dem Piccadilly-Haus einen Parkplatz. Im Laufschritt eilte er die Treppe hinauf.

Pommer fing ihn auf dem Flur ab. »Um Gottes willen, wie siehst du aus?«

Tino wusste nur zu gut, wie er aussah, und versuchte es mit einem

Witzchen. »Deine Schuld. Du hast mir ja keine Zeit gelassen, meine Nelke zu kaufen. Jetzt hast du den Salat.«

Doch Pommer kannte ihn zu gut, um darauf reinzufallen. »Bist du gestern schon wieder versumpft?«

Tino zuckte die Achseln. »Ich bin nun mal kein Spießer wie du. Wann kapierst du das endlich?«

Pommer schüttelte den Kopf. »Du bist ein solcher Idiot, Konstantin Reichenbach. Ich kann nur hoffen, dass du es nicht vermasselst.«

Tino spürte, wie seine Hände außer Kontrolle gerieten. Sie zitterten plötzlich so stark, dass er sie verschränken musste, damit Pommer es nicht sah.

»Jetzt mach dir nicht in die Hose«, sagte er. »Ich verschwinde kurz, du weißt schon wo, und werfe mir ein bisschen Wasser ins Gesicht. Dann bin ich wieder tipptopp.«

Pommer hörte gar nicht hin, die Augen voller Entsetzen blickte er nur auf Tinos außer Rand und Band geratene Hände.

Der hielt es nicht länger aus und wandte sich zur Toilette. »Es dauert keine Minute. Geh du schon vor und sag, dass ich gleich komme!«

9

Rahel warf einen Blick auf die Rathausuhr, als sie aus der Elektrischen sprang. Zwei Stunden hatte sie frei bekommen, und fünfundzwanzig Minuten hatte sie allein dafür gebraucht, um vom Wertheim zum Weddinger Rathaus zu fahren. Hoffentlich ging alles glatt über die Bühne, sonst musste sie am Abend bis in die Puppen Überstunden machen und dann wahrscheinlich wieder Milch abpumpen – ihre Brüste taten jetzt schon weh.

Vor dem Eingang des alten, düsteren Gebäudes, das noch aus grauer Vorzeit stammte und angeblich bald durch einen Neubau ersetzt werden sollte, blieb sie stehen, um noch einmal mit sich zu Rate zu gehen. Und was, wenn es ein Fehler war, der sich nicht wieder korrigieren ließ? Sobald sie ihre Angabe zu Protokoll gegeben hatte, war es amtlich … Für einen Augenblick kamen ihr Zweifel, aber nur für einen Augenblick. Ach was, sie hatte Alex dreimal befragt, und dreimal hatte er mit einem Bäuerchen geantwortet. Eindeutiger konnte auch das Orakel von Delphi nicht Auskunft geben.

Ohne länger zu zögern, stieß sie die Eingangstür auf und durchquerte die Halle. Am Treppenaufgang wies eine mit Sütterlin beschriftete Hinweistafel den Weg zu den verschiedenen Ämtern. Das Einwohnermeldeamt befand sich im Erdgeschoss, doch da wollte sie nicht hin, sie hatte sich ja gleich nach ihrem Einzug bei Tante Ottilie schon umgemeldet. Stattdessen nahm sie die Treppe und lief in den zweiten Stock hinauf, wo das Standesamt untergebracht war.

Der für ihren Buchstaben zuständige Beamte, Koschwitz mit Namen, ein wohlgenährter, freundlich dreinblickender Mann von vielleicht dreißig Jahren mit hellwachen Augen und trotz seiner Jugend schon spiegelblanker Glatze, packte gerade die Reste seines zweiten Frühstücks ein, als sie die Amtsstube betrat.

»Sie wünschen?«

»Ich möchte die Geburt meines Sohnes melden.«

»Wie schön! Aber warum bei mir? Dafür sind doch die Hebammen und Krankenhäuser zuständig.«

Damit hatte Rahel nicht gerechnet. »Es … es gab da wohl ein Durcheinander, so dass die Eintragung versäumt wurde.«

»Ach so.« Der Amtmann nickte ihr wohlwollend zu. »Dann holen wir das jetzt eben nach. Bitte nehmen Sie Platz.« Er holte ein Formular aus der Schublade und nahm eine Füllfeder zur Hand. »Wenn ich Sie um Ihren Namen und Vornamen bitten darf?«

»Rosenberg, Rahel«, erwiderte sie, erleichtert, die Klippe umschifft zu haben.

»Ein hübscher Name – ich liebe Alliterationen.« Er tauchte die Füllfeder in das Tintenfass auf dem Schreibtisch und machte seinen Eintrag. »Vorname des Kindes?«, fragte er dann.

»Alexander.«

»Name und Vorname des Vaters?«

»Unbekannt.«

Der Amtmann stutzte, und Rahel fürchtete schon, er würde Fragen stellen. Aber zum Glück stieß er nur einen leisen Seufzer aus, dann beugte er sich wieder über das Formular, um ihre Angabe zu notieren.

»Vater unbekannt … – Tag der Geburt?«

»Vierzehnter April neunzehnhundertneunzehn.«

»Neunzehnhundertneunzehn?« Verwundert hob Amtmann Koschwitz den Kopf. »Aber warum melden Sie Ihr Kind dann erst jetzt?«

Obwohl es ihr schwerfiel, erwiderte sie seinen Blick. Sie hatte das Datum so weit zurückverlegt, damit Alex laut Ausweis schon ihr Kind war, bevor sie das erste Mal mit seinem Erzeuger geschlafen hatte. Doch das konnte sie natürlich nicht sagen.

»Es … es war eine einmalige Begegnung. Trotzdem hatte ich gehofft, dass der Vater irgendwann wieder auftaucht und sich zu seinen Pflichten bekennt. Aber inzwischen habe ich eingesehen, dass die Hoffnung wohl vergeblich ist.«

Amtmann Koschwitz schaute sie mit seinen wachen, freundlichen Augen an. »Jetzt verstehe ich, was Sie mit ›Durcheinander‹ meinten.« Mitfühlend schüttelte er den Kopf. »Unfassbar, was manche Männer sich leisten. Als hätte der liebe Gott ihnen kein Gewissen gegeben.« Dann trug er das Datum ein. »Tag der Geburt – vierzehnter April neunzehnhundertneunzehn. – Jetzt bräuchte ich nur noch den Geburtsschein.«

Rahel zuckte zusammen. »Natürlich, einen Moment.« Weil ihr nichts anderes einfiel, öffnete sie ihre Tasche und begann darin zu kramen, natürlich ohne Ergebnis. »Ich … ich glaube, ich habe vergessen ihn einzustecken. Ich hatte ihn extra noch bereitgelegt, auf dem Küchentisch, aber dann war ich wohl so in Eile …« Zum ersten Mal in ihrem Leben bedauerte sie, nicht öfter gelogen zu haben, dann müsste sie nicht so stammeln.

»Hm«, machte der Amtmann. »Was tun wir jetzt? Könnten Sie den Schein vielleicht holen? Wo wohnen Sie denn?«

»In der Samoastraße.«

»Also im Sprengelkiez? Das ist ja nicht gerade um die Ecke.« Er dachte einen Moment nach. »Ach was«, sagte er dann, »ich glaube

Ihnen auch so. Wenn ich mich nicht täusche, haben Sie schon Sorgen genug.«

Kurzentschlossen unterschrieb er das Formular, dann fuhr er mit einem Löschpapierroller über den Eintrag, um die Tinte zu trocknen.

»Danke«, flüsterte Rahel und schloss die Augen.

Jetzt war es amtlich – Alex war nur ihr Kind, ihr Kind ganz allein!

10

Erich Pommer redete um sein Leben. Doch sein einziger Zuhörer Emil Georg von Stauß hörte zu, ohne mit irgendeiner Regung seiner Miene zu erkennen zu geben, was er von dem Vortrag hielt. Stattdessen nippte er nur ab und zu an seinem Kaffee, der zusammen mit dem unvermeidlichen Glas Natronlösung vor ihm auf dem Tisch stand.

»Kunst und Kommerz sind kein Widerspruch«, erklärte Erich, dem bereits der Schweiß auf der Stirn stand. »Wir müssen aufhören, sie gegeneinander auszuspielen. Kunst *und* Kommerz – das ist das wahre Erfolgsrezept der Universum Film AG, und ›Dr. Mabuse‹ wird dazu die Probe aufs Exempel sein. Mit rein kommerziellen Brot- und Butterfilmen für das Ufa-Warenhaus wie ›Die Geier Wally‹ oder Abenteuer- und Detektivgeschichten aus früheren Decla-Zeiten können wir vielleicht im deutschen Markt bestehen, um aber internationale Erfolge zu erzielen, müssen wir künstlerisch anspruchsvolle Großfilme produzieren, die einerseits spektakulär genug sind, um die Menschen zum Staunen zu bringen und zu begeistern, sich gleichzeitig aber durch die Besonderheit ihrer Geschichten sowie die Eigenart ihrer Inszenierung von den amerikanischen Fabrikaten so deutlich unterscheiden, dass sie im Ausland als eigenständige Alternativen wahrgenommen werden.«

Je länger er sprach, desto mehr geriet er ins Schwitzen. Verzweifelt blickte er zur Tür. Wo zum Teufel blieb Tino? Fünf Minuten hatte Stauß gewartet, dann hatte er ohne ihn anfangen wollen. Um Zeit zu gewinnen, hatte Erich eingewandt, dass auch Major Grau noch fehle, doch Stauß hatte erwidert, dass der heute verhindert sei und nicht an der Sitzung teilnehmen werde, so dass ihm nichts anderes übriggeblieben war, als der Aufforderung nachzukommen. Seitdem war er der einsamste Mensch auf der Welt. Er war zwar bestens vorbereitet, er hatte seine Argumente auf Herz und Nieren geprüft und war zutiefst überzeugt, dass »Dr. Mabuse« genau der richtige Film war, um die neue Ära der Ufa einzuleiten. Trotzdem brauchte er Tino an seiner Seite. Erstens war er kein guter Redner, und zweitens würde er sofort aus dem Konzept geraten, wenn Stauß auch nur eine einzige Frage stellte, deren Beantwortung ernsthafte kaufmännische Kenntnisse voraussetzte.

Also konzentrierte er sich auf die Dinge, von denen er etwas verstand, in der Hoffnung, dass sie ausreichten, um Stauß zu überzeugen.

»Wenn es um das reine Spektakel geht«, fuhr er fort, »können wir mit den Amerikanern nicht mithalten – so wenig, wie wir ihnen die Niagara-Fälle nachmachen können. So etwas auch nur anzustreben, wäre hoffnungslos. Doch die Bewunderung, die man in Paris und in London für das deutsche Manuskript, für die deutsche Regie, für die deutsche Schauspielkunst hegt, ist der Beweis, dass wir, wenn auch auf anderen Gebieten, ebenso Unnachahmliches, Einzigartiges, ja Unübertreffliches zu bieten haben wie Amerika mit seinen Niagara-Fällen. Mit einem Wort: Um exportfähig zu sein, müssen wir unser eigenes Niagara erschaffen, ein völlig neues Genre – den künstlerisch wertvollen *Qualitätsfilm*. Das muss die Antwort der Ufa auf den amerikanischen Massenfilm sein. Eine durch und durch deutsche Antwort, die wir erstmals mit ›Dr. Mabuse‹ geben werden. Dabei vertraue ich voll und ganz auf unseren Regisseur. Fritz Lang ist ein Genie und wird der Welt mit dem ›Mabuse‹ zeigen, was ein deutscher Qualitätsfilm ist! Und mit Rudolf Klein-Rogge haben wir einen Hauptdarsteller gefunden …«

»Apropos«, fiel Stauß ihm ins Wort. »Die Besetzung der Hauptrolle macht mir ein wenig Sorgen. Mir sind Gerüchte zu Ohren gekommen, irritierende Gerüchte, von doch recht ungeordneten Verhältnissen. Herr Klein-Rogge soll angeblich früher mit unserer Drehbuchautorin verheiratet gewesen sein. Wie war noch gleich ihr Name?«

»Thea von Harbou.«

»Richtig. Und wie wir wissen, ist Frau von Harbou ja inzwischen mit Herrn Lang liiert, es heißt sogar, die beiden wollen heiraten. Fürchten Sie nicht, dass es da zu Konflikten kommen könnte?«

Erich biss sich auf die Lippe. Er hatte nicht damit gerechnet, dass Stauß so genau im Bilde war. Umso energischer schüttelte er den Kopf. »Darüber mache ich mir nicht die geringsten Sorgen. Frau von Harbou und Herr Klein-Rogge haben sich nicht nur im besten Einvernehmen getrennt, sie stehen sogar in einem so freundschaftlichen Verhältnis zueinander, dass Frau von Harbou selbst ihren ehemaligen Mann für die Rolle des Mabuse vorgeschlagen hat.«

»Erstaunlich«, sagte Stauß. »Aber gut, umso besser. Dann bin ich beruhigt und verlasse mich auf Ihr Wort.« Er nahm einen Schluck von seinem Kaffee. »Zurück zu unserem Thema. Sie sprachen soeben von Großfilmen, und offenbar zählen Sie den ›Mabuse‹ dazu. Da regt sich natürlich der Kaufmann in mir, und ich frage mich, ob dies die Zeit für finanziell derart waghalsige Experimente ist.«

Das Wort Kaufmann reichte, dass Erich ins Stottern geriet. »Wenn … wenn ich von Großfilmen sprach, meinte ich damit eigentlich Qualitätsfilme. Vielleicht erlauben Sie, dass ich dazu noch ein paar Erläuterungen hinzu …«

»Nein«, unterbrach Stauß. »Ich denke, ich habe verstanden, was Sie mit dem Begriff meinen. Aber ich bin mir nicht sicher, ob Sie sich Ihrerseits bewusst sind, in welcher wirtschaftlichen Lage wir uns befinden. Trotz der erfolgten Kapitalerhöhung haben wir weiter allen Grund, mit äußerst spitzem Bleistift zu kalkulieren. Unser Kino-Streik gegen die Lustbarkeitssteuer war ein Reinfall, er hat uns nur Einnahmeverluste gebracht, ohne dass die Steuer bislang abgeschafft wurde, und seit der Wiedereröffnung sind die Zuschauerzahlen stetig gesunken. Immer weniger Menschen können sich die Eintrittspreise leisten, kein Wunder, die Inflation frisst ihnen ja ihre Ersparnisse auf. Und während die Mark immer weiter an Wert verliert, haben wir gleichzeitig mit immer höheren Preisen bei den Importen zu kämpfen. Haben Sie eine Vorstellung, welche Unsummen wir inzwischen allein für das Rohfilmmaterial aufbringen müssen? Die Herren von der Kodak AG rechnen in Dollar ab, und wenn die Entwertung der Mark sich weiter so entwickelt, werden wir irgendwann nicht mal mehr imstande sein, das nötige Material aus Amerika zu beziehen …«

Ohne auch nur Luft zu holen, ging Stauß dazu über, die ganze Misere in Mark und Pfennig zu beziffern. Erich rauschten bei all den Zahlen nur so die Ohren, mit jeder neuen Rechnung, die Stauß aufmachte, schwanden seine Hoffnungen dahin, und es dauerte nicht lange, da fühlte er sich wie in einem Labyrinth, aus dem es keinen Ausweg gab.

Plötzlich ging die Tür auf. Stauß hielt in seiner Rede inne und drehte sich um.

»Oh, Herr Reichenbach? Heute ohne Nelke?«

Als Pommer seinen Freund sah, traute er seinen Augen nicht. War es möglich, dass ein paar Spritzer Wasser eine so wundersame Wandlung bewirkten? Vor wenigen Minuten hatte Tino noch ausgesehen wie ein Pennbruder, der unter einer Brücke genächtigt hat, jetzt aber war er plötzlich wieder das blühende Leben in Person.

»Für die Nelke fehlte mir leider die Zeit«, erklärte er mit seinem strahlendsten Lächeln. »Aber ich hoffe, Sie auch so zu überzeugen.«

»Da bin ich gespannt«, erwiderte Stauß.

Ohne auf eine Einladung zu warten, nahm Tino ihm gegenüber Platz. »Sie sprachen gerade über die Gefahren der Inflation?«, fragte er. »Dann erlauben Sie mir bitte, über deren Vorteile zu sprechen.«

11

Alexander Grau hatte einen Moment gezögert, als er sich bei Stauß mit einem unaufschiebbaren Auswärtstermin für die heutige Sitzung im Piccadilly-Haus entschuldigt hatte, schließlich standen wichtige Entscheidungen für die Zukunft der Ufa auf der Tagesordnung – das versprach Informationen, für die Gustav Reichenbach vielleicht sein Portemonnaie geöffnet hätte. Doch andererseits … Wozu brauchte er Gustav Reichenbach, wenn er dessen Frau Gemahlin hatte?

Constanze hatte ihn in ihrer Suite im »Dresdner Hof« empfangen, in einem Nichts von Negligé, die Augen unverwandt auf ihn gerichtet, dabei mit ihrer schönen, wohlgeformten Hand an ihrer Perlenkette spielend und die Lippen zum Kuss geschürzt – genau so, wie er es sich in seinen kühnsten Träumen vorgestellt hatte.

»Alexander …«

»Constanze …«

Jetzt saßen sie beide nackt an einem zierlichen Tischchen, auf dem Constanze ein Champagnerfrühstück hatte anrichten lassen, und wenn sie ihm nicht gerade Schampus einschenkte, fütterte sie ihn mit Austern. Dabei blickte sie ihn so schamlos an, dass er die Botschaft gar nicht missverstehen konnte. Dem Genuss der Schalentiere wurden ja die unerhörtesten Dinge nachgesagt, angeblich reichten ein paar Dutzend davon aus, um selbst Tote wieder zum Leben zu erwecken. Doch so reizvoll die Vorstellung war, die Wirkung am eigenen Leib auszuprobieren, und der Gardeoffizier in ihm sich auch schon wieder regte, beschloss er, die unverhohlene Aufforderung zum Sonderexerzieren zu ignorieren. Er hatte sie schließlich nicht zum Vergnügen um dieses Treffen gebeten!

»Ich habe gestern mit unserem gemeinsamen Freund telefoniert«, sagte er.

Constanze hob die Brauen. »Mit Ehrhardt?«

Er nickte. »Es ist wieder so weit.« Und um nicht laut sagen zu müssen, was er damit meinte, pfiff er leise die ersten Töne von »Zehn Kleine Negerlein«.

Sie brauchte nur wenige Takte, um zu begreifen. »Walther Rathenau?«

»Pssst«, machte er. »Keine Namen.«

»Fährt er demnächst auch zur Kur?«, flüsterte sie.

»Leider nein. Es muss in Berlin geschehen. – Das heißt allerdings«, fügte er nach einer kurzen Pause hinzu, »dass der Aufwand ein ungleich höherer sein wird.«

Mehr sagte er nicht. Er schaute sie nur bedeutungsvoll an, zuversichtlich, dass sie ganz allein die nötigen Schlüsse daraus zog.

Sie enttäuschte ihn nicht. »Was auch immer nötig sein wird«, erwiderte sie, »richte unserem Freund bitte aus, dass die Organisation auf mich zählen kann.«

12

Auf der Büroetage des Wertheim brannte nur noch in wenigen Räumen Licht. Vor einer Stunde war Ladenschluss gewesen, und jetzt war es hier oben so still, dass Rahel durch das geschlossene Fenster das Rauschen des Autoverkehrs hören konnte, während sie an ihrem ersten Entwurf zur Ankündigung der Modenschau arbeitete, um die bei Tage verlorene Zeit nachzuholen. Doch trotz der Ruhe gelang es ihr nicht, sich zu konzentrieren. Sie hatte gehofft, es noch rechtzeitig nach Hause zu schaffen, um Alex zu stillen, bevor ihr der Busen platzte, doch sie kam mit dem Text einfach nicht voran und ihre prallen Brüste schmerzten so sehr, dass ihr nichts anderes übrigblieb, als die Milch abzusaugen.

Sie holte die kleine Pumpe samt Saugnapf, Schlauch und Fläschchen aus ihrer Tasche, doch als sie die Bluse aufknöpfte, ging die Tür auf und der schöne Joachim kam herein.

»Immer noch fleißig?« Für eine Sekunde blieb sein Blick an ihrer halb geöffneten Bluse hängen, und während sie unwillkürlich mit der Hand zur Brust fuhr, um sie zu bedecken, wurde sein Lächeln zu einem Grinsen. »Ich muss sagen, Sie sind wirklich ein Gewinn für unser Haus.«

Zum Glück steckte Edgar Weißpfennig gerade seinen Kopf zur Tür herein, so dass ihr eine Antwort erspart blieb. »Alles in Ordnung?«, wollte er wissen.

Rahel knöpfte sich die Bluse zu. »Ja, natürlich.«

»Ich wollte nur fragen, ob du Lust auf einen Feierabend-Tee hast?«

»Wir sind gerade in einer Besprechung«, erwiderte der schöne Joachim, bevor sie etwas erwidern konnte. »Sehen Sie das denn nicht? – Wenn Sie also bitte die Güte haben wollen, nicht länger zu stören?«

Edgar warf ihr einen fragenden Blick zu, doch als sie nickte, verabschiedete er sich und verschwand.

Kopfschüttelnd schaute der schöne Joachim zu, wie die Tür sich hinter ihm schloss. »Ach ja, unser Fräulein Weißpfennig …«

»Fräulein Weißpfennig?«, wiederholte Rahel. »Was wollen Sie damit sagen?«

Als er ihr Gesicht sah, schüttelte er den Kopf. »War nur ein Scherz. – Allerdings«, wechselte er dann das Thema, »ein kleiner Umtrunk zum Feierabend wäre gar keine schlechte Idee. Was meinen Sie, Fräulein Rosenberg – wie wär's mit uns zwei Hübschen? Haben wir nicht ein Gläschen verdient?«

Rahel war über seinen Versuch nicht überrascht. Es war nicht das erste Mal, dass der schöne Joachim ihr Avancen machte, vor allem, wenn er sie zu Überstunden vergattert hatte, und mit jedem Mal fiel es ihr schwerer, ihm einen Korb zu geben.

Doch diesmal hatte sie die perfekte Ausrede parat, er selbst hatte sie ihr verschafft.

»Leider bin ich mit meinem Text noch nicht so weit.«

»Aber das hat doch auch noch bis morgen Zeit«, erwiderte er gönnerhaft.

»Ach so? Hatten Sie nicht gesagt, dass der erste Entwurf unbedingt noch heute fertig werden muss?«

So unschuldig sie konnte, schaute sie zu ihm auf. Joachim Raschke verkörperte so ziemlich alles, was sie an Männern nicht mochte. Er war zu hübsch, zu geschwätzig, zu eingebildet. Sie hatte darum nicht das geringste Interesse, mit ihm auszugehen, und hoffte, dass er das endlich begriff, ohne dass sie ihm selbst die Gründe darlegen musste.

Eine lange Weile erwiderte er ihren Blick, dann nickte er. »Verstehe.« Mit säuerlicher Miene wandte er sich zur Tür. »Aber gut. Wer nicht will, der hat schon.« Im Flur drehte er sich noch einmal um. »Zum Glück gibt's ja die Parfümerie.«

13

Erich wusste, heute war Waschtag, deshalb konnte es für die Überraschung, die er für Gertrud parat hatte, keinen besseren Tag geben als diesen. Trotzdem wunderte er sich, als er am Abend nach Hause kam, dass seine Frau immer noch in der Waschküche stand, umwoben von den Dampfschwaden, die aus dem blubbernden Bottich wallten und in denen sie wie im Nebel verschwand, während sie mit einem riesigen Holzstab die Wäsche rührte.

»Du bist noch hier?«, fragte er. »Schläft das Hänschen schon?«

»Ja«, erwiderte sie. »Er war so müde, dass ihm beim Abendessen die Augen zugefallen sind. Wir waren den ganzen Nachmittag im Garten und haben im Schnee ein Iglu gebaut. Deshalb habe ich die Wäsche auf den Abend verlegt.«

»Apropos Wäsche!« Erich holte den Prospekt, den er im KaDeWe mitgenommen hatte, aus der Tasche und wedelte damit in der Luft. »Sieh mal, was ich hier habe!«

Gertrud legte den Wäschestab beiseite und trat näher. »›*Wenn Vater waschen müsste …*‹«, las sie die Überschrift auf dem Faltblatt.

Irritiert blickte sie ihn an.

»›*… kaufte er noch heute eine Miele Elektro-Waschmaschine*!‹«, ergänzte Erich den Reklamespruch. »Und obwohl Vater gar nicht waschen muss, hat er heute eine Miele Waschmaschine bestellt, dieselbe wie im Prospekt. Und dreimal darfst du raten, warum.«

Gertruds Augen leuchteten auf. »›Dr. Mabuse‹ wird gedreht?«

»Ja, mein Trudchen, nächsten Monat fangen wir an.«

»Das ist ja wunderbar!« Mit ihren feuchten Händen nahm sie sein Gesicht und gab ihm einen Kuss. »Ich wusste ja, dass du es schaffst.«

»Da wusstest du mehr als ich – ich hatte die Hoffnung schon aufgegeben. Stauß hatte nämlich tausend Einwände, vor allem wegen der Inflation. Tino hat den Film gerettet, er hat geredet wie ein Wasserfall und Stauß die Gewinne vorgerechnet, die wir mit dem ›Mabuse‹ angeblich gerade *wegen* der Inflation erzielen werden.«

So gut er konnte, zählte er die Argumente auf. Durch den Wertverfall des Geldes würden die Kosten für die Gagen der Schauspieler und Techniker mit jedem Tag sinken. Vor allem aber würden die Auslandslizenzen für den »Mabuse« in Dollar und Pfund und Franc bezahlt, und Devisen waren in diesen Zeiten so wertvoll wie Gold. Dadurch würden die Vorteile der Inflation im Vergleich zu den Nachteilen unterm Strich bei weitem überwiegen, sogar die Verteuerung bei der Rohfilmbeschaffung würde wieder wettgemacht.

Gertrud hörte aufmerksam zu, wahrscheinlich begriff sie besser als er selbst, was er ihr gerade versuchte zu erklären.

»Ein Glück, dass ihr zwei euch so gut ergänzt«, sagte sie. »Aber wenn du endlich deinen Film drehen kannst – warum ziehst du dann so ein ernstes Gesicht? Du müsstest doch Freudentänze aufführen. Gibt es an der Sache irgendeinen Haken?«

»Du hast mich mal wieder durchschaut«, sagte er. »Ja, es gibt einen Haken, einen ziemlich großen sogar – Tino musste Stauß hoch und heilig versprechen, dass der Film bereits durchfinanziert ist, wenn wir anfangen. Aber ich bin mir nicht sicher, ob er das schafft. Du hättest mal sehen sollen, in welchem Zustand er heute Morgen aufgekreuzt ist. Zum Fürchten! Seit Rahel ihm den Laufpass gegeben hat, vergeht offenbar keine Nacht mehr, in der er nicht irgendwo versumpft. – Und außerdem …«

»Außerdem was?«, wollte Gertrud wissen, als er plötzlich stockte.

Erich wollte sich eine Zigarette anzünden, doch in dem Wasserdampf fingen die Zündhölzer kein Feuer. »Stauß hat herausgefunden, dass unser Hauptdarsteller Rudolf Klein-Rogge früher mit Thea von Harbou verheiratet war, der Drehbuchautorin. Und weil die jetzt mit unserem Regisseur Fritz Lang liiert ist, befürchtet er Konflikte.«

»Das täte ich an seiner Stelle allerdings auch!«, lachte Gertrud. »Dann kann ich nur hoffen, dass dein Hauptdarsteller sich immer strikt ans Drehbuch und vor allem die Regieanweisungen hält und nicht aus der Rolle fällt.«

Erich stieß einen Seufzer aus. »Dein Wort in Gottes Ohr. Ich habe Stauß jedenfalls mein Wort gegeben, dass er sich keine Sorgen machen muss. Du weißt ja, wie diese Zahlenmenschen sind, die glauben, alle müssten genauso funktionieren wie sie, und haben keinen blassen Schimmer, wie Künstler ticken. Erst als ich ihm gesagt habe, dass die Harbou selbst ihren Ex-Mann für die Rolle vorgeschlagen hat, war er beruhigt.«

»Dann ist ja alles gut.« Gertrud drehte sich zu ihrem Bottich herum, um weiter ihre Wäsche zu rühren.

»Nicht ganz. Weil …« Erich zögerte. »Fritz Lang war schon mal verheiratet, mit einer Schauspielerin, Elisabeth Rosenthal.«

Überrascht blickte Gertrud über die Schulter. »Hat die sich nicht umgebracht?«

»Ja. Vor zwei Jahren. Mit der Pistole ihres Mannes. Nachdem sie sein Verhältnis mit Thea von Harbou entdeckt hatte.«

»Ach du meine Güte!« Sie ließ ihren Holzstab los und holte tief Luft. »Und das hast du Herrn von Stauß verschwiegen?«

»Was heißt verschwiegen?«, fragte er zurück. »Schließlich bin ich nicht verpflichtet, das gesamte Vorleben meiner Crew vor ihm auszubreiten. Außerdem, genau betrachtet, ist das ja Privatsache und hat nichts mit unserem Film zu tun.«

»Da wäre ich mir nicht so sicher.« Eingehüllt in eine Dampfwolke, schaute Gertrud ihn an. »Ich kann mir kaum vorstellen, dass die Betroffenen in so einer Sache privat und beruflich immer auseinanderhalten können. Hast du mit Tino darüber gesprochen?«

Erich schüttelte den Kopf. »Nein, der soll sich um seine eigenen Aufgaben kümmern, in seiner derzeitigen Verfassung hat er damit mehr als genug zu tun. Wenn ich ihm auch noch mit meinen Problemen komme, dreht er nur durch, und am Ende platzt die Finanzierung.«

14

In tiefen Schatten lag der Hinterhof da, als Rahel das Hoftor durchquerte. Ein Drehorgelmann kam ihr in der Dunkelheit mit seinem Karren entgegen, offenbar hatte er bis in den Abend hinein gespielt. Während sie auf das Haus zulief, ging irgendwo ein Fenster auf und jemand goss sein Spülwasser hinunter, aber sie hatte Glück, der Schwall landete ein paar Meter vor ihr auf dem schnee- und eisbedeckten Pflaster.

Im Hausflur schlug ihr der Geruch von faulem Kohl entgegen, und hinter der ersten Wohnungstür am Eingang stritt der Hausmeister mit seiner Frau. Trotz des Lärms glaubte Rahel ein Baby schreien zu hören. Zwei Stufen auf einmal nehmend, hastete sie die Treppe hinauf.

Sie hatte sich nicht getäuscht. Als sie in die Wohnung kam, trug

Tante Ottilie Alex durch den Flur und versuchte, ihm das Fläschchen zu geben, aber er spuckte den Sauger immer wieder aus. Eilig streifte sie den Mantel ab und nahm den Kleinen auf den Arm.

»Hat er den ganzen Tag schon so geschrien?«

»Nein«, erwiderte Tante Ottilie. »Zwischendurch hat er auch mal geschlafen.«

Als wolle er protestieren, schrie Alex nur noch lauter. »Psch, psch, psch«, machte Rahel. »Ist ja schon gut, mein kleiner Liebling. Ist ja schon gut …« Leise sprach sie auf ihn ein, küsste ihn und schmiegte ihre Wange an sein Gesicht. Aber nichts half, er wollte sich nicht beruhigen.

»Langsam mache ich mir Sorgen«, sagte sie. »Was meinst du, soll ich mal mit ihm zum Arzt?«

Tante Ottilie schüttelte den Kopf. »Wovon willst du den bezahlen? Du hast doch sowieso kein Geld. Ich glaube, der kleine Hosenscheißer macht nur deshalb so viel Geschrei, weil er das Fläschchen nicht will. Sobald er es sieht, brüllt er los.«

Rahel knöpfte ihre Bluse auf, um ihm die Brust zu geben. Doch als sie Fritz in der Küche hörte, verschwand sie mit Alex auf dem Arm in ihrem Zimmer. Zum Glück hatte Tante Ottilie den kleinen Ofen angemacht, so dass es warm genug zum Stillen war.

Kaum war sie mit ihrem Sohn allein, suchte er mit seinem Mündchen, und im Nu wurde er fündig und begann zu saugen. Erleichtert atmete sie auf.

»Schäm dich, du kleiner Schuft. Deine arme Mama so zu erschrecken.«

Es war jedes Mal ein kleines Wunder. Mit jedem Schluck, den Alex trank, wurde er ruhiger, immer gleichmäßiger wurden seine Züge, und es dauerte nur ein paar Minuten, da fingen seine kleinen Augen an zu rollen und er schlief ein, das milchverschmierte Mündchen noch an ihrem Busen.

»Siehst du wohl, mein Schatz? Jetzt ist alles wieder gut.«

Behutsam löste sie ihn von der Brust und legte ihn in die Wiege. Dann zog sie den Schreibtischstuhl heran und setzte sich zu ihm, um ihm noch ein bisschen beim Schlafen zuzuschauen. Egal, wie schwer und kompliziert und anstrengend ihr Leben geworden war, Alex war das schönste Geschenk, das sie je bekommen hatte.

Ein leises Klingeln schreckte sie auf. Offenbar hatte sie sich von Alex anstecken lassen und war auf ihrem Stuhl eingenickt.

»Rahel?«

Blinzelnd drehte sie sich zur Tür ihres Zimmers herum. Lilly stand auf der Schwelle, mit einer Flasche Erdbeerwein und zwei Gläsern in der Hand.

»Ein Gruß von Oma Leydicke«, flüsterte sie. »Kommst du rüber? Ein bisschen quatschen? Ich muss dir dringend was erzählen!«

Gähnend schüttelte Rahel den Kopf. »Nein, lieber nicht – morgen. Ich bin furchtbar müde und sollte schlafen. Ich weiß ja nicht, wie oft Alex mich in der Nacht noch weckt.«

15

Tino wusste selber nicht mehr genau, wie er es geschafft hatte, Stauß herumzukriegen. Er wusste nur, dass er mal wieder in Bestform gewesen war und Stauß mit seinen eigenen Argumenten geschlagen hatte, was die Inflation anging. Pommer, der sich so sehr in die Hose gemacht hatte, konnte jedenfalls nur noch mit den Ohren schlackern.

Doch sein Triumph war inzwischen eine Ewigkeit her, schon mehr als einen halben Tag, und die wunderbare Euphorie, die ihn bei der Besprechung im Piccadilly-Haus beflügelt hatte, hatte sich in Luft aufgelöst, um der entsetzlichen Rastlosigkeit zu weichen, die ihn jeden Abend befiel, sobald er allein in seiner großen leeren Wohnung war. Obwohl er das Aspirin samt Wasserglas schon auf seinem Nachtkasten bereitgestellt hatte, hatte er sich geschworen, heute zu Hause zu bleiben. Er musste den »Mabuse« durchkalkulieren, Stauß verlangte eine solide Finanzierung, das war seine Bedingung für die Freigabe des Films gewesen. Doch was ihm heute Mittag noch wie ein Kinderspiel erschienen war, erwies sich jetzt, nachdem er zwei Stunden hin und her gerechnet hatte, als ein Problem, das mit jeder neuen Überlegung größer und größer wurde. Wie sollte man den Finanzbedarf errechnen, wenn Pommer den Film produzierte? Der hielt doch sowieso kein Budget ein – das hatte er noch kein einziges Mal in seiner Karriere geschafft! Und außerdem, was nützte alle Rechnerei angesichts der immer schneller steigenden Inflation? Jede Zahl, die er heute aufschrieb, würde in ein paar Wochen Makulatur sein, angefangen bei den Kosten für das Rohfilmmaterial über die Schauspieler- und Technikergagen bis hin zu den zu erwartenden Kinoeinnahmen oder möglichen Erlösen aus Lizenzverkäufen.

Tino klappte seine Unterlagen zu und stand auf. Morgen war auch noch ein Tag – jetzt brauchte er was zu trinken! Er ging in die Küche, doch in der Vorratskammer fand er nur eine Kiste warmen Champagner und ansonsten lauter leere Flaschen.

Vielleicht auf ein schnelles Bier und ein paar Kurze in die nächste Eckkneipe?

Nein, heute nicht! Er wusste ja, wie das enden würde, es war doch immer dasselbe.

Auf dem Küchentisch lag die Zeitung – da er nicht gefrühstückt hatte, war sie noch unberührt. Er setzte sich und schlug die erste Seite auf. *Pius XI. neuer Papst in Rom … Hungersnot in der Sowjetunion … Freiheitskämpfer Gandhi in Indien verhaftet …* Kaum hatte er die ersten Schlagzeilen überflogen, hatte er auch schon genug und blätterte zu der Seite mit den Kreuzworträtseln weiter. »Hauptstadt von Australien«, acht Buchstaben … »Nordafrikanischer Fluss«, drei Buchstaben … »Anderes Wort für Elend«, ebenfalls drei Buchstaben …

Entnervt warf er die Zeitung hin. Und wenn er sich einfach ins Bett legte? Es war schon spät, er hatte einen anstrengenden Tag hinter sich, wahrscheinlich würde er keine zwei Minuten brauchen, bis ihm die Augen zufielen.

Plötzlich fühlte er sich so müde, als hätte er seit Tagen nicht mehr geschlafen. Um sich nicht künstlich wachzumachen, beließ er es im Bad bei einer Katzenwäsche. Während er sich die Zähne putzte, beschloss er, sicherheitshalber ein Buch mit ins Bett zu nehmen für den Fall, dass es mit dem Einschlafen nicht auf Anhieb klappte.

Er ging in die Bibliothek. Zum Glück brauchte er nicht lange zu suchen, gleich im ersten Regal sprang ihm genau das Richtige entgegen: Thomas Mann, »Die Buddenbrooks« – sechshundert Seiten, das reichte für die ganze Nacht.

Als er das Buch aus dem Regal zog, glaubte er plötzlich Rahels Stimme zu hören.

»… der beste Roman aller Zeiten …«

Im selben Moment begann er am ganzen Leib zu zittern, und als hätte er plötzlich Schüttelfrost, schlugen seine Zähne aufeinander.

Der Anfall kam mit solcher Macht, dass es mit seinen Vorsätzen auf der Stelle vorbei war. Er stellte den Band zurück ins Regal, dann lief er so eilig hinaus, dass er fast vergaß, sich etwas Warmes anzuziehen, bevor er die Wohnung verließ, und rannte hinunter auf die Straße.

16

Ruhig und friedlich schlummerte Alex in seiner Wiege. Der kleine Ofen hatte vor einer Weile aufgehört zu bullern, das Feuer darin war erloschen, und je weiter die Nacht voranschritt, umso mehr wich die Wärme der scharfen Winterkälte, die durch die Fensterritzen kroch. Während unten vom Hof Stimmen zu hören waren, zog Rahel sich fröstelnd die Decke über die Schultern, und einmal mehr drehte sie sich im Bett herum in der Hoffnung, endlich einzuschlafen.

Mit geschlossenen Augen lauschte sie den Atemzügen ihres Kindchens und versuchte, in denselben gleichmäßigen Rhythmus zu finden. Fast jeden Abend schlief sie auf diese Weise ein, meist fielen ihr die Augen schon nach wenigen Minuten zu, doch heute wollte es ihr nicht gelingen. Immer wieder kreisten dieselben Gedanken und Fragen in ihrem Kopf, die sie während des Tages verdrängte. Lag es wirklich nur am Fläschchen, dass Alex so oft schrie? Oder war sie selbst der Grund? Weil sie eine schlechte Mutter war, die, anstatt bei ihrem Kind zu bleiben, jeden Morgen zur Arbeit ging, um erst spät am Abend wieder nach Hause zurückzukehren … Sie wünschte sich ja selbst nichts mehr, als rund um die Uhr für Alex da zu sein – aber wie sollte sie das schaffen? Sie war ja schon froh, wenn sie pünktlich ihre

Miete zahlen konnte, und traute sich kaum, über den nächsten Monatswechsel hinauszudenken. Das bisschen Lohn, das sie im Wertheim bekam, reichte doch hinten und vorne nicht, alle paar Wochen musste sie Herrn Nüskens in der Sparkasse am Fehrbelliner Platz aufsuchen, um zwanzig oder fünfzig oder sogar hundert Mark abzuheben. Auf ihrem Konto waren inzwischen keine zweitausend Mark mehr übrig, und in den Geschäften wurde alles immer nur teurer und teurer und teurer …

Aus der Wiege ertönte ein Mucken. Rahel hielt den Atem an. Doch zum Glück nur falscher Alarm – Alex war schon wieder eingeschlafen.

Abermals warf sie sich auf dem Bett herum. War es ein Fehler gewesen, den Standesbeamten anzulügen? Hatte sie mit dem gefälschten Geburtsdatum nicht für immer eine Tür zugeschlagen?

In der Dunkelheit sah sie plötzlich Tinos Gesicht. Wie glücklich war er gewesen, als er Alex auf dem Arm gehalten hatte … »Ein Junge? Mit allem Drum und Dran?« … Doch dann hörte sie wieder seine fürchterliche Frage, mit der er alles zerstört hatte, wie ein Echo hallte sie in ihr wider … Und zugleich hörte sie ihre eigene Stimme, den einen, genauso fürchterlichen Satz, den sie ihm hinterhergerufen hatte, als er schon auf dem Flur gewesen war, ihr aller-, allerletzter Satz, der den Bruch für immer und ewig besiegelte – Worte, die sie niemals hätte aussprechen dürfen, nicht in diesem Moment, weil sie ja nur seinen aberwitzigen Verdacht zu bestätigen schienen …

Warum hatte sie nur nach dieser idiotischen Zahl gefragt? Einundzwanzig. Als hinge davon ihr Leben ab.

Die Erinnerung wühlte sie so sehr auf, dass es sie nicht länger im Bett hielt. Sie warf die Decke von sich und stand auf.

Im Morgenmantel verließ sie das Zimmer. Im Flur war schon alles dunkel, doch aus Lillys Zimmer drang noch Licht.

Leise klopfte sie an, dann öffnete sie die Tür.

»Bist du noch wach?«

17

Die »Statistenbörse« war ein Café in der unteren Friedrichstraße, das seinen Namen einem äußerst gemischten Publikum verdankte. Hier trafen Filmwelt und Halbwelt zusammen. Während im hinteren Teil des Lokals Möchtegernproduzenten in verschwitzten Straßenanzügen mit zwielichtigen Finanziers oder arbeitslosen Regisseuren verhandelten, tummelten sich weiter vorne Schauspielerinnen und Schauspieler jedweden Alters, Aussehens und Talents. Fiebrig erregt von den Aufnahmen des Tages, von denen sie, oft noch im Kostüm, direkt hierherkamen, überboten sie sich gegenseitig mit ihren gerade erlebten Drehbuchabenteuern, die für die Dauer ihres Auftritts inmitten einer Talmikulisse ihr Leben bedeuteten, aufgetakelte Diven in Soiréetoilette und Lebemänner im Frack oder Smoking, dicht an dicht mit grell geschminkten Grisetten und obdachlosen, heruntergekommenen Kavalieren, die sich am Abend nicht mehr als ein Getränk leisten konnten, um mit Cowboys in Wildwest-Anzügen, muselmanischen Eunuchen und Seeleuten im Schiffersonntagsstaat um die allgemeine Aufmerksamkeit zu buhlen. Den mit Abstand größten Teil des Publikums aber bildeten zahllose junge und zumeist auffallend hübsche Frauen und Mädchen, die sogenannten »Kinogirls«, die sich mit großzügig geschnittenen Dekolletés in Positur setzten und dabei ihre langen, nackten Beine aus kurzen, glitzernden Röckchen hervorstreckten. Mit künstlichen Locken und ausladenden Gainsboroughhüten saßen sie da, zwischen echten, erwachsenen Filmdamen sowie den Begleitern dieser Damen, und versuchten sich in gezierten Gebärden, während sie gleichzeitig kichernd an ihren Gläsern nippten oder eine Eiscreme löffelten, mit sehnsuchtsvollen Fieberaugen Ausschau haltend nach Mogulen im Konfektionsschick oder Sportdress. Sie alle träumten ausnahmslos denselben Traum – endlich »entdeckt« zu werden!

Kaum hatte Tino den Eingang des Cafés passiert, fühlte er, wie die unerträgliche Unrast, die ihn hinaus auf die Straße getrieben hatte, von ihm abfiel und stattdessen ein wunderbares Kribbeln sich seiner bemächtigte. Die Aussicht auf ein erotisches Abenteuer war immer noch die beste Medizin! Allein das Stimmengewirr, das mit dem Zigarettenqualm aus dem Lokal drang, das Gläserklirren und Tellerklappern, das ganze aufgeregte Kommen und Gehen, ließ sein Herz höher schlagen.

Doch statt sich sogleich ins Getümmel zu werfen, suchte er die Toilette auf. Bevor er sich der Damenwelt präsentierte, musste er sich erst ein wenig frisch machen.

»Eine oder zwei Linien, der Herr?«

»Heute zwei, Günni.«

Günni, das war Günter Jeschonnek, ein magerer, rötlicher Mittvierziger, der mit gleichbleibend servilem Lächeln im Herrenwaschraum sein Geschäft betrieb – die mieseste Type von ganz Berlin. Angeblich hatte er früher Theologie studiert und danach ein paar Jahre im Filmgeschäft gearbeitet, wo er aber hoffnungslos gescheitert war, erst als Regisseur, dann als Schauspieler und schließlich als Dramaturg. Trotzdem genoss er in der »Statistenbörse« höchstes Ansehen – er hatte einfach den besten Stoff in der ganzen Stadt.

»Voilà, monsieur!«

Mit der Eleganz eines Pariser Garçons servierte er das Gewünschte auf einem Spiegeltablett. Schon beim Anblick der zwei makellos reinen, schneeweißen Linien blühten Tinos Lebensgeister wieder auf. Er nahm das Silberröhrchen, das er zu diesem Zweck stets bei sich führte, und sog die beiden Linien ein, mit jedem Nasenloch eine.

Wie eine Rakete schoss das Glück in ihn ein.

»Aaaaaah …«

An Leib und Seele erquickt, drückte er Günter Jeschonnek einen Zehner in die Hand und verließ den Waschraum. Auf dem Gang zog eine brünette Schönheit vor einem Spiegel ihren Lippenstift nach. Als sie sich vorbeugte, sah Tino durch den Ärmelausschnitt, dass sie keinen BH trug. Es musste eine Wonne sein, an diesem kleinen, appetitlichen Busen zu knabbern.

»Was für ein Gesicht«, sagte er im Vorübergehen.

Wie erhofft, drehte die fremde Schönheit sich um. »Meinen Sie etwa mich?«

Tino blieb stehen. Er hob die Arme, und mit Daumen und Zeigefinger seiner zwei Hände bildete er ein Rechteck vor seinen Augen, um sie dadurch anzuschauen. »Einfach göttlich. Dieses Gesicht ist wie geschaffen für den Film.«

»Oh, finden Sie?« Vor lauter Freude schnappte ihr kindliches Stimmchen fast über.

Tino tat, wie vom Blitz gerührt, und eine lange Weile betrachtete er sie in stummer Adoration durch sein Fingerobjektiv. Dann ließ er die Hände sinken und nickte ihr mit Kennermiene zu.

»Glauben Sie mir, mein schönes Kind – wenn einer das beurteilen kann, dann ich!« Er trat auf sie zu und reichte ihr seinen Arm. »Ich denke, wir sollten uns ein wenig unterhalten.«

18

Der Erdbeerwein von Oma Leydicke war so süß, dass Rahel schon jetzt die Kopfschmerzen zu spüren glaubte, mit denen sie am nächsten Morgen aufwachen würde. Trotzdem war ihr Glas fast leer. Erstens wollte sie Lilly nicht beleidigen. Zweitens, so hatte sie in einer von Dr. Gepperts Zeitschriften gelesen, waren zwei Gläser Wein auch während der Stillzeit erlaubt. Und drittens tat der Alkohol ihr gut.

»Manchmal weiß ich einfach nicht mehr, wie ich alles schaffen soll. Dann möchte ich nur noch losheulen.«

»Jetzt tu dir mal nicht selber leid«, sagte Lilly. »Da gibt's ganz andere Schicksale. Zum Beispiel Lieschen Lappschies aus der Damenoberbekleidung. Erst hat sie sich von einem Unterwäschevertreter ein Kind andrehen lassen, dann hat sie ihre Stelle verloren, nur weil sie einen Strampelanzug mitgehen ließ, und als sie plötzlich mit ihrem Balg und mit nichts in der Tasche als das bisschen Stempelgeld dasaß, konnte sie die Miete nicht mehr zahlen und ist auch noch aus der Wohnung geflogen. Jetzt geht sie in der Oranienburger auf den Strich.«

»Danke für die aufmunternden Worte.« Rahel trank aus und streckte ihr das leere Glas entgegen.

»Ist doch wahr«, sagte Lilly und schenkte nach. »Im Vergleich zu Lieschen Lappschies geht es uns doch danke. Wir haben Arbeit und ein Dach über dem Kopf. Also hoch die Tassen! Es wird schon schiefgehen.«

Rahel hatte ihre Zimmernachbarin eigentlich besucht, um sich ein bisschen bedauern zu lassen, sie konnte etwas Trost und Mitgefühl wirklich gebrauchen. Doch da war sie an die falsche Adresse geraten, Jammern kam für Lilly Seidenschön nicht in Frage. Lilly war ein ebenso schlichtes wie sonniges Gemüt, für sie hatte jedes Ding zwei Seiten, eine gute und eine bessere, und sie war deshalb felsenfest davon überzeugt, dass schon bald ihr größter Traum in Erfüllung gehen würde und ihr der Sprung von der Kurzwarenabteilung im Wertheim in die Babelsberger Studios gelang – sämtliche Wände in ihrem Zimmer waren mit Fotografien von Filmstars tapeziert. Trotzdem war Rahel froh, jetzt bei ihr zu sitzen, statt in ihrem Bett zu liegen und zu grübeln. Egal, was Lilly sagte, man spürte, dass sie es gut mit einem meinte, und allein durch ihre zuversichtliche Art vermittelte sie einem das Gefühl, dass es am Ende für jedes Problem irgendwie eine Lösung gab. Sie tat Rahel darum fast genauso gut wie ihr schrecklicher Erdbeerwein.

»Waren das die Neuigkeiten, die du mir erzählen wolltest?«

»Von Lieschen Lappschies?« Lilly schüttelte ihren Bubikopf. »Aber schön, dass du dich erkundigst, ich dachte schon, du fragst überhaupt nicht mehr.« Sie hielt inne, um Rahel mit ihren großen dunklen Kulleraugen bedeutungsvoll anzuschauen, dann sagte sie: »Ich glaube, meine große Stunde ist gekommen.«

»Jemand hat dich entdeckt? Vom Film?«

»Noch nicht ganz. Aber fast.« Ein Leuchten ging durch ihr Gesicht. »Ich soll bei der nächsten Modenschau Kleider vorführen. Auf dem Laufsteg, als richtiges Mannequin! Stell dir nur vor! Dein Chef, der schöne Joachim, hat mich Herrn Wertheim vorgeschlagen.«

»Das … das ist ja großartig.«

In Wirklichkeit fand Rahel das ganz und gar nicht großartig. Wenn der schöne Joachim Lilly vorgeschlagen hatte, war klar, welche Absichten er damit verband. Aber sie wollte keine Spielverderberin sein und verkniff sich die Bemerkung, die ihr auf der Zunge lag.

»Ich kann es gar nicht erwarten«, fuhr Lilly fort. »Angeblich kommt sogar ein echter Modeschöpfer aus Paris. Und wenn der erst mal sieht, wie ich mit meinem Luxus-Hintern wackeln kann, dann …« Als sie Rahels Gesicht sah, unterbrach sie ihren Redeschwall. »Keine Angst, du kriegst auch noch deine Chance«, sagte sie, »und dann kommen wir beide ganz groß raus, du und ich.«

»Meinst du?«, fragte Rahel.

»Ganz sicher!« Lilly nahm sie in den Arm und drückte sie an sich. »So was spüre ich, da kannst du Gift drauf nehmen, meine Süße …«

19

Mit Frühlingsgefühlen wie in schönsten Fähnrichszeiten spazierte Alexander Grau die Leipziger Straße entlang. Die Sonne schien von einem blitzblank blauen Himmel herab, zwischen den grünenden Zweigen der Bäume zwitscherten die Spatzen, und als vor dem Haupteingang des Kaufhauses Wertheim, das mit großem Tamtam für eine Modenschau warb, ein hübsches Fräulein mit keckem Hütchen und hüpfendem Schritt seinen Weg kreuzte, musste er an sich halten, um ihr nicht einen Klaps auf den Popó zu geben.

Dabei war er in durchaus ernster Mission unterwegs – ein konspiratives Treffen mit Korvettenkapitän Ehrhardt. Der nächste Coup der Organisation Consul wollte vorbereitet sein. Nach dem erfolgreichen Attentat auf den schlimmsten aller Novemberverräter stand nun der Jude Rathenau auf der Liste, der neue Außenminister, der, kaum im Amt, schon feste dabei war, Deutschland in Erfüllung des Versailler Diktats ebenso scham- und ehrlos wie seine Vorgänger an die Siegermächte auszuliefern. In grimmiger Vorfreude memorierte Grau den Vers, der seit der Amtseinsetzung des Ministers unter den Kameraden kursierte: »Schlagt tot den Walther Rathenau – die gottverdammte Judensau!«

Ehrhardt hatte für die Zusammenkunft das »Café Hillbrich« gewählt. Tarnung durch Öffentlichkeit – fabelhafte Idee! Außerdem war das »Hillbrich« in besseren Zeiten kaiserlicher Hoflieferant gewesen, eine angemessene Ehrbezeigung vor Seiner Majestät.

Als Grau das Café betrat, waren fast sämtliche Tische besetzt, die meisten von geschwätzigen Kaffeetanten, dazu kamen ein paar Schachspieler und Zigarre rauchende Zeitungsleser. Perfekt, hier waren sie vor unerwünschten Lauschern sicher! Doch wo war Ehrhardt? Grau konnte ihn nirgendwo entdecken.

Er wollte gerade nach seiner Taschenuhr greifen, um sich des vereinbarten Zeitpunkts zu vergewissern, da machte ein paar Tische weiter ein junger Mann, den er irgendwo schon mal gesehen hatte, mit einer Handbewegung auf sich aufmerksam.

Natürlich, der Dichterling – Ernst von Salomon.

Grau trat zu ihm und nahm Platz.

»Wo ist Kapitän Ehrhardt?«

»Außer Landes«, erwiderte Salomon. »Er hat sich nach Ungarn abgesetzt. Man war ihm auf der Spur.«

Grau holte tief Luft. Das war keine gute Nachricht. »Soll das heißen, die Sache ist abgeblasen?«

»Keineswegs.« Salomon schüttelte den eckigen Kopf. »Der Brigadeführer hat vor seiner Abreise mich mit der Leitung der Operation beauftragt.«

»Sie?«, entfuhr es Grau.

Salomon nickte, als wäre das eine Selbstverständlichkeit. »Für die Operation stehen schon geeignete Männer bereit, sie warten nur auf den Befehl zum Einsatz. Woran es fehlt, ist Geld.«

Grau winkte einen Ober herbei und bestellte einen Cognac. Das musste er erst mal verdauen! Er hatte jahrelang im Feld gestanden, hatte im Feuer sein Leben für Deutschland riskiert, war der Vertraute General Ludendorffs, als Salomon noch im Matrosenanzug herumgelaufen war – und jetzt wollte dieser Jüngling ihn herumkommandieren?

»Bitte sehr, der Herr – Ihr Cognac.«

Als der Ober sich entfernte, nahm Grau sein Glas und leerte es in einem Zug. Dann hatte er sich wieder gefasst. Mochte der Jüngling sich einbilden, die Operation zu leiten – worauf es wirklich ankam, darüber verfügte nur er.

»Geld ist kein Problem«, erklärte er mit einem Achselzucken. »Ich werde die nötigen Mittel besorgen.«

Voller Hochachtung erwiderte Salomon seinen Blick. »Das können Sie einfach so zusagen? Noch bevor ich eine Zahl nenne?«

Grau strich sich über den Bart. »Was glauben Sie, wen Sie vor sich haben? Ich stehe für jeden erforderlichen Betrag gerade. Mein Wort als Offizier!«

20

Der Tag der Modenschau war da. Das ganze Kaufhaus hatte sich herausgeputzt wie zu einer Neueröffnung, mit Luftballons und Girlanden. Weit über hundert Frauen saßen nun entlang des Laufstegs und warteten voller Spannung auf den Beginn der Vorführung, während Rahel, die für die »Wertheim Welt« berichten sollte, vor Müdigkeit kaum die Augen aufhalten konnte. Alex hatte in der Nacht so erbärmlich geschrien, dass sie den Arzt hatte rufen müssen.

Sie kramte noch Notizblock und Stift hervor, da ging auch schon der Vorhang auf, und im weißen Smoking und mit großer, roter Fliege trat Edgar auf die Bühne, um das Publikum im Namen der Kaufhausleitung zu begrüßen.

»Doch halten wir uns nicht mit Vorreden auf – Bühne frei für unsere Damen!«

Unter dem Applaus des Publikums erschienen die Mannequins auf dem Laufsteg, um die neue Wertheim-Frühjahrskollektion zu präsentieren: luftige Trägerkleider mit Fransenbordüren und tief ausgeschnittenen Rückendekolletés, bunt bedruckte Kimonos und silberdurchwirkte Kaftane sowie bodenlange Abendroben aus Samt und Brokat. Während Rahel sich die Kommentare notierte, mit denen Edgar die Präsentation begleitete, flirtete der schöne Joachim demonstrativ vor ihrer Nase mit den hübschesten Verkäuferinnen aus der Parfümerieabteilung. Doch sie dachte gar nicht daran, ihm den Gefallen zu tun und hinzuschauen. Der Mistkerl hatte Lilly tatsächlich rumgekriegt. Es sei eine »schicke Nacht« gewesen, hatte Lilly gesagt – aber die sah ja immer und in allem nur das Gute.

»Und hier der erste absolute Höhepunkt unserer Frühlingsschau! Eine *Création à la muselmane* von Paul Poiret!«

Unter den Aaahs und Ooohs der Zuschauer trat Lilly hinter dem Vorhang hervor. Plötzlich war Rahel hellwach. Das sollte ihre Zimmernachbarin sein? Gekleidet in eine farbenprächtige Tunika, zu der sie einen Turban und eine orientalische Pluderhose trug, sah Lilly mit den schwarz geschminkten Augen, den knallroten Lippen und der endlos langen Zigarettenspitze tatsächlich wie ein Filmstar aus!

»Applaus für Lilly Seidenschön! Und ich frage Sie, meine Damen und Herren – kann man Seide schöner präsentieren als sie?«

Die eine Hand lässig auf die Hüfte gestützt, mit der anderen die Zigarettenspitze haltend, schritt Lilly auf den Schöpfer der von ihr gezeigten Kreation zu, Paul Poiret aus Paris. Der berühmte Couturier, der mit seinem rundlichen Gesicht und dem schwarzen Vollbart ein bisschen an einen Sultan erinnerte, saß zusammen mit Kaufhauschef Georg Wertheim am unteren Ende des Laufstegs. Angetan von Lillys Präsentation hob er die Hände zum Beifall, als sich plötzlich der schöne Joachim laut und deutlich vernehmen ließ.

»Und ich frage Sie«, äffte er Edgar nach, »kann man Seide schöner präsentieren als sie?« Mit einem Grinsen schaute er sich um. »Ach ja, wenn wir unser Fräulein Weißpfennig nicht hätten …«

Rahel zuckte zusammen, und auch Georg Wertheim zog ein irritiertes Gesicht. Um Gottes willen – hatte er die Anspielung verstanden? Während die Verkäuferinnen aus der Parfümerie sich gackernd um den schönen Joachim scharten wie Hühner um ihren Hahn, wurde Edgar blass vor Angst. Kein Wunder, wenn rauskam, von welcher Fakultät er war, würde er rausgeschmissen – im Kaufhaus Wertheim herrschten Zucht und Sitte! Mit klopfendem Herzen blickte Rahel zur Bühne. Wie erstarrt stand Edgar da, das Mikrophon in der Hand, doch unfähig, auch nur einen Laut hervorzubringen, und während die Parfümeriehühner weiter ihren Hahn umflatterten, verfinsterte sich Georg Wertheims Miene.

Eine kurze Weile lag fürchterliche Anspannung in der Luft – da wackelte Lilly mit ihrem Luxus-Hintern, direkt vor Paul Poirets Augen.

»Bravo!«, rief Rahel.

Ohne zu überlegen, sprang sie auf und klatschte in die Hände. Der Modeschöpfer tat es ihr nach, und gleich darauf fiel das ganze Publikum in den Applaus ein, auch Georg Wertheim.

Die Schweißperlen schon auf der Stirn fand Edgar endlich seine Sprache wieder.

»Danke, Lilly Seidenschön!«

Während die hinter dem Vorhang verschwand, warf er Rahel einen dankbaren Blick zu. Das war gerade noch mal gutgegangen!

21

Als Tino die Niederlassung der Commerzbank am Kurfürstendamm betrat, spürte er, wie er die Flatter bekam. Trotz der milden Temperaturen wurde ihm mit einem Mal kalt wie im Winter, und er zitterte am ganzen Leib. Obwohl er schon verspätet war, verschwand er auf der Toilette. In dem Zustand konnte er sich unmöglich präsentieren, dafür stand zu viel auf dem Spiel! Pommer hatte bereits angefangen, seinen »Mabuse« zu drehen, trotz der Vorgabe, dass erst die Finanzierung stehen müsse, und wie immer warf er ohne Rücksicht auf Kosten und Budget das Geld nur so zum Fenster hinaus. Wenn es heute keinen Kredit für eine Zwischenfinanzierung gab, würde ihnen der ganze Film um die Ohren fliegen.

Zum Glück hatte Tino vorgesorgt und sich bei Günni Jeschonnek mit dem nötigen Vorrat eingedeckt, so dass er nur wenige Minuten später vollkommen wiederhergestellt von der Toilette zurückkehrte. Eine Sekretärin führte ihn in einen Konferenzraum, wo bereits die vollständige Kreditabteilung versammelt war, an ihrer Spitze Theodor Wille jr., der Chef der Commerzbank persönlich, ein hagerer, hochgewachsener Mittfünfziger mit buschigen Augenbrauen und Bismarck-Bart, der eigens zu dem Termin aus Hamburg angereist war.

»Ich bin außerordentlich erfreut«, eröffnete er das Gespräch, »dass die Universum Film AG mit unserem Haus in eine Geschäftsbeziehung zu treten gedenkt. Zumal die Deutsche Bank ja der gleichsam natürliche Partner Ihres Unternehmens ist«, fügte er mit Nussknacker-

Lächeln hinzu. »Darf ich fragen, zu welchem Zweck Sie den Kredit benötigen?«

»Aber mit dem größten Vergnügen«, entgegnete Tino. »Nichts lieber als das!«

Dank Günni Jeschonneks Stoff sprudelten die Worte nur so aus ihm heraus. »Dr. Mabuse«, erklärte er, habe das Zeug, ein völlig neues Filmgenre zu etablieren – das Genre des politischen Kriminalfilms, in dem sich die ganze Verderbnis der Gesellschaft widerspiegele. Allein die Schauplätze, an denen die Handlung spielte: Spielhöllen, Bordelle, Rauschgifthöhlen, würden Scharen von Zuschauern in die Lichtspieltheater locken…

»›Dr. Mabuse‹ wird der größte Erfolg der Ufa seit ihrer Gründung. Nicht nur in Deutschland, sondern in der ganzen Welt. Schon jetzt, noch während der Dreharbeiten, bekommen wir Anfragen aus dem Ausland, die Agenten rennen uns regelrecht die Bude ein.«

»Beeindruckend«, sagte Theodor Wille. »An welche Kreditsumme denken Sie?«

»Siebeneinhalb Millionen«, antwortete Tino, wie aus der Pistole geschossen. »Plus zwei komma fünf Inflationsreserve.«

»Also *summa summarum* zehn Millionen Reichsmark? Ein stolzer Betrag.« Wille wiegte seinen grauen Kopf. »Ich nehme an, Herr von Stauß ist im Bilde?«

Tino zuckte zusammen. Natürlich war Herr von Stauß *nicht* im Bilde, der Pfennigfuchser hätte einen Kreditantrag in solcher Höhe nie und nimmer abgesegnet. Doch hatte er eine Wahl? Wenn die Finanzierung platzte, war er geliefert – er hatte sowohl Stauß als auch Pommer sein Ehrenwort gegeben. Außerdem würde der Kredit, wenn alles gutging, ja noch im laufenden Geschäftsjahr zurückbezahlt, und mit etwas Glück registrierte die Revision ihn nur als durchlaufenden Posten.

Er dachte an seine Verhandlung mit Staatssekretär Löffler, an die Blendgranate, die er damals gezündet hatte. Warum sollte, was damals geklappt hatte, nicht auch heute klappen?

»Herr von Stauß kann sich nicht mit jeder Lappalie beschäftigen«, sagte er also aufs Geratewohl. »Aber das ist auch nicht nötig, als Finanzdirektor der Universum Film AG habe ich natürlich Prokura.«

»Natürlich«, wiederholte Wille und blickte einmal nach links und einmal nach rechts, um sich bei den Herren von der Kreditabteilung rückzuversichern. »Also gut!«, sagte er, nachdem man ihm von beiden Seiten zugenickt hatte. »Zehn Millionen zu achtzehn Prozent für das laufende und fünfundzwanzig Prozent für das kommende Jahr.«

»Wie bitte?«, platzte Tino heraus. »Das … das ist Wucher!«

»Nicht in diesen Zeiten«, erwiderte Wille. »Wir erleben gerade eine Inflation, von der niemand sagen kann, wohin sie uns führt. Aber ich verstehe selbstredend Ihre Bedenken, und wenn Sie auf mein Angebot nicht eingehen wollen, haben Sie mein volles …«

»Um Gottes willen – nein!«, fiel Tino ihm ins Wort. »So war das nicht gemeint! Ich … ich bin einverstanden, natürlich bin ich das. Ihre Konditionen sind durchaus marktkonform – man muss sich an diese Zahlen nur erst gewöhnen. – Wo darf ich unterschreiben?«

22

Die Modenschau war vorüber. Rahel saß an ihrem Schreibtisch und brütete über den Anfang für ihren Artikel. Womit sollte sie einsteigen? Vielleicht mit den wichtigsten Fakten und Zahlen? Neun Mannequins hatten insgesamt siebenundfünfzig Modelle vorgeführt … Oder besser mit der Begeisterung des Publikums? Immerhin hatte es am Schluss stehende Ovationen gegeben … Oder aber mit einem Zitat von Paul Poiret, den sie nach der Veranstaltung interviewt hatte? … Unentschlossen blätterte sie in ihren Notizen. Der erste Satz war immer der wichtigste Satz. Wenn er zum Weiterlesen verführte, hatte man gewonnen. Wenn nicht, war der ganze Rest für die Katz'.

Edgar steckte seinen Kopf durch die Tür. Er trug noch seinen weißen Smoking, doch die rote Schleife hatte er inzwischen geöffnet, die zwei Enden hingen ihm lose vom Hals herunter.

»Gut, dass du noch da bist.«

»Leider nicht freiwillig«, seufzte sie.

»Umso besser. Weil, ich möchte dir nämlich was sagen …« Er schloss die Tür, dann trat er zu ihr und gab ihr einen Kuss auf die Wange. »Danke, meine Süße. Du hast die Situation gerettet.«

»Unsinn«, lachte Rahel. »Das war Lilly mit ihrem Luxus-Hintern.«

»Von wegen! Wenn du nicht geklatscht hättest …« Er warf einen Blick auf ihren Schreibtisch. »Kommst du voran?«

»Kein bisschen, ich habe noch nicht mal den ersten Satz. Dabei muss ich morgen schon abgeben. Und außerdem …«

»Außerdem was?«

Sie holte einmal tief Luft. »Mir geht langsam das Geld aus. Alles wird teurer, jeden Tag, ich weiß kaum noch, wie ich über die Runden kommen soll. Auf der Sparkasse habe ich zwar noch knapp zweitausend Mark. Aber das ist mein Notgroschen, bevor ich den anrühre, lass ich lieber anschreiben.«

»Hast du schon mal wegen einer Lohnerhöhung gefragt?«

»Ja, mehrmals sogar, aber der schöne Joachim hat mich immer wieder vertröstet. Angeblich hat er sich noch kein abschließendes Urteil über meine Arbeit bilden können. Jetzt hängt alles von meinem Artikel ab. Und mir fällt absolut nichts ein.«

Sie spürte, wie ihr die Tränen kamen, und damit Edgar es nicht merkte, versuchte sie zu lächeln. Aber er kannte sie bereits zu gut.

»Ist es so schlimm?«, fragte er.

Sie nickte. »Letzte Nacht musste ich auch noch den Arzt rufen, wegen Alex.«

»Um Gottes willen! Hoffentlich nichts Ernstes!«

»Nein, nur Blähungen, von dem ständigen Hin und Her zwischen Muttermilch und Fläschchen, so ein kleiner Magen kann das wohl nicht so leicht verdauen. Aber ich hatte nicht genug Geld, um den Arzt zu bezahlen, im Portemonnaie waren nur ein paar Mark, und ich musste ihm deshalb versprechen, den Rest spätestens morgen zu bringen. Aber morgen ist Samstag, da hat die Sparkasse zu, und heute bin ich wegen der Modenschau nicht dazu gekommen.«

Noch während sie sprach, zückte Edgar seine Brieftasche. »Wie viel brauchst du?«

Rahel traute sich kaum, es auszusprechen. »Siebenundachtzig Mark.«

Ohne ein Wort nahm er einen Hundertmarkschein aus seiner Brieftasche und reichte ihn ihr.

»Das kann ich nicht annehmen.«

»Und ob du das kannst«, sagte er und drückte ihr den Schein in die Hand. »Dafür sind Freunde da. – Allerdings«, fügte er hinzu, »leihe ich dir das Geld nur unter einer Bedingung!«

»Welcher?«

»Dass du deinen Notgroschen nicht anrührst.«

»Danke«, sagte Rahel. »Du bist wirklich ein Schatz.« Und bevor ihr wieder die Tränen kamen, stand sie auf, um ihn zu drücken. »Sobald ich kann, bekommst du das Geld zurück. Versprochen!«

23

Einmal im Monat kontrollierte Stauß die Erlöse, die aus den Kinobetrieben der Universum Film AG an die Konzernzentrale flossen. Nach der Übernahme der Decla-Bioskop gab es praktisch in jeder deutschen Stadt ein Ufa-Lichtspieltheater, so dass der Kinokartenverkauf inzwischen einen bedeutenden Anteil am Gesamtumsatz ausmachte.

Diesmal prüfte er die Zahlen mit ganz besonderem Interesse. Der Streik gegen die Lustbarkeitssteuer, die jede Kinokarte zehn Prozent verteuerte, hatte zu seiner eigenen Überraschung doch noch zum Erfolg geführt, die Regierung hatte, wenn auch mit Verzögerung, tatsächlich ein Einsehen gehabt und nachgegeben. Jetzt war er gespannt, wie die Steuerstreichung sich im Kartenverkauf bemerkbar machte.

Die Zahlen waren mehr als beeindruckend. Fast in jedem Lichtspielhaus, das die Ufa betrieb, hatten sich die Erlöse verdoppelt. Doch je genauer Stauß die Zahlen analysierte, desto weniger Freude bereiteten sie ihm. Denn die Umsatzsteigerung resultierte weniger aus höheren Zuschauerzahlen als aus den gestiegenen Eintrittspreisen. Immerhin war die Zahl der Kinobesucher im letzten Monat nicht gesunken, das war in diesen Zeiten schon ein Erfolg. Trotzdem hatten sie allen

Grund, auf der Hut zu sein. Wenn die Inflation weiter anstieg, würde die Stimmung irgendwann kippen und die Menschen blieben zu Hause. Dann würde auch der aufwendigste Film keine Massen mehr in die Kinos locken.

Um zu prüfen, ob die Einnahmen korrekt übertragen waren, schlug er das Hauptbuch auf. Mit dem Finger fuhr er an den Zahlensäulen entlang und verglich sie mit den Meldungen der einzelnen Betriebe. Ja, alles hatte seine Richtigkeit, die Buchhaltung hatte gute Arbeit geleistet.

Er wollte die Unterlagen schon beiseitelegen, da fiel ihm ein Posten ins Auge, der seinen Puls höher schlagen ließ.

Ein achtstelliger Betrag, von dem er nichts wusste?

Wie von der Tarantel gestochen sprang er auf.

»Fräulein Jaschek!«

Eine Sekunde später war die Sekretärin in seinem Büro. »Sie wünschen?«

»Lassen Sie den Chefbuchhalter kommen! Sofort!«

24

Tino war extra nach Babelsberg gefahren, um Pommer die gute Nachricht persönlich zu bringen. Er traf ihn im Vorführraum des Studios an, wo bei seiner Ankunft gerade die ersten Szenen des »Dr. Mabuse« über die Leinwand liefen.

»Mein Gott, du hast es wirklich geschafft?«, fragte Pommer.

»Siebeneinhalb Millionen«, erwiderte Tino. »Plus zweieinhalb Millionen Inflationsreserve. Tipptopp!«

»Da fallen mir ganze Felsbrocken vom Herzen! Um ehrlich zu sein – manchmal hatte ich ziemliche Zweifel.«

»Wieso? Du weißt doch, dass ich ein Genie bin!«

»Allerdings, aber zur Zeit ein ziemlich verkommenes.«

»Was willst du damit sagen?«

»Fragst du das im Ernst?«

Pommers Gesicht, das eben noch gestrahlt hatte wie eine Osram-Birne, verwandelte sich mit einem Schlag in das Beerdigungsgesicht, das Pommer in letzter Zeit immer wieder zog, wenn sie zusammen waren.

»Ich glaube, wir müssen mal reden. So geht das nicht weiter.«

Tino verdrehte die Augen. »Kommt jetzt wieder eine deiner Moralpredigten?«

»Im Ernst, du solltest mal in den Spiegel schauen. Du siehst aus wie der wandelnde Tod.«

»Da sind die Frauen zum Glück ganz anderer Meinung.«

»Frauen? *Weiber* wolltest du wohl sagen!«

»Kannst du mir mal sagen, was das soll? Ich reiße mir den Arsch auf, damit du deinen ›Mabuse‹ drehen kannst, und statt dankbar zu sein und mir die Füße zu küssen, hast du nichts weiter im Kopf, als mir mein Leben madig zu machen und die ganze Zeit an mir herumzu…«

Ein Zwischentitel, der gerade auf der Leinwand erschien, brachte Tino aus dem Konzept, ein Dialog zwischen Dr. Mabuse und seinem Assistenten.

SIE HABEN WIEDER KOKAIN IM LEIB, SPOERRI! SIE WISSEN, DASS ICH DAS NICHT DULDE! WENN ICH SIE NOCH EIN EINZIGES MAL IN DIESEM ZUSTAND SEHE, JAGE ICH SIE HINAUS WIE EINEN HUND!

Tino musste sich beherrschen, um nicht laut loszulachen.

»Lass uns nicht streiten«, sagte er, bevor Pommer die Einblendung sah, »wir haben Wichtigeres zu tun. Die Finanzierung steht, und zwar so bombensicher, dass nicht mal du sie ruinieren kannst. Jetzt bist du in der Pflicht. ›Dr. Mabuse‹ muss das größte Kinospektakel aller Zeiten werden.«

Die wenigen Worte reichten, und Pommer war wieder der alte.

»Ein paar Schlüsselszenen sind schon fertig. Willst du mal sehen?«

»Und ob! Ich muss doch wissen, wofür du das viele Geld verbrätst!«

Pommer gab dem Vorführer ein Zeichen, dann ging das Licht aus, und sie nahmen Platz. Es dauerte eine Weile, bis Tino es schaffte, sich auf die Bilder zu konzentrieren, er war noch ganz aufgekratzt von seinem Erfolg, doch als es ihm endlich gelang, vergaß er fast zu atmen – so zogen ihn die Bilder in ihren Bann. Pommer hatte dem Film inzwischen einen Untertitel gegeben, »Ein Bild der Zeit«, und Tino bewunderte, welchen phantastischen Riecher er damit mal wieder bewies. Dr. Mabuse war ein Spieler, der die ganze Welt für seine Zwecke manipulierte. Dabei setzte er das gleichzeitig trivialste und wirkungsmächtigste Mittel ein, das die Menschheit kannte: Geld. Geld war die geheime Macht, mit der Dr. Mabuse sich über die Gesellschaft erhob und diese zugleich zugrunde richtete. Mit einem einzigen Täuschungsmanöver führte er einen Börsensturz herbei, der die ganze Weltwirtschaft in den Abgrund stürzte, während er selbst aus der Baisse in gigantischer Weise Kapital schlug. Was für eine großartige Idee! Kaum zu glauben, dass ein Mensch wie Erich Pommer, der im wirklichen Leben weniger von Geld verstand als ein zehnjähriges Kind, sie hervorgebracht haben sollte.

»Ich gebe es nur ungern zu«, sagte Tino. »Aber ich glaube, das könnte was werden.«

»Dein Wort in Gottes Ohr!«, erwiderte Pommer.

»Seit wann bist du denn auf den angewiesen?«

»Seit ich das Vergnügen habe, mit einem Hauptdarsteller und einem Regisseur zu arbeiten, die sich hassen wie die Pest.«

»Klein-Rogge und Lang?« Tino horchte auf. »Jag mir bloß keinen Schreck ein! Gibt es Probleme?«

»Probleme ist gar kein Ausdruck«, stöhnte Pommer. »Ich wollte dich eigentlich nicht damit behelligen, aber jetzt, da du mit der Finanzierung durch bist …«

Ein Assistent kam in den Vorführraum. »Ist Herr Reichenbach hier?«

»Ja«, antwortete Tino. »Was gibt's?«

»Ein Anruf für Sie!«

»Muss das jetzt sein?«

»Herr von Stauß will Sie sprechen.«

»Na, dann bleibt mir wohl nichts anderes übrig.« Widerwillig folgte Tino dem Assistenten hinaus auf den Flur, wo dieser ihm den Telefonhörer reichte.

»Hier Reichenbach.«

»Na endlich!«, rief Stauß am anderen Ende der Leitung. »Morgen früh in meinem Büro. Punkt sechs Uhr!«

25

Constanze konnte kaum mitansehen, mit welch genüsslicher Gründlichkeit Gustav sein Abendbrot zubereitete. Während die Vorfreude auf den ersten Bissen bereits aus seinen kleinen Äuglein blitzte, entfernte er ebenso sorgfältig wie systematisch die Kanten, dann teilte er die Scheibe in zwei gleiche Hälften, bestrich anschließend die eine mit Griebenschmalz und die andere mit Leberwurst, jeweils fingerdick, bevor er beide zusammenklappte, um das Ganze mit dem Messer in drei mal drei mundgerechte Stücke zu zerkleinern, die er sich schließlich mit bloßen Fingern einverleibte, eines nach dem anderen, laut schmatzend und mit offenem Mund, damit auch jeder sehen konnte, wie die zerkaute und eingespeichelte Masse zwischen seinen gelblichen Zähnen hervorquoll.

Um sich der widerwärtigen Prozedur zu entziehen, nahm Constanze inzwischen das Abendessen so oft wie möglich allein ein, bevor Gustav aus der Bank nach Hause kam. Doch heute blieb ihr nichts anderes übrig, als den Tisch mit ihm zu teilen. Denn sie musste ihn um etwas bitten, so verhasst ihr das auch war. Alexander hatte einen Betrag genannt, der ihre Möglichkeiten überstieg.

»Womit kann ich dir helfen, meine Liebe?«, fragte Gustav.

»Wie kommst du darauf, dass ich deine Hilfe brauche?« Einmal mehr war sie entsetzt, wie gut dieser Mensch sie kannte.

Gustav zuckte mit den Schultern. »Warum sonst solltest du mir die Ehre deiner Gesellschaft erweisen?« Die kleinen Augen auf sie gerichtet, steckte er sich sein letztes Stück Brot in den Mund.

»Du weißt selbst am besten, wie sehr du mir Unrecht tust. Und das verletzt mich umso mehr.« Mit erhobenen Brauen seinen Blick erwidernd, nahm sie einen Bissen von ihrem Krabbensalat. »Aber wenn du schon selbst die Rede darauf bringst, eine Sorge habe ich tatsächlich.«

»Nämlich?«

»Diese schreckliche Inflation. Man könnte meinen, das Portemonnaie habe neuerdings Löcher.«

Irritiert hielt er in seinem Schmatzen inne. »Reicht das Haushaltsgeld nicht? Ich habe doch erst letzte Woche Anweisung gegeben …«

»Nein, nein – ich spreche von dem Konto, dass du mir freundlicherweise eingerichtet hast, für meine privaten Belange. Dreißigtausend Mark. Das war damals recht großzügig von dir. Aber angesichts der Geldentwertung …«

»Wie viel brauchst du?«

Sie nahm ihre Serviette und tupfte sich den Mund ab. »Ich denke, mit fünfundsiebzigtausend wäre mir bereits gedient. Wenn ich recht orientiert bin, entspricht dies in etwa der ursprünglichen Summe.«

»Ich bin erfreut, dich so gut im Bilde zu sehen.« Er leckte ein paar Krümel Brot von den Lippen und spülte sie mit einem großen Schluck Bier herunter. Dann schüttelte er den Kopf. »Doch was deine Bitte angeht – tut mir leid, meine Liebe, da muss ich dich zu meinem Bedauern enttäuschen.«

»Das ist nicht dein Ernst! Du weigerst dich, mir diese bescheidene Summe …«

»Ich habe meine Gründe!«

Constanze schluckte. »Würdest du die Güte haben, sie mir zu verraten?«

»Aber natürlich, meine Liebe! Sie betreffen den Verwendungszweck. Da zu befürchten steht, dass du das Geld zur Unterstützung gewisser politischer Hasardeure, die deinen Salon frequentieren, gebrauchen willst …«

»Politische Hasardeure?«, fiel sie ihm ins Wort. »So nennst du die Männer, die bereit sind, zur Rettung unseres Vaterlandes …«

»So nenne ich die Männer, die nichts als Unruhe stiften«, unterbrach er sie. »Und Unruhe ist das Letzte, was dieses Land braucht. Unruhe ist schlecht fürs Geschäft.«

»Aber …«

»Kein Aber! Ich werde nicht den Ast absägen, auf dem wir sitzen! Und damit Ende der Diskussion!«

Wie um seine Worte zu bekräftigen, stieß er einen Rülpser aus. Constanze fehlten die Worte. Wie konnte dieser Mensch es wagen …? Am liebsten hätte sie ihm links und rechts eine um die Ohren gegeben! Aber das durfte sie nicht – sie durfte Alexander nicht enttäuschen!

Obwohl es sie größte Überwindung kostete, nahm sie also Gustavs Hand und zwang sich zu einem Lächeln. »Ich kann mir unmöglich vorstellen, dass dies dein letztes Wort sein soll.« Immer noch lächelnd schaute sie ihn an. »Nicht wahr, mein großer, starker Seehund?«

26

Um Punkt sechs Uhr betrat Tino am nächsten Morgen das Büro seines Chefs.

»Was fällt Ihnen ein, eigenmächtig einen Kredit in solcher Höhe aufzunehmen?«, empfing Stauß ihn ohne jede Begrüßung. »Ohne mich auch nur mit einem Wort in Kenntnis zu setzen! Und dann auch noch bei der Commerzbank – dem schärfsten Konkurrenten der Deutschen Bank! Zu diesem irrsinnigen Zinssatz!«

Tino spürte, wie sein Puls in die Höhe schnellte. Unwillkürlich fasste er an sein Revers. Aber der Blumenladen am Gendarmenmarkt hatte noch nicht aufgehabt.

»Ich … ich wollte Sie nicht mit einer Lappalie belästigen …«

»Lappalie? Sind Sie noch bei Trost?«

»Bitte verzeihen Sie meine unglückliche Wortwahl. Aber es … es handelt sich ja nur um eine kurzfristige Zwischenfinanzierung, einen durchlaufenden Posten sozusagen. Sobald der ›Mabuse‹ in den Kinos anläuft, werden wir den Kredit ablösen, noch vor Jahresende. Außerdem bin ich als Finanzdirektor ja gewissermaßen berechtigt …«

»Aber doch nicht bei einer solchen Summe!«

Stauß schüttete ein Tütchen Natron in sein Glas, um dieses in einem Zug zu leeren. Tino wusste, was das bedeutete, und wünschte sich, er hätte auch ein Tütchen dabei, doch in der Nacht hatte er seinen letzten Vorrat verbraucht, aus Angst vor diesem Termin.

Wie sollte er heil aus dem Büro herauskommen?

In seinem Kopf überschlugen sich die Gedanken. Doch es gab nur eine Möglichkeit. Ohne um Erlaubnis zu fragen, nahm er einen Stuhl und setzte sich.

»Prokura ist Prokura«, erklärte er, darauf hoffend, dass Angriff wirklich die beste Verteidigung war. »Entweder Sie vertrauen mir oder Sie vertrauen mir nicht. Und was den Zinssatz betrifft«, fuhr er fort, um einen möglichen Einwand im Keim zu ersticken, »haben wir die Inflation auf unserer Seite. Sie wird in kurzer Zeit den Zinssatz mehr als ausgleichen, und die Devisengewinne, die wir bei Auslandslizenzen erzielen, werden gewaltig sein – Ihre eigenen Worte!«

Tino verstummte. Hatte er Stauß überzeugt? Doch der schüttelte den Kopf.

»Was Sie da treiben, Reichenbach, ist Spekulation – eine Wette auf die Zukunft.«

»Sind das nicht alle Bankgeschäfte?«, erwiderte Tino.

»Im Prinzip ja. Aber gerade darum gilt es, sorgfältig zu unterscheiden – zwischen kalkulierbaren und nicht kalkulierbaren Risiken. Und Ihre Spekulation gehört zweifellos in die zweite Rubrik!«

»Verzeihen Sie, wenn ich widerspreche, Herr von Stauß. Aber von einem unkalkulierbaren Risiko kann keine Rede sein. ›Dr. Mabuse‹ wird das größte Filmereignis aller Zeiten, unser Durchbruch auf dem internationalen Markt.«

»Oder unser Ruin.«

»Diese Möglichkeit schließe ich kategorisch aus! Ich bin vom Erfolg dieses Films felsenfest überzeugt. Wäre ich nicht aus der familieneigenen Bank ausgeschieden, würde ich keine Sekunde zögern, mit meinen Anteilen persönlich zu bürgen.«

»Sind Sie wirklich so sicher?«

»Absolut.«

Stauß sah ihn so eindringlich an, als wolle er ihn mit seinen Blicken sezieren. Tino spürte, wie ihm der Schweiß ausbrach, und um das Zittern seiner Hände zu verbergen, ließ er sie in den Taschen seines Jacketts verschwinden.

Doch er hielt stand.

»Also gut«, sagte Stauß. »Da Sie Prokura genießen, ist der von Ihnen geschlossene Vertrag nicht anfechtbar. Schauen wir also nach vorn. – Nur merken Sie sich eins, Reichenbach«, fügte er hinzu, als Tino schon aufatmen wollte. »Ab sofort sind Sie zum Erfolg verdammt. Wenn Ihre Rechnung aufgeht, sind Sie rehabilitiert. Wenn nicht, fliegen Sie raus!«

27

Auf der Anrichte standen die Austern bereit, zusammen mit dem Champagner, als Alexander die Suite betrat. Constanze sah die Erregung, die ihr Anblick in ihm auslöste, sah die bebenden Bartspitzen, das Verlangen in seinen Augen, und wie ein Blitz fuhr wieder die Erkenntnis in sie ein, wie sehr sie diesen Mann liebte.

Mit ausgebreiteten Armen trat er auf sie zu.

»Constanze …«

Sie ließ seinen Gruß ohne Antwort, und statt in seine Arme zu sinken, verharrte sie vor ihm, gefangen in einer Unsicherheit, die ihr vollkommen fremd war. Sie hatte Stunden vor dem Spiegel verbracht, um sich schön für ihn zu machen, hatte ihr Patschuli aufgetragen, das er so gern mochte, und sich in ein Negligé gehüllt, das ihre Reize mehr entblößte als verhüllte, dies alles in der Zuversicht, dass sein Begehren ihr die Beichte erleichtern würde. Doch jetzt, da sie einander gegenüberstanden, machte sein Begehren es ihr nur noch schwerer, ihm zu gestehen, was sie ihm gestehen musste.

»Ach, Alexander …«

Wie sollte sie es ihm nur sagen? Sie hatte nichts unversucht gelassen, um Gustav umzustimmen, sie hatte Arnims Andenken heraufbeschworen, das Andenken ihres Sohns, der sein Leben für Deutschland geopfert hatte, hatte Gustav abwechselnd umgarnt und ihm mit dem Entzug ihrer Gunst gedroht. Aber er hatte nicht nachgegeben – er hatte sein letztes Wort gesprochen. Jetzt konnte sie nur noch den Offenbarungseid leisten und die Worte sagen, die sie wieder und wieder eingeübt hatte, ohne je den rechten Ton für sie zu finden. Weil es keinen rechten Ton für diese Worte gab.

»Mit leeren Händen stehe ich vor dir, mein Geliebter.«

Endlich war es heraus! Doch Alexander schien nicht zu begreifen, verstört, ja verwirrt schaute er sie an.

»Was willst du damit sagen? Soll das … soll das heißen, wir haben kein Geld?«

Constanze stieß einen ohnmächtigen Seufzer aus. »Mein Mann ist schlimmer als ein Jude, und ich weiß nicht, wie ich dir in die Augen schauen soll. Aber glaub mir …«

Als sie sein Gesicht sah, zerfielen ihr die Worte auf den Lippen. Was ging in ihm vor? Von einer Sekunde zur anderen verhärtete sich seine Miene, und alles Begehren, alles Verlangen wich aus seinen Augen.

»Was ich glaube, spielt keine Rolle«, sagte er. »Bist du dir bewusst, was das heißt – kein Geld?«

»Natürlich, wenn auch nicht genau. Du … du hast mich ja nicht eingeweiht und mir kaum etwas verraten. – Aber«, fragte sie, weil seine Miene noch abweisender wurde, »gibt es denn keine anderen Möglichkeiten? Ich meine, andere Quellen, um das nötige Geld zu beschaffen?«

Er schüttelte den Kopf. »Was auch immer nötig sein wird, hast du gesagt – die Organisation könne auf dich zählen.« Mit einem Blick, der schlimmer war als jede Züchtigung, fixierte er sie. »Ich habe mich auf dich verlassen, und im Vertrauen auf deine Unterstützung habe ich anderen mein Wort gegeben. Mein Wort als Offizier. Was war ich nur für ein Idiot!«

»Um Gottes willen! Wie kannst du so etwas nur sagen?«

Sie trat auf ihn zu, griff nach seiner Hand. Er liebte sie doch, vor einer Minute hatte er sie noch begehrt, voller Verlangen, das hatte sie mit eigenen Augen gesehen! Doch bevor sie seine Hand nehmen konnte, wich er vor ihr zurück, als fürchte er ihre Berührung.

»Du hast mein Vertrauen missbraucht«, sagte er mit kalter, schneidender Stimme. »Der Schaden, den du mir zugefügt hast, ist unabsehbar. *Un-ab-seh-bar*! Du hast mich zum Hanswurst gemacht!«

»Bitte, Alexander! Strafe mich nicht für meinen Mann! Das habe ich nicht verdient!«

Sie war den Tränen nahe, doch er blieb unbewegt. Wie ein Monument stand er vor ihr, stumm und unerbittlich, das Gesicht aus Stein, die Augen voller Verachtung. Verachtung für sie …

»Verzeih!« Ohne zu wissen, was sie tat, sank sie auf die Knie. »Bitte, ich flehe dich an! Gib mir die Möglichkeit, meinen Fehler wiedergutzumachen.«

Sie wagte kaum, zu ihm aufzuschauen, so groß war ihre Scham.

»Bitte, Alexander …«

Als sie den Kopf hob, traf sie sein Blick. Wie oft hatte dieser Blick sie entflammt. Jetzt schien er sie vernichten zu wollen.

»Bitte …«

Ein Zucken ging durch sein Gesicht, dann endlich öffnete er den Mund.

»Na schön – eine letzte Chance will ich dir geben.«

»Wirklich?« Sie küsste seine Hand. »Danke!«

»Bedanken kannst du dich später. Wenn du dich bewährt hast.«

»Natürlich! Du kannst dich auf mich verlassen! Nur bitte sag, was soll ich tun?«

Aus schwindelnder Höhe schaute er auf sie herab. »Ende des Monats muss das Geld da sein. Spätestens!«

»Ja, mein Gebieter. Ich verspreche es dir!«

»Das Geld – oder wir sind geschiedene Leute!«

Er nickte ihr einmal zu. Dann machte er kehrt, und ohne ein Wort des Abschieds marschierte er hinaus.

Mit lautem Knall fiel hinter ihm die Tür ins Schloss.

28

Über eine Woche hatte der schöne Joachim Rahel schmoren lassen. Gleich am nächsten Morgen nach der Modenschau hatte sie ihren Beitrag für die »Wertheim Welt« bei seiner Sekretärin abgegeben, pünktlich zum Arbeitsbeginn, wie von ihm verlangt, doch erst heute, acht Tage später, hatte er sie rufen lassen. Jetzt stand sie vor seinem Büro und zählte mit geschlossenen Augen bis dreizehn. Dreizehn war ihre Glückszahl. Und Glück würde sie brauchen.

Zehn … elf … zwölf …

Sie klopfte an.

»Herein!«

Als sie das Büro betrat, sah sie als Erstes zwei Schuhsohlen – der schöne Joachim empfing sie mit auf dem Schreibtisch übereinander geschlagenen Beinen. Mit ihrem Manuskript in der Hand winkte er sie zu sich heran, um sie mit seinem charmantesten Douglas-Fairbanks-Lächeln zu begrüßen.

»Einen wunderschönen guten Tag, mein liebes Fräulein Rosenberg. Gratulation, ein wirklich ausgezeichneter Artikel! Leider bin ich erst jetzt dazu gekommen, ihn zu lesen. Umso erfreuter bin ich, Ihnen meine aufrichtigen Komplimente aussprechen zu dürfen. Aber bitte, nehmen Sie doch Platz.« Mit ihrem Manuskript wies er auf den Stuhl vor seinem Schreibtisch.

»Danke, Herr Raschke. Vielen, vielen Dank.« Erleichtert, kam sie seiner Aufforderung nach. Einen solchen Empfang hatte sie bei Gott nicht erwartet.

»*Ich* habe zu danken!«, erwiderte er, immer noch lächelnd. »Die Lektüre war ein einziger Genuss. Was für ein Text! So anschaulich, so lebendig – die Leser werden das Gefühl haben, sie wären selbst dabei gewesen.«

Rahel konnte kaum glauben, was sie hörte. Sie hatte bei der Abgabe ein ganz und gar ungutes Gefühl gehabt, ihrer Meinung nach war ihr Artikel ein einziges Durcheinander, und ohne den vorgegebenen Termin hätte sie ihn niemals abgegeben, zumindest aber vorher noch mal gründlich überarbeitet oder völlig neu geschrieben. Aber besser, der schöne Joachim fand ihre Arbeit gelungen und sie hatte Zweifel, als umgekehrt. – Danke, dreizehn!

»Dann … dann darf ich vielleicht auf die Frage der Gehaltserhöhung zurückkommen?«

»Gehaltserhöhung?«, erwiderte er, mit einem Schlag wie verwandelt. »Sind sie von allen guten Geistern verlassen?«

Perplex über den abrupten Stimmungsumschwung verschlug es ihr für einen Moment die Sprache. »Aber … aber Sie hatten doch gesagt, wenn mein Artikel Ihnen gefällt, könnten wir über eine Gehaltserhöhung sprechen, und jetzt gefällt er Ihnen ja, ich meine, falls ich Sie nicht völlig missverstanden habe, also …«

»Also was?« Er nahm seine Beine vom Schreibtisch, und ohne jedes Lächeln in seinem schönen Gesicht schaute er sie an. »Haben Sie wirklich geglaubt, dieses erbärmliche Geschreibsel hätte mir gefallen? Und ob Sie mich missverstanden haben! *Misser* geht es gar nicht! Ich habe mir nur einen kleinen Scherz erlaubt, mein hochgeschätztes Fräulein Rosenberg, Spaß muss schließlich sein! Aber nicht im Traum hätte ich angenommen, Sie könnten so dämlich sein, darauf reinzufallen. Ihr Text ist eine Katastrophe, nichts als Kraut und Rüben!«

Bevor sie sich's versah, warf er ihr das Manuskript über den Schreibtisch zu. Unfähig zu irgendeiner Reaktion, sah sie zu, wie die losen Seiten vor ihr zu Boden flatterten.

»Na, worauf warten Sie? Wollen Sie Ihr Meisterwerk nicht aufheben?«

Endlich erwachte sie aus ihrer Erstarrung, und als gäbe es noch irgendwas zu retten, sprang sie auf, um die Blätter einzusammeln.

»Ja, nehmen Sie den ganzen Mist mit! Damit ich ihn nicht mehr sehen muss! Und dann raus hier! Bevor ich mich vergesse und Ihnen kündige!«

Was für ein Albtraum! Als hätte sie keinen eigenen Willen, stolperte sie hinaus, mit den losen Seiten in der Hand, wie eine Idiotin.

»Und vergessen Sie nicht, die Tür zuzumachen!«

Sie wusste kaum, wie sie es bis auf den Flur geschafft hatte, es dauerte eine Ewigkeit, bis sie zu sich kam und begriff, was gerade geschehen war. Sie war so wütend, so gedemütigt, so entsetzt, alles zusammen, dass sie nicht mal weinen konnte.

»Hat es geklappt mit der Gehaltserhöhung?«

Als sie sich umdrehte, stand Edgar vor ihr.

Sie schüttelte den Kopf. »Nein, keine Gehaltserhöhung, im Gegenteil … Dieser verdammte Mistkerl … Du kannst dir nicht vorstellen, wie er mich abgekanzelt hat. Und das Schlimmste ist, er hat ja recht! Jetzt … jetzt kann ich froh sein, wenn ich meine Stelle behalten darf.«

»Ach Rahel.« Edgar schien etwas sagen zu wollen, schon machte er den Mund auf, dann aber zögerte er, als könne er sich nicht entscheiden. Schließlich gab er sich einen Ruck. »Vielleicht habe ich eine Idee.«

»Eine Idee?«

»Nicht jetzt«, sagte er. »Aber hast du nächsten Sonntag vielleicht Zeit für einen Spaziergang?«

29

»Prinz Heinrich« hieß der Vergnügungsdampfer, der im Mittagssonnenschein am Landeplatz »Hacke'scher Markt« angelegt hatte. Alexander Grau wartete, bis die aussteigenden Passagiere an Land waren, dann betrat er den Steg und zückte sein Portemonnaie. Stolze fünfundzwanzig Mark musste er für den Fahrschein berappen – *einfach*! Dabei konnte von Vergnügen keine Rede sein. Der Dichterling, Ernst von Salomon, hatte ihn zum Rapport an Bord bestellt.

An seinem Stehkragen rückend, schaute Grau sich um. Das Sonnendeck war von einer lärmenden Schulklasse bevölkert, dazwischen feierten Burschenschaftler im vollen Wichs einen frisch examinierten Kommilitonen, zu dessen Ehren sie, die Mützen vor der Brust, »Gaudeamus igitur« schmetterten. In dem Gewühl dauerte es eine Weile, bis er den Gesuchten fand, der Dampfer passierte bereits den Berliner Dom, als er ihn entdeckte.

Zusammen suchten sie das Achterdeck auf.

»Ich höre!«, sagte Salomon, nachdem sie Platz genommen hatten.

Grau machte erst gar nicht den Versuch, die Dinge schönzureden, dazu war er zu sehr Soldat, sondern rapportierte in kurzen, militärisch präzisen Sätzen den unerquicklichen Sachverhalt.

Salomon rang sichtlich um Fassung. »Wie konnte das passieren?«, fragte er. »Unsere Männer stehen Gewehr bei Fuß und sind zur Tat bereit! Es fehlt nur noch das erforderliche Automobil.«

»Niemand bedauert den Schlamassel mehr als ich«, erwiderte Grau. »Und natürlich bin ich bereit, die volle Verantwortung zu übernehmen.«

»Sehr ehrenhaft, aber was nützt uns das? Ich muss jetzt die ganze Aktion abblasen! Mein Gott, Sie haben uns Ihr Wort gegeben! Als Offizier!«

Vor Scham wäre Grau am liebsten im Boden versunken. Er musste Zeit gewinnen – Zeit! »Seien Sie versichert, dass ich mein Wort halten werde«, sagte er. »Ich möchte nur um Aufschub bitten. Ich denke, zwei Monate werden reichen.«

»Und wer garantiert, dass dann die benötigten Mittel bereitstehen?« Salomon fixierte ihn mit stählernem Blick.

Grau konnte die Situation kaum noch ertragen. Er war ein im Krieg erprobter Soldat, und dieser Jüngling, der sich zu der Zeit, als er im Feuer stand, noch in die Windeln geschissen hatte, kujonierte ihn wie ein Feldwebel einen Rekruten. Doch Ernst von Salomon strahlte eine Autorität aus, der Grau sich nicht entziehen konnte, die Autorität uralten deutschen Adels. Ja, trotz seines verdächtigen Namens pochte in Salomons Adern bestes preußisches Blut.

»Ich habe mit unserer Wohltäterin telefonisch Rücksprache gehalten«, sagte Grau. »Sie hat mir verbindlich zugesichert, dass die Bereitstellung in nur wenigen Wochen erfolgen wird. Ich nehme an, ich muss den Namen der Dame nicht nennen, um Sie zu überzeugen.«

Salomon schüttelte den Kopf. »Mir ist bewusst, von welcher Dame Sie sprechen.«

»Um so besser!« Grau straffte sich. »Ich werde die Organisation kein zweites Mal enttäuschen. Darauf verpfände ich meine sämtlichen Orden.«

»Gut«, erwiderte Salomon. »Dann wollen wir Gnade vor Recht ergehen lassen. Doch ich warne Sie! Sollten Sie abermals versagen, sehen wir uns gezwungen, Sie aus unserer Gemeinschaft auszuschließen.«

Grau schloss die Augen. Jetzt kam alles auf Constanze an. Sobald er nach Hause kam, würde er sie anrufen.

30

Wie hatte Gustav sich früher auf sein Abendbrot gefreut. Leberwurst und Griebenschmalz, dazu eine Flasche Pilsener Bier – das war ihm stets der schönste Lohn gewesen nach des Tages Müh' und Last. Doch jetzt? Als hätte er einen Knoten im Magen, fehlte ihm jeder Appetit, und er musste sich regelrecht Zwang antun, um wenigstens ein paar der kleingeschnittenen Häppchen zu verdrücken.

Seit ihrem Streit verweigerte Constanze ihm ihre Gegenwart – kein einziges Wort hatte sie mehr an ihn gerichtet. Wann immer sie einander im Haus begegneten, strafte sie ihn mit stummer Missachtung, und wenn er abends heimkam, hatte sie sich bereits zur Nacht zurückgezogen. Mit jedem Tag und jeder Nacht wuchs seine Qual – er war in seiner Ehe einsamer als ein Witwer. Dabei bedurfte es nur einer einzigen Unterschrift von ihm, um sein Unglück zu beenden. Aber diese Möglichkeit kam nicht in Frage. Nein, diesmal würde er nicht nachgeben, ums Verrecken nicht! Es stand zu viel auf dem Spiel, das Zündeln der politischen Hasardeure, mit denen Constanze sich umgab, musste ein Ende haben – auf keinen Fall durfte er es länger mit seinem Geld unterstützen! Die Geschäfte litten unter der Inflation schon mehr als genug, politisches Chaos würde sie ruinieren.

Robert erschien in der Tür. »Die gnädige Frau wünscht Sie zu sprechen.«

»Die gnädige Frau?«

»Ja, sie erwartet Sie in ihrem Boudoir.«

Gustav traute seinen Ohren nicht. In ihrem Boudoir? Nicht mal in den besten Zeiten ihrer Ehe hatte er dort freien Zutritt gehabt.

War sie bereit zur Versöhnung?

Er warf seine Serviette auf den Tisch und eilte hinaus. Zwei Stufen auf einmal nehmend, lief er die Treppe so schnell hinauf, dass er schnaufend vor ihrer Tür ankam. Noch bevor er anklopfte, hörte er sie rufen.

»Herein.«

Als er den Raum betrat, wäre er fast gestolpert. Überall standen Koffer und Taschen und Kisten herum. Constanze, schöner denn je, erhob sich gerade von ihrer Chaiselongue. In ein beiges Reisekostüm gekleidet, wirkte sie wie auf dem Sprung.

»Was hast du vor?«, fragte er. »Willst du … willst du verreisen?«

»Nein«, erwiderte sie. »Ich will mich verabschieden. Noch heute Abend verlasse ich dein Haus.«

»Was willst du damit sagen?«

»Ist das so schwer zu begreifen?« Kopfschüttelnd schaute sie ihn an. »Ich lasse mich scheiden, Dr. Brettschneider ist bereits informiert. Ich kann nicht länger mit einem Mann unter einem Dach leben, der sich weigert, zu tun, was das Vaterland von ihm verlangt.«

31

Seit über einer Stunde saß Alexander Grau an seinem Schreibtisch und starrte auf das Telefon. Er hatte alles auf eine Karte gesetzt, wie früher im Casino bei Siebzehnundvier, um Constanze unter Druck zu setzen.

Hatte er sein Blatt überreizt?

Als es endlich klingelte, hob er in derselben Sekunde ab.

»Er hat unterschrieben«, sagte sie. »Ende des Monats kann ich das Geld überweisen.«

»Na endlich!« Grau spürte, wie Zentnerlasten von ihm abfielen. »Aber bist du auch sicher?«

»Ich halte den Scheck bereits in der Hand.«

Gott sei Dank – seine Ehre war gerettet. Während er hoffte, dass Constanze seinen Stoßseufzer nicht gehört hatte, knackte es in der Leitung, und eine Weile drang nur ein Rauschen an sein Ohr.

Nanu, hatte sie schon aufgelegt?

Er war schon im Begriff, gleichfalls aufzulegen, da hörte er wieder ihre Stimme. Doch jetzt klang sie ganz und gar anders als sonst. Ungewohnt zögerlich, fast scheu.

»Alexander …?«

»Ja?«

»Wann … wann sehen wir uns wieder?«

Die Aussicht auf ein intimes Souper mit Austern und Champagner ließ sein Herz höher schlagen, und am liebsten hätte er ihr gleich für morgen zugesagt. Doch dann hielt er inne. So verlockend die Aussicht war – wäre das auch klug? Nach kurzer Besinnung zügelte er sein Verlangen. Nein, diese Frau brauchte eine harte Hand. Das hatten die jüngsten Ereignisse gezeigt.

»Erst die Arbeit, dann das Vergnügen«, sagte er also. »Ich melde mich, sobald es mir möglich ist.«

Ohne ihre Antwort abzuwarten, hängte er den Hörer auf die Gabel.

»Bist du irgendwann mal fertig mit Telefonieren?«

Beim Klang der ebenso vertrauten wie verhassten Stimme fuhr er herum. Vor ihm stand seine Frau, rosig und dumm.

»Wie oft muss ich dir noch sagen, dass du anklopfen sollst?«

»Anklopfen?«, fragte sie. »Wozu? Schließlich sind wir verheiratet! Oder hat der Herr etwa Heimlichkeiten?« Misstrauisch blickte sie ihn mit ihren Schweinsäuglein an.

»Red nicht so einen Unsinn.«

»Dann komm endlich zum Essen. Die Kinder verhungern.«

»Fangt schon mal ohne mich an. Ich habe noch zu tun.«

Ernas kleine Augen wurden noch kleiner. »Was sind das denn für neue Sitten? Sonst wirst du immer fuchsteufelswild, wenn wir ohne dich …«

»Raus jetzt! Verschwinde!«

Endlich parierte sie. Kaum hatte sie die Tür hinter sich geschlossen, griff er noch einmal zum Telefon.

»Welchen Teilnehmer wünschen Sie zu sprechen?«, fragte das Fräulein vom Amt.

»Ernst von Salomon, Berlin-Zehlendorf«, sagte Grau. »Aber ein bisschen zackig, wenn ich bitten darf!«

32

Seit Rahel im Wedding wohnte, mied sie normalerweise alle Viertel, die irgendwie nach »feine Jejend« rochen, es war einfach zu deprimierend, und wenn es in Berlin eine Gegend gab, auf die der Begriff »feine Jejend« wie auf keine zweite passte, dann war es der Kurfürstendamm. In den neureichen Prachtbauten, die den durch einen Reitweg zweigeteilten Boulevard säumten, wohnten vor allem Leute, die »dazu«gehörten oder gehören wollten, Regierungsräte und Fabrikdirektoren genauso wie windige Geschäftemacher oder Hochstapler jeder Couleur. Wenn Rahel an diesem Sonntagnachmittag trotzdem ihren Kinderwagen den breiten Bürgersteig entlangschob, dann tat sie es Edgar zuliebe, der sie zu dem Spaziergang eingeladen hatte. Er behauptete, der Ku'damm sei das größte Kaffeehaus Deutschlands, wenn nicht gar Europas, weil sich hier ein Café an das andere reihte, und die liebte er genauso wie die unzähligen Kinos und Theater und Kabaretts und Tanzdielen und Revuen, die alle viel größer und spektakulärer und schriller waren als irgendwo sonst in der Stadt und an deren Auslagen er sich nicht sattsehen konnte.

Rahel hatte erwartet, dass er von sich aus auf die Idee zu sprechen käme, wegen der er sich mit ihr verabredet hatte, doch als er vor dem hundertsten Amüsierbetrieb stehen blieb, um sich einmal mehr an einer Vitrine die Nase plattzudrücken, war sie mit ihrer Geduld am Ende.

»Weshalb wolltest du, dass wir uns treffen? Ich dachte, du hast eine Idee.«

Als er sich umdrehte, war er ganz rot im Gesicht, und vor lauter Verlegenheit traute er sich kaum, sie anzuschauen.

»Die habe ich auch. Nur – ich … ich weiß nicht, wie ich es dir sagen soll.«

»Dann sag lieber nichts. Von schlechten Nachrichten habe ich diese Woche nämlich genug.«

Sie wollte weitergehen, doch er hielt sie zurück.

»Nein, keine schlechte Nachricht. Eher das Gegenteil. Es sei denn …«

»Es sei denn – was? Jetzt sag endlich, heraus mit der Sprache!«

Er wurde immer verlegener, in seinem blau-weiß gestreiften Jackett sah er fast aus wie ein kleiner Junge im Matrosenanzug, es fehlte nur noch, dass er an den Nägeln kaute. Doch stattdessen knöpfte er sein Jackett zu und nahm ihre Hand.

»Werde meine Frau!«

Es dauerte ein paar Sekunden, bis die Worte in ihrem Gehirn angekommen waren.

»Was ist denn in dich gefahren?«, platzte sie heraus. »Warst du beim Arzt und hast dir eine Spritze geben lassen?«

»Jetzt keine Witze«, sagte er. »Ich meine es ernst.«

»Dann musst du erst recht zum Arzt«, erwiderte sie. »Du hast doch gesagt, du machst dir nichts aus Frauen.«

»Das ist auch gar nicht nötig.«

»Na, du hast ja originelle Vorstellungen von einer Ehe.«

Edgar zuckte die Achseln. »Früher war das ganz normal, da hat kein Mensch aus Liebe geheiratet. Eine Ehe war eine Zweckgemeinschaft, zum beiderseitigen Nutzen. Und genau das ist es, was ich dir vorschlagen will.«

Allmählich fing Rahel an zu begreifen, und während eine Elektrische bimmelnd vorbeifuhr, ging ihr plötzlich ein Licht auf.

»Nein, das glaube ich nicht! Du … du meinst also, wenn du und ich …« Die Vorstellung war so absurd, dass sie ihr nicht über die Lippen wollte.

»Genau das meine ich«, sagte Edgar. »Wenn wir heiraten, helfen wir uns gegenseitig aus der Patsche. Ich fühle mich im Wertheim inzwischen wie auf einem Pulverfass. Der schöne Joachim ist der Liebling des Chefs, und wenn er weiter die Fräulein-Weißpfennig-Tour reitet, fliege ich über kurz oder lang raus. Umgekehrt braucht dein Kind einen Vater«, er wies mit dem Kopf auf den Kinderwagen, in dem Alex gerade aufgewacht war, »und der würde ich sein. Ich würde für ihn sorgen wie für einen eigenen Sohn. Und für dich natürlich auch.«

Rahel war so durcheinander, dass sie nicht wusste, was sie antworten sollte.

»Das … das ist sehr lieb von dir, aber offen gestanden …«

»Ich weiß«, sagte er. »Das kommt jetzt sehr plötzlich für dich, und du musst dich auch nicht gleich entscheiden. Aber glaub mir, ich habe mir alles gründlich überlegt und bin sicher, dass es das Beste wäre, für uns alle – für Alex und für dich und für mich.«

»Und was ist mit Detlef?«, fragte sie. »So weit ich weiß, lebst du nicht allein …«

»Keine Sorge, das wird sich dann schon finden.« Er drückte ihre

Hand und nickte ihr zu. »Willst du es dir nicht wenigstens überlegen? Ich lasse dir so viel Zeit, wie du brauchst.«

33

Der Geruch von Sattelleder und geöltem Holz empfing Gustav, als er im Fond seines Maybachs Platz nahm, der mit laufendem Motor vor dem Restauranteingang des Grunewaldturms wartete. Er hatte die Limousine, die auf der letztjährigen Automobilausstellung als »bestes Automobil der Welt« der Öffentlichkeit vorgestellt worden war, erst vor einem Monat angeschafft, und in dem mit edelsten Materialien ausgestatteten Innenraum glänzte und roch alles noch fabrikneu.

»Wohin darf ich Sie fahren?«, fragte Franz, der neue Chauffeur, den er eingestellt hatte, damit Constanze während seiner Abwesenheit nicht auf Roberts Dienste verzichten musste.

»Nach Hause.«

Zufrieden lehnte Gustav sich zurück. Er hatte an diesem Samstagmorgen mit Direktor Klammroth von Hoffmann's Stärkefabriken gefrühstückt. Die Firma hatte schwer unter der Inflation zu leiden, wegen der steigenden Preise sparten die Hausfrauen immer mehr an der Wäsche. Klammroth brauchte daher dringend frisches Kapital, um möglichst viele seiner Arbeiter und Angestellten in Arbeit und Brot halten zu können. Gustav hatte ihm einen Kredit mit für beide Seiten tragbaren Konditionen angeboten – er schätzte Unternehmer, die sich ihrer Verantwortung bewusst waren und auch in schwierigen Zeiten zu ihren Leuten hielten.

Doch jetzt hatte er nur noch den Wunsch, so rasch wie möglich nach Hause zu kommen, zu seiner Frau. Er hatte sich lange dagegen gesträubt, Constanze den Scheck auszustellen, und er hatte ja auch durchaus vernünftige Gründe gehabt, sich ihrem Wunsch zu widersetzen. Doch was bedeutete Vernunft im Vergleich zu seinem Eheglück? Das hatte er mit einem Schlag begriffen, als sie ihn vor die Wahl gestellt hatte. Jetzt war er froh, die einzig richtige Entscheidung getroffen zu haben. Kaum hatte er nachgegeben, hatte sie damit aufgehört, ihn im Haus zu meiden, sie sprach wieder mit ihm, sie aß sogar wieder regelmäßig mit ihm zusammen zu Abend, und vielleicht, wer weiß, würde sie ihn an diesem Wochenende endlich mal wieder in ihr Schlafzimmer lassen …

Ob er ihr einen Strauß Blumen mitbringen sollte?

Er blickte aus dem Fenster, vielleicht gab es ja einen Laden in der Gegend, an der nächsten Kreuzung waren ein paar Geschäfte, da sah er plötzlich, wie vor ihnen ein Mercedes-Tourenwagen in einem halsbrecherischen Manöver ausscherte, um ein Cabriolet zu überholen. Im nächsten Moment knatterten Schüsse, wie von einer Maschinenpistole. Gustav sah das Mündungsfeuer, es kam aus dem Tourenwagen, und während Franz das Steuer herumriss, um eine Kollision zu vermeiden, explodierte eine Granate.

Es ging alles so schnell, dass Gustav für einen Moment die Orientierung verlor. Er sah nur, wie auf dem Rücksitz des Cabriolets ein glatzköpfiger Mann blutüberströmt zusammensank, und während sie den Wagen passierten, raste der Mercedes vor ihnen in hohem Tempo davon.

Als Gustav sich nach dem verblutenden Mann umdrehte, schrak er zusammen.

Um Gottes willen – war das nicht der Außenminister?

34

Constanze war begeistert. »Was für ein schönes Auto!«, rief sie gegen den Fahrtwind und den Motorenlärm an, während sie mit offenem Verdeck an der Elbe entlangbrausten.

»Zweiundsiebzig PS«, rief Alexander, beide Hände am Steuer und den Blick auf die Straße gerichtet. Mit der Lederkappe und der Fahrerbrille sah er einfach fabelhaft aus. »Der macht über hundert Sachen.«

»Um Gottes willen, nicht so schnell!«

Er lächelte ihr einmal kurz zu, dann schaltete er in den nächsten Gang und trat aufs Gas. Der Motor brüllte wie ein wildes Tier. Constanze spürte, wie sie von der Kraft der Pferdestärken in den Sitz gedrückt wurde, und ihre Haare flatterten so ungestüm im Wind, dass sie alle Hände voll zu tun hatte, um sie zu bändigen. Voller Bewunderung schaute sie Alexander an. Was für ein Glück, dass er wieder gut mit ihr war! Gleich nach dem Attentat hatte er sie angerufen, es war wie eine Erlösung gewesen, und ohne sich um Gustav zu kümmern, der gerade mit einem riesigen Blumenstrauß aus Berlin zurückgekommen war, hatte sie ihn in der Eingangshalle stehen lassen, um die Nacht mit ihrem Geliebten im »Dresdner Hof« zu verbringen.

»Und Rathenau wurde von diesem Auto aus erschossen?«

Kavalier, der Alexander war, drosselte er das Tempo, damit sie ihn besser hören konnte. »Der Verräter war auf dem Weg zum Auswärtigen Amt. Meine Männer hatten ihm seit dem frühen Morgen vor seiner Villa aufgelauert, ich hatte mich an einer Kreuzung im Grunewald postiert, um ihnen das Zeichen zum Einsatz zu geben. Wumm! Wir haben kurzen Prozess gemacht, die Judensau hat keine zwei Minuten mehr gelebt.«

In einer Aufwallung berührte sie seinen Arm. »Du bist ein Held. *Mein* Held.«

Mit imponierender Gleichgültigkeit zuckte er mit den Schultern. »Ich habe nur getan, was getan werden musste.« Er spitzte die Lippen und fing an zu pfeifen. Obwohl sie die Töne im Fahrtwind nicht hören konnte, wusste sie, welches Lied er pfiff.

»Du bist der mutigste Mann, den ich kenne«, sagte sie. »Aber gerade deshalb habe ich Angst.«

»Angst?« Er trat auf die Bremse. »Warum Angst?«, fragte er, nachdem der Wagen zum Stehen gekommen war.

Voller Zärtlichkeit streichelte sie seine behandschuhte Hand. »Was, wenn die Polizei dich erwischt und sie dich ins Gefängnis stecken?«

»Ach was! Keiner wird es wagen, gegen uns vorzugehen. Die Organisation Consul ist doch längst kein Geheimbund mehr, die Spatzen pfeifen von den Dächern, was wir tun.«

»Wie kannst du dir nur so sicher sein?«

Mit seinem Fritzenblick strich er sich über den vom Wind zerzausten Bart. »Ganz einfach – die Feiglinge wissen, dass sie es mit uns nicht aufnehmen können. Und sie wollen es auch gar nicht. Egal, ob

Polizisten, Politiker oder Richter – die meisten von denen, die uns gefährlich werden könnten, denken genauso wie wir und sind froh, wenn wir ihnen die Arbeit abnehmen.«

Wieder kam die Liebe über sie, in einer noch stärkeren Aufwallung als zuvor.

»Alexander …«

Sie beugte sich zu ihm, um ihn zu küssen. Doch er hatte die Hände schon wieder am Steuer und trat aufs Gas. Abermals brüllte der Motor auf, und während sie weiter an der Elbe entlangbrausten, jauchzte Constanze das Herz in der Brust.

35

Bürgerkrieg lag in der Luft!

Die Nachricht von dem Attentat auf Walther Rathenau verbreitete sich wie ein Lauffeuer in Berlin, und überall in der Hauptstadt kam es zu Tumulten. Während eine halbe Million Menschen auf den Straßen gegen die Ermordung des Außenministers protestierten, trat der Reichstag zu einer Sondersitzung zusammen. Als die Mitglieder der Deutschnationalen Volkspartei, die noch am Vortag Walther Rathenau scharf angegriffen hatten, im Parlament erschienen, wurden sie mit »Mörder! Mörder!«-Rufen empfangen und von den anderen Abgeordneten so heftig attackiert, dass Reichstagspräsident Paul Löbe zwanzig Minuten brauchte, um die Ruhe wiederherzustellen, bevor der ehemalige Finanzminister und nunmehrige Kanzler Joseph Wirth von der Zentrumspartei neben dem leeren, schwarz umflorten Stuhl Rathenaus, auf dem ein Strauß weißer Rosen lag, ans Rednerpult treten konnte, um, mehrmals unterbrochen vom tosenden Beifall seiner Partei wie auch der Deutschen Demokraten und der Linken, die hemmungslose Hetze der Rechten sowie der Hugenberg-Presse für das Attentat verantwortlich zu machen und schärfste Maßnahmen gegen die Mörderbanden und ihre Helfershelfer anzukündigen. Am Ende seiner Rede erhob sich das halbe Haus und rief dreimal donnernd: »›Es lebe die Republik!‹«

Von alledem hatte Tino nur verschwommene Kenntnis. Er hatte mal wieder ein schlimmes Wochenende und eine noch schlimmere

Nacht hinter sich, als er am Montagmorgen mit einiger Verspätung im Piccadilly-Haus eintraf, und hoffte deshalb inständig, dass nur Routinearbeiten auf ihn warteten.

Doch diese Hoffnung erfüllte sich nicht. Bereits auf dem Flur empfing ihn Direktionssekretärin Fräulein Jaschek in heller Aufregung.

»Herr Pommer ruft alle fünf Minuten an, um nach Ihnen zu fragen. Er braucht Sie im Studio! Dringend!«

»Eins nach dem anderen«, erwiderte Tino. »Erst bringen Sie mir bitte mein Frühstück.«

»Nein, Herr Direktor, dafür ist keine Zeit! Herr Pommer sagt, es ist Feuer unterm Dach!«

Um ihren Worten Nachdruck zu verleihen, stellte sie sich ihm in den Weg. Tino blieb nichts anderes übrig, als zu kapitulieren.

»Na gut. Aber kurz zur Toilette darf ich vorher noch, oder?«

Er griff in seine Jackentasche, um nach seinem Vorrat zu tasten. Ein Tütchen war zum Glück noch da.

36

Kühle Stille empfing Gustav, als er die Hofkirche am Altstädter Elbufer betrat, und ein feiner Duft von Weihrauch wehte ihn an wie eine Erinnerung aus längst vergangener Zeit. Unsicher schaute er sich in dem leuchtend weißen Gotteshaus um. Obwohl er streng katholisch erzogen worden war, besuchte er seit Jahren nur noch zu Weihnachten die Messe. Doch heute war die Kirche seiner Kindheit und Jugend der einzige Ort, an dem er sein wollte.

Über dem Eingang der Sakristei brannte einsam das Ewige Licht, und in den Bänken unter der geschnitzten Barockkanzel mit dem weißgoldenen Strahlenkreuz verlor sich kaum eine Handvoll Menschen, die meisten von ihnen versunken im Gebet. Laut hallten seine Schritte auf dem Steinboden wider, als er durch den Mittelgang nach vorne schritt. Eine ältere Frau schaute unter ihrem Kopftuch kurz zu ihm auf, dann murmelte sie weiter ihr Gebet.

Vor dem Hauptaltar kniete er nieder und faltete die Hände.

»Vater unser, der du bist im Himmel …«

Ganz von allein strömten die tausendfach gesprochenen Worte aus ihm hervor. Was hatte er getan? Die Polizei hatte einen der Attentäter gefasst, einen Studenten namens Willi Günther. Er hatte bei seiner Vernehmung damit geprahlt, an der Vorbereitung des Anschlags beteiligt gewesen zu sein, und ausgesagt, dass die Verschwörer ausnahmslos Mitglieder der Organisation Consul waren. Dieselben Leute, die Constanze in ihrem Salon um sich versammelte … Gustav musste daran denken, wie er aus Berlin zurückgekommen war. Trotz des Attentats hatte er noch einen Blumenstrauß besorgt – er hatte ja gehofft, dass sie den Abend zusammen verbringen würden, den Abend und vielleicht auch die Nacht. Aber Constanze hatte ihn einfach in der Halle stehen lassen, als hätte sie ihn gar nicht gesehen, wie entrückt war sie gewesen, und ohne ein Wort hatte sie das Haus verlassen, um erst am Sonntagabend wieder zurückzukehren. Er hatte nicht mal den Mut gehabt zu fragen, wo sie gewesen war.

»… Und vergib uns unsere Schuld, wie auch wir vergeben unseren Schuldigern. Und führe uns nicht in Versuchung, sondern erlöse uns von dem Übel. Amen!«

»Amen!«

Überrascht drehte er sich um. Ein Priester schaute auf ihn herab, ein mildes Lächeln im Gesicht.

»Hast du das Bedürfnis zu beichten, mein Sohn?«

Gustav zögerte einen Moment, dann nickte er. »Ja, Vater, das habe ich.«

»Dann folge mir nach. Ich warte auf dich.«

Während der Priester in einem Beichtstuhl verschwand, stemmte Gustav seinen schweren Leib in die Höhe. Erst jetzt spürte er, wie sehr seine Knie schmerzten, und seine Augen waren voller Tränen.

37

Erich Pommer war der Verzweiflung nahe. Gleich zu Drehbeginn waren sein Hauptdarsteller und sein Regisseur am Morgen übereinander hergefallen, wieder einmal. Auslöser des Streits war diesmal eine simple Regieanweisung gewesen, Fritz Lang hatte kritisiert, wie Dr. Mabuse eine Pistole hielt, und als er vormachen wollte, wie es seiner Meinung nach sein musste, war Rudolf Klein-Rogge explodiert – nie und nimmer würde er sich von einem Mörder zeigen lassen, wie man eine Mordwaffe bedient! Seitdem tobte der Streit zwischen den Kulissen, mit hochroten Köpfen brüllten die beiden sich an, und obwohl sämtliche Bühnenarbeiter zu Hilfe kamen, gelang es Pommer nicht, sie auseinanderzubringen. Mehrere Kulissenwände waren bereits umgekippt, zwei sogar zu Bruch gegangen, und Thea von Harbou, die bei einem Vermittlungsversuch zwei Ohrfeigen gleichzeitig kassiert hatte, saß, mit den Händen vorm Gesicht und am ganzen Leib bebend im Regiestuhl ihres künftigen Mannes und weinte bittere Tränen.

»Herrschaften!«, rief Pommer. »Um Himmels willen! Schluss mit dem Theater! Wir müssen drehen! Bitte!«

»Nein«, brüllte Fritz Lang mit solcher Donnerstimme, dass die stehen gebliebenen Kulissen bedrohlich wackelten. »Erst muss das geklärt werden! Ich lasse mich nicht als Mörder bezeichnen! Ich verlange eine Entschuldigung!«

»Darauf können Sie lange warten!«, brüllte Klein-Rogge zurück. »Ihre Frau wurde mit *Ihrer* Pistole umgebracht! Das hat die Polizei amtlich festgestellt!«

»Es war ein Unfall! Ein unglücklicher, tragischer Unfall!«

»Wer's glaubt, wird selig! *Sie* haben abgedrückt! Damit Sie freie Bahn bei meiner Frau hatten.«

»Sie elender Schmierenkomödiant!! Noch ein Wort, und ich …«

Lang stürzte auf Klein-Rogge zu, doch der duckte sich weg, so dass der Angriff ins Leere ging und der Regisseur strauchelnd zu Fall kam.

Klein Rogge lachte einmal böse auf, und während er mit dem Finger auf seinen am Boden liegenden Rivalen zeigte, drehte er sich zu Thea von Harbou herum.

»Und so einem hast du dich an den Hals geschmissen!«

Thea von Harbou schluchzte laut auf, und während Lang sich vom Boden aufrappelte, warf Klein-Rogge sich triumphierend das Haar aus der Stirn.

Da ging die Studiotür auf und Tino kam in die Halle.

»Gott sei Dank, dass Sie da sind!«, rief Lang. »Herr Pommer ist nicht mehr Herr der Situation.«

»Da bin ich ausnahmsweise einer Meinung mit Ihnen!«, pflichtete Klein-Rogge ihm bei. »Noch nie habe ich so chaotische Dreharbeiten erlebt. Es ist eine Schande!«

Tino hob beschwichtigend die Hände. »Bitte der Reihe nach! Einer nach dem anderen. Und vor allem leise«, fügte er mit schmerzverzerrtem Gesicht hinzu. »Ich habe entsetzliches Kopfweh! Darauf bitte ich Rücksicht zu nehmen. Wenn Sie mir also freundlicherweise den Gefallen tun würden?« Er schaute sich um, dann zeigte er auf eine Sitzecke, die die Bühnenarbeiter sich für die Drehpausen eingerichtet hatten. »Da hinten können wir uns setzen und alles in Ruhe besprechen.«

Ohne das Einverständnis der Streithähne abzuwarten, ging Tino voraus. Einander wütende Blicke zuwerfend, folgten die beiden ihm nach. Erich spitzte die Ohren, aber er verstand kein Wort von dem, was sie sprachen, er konnte nur aus der Ferne sehen, wie Lang und Klein-Rogge wild gestikulierend auf Tino einredeten. Doch zu seinem Erstaunen schienen sich die Gemüter in kürzester Zeit zu beruhigen, es dauerte keine fünf Minuten, da kamen die drei schon wieder zurück, einträchtig und friedlich, als wäre nichts geschehen. Auch Thea von Harbou blickte verblüfft drein.

»Alles auf Position!«, rief Lang.

Jeder ging wieder an seinen Platz. Die Kulissenschieber richteten die Stellwände auf, die Beleuchter schalteten ihre Lampen ein, und Rudolf Klein-Rogge hob die Pistole, die er dem Regisseur während des Streits aus der Hand geschlagen hatte, vom Boden auf, und wieder ganz und gar Dr. Mabuse, trat er zu der mit Kreide markierten Stelle, von der aus er laut Drehbuch den Schuss abgeben sollte, und warf sich mit erhobener Waffe in Positur.

Lang klatschte in die Hände. »Kamera ab!«

»Kamera läuft!«

»Und bitte!«

Wie am Schnürchen spulte die Szene ab. Klein-Rogge zielte und feuerte, sein Opfer sank zu Boden, und während die Kamera auf ihn zufuhr, zog Rudolf Klein-Rogge sein berühmtes diabolisches Gesicht, dem er sein Engagement verdankte. Zwei Durchgänge genügten, und die Szene war im Kasten.

»Wie hast du das geschafft?«, fragte Erich leise, als Tino hinter der Kamera zu ihm trat.

»Wie wohl?« Tino zuckte mit den Schultern. »Mit Geld natürlich!«

Erich runzelte die Stirn. »Das verstehe ich nicht. Ich hatte den beiden sogar schon gedroht, ihnen die Gage zu kürzen. Aber das hat sie nicht beeindruckt.«

»Kein Wunder. Die Auszahlung erfolgt laut Vertrag bei Beendigung der Dreharbeiten. Wenn die Inflation so weitergeht, ist ihre Gage dann sowieso nur noch halb so viel wert wie bei Vertragsunterschrift.«

»Ja und? Was hast du getan?«

»Ganz einfach, ich habe versprochen, sie ab sofort in wöchentlichen Raten auszuzahlen, jeden Freitagabend, bar auf die Hand. Damit habe ich ihre Gage *de facto* verdoppelt, ohne dass es uns was kostet. Und schon waren die zwei ein Herz und eine Seele.«

Mit offenem Mund schaute Erich ihn an. »Manchmal glaube ich wirklich, du bist ein Genie.«

»Ach so?« Tino grinste. »Ich dachte, nur ein verkommenes …« Dann schüttelte er den Kopf, und mit einem abschätzigen Lächeln fügte er hinzu: »Und du willst mir vorschreiben, wie ich mein Leben führen soll? Dass ich nicht lache!«

38

Wie jeden Abend nach Ladenschluss war der Paternoster im Wertheim hoffnungslos überfüllt, so dass Rahel die Treppe nehmen musste, um zum Personalausgang zu gelangen. Lilly wartete draußen im Sonnenschein auf sie, inmitten einer Traube von Verkäuferinnen und Büroangestellten, die sich zum Feierabend voneinander verabschiedeten.

»Welche Laus ist dir denn schon wieder über die Leber gelaufen?«, fragte Lilly, als sie Rahels Gesicht sah. »Schlechte Laune ist bei diesem schönen Wetter eine Sünde!«

»Ich hatte Edgar versprochen, ihm sein Geld so schnell wie möglich zurückzugeben. Das ist jetzt schon eine Ewigkeit her, aber ich weiß immer noch nicht, wie ich das schaffen soll. Der schöne Joachim lässt sich einfach nicht erweichen.«

»Du Ärmste. Aber wenn ich ganz ehrlich bin, hast du gar kein Mitleid verdient. Schließlich gibt es ja eine sehr einfache Lösung.«

»Fängst du schon wieder an?«

»Allerdings. Und ich werde nicht damit aufhören, bis du es endlich begreifst. Edgar will die paar Märker doch gar nicht von dir zurückhaben – er will deine Hand!«

»Aber das ist doch vollkommen verrückt!«, erwiderte Rahel. »Das wäre doch wie … wie eine Muss-Ehe! – Aber jetzt komm, sonst verpassen wir die Tram.«

Sie ließ Lilly stehen und eilte in Richtung Haltestelle. Doch ihre Freundin rückte ihr nicht von der Pelle.

»Kannst du eigentlich immer nur an dich denken? Denk doch auch mal an Edgar! Du hast mir selbst erzählt, was sie im Krieg mit ihm gemacht haben, nur weil er vom anderen Ufer ist. Irgendwann schmeißen sie ihn raus, dafür wird der schöne Joachim schon sorgen! Wenn du ihn jedoch heiratest, wäre mit einem Schlag sein Problem gelöst!«

Rahel wollte etwas erwidern, aber Lilly ließ sie gar nicht erst zu Wort kommen.

»Und vor allem denk an Alex! Dass du Tino den Laufpass gegeben hast, war idiotisch, trotzdem kann ich das irgendwie noch verstehen. Aber willst du dein Kind deshalb für immer um die Möglichkeit bringen, einen Vater zu haben? Das hat das arme Würmchen nicht verdient. Im Gegensatz zu dir weiß ich, was das heißt, ohne Vater aufzuwachsen. Mein werter Erzeuger hat sich verduftet, da war ich noch im Bauch von meiner Mama, und die hat keinen mehr rangelassen außer für Geld.«

Die Worte versetzten Rahel einen Stich. Als ob sie nicht selber an Alex denken würde – von morgens bis abends grübelte sie darüber nach, was für ihr Kind das Beste wäre. Aber deshalb ein Leben führen, das eine einzige Lüge sein würde?

Zum Glück bimmelte die Elektrische heran. Rahel lief los, bis zur Haltestelle waren es noch hundert Meter. Sie schaffte es gerade noch, auf die Plattform aufzuspringen, bevor die Bahn weiterfuhr.

Lilly folgte ihr auf dem Fuß. »Wenn du glaubst, du kannst mir entkommen, bist du schiefgewickelt!«, sagte sie und trat zu ihr an die Haltestange. »Jetzt guck doch nicht so bedröppelt aus der Wäsche. Du weißt doch, jedes Ding hat zwei Seiten, eine gute und eine bessere, und es gibt für alles eine Lösung.«

»Du hast gut reden«, seufzte Rahel.

Lilly dachte kurz nach. Dann sagte sie: »Weißt du was? Heute machen wir uns einen schicken Abend.«

»Mit Oma Leydicke?« Rahel schüttelte den Kopf. »Nein, danke, mein Bedarf ist gedeckt. Mir brummt der Schädel noch vom letzten Mal.«

Lilly lachte. »Keine Sorge, wir gehen aus. Und keine Widerrede! Ich lade dich ein.«

Verwundert schaute Rahel sie an. »Hast du im Lotto gewonnen?«

Lilly zog ihr geheimnisvollstes Schauspielerinnengesicht. »Lass dich überraschen!«

39

Der befürchtete Bürgerkrieg blieb aus – noch größer als die Wut der Menschen über das Attentat auf Walther Rathenau war die Trauer über seinen Tod. Am Tag der Beisetzung legten die Angestellten sämtlicher Berliner Verkehrsbetriebe die Arbeit nieder, im ganzen Reich bekundeten Millionen ihren Abscheu vor den Mördern und ihrer Tat – in endlosen Schweigemärschen, die zugleich ein Bekenntnis zur Regierung waren. Und da Reichspräsident Ebert umgehend eine Notverordnung zum Schutze der Republik erlassen hatte, um die Befugnisse des Staats bei der Bekämpfung seiner Feinde zu stärken, war die öffentliche Ordnung schon bald wieder so weit hergestellt, dass der Alltag in nahezu gewohnter Weise weitergehen und die

Premiere des »Dr. Mabuse« wie geplant und ungestört im Ufa-Palast am Zoo stattfinden konnte, im Beisein aller Stars und Sternchen.

Das Filmtheater quoll über von festlich gekleideten Menschen, als Tino zusammen mit Pommer in der zweiten Reihe Platz nahm. Vor ihnen saßen in schönster Eintracht vereint der Regisseur und sein Hauptdarsteller, gemeinsam mit Thea von Harbou, die sie brüderlich in ihre Mitte genommen hatten. Dank der Auszahlung der Gagen in wöchentlichen Raten hatte bei den Dreharbeiten nur noch eitel Freud' und Sonnenschein geherrscht.

»Ahhhhhhhh …«

Während die Kronleuchter erloschen, ging der rote Samtvorhang auf. Das aufgeregte Premierengeschnatter verstummte, und kaum flimmerten die ersten Bilder über die riesige Leinwand, füllte atemlose Spannung den Saal. Obwohl Tino den Film inzwischen mehrmals gesehen hatte, verfiel er sofort seiner Magie. Wie konnte das sein? Er wusste doch, wie der Film zustande gekommen war, das alles war nur Illusion, Lug und Trug, und Dr. Mabuse war in Wahrheit ein eitler Fatzke namens Rudolf Klein-Rogge. Aber was war schon Wahrheit? Dr. Mabuse war auf der Leinwand wirklicher als jede Wirklichkeit, ein Dämon, der mit allem, was ihm in die Hände kam, sein Spiel trieb, mit Geld, mit Macht – vor allem aber mit Menschen, mit ihrem Leben und ihrem Tod, er war die Verkörperung all jener dunklen Kräfte, die im Verborgenen und von niemandem bemerkt sich in die Gesellschaft, in die Menschheit, in das Leben selbst einfraßen, sich wie ein Krebsgeschwür darin ausbreiteten und wucherten, um schließlich alles mit sich in den Untergang zu reißen. Gleichzeitig fasziniert und abgestoßen erlag Tino seinem Bann, und für eine schreckliche Sekunde glaubte er gar, in der Fratze des Dr. Mabuse das Gesicht seiner Mutter zu erkennen …

Als der Vorhang fiel, herrschte Totenstille im Saal, und es dauerte eine Ewigkeit, bis eine erste Hand sich zum Applaus rührte. Dann aber explodierte das Publikum, die Zuschauer stampften mit den Füßen und sprangen von ihren Sitzen auf, um voller Begeisterung Beifall zu klatschen.

Auch Tino sprang in die Höhe, befreit von der Anspannung der letzten Wochen. Pommer hatte es geschafft – »Dr. Mabuse« war das größte Filmereignis aller Zeiten.

Arm in Arm verbeugten Fritz Lang und Rudolf Klein-Rogge sich vor dem tobenden Publikum, Dutzende von Malen, und es dauerte eine halbe Stunde, bis der Beifall endlich verebbte und die Zuschauer das Kino verließen.

Als Tino mit Pommer ins Foyer kam, wartete dort im Frack und strahlend über das ganze Gesicht Emil von Stauß.

»Auf zur Premierenfeier!«

»Mit dem größten Vergnügen!«, erwiderte Tino.

Doch Pommer hielt ihn zurück. »Später. Erst haben wir noch was zu erledigen.«

40

Alex hatte einfach nicht einschlafen wollen, immer wieder hatte Rahel ihm die Brust gegeben, ohne dass er aufgehört hätte zu schreien, als wolle er sie partout daran hindern, an diesem Abend das Haus zu verlassen, und es war schon nach zehn gewesen, als seine Augen endlich zugefallen waren, wie immer von einem Moment auf den anderen, und er auf einmal friedlich schlummerte, als könne es gar nicht anders sein. Rahel hatte schon gar nicht mehr ausgehen wollen, schließlich klingelte am nächsten Morgen um sechs wieder der Wecker. Doch Lilly hatte ihr keine Ruhe gelassen, so dass ihr nichts anderes übriggeblieben war, als nachzugeben. Schließlich hatte Lilly Stunden vor dem Spiegel verbracht, um sich für den Abend schön zu machen.

Jetzt sah sie mit ihrem geschminkten Gesicht und dem tief ausgeschnittenen Kleid ein bisschen aus wie eine blonde Asta Nielsen, als sie zusammen am Bahnhof Friedrichstraße die U-Bahn verließen. Auf den Bürgersteigen herrschte im Schein der Laternen Betrieb wie am helllichten Tage, und auf der Straße stauten sich in beiden Richtungen hupende Autos.

Vor einem hellerleuchteten Lokal blieb Lilly stehen. »So, da wären wir.«

Rahel sah an der Fassade hinauf. Das Lokal schien keinen Namen zu haben, zumindest gab es kein Schild über dem Eingang, doch offenbar war es sehr beliebt, in der Tür war kaum ein Durchkommen. Viele Gäste waren seltsamerweise verkleidet und sahen in ihren Kostümen aus, als wollten sie zum Karneval, und die Frauen waren alle genauso aufgedonnert wie Lilly. Manche trugen so wenig Stoff an den meist gertenschlanken Leibern, dass Rahel gewisse Zweifel kamen.

»Bist du sicher, dass wir hier richtig sind?«

»Und ob!«, sagte Lilly. »Das ist die ›Statistenbörse‹.«

»Die was?«, fragte Rahel.

Statt einer Antwort nahm Lilly ihre Hand und führte sie hinein. In dem Lokal summte es wie in einem Bienenhaus, und es herrschte ein solches Gedränge, dass die Kellner mit ihren Tabletts kaum an die Tische zu den Gästen gelangten, lauter bunte Paradiesvögel, die sich aufgeregt plappernd und gestikulierend in Szene setzten, als wären sie beim Fotografen.

Rahel begriff. »Du hoffst, dass man dich hier entdeckt?«

Lilly nickte. »Hier hat schon manche große Karriere angefangen. – Aber schau nur, da drüben wird gerade was frei!«

41

Tino konnte nicht sagen, wie viele Züge seit ihrer Ankunft im Anhalter Bahnhof schon angekommen und abgefahren waren, bei einundzwanzig hatte er aufgehört zu zählen.

»Warum bin ich Idiot nur mit dir statt mit Stauß gefahren?«, sagte er. »Ich könnte jetzt schon herrlich betrunken sein. Bis wir in der ›Statistenbörse‹ sind, ist der Schampus garantiert weg – von den hübschen Mädchen zu schweigen.«

Doch Pommer hörte gar nicht hin. »Da«, rief er plötzlich. »Sie kommen!« Noch während er sprach, eilte er zum nächstgelegenen Pressekiosk, wo gerade die ersten Bündel mit den Nachtausgaben der Berliner Zeitungen eintrafen.

»Na, endlich!«

Tino konnte kaum glauben, dass das Wunder doch noch geschah, er hatte sich schon darauf eingestellt, die ganze Nacht hier zu verbringen – über zwei Stunden hatten sie sich die Beine in den Bauch gestanden und vergeblich gewartet. Bevor der Kioskbesitzer die Lieferung in Empfang nehmen konnte, stürzte Pommer sich auf die Lieferung und riss ein Dutzend Zeitungen aus den Bündeln.

»Und?«, fragte Tino. »Was schreiben sie?«

Als Erstes schlug Pommer die »Berliner Zeitung« auf. »›Spannend von der ersten bis zur letzten Szene‹!« Er ließ die »B. Z.« zu Boden fallen, um in der »Vossischen« zu suchen. »›Nie gesehene Bilder von beängstigender Eindringlichkeit!‹« Als Nächstes las er die Schlagzeile der »Neuen Rundschau« vor: »›Ein Spiegel der modernen Zeit!‹«, dann die der »Welt am Abend«: »›Das Publikum tobte vor Begeisterung!‹«, und schließlich die der »Weltbühne«: »›Ein Meisterwerk!‹«

»Na also!«, sagte Tino. »Bist du jetzt beruhigt?«

»Noch nicht. Erst, wenn ich weiß, was die ›Lichtbild-Bühne‹ schreibt.«

»Worauf wartest du dann?«

»Lies du! Meine Nerven halten das nicht aus.«

Mit zitternder Hand reichte Pommer ihm die noch nach Druckerschwärze riechende Zeitung. Tino musste ein paar Seiten blättern, bis er den Artikel fand. Dann atmete er einmal tief durch.

»Oh, oh, oh. Das sieht aber gar nicht gut aus.«

Pommer wurde blass. »Ich hab's gewusst.«

»Soll ich trotzdem?«, fragte Tino

Pommer nickte, stumm wie ein Delinquent vor seiner Hinrichtung.

»Na gut. Auf deine Verantwortung!« Tino hob die Zeitung in die Höhe, um sein Gesicht zu verbergen, dann begann er mit Grabesstimme zu lesen: »›Dass hier durch hohe Könnerschaft, durch virtuose Technik im Verein mit künstlerischem Feingefühl etwas Großes und Starkes geschaffen ist, bewies der nachhaltige Eindruck, unter dem der Ufa-Palast an diesem Premierenabend stand. Der Regisseur Fritz Lang und alle mit ihm arbeitenden Kräfte haben in einzigartiger Weise bewiesen, dass ein ganz auf verbrecherische Motive gestellter Film durch die Art der Stoffverarbeitung zu einem großen Werk von Inhalt und

Bedeutung werden kann.‹« Mit einem Grinsen ließ Tino die Zeitung sinken. »Ich glaube, schlimmer geht's nimmer.«

Pommer stand da und glotzte ihn mit offenem Mund an. »Steht das … steht das wirklich da?«

»Wenn du es nicht glaubst, lies selbst und lass es dir einrahmen!« Tino drückte ihm die Zeitung in die Hand. »Können wir dann endlich gehen?«

Immer noch weiß wie eine Wand schüttelte Pommer den Kopf. »Nein, zum Feiern bin ich viel zu erschöpft. Ich fahre jetzt nach Hause und stoße mit meinem Trudchen an.«

42

Die Luft in der »Statistenbörse« war zum Schneiden, fast alle Gäste rauchten, die Frauen genauso wie die Männer, und es herrschte ein solcher Lärm, dass man kaum sein eigenes Wort verstand. Trotzdem bedauerte Rahel es nicht im Geringsten, Lillys Drängen nachgegeben zu haben. Das Programm hier war unterhaltsamer als jedes Kabarett. So viele bunte Vögel hatte sie noch nie auf einem Haufen gesehen. Ein bisschen war es wie im Zoo.

»Ist hier immer so viel los?«

»Jeden Abend.« Lilly deutete mit dem Kopf auf eine Glastür, hinter der sich ein separater Raum befand. »Da hinten steigt eine Party. Ich wüsste zu gern, welche.«

Ein Kellner, der aussah wie ein Filmschauspieler, kam mit einem Tablett an ihren Tisch und grüßte Lilly wie eine alte Bekannte.

»Guten Abend, meine Schöne«, sagte er in perfektem Deutsch, doch mit russischem Akzent. »Wie immer ein Wasser, nicht wahr? Und für die Begleitung einmal Henkell trocken. Bitte sehr!«

Bevor Rahel es sich versah, servierte er ihr ein Glas Sekt.

»Aber das habe ich doch gar nicht bestellt!«

»Keine Sorge«, erwiderte der Kellner. »Bei jeder Dame, die uns zum ersten Mal mit ihrem Besuch beehrt, geht der Sekt aufs Haus. Wir leben von dem Ruf, dass bei uns die schönsten Frauen der Stadt verkehren.«

Rahel begriff. Daher die großzügige Einladung! Mit einem Augenzwinkern bestätigte Lilly ihre Vermutung.

»Zum Wohlsein.«

Der Kellner wollte sich entfernen.

»Einen Moment, Sergej!«, sagte Lilly. »Was ist das da hinten für eine Party?«

»Eine Premierenfeier der Ufa«, erwiderte er. »›Dr. Mabuse‹. – Aber keine Chance«, fügte er lachend hinzu, bevor Lilly überhaupt fragen konnte. »Zutritt nur für geladene Gäste. Wünsche trotzdem einen vergnüglichen Abend.«

Damit verschwand er in Richtung Tresen.

»So ein Mist.« Voller Sehnsucht blickte Lilly zu der Glastür, wo gerade ein Gast von zwei finster blickenden Gestalten kontrolliert wurde. »Wenn ich mir vorstelle, wer da jetzt wohl alles ist und feiert …«

Das fragte Rahel sich auch, und im selben Augenblick war ihr jede Lust auf den Abend vergangen. Sie schob ihr Glas über den Tisch und stand auf.

»Musst du zum Klo?«, fragte Lilly. »Warte, ich komme mit.«

Rahel schüttelte den Kopf. »Nein, ich …« In der Eile behalf sie sich mit einer Notlüge. »Ich habe grässliche Kopfschmerzen.«

»Auf einmal?« Misstrauisch blickte Lilly zu ihr auf.

Rahel zuckte mit den Achseln. »Ich glaube, ich vertrag den vielen Rauch nicht«, sagte sie und spürte gleichzeitig, wie sie rot wurde. »Außerdem ist es hier furchtbar laut. Tut mir wirklich leid. Aber am besten, ich gehe wieder nach Hause.«

»Hast du sie noch alle?« Lilly griff nach ihrem Arm. »Kommt gar nicht in die Tüte! Wie sieht denn das aus, wenn ich hier ganz allein rumsitze? Als hätte ich das nötig!«

43

Tino musste dreimal um den Block fahren, bis er einen Parkplatz in der Nähe des »Eldorado« fand. Hier verbrachte Rahel also ihre Nächte … Als er aus dem Auto stieg, hatte er das Gefühl, dass ihn jemand beobachtete. Kein Wunder, über dem Eingang des

Lokals prangte ein übergroßer Reklame-Beau, der mit schmierigem Grinsen auf ihn herabblickte. Was bildete der Möchtegern-Casanova sich ein? Tino knallte die Wagentür zu und stellte sich in die Schlange. Als Pommer nach Hause gefahren war, um mit seiner Gertrud anzustoßen, hatte er seinen Freund so sehr um sein Eheglück beneidet, dass ihm mit einem Schlag jede Lust auf die »Statistenbörse« vergangen war. Der einzige Mensch, den er jetzt sehen wollte, um mit ihm zu feiern, war Rahel, und wenn es irgendeinen Ort in Berlin gab, wo er sie um diese Zeit treffen könnte, dann hier, wo sie ihre verfluchten Tanzabende verbrachte.

Neunzig Mark kostete der Eintritt, so viel wie inzwischen zwei Kinokarten. Tino blätterte zwei Fünfziger auf den Tresen, und ohne auf das Wechselgeld zu warten, folgte er der immer lauter werdenden Musik. Im Innern des Lokals war es so dunkel, dass er eine Weile brauchte, bis seine Augen sich daran gewöhnt hatten. Auf der Bühne spielte ein Zehn-Mann-Orchester, die Tanzfläche war ein einziger brodelnder Hexenkessel. Nach Rahel suchend, schob er sich durch das Gewühl. Ein Dutzend Mal machte er die Runde, inspizierte das Gesicht jeder einzelnen Frau, schaute an der Bar nach, klapperte die Sitzecken ab, kontrollierte auch die Gänge, suchte sogar den Eingang der Damentoilette auf und blieb dort eine Viertelstunde stehen für den Fall, dass sie sich womöglich darin aufhielt, doch ohne Erfolg. Einmal sah er einen Rücken, der ihrer hätte sein können, doch als die Frau sich umdrehte, sah er in ein fremdes Gesicht.

Nach einer Stunde gab er auf. Was zum Teufel tat er? Es war doch eine vollkommene Schnapsidee, hier nach ihr zu suchen! Mitternacht war schon vorbei, Rahel war also längst zu Hause, wo immer das auch war – zu Hause bei ihrem Kind!

Auf dem Absatz machte er kehrt, und unter dem grinsenden Blick des Reklame-Beaus lief er zurück zu seinem Wagen.

Vielleicht war in der »Statistenbörse« ja doch noch eine Pulle Schampus für ihn übrig. Und mit ein bisschen Glück auch irgendein halbwegs hübsches Mädchen, das ihm half, die Nacht zu überstehen.

44

Rahel saß wie auf glühenden Kohlen, bei jedem neuen Gast, der in die »Statistenbörse« kam, zuckte sie zusammen, und wenn die Glastür des Nebenraums aufging, versteckte sie sich hinter der Getränkekarte, aus Angst, dass Tino plötzlich aufkreuzen könnte. Drei Anläufe hatte sie schon gemacht, um zu verschwinden, aber Lilly ließ sie nicht aus den Klauen, und während sie mit ihren dunklen Asta-Nielsen-Augen Ausschau nach einem Entdecker hielt, plapperte sie unentwegt von der Luxus-Welt, in der sie als Filmstar schon bald leben würde – einer Welt, in der man immer nur Auto fuhr und telefonierte und Champagner trank und Schallplatten hörte und tanzte und das Leben überhaupt ein ewiger Twostep war.

»Wenn ich nur wüsste, an wen Sie mich erinnern?«

Ein schwarzgelockter Jüngling von vielleicht zwanzig Jahren, der in seinem Glencheck-Anzug fast wie ein Gentleman aussah, trat an ihren Tisch.

»Meinen Sie etwa mich?«, fragte Lilly, sichtlich in der Hoffnung, dass sie gemeint war.

»Nein, diese Augen …« Der Jüngling runzelte die Stirn, um sie eindringlich zu mustern. »Jetzt hab ich's«, rief er plötzlich. »Asta Nielsen!«

»Wirklich?«, hauchte Lilly.

»Wenn ich es sage! Wie aus dem Gesicht geschnitten! Asta Nielsen in Blond! Darf ich fragen, in welchem Film Sie gerade mitwirken? Ich bin sicher, Sie spielen die Hauptrolle. Etwas anderes kommt ja gar nicht in Frage!«

Amüsiert sah Rahel zu, wie Lilly unter den ebenso schamlosen wie durchsichtigen Schmeicheleien dahinschmolz, und obwohl sie bis vor zwei Minuten noch gesprudelt hatte wie ein Wasserfall, brachte sie auf einmal keinen Ton mehr über die Lippen.

Der Jüngling schaute sie mit immer größer werdenden Augen an. »Soll das etwa heißen, dass Sie noch gar keine Rolle haben?«, fragte er, um sich gleich darauf selbst die Antwort zu geben. »Nein, nicht möglich! Völlig ausgeschlossen! Oder vielleicht doch?«

Lilly wusste vor lauter Aufgeregtheit schon nicht mehr, ob sie nicken oder den Kopf schütteln sollte.

»Dann müssen wir das aber sofort ändern!«, rief ihr Entdecker. »Da fällt mir ein – ich habe mich ja noch gar nicht vorgestellt. Jonny Caruso, Regisseur.«

»Ich … ich bin entzückt.«

»Und ich erst!« Er beugte sich über ihre Hand. »Haben Sie gerade Zeit?« Wieder übernahm er die Antwort auf seine Frage selbst. »Wenn ja, sollten wir gleich ein paar Probeaufnahmen machen!«

»Meinen … meinen Sie mit gleich – *jetzt* gleich?«, stammelte Lilly.

»Aber ja doch!«, sagte Jonny Caruso. »Das Nachtlicht ist ganz wunderbar und schmeichelt dem Teint.« Und an Rahel gewandt, fügte er hinzu: »Erlauben Sie, dass ich Ihnen Ihre Freundin entführe?«

Er hatte noch nicht ausgesprochen, da nahm Lilly auch schon ihr Täschchen und stand auf. »Kannst du bitte für mich mitzahlen?«

Rahel wusste nicht, ob sie lachen oder weinen sollte. Wie konnte Lilly nur so naiv sein?

Doch die folgte schon ihrem Entdecker zur Tür hinaus.

Das war Rahels Chance! Bevor Lilly es sich anders überlegte, winkte sie den Kellner herbei.

»Zahlen, bitte!«

45

Im Laufschritt erreichte Tino die »Statistenbörse«, und noch während er die Treppe zu den Toiletten hinunterstolperte, kramte er mit fahrig hastigen Bewegungen sein Silberröhrchen aus der Jackentasche. Wenn er nicht *sofort* bekam, was er brauchte, konnte er für nichts garantieren!

Zum Glück war Günter Jeschonnek auf dem Posten.

»Ein oder zwei Linien, der Herr?«

»Drei.«

»Oh, wir haben heute was zu feiern? Gratuliere! Eins, zwei, drei – und schon dabei!«

Mit zittriger Hand steckte Tino sich das Röhrchen in die Nase und sog die drei Linien ein. Aaaaaaah … Es dauerte nur ein paar Sekunden, und das Leben war wieder die großartigste Erfindung der Welt.

»Danke!«

Er warf ein paar zerknüllte Geldscheine auf Günnis Tablett, und wie neugeboren lief er die Treppe hinauf. Mal sehen, was heute noch zu reißen war …

An der Garderobe blickte er in den Spiegel. Tipptopp! Welche Frau sollte diesem Mann widerstehen? Er fuhr sich gerade durchs Haar, um die Tolle in Form zu bringen, da zuckte er zusammen. Im Spiegel sah er eine Frau mit kastanienbraunen Locken, die hinter ihm durch den Ausgang hinaus in die Nacht verschwand.

Auf dem Absatz fuhr er herum. Hatte er eine Linie zu viel gezogen?

»Guten Abend, Tino. Da bist du ja endlich.«

Eine halbnackte Blondine mit angeklatschter Dauerwelle und knallroten Lippen stand vor ihm und ließ ihre künstlichen Wimpern klimpern.

»Kennen wir uns?«, fragte er wie ein Idiot.

»Aber natürlich«, zwitscherte sie. »Und wie! Erinnerst du dich nicht?«

»Tut mir leid. Ein andermal«

Er schob die Blondine beiseite und eilte hinaus auf die Straße.

Doch die Frau mit den kastanienbraunen Locken war schon in der Nacht verschwunden.

46

Als Gustav das Frühstückszimmer betrat, war Constanzes Platz leer und ihr Gedeck bereits abgeräumt. Wieder einmal. Nur ein paar Krümel auf der schweren Damasttischdecke zeugten davon, dass sie überhaupt da gewesen war.

»Die gnädige Frau ist in die Stadt gefahren«, erklärte Robert. »Besorgungen machen. Aber ich soll Ihnen Grüße ausrichten.«

Mit einem Seufzer ließ Gustav sich auf seinen Stuhl sinken. Was hatte seine Frau in der Stadt verloren – wozu in aller Welt gab es Personal? Früher hatte Constanze nie Besorgungen gemacht, es sei denn, sie hatte eine Anprobe beim Schneider oder einen Termin beim Arzt. Aber was hieß schon früher? Früher hatte sie sich auch nicht mit diesen Leuten umgeben. Gustav hatte ihr Konto geprüft. Die fünfundsiebzigtausend Mark, die er ihr zur Verfügung gestellt hatte, waren keine zwei Tage in der Bank verblieben – Constanze hatte den gesamten Betrag mit einem Mal verbraucht. Die Anweisung war an einen Fahrradhändler am Nollendorfplatz erfolgt, für die Zahlung eines Mercedes-Tourenwagen.

Hatte sie einen Geliebten?

Während Robert den Kaffee einschenkte, schlug Gustav die Zeitung auf – es hatte keinen Sinn, den Tag mit so trüben Gedanken zu beginnen. Wie immer las er als Erstes die letzte Seite mit den Kinoanzeigen. Im »Gloria« wurde ein Kriminalfilm gezeigt, »Dr. Mabuse«, die neueste Ufa-Produktion. Vielleicht sollte er sich den mal anschauen – gut möglich, dass Hugenberg ihn nach seiner Meinung fragte. Er nahm einen Schluck Kaffee, dann blätterte er zum Wirtschaftsteil zurück, um nach dem Aktienkurs der Universum Film AG zu schauen. Die Papiere waren schon vor der Premiere des »Dr. Mabuse« um eineinhalb Prozent gestiegen, jetzt hatten sie ein weiteres Prozent zugelegt, offenbar erhoffte die Börse sich von dem Film einen Kassenschlager. Umso besser, dass er noch vor der Hausse ein größeres Paket für seinen Auftraggeber geordert hatte – die Scherl-Verlagsgruppe besaß inzwischen knapp drei Prozent der Ufa-Vorzugsaktien, ohne dass bislang jemand den Braten gerochen hatte.

Als Gustav die Titelseite aufschlug, zuckte er zusammen. Die Schlagzeile des Tages sprang ihm wie eine persönliche Botschaft entgegen. Mit beiden Händen setzte er sich die Brille auf und las den zugehörigen Artikel.

War der Spuk endlich vorbei? Hatte Gott seine Gebete erhört?

Als er ans Ende des Artikels gelangt war, schlug er das Kreuzzeichen.

»Im Namen des Vaters und des Sohnes und des Heiligen Geistes. Amen!«

47

Zeitungsjungen riefen die neuesten Nachrichten aus, als Tino vor dem Piccadilly-Haus sein Auto verließ.

»Weitere Attentäter gefasst!«

»Rechtsradikaler Geheimbund aufgeflogen!«

»Regierung entschlossen, den Terror zu beenden!«

Bei den Schlagzeilen lief es Tino den Rücken hinunter. Das war ja wie in Pommers Film! Offenbar war Rathenau einer regelrechten Verschwörung zum Opfer gefallen, als hätte Dr. Mabuse persönlich den Anschlag organisiert.

Doch er hatte jetzt keine Zeit, sich um Politik zu kümmern, der echte Mabuse stand auf dem Programm. Zum Glück hatte er es geschafft, vor seinem Termin noch eine Nelke zu besorgen. Vorsichtshalber strich er einmal über die Blüte in seinem Knopfloch, als er die Treppe hinaufeilte. Seit einer Woche lief Pommers Film in den Kinos, heute galt es, eine erste Bilanz zu ziehen.

»Wir sind mit dem ›Mabuse‹ in allen Ufa-Lichtspielhäusern in Deutschland gleichzeitig an den Start gegangen«, verkündete Stauß, »mit weit über hundert Kopien. Umso erfreuter stelle ich fest, dass vom ersten Tag an sämtliche Vorstellungen ausverkauft sind! Dabei zeigen manche Kinos den Film bis zu fünfmal am Tag.«

Obwohl Tino selbst nie am Erfolg gezweifelt hatte, war er mehr als erleichtert. Das war fast so guter Stoff wie der von Günter Jeschonnek!

»Das wundert mich nicht«, sagte er so gleichgültig wie möglich. »Erich Pommer hat den richtigen Riecher gehabt: Kunst und Kommerz sind kein Widerspruch, im Gegenteil! Die Leute sind nicht so blöd, wie die meisten Produzenten glauben Mit künstlerisch anspruchsvollen Qualitätsfilmen lässt sich viel mehr Geld verdienen als mit dem alten Brot- und Buttergeschäft. Das haben wir jetzt schwarz auf weiß. Diese Strategie müssen wir unbedingt weiterverfolgen.«

Stauß nickte. »Mit dem Qualitätsfilm scheint Pommer wirklich einen Nerv getroffen zu haben. Auch die Börse zeigt sich ausgesprochen optimistisch. Ich denke, das ist der richtige Zeitpunkt, die Ausgabe neuer Aktien ins Auge zu fassen. Angesichts der immer rascheren Geldentwertung müssen wir unser Stammkapital dringend aufstocken.«

»Eine zweite Kapitalerhöhung?« Tino war begeistert. »Dann bringen wir Hollywood endgültig das Fürchten bei! Pommer hat auch schon eine sensationelle neue Idee. ›Die Nibelungen‹. Die deutscheste Heldensaga aller Zeiten! Damit werden wir sämtliche Rekorde brechen!«

Doch Stauß trat schon wieder auf die Bremse. »Ein Schritt nach dem anderen«, mahnte er. »Babelsberg ist nicht Hollywood. Unsere amerikanischen Konkurrenten können allein aufgrund der Größe ihres Landes selbst die teuersten Produktionen vollständig über den eigenen Absatzmarkt finanzieren. Bei uns reichen dazu die Zuschauerzahlen einfach nicht aus. Ab einer gewissen Größenordnung sind wir auf den Verkauf von Auslandslizenzen zwingend angewiesen, damit sich ein Film amortisiert, und noch steht in den Sternen, wie das Ausland auf den ›Mabuse‹ reagieren wird.«

»Darum mache ich mir nicht die geringsten Sorgen«, erwiderte Tino. »Warum sollen die Zuschauer in London oder Paris anders reagieren als das deutsche Publikum? Qualität ist Qualität, und die wissen die Menschen überall auf der Welt zu schätzen und sind auch bereit, dafür ein paar Pfennige mehr auszugeben. Glauben Sie mir, wir werden uns an den Auslandslizenzen für den ›Mabuse‹ noch dumm und dämlich verdienen!«

»Warten wir's ab«, sagte Stauß, der längst wieder sein gewohntes Buchhaltergesicht aufgesetzt hatte. »Ich für meinen Teil bin schon froh, wenn wir mit den laufenden Einnahmen Ihren Kredit bei der Commerzbank ablösen können.«

48

Als Alexander am Telefon ein Treffen verlangt hatte, hatte Constanze auf ein Rendezvous im »Dresdner Hof« gehofft. Die Stunden dort in seinen Armen waren jenes Paradies auf Erden, von dem sie seit dem abrupten Ende ihrer glücklichen Jugend geglaubt hatte, es sei ihr auf ewig genommen. Wie genoss sie ihre Liebesfeiern bei Austern und Champagner, sie waren ihr ganzes Glück, und je öfter und leidenschaftlicher Alexander und sie einander liebten, umso unerträglicher erschienen ihr die Tage und Wochen der Entbehrung, die zwischen ihren Begegnungen lagen. Es war wie eine Droge, nach jedem Abschied brannte sie mit jeder Faser ihres um Jahre verjüngten Leibes auf nichts anderes als auf ein Wiedersehen, um abermals mit ihm gen Himmel zu fahren. Nichts anderes zählte mehr in ihrem Leben, nichts anderes als ihre brennende Sehnsucht und deren Erfüllung.

Doch zu ihrer maßlosen Enttäuschung hatte Alexander entschieden, dass eine Begegnung im Hotel diesmal zu gefährlich sei. Er hatte sie zur Festung Königstein beordert, außerhalb der Stadt über der Elbe gelegen, eine der größten Festungen des Reichs und die älteste erhaltene Kaserne Deutschlands überhaupt, in der er selbst in jungen Jahren wohl als Fähnrich gedient hatte, die aber inzwischen leer und verwaist nur noch ein Mahnmal längst vergangener Größe und Bedeutung war.

»Es ist Feuer unterm Dach«, erklärte er, während sie die Ringmauern entlangschritten. »Die Organisation Consul wurde aufgelöst. Fast alle an der Hinrichtung Beteiligten wurden verhaftet.«

»Auch Ernst von Salomon?«, fragte Constanze.

»Ja, auch der.« Misstrauisch blickte Alexander sie an. »Machst du dir Sorgen um deinen Protegé?«

Zärtlich streichelte sie seine Wange, seine unverhohlene Eifersucht erfüllte sie mit Freude und war eine kleine Entschädigung für das entgangene Liebesglück.

»Ach, Alexander, ich habe doch nur Sorge, dass man auch dir auf die Spur kommen könnte.«

»Keine Angst«, erwiderte er. »Gott sei Dank haben wir zuverlässige Gewährsleute bei der Polizei. Und die berichten, dass keiner unserer Männer eingeknickt ist. Verrat gibt es nicht in unseren Reihen!«

»Trotzdem solltest du für eine Weile untertauchen.«

»Da kann ich dir nicht widersprechen – ein Gebot der Vorsicht. Allerdings …« Er zögerte, bevor er weitersprach. »Wüsstest du vielleicht einen geeigneten Ort? Nicht nur für mich, sondern auch für zwei Kameraden?«

Constanze blieb stehen, und während sie ins Tal hinabschaute, wo die Elbe breit und träge zwischen den Auen dahinströmte, dachte sie nach.

»Mein Mann besitzt eine Jagdhütte«, sagte sie schließlich, »in der Nähe der Gohliser Windmühle. Da wärest du mit deinen Kameraden sicher.«

Alexander küsste ihre Hand. »Ich wusste, dass ich auf dich zählen kann. Danke! Nur – was, wenn dein Mann dort plötzlich auftaucht?«

»Da kann ich dich beruhigen.« Constanze gab ihm einen Kuss. »Gustav hat die Hütte von seinem Vater geerbt, aber er nutzt sie nicht. Er ist in seinem ganzen Leben kein einziges Mal auf die Jagd gegangen.«

49

Es war der letzte Sonntag im August, und noch einmal schien die Sonne mit ihrer ganzen Kraft vom tiefblauen Himmel herab, um Berlin in einen Glutofen zu verwandeln. In Scharen flohen die Städter hinaus aufs Land, um an den umliegenden Seen Abkühlung zu suchen, und die »Badewanne«, wie die Berliner den größten von allen, den Wannsee, nannten, schwappte fast über von Menschen, so dass kaum noch zu unterscheiden war, wo das Gewässer aufhörte und der Sandstrand begann. Zu Tausenden tummelte sich am Ufer das Volk – Menschen jedweden Alters und jedweder Gestalt, alte und junge, dicke und dünne, schöne und hässliche, im sportlichen Schwimmdress mit Schnorchel und Badekappe oder in altmodisch gestreiften Badeanzügen mit langen Beinkleidern und Hosenträgern: alle vereint in dem Wunsch, noch einmal die Sonne und das Wasser und den Sonntag und die Freiheit und das Leben zu genießen.

»Da, da, da!«

Aufgeregt zeigte Alex auf einen Limonadenverkäufer, der mit schon heiserer Stimme zwischen den Badegästen seine Erfrischungen anbot, und versuchte, durch den Sand in seine Richtung zu krabbeln.

»Hiergeblieben, du kleiner Nackedei!« Rahel hielt ihn am Bund seiner Windel zurück, damit er den Schattenplatz nicht verließ, den sie trotz des Gewühls unter einem Baum ergattert hatte. »Sonst fängst du dir noch einen Sonnenstich.«

Alex war jetzt ein Jahr alt, inzwischen konnte er schon ein paar Schritte laufen, so dass man wie der Teufel hinter ihm her sein musste, und vor zwei Tagen hatte er zum ersten Mal »Mama« gesagt und vielleicht sogar wirklich gemeint. Rahel hatte lange gezögert, ob sie den Ausflug überhaupt machen sollte – allein der Eintritt für die Badeanstalt kostete fünfundsechzig Mark, von den Kosten für Fahrt und Proviant zu schweigen! Aber wenn sie sich schon während der Woche nicht um ihren Sohn kümmern konnte, sollte er wenigstens am Sonntag Spaß mit ihr haben. Und wie viel Spaß hatten sie hier am Strand! Er war eine richtige kleine Wasserratte, immer wieder wollte er zurück zum See, um zu planschen, und bei jeder Entdeckung, die er machte, quietschte er vor Freude. Und wenn es nur ein Hund war, der hinter einem Ball herjagte.

»Da, da, da!«

Eigentlich hatte auch Lilly mitkommen wollen, sie hatte sogar den Vorschlag zu dem Ausflug gemacht. Aber als Rahel sie am Morgen wecken wollte, war ihr Bett leer gewesen. Wahrscheinlich war sie in der Nacht mal wieder entdeckt worden … Rahel nahm es ihr nicht übel, wahrscheinlich war es sogar besser so, Lilly hätte ihr ja doch nur wieder mit dem ewig gleichen Thema in den Ohren gelegen und ihr damit den Tag verdorben. Ein Vierteljahr war inzwischen vergangen, seit Edgar ihr seinen Antrag gemacht hatte, aber sie konnte und konnte sich einfach nicht entscheiden. Einerseits wäre ihr Leben mit einem Mann an ihrer Seite um so vieles leichter, alles wurde immer noch teurer, fast täglich stiegen die Preise in den Läden, so dass sie oft schon in der ersten Woche des Monats anschreiben lassen musste, auch hatte Tante Ottilie inzwischen die Miete erhöht. Doch andererseits … Sie hatte bereits ein Dutzend Gottesbeweise angestrengt, aber auch die hatten ihr keinen Aufschluss gebracht.

Alex kam zu ihr gekrabbelt und streckte die Ärmchen nach ihr aus. Sie hob ihn vom Boden und setzte ihn auf ihren Schoß.

»Warum sagst du mir nicht einfach, was ich tun soll?«, seufzte sie. »Soll Onkel Edgar dein Papa werden?«

Doch Alex schaute sie mit seinen großen Kinderaugen an, ohne ein Wort zu verstehen, um dann voller Begeisterung auf einen Spatz zu zeigen, der gerade über ihnen davonflatterte.

»Da, da, da!«

50

»Auf dem Tisch gehen sie kaputt!«

»Kurzer Weg, lange Farbe!«

»Herzlich lacht die Tante!«

Grau konnte die Sprüche nicht mehr hören. Seit zwei Monaten hockte er schon mit seinen Kameraden Carl Tillessen und Franz Blechstein in Gustav Reichenbachs Jagdhütte und hielt Maulaffen feil. Um in der Einöde die Zeit totzuschlagen, spielten sie von morgens bis abends Siebzehnundvier oder droschen Pfennigs-Skat. Im Morgengrauen konnten sie den Rehen beim Äsen zuschauen, hin und wieder machte man einen Spaziergang zur Gohliser Mühle, doch ansonsten bestand die einzige Zerstreuung des Tages darin, Holz zu hacken, denn der Oktober ging zur Neige und es wurde mit jedem Tag kälter in der zugigen Bude, so dass sie abends den Kamin befeuern mussten. Zum Glück gab es wenigstens Zeitungen, Constanze schickte sie zusammen mit dem Proviant in die Hütte. Fast ein Dutzend Mitglieder der Organisation Consul waren verhaftet worden, in der ersten Oktoberhälfte hatte man ihnen den Prozess gemacht. Der Hauptangeklagte Ernst Werner Techow, der in dem Tatfahrzeug gesessen hatte, aus dem die Schüsse auf Rathenau abgefeuert worden waren, war zwar der Todesstrafe entgangen, doch fünfzehn Jahre Zuchthaus waren auch kein Zuckerschlecken, und bei der Verurteilung der übrigen Kameraden war der Richter fast ausnahmslos den Anträgen des Staatsanwalts gefolgt – die Verbrecherregierung hatte offenbar ein Zeichen setzen wollen, drei der sechs Laienrichter waren Vertreter der Systemparteien gewesen. Doch wenigstens war der Fall damit für die breite Öffentlichkeit erledigt, schon bald würde kein Mensch mehr darüber sprechen, so dass man sich wieder der Zukunft zuwenden konnte.

Wie sollte es weitergehen?

Brigadeführer Ehrhardt, der sich immer noch in Ungarn aufhielt, hatte aus dem Exil einen Brief geschrieben und darin einen Wiking-Bund als Nachfolgeorganisation der Organisation Consul vorgeschlagen. Aber wozu sollte das gut sein? Das war doch nur alter Wein in neuen Schläuchen! Der Zweck der Attentate war gewesen, ein landesweites Chaos oder vielleicht sogar einen Bürgerkrieg herbeizuführen, um auf diese Weise an die Macht zu gelangen. Die bisherige Strategie war fehlgeschlagen, die Nadelstiche, die die Organisation Consul dem System zugefügt hatte, hatten nicht gereicht, um ans Ziel zu gelangen. Darum musste man jetzt andere, neue Wege finden.

»Neues Spiel, neues Glück, ändert sich im Augenblick!«, sagte Carl Tillessen und teilte die Karten für die nächste Runde aus. »Vielleicht sollten wir uns ein Beispiel an dem *Duce* nehmen.«

»*Duce?*«, wiederholte Franz Blechstein, der Jüngste von ihnen. »Wer ist das denn?«

»Lebst du hinterm Mond? Benito Mussolini, der Führer der italienischen Faschisten! Er hat zum Marsch auf Rom geblasen, um die Regierung zu stürzen. Die Italiener folgen ihm in Scharen, angeblich sind es schon über hunderttausend, und jeden Tag werden es mehr. Das hat doch heute in der Zeitung gestanden.«

Franz Blechstein zuckte nur mit den Schultern. »Was gehen mich die Ittacker an?« Er nahm die Karten auf, und nachdem er sein Blatt sortiert hatte, drehte er sich zu Grau herum. »Ich sage achtzehn!«

Doch Grau hörte nicht hin, er war in Gedanken woanders. Ein Marsch durch das Land? Ein Aufstand der Massen? Was für eine grandiose Idee!

Ohne seine Karten anzurühren, stand er auf.

»Sie brechen das Spiel ab, Herr Major?«, fragte Blechstein.

»Ich packe meine Sachen!« Ohne sich um die Blicke seiner Kameraden zu kümmern, verließ Grau den Raum.

Er hatte sich lange genug hier in der Wildnis versteckt.

51

Für elf Uhr hatte Stauß die Konferenz angesetzt, um das Vierteljahresergebnis des ›Mabuse‹-Films zu präsentieren; um Punkt fünf Minuten nach elf traf Tino im Piccadilly-Haus ein.

»Wo bleiben Sie denn?«, empfing ihn Fräulein Jaschek. »Der Chef wartet schon!«

Als Tino den Konferenzraum betrat, saß Stauß dort allein am Tisch.

»Ist Herr Grau immer noch krank?«

»Auf dem Wege der Besserung. Er hat heute Morgen angerufen, ab Montag ist er wieder an Bord. Aber bitte setzen Sie sich, wir wollen anfangen.«

Während Tino der Aufforderung nachkam, versuchte er, in Stauß' Gesicht zu lesen. In Erwartung glänzender Zahlen hatte er darauf verzichtet, sich über die obligatorische Nelke hinaus für die Sitzung zu präparieren. Doch als er jetzt sah, wie Stauß mit ernster Miene ein Tütchen Natron in seinem Wasserglas auflöste, bereute er seinen Leichtsinn. War er zu optimistisch gewesen? Immerhin kostete eine einfache Kinokarte im Parkett inzwischen hundertachtzig Mark – in der Rangloge sogar das Doppelte. Da konnte manchem Zuschauer die Lust auf einen Kinobesuch durchaus vergehen.

Umso größer war seine Erleichterung, als Stauß gleich mit den ersten Worten Entwarnung gab. »Trotz der inzwischen horrenden Eintrittspreise ist die Nachfrage nach dem ›Mabuse‹ weiter ungebrochen. Auch nach drei Monaten sind sämtliche Vorstellungen ausverkauft, und es ist keine Übertreibung zu sagen, dass der Film die Erwartungen in sämtlichen Ufa-Lichtspieltheatern mehr als erfüllt hat.«

»Das ist ja großartig«, sagte Tino. »Dann schlage ich vor, dass wir die frischen Barmittel nutzen, um den Kredit bei der Commerzbank unverzüglich abzulösen. Angesichts der rasanten Geldentwertung habe ich im Vertrag eine Klausel eingefügt, nach der eine vollständige Tilgung jederzeit möglich ist …«

»Respekt vor Ihrer vorausschauenden Weisheit«, erwiderte Stauß, »doch leider fehlen uns die Mittel, um von einer solchen Möglichkeit Gebrauch zu machen. Die Importpreise für das Rohfilmmaterial sind derart gestiegen, dass wir jede Mark brauchen, um sie in Dollar umzutauschen.«

Tino zuckte mit den Schultern. »Dann sollten wir das besser erst gar nicht tun.«

Irritiert runzelte Stauß die Brauen. »Wie darf ich das verstehen?«

»Ganz einfach! Wir begleichen die Forderungen der Kodak ohne Umtausch direkt in Dollar. Mit den Deviseneinkünften aus den Lizenzverkäufen des ›Mabuse‹ dürfte das ja kein Problem sein. So schlagen wir zwei Fliegen mit einer Klappe. Wir können die Forderungen der Commerzbank bedienen und vermeiden gleichzeitig die Wechselkursverluste, die bei der Konvertierung von Reichsmark in Dollar zusätzlich zu den inflationsbedingten Minussalden entstehen.« Nur mit Mühe konnte Tino ein triumphierendes Grinsen unterdrücken, als er mit seiner Rede fertig war.

Stauß nickte anerkennend mit dem Kopf. »Eine glänzende Idee, Reichenbach – mein Kompliment!« Er nahm sein Glas und trank die Natronlösung in einem Zug aus. »Sie hat leider nur einen klitzekleinen Haken. Es gibt keine Lizenzverkäufe!«

»Es gibt keine – *was*?«

»Keine Lizenzverkäufe, Sie haben richtig gehört. Genau die Qualitäten, die den Erfolg des ›Mabuse‹ hierzulande ausmachen, verhindern offenbar seinen Erfolg im Ausland. Egal, welchem ausländischen Verleiher ich den Film anbiete, ob Engländern oder Franzosen oder Amerikanern – der ›Mabuse‹ wird als *zu deutsch* empfunden! Begreifen Sie, was das bedeutet?«

Tino musste schlucken. »Aber … aber wie ist das möglich? Qualität ist Qualität, und die wissen die Menschen überall auf der Welt …«

»Das habe ich auch gedacht«, fiel Stauß ihm ins Wort. »Aber allem Anschein nach haben wir uns geirrt. Deshalb sehe ich nur noch eine Möglichkeit, um die Sache zu retten.«

»Welche?«

»Ich werde nach Amerika fahren, um mit den Vertretern der Major Studios direkt zu verhandeln. Vielleicht gelingt es ja, die Herren im persönlichen Gespräch zu überzeugen.«

»Eine Reise in die USA?« Damit hatte Tino nicht gerechnet. Aber der Gedanke leuchtete ihm ein. »Bitte erlauben Sie mir, Sie zu begleiten. Wenn ich irgendetwas kann, dann verkaufen!«

»Daran habe ich keinen Zweifel – leider!« Stauß schüttelte den Kopf. »Nein, Sie bleiben hier und kümmern sich um das Kinogeschäft. Herr Lang wird mit mir nach Amerika fahren. Niemand kann besser für einen Film werben als der Regisseur.«

Tino wollte protestieren, Fritz Lang war ein Künstler, kein Verkäufer, er würde hoffnungslos scheitern! Aber der Einwand blieb ihm im Halse stecken. Das Wörtchen »leider« hatte ihn wie ein Schlag in die Magengrube erwischt. Keine Frage, Stauß nahm ihn für das Desaster persönlich in Haft. Aber war das ein Wunder? Er hatte sich wie ein Handelsvertreter für den »Mabuse« die Lippen fusselig gequatscht und nicht lockergelassen, bis Stauß die Produktion freigegeben hatte – ohne seinen Einsatz wäre der ›Mabuse‹ niemals entstanden. Tino spürte, wie ihm der Mund austrocknete, er griff nach seinem Glas, um einen Schluck Wasser zu trinken, aber seine Hand zitterte so sehr, dass er das Glas stehen ließ. Wäre er nur beim alten Brot- und Buttergeschäft geblieben, statt Pommer und seiner Spinnerei vom deutschen Qualitätsfilm zuliebe Kopf und Kragen zu riskieren.

»Fräulein Jaschek hat die Tickets für die Schiffspassage bereits gebucht«, erklärte Stauß. »Wünschen Sie uns also Glück, Reichenbach, niemand hat mehr Grund dazu als Sie. Wenn wir keine Devisen mit dem ›Mabuse‹ erwirtschaften, ist nämlich Ihre ganze schöne Spekulation geplatzt.« Er straffte sich, um Tino zu fixieren. »Dann wird mir nichts anderes übrigbleiben, als die Konsequenzen zu ziehen!«

52

Rahel rieb sich die Handgelenke. Vom stundenlangen Schreibmaschineschreiben schmerzten ihr die Sehnenscheiden, und alle fünf Minuten musste sie pausieren, um Nacken und Rücken zu lockern. Trotzdem hatte sie gerade mal zwei Seiten Text geschafft, das Ergebnis eines ganzen Tages. Dafür quoll ihr Papierkorb über von lauter zusammengeknüllten Seiten. Bei der Morgenkonferenz hatte der schöne Joachim sie dazu vergattert, für die »Wertheim Welt« sämtliche Weihnachtsangebote sowohl der Damen- wie auch der Herrenabteilung Stück für Stück mit möglichst blumigen Worten zu preisen. Der Mistkerl wusste ganz genau, dass sie nichts so sehr hasste wie solchen Reklameschwulst, aber gerade deshalb war es ihm natürlich ein besonderes Vergnügen gewesen. Nach einem Dutzend Beschreibungen waren ihr die Adjektive ausgegangen, und es fielen ihr nur noch Phrasen ein wie »zauberhaftes Ensemble« oder »erlesene Qualität«.

Als die Feierabendglocke endlich läutete, war es eine Erlösung. Eilig nahm sie ihre Sachen und verließ das Büro. Alex hatte sicher Hunger und schrie vielleicht schon nach ihr. Im Paternoster war ausnahmsweise noch ein Platz frei. Beim Hinunterfahren knöpfte sie sich den Mantel zu. Obwohl erst November war, war es draußen schon so kalt wie sonst im Dezember. Sie hatte deshalb am Morgen ihren Wintermantel aus dem Schrank geholt, den hatte noch ihr Vater geschneidert, bei ihrem letzten gemeinsamen Weihnachtsfest hatte er ihn ihr geschenkt. Es kam ihr vor wie in einem anderen Leben.

Vor dem Personaleingang wartete Edgar in der Kälte auf sie, im Schein einer Laterne trat er auf der Stelle und schlug mit den Armen, um sich aufzuwärmen. Bei seinem Anblick hätte Rahel am liebsten gleich wieder kehrtgemacht.

»Wie lange soll ich noch warten?«, fragte er.

Sie fasste mit beiden Händen ihren Mantelkragen. »Hast du nicht gesagt, du würdest mir so viel Zeit lassen, wie ich brauche?«

»Ja«, sagte er, »aber das ist jetzt fast ein halbes Jahr her.«

Rahel schaute ihn an. In kleinen weißen Wölkchen stob der Atem aus seinem Mund, und seine sanften Augen blickten so traurig, dass sie das Bedürfnis hatte, ihn in den Arm zu nehmen. Aber das konnte sie nicht.

»Es ist nun mal so, wie es ist«, sagte sie. »Eine Ehe ohne Liebe ist doch keine Ehe.«

»Was heißt – ohne Liebe?« Edgar schüttelte den Kopf. »Du weißt, dass ich dich liebe. So sehr, wie ich eine Frau nur lieben kann. Und du magst mich doch auch. Oder?«

Sie nickte nur stumm mit dem Kopf.

»Ach Rahel.« Er trat zu ihr und nahm ihre Hand. »Warum gibst du dir nicht endlich einen Ruck? Du müsstest nicht mehr in der ständigen Sorge leben, wie du über den Monat kommst, und ich bräuchte keine Angst mehr zu haben, dass sie mich rauswerfen. Jedes Mal, wenn der schöne Joachim den Mund aufmacht, bricht mir der kalte Schweiß aus.«

Sie wusste nicht, was sie darauf antworten sollte, er hatte ja mit jedem Wort recht. Und trotzdem …

Die Augen zu Boden gerichtet, hoffte sie auf irgendein Zeichen. Doch es kam kein Zeichen, das Schicksal ließ sie im Stich, sie spürte nur den sanften Druck von Edgars Hand.

Zögernd hob sie den Blick. »Kannst du dich noch bis Neujahr gedulden?«, fragte sie schließlich. »Bis dahin werde ich mich entscheiden. Versprochen!«

53

Das Foyer des »Dresdner Hofs« erstrahlte in vorweihnachtlichem Lichterglanz, und in der Luft hing der Geruch von verbranntem Tannengrün, vermischt mit dem Duft von aufgebrühtem Kaffee und frisch gebackenem Stollen. Im Eingangsbereich hing ein pompöser Adventskranz von der Decke herab, neben der Rezeption erhob sich meterhoch ein mit Silberkugeln, Lametta und Engelshaar überreich geschmückter Christbaum, und in der Halle war eine Krippe aufgebaut, die größer und prachtvoller war als die in der Frauenkirche. Doch die Hochstimmung, in der Alexander Grau sich befand, hatte nichts mit der nahenden Geburt des Herrn zu tun. Sie gründete vielmehr in der Gegenwart eines Mannes, mit dem Constanze ihn vor wenigen Minuten bekannt gemacht hatte und mit dem sie jetzt bei Kaffee und Kuchen zusammensaßen – Hermann Göring, der berühmte Jagdflieger und Kriegsheld, der von Angesicht zu Angesicht noch stattlicher und imposanter war als auf jedem Foto. Während an der Krippe die Kinder der Hotelgäste mit glänzenden Augen das Jesuskind bestaunten, beschwor Göring die Ankunft eines politischen Führers herauf, der Deutschland von den Fesseln des Versailler Vertrags befreien und mit seiner Bewegung das Reich an die Spitze Europas führen werde.

»Dieser Mann hat das Zeug, das ganze deutsche Volk zu mobilisieren.«

»Sie meinen, wie Mussolini in Italien?«, fragte Grau.

Göring strich sich beidhändig über die Brust und lachte einmal kurz auf. »Mussolini ist gegen diesen Mann ein Waisenknabe.«

»Donnerwetter!« Grau war beeindruckt. »Darf man fragen, um welchen Politiker es sich handelt? Oder ist das noch geheime Kommandosache?«

»Keineswegs«, erwiderte Göring. »Er macht ja schon seit einiger Zeit von sich reden. Ich spreche natürlich von Adolf Hitler.«

»Adolf Hitler?« Grau hatte Mühe, seine Enttäuschung zu verbergen. »Der Führer der NSDAP?«

»Der künftige Führer des deutschen Volks«, erwiderte Göring, und mit einem wohlwollenden Schmunzeln fügte er hinzu: »Ich weiß, was Sie jetzt denken. Was soll dieser Hitler schon bewirken, mit seiner Splitterpartei? Aber glauben Sie mir, der Mann ist eine Urgewalt! Sie müssen ihn nur einmal aus der Nähe erleben. Ein Politiker, der ganz und gar durchdrungen ist von seiner Mission und dieser darum alles opfert: Beruf, Karriere, Geld – sogar die Freuden der Liebe, er lebt wie ein Mönch. Jeder, der ihm begegnet, spürt das, und wo immer er spricht, jubeln die Menschen ihm zu. Ein Geschenk des Himmels. Seit Napoleon, ach was – seit Julius Cäsar hat es keinen solchen Führer mehr gegeben!«

Obwohl Görings Augen glänzten wie die der Kinder an der Krippe, war Grau nicht überzeugt. Die NSDAP war alles andere als eine Volksbewegung – selbst »Splitterpartei« war noch übertrieben. Hitler und seine Gefolgschaft waren eine bajuwarische Kuriosität, die NSDAP spielte bei den Wahlen keine Rolle, in einem halben Dutzend Ländern war sie sogar verboten, in Baden ebenso wie in Thüringen und in ganz Preußen – eine *quantité négligeable.*

Grau wollte einen entsprechenden Einwand machen, doch als

Constanze ihm mit einem Blick zu verstehen gab, dass er das besser nicht tun sollte, geriet er ins Stottern.

»Nun, ich … ich gebe zu, Ihre Auskunft hat mich doch einigermaßen, wie soll ich sagen – überrascht. Aber wenn Sie tatsächlich der Meinung sind, Adolf Hitler könnte der Politiker sein, auf den wir alle gewartet haben … Das wäre allerdings … durchaus … in der Tat …«

Zum Glück fiel Göring ihm ins Wort. »Hitler gehört die Zukunft, darüber gibt es gar kein Vertun. Glauben Sie, ein Hermann Göring würde sich ihm sonst anschließen?«

»Das ist allerdings ein Argument«, sagte Grau.

»Vor drei Wochen bin ich der NSDAP beigetreten!« Göring fasste an sein Revers und präsentierte sein Parteiabzeichen. Dann beugte er sich vor, und nachdem er sich vergewissert hatte, dass niemand sonst ihn hören konnte, fuhr er mit gesenkter Stimme fort: »Ganz im Vertrauen und aus dem Nähkästchen geplaudert – ich werde in Kürze die Führung der SA übernehmen.«

»SA?« Grau hatte den Namen noch nie gehört.

»Sturmabteilung – die Kampforganisation der Partei«, erklärte Göring. »Noch ein etwas obergäriger Haufen, zugegeben, aber verwegene, zu allem entschlossene Männer, und für die nötige Ordnung werde ich sorgen, darauf können Sie Gift nehmen. In der Truppe haben übrigens auch eine ganze Reihe Ihrer Kameraden inzwischen eine Heimat gefunden, Mitglieder Ihres alten Vereins.«

»Der Organisation Consul?«

»Wenn Sie wüssten … Ihnen würde die Spucke wegbleiben! Vielleicht zeige ich Ihnen bei Gelegenheit mal ein paar Listen. Lauter gute alte Bekannte.« Göring richtete sich wieder auf. »Aber heute würde ich gern über etwas anderes mit Ihnen sprechen. Ich brauche nämlich Ihren Rat.«

Grau hob überrascht die Brauen. »Sie – meinen Rat?«

»Wundert Sie das, Alexander?« Constanze rückte an ihrer Frisur. »Ich habe ein wenig von Ihnen erzählt. Herr Göring war danach ganz begierig darauf, Sie kennenzulernen. Deshalb habe ich unser kleines Treffen ja arrangiert.«

Damit man nicht sah, wie geschmeichelt er war, strich Grau sich über den Bart. »Nun, ich bin ganz Ohr!«

»Dann mal unter uns Pfarrerstöchtern.« Vertraulich griff Göring nach seinem Arm. »Sie waren Ludendorffs Pressechef, und nach allem, was unsere Freundin berichtet, müssen Sie ein wahrer Teufelskerl sein. Die Ufa war Ihr Werk? Respekt!«

»Das ist maßlos übertrieben.« Wie zur Abwehr hob Grau die Hände. »Ich habe nur versucht, meine bescheidenen Talente in den Dienst Seiner Exzellenz zu stellen.«

Göring schmunzelte sein wohlwollendes Schmunzeln. »Ja, ja. Bescheidenheit ist eine Zier, doch weiter kommt man ohne ihr.« Dann räusperte er sich. »Sie haben leider vollkommen recht, was Ihre Einschätzung der NSDAP betrifft – *noch* sind wir eine Splitterpartei, die außerhalb Bayerns kaum jemand kennt. Aber es ist der entschlossene Wille unseres Führers, das radikal zu ändern.« Er hielt für einen Moment inne. »Verstehen Sie jetzt, warum ich mich an Sie wende?«

»Durchaus«, sagte Grau. »Eine Mobilisierung der Massen setzt deren propagandistische Beeinflussung voraus. Nur mit Propaganda können wir das Volk für unsere Sache gewinnen.«

»Ich freue mich, dass Sie von *unserer Sache* sprechen, Major«, erwiderte Göring. »Haben Sie vielleicht eine Idee, wie wir das am dümmsten anstellen könnten?«

Grau tauschte einen Blick mit Constanze. Die verstand zum Glück sogleich und nickte.

54

Kling, Glöckchen, klingelingeling,
Kling, Glöckchen, kling …

Ein Knabenchor empfing Rahel in der Kurzwarenabteilung, als sie Lilly in der Mittagspause dort abholte, um zusammen mit ihr ein Weihnachtsgeschenk für Alex zu besorgen. In der letzten Adventswoche bekamen alle Angestellten des Wertheim zwanzig Prozent Rabatt, das wollte sie nutzen. Aber das war gar nicht so einfach. In dem weihnachtlich geschmückten Warenhaus herrschte ein Gedränge, als gäbe es was umsonst. Dabei hatten die Preisschilder inzwischen so viele Nullen, dass einem davon schwindlig werden konnte.

Als sie die Rolltreppe hinauffuhren, kam ihnen in der Gegenrichtung Edgar entgegen. Rahel war froh, dass sie nicht stehen bleiben konnte, und erwiderte seinen Gruß nur mit einem Lächeln.

»Dann ist es also entschieden?«, fragte Lilly.

»Wenn ich das nur selber wüsste. Aber ein paar Tage habe ich ja noch Zeit.«

In der Kinderabteilung musste Rahel schlucken. Egal, wohin sie schaute, überall Elternpaare, die einträchtig Geschenke für ihre Kinder aussuchten. Voller Wehmut musste sie daran denken, wie sie vor Alex' Geburt mit Tino hier eingekauft hatte. Wie lange war das her?

»Weißt du schon, was du deinem Kleenen schenken willst?«

»Kommt drauf an, was ich mir leisten kann.«

Natürlich war Alex noch zu klein, um Weihnachten zu begreifen, doch war er groß genug, um sich über ein Geschenk zu freuen, und das allein zählte. Rahel schaute sich um. Auf einem Podest thronte ein Nikolaus und verteilte Süßigkeiten an alle Kinder. Gleich daneben war eine Pyramide aus lauter Teddybären aufgebaut.

»Wär das nicht was?«, fragte Lilly.

Ja, das war genau das Richtige – Rahel sah schon Alex' glänzende Augen! Doch als sie das Preisschild an dem Teddy las, schüttelte sie den Kopf. Der Teddy war von der Firma Steiff und kostete siebenhundertundfünfundfünzig Mark.

»Jetzt sei kein Geizhals!«, sagte Lillly. »Ich bin sicher, dein Kleener freut sich ein Loch in den Bauch!«

»Natürlich würde er das«, erwiderte Rahel. »Aber das ist eine halbe Monatsmiete.«

»Ja und? So ein Steiff-Teddy ist was fürs ganze Leben.«

»Nein, unmöglich. Dann habe ich nicht mal mehr Geld, um Weihnachtsplätzchen zu backen.« Schweren Herzens legte Rahel den Teddy zurück. »Vielleicht freut Alex sich ja auch über eine Rassel.«

Als sie sich umdrehte, blickte sie in Edgars Gesicht.

55

Was war mit Constanze geschehen? Gustav kannte seine Frau kaum wieder. Sie saß an diesem Morgen nicht nur mit ihm am Frühstückstisch, sie schenkte ihm sogar den Kaffee ein.

»Danke. Sehr lieb von dir.«

Sie stellte die Kanne ab und griff zu der Zuckerdose. »Ein oder zwei Stückchen?«

»Drei, wenn du schon fragst.«

Sie nahm die Zange und zählte drei Zuckerstücke ab, dann rührte sie den Kaffee eigenhändig für ihn um. »Wenn du vielleicht probieren möchtest?«

Gustav konnte es kaum glauben. War es möglich, dass auch sie sich wieder nach ihrem alten Eheleben sehnte? Sie kümmerte sich so fürsorglich um ihn, dass es fast den Anschein hatte …

Und er hatte sie schon im Verdacht gehabt, einen Liebhaber zu haben …

Unter ihrem aufmerksamen Blick führte er die dampfende Tasse an den Mund. Vorsichtig schlürfend nahm er einen Schluck.

»Perfekt! Genau so muss Kaffee sein! Heiß wie die Hölle, schwarz wie der Teufel und süß wie ein Engel.«

»Das freut mich, mein Lieber. Lass es dir schmecken. Guten Appetit!«

Mit einem aufmunternden Lächeln nickte sie ihm zu, um sich dann ihrem Frühstück zu widmen. Während sie ihr Ei köpfte, griff Gustav nach der Zeitung. Konnte ein Tag schöner beginnen? Auf der Titelseite prangte das Foto eines irgendwie fremdländisch aussehenden Mannes namens Albert Einstein – die Schwedische Akademie der Wissenschaften hatte ihm den Nobelpreis für Physik verliehen. Vorsichtshalber drehte Gustav die Zeitung um, damit Constanze den Artikel nicht sah. Der Morgen war einfach zu schön, er wollte ihn noch ein wenig genießen – und dieser Einstein war zwar trotz seines Aussehens ein Deutscher, aber Jude von Geburt, wie aus dem Artikel hervorging.

»Wie kommst du eigentlich mit Hugenberg voran?«, fragte Constanze. »Du hattest davon gesprochen, dass er dich dringender braucht denn je.«

»Du meinst die Aktienkäufe? Keine Sorge, da geht alles nach Plan. Gleich Anfang des Jahres habe ich einen Termin im Zollernhof, um Hugenberg zu berichten.«

»Tatsächlich?« Constanze nahm einen Löffel von ihrem Ei. »Könntest du mir bei der Gelegenheit vielleicht einen kleinen Gefallen tun?«

»Aber sicher, meine Liebe«, erwiderte Gustav. Und mit einem Augenzwinkern fügte er hinzu: »Willst du etwa auch Aktien kaufen?«

»Gott bewahre!« Sie schüttelte den Kopf. »Aber ich hatte kürzlich eine interessante Unterredung mit Göring. Es sieht ganz so aus, als käme frischer Wind in die Politik, und ich bin der Meinung, das sollten wir unterstützen.«

56

Erich hatte hoch und heilig versprochen, dass die Dreharbeiten zu den »Nibelungen« noch im alten Jahr beginnen könnten, und er war stolz darauf, Wort gehalten zu haben. Nach über sechs Monaten Vorbereitung würde morgen die erste Klappe fallen, eine halbe Woche vor Weihnachten.

Als er nun zusammen mit Tino durch die gigantische, eigens für den neuen Großfilm errichtete Studiohalle lief, um noch einmal die Kulissen zu inspizieren, war es, als würde er durch seine eigenen Träume spazieren. Er konnte es gar nicht erwarten, dass Siegfried hier endlich den Drachen niederringen und im Blut des Lindwurms baden würde … Die Bühnenbildner hatten Unglaubliches vollbracht. Unter der Glaskuppel war ein hünenhafter Zauberwald entstanden, zwischen dessen dunklen Bäumen sich Brunhildes Felsenschloss erhob, erstrahlend im magischen Glanz des Nordlichts. Riesenhafte Höhlen, die den Schatz der Nibelungen bargen, führten am Ufer des Feuersees in das Innere künstlicher Felsen, und von der hoch aufragenden Zugbrücke, die zu König Gunthers Schloss führte, sah man in der Ferne den majestätischen Dom von Worms in Pappmaché.

»Nun, was sagst du?«, fragte Erich.

Tino holte einmal tief Luft. »Wenn ich an die Rechnungen denke, die im neuen Jahr auf meinem Schreibtisch landen werden, wird mir jetzt schon schwindlig. Hast du wenigstens sauber Buch geführt?«

Entgeistert erwiderte Erich seinen Blick. »Ist das alles, was dir dazu einfällt?«, fragte er. »Begreifst du denn nicht, was du hier siehst? Hier lassen wir die deutsche Seele wiederauferstehen und bannen das geistige Heiligtum unserer Nation für alle Zeit und Ewigkeit auf Zelluloid! Und da fragst du nach den Kosten, du Banause?«

»Allerdings«, sagte Tino. »Weil von der deutschen Seele außer in Deutschland kein Mensch etwas wissen will. Geschweige denn vom geistigen Heiligtum unserer Nation.«

»Was für ein Unsinn!« Fassungslos schüttelte Erich den Kopf. »Nur weil Stauß und du nicht imstande seid, den ›Mabuse‹ ins Ausland zu verkaufen? Das hier ist unser Niagara! Etwas Unnachahmliches, ganz und gar Einmaliges, eine Geschichte, die nur wir Deutschen produzieren können, weil es sie sonst nirgendwo anders gibt. – Nein«, fuhr Erich fort, als Tino etwas einwenden wollte, »daran gibt es keinen Zweifel, ich kann mich gar nicht irren, diesmal nicht, das musst du mir glauben! Die ›Nibelungen‹ werden der größte internationale Erfolg aller Zeiten! Und weißt du auch warum? Weil bei diesem Film etwas Außergewöhnliches, geradezu Magisches passiert ist. Keiner von uns, weder Fritz Lang als Regisseur noch Thea von Harbou als Autorin oder ich als Produzent sind auf die Idee verfallen, es war genau umgekehrt – die Idee verfiel auf uns! Sie war einfach da! Sie überflutete uns! Es blieb uns gar nichts anderes übrig, als die ›Nibelungen‹ zu drehen! Eine Fügung des Himmels, des Schicksals – was immer du willst!«

Tino schaute ihn an, als hätte er in Zungen geredet. »Diesen Stuss erzähl bitte ja nicht Herrn von Stauß. Oder er lässt uns alle in die Klapsmühle sperren! Und dich als allerersten!«

»Stuss?«, wiederholte Erich. »Klapsmühle? So redest du über unseren Film? Nur weil du Angst hast vor irgendwelchen Rechnungen? Was bist du nur für eine erbärmliche Krämerseele!«

»Das wagst du, mir ins Gesicht zu sagen?« Wie von der Tarantel gestochen, sprang Tino auf ihn zu, und bevor Erich wusste, was geschah, packte er ihn am Kragen. »Seit ich dich in die Ufa geholt habe, halte ich für dich und deine Phantastereien den Kopf hin, jeden Tag muss ich damit rechnen, dass Stauß mich aus der Firma schmeißt – und du nennst mich eine Krämerseele? Du hast ja keine Ahnung, was das heißt, einen Film finanzieren! Du quatschst von deinen Ideen und von Seele und Heiligtum der Nation, ohne dich auch nur eine Sekunde zu fragen, wer das alles bezahlen soll! Eine Idee ist gar nichts, du ahnungsloser Idiot, auf ihre Realisierung kommt es an! Und die kostet Geld! Geld, Geld und noch mal Geld! Geld, das wir nicht haben! Aber was kümmert das den Herrn Produzenten, den interessiert ja nur seine gottverdammte Scheißidee!«

So plötzlich, wie er explodiert war, fiel Tino in sich zusammen, und als wäre mit einem Mal alle Kraft aus ihm gewichen, ließ er Erich los. Eben noch ganz rot im Gesicht, war er jetzt weiß wie eine Wand. Zitternd wie Espenlaub ließ er sich auf einen Kulissenbaumstumpf sinken.

Erschüttert schaute Erich ihn an. »Mein Gott, was ist nur mit dir los?«

»Was soll schon mit mir los sein?« Mit toten Augen blickte Tino zu ihm auf. »Nichts. Ich habe nur das Gefühl, dass gerade mein ganzes beschissenes Leben vor die Hunde geht.«

Erich wusste nicht, was er darauf antworten sollte. Vor ihm saß nicht Tino, sein alter Freund, wie er ihn seit Jahren kannte, der Strahlemann und Frauenheld, dem nichts auf der Welt etwa anhaben konnte, sondern ein Zombie, ein Untoter, ein menschliches Wrack. Sogar die Nelke in seinem Knopfloch hing wie verwelkt von seinem Revers herab.

Wie konnte er ihm nur helfen?

In seiner Ohnmacht fiel ihm nur das Allernächstliegende ein. »Weißt du was?«, sagte er forscher, als ihm zumute war. »In drei Tagen ist Heiligabend. Dann kommst du zu uns.«

»Wozu?«, erwiderte Tino mit tonloser Stimme. »Um Weihnachtslieder mit dir und Gertrud und eurem Hänschen zu singen?«

»Warum nicht? Hauptsache, du kommst auf andere Gedanken! Sonst gehst du wirklich vor die Hunde.«

»Vielleicht gehöre ich da ja ganz genau hin.«

»Hör auf, dummes Zeug zu reden! Heiligabend erwarten wir dich. Das ist keine Einladung, sondern ein Befehl. Kapiert?«

Tino zuckte mit den Schultern.

»Ob du das kapiert hast, frage ich?«

Erich hatte so scharf gesprochen, dass Tino nickte.

»Na gut. Wenn du unbedingt meinst ...«

»Schön«, sagte Erich. »Und keine Ausreden! Gertrud wird eine Gans für uns braten, bring du den Wein mit. Und dann nehmen wir uns so viel Zeit, wie wir brauchen, um über alles zu reden.«

57

Heiligabend war da.

Zu Bethlehem geboren,
Ist uns ein Kindelein.
Das hab ich auserkoren,
Sein eigen will ich sein.

Tante Ottilie hatte zur Feier des Tages den Küchentisch mit ihrer einzigen Tischdecke gedeckt, darauf stand noch das Geschirr von dem gerade beendeten Festmahl. Es hatte für jeden eine ganze Bockwurst gegeben und dazu eine große Schüssel Kartoffelsalat, so dass sie sich alle nach Herzenslust hatten sattessen können. Nach dem gemeinsamen Kirchgang hatte jeder seine besten Sachen angezogen: Tante Ottilie ihr geblümtes Sonntagskleid, Fritz seinen schwarzen Beerdigungsanzug, Lilly eine fast durchsichtige Bluse mit einem hochgeschlitzten Rock und Rahel das tief taillierte Taftkleid, das sie bei ihrer ersten Silvesterparty im »Café Größenwahn« getragen hatte. Sogar Alex war festlich herausgeputzt, mit einem dunkelblauen Wollanzug, den Tante Ottilie in der Adventszeit für ihn gestrickt hatte. Während die Weihnachtslieder gesungen wurden, warteten unter dem kleinen Christbaum, den Fritz am Morgen im Grunewald geschlagen hatte, die Geschenke.

Eja, eja,
Sein eigen will ich sein.

»Und jetzt die Bescherung!«, sagte Lilly, kaum dass der letzte Ton verklungen war.

»Der Kleene aber zuerst«, sagte Tante Ottilie, die ihre neue Kittelschürze schon bekommen hatte, damit sie sich beim Salatmachen nicht bekleckerte, genauso wie ihr Fritz seine Flasche Doppelwacholder, die inzwischen schon halb leer war.

Rahel griff nach ihrer Wertheim-Tüte und zauberte für Alex eine Rassel daraus hervor. »Schau mal, was das Christkind dir gebracht hat.«

Sie hatte gehofft, ihm damit wenigstens eine kleine Freude zu machen. Doch er sagte keinen einzigen Ton, nicht mal sein »Da! Da! Da!«. Voller Verachtung blickte er nur einmal auf das bunte Ding vor seinem Gesicht, dann schüttelte er den Kopf und schlug ihr die Rassel so heftig aus der Hand, dass sie auf dem Steinboden entzweiging.

»Das war wohl nicht ganz das Richtige!« Lachend stand Lilly auf und holte ein in Seidenpapier eingeschlagenes Päckchen unter dem Weihnachtsbaum hervor. »Soll Tante Lilly das mal für dich aufmachen?«, fragte sie und raschelte mit dem Papier vor Alex' Näschen.

»Da! Da! Da!«, rief er, plötzlich ganz aufgeregt.

»Dann wollen wir mal sehen, was da wohl drin ist.«

Mit großen Augen schaute er zu, wie sie das Päckchen für ihn öffnete. Als er den Inhalt sah, strahlte er über das ganze kleine Gesicht und klatschte in die Hände.

Triumphierend drehte Lilly sich zu Rahel herum. »Hab ich dir nicht gesagt, dass dein Kleener sich ein Loch in den Bauch freuen wird?«, fragte sie und drückte Alex den Teddybär in die Hand.

Rahel verschlug es die Sprache. »Bist du verrückt? Ein so teures Geschenk? Du … du hast doch auch kein Geld.«

»Nee, Geld nicht«, erwiderte Lilly. »Aber zwei flinke Händchen.«

Dabei grinste sie so unverschämt, dass Rahel keinen Zweifel hatte, was sie damit meinte.

»Soll das etwa heißen, du hast …«

»Hältst du wohl den Mund!«, fiel Lilly ihr mit gespielter Strenge ins Wort. »Nicht vor dem Kind! – Und was das Geld angeht«, fügte sie, schon wieder grinsend, hinzu, »da mach dir mal keine Sorgen. Davon habe ich bald mehr als genug.« Sie holte aus ihrer Handtasche einen Zeitungsausschnitt hervor und wedelte damit in der Luft. »Ich werde berühmt.«

Rahel nahm ihr den Ausschnitt aus der Hand. »Eine Annonce?«

»Ja«, sagte Lilly. »Ist heute im ›Lokalanzeiger‹ erschienen. Los, lies vor!«

Mit einem Schulterzucken kam Rahel der Aufforderung nach. »›Welch edel denkender Herr, Schauspieler oder Regisseur, würde armem, aber talentiertem und bildhübschem Mädchen, neunzehn Jahre, eine Ausbildung als Schauspielerin ermöglichen?‹« Verwundert schaute sie ihre Freundin an. »Sollst du das etwa sein?«

»Da machst du Augen, was?«, erwiderte Lilly. »Natürlich bin ich das! Oder dachtest du die Jungfrau Maria? Pola Negri hat auch mal so angefangen, das habe ich neulich in einer Illustrierten gelesen. Dadurch bin ich auf die Idee gekommen. Ist das nicht genial? Ich kann dir gar nicht sagen, wie gespannt ich auf die Antworten bin.«

Rahel gab ihr die Anzeige zurück. »Ich weiß nicht«, sagte sie. »Hast du keine Angst, dass sich da nur irgendwelche Spinner oder Betrüger melden? Wenn ich an deinen Verehrer aus der ›Statistenbörse‹ denke … Der hat dir das Blaue vom Himmel versprochen, aber nichts gehalten.«

»Von wegen, nichts gehalten!«, erwiderte Lilly. »War eine sehr schicke Nacht!«

Rahel überhörte ihre Antwort. »Und warum neunzehn Jahre? Du bist doch schon einundzwanzig.«

»Handwerk muss klappern!« Mit einem Augenzwinkern nahm Lilly ihr Alex vom Arm. Der drückte den Teddy so fest an sich, als hätte er Angst, sie könne ihm sein Geschenk wieder wegnehmen. »Keine Sorge, mein Süßer, den kannst du für immer behalten, der gehört jetzt nämlich dir.« Sie stemmte ihn mit beiden Armen in die Höhe, quietschend vor Freude zappelte er in der Luft. »Was meinst du, wollen wir ›Hoppe, hoppe Reiter‹ spielen?«

»Da! Da! Da!«

Mit dem Kleinen auf dem Arm, kehrte sie zurück an den Tisch. Doch sie hatte noch nicht wieder Platz genommen, da klingelte es an der Wohnungstür.

»Besuch an Heiligabend?«, fragte Fritz, der sich gerade einen weiteren Schnaps einschenkte, mit schon schwerer Zunge. Verwundert stellte er die Flasche zurück auf den Tisch. »Das ist ja mal ganz was Neues!«

58

Mit so vielen Geschenken beladen, dass er keine Hand frei hatte, stieß Tino die Tür mit dem Fuß zu, als er aus dem Wagen stieg. Er hatte keine Ahnung, was in den liebevoll verpackten Päckchen und Paketen war – Fräulein Jaschek, die Direktionssekretärin, hatte die Sachen für ihn besorgt, es würde schon das Richtige sein. Er hatte sich nur um den Wein gekümmert. Château Margaux, sechs Flaschen. Sicher war sicher.

Pommers Haus lag auf der gegenüberliegenden Seite. Als er die Straße überquerte, musste er aufpassen, dass er nicht ausrutschte, am Nachmittag hatte es angefangen zu schneien, pünktlich zum Heiligen Abend – wie beim Weihnachtsmann bestellt. In der Ferne läuteten Kirchenglocken, und irgendwo wurde »Stille Nacht« angestimmt. Jetzt fehlte nur noch, dass ein Engel vom nächtlichen Himmel herabschwebte.

Wer zum Teufel hatte sich das ausgedacht? Tino wäre am liebsten davongelaufen. Das ganze Weihnachtsspektakel war doch nur dazu da, damit er sich noch elender fühlte, als er sich sowieso schon fühlte!

Durch die tanzenden Schneeflocken sah er das hellerleuchtete Wohnzimmerfenster. Hätte er nur nicht zugesagt – wie sollte er den

Abend nur überstehen? Obwohl es ihn Überwindung kostete, lief er weiter, versprochen war versprochen. Wenigstens stand das Gartentürchen offen, und der Weg zum Haus war gestreut. Das war bestimmt Gertrud gewesen, Pommer würde nie und nimmer an so etwas denken.

Tino hatte den Vorgarten schon fast durchquert, da hielt er plötzlich inne. Konnte es sein, dass der Gesang aus dem Haus kam?

… alles schläft, einsam wacht.
Nur das traute hochheilige Paar.
Holder Knab' im lockigen Haar.

Die Pakete zwischen Händen und Kinn eingeklemmt, trat er ans Fenster und schaute in das Weihnachtszimmer. Tatsächlich, da stand die heilige Familie und sang: Pommer und sein Trudchen und zwischen ihnen das Hänschen, das mit glänzenden Augen den prachtvoll geschmückten Christbaum bestaunte.

Schlaf in himmlischer Ruhuuuh!
Schlahaf in himmlischer Ruh' …

Tino spürte, wie die Schneeflocken sich auf seiner Haut auflösten und die Tropfen ihm an Nacken und Hals herunterrannen. Obwohl er seinen warmen Gehpelz trug, begann er am ganzen Leib zu frieren.

Mit einem Ruck wandte er sich ab.

Nein, die Vorstellung, mit Pommer und Gertrud und dem Hänschen zusammen in diesem Zimmer zu sitzen, um Gänsebraten zu essen und »über alles« zu reden, war mehr, als er verkraftete.

Wie ein Dieb in der Nacht schlich er mit seinen Paketen zum Hauseingang und legte die Geschenke vor der Tür ab. Dann drückte er auf die Klingel, und bevor jemand aufmachen konnte, war er in der Dunkelheit verschwunden.

59

Rahel verließ die Küche, um aufzumachen. Als sie sah, wer sie am Heiligen Abend besuchen kam, traute sie ihren Augen nicht.

»Edgar – *du*?«

»Ich … ich wollte nur ein frohes Fest wünschen.«

Hut und Mantel voller Schneeflocken stand er mit einem Päckchen in der Hand auf dem Treppenabsatz und schaute sie verlegen lächelnd an. Sie war genauso verlegen wie er. Und hatte keine Ahnung, was sie tun sollte.

Zum Glück war Lilly ihr gefolgt.

»Was steht ihr da wie zwei Ölgötzen?«, fragte sie. »Nur immer rinn in die gute Stube!«

Edgar zögerte. »Aber ich wollte doch nur …«

»Papperlapapp! Ein bisschen Kartoffelsalat ist noch da, und Fritz spendiert dir sicher einen Schnaps.«

Lilly nahm seine Hand und zog ihn in den Flur. Hinter ihr herstolpernd, warf er Rahel einen ohnmächtigen Blick zu. Während die beiden in der Küche verschwanden, holte Rahel tief Luft, dann schloss sie die Wohnungstür.

Das konnte ja heiter werden!

Als sie in die Küche kam, füllte Lilly bereits einen Teller mit Kartoffelsalat. Alex saß mit seinem Teddy auf Tante Ottilies Schoß und schaute neugierig zu, wie Fritz für den fremden Onkel einen Schnaps einschenkte. Edgar hatte Hut und Mantel abgelegt, doch sein Päckchen hielt er immer noch in der Hand. Rahel konnte nur hoffen, dass das kein Geschenk für sie war.

»Nun trinken Sie erst mal einen Schnaps, Herr Weißpfennig«, sagte Tante Ottilie, die seine Verlegenheit sah. »Wacholder macht dich holder!«

Unsicher nahm Edgar das Glas, das Fritz ihm reichte.

»Danke … sehr liebenswürdig.«

Mit nur schlecht verhohlenem Widerwillen blickte er auf den Wacholder, normalerweise trank er ja nicht mal Bier. Doch als Fritz ihm zuprostete, blieb ihm nichts anderes übrig, und voller Todesverachtung kippte er den Schnaps hinunter. Er schüttelte sich einmal kurz, dann stellte er sein Glas ab und streckte Alex das Päckchen entgegen.

»Eigentlich bin ich nur gekommen, um …« Mitten im Satz hielt er inne. »Na, so was Blödes …«

»Was meinst du mit Blödes?«, fragte Rahel, heilfroh, dass das Geschenk offenbar nicht für sie, sondern für Alex war.

Während der mit großen Augen auf das Päckchen schaute, entfernte Edgar das Seidenpapier, in das es eingeschlagen war.

»Ick werd' nich mehr!«, rief Lilly, als der Inhalt zum Vorschein kam. »Zwei Doofe, ein Gedanke!«

Edgar hielt denselben Teddy in der Hand wie Alex.

Rahel musste lachen. »Wie bist du denn auf die Idee gekommen?«

Verlegen zuckte Edgar die Schultern. »Ich hatte gesehen, wie du im Wertheim den Teddy angeschaut und dann wieder zurückgelegt hast. Und da dachte ich …«

»Dufte!«, sagte Lilly. »Dann ist ja wenigstens einer bezahlt!«

60

Tino war schon so betrunken, dass er leicht schwankte, als er sein Glas zurück auf den Tresen stellte.

»Noch eins?«, fragte die Wirtin, eine beleibte, blassgesichtige Frau mit dunklem Oberlippenbart, der die aschgrauen Haare in Strähnen auf die Schulter fielen.

Tino nickte nur stumm mit dem Kopf, und während er sich mit einer Hand am Tresen festhielt, schaute er sich um. Außer ihm verlor sich nur eine Handvoll Gäste in der Spelunke, einsame Seelen wie er, die niemanden hatten und trübsinnig schweigend an den Tischen saßen und mit leeren Augen in ihre Gläser stierten. Er hatte lange suchen müssen, um überhaupt noch ein Lokal zu finden, wo man ihn einließ, über Weihnachten hatten alle Bars und Cabarets und Cafés, die er normalerweise frequentierte, geschlossen, doch die Vorstellung, den Heiligen Abend allein in seiner großen Wohnung zu verbringen, war noch schlimmer gewesen, als mit Pommer und Gertrud und dem Hänschen unterm Christbaum fromme Lieder zu singen. Kreuz und quer war er durch die verschneiten, menschenleeren Straßen gefahren, um schließlich im Klosterviertel fündig zu werden. »Zur letzten Instanz« hieß die Kneipe, in der als einzige noch Licht gebrannt hatte. Tino hatte keine Ahnung, warum die Kaschemme so hieß, wahrscheinlich wegen des nahe gelegenen Landgerichts in der Neuen Friedrichstraße. Auf jeden Fall hätte kein Name passender sein können.

Stauß hatte ihm die Pistole auf die Brust gesetzt. Entweder, es gelang ihm, den Karren aus dem Dreck zu ziehen, oder er war seinen Posten los. Und Pommer warf unterdessen mit beiden Händen das Geld nur so zum Fenster hinaus, als käme es auf ein paar Millionen mehr oder weniger nicht an.

Mit einem Stoßseufzer fasste Tino an sein Revers. Doch sein Griff ging ins Leere. Wo zum Teufel war sein Glück geblieben? Er war doch immer ein Glückspilz gewesen, sein Leben lang, was immer er angefasst hatte, war ihm gelungen – er gehörte doch zu denen, die die Götter liebten! Warum sollte das plötzlich anders sein?

»Wo bleibt mein Bier?«

»Immer mit der Ruhe, junger Mann. Ne alte Omma is kein D-Zug.«

Egal, wie betrunken er war – er wusste, es musste endlich was passieren, oder er war erledigt. Er brauchte eine Okkasion, irgendeine Gelegenheit, einen günstigen Zufall, irgendwas, um das Blatt zu wenden! Sonst verlor er nach Rahel und seinen Eltern und seinem Erbe auch noch seinen Beruf.

Was würde ihm dann noch im Leben bleiben?

Von der Marienkirche läuteten die Glocken zur Christmette. Von dem vielen Bier, das er getrunken hatte, musste er aufstoßen.

Wo feierte Rahel wohl gerade Weihnachten? Und mit wem?

Die Wirtin brachte ein weiteres Bier. »Prost«, sagte sie und stellte das Glas auf den Tresen. »Frohe Weihnachten!«

61

Mit seinen beiden Teddybären im Arm, die Lilly auf die Namen Plisch und Plum getauft hatte, war Alex eingeschlafen und schlummerte nun tief und fest in seinem Bettchen. Nur ab und zu huschte ein seliges Lächeln über sein kleines Gesicht, als würde ihm im Traum das Christkind erscheinen.

Rahel beugte sich über ihn und gab ihm einen Kuss. Nichts machte sie glücklicher, als wenn ihr Kindchen glücklich war.

»Schlaf schön, mein süßer kleiner Prinz.«

Sie drehte das Licht aus, und auf Zehenspitzen verließ sie das Zimmer. Im Flur wartete Edgar schon im Mantel und mit dem Hut in der Hand. Die anderen waren bereits schlafen gegangen. Tante Ottilie hatte Fritz irgendwann den Wacholder weggenommen, und obwohl er noch ein bisschen hatte aufbleiben wollen, weil es doch gerade so gemütlich war und außerdem Weihnachten, hatte sie ihn vor sich her in die Schlafkammer geschoben, die nur durch zwei von einer Wäscheleine herabhängende Wolldecken von der Küche abgetrennt war. Jetzt hörte man sein Schnarchen bis hinaus auf den Flur. Sogar Lilly lag schon im Bett. Heiligabend war der einzige Tag im Jahr, an dem sie nicht ausgehen konnte.

Edgar setzte sich den Hut auf. »Ich glaube, ich sollte dann mal so langsam …«

»Schön, dass du da warst.« Rahel nahm ihn zum Abschied in den Arm. »Du hast Alex eine so große Freude gemacht. Danke.«

»Das habe ich gern getan. Er ist ein so nettes Kerlchen.« Er zog sich seine Handschuhe an und öffnete die Tür. »Frohe Weihnachten, Rahel.«

»Frohe Weihnachten, Edgar.«

Sie trat beiseite, um ihm Platz zu machen. Doch als sie die Tür hinter ihm schließen wollte, drehte er sich auf dem Treppenabsatz noch einmal um.

»Bleibt es dabei?«, fragte er. »Nach Neujahr gibst du mir Bescheid?«

Rahel hatte den ganzen Abend gehofft, dass er nicht darauf zu sprechen kam, sie wusste ja immer noch nicht, was sie ihm sagen sollte.

Doch als sie jetzt sein Gesicht sah, sein Lächeln und seine lieben Augen, schien plötzlich alles ganz einfach. Ohne ein Zeichen, ohne ein Gottesurteil, ohne dass das Schicksal ihr in irgendeiner Weise half, wusste sie auf einmal die Antwort, ganz von allein.

»Nein«, sagte sie und schüttelte den Kopf.

»Aber warum nicht?«, erwiderte er. »Du … du hattest es mir doch versprochen.«

»Ich weiß.« Sie trat auf ihn zu und nahm seine Hand. »Aber du brauchst nicht mehr bis Neujahr zu warten, ich habe mich schon entschieden.«

Als er ihr Lächeln sah, wechselten Angst und Unglaube und Hoffnung in seinem Gesicht, alles gleichzeitig und durcheinander.

»Soll das … soll das etwa heißen, dass …«

Sie drückte seine Hand und hauchte ihm einen Kuss auf die Wange.

»Ja, Edgar. Ja!«

62

Es war eine entsetzliche Nacht gewesen. Stundenlang hatte Tino sich im Bett hin und her geworfen, schweißgebadet und von fürchterlichen Bildern verfolgt. Er war mal wieder in Verdun gewesen, und Leo Hengstenberg, sein Regimentskamerad, war zum tausendsten Mal in seinen Armen verreckt. Doch sein Aufwachen war noch schlimmer als der schlimmste Albtraum. Denn Leo Hengstenberg – das war er selbst!

Das neue Jahr hatte grauenvoll angefangen, im Vergleich zu den Schlachten, die es im Piccadilly-Haus zu schlagen gab, war Verdun das reinste Vergnügen gewesen. Pommer ließ sich jeden Tag etwas Neues einfallen, um die Ufa zu ruinieren, und fast jeden Abend kreuzte Stauß in Tinos Büro auf, um sich nach dem neuesten Stand der Kosten zu erkundigen. Bisher war es Tino noch immer gelungen, ihn hinzuhalten, aber irgendwann würde der Tag kommen, an dem er Farbe bekennen musste.

Eine Weile verharrte er mit geschlossenen Augen im Bett, in der verzweifelten Hoffnung, dass das Aufwachen noch Teil seines Albtraums war. Doch als er die Augen öffnete, musste er einsehen, dass er längst in der Wirklichkeit angekommen war. Mit schmerzendem Schädel drehte er sich zur Seite. Wenigstens konnte er sich noch auf sich selbst verlassen – obwohl er nicht mehr wusste, wie er am Abend ins Bett gelangt war, stand auf seinem Nachttisch ein Glas Wasser, und daneben lag das Röhrchen Aspirin, wie es sich gehörte.

Um dem Tag eine Chance zu geben, nahm er drei Tabletten auf einmal, und mit einem Ruck, als müsse er sich ein Pflaster abreißen, verließ er das Bett.

Während er sich anzog, schaltete er das Radio ein – der Rundfunkempfänger war der allerneueste Schrei, er hatte sich das Gerät selbst zu Weihnachten geschenkt. Regelmäßige Ausstrahlungen gab es zwar noch nicht, die waren erst für Ende des Jahres angekündigt, aber ab und zu liefen bereits Testsendungen, und vielleicht hatte er ja Glück. Es dauerte eine Ewigkeit, bis die Röhren aufglühten, und er band sich bereits seinen Schlips um, als endlich die ersten Töne aus dem Lautsprecher drangen. Aber statt Musik, wie er gehofft hatte, gab es nur Nachrichten.

Enttäuscht wollte er den Apparat wieder abschalten. Doch als er die Meldung hörte, die ein Sprecher gerade verlas, drehte er lauter.

»In der Nacht haben französische Truppenverbände die Reichsgrenze überschritten und rücken an breiter Front auf das Ruhrgebiet vor. Die ersten Einheiten sind bereits in Essen und Dortmund eingetroffen. Auf diese Weise will die französische Regierung unter Ministerpräsident Poincaré Deutschland zwingen, die im Vertrag von Versailles festgelegten Reparationszahlungen im vollen Umfang zu leisten …«

Mit einem Mal war Tino hellwach, und während seine Gehirnzellen losratterten wie die Rädchen einer Maschine, noch bevor das Aspirin wirken konnte, überschlugen sich in seinem Kopf die Gedanken, welche Konsequenzen aus der Nachricht folgten.

War das die Okkasion, auf die er gewartet hatte? Die Gelegenheit, das Blatt zu seinen Gunsten zu wenden?

63

Im Zollernhof war die Nachricht von der Besetzung des Ruhrgebiets wie eine Bombe eingeschlagen. Noch am selben Morgen hatte Alfred Hugenberg seinen Mann für alle Fälle, Ludwig Klitzsch, zur Krisensitzung bestellt. Obwohl er den Vorsitz im Direktorium der Friedrich Krupp AG schon vor Jahren niedergelegt hatte, saß er immer noch im Aufsichtsrat einer ganzen Reihe von Unternehmen an Rhein und Ruhr, die im Bergbau und in der Stahlindustrie tätig waren.

»Reichskanzler Cuno hat die Bevölkerung zu passivem Widerstand aufgerufen«, erklärte Klitzsch. »Ohne ein Einlenken der Franzosen wird es zum Generalstreik kommen. Dann liegt das gesamte Ruhrgebiet lahm.«

Hugenberg fuhr sich mit der Hand über das Stehhaar. »Nun, wer weiß, wozu es gut ist.«

Klitzsch stutzte einen Moment, dann blitzte ein »Aha« in seinen kleinen Augen auf. »Sie meinen, weil damit die Auflagen unserer Zeitungen und Zeitschriften steigen? Ausgezeichnet! Das sollten wir für eine Erhöhung der Annoncenpreise nutzen.« Er zückte einen Block und machte sich eine Notiz.

»Ausnahmsweise hatte ich nicht ans Geld gedacht.« Hugenberg konnte sich ein Schmunzeln nicht verkneifen. »Aber umso besser, dass Sie es tun.«

Klitzsch steckte den Notizblock wieder ein. »Ich werde dem Anzeigenleiter noch heute eine entsprechende Anweisung geben.«

»Ja, tun Sie das. – Doch was die Politik angeht«, fuhr Hugenberg fort, »so wird die Wirtschaft unter der Besatzung schwer leiden, das kann ja gar nicht anders sein, und wenn es zu einem Generalstreik kommt, bedeutet das für manche Unternehmen das Aus. Das ist natürlich bedauerlich, aber vielleicht geht den Leisetretern in Berlin dadurch ja endlich ein Licht auf, in welche Katastrophe ihre Nachgiebigkeit unser Land führt, und sie begreifen, dass wir den Franzosen die Zähne zeigen müssen, damit wir wieder …«

Es klopfte an der Tür.

»Ja, bitte!«

Fräulein Backhäuser, die Chefsekretärin, kam herein.
»Kommerzienrat Reichenbach ist da.«
Hugenberg runzelte die Stirn. »Haben wir einen Termin?«
»Um zehn Uhr dreißig.«
»Tagesordnungspunkt?«
»Die Universum Film AG.«
»Ach ja, richtig.« Hugenberg nickte. »Soll reinkommen!«

64

Ja, die Okkasion war da, auf die Tino gehofft hatte – den Franzosen sei Dank! Nachdem Reichskanzler Cuno, der als erster parteiloser Politiker als Nachfolger des glücklosen Wirth erst im November gewählt worden war, im Kampf gegen die Besetzung des Ruhrgebiets zum Generalstreik aufgerufen hatte, versprach er allen streikenden Arbeitern, dass die Regierung die ausfallenden Löhne zahlen werde. Doch wie sollte die Regierung das anstellen? Dazu hatte sie nur eine Möglichkeit: indem sie Geld druckte, immer mehr und mehr und mehr – Geld auf dem Papier, ohne jeden Gegenwert. Als Bankier hatte Tino sofort begriffen, dass ein solches Vorgehen die Inflation in nie gekannte Höhen treiben musste. Und genau das würde er nutzen, um seinen Hals zu retten.

Die Commerzbank war die einzige Bank, die Kredite an Privatpersonen vergab, doch dank der für die Ufa aufgenommenen zehn Millionen genoss er dort so großes Ansehen, dass ein Anruf genügte, um einen Termin zu bekommen. Der Chef des Hauses, so teilte man ihm mit, sei allerdings nicht zu sprechen, Herr Wille jr. befinde sich am Stammsitz in Hamburg. Tino war das nur recht, dadurch sank die Gefahr, dass Stauß von der Sache Wind bekam und sich seinen Reim darauf machte. Trotzdem wies er den Leiter der Kreditabteilung, der ihn nun an Willes Stelle empfing, sicherheitshalber darauf hin, dass er den Kredit nicht als Finanzdirektor der Universum Film AG, sondern als Privatperson beantrage.

Der Abteilungsleiter, ein unscheinbarer Mensch mittleren Alters und unbestimmter Haarfarbe namens Overbeck, nickte. »Sie können sich auf meine Diskretion verlassen. Allerdings brauche ich wie bei einem Firmenkredit Sicherheiten, insbesondere in Anbetracht der in Frage stehenden Summe.«

»Natürlich«, erwiderte Tino. »Ich bin gern bereit, eine Abtretungserklärung auf mein Gehalt zu leisten.«

»Ich fürchte, das wird nicht reichen. Ein Gehalt ist in diesen Zeiten leider keine Sicherheit. Wie sieht es mit Sachwerten aus?«

Mit dem Einwand hatte Tino gerechnet. »Mein Wagen steht vor der Tür«, sagte er und zückte seinen Autoschlüssel. »Wenn Sie möchten, lasse ich ihn als Pfand gleich hier. Zum Glück gibt's ja die Elektrische.«

»So weit wird es hoffentlich nicht kommen.« Der Anflug eines Lächelns huschte über Overbecks Gesicht. Trotzdem schüttelte er den Kopf. »Bei Sachwerten dachte ich eher an Immobilien.«

»Immobilien sind meines Erachtens inzwischen stark überbewertet«, erwiderte Tino. »Aber wie wäre es mit Kunst? In meinem Besitz befinden sich Bilder namhafter Maler. Otto Dix, Georges Grosz …«

»Tut mir leid, aber …«

Obwohl Overbeck den Satz nicht zu Ende sprach, ließ sein Blick keinen Zweifel daran, dass weitere Ausweichversuche aussichtslos waren. Also beschloss Tino, die Sache abzukürzen. Und die einzige wirkliche Sicherheit anzubieten, die ihm nach seiner Enterbung geblieben war.

»Ich bewohne eine Siebenzimmerwohnung am Gendarmenmarkt, *bel étage*. Wäre das Sicherheit genug?«

»Selbstverständlich.« Sichtlich erfreut nahm Overbeck ein Antragsformular aus der Schreibtischschublade und machte ein paar Einträge. Doch als er das Formular über den Tisch schieben wollte, hielt er plötzlich inne, und an seiner Brille rückend, schaute er Tino eindringlich an. »Verstehe ich recht, dass es sich um Ihre Privatwohnung handelt?«

»Allerdings.«

Overbecks Blick wurde noch eindringlicher. »Sind Sie wirklich sicher, dass Sie ein solches Risiko eingehen wollen?«

Nein, das war Tino ganz und gar nicht! Aber hatte er eine Wahl? Mit dem Firmenkredit hatte er die Existenz der Ufa aufs Spiel gesetzt.

Und die konnte er nur retten, wenn er jetzt seine eigene Existenz riskierte.

»Keine Sorge«, sagte er, weitaus forscher, als ihm zumute war. »Ich weiß, was ich tue.« Noch während er sprach, nahm er das Formular und unterschrieb.

65

Gustav hatte eine Aufstellung sämtlicher Aktienkäufe, die er in Hugenbergs Auftrag inzwischen getätigt hatte, mit in den Zollernhof gebracht und diese gleich bei der Ankunft präsentiert.

»Wie ich sehe, kommen Sie voran«, sagte Hugenberg, nachdem er die Zahlen überflogen hatte. »Ausgezeichnete Arbeit, Reichenbach.«

»Danke«, erwiderte Gustav. »Allerdings gibt es ein Problem. Um mit der Geldentwertung Schritt zu halten, will die Universum Film AG ihr Grundkapital ein weiteres Mal aufstocken. Dazu wird sie fünfundsechzigtausend neue Stammaktien auf dem Effektenmarkt platzieren und außerdem zehntausend Vorzugsaktien an der Börse.«

»Unerfreuliche Sache. Das vermindert den Prozentsatz unserer Anteile natürlich ganz erheblich.« Hugenberg dachte einen Moment nach. »Na gut«, sagte er dann. »Wir stocken ebenfalls auf. Am Effektenmarkt dürfen wir nicht in Erscheinung treten, sonst riecht Stauß den Braten. Also ordern Sie an der offenen Börse so viele Vorzugsaktien, wie Sie ohne Meldepflicht kriegen können. – Sind wir damit fertig?«

»Was das Geschäftliche angeht, ja.« Gustav zögerte. »Aber – falls Sie noch fünf Minuten Zeit hätten … Mich würde interessieren, was Sie von Adolf Hitler halten.«

»Dem Führer der NSDAP?« Hugenberg wiegte den Kopf. »Interessanter Mann, ich beobachte ihn schon eine ganze Weile. Er heizt den Erfüllungspolitikern ordentlich ein und verfolgt die richtigen Ziele. Warum fragen Sie?«

»Nun, Ende des Monats hält die NSDAP einen Reichsparteitag ab. Nach allem, was man hört, wird das eine regelrechte Massenveranstaltung. Die Rede ist von über zehntausend Teilnehmern.«

»Beeindruckend für so eine kleine Partei.«

»Ja, Hitler schafft es, die Menschen zu mobilisieren. Und deshalb dachte ich, wenn Ihre Zeitungen im großen Stil über den Parteitag berichten würden, könnte ihm das vielleicht zum Durchbruch verhelfen. In meinen Augen ist Hitler der einzige deutsche Politiker, der imstande ist, das ganze Volk im Sinne der nationalen Sache hinter sich zu bringen.«

»Wie Mussolini in Italien?« Hugenberg schüttelte den Kopf. »Tut mir leid, da muss ich passen.«

»Darf ich fragen, warum?«, entgegnete Gustav, überrascht von der barschen Abfuhr. »Sie haben doch gesagt, Hitler verfolgt die richtigen Ziele.«

»Ja – aber Ziele sind das eine, etwas ganz anderes ist der Weg dorthin. Hitler will den Umsturz, um an die Macht zu gelangen, und das halte ich für falsch. Wir müssen die nationale Sache voranbringen, ohne die Wirtschaft und das Land ins Chaos zu stürzen. Das Attentat auf Rathenau sollte uns eine Lehre sein! Da wäre es fast zum Bürgerkrieg gekommen, und das ist das Letzte, was wir brauchen. – Nein, blindes Eiferertum ist fehl am Platz, was wir brauchen, ist politische und ökonomische Klugheit, damit Deutschland wieder erstarkt. Das war doch bis jetzt auch Ihre Meinung, Reichenbach, und offen gesagt ist es mir ein Rätsel, warum Sie plötzlich für einen Hitzkopf und politischen Glücksritter wie Hitler die Werbetrommel rühren.«

Hugenberg zog ein so abweisendes Gesicht, dass Gustav einen Moment nicht wusste, was er erwidern sollte. Doch dann kam ihm ein Verdacht. Hatte er Hugenberg womöglich verärgert? Weil der sich selbst für den Führer hielt, hinter dem sich das deutsche Volk versammeln sollte? Am liebsten hätte er sich die Zunge abgebissen. Constanze zuliebe hatte er sich wie ein Idiot benommen. Wie konnte er seinen Fehler nun wieder gutmachen?

»Um ehrlich zu sein«, sagte er und versuchte ein Lächeln, »ich wollte nur ein bisschen auf den Busch klopfen. Um herauszufinden, ob an den Gerüchten um Ihre Person etwas dran ist.«

Hugenberg hob die Brauen. »Welche Gerüchte?«

»Dass Sie den Vorsitz der DNVP anstreben«, sagte Gustav.

»Ach so?« Irritiert erwiderte Hugenberg seinen Blick, er schien alles andere als begeistert, dass Gustav seine Absichten kannte, und seine Augen blitzten hinter den runden Brillengläsern einmal gefährlich auf. Doch gleich darauf entspannte sich seine Miene, und während um seinen Mund sogar ein kleines Schmunzeln spielte, zwinkerte er Gustav zu. »Sie alter Schlawiner! Fast wäre ich Ihnen auf den Leim gegangen.« Scherzhaft drohte er mit dem Finger. »Aber um Ihre Frage zu beantworten«, fuhr er dann schon wieder ernst fort, »wenn das Wohl des deutschen Volkes es verlangt, werde ich mich meiner Pflicht nicht entziehen.«

Gustav atmete auf. »Ich kann Ihnen gar nicht sagen, wie sehr mich diese Aussicht tröstet.« Er umfasste mit beiden Händen die Armlehnen seines Stuhls und wuchtete sich in die Höhe. »Reichskanzler Hugenberg … Meine Frau wird begeistert sein!«

66

Ein feiner Nieselregen fiel vom nächtlichen Himmel herab, und die feuchte Kälte drang Tino durch Mark und Bein. Fröstelnd schlug er den Mantelkragen hoch, und mit seinem Koffer in der Hand überquerte er die Friedrichstraße, um in die Gasse zwischen der »Statistenbörse« und einer Brandschutzmauer einzubiegen, die in einen Hinterhof führte. Laut hallten in dem schmalen Gang seine Schritte auf dem Kopfsteinpflaster wider, während er dem übergroßen Schatten folgte, den er selbst im Schein einer Laterne warf. Der Hof war menschenleer, nur eine Katze huschte miauend vor ihm davon und rettete sich auf das Dach eines Fahrradschuppens, um in der Dunkelheit zu verschwinden.

Unsicher schaute Tino sich um. Nichts rührte sich, der Hinterhof gehörte zu einer Schnapsfabrik, die Arbeiter hatten längst Feierabend gemacht, kein Sterbenslaut war zu hören, blind starrten die dunklen Fenster herab, nur in einem Büro brannte noch Licht, doch ohne dass hinter der Scheibe jemand zu erkennen war. Während die Angst Tino in den Nacken kroch, fühlte er sich, als wäre er in Pommers »Mabuse«

geraten. Jeder andere Ort wäre ihm für das Geschäft lieber gewesen, doch Günter Jeschonnek, mit dem er hier verabredet war, hatte auf dem Treffpunkt bestanden.

Punkt zehn hatten sie ausgemacht. Tino warf einen Blick auf die Uhr – schon fünf nach. Während er überlegte, ob er nicht einfach wieder verschwinden sollte, hörte er plötzlich Schritte. Als er sich umdrehte, sah er, wie ein immer größer werdender Schatten sich aus derselben Gasse näherte, durch die er eben selbst gekommen war. Unwillkürlich hob er den Koffer an die Brust und presste ihn an sich. In dem Koffer waren fünfhunderttausend Reichsmark in Tausendmarkscheinen – das ganze Geld, das er sich von der Commerzbank geliehen hatte!

Während sein Puls raste, wich er voller Angst vor dem sich nähernden Schatten zurück. War er verrückt gewesen, sich auf dieses Treffen einzulassen?

»Pssst«, machte eine Stimme.

Im nächsten Moment trat Günter Jeschonnek aus dem Schatten hervor. Tino war noch nie so glücklich gewesen, dessen Visage zu sehen.

Auch Jeschonnnek hatte einen Koffer dabei.

»Haben Sie das Geld?«, fragte er leise.

»Erst die Ware«, flüsterte Tino.

»Nicht hier.«

Jeschonnek zog ihn hinter den Schuppen, dann klappte er den Deckel seines Koffers auf. Im Mondschein erkannte Tino darin lauter gleich große, abgepackte Beutel, die alle dasselbe weiße Pulver enthielten.

Jeschonnek nickte ihm zu. »Drei Kilo. In bester Günni-Qualität.«

Tino spürte, wie sich sein Puls allmählich wieder beruhigte. Wortlos öffnete er seinen Koffer, um das Geld vorzuzeigen.

»Wollen Sie nachzählen?«

»Nicht nötig«, sagte Jeschonnek.

»Und an wen wende ich mich in Dortmund?«, wollte Tino wissen.

»Rupert von Kampmann. Ich habe seine Adresse aufgeschrieben, Sie finden sie in der Innentasche.«

Beide klappten ihre Koffer zu und tauschten sie aus. Damit war der Handel abgeschlossen. Ohne sich von Jeschonnek zu verabschieden, machte Tino auf dem Absatz kehrt, und mit dem anderen Koffer in der Hand verließ er den Hof.

Jetzt konnte er sich auf die Reise machen.

67

Gustav hatte geahnt, dass Constanze alles andere als begeistert sein würde, wenn er ihr von seiner Demarche bei Hugenberg berichtete, und hatte darum vorsichtshalber in der Stadt zu Abend gegessen. Angesichts der Stimmung, die ihn nach seinem Misserfolg im Zollernhof zu Hause erwarten würde, hätte er dort keinen einzigen Bissen herunterbekommen. Doch Constanzes Reaktion war noch schlimmer ausgefallen, als er befürchtet hatte. Kaum hatte er den Mund aufgemacht, um ihr sein Scheitern einzugestehen, war sie in ihrem Boudoir verschwunden und weigerte sich seit nunmehr über einer Stunde, ihn auch nur anzuhören. Nicht mal die Aussicht auf einen möglichen Kanzler Hugenberg vermochte sie zu beschwichtigen. Sie wollte nicht Hugenberg, sie wollte Hitler! Und als er es gewagt hatte, ganz leise anzuklopfen, hatte sie kurzerhand den Schlüssel herumgedreht. Seitdem kratzte er an ihrer Tür und flehte sie an, ihn zu sich zu lassen.

»Bitte, meine Liebe, mach wieder auf. Dann überlegen wir, was wir tun können. Zusammen werden wir eine Lösung finden. Das muss doch nicht Hugenbergs letztes Wort gewesen sein.«

Von innen keine Antwort.

»Constanze, bitte, ich bin zu allem bereit. Ich will doch nur, dass du zufrieden bist –. Aber dazu musst du mir erlauben, mit dir zu sprechen.«

Er legte sein Ohr an die Tür. Aber er hörte nur seinen eigenen Atem.

»Wenn du willst, werde ich Hugenberg gleich morgen früh noch einmal aufsuchen. Und ich habe auch schon eine Idee, wie ich ihn rumkriegen kann. Willst du sie hören?«

In der Hoffnung, dass sie endlich etwas sagte, hielt er inne. Aber sie sagte keinen einzigen Ton.

»Ich werde ihm anbieten, seine Kandidatur für den Parteivorsitz mit einer Spende zu unterstützen. Wenn er dafür Hitler mit seinen Zeitungen protegiert. Eine Hand wäscht die andere. Die beiden zusammen wären doch ein Segen für Deutschland! Ich bin sicher, das wird ihn überzeugen! Er ist doch ein vernünftiger Mann! Was hältst du davon, meine Liebe? Soll ich das tun? Nenn mir einen Betrag, in beliebiger Höhe, und ich stelle einen Scheck aus!«

Angespannt hielt er den Atem an. Eine lange Weile, tat sich nichts. Doch dann …

Schritte! Endlich! Sie kamen direkt auf ihn zu.

Im nächsten Moment hörte er die Stimme seiner Frau.

»Scher dich zum Teufel!«

Er biss sich so heftig auf die Lippe, dass sie blutete. Doch wenigstens sprach sie wieder mit ihm! Mit beiden Händen nahm er die Klinke und rüttelte an der Tür.

»Bitte, Constanze, mach auf … Mach endlich auf … Bitte …«

Vergebens. Ihr Schweigen saugte alle Energie aus ihm, er spürte, wie die Kräfte ihm schwanden, er ließ die Klinke los, und während seine Hände ohnmächtig an der Tür herabglitten, sank er zu Boden.

»Constanze … meine Liebe … Erbarmen …«

Plötzlich ging von innen der Schlüssel, und schneller, als er sich aufrappeln konnte, flog die Tür auf.

»Gott sei Dank … Da bist du ja …«

Er wollte aufstehen, doch als er ihr Gesicht sah, verharrte er in der Bewegung. Bevor er wusste, wie ihm geschah, spuckte sie ihm ins Gesicht.

»Constanze …«

Mit einem Ruck hob sie das Kinn und blickte über ihn hinweg.

»Robert!«

Wie aus dem Nichts erschien der Diener auf dem Treppenabsatz.

»Gnädige Frau?«

Mit der Spitze ihres Schuhs deutete sie auf Gustav.

»Der gnädige Herr fühlt sich nicht wohl. Bitte hilf ihm ins Bett.«

68

Es war noch früh am Morgen. Erst seit wenigen Minuten hatte das Wertheim geöffnet; während die Verkäuferinnen in der Damenabteilung noch auf die ersten Kundinnen warteten, rückten sie an den Kleiderständern oder erzählten sich ihre kleinen und großen Abenteuer vom Vorabend.

Rahel nutzte die Ruhe vor dem Sturm für eine private Anprobe.

»Na, dann geh dich mal anschauen«, forderte Lilly sie auf, als sie aus der Umkleidekabine kam, und schubste sie in Richtung Spiegel.

Rahel war von ihrem eigenen Anblick so überrascht, dass sie sich selbst kaum wiedererkannte. Das Kostüm, das Lilly für sie ausgesucht hatte, ein beiger Zweiteiler mit braunem Kaninchenkragen und doppelter Knopfleiste, stand ihr einfach phantastisch.

»Ich würde sagen, von einer vornehmen Dame nicht zu unterscheiden!«, sagte Lilly.

Rahel lachte. »So viel Geschmack hätte ich dir gar nicht zugetraut.«

»Willst du mich beleidigen?«

Während Lilly mit geübtem Griff an den Schultern des Kostüms zupfte, blickte Rahel auf das Preisschild. Als sie die vielen Nullen sah, schüttelte sie den Kopf.

»Nein, das kommt nicht in Frage.«

Sie knöpfte das Oberteil wieder auf, aber Lilly gab ihr einen Klaps auf die Finger.

»Von wegen! Das ist doch wie für dich geschaffen!«

»Ganz egal. Es ist viel zu teuer!«

»Quatsch mit Soße! Edgar hat extra gesagt, du sollst nicht auf den Preis gucken!«

Rahel zögerte. Das hatte Edgar wirklich gesagt – aber dreitausend Mark?

»Dann sollten wir ihn wenigstens fragen«, entschied sie. »Kannst du ihn holen? Ich möchte nicht in dem Kleid durch das ganze Haus rennen.«

»Kommt gar nicht in die Tüte! Der Bräutigam darf die Braut nicht vor der Hochzeit sehen. Das bringt Unglück. Und das soll doch der schönste Tag in deinem Leben werden.«

Der schönste Tag in ihrem Leben … Für eine Sekunde stellte Rahel sich vor, nicht Edgar, sondern Tino wäre der Bräutigam. Wie glücklich würde sie sein …

Sie spürte einen Kloß im Hals, und nur mit Mühe konnte sie die aufsteigenden Tränen unterdrücken.

»Was bringt Unglück?«, fragte eine Männerstimme.

Als sie sich umdrehte, stand der schöne Joachim vor ihr. Gott sei Dank war Lilly da, um an ihrer Stelle zu antworten.

»Das ist privat!«

»Privat?« Mit dem Finger tippte er auf seine Armbanduhr. »Während der Arbeitszeit gibt es kein privat! Und überhaupt – was ist das hier für eine Veranstaltung?«

»Haben Sie Tomaten auf den Augen?«, fragte Lilly, die den schönen Joachim trotz der schicken Nacht im Geschäft siezte. »Fräulein Rosenberg probiert ein Kleid an. Für ihre Hochzeit!«

»Das ist ja das Allerneueste! Darf ich fragen, wer der Glückliche ist?«

»Aber sicher doch! Edgar Weißpfennig, der Rayonleiter der Herrenabteilung. Ihr Lieblingskollege!«

Dem schönen Joachim klappte die Kinnlade runter. »Unser Fräulein Weißpfennig? Das kann ja wohl nicht wahr sein!«

»Ist es aber«, erwiderte Rahel. »Und in Zukunft *Herr* Weißpfennig, wenn ich bitten darf. – Aber keine Sorge«, fügte sie hinzu, als sie sein dummes Gesicht sah, »Sie werden sich schon daran gewöhnen.«

69

Obwohl Tino ein halbes Röhrchen Aspirin geschluckt hatte, brummte ihm immer noch der Schädel, als er an diesem Januarmorgen das Piccadilly-Haus betrat. Er konnte nur hoffen, dass sein Räuberzivil Stauß nicht auffiel. Für eine Rasur war keine Zeit gewesen, geschweige für seine Nelke. Fräulein Jaschek hatte ihn per Telefon geweckt, der Chef wolle ihn vor seiner Abreise nach Amerika unbedingt noch einmal sehen – er erwarte ihn in einer halben Stunde in seinem

Büro. Tino hatte keine Ahnung, aus welchem Grund Stauß ihn erneut zu sich zitierte, sie hatten sich doch gestern voneinander verabschiedet und dabei alles besprochen. Während Stauß zusammen mit Fritz Lang in Hollywood versuchen würde, den »Mabuse« an eine der großen amerikanischen Verleihfirmen zu verkaufen, würde Tino ins Ruhrgebiet fahren, um sich um die Ufa-Lichtspielhäuser zu kümmern. Seit der Besatzung durch die Franzosen war dort ja die Hölle los.

Hatte Stauß es sich in letzter Minute vielleicht noch einmal anders überlegt? Und wollte doch lieber ihn statt Fritz Lang mit nach Amerika nehmen? Weil er der bessere Verkäufer war? Außerdem waren die Dreharbeiten für die »Nibelungen« im vollen Gange, und auch wenn Thea von Harbou eine hervorragende Co-Regisseurin war, war Stauß womöglich zu dem Schluss gelangt, dass in dieser Produktionsphase der Oberspielleiter besser vor Ort bleiben sollte.

»Herein!«

Als Tino das Büro betrat, packte Stauß gerade seine Aktentasche. Auf dem Schreibtisch lag die letzte Kostenaufstellung der »Nibelungen«. Bei ihren Anblick platzte seine Hoffnung auf Amerika.

»Sind Sie von allen guten Geistern verlassen, Reichenbach?« Stauß hob die Kalkulation in die Höhe und knallte sie dann zurück auf den Tisch. »Pommer will achttausendfünfhundert Tulpenzwiebeln für die Frühlingsszenen in den Brandenburger Sand pflanzen, und Sie haben das bewilligt?«

»Es geht um die Erzeugung einer größtmöglichen realistischen Wirkung«, erwiderte Tino. »Die Frühlingsszenen sind von überragender Bedeutung für die gesamte Erzählung, das Sinnbild für die Blütezeit der Nibelungen, und deshalb habe ich gedacht …«

»Von überragender Bedeutung ist nur eins«, fiel Stauß ihm ins Wort. »Kostendisziplin! Die Tulpen sind gestrichen! Und die tausendzweihundert Büsche und Bäume, die der Herr Produzent sich wünscht, natürlich auch! Wenn Pommer Realismus anstrebt, kann er ihn haben. In Form einer Kündigung!« Stauß blickte auf die Uhr. »Machen Sie ihm das bitte vor Ihrer Abreise klar, ich habe dafür keine Zeit mehr. Um sechzehn Uhr läuft mein Schiff im Hamburger Hafen aus.«

»Sie … Sie können sich auf mich verlassen«, stammelte Tino.

Stauß schaute ihn kopfschüttelnd an. »Mein Gott, wie Sie aussehen! Sie sind ja nicht mal rasiert. Haben Sie in Ihrem Anzug geschlafen?«

»Ich … ich wollte Sie nicht warten lassen.«

»Schon gut, Reichenbach. Jetzt ist es zu spät, die Pferde zu wechseln, also reißen Sie sich verdammt nochmal zusammen.« Stauß ließ das Schloss seiner Aktentasche zuschnappen. »Haben Sie einen Plan, wie Sie im Ruhrgebiet vorgehen wollen?«

Endlich eine Frage, die Tino beantworten konnte. »Allerdings, den habe ich. Ich werde die Einnahmen unserer Kinobetriebe dort in krisensichere Werte investieren. Täglich. Um die Inflationsverluste so gering wie möglich zu halten.«

»Gute Idee«, sagte Stauß. »An welche Werte denken Sie? Gold oder Silber?«

»Weder noch«, erwiderte Tino. »Ich glaube, da gibt es bessere Optionen.«

70

Das Marsfeld war schwarz von Menschen, als Alexander Grau an der Seite von Hermann Göring auf der Tribüne Platz nahm. Angesichts der begeisterten Massen musste er an die Krönungsszene des ›Anna Boleyn‹-Films denken – doch das hier war kein Film, das war real! Fünfzigtausend Mitglieder zählte die erst vor drei Jahren gegründete Nationalsozialistische Deutsche Arbeiterpartei, und fünfzehntausend von ihnen hatten sich in dieser letzten Januarwoche des Jahres 1923 auf den Weg nach München gemacht, um sich auf dem ersten Parteitag der jungen Partei hinter ihren Führer Adolf Hitler zu scharen. Drei Tage lang hatten die unterschiedlichsten Veranstaltungen stattgefunden, und Grau hatte über ein Dutzend davon besucht, um sich persönlich ein Bild zu machen. War Hitler wirklich der Mann, der das daniederliegende Deutsche Reich aus der Asche des verlorenen Krieges erheben und an die Spitze der Völker Europas führen konnte, wie Göring behauptete? Nach den vergangenen drei Tagen hatte Grau daran nicht mehr den geringsten Zweifel. Hitler zog die Massen an wie ein

Magnet, wo immer er auftrat, reichten die Säle nicht aus, um all den Menschen Platz zu bieten, die ihn hören wollten. Als Redner war er tatsächlich eine Urgewalt. »Noch sind wir klein«, hatte er in seiner Eröffnungsansprache gesagt, »aber einst stand auch ein Mann auf in Galiläa, und heute beherrscht seine Lehre die ganze Welt.« Er war beseelt von seiner Mission, mit jeder Faser von ihr durchdrungen, ja durchglüht, und dieser unbedingte, unbeirrbare, unerschütterliche Glaube an seine Bestimmung sprach aus jedem seiner Worte, aus jeder seiner Gesten und aus jeder Regung seiner Miene. Gleichgültig, worüber er sprach, ob über das Diktat von Versailles, die Bekämpfung des Bolschewismus oder die Verschwörung des Weltjudentums – wie gebannt hingen die Zuhörer ihm an den Lippen, um seine Botschaft in sich aufzusaugen, und bejubelten ihn mit nicht enden wollendem Beifall.

Konnte ein national gesinnter Patriot, der Deutschland wahrhaft und wirklich liebte, zögern, sich diesem Mann anzuschließen?

Bereits am ersten Tag in München war Grau in die NSDAP eingetreten, und wie einen Orden trug er nun an seiner Brust das Parteiabzeichen, das ihn als Mitglied der nationalsozialistischen Bewegung auswies, als sich vor seinen Augen an diesem Freitagnachmittag alle fünfzehntausend Teilnehmer des Parteitags noch einmal auf dem Freigelände in der Maxvorstadt versammelten, um die dreitägige Veranstaltung mit einer Fahnenweihe zu krönen.

Schmunzelnd strich Hermann Göring sich über seinen braunen Uniformrock. »Habe ich zu viel versprochen?«

»Ich bin beeindruckt«, sagte Grau. »In der Tat. Zutiefst beeindruckt. Überaus.«

Ein eisiger Wind wehte über das Marsfeld, und die Dächer der umliegenden Gebäude waren von Schnee bedeckt, doch Grau nahm die Kälte gar nicht wahr, so sehr war er von dem Schauspiel gefangen. Vom anderen Ende des Platzes näherte sich ein Spielmannszug, gefolgt von einem Heer Standartenträgern, die die rotweiße Fahne der Nationalsozialisten mit dem Hakenkreuz schwenkten. Zu den Klängen eines Marsches formierte sich der Zug vor der Tribüne, um in Reih' und Glied Aufstellung zu nehmen. Trommeln wurden gerührt,

Posaunen und Trompeten erschallten, und während Adolf Hitler die Tribüne verließ, um mit ernster Miene die Reihen der Standartenträger abzuschreiten, die einer nach dem anderen die Fahnen zur Weihe senkten, bestieg ein noch blutjunger Parteigenosse das Rednerpult und erhob seine kristallklare Stimme in der winterkalten Luft.

Ob Sturm und Wetter toben,
Ich will ihm Treu' geloben
Für's Vaterland setz' ich das Höchste ein.
Ich bin ein Deutscher, will ein Deutscher sein!

Ehrfürchtige Schauer liefen Grau über den Rücken. Seit Kriegsende hatte er keine solche Zusammenballung von Energie mehr erlebt, die gemeinsame, auf ein Ziel gerichtete Willenskraft Tausender Kameraden, die nur darauf drängte, sich zu entladen.

»Damit sind wir zu allem fähig«, flüsterte er, so andächtig wie in einem Gottesdienst. »Wir müssen nur noch zuschlagen.«

»Gemach«, erwiderte Göring. »Wann wir zuschlagen, entscheidet der Führer allein, und der Führer hält seine Stunde noch nicht für gekommen. Damit das deutsche Volk begreift, dass nur er uns aus dem Chaos führen kann, in das die Novemberverräter uns gestürzt haben, muss das Chaos noch größer werden. Erst dann ist die Zeit reif für Adolf Hitler.«

71

Die Trauung fand im Roten Rathaus statt, Edgar wohnte in Berlin-Mitte, und da Rahel nach der Hochzeit zusammen mit Alex zu ihm ziehen würde, damit alles seine Ordnung hatte und keinerlei Zweifel an der Art ihrer Beziehung aufkommen konnte, war es keine Frage gewesen, wo sie einander das Jawort geben würden. Die Möglichkeit einer kirchlichen Trauung hatten sie aus praktischen Gründen gar nicht erst in Betracht gezogen – Rahel war evangelisch getauft, und Edgar katholisch, das hätte nur weitere Formalitäten erfordert. Rahel war das sehr recht, so blieb ihr wenigstens diese Peinlichkeit erspart.

Edgar liebte Zeremonien, sozusagen von Natur aus, und hätte sonst womöglich darauf bestanden.

»Was habe ich doch für eine schöne Frau«, sagte er stattdessen, als er ihr vor dem Trauzimmer aus dem Mantel half. »Das Kostüm steht dir einfach fabelhaft. Fast könnte ich schwach werden.«

»Ich warne dich!« Detlef, sein Trauzeuge, drohte lachend mit dem Zeigefinger.

»Keine Angst!«, erwiderte Edgar und zwinkerte ihm über die Schulter zu, während er den Mantel an die Garderobe hing. »Du weißt doch, ich bin die Treue in Person.«

Detlef hieß mit vollem Namen Detlef Scheunemann und war Edgars große Liebe. Rahel kannte ihn bislang nur vom Hörensagen; da er »leidenschaftlich ungern« tanzte, wie Edgar gesagt hatte, waren sie einander vor dem Rathaus zum ersten Mal begegnet. Er war ein blendend aussehender Endvierziger mit braun gewelltem Haar und strahlend weißen Zähnen, der unentwegt lächelte oder lachte. Rahel wusste nicht warum, doch irgendwie hatte sie den Verdacht, dass seine perfekten Zähne der Grund dafür waren. Würde das mit ihnen allen zusammen wohl gutgehen? »Keine Sorge«, hatte Edgar sie beruhigt, »das wird sich schon finden …« Also wischte sie ihre Bedenken beiseite, wahrscheinlich wollte Detlef ja einfach nur nett sein. Er hatte sie bei der Begrüßung gleich umarmt und auf beide Wangen geküsst, um sie in »unserer *ménage à trois*« willkommen zu heißen.

»Jetzt kommt endlich rinne!«, drängte Lilly, die Klinke zum Trauzimmer schon in der Hand. »Sonst wird hier noch ohne euch geheiratet.«

Dankbar kam Rahel der Aufforderung nach, sie wollte die Prozedur so schnell wie möglich hinter sich bringen. Zum Glück lag das offenbar auch im Interesse des Standesbeamten. Er leierte die Trauungsformel so eilig und ohne jede Anteilnahme herunter, dass sie für keine Sekunde auf den Gedanken kam, dies könnte der schönste Tag in ihrem Leben sein, und es waren noch keine fünf Minuten vergangen, als Edgar und sie auch schon die Ringe tauschten, die Edgar tatsächlich besorgt hatte.

»Können wir dann gehen?«, fragte Rahel, bevor ihr frischgebackener Ehemann sie womöglich noch küssen wollte, um die Sache amtlich zu machen.

»Einen Moment noch, bitte«, erwiderte der Standesbeamte. »Aus meinen Unterlagen geht hervor, dass Sie einen Sohn mit in die Ehe bringen?«

Rahel zuckte zusammen. Sie hatte Alex in Tante Ottilies Obhut zurückgelassen, damit sich niemand über das Alter ihres Kindes wunderte.

»Ja«, antwortete sie unsicher. »Warum fragen Sie?«

»Aus einem praktischen Grund. Falls Ihr Gemahl den Knaben zu adoptieren wünscht, könnten wir dies hier gleich mit beurkunden.«

»Sehr gern«, sagte Edgar.

»Nein«, sagte Rahel.

Verwundert blickte der Beamte sie an. »Was denn nun? Ja oder nein?«

Rahel zögerte. »Müssen wir das auf der Stelle entscheiden?«

Der Beamte schüttelte den Kopf. »Nein. Eine solche Willensbekundung kann jederzeit nachgeholt werden.«

72

»Deutschland« hieß der Ozeandampfer, den Stauß in Hamburg bestiegen hatte, um zusammen mit Fritz Lang nach Amerika zu fahren. Die Atlantiküberquerung dauerte neun Tage. Als Passagiere der ersten Klasse genossen sie an Bord ein Unterhaltungsprogramm, das es mit den Vergnügungen des Berliner Gesellschaftslebens ohne weiteres aufnehmen konnte. Es gab ein Kino und ein Theater, man spielte Karten und Roulette, am Pool war Gelegenheit zu sportlicher Betätigung, tagsüber wurden Konzerte und Lesungen veranstaltet, und am Abend servierten die Stewards ein Sieben-Gänge-Gala-Menü, bevor im prachtvollen Ballsaal zu den Klängen einer Zehn-Mann-Kapelle getanzt und gefeiert wurde, oft bis in den frühen Morgen hinein.

Trotzdem konnte Stauß die Fahrt nicht genießen. Als wäre der Name des Schiffes ein Omen, verbrachte er die Zeit auf See mit denselben Sorgen, die zu überwinden er von Deutschland aufgebrochen war. Ja, schlimmer noch – je mehr Meilen die »Deutschland« hinter sich brachte, umso höher türmten die Sorgen sich vor ihm auf. Als Chef der größten deutschen Filmproduktionsfirma steckte er in einem schier unauflöslichen Dilemma. Einerseits stiegen die Herstellungskosten für einen abendfüllenden Film in solche Höhen, dass sie kaum noch zu verantworten waren. Darum konnte er als Kaufmann gar nicht anders, als von seinem Produktionsdirektor unbedingte Budgetdisziplin einzufordern. Gleichzeitig aber hatte Erich Pommer mit seinem Einwand ja recht, dass sie nicht am falschen Ende sparen durften, die Produktionen der Ufa durften den Hollywood-Fabrikaten an Faszinationskraft nicht nachstehen, sonst blieben die Zuschauer aus. Aber wie sollten sie in diesem Wettbewerb bestehen? In Amerika gab es über zwanzigtausend Kinos, da konnte man bei der Herstellung eines Films mit achtzehn bis zwanzig Millionen zahlenden Zuschauern kalkulieren. In Deutschland ließ sich von solchen Zahlen nicht einmal träumen. Hier gab es gerade mal fünftausend Lichtspielhäuser, und wenn ein Film vier oder fünf Millionen Menschen dazu bewegte, eine Eintrittskarte zu lösen, konnte man schon von Glück sagen. Um die investierten Gelder einzuspielen, kam also alles darauf an, dass ein Produkt sich auch im Ausland verkaufte – »Dr. Mabuse« war dazu die Probe aufs Exempel.

Würden die Gespräche in Amerika den Aufwand der Reise lohnen? Wenn ja, konnte Pommer mit seinen Großfilmen weitermachen. Wenn nicht, stand die Existenz der Universum Film AG auf dem Spiel.

Es war am späten Abend des neunten Tages, als die »Deutschland« in den Hafen von New York einlief. Die Passagiere sämtlicher Klassen verließen die Speisesäle und drängten an Deck, um die Einfahrt zu bestaunen. Auch Strauß und Fritz Lang hatten auf Käse und Dessert verzichtet und standen an der Reling. Was für ein Anblick! Wie eine gigantische Filmkulisse erhob sich Manhattan mit seinen taghell erleuchteten Wolkenkratzern aus den schwarzen Fluten des Meeres – nichts als gleißendes Licht in der Finsternis, ruheloses, pulsierendes Leben einer Stadt, die keinen Schlaf zu kennen schien.

»Das ist New York«, sagte Stauß.

»Nein«, erwiderte Fritz Lang. »Das ist die Zukunft. In dieser Stadt hat sie bereits Gestalt angenommen.«

»Was sagen Sie da?«

Irritiert drehte Stauß sich um. Doch Lang nahm ihn gar nicht wahr, er hatte nur Augen für das vor ihnen aus der Dunkelheit aufsteigende Lichtermeer, das er anstarrte wie eine Erscheinung.

»Das wird mein nächster Film«, flüsterte er so leise, dass er kaum zu verstehen war. »Und ich weiß auch schon, wie er heißt …«

»Und«, fragte Stauß, unsicher, ob er die orakelhaften Worte als Verheißung oder Drohung verstehen sollte. »Wie lautet der Titel?«

Versunken in den Anblick der alles überstrahlenden, lichtdurchfluteten Riesenstadt formte Lang seine Lippen wie zum Gebet.

»Metropolis …«

73

Rahel hatte Edgars Wohnung noch nie gesehen, sie wusste nur, dass sie sich in einem vierstöckigen Mietshaus am Hausvogteiplatz in Friedrichswerder befand und es in der Nachbarschaft viele Textilmanufakturen gab, von denen sie einige sogar mit Namen kannte. Doch auch ohne zu wissen, was sie erwartete, freute sie sich, aus dem Wedding rauszukommen, vor allem für Alex. Ihr neues Zuhause lag in einem Viertel, das vor dem Krieg vollkommen neugestaltet worden war, als eine Art Zentrum der Konfektionsindustrie. Gleich vor der Haustür, hatte Edgar gesagt, gebe es einen kleinen Park mit einem Springbrunnen, und nur ein paar hundert Meter entfernt einen großen Spielplatz, wo ihr Söhnchen wunderbar spielen könne.

Auf Tante Ottilies Geheiß hatte Fritz für den Umzug einen Magirus-Kleinlaster organisiert, er war mit dem Leiter des Siemens-Fuhrparks befreundet und der hatte, weil heute Samstag war, beide Augen zugedrückt. Da Fritz nicht fahren konnte, hatte Rahel den Laster eigenhändig von der Siemensstadt in den Wedding kutschiert. Während sie dort zusammen mit Lilly und Fritz ihre Sachen aufgeladen hatte, hatte Ottilie sich um Alex gekümmert, bevor sie sich alle miteinander auf den Weg in Richtung Friedrichswerder gemacht hatten.

Als sie nun bei schönstem Frühlingswetter den Hausvogteiplatz erreichten, kam Edgar, der sich genauso wie Lilly und Fritz den Tag freigenommen hatte, aus dem Haus gelaufen, um sie zu begrüßen.

»Willkommen im neuen Heim!«

Rahel kam sich ein wenig wie ein Eindringling vor. Die Wohnung war noch größer und schöner, als sie erwartet hatte. Es gab fünf Zimmer, eine helle, geräumige Küche sowie ein separates Bad mit fließend kalt und warm Wasser. Ob die Nachbarn sich wohl gefragt hatten, warum zwei Männer allein in einer so großen und schönen Wohnung lebten? Wenn ja, würde sich die Frage ab jetzt zum Glück erübrigen. Bei dem Gedanken wurde ihr wohler, und angesichts der Begeisterung, die Alex an den Tag legte, verflüchtigte sich ihre Sorge. Kaum im Flur, riss er sich von ihr los, um alles zu inspizieren.

Im Flur hing zwischen Wohn- und Schlafzimmer ein Telefon an der Wand.

»Das hat Detlef installieren lassen«, erklärte Edgar. »Das braucht er für seinen Beruf – er ist Versicherungsagent.«

»Das hat gerade noch gefehlt«, knurrte Fritz. »Er soll ja nicht versuchen, mir was anzudrehen!«

»Wo steckt er überhaupt?«, fragte Tante Ottilie.

Edgar zuckte mit einem verlegenen Lächeln mit den Achseln. »Ich soll euch alle schön von ihm grüßen. Er bedauert sehr, dass er nicht da sein kann, um zu helfen. Aber ihr wisst ja, wie das ist, Kundschaft geht vor. – Bleibst du wohl hier!«, rief er plötzlich. »Nein, da darfst du nicht rein!«

Auf dem Absatz fuhr er herum, um Alex nachzujagen. Der war in einem Raum verschwunden, in dem als einziges Möbel ein Billardtisch stand. Mit seinen kleinen Händen versuchte er gerade, sich an der Tischkante hochzuziehen. Edgar packte ihn wie einen Welpen im Nacken und holte ihn zurück in den Flur.

»Und wo kommen Rahel und der Kleene unter?«, wollte Lilly wissen.

»Gleich hier.« Edgar ließ Alex zu Boden und öffnete die Tür zu einem Raum zwischen Badezimmer und Wohnungseingang.

Als Rahel hineinsah, musste sie schlucken. Das sollte für Alex und sie sein? Der Raum war eine schmale Kammer, nicht mal halb so groß wie das Zimmer, in dem Edgar und Detlef schliefen, und statt eines Fensters gab es nur ein besseres Guckloch, das in den Hinterhof hinausging.

Fritz spuckte sich in die Hände. »Ick würde sagen, da räumen wir wohl erst mal um!«

»Wie bitte?« Irritiert blickte Edgar ihn an.

»Wir tauschen die Räume. Damit Rahel und der Kleene Platz haben.« Fritz ging in das Billardzimmer und trat an den Tisch. »Packt jemand mit an?«

Rahel sah, wie Edgar vor Schreck blass wurde.

»Das … das kann ich Detlef nicht antun«, stammelte er. »Das Billardzimmer muss bleiben. Das ist sein Ein und Alles.«

74

Über den Stahlwerken der Friedrich Krupp AG ging die Sonne unter, und der Feuerschein der Hochöfen verschmolz am rußigen Himmel mit der Glut des Abendrots. Doch Tino hatte für die Schönheiten des Ruhrgebiets keinen Sinn. Ungeduldig drückte er auf die Hupe, seit einer Viertelstunde gab es kein Vor und kein Zurück. Er war auf dem Weg zum Pferdemarkt, wo im »Capitol«, dem größten Kino, das die Ufa in Essen betrieb, in wenigen Minuten die letzte Vorstellung des Tages beginnen würde. Doch kaum war er in die Kastanienallee eingebogen, war er in einen Demonstrationszug geraten.

Schon wieder einmal.

Seit einem halben Jahr war er inzwischen im Ruhrgebiet, Stauß und Lang waren längst aus Amerika zurück, und noch immer hielten die Franzosen die Region besetzt. Überall herrschte Chaos. Während die Besatzer mit Gewalt ihre Forderungen durchzusetzen versuchten, hatte der Generalstreik, zu dem Reichskanzler Cuno aufgerufen hatte, praktisch das gesamte öffentliche Leben lahmgelegt. Die einfachsten Dinge des Alltags wurden zu unlösbaren Problemen. Die Beamten in den Verwaltungsbehörden weigerten sich, die Anweisungen der Franzosen zu befolgen, genauso wie die Arbeiter in den Fabriken. Eisenbahner verließen ihre Dienststellen, verbrannten Fahrpläne und demontierten die Schilder in den Stellwerken, um den Betrieb unmöglich zu machen. Da fast überall die Arbeit ruhte, sah die Regierung sich außerstande, die geforderten Reparationsleistungen zu zahlen und druckte weiter immer mehr Geld, damit die Streikenden und ihre Familien nicht verhungern mussten. Dadurch aber beschleunigte sich die Inflation, wie von Tino vorausgesehen, in so aberwitzigem Tempo, dass trotz der Unsummen, die die Regierung in Umlauf brachte, das Geld nirgendwo reichte. In allen Städten zog die Bevölkerung auf die Straßen, um gegen die Besatzer zu demonstrieren, die sie für ihr Elend verantwortlich machten, aus Protest gegen die Franzosen wurden sogar seit Jahr und Tag gebräuchliche Wörter eingedeutscht – statt Trottoir sagte man plötzlich »Gehweg« und statt Kasino »Werksgasthaus«. Doch die Franzosen ließen nicht locker. Um den Widerstand der Bevölkerung zu brechen und die Leute zur Arbeit zu zwingen, verhängten sie drakonische Strafen und steckten alle Saboteure, derer sie habhaft wurden, ins Gefängnis. Vergeblich. Die Besetzung eines Landes durch den siegreichen Feind war etwas, das man ertragen musste, doch musste man sich deshalb demütigen lassen? Deutschen, die auf der Straße ihren Besatzern den Gruß verweigerten, wurden die Hüte vom Kopf geschlagen, auch setzten die Franzosen uniformierte Eingeborene aus ihren französischen Kolonien ein, um die Bevölkerung einzuschüchtern, eine Maßnahme, die der sozialdemokratische Reichspräsident Ebert in einer öffentlichen Rede als unzumutbar brandmarkte: »Dass die Verwendung farbiger Truppen niederster Kultur als Aufseher über eine Bevölkerung von der hohen Bedeutung der Rheinländer eine Verletzung der Gesetze sei, sei auch hier erneut in die Welt herausgerufen!« Das alles schürte die Wut der Menschen so sehr, dass sogar die Anhänger sonst bis aufs Blut verfeindeter Parteien ihre Gegnerschaft vergaßen und sich ehemalige Freikorpssoldaten mit Kommunisten und Sozialisten verbündeten, um gegen die Besatzer zu kämpfen, was diese nur dazu veranlasste, zu noch härteren Mitteln zu greifen. Ein Teufelskreis, aus dem es scheinbar kein Entkommen gab.

Tino hörte Hufgetrappel. Ging es endlich voran?

Nur einen Steinwurf entfernt sprengten berittene Franzosen aus einer Gasse auf die Straße, um die Demonstration aufzulösen. Befehle wurden gebrüllt, ohne Rücksicht auf Verluste trieben die Soldaten ihre Pferde in die Menge und prügelten links und rechts auf alles ein, was sich bewegte. Als die ersten Schüsse fielen, stob die Menge auseinander.

»Na also!«

Erleichtert startete Tino den Motor. Fünf Minuten später war er am Ziel. Obwohl das Vorprogramm schon angefangen hatte, warteten vor dem Kino immer noch Dutzende von Menschen auf Einlass. Trotz des allgemeinen Chaos grassierte die Flimmeritis ungebrochen weiter, und wo immer »Dr. Mabuse« gezeigt wurde, waren die Vorstellungen ausverkauft. Dabei trieb die Inflation die Eintrittspreise inzwischen in unfassbare Höhen. Hatte eine Kinokarte bei Tinos Abreise aus Berlin noch dreihundert Mark für einen Parkettplatz gekostet, kostete er jetzt, ein halbes Jahr später, sage und schreibe zehntausend Mark – in der Rangloge sogar das Doppelte.

Tino wartete, bis der letzte Zuschauer im Vorführsaal verschwunden war, dann trat er an den Kassenschalter, um die Tageseinnahme in Empfang zu nehmen.

»Wie viel sind es heute?«

»Bei zehn Millionen habe ich aufgehört zu zählen.« Der Kinobetreiber verließ sein Kabäuschen und drückte ihm zwei prall gefüllte Beutel in die Hand.

»Die Firma dankt!«

Tino warf nur einen kurzen Blick auf das Geld, dann brachte er es zum Auto. Der Kofferraum reichte kaum noch aus, um die Unmengen an Scheinen zu fassen, die er im Laufe eines Tages einsammelte.

Er klappte den Kofferraum zu und schaute auf die Uhr.

Schon halb neun. Höchste Zeit, dass er nach Dortmund kam! Morgen war das Zeug nur noch die Hälfte wert …

75

»Alle! Alle!«

Stolz wie Oskar schlug Alex mit dem Löffel auf seinen leergegessenen Teller und strahlte dabei mit seinem breiverschmierten Mündchen über das ganze kleine Gesicht.

»Das hast du fein gemacht!« Rahel wischte ihm mit einem Waschlappen den Mund ab, dann löste sie das Lätzchen von seinem Hals und hob ihn aus seinem Hochstuhl. »Jetzt gehen wir schlafen. Sagst du dem Papa und Onkel Detlef gute Nacht?«

Alex schaute die beiden misstrauisch an und schüttelte den Kopf. Während Detlef seine weißen Zähne bleckte, um sich dann mit säuerlicher Miene weiter seinem Abendbrot zu widmen, streckte Edgar die Arme nach ihm aus.

»Kriegt der Papa ein Küsschen?«

Doch wieder schüttelte Alex den Kopf, mit trotzig gerunzelter Stirn und zusammengepressten Lippen.

»Lass ihm noch etwas Zeit«, sagte Rahel.

»Natürlich.« Edgar versuchte ein Lächeln, doch es gelang ihm nicht wirklich, seine Enttäuschung zu verbergen.

Dankbar für sein Verständnis verließ Rahel mit Alex die Küche. Obwohl Alex für sein Alter schon ziemlich gut sprechen konnte, weigerte er sich beharrlich, Edgar »Papa« zu nennen. Wenn überhaupt, nannte er ihn »Onkel«, genauso wie Detlef.

Konnte es sein, dass er die Spannungen spürte, die ständig in der Luft lagen?

Obwohl es draußen noch hell war, musste Rahel in ihrer kleinen Kammer bereits das Licht anknipsen. Sie legte Alex auf die Kommode, die gerade noch unter das Guckloch an der Stirnwand gepasst hatte, und nahm eine frische Windel, um ihn zu wickeln. Inzwischen waren Monate vergangen, seit sie hier eingezogen war, doch zu Hause fühlte sie sich immer noch nicht. Das lag nicht nur an dem winzigen Kabuff, in dem sie mit ihrem Kind hauste, weil das Billardzimmer heilig war, sondern viel mehr noch an Detlefs ablehnendem Verhalten. Obwohl er nichts tat, was man ihm hätte vorwerfen können, ließ er sie in tausend Kleinigkeiten spüren, wie wenig willkommen sie und Alex ihm waren. Rahel konnte ihm das nicht mal verdenken. Jahrelang hatten er und Edgar allein in der Wohnung gelebt, jetzt aber mussten sie nicht nur Küche, Bad und Wohnzimmer, sondern auch ihre Zweisamkeit mit einer alleinstehenden Mutter und einem Kleinkind teilen, das immer noch in manchen Nächten schrie wie am Spieß. Und vielleicht war Detlef ja auch ein bisschen eifersüchtig, weil Edgar sich stets bemühte, nett zu Alex und ihr zu sein, damit sie sich trotz allem in der Wohnung wohl fühlten.

Auf dem Flur klingelte das Telefon. Das würde für Detlef sein, er bekam oft auch noch am Abend Anrufe von seinen Kunden. Doch Rahel hörte ihn nur wenige Worte sagen, dann ging die Tür auf und er streckte seinen Kopf herein.

»Für dich. Ein Herr Raschke.«

Verwundert runzelte Rahel die Stirn. Der schöne Joachim? Was wollte der denn um diese Zeit? Sie legte Alex in sein Gitterbettchen und folgte Detlef in den Flur. Während der im Billardzimmer verschwand, ging sie ans Telefon.

Kaum hatte sie den Hörer am Ohr, hörte sie auch schon die Stimme ihres Chefs.

»Bitte entschuldigen Sie die späte Störung, Fräulein Rosenberg – pardon: Frau Weißpfennig meine ich natürlich. Ich wollte fragen, ob Sie kurzfristig einen Termin für mich übernehmen könnten, und zwar noch heute Abend. Mir ist leider etwas Unvorhergesehenes dazwischengekommen.«

»Noch heute Abend?«, wiederholte Rahel verdutzt. »Ich … ich weiß nicht. Mein Kind ist noch nicht im Bett und ich sollte …«

»Kann sich darum nicht Ihr werter Herr Gemahl kümmern?«, fiel der schöne Joachim ihr ins Wort. »Ich wäre Ihnen wirklich sehr verbunden. Außerdem – das könnte Ihre große Chance sein. Eine echte journalistische Aufgabe, hat weder was mit Backen noch mit Kochen oder Mode zu tun. Haben Sie darauf nicht immer gewartet?«

76

Rupert von Kampmann hatte nicht nur einen Namen, der jedem Bankier gut zu Gesicht gestanden hätte, er sah auch wie ein solcher aus. Rund fünfzig Jahre alt, trug er stets elegante Maßanzüge und rahmengenähte, auf Hochglanz gewienerte Budapester Schuhe, der Scheitel seines mit Brillantine gebändigten dunkelblonden Haars saß so exakt wie der Knoten seiner Seidenkrawatte, und seine manikürte Hand zierte ein goldener Wappenring. Vor allem aber betrieb er sein Geschäft wie ein Bankier, er war pünktlich, zuverlässig und diskret. Jeden Abend suchte Tino ihn im Hof seines Fuhrunternehmens unweit des Dortmunder Bahnhofs auf, um die Tageseinnahmen der Ufa-Lichtspielhäuser zwischen Rhein und Ruhr in krisensicheren Werten anzulegen. Dabei hielt er sich an die bewährte Kaufmannsregel, wonach man nur in solche Produkte investieren soll, von deren Nutzen man persönlich überzeugt ist. Und den Nutzen des Produktes, den Rupert von Kampmann lieferte, erfuhr Tino mehrmals täglich am eigenen Leib. Eine sicherere Investition konnte es in diesen Zeiten gar nicht geben, sicherer noch als Silber und Gold, und der Tag war nicht mehr fern, dass er zurück nach Berlin fahren konnte, um dort endlich seine offenen Rechnungen zu begleichen.

Er hätte sich also gar keinen besseren Partner wünschen können, um seinen Kopf als Finanzdirektor der Ufa zu retten. Das einzige Rätsel, das Rupert von Kampmann ihm aufgab, war die Tatsache, dass Günter Jeschonnek ihn empfohlen hatte. Wie war es möglich, dass ein so honoriger Mann in Verbindung zu diesem kleinen Ganoven stand? Doch das sollte Tinos Sorge nicht sein. Hauptsache, der tägliche Austausch von Ware und Geld klappte, und der klappte wie am Schnürchen.

Auch heute wartete Rupert von Kampmann bereits vor seinem Büro, als Tino in den Hof einfuhr, und es dauerte keine zwei Minuten, da hatten Geld und Ware ihre Besitzer gewechselt. Man kannte sich inzwischen und vertraute einander ohne nähere Prüfung.

»Darf ich fragen, welchen Zweck Sie mit unseren Transaktionen verfolgen?«, fragte von Kampmann. »Ich nehme nicht an, dass Sie selbst im Markt tätig werden wollen oder gar schon geworden sind, zumindest ist mir nichts dergleichen zu Ohren gekommen. Oder sollte ich mich irren?«

»Keineswegs«, sagte Tino. »Meine Akquisitionen dienen dem Vermögensaufbau. Ich bin auf der Suche nach langfristigen Anlagemöglichkeiten. Dabei denke ich vor allem an Immobilien oder Firmenübernahmen. Noch sondiere ich den Markt. Falls Sie Kenntnis von interessanten Objekten haben – ich bin für Hinweise dankbar. Im Erfolgsfall natürlich gegen Provision.«

»Darüber denke ich gern nach«, erwiderte von Kampmann. »Ansonsten wieder morgen Abend?«

Als Tino nickte, wandte er sich zum Gehen. Doch dann drehte er sich noch einmal um und zückte ein weißes Tütchen.

»Fast hätte ich es vergessen, ich habe heute eine neue Lieferung bekommen. Wenn Sie sich vor der Abnahme größerer Mengen vielleicht persönlich von der Qualität überzeugen wollen?«

»Sehr gern. Ich sage Ihnen morgen Bescheid.«

Tino steckte das Tütchen ein, und in der Vorfreude auf die Prüfung stieg er in seinen Wagen, um ins Hotel zu fahren. Nach dem anstrengenden Tag hatte er sich ein wenig Entspannung verdient.

Doch kaum hatte er den Hof verlassen, war alle Entspannung vergessen. Über dem Bahnhofsportal prangte taghell ein Filmplakat, das ihn wie ein Menetekel ansprang.

DAS LEBEN AUF DEM DORFE

Der erste deutsche Tonfilm

Tino trat so heftig auf die Bremse, dass er den Motor abwürgte. Das musste er sehen!

77

War das die Zukunft des Kinos?

Das Licht im Vorführsaal erlosch. Erwartungsvoll lehnte Erich sich zurück. Er hatte gerade sein Abendbrot beendet, als Tino angerufen hatte, um ihm aufgeregt von einem Film zu erzählen, den er gerade in Dortmund gesehen hatte – »Das Leben auf dem Dorfe«, ein Film, in dem die Schauspieler selber sprachen! Tino war vollkommen aus dem Häuschen gewesen – so etwas habe die Welt noch nicht gesehen, eine Revolution, die alles auf den Kopf stellen würde, die Neuerfindung der Filmkunst! Erich, der von dem Film zwar gehört, aber ihn noch nicht gesehen hatte, hatte versprechen müssen, sich den Streifen noch heute anzuschauen. Das war um diese Zeit allerdings gar nicht so einfach, in der »Vossischen« war der Film nicht annonciert, und Erich hatte den ganzen Ku'damm abklappern müssen, bis er schließlich im »Alhambra« fündig geworden war, einem kleinen Lichtspieltheater am Olivaer Platz, wo »Das Leben auf dem Dorfe« als Beifilm im Nachtprogramm lief.

Als der Vorhang sich hob, ging ein Raunen durch die Reihen, dann wurde es mucksmäuschenstill. Voller Anspannung wartete man darauf, dass die ersten Worte fielen. Und tatsächlich, kaum war der Vorspann abgespult, geschah auch schon das Wunder. Ein Mann und eine Frau begegneten einander auf einer sonnenbeschienenen Dorfstraße, und der Mann sagte, laut und vernehmlich und sogar passend zu seinen Lippenbewegungen: »Grüß Gott, Frau Nachbarin!«

Das Publikum brach in Beifall aus, Zuschauer sprangen von ihren Sitzen auf, um zu applaudieren. Die Begeisterung war so groß, dass der Filmvorführer den Film anhalten musste, doch erst als der Kinobesitzer einschritt und mit rudernden Armen um Ruhe bat, konnte die Vorführung fortgesetzt werden.

Mit großen staunenden Kinderaugen hingen die Zuschauer den Schauspielern an den Lippen. Nur Erich saß da und wunderte sich. Das sollte die Neuerfindung der Filmkunst sein?

Ja, die Schauspieler redeten und man konnte sie trotz der miserablen Tonqualität sogar verstehen. Doch alles, was man zu sehen bekam, erschöpfte sich bereits im Titel des Films – mehr wurde nicht geboten. Schnitter schnitten Gras, ein Heuwagen hielt vor einer Scheune, eine Magd und ein Knecht kamen mit Heugabeln aus der Scheune hervor, um den Wagen abzuladen, und auf dem Hof liefen ein paar barfüßige

Kinder herum … Der Film hatte keine Handlung, kein Drama, keine Größe, keine Bedeutung, keinen Sinn – alles war nur auf den billigen Effekt getrimmt. Pferde wieherten, Kühe muhten, Hunde bellten. Das Leben auf dem Dorfe.

Als auch noch ein paar Hühner gackernd über die Leinwand liefen und ein Hahn auf einem Misthaufen sein »Kikeriki« krähte, wurde es Erich zu bunt. Nein, das war weder die Neuerfindung des Films noch die Zukunft des Kinos – das war Kintopp für die Kirmes und hatte nichts mit Kunst zu tun.

Verärgert über die Zeitverschwendung, stand Erich auf und verließ den Saal. Morgen musste er früh raus, die »Nibelungen« warteten auf ihn!

78

»Kabarett der Namenlosen« hieß die neueste Attraktion des Berliner Nachtlebens, über die Rahel für die »Wertheim Welt« berichten sollte. Nur einmal in der Woche wurde das Bühnenspektakel im »Café König« veranstaltet, einem Künstlerlokal in der Jägerstraße, ganze fünf Minuten vom Hausvogteiplatz entfernt. Nach dem Anruf ihres Chefs hatte Rahel darum sogar noch Zeit gehabt, Alex ins Bett zu bringen und zu warten, bis er eingeschlafen war, bevor sie sich auf den Weg gemacht hatte. Die Veranstaltung sei eine Talentschau, hatte der schöne Joachim gesagt, ein Sprungbrett für angehende Schauspieler und Schauspielerinnen – jeder, der sich berufen fühle, könne hier auf der Bühne sein Talent beweisen. Angeblich wimmelte es im Publikum nur so von Filmregisseuren und Produzenten, die manchmal sogar einen Kandidaten vom Fleck weg engagierten. Rahel hatte in Fritz' Stammkneipe in der Samoastraße angerufen, damit dort jemand Lilly Bescheid sagte – »entdeckt« zu werden war ja ihr größter Traum, und vielleicht würde sie bei dem Wettbewerb tatsächlich eine Chance bekommen.

Als Rahel im »Café König« ankam, drängten sich die Zuschauer bereits bis zur Tür. Trotzdem war es Lilly gelungen, einen Tisch in der ersten Reihe zu ergattern.

»Wie hast du das denn geschafft?«, fragte Rahel, als sie sich zu ihr setzte.

»Kunststück!«, grinste Lilly. »Wir sind doch Presse! Aber jetzt Ruhe, es geht los!«

Eine Trommel wurde gerührt, Scheinwerfer flammten auf, und gleich darauf trat ein kugelrunder Conférencier in karierter Jacke und roter Hose hinter dem Vorhang hervor. Während er vom Publikum mit frenetischem Beifall begrüßt wurde, zückte Rahel ihren Notizblock. Der Conférencier stellte sich als Erwin Lowinsky vor – »aber ihr könnt ruhig Elow zu mir sagen« –, und nachdem er ein paar Witze gerissen hatte, forderte er das Publikum auf, sich für den ersten Sketch zu melden. Dutzende von Armen flogen in die Höhe. Lilly hob sogar beide Hände gleichzeitig, um auf sich aufmerksam zu machen, doch Elow ignorierte sie und holte an ihrer Stelle zwei Pärchen auf die Bühne. Kaum hatte er sie begrüßt, erklärte er ihnen auch schon, welchen Sketch sie spielen sollten.

»Ihr seid zwei Orang-Utan-Paare, die sich über kreuz verlieben.« Er hob eine Stoppuhr in die Höhe und drückte auf den Knopf. »Und bitte! Die Zeit läuft!«

Zwei Orang-Utan-Paare, die sich über kreuz verlieben? Rahel glaubte, sich verhört zu haben. Den Kandidaten schien es ähnlich zu gehen wie ihr, ratlos blickten sie sich an.

Im Publikum wurden Pfiffe laut.

»Worauf wartet ihr?«, rief Elow. »Auf geht's! Ihr habt genau fünf Minuten Zeit!«

Den Kandidaten blieb nichts anderes übrig, als sich in ihr Schicksal zu fügen. Zögernd versuchten sie Orang-Utans nachzuahmen, gingen in die Hocke und schlenkerten mit den Armen. Es dauerte eine Weile, doch schließlich hatten sie den Bogen raus. Mit so tief hängenden Armen, dass ihre Hände über den Boden streiften, hüpften sie hin und her, kratzten sich unter den Achseln und stießen dabei kehlige Laute aus.

»Und wo bleibt das Verlieben?«

Eines der Männchen richtete sich auf und trommelte sich mit

den Fäusten auf die Brust, ein Weibchen kam auf allen vieren hinzu. Wollüstig grunzend umkreisten sie einander, doch während sie sich noch beäugten, fiel das andere Pärchen schon übereinander her. Das Weibchen streckte dem Männchen sein Hinterteil entgegen, aber das Männchen stellte sich so ungeschickt an, dass sie zusammen einen Purzelbaum schlugen. Die Zuschauer bogen sich vor Lachen, und je schlimmer die vier auf der Bühne sich blamierten, umso begeisterter johlte das Publikum.

Rahel legte ihren Notizblock zurück auf den Tisch. Das war alles andere als eine Talentschau – hier ergötzte man sich genau umgekehrt an der Talentlosigkeit der Kandidaten, die sich buchstäblich zum Affen machten.

In seinem Clownsanzug sprang Elow auf die Bühne, um mit einem Druck auf seine Stoppuhr den Auftritt zu beenden.

»Das war großartig! Einfach phantastisch!« Wie ein Kirmesbudenmann zeigte er mit beiden Armen auf die Kandidaten. »Das ist euer Applaus!«

Unter tosendem Beifall verließen die vier die Bühne. Während sie verlegen grinsend zu ihren Plätzen zurückkehrten, hob Elow beide Hände, um die Ruhe wiederherzustellen.

»Und jetzt zur Abwechslung eine Solonummer! Für eine Dame!« Mit der Rechten beschirmte er gegen das Scheinwerferlicht die Augen. »Nun, wer traut sich?«

»Das ist meine Chance«, sagte Lilly und sprang auf.

»Bist du verrückt?« Rahel griff nach ihrem Arm.

Zu spät, Elow kam schon auf sie zu. Mit ihrem strahlendsten Lächeln eilte Lilly ihm entgegen.

Aber was um Himmels willen war das?

Ohne sie auch nur anzuschauen, lief Elow an Lilly vorbei, um schnurstracks auf Rahel zuzusteuern. Bevor sie begriff, was geschah, hatte er ihre Hand gepackt, und zwei Sekunden später stand sie auf der Bühne.

79

Die Austern waren vertilgt, der Champagner getrunken, und schweren Herzens kehrte Constanze aus dem Paradies zurück. Mit noch von Lust durchglühtem Leib löste sie sich aus Alexanders Armen, und während er nach den Zigarren auf dem Nachtkasten griff, verließ sie das Bett, um sich anzuziehen. Wenn sie vor Mitternacht zu Hause sein wollte, musste sie sich beeilen.

In der Suite herrschte drückende Hitze, aber ihr blieb keine Zeit, sich im Bad Abkühlung zu verschaffen. Obwohl die Fenster geschlossen waren, hörte man von draußen immer noch den lärmenden Pöbel. Den ganzen Abend lang hatte vor dem »Dresdner Hof« eine Demonstration stattgefunden, die sich nun in Auflösung befand. Die Inflation hatte inzwischen so bedrohliche Ausmaße angenommen, dass Reichskanzler Cuno im August zurückgetreten war. Doch auch sein Nachfolger Gustav Stresemann, der eine Koalition aus bürgerlichen Parteien und Sozialdemokraten gebildet hatte, um sich einen möglichst breiten Rückhalt im Parlament und in der Bevölkerung zu sichern, hatte bisher nichts an der Lage ändern können. Der passive Widerstand gegen die Besetzung des Ruhrgebiets durch die Franzosen ruinierte den Staatshaushalt, und da die horrenden Summen, die nötig waren, um die Löhne der streikenden Arbeiter zu kompensieren, nicht anders beschafft werden konnten als durch weiteres Drucken von immer mehr Papiergeld, artete die ohnehin schon galoppierende Inflation zur Hyperinflation aus. Für einen amerikanischen Dollar musste man in diesem September den astronomischen Betrag von fünfzig Millionen Mark bezahlen, alles, was man zum Leben brauchte, wurde dadurch unerschwinglich. In jeder Stadt gab es Arbeitslosenaufstände und Hungerdemonstrationen, und weil die Menschen sich von dem Geld, das sie heute verdienten, schon morgen so gut wie nichts mehr kaufen konnten, plünderten sie die Läden und raubten Lebensmitteltransporte aus.

»Die Zeit ist reif.« Alexander warf seine Zigarre in den Aschenbecher und stand gleichfalls auf. »Morgen fahre ich nach München.«

»Nach München?«, fragte Constanze, die bereits fertig angekleidet war und vor dem Spiegel ihr Haar richtete. »Was hast du denn da zu tun?«

Während sie sich nach ihrer Brosche umschaute, die sie irgendwo abgelegt hatte, stieg Alexander in seine Hose.

»Darüber darf ich nicht sprechen. Nur so viel: Wenn ich zurück bin, wird Deutschland nicht mehr der Sauhaufen sein, der das Land jetzt ist.« Er streifte sich die Hosenträger über die Schultern und ließ sie einmal schnalzen.

Überrascht drehte sie sich zu ihm um. »Du meinst, Adolf Hitler will endlich losschlagen?«

Bevor er antwortete, strich er sich über den Bart, doch er hatte den Mund noch nicht aufgemacht, da flog klirrend ein Stein durchs Fenster.

»In Deckung!«

Während er sich zu Boden warf, landete der Stein mit lautem Knall in dem Spiegel. Constanze war der Schreck so in die Glieder gefahren, dass sie wie gelähmt da stand. Zu keiner Bewegung fähig, starrte sie in ihr in tausend Stücke zersplittertes Spiegelbild.

Wieder flog ein Stein durch die Luft, nur knapp verfehlte er ihren Kopf.

Alexander riss an ihrem Arm.

»Runter mit dir!«

Endlich erwachte sie aus ihrer Erstarrung.

Um Gottes willen, war das eine Revolution? Für eine Sekunde zuckte in ihr die letzte Erinnerung an ihren Vater auf, wie er tot vor ihr gelegen hatte, mit dem Jagdgewehr in der Hand und einer Kugel im Kopf.

Auf dem Absatz fuhr sie herum, und plötzlich in panischer Angst, floh sie hinaus auf den Flur.

80

Rahel konnte sich nicht erinnern, sich jemals irgendwo derartig fehl am Platz gefühlt zu haben wie hier auf dieser Bühne. Das grelle Scheinwerferlicht blendete so sehr, dass sie im ersten Moment kaum etwas sah. Ohne die Gesichter in dem dunklen Raum zu erkennen, hörte sie nur die Rufe aus dem Publikum – die Zuschauer wollten, dass es weiterging! Während ihre Augen sich allmählich an das Licht gewöhnten, begriff sie, warum der schöne Joachim den Termin geschwänzt und sie hierhergeschickt hatte.

Was in aller Welt hatte sie hier verloren?

Sie wollte die Bühne verlassen, doch Elow packte ihren Arm und hielt sie zurück.

»Was möchtet ihr sehen?«, rief er ins Publikum, ohne sie loszulassen. »Ich bitte um Vorschläge!«

Ein Dutzend Zuschauer meldete sich gleichzeitig.

»Morgens beim Frühstück!«

»Blumen pflücken im Garten!«

»Eine Fahrt in der Elektrischen!«

Das Publikum reagierte mit Buhrufen und Pfiffen.

»Auf dem Rummelplatz!«

»In der Geisterbahn!«

»Schon besser!«, rief Elow. »Wollen wir die Geisterbahn nehmen? Oder hat jemand noch einen anderen Vorschlag?«

Mit einer Hand am Ohr wartete er ein paar Sekunden ab. Als keine weiteren Vorschläge kamen, zückte er seine Stoppuhr.

Da meldete sich jemand ganz hinten im Saal.

»Enttäuschte Liebe!«

Johlender Beifall war die Antwort.

»Dufte!« Elow feixte vor Begeisterung. »Das nehmen wir! Wie immer fünf Minuten!«

Und schon drückte er auf den Knopf seiner Stoppuhr. Rahel beschloss, gute Miene zum bösen Spiel zu machen. Wenn sie sich weigerte, würde Elow sie der Meute zum Fraß vorwerfen, daran hatte sie nicht den geringsten Zweifel.

Aber wie in aller Welt sollte sie »enttäuschte Liebe« spielen?

»Los! Auf geht's!«

Unsicher schaute sie sich um – vielleicht gab es ja auf der Bühne irgendwelche Requisiten, die sie benutzen konnte. Doch der einzige

Gegenstand, den sie entdeckte, war ein abgestellter Eimer mit einem Putzlappen darin.

Kurz entschlossen schnappte sie sich beides und fing an.

Als Erstes putzte sie ein imaginäres Fenster.

Dann ein zweites.

Und ein drittes.

Im Publikum wurden Pfiffe laut.

»Aufhören!«

»Wie langweilig!«

»Ich will was sehen für mein Geld!«

»Los, Mädchen, lass dir was einfallen!«

Rahel hörte nicht hin. Sie hatte keine Ahnung warum, aber sie hatte das Gefühl, sie war auf dem richtigen Weg. Putzen tat gut, Putzen half zu vergessen, solange sie putzte, war sie beschäftigt und musste an nichts denken. Wie in Trance machte sie weiter, putzte nach den Fenstern auch die Türen, wischte den Boden und staubte die Möbel ab, die nur sie allein sehen konnte. Sie putzte das ganze imaginäre Haus, von oben bis unten, sämtliche Zimmer und Flure und Kammern und Treppen und Böden, bis zur Erschöpfung putzte sie und konnte trotzdem nicht mehr damit aufhören. Denn wie sehr sie auch putzte und schrubbte, wienerte und polierte, ihre Enttäuschung löste sich nicht auf, sie saß so fest in ihren Eingeweiden wie ihre Liebe, eher konnte sie sich das eigene Herz aus der Brust reißen, als sie zu vergessen, darum musste sie weiter und weiter putzen, egal, wie sinnlos es war, und erst als kein Zimmer, kein Möbel, kein Teil im Haus mehr übrig war, das sie noch putzen konnte, um ihre Enttäuschung und ihre Verzweiflung und ihren Schmerz und ihre Trauer und ihre Liebe niederzuringen, gab sie auf. Das Unglück war stärker als sie, sie konnte diesen Kampf nicht gewinnen.

Ohnmächtig sank sie auf einen Stuhl und schlug die Hände vors Gesicht.

Sie wusste nicht, wie lange sie da gesessen hatte, als sie plötzlich ein leises, zögerndes Klatschen hörte, zuerst nur ein oder zwei Händepaare, dann fielen andere ein, dann noch welche und wieder welche, das Klatschen wurde stärker und lauter und dichter und verwandelte sich allmählich in richtigen Beifall, und als sie irgendwann schließlich die Hände vom Gesicht nahm, brauste ihr donnernder Applaus entgegen. Ungläubig sah sie, wie die Zuschauer sogar von ihren Plätzen sprangen, um ihr zuzujubeln. Doch niemand jubelte mit mehr Begeisterung als Lilly, über das ganze Gesicht strahlend stand sie in der ersten Reihe, stampfte mit den Füßen und klatschte sich die Hände wund.

Elow brauchte eine Weile, bis er die Sprache wiederfand.

»Ich glaube, das waren die ergreifendsten fünf Minuten, die ich auf dieser Bühne je erlebt habe.«

Noch immer wie in Trance stand Rahel von ihrem Stuhl auf, um sich vor ihren Zuschauern zu verbeugen. Erst jetzt merkte sie, dass ihr Gesicht nass von Tränen war.

Hatte sie wirklich geweint?

Als der Applaus verebbte, trat ein Mann aus dem Publikum zu ihr an den Bühnenrand.

»Gottlieb Meineke ist mein Name«, sagte er. »Filmproduzent. Würden Sie mir bitte Ihren Namen und Ihre Adresse geben? Ich glaube, ich habe eine Rolle für Sie.«

Verdutzt blickte Rahel ihn an. Der Mann war ein kleiner, unscheinbarer Glatzkopf mit Brille und sah vollkommen anders aus als jeder vom Film, den sie kannte.

»Und ich bin die Kaiserin von China!«

Ohne ein weiteres Wort kehrte sie dem Hochstapler den Rücken zu und ließ ihn stehen.

81

Ja, die Zeit war reif für Adolf Hitler, das Chaos im Reich endlich groß genug, um loszuschlagen. Die Quatschbudenpolitik der vereberten Judenregierung in Berlin war mitsamt dem ganzen demokratischen Gesocks hoffnungslos gescheitert, und nicht mal der Dümmste im Land konnte länger bestreiten, dass nur ein starker, von allen parlamentarischen Fesseln befreiter Führer in der Lage sein würde, Deutschland aus seinem Elend zu erlösen. Für den neunundzwanzigsten September war der Putsch geplant, um der Systempolitik den Garaus zu machen und eine Diktatur zu errichten, die von München aus ganz Deutschland einer wahrhaft nationalen Ordnung unterwerfen sollte.

Alexander Grau war von höchster Stelle in die Pläne eingeweiht worden, kein Geringerer als sein ehemaliger Chef General Ludendorff hatte ihn telefonisch in Kenntnis gesetzt und ihn zugleich von seinem Beschluss unterrichtet, sich an Hitlers Seite zu stellen, um die Operation militärisch zu leiten und so ihren Erfolg zu sichern.

Durchdrungen von dem erhebenden Gefühl, an der Wiederauferstehung des Deutschen Reiches mitzuwirken, machte Grau sich am Morgen des sechsundzwanzigsten September auf den Weg nach München, um dort mit Ludendorff und Göring zusammenzutreffen. Doch als er am Abend desselben Tages in der bayerischen Hauptstadt ankam, waren alle Pläne hinfällig geworden. Während er im Zug gesessen hatte, hatte der neue Reichskanzler Stresemann den Ruhrkampf für beendet erklärt. Der passive Widerstand gegen die französischen Besatzer hatte den Staat fünf Millionen Goldmark gekostet, die Kassen waren leer, und Stresemann konnte das Versprechen seines Vorgängers Cuno, den streikenden Arbeitern die ausfallenden Löhne zu zahlen, nicht länger einhalten, ohne weiter wie Cuno das ganze Land mit wertlosem Papiergeld zu überfluten und auf diese Weise die Wirtschaft zugrunde zu richten. Aus Protest gegen diesen Verrat des Kanzlers in Berlin hatte die Landesregierung in München den früheren Ministerpräsidenten Ritter von Kahr zum Generalstaatskommissar mit praktisch unbeschränkten Machtbefugnissen eingesetzt, und der hatte umgehend den Ausnahmezustand über den Freistaat verhängt.

»Und was soll jetzt geschehen?«, fragte Grau, als er im »Vier Jahreszeiten« auf Göring und Ludendorff stieß, die dort in einem Konferenzraum bereits versammelt waren, um über die veränderte Lage zu beraten.

»Kahr ist uns zuvorgekommen«, erwiderte Göring. »Er hat alle Macht an sich gerissen und kann wie ein Diktator regieren.«

»Dann dürfen wir keine Sekunde zögern«, erklärte Ludendorff. »Je länger wir das tun, umso fester sitzt er im Sattel.«

Göring schüttelte den Kopf. »Ich habe eben mit Hitler telefoniert. Der Führer will abwarten, wie die Dinge sich entwickeln. Wer weiß, vielleicht können wir Kahr ja vor unseren Karren spannen. Nicht ›Los von Berlin!‹, sondern ›Auf nach Berlin!‹ ist die Devise.«

»Unsinn! Kahr wird uns was pfeifen! Er ist unser größter Widersacher im nationalen Lager und hat seit Monaten darauf hingearbeitet, uns an den Rand zu drängen, um selber das Kommando zu übernehmen!« Ludendorff drehte sich zu Grau herum. »Was meinen Sie? Jetzt sagen Sie doch auch mal was, Mann!«

Grau wusste nicht, was er erwidern sollte. Er war Ludendorff seit vielen Jahren treu ergeben, und es hatte ihm zur größten Ehre seiner militärischen Karriere, wenn nicht gar seines Lebens gereicht, das Vertrauen Seiner Exzellenz zu genießen. Doch er hatte Hitler auf dem Parteitag der NSDAP erlebt. Und seitdem wusste er, wem die Zukunft gehörte.

»Ich bin mit den hiesigen Verhältnissen zu wenig vertraut«, antwortete er darum ausweichend. »Ich kann und will mir nicht anmaßen, ein Urteil zu fällen.«

Ludendorff warf ihm einen vernichtenden Blick zu. »Deine Rede sei ja ja, nein nein!« Dann wandte er sich wieder an Göring. »Wir müssen Tatsachen schaffen! Besser heute als morgen. Sonst bestimmt Herr von Kahr auf unabsehbare Zeit die Musik!«

Doch wieder schüttelte Göring den Kopf. »Nicht ohne Hitlers Befehl!«

»Aber der Mann hat von militärischen Dingen doch keine Ahnung – ein einfacher Gefreiter!« Ludendorffs Stimme bebte vor Erregung. »Herrgott, Göring, Sie sind doch selbst Offizier und wissen so gut wie ich, dass wir die Kommandogewalt nicht einem ahnungslosen Zivilisten übertragen dürfen – das wäre Selbstmord! Für eine erfolgreiche Durchführung unserer Operation ist strategisches Denken gefordert. Und da kann ich in aller Bescheidenheit für mich in Anspruch nehmen, dass ich im Gegensatz zu dem Herrn Gefreiten …«

»Nein!« Göring schlug mit der flachen Hand auf den Tisch. »Adolf Hitler ist unser Führer! Er befiehlt, wir folgen!«

82

Im Laufschritt eilte Rahel die Treppe hinunter. Tante Ottilie, die jeden Morgen zu ihr nach Friedrichswerder kam, um tagsüber auf Alex aufzupassen, hatte sich verspätet. Im Hausflur kam ihr der Briefträger entgegen und drückte ihr einen Umschlag in die Hand. Eilig riss sie das Kuvert auf, und während sie zur Haltestelle lief, überflog sie den Inhalt.

Der Brief war eine Einladung.

Von einer Filmproduktionsgesellschaft.

Gezeichnet Gottlieb Meineke.

Rahel brauchte keine Sekunde, um zu wissen, wer dahintersteckte. Dafür kam nur eine einzige Person in Frage.

Na warte …

Als sie in der Leipziger Straße aus der Elektrischen sprang, wurden die Pforten des Wertheim gerade geöffnet. Ohne nach links und rechts zu schauen, überquerte sie die Straße. Sie war schon fünf Minuten über der Zeit, und der schöne Joachim wartete nur darauf, dass sie sich was zuschulden kommen ließ, damit er ihr mal wieder die Leviten lesen konnte. Im Laufschritt erreichte sie den Personaleingang, doch statt in den Paternoster zu steigen, ließ sie den Aufzug sausen und öffnete die Verbindungstür zu den Verkaufsräumen.

Erst das Vergnügen, dann die Arbeit!

An den Ladenkassen ging es zu wie im Tollhaus. Mit Koffern und Säcken schleppten die Kunden das Geld herbei, um ihre Einkäufe zu bezahlen, Rahel sah sogar einen Mann, der eine ganze Schubkarre voller Geldscheine in Richtung Herrenabteilung schob. Kein Wunder, ein Paar Socken kostete so viel wie ein Laib Brot, und für den letzten Brotlaib, den sie gekauft hatte, hatte sie zehn Millionen Mark bezahlt. Wenn man das später mal erzählte, würde einem das kein Mensch glauben.

Eine Minute später stand sie in der Kurzwarenabteilung. Zum

Glück hatte Lilly gerade keine Kundschaft. Rahel zückte Gottlieb Meinekes Einladung und hielt sie ihr vor die Nase.

»Kann es zufällig sein, dass du jemandem meine Adresse verraten hast?«

Mit diebischem Vergnügen grinste Lilly sie an. »Hat es also geklappt?«

»Was fällt dir ein, hinter meinem Rücken irgendwelchen Leuten …«

»Sieht so dein Dank aus?« Lillys Grinsen wurde noch breiter. »Jetzt sag schon, wann gehst du hin?«

»Ich denke ja nicht im Traum daran!« Um zu beweisen, dass sie es ernst meinte, zerriss Rahel den Brief.

»Bist du verrückt geworden?« Bevor sie es verhindern konnte, nahm Lilly ihr das zerrissene Papier aus der Hand und ließ es im Ärmel ihrer Bluse verschwinden. »Und ob du dahin gehst! Und wenn ich dich eigenhändig dahinschleifen muss!«

83

Rupert von Kampmann hatte Wort gehalten und nachgedacht, und keine vier Wochen, nachdem Tino ihm sein Interesse an attraktiven Anlagemöglichkeiten signalisiert hatte, hatte er ein Treffen mit einem Makler arrangiert, der angeblich ein ganzes Portfolio zum Verkauf stehender Objekte anzubieten hatte – Immobilien und Unternehmen, was immer das Herz begehrte, »für'n Appel und 'n Ei«. Der Mann, so hatte Rupert von Kampmann gesagt, sei von Hause aus Bauer, Hermann Lüsebrink mit Namen, doch dank seiner weitverzweigten Verwandtschaft sowohl im Sauerland als auch im Ruhrgebiet verfüge er über beste Kontakte in allen möglichen Branchen. Tino konnte es nur hoffen – es war höchste Zeit, dass er endlich Ergebnisse lieferte. Stauß war es nicht gelungen, in Amerika eine Lizenz zu verkaufen – die Amis hatten sich weder für noch gegen den »Mabuse« entschieden und hielten ihn seit Monaten hin. Umso dringlicher erwartete er von Tino, dass er die Scharte auswetzte – alle zwei Tage ließ er sich telefonisch über den aktuellen Stand der Dinge berichten. Tino hatte ihn zwar in sehr abstrakter Weise darüber in Kenntnis gesetzt, wie er die Einnahmen aus den Kinobetrieben abzusichern gedachte, doch Stauß wollte mit stetig wachsender Dringlichkeit wissen, in welche krisenfesten Werte er die tägliche Flut von Papiergeld konkret investierte, so dass Tino allmählich die Ausreden ausgingen. Wenn er nicht bald einen Abschluss vorweisen konnte, musste er irgendwann die Hosen runterlassen. Und das würde sein letzter Tag als Finanzdirektor der Universum Film AG sein.

Da Hermann Lüsebrink seinen Hof in einem sauerländischen Kaff namens Wiblingwerde betrieb, hatte man verabredet, sich auf halbem Weg in der Brennicker Mühle zu treffen, einem Ausflugslokal zwischen Schwerte und Ergste. Als Hermann Lüsebrink mit einer halben Stunde Verspätung eintraf, traute Tino seinen Augen nicht. Der Bauer kam in einem Maybach vorgefahren, der noch größer und schwerer war als der seines Vaters, und am Steuer der Limousine saß nicht Hermann Lüsebrink selbst, sondern ein tipptopp in grauer Uniform gekleideter Chauffeur.

Rupert von Kampmann hatte nicht übertrieben: Das war der richtige Mann, um Geschäfte zu machen!

Als der Chauffeur mit der kordelverzierten Mütze vor der Brust den Wagenschlag öffnete, hatte Hermannn Lüsebrink sichtlich Mühe, aus dem Fond zu steigen, schnaufend und mit hochrotem Kopf stemmte er seinen massigen Körper in die Höhe.

Als er Tinos Gesicht sah, lachte er.

»Sie haben wohl gedacht, der olle Bauer kommt im Trecker, woll?«

»Zumindest nicht in einem Maybach«, erwiderte Tino.

»Ja, so ändern sich die Zeiten.« Hermann Lüsebrink ließ seine schaufelgroße Hand auf das Dach seines Wagens fallen. »Der hat mich gerade mal zwei Muttersauen gekostet. Und den da«, fügte er mit Blick auf seinen Chauffeur hinzu, »habe ich obendrein gekriegt – für lau.«

Tino stieß einen Seufzer aus. »Ja, die Landwirtschaft hat goldenen Boden.«

»Ach was – Landwirtschaft«, entgegnete Hermann Lüsebrink. »Jeden Sonntag gehe ich in die Kirche und danke dem lieben Gott für die Franzosen und die Inflation. – Ja, ja«, fügte er mit polternder Fröhlichkeit hinzu, »Sie können mich ruhig einen Inflationsgewinnler nennen! Das ist es doch, was Sie gerade denken, woll? Aber keine Bange, für mich ist das ein Ehrentitel. – Pils und Korn«, rief er einem vorüberkommenden Kellner zu und ließ sich auf den Stuhl sinken, den Rupert von Kampmann für ihn bereithielt. »Dreimal!«

Nur mit Mühe konnte Tino sich den Spruch mit den Bauern und den Kartoffeln verkneifen. Gleichzeitig musste er sich jedoch eingestehen, dass der Spruch auf Hermann Lüsebrink auch kaum passte. Hermann Lüsebrink war zwar ein Bauer, aber dumm war er sicher nicht.

Der Keller brachte die Getränke. Hermann Lüsebrink trank sein Pils in einem Zug aus, dann wischte er sich den Schaum vom Mund.

»So, jetzt zum Geschäft!« Während er aufstieß, deutete er mit dem Kinn auf Rupert von Kampmann. »Der feine Pinkel da behauptet, Sie wollen ein bisken Geld unter die Menschheit bringen, und zwar in einer ganz bestimmten Währung. Ist das richtig?«

»Ich hätte es nicht treffender ausdrücken können«, bestätigte Tino.

»Dann muss ich zuerst mal wissen, über welche Summen wir reden.«

»Rund neuneinhalb Kilo in bar, oder, um genau zu sein: neuntausendvierhundertdreißig Gramm, so der aktuelle Stand. Nur für den Fall, dass wir gleich ins Geschäft kommen sollten.«

Hermann Lüsebrink pfiff durch die Zähne. »Junge, Junge, ein ganz schöner Batzen. Dann wollen wir mal sehen, was wir so haben, woll?« Er zog einen Notizblock aus der Tasche und begann zu blättern. »Ah ja, das könnte passen. Mietshaus in Gelsenkirchen mit acht Dreizimmerwohnungen. Ist jetzt vielleicht noch ein bisschen riskant, aber wenn unser famoser neuer Kanzler die Inflation tatsächlich in den Griff kriegt …«

Er hob den Kopf und schaute Tino an. Aber der schüttelte den Kopf. Gelsenkirchen klang noch weniger attraktiv als Mietskaserne.

Hermann Lüsebrink suchte weiter. »Wie wär's damit? Die Firma Wolf in Altena. Macht seit Jahrhunderten in Draht, eigentlich ein kerngesunder Betrieb, nur gerade etwas klamm auf der Brust. Wirft mit Sicherheit solide Gewinne ab, wenn die Lage sich wieder entspannt.«

»Hm«, machte Tino. »Ich weiß nicht. Die Drahtindustrie ist mir ehrlich gesagt doch recht fremd.«

Hermann Lüsebrink überblätterte ein paar Seiten. Dann ging ein Leuchten über sein rotes Gesicht. »Das könnte was für Sie sein! Eine Trabrennbahn in Bochum.«

Tino horchte auf. »Eine Trabrennbahn?«

»Samt Stallungen, Tribünen und Totalisatoren.« Hermann Lüsebrink nickte ihm aufmunternd zu. »Was meinen Sie – wollen wir zwei Hübschen uns das mal angucken?«

84

Die Gottlieb-Meineke-Filmproduktions GmbH befand sich in Moabit, Turmstraße, unweit der Arminiusmarkthalle, die das ganze Viertel mit Lebensmitteln versorgte. Lilly hatte keine Ruhe gelassen und Rahel tagelang gedrängt, der Einladung zu folgen – »wenn du es nicht für dich tust, tu es für mich!« Natürlich wollte sie mitkommen; obwohl sie in der »Statistenbörse« Stammgast war, war Gottlieb Meineke der erste Filmproduzent, mit dem sie je ein Wort gewechselt hatte, und die Chance, ihn wiederzusehen, wollte sie sich nicht entgehen lassen. Kaum hatte Rahel eingewilligt, hatte Lilly für sie bei dem Produzenten angerufen, um einen Termin auszumachen – nach Feierabend, schließlich mussten sie tagsüber ja arbeiten.

In Moabit war es längst dunkel, als sie die Elektrische am Westhafen verließen, und vom Wasser wehte ihnen ein nasskalter Wind entgegen. Obwohl Lilly vorher den Stadtplan studiert hatte, damit sie sich zurechtfanden, brauchten sie eine Weile, bis sie die Gottlieb-Meineke-Filmproduktions GmbH entdeckt hatten. Sie lag in einem Hinterhof versteckt, zweites Treppenhaus, vierter Stock.

Ein blitzblankes Firmenschild aus Messing prangte an der Tür. Lilly strahlte, und ohne Rücksicht auf Rahel, die plötzlich unsicher war und am liebsten wieder kehrtgemacht hätte, klopfte sie an.

»Herein.«

Ein Vorzimmer gab es ebenso wenig wie eine Sekretärin. Gottlieb Meineke empfing sie direkt an seinem Schreibtisch.

»Schön, dass Sie da sind.«

Eilig stand er auf, um zwei mit Manuskripten beladene Stühle leerzuräumen. Während er die Stapel am Boden ablegte, schaute Rahel sich um. Der Schreibtisch und die beiden Stühle waren die einzigen Möbel in dem winzig kleinen Raum, von der Decke baumelte einsam eine kahle Osram-Birne herab, und außer ein paar Plakaten von Filmen, deren Titel sie noch nie gehört hatte, zierten lediglich Stockflecken die unverputzten Wände.

»Jeder fängt mal klein an«, sagte Gottlieb Meineke, dem ihre Blicke offenbar nicht entgangen waren, mit einem unsicheren Lächeln. »Aber bitte, nehmen Sie doch Platz.«

Erst jetzt fiel Rahel auf, wie jung er noch war – höchstens dreißig Jahre. Sie hatte ihn viel älter in Erinnerung gehabt, wahrscheinlich wegen der Glatze und der dicken Brille, vielleicht auch wegen des diffusen Lichts im »Café König«. Deshalb war ihr dort wohl auch entgangen, dass er offenbar an einem Tick litt. Alle paar Sekunden schob er mit der Fingerspitze seine Brille auf der Nase hoch, und jedes Mal zuckte dabei sein rechtes Auge.

»Um ehrlich zu sein«, sagte er, »es ist nur eine kleine Nebenrolle, die ich Ihnen anbieten kann. Alle größeren Rollen sind in meinem aktuellen Film leider schon vergeben. Aber nachdem ich Ihren beeindruckenden Auftritt gesehen hatte, wollte ich Sie unbedingt engagieren. In der Hoffnung, dass sich daraus eine für beide Seiten vorteilhafte Beziehung entwickelt. Wie Sie sehen, stehe ich mit meiner Firma noch am Anfang. Aber ich bin zuversichtlich, dass der Durchbruch nicht lange auf sich warten lässt.«

Rahel war angenehm überrascht. Mit einer so seriösen Auskunft hatte sie nicht gerechnet. Von Tino und Pommer war sie da andere Töne gewöhnt.

»Darf ich fragen, wie der Film heißt, den Sie produzieren?«

»Aber natürlich.« Sein rechtes Auge zuckte, und er schob seine Brille zurück auf die Nase. »›Das Liebeslabyrinth.‹«

»Das ist aber ein schöner Titel!«

»Ja, gefällt er Ihnen? Das freut mich sehr!« Er hielt kurz inne. »Darf ich … darf ich dann vielleicht auf Ihre geschätzte Mitwirkung hoffen?« Er kramte auf seinem Schreibtisch und reichte ihr ein Schriftstück. »Ich hoffe, Sie verübeln es mir nicht als unangemessene Voreiligkeit, aber ich habe mir erlaubt, schon etwas vorzubereiten.« Fast verlegen schaute er sie an.

»In dem Film geht es um eine Liebegeschichte?«, fragte Rahel.

»Ja, wie der Titel sagt.« Entschuldigend zuckte er die Achseln. »Die Liebe mit all ihren Irrungen und Wirrungen, auf künstlerisch anspruchsvollem Niveau.«

Halb entschlossen nahm Rahel den Vertrag. Gottlieb Meinekes bescheidene, fast schüchterne Art gefiel ihr – sie war viel überzeugender als irgendwelche großspurigen Versprechungen, mit denen sie gerechnet hatte. Doch als sie auf den Vertrag schaute und den Titel noch einmal schwarz auf weiß las, mit ihrem eigenen Namen darunter an der Stelle, wo sie unterschreiben sollte, schüttelte sie den Kopf.

»Nein, ich glaube, das ist nichts für mich. Tut mir leid.«

»Aber warum denn nicht?«, fragte Lilly. »Das ist dir doch wie auf den Leib geschrieben!«

»Eben deshalb«, sagte Rahel, in der Hoffnung, dass Lilly verstand.

Die wollte etwas einwenden, doch Gottlieb Meineke kam ihr zuvor.

»Ganz unrecht hat Ihre Freundin nicht. So, wie Sie die Szene im ›Café König‹ gespielt haben. Aber ich will Sie natürlich nicht drängen …«

Er verstummte, und es entstand ein betretenes Schweigen.

»Jetzt mach schon«, flüsterte Lilly. »Vielleicht ist das ja die Tür, auf die du immer …«

Rahel warf ihr einen so scharfen Blick zu, dass sie den Satz nicht zu Ende sprach. Unentschlossen überflog sie die Paragraphen des Vertrags. Die Vorstellung, in einem Liebesfilm mitzuspielen, machte ihr Angst. Musste da die alte Wunde nicht wieder aufbrechen? Doch andererseits, wenn sie ablehnte, entging ihr womöglich wirklich eine Chance – wenn auch ganz anders, als Lilly meinte. Nach ihrem Auftritt im »Café König« hatte sie sich seltsam befreit gefühlt. Vielleicht würde ein bisschen Schauspielern ja helfen, dass die Wunde endlich heilte – man konnte schließlich nie wissen, wozu etwas gut war …

Plötzlich hatte sie eine Idee. Wenn Gottlieb Meineke in den nächsten zehn Sekunden an seiner Brille rückte, würde sie aufstehen und sein Büro verlassen. Wenn nicht, würde sie den Vertrag unterschreiben.

»Nun, haben Sie sich entschieden?«, fragte er.

Rahel hob den Blick und fing an zu zählen.

85

Stauß verrührte ein Tütchen Natron in seinem Wasserglas und trank die Lösung in einem Zug aus. Seit sechs Uhr schon saß er am Schreibtisch und studierte Pommers neuesten Bericht über den Stand der »Nibelungen« – wegen der finanzpolitischen Turbulenzen war er als Vorstandsvorsitzender der Deutschen Bank dermaßen eingespannt, dass er es nur noch einmal pro Woche ins Piccadilly-Haus schaffte, um sich über die Entwicklung der Universum Film AG wenigstens in groben Zügen auf dem Laufenden zu halten. Pommers Rapport las sich wie ein Schauerroman. Als Fritz Lang bei der Rückkehr aus Amerika festgestellt hatte, dass während seiner Reise keine achttausendfünfhundert Tulpen für ihn erblüht waren, hatte er einen Nervenzusammenbruch erlitten. Seitdem jagte eine haarsträubende Absurdität die andere. Um Jung-Siegfried beritten zu machen, war ein normales Pferd nicht gut genug gewesen, es musste ein veritabler Zelter sein, auf dem er durch den Zauberwald trabte, weil es so nun mal im »Nibelungenlied« stand. Der zwanzig Meter lange Lindwurm, den der Held dort niederringen sollte, hatte bereits vor dem Kampf tonnenweise Pappmaché verschlungen, und obwohl die Bilder in den Kinos später nur schwarzweiß über die Leinwand flackern würden, hatte der Bühnenbildner für Siegfrieds Bad im Drachenblut hundert Kilo Mennige verbraucht, damit das Blut auch wirklich blutrot war. Und zu allem Überfluss kamen die Dreharbeiten immer wieder ins Stocken, weil der Hagen-Darsteller Hans Adalbert Schlettow einfach keinen Tag pünktlich zum Drehbeginn erschien. Letzte Woche war es zum Eklat gekommen, Fritz Lang hatte Schlettow vor versammelter Mannschaft abgekanzelt, und weil der Herr Staatsschauspieler daraufhin gedroht hatte, die Brocken hinzuwerfen, hatte die Drehbuchautorin Thea von Harbou um Entschuldigung und Verständnis für die angespannten Nerven des ihr inzwischen angetrauten Regisseurs bitten müssen, damit die Produktion überhaupt weitergehen konnte.

Stauß fasste sich an den Kopf: Was für ein Kindergarten! Wenn wenigstens Grau da wäre, um Stallwache zu halten. Immerhin wusste der, was Disziplin und Ordnung waren. Doch der Herr Major hatte sich mal wieder krank gemeldet …

Mit einem Seufzer legte Stauß Pommers Bericht beiseite und nahm sich seine Telefonnotizen vor. Doch die Aufzeichnungen von den Gesprächen mit seinem Finanzdirektor bereiteten ihm nicht weniger Sorgen als der Bericht des Produzenten. Was in aller Welt trieb Konstantin Reichenbach immer noch im Ruhrgebiet? Am Telefon äußerte er sich so vage, dass ihm bald der Geduldsfaden riss, auf Nachfragen wich er aus und deutete immer wieder nur irgendwelche Versuche an, die Kinoeinnahmen durch angeblich äußerst gewinnbringende Investitionen zu retten, doch ohne mit der Sprache rauszurücken, wann und wie und womit. Immerhin hatte er sich zu der Aussage durchgerungen, vor dem Erwerb eines größeren Unternehmens zu stehen – aus der »Unterhaltungsindustrie«. Doch da das alles Mögliche bedeuten konnte, wusste Stauß nicht, ob es sich dabei um eine Kinokette, einen Glücksspielbetrieb oder ein Kirmeskarussell handelte.

Der Kalfaktor kam mit der Post. Froh über die Ablenkung nahm Stauß die Briefe und öffnete das erste Kuvert. Es enthielt eine Einladung zur Gründungsversammlung der SPIO, eines Interessenverbandes der deutschen Filmwirtschaft. Da sollte er wohl dabei sein.

Er wollte gerade den Termin notieren, da klingelte das Telefon.

Fräulein Jaschek war am Apparat.

»Ich habe Amerika in der Leitung, Herr Generaldirektor. Ein Mister Lasky möchte Sie sprechen.«

»Mister Lasky?« Stauß holte tief Luft. »Bitte stellen Sie durch.«

86

Man schrieb den achten November des Jahres 1923. Endlich war er da, der große Tag, dem Alexander Grau seit seiner Ankunft in München entgegenfieberte. Wenn dieser Tag vorüber war, würde Deutschland nicht mehr der Sauhaufen sein, der das Land seit Kriegsende war. Nach Wochen angespannten Wartens, in denen Hitler versucht hatte, von Kahr und die bayerische Regierung zum Sturz der Mischpoke in Berlin zu bewegen, sowie einem ergebnislosen Putschaufruf im »Zirkus Krone« hatte der Führer Befehl gegeben, an diesem Freitagabend zuzuschlagen, und zwar um zwanzig Uhr dreißig im Münchner Bürgerbräukeller, wo Generalstaatskommissar von Kahr vor Abordnungen aller dem nationalen Lager zugehörigen Gruppen und Gruppierungen eine Rede halten wollte, um die Ziele seiner Politik darzulegen.

Alles war generalstabsmäßig vorbereitet. Der Beginn der Veranstaltung war auf zwanzig Uhr angesetzt, eine halbe Stunde später würden Hitler und Ludendorff zusammen mit Görings SA-Männern die Versammlung stürmen. Grau war als Vorposten abkommandiert worden. Seine Aufgabe war es, während Kahrs Rede die Lage im Saal zu beobachten, und nur wenn er das verabredete Zeichen gab, konnte die Operation beginnen.

Pünktlich um zwanzig Uhr bestieg Ritter von Kahr das Podium, um seine Rede zu halten, doch in dem verrauchten und überfüllten Kellergewölbe war kaum ein Wort zu verstehen. Es herrschte ein Gejohle wie auf dem Jahrmarkt. Grau hatte den Eindruck, dass manche Besucher gar nicht wegen Kahr und seiner Rede gekommen waren, sondern wegen der »Gaudi«, wie die Bayern alles nannten, wovon sie sich in irgendeiner Weise Vergnügen versprachen. Man feixte und lachte und prostete einander zu, als wäre man auf dem Oktoberfest, und wenn applaudiert wurde, dann weil es eben dazugehörte. Trotz der mangelnden Ernsthaftigkeit der Versammlung achtete Grau auf jede Bewegung, verfolgte mit seinen Blicken aufmerksam die Kellnerinnen, die das Bier an die Tische brachten, genauso wie die Zigaretten- und Bonbon-Verkäuferinnen mit ihren Bauchläden. Doch er konnte nichts Verdächtiges erkennen.

Ein Prosit, ein Prosit der Gemütlichkeit …

War es zu fassen? Während die Wiedergeburt des Deutschen Reichs unmittelbar bevorstand, wurde an einem Tisch tatsächlich geschunkelt! Doch für Empörung war jetzt keine Zeit, jetzt kam es darauf an, dass jeder auf dem Posten war … Grau zückte seine Taschenuhr und ließ den Deckel aufspringen – zwei Minuten vor halb neun. Während er die Uhr wieder einsteckte, nickte er dem Verbindungsmann zu, der am Haupteingang Stellung bezogen hatte, und hob sein Glas einmal kurz in die Höhe, um das verabredete Zeichen zu geben.

Im nächsten Moment sprangen beide Flügel der Doppeltür auf, und Seite an Seite betraten Hitler und Ludendorff den Saal, gefolgt von Hermann Göring sowie ein paar Männern in SA-Uniform. Grau hielt den Atem an, es ging los! Doch Kahr tat, als würde er die Eindringlinge gar nicht bemerken, und redete auf dem Podium einfach weiter, und auch im Publikum schenkte ihnen kaum jemand Beachtung.

Hitler machte kurzen Prozess. Um sich Gehör zu verschaffen, stieg er auf einen Stuhl und feuerte mit einer Pistole in die Decke.

Im selben Augenblick hatte er die Aufmerksamkeit des ganzen Saals.

»Ich rufe die nationale Revolution aus! Alles hört auf mein Kommando! Das Bürgerbräu ist von SA umstellt!«

»Heil und Sieg!«, rief Grau.

Endlich schien Kahr zu begreifen, was die Stunde geschlagen hatte. Blass und stumm vor Schreck stand er an seinem Rednerpult, und bevor er reagieren konnte, nahmen ihn zwei SA-Männer zwischen sich und führten ihn in einen Nebenraum, in den Hitler und Ludendorff schon vorausgegangen waren.

Während die Tür hinter ihnen zuschlug, stieg Göring auf das Podium, um mit lauter Stimme ein Flugblatt zu verlesen, das seine Männer gleichzeitig im Publikum verteilten.

»Proklamation an das deutsche Volk! Die Regierung der Novemberverbrecher in Berlin ist heute für abgesetzt erklärt worden. Eine provisorische deutsche Nationalregierung ist gebildet worden, diese besteht aus General Ludendorff, Adolf Hitler, General von Lossow, Oberst von Seißer …«

Er hatte noch nicht zu Ende gesprochen, da kehrten Hitler und

Ludendorff schon wieder zurück in den Saal, mit Ritter von Kahr in ihrer Mitte.

Hitler hob die Hand, und Göring gebot dem Publikum Ruhe. Hitler nickte Ritter von Kahr mit ernster Miene zu. Mit brüchiger Stimme und flackerndem Blick ergriff der entmachtete Generalstaatskommissar das Wort und forderte in wenigen Sätzen alle Anwesenden auf, den Staatsstreich zu unterstützen.

Hitler dankte ihm mit einer knappen Verbeugung.

»Morgen marschieren wir nach Berlin!«, rief er der Menge zu. »Abmarsch Punkt zwölf Uhr mittags hier am Bürgerbräu!«

Während gleichzeitig Pfiffe und Beifallsrufe laut wurden, schauten manche im Saal sich verwundert an.

War das eine Gaudi oder ein Befehl?

Alexander Grau aber lief ein Schauer über den Rücken. Sein großer Traum, der Marsch auf Berlin – er wurde Wirklichkeit!

87

Zur selben Zeit traf Tino in Bochum ein, um seine Geschäftspartner zu treffen. Entgegen seiner sonstigen Gepflogenheiten war er in Essen so frühzeitig losgefahren, dass bei seiner Ankunft am vereinbarten Treffpunkt außer ihm noch niemand da war – die Neugier, was ihn an diesem Abend erwartete, war noch größer gewesen als seine notorische Unpünktlichkeit.

Einsam und verlassen lag die Trabrennbahn in nächtlicher Dunkelheit da, nur vor dem Hauptgebäude brannte eine Laterne. Wie spukhafte Schemen zeichneten sich die Umrisse der Anlage ab, das riesige, im Nebel verschwimmende Oval der Arena, die sich in die Höhe verlierenden Zuschauerränge, die Stallungen und Wetthäuschen – alles in schwarzer, lautloser Stille. Doch im Geiste hörte Tino schon das Schlagen der Hufe, die Rufe der Zuschauer, den Aufschrei des Publikums beim Finish, bevor das Spiel wieder von vorn begann, die Menschen zu den Totalisatoren strömten, um neue Wetten abzuschließen, Geldscheine hastig von Hand zu Hand gingen und die Rennglocke abermals ertönte …

Tino schaltete den Motor aus, dann nahm er den Koffer und überprüfte noch einmal den Inhalt. Der Koffer enthielt seine gesamte, in über einem halben Jahr angesparte Barschaft, er hatte davon lediglich ein paar wenige Tütchen für den Eigenbedarf abgezweigt.

Als er den Wagen verließ, wehte ihm ein feiner Nieselregen ins Gesicht. Er schüttelte sich und schlug den Mangelkragen hoch. Eigentlich jagte man bei solchem Wetter keinen Hund vor die Tür. Aber darauf kam es heute nicht an.

Ja, Hermann Lüsebrink hatte ihn richtig eingeschätzt – die Rennbahn war ein Objekt ganz nach seinem Geschmack! Im Unterhaltungsgewerbe kannte er sich aus, und eine Trabrennbahn war ein Vergnügungsbetrieb, der große Profite versprach. Brot und Spiele … Wenn man zu den Eintrittspreisen die Wettumsätze hinzurechnete, ließ sich damit jede Menge Geld verdienen. Und was die laufenden Kosten anging, konnte man die Stallungen verpachten und für den Gebrauch der Anlage zu Trainingszwecken eine monatliche Gebühr von den Rennstallbesitzern kassieren.

Trotz Kälte und Regen bestens gelaunt, schaute Tino sich um. So weit er es in der Dunkelheit erkennen konnte, war die Anlage tipptopp in Schuss. Die Stallungen waren weiß gestrichen ebenso wie der Zaun, der die Rennbahn umgab, das Geläuf war frisch geharkt, und die Tribüne bot Platz für mehrere tausend Menschen.

Von der Straße näherte sich mit aufgeblendeten Scheinwerfern ein Automobil, gleich darauf erkannte Tino Hermann Lüsebrinks Maybach. Keine fünf Meter vor ihm kam die Limousine zum Stehen. Die Scheinwerfer erloschen, und der Chauffeur verließ den Wagen und öffnete den hinteren Schlag.

»Sie sind allein?«, fragte Tino überrascht, als nur Hermann Lüsebrink ausstieg. »Ich dachte, Sie bringen den Besitzer gleich mit.«

»Keine Bange, der ist schon im Anmarsch. Kann sich nur um Minuten handeln.« Ächzend und stöhnend wuchtete Hermann Lüsebrink sich in die Höhe. »Aber statt hier dumm rumzustehen, können wir uns den Laden ja schon mal ein bisschen angucken. Was halten Sie davon?«

»Gute Idee!«

Mit dem Koffer in der Hand ging Tino voraus, die neblige Stille, die ihn umfing, verschluckte den Laut seiner Schritte. Als Erstes zog es ihn zu den Totalisatoren. Beim Anblick der hübschen, kleinen Kassenhäuschen hörte er schon das Geld klimpern, das hier bald auf Rechnung der Universum Film AG umgesetzt würde, sah die vielen, vielen Scheine, die sich auf den Tresen stapelten. Egal, wie die Wetten ausgingen, am Ende gewann immer die Bank. Stauß würde Augen machen. Tino konnte es gar nicht erwarten, ihm von seinem Coup zu berichten.

Plötzlich hörte er eine fremde Männerstimme.

»Herr Reichenbach?«

Das musste der Besitzer sein.

Doch als Tino sich umdrehte, stand Hermann Lüsebrinks Chauffeur vor ihm, mit einer Eisenstange in der Hand.

Was zum Teufel hatte das zu bedeuten?

Bevor er begriff, was geschah, holte der Chauffeur aus, und im nächsten Moment traf Tino ein so schwerer Schlag am Kopf, dass er zu Boden stürzte.

Dann sah er nur noch Sterne.

»Gut gemacht«, hörte er aus weiter Ferne Hermann Lüsebrinks Stimme. »Und jetzt weg hier! Den Koffer nehme ich!«

88 Was für ein Tag!

Obwohl Grau in der Nacht kaum ein Auge zugetan hatte, war er seit dem frühen Morgen schon wieder auf den Beinen. Nach der Ausrufung der Revolution am Vorabend im Bürgerbräukeller war es Schlag auf Schlag gegangen. In kürzester Zeit waren die wichtigsten Mitglieder der bayerischen Regierung verhaftet und festgesetzt worden, gleichzeitig hatte die SA das Wehrkreiskommando in der Schönfeldstraße besetzt, um ein Eingreifen des Militärs zu verhindern. Bei beiden Aktionen hatte es keinen nennenswerten Widerstand gegeben. Doch noch war der Sieg nicht errungen. Dem stellvertretenden Ministerpräsidenten Franz Matt war es geglückt, sich mit einem Rumpfkabinett von München nach Regensburg abzusetzen. Von dort aus hatte er die bayerische Bevölkerung aufgerufen, dem »Preußen Ludendorff« die Gefolgschaft zu verweigern, und allen regierungstreuen Einheiten von Polizei und Militär befohlen, den Putschisten mit Waffengewalt entgegenzutreten. Und während Reichspräsident Ebert den militärischen Ausnahmezustand über das Land verhängt und die Kommandogewalt dem Chef der Heeresleitung General von Seeckt übertragen hatte, hatte Ritter von Kahr Verrat an seinen eigenen Worten begangen und in einer nächtlichen Sondersendung des gerade erst ins Leben gerufenen Rundfunks die von ihm zugesagte Unterstützung des Staatsstreichs zurückgezogen mit der Behauptung, seine im Bürgerbräukeller gemachte Erklärung sei ihm »mit vorgehaltener Pistole« abgepresst worden.

Jetzt musste der Marsch auf Berlin die Sache entscheiden!

Als Grau um halb zwölf am Bürgerbräukeller eintraf, hallten laute Befehle durch die nasskalte Novemberluft. Über tausend Anhänger hatten sich vor dem Gebäude bereits um Hitler und Ludendorff versammelt, und es kamen immer mehr hinzu. Unter den neugierigen Blicken der Nachbarn rückten sie einzeln oder in ganzen Kolonnen heran, und während aus dem Bürgerbräukeller immer noch Scharen von übernächtigt aussehenden Männern ins Freie strömten, fuhren mehrere Lastwagen vor, deren Ladeflächen von Bewaffneten überquollen, um die Reihen der Putschisten aufzufüllen.

Zu Graus Überraschung waren Ludendorff und Hitler in Zivil erschienen, nicht anders als die meisten ihrer Anhänger; zum Zeichen des Aufstands trugen sie nur schlichte Hakenkreuz-Binden an den Armen. Hatten sie Sorge, die Bevölkerung zu verschrecken? Nur Hermann Göring hatte die braune SA-Uniform angezogen, zusammen mit einem Dutzend Unterführern formierte er die Reihen.

Als er Grau sah, übertrug er ihm das Kommando.

»Sind Sie bereit, Kamerad?«

»Es ist mir eine Ehr!«

Obwohl Grau seit Jahren keinen Exerzierplatz mehr gesehen hatte, war er sofort in seinem Element. In Hundertschaften ließ er die Männer antreten, zehn Reihen zu jeweils zehn Mann, ruck, zuck kam Ordnung in den Haufen, und als es von der Nikolaikirche am Gasteig zwölf Uhr schlug, standen dreitausend Männer zum Abmarsch bereit, in einem wohlgeordneten Zug, der sich bis zur Rosenheimer Straße erstreckte.

Überwältigt von dem Gefühl, Teil von etwas zu sein, das unendlich viel größer und bedeutender war als er selbst, reihte Grau sich ein, gleich hinter Hitler und Ludendorff und Seite an Seite mit Hermann Göring.

Der blickte ihm fest in die Augen.

»Auf nach Berlin!«

»Heil und Sieg!«

»Sieg Heil!«

89

Lauter Straßenlärm weckte Tino aus dem Schlaf, blinzelnd öffnete er die Augen. Das Licht war so grell, dass es schmerzte.

Wo um Himmels willen war er?

Er brauchte eine Weile, bis er das Zimmer wiedererkannte. Der Waschtisch mit der weißblauen Schüssel … Der röhrende Hirsch an der Wand … Der ockerfarbene Lampenschirm mit den gelben Troddeln … Obwohl er schon ein halbes Jahr in dem Hotel hauste, hatte er sich noch immer nicht an die scheußliche Einrichtung gewöhnt.

Er drehte sich um, um noch ein bisschen weiterzuschlafen, doch als er auf dem Nachttisch den Wecker sah, erschrak er zum zweiten Mal. Schon halb eins? Um diese Zeit hatte er sonst schon ein Dutzend Kinos abgeklappert!

Als er sich aufrichtete, pochte ihm das Blut im Schädel, und ein Schmerz so scharf wie ein Messer zuckte durch seinen Kopf. Mit der Hand fuhr er an die Stirn, wo der Schmerz seinen Ursprung hatte, und fühlte eine große, blutverkrustete Beule.

Im selben Moment kam ihm die Erinnerung.

Er hatte zu hoch gewettet …

Und alles verloren …

Während sein Schädel pochte, als wolle er platzen, ließ er sich zurück aufs Bett sinken.

Nein, er brauchte nicht mehr aufzustehen. Das hatte sich erledigt. Ein für alle Mal. Aus und vorbei.

Jemand klopfte an der Tür.

»Herr Reichenbach?«

Tino kannte die Stimme, sie gehörte dem Portier.

»Ja, bitte?«

»Anruf für Sie. Ein Fräulein Jaschek. Sie sagt, es ist dringend!«

Tino schloss die Augen. Auch das noch! Stauß pfiff ihn zurück nach Berlin.

90

Ludendorff hob den Arm zum Befehl.

»Im Gleichschritt – marsch!«

Mit einem Ruck senkte er den Arm, und der Zug setzte sich in Bewegung: dreitausend in Reih' und Glied marschierende Männer – die Karabinerschützen vorneweg, dann die Fahnenträger mit den blutroten Hakenkreuzfahnen, dahinter ein SA-Regiment sowie der Stoßtrupp Adolf Hitler und schließlich das nicht enden wollende Heer der Kameraden in Uniform und Zivil.

Seite an Seite mit Göring fasste Alexander Grau Tritt. Während die Straße von ihren Schritten widerhallte, lachte ihm das Herz im Leibe. Wie lange war das her, dass er zuletzt im Gleichschritt marschiert war?

»Ein Lied – drei, vier! ›Die Wacht am Rhein!‹«

Göring warf ihm einen irritierten Blick zu, niemand hatte ihn ermächtigt, solche Befehle zu geben. Doch zu spät! Gleich darauf erscholl das Lied aus dreitausend Männerkehlen.

Es braust ein Ruf wie Donnerhall,
Wie Schwertgeklirr und Wogenprall:
Zum Rhein, zum Rhein, zum deutschen Rhein!
Wer will des Stromes Hüter sein?

Im Gleichschritt ging es über die Ludwigsbrücke. Am anderen Ufer wartete eine Abteilung Landespolizei, drei Dutzend Männer, die dort mit entsicherten Gewehren Aufstellung genommen hatten. Doch angesichts der sich unaufhaltsam nähernden, die ganze Straßenbreite einnehmenden Übermacht streckten sie widerstandslos die Waffen, und der Marsch konnte ungehindert fortgesetzt werden.

Lieb' Vaterland, magst ruhig sein,
Fest steht und treu die Wacht, die Wacht am Rhein!

Als Grau einen Blick über die Schulter warf, um nach seinen Kameraden zu schauen, sah er in lauter übernächtigte und unrasierte Gesichter. Doch alle Augen leuchteten, und trotz des nasskalten Wetters wuchs die Begeisterung der Männer mit jedem Schritt. Sie alle schienen wie er zu wissen, dass dies ein Tag war, der in die Geschichtsbücher eingehen würde. Er spürte, wie die Energie, die allein ihre Masse erzeugte, auf ihn überströmte, und richtete gestärkt den Blick wieder nach vorn. Überall wichen die Menschen vor ihnen zurück, andere jubelten ihnen zu, und während nicht wenige Straßenpassanten sich spontan ihrem Zug anschlossen, wurde an manchen Häusern sogar die schwarzweißrote Fahne gehisst, die Fahne des deutschen Kaiserreichs. Am Marienplatz hing sie bereits vom Balkon des Rathauses herab. Was für ein Triumph! Die Landeshauptstadt hatte sich ergeben, am Morgen waren neun sozialistische Stadträte in Geiselhaft genommen worden, zusammen mit anderen zersetzenden Elementen, Juden und Kommunisten.

Nein, niemand konnte sie mehr aufhalten auf ihrem Marsch nach Berlin!

Durch Hunderttausend zuckt es schnell,
Und Aller Augen blitzen hell,
Der deutsche Jüngling, fromm und stark,
Beschirmt die heil'ge Landesmark.

Ein Jubel erfasste Grau wie früher bei der Kaiserparade. Doch noch stolzer als damals schwoll heute seine Brust. Das hier war keine Parade, das war viel mehr! Hier und heute wurde Geschichte geschrieben, und er würde dermaleinst sagen können, ich bin dabei gewesen!

Er blickt hinauf in Himmelsau'n,
Wo Heldenväter niederschau'n,
Und schwört mit stolzer Kampfeslust:
»Du Rhein bleibst deutsch wie meine Brust.«

Plötzlich geriet der Zug ins Stocken. Polizeitruppen hatten den Odeonsplatz abgeriegelt. Grau sah in die Mündung einer Kanone, links und rechts davon waren Maschinengewehre aufgebaut, flankiert von zwei Panzerwagen. Ein Major hatte bereits die Hand zum Befehl erhoben, doch bevor der erste Schuss fiel, ließ Ludendorff den weiter unbeirrt im Gleichschritt marschierenden Zug nach rechts in die Perusastraße schwenken und gleich darauf nach links in die Residenzstraße.

Und ob mein Herz im Tode bricht,
Wirst du doch drum ein Welscher nicht;
Reich wie an Wasser deine Flut
Ist Deutschland ja an Heldenblut.

Was für ein großartiges Manöver! Die Kaltblütigkeit, mit der Ludendorff die Situation erfasst und seine Männer aus der Gefahr geführt hatte, erfüllte Grau mit Bewunderung. In Sekundenschnelle hatte der alte Fuchs die Entscheidung getroffen! Jetzt ging es geradewegs weiter zur Feldherrnhalle. Selbst eine Absperrkette, die die Polizei auf halbem Wege gebildet hatte, konnte sie nicht aufhalten.

Der Schwur erschallt, die Woge rinnt,
Die Fahnen flattern hoch im Wind:
Zum Rhein, zum Rhein, zum deutschen Rhein!
Wir Alle wollen Hüter sein!

Da krachte ein Schuss, und gleich darauf ratterte ein Maschinengewehr.

Lieb' Vaterland, magst ...

Der Gesang verstummte im Kugelhagel. Voller Entsetzen sah Grau, wie vor ihm Hitler zu Boden sank. Um Gottes willen – hatte es den Führer erwischt? Wieder eine Salve, ein Leibwächter warf sich vor Hitler und wurde augenblicklich von den Schüssen durchsiebt.

Mit einem Mal war alle Ordnung dahin, die Reihen lösten sich auf, panisch vor Angst stoben die Männer auseinander, andere warfen sich flach auf die Erde und versuchten sich kriechend in Deckung zu bringen.

Grau wollte fliehen – aber wohin? Er blickte nach rechts, er blickte nach links. Wo war die rettende Lücke?

Da hörte er eine Stimme.

»Hilfe ... hierher ...«

Auf dem Absatz fuhr er herum. Nein, er hatte sich nicht geirrt! Am Boden lag, das Gesicht von Schmerz verzerrt, Hermann Göring und hielt sich den blutenden Unterleib.

91

War der Putsch gescheitert?

Auch auf der Gründungsversammlung der SPIO in Berlin erregten die Ereignisse in München die Gemüter. Zu der Veranstaltung, bei der der Interessenverband der deutschen Filmwirtschaft aus der Taufe gehoben werden sollte, hatte Hugenberg in den Zollernhof geladen. Obwohl er ein Mann des Wettbewerbs war, der nur wenig von Kartellen hielt, hatte er seinen Konferenzsaal zur Verfügung gestellt – der Erfolg des Kinostreiks gegen die Lustbarkeitssteuer hatte gezeigt, dass es ab und zu durchaus von Vorteil sein konnte, sich innerhalb der Branche zu verbünden. Doch was bedeutete dieses Kaffeekränzchen, das unter der Leitung des allen ärztlichen Prognosen zum Trotz immer noch unter den Lebenden weilenden Julius Grünbaum abgehalten wurde, im

Vergleich zu einem Staatsstreich, der sich gerade in der bayerischen Hauptstadt abzeichnete?

Während Hugenberg den Gründungspräliminarien mit halbem Ohr folgte, ließ er sich fortlaufend von der Entwicklung in München unterrichten – er hatte gleich zwei Sekretärinnen damit beauftragt, ihn mit Hilfe einer telefonischen Standleitung stets auf dem aktuellen Stand der Dinge zu halten. Nach allem, was er bisher zu hören bekam, würde er wohl mit seiner Einschätzung Hitlers recht behalten. Der Führer der Nationalsozialisten war ein Krawallmacher, der zu ernsthafter Politik nicht zu gebrauchen war.

Julius Grünbaum erhob seine altersschwache Stimme. »Wir schreiten nun zur Wahl des Gründungsvorsitzenden.«

Das war der einzige Tagesordnungspunkt, der Hugenberg interessierte. Am Tisch waren zwei Dutzend Filmfabriken vertreten, doch jeder im Raum wusste, dass für den Vorsitz nur zwei Kandidaten in Frage kamen – Ludwig Klitzsch und Erich Pommer, als Vertreter der zwei Branchenführer. Insofern war es wenig verwunderlich, dass es nach dem ersten Wahlgang zwischen ihnen zur Stichwahl kam.

Julius Grünbaum schrieb ihre Namen an eine Tafel. Dann bat er Pommer und Klitzsch, zusammen am Kopfende des Tisches Platz zu nehmen, bevor er sich wieder an die übrigen Anwesenden wandte.

»Sie haben nun Gelegenheit, Fragen an die Kandidaten zu stellen.«

Die meisten Versammlungsteilnehmer, die sich zu Wort meldeten, interessierten sich für die Aufrechterhaltung des Kinobetriebs unter den immer noch herrschenden Inflationsbedingungen. In Hugenbergs Augen war das längst kalter Kaffee. Nach der Beendigung des Ruhrkampfs würde es eine Währungsreform geben, und dann war der Spuk vorbei. Stresemann hatte jahrzehntelang Spitzenämter in verschiedenen Industrie- und Wirtschaftsverbänden bekleidet und wusste, was zu tun war.

Die einzig wirklich entscheidende Frage stellte ausgerechnet der greise Leiter der Veranstaltung, Julius Grünbaum.

»In welcher Weise wird der Tonfilm die Zukunft der Filmwirtschaft beeinflussen?«

Als Erster antwortete Ludwig Klitzsch. Seine Auskunft erschöpfte sich in zwei Sätzen.

»Warten wir die Reaktion des Publikums ab. Wie in jedem Geschäft wird am Ende der Kunde entscheiden.«

Hugenberg nickte. Mehr war zu dem Thema zur Zeit nicht zu sagen.

»Dann bitte ich nun Herrn Pommer um seine Stellungnahme.«

Hugenberg glaubte zu bemerken, wie der ihm gegenüber sitzende Stauß einmal kurz zusammenzuckte, und hob verwundert die Brauen.

Nanu, traute der Vorstandsvorsitzende der Universum Film AG seinem Juden so wenig zu?

Bevor Pommer antwortete, steckte er sich eine Zigarette an und tat einen tiefen Zug. »Ich hatte das zweifelhafte Vergnügen«, sagte er dann, »einer Vorführung von ›Das Leben auf dem Dorfe‹ beizuwohnen. Und ich kann Ihnen versichern: auf dem Dorfe nichts Neues! Hühner gackern, Hunde bellen, Pferde wiehern.« Mit einem süffisanten Lächeln nahm er das amüsierte Gemurmel entgegen. »Doch im Ernst, meine Herren«, fuhr er fort, »der Tonfilm bedeutet keinerlei Fortschritt in der Entwicklung des Films, im Gegenteil, er stellt eine gefährliche Bedrohung unserer Branche dar, sowohl künstlerisch als auch kommerziell.« Seine Zigarettenspitze zeigte nach unten. »Fangen wir mit den wirtschaftlichen Aspekten an. Abgesehen davon, dass die Konservenbüchsen-Apparaturen einfach schaurig klingen und sie mit ihrem Gequietsche lediglich dazu angetan sind, dem menschlichen Gehör Schaden zuzufügen, würde die Einführung des Tonfilms die Schließung zahlreicher Kinobetriebe nach sich ziehen. Der Grund dafür liegt auf der Hand – ein Tonfilm ist nur in einem sehr aufwendigen, sprich: teuren Verfahren herzustellen, also werden weniger Filme produziert, mit der logischen Folge, dass das Angebot in den Lichtspieltheatern auf einen Bruchteil des jetzigen Programms schrumpfen wird. Doch wie soll sich ein Film amortisieren, wenn es nicht ausreichend Kinos gibt, in denen er aufgeführt werden kann? Und was die Finanzierung betrifft, so wird es geradezu unmöglich sein, einen Tonfilm ins Ausland zu verkaufen. Es sei denn«, fügte er spöttisch hinzu, »die Franzosen und Engländer und Amerikaner lernen ganz schnell Deutsch, bevor sie ins Kino gehen – sonst verstehen sie ja nur Bahnhof.«

Lautes Gelächter unterbrach seine Rede. Doch er war noch nicht am Ende.

»Auch tut es mir um die Kinomusiker und Filmkomponisten leid. Sie würden durch die Einführung des Tonfilms allesamt brotlos.« Mit ernster Miene zog er an seiner Zigarette. »Aber wichtiger noch als die wirtschaftlichen Aspekte ist natürlich die Frage, welchen Einfluss die Beimischung des Tons auf den Film als Kunstwerk nimmt. Und hier fällt die Antwort vernichtend aus. Der Tonfilm ist nichts anderes als ein Rückfall in die Anfangszeiten des Kintopp, als dieser noch auf den Jahrmärkten zu Hause war. Statt ergreifender Dramen, die uns aus dem Alltag erheben, erleben wir nur billige Toneffekte. Der Film hat zwei Jahrzehnte gebraucht, um von den Jahrmarktsbuden in die Lichtspieltheater zu gelangen, wo er heute als eine dem Theater gleichrangige Kunstform mehr und mehr Anerkennung findet. Mit der Ersetzung des Stummfilms durch den Tonfilm würde diese Entwicklung mit einem Schlag zunichtegemacht, und unsere Kritiker hätten alles Recht der Welt, die Kunstgattung Film erneut als das zu verspotten, was sie bei ihrer Geburt tatsächlich einmal war: ein Kirmesvergnügen für den gemeinen Plebs.«

Als Pommer verstummte, war seine Zigarette bis auf den Filter heruntergebrannt. Hugenberg warf einen Blick auf sein Gegenüber. Außer ihm war Stauß der Einzige am Tisch, der keinerlei Begeisterung zeigte.

Hatte auch er begriffen, welchen Unsinn sein Kandidat gerade verzapft hatte?

»Noch weitere Fragen, meine Herren?«, erkundigte sich Julius Grünbaum.

Niemand in der Runde hob die Hand.

»Dann kommen wir zur Abstimmung. Ihr Einverständnis vorausgesetzt, erfolgt diese per Akklamation. Wer stimmt für den Kandidaten Ludwig Klitzsch?«

Kaum jemand rührte sich.

»Für den Kandidaten Erich Pommer?«

Einhelliger Beifall war die Antwort.

»Dann erkläre ich hiermit Erich Pommer zu unserem Gründungsvorsitzenden.«

Während fast alle Anwesenden sich um den Sieger scharten, um ihm zu gratulieren, schüttelte Hugenberg den Kopf.

Was für eine Versammlung von Idioten …

92

Constanze war entsetzt gewesen, als Gustav einen »Rundfunkempfänger« in ihrem Wohnzimmer hatte aufstellen lassen. Seit ein paar Monaten wurden in Deutschland regelmäßig Radiosendungen ausgestrahlt, und ihr Ehemann hatte in seiner ebenso kindlichen wie albernen Begeisterung für alles, was sich Fortschritt nannte, den ordinären Apparat angeschafft. Ihr hatte eine einzige Musikübertragung aus der Semper-Oper genügt, um sich ein Urteil zu bilden. Man hatte Beethovens Neunte gespielt, unter der Stabführung von Generalmusikdirektor Fritz Busch, doch aus den scheppernden Lautsprechern des Kastens hatte die »Ode an die Freude« geklungen, als würde jemand sie auf dem Kamm blasen. Aber was konnte man auch von einem Menschen erwarten, der für sein Leben gern Schmalz- und Leberwurstbrote aß und sich ansonsten an Kinofilmen ergötzte?

Jetzt allerdings war Constanze froh, dass ihr der Apparat zur Verfügung stand. Alexander hatte am Telefon gesagt, sie solle heute Mittag um zwölf Uhr das Radio einschalten. Seitdem lauschte sie mit angehaltenem Atem einer Übertragung aus der bayerischen Hauptstadt, in der ein Reporter von einem Putsch berichtete, den der Führer der Nationalsozialistischen Deutschen Arbeiterpartei Adolf Hitler zusammen mit dem einstigen Ersten Generalquartiermeister des Heeres, Seiner Exzellenz General Ludendorff, angezettelt hatte. Eine riesige Anhängerschaft habe sich hinter die Umstürzler geschart, dreitausend Menschen, die nun von München aus nach Berlin marschierten.

Constanzes Busen füllte sich mit Stolz. Das also war der Grund, warum Alexander nach München gereist war …

Plötzlich tönte ein lautes Knallen aus dem Lautsprecher, und der Reporter meldete mit vor Aufregung überschnappender Stimme, dass es am Odeonsplatz zu einer Schießerei zwischen der Polizei und den Aufständischen gekommen sei – bei dem Schusswechsel habe es mehrere Tote gegeben!

Constanze blieb das Herz stehen.

Alexander!

Gustav kam herein, und ohne sie zu fragen, schaltete er den Radioapparat aus.

»Was fällt dir ein?«

Sie wollte das Gerät wieder einschalten, doch ihr Mann stellte sich ihr in den Weg. Seine kleinen Augen fest auf sie gerichtet, griff er in die Tasche seines Rocks.

Als sie sah, was er daraus hervorholte, schlug sie sich die Hand vor den Mund.

»Erinnerst du dich?«, fragte er. »Die hatte ich dir geschenkt – als Ausdruck meiner Liebe. Ein Page des ›Dresdner Hofs‹ hat sie eben gebracht. Du hast sie in der Fürstensuite liegen lassen.«

Unfähig, etwas zu erwidern, starrte Constanze auf die Brosche in seiner Hand. Wie hatte ihr das nur passieren können? Nach ihrer Flucht aus dem Hotel hatte sie sich vorgenommen, gleich am nächsten Morgen dorthin zurückzukehren, um das Schmuckstück wieder an sich zu nehmen. Aber dann hatte sie es schlicht vergessen.

»Was hattest du in dem Hotel zu suchen?«, fragte Gustav. »Triffst du dich dort mit jemandem?«

Constanze spürte, wie ein Kloß in ihrer Kehle heranwuchs, und während sie vergeblich versuchte, ihn hinunterzuwürgen, sah sie Alexander vor sich, in einer Blutlache am Boden, inmitten einer tobenden Menge.

»Wie heißt der Mann? Den Namen!«

Gustavs Stimme klang so weit entfernt, als wäre er gar nicht im Raum. Sie hörte nur Alexanders Stimme, seine kraftvolle, männliche

Stimme, die prophetischen Worte, die er bei ihrer letzten Begegnung gesagt hatte, und die nun in so unheilvoller Weise in Erfüllung zu gehen schienen, dass ihr die Tränen kamen.

»Ist es Major Grau?«

Bei der Nennung seines Namens schluchzte sie laut auf.

Gustav schaute sie durchdringend an und schüttelte stumm den Kopf.

Auf dem Absatz machte sie kehrt und floh hinaus.

93

War dies das Ende?

In der Residenzstraße herrschte Chaos. Die Polizei hatte die Nerven verloren, wahllos schoss sie in die panisch auseinanderfliehende Menge hinein. In dem Tohuwabohu war es kaum mehr möglich, den Überblick zu behalten. Überall lagen Tote und Verletzte in ihrem Blut. Hitler schien Gott sei Dank unverletzt, während er sich wieder seinen Schlapphut aufsetzte, nahmen Kameraden seines Stoßtrupps ihn in die Mitte, um ihn in Sicherheit zu bringen. Auch Ludendorff war schon wieder auf den Beinen, er warf den Kopf in den Nacken, und mit versteinerter Miene marschierte er durch das Getümmel wie Moses durch das Rote Meer. Die Polizisten erkannten ihn, voller Respekt traten sie beiseite und ließen ihn mit gesenkten Waffen passieren.

Was war mit Göring? Grau war als Einziger bei ihm geblieben. Den Führer der SA hatte es in der Leistengegend erwischt, sein ganzer Unterleib war schwarz von Blut. Sein Blick flackerte, er war kaum noch bei Bewusstsein und brauchte dringend einen Arzt. Grau zögerte keinen Moment, er war lange genug an der Front gewesen, um zu wissen, was zu tun war. Kurzentschlossen befahl er zwei SA-Männer herbei. Auf seinen Befehl trugen sie Göring in einen Gebäudehof, wo es vor Menschen nur so wimmelte.

»Gibt's hier irgendwo einen Arzt?«

Ein gutgekleideter Mann mittleren Alters trat hervor. »Bringen Sie den Verletzten in meine Wohnung. Meine Frau ist gelernte Krankenschwester. Sie kann sich um ihn kümmern, bis jemand einen Arzt geholt hat. Am besten Dr. Riemenschneider, die Praxis ist gleich um die Ecke, Hausnummer achtundzwanzig.«

Grau atmete auf. Den Mann hatte der Himmel geschickt!

»Wo wohnen Sie?«

»Da drüben.« Der andere zeigte auf einen der beiden Hauseingänge. »Ballin ist mein Name. Erster Stock.«

Grau wollte den SA-Männern die nötigen Anweisungen geben, da trat eine ältere Frau zu ihm.

»Obacht«, zischte sie. »Der Ballin is a Jud'.«

Grau zuckte zusammen. Das hatte gerade noch gefehlt! Während er überlegte, was unter diesen Umständen zu tun war, stöhnte Göring vor Schmerz laut auf. Damit war die Sache entschieden! Ohne länger zu zögern, kehrte Grau der Frau den Rücken zu. Für Bedenken war jetzt keine Zeit! Jetzt musste gehandelt werden! Es ging um Leben und Tod!

»Tun Sie, was Herr Ballin gesagt hat«, befahl er seinen Männern. »Ich hole den Arzt und bin gleich zurück.«

Er wartete, bis die zwei SA-Leute mit Göring im Hauseingang verschwunden waren, dann eilte er los. Es kam auf jede Sekunde an! Görings Schicksal lag in seiner Hand!

Während er im Laufschritt den Hof verließ, streifte er sich die Hakenkreuzbinde vom Arm. Man konnte ja nicht wissen, was für einer Dr. Riemenschneider war. Womöglich verweigerte er sonst seine Hilfe.

Grau hatte die Binde noch in der Hand, da versperrte ihm ein Polizist den Weg. Mit gezückter Pistole zielte er direkt auf seinen Kopf.

»Hände hoch! Sie sind verhaftet!«

94

Als Tino sein Automobil vor dem Piccadilly-Haus parkte, verharrte er eine Weile reglos am Steuer, bis er es endlich über sich brachte, den Motor abzustellen. Statt auszusteigen, wäre er viel lieber gleich wieder weggefahren. Ja, Stauß hatte ihn zu sich zitiert, und obwohl er alles versucht hatte, den Termin hinauszuzögern, war heute Matthäi am Letzten. Pommer hatte angeboten, ihn auf seinem Canossagang zu begleiten, aber das hatte er abgelehnt. Diese Niederlage war einzig und allein seine, und nichts auf der Welt konnte daran noch etwas ändern. Er hatte den Glauben an sein Glück so restlos verloren, dass er nicht mal mehr eine Nelke im Knopfloch trug.

Als er den Wagen verließ, riefen auf der Straße Zeitungsjungen die Meldungen des Tages aus.

»Das neue Geld ist da!«

»Rentenmark eingeführt!«

»Wechselkurs eins zu einer Billion!«

Die Rufe klangen in seinen Ohren, als wollten sie ihn verhöhnen. Alles war genauso eingetroffen, wie er es vorausgesehen hatte. Bevor die Inflation den Staat endgültig in den Bankrott stürzte, hatten Reichskanzler Stresemann und Reichsbankpräsident Hjalmar Schacht die Reißleine gezogen und eine radikale Währungsreform durchgeführt, um die wertlos gewordene Reichsmark durch eine neue Mark zu ersetzen, die »Rentenmark«. Damit war die Geldentwertung mit einem Schlag beendet, und wäre Tino nicht den Betrügern in Dortmund in die Falle getappt, könnte er jetzt den Kredit bei der Commerzbank aus der linken Hosentasche bezahlen.

Doch es war zu schön gewesen, um wahr zu sein. Obwohl er alles richtig gemacht hatte, war sein Plan am Ende gescheitert. Weil er sich wie ein Idiot hatte hereinlegen lassen.

Was in aller Welt sollte seinen Kopf jetzt noch retten?

»Der Chef wartet schon auf Sie.«

Fräulein Jaschek empfing ihn in der Direktionsetage mit einem Gesicht, als käme er zu seiner eigenen Beerdigung. Offenbar war auch sie schon im Bilde und wusste, dass er diesen Tag nicht überleben würde.

95

Zehn Tage saß Alexander Grau inzwischen in Untersuchungshaft, ohne dass man ihn bislang verhört hatte. Zusammen mit vier Kameraden hatte man ihn vom Ort seiner Festnahme direkt in das Münchner Zentralgefängnis nach Giesing gebracht, wo man ihn getrennt von den anderen in eine Einzelzelle gesteckt hatte. Zum Glück waren die Wärter ihm wohlgesinnt und hatten ihn mit Zeitungen versorgt, so dass er trotz der Isolation über die Ereignisse nach dem Putsch einigermaßen im Bilde war. Dreizehn Kameraden hatten am Odeonsplatz ihr Leben gelassen, Dutzende waren verhaftet worden. Hitler hatte mit Hilfe seiner Stoßtrupp-Männer zwar fliehen können und im Landhaus eines betuchten Parteifreundes namens Hanfstaengl am Staffelsee Unterschlupf gefunden, aber zwei Tage später hatte die Polizei ihn dort aufgespürt und gleichfalls festgesetzt. Nur Hermann Göring war davongekommen, Professor Sauerbruch, der schon Graf Arco das Leben gerettet hatte, hatte ihn in seiner Klinik zusammengeflickt, wie auch ein Dutzend anderer verwundeter Kameraden. Angeblich war es ihm inzwischen gelungen, sich ins Ausland abzusetzen.

Würde der Kampf weitergehen?

Für Grau war das keine Frage. Das Blut, das am Odeonsplatz vergossen worden war, durfte nicht vergeblich gewesen sein. Zwar hatte die Bewegung eine Schlacht verloren, doch würden er und seine Kameraden nicht eher ruhen, als bis sie am Ende den Sieg errungen hatten. Das waren sie dem Blut der Gefallenen schuldig.

Als er dem Haftrichter vorgeführt wurde, versuchte er darum erst gar nicht, seine Beteiligung an dem Putsch zu leugnen.

»Ich bekenne mich zu meiner Tat, und ich bin stolz darauf, dabei gewesen zu sein. Und sollte sich mir noch einmal die Gelegenheit bieten, für mein Vaterland mein Leben in die Waagschale zu werfen, werde ich keine Sekunde zögern, es ein zweites Mal zu tun!«

Der Haftrichter, ein Mann um die vierzig mit einem EK1-Ordensbändchen im Knopfloch, hob überrascht den Blick.

»Dann bekennen Sie sich also für schuldig?«

»Schuldig im Sinn der Verbrecherjustiz«, erklärte Grau. »Unschuldig aber vor dem deutschen Volk und der Geschichte.«

»Ich fürchte, das wird Ihnen juristisch wenig helfen.« Der Richter drehte sich zu dem an der Tür postierten Wachmann um. Als der demonstrativ zur Decke schaute, beugte er sich vor und sagte mit gesenkter Stimme: »Ich rate Ihnen dringend, sich einen Verteidiger zu nehmen. Ihnen droht jahrelange Haft.«

»Wozu brauche ich einen Verteidiger, wenn es nichts zu verteidigen gibt?«, erwiderte Grau. »Ich habe meiner Erklärung kein Wort hinzuzufügen. Falls man meine Kameraden und mich für eine Tat bestraft, für die das deutsche Volk uns später einmal Ehrensäulen errichten wird, werde ich meine Strafe erhobenen Hauptes antreten.« Er zögerte einen Moment. »Darf ich vielleicht eine persönliche Bitte äußern?«

»Selbstverständlich.« Der Richter nickte ihm aufmunternd zu. »Ich werde gern sehen, was ich für Sie tun kann.«

Grau räusperte sich. »Ich … ich möchte einen Anruf tätigen. Nach Dresden. Privat.«

»Mit der Frau Gemahlin? Ich denke, das lässt sich einrichten.« Der Richter nahm seine Unterlagen und machte sich eine Notiz. Doch dann runzelte er die Stirn. »Hm, wie ich gerade sehe, leben Sie gar nicht in Dresden, sondern in Berlin. Oder liegt hier ein Irrtum vor?«

Grau hätte die Frage am liebsten bejaht, aber das verbot ihm seine Ehre als Offizier.

»Nein, ein Irrtum liegt nicht vor«, antwortete er wahrheitsgemäß. »Mein Wohnsitz befindet sich, wie in Ihren Akten korrekt verzeichnet, in der Reichshauptstadt.«

Mit sichtlichem Bedauern schüttelte der Richter den Kopf. »Ich fürchte, dann kann ich Ihnen nicht helfen. Aber man wird Ihnen zu gegebener Zeit erlauben, Briefe zu schreiben. Wäre Ihnen damit gedient?«

Täuschte Grau sich? Oder blinkte unter dem Ordensband tatsächlich dasselbe Parteiabzeichen hervor, das auch er im Knopfloch trug?

»Selbstverständlich«, sagte er. »In dem Fall bitte ich nur um umgehende Benachrichtigung, sobald privater Postverkehr gestattet ist.«

»Ich werde dafür sorgen, Sie können sich auf mich verlassen.« Der Richter steckte seine Unterlagen ein. Dann wandte er sich an den Wachmann. »Begleiten Sie den Herrn Major bitte in seine Zelle.«

96

In Babelsberg strebten die »Nibelungen« ihrer Vollendung entgegen. Der Drache war besiegt, und während unter Fritz Langs Regie drei Kameras gleichzeitig liefen, badete Siegfried in einem Meer von rotem Blut, und sein Zelter trabte reiterlos durch den Zauberwald, wie es im Drehbuch stand. Seit Monaten hatte Erich Pommer sich auf diesen Drehtag wie auf keinen anderen gefreut – die Szene war der absolute Höhepunkt des gewaltigen Mammutfilms, der alle früheren Großfilme der Ufa in den Schatten stellte. Das hatte allein Tino möglich gemacht, nur ihm war zu verdanken, dass dieses großartige Spektakel zustande gekommen war! Doch jetzt sah Pommer kein Spektakel mehr, er sah weder den Drachen noch den Zelter, weder den Zauberwald noch das Meer von Blut – er sah nur noch die Kosten. Für die Tonnen von Pappmaché, aus denen der niedergerungene Drache bestand, für die hundert Kilo Mennige, mit dem die Bühnenbildner die ungeheuren Wassermassen rot gefärbt hatten, für die unzähligen Büsche und Bäume und Blumen des Zauberwalds sowie für den im Passgang dahintrottenden Zelter, den sie extra aus Bayern hatten herbeischaffen lassen. Dafür hatte Tino Kopf und Kragen riskiert, dafür würde er heute die Quittung bekommen und seinen Posten als Finanzdirektor der Universum Film AG verlieren.

Wie sollte er das bloß verkraften? Tino war sein Leben lang ein Glückspilz gewesen, vom Erfolg genauso verwöhnt wie von den Frauen – Rückschläge und Niederlagen kannte er nur aus der Zeitung. Niemand konnte wissen, wie er auf ein solch gigantisches Scheitern reagierte. Womöglich tat er sich am Ende noch was an – nicht auszudenken!

Bei der Vorstellung hielt es Erich nicht länger am Platz. Als säßen ihm plötzlich sämtliche Nibelungen im Nacken, sprang er auf und eilte aus dem Studio. In der Verfassung, in der Tino war, war ihm alles zuzutrauen.

Draußen winkte er ein Taxi herbei. Der Wagen stand noch nicht still, da riss er auch schon die Beifahrertür auf und warf sich auf den Sitz.

»Zum Gendarmenmarkt!«

Wenn Tino in seine Wohnung zurückkehrte, musste jemand da sein, damit er auf keine dummen Gedanken kam. Das war das Mindeste, was Erich ihm schuldete. Schließlich war er es gewesen, der ihn in diesen Irrsinn getrieben hatte.

»Geht es nicht ein bisschen schneller?«

Der Taxifahrer gab Gas. Trotzdem dauerte die Fahrt in dem dichten Verkehr eine halbe Ewigkeit. Als sie den Gendarmenmarkt endlich erreichten, drückte Erich dem Chauffeur einen Schein in die Hand, und ohne auf das Wechselgeld zu warten, stolperte er aus dem Wagen und überquerte im Laufschritt die Straße.

Ob Tino wohl schon da war?

Die Wohnungstür war nur angelehnt. Erleichtert trat Erich ein. Doch als er im Flur Tinos Namen rief, kam an dessen Stelle ein wildfremder Mann auf ihn zu, den er noch nie gesehen hatte.

»Wer sind Sie denn?«

»Der Gerichtsvollzieher«, antwortete der Fremde.

Erich glaubte, nicht richtig gehört zu haben. »Wo zum Teufel ist Herr Reichenbach?«

Der andere zuckte die Schultern. »Keine Ahnung. Ich habe nur den Auftrag, die Wohnung zu pfänden.«

97

Als Tino das Büro seines Chefs betrat, stutzte er. Er hatte erwartet, dass Stauß ihn im Stehen abfertigen würde, unangenehme Dinge erledigte er in der Regel so schnell wie möglich, doch stattdessen empfing er ihn wie gewohnt an seinem Schreibtisch, noch dazu mit einem breiten Schmunzeln im Gesicht. Zurückgelehnt in seinem Lehnstuhl, die Daumen links und rechts vor der Brust in die Westentaschen geklemmt, forderte er ihn scheinbar bestens gelaunt auf, Platz zu nehmen. Zögernd kam Tino der Aufforderung nach. Nicht weniger irritierend als die von Stauß zur Schau gestellte Freundlichkeit empfand er die Tatsache, dass auf dessen Schreibtisch weder die übliche Kaffeekanne noch das unverzichtbare Glas Natronlösung stand, sondern ein Champagnerkübel mit einer Flasche Moët & Chandon, flankiert von zwei Sektflöten.

Was in aller Welt hatte das zu bedeuten? Wollte Stauß etwa mit ihm auf seinen Rauswurf anstoßen?

Wenn ja, hatte er sich verrechnet! Stauß konnte ihm alles nehmen, seinen Posten, seine Stellung, sein Gehalt – aber demütigen ließ Tino sich nicht! Zum Glück hatte er sich mit einem Tütchen in bester Günni-Qualität auf das Gespräch vorbereitet, so dass er klaren Kopf behielt, trotz des verstörenden Empfangs. Da er ohnehin nichts mehr zu verlieren hatte, beschloss er, Stauß zuvorzukommen und von sich aus reinen Tisch zu machen.

»Ich bin mir meiner Schuld bewusst«, erklärte er. »Der unabgesprochene Kredit bei der Commerzbank war ein unverzeihlicher Fehler. Ich habe damit die Existenz der Universum Film AG aufs Spiel gesetzt. Doch selbstverständlich bin ich bereit, dafür die Verantwortung zu übernehmen und alle daraus folgenden Konsequenzen …«

»Unsinn!«, fiel Stauß ihm ins Wort, und sein Schmunzeln wurde noch breiter, so dass es fast schon ein Grinsen war. »Gar nichts sind Sie sich bewusst! Oder ist Ihnen entgangen, dass die Regierung einen Währungsschnitt beschlossen hat?«

»Natürlich nicht. Aber die eingegangenen Verpflichtungen …«

»Kein Aber! Der Kredit interessiert keinen Menschen mehr – das Geld hatte ich sowieso längst abgeschrieben. Und wenn Sie glauben, die Existenz der Ufa sei gefährdet, kann ich mich nur wundern. Genau das Gegenteil ist der Fall! Sie haben sich um unser Unternehmen unsterbliche Verdienste erworben!«

Tino verstand überhaupt nichts mehr. Hatte er zu viel von Günnis Stoff genommen? Während Stauß sich an seinem dummen Gesicht weidete, wurde sein Schmunzeln endgültig zum Grinsen.

»Wir haben den ›Mabuse‹ nach Amerika verkauft. Paramount hat angebissen, der Vertrag ist gestern samt Unterschrift mit der Post gekommen. Und auch in England und Frankreich sieht es gut aus.«

Tino klappte die Kinnlade runter.

»Ist der Groschen endlich gefallen?«, fragte Stauß. »Wir werden uns dumm und dämlich verdienen und so viele Devisen einfahren, dass wir damit sogar die ›Nibelungen‹ finanzieren können!« Er griff nach der Champagnerflasche und drehte den Drahtverschluss auf. »Ihre Rechnung ist aufgegangen, Reichenbach! Natürlich war Ihre Wette auf die Inflation ein in keiner Weise verantwortbares Risiko – aber am Ende zählt nur der Erfolg! Und was den Kredit betrifft, so habe ich mir die Mühe gemacht, ihn in Rentenmark umzurechnen. Er hat sich buchstäblich in Nichts aufgelöst. Unsere Verpflichtungen bei der Commerzbank belaufen sich in der neuen Währung aktuell auf exakt eine Mark und vierundfünfzig Pfennige, und dank der von Ihnen in weiser Voraussichte eingebauten Sondertilgungsklausel werden wir keinen Tag zögern, unsere Schulden zu begleichen.«

Mit lautem Knall entwich der Korken, rauchend schäumte der Champagner aus der Flasche. Über das ganze Gesicht strahlend schenkte Stauß die beiden Gläser ein, dann reichte er eines davon Tino, um mit ihm anzustoßen.

»Auf Ihr Wohl, Reichenbach! Ich sage es ja nur ungern – aber Sie sind verdammt nochmal ein Genie!«

98

Mehr als ein halbes Menschenleben war Gustav Reichenbach inzwischen mit Constanze verheiratet, aber nie zuvor in all den Jahren ihrer Ehe hatte er seine Frau in einem so bemitleidenswerten Zustand erlebt wie in diesen Tagen. Seit fast zwei Wochen hatte sie das Haus nicht mehr verlassen, blass und matt wie eine Kranke schlich sie umher, oft mit geröteten Augen, als hätte sie geweint, bei den Mahlzeiten saß sie am Tisch, ohne etwas anzurühren, um sich gleich wieder in ihr Boudoir zurückzuziehen, aus dem sie eben erst gekommen war, und obwohl sie sich nie außer Hörweite des Telefonapparats aufhielt, erkundigte sie sich stündlich bei der Dienerschaft, ob jemand für sie angerufen habe.

Gustav konnte es kaum mitansehen, er litt unter ihrem Zustand ja noch mehr als sie selbst. Er wusste, was sie quälte, sie wartete auf einen

Anruf aus München, voller Angst um ihren Geliebten, und dieses Wissen, das er um keinen Preis der Welt aussprechen durfte, wurde mit jedem Tag, mit jeder Stunde unerträglicher, so dass auch ihm inzwischen jeder Appetit vergangen war. Selbst sein abendliches Schmalz- und Leberwurstbrot wollte ihm nicht mehr schmecken. Während er jeden Bissen mit einem Schluck Bier hinunterspülte, starrte Constanze nur stumm auf ihren Teller. Fast erstickte er an ihrem Schweigen, das den ganzen Raum zu füllen schien und in dem er seine eigenen Ess- und Trinkgeräusche so deutlich hörte wie das Ticken der goldenen Stutzuhr auf der Kredenz.

»Diese Leute sind es nicht wert, dass man sich um sie sorgt«, sagte er in die Stille hinein.

»Diese Leute, wie du sie nennst, sind die Hefe des deutschen Volkes«, erwiderte seine Frau.

Gustav schüttelte den Kopf. »Es mag ja sein, dass sie die richtigen Ziele verfolgen, aber tatsächlich stiften sie nur Unruhe und Chaos.«

Er versuchte, ihre Hand zu streicheln, doch sie entzog sie ihm mit einem so heftigen Ruck, dass sein Glas überschwappte.

»Wie kannst du es wagen, so zu sprechen?«

Unsicher zog er seine Hand zurück. »Ich sage ja nur, wie es ist.« Damit sie sein Zittern nicht bemerkte, nahm er seine Serviette und wischte das verschüttete Bier auf. »Das ist übrigens auch Hugenbergs Meinung, er ist in dieser Frage ganz und gar entschieden. Hitler ist ein politischer Glücksritter, sagt er, sein Weg ist der falsche, nicht durch Umsturz, sondern durch Wahlen …«

»Was geht mich Hugenberg an?«, unterbrach sie ihn. »Hitler ist ein Held, und mit ihm alle Männer, die sich ihm angeschlossen haben. Sie sind bereit, ihr Leben für unser Vaterland zu opfern.« Ihre Lippen bebten, und in ihren Augen standen Tränen.

Gustav konnte sich kaum noch beherrschen. »Welche Männer meinst du?«, fragte er. »Denkst du vielleicht an einen bestimmten?«

Er hatte noch nicht ausgesprochen, da bereute er seine Worte auch schon. Der Blick, den Constanze ihm zuwarf, war schlimmer als jede Beschimpfung.

»Bitte verzeih mir, meine Liebe …«

Doch sie dachte nicht daran. Noch einmal schaute sie ihn an, noch verächtlicher als zuvor, als wäre er Ungeziefer.

»Ich kann dir gar nicht sagen, wie sehr ich dich verachte.«

Sie stand auf und verließ den Tisch.

Am ganzen Leib zitternd, blickte Gustav ihr nach, für einen Moment zu keiner Antwort fähig. Dann aber brach es aus ihm heraus.

»Ja, hau nur ab! Am besten gleich nach München! Da wird deinem Helden der Prozess gemacht! Ich hoffe, er kommt für immer hinter Schloss und Riegel!«

Doch Constanze war schon hinaus.

Leise, fast lautlos fiel die Tür hinter ihr zu.

99

Tino wusste nicht, wie lange er schon durch die nächtlichen Straßen irrte. Obwohl durchnässt bis auf die Haut, spürte er weder Regen noch Kälte. Wie taub setzte er einen Schritt vor den anderen, ohne Richtung und Ziel.

War das, was er seit Wochen und Monaten erlebte, wirklich sein Leben? Oder war er in einen nicht enden wollenden Schauerfilm hineingeraten, ausgedacht von dem kranken Hirn eines Regisseurs, der, für ihn unsichtbar, ihn immer weiter in die Verzweiflung trieb?

Als er am Morgen seine Wohnung verlassen hatte, hatte er gewusst, dass er am Abend nicht wieder dorthin zurückkehren konnte. Sein privater Kredit war geplatzt, dieser war im Gegensatz zu dem Kredit, den er für die Ufa abgeschlossen hatte, durch keinerlei Klausel abgesichert, und da die Tilgung laut Vertrag einen Tag vor Inkrafttreten der Währungsreform hätte erfolgen müssen, hatte der Gerichtsvollzieher am Vortag angekündigt, dass er im Auftrag der Bank die Wohnung pfänden würde. Doch dann hatte sein Schicksal Purzelbaum geschlagen. Nach seinem Desaster in Dortmund hatte er fest damit gerechnet, dass er nach der Wohnung auch seinen Posten als Finanzdirektor der Ufa verlieren würde – das war für ihn so sicher gewesen wie das Amen in der Kirche. Stattdessen hatte Stauß ihn als Retter des Unternehmens gefeiert und mit Champagner auf ihn angestoßen und ihn als ein Genie gepriesen.

Ja, das Glück hatte ihm gelacht, wieder einmal, wie so oft in seinem Leben, selbst als er den Glauben daran schon aufgegeben hatte. Aber warum war er dann nicht glücklich?

Er warf einen Blick auf die Uhr. Halb zwölf – Zeit, sich ein Zimmer für die Nacht zu suchen. Inzwischen war er in der Friedrichstraße gelandet, Hotels gab es hier mehr als genug. Aber die Vorstellung, sich in einem fremden Raum allein in ein Bett zu legen, erschien ihm wie ein Albtraum – dort würde nur Leo Hengstenberg auf ihn warten. Also beschloss er, vorher die »Statistenbörse« aufzusuchen, da würde er Gesellschaft finden, um irgendwie durch die Nacht zu kommen. Außerdem hatte er nur noch ein paar wenige Tütchen in seiner Manteltasche und brauchte dringend Nachschub.

Endlich ein Ziel vor Augen, beschleunigte er seinen Schritt. Doch er war noch einige hundert Meter von der »Statistenbörse« entfernt, da sprang ihm plötzlich eine grelle Leuchtreklame ins Auge, die über dem Eingang zu einem kleinen Hinterhofkino prangte, und er blieb stehen.

DAS LIEBESLABYRINTH

Bevor er wusste, was er tat, hatte er die Eintrittskarte gelöst, und eine Minute später fand er sich in einem winzigen Vorführsaal wieder. Nur eine Handvoll Zuschauer verlor sich in der Dunkelheit. Ohne den Mantel auszuziehen, ließ Tino sich in den erstbesten Sitz fallen. Auf der Leinwand stritten gerade ein Mann und eine Frau; begleitet von dramatischer Klaviermusik redeten sie mit großen Gesten aufeinander ein. Der Anblick ihrer wutentbrannten Gesichter war ein Messer in Tinos Herz. Unwillkürlich musste er an seinen letzten Streit mit Rahel denken, im Krankenhaus nach der Entbindung. Und während die zwei auf der Leinwand handgreiflich wurden, hörte er in seinem Innern wieder den einen fürchterlichen, allerletzten Satz, den Rahel ihm auf dem Flur hinterhergeschleudert und mit dem sie den endgültigen Schlussstrich gezogen hatte.

»Zum Wesen der Liebe gehört die Möglichkeit ihres Missbrauchs – deine eigenen Worte, Konstantin Reichenbach!«

Tino hielt es keine Sekunde länger aus.

Raus hier – nur raus!

Doch er war noch nicht aufgestanden, da wechselte die Szenerie. Während die Bilder vor seinen Augen verschwammen, schwoll die dramatische Klaviermusik ab, und leise, ganz zarte Töne schwebten durch die Dunkelheit.

Tino stand das Herz still, mit beiden Händen die Lehnen seines Sitzes umklammernd, starrte er auf die Leinwand, von der, überlebensgroß, die Frau auf ihn herablächelte, die sein Leben bedeutete.

TEIL FÜNF

Happy End

1924/25

1 MEINEKE FILMPRODUKTIONS GMBH

Als Rahel das Messingschild sah, hielt sie für einen Moment inne. War das wirklich die Tür, die ihr auf Beschluss der Götter ein neues Leben eröffnen würde? Hier in diesem Moabiter Hinterhof, zweites Treppenhaus, vierter Stock? Nur weil der Mann, der hinter dieser Tür saß, einmal für ein paar Sekunden vergessen hatte, an seiner Brille zu rücken?

Sie klopfte an.

»Herein!«

Wieder empfing Gottlieb Meineke sie an seinem Schreibtisch, und als er ihr einen Platz anbot, zuckte sein rechtes Auge und fast im selben Moment schob er seine Brille auf der Nase hoch. Er hatte in seiner Einladung nicht verraten, warum er sie wiedersehen wollte. Doch insgeheim hoffte sie natürlich, dass er ihr eine zweite Rolle anbieten würde. Die wenigen Szenen, die sie im »Liebeslabyrinth« gespielt hatte, hatten im fertigen Film zwar keine fünf Minuten gedauert, aber noch nie zuvor hatte sie sich den Sternen so nah gefühlt wie vor der Kamera, als sie ein leib- und seelenloses Wesen, das bis dahin nur das Hirngespinst eines Drehbuchautors gewesen war, mit ihrem Leib und ihrer Seele zu wirklichem Leben erweckt hatte.

»Zu meinem großen Bedauern«, eröffnete Gottlieb Meineke das Gespräch, »konnte ich Ihnen im ›Liebeslabyrinth‹ nur eine kleine Nebenrolle anbieten. Trotzdem haben Sie Ihr Bestes gegeben und Großartiges geleistet. Damit haben Sie meine Erwartungen nicht nur erfüllt, sondern sogar übertroffen. Deshalb würde ich mich sehr freuen, wenn wir unsere Zusammenarbeit fortsetzen könnten.« Er nahm ein Schriftstück von seinem Schreibtisch und reichte es ihr. »Das ist der Vertrag für drei Filme. Und in jedem haben Sie die weibliche Hauptrolle.«

»Was … was sagen Sie da?« Rahel war so überrascht, dass sie ins Stottern geriet.

»Ja, Sie haben richtig gehört«, erwiderte Gottlieb Meineke mit einem Schmunzeln. »Drei Filme, drei Hauptrollen. Ihre Gage finden Sie auf Seite zwei.«

Mit vor Aufregung zitternden Fingern blätterte Rahel in dem Vertrag. Als sie die Zahl auf Seite zwei sah, machte ihr Herz vor Freude einen Sprung.

»Neunhundert Mark?«

»Richtig. Und damit keine Missverständnisse aufkommen – das ist Ihre Gage *pro Film*! Also zweitausendsiebenhundert Rentenmark total.«

Jetzt verschlug es ihr endgültig die Sprache. Das war mehr, als sie im Wertheim in einem halben Jahr verdiente!

Für einen Moment schloss sie die Augen. Nein, das Schicksal hatte nicht zu viel versprochen. Jetzt fing ihr neues, wahres Leben an.

»Sind Sie bereit?«

»Und ob!«

Ohne darauf zu achten, ob Gottlieb Meineke an seiner Brille rückte oder nicht, nahm Rahel den Stift, den er ihr reichte.

Während sie unterschrieb, verließ er den Schreibtisch und nahm ihren Mantel, den sie an einen Haken gehängt hatte.

»Sehr schön. In zwei Wochen fangen wir an zu drehen.«

Als könnte es gar nicht anders sein, half er ihr in den Mantel. Jetzt fehlte nur noch, dass er ihr die Tür aufhielt. Doch stattdessen nahm er ein Manuskript vom Schreibtisch und drückte es ihr in die Hand.

»Das Drehbuch für den ersten Film, ›Lob der Schönheit‹. Vielleicht machen Sie sich schon mal mit Ihrer Rolle vertraut. Es ist nicht allzu schwer.«

2

Es war nur ein leises Jammern, wie in weiter Ferne, und gleichzeitig ganz nah.

»Hilfe … ich … ich sterbe …«

Tino kannte die Stimme, er hatte sie schon tausendmal gehört, sie war ihm so vertraut wie seine eigene, aber so sehr er auch sein Gehirn zermarterte, er konnte sich nicht erinnern, wem sie gehörte. Wenn er nur etwas sehen könnte. Aber um ihn herum war nichts als Dunkelheit.

»Bitte … bitte … ich verblute …«

Eine schwere, leblose Masse sank auf ihn herab, wie um ihn zu erdrücken, kaum konnte er noch atmen, und eine warme, klebrige Flüssigkeit rann an seinen Armen entlang.

Im selben Moment wusste er, wer nach ihm gerufen hatte.

»Leo? Bist du das?«

Irgendwo explodierte eine Granate, für eine Sekunde war es taghell. Tino starrte in das zur Fratze entstellte Gesicht seines Kameraden, unter dem er begraben lag. Sie waren in einem Stollen gefangen, überall lagen Tote herum. Er wollte fliehen, doch schwer wie Blei lastete Leos regloser Leib auf ihm. Während er versuchte, sich zu befreien, krachte eine Maschinengewehrsalve, und wieder blitzten Lichter auf. Voller Entsetzen sah er in ihrem Schein, wie das Leben aus seinem toten Kameraden quoll. Hunderte, Tausende, Millionen von Würmern krochen aus seinem von Blut und Dreck verschmierten Gesicht, aus den Poren, aus dem Mund, aus den Nasenlöchern, sogar aus den erloschenen Augen.

»Rahel! … Rahel! … Wo bist du?«

War das Leos Stimme? Oder seine? Plötzlich sah er ihr Gesicht vor sich, wie beim allerersten Mal. Die kastanienbraunen Locken, die blaugrünen Augen, ihren vollen, großen Mund und darüber die Stupsnase, übersät von Sommersprossen. Sie lächelte ihn an, nickte ihm zu. Er beugte sich vor, und während er die Arme nach ihr ausstreckte, schürzte sie die Lippen zum Kuss.

»Rahel …«

Plötzlich war alles ganz leicht und licht. Fast schwerelos richtete er sich auf, schon war sie zum Greifen nah.

»Rahel … Endlich … Da bist du ja!«

Es war, als würde er schweben. Doch als er ihr Gesicht berührte, spürte er nichts, seine Hände fassten durch sie hindurch, als wäre sie ein Geist. Das Lächeln erstarb auf ihren Lippen, ihre Augen verloren ihr Strahlen, und während sie vor ihm zurückwich, als müsste sie ihn fliehen, löste ihr Gesicht sich wieder in haltlose Dunkelheit auf, die schwärzer war als jede Nacht.

»Gehst du wohl von der Tür weg! Wie oft soll ich dir das noch sagen? Und pssssst – sei ein bisschen leise! Onkel Tino muss sich ausruhen …«

Die Stimme kannte er – sie gehörte Gertrud, Pommers Frau … Erinnerungsfetzen stiegen in ihm auf, durcheinandergewirbelt wie in einem Kaleidoskop. Wie ihm ein Fremder in seiner Wohnung die Tür gewiesen hatte … Wie er durch die nächtlichen Straßen geirrt war … Wie er an einer Haustür geläutet hatte … Wie er zusammengebrochen war … Wie er sein letztes Tütchen in eine Kloschüssel geworfen hatte …

Sein letztes Tütchen?

War er verrückt gewesen?

Panisch vor Angst schlug er die Augen auf. Wo war er? Er lag auf einem Sofa, angezogen mit Hemd und Hose und Jacke, vollkommen durchgeschwitzt klebten ihm die Sachen am Leib. Graues Dämmerlicht drang durch die Ritzen der Fensterläden. Brach draußen ein neuer Tag an? Oder ging der alte zu Ende?

»Komm, wir spielen Mensch-ärgere-dich-nicht! Hast du Lust?«

Wieder Gertruds Stimme, offenbar war er in Pommers Wohnung. Eine Weile lag er wie gelähmt da. Er fühlte sich so erschöpft und kraftlos wie nach einer langen Krankheit. Gleichzeitig erfüllte ihn eine unerträgliche Unrast, die in jeder einzelnen seiner Zellen zu pulsieren schien und mit aller Macht aus ihm herausdrängte.

»Ja, Mama! Mensch-ärgere-dich-nicht!!«

Das war das Hänschen. Tino fragte sich, wie lange er hier schon hauste, da fing er plötzlich an zu zittern, erst an den Händen, dann an Armen und Beinen, und während das Zittern seinen ganzen Leib erfasste, schlugen seine Zähne aufeinander wie bei Schüttelfrost.

Er brauchte Hilfe, sofort! Und in ganz Berlin gab nur einen Menschen, der ihm helfen konnte: Günter Jeschonnek.

Zum Glück hatte die »Statistenbörse« fast rund um die Uhr geöffnet. Doch er brauchte eine Ewigkeit, um mit seinen flatternden Händen die Schuhe anzuziehen. Als er es endlich geschafft hatte, mobilisierte er seine ganze Kraft, dann stemmte er sich vom Sofa in die Höhe. Durch die Anstrengung ließ das Zittern Gott sei Dank nach, er streifte Jacke und Mantel über und trat an die Tür.

Mit angehaltenem Atem lauschte er, ob noch jemand auf dem Flur war.

Nein, alles war still.

Leise, ganz leise drückte er die Klinke herunter.

Aber die Tür war abgeschlossen.

3

Es war ein gewöhnlicher Dienstag, doch als Rahel an diesem Abend die letzte fertig getippte Seite aus ihrer Schreibmaschine zog, freute sie sich wie ein Kind am Geburtstag. Und tatsächlich feierte sie heute so etwas wie ihre eigene Wiedergeburt. In der Mittagspause hatte sie den Vertrag der Gottlieb-Meineke-Filmproduktions GmbH unterschrieben, jetzt würde sie dafür sorgen, dass sie ihn auch erfüllen konnte.

Sie schlüpfte in ihren Mantel und verließ das Büro. Doch statt den Paternoster zu nehmen, ging sie den Gang hinunter, an dessen Ende das Büro ihres Chefs lag. Sie wollte gerade anklopfen, da ging die Tür von innen auf, und Susi Konopka, eine Verkäuferin aus der Parfümerieabteilung, kam ihr entgegen, mit verschmiertem Lippenstift und zerzaustem Haar. Als sie Rahel sah, schloss sie eilig den obersten Knopf ihrer Bluse.

»Wollen Sie etwa auch zu Herrn Raschke?«, fragte sie, sichtlich irritiert.

»Ja, lassen Sie die Tür ruhig auf!«

Ohne anzuklopfen, trat Rahel ein. Der schöne Joachim richtete gerade seine Krawatte.

»Hatten wir einen Termin?« Verwundert hob er die Brauen. »Ich kann mich gar nicht erinnern …«

»Sie erinnern sich absolut richtig«, sagte Rahel. »Aber keine Sorge, es dauert nicht lange. Ich bin nur gekommen, um meine Kündigung einzureichen.«

»Ihre – *was*?« Dem schönen Joachim klappte die Kinnlade runter.

»Meine Kündigung.«

Sie hatte gehofft, ihn aus der Fassung zu bringen, doch zu ihrer Enttäuschung dauerte seine Irritation nur einen Moment, dann war er schon wieder der Alte. Ohne das Schreiben, das sie ihm auf den Tisch legte, auch nur eines Blickes zu würdigen, lehnte er sich mit vor der Brust gefalteten Händen auf seinem Stuhl zurück und setzte dabei die überhebliche Miene auf, die sie schon immer an ihm gehasst hatte.

»Nun, es wird ein Leichtes sein, Sie zu ersetzen. Es war ja eher ein Akt der Nächstenliebe als der Vernunft, Sie hier in Arbeit und Brot zu halten. Aber nur so aus Neugier – verraten Sie, wo Sie künftig die Nerven Ihrer Vorgesetzten zu strapazieren gedenken? Ich nehme ja nicht an, dass Sie die Kündigung riskieren, ohne was sicheres Neues zu haben. Vielleicht im KaDeWe?«

»Nein, in Babelsberg«, erwiderte sie. »Ich arbeite in Zukunft als Filmschauspielerin, ich habe bereits ein festes Engagement. Für drei Produktionen, jeweils in der Hauptrolle.«

»Dass ich nicht lache!«

Statt einer Antwort zückte sie ihren Vertrag und hielt ihn ihm unter die Nase. Endlich war es um seine Fassung geschehen! Von einer Sekunde zur anderen wechselte der schöne Joachim die Farbe, und während sein Kinn vor Erregung bebte, sprang er wie von der Tarantel gestochen hinter seinem Schreibtisch auf.

»Raus hier! Und wagen Sie ja nicht, sich je wieder hier blicken zu lassen. Verstanden?«

Jetzt war es Rahel, der das Kinn runterklappte. Für einen Moment sprachlos, schaute sie den schönen Joachim mit offenem Mund an. Offenbar hatte er vergessen, nach Susi Konopkas Besuch den Hosenbund zu schließen!

Der Anblick war so lächerlich, dass sie laut losprusten musste.

»Ich … ich wusste ja gar nicht, dass es himmelblaue Unterhosen gibt …«

Endlich bemerkte auch er seinen Fehler. Blass vor Entsetzen beeilte er sich, ihn zu korrigieren.

»Raus!«, zischte er, den Hosenbund mit beiden Händen raffend. »Raus aus meinem Büro!«

4

Jeder Film, so die Theorie, entsteht dreimal, und zwar in drei aufeinanderfolgenden Phasen: erstens beim Verfassen des Drehbuchs, zweitens bei den Aufnahmen mit den Schauspielern und drittens beim Schnitt des belichteten Materials. So weit die Theorie, in der Praxis hingegen kam es fast immer zu Überlappungen. Das galt ganz besonders für die »Nibelungen«, wie Erich Pommer täglich leidvoll erfuhr. Während die ersten Sequenzen des Films bereits montiert wurden, feilte die Autorin Thea von Harbou immer noch an den letzten Szenen, oft bis in die Nächte hinein, damit unter der Regie ihres Mannes Fritz Lang am nächsten Morgen die Dreharbeiten fortgesetzt werden konnten.

Jetzt war Mitte Januar, und die Premiere sollte am vierzehnten Februar im Ufa-Palast am Zoo stattfinden. Erich hatte darum allen Grund, in den verbleibenden vier Wochen rund um die Uhr in Babelsberg zu sein. Als Produzent des Films war er eine Art Zirkusdirektor, ohne ihn war die Truppe verloren, und wenn er ausfiel, war die ganze Aufführung in Gefahr. Wo immer ein Problem auftrat, ob in der Schreibstube, im Studio oder im Schneideraum – der Produzent musste zur Stelle sein, um es zu lösen. Vor allem die Schauspieler brauchten ihn. Er war ihr Gottvater, Sklaventreiber, Seelentröster, Friedensrichter und Beichtvater in einer Person. Schauspieler waren Kinder, jeder von ihnen wollte im Mittelpunkt stehen und gehätschelt werden und das Gefühl vermittelt bekommen, viel wichtiger als jeder andere und einfach unersetzlich zu sein, und es verging kaum eine Stunde, ohne dass irgendwo ein Streit ausbrach, den es zu schlichten galt.

Obwohl Erich es vor seinem Produzentengewissen kaum verantworten konnte, versuchte er trotzdem, so oft wie möglich zu Hause zu sein. Der Grund dafür war Tino. Denn sein Freund führte sich zur Zeit noch schlimmer auf als die ganze Nibelungenhorde zusammen.

Auch heute war Erich wieder so früh heimgekehrt, dass er das Abendbrot zusammen mit seiner Familie einnehmen konnte. Doch er saß noch keine fünf Minuten am Tisch, als er auch schon im Flur die Türklinke hörte.

»Ist es wieder so weit?«, fragte Gertrud.

»Ich schaue mal nach.«

Erich warf die Serviette auf den Tisch und verließ die Küche. Im Flur sah er, wie Tino von innen an der Türklinke des Gästezimmers rüttelte. »Suchtdruck« hatte sein Hausarzt Dr. Memeler das Phänomen genannt, das sich alle paar Stunden eines im Entzug befindlichen Patienten bemächtigen könne: der unwiderstehliche Drang, sich die Droge zu besorgen, die ihn aus seinen qualvollen Zuständen erlöste – Zuständen albtraumartiger Halluzinationen und Wahnvorstellungen, gepaart mit tiefster Niedergeschlagenheit und äußerster Erregung. Der Suchtdruck habe, so der Arzt, dabei wie bei einem Trinker immer nur ein Ziel: den nächsten Rausch. Dabei könne das Verlangen so stark werden, dass der Patient alle Hemmungen verliere und vor nichts zurückschrecke, um es zu befriedigen. Um während des Entzugs Rückfällen vorzubeugen, hatte Dr. Memeler deshalb geraten, Tino unter stetige Aufsicht zu stellen oder aber, sofern das nicht möglich sei, ihn in einen Raum einzusperren, den er nicht ohne fremde Hilfe verlassen könne.

»Lasst mich hier raus, verdammt nochmal! Ich muss pinkeln! Oder soll ich mir in die Hose machen?«

»Einen Moment, ich bin ja schon da.« Erich drehte den Schlüssel herum und öffnete die Tür.

»Na endlich!«

Mit flackerndem Blick und bleich wie ein Toter drängte Tino ihn beiseite und verschwand im Badezimmer. Erich erschrak jedes Mal bis ins Mark, wenn er seinen Freund so sah. Als Tino am Silvesterabend zum ersten Mal in diesem Zustand an der Haustür erschienen war, hatte Erich ihn fast nicht wiedererkannt – für einen Moment hatte er ihn für einen entsprungenen Irren gehalten. Tino hatte es kaum bis zur Toilette geschafft, wo er sein letztes Tütchen in die Kloschüssel geworfen hatte, bevor er zusammengebrochen war.

Wie lange würde das noch so weitergehen? Dr. Memeler hatte die Frage nicht beantworten können. Das sei von Patient zu Patient verschieden, hatte er gesagt. Tino sei nach seinem Zusammenbruch und den zwei Wochen Entzug jetzt in der sogenannten Löschungsphase. Da wüte der Suchtdruck noch einmal mit aller Macht. Doch wenn er jetzt das Verlangen nach der Droge überwinde, habe er das Schlimmste hinter sich. Vorausgesetzt, er sei wirklich entschlossen, die Finger von dem Teufelszeug zu lassen. Der Wille des Patienten zähle in dieser Phase mehr als alles andere.

War Tino dazu bereit?

Im Badezimmer rauschte der Abzug.

»Bist du fertig?«

Erich klopfte an die Tür, doch von drinnen keine Antwort. Stattdessen war ein verdächtiges Klappern zu hören.

Auf dem Absatz fuhr Erich herum und lief aus dem Haus.

Tatsächlich – als er ins Freie trat, sprang Tino gerade aus dem Badezimmerfenster hinunter auf den schneebedeckten Rasen.

5

Rahel legte Alex in sein Bettchen und deckte ihn zu.

»So, für heute ist der Knochen abgenagt, jetzt wird geschlafen. Kein Fitzelchen Fleisch mehr dran an dem Tag.«

»Aber erst noch eine Knochengeschichte!«, protestierte Alex.

»Natürlich, mein Schatz. Lass mich kurz nachdenken.«

Die »Knochengeschichte« war ein Einschlafritual, das Rahel von ihrer Großmutter übernommen hatte. Die hatte für sie, als sie selbst noch ein Kind gewesen war, jeden Abend beim Zubettgehen die Ereignisse des Tages noch einmal Revue passieren lassen, in Gestalt einer kleinen Erzählung, in der sie als »das große Mädchen« die Heldin gewesen war. Dasselbe tat sie nun für Alex, und er genoss die Geschichten genauso wie früher sie und konnte sich gar nicht satthören an den kleinen und großen Abenteuern, die er seit dem Aufstehen erlebt hatte und auf diese Weise noch einmal erlebte. Dabei bereitete er ihr noch mehr Freude als sie ihm. Wenn sie an seinem Bett saß und er ihr andachtsvoll lauschte, bis seine Augen zufielen und er mit einem seligen Lächeln im Gesichtchen einschlief, waren dies für sie die innigsten und schönsten Momente eines jeden Tags.

»Weißt du, was heute passiert ist?«, fragte sie. »Heute war der große Junge mit Tante Ottilie einkaufen, und weil er so lieb gewesen war, durfte er anschließend noch mit ihr zum Spielplatz. Aber sie waren dort noch nicht angekommen, da sprang ihnen plötzlich ein großer schwarzer Hund entgegen – mit gefletschten Zähnen und feurig glühenden Augen knurrte er sie an. Tante Ottilie hatte solche Angst, dass sie davonlaufen wollte. Aber der große Junge, der hatte keine Angst, weil … weil er … er hatte … ich meine, er wollte …« Rahel stockte, irgendwie hatte sie den Faden verloren.

»Nicht aufhören, Mama! Was hat der große Junge getan?«

Obwohl Tante Ottilie bei der Übergabe alles haarklein erzählt hatte, hatte Rahel vergessen, wie die Geschichte ausgegangen war. Sie konnte sich heute einfach nicht konzentrieren, den ganzen Tag lang ging das schon so, auch bei der Arbeit war sie ständig mit den Gedanken woanders gewesen. Nämlich bei dem Drehbuch, das Gottlieb Meineke ihr zum Abschied gegeben hatte und das jetzt auf ihrem Bett lag.

»Der große Junge hat dem Hund die Wurst gegeben«, fuhr Alex mit vorwurfsvollem Ton an ihrer Stelle fort.

»Welche Wurst?«

»Die der Schlachter ihm geschenkt hatte.«

»Ach ja!« Endlich fiel es ihr wieder ein. »Genau. Der große Junge hat die Wurst vor dem Hund auf den Bürgersteig geworfen. Und als der

Hund die Wurst sah, hörte er auf zu knurren und fraß sie schwuppdiwupp auf. Und weil die Wurst so lecker war und ihm so gut schmeckte, wedelte er mit dem Schwanz. Am Ende war er so lieb, dass der große Junge ihn sogar streicheln durfte.«

Alex stieß einen wohligen Seufzer aus. »Ja, streicheln … So ein lieber Hund …« Noch während er sprach, begannen seine Augen zu rollen. Rahel nahm Plisch und Plum, die beiden Teddybären, ohne die er nicht einschlafen konnte, und legte sie zu ihm ins Bett.

»Bist du jetzt zufrieden?«

Er war schon so müde, dass er nur noch mit einem Gähnen nickte.

»Dann gute Nacht, mein Schatz.« Rahel beugte sich über ihn und gab ihm einen Kuss. »Träum was Schönes.«

Sie blieb an seinem Bett, bis er einschlief. Er hatte genauso viele Sommersprossen wie sie, und immer, wenn sein Gesicht im Schlaf zuckte, schienen sie auf seinem Näschen zu tanzen. Je größer er wurde, desto ähnlicher wurde er ihr. Manchmal konnte sie kaum glauben, wie schnell alles ging. Es kam ihr doch erst wie gestern vor, dass er immer nur »Da! Da! Da!« gerufen hatte, wenn er etwas wollte. Inzwischen war er eine richtige kleine Quasselstrippe, genau wie sie als Kind eine gewesen war, und sein Plappermäulchen stand kaum eine Minute still.

Ohne die Augen zu öffnen, tastete er nach seinen beiden Teddybären, und als er sie spürte, lächelte er. Das Zucken hatte aufgehört, ganz ruhig und gleichmäßig ging jetzt sein Atem.

Rahel stand auf und nahm das Drehbuch vom Bett. Endlich! Den ganzen Tag hatte sie sich darauf gefreut, es zu lesen, und in der Elektrischen hatte sie sich beherrschen müssen, um nicht voreilig darin zu blättern. Jetzt hatte sie die Zeit, um die Lektüre in Ruhe zu genießen.

Voller Ehrfurcht betrachtete sie den Titel auf dem Deckblatt.

LOB DER SCHÖNHEIT

Welche Geschichte mochte sich dahinter verbergen?

6 Tino konnte es selbst kaum glauben, aber er war so klar im Kopf wie schon seit einer Ewigkeit nicht mehr.

»Ich muss Rahel finden«, sagte er. »Ich kann ohne sie nicht leben.«

Pommer schüttelte den Kopf. »Eins nach dem anderen. Erst musst du lernen, ohne dieses Teufelszeug auszukommen. Und so lange bleibst du hier und gehst nicht aus dem Haus.«

»Ach was, ihr müsst nicht länger auf mich aufpassen. Sieh doch, ich bin über den Berg – tipptopp!« Zum Beweis hob Tino seine Hände in die Höhe. Obwohl er immer noch diese innerliche Unrast spürte, die ihn keine Sekunde verlassen hatte, seit er auf Entzug war, hatte das Zittern fast aufgehört.

»Von wegen tipptopp«, erwiderte Pommer. »Im Moment vielleicht. Aber was ist in ein paar Stunden? Oder morgen? Oder nächste Woche? Glaubst du wirklich, du hältst das alleine durch? Der nächste Rückfall kann jeden Augenblick kommen.«

»Nicht mit genügend Alkohol. Alkohol hilft.«

Tino leerte sein Glas und schenkte sich nach. Besser morgen früh einen Kater als heute Nacht einen Rückfall. Er hatte schon über einen Liter Margaux intus – zum Glück hatte Pommer von den sechs Flaschen, die er ihm vor einem Jahr zu Silvester vor die Haustür gestellt hatte, noch keine einzige angerührt. Der Alkohol half so sehr, dass er in den zwei Stunden, die Pommer und er inzwischen zusammen im Gästezimmer saßen und tranken, kein einziges Mal die Flatter bekommen hatte. Doch vielleicht war das nicht nur die Wirkung des Alkohols. Vielleicht hatte auch der Kinnhaken geholfen, den Pommer ihm verpasst hatte, als er aus dem Fenster gesprungen war, um sich in der »Statistenbörse« mit Stoff zu versorgen. Auf jeden Fall brummte ihm davon noch der Schädel.

Pommer zündete sich eine Zigarette an. »Dr. Memeler sagt, entscheidend ist jetzt dein Wille, mit dem Mist aufzuhören. Dein Wille ist wichtiger als alles andere.«

»Genau darum muss ich Rahel finden«, sagte Tino. »Sie ist das Einzige, was ich will.«

Pommer schaute ihn an. »Wirklich?«

»Wirklich«, bestätigte Tino. »Wenn irgendwas oder irgendwer mir helfen kann, dann sie. Wenn Rahel wieder da ist, wird alles gut. Das spüre ich.«

»Na schön, dann lass uns überlegen, wie wir sie finden können.« Pommer nahm einen Zug von seiner Zigarette. »Weißt du zufällig den Namen der Produktionsfirma, die den Film gedreht hat? Das wäre am einfachsten, ich würde mich dann bei dem Kollegen nach ihr erkundigen.«

Tino schüttelte den Kopf.

»Schade.« Pommer dachte einen Moment nach. »Hast du dir den Titel des Films gemerkt? Oder den Namen des Kinos, wo du ihn gesehen hast?«

Wieder musste Tino verneinen. »Weder noch. Als Rahels Gesicht so plötzlich vor mir auf der Leinwand auftauchte, war ich vollkommen durcheinander. Ich weiß nur noch, das Kino war irgendwo in Charlottenburg, und der Titel hatte etwas mit Liebe zu tun.«

Pommers Zigarettenspitze ging nach unten. »Ich fürchte, dann wird es schwierig. Fast jeder Film hat irgendwas mit Liebe zu tun, und in Charlottenburg gibt es Kinos wie Sand am Meer.«

»Ich weiß«, sagte Tino. »Trotzdem musst du mir helfen. Wenn nicht du, wer dann? Du kennst jeden in der Branche, und irgendwer muss doch irgendetwas wissen, was uns weiterhelfen kann. Bitte, Erich. Lass mich jetzt nicht im Stich. Ohne Rahel bin ich aufgeschmissen.«

»Ich fürchte, da hast du ausnahmsweise recht.« Pommer drückte seine Zigarette aus, und noch bevor die im Aschenbecher verglüht war, klopfte er die nächste aus der Packung. »Ich werde es versuchen. Weil du es bist und ich nicht mit ansehen kann, wie du vor die Hunde gehst.«

Tino drückte seinen Arm. »Danke, Erich. Das werde ich dir nie vergessen.«

»Schon in Ordnung, dafür sind Freunde da.« Pommer steckte die Zigarette in seine Spitze und zündete sie an. »Aber ich helfe dir nur unter einer Bedingung.«

»Welcher?«, fragte Tino.

Pommer brauchte für die Antwort keine Sekunde. »Du kehrst so schnell wie möglich ins Piccadilly-Haus zurück und fängst wieder an zu arbeiten. Arbeit hilft besser als Alkohol. – Außerdem«, fügte er mit erhobenen Brauen hinzu, als Tino etwas einwenden wollte, »musst du ja auch von irgendwas deine Miete bezahlen.«

»Miete?« Tino glaubte, nicht richtig zu hören. »Welche Miete?«

»Für deine Wohnung!«, erwiderte Pommer. »Oder hast du die etwa vergessen?«

»Um ehrlich zu sein, stehe ich gerade auf der Leitung.«

Pommer verdrehte die Augen. »Während du hier deinen Rausch ausgeschlafen hast, habe ich mit ein paar Leuten von der Commerzbank geredet. Sie waren zum Glück sehr entgegenkommend und haben mir einen Mietvertrag mitgegeben. Wenn du den unterschreibst, kannst du am Gendarmenmarkt wohnen bleiben und musst nicht umziehen.«

Tino verstand kein einziges Wort. War das Leben schon immer so kompliziert gewesen? Oder war er in dem Zustand, in dem er war, einfach nur schwer von kapé?

Er wollte gerade fragen, was Pommer meinte, da erinnerte er sich an den Gerichtsvollzieher und ihm ging ein Licht auf.

»Willst du damit sagen, ich werde in Zukunft in meiner eigenen Wohnung zur Miete leben?«

»Allerdings. Es sei denn, du suchst dir lieber was Neues.«

Tino griff nach seinem Glas. Jetzt brauchte er einen großen, kräftigen Schluck.

»Die Miete beträgt übrigens fünfhundertfünfzig Rentenmark«, erklärte Pommer. »Hinzu kommt eine Kaution von drei Monatsmieten, zahlbar bei Vertragsunterschrift. Und da man dich bekanntlich enterbt hat, bleibt dir wohl nichts anderes übrig …«

»… als zu arbeiten«, führte Tino den Satz zu Ende. »Ja, ja, ja – ich habe es begriffen!«

Doch hatte er das wirklich? Als er Pommers zufriedene Miene sah, kamen ihm Zweifel. Auch wenn er sich immer noch fühlte, als wäre er unter eine Dampfwalze geraten – ein Rest von Verstand war ihm geblieben.

Er stellte sein Glas ab und schaute seinen Freund an. »Bitte verkauf mich nicht für blöd, Erich. Wie ich meine Miete bezahle, ist dir doch piepegal. Du willst mich nur zurück ans Arbeiten bringen, damit ich für die Finanzierung deines nächsten Films sorge. Stimmt's oder habe ich recht?«

Pommer machte erst gar nicht den Versuch zu leugnen. Stattdessen grinste er übers ganze Gesicht. »Gott sei Dank kannst du wieder klar denken«, sagte er, und seine Zigarettenspitze schnellte nach oben. »Ja, Fritz Lang hat eine wirklich phantastische Idee. Sobald die ›Nibelungen‹ fertig sind, will er damit anfangen. Ein Film, der alle bisherigen Filme der Ufa in den Schatten stellen wird.«

»Alle bisherigen Filme der Ufa?«, fragte Tino. »Sogar den ›Mabuse‹?«

Pommer nickte. »Sogar den ›Mabuse‹, und die ›Nibelungen‹ gleich mit dazu. Schon der Titel ist pures Gold – ›Metropolis‹. Soll ich erzählen?«

Tino beugte sich vor. »Schieß los!«

7 LOB DER SCHÖNHEIT

Orientalische Phantasie in drei Akten

Rahel war so aufgeregt, dass sie gar nicht merkte, wie kalt es inzwischen in der Kammer war. Eingekuschelt in ihre Decke, saß sie auf dem Bett, und mit klopfendem Herzen schlug sie die erste Seite des Drehbuchs auf, aufmerksam beobachtet von dem Nippes-Rehkitz ihrer Mutter auf dem Wickeltisch.

Dramatis personae: Die handelnden Figuren

Die stolze Domina: Rahel Weißpfennig

Sechs Sklavinnen: noch zu besetzen

Der Obereunuch: noch zu besetzen

Zwei Untereunuchen: noch zu besetzen

Zwei Palastwächter: noch zu besetzen

Drei Musiker: noch zu besetzen

Der Sultan: noch zu besetzen

Ungläubig blickte sie auf die Seite. Stand ihr Name tatsächlich ganz oben auf der Liste? Um sich zu überzeugen, dass sie nicht träumte, kniff sie sich in den Arm. Nein, sie träumte nicht. Und die anderen Rollen waren noch gar nicht besetzt – nicht mal der Name des Schauspielers, der den Sultan spielen würde, stand da.

Was hatte das zu bedeuten? Sollte das etwa heißen, dass der Film ganz und gar auf ihre Rolle zugeschnitten war?

Sie kehrte noch einmal zurück zur ersten Zeile. »Die stolze Domina« … Wie geheimnisvoll das klang – der ganze Zauber des Orients …

Sie benetzte den Finger und schlug die nächste Seite auf.

1 Innen/Nacht

Ein prachtvoll ausgestatteter Baderaum. Wabernde Dampfschwaden. Darin ein Marmorbecken. Unter der Aufsicht des Obereunuchen leeren die zwei Untereunuchen heißes Wasser in das Becken. Die sechs Sklavinnen, gewandet in durchsichtige Tücher, stellen rings umher Kerzen auf und streuen Rosenblüten ins Wasser. Eine Sklavin lüftet ihr Gewand und streckt ein nacktes Bein ins Becken, um die Temperatur zu prüfen. Die anderen Sklavinnen werfen ihr neckische Blicke zu.

Plötzliches Erschrecken der Sklavinnen.

Schnitt auf den ersten Palastwächter. Ein Nubier im Lendenschurz, sein schwarzer, muskulöser Oberkörper glänzt von Öl. Er klopft mit dem Stiel seiner Lanze dreimal auf den Boden.

Einblendung der ersten Texttafel.

VERBEUGT EUCH VOR DER DOMINA!

Rahel biss sich auf die Lippe. Ihr erster Auftritt! Während ihr Herz bis zum Hals schlug, blätterte sie weiter.

2 Innen/Nacht

Weiter im Baderaum. Die Sklavinnen sinken zu Boden. Der Palastwächter öffnet eine Flügeltür. Zuerst erscheinen die drei Musiker, auf ihren Instrumenten spielend. In ihrem Gefolge die Domina: eine wunderschöne Frau, gleichfalls nur in Schleier gehüllt. Hoheitsvoll betritt sie den Raum.

Schnitt auf den Obereunuchen, der einen Befehl gibt.

Einblendung der zweiten Texttafel.

BEREITET DIE DOMINA ZUM BADE VOR!

Die Sklavinnen erheben sich zu den Klängen der Musik und umtanzen die Domina. Diese fällt in den Tanz ein. Während des Tanzes beginnen die Sklavinnen, die Domina zu entkleiden. Ein Enthüllungstanz beginnt. Schleier für Schleier gibt die Domina die Schönheit ihres Leibes preis.

Rahel hielt inne. Was für ein Film sollte das werden? Die Geschichte erinnerte sie an gewisse Revuen in der Friedrichstraße, die für Jugendliche verboten waren.

Eine unheilvolle Ahnung überkam sie. Irritiert las sie weiter.

3 Innen/Nacht

Im Palast. Der gelangweilte Sultan auf einem Diwan, eine Wasserpfeife rauchend. Ein Palastwächter nähert sich. Der Sultan schaut erwartungsvoll auf.

Einblendung der dritten Texttafel.

IST ES ENDLICH SO WEIT?

Der Wächter bejaht eifrig feixend die Frage des Sultans. Unter Bücklingen führt er diesen zu einem Guckloch in der Wand. Der Sultan schaut hindurch, offenbar sehr erfreut von dem, was er sieht. Sein Gesicht in Großaufnahme: wollüstig lächelnd.

Schnitt auf die von ihren Sklavinnen umringte Domina beim Tanz. Die letzten Hüllen fallen. Die Domina ist jetzt vollkommen nackt. Ein ekstatischer Tanz beginnt.

Die Buchstaben verschwommen vor Rahels Augen. Sie konnte nicht glauben, was sie da las. Das sollte ihre Rolle sein? Ihre Chance auf ein neues Leben?

Unmöglich, so sehr konnte das Schicksal sich nicht irren! Sicher fing die Geschichte jetzt erst richtig an.

In der Hoffnung auf eine Wende blätterte sie weiter.

5 Innen/Nacht

Der Sultan am Guckloch. Er ist vollkommen hingerissen.

Schnitt auf die tanzende Domina. Sie wirft beim Tanzen dem Palastwächter verführerische Blicke zu. Der traut seinen Augen nicht, schaut ängstlich beiseite. Doch sie tanzt jetzt nur noch für ihn. Der Nubier äugt verstohlen zu ihr hinüber, begreift all-

```
mählich. Ihr Tanz wird immer eindeutiger. Der Nubier
lässt seine glänzenden Muskeln spielen und richtet
seine Lanze auf sie ...
```

Nein, es gab keine Wende, im Gegenteil, es wurde immer schlimmer. Die nächsten Seiten überflog Rahel nur noch. Vor den Augen des lüsternen Sultans führten die Eunuchen die Domina zu dem Wasserbecken, wo statt der Sklavinnen der halbnackte Nubier sie in den Dampfschwaden empfing und sie aufforderte, seinen Lendenschurz zu öffnen …

Als sie bei der letzten Szene angelangt war, war ihre unheilvolle Ahnung zur Gewissheit geworden. Die orientalische Phantasie hatte keinen anderen Sinn, als dass die stolze Domina sich wieder und wieder vor der Kamera ausziehen sollte, um sich in die Arme irgendeines Mannes fallen zu lassen.

Als sie den Kopf hob, blickte das Rehkitz sie mit großen Augen an.

Lob der Schönheit?

In grenzenloser Enttäuschung ließ Rahel das Drehbuch sinken. Nie und nimmer würde sie da mitspielen! Nicht für alles Geld der Welt!

8

Für den nächsten Morgen hatte Stauß zu einer Vorstandssitzung ins Piccadilly-Haus geladen, auf der Tagesordnung stand die erste Zwischenbilanz der Universum Film AG nach Einführung der Rentenmark. Tino hätte sich keinen besseren Tag für seine Rückkehr aussuchen können. Pommer hatte ihn überzeugt, Fritz Langs neueste Idee war wirklich großartig – »Metropolis« hatte das Zeug, ein völlig neues Filmgenre zu begründen. Die erste Vorstandssitzung im neuen Jahr war die perfekte Gelegenheit, um dafür zu werben.

Vorausgesetzt natürlich, die Zahlen stimmten …

Als er die Direktionsetage betrat, blickte Fräulein Jaschek mit sichtlicher Freude von ihrem Schreibtisch auf.

»Herr Reichenbach, wie schön, Sie wiederzusehen. Nachträglich alles Gute zum neuen Jahr! Das muss ja eine schlimme Grippe gewesen sein, Herr Pommer hat uns berichtet. – Einen Moment, ich sage dem Chef gleich Bescheid, dass Sie da sind.«

Während sie auf den Summer drückte, spürte Tino, wie seine Hände feucht wurden, und obwohl er seinen Gehpelz trug, fröstelte er.

»Ja, es hatte mich ziemlich erwischt. Aber Gott sei Dank bin ich wieder auf den Beinen.« Mit den Augen deutete er auf die Tür des Konferenzsaals. »Sind die Herrschaften schon versammelt?«

»Vollzählig. Außer Major Grau, der ist immer noch zur Kur.«

»Zur Kur? Oh, das wusste ich ja gar nicht. Was hat er denn?«

»Keine Ahnung, muss aber was Langwieriges sein.« Fräulein Jaschek stutzte, mit sorgenvoll gerunzelter Stirn schaute sie ihn an. »Sind Sie wirklich sicher, dass Sie schon wieder auf dem Posten sind, Herr Reichenbach? Ich will Ihnen ja nicht zu nahetreten, aber gesund sehen Sie nicht gerade aus. Sie wissen doch, was die Ärzte sagen – lieber ein paar Tage länger im Bett bleiben als einen Rückfall riskieren.«

Während sie sprach, lief Tino plötzlich ein Schauer über den Rücken, und seine Hände fingen unkontrolliert an zu zittern. Es war wie ein Déjà-vu – die Szene hatte er schon mal erlebt … Genauso sorgenvoll wie Fräulein Jaschek jetzt hatte ihn damals Pommer angeschaut, weil er plötzlich zu zittern angefangen hatte, ebenfalls hier im Piccadilly-Haus, und ebenfalls vor der ersten Vorstandssitzung im neuen Jahr, nur zwei Jahre früher … Er war an dem Morgen zusammen mit den Rosy-Girls in seinem Bett aufgewacht, nach einer fürchterlichen Nacht in irgendeinem Tingeltangel …

»Um Gottes willen, Herr Reichenbach. Was ist mit Ihnen?«

Voller Entsetzen blickte Fräulein Jaschek auf seine Hände. Sie waren außer Rand und Band. So schnell er konnte, ließ er sie in den Manteltaschen verschwinden. Aber das Zittern hörte nicht auf, im Gegenteil, es wurde immer schlimmer. Ihm wurde heiß und kalt zugleich, Schweiß rann ihm aus den Poren. Plötzlich hatte er das Gefühl, zu ersticken, und er verspürte nur noch das Bedürfnis, den Mantel von sich zu werfen. Mit fliegenden Händen versuchte er, die Knöpfe zu öffnen, schaffte es aber nicht.

»Soll ich einen Arzt rufen?«, fragte Fräulein Jaschek.

»Nein, nein … Nicht nötig … Nur ein Glas Wasser … Bitte!«

Obwohl er in dem Mantel zu platzen glaubte, steckte er die Hände wieder in die Taschen. Während Fräulein Jaschek in Richtung Kaffeeküche eilte, tastete er in seiner Rechten plötzlich das Silberröhrchen. Bei der Berührung blitzte die Erinnerung in ihm auf. Damals war er einfach auf der Toilette verschwunden. Ein einziges Tütchen hatte genügt, und er hatte sich wie neugeboren gefühlt, von einer Sekunde zur anderen – tipptopp!

Hatte die »Statistenbörse« schon auf?

Er blickte auf die Uhr, die über Fräulein Jascheks Schreibtisch hing. Aber die Uhr war verdeckt – verdeckt von einem Strauß Nelken.

Ungläubig starrte er auf die Blumen. Sah er den Strauß wirklich oder war das eine Fata Morgana?

»Ihr Wasser, Herr Reichenbach.«

Fräulein Jaschek stand vor ihm und reichte ihm ein Glas.

Ohne das Glas zu nehmen, machte Tino kehrt. Egal, wie spät es war, er musste in die »Statistenbörse« – jetzt gleich!

Doch er war noch nicht bei der Treppe, da hörte er plötzlich Pommers Stimme.

»Entscheidend ist jetzt dein Wille, mit dem Mist aufzuhören. Dein Wille ist wichtiger als alles andere …«

9

Auf dem kleinen, ungehobelten Holztisch unter dem Gitterfenster stand noch das Blechgeschirr mit dem Frühstück. Alexander Grau hatte kaum etwas angerührt; seit er in Untersuchungshaft saß, hatte er mindestens zehn Pfund abgenommen. Das Gefängnisessen war ein ungenießbarer Fraß, und statt Kaffee gab es Muckefuck, der verdächtig nach Brom schmeckte. Wahrscheinlich war der Brühe Hängolin beigemischt, das machte man beim Militär schließlich auch. Ein Grund mehr, die Finger von dem Zeug zu lassen.

Auf der Fensterbank hüpften ein paar Spatzen herum, doch durch das Panzerglas war von ihrem Gezwitscher kein Ton zu hören. Mit einem Seufzer ließ Grau sich auf die Pritsche sinken. Zäh wie Leim zogen die Tage sich dahin, die Untätigkeit war schlimmer als jede Zwangsarbeit, und da er bis zum Prozessbeginn keinen Besuch empfangen durfte außer von seinem Anwalt Dr. Kahn, wusste er nicht, wie er die Zeit totschlagen sollte. Auch der Umgang mit seinen Mitgefangenen war ihm verwehrt. Nur an Heiligabend hatte man ihm und seinen Kameraden erlaubt, unter Aufsicht ein paar Stunden zusammen in der Gefängniskapelle zu verbringen, damit sie Weihnachten feiern konnten. Besonderen Eindruck hatte dabei Ernst Röhm auf ihn gemacht, ein ehemaliger Wehrmachtsoffizier wie er und Träger des EK1. Als eines der ersten Mitglieder der NSDAP und enger Vertrauter des Führers genoss Röhm unter allen Mitgefangenen den größten Respekt. Von ihm hatte Grau auch erfahren, dass Hitler nach seiner Verhaftung am Staffelsee in die Festung Landsberg verbracht worden war.

Wann würde das Warten endlich ein Ende haben?

Laut Auskunft seines Anwalts sollte der Prozess in Leipzig stattfinden – da sie allesamt wegen Hochverrats angeklagt waren, sei das dortige Reichsgericht zuständig. Die Verteidigung habe jedoch beantragt, den Fall vor dem Volksgericht in München zu verhandeln, mit einiger Aussicht auf Erfolg. Es lag offenbar auch im Interesse der bayerischen Regierung, dass der Prozess in München stattfand – bei einer Verhandlung in Leipzig würde unweigerlich ans Licht kommen, welche Rolle Ritter von Kahr und seine Komplizen Lossow und Seißer bei dem Putschversuch gespielt hatten, und das war politischer Sprengstoff. Grau selbst war hin und her gerissen. In Leipzig wäre es natürlich viel leichter für Constanze, ihn zu besuchen, und er wünschte sich nichts sehnlicher als ihre Nähe und ihren Beistand. In München hingegen durfte er auf eine mildere Strafe hoffen – Berlin war weit, und kein bayerischer Richter würde sich irgendwelcher politischen Vorgaben aus dem verhassten Preußen unterwerfen.

Nur – was wurde inzwischen aus seinem Vorstandsposten? Würde Stauß ihn halten?

Auf dem Zellengang näherten sich Schritte, dann rasselte ein Schlüsselbund. Das musste der Küchenbulle sein. Grau erhob sich von seiner Pritsche und nahm das Blechgeschirr vom Tisch. Doch als die Tür aufging, stand nicht der Küchenbulle vor ihm, sondern sein Anwalt Dr. Felix Kahn, geschniegelt und gestriegelt wie ein Konfirmand, mit Briefpapier und Schreibzeug in den Händen.

»Heil und Sieg, Herr Major! Die Postsperre wurde aufgehoben.«

10

Das Interesse an der ersten Vorstandssitzung der Universum Film AG im neuen Jahr war so groß, dass Stauß bei der Eröffnung auch zwei Herren des Aufsichtsrats begrüßen konnte, den Elektroindustriellen Dr. Robert Bosch sowie Guidotto Fürst Henckel von Donnersmarck, Mehrheitsaktionär der gleichnamigen Schlesischen Hüttenbetriebe.

»Finanzdirektor Reichenbach liegt leider mit einer Grippe zu Bett«, erklärte er nach den Eröffnungspräliminarien. »Darum bitte ich um Ihre Erlaubnis, Ihnen an seiner Stelle die Zahlen zu präsentieren, die Sie alle mit so großer Spannung erwarten.«

Er nahm seine Unterlagen zur Hand, doch als er mit der Verlesung beginnen wollte, meldete Fürst Donnersmarck sich zu Wort.

»Wie ich sehe, fehlt auch Major Grau. Hat der ebenfalls Grippe? Ihr Vorstand ist ja das reinste Lazarett.«

Während ein paar Herren in der Runde lachten, war Stauß alles andere als nach Lachen zumute. Irritiert über den wochenlangen Ausfall seines Stellvertreters, hatte er Erkundigungen einziehen lassen. Dabei hatte sich herausgestellt, dass Major Grau sich keineswegs in Kur befand, wie er über seine Frau hatte verlautbaren lassen, sondern in Untersuchungshaft in München, nachdem er sich dort an dem Putschversuch der Herren Hitler und Ludendorff beteiligt hatte. Da dieser Umstand jedoch dem Ansehen der Ufa und ihren Geschäften bei Ruchbarwerdung erheblichen Schaden zufügen konnte, hatte Stauß beschlossen, sich offiziell der Verlautbarung seines Stellvertreters anzuschließen – er würde sich zu gegebener Zeit mit Grau dazu auseinandersetzen.

Doch durfte er den wahren Sachverhalt verschweigen, wenn ein Aufsichtsratsmitglied danach fragte?

Zum Glück ging in dem Moment die Tür auf, und Konstantin Reichenbach trat herein. Selten hatte Stauß sich mehr über das Erscheinen seines Finanzdirektors gefreut.

»Wie Sie sehen, meine Herren, lichtet sich unser Lazarett!« Er wartete, bis das amüsierte Gelächter sich gelegt hatte, dann wandte er sich an den Eintretenden. »Seien Sie uns willkommen, Reichenbach! Zwar noch nicht wieder ganz in alter Frische, habe ich den Eindruck, und wohl auch ein bisschen blass um die Nase, aber immerhin mit gewohnter Verspätung und sogar einer Nelke im Knopfloch!«

»Die schien mir bei dem Anlass unverzichtbar«, erwiderte Reichenbach und nahm Platz. »Fräulein Jaschek war so freundlich, mich mit meinem Glücksbringer zu versorgen.«

»Schön, dann wollen wir keine weitere Zeit verlieren«, sagte Stauß. »Und deshalb will ich Sie auch gar nicht erst auf die Folter spannen, meine Herren, sondern nehme das Ergebnis vorweg. Unsere erste Zweimonatsbilanz nach Einführung der neuen Währung fällt ausgesprochen positiv aus. Unsere Geschäfte haben sich trotz der politisch und wirtschaftlich problematischen Umstände glänzend entwickelt, auch hat die Ausgabefreudigkeit des Publikums nicht unter der Währungsumstellung gelitten, wie manche Experten befürchtet hatten. In Zahlen: Den Einnahmen der Universum Film AG in den Monaten Dezember 1923 und Januar 1924 in Höhe von eins Komma eins Millionen Mark stehen Ausgaben in Höhe von achthundertvierzigtausend Mark entgegen. Das macht unter dem Strich einen Überschuss von zweihundertsiebzigtausend Mark – in Gold, wohlgemerkt.«

Als Stauß aufblickte, sah er in lauter zufriedene Gesichter, mit kräftigem Tischklopfen honorierte man das Ergebnis.

Als die Beifallsbekundungen verebbten, hob Robert Bosch die Hand.

»Fleißig, fleißig, Herr von Stauß«, sagte er in schwäbischer Behäbigkeit. »Da kann man nur gratulieren. Aber die schönen Zahlen dürfen uns nicht dazu verführen, uns auf den Lorbeeren auszuruhen. Jeder Erfolg ist nur ein Wurf zum nächsten Ziel – von diesem Wahlspruch habe ich mich seit dem Jahr 1886 leiten lassen, als ich in meiner Werkstätte für Feinmechanik mit nur einem Gesellen meinen ersten Magnetzünder angefertigt habe. Deshalb frage ich, was das nächste Ziel der Universum Film AG sein wird. Meiner Meinung nach«, gab er sich gleich selbst die Antwort, »kann das nur der Tonfilm sein. Schließlich gründet aller Fortschritt in technischem Fortschritt.«

»Verzeihen Sie, wenn ich widerspreche«, entgegnete Konstantin Reichenbach, noch bevor Stauß etwas erwidern konnte. »Was Sie über den Fortschritt sagen, trifft auf die Elektrobranche im Allgemeinen und auf den beispiellosen Aufstieg Ihres Unternehmens im Besonderen zweifellos zu. Doch die Universum Film AG produziert keine technischen Güter, in unserer Branche steht die Technik allein im Dienst der Kunst. Das Erfolgsrezept der Ufa ist der künstlerisch anspruchsvolle Qualitätsfilm, und dessen Anforderungen kann der Tonfilm niemals genügen – da sind die Fachleute ausnahmslos einer Meinung.«

Dr. Bosch strich sich über seinen imposanten Vollbart, dann schüttelte er den Kopf. »Fachleute zahlet nix«, sagte er, »der Kunde zahlt, und deshalb bestimmt er die Musik. Ich war neulich mit meiner Frau in einem Lichtspieltheater in Stuttgart, im ›Gloria-Palast‹ am Königsplatz, und da habe ich ›Das Leben auf dem Dorfe‹ gesehen. – Heidenei, war des a Froid«, fuhr er plötzlich in breitestem Schwäbisch fort. »Des is grad so gwehe wie wo i noch a kloins Büble in meinem schönen Albek war. Die Hennen hend gackert, dia Göckele auf dia Misthaufe hend krähet, und de Loit auf dr Gass hend sich mit oinem herzlichen Grüßgott begrüeßet …«

Er war so ergriffen, dass er die Brille abnahm, um sich über die Augen zu wischen. Voller Entsetzen sah Stauß, dass Konstantin Reichenbach offenbar nur mit Mühe ein Lachen unterdrücken konnte, als er dem Unternehmer antwortete.

»Ich gebe zu, die Effekte des Tonfilms sind manchmal sehr erstaunlich«, erklärte er mit angestrengter Ernsthaftigkeit. »Aber es sind und bleiben doch bloß Effekte. – Nein«, sagte er, als Bosch etwas einwenden wollte, »wir müssen den Weg weiter gehen, dem wir unsere bisherigen Erfolge verdanken, nur mit noch größeren, noch kühneren, noch spektakuläreren Filmen. Unser Produktionsdirektor Erich Pommer arbeitet zusammen mit dem Regisseur Fritz Lang bereits an einem Werk, das die Branche revolutionieren wird. ›Metropolis‹: der erste Science-fiction-Film in Spielfilmlänge, die Vision eines utopischen Staats, in dem es um die ewige Frage von Gut und Böse geht – die Zukunft der Menschheit auf Zelluloid gebannt. *Das* ist unser nächstes Ziel.«

Bosch nickte nachdenklich mit dem Kopf. Dann fuhr er sich mit seiner großen, schweren Hand, der die Arbeit eines langen Lebens anzusehen war, über die Glatze und schaute Konstantin Reichenbach mit zusammengekniffenen Augen an.

»Und Sie glaubet wirklich, so ebbes wellet d'Loit sähe?«

11

Der erste Monat des Jahres war vorüber, der Februar brach an. Und in vierzehn Tagen sollte die Premiere der »Nibelungen« sein.

In vierzehn Tagen!

Ohne nach links und rechts zu schauen, arbeitete Erich Pommer auf die Premiere hin, wie in einem Tunnel, rund um die Uhr, sieben Tage und Nächte in der Woche. Als Fußballfan wusste er, ein Spiel war erst dann gewonnen, wenn der Schiedsrichter abpfiff. Und die »Nibelungen« würden erst abgepfiffen, wenn die fertig montierte Schnittkopie des Films ins Kopierwerk ging, als Vorlage für die Herstellung der Projektionskopie, und diese wiederum von dort abspielfertig in den Zoo-Palast kam, wo die Premiere stattfinden würde.

Für dieses Ziel verzichtete Erich nicht nur auf seinen Schlaf, sondern auch auf seine Familie. Wenn er morgens noch müder und erschöpfter in Babelsberg eintraf, als er am Vorabend das Studio verlassen hatte, suchte er als Erstes den Schneideraum auf, wo der Regisseur und sein Schnittassistent in der Regel schon bei der Arbeit waren. Doch als er heute den Raum betrat, saß nur der Cutter Paul Falkenberg am Schnittplatz und prüfte die Muster.

»Wo zum Teufel ist Herr Lang?«

»Der ist bereits im Atelier und dreht. Kriemhilds Rache.«

»Das ist nicht Ihr Ernst!«

Paul Falkenberg war der Wunschassistent des Regisseurs gewesen, doch da er mit seinen zwanzig Jahren noch keinen einzigen Film in eigener Verantwortung geschnitten hatte, hatte Erich ihn nur unter der Voraussetzung eingestellt, dass Fritz Lang ihm bei jedem einzelnen Schnitt auf die Finger schaute. Und jetzt saß dieser unerfahrene Milchbubi mutterseelenallein am Schneidetisch und werkelte ohne Aufsicht vor sich hin? Das konnte ja wohl nicht wahr sein! Erich war kurz davor, aus der Haut zu fahren, doch er beherrschte sich. Ob Schauspieler, Regisseur oder Kameramann – jeder, der an einem Film mitwirkte, hatte das Recht, die Nerven zu verlieren, nur nicht der Produzent. Das war ungeschriebenes Gesetz.

»Wie weit sind Sie?«, fragte er so ruhig und beherrscht wie möglich.

»Es geht voran«, erwiderte Paul Falkenberg, ohne von seinen Mustern aufzuschauen. »Das Ende des vierten Akts ist in Sicht.«

»Sind Sie wahnsinnig? Der Film hat sechs Akte, junger Mann – SECHS!«

Erichs Blutdruck war auf hundertachtzig. Doch wozu war er Produzent geworden, wenn er nicht auch dieses Problem löste? Zum Glück hatte er eine Idee. Er würde Thea von Harbou herbestellen, die sollte sich um den Milchbubi kümmern, damit sie den Sieg nicht auf den letzten Metern verspielten. Denn wenn das geschah, platzte nicht nur die Premiere der »Nibelungen«, sondern auch der Traum von »Metropolis«, und Fritz Lang würde sich erschießen – mit derselben Pistole, mit der sich schon seine Frau erschossen hatte. Der drehte die »Nibelungen« ja sowieso nur noch zu Ende, um danach mit »Metropolis« anzufangen.

Als Erich ins Büro kam, streckte ihm seine Sekretärin den Telefonhörer entgegen.

»Sie kommen wie gerufen, Herr Pommer. Die SPIO verlangt nach Ihnen.«

»Die SPIO?« Erich hatte keine Ahnung, worum es ging. Doch

plötzlich fiel es ihm wieder ein – Rahel! »Geben Sie her!« Er nahm den Hörer und klemmte ihn sich ans Ohr. »Pommer am Apparat. Haben Sie die Produktionsfirma herausgefunden?«

12

Rahel hatte einige Zeit gebraucht, bis sie den Schock verdaut hatte, doch heute, zwei Tage vor Drehbeginn, hatte sie sich endlich ein Herz gefasst und war nach Moabit gefahren, um die Sache hinter sich zu bringen.

»Herein.«

Als sie das Produktionsbüro betrat, glaubte sie, auf einem Basar gelandet zu sein. In den Regalen, auf den Stühlen und Fensterbänken – überall stapelten sich orientalische Gewänder, und auf dem verwaisten Schreibtisch lagen goldene Schnabelschuhe, zusammen mit einem Krummschwert und einer Lanze.

»Meine Hauptdarstellerin – welche Überraschung!« Gottlieb Meineke kam zwischen zwei Kleiderständern zum Vorschein, mit einem Turban auf dem Kopf und einem nachtblauen Seidenmantel über den Schultern. »Wie Sie sehen, ist alles zur Produktion bereit. Wenn Sie möchten, können wir gleich eine Kostümprobe machen.«

Rahel legte ihren Vertrag auf den Schreibtisch.

»Was soll das heißen?« Ungläubig schaute Gottlieb Meineke sie an.

»Ich denke, das wissen Sie. Ich trete von Ihrem Angebot zurück.«

»Haben Sie noch alle Tassen im Schrank? Übermorgen geht's los!«

»Tut mir leid. Aber es ist mir unmöglich, in einem solchen Film mitzuspielen.«

»Einem solchen Film?«, wiederholte er. Er nahm Turban und Mantel ab und legte beides auf einen Stuhl. »Was wollen Sie damit sagen? Ich dachte, Sie sind eine moderne, junge Frau. Und jetzt entpuppen Sie sich als Unschuld vom Lande? Ich hätte Sie für weniger prüde gehalten.«

»Denken Sie von mir, was Sie wollen. Aber Sie müssen sich jemand anderes suchen.«

»Von wegen! Jetzt ist es zu spät, um die Naive zu spielen. Der Film heißt ›Lob der Schönheit‹! Was für eine Geschichte hatten denn Sie bei dem Titel erwartet?«

»Jedenfalls keine, bei der ich mich vor der Kamera ein Dutzend Mal ausziehen soll, nur damit sich später irgendwelche Lustmolche daran aufgeilen.«

Ein paar Sekunden erwiderte Gottlieb Meineke stumm ihren Blick, dann ging er an den Schreibtisch und schlug den Vertrag auf.

»Kennen Sie das Wort Konventionalstrafe?«

Rahel schüttelte den Kopf.

»Nein? Das sollten Sie aber. Es steht nämlich hier drin.« Mit dem Finger tippte er auf eine Seite in dem Vertrag. »Paragraph vier, Absatz zwei. Für den Fall, dass durch Ihr Verschulden die Produktion nicht zustande kommt, haben Sie sich mit Ihrer Unterschrift verpflichtet, für sämtliche Ausfallkosten aufzukommen und darüber hinaus die Produktionsgesellschaft für etwaig entgangene Gewinne zu entschädigen. – Nun, da sind schnell mal fünfzigtausend Mark zusammen. Wollen Sie sich da die Sache nicht lieber noch mal überlegen?«

Mit dem Vertrag in der Hand, rückte er ihr so dicht auf die Pelle, dass sie seinen Kaffeeatem roch. Wie kam sie da nur wieder raus?

Als sie die Augen schloss, sah sie Lillys Gesicht. Wie sie sie zur Unterschrift gedrängt hatte. Hier, in diesem Raum.

Plötzlich hörte sie ihre Stimme.

Jedes Ding hat zwei Seiten, eine gute und eine bessere, und es gibt für alles eine Lösung …

Sie hob den Kopf und blickte Gottlieb Meineke an.

»Und was, wenn ich für Ersatz sorge?«

13

Was für ein schicker Abend!

Wochenlang hatte Lilly vergebens auf den »edel denkenden Herrn« gewartet, der ihr eine Ausbildung als Schauspielerin ermöglichen würde; jedes Mal, wenn sie in der Redaktion des »Lokalanzeigers« erschienen war, um sich nach Rückmeldungen auf ihre Annonce zu erkundigen, hatte der Anzeigenleiter den Kopf geschüttelt, und sie hatte die Hoffnung fast schon aufgegeben, als vor drei Tagen endlich doch noch ein Brief unter ihrer Chiffre eingetroffen war – sogar mit einem Wappen auf dem wattierten Umschlag. »Waldemar Baron von Adelmannsfelden«, lautete der Absender. »Filmregisseur«.

Seitdem war ihr Leben nicht mehr dasselbe. Ein Taxi hatte sie nach Feierabend im Wertheim abgeholt und sie zum »Savoy«-Hotel in die Fasanenstraße gebracht, wo Waldemar von Adelmannsfelden alles Weitere mit ihr besprechen wollte. Jetzt lagen der Baron und sie nackt unter dem Baldachin eines Himmelbetts, und auf der Anrichte stand eine leere Flasche Champagner, die sie in drei Etappen getrunken hatten.

»Du hast den süßesten Hintern der Welt«, sagte Waldemar und biss in ihren Po. »Ein richtiger kleiner Luxus-Arsch.«

Mit einem wohligen Schauer streckte sie ihm ihr Hinterteil entgegen. »Tu dir keinen Zwang an, mein Süßer. Von mir aus können wir gern noch einmal …«

»Ach, wenn ich nur wollte, wie ich könnte. Aber ich fürchte, ich muss los. Ich treffe mich heute Abend noch zum Souper mit einem amerikanischen Filmproduzenten.«

»Aus Hollywood?«, fragte sie aufgeregt.

»Pssst – noch darf ich nicht darüber sprechen.«

Er gab ihr einen Klaps auf den Hintern und stand auf. Voller Bewunderung schaute Lilly ihn an. Sie konnte sich nicht erinnern, je mit einem so gutaussehenden Mann geschlafen zu haben. Er war Anfang dreißig, hatte Muskeln wie ein Athlet, und mit seinem edlen Gesicht hätte er in jedem seiner Filme auch selbst die Hauptrolle spielen können.

»Und wann legen wir mit dem Unterricht los?«

Mit seinen strahlend weißen Zähnen lächelte er sie an. »Wann immer du willst, meine Schöne. Warte, ich gebe dir meine Nummer.« Nackt, wie er war, trat er an den Sekretär mit dem Hotelbriefpapier und machte eine Notiz. »Ruf mich einfach an. Unter der Nummer kannst du mich jederzeit erreichen.«

Lilly konnte ihr Glück kaum fassen. Endlich ein Mann, der nicht nur das eine von ihr wollte, sondern es ernst mit ihr meinte und sein Versprechen hielt!

»Wenn ich darf, würde ich mich gleich morgen melden«, sagte sie und nahm den Zettel, den er ihr reichte. »Darf ich?«

»Aber natürlich, meine Schöne!« Er beugte sich über sie und küsste sie auf die Nasenspitze. »Ich freue mich jetzt schon darauf, mit dir zu arbeiten!«

14 War Tino über den Berg?

Von »tipptopp« konnte zwar noch keine Rede sein, was seine Verfassung betraf, aber immerhin schaffte er es inzwischen wieder, regelmäßig morgens aufzustehen und zur Arbeit ins Büro zu fahren. Trotzdem überkam ihn immer noch dieses schier unwiderstehliche Verlangen nach Günter Jeschonneks Teufelszeug, oft mehrmals am Tag und stets aus heiterem Himmel. Doch er war gewappnet. Jedes Mal, wenn er die Flatter bekam, kurierte er sich mit einer Therapie, die er Dr. Recknagel verdankte. Als er mit der Spanischen Grippe im Lazarett gelegen hatte, hatte der Militärarzt ihm von einer Beobachtung erzählt, die er im Krieg an traumatisierten Soldaten gemacht hatte, nämlich dass jede Panikattacke, aus welchen Gründen auch immer, spätestens nach einer Viertelstunde ganz von allein nachließ, ohne Intervention von außen. Das war Tino eingefallen, als er vor der Vorstandssitzung im Piccadilly-Haus in Panik geraten war. Er hatte sich in der Toilette eingesperrt und eine Wette mit sich selbst abgeschlossen: Eine Viertelstunde würde er durchhalten, egal, wie schlimm die Attacke sich entwickelte; würde sie aber nach einer Viertelstunde immer noch nicht vorüber sein, durfte er die Toilette verlassen und sich in der »Statistenbörse« so viele Röhrchen durch die Nase ziehen, wie er wollte. Die Wette hatte wie eine Wunderheilung gewirkt. Nach fünf Minuten war das Schlimmste überstanden gewesen, und nach zehn Minuten hatte sogar das Zittern so weit nachgelassen, dass er sich wieder Stauß und dem übrigen Vorstand hatte präsentieren können.

Obwohl es inzwischen spät am Abend war, saß er immer noch in seinem Büro am Schreibtisch, um die Akten aufzuarbeiten, die während seiner Abwesenheit liegen geblieben waren. Er war gerade dabei, die letzten Kostenabrechnungen der »Nibelungen« zu prüfen, als plötzlich die Tür aufging und Pommer vor ihm stand.

»Was machst du denn hier? Warum bist du nicht in Babelsberg? Hast du vergessen, dass wir in einer Woche Premiere haben?«

»Genau wegen der bin ich hier.« Pommer schloss die Tür und ließ sich auf einen Stuhl sinken. »Ich brauche deine Hilfe. Fritz Lang droht mit Streik!«

»Was sagst du da? Was zum Teufel ist in ihn gefahren?«

»Er verlangt eine Garantie für ›Metroplis‹. Sonst macht er den Film nicht fertig.«

»Und ich hatte schon Angst, es wäre wirklich was passiert …« Entspannt lehnte Tino sich zurück. »Herr Lang soll mal einen Blick in seinen Vertrag werfen. Stichwort Rechte und Pflichte des Regisseurs. Das wird ihn zur Vernunft bringen.«

»So schlau war ich auch. Ich habe ihm den Vertrag natürlich schon unter die Nase gerieben. Aber das juckt den Herrn nicht die Bohne. – Hier!« Pommer zog ein Blatt Papier aus seiner Westentasche. »Er hat mir diesen Wisch mitgegeben. Den will er mit Unterschrift zurück.«

Mit gerunzelter Stirn nahm Tino das Schreiben. Es bestand nur aus einem Satz.

Hiermit garantiert das Direktorium der Universum Film AG die Produktion des utopischen Spielfilms ›Metropolis‹ und beauftragt zugleich Herrn Spielleiter Fritz Lang mit der Regieführung.

»Und?«, fragte Pommer.

Tino schüttelte den Kopf. »Das wird Stauß nie und nimmer unterschreiben.«

»Ich weiß.« Pommer zündete sich eine Zigarette an. »Aber das braucht er auch nicht. Es reicht, wenn du deinen Friedrich-Wilhelm darunter setzt. Lang hat zum Glück nur ›Direktorium‹ geschrieben. Und dem gehörst du an. Also bist du autorisiert.«

»Bist du jetzt auch noch verrückt geworden?«, erwiderte Tino. »Stauß schmeißt mich hochkantig raus, wenn ich hinter seinem Rücken eine solche Verpflichtung eingehe. ›Metropolis‹ steht sowieso schon auf der Abschussliste. In der Vorstandssitzung wurden schwere Vorbehalte gegen den Film laut. Einer der Herren hat ganz offen bezweifelt, dass die Zuschauer so etwas überhaupt sehen wollen. Danach gab's nur noch Gegenwind.«

»Bitte, Tino. Lang meint es ernst. Und du weißt so gut wie ich, wozu der Mann fähig ist.«

Pommer schaute ihn so vielsagend an, dass Tino auch ohne weitere Erklärung verstand, was er meinte.

Unschlüssig blickte er auf das Blatt Papier in seiner Hand.

»Kannst du mir versprechen, dass ›Metropolis‹ ein Erfolg wird, Erich?«, fragte er schließlich. »Und kein Himmelfahrtskommando wie der ›Mabuse‹?«

Pommer zuckte mit den Schultern. »Habe ich eine Glaskugel, um in die Zukunft zu schauen?«

»Also nicht?«

»Natürlich nicht! Kein Mensch kann prophezeien, wie die Zuschauer auf einen Film reagieren. Das weißt du genauso gut wie ich.«

Tino nickte. »Dann, fürchte ich, musst du dir was anderes einfallen lassen, um Herrn Lang wieder an die Arbeit zu bringen.«

Er wollte Pommer das Blatt zurückgeben, doch der machte keine Anstalten, es anzunehmen.

Mit erhobenen Brauen erwiderte er Tinos Blick.

»Und was, wenn ich dir deinen größten Wunsch erfülle?«, fragte er. »Unterschreibst du dann?«

15

Wie eine Schauspielerin, die nach der Premiere ihres Films sich dem Publikum zeigt, trat Lilly aus dem Hotelaufzug, und während sie mit zurückgeworfenem Bubikopf die Halle des »Savoy« in Richtung Ausgang durchschritt, genoss sie die bewundernden Blicke der Männer. Dabei war es noch keine zwei Stunden her, dass sie zum ersten Mal ihren Fuß in das Foyer des Grand Hotels gesetzt hatte. Eingeschüchtert von der hier herrschenden Pracht, hatte sie sich wie ein Aschenputtel gefühlt – kaum hatte sie sich getraut, an der Rezeption nach der Zimmernummer zu fragen.

Jetzt ließ sie zum Abschied noch einmal ihren Luxus-Hintern wackeln.

»Frau Baronin!«

Neugierig, wer gemeint war, drehte sie sich um. Doch zu ihrer Überraschung war niemand anders gemeint als sie selbst. Mit einem Lächeln nickte der Portier ihr zu und winkte sie mit seiner weiß behandschuhten Hand zu sich.

»Wenn ich einen Moment um Ihre geschätzte Aufmerksamkeit bitten dürfte …«

Endlich fiel der Groschen. Natürlich, Waldemar hatte sie als seine Gattin ausgewiesen – in einem so vornehmen Hotel hätten sie sonst ja gar nicht das Zimmer teilen können. Was für eine schicke Idee!

Entzückt stöckelte sie zurück zur Rezeption.

»Sie wünschen?«, fragte sie wie eine echte Baronin, ganz von oben herab.

»Nur eine Formalität«, erklärte der Portier. »Ihr Herr Gemahl hat gesagt, dass Sie die Rechnung begleichen.«

»Ich – die Rechnung?« Sie hatte so laut gesprochen, dass ein paar Gäste sich nach ihr umdrehten.

»Sehr wohl, gnädige Frau. Der Herr Baron war offenbar in Eile und hat mir entsprechende Anweisung gegeben.« Diskret schob der Portier ihr ein Formular zu, auf dem verwirrend viele Zahlen standen. »Wenn ich Frau Baronin also bitten dürfte?«

»Das … das muss ein Irrtum sein.« Lilly wusste nicht, was hier gerade mit ihr geschah, sie hatte nur die dunkle Ahnung, dass es nichts Gutes war.

»Ich fürchte, ein Irrtum ist ausgeschlossen«, erwiderte der Portier. »Der Herr Baron hat sich ganz und gar unmissverständlich ausgedrückt.«

Mit einem Auge schielte Lilly auf die Rechnung. Als sie den Betrag sah, wurde ihr schwindlig: Neunhundertzweiundachtzig Mark und siebzehn Pfennige.

»Wenn ich die Aufstellung vielleicht erläutern darf …« Mit seinem behandschuhten Finger fuhr der Portier an den einzelnen Posten entlang. »Die Rechnung umfasst zwei Wochen Aufenthalt in der Suite, elf Restaurantbesuche sowie verschiedene Leistungen des Zimmerservices, darunter neunzehn Flaschen Champagner.«

Aufgeregt kramte Lilly in ihrer Tasche. »Das … das wird sich gleich klären.« Zum Glück fand sie auf Anhieb, wonach sie suchte. Erleichtert reichte sie dem Portier den Zettel, den Waldemar ihr gegeben hatte.

»Wenn Sie bitte hier anrufen würden?«

»Sehr wohl, gnädige Frau. Selbstverständlich.«

Der Portier griff nach dem Telefon und wählte das Amt. Nachdem er dem Fräulein den Namen des Teilnehmers und die Nummer genannt hatte, lauschte er eine Weile wortlos in den Hörer hinein, bis endlich am anderen Ende der Leitung eine quakende Stimme Auskunft gab.

Der Portier legte den Hörer auf und schüttelte den Kopf.

»Ich bedaure, Frau Baronin. Aber ein Anschluss unter dieser Nummer existiert leider nicht.«

16

Obwohl Stauß inzwischen zwanzig Jahre lang verheiratet war, half er seiner Frau immer noch aus dem Mantel, wenn sie zusammen nach einem gemeinsam verbrachten Abend nach Hause kamen. Er war überzeugt, dass die kleinen Dinge des Alltags einer Ehe mehr Halt und Bestand gaben als große Gesten oder Liebesbekundungen – außerdem legte Elisabeth als Tochter eines Admirals der kaiserlichen Kriegsmarine Wert auf Formen. Darum tranken sie trotz der vorgerückten Stunde auch heute vor dem Schlafengehen noch zusammen ihren Schlummertrunk, um ein Fazit ihres Kinobesuchs zu ziehen. Sie hatten »Das Leben auf dem Dorfe« gesehen, es war gar nicht so leicht gewesen, ein Lichtspieltheater zu finden, in dem der Film noch lief, doch Fräulein Jaschek war schließlich doch noch fündig geworden, in einem kleinen Kino in Zehlendorf, und hatte die Karten besorgt.

»Und – wie lautet dein Urteil?«, fragte Stauß, als er im Kaminzimmer eine Flasche Bordeaux entkorkte.

Elisabeth zupfte nachdenklich an ihrem Ohrläppchen. »Ich weiß nicht, vielleicht liegt es ja daran, dass diese dörfliche Welt mir vollkommen fremd ist, aber ich kann die Meinung von Herrn Bosch nicht teilen. Das Gackern von Hühnern soll ein Kunstgenuss sein? Ich für mein Teil würde dafür nicht ins Kino gehen.«

»Aber ist damit das Urteil gesprochen?«, fragte er und schenkte ein. »Du wirst zugeben, das Publikum war ganz aus dem Häuschen. Fast bei jeder Szene haben die Leute Beifall geklatscht. Sie wollen etwas erleben für ihr Geld, und ein solches Spektakel …«

»Ja, Spektakel ist das richtige Wort«, unterbrach sie ihn. »Im Ernst, Emil, wo bleibt dein guter Geschmack? Wenn ich diese alberne Kintopp-Pastorale mit so großartigen Werken wie ›Caligari‹ oder ›Dr. Mabuse‹ vergleiche, die Herr Pommer produziert hat, muss ich mich doch einigermaßen über dich wundern.«

»Du weißt, wie sehr ich dein Urteil schätze, meine Liebe. Aber bist du dir wirklich so sicher?« Stauß nahm sein Glas, um ihr zuzuprosten. Auch wenn er Boschs Begeisterung übertrieben fand, hatte der Film ihn selbst gut unterhalten.

»Ganz sicher, mein Lieber«, erwiderte sie. »Und wenn du wirklich Wert auf meine Meinung legst …«

Auf dem Flur klingelte das Telefon.

»Bitte entschuldige.« Stauß stellte sein Glas ab und ging hinaus, um das Gespräch anzunehmen.

Als er die Stimme am anderen Ende der Leitung erkannte, hob er verwundert die Brauen. »Reichenbach? So spät noch? Was gibt's?«

»Bitte verzeihen Sie die Störung, Herr Generaldirektor. Aber ich musste soeben eine Entscheidung treffen, von der ich Sie in Kenntnis setzen möchte, bevor Sie morgen früh womöglich von anderer Seite …«

»Reden Sie nicht um den heißen Brei herum. Was ist passiert?«

Reichenbach zögerte, bevor er Antwort gab, und auch dann sprach er so unsicher und verhalten, als hätte der gesamte Berliner Blumenhandel den Verkauf von Nelken eingestellt. Mit wachsender Sorge hörte Stauß zu, ohne ihn zu unterbrechen.

»Und jetzt können Sie mir kündigen«, schloss Reichenbach nach einigen Minuten.

Stauß dachte einen Moment nach, wie er es immer tat, bevor er eine wichtige Entscheidung traf. Doch dann stand sein Urteil fest.

»Das hätten Sie wohl gerne«, sagte er. »Aber den Gefallen werde ich Ihnen nicht tun. Sie haben absolut richtig gehandelt. Die Premiere muss stattfinden – das hat oberste Priorität. Mit Herrn Lang reden wir später, die Anwälte sollen sich darum kümmern, vermutlich ist die Regelung ohnehin sittenwidrig … Aber wehe«, fügte er zum Abschluss hinzu, »wenn die ›Nibelungen‹ nicht rechtzeitig fertig werden und die Premiere platzt – dann gnade Ihnen Gott!«

17

Ratternd und bimmelnd fuhr die Elektrische durch die Nacht. Doch Lilly hörte weder das Bimmeln der Glocke noch spürte sie die ratternden Stöße der Schienen auf der harten Holzbank. Wie erstarrt saß sie da, begraben in ihrer Enttäuschung.

Neunhundertzweiundachtzig Mark und siebzehn Pfennige …

Warum passierten solche Sachen nur immer ihr?

Nachdem sich herausgestellt hatte, dass Waldemar von Adelmannsfelden kein Baron, sondern offenbar ein ganz gemeiner Hochstapler war, hatte sie dem Portier ihre Geschichte gebeichtet. Doch der hatte keine Gnade gekannt und sie vor die Wahl gestellt: Entweder sie verpflichtete sich, für die Rechnung des falschen Barons aufzukommen, oder aber er zeigte sie bei der Sitte an wegen gewerbsmäßiger Prostitution. Die Sitte konnte sie nicht riskieren, die Kommissare kannten schon ihre Mutter und würden ihr keinen Glauben schenken. Also hatte sie sich für die Rechnung entschieden und als Pfand im Hotel ihren Ausweis zurückgelassen.

Was für ein schicker Abend …

»Samoastraße!«, rief der Schaffner.

Fast hätte sie ihre Haltestelle verpasst. Die Tram fuhr schon wieder an, als sie aus dem Waggon sprang. Beim Überqueren der Straße hätte sie fast ein Auto überfahren – laut hupend machte der Wagen einen Bogen um sie. Doch sie nahm es kaum wahr. Wie in aller Welt sollte sie nur so viel Geld zusammenbekommen? Ihr bisschen Lohn reichte ja so kaum fürs Leben … Jetzt konnte sie sich nicht mal mehr ein Mineralwasser in der »Statistenbörse« leisten.

Obwohl Jammern nicht ihre Art war, kamen ihr die Tränen. Wenn wenigstens jemand zu Hause wäre, bei dem sie sich hätte ausheulen können …

Als sie die Haustür öffnete, kam Rahel ihr im Flur entgegen.

»Gott sei Dank, da bist du ja endlich! Ich war schon in der ›Statistenbörse‹, um nach dir zu suchen. Und Tante Ottilie hatte auch keine Ahnung, wo du steckst.«

»Du hast nach mir gesucht?« Lilly zog die Nase hoch, sie hatte tatsächlich geweint. »Warum?«

»Nicht hier.« Rahel nahm ihre Hand und ging mit ihr zurück zur Treppe. »Hast du zufällig noch eine Flasche von Oma Leydickes Obstwein in deinem Zimmer?«

18

Im ganzen Haus duftete es nach Kaffee, und der Tisch im Frühstückzimmer war bereits gedeckt. Doch bevor Constanze sich zu ihrem Ehemann gesellte, der schon in seine Zeitung vertieft war, um mit ihm zur Wahrung des Scheins die erste Mahlzeit des Tages zu sich zu nehmen, lief sie wie jeden Morgen zuerst hinunter zur Haustür, um nach der Post zu schauen, genauso wie sie es jeden Abend tat, bevor sie die letzte Mahlzeit des Tages zu sich nahm, stets in der Hoffnung auf einen Brief aus München, von Alexander, dem Mann, für den ihr Herz schlug.

Mit jedem Tag, der ohne Nachricht von ihm verging, wuchs ihre Angst. Hatte er sich womöglich etwas angetan? Den Zeitungen war nur zu entnehmen, das alle am Putsch Beteiligten in Haft saßen und auf ihren Prozess warteten. Doch kein Wort darüber, wie es ihnen nach der Niederschlagung des Aufstandes ging. Stolz, wie Alexander war, musste sie mit dem Schlimmsten rechnen. Er liebte Deutschland über alles, über alles in der Welt. Aber Deutschland hatte seine Liebe auf schmähliche Weise zurückgewiesen. Wie groß musste sein Schmerz sein? Sein Schmerz und seine Verzweiflung …

In der Hoffnung auf ein Wunder öffnete sie den Briefkasten, doch wie schon so viele Male wurde ihre Hoffnung enttäuscht. Nein, auch heute war wieder nichts von ihm dabei. Sie wollte die Post schon in den Kasten zurücklegen, da fiel ihr ein Brief auf, den sie aufgrund des grauen Umschlags für eine Werbesendung gehalten hatte. Sie drehte das Kuvert herum, um nach dem Absender zu schauen.

Zentralgefängnis München-Stadelheim.

Im selben Moment begann ihr Herz zu rasen.

Mit dem Daumennagel riss sie das Kuvert auf, und mit zitternden Händen faltete sie den Bogen auseinander. Als sie die ersten Zeilen las, schloss sie für einen Moment die Augen.

Gott sei Dank, der Brief war von ihm. Alexander lebte und war ungebrochen!

Meine Geliebte, teure Freundin im Geiste,
endlich ist es mir erlaubt, das Wort an Dich zu richten, und obwohl man mich in einen Kerker gesteckt hat, der jeder Beschreibung spottet, rufe ich Dir heiteren Sinnes zu: Nein, ich bereue nichts, noch ängstigt mich der Gedanke an das Gericht, das mich erwartet …

Während Constanze die Zeilen las, war es, als hörte sie seine Stimme. Und als sie ans Ende des Briefes gelangt war, zog ihr Herz sich in süßem Schmerz zusammen.

Und sollte man mich in Ketten legen, bin ich trotzdem ein glücklicher Mann, weiß ich doch, dass man mir für meine Tat dermaleinst Ehrensäulen errichten wird und Du die meine bist. Der einzige Wunsch, den ich für die nahe Zukunft hege, ist darum allein, Dich wiederzusehen, Du stolzes und schönes Weib, und Dich in meinen Armen zu halten. In Liebe – Heil und Sieg!

19

Tino parkte seinen Wagen vor der Arminiusmarkthalle. Bevor er ausstieg, schaute er noch einmal auf den Zettel mit der Adresse: *Turmstraße 23, Berlin-Moabit.* Pommer hatte die Anschrift für ihn herausgefunden beziehungsweise sein Sekretär bei der SPIO. Zum Glück war der Filmproduzent Gottlieb Meineke Mitglied des Verbandes und dort mit allen seinen Werken registriert.

Als Tino den Hinterhof betrat, entdeckte er ein handbeschriebenes Pappschild, das auf die Dreharbeiten eines Films verwies: LOB DER SCHÖNHEIT. Statt nach dem Produktionsbüro zu suchen, folgte er dem Pfeiler auf der Tafel. Wenn gedreht wurde, würde Gottlieb Meineke sicher nicht in seinem Büro hocken, sondern vor Ort die Arbeit überwachen.

Die Aufnahmen fanden in einem leerstehenden Fabrikgebäude statt. In der Tür schlugen Tino so dichte Dampfschwaden entgegen, als wäre er in eine Waschküche geraten. Undeutlich erkannte er in dem Nebel ein paar halbnackte Gestalten, Männer und Frauen, die irgendwelche Blütenblätter in ein Becken streuten. Sollte das etwa ein türkisches Bad sein? Na, dann war wohl klar, was für ein Film das werden würde. Er sandte ein Stoßgebet gen Himmel, dass Rahel sich nicht in diesem Raum befand.

Während er in der Hoffnung, sie nicht zu entdecken, Ausschau hielt, trat aus den Dampfschwaden ein bebrillter Turbanträger auf ihn zu.

»Sehen Sie nicht, dass hier gedreht wird?«, zischte er.

»Keine Sorge«, sagte Tino. »Ich habe nur eine Frage, dann bin ich auch schon wieder weg. Ich suche ein Fräulein Rahel Rosenberg. Können Sie mir helfen?«

»Nein, ein solches Fräulein gibt's hier nicht. Und jetzt verschwinden Sie!«

»Aber sie hat in Ihrem letzten Film mitgespielt – ›Das Liebeslabyrinth‹.«

Der Turbanträger stutzte. »Ach so, *die* Rahel meinen Sie. Die habe ich gefeuert.«

Tino atmete auf. Erstens war Rahel hier bekannt, und zweitens machte sie bei dem Film nicht mit.

Jetzt brauchte er nur noch ihre Adresse.

»Können Sie mir bitte sagen, wo sie wohnt?«

Der Turbanträger zuckte mit den Schultern. »Bin ich Jesus?« Damit machte er kehrt, um wieder in den Dampfschwaden zu verschwinden.

Tino wollte ihm folgen – wenn der Kerl Rahel gefeuert hatte, war er der Produzent, also kannte er auch ihre Adresse. Doch bevor er handgreiflich werden musste, trat ihm eine verschleierte Orientalin mit blondem Bubikopf in den Weg, die nur mit ein paar Seidentüchern bekleidet war.

»Vielleicht kann ich Ihnen helfen«, flüsterte sie. »Kommen Sie am Samstagabend in die ›Statistenbörse‹ – sagen wir, gegen acht?«

20

Was war nur heute mit ihrem Kindchen los?

Seit über einer Stunde saß Rahel bei Alex am Bett, doch sie schaffte es an diesem Abend einfach nicht, ihn ans Schlafen zu bringen. Kaum fielen ihm die kleinen Augen zu, schlug er sie auch schon wieder auf und war hellwach und quietschvergnügt. Es war für ihn ein regelrechtes Spiel geworden, an dem er immer mehr Gefallen zu finden schien, je mehr es an ihren Nerven zerrte. Doch da er sie bei jeder Wiederholung so süß angrinste, konnte sie ihm nicht böse sein.

»Noch eine Knochengeschichte«, bettelte er.

»Aber ich habe dir doch schon drei erzählt.«

»Nur noch eine. Bitte!«

»Na gut. Lass mich kurz nachdenken.«

Seit sie im Wertheim gekündigt hatte, kümmerte sie sich mehr um Alex als je zuvor – Zeit hatte sie jetzt ja genug. Doch den ganzen Tag mit ihrem Kind zu verbringen, war bei weitem nicht so schön, wie sie sich das vorgestellt hatte, als sie noch jeden Morgen zur Arbeit gegangen und erst abends wieder zurückgekehrt war und ansonsten Tante Ottilie auf Alex aufgepasst hatte. Den ganzen Tag lang immer nur Hoppe-hoppe-Reiter oder Verstecken spielen war anstrengender als zehn Stunden Büro. Und einkaufen und putzen und kochen und waschen und bügeln und nähen und stopfen war auch kein Vergnügen, wenn Alex gleichzeitig an ihrem Rockzipfel hing und wollte, dass sie sich mit ihm beschäftigte. Wenn sie wenigstens mit ihm an die frische Luft gehen könnte, um zu spielen. Aber bei dem Schnee und Matsch auf den Straßen war daran nicht zu denken. Und der Spielplatz an der Ecke Jerusalemer-/Kronenstraße war bis Ende März gesperrt. Und jetzt war nicht mal Mitte Februar.

Wie sollte das nur weitergehen? Sie hatte keine Arbeit und kein Geld. Sie hatte keinen Mann, und sie hatte keinen Vater für ihr Kind. Sie hatte nur Sorgen. Sorgen, wenn sie morgens aufwachte. Sorgen, wenn sie abends einschlief. Sorgen sogar, wenn sie träumte.

Warum war Gottlieb Meineke nicht der Produzent, der er vorgegeben hatte zu sein? Sie hatte sich den Sternen schon so nah gefühlt …

»Aber Mama – du weinst ja?«

Mit großen, verängstigten Augen schaute Alex sie an.

»Ach was! So ein Unsinn!« Mit dem Ärmel wischte Rahel sich übers Gesicht. »Sieh nur, die Mama ist ganz fröhlich, die hat nur ein bisschen Schnupfen. – Was meinst du, wollen wir ein Lied singen?« Ohne seine Antwort abzuwarten, fing sie an. »›Alle Leut', alle Leut' geh'n jetzt nach Haus. Kleine Leut', große Leut', dünne Leut', dicke Leut' …‹«

Doch Alex sang nicht mit. Seine Augen wurden immer größer und größer, und plötzlich fing er laut an zu schreien.

»Nein, Mama! Nicht weinen! Hör auf!«

»Aber was hast du denn, mein süßer kleiner Liebling?« Sie beugte sich über sein Bett und nahm ihn auf den Arm. »Nicht doch, Alex-Schätzchen, es ist ja alles gut … Ist ja alles gut …«

Als sie sich umdrehte, stand Edgar in der Tür.

»Was ist denn hier los? Kann ich dir helfen?«

21

Im Herrenzimmer war schon alles zu Gustavs Bequemlichkeit bereit, von der Abendausgabe der »Sächsischen Staatszeitung« bis zu seinen Hausschuhen, als er sich nach dem Nachtmahl zurückzog, um den Feierabend zu genießen. Mit einem Seufzer ließ er sich in seinen Sessel sinken, dann schenkte er sich ein Glas Bier ein und zündete sich seine Verdauungszigarre an.

Als er zu der Zeitung griff, stutzte er. »›Die Nibelungen‹ – aufwendigster Film aller Zeiten«, lautete die Schlagzeile auf der Titelseite. Donnerwetter, das hatte es noch nie gegeben, eine Filmankündigung als Hauptnachricht des Tages! Neugierig las er den Artikel. In zwei Tagen würden »Die Nibelungen« erstmals der Weltöffentlichkeit präsentiert, im Ufa-Palast am Zoologischen Garten in Berlin. Mit unverkennbarer Bewunderung berichtete der Redakteur von dem unermesslichen, nie da gewesenen Aufwand, den Regisseur Fritz Lang betrieben hatte, um die Nationalsaga der Deutschen in den Studios von Babelsberg zu inszenieren. »Ein Film, für den buchstäblich Berge versetzt wurden.« Am Ende des Beitrags wurde der Finanzdirektor der Universum Film AG zitiert, Konstantin Reichenbach: »Auch wenn ich keine Summe nennen möchte, was das alles gekostet hat – es ist keine Übertreibung zu sagen, dass selbst die großen Hollywood-Produktionen neben diesem Spektakel verblassen werden.«

Gustav ließ die Zeitung sinken. Wer hätte gedacht, dass Tino es in dem Metier einmal so weit bringen würde … Obwohl sie einander seit einer Ewigkeit nicht mehr gesehen hatten, spürte er, wie stolz er auf seinen Sohn war. Und wie sehr er ihn vermisste. Am liebsten hätte er ihn angerufen, um ihm zu gratulieren.

War es ein Fehler gewesen, Tino zu enterben?

»Jetzt pass doch auf! Mein Fragonard!«

Das war Constanzes Stimme. Gustav warf seine Zigarre in den Aschenbecher, und während aus dem Treppenhaus lautes Gepolter zu hören war, ging er mit der Zeitung in der Hand zur Tür, um nachzuschauen, was da vor sich ging. Doch als er in den Flur trat, sah er nur noch Roberts Rücken, der, beladen mit Koffern und Hutschachteln und Taschen, Constanze hinunter in die Eingangshalle folgte.

»Was hat das zu bedeuten, meine Liebe? Willst du etwa verreisen?«

Doch Constanze antwortete nicht; ohne sich umzudrehen, verschwand sie zur Haustür hinaus. Gustav wollte in sein Zimmer zurück, um die Schuhe anzuziehen – aber nein, damit verlor er nur Zeit! Also beschloss er, die Pantoffeln anzubehalten, auch wenn draußen Tauwetter herrschte und der Hof voller Matsch war.

Als er die Halle erreichte, sah er durch die offene Haustür draußen den Maybach im strömenden Regen stehen. Am Steuer saß Franz, sein Chauffeur, und während Robert das Gepäck im Kofferraum verstaute, öffnete Constanze eigenhändig die hintere Wagentür.

»Was um Himmels willen hast du vor?«

»Ich fahre nach München.«

»Nach München? Mitten in der Nacht? Was … was willst du denn da?«

»Fragst du das im Ernst?« Auch jetzt schaute sie ihn kaum an. »Dort wird dem Führer der Prozess gemacht!«

»Welchem Führer?«

Ohne ein weiteres Wort stieg sie ein und schlug die Tür zu. Im selben Moment startete Franz den Motor, der Maybach fuhr an, und während Gustavs Frage ohne Antwort verhallte, verschwand seine Frau in der Nacht.

22

Der Tag der Premiere war da, über zweitausend festlich gekleidete Menschen strömten in den Ufa-Filmpalast am Zoologischen Garten, um dabei zu sein, wenn »Die Nibelungen« erstmals in der Öffentlichkeit gezeigt wurden. Während die Premierengäste sich im Foyer zu den Klängen des Filmtheater-Orchesters mit Champagner auf das Ereignis einstimmten, trafen die Schauspielerinnen und Schauspieler ein – Siegfried und Kriemhild, Gunther und Brunhilde und Hagen –, um sich im Blitzlichtgewitter der Fotografen dem Publikum zu präsentieren. Alles war zu der lang erwarteten und schon vorab in der Presse umjubelten Welturaufführung bereit. Nur der Film, der hier und heute gezeigt werden sollte – der war noch nicht da.

In seinem Smoking stand Tino vor dem Kinoportal und wartete auf das Eintreffen der Projektionskopien. Frierend in der nassen Kälte blickte er alle fünf Sekunden auf seine Armbanduhr und streifte dabei über die Nelke in seinem Knopfloch. Pommer hatte vor einer Viertelstunde aus dem Kopierwerk angerufen, dass er sich auf den Weg machen würde. Jetzt war es sechs Minuten vor acht, um acht war Saaleinlass, um halb neun sollte die Vorführung beginnen. Und Stauß, dem Pünktlichkeit so heilig war wie die Vierteljahresbilanz, hatte erklärt, dass er keine Sekunde länger warten würde – komme, was da wolle.

Ein Lieferwagen raste mit hohem Tempo heran und bremste mitten in einer Pfütze. Das Wasser spritzte so hoch auf, dass Tino sich nur mit knapper Not unter das Vordach retten konnte. Noch während der Wagen zum Stehen kam, flog die Beifahrertür auf, und Pommer sprang heraus, mit den Filmrollen unter den Armen.

»Na, endlich! Stauß ist kurz vor dem Herzinfarkt.« Tino riss seinem Freund die Kopien aus den Händen, da merkte er, dass etwas nicht stimmte. »Verflucht, das sind ja nur vier! Der Film hat sechs Akte! SECHS!«

»Ich weiß«, sagte Pommer. »Aber keine Sorge – die beiden letzten Kopien sind in einer Stunde fertig. Ich fahre gleich wieder los und bin vor dem Ende des vierten Akts zurück. Versprochen!«

Und schon sprang er wieder in den Wagen und brauste davon.

»Alles in Ordnung?«, fragte Stauß, als Tino zwei Minuten später ins Foyer stolperte.

»Alles in Ordnung! Wir können pünktlich anfangen.«

»Na, Gott sei Dank.«

Im Laufschritt eilte Tino die Treppe hinauf in den Projektionsraum. Der Vorführer hatte schon alles vorbereitet. Als er die erste Rolle einlegte, war es Viertel nach acht. Noch fünfzehn Minuten Zeit.

Im Vorführsaal ging gerade der Vorhang auf, als Tino am äußersten Rand der ersten Reihe Platz nahm. Ein Raunen ging durch das Publikum, die ersten Bilder flimmerten über die Leinwand: Pünktlich wie ein Maurermeister trabte Siegfried auf seinem Zelter durch den Zauberwald. Tino fasste an seine Nelke und lehnte sich zurück. Jetzt blieb ihm eine Stunde Zeit, um den Film zu genießen.

Doch von Genießen konnte keine Rede sein. Der Anblick von Stauß, der zusammen mit seiner Frau nur zwei Plätze weiter saß, machte Tino so nervös, dass er schon eine halbe Stunde später wieder auf der Straße stand, um auf die noch fehlenden zwei Schlussakte zu warten.

Wie war das mit Achilles und der Schildkröte gewesen?

Während er wartete, versuchte er sich an die Geschichte zu erinnern, mit der vor einer Ewigkeit sein Mathematiklehrer in der Schule versucht hatte, ihn in die Geheimnisse der Infinitesimalrechnung einzuweihen. Angeblich konnte Achilles, obwohl er der schnellste Läufer im antiken Athen war, eine Schildkröte niemals einholen, wenn diese mit einem wie auch immer gearteten Vorsprung an den Start gehen würde. Weil, wenn Achill bei A startete und die Schildkröte bei B, würde die Schildkröte ja schon bei C sein, wenn Achill bei B eintraf, und wenn er bei C ankam, war die Schildkröte bereits bei D – und so weiter und so fort …

Tino hatte nie begriffen, wo der Fehler lag. Doch lag überhaupt ein Fehler vor?

Erich Pommer war Achill, und der Premierenfilm war die Schildkröte. Und als Pommer zehn Minuten vor dem Ende des vierten Akts aus dem Kopierwerk zurückkehrte, hatte er nur eine Rolle dabei statt zwei.

Der sechste Akt aber, Kriemhilds Rache, fehlte.

23

»Und was machen wir jetzt?«

Während im Vorführsaal der fünfte Akt der »Nibelungen« lief, hatte Stauß im Büro des Zoopalasts eine Krisensitzung einberufen.

»Wir haben wirklich alles versucht«, beteuerte Erich. »Aber für den letzten Akt hat es einfach nicht mehr gereicht. Wenn wir nur eine halbe Stunde mehr Zeit gehabt hätten …«

»Warum haben Sie mich nicht gewarnt?«, fiel Stauß ihm ins Wort. »Das Ganze ist eine Katastrophe! Im Saal sitzen über zweitausend Zuschauer, die auf das Ende des Films warten! Und dazu die gesamte Berliner Presse! Mein Gott, Pommer – wie konnten Sie nur? Sie haben uns ins offene Messer laufen lassen!«

Erich hatte keine Ahnung, was er darauf antworten sollte, und Tino schaute gegen die Decke, als Erich hilfesuchend seinen Blick fangen wollte.

Zum Glück kam gerade Frau Stauß ins Büro, um ihrem Mann ein Glas Natronlösung zu bringen.

»Danke, meine Liebe.« Stauß nahm das Glas und trank es in einem Zug leer. »Ich hatte mich auf Sie verlassen, Pommer«, fuhr er fort. »Und Sie haben mir Ihr Wort gegeben, dass die Premiere stattfinden kann. Ich weiß nicht, wie ich Sie unter diesen Umständen noch weiter in der Ufa …«

»Ich glaube, ich habe eine Idee!«, meldete sich plötzlich Tino zu Wort.

»Welche?«, fragten Erich und Stauß wie aus einem Munde.

»Der Filmvorführer soll am Ende des fünften Akts den Vorhang fallen lassen und das Licht im Saal anmachen«, erklärte Tino. »Ich werde zu den Zuschauern sprechen.«

»Aber was um Himmels willen wollen Sie den Leuten denn sagen?«, fragte Stauß.

»Das werden Sie gleich erfahren«, erwiderte Tino. »Pommer soll dem Vorführer Bescheid geben!«

Das ließ sich Erich nicht zweimal sagen. Vom fünften Akt waren nur noch zwei Szenen übrig, als er in den Projektionsraum kam. Durch das Fenster sah er hinunter in den Saal, wo Tino sich schon unweit der Leinwand bereithielt. Erich sandte ein Stoßgebet gen Himmel. Hoffentlich hatte Tino wirklich eine Idee. Sonst war alles zu Ende, und dann gute Nacht! Dann würde »Metropolis« niemals gedreht, und es war aus und vorbei mit dem Produktionsdirektor Erich Pommer.

Auf der Leinwand verblasste die letzte Szene: König Gunther in Großaufnahme, bereit zum Verrat an seinem Blutsbruder Siegfried …

»Vorhang runter und Licht an!«

Während der Vorführer tat, was Erich sagte, betrat Tino unten im Saal die Bühne.

»Sehr geehrte Damen und Herren«, rief er den Zuschauern zu. »Aufgrund unvorhersehbarer Ereignisse sehen wir uns zu unserem größten Bedauern gezwungen, die heutige Vorstellung abzubrechen …«

Buhrufe und Pfiffe waren die Antwort.

Tino hob die Arme und wartete, bis der Lärm sich gelegt hatte.

»Ich verstehe Ihre Verärgerung, und zur Entschädigung lade ich Sie ein, morgen der Vorführung des sechsten und letzten Akts beizuwohnen. Sie haben natürlich freien Eintritt! Aber jetzt müssen wir den Saal räumen, es gibt Hinweise auf einen Bombenanschlag, den angeblich politische Fanatiker auf unsere Veranstaltung planen. Bestimmt handelt es sich nur um blinden Alarm, aber aus Sicherheitsgründen …«

Er hatte den Satz noch nicht zu Ende gesprochen, da sprangen die Zuschauer in Scharen von ihren Sitzen auf, um den Saal zu verlassen.

»Bitte bewahren Sie Ruhe«, rief Tino. »Einer nach dem anderen! Nicht drängeln! Nur ja nicht drängeln! Bitte! Kommen Sie gut heim! Und morgen auf Wiedersehen hier im Zoo-Palast. Wir freuen uns darauf, Sie zum Finale der ›Nibelungen‹ ein zweites Mal zu begrüßen, zur selben Zeit wie heute …«

24

War das ein Reklametrick oder was steckte dahinter?

Diese Frage ging Alfred Hugenberg unwillkürlich durch den Kopf, als er am nächsten Morgen im Radio die Nachricht vom Abbruch der Premiere hörte. Dass tatsächlich die Warnung vor einem politisch motivierten Bombenattentat der Grund für das abrupte Ende der Vorführung war, wie die Ufa-Fritzen behaupteten, schien ihm unwahrscheinlich. Die politischen Chaoten, ob von links oder rechts, bekämpften sich auf der Straße, nicht im Kino. Außerdem kostete so ein Premierenspektakel einen Haufen Geld, das ließ man nicht einfach so platzen.

Er wollte das Radio schon ausschalten, da erregte eine andere Meldung seine Aufmerksamkeit. In München sollte der Prozess gegen Hitler und seine Kumpane eröffnet werden. Beim Gedanken an den dilettantischen Umsturzversuch schüttelte Hugenberg noch immer den Kopf. Wenn man einen Putsch anzettelte, musste der verdammt nochmal auch gelingen – unfassbar, dass ein Mann wie Ludendorff sich mit solchen Amateuren verbrüdert hatte. Aber wer weiß, vielleicht hatte die Münchener Hanswurstiade ja auch ihr Gutes? Hugenberg hoffte, dass der Richter dem Herrn Hitler einen ordentlichen Schuss vor den Bug verpassen würde. Der österreichische Hitzkopf war ein begnadeter Politiker, keine Frage, aber so richtig seine Ziele waren, so falsch waren seine Methoden, sie zu erreichen. Ein paar Jahre Gefängnis konnten da nicht schaden. Vielleicht würden sie ihn zur Räson bringen.

Es klopfte an der Tür.

»Herein!«

Hugenberg schaltete das Radio aus. Wie jeden Morgen vor Bürobeginn erschien sein Adlatus Klitzsch zur Besprechung der anstehenden Aufgaben. Unter dem Arm trug er einen ganzen Stoß Aktenordner, und er hatte noch nicht Platz genommen, da schlug er auch schon den ersten auf.

»Die Zahlen des gestrigen Tages …«

»Die können warten«, fiel Hugenberg ihm ins Wort. »Es wird Zeit, dass wir über ein anderes Thema reden. Hören Sie Radio?«

»Selbstverständlich!«

»Und Ihre Frau?«

»Die auch. Wir haben sogar zwei Apparate im Haus, damit wir uns nicht streiten. Fast immer, wenn ich Nachrichten hören will, will meine Frau nämlich gerade eine Musikübertragung oder eine Dichterlesung hören. Aber warum fragen Sie?«

»Weil ich mich wundere, weshalb wir das Radio immer noch so betrachten, als wäre es ein Privatvergnügen«, erklärte Hugenberg. »Sie hören Radio, ich höre Radio. Ihre Frau hört Radio, meine Frau hört Radio – und es wird nicht lange dauern, da hört auch Lieschen Müller Radio. Schon jetzt gibt es über hunderttausend Rundfunkteilnehmer in Deutschland. Die einen hören Nachrichten wie Sie und ich, die anderen Musik und Unterhaltung wie unsere Frauen. Damit muss doch Geld zu verdienen sein!«

»Gewiss, der Rundfunk ist eine ernstzunehmende Konkurrenz im Pressegeschäft.« Klitzsch klappte seinen Aktenordner zu und zückte einen Notizblock. »Darf ich um Anweisungen bitten?«

Hugenberg zögerte keine Sekunde. »Trommeln Sie alle Abteilungsleiter zusammen. Große Lage. Und sorgen Sie dafür, dass sämtliche Reklameleute mit am Tisch sitzen. Sie sollen zusammen die Köpfe qualmen lassen. Das Ganze ist mehr als die Summe seiner Teile!«

25

Als Tino an diesem Samstagabend in die »Statistenbörse« kam, konnte er sich kaum der Glückwünsche erwehren, die von links und rechts auf ihn einprasselten. Die ganze hier versammelte Filmwelt gratulierte ihm zu dem vermeintlichen Reklametrick, der ihm mit der Doppel-Premiere der »Nibelungen« gelungen war. Sämtliche Zeitungen der Stadt hatten von dem Ereignis berichtet, das durch den Abbruch am ersten Abend zu einem wahren Großereignis geworden war. Jetzt wollte ganz Berlin »Die Nibelungen« sehen. Tino sah keinen Grund, die Gratulationen zurückzuweisen – auch wenn er den Coup nicht ganz so geplant hatte, wie die Leute glaubten, war dieser doch *sein* Coup gewesen. Falsche Bescheidenheit verbot sich darum von selbst, Aufklärung über den tatsächlichen Sachverhalt hätte nur die Wirkung geschmälert. Schließlich war man im Showgeschäft tätig – was zählte da mehr als der schöne Schein?

Obwohl es noch früh am Abend war, platzte das Lokal schon aus den Nähten. Doch nachdem Tino dem russischen Kellner Sergej, der wie ein Großfürst sein Reich regierte, ein Fünfmarkstück zugesteckt hatte, wurde wie von Zauberhand ein Tisch für ihn frei, von dem aus er einen perfekten Überblick hatte. Während Sergej verschwand, um seine Bestellung zu besorgen, schaute Tino auf die Uhr. Nein, er hatte sich nicht verspätet, er war sogar drei Minuten vor der Zeit.

War die Orientalin schon da?

Aufmerksam schaute er sich um. Doch all die halbnackten Mädchen in ihren Glitzerkleidern, die in schnatternder Aufgeregtheit darauf warteten, entdeckt zu werden, ähnelten mit ihren Puppengesichtern einander so sehr, dass er gleich ein halbes Dutzend wiederzuerkennen glaubte. Trotzdem hütete er sich, auch nur einer von ihnen zuzunicken – sie wären sonst alle auf einmal an seinen Tisch gestürmt. Warum hatte er sich nur nicht das Gesicht gemerkt? Aber in den Schwaden des türkischen Dampfbads hatte er ja kaum die Hand vor Augen gesehen.

Nervös zupfte er an seiner Nelke. Hätten sie nur einen anderen Treffpunkt ausgemacht als ausgerechnet die »Statistenbörse« … Schon beim Betreten des Lokals hatte er gespürt, wie ihn das Verlangen nach einem Wiedersehen mit Günter Jeschonnek überkam. Um nicht in alte Gewohnheiten zurückzufallen, hatte er Selters statt Sekt bestellt. Alkohol senkte die Hemmschwelle, er brauchte ja nur die Treppe hinunterzugehen, und schon wäre er im Paradies.

»Bitte sehr!«

Sergej stellte ein Glas auf seinen Tisch und schenkte ihm ein. Als Tino den ersten Schluck nahm, zitterte seine Hand so sehr, dass das Glas überschwappte. Wieder blickte er auf die Uhr. Schon fünf nach. Wo zum Teufel blieb sie? Solche Unpünktlichkeit war er nicht gewohnt, zumindest nicht von anderen! Während er plötzlich am ganzen Körper zu schwitzen anfing, kam ihm ein Verdacht. Hatte sie sich vielleicht über ihn lustig gemacht? Oder war sie eine Freundin von Rahel, die, statt ihm zu helfen, nur die Gelegenheit genutzt hatte, Rache für ihre Freundin zu nehmen und sich jetzt womöglich zusammen mit Rahel an der Vorstellung ergötzte, wie er hier vergeblich wartete?

Zwanzig nach acht. Der Schweiß rann ihm inzwischen in Strömen an den Achseln herunter, und er zitterte so sehr, dass er sich nicht mehr traute, sein Glas in die Hand zu nehmen. Noch eine Viertelstunde würde er warten, dann …

»Herr Reichenbach?«

Endlich, die Orientalin! Er erkannte sie an ihrem blonden Bubikopf.

»Bitte entschuldigen Sie die Verspätung.« Noch bevor er ihr einen

Platz anbieten konnte, setzte sie sich zu ihm an den Tisch, mit der Selbstverständlichkeit einer großen Diva. »Aber Sie wissen ja, wie das ist – wenn die Regisseure einmal angefangen haben, finden sie kein Ende. Nicht mal am Samstagabend.«

Tino atmete auf, mit einem Schlag war er wieder er selbst.

26

»Haben Sie eine Idee, wo ich Rahel finden kann?«, fragte er.

Lilly schaute ihn an. Konnte sie diesem Mann trauen? Rahel hatte ihr so viel über Konstantin Reichenbach erzählt, dass es ein sehr merkwürdiges Gefühl war, ihm jetzt in Fleisch und Blut gegenüberzusitzen. Obwohl sie ihn erst zum zweiten Mal sah, kam er ihr so vertraut vor, als würden sie sich seit einer Ewigkeit kennen. Und gleichzeitig war er ihr so fremd wie der Mann im Mond.

»Bitte«, sagte er. »Sie sind meine einzige Hoffnung.«

Lilly wusste, vor seiner Zeit mit Rahel war Konstantin Reichenbauch ein elender Schürzenjäger gewesen, nicht besser als die Kerle, auf die sie selbst immer wieder reinfiel. Mit seiner verwegenen blonden Tolle, den hellblauen Augen und dem kleinen Schnäuzer auf der Oberlippe hatte er sicher Dutzende Herzen gebrochen. Trotzdem war er ihr nicht unsympathisch. Obwohl er der geborene Frauenschwarm war, wirkte er irgendwie hilfsbedürftig – vielleicht, weil Schweiß auf seiner Stirn perlte und seine Hände zitterten, als hätte er Grippe; vielleicht aber auch, weil aus seinem Gesicht eine so rührende Mischung aus Hoffnung und Verzweiflung sprach, dass sie ihm am liebsten übers Haar gestrichen hätte. Daran änderte auch nichts die gelbe Nelke in seinem Knopfloch – im Gegenteil, die Blume war wie ein Ausrufezeichen, das eine tief in ihm verborgene Verlorenheit betonte.

Plötzlich sah sie das Feuermal auf seiner Stirn.

»Lieben Sie Rahel?« Lilly wusste selbst nicht, wie die Frage über ihre Lippen gekommen war – sie wusste nur, dass die beiden sich wegen dieses blöden, roten Flecks auf seiner Haut entzweit hatten. »Ich will wissen, ob Sie sie lieben, Herr Reichenbach.«

Als er den Kopf hob, standen Tränen in seinen Augen.

»Mehr als alles andere in der Welt.«

Die Antwort traf sie mitten ins Herz. Nicht mal Rudolf Valentino hätte sich ergreifender zu seiner Liebe bekennen können. Kurzentschlossen öffnete sie ihre Handtasche. »Ich will nicht schuld am Unglück zweier Menschen sein.« Sie nahm Papier und Bleistift aus ihrer Tasche und schrieb Rahels Adresse auf. »Hier können Sie sie finden. Aber sagen Sie ihr nicht, von wem Sie das wissen.«

Als sie ihm den Zettel gab, war es, als hätte sie eine Osram-Birne in seinem Gesicht angeknipst. Überglücklich griff er nach ihrer Hand.

»Wie kann ich mich erkenntlich zeigen?«

»Wollen Sie mich beleidigen?« Unwillkürlich zog sie ihre Hand zurück. »Das habe ich für meine Freundin getan.«

»Natürlich«, sagte er. »Bitte verstehen Sie mich nicht falsch. Es ... es wäre mir nur eine aufrichtige Freude, wenn Sie mir erlauben würden, Ihnen beruflich vielleicht ein kleines bisschen helfen zu dürfen ... Ich meine, Gottlieb Meineke ...« Er fasste in die Innentasche seines Jacketts und zückte eine Visitenkarte. »Nur für den Fall der Fälle. Sie haben etwas bei mir gut.«

27

In der Wohnung war alles still, nur im Herd knackten noch die letzten Holzscheite und zerfielen in der Glut. Rahel saß im Nachthemd am Küchentisch und trank ein Glas heiße Milch mit Honig in der Hoffnung, endlich müde zu werden. Alex war an diesem Abend schon bei der ersten Knochengeschichte eingeschlafen. In früheren Zeiten, als sie noch im Wertheim gearbeitet hatte, hätte sie sich darüber gefreut und wäre wahrscheinlich gleich ins Bett gegangen, um verlorenen Schlaf nachzuholen. Doch die Zeiten waren vorbei; obwohl die Tage mit Alex nicht weniger anstrengend waren als früher die Tage im Büro, wurde sie abends einfach nicht mehr müde. Und das lag nicht nur daran, dass Alex ein kleiner Langschläfer war und sie selten vor acht Uhr morgens weckte.

»Wieder dieselben Sorgen?«

Rahel hatte gar nicht gehört, dass Edgar in die Küche gekommen war, schon im Nachtzeug wie sie. Offenbar war Detlef noch bei einem Kunden.

»Wie konnte ich nur so verrückt sein, einfach zu kündigen?«, fragte sie.

»Mach dir keine Vorwürfe«, sagte er und setzte sich zu ihr an den Tisch. »Du konntest ja nicht wissen, was für ein Produzent dieser Meineke ist.« Er zögerte einen Moment, dann fuhr er fort: »Aber vielleicht kannst du die Kündigung ja rückgängig machen. Willst du nicht mal mit dem schönen Joachim reden? Einen Versuch wäre es wert. Was meinst du?«

Rahel schüttelte den Kopf. »Das ist vollkommen aussichtslos. So, wie ich ihm die Brocken vor die Füße geworfen habe, wird er mir das nie und nimmer verzeihen. Außerdem habe ich ihn in seiner himmelblauen Unterhose gesehen, und du weißt ja, wie eitel er ist.«

Eine breite Strähne hatte sich aus Edgars Haar gelöst und hing ihm fast bis auf die Schulter herab. Sorgfältig legte er sie sich wieder über den Kopf, um seinen kahlen Schädel zu bedecken.

»Hast du schon eine Ahnung, was du jetzt machen wirst?«

Statt einer Antwort stieß sie einen Seufzer aus. Die Kündigung war nicht nur verrückt gewesen, sondern auch größenwahnsinnig. Wie hatte sie nur glauben können, so hoch zu fliegen? Vor allem aber war die Kündigung vollkommen unverantwortlich. Schließlich hatte sie ein Kind, das sie versorgen musste und das auf sie angewiesen war.

Nein, nicht das Schicksal hatte ihr die Sorgen eingebrockt, und auch kein Gottesurteil. Das hatte sie ganz alleine geschafft.

Edgar sah, was in ihr vorging, und drückte ihre Hand.

»Hab keine Angst, Süße, ich lasse dich nicht im Stich.«

»Ach, Edgar, das ist lieb von dir. Aber was kannst du dafür, wenn ich mich wie eine Idiotin benommen habe?«

»Haben wir nicht genau deswegen geheiratet?«, fragte er mit einem Lächeln. »Oder hast du die Worte des Standesbeamten schon vergessen?« Sein Lächeln wurde zu einem Grinsen. »In guten und in schlechten Zeiten – wie es sich für ein anständiges Ehepaar gehört.«

28

Der Prozess gegen Hitler und Ludendorff sowie ihre Mitverschwörer fand vor dem bayerischen Volksgericht in München statt. Um aus dem Verfahren die zwielichtige Rolle einiger Amtsträger wie Ritter von Kahr, Oberst von Seißer und General Lossow bei dem Putschversuch herauszuhalten, hatte die Landesregierung sich der Anordnung der Reichsregierung, den Prozess beim Staatsgerichtshof zum Schutze der Republik in Leipzig einzuleiten, beharrlich widersetzt und auf der Durchführung in München bestanden. Nach wochenlangen Verhandlungen hatte der Oberreichsanwalt schließlich nachgegeben – der Streit um den Gerichtsstand war es nicht wert, dafür einen Eklat zwischen Reichs- und Landesregierung zu riskieren.

Aufgrund des großen öffentlichen Interesses wurde der Fall im Hauptlesesaal der Zentralen Infanterieschule in der Blutenburgstraße verhandelt. Obwohl Constanze über eine Stunde vor der Eröffnung eintraf, quoll der Raum bei ihrer Ankunft bereits über von Menschen, so dass sie nur noch in der vorletzten Reihe einen Sitzplatz fand. In der drangvollen Enge glaubte sie fast zu ersticken, zu allem Überfluss trug sie auch noch einen pelzgefütterten Wintermantel, es war ja erst Ende Februar, und draußen herrschte Frost. Während sie ein paar Knöpfe öffnete, um sich Luft zu verschaffen, gingen um sie herum bereits die Wogen hoch. Im Publikum saßen Anhänger der Putschisten kunterbunt durcheinander mit Kommunisten und Sozialisten, und während alle voller Anspannung auf den Prozessbeginn warteten, beschimpften sie sich gegenseitig und drohten einander mit den Fäusten.

Plötzlich ging ein Raunen durch den Saal. Ein Wachmann öffnete eine Tür, und unter der Aufsicht bewaffneter Polizisten wurden die Angeklagten hereingeführt. Im nächsten Moment brach ein Spektakel los wie bei einem Theaterskandal. Die Parteigänger der Putschisten begrüßten die Angeklagten mit lautem Beifall und jubelten ihnen zu, während ihre Gegner sie mit wütenden Pfiffen und Buhrufen empfingen.

Wo war Alexander?

Constanze hielt es kaum auf ihrem Platz, hin und her rutschend auf der Bank, reckte sie den Hals. Doch in dem Tohuwabohu war ihr die Sicht auf die Anklagebank verdeckt. Zwischen all den Rücken in den Reihen vor ihr erhaschte sie nur einen kurzen Blick auf General Ludendorff, mit stoischer Miene nahm er gerade vor dem Richtertisch Aufstellung, und auch Hitler glaubte sie für eine Sekunde zu erkennen. Aber keine Spur von ihrem Geliebten.

Der Gerichtsdiener klopfte mit seinem Stab auf den Boden.

»Ruhe im Saal! Bitte erheben Sie sich!«

In ihren schwarzen Roben traten der Vorsitzende Richter und seine Schöffen ein. Und endlich, endlich sah Constanze ihn, wenn auch nur von hinten! Aufrecht stand Alexander da, wie ein Monument, Seite an Seite mit General Ludendorff.

»Bitte nehmen Sie Platz.«

Während der ganze Saal der Aufforderung folgte, drehte Alexander sich um. Sie musste sich beherrschen, um nicht zu ihm zu eilen. Während sein Blick über das Publikum schweifte, ohne sie zu sehen, winkte sie ihm unauffällig zu. Er musste doch wissen, dass sie da war! Da war, um ihm beizustehen! In einer Aufwallung ihrer Seele hauchte sie seinen Namen.

»Alexander …«

Da trafen sich ihre Blicke. Ein freudiges Zucken ging durch sein Gesicht, er strich über seinen Bart und schenkte ihr ein Lächeln, aus dem beglückte Erleichterung sprach.

Constanze stieß einen Seufzer aus. Er war der Mann, den die Vorsehung für sie auserwählt hatte.

Sie war sein.

29

Erich hatte seine Sekretärin angewiesen, dass niemand ihn in den nächsten neunzig Minuten bei der Arbeit stören dürfe, und wenn es Herr von Stauß persönlich wäre. Dann hatte er sich seinen blauweißen Schal umgehängt, und seitdem klebte er mit beiden Ohren am Radio, um die Übertragung vom Spiel zwischen Vorwärts 90

Berlin und dem FC Schalke 04 zu verfolgen. Würde es eine Verlängerung geben? Bis zum Abpfiff waren es noch sieben Minuten, und es stand immer noch eins zu eins. Er war so aufgeregt, dass ihm sogar die Zigarette ausgegangen war.

»Walter Fritzsche ist jetzt am Ball«, tönte die Stimme des Reporters aus dem Lautsprecher. »Elegant schlenzt er den Ball an der Schalker Verteidigung vorbei und stürmt unwiderstehlich auf das Tor zu. Fritzsche müsste schießen! Aber nein, er vertändelt die Kugel in aussichtsreicher Position …«

Vor Enttäuschung biss Erich sich in die Faust – ein Schalker hatte den Ball über die Seitenlinie ins Aus befördert. Er wollte die Pause nutzen, um seine Zigarette wieder anzuzünden, doch er kramte noch in seiner Jackentasche nach den Streichhölzern, da ging die Tür auf und Tino kam ins Büro.

»Gott sei Dank, dass du da bist!« Er marschierte schnurstracks zum Radio, und ohne zu fragen, schaltete er es aus.

»Hast du sie noch alle?«

Erich wollte den Apparat wieder andrehen, doch Tino hielt ihn am Arm zurück.

»Ich habe Rahels Adresse.«

»Das ist ja großartig! Aber warum bist du dann hier statt bei ihr?«

Tino zog ein Gesicht, als hätte er plötzlich Zahnschmerzen. »Ich weiß einfach nicht, wie ich es anstellen soll.«

»Und da kommst du ausgerechnet zu mir?« Erich lachte kurz auf. »Wenn es um Frauen geht, bist du doch der Experte!«

»Das hatte ich auch gedacht«, erwiderte Tino zerknirscht. »Bis jetzt. Aber das stimmt nicht. In Wirklichkeit habe ich immer nur ein und dieselbe Masche geritten. Damit kann man eine Frau vielleicht erobern, aber nicht halten. Geschweige eine Frau wie Rahel …«

Erich steckte sich seine Zigarette an. »Tut mir leid, aber da muss ich passen. Von Liebesdingen habe ich keine Ahnung. Ich habe immer nur meine Gertrud gehabt, mein Leben lang.«

Wieder wollte er das Radio einschalten, doch wieder hinderte Tino ihn daran.

»Von wegen keine Ahnung! Du hast Dutzende Liebesfilme gedreht, da musst du doch wissen, wie so was geht!«

»In der Theorie vielleicht. Aber nicht in der Praxis.«

»Dann verrate mir wenigstens die Theorie! Bitte. Ich bin ohne deine Hilfe aufgeschmissen!«

Tino sah so erbarmungswürdig aus, dass Erich beschloss, es zu versuchen. Außerdem war das seine einzige Chance, das Ende des Spiels zu hören.

»Also gut«, sagte er. »Wenn es ein Film wäre, folgendes Drehbuch: Keine Tricks, keine Mätzchen, absolute Ehrlichkeit. Du musst ihr offen und ehrlich sagen, wie es um dich steht. Dass du sie liebst, wie du noch nie einen Menschen je in deinem Leben geliebt hast. Dass du ohne sie einfach nicht leben kannst …«

Er hielt kurz inne, um sich die Szene vorzustellen. Es fehlte noch die Schlusspointe – der eine, unwiderstehliche Dreh, damit der Hauptdarstellerin gar nichts anderes übrigblieb, als dem Werben des Hauptdarstellers nachzugeben.

»Und weiter?«

Voller Erwartung schaute Tino ihn an. Die Zigarette zwischen den Lippen bildete Erich mit den Daumen und Zeigefingern beider Hände ein Rechteck vor seinem Gesicht, um ihn wie durch eine Kamera zu betrachten.

Plötzlich sah er alles ganz genau vor sich.

»Am besten, du machst es auf die klassische Art«, entschied er. »Nachdem du Rahel dein Herz ausgeschüttet hast, sinkst du vor ihr auf die Knie. Damit sie begreift, dass du dein Schicksal in ihre Hand legst.« Während er sprach, drehte er unauffällig das Radio wieder an. »Und auf jeden Fall musst du ihr Blumen mitbringen! Ohne Blumen geht gar nichts!«

»Tor! Tor! Tor!«, rief der Reporter.

30

Sosehr der Prozess Constanze im Innersten aufwühlte, hoffte sie doch auf einen guten Ausgang, zumindest aber auf ein Urteil, das Alexander nicht allzu lange Zeit seiner Freiheit berauben würde. Bereits die Tatsache, dass der Fall in München statt in Leipzig verhandelt wurde, war ein positives Zeichen. Noch zuversichtlicher aber stimmte sie die Person des Vorsitzenden Richters. Landgerichtsdirektor Georg Neithardt, ein hochgewachsener Mittfünfziger mit streng nach hinten gescheiteltem Haar und akkuratem Oberlippenbart, hatte schon einige politische Prozesse geführt, unter anderem gegen Graf Arco nach dessen Attentat auf den bayerischen Ministerpräsidenten Eisner. Bei der Urteilsverkündigung hatte er auffallende Milde gezeigt und sich geweigert, Graf Arco die bürgerlichen Ehrenrechte abzuerkennen, weil dessen Tat nicht Ausdruck niedriger Gesinnung sei, sondern glühender Liebe zu Volk und Vaterland.

War er einer der Ihren?

Dass der Prozess in München statt in Leipzig eingeleitet worden war, war nicht zuletzt Landgerichtsdirektor Neithardt zu verdanken – er hatte das Verfahren aus eigener Kraft an sich gezogen. Auch hatte er, wie Constanze in Erfahrung gebracht hatte, schon einmal über Hitler zu Gericht gesessen, vor gut einem Jahr, und dabei eine durch und durch völkische Gesinnung zu erkennen gegeben. Zwar hatte er den Führer der NSDAP nach der Sprengung einer politischen Versammlung wegen Landfriedensbruch zu einer dreimonatigen Gefängnisstrafe verurteilt, doch nur, um im selben Urteilsspruch die zu verbüßende Strafe auf einen Monat zu reduzieren und die übrigen zwei Monate zur Bewährung auszusetzen.

Voller Ungeduld verfolgte Constanze die Aufnahme der Personalien. Tatsächlich begegnete der Richter den Angeklagten mit ausgesuchter Höflichkeit. Sie atmete ein erstes Mal auf, und als Alexander sich im Anschluss an Hitler und Ludendorff von der Anklagebank erhob und vor die Schranken des Gerichts trat, um in militärischer Knappheit und Präzision die erforderlichen Angaben zu machen, wich ihre Angst immer mehr dem Gefühl von Stolz. Auch wenn der Putschversuch niedergeschlagen worden war, war er doch, wie Alexander prophezeit hatte, nicht vergeblich gewesen. Allein durch diese Tat war Deutschland bereits ein anderes, ein besseres Land geworden – ein Land, das dank der Männer, die hier vor Gericht standen, wieder eine Zukunft hatte.

Die Stimme des Richters holte sie in die Gegenwart zurück.

»Ich fordere den Herrn Staatsanwalt auf, die Anklage zu verlesen.«

Beim Anblick des Staatsanwalts, Ludwig Stenglein mit Namen, erfasste Constanze ein ungutes Gefühl. Es war, als hätte jemand das Fenster geöffnet, und ein kalter, scharfer Luftzug wehte herein. Hager und mit den unangenehm scharfen Gesichtszügen eines Eiferers erhob er sich, um das Eingangsplädoyer vorzutragen.

»Meine Herren! Ich schicke voraus, dass ich mich jeder persönlichen Stellungnahme zu den politischen Parteifragen enthalte. Es soll nur die Tat der Angeklagten erörtert werden und das nach meiner Auffassung zu ihrer Aufklärung Nötige, ohne jedes Beiwerk. Hitler und seine Mittäter haben sich eines Verbrechens des Hochverrats nach Paragraph 81 Ziffer 2, 82 und 47 des Strafgesetzbuches schuldig gemacht. Sie haben durch ihre revolutionäre Aktion innen- und außenpolitische Gefahren heraufbeschworen. Infolge ihrer Taten sind schwere Verluste an Menschenleben und sonstige Schäden entstanden …«

Mit jedem Wort, das der Staatsanwalt sprach, spürte Constanze, wie ihre Zuversicht schwand. Was hatte dieser Mann vor? Wollte er Alexander und seine Kameraden tatsächlich zu Verbrechern stempeln?

Mit angehaltenem Atem hörte sie zu.

»Der Putsch und der im Anschluss geplante Marsch auf Berlin«, fuhr der Staatsanwalt fort, »waren ein Anschlag auf die Grundfeste unserer staatlichen Ordnung. Dabei hat sich der Stoßtrupp Hitler durch besonders gewalttätiges Vorgehen auffällig gemacht. Für die daran Beteiligten kann es darum nur eine Strafe geben.« Er machte eine kurze Pause, bevor er sie aussprach: »Die Todesstrafe!«

Bei dem Wort entfuhr Constanze ein Schrei. Alexander drehte sich um. Weiß wie eine Wand erwiderte er ihren Blick.

31

Rahel hob Alex auf den Schoß, um noch einmal sein Lieblingsspiel zu spielen. Zum wohl hundertsten Mal an diesem Nachmittag.

»Hoppe, hoppe, Reiter,
Wenn er fällt, dann schreit er.
Fällt er in den Graben,
Fressen ihn die Raben.
Fällt er in den Sumpf,
Macht der Reiter – plumps!«

»Pluuuuuuumps«, rief Alex, während sie ihn mit Schwung zu Boden sausen ließ, und quietschte vor Vergnügen. »Noch mal!«

Rahel schüttelte den Kopf. »Jetzt ist Schluss, mein Liebling.« Sie konnte einfach nicht mehr, sie spielten das Spiel inzwischen so lange, dass ihr inzwischen die Arme weh taten, und ihre Schenkel hatten sicher schon blaue Flecken.

»Bitte, Mama! Bitte!«

Er blickte sie so flehentlich an, dass sie ihm nicht widerstehen konnte.

»Na gut, noch einmal. Aber das ist dann wirklich das allerletzte Mal.«

»Juchhuuu!«

Rahel hob ihn noch einmal auf den Schoß.

»Hoppe, hoppe, Reiter …«

Vor lauter Glück klatschte er in die Hände. Er bekam einfach nicht genug von diesem Spiel, obwohl es doch auch für ihn anstrengend sein musste. Woher nahm er nur all die Energie? Sie hatten schon stundenlang Verstecken gespielt. Und davor Fangen. Und davor hatten sie aus Decken und Kissen im Wohnzimmer eine Hütte gebaut. Und davor in der Küche zusammen Mittagessen gekocht. Die Küche hatte anschließend ausgesehen wie ein Schlachtfeld.

»… macht der Reiter plumps!«

»Pluuuuuumps! – Noch mal, Mama! Bitte!«

Zum Glück ging in diesem Moment die Wohnungsklingel. Erleichtert, das Spiel endlich beenden zu können, nahm Rahel Alex vom Schoß und lief in den Flur, um nachzuschauen.

Als sie die Etagentür öffnete, quoll ihr ein riesiger Strauß roter Nelken entgegen. Sie war so überrascht, dass sie im ersten Reflex die Tür schon wieder schließen wollte, da tauchte über den Blumen ein Gesicht auf.

»Tino – du?«

Unwillkürlich machte sie einen Schritt zurück.

»Ich bin gekommen, um dich um Verzeihung zu bitten«, sagte er. »Auch wenn es für das, was ich getan habe, keine Verzeihung geben kann. Ich hätte diese Frage niemals stellen dürfen, ich weiß, das war der größte Fehler meines Lebens. Ich liebe dich, Rahel – mehr als ich je zuvor einen anderen Menschen geliebt habe, und ich werde auch in Zukunft niemals einen anderen Menschen so lieben wie dich. Ich kann ohne dich einfach nicht mehr leben …«

Er sprach wie ein Wasserfall, ohne Punkt und Komma, und noch bevor sie etwas erwidern konnte, sank er mit den Blumen vor ihr auf die Knie.

»Ich lege mein Schicksal in deine Hände …«

Rahel wusste nicht, wie ihr geschah. Während Tino, den Blick wie ein reuiger Delinquent vor seinem Richter zu Boden gesenkt, auf ihre Antwort wartete, überkam sie eine solche Woge von Gefühlen, dass sie sich am Türpfosten festhalten musste. Erst in diesem Augenblick spürte sie, wie sehr sie ihn die ganze Zeit vermisst hatte. Alles in ihr drängte danach, ihn zu umarmen, ihn zu küssen, sich wieder mit ihm zu vereinen. Ja, sie liebte ihn, immer noch, genauso wie früher, sie hatte ihre Liebe nur unterdrückt in all den Wochen und Monaten ihrer Trennung. Jetzt brach sie sich Bahn, mit aller Macht.

»Ach, Tino.« Sie streckte die Hand nach ihm aus, um ihn zu berühren.

Er hob den Kopf und schaute sie an.

»Bitte, Rahel! Bitte!«

Als sie sein Gesicht sah, sah sie es auf einmal wieder vor sich: dasselbe Gesicht, das trotzdem ein ganz anderes war – damals im Krankenhaus, nach der Entbindung. Die ungläubige Miene … Die Zweifel in seinen Augen … Die Verachtung und die Wut und die …

Aus der Wohnung drang Alex' Stimme.

»Mama, komm! Hoppe, hoppe, Reiter!«

Tino sah zu ihr auf, die Augen voller Flehen.

»Darf … darf ich ihn sehen?«

Ohne zu wissen, was sie tat, schüttelte Rahel den Kopf.

»Nein«, sagte sie. »Zu spät.«

32

Während ihre Worte im Treppenhaus verhallten, schloss sich hinter ihr die Tür. Tino hörte ihre Schritte, wie sie sich auf der anderen Seite im Flur entfernten.

Zu spät …

Immer noch auf den Knien, blickte er auf den Strauß in seiner Hand. Hundert rote Nelken. Er war so voller Hoffnung gewesen, als er die Blumen gekauft hatte – in dem kleinen Laden am Gendarmenmarkt, vor dem er Rahel zum ersten Mal begegnet war. Er hatte fest daran geglaubt, dass die Nelken ihm Glück bringen würden. Jetzt wogen sie so schwer wie Blei.

Mühsam stand er auf, taumelnd wie ein Boxer nach dem Knockout. Was sollte er tun? Noch einmal klingeln? Die Blumen vor der Tür ablegen, vielleicht versehen mit ein paar Worten? – Aber wozu? Selbst wenn er eine Million Nelken hätte – sie würden ihm kein Glück bringen. Nein, Rahel wollte ihn nicht mehr, sie hatte die Tür vor ihm verschlossen. Und deshalb hatte es auch keinen Sinn, noch einmal zu klingeln. Er kannte sie und wusste, wie sie reagierte, wenn man sie bedrängte.

Als er zurücktrat, sah er plötzlich das Namensschild an der Tür. Das blitzblanke Messing verriet, dass es noch nicht lange dort hing. Er hatte vorher nicht auf das Schild geachtet – auf dem Zettel, den Rahels Freundin ihm gegeben hatte, hatte nur die Adresse gestanden: Hausvogteiplatz 5, zweiter Stock. Da hatte er geklingelt.

Wie betäubt starrte Tino auf das Schild.

Rahel war verheiratet.

Damit war alles entschieden.

Er wandte sich ab und stolperte die Treppe hinunter. Ohne zu wissen, wie er bis in den Hausflur gelangt war, öffnete er die Tür.

Als er auf die Straße trat, sah er auf der gegenüberliegenden Seite im Schein der blassen Frühlingssonne einen kleinen Park mit noch kahlen Bäumen und einem bereits wieder plätschernden Springbrunnen. Ein Mann verließ gerade den Park, überquerte die Straße und steuerte direkt auf ihn zu.

Tino spürte, wie sich sein Herz zusammenzog. Er hatte den Mann schon einmal gesehen, in dunkler Nacht, als Rahel, hochschwanger, zusammen mit ihm aus dem »Eldorado« zurück nach Hause gekommen war.

Der Vater ihres Kindes. Der Mann, mit dem Rahel nun lebte.

33

Alex hatte die Zeit, die Rahel fort gewesen war, dazu genutzt, wieder auf den Stuhl zu klettern, auf dem sie vorher zusammen gespielt hatten, und als sie in die Küche zurückkehrte, empfing er sie schon wieder mit zappelnder Ungeduld.

»Hoppe, hoppe, Reiter!«

»Nein, jetzt ist Schluss! Das hab ich dir doch klipp und klar gesagt!« Ohne auf seine Proteste zu achten, hob sie ihn vom Stuhl und stellte ihn auf den Boden. »Geh raus auf den Flur – spielen! Die Mama muss mal ein bisschen allein sein.«

»Will aber nicht in den Flur! Will bei Mama sein!«

»Himmelherrgott noch mal! Kannst du nicht einmal gehorchen? Los – Abmarsch!«

Sie fasste ihn am Kragen und gab ihm einen Klaps auf den Po. Aber statt zu verschwinden, fing er wie am Spieß an zu schreien.

Im selben Moment bereute sie, was sie getan hatte. »Verzeih, mein kleiner Liebling, das wollte ich nicht.« Sie bückte sich und nahm ihn in den Arm. »Hast du dich erschrocken? Das tut mir leid, die Mama wollte dir doch nicht weh tun, die Mama war nur gerade ein bisschen durcheinander.«

Sie drückte ihn an sich und küsste ihn, doch was sie auch tat oder sagte, er konnte sich einfach nicht beruhigen und schrie immer weiter – nicht mal Hoppe, hoppe, Reiter wollte er mehr spielen. In ihrer Not ging Rahel an die Schublade, in der Detlef seine Süßigkeiten aufbewahrte. Die waren zwar genauso tabu wie das Billardzimmer, doch jetzt ging es nicht anders.

Sie nahm eine Rolle Lakritz und hielt sie Alex vor die Nase.

»Na, was meinst du? Würde dir das wohl schmecken?«

Als hätte jemand einen Knopf gedrückt, hörte er schlagartig auf zu weinen. Gott sei Dank! Während er sich über das Lakritz hermachte, als hätte er den ganzen Tag nichts zu essen bekommen, setzte sie sich an den Tisch. Ihr Kopf war so schwer, dass sie ihn mit beiden Händen stützen musste.

Kaum schloss sie die Augen, sah sie Tinos Gesicht.

Warum hatte sie die Tür vor ihm zugeschlagen? Hatte sie das wirklich gewollt?

Im Flur näherten sich Schritte, und als sie aufschaute, sah sie Edgar in die Küche kommen.

»Ich habe gerade vor dem Haus einen Mann gesehen, mit einem riesigen Strauß roter Nelken.« Er schaute sie forschend an. »War *er* das?«

Rahel versuchte, Edgars Blick zu erwidern, doch keine zwei Sekunden hielt sie stand. Dann brach sie in Tränen aus.

34

Obwohl jedermann Erich Pommer für einen Künstler hielt, verstand er selbst sich keineswegs als solcher, und wenn er trotzdem immer wieder einen von ihm produzierten Film im Namen der Kunst verteidigte, dann nur, um ihn gegen die Angriffe der Krämerseelen im Aufsichtsrat, die jede neue Idee mit Zahlen und Fakten torpedierten, in Schutz zu nehmen. Er hatte in seinem Leben noch nie ein Drehbuch geschrieben, noch hatte er, abgesehen von ein paar Jugendsünden, jemals selbst Regie geführt, und eher würde die Hölle zufrieren, als dass er vor eine Kamera treten würde, um sich als Schauspieler zu versuchen. Nein, er war der Mann hinter den Kulissen, der es anderen ermöglichte, Kunst zu produzieren. Das aber hatte er von der Pike auf gelernt. Angefangen hatte er mit achtzehn Jahren als Filmverkäufer, in der Berliner Filiale des französischen Gaumont Konzerns, bevor er mit der Leitung von dessen Wiener Filmabteilung betraut worden war, um nur wenige Jahre später, noch während des Kriegs, mit Gertruds Mitgift und tätiger Hilfe die Decla zu gründen, seine erste eigene kleine Filmfabrik. Doch so unterschiedlich seine beruflichen Tätigkeiten gewesen waren, in all dieser Zeit hatte es nie etwas Schöneres für ihn gegeben, als mitzuerleben, wie auf magische Weise, gleichsam aus dem Nichts heraus, erst vage und nebulöse Ideen entstanden und diese sich dann Schritt für Schritt konkretisierten, in Gestalt von Bildern, die schließlich, wenn sie als fertig komponierter Film von der Leinwand flimmerten, eine ganz eigene Wirklichkeit erzeugten und solche Macht erlangen konnten, dass sie die Menschen vollkommen in ihren Bann schlugen und sie tiefer berührten als die sogenannte »wahre« Wirklichkeit.

Heute war wieder so ein Wunder geschehen. Fritz Lang hatte ihm die ersten Kulissenentwürfe für »Metropolis« vorgelegt, und er war so begeistert gewesen, dass er sie mit nach Hause genommen hatte, um sie Gertrud und dem Hänschen zu zeigen: Bilder von Städten, die aussahen wie gigantische Maschinen, mit Wolkenkratzern, die bis in den Himmel reichten.

»Was sind das für komische Häuser und Straßen?«, wollte das Hänschen wissen.

»So werden in Zukunft unsere Städte aussehen, mein Sohn«, erwiderte Erich.

Gertrud, die gerade den Abendbrottisch abräumte, warf nur einen kurzen Blick auf die Entwürfe. »Um ehrlich zu sein – wohnen möchte ich da nicht.«

Noch während sie sprach, klingelte es an der Haustür.

»Erwartest du jemanden?«, fragte sie überrascht.

»Nein, keine Ahnung, wer das ist. Ich schaue mal nach.«

Erich stand auf und verließ die Küche. Als er die Haustür öffnete, musste er laut lachen.

»Was verschafft uns denn diese Ehre?«

Vor ihm stand Tino, mit einem so großen Strauß roter Nelken, dass er ihn mit beiden Armen umfangen hielt.

35

Vor ein paar Minuten hatte Rahel noch geglaubt, Alex würde heute überhaupt nicht mehr einschlafen, und Detlef hatte schon zweimal an die Tür ihrer Kammer geklopft, um sich mit seinen gefletschten falschen Zähnen zu erkundigen, wann endlich Ruhe sei. Doch dann waren Alex von einem Moment zum anderen die Augen zugefallen, und jetzt schlummerte er so tief und fest in seinem Bettchen, dass er nicht mal mehr seine zwei Teddybären brauchte, Plisch und Plum.

Rahel beugte sich über ihn und gab ihm einen Kuss.

»Schlaf schön, mein kleiner Prinz. Bis morgen früh.«

Im Wohnzimmer schlug die Standuhr. Schon halb elf. Höchste Zeit, sich zur Nacht fertig zu machen – Edgar und Detlef waren bereits im Schlafzimmer verschwunden. Auf Zehenspitzen verließ Rahel die Kammer, um ins Bad zu gehen. Doch im Flur spürte sie, dass sie Hunger hatte. Tinos unverhoffter Auftritt war ihr so auf den Magen geschlagen, dass sie beim Abendessen keinen Bissen herunterbekommen hatte.

Sie beschloss, sich in der Küche noch ein Brot zu schmieren. Aber als sie an Edgars und Detlefs Zimmer vorbeikam, hörte sie ein leise gezischtes Tuscheln. Unwillkürlich blieb sie stehen.

»Wie lange soll das noch so weitergehen?«

»Ich habe es ihr nun mal versprochen.«

»Und deshalb lässt du dich so ausnützen? Wenn sie wenigstens eigenes Geld verdienen würde, um ein paar Mark zur Haushaltskasse beizusteuern. Aber statt zu arbeiten, spielt sie lieber von morgens bis abends mit ihrem verzogenen Balg.«

»Du tust ihr Unrecht. Sie würde das für mich genauso tun. Außerdem vergiss nicht, was wir ihr verdanken. Seit ich mit ihr verheiratet bin, habe ich im Wertheim Ruhe.«

»Ja, ja, immer nimmst du sie in Schutz. Dabei hat sie sich heute an meiner Schublade vergriffen. Und am Billardtisch waren rein zufällig dunkelbraune Flecken. Wie von süßen kleinen Lakritz-Patschehändchen …«

Rahel hatte genug gehört. Statt in die Küche zu gehen, machte sie kehrt und schloss sich im Badezimmer ein. Der Appetit, der ihr eben erst gekommen war, war ihr gründlich vergangen.

Detlef hatte ja recht, so ging es nicht weiter. Sie brauchte Arbeit. Und zwar so schnell wie möglich.

36

In Pommers Wohnzimmer sah es aus wie in einem Blumenladen. Da es im ganzen Haus keine Vase gab, die auch nur annähernd groß genug gewesen wäre, die hundert roten Nelken zu fassen, die Tino in seiner Verzweiflung Gertrud verehrt hatte, hatte Pommer kurzerhand zwei Wassereimer aus dem Keller geholt und sie zu Blumenkübeln umfunktioniert. Auf diese Weise würden die Nelken sich noch ein paar Tage halten, hatte er gesagt, und Gertrud hatte ihn mit einem Kuss belohnt.

Um den Anblick des vermaledeiten Grünzeugs nicht ertragen zu müssen, hatte Tino sich mit dem Rücken zu den Kübeln an den Tisch gesetzt, aus Angst, dass es sonst über ihn kam und er am Ende wieder bei Günter Jeschonnek Zuflucht nahm. Zum Glück hatte Pommer noch eine letzte Flasche von dem Margaux übrig. Jetzt entkorkte er sie und schenkte drei Gläser ein.

Tino nahm sein Glas und trank einen Schluck. »Ich habe alles ganz genauso gemacht, wie du gesagt hast, Erich. Aber Rahel wollte nichts davon wissen. Sie hat mir einfach die Tür vor der Nase zugeschlagen.«

»Kein Wunder«, sagte Gertrud, die gerade ins Wohnzimmer zurückkehrte, nachdem sie noch einmal nach dem Hänschen geschaut hatte. »Das Leben ist kein Spielfilm, und Menschen verhalten sich nicht wie in einem Drehbuch. Zumindest Frauen nicht.«

Tino blickte in sein Glas. »Und als ich wie ein Idiot vor ihr kniete, mit meinen hundert Nelken im Arm, hörte ich, wie ihr Sohn nach ihr rief. Er wollte Hoppe, hoppe, Reiter spielen.« Obwohl er gerade erst einen Schluck getrunken hatte, war seine Stimme so rau, dass er kaum sprechen konnte.

»Das muss fürchterlich sein«, sagte Pommer. »Wenn ich mir vorstelle, mein Hänschen ruft hinter irgendeiner Tür, und ich dürfte nicht zu ihm ...« Statt den Satz zu Ende zu sprechen, steckte er sich eine Zigarette an und blies Rauchringe in die Luft.

Tino spürte, wie der Kloß in seinem Hals wuchs. »Wenn er nur mein Sohn wäre ...«

»Woher willst du wissen, dass er es nicht ist?« Gertrud nahm einen Stuhl und setzte sich zu ihnen an den Tisch.

»Ich habe das Namensschild an der Tür gesehen. *Familie Edgar Weißpfennig*. Rahel hat geheiratet.«

»Ein Namensschild bedeutet gar nichts«, meinte Pommer. »Vielleicht wohnt sie ja bei der Familie in Untermiete und hat nur noch kein eigenes Schild.«

Tino schüttelte den Kopf. »Ich habe ihren Mann gesehen. Als ich aus dem Haus kam, wäre ich ihm fast in die Arme gelaufen. Derselbe Mistkerl, mit dem sie früher die Nächte im ›Eldorado‹ verbracht hat. – Nein, das kann kein Zufall sein«, fuhr er mit erhobener Stimme fort, als Pommer etwas einwenden wollte. »Er ist ihr Mann. Und er ist der Vater ihres Kindes.«

Tino schaute Pommer an, doch der senkte den Blick und rauchte schweigend seine Zigarette. Was sollte er auch anderes tun? Die Dinge waren nun mal so, wie sie waren, da gab es nichts mehr zu bezweifeln. Und wenn er sich hundertmal das Gegenteil wünschte.

»Immerhin weißt du jetzt, wo Rahel wohnt«, sagte Gertrud. »Das ist doch schon mal ein Anfang.«

»Anfang wofür?«, fragte Tino.

Gertrud strich sich eine Strähne aus der Stirn und sah ihn mit ihren sanften Augen an. »Ach, ihr Männer. Muss man euch wirklich immer alles erklären?«

37

Landgerichtsdirektor Neithardt erhob seine Stimme.

»Ich rufe den Angeklagten Major Grau zur Vernehmung durch den Staatsanwalt auf!«

Endlich war der Augenblick da! Drei Wochen hatte Alexander tatenlos dasitzen und zusehen müssen, wie Hunderte Zeugen verhört worden waren – drei Wochen erzwungenes Schweigen, während alles in ihm danach drängte, das Wort zu ergreifen und sich zu bekennen.

Als er vor den Richtertisch trat, warf er einen Blick über die Schulter. Wie immer saß Constanze in der vorletzten Reihe, die Augen unverwandt auf ihn gerichtet, und schenkte ihm ihr wunderbares Lächeln. Was für eine Frau! Seit Prozessbeginn stand sie ihm bei, Tag für Tag, in Treue fest!

Er strich sich über den Bart und nickte ihr zu. Dann schaute er nach vorn, um sich den Fragen zu stellen.

In sachlichem Ton begann der Staatsanwalt sein Verhör. Zunächst erkundigte er sich nach seiner militärischen Laufbahn sowie seiner besonderen Beziehung zu General Ludendorff. Dann kam er auf die Versammlung im Bürgerbräukeller zu sprechen, bei der Hitler die Landesregierung für abgesetzt erklärt hatte.

»Welche Rolle fiel Ihnen bei diesem Vorgang zu, Major Grau?«

Wahrheitsgemäß berichtete Alexander von seiner ihm an diesem Abend zugeteilten Aufgabe, die Lage im Saal zu beobachten, um zum richtigen Zeitpunkt das Zeichen zum Losschlagen zu geben. Doch zu seiner Verwunderung ging der Staatsanwalt mit wenigen Sätzen darüber hinweg, offenbar war ihm die strategische Bedeutung der Aufgabe nicht klar, um sich sogleich den Ereignissen des folgenden Tages zuzuwenden, dem Marsch auf Berlin. Dabei stellte er immer wieder Fragen, die in durchsichtiger Weise einzig und allein darauf abzielten, die besondere Gefährlichkeit des Stoßtrupps Hitler bei dem Putschversuch deutlich zu machen. Alexander war sich bewusst, was das bedeutete, der Staatsanwalt hatte in seinem Eingangsplädoyer ja kein Geheimnis daraus gemacht, welche Strafe er für die Mitglieder dieses Stoßtrupps im Falle ihrer Verurteilung fordern würde.

Doch sollte er darum Verrat an der eigenen Sache begehen? Vor Constanzes Augen?

Plötzlich wurde die Stimme des Staatsanwalts so scharf, dass man ein Messer an ihr hätte schleifen können.

»Dann geben Sie also zu, Seite an Seite mit Hitler marschiert zu sein?«

Ohne mit der Wimper zu zucken, erwiderte Alexander den bohrenden Blick. »Auch wenn ich mich unmöglich im Sinne der Anklage schuldig bekennen kann, bekenne ich mich doch zu meiner Tat.«

»Also zum gemeinschaftlich begangenen Hochverrat, zusammen mit den übrigen Angeklagten?«

»Ich weise den Vorwurf des Hochverrats auf das Entschiedenste zurück! Ich fühle mich keineswegs als Hochverräter, sondern als Deutscher, der nach bestem Wissen und Gewissen zum Wohle seines Volkes gehandelt hat. Der Marsch auf Berlin hatte zum Zweck, eine Regierung zu stürzen, der jegliche Legitimation fehlte und weiterhin fehlt. Diese Regierung gründet auf einer Verfassung, die nur als Unding bezeichnet werden kann, weil sie nicht dem Willen des Volkes entspricht.«

»Wie können Sie sich zu einer solchen Behauptung erdreisten? Nach der Abdankung des Kaisers wurde die Nationalversammlung in freier Abstimmung vom Volk gewählt. Diese hat die Reichsverfassung erlassen.«

»Falsch! Der Verrat am deutschen Volk im November 1918 ist ein bis heute ungesühntes Verbrechen. Diese Ihre sogenannte Verfassung hat darum keinerlei Rechtsgültigkeit, denn über das Verbrechen, das bei Kriegsende begangen wurde, hat das deutsche Volk nie zu Gericht gesessen. Als Soldat aber weiß ich, wenn die auf den Schlachtfeldern Gefallenen aufstehen würden und man sie fragte, ob sie die heutigen Zustände in Deutschland anerkennen würden, so würden sie rufen:

Niemals! – Nein, Hochverrat war nicht der Marsch auf Berlin, Hochverrat war der Dolchstoß, den die Novemberverbrecher dem deutschen Volk zugefügt haben.«

Als Alexander zu Ende gesprochen hatte, herrschte eine gefährliche Stille im Saal. Der Staatsanwalt fixierte ihn mit einem Blick, als wolle er ihn töten, und ohne ihn aus den Augen zu lassen, verließ er seine Kanzel und trat auf ihn zu.

»Dann habe ich nur noch eine Frage, Angeklagter Grau«, sagte er mit bedrohlich leiser Stimme. »Angenommen, Sie kämen noch einmal in die Lage, eine solche Entscheidung zu treffen: Würden Sie sich ein zweites Mal an einem solchen Putschversuch beteiligen?«

Grau warf den Kopf in den Nacken, doch bevor er auch nur den Mund aufmachen konnte, schnitt der Richter ihm das Wort ab.

»Herr Major! Ich weise Sie darauf hin, dass Sie das Recht haben, die Antwort zu verweigern. Es handelt sich hier um eine hypothetische Frage, bei deren Erörterung Sie Gefahr laufen, sich selbst zu belasten. Da bei der Festlegung des Strafmaßes das Gericht grundsätzlich verpflichtet ist, die Prognose zukünftigen Verhaltens mit zu berücksichtigen, kann es Sie zu keiner diesbezüglichen Aussage zwingen.«

»Ich danke für die Belehrung«, entgegnete Alexander. »Aber ich sehe keinen Grund, die Aussage zu verweigern! Sowohl als Patriot wie auch als Offizier betrachte ich es vielmehr als meine unveräußerliche Pflicht, Rede und Antwort zu stehen.«

Noch einmal drehte er sich zu Constanze herum, in Erwartung Ihres Zuspruchs. Doch statt ihm zuzunicken, starrte sie ihn fassungslos an, die Augen aufgerissen, eine Hand vor dem Mund – kaum schien sie noch zu atmen.

Ohne auf ein Zeichen von ihr zu warten, kehrte er ihr den Rücken zu. Egal, in welcher Angst oder Sorge sie um ihn war – auf Sentimentalitäten konnte er keine Rücksicht nehmen. Denn hier stand Höchstes auf dem Spiel.

Entschlossen trat er auf den Staatsanwalt zu, und während er dessen Blick unbeirrt erwiderte, erklärte er mit fester Stimme: »Ja, ja und nochmals ja! Sollte ich je ein zweites Mal in eine solche Lage kommen, würde ich keine Sekunde zögern, erneut so zu handeln, wie ich gehandelt habe. Meine Liebe zu Volk und Vaterland würden mir keine andere Wahl lassen. Hier stehe ich und kann nicht anders. Gott helfe mir – Amen!«

38

Voller Anspannung verfolgte Stauss die neuesten Radionachrichten. Die Meldungen, die aus München übertragen wurden, versetzten ihn in solche Alarmbereitschaft, dass seine Speiseröhre sich zusammenzog, als würde die Magensäure darin Paternoster fahren. Der Reporter berichtete vom Verhör eines Majors und engen Vertrauten General Ludendorffs, der vor Gericht scharfe Kritik an der Verfassung geübt und deren Legitimation offen in Frage gestellt hatte, um seine Beteiligung am Hitlerputsch als patriotischen Akt darzustellen. Stauß hatte keinerlei Zweifel, wer dieser Major und Vertraute General Ludendorffs war. Gott sei Dank war der Name nicht genannt worden, auch in den Zeitungsberichten über den Prozess war er bislang nicht erschienen. Stauß konnte nur hoffen, dass es dabei blieb.

Wie lange war Grau als sein Stellvertreter noch tragbar? Privat sollte der Herr Major von ihm aus tun und lassen, was er wollte, und auch seine politischen Ansichten waren ihm piepegal, aber wenn er wegen Hochverrats ins Zuchthaus kam und das in der Öffentlichkeit bekannt würde, konnte die Universum Film AG schweren Schaden nehmen. Dann musste gehandelt werden! Doch so lange der Prozess dauerte, galt es, jeden Skandal zu vermeiden und keine schlafenden Hunde zu wecken. Vor allem nicht die schlafenden Hunde im Aufsichtsrat.

Der Nachrichtensprecher verabschiedete sich mit dem Wetterbericht für Berlin. Stauß wollte das Radio schon abschalten, da drang aus dem Lautsprecher plötzlich das Miauen einer Katze, gefolgt von einem Reklamespruch.

Hoffmanns Reisstärke, für garantiert perfekte Hemdkragen.
Ein Segen für die moderne Hausfrau. Beste Qualität.
Nur echt in der Originalverpackung.

Es entstand eine kurze Pause, dann kam es noch einmal.

Miau!

Stauß war wie vom Blitz gerührt. Seit Jugendtagen kannte er die Katze der Hoffmann Stärkefabriken, als Symbol der Reinlichkeit zierte sie jede Packung. Wenn diese Katze jetzt aus den Radiolautsprechern miaute, wusste jedes Kind in Deutschland, für welches Produkt geworben wurde.

Reklame per Rundfunk – was für eine geniale Idee! Damit tat sich eine Goldgrube auf! Warum war er nicht selbst darauf gekommen?

Grau und Hitler und der ganze Prozess in München waren vergessen. Stauß beugte sich über den Schreibtisch und drückte auf den Summer, der ihn mit seiner Sekretärin verband.

»Ja bitte?«, fragte Fräulein Jaschek.

»Rufen Sie Direktor Reichenbach an! Sofort! Ich will ihn so schnell wie möglich sehen!«

39

Tino hatte eine schlimme Nacht hinter sich, als er an diesem Morgen ins Badezimmer kam. Leo Hengstenberg hatte ihn zwar in Ruhe gelassen, seit einiger Zeit schien es sogar, als habe der Krieg, der während so vieler Nächte in ihm gewütet hatte, endlich mit seiner Seele Waffenstillstand geschlossen. Trotzdem hatte er kaum Schlaf gefunden. Statt Leo Hengstenberg war ihm Rahel in der Nacht erschienen, immer wieder.

Rahel …

Rahel und ihr Kind …

Rahel und ihr Kind und ihr Mann …

Er zog die Pyjamajacke aus und hängte sie an einen Haken. Seit Wochen und Monaten versuchte er, sich einzureden, dass Rahels Kind auch sein Kind sei, und viele Male hatte er in sich das Bedürfnis verspürt, dieses Kind, obwohl er es nach der Geburt nur für ein paar wenige Minuten auf dem Arm gehalten hatte, wiederzusehen – um es kennenzulernen, mit ihm zu sprechen, mit ihm zu spielen. Irgendetwas in seinem Innern sagte ihm, dass Rahel die Freiheit, die sie einander eingeräumt hatten, nicht missbraucht hatte. Auch Gertrud und Pommer waren beide fest davon überzeugt, dass Rahels Sohn sein Sohn war – sie habe ihn viel zu sehr geliebt, so ihre Meinung, um ihn zu betrügen. Gertrud hatte sogar gesagt, dass er, wenn er an Rahels Treue zweifle, nur weil er selber seine Freiheit missbraucht habe, weder sie noch ihre Liebe verdiene und er sich sein ganzes Unglück selber zuzuschreiben habe.

Für eine Sekunde blitzte ein verführerischer Gedanke in ihm auf. Nur ein einziges Tütchen, und es wäre vorbei …

Er drehte den Wasserhahn auf und klatschte sich mit beiden Händen kaltes Wasser ins Gesicht, aber es nützte nichts. Wie zum Teufel sollte er denn nicht zweifeln? Er hatte doch mit eigenen Augen das Schild an der Tür gesehen, das Schild und den Kerl, der der ganzen Familie seinen Namen verpasst hatte.

Familie Edgar Weißpfennig.

»Immerhin weißt du jetzt, wo sie wohnt …«

Tino nahm den Rasierpinsel und schäumte die Rasierseife auf. Sollte er vielleicht, wie Gertrud geraten hatte, vor dem Haus warten, um Rahel abzupassen, um sich so Gewissheit zu verschaffen? Wenn er die Wahrheit wissen wolle, meinte Gertrud, müsse er sich ihr stellen. Die Wahrheit … Wusste er nicht schon mehr als genug? Selbst wenn das Namensschild trog und Rahel gar nicht verheiratet war – welche Gewissheit brauchte er denn noch, nachdem sie ihm die Tür vor der Nase zugeschlagen hatte?

Er tauchte den Pinsel in den Rasierschaum und seifte sich das Gesicht ein. Was würde Rahel wohl an seiner Stelle tun? Würde sie das Schicksal befragen, um auf irgendeine Weise ein Gottesurteil herbeizuführen?

Plötzlich hatte er eine Idee. Vielleicht sollte er sich eine andere Wohnung nehmen, in einer anderen Wohnung würde er vielleicht weniger an sie denken als hier, wo ja jeder verdammte Quadratzentimeter ihn an sie erinnerte. Ja, vielleicht würde das helfen, er würde so bald wie möglich mit einem Makler reden – die Wohnung gehörte ihm ja sowieso nicht mehr … Er spülte den Rasierpinsel aus, und während er das Rasiermesser an dem Lederriemen schärfte, der neben dem Toilettenspiegel an der Wand hing, versuchte er sich innerlich auf die Aufgaben vorzubereiten, die heute auf ihn warteten. Zum Glück hatte er einen Termin in Babelsberg, ein Kulturfilm stand kurz vor der Premiere, »Wein, Weib und Gesang«. Weil es darin auch um Goethe und Schiller ging, hatte er das Prädikat »Volksbildend« bei der SPIO beantragt. Für heute hatten zwei Juroren ihren Besuch angekündigt, sie wollten sich bei den Dreharbeiten ein Bild machen. Das würde ihn auf andere Gedanken bringen.

Im Flur klingelte das Telefon.

Mit eingeschäumtem Gesicht verließ Tino das Bad. Als er den Hörer von der Gabel nahm, war Fräulein Jaschek in der Leitung.

»Gut, dass ich Sie noch erreiche, Herr Reichenbach. Ich rufe im Auftrag von Herrn von Stauß an. Sie sollen unbedingt erst im Büro vorbeikommen, bevor Sie nach Babelsberg fahren. Der Chef erwartet Sie. Dringend!«

40

Mit seinen zweieinhalb Jahren war Alex nicht nur beim Sprechen seinem Alter schon so weit voraus, dass man fast meinen könnte, er wäre wirklich so alt, wie es in seiner Geburtsurkunde stand, er war inzwischen auch bereits so sicher und ausdauernd auf seinen kurzen, stämmigen Beinen, dass Rahel den Kinderwagen getrost zu Hause lassen konnte, wenn sie mit ihm in der Elektrischen fuhr. Da sie heute auf ihrem Weg vom Hausvogteiplatz in den Wedding zweimal umsteigen mussten, war das eine große Erleichterung.

Wie früher schon Hunderte Male zuvor verließen sie die Bahn an der Haltestelle in der Samoastraße, und kaum hatten sie die Straße überquert und der vertraute Hinterhof kam in Sicht, erkannte Alex auch schon alles wieder.

»Tante Ottilie!«

Er riss sich los und stürmte das Treppenhaus hinauf. Als Rahel den dritten Stock erreichte, stand er schon auf den Zehenspitzen vor der Wohnungstür und versuchte zu klingeln, doch seine Arme waren viel zu kurz, um die Schelle zu berühren.

»Das ist aber eine Überraschung!«

Tante Ottilie strahlte über das ganze gutmütige Gesicht, als sie die Tür aufmachte und sah, wer auf dem Treppenabsatz stand. »Gottchen, was bist du groß geworden.« Lachend bückte sie sich und drückte Alex an sich. Doch als sie aufblickte und Rahels Gesicht sah, stutzte sie. »Die Ehe scheint dir ja nicht besonders zu bekommen, du siehst ja aus wie das Leiden Christi. Na, komm erst mal rinne.«

Während Alex in die Wohnung vorlief und jeden Winkel inspizierte, als wolle er sich überzeugen, dass alles noch an Ort und Stelle war, folgte Rahel Tante Ottilie in die Küche. Die holte zwei Tassen aus dem Schrank und nahm die Kaffeekanne vom Herd, die noch vom Frühstück dort stand.

»Jetzt trinken wir erst mal eine Tasse Muckefuck und dann erzählst du mir in aller Ruhe, was passiert ist.«

Dankbar setzte Rahel sich an den Tisch. Sie hatte ganz vergessen, wie gut das tat, mit ihrer ehemaligen Vermieterin in der Küche zu sitzen und Muckefuck zu trinken und ihr das Herz auszuschütten. Dabei machte Tante Ottilie eigentlich nichts anderes, als einfach nur da zu sein und zuzuhören, ohne eigene Ratschläge zu geben oder sie zu irgendwas zu drängen. Aber vielleicht war ja genau das der Grund, warum sie einem so wohl tat. Weil man bei ihr nie das Gefühl hatte, sich verteidigen oder rechtfertigen zu müssen, sondern einfach seinen Gedanken freien Lauf lassen konnte, gerade so, wie sie einem in den Sinn kamen, um sie dann selber beim Reden nach und nach zu sortieren.

»Und deshalb wollte ich fragen«, sagte Rahel, nachdem sie alles berichtet hatte, »ob du ab und zu wieder auf Alex aufpassen würdest. Damit ich mir Arbeit suchen kann. Du musst das auch nicht umsonst tun.«

»Zerbrich dir wegen dem Geld mal nicht deinen hübschen Kopf, ich mache das doch gerne.« Tante Ottilie tätschelte ihre Hand. »Und

Lilly freut sich bestimmt auch, wenn sie unseren kleinen Liebling ab und zu mal wiedersieht.«

Bei der Erwähnung ihrer Freundin bekam Rahel ein schlechtes Gewissen. »Wie geht es ihr denn?«, fragte sie unsicher.

»Du meinst – beim Film?« Tante Ottilie grinste. »Keine Sorge, sie ist Feuer und Flamme und erzählt jedem, der es wissen will, dass sie bald ganz groß rauskommt. Ich wette, sie lässt sich schon heimlich Autogrammkarten drucken.«

41

Aus einem halben Dutzend Kesseln gleichzeitig waberten die Dampfschwaden und füllten die ehemalige Fabrikhalle, die nun ein türkisches Bad war, bis in den letzten Winkel, während Lilly vor ihrem großen Auftritt die Schleier ihres Kostüms ordnete, damit diese sich nicht ineinander verhedderten, wenn ihre Sklavinnen sie beim Tanz entkleideten.

»Kamera läuft?«, rief Gottlieb Meineke, der in der neuesten Produktion seiner Filmgesellschaft nicht nur den Sultan spielte, sondern auch Regie führte.

»Kamera läuft!«, bestätigte der Kameramann.

»Dann Ruhe bitte und alles auf Position.«

Ein Assistent trat vor die Kamera und ließ die Klappe fallen.

»›Lob der Schönheit‹. Szene vier, die erste!«

Während der Assistent das Grammophon in Betrieb setzte, trat Lilly zwischen die Sklavinnen, die bereits Rosenblätter in das von Kerzen erleuchtete Becken streuten.

»Und – bitte!«

Aus dem Lautsprecher des Grammophons ertönten orientalische Klänge. Obwohl die Musik im Film später nicht zu hören sein würde, hatte Gotttlieb Meineke auf der akustischen Unterstützung bestanden – die Musik würde ihr helfen, sich in die Szene einzufühlen, und es sollte doch alles so realistisch wie möglich sein.

Und tatsächlich, kaum fing sie an tanzen, war sie nicht mehr in einem Hinterhof von Berlin-Moabit, sondern im Harem des türkischen

Sultans in Konstantinopel. Unter den Blicken des Nubiers, der mit seiner Lanze die Tür bewachte, hob sie die Arme in die Höhe und ließ ihre Hüften kreisen, und während in den Augen des Nubiers das Begehren erwachte, lösten ihre Sklavinnen einen Schleier nach dem anderen von ihrem tanzenden Körper.

Nein, sie hatte keine Hemmungen, sich vor der Kamera zu entblößen, schließlich war sie Künstlerin. Sie konnte es darum gar nicht erwarten, dass der Film in den Kinos lief und Millionen von Menschen sie in ihrer nackten Schönheit sahen. Ganz Berlin, ganz Deutschland – die ganze Welt würde ihr zu Füßen liegen!

Was für ein schickes Leben …

Und während sie sich in der Ekstase verlor, ließ der Nubier seine glänzenden Muskeln spielen und richtete seine Lanze auf sie.

42

»Radio-Inserate?«, fragte Tino überrascht. »Was ist das denn?«

»Reklame per Rundfunk«, erklärte Stauß. »Meiner Überzeugung nach ist das die Werbung der Zukunft. Ich habe heute Morgen zufällig ein solches Inserat gehört, für Hoffmanns Reisstärke, gleich im Anschluss an die Nachrichten.«

»Raffiniert«, sagte Tino. »Nach den Nachrichten ist die Aufmerksamkeit der Zuhörer am größten. Da macht es gleich Klick in den Köpfen.«

»Ist der Groschen gefallen?« Stauß nickte. »Ich habe inzwischen ein bisschen herumtelefoniert. Dreimal dürfen Sie raten, wer dahintersteckt.«

»Hugenberg?«

»Natürlich, wer sonst. Der Scherl-Verlag hat das Inserat produziert.«

Tino dachte nach. Die Idee war wirklich ein Geniestreich, das musste der Neid ihrem Konkurrenten lassen. Die Radio-Inserate würden vor allem Frauen erreichen, beim Kochen, beim Putzen, beim Nähen und Stricken – ohne dass sie eine Zeitung oder Zeitschrift aufschlagen mussten, flutschte ihnen die Botschaft ins Gehirn. Und auf die Frauen kam es bei Reklame besonders an – sie waren es ja meistens, die die Dinge kauften, für die die Unternehmen warben.

Doch so großartig der Einfall war – war er darum schon der Weisheit letzter Schluss?

»Wir müssen Hugenberg etwas entgegensetzen«, sagte Tino. »Wenn der Scherl-Verlag Radio-Inserate macht, muss die Ufa etwas herausbringen, was noch wirkungsvoller ist.«

»Und was könnte das sein?«

»Kino-Inserate! Warum sollen wir Radio-Inserate machen, wenn der Film unser Metier ist? Die Ufa könnte Reklamefilme produzieren, die in den Kinos abgespielt werden, zum Beispiel zwischen Vor- und Hauptfilm.«

»Ein interessanter Gedanke.« Stauß hob die Brauen. »Ich glaube, so etwas habe ich sogar schon mal gesehen. Bewegte Reklamebilder, für Stollwerck-Schokolade, wenn ich mich recht erinnere – schon vor dem Krieg, ganz zu Beginn des Kintopps, in irgendwelchen Jahrmarktsbuden.«

»Umso besser!«, rief Tino, obwohl die Vorstellung, das Rad gerade offenbar nur zum zweiten Mal erfunden zu haben, ihm nicht besonders gefiel. Aber darauf kam es jetzt nicht an. »Das müssen wir machen! Und zwar im ganz großen Stil! Mit Film-Inseraten könnten wir gleich doppelt Geld verdienen. Erstens mit ihrer Produktion, die die Inserenten bei uns in Auftrag geben und dafür Honorar bezahlen, und zweitens mit ihrer Vorführung in allen Lichtspielhäusern der Universum Film AG.«

»Sie meinen, die Inserenten sollen für das Abspielen der Filme in unseren Kinos bezahlen?«

»Natürlich! Das Plakatieren an Litfaßsäulen ist ja auch nicht umsonst, genauso wenig wie der Platz für Annoncen in Zeitungen oder Zeitschriften. Glauben Sie mir, damit werden wir Millionen verdienen, Geld genug, um ein Dutzend Großfilme zu finanzieren.«

Stauß nahm schlürfend einen Schluck von seinem Kaffee, und während sein Blick in eine ungefähre Ferne schweifte, schien er sich eine

Weile ganz und gar auf den Geschmack seines Getränks zu konzentrieren.

»Großfilme – oder vielleicht auch etwas ganz anderes«, murmelte er so tief in Gedanken, als spräche er zu sich. »Etwas, womit man noch mehr Geld verdienen kann … Und gleichzeitig noch mehr Film-Inserate verkauft …«

»Ich fürchte, ich stehe gerade auf der Leitung«, sagte Tino.

Stauß stellte seine Tasse ab, und sein Blick rastete wieder ein. »Das ist im Moment nicht so wichtig«, sagte er. »Im Moment reicht es, wenn Sie sich darum kümmern, einen ersten Kunden zu gewinnen.«

»Das dürfte nicht allzu schwierig sein«, erwiderte Tino. »Ich weiß sogar schon den perfekten Kandidaten. Die Firma Henkel & Cie. in Düsseldorf.«

»Warum ausgerechnet die?«, fragte Stauß.

Tino grinste. »Wegen der Weißen Dame natürlich!«

43

Hatte Alexander mit seinem Bekenntnis vor Gericht zu Hitler und dem Putsch sein eigenes Todesurteil gesprochen?

Seit seinem Verhör durch den Staatsanwalt hatte Constanze kaum noch geschlafen. Wann immer sie sich abends in ihrer Suite, die sie für die Dauer ihres Münchener Aufenthalts im »Vier Jahreszeiten« genommen hatte, zur Ruhe legte, sah sie im Geiste das Beil des Scharfrichters über dem Haupt ihres Geliebten schweben. Die Vorstellung, Alexander für immer zu verlieren, war so unerträglich, dass sie oft Stunden brauchte, um ein wenig Schlaf zu finden. Und als wäre sie nicht genug gequält, rief täglich Gustav aus Dresden an, um sie zur Heimkehr zu bewegen. Doch wie sollte sie München verlassen, wenn hier über Alexanders Leben entschieden wurde? Inzwischen nahm sie den Hörer gar nicht mehr ab, wenn das Telefon in ihrer Suite klingelte, und die Briefe, die ihr Mann ihr ins Hotel schickte, legte sie ungeöffnet beiseite.

Sie fühlte sich wie gerädert, als sie an diesem Morgen aus dem Taxi stieg, das sie in die Blutenburgstraße gebracht hatte, wo der Prozess allmählich seinem Ende entgegenging. Zwei Bataillone Landespolizei patrouillierten vor dem Eingang der Infanterieschule, der zusätzlich noch mit Stacheldraht und Spanischen Reitern gesichert war, und vor dem Hauptlesesaal drängten sich noch mehr Menschen als sonst. Außer den Zuschauern standen Dutzende Presseleute und Fotografen da, sogar Korrespondenten aus dem Ausland waren in die bayerische Hauptstadt gekommen, um von dem Prozess zu berichten. Der Grund für das erhöhte Interesse an diesem Verhandlungstag war der seit langem mit Spannung erwartete Auftritt Hitlers, der heute erstmals vernommen werden sollte.

Die Kontrollen dauerten so lange, dass die Vernehmung bereits im Gange war, als Constanze den übervollen Gerichtssaal betrat.

»Die Entscheidungen der Majorität werden immer negativ sein«, erklärte Hitler gerade. »Die Entscheidungen der Majorität sind immer eine Schwäche …«

Wie jeden Tag nahm Constanze ihren Platz in der vorletzten Reihe der Tribüne ein – ein Gerichtsdiener hatte ihn ihr für ein Trinkgeld freigehalten. Während der Richter das Verhör fortsetzte, versuchte sie durch das Gedränge einen Blick auf Alexander zu erhaschen. Er war blass im Gesicht, doch wirkte er gefasst, als er mit ihr einen kurzen, stummen Gruß aus der Ferne tauschte. Woher nahm er nur diese heldenhafte Haltung? Wie jedermann im Saal wusste doch auch er, was heute auf dem Spiel stand. Die Frage, wie Hitler den Umsturzversuch vor dem Gericht vertrat, würde nicht nur über dessen eigenes Schicksal entscheiden, sondern auch über das seiner Mitangeklagten.

»Es war für uns klar, dass die Kapitulation von 1918, dieser Ausfluss des Marxismus und Internationalismus, eine ganz und gar unerhörte Verbrechenstat war, die niemals hätte stattfinden dürfen. Das Eingeständnis der Kriegsniederlage war Hochverrat am deutschen Volk und aus diesem Grund geradezu eine Aufforderung zur Auflehnung, so dass unsere Erhebung gegen das Unrechtsregime nur als Ausdruck vaterländischer Treue und Pflichterfüllung gewertet werden kann.« Ein Raunen ging durch den Saal. Hitler hielt für einen kurzen Moment inne, dann faltete er seine Hände vor dem Bauch und fuhr mit sichtlicher innerer Ergriffenheit fort: »Ich lag 1918, gebrochen und erblindet vom Gaskrieg, mit großem Schmerze da, aber es war mir widerlich, mich meinem Schmerze hinzugeben und mein Schicksal zu beweinen. In dieser dunklen Zeit habe ich einen Beschluss gefasst. Sollte das Augenlicht mir je zurückgegeben werden, würde ich mich der Politik zuwenden. Damit das deutsche Volk sich wieder erheben sollte aus der selbstgewählten Schmach und Unterdrückung.«

Wie am Ende eines Gebets senkte er den Kopf, als er verstummte, und während er mit geschlossenen Augen und auf die Brust gepresstem Kinn schweigend verharrte, entstand ein Moment ehrfürchtiger Stille. Dann regten sich ein paar Hände zum Applaus, und gleich darauf brach offener Beifall aus, begleitet von begeisterten Rufen.

»Ich bitte um Ruhe!«, rief Landgerichtsdirektor Neithardt. »Ruhe im Saal!«

Während der Lärm sich legte, erhob sich der Staatsanwalt von seinem Platz.

»Angeklagter«, sagte er, »wollen Sie mit Ihren Ausführungen darlegen, Sie seien erblindet gewesen?«

»Jawohl«, erwiderte Hitler mit ernster, fester Stimme und strich einmal kurz über das Ordensbändchen des EK1, das er gut sichtbar am Revers seines Anzugs trug. »Ein Gasangriff nahm mir zeitweilig das Augenlicht.«

Der Staatsanwalt nahm eine Unterlage zur Hand. »Ich habe hier Ihr Krankenblatt.« Er setzte seine Brille auf und sah einmal kurz auf das Aktenstück, bevor er den Blick wieder hob. »Daraus geht hervor, dass Sie damals lediglich eine Augenreizung hatten. Von Erblindung kann keine Rede sein.«

In Hitlers Augen blitzte Wut auf, und für einen Moment glaubte Constanze, er wolle sich auf den Staatsanwalt stürzen. Doch dann beherrschte er sich. »Ganz einerlei!« Auf dem Absatz kehrte er dem Staatsanwalt den Rücken zu, um das Wort direkt an die Zuschauer zu richten. »Tatsache ist, im Herbst 1923 haben die Herren von Kahr, Lossow und Seißer mit mir und meinen Kameraden das gleiche Ziel verfolgt, nämlich die Reichsregierung in ihrer heutigen internationalistischen und parlamentarischen Einstellung zu beseitigen, um an ihre Stelle eine nationalistische, absolut antiparlamentarische Regierung zu setzen, ein Direktorium. Wenn ich also wirklich Hochverrat begangen haben sollte, wie die Anklage mir vorwirft, dann wundere ich mich, die genannten Herren nicht hier neben mir zu sehen, da in diesem Fall der Staatsanwalt doch von Amts wegen verpflichtet wäre, gegen sie ebenfalls Anklage zu erheben. Schließlich haben sie ja die gleiche Tat gewollt, sie mit mir besprochen und bis ins Kleinste vorbereitet – die Tat, wegen der ich und meine Kameraden hier und heute auf der Anklagebank sitzen …«

Tosender Applaus unterbrach seine Rede. Viele Zuschauer sprangen von ihren Plätzen auf, um Hitler stehend ihren Beifall zu bekunden.

Constanze blieb das Herz stehen. Unmöglich, dass Landgerichtsdirektor Neithardt sich eine solche Provokation gefallen ließ!

Tatsächlich griff der Richter nach seinem Hammer. »Ruhe! Ruhe im Saal! Oder ich schließe die Öffentlichkeit von der weiteren Verhandlung aus! Ruhe – Ruhe, Herrgott nochmal!«

Constanze machte sich auf das Schlimmste gefasst. Sie konnte Alexander jetzt doch unmöglich im Stich lassen, er brauchte ihren Beistand. Aber noch während die Zuschauer der Aufforderung des Richters nachkamen, entspannte sich dessen Miene auch schon wieder, und statt den Saal räumen zu lassen, wie Constanze befürchtet hatte, nickte er Hitler freundlich aufmunternd zu.

»Bitte fahren Sie fort, Herr Angeklagter …«

44

Normalerweise verließ Tino sich in nahezu allen Lebenslagen auf seine Instinkte, auch im Geschäft. Verstand und Vernunft hatten ihn schon manches Mal im Stich gelassen, seine Instinkte hingegen selten bis nie. Doch diesmal hatte er eine Ausnahme gemacht und sich gründlich vorbereitet, bevor er nach Düsseldorf gefahren war, um dort die Firma Henkel & Cie. als Kunden zu gewinnen. Denn mit

Hilfe der Waschmittelfabrik wollte er etwas noch nie Dagewesenes aus der Taufe heben, und da es dabei um die Erschließung eines Millionengeschäfts ging, wollte er nichts dem Zufall überlassen.

Der Grund, warum er ausgerechnet die Firma Henkel für sein Unternehmen auserkoren hatte, war deren erfolgreichstes Produkt: das Waschpulver Persil. Dafür hatte Kurt Heiligenstaedt, ein Karikaturist und Zeichner des »Simplicissimus«, eine Werbefigur erfunden, die inzwischen jedermann in Deutschland kannte: eine schneeweiß gekleidete Dame mit Florentinerhut, die in strahlend reiner Schönheit von Plakaten und Blechschildern, von Hausgiebeln und öffentlichen Uhren in allen Städten des Reiches die frohe Botschaft der Waschmittelfabrik verkündete: *Persil bleibt Persil. Nichts wäscht weißer.*

»Die Weiße Dame ist doch wie für den Film geschaffen!«, erklärte Tino, kaum dass der Firmeninhaber Fritz Henkel ihn in seinem holzgetäfelten Kontor begrüßt hatte. »Damit können Sie Geschichte schreiben!«

Henkel, ein Mann von über siebzig Jahren mit immer noch vollem Haar, der vor einem halben Jahrhundert die Waschmittelfabrik selbst gegründet hatte, strich sich über seinen mächtigen Bart. »Sehr schmeichelhaft. Aber ich bin kein Historiker, sondern Unternehmer!«

»Selbstverständlich«, pflichtete Tino ihm bei. »Und als gelernter Bankier weiß ich natürlich, was das heißt. Wenn Sie Geld ausgeben, dann zu dem Zweck, mehr Geld zu verdienen. Das Grundgesetz eines jeden verantwortungsbewussten Kaufmanns. Aber die Investition wird sich lohnen, Sie werden Ihre Umsätze verdoppeln und verdreifachen – garantiert! In unserem Film werden wir zeigen, wie Persil die Mühsal des Waschens in ein müheloses Kinderspiel verwandelt, inszeniert als ein einziger spektakulärer Augenschmaus. Die Hausfrauen werden Persil dafür lieben!«

»Die Hausfrauen lieben Persil schon seit fast zwanzig Jahren, junger Mann«, erwiderte Henkel mit unverkennbarem Missmut. »Und ich will Ihnen auch sagen, warum. Weil ich ihnen zur Erleichterung ihrer Arbeit im Jahre 1907 das erste selbsttätige Waschmittel an die Hand gegeben habe.«

»Das erste selbsttätige Waschmittel?«, fragte Tino verdutzt. So gut war er dann doch nicht vorbereitet. »Was bedeutet das – selbsttätig?«

»Ist es wirklich möglich, dass Sie das nicht wissen?« Wie ein Lehrer, der sich über den Unverstand eines Schülers wundert, schüttelte Henkel den Kopf. »Dann muss ich es Ihnen wohl erklären. Jahrhundertelang haben Seifensieder Waschmittel produziert, die nichts anderes waren als pulverisierte Seife. Entsprechend mühselig war der Waschvorgang. Erst mit Persil hat sich das geändert. Unsere Idee war es, dem Seifenpulver Perborat beizumischen – daher auch der Name *Per-sil*, die jeweils erste Silbe der beiden Grundstoffe Perborat und Silicat. Für die Hausfrauen war das ein wahres Wunder. Der beim Waschen aufperlende Sauerstoff übernahm auf einmal die Arbeit von Waschrumpel, Scheuerbrett und Bürste und machte außerdem auch noch die Sonnenbleiche überflüssig.«

»Umso besser!« Tino war wirklich begeistert – soweit es ihm möglich war, sich für ein Waschmittel zu begeistern. »Dann leistet das Produkt ja tatsächlich, was die Reklame behauptet. Das alles können wir ganz wunderbar in unserem Film erzählen, als anschauliche Volksaufklärung in Sachen Hygiene. Und ich wüsste auch schon einen Titel für das Ganze.« Er machte eine Kunstpause, um die Wirkung zu erhöhen. »›Wäsche – Waschen – Wohlergehen‹.«

Henkel horchte auf. »›Wäsche – Waschen – Wohlergehen‹?«, wiederholte er mehrere Male und schmatzte dabei wie ein Weinverkoster, als wolle er sich die drei Wörter auf der Zunge zergehen lassen, um ihren Geschmack zu prüfen. »Ich muss zugeben, das gefällt mir. Ja, das gefällt mir sogar sehr. Wie viel Geld brauchen Sie?«

Mit einer so schnellen Entscheidung hatte Tino nicht gerechnet – er hatte erwartet, dass Henkel wie üblich nach der Präsentation einige Zeit brauchen würde, um sich mit seinen Direktoren zu beraten, bevor er einen Auftrag erteilte. Doch zum Glück ließen ihn seine Instinkte nicht im Stich. Während er durchs Fenster hinunter auf den Rhein schaute, auf dessen Fluten Lastkähne und Vergnügungsdampfer vorübertrieben, machte er blitzschnell eine Überschlagskalkulation, in die er eine nicht zu knapp bemessene Gewinnspanne einrechnete.

»Ich denke, mit einem Budget von zehntausend Mark kämen wir fürs Erste aus.«

»Schön«, sagte Henkel, ohne auch nur eine Sekunde zu zögern, so dass Tino fast bereute, keinen höheren Preis genannt zu haben. »Dann an die Arbeit, junger Mann! Ich werde meinen Reklameleuten Anweisung geben, Sie mit allem Nötigen zu versorgen. Ich glaube, wir haben sogar die Adresse des Fräuleins, das dem Künstler für die Weiße Dame Modell gestanden hat. Wenn ich mich nicht irre, handelte es sich wohl um seine Verlobte.«

45

Constanze atmete auf. Der Ruf, der dem Vorsitzenden Richter vorausgeeilt war und der sie schon bei Prozessbeginn mit einiger Zuversicht erfüllt hatte, schien sich zu bestätigen: Landgerichtsdirektor Neithardt war offenbar einer der Ihren. Warum sonst forderte er Hitler trotz der Proteste des Staatsanwalts auf, in seiner Rede fortzufahren, obwohl dieser das Publikum so sehr gegen das ganze Verfahren aufgebracht hatte, dass die Verhandlung aus dem Ruder zu laufen drohte? Nein, kein Zweifel, der Richter war einer der Ihren, er war Hitler nicht nur gewogen, vermutlich teilte er dessen politische Ansichten sogar und saß nur deshalb über ihn zu Gericht, weil sein Amt ihn dazu verpflichtete.

Um sich zu vergewissern, tauschte Constanze einen kurzen Blick mit Alexander. Ja, auch er schien guter Dinge zu sein, lächelnd nickte er ihr zu. Erleichtert erwiderte sie sein Lächeln. Jetzt kam alles darauf an, dass Hitler sich ein klein wenig versöhnlich zeigte. Dann würden er und mit ihm die anderen Angeklagten, vor allem aber Alexander, noch einmal davonkommen, vielleicht sogar mit einer Verurteilung auf Bewährung.

Doch als Constanze den Blick wieder nach vorn richtete, stockte ihr der Atem.

Mit wütend geballter Faust trat Hitler auf den Richtertisch zu.

»Die Gesetzgeber von heute machen Gesetze ohne Rücksicht auf Ethik, Moral und Anstand«, schleuderte er Landgerichtsdirektor Neithardt ins Gesicht. »Wenn das Gesetz wieder beachtet werden soll in Deutschland, so ist erste Voraussetzung, dass das Reich aus seinem großen Unglück herauskommt. Dann erst wird eines Tages ein anderer Gerichtshof gebildet werden, dann erst wird die Achtung vor dem Gesetz wiederkommen, und zwar in dem Augenblick, in dem ein Staatsanwalt aufsteht und ruft: ›Ich klage an: Ebert, Scheidemann und Genossen des Landesverrats und des Hochverrats. Ich klage sie an, weil sie ein Siebzig-Millionen-Volk vernichtet haben …‹«

»Jetzt ist es aber genug!« Wie von der Tarantel gestochen sprang der Staatsanwalt in die Höhe. »Ich fordere das Gericht auf, dem Angeklagten Einhalt zu gebieten.«

In banger Sorge suchte Constanze Alexanders Blick. Doch der hielt die Augen fest auf Hitler gerichtet, der, noch bevor der Richter auf den Antrag des Staatsanwalts reagieren konnte, mit erhobener Stimme und in der Pose eines Propheten in seiner Rede fortfuhr.

»Nicht Sie, meine Herren sprechen das Urteil über uns, das Urteil spricht das ewige Gericht der Geschichte, das sich aussprechen wird über die Anklage, die gegen uns erhoben ist. Das Urteil, das Sie fällen werden, kenne ich. Doch mögen Sie uns tausendmal schuldig sprechen, die Göttin des ewigen Gerichts der Geschichte wird lächelnd den Antrag der Staatsanwaltschaft zerreißen. Denn sie spricht uns frei!«

Ein Tumult erhob sich im Saal. Während der Staatsanwalt aus Protest die Verhandlung verließ, fielen die Anhänger Hitlers und seine Gegner übereinander her, um sich mit bloßen Fäusten zu attackieren, und obwohl Landgerichtsdirektor Neithardt immer wieder mit seinem Hammer auf den Richtertisch schlug, gelang es ihm nicht, dem Aufruhr ein Ende zu setzen.

»Ruhe! Ruhe im Saal! Oder ich lasse räumen!«

Während seine Rufe wirkungslos verhallten, barg Constanze ihr Gesicht in den Händen. Das war zu viel! Hitler hatte nicht nur den Staatsanwalt gegen sich aufgebracht, sondern auch Landgerichtsdirektor Neithardt persönlich. Damit hatte er den Bogen überspannt, die Hand, die ihm gereicht worden war, unwiderruflich ausgeschlagen.

Jetzt konnte sie nur noch hoffen, dass Alexander nicht in Sippenhaft genommen würde.

46

Erna Muchow hieß die Weiße Dame mit bürgerlichem Namen, ein Fräulein von achtzehn Jahren, und war tatsächlich mit dem Künstler Kurt Heiligenstaedt verlobt, der sie für die Waschmittelfabrik Henkel & Cie. zu Reklamezwecken verewigt hatte. Nachdem dieser den Auftrag bekommen hatte, ein Persil-Plakat zu entwerfen, hatte er seine Zukünftige kurzerhand in ein Modehaus geschleppt und sie dort mit einem weißen Kleid und einem Florentiner-Hut ausstaffiert, damit sie ihm in dieser Kostümierung Modell stand.

Jetzt stand sie in derselben Kostümierung in einem Babelsberger Studio der Universum Film AG vor der Kamera, um dem geneigten Publikum in Gestalt der Weißen Dame den einstmals so mühevollen Waschvorgang als nunmehr mühelose Tätigkeit vorzuführen – dank Persil! Dabei wurde sie mit Argusaugen von ihrem Verlobten beobachtet, damit sie einzig und allein der Kamera schöne Augen machte, nicht aber einem der vielen Filmfritzen, die hier überall herumstanden und sie begafften. Tino konnte die Eifersucht des Künstlers verstehen. Erstens war Erna Muchow ein bildhübsches Mädchen, und zweitens war Kurt Heiligenstaedt nicht nur für seine Karikaturen bekannt, die er regelmäßig im »Simplicissimus« veröffentlichte, sondern mehr noch für seine naturalistischen erotischen Zeichnungen – er wusste also, was zwischen einem Künstler und seinem Modell während der Arbeit passieren konnte.

»Halt, halt, halt!«, unterbrach Tino die Aufnahme.

»Was ist denn jetzt schon wieder?«, stöhnte der Regisseur.

»Das Kleid von Fräulein Muchow bitte eine Handbreit höher drapieren. Der Saum sollte unmittelbar unter dem Knie abschließen.«

Eine Kostümbildnerin eilte herbei, um die Korrektur vorzunehmen. Die Reklameleute von Henkel hatten Tino in Düsseldorf eingeschärft, dass die Weiße Dame zum Zwecke der Wiedererkennung im Film genau dem Bild entsprechen müsse, das dem Publikum von den Persil-Plakaten her vertraut war – vom Florentiner-Hut bis zum Rocksaum.

»›Wäsche – Waschen – Wohlergehen‹«. Pommer, der mit Tino hinter der Kamera stand, stieß einen Seufzer aus. »Wie tief sind wir gesunken … Warum nicht gleich ›Waschen – Schneiden – Legen‹?«

»Pssst, nicht so laut. Statt zu meckern, denk lieber daran, wofür wir das machen.«

»Ja, ja, *non olet* …«

»Richtig, Geld stinkt nicht. Betrachte die Weiße Dame einfach als Gute Fee für ›Metropolis‹.«

Die Kostümbildnerin hatte den Saum korrigiert. Tino gab dem Regisseur ein Zeichen, mit der Arbeit fortzufahren. Er hatte Fritz Henkel einen Augenschmaus versprochen, und obwohl zehntausend Mark ein Spottpreis für den Aufwand waren, der dafür getrieben werden musste, war er fest entschlossen, sein Versprechen zu halten. Wenn das Kino-Inserat mit der Weißen Dame in den Lichtspielhäusern Erfolg hatte, würden sie sich vor Aufträgen für weitere Kino-Inserate gar nicht mehr retten können. Und dann würde so viel Geld in die Kassen der Universum Film AG fließen, dass nicht mal ein Regisseur wie Fritz Lang es ausgeben konnte.

Wie aus dem Nichts trat plötzlich Kurt Heiligenstaedt auf ihn zu.

»Warum gaffen Sie die ganze Zeit meine Verlobte an?«

Tino war so überrascht, dass er ins Stottern geriet. »Das … das ist meine Aufgabe!«

Kurt Heiligenstaedt schnippte so heftig mit dem Finger gegen die Nelke in seinem Knopfloch, dass diese mehrere Blätter verlor. »Ihre Aufgabe ist es also, fremden Frauen den Kopf zu verdrehen?«

Tino wusste nicht, wie ihm geschah. Doch als er das Lächeln sah, das Erna Muchow ihm aus der Ferne schenkte, begriff er.

Pommer verdrehte die Augen. »Geht es schon wieder los?«

47

Der Tag der Urteilsverkündigung war da. Schon am frühen Morgen war Constanze in die Blutenburgstraße gefahren.

Angesichts des zu erwartenden Andrangs wollte sie sich nicht darauf verlassen, dass es dem Gerichtsdiener auch heute gelang, ihren Platz freizuhalten. Während ihr das Herz bis zum Hals klopfte, verging die Zeit mit quälender Langsamkeit, und es dauerte fast zwei Stunden, bis um Punkt zehn Uhr endlich die Angeklagten in den hoffnungslos überfüllten Saal geführt wurden.

Kaum traten sie durch die Tür, prasselte das Blitzlichtgewitter der Fotografen auf sie ein. Hitler war in Zivil erschienen, die Offiziere unter den Angeklagten hingegen trugen ausnahmslos Uniform. Doch wo war Alexander? Als Constanze ihn erblickte, setzte ihr Herz einen Schlag lang aus. Auch er war in Uniform, er hatte sogar die Pickelhaube aufgesetzt wie außer ihm nur noch General Ludendorff, und seine Brust war mit Orden behangen. Was für eine Erscheinung! Während er sich über den Bart strich, schaute er sich nach ihr um, und als er sie auf ihrem gewohnten Platz sitzen sah, blitzte in seinen Augen der Fritzenblick auf. Vor lauter Stolz und Liebesglück vergaß sie für einen Moment ihre Angst.

Doch nur für einen Moment. Als Landgerichtsdirektor Georg Neithardt hinter den Richtertisch trat und alle Anwesenden aufforderte, sich zur Urteilsverkündung zu erheben, konnte sie vor Anspannung kaum noch atmen. Während ihr der Mund austrocknete, ordnete der Richter umständlich seine Robe, dann setzte er seine Brille auf und nahm ein Blatt zur Hand, um die Entscheidung des Gerichts zu verlesen.

»Im Namen des Volkes! Die Angeklagten sind des Verbrechens des Hochverrats nach Paragraph 81 Ziffer 2, 82 und 47 des Strafgesetzbuches für schuldig befunden und werden zu einer Strafe von fünf Jahren Festungshaft sowie einer Geldbuße von zweihundert Goldmark verurteilt. Von dem Urteil ausgenommen ist General Ludendorff, der in Ermangelung an Beweisen und mit Rücksicht auf seine besonderen Verdienste für das Vaterland von der Anklage freigesprochen wird.«

»Ich protestiere!«, rief Ludendorff. »Ich empfinde gegenüber meinen Kameraden diesen Freispruch als eine Schande für den Rock und die Ehrenzeichen, die ich trage.«

»Heil und Sieg!«, rief jemand im Publikum. »Heil und Sieg!«

Der Richter klopfte mit seinem Hammer. »Ruhe! Ich bitte mir Ruhe aus!«

Constanze nahm alles nur noch wie durch einen Schleier wahr. Während sie die Stimme des Richters wie aus weiter Ferne hörte, ohne sie mit einem Sinn zu verbinden, hallte in ihr der Urteilsspruch wie in einem Albtraum nach.

Fünf Jahre … Fünf Jahre Festungshaft … Fünf endlos lange Jahre …

Wie sollte ihre Liebe eine solche Zeit überleben?

Mit den Tränen kämpfend, suchte sie Alexanders Blick. Doch der stand reglos mit dem Rücken zu ihr vor seinem Richter, um Seite an Seite mit seinen Kameraden die Urteilsbegründung zu vernehmen.

»Das Gericht ist zu der Überzeugung gelangt, dass die Angeklagten bei ihrem Tun von rein vaterländischem Geiste und dem edelsten selbstlosen Willen geleitet waren. Dies gilt insbesondere für den Hauptangeklagten. Hitler ist ein hochbegabter Mann, der aus einfachen Verhältnissen heraus sich eine angesehene Stellung im öffentlichen Leben errungen hat, und zwar in ernster und harter Arbeit. Er hat sich den Ideen, die ihn erfüllten, bis zur Selbstaufopferung hingegeben und als Soldat in höchstem Maße seine Pflicht getan …«

Constanze horchte auf. Was sagte Landgerichtsdirektor Neithardt da? Sollte es etwa doch noch Hoffnung geben?

»Seit Monaten«, fuhr der Richter fort, »ja seit Jahren waren die Angeklagten darauf eingestellt, dass der Hochverrat von 1918 durch eine befreiende Tat wieder wettgemacht werden müsste. Ihren offen darauf abzielenden Bestrebungen ist nach Auffassung des Gerichts staatlicherseits nicht mit der nötigen Entschiedenheit entgegengetreten worden. Aus diesem Grund hat das Gericht sich bei der Strafzumessung auf die Verhängung der Mindeststrafe von fünf Jahren beschränkt. Die in Untersuchungshaft verbüßte Zeit ist darauf anzurechnen. Außerdem wird verfügt, dass im Falle guter Führung nach Ablauf von sechs Monaten die restliche Strafzeit in eine Bewährungsfrist umgewandelt werden kann.«

Der Richter hatte noch nicht ausgesprochen, da brach im Saal ein wahrer Jubelsturm los.

»Bravo! Bravo!«

»Heil und Sieg!«

»Sieg und Heil!«

»Heil und Sieg!«

Die Begeisterung schwappte wie eine Woge durch den Saal, und während die Zuschauer von ihren Plätzen sprangen und in Scharen zu den Angeklagten drängten, wurde auch Constanze von Begeisterung erfasst. War ihre Liebe gerettet? Schwindlig vor Glück taumelte sie zur Anklagebank, wo Alexander schon auf sie wartete, und während von irgendwoher Blumen auf sie herabregneten, sank sie in seine Arme.

48

Mit großem Interesse verfolgte Alfred Hugenberg in seinem Berliner Hauptquartier die Radioübertragung von der Urteilsverkündigung in München. Mit großem Interesse und noch größerer Befriedigung. Denn zum Abschluss der Sendung meldete der Reporter, dass infolge des gescheiterten Putschversuchs ein für das ganze Reich geltender Regierungserlass ergangen sei, welcher der Nationalsozialistischen Deutschen Arbeiterpartei NSDAP, der lautesten und lästigsten Konkurrenz der Deutschnationalen Volkspartei DNVP, die Ausübung jedweder politischer Tätigkeit bis auf weiteres verbiete. Zudem werde das Parteivermögen eingezogen und das Parteiorgan »Der Völkische Beobachter« eingestellt.

»Besser hätte die Sache gar nicht ausgehen können«, sagte Hugenberg. »Das Urteil ist genau der Schuss vor den Bug, den Hitler braucht. Die Strafe wird ihn nicht umbringen, doch vielleicht einen brauchbaren Mann aus ihm machen.« Er schaltete den Radioapparat aus. »Aber jetzt zum Geschäft. Was haben Sie zu berichten, Klitzsch?«

Sein Adlatus stand schon mit gezücktem Block zum Rapport bereit. »Habe heute eine interessante Nachricht bekommen. Anfang Dezember wird am Messedamm eine Funkausstellung stattfinden.«

»Funkausstellung?«, wiederholte Hugenberg. »Was ist das denn?«

»Eine Leistungsschau der gesamten Rundfunkbranche«, erklärte Klitzsch. »Auf der Ausstellung können sich alle Unternehmen präsentieren, die in irgendeiner Weise in der Funkindustrie tätig sind. Die Veranstaltung wird sowohl für die Fachwelt wie auch für das allgemeine Publikum zugänglich sein.«

Die wenigen Worte reichten, damit alle Rädchen in Hugenbergs Kopf ihren Betrieb aufnahmen. Schon glaubte er, die blanken Taler klingeln zu hören.

»Was stehen Sie dann hier noch rum?«, fragte er. »Los, Klitzsch – marsch, marsch! Melden Sie die Scherl-Verlagsgruppe heute noch an. Wir müssen auf der Messe den größten Stand haben. Eine fabelhafte Gelegenheit, um für unsere Radio-Inserate die Trommel zu rühren.«

49

Trotz der frühen Stunde schien die Morgensonne bereits sommerlich warm auf den Hausvogteiplatz herab. Während an der Haltestelle Scharen von Näherinnen die Straßenbahn verließen und im Laufschritt zu den umliegenden Textilmanufakturen eilten, stieg Tino aus seinem Cabriolet, das er, um seine Anwesenheit nicht zu verraten, vorsichtshalber in einer Seitengasse abgestellt hatte, und suchte den kleinen Park mit dem Springbrunnen gegenüber von Rahels Haus auf, in dessen Eingang gerade eine Arbeiterfrau in einer bunt bedruckten Kittelschürze verschwand. Dort nahm er, halb verborgen hinter einem verblühten Ginsterstrauch, auf einer Bank seinen Posten ein. Seit er aus Düsseldorf zurück war, versuchte er, wann immer die Zeit es ihm erlaubte, hier morgens sein Glück, bevor er zum Piccadilly-Haus oder nach Babelsberg zur Arbeit fuhr – doch bislang ohne Erfolg. Rahel hatte er zwar schon einige Male aus dem Haus kommen sehen, doch immer nur allein.

Da – da war sie wieder!

In einem luftigen Sommerkleid trat sie ins Freie. In Windeseile duckte er sich hinter den Ginster. Wie wunderschön sie aussah … Das Kleid, das sie trug, war nur ein schlichtes, beiges Ärmelkleid, doch gerade deshalb brachte es ihre Schönheit umso wirkungsvoller zur

Geltung, wie ein besonders schlichter Rahmen ein besonders schönes Gemälde. Mit einem Aktendeckel in der Hand blieb sie vor dem Hauseingang stehen und schaute kurz auf die Uhr, dann strich sie sich eine Locke aus ihrem kastanienbraunen Haar und überquerte die Straße in Richtung Haltestelle.

Wo wollte sie mit ihrem Aktendeckel wohl hin?

Während die Elektrische eilig heranbimmelte, drängte es ihn, ihr zu folgen, doch das durfte er nicht, ihretwegen war er ja nicht hier. Also beherrschte er sich, so schwer es ihm auch fiel, und mit klopfendem Herzen schaute er ihr nach, wie sie auf die Plattform der Straßenbahn sprang und im Innern des überfüllten Waggons an eine Haltestange trat.

Hatte es Sinn, noch länger zu warten?

Er hatte schon einige Male beobachtet, wie die Frau in der Kittelschürze im Eingang von Rahels Haus verschwunden war, und jedes Mal war kurz danach Rahel auf der Straße erschienen, genauso wie heute. Passte die Frau vielleicht auf ihr Kind auf, wenn sie außer Haus war? Wenn ja, hatte es wenig Sinn, noch länger zu bleiben, er würde nur nutzlos seine Zeit vertrödeln. Schließlich wartete jede Menge Arbeit auf ihn.

Er wollte seinen Beobachtungsposten gerade verlassen, da öffnete sich die Tür von Rahels Haus und die Frau in der Kittelschürze kehrte zurück ins Freie. Doch sie war nicht allein. An der Hand hielt sie einen kleinen Jungen in kurzer Lederhose, der ein Eimerchen mit einer Spielzeugschaufel bei sich trug.

Einen kleinen Jungen!

Wie elektrisiert sprang Tino auf. Das musste er sein! Eilig verließ er den Park, und während die beiden auf dem gegenüberliegenden Trottoir Hand in Hand in Richtung Jerusalemer Straße liefen, nahm er die Verfolgung auf.

50

Die Schlange auf dem Flur des Arbeitsamtes reichte bis zum Treppenabsatz im ersten Stockwerk zurück. Rahel zählte ab –

noch elf Bewerber, die vor ihr an die Reihe kamen. Dabei war das schon die zweite Schlange, in der sie heute Morgen anstehen musste. Beim ersten Anlauf hatte sie sich vor dem Raum mit den Buchstaben R-S angestellt, doch nur um dort, als sie endlich aufgerufen worden war, gleich wieder abgewiesen zu werden, weil ihr Nachname ja nicht mehr mit R, sondern mit W anfing – sie hatte sich immer noch nicht daran gewöhnt, dass sie inzwischen Weißpfennig hieß. Seit ihrer Ankunft im Amt war darum schon eine Ewigkeit vergangen, als sie schließlich in dem Raum vorgelassen wurde, in dem der für sie zuständige Sachbearbeiter saß, ein rundlicher Beamter von vielleicht fünfzig Jahren mit Mittelscheitel und Fliege.

»Sie haben Abitur?«, fragte er sichtlich beeindruckt, während er in ihren Unterlagen blätterte. »Respekt! Das hätte ich gar nicht erwartet.«

»Und warum nicht?«, platzte Rahel heraus.

Mit einem Lächeln schaute er von ihren Papieren auf. »Nun ja, erstens sind Sie eine Frau. Und zweitens auch noch eine ausnehmend hübsche. Da dürfte es doch ein Leichtes sein, auch ohne Arbeit durchs Leben zu kommen, ich meine, mit einem passenden Ehemann …«

»Soll das heißen, Abitur ist Männersache? Und Arbeit nur etwas für Frauen, die keinen Mann abbekommen?« Noch bevor sie ausgesprochen hatte, wusste sie, dass sie besser den Mund gehalten hätte.

Tatsächlich veränderte sich der Gesichtsausdruck ihres Gegenübers von einer Sekunde zur anderen. »Haben Sie eine berufliche Ausbildung vorzuweisen?«, erkundigte er sich in strengem Amtston.

»Nein«, erwiderte Rahel und gab sich Mühe, ein möglichst freundliches Gesicht zu ziehen. »Allerdings habe ich meinen Unterlagen ein paar Arbeitsproben von meinen journalistischen Versuchen beigefügt …«

»Arbeitsproben zählen hier ebenso wenig wie irgendwelche Versuche. Ich brauche Urkunden, Zeugnisse, Diplome. Können Sie damit dienen?« Als sie abermals verneinte, stieß er einen Seufzer aus. »Waren Sie wenigstens schon mal in einer festen Anstellung?«

Endlich eine Frage, zu der sie nicken konnte. »Ja, ich habe in der Reklameabteilung des Wertheim gearbeitet.«

»Immerhin etwas.« Der Beamte beugte sich wieder über ihre Unterlagen. »Allerdings kann ich kein entsprechendes Arbeitszeugnis finden.«

»Ich … ich habe bei meiner Kündigung leider versäumt, darum zu bitten.« Beim Gedanken an ihren letzten Auftritt im Büro des schönen Joachim geriet Rahel ins Stammeln. »Aber wenn es etwas hilft – ich meine, dann … dann kann ich ja vielleicht bei meinen früheren Arbeitgeber nachfragen, ob es eventuell möglich ist, nachträglich noch ein Zeugnis …«

Als sie die Miene des Amtmannes sah, verstummte sie.

»Sie haben freiwillig gekündigt? In diesen Zeiten?« Vorwurfsvoll schüttelte er den Kopf. »Wie kann man nur so unvernünftig sein! Was hat Sie dazu getrieben?«

»Ich … ich hatte etwas Neues in Aussicht.«

»Auch im Reklamebereich?«

Rahel zögerte. Sollte sie sagen, was sie in Aussicht gehabt hatte?

»So ungefähr«, antwortete sie ausweichend.

Bei der Erinnerung an die hochfliegenden Träume, die sie an das Angebot von Gottlieb Meineke geknüpft hatte, schämte sie sich in Grund und Boden. Sie hatte sich noch dümmer angestellt als Lilly. Die wusste wenigstens, was sie wollte und worauf sie sich einließ, um an ihr Ziel zu gelangen. Statt sich blind auf ihr Schicksal zu verlassen.

»Na, gut«, sagte der Amtmann, »dann schauen wir mal, was wir in dem Bereich haben.« Mit erkennbarer Lustlosigkeit durchsuchte er eine Kartei. Da diese nur aus wenigen Einträgen bestand, zuckte er bereits nach ein paar Sekunden mit den Schultern. »Leider nichts dabei. Versuchen Sie es in einer Woche noch mal, vielleicht kommt in der Zwischenzeit ja etwas Passendes herein.«

»Ist das alles, was Sie tun können?«, fragte Rahel.

Statt zu antworten, gab der Beamte ihr ihre Unterlagen zurück. »Vielleicht können Sie bis dahin ja um ein Zeugnis für Ihre Reklametätigkeit bitten. Das wäre sicher hilfreich. Ich wünsche Ihnen noch einen guten Tag.«

Entgeistert verließ sie die Amtsstube. Sie hatte zwar nicht gehofft, gleich im ersten Anlauf eine Stelle zu finden, schließlich las sie ja täglich die Zeitung. Aber dass ihre Lage so aussichtslos war, hatte sie nicht erwartet.

Eigene Schuld! Warum hatte sie dem Amtmann auch gleich Contra gegeben?

Als sie auf die Straße trat, riefen Zeitungsjungen die Nachricht des Tages aus.

»Zeppelin LZ 126 in Amerika gelandet!«

»Erste Luftschiffüberquerung des Atlantiks!«

Rahel musste schlucken.

Von wegen fliegen …

51

Tino überquerte die Straße und folgte der Frau und dem Jungen die Jerusalemer Straße hinunter in Richtung Friedrichstadt. Auf dem Trottoir wuselten so viele Menschen herum, dass die zwei ihn in dem Gewühl nicht bemerkten. Nachdem sie die Mohrenstraße passiert hatten, sah Tino ihr Ziel: der Spielplatz an der Kreuzung zur Kronenstraße. Für einen Moment verunsichert blieb er stehen. Musste ein erwachsener Mann ohne Kind dort nicht auffallen? Zum Glück stand an der Straßenecke ein Zeitungsjunge. Dem drückte er kurzentschlossen einen Groschen in die Hand, und mit der »Vossischen« unter dem Arm, marschierte er auf den Spielplatz und setzte sich auf die erstbeste Bank.

Kaum hatte er Platz genommen, schlug er die Zeitung auf und spähte über den Rand. Während die Frau in der Kittelschürze sich in einiger Entfernung zu einem Dienstmädchen gesellte, das gerade Butterbrote an eine ganze Orgelpfeife von Kindern verteilte, lief der Junge mit seinem Eimerchen und der Schüppe zum Sandkasten und fing an zu spielen. Der Sandkasten war nur wenige Meter entfernt, so dass Tino ihn nun von nahem sah. Kein Zweifel, das war Rahels Sohn. Er war ihr nicht nur wie aus dem Gesicht geschnitten, sondern hatte auch genauso viele Sommersprossen wie sie. Nur die leicht eckigen Augenbrauen und die etwas zu große Nase erinnerten nicht an seine

Mutter. Die erinnerten eher an das Gesicht, das Tino jeden Morgen beim Rasieren im Spiegel sah. Aber er machte sich nichts vor, da war natürlich nur der Wunsch der Vater des Gedankens – er wusste ja, dass das unmöglich war.

Warum hatte Rahels Sohn nur kein Feuermal auf der Stirn?

Ein anderer Junge, der mindestens ein Jahr älter und deutlich größer war, kam in den Sandkasten und wollte den Eimer haben. Als Rahels Sohn ihn nicht hergeben wollte, schubste der andere ihn zu Boden.

»Lässt du das wohl sein?«

Tino warf die Zeitung auf die Bank und sprang auf, um zu helfen. Noch bevor er am Sandkasten war, lief der große Junge davon. Tino bückte sich und hob den Eimer auf.

»Da«, sagte er und reichte ihn Rahels Sohn, der sich schon wieder aufgerappelt hatte. »Hier hast du deinen Eimer wieder.«

»Danke«, sagte der Kleine. Dabei schaute er ihn mit seinen Kinderaugen so vertrauensvoll an, dass Tino ganz anders wurde.

»Verrätst du mir, wie du heißt?«, fragte er.

»Alexander. Aber alle sagen nur Alex.«

Tino wusste selbst nicht warum, aber die Antwort fuhr wie ein Blitz in ihn ein. Vielleicht, weil Rahels Sohn plötzlich einen Namen hatte?

»Und wie heißt du?«, wollte der Kleine wissen.

»Konstantin. Aber die meisten sagen einfach Tino.«

»Darf ich auch Tino zu dir sagen?«

»Aber natürlich, Alex.«

Tino musste sich beherrschen, um ihn nicht zu streicheln. »Was baust du denn gerade?«, fragte er stattdessen und deutete auf den kleinen Hügel im Sand, den Alex angehäuft hatte. »Wird das eine Burg?«

»Ja, eine Burg! Hilfst du mir?« Mit vor Begeisterung leuchtenden Augen reichte Alex ihm seine Spielzeugschüppe.

»Na klar helfe ich dir.«

Tino nahm die Schüppe, und während Alex mit seinem Eimerchen noch mehr Sand auf den Hügel häufte, klopfte er mit dem Rücken der Schüppe den Haufen fest, damit die Burg nicht einstürzte.

»Was meinst du? Sollen wir auch einen Turm bauen?«

»Ja, einen Turm!«

Mit den Händen formte Tino den Bergfried. Und damit der auch wirklich so aussah, versah er das obere Ende mit einer Zackenkrone. Jetzt fehlte nur noch eine Fahne auf dem Dach. Als er sich nach einem passenden Zweig mit einem Blatt daran umsah, hörte er plötzlich eine Frauenstimme.

»Du sollst doch nicht mit fremden Onkeln spielen!«

Tino blickte über die Schulter. Vor ihm stand die Frau in der Kittelschürze.

»Ist gar kein fremder Onkel«, sagte Alex. »Ist ein lieber Onkel!«

»So – meinst du?«

Misstrauisch blickte die Frau auf Tino herab.

»Haben Sie dann vielleicht die Güte, mir zu verraten, wer Sie sind, junger Mann?«

52

Für einen wunderbaren Augenblick jenseits der Zeit, in dem es nur die Ewigkeit gab, war Constanze im Paradies gewesen. Doch auch jetzt, nach ihrer Rückkehr zur Erde, war sie immer noch selig.

»Alexander …«

»Mein stolzes, schönes Weib …«

»Ich liebe dich …«

»Heil und Sieg …«

Die Pritsche, auf der sie nach der genossenen Lust mit noch schweißnassen Leibern lagen, war hart wie ein Brett und so schmal, dass sie zusammen kaum Platz darauf fanden, und der sie umfangende Raum maß keine zehn Quadratmeter. Es gab weder Ölgemälde an den Wänden noch Perserteppiche auf dem Boden, noch hatte ein Page Austern oder Champagner bereitgestellt. Nur der Strauß Blumen, den Constanze mitgebracht hatte, stand auf dem Holztisch unter dem Gitterfenster, um den Raum zu verschönern, zusammen mit einem Korb Weintrauben. Und dennoch hätte sie dieses karge, schmucklose Liebesnest, das der Direktor der Festung Landsberg, in der Alexander seit seiner Verurteilung einsaß, ihnen zur Verfügung gestellt hatte, damit sie ein paar wenige Stunden ungestört miteinander verbringen konnten, gegen keine noch so luxuriöse Hotelsuite der Welt getauscht. Denn sie war glücklich – glücklich in den Armen ihres Geliebten.

Sie griff nach dem Zigarrenetui auf dem Tisch.

»Darf ich?«

»Wenn du mir eine Freude machen möchtest ...«

Sie nahm eine Havanna aus dem Etui, steckte sie sich zwischen die Lippen und riss ein Streichholz an. »Du weißt gar nicht, wie gern ich das tue.« Sie paffte ein paar Züge, dann reichte sie Alexander die brennende Zigarre. »Und du hast hier wirklich regelmäßig Umgang mit ihm?«

»Du meinst – mit dem Führer?« Er nahm die Havanna und strich sich über den Bart. »Ja«, sagte er und tat einen Zug, »sogar täglich. Und diesem Mann zu begegnen ist ein Glück, das die Nöte der Haft tausendfach aufwiegt. Adolf Hitler ist der beeindruckendste Mensch, dem ich je begegnet bin.«

»Und das aus deinem Munde ...«

»Er würde aufräumen im Reich, wie noch kein Politiker es je zuvor gewagt hat. Wenn er an der Macht ist, will er alle Juden Münchens auf dem Marienplatz zusammentreiben und sie an den Galgen hängen und sie dort hängen lassen, bis sie stinken. Und das will er in allen deutschen Städten tun.«

Constanze musste schlucken. »Er ... er wäre ein solcher Segen für unser Land.«

Nachdenklich betrachtete Alexander die Glut seiner Havanna. »Gestern teilte er mir im Vertrauen mit, dass er die Zeit hier nutzen will, um ein Buch zu schreiben, eine Art Lebensbericht und Programmschrift in einem. ›Mein Kampf‹ soll es heißen. Ich denke, ich werde ihm für das Diktat meine Dienste anbieten.«

»Ich wäre so stolz auf dich!« Constanze gab ihm einen zärtlichen Kuss. Dann griff sie nach dem Obstkorb und pflückte eine Handvoll Trauben. »Ich bin übrigens heute seiner Nichte begegnet, Fräulein

Raubal – ein ganz reizendes junges Ding. Wir haben ein paar Worte miteinander gewechselt.«

»Sie ist sein Mündel, die Tochter seiner verstorbenen Halbschwester. Er kümmert sich rührend um sie.«

»Was für ein edler Mensch. Was glaubst du, wann du aus der Haft freikommst?«

Alexander blies ein paar Ringe in die Luft. »Dazu kann ich noch nichts sagen. Erst müssen sechs Monate herum sein. Dann können unsere Anwälte beantragen, die noch verbleibende Haftstrafe in eine Bewährungsfrist umzuwandeln.«

Constanze steckte ihm eine Weintraube in den Mund. Dann beugte sie sich über seinen Schoss und küsste ihn dort, wo er es am allerliebsten hatte. »Ganz gleich, wie lange sie dich hier festhalten – ich werde so treu auf dich warten wie Penelope auf Odysseus. Ich bin dein. Jetzt und für alle Zeit.«

53

Tante Ottilie hatte Rahel vorgeschlagen, sie solle Alex im Wedding abholen, dann käme es auf die Zeit nicht so genau an. Rahel hatte das Angebot gern angenommen und nach ihrem Gang zum Arbeitsamt noch ein paar Besorgungen gemacht, so dass es schon Nachmittag war, als sie ihre alte Hinterhauswohnung betrat.

Kaum öffnete sie die Etagentür, kam Alex angerannt, als hätten sie sich seit einer Ewigkeit nicht mehr gesehen.

»Mama, Mama! Da bist du ja! Endlich!«

Sein stürmischer Empfang war Balsam auf ihrer Seele. »Ja, da bin ich wieder, mein kleiner Liebling.« Mit Schwung hob sie ihn auf den Arm und drückte ihn an sich. »Wie war's denn auf dem Spielplatz?«

»Wir haben eine Burg gebaut«, erzählte er aufgeregt. »Ein Mann hat mir geholfen.«

»Ein Mann?«, fragte Rahel verwundert. »Was für ein Mann?«

Bevor Alex antworten konnte, rief man aus der Küche nach ihr.

»Wo bleibst du denn? Komm endlich, wir warten schon auf dich.«

Nanu – das war doch Lillys Stimme. Um diese Zeit?

Rahel ließ Alex zu Boden und ging in die Küche. Als sie die Runde sah, die sich dort versammelt hatte, war es, als hätte jemand die Zeit zurückgedreht. Außer Tante Ottilie und Fritz saß tatsächlich auch Lilly am Tisch, und wie früher ließen die drei eine Flasche Obstwein von Oma Leydicke kreisen.

»Was wird denn hier gefeiert?«

»Dreimal darfst du raten!«, sagte Lilly. »Mein Film ist fertig. Und das Honorar habe ich auch schon kassiert!« Zum Beweis hielt sie den Ausweis in die Höhe, den sie nach ihrer schicken Nacht mit Waldemar von Adelmannsfelden im »Savoy« hatte hinterlegen müssen. »Jetzt kann die Zukunft kommen!«

»Na, Gott sei Dank.«

»Sie hat uns zur Premiere eingeladen«, sagte Tante Ottilie, und mit ihrem wohlwollenden Lächeln fügte sie hinzu: »Um sie zu bewundern.«

»Und zwar ganz ohne Eintritt!« Fritz hob sein Glas. »Prost! Ick freu mir jetzt schon!«

Rahel konnte sich denken, worauf er sich freute. Eindringlich blickte sie Lilly an. »Bist du dir sicher, dass du uns wirklich dabeihaben willst?«

»Und ob!«, strahlte Lilly, die sich offensichtlich nicht das Geringste dabei dachte. »Ihr seid doch meine Familie!«

54

Zahltag in Babelsberg. Während die Bühnenarbeiter in Studio 5 der Universum Film AG, in dem das Kino-Inserat für das erste selbsttätige Waschmittel Persil gedreht worden war, die Kulissen abbauten, standen die Mitglieder der Filmcrew, von der Weißen Dame über den Regisseur und Kameramann bis zu den Kabelträgern und Laufburschen, vor dem Kassenschalter an, den Tino am Eingang der Halle provisorisch aufgebaut hatte.

»Nein, es geht nicht schon wieder los«, knurrte er, als er Pommers fragenden Blick sah. »Zumindest nicht, was mich betrifft.«

»Vielleicht«, erwiderte sein Freund, der das Rechnungsbuch führte. »Aber was ist mit Erna Muchow?«

Da war auch Tino sich nicht so sicher. Während die Weiße Dame sich aus welchen Gründen auch immer mit ihrem Schöpfer Kurt Heiligenstaedt ganz hinten in der Schlange angestellt hatte, warf sie ihm, sobald ihr Zerberus sie auch nur für eine Sekunde aus den Augen ließ, Blicke zu, für die er in früheren Zeiten auf der Stelle alles hätte liegen und stehen lassen. Doch die Zeiten waren vorbei, und als Erna Muchow an die Reihe kam, zählte er ihr das Geld auf den Tisch, ohne sie auch nur anzuschauen.

»Wenn Sie den Betrag bitte quittieren würden?«

»Können wir das nicht ohne Papierkram regeln?«, fragte Kurt Heiligenstaedt, der seiner Verlobten offenbar die Zumutungen des Finanzamts ersparen wollte.

»Tut mir leid«, sagte Tino. »Aber der Posten steht schon in den Büchern. Und ich weiß leider nicht, wie ich …«

»Würden *Sie* das dann bitte regeln?«, wandte Heiligenstaedt sich an Pommer. »Sie sind doch der Produzent!«

Aber der schüttelte den Kopf. »Herr Reichenbach ist unser Finanzdirektor, und wenn er sagt, dass es nicht möglich sei …«

»Papperlapapp! Fräulein Muchow ist die Hauptdarstellerin, und wenn sie so bescheiden ist, sich ganz hinten anzustellen, um ihr Honorar in Empfang zu nehmen, obwohl sie doch als Allererste an der Reihe wäre, ist es ja wohl nicht zu viel verlangt, dass Sie ihr ein kleines bisschen entgegenkommen …«

Während Kurt Heiligenstaedt mit stetig wachsender Intensität und Lautstärke auf Pommer einredete, beugte seine Verlobte sich über den improvisierten Kassenschalter und flüsterte Tino so leise zu, dass nur er es hören konnte: »In einer Stunde am Hintereingang …«

»Wie bitte?«

Als er die Augen aufschlug, schenkte sie ihm einen Blick, der wie ein Blitz in ihn einfuhr. Die Weiße Dame war in Natur noch viel hübscher als in der Reklame. Wie hübsch würde sie erst ohne das weiße Flatterzeug sein? Doch zum Glück hatte er bereits eine Verabredung, die tausendmal wichtiger war: auf dem Spielplatz Ecke Jerusalemer-/Kronenstraße. Er hatte Alex versprochen, heute mit ihm eine richtige

Ritterburg zu bauen, mit Türmen und einem Wassergraben drum herum und einer Zugbrücke.

»Wenden Sie sich bitte an Herrn Pommer«, sagte er also, obwohl das vollkommen unsinnig war, und ohne sich von Erna Muchow oder sonst jemand zu verabschieden, eilte er zur Tür hinaus.

55

Für die Premiere von »Lob der Schönheit« hatte Lilly tatsächlich vier Freikarten bekommen, und wie eine Familie saßen sie nun Seite an Seite in der ersten Reihe des »Alhambra«-Kinos in Moabit, um den fertigen Film und vor allem dessen Hauptdarstellerin zu bewundern.

Dem kleinen Alex gingen die Augen über. »Da! Da! Da!« Vor lauter Aufregung griff er auf sein früheres Universalwort zurück. »Ist das Tante Lilly?«

»Hast du sie erkannt?«, fragte Rahel und gab ihm einen Kuss, obwohl es ihr lieber gewesen wäre, wenn er sie nicht erkannt hätte.

»Da! Da! Da!«

Während er mit seinem kleinen Zeigefinger immer wieder auf die Leinwand zeigte, zappelte er so heftig auf ihrem Schoß hin und her, dass sie Mühe hatte, ihn festzuhalten.

Plötzlich drehte er sich zu ihr um. »Aber warum ist Tante Lilly nackidei?«, fragte er voller Verwunderung.

Rahel war so überrascht, dass sie nicht wusste, was sie antworten sollte. Zum Glück kam Tante Ottilie ihr zur Hilfe.

»Ich glaube, Tante Lilly will gerade ins Pullefass«, sagte sie. »Stimmt's Fritz?«

Aufmunternd nickte sie ihrem Mann zu. Doch der nahm sie überhaupt nicht wahr. Mit offenem Mund starrte er zur Leinwand empor.

»Pass ja auf, dass dir nicht die Augen aus dem Kopp fallen«, sagte sie und stieß ihm in die Rippen.

»Stör mich nicht bei meinem Kunstgenuss«, brummte er.

»Ich geb dir gleich Kunstgenuss«, erwiderte Tante Ottilie. »Warte nur, bis wir wieder zu Hause sind!«

»Ich weiß gar nicht, was du hast. ›Lob der Schönheit‹ Das ist volksbildend!«

»Nicht wahr?«, pflichtete Lilly ihm bei und strahlte.

Für die Premiere hatte sie sich herausgeputzt wie eine richtige Filmdiva, mit glitzerndem Strass-Stirnband, Federboa und kunstseidenen, bis zu den Ellbogen reichenden Handschuhen sowie einer ellenlangen Zigarettenspitze, obwohl sie gar nicht rauchte. Während der Klavierspieler eine orientalische Phantasie improvisierte, berauschte sie sich an ihrem eigenen Anblick. Nachdem ihre Sklavinnen vor ihr zu Boden gesunken waren, begann sie inmitten wabernder Dampfschwaden zu tanzen, um die Schönheit ihres Leibes zu zelebrieren, vor den Augen eines offenbar kurzsichtigen Sultans, der sie durch ein Guckloch mit wachsender Wollust beobachtete.

Rahel hielt Alex die Augen zu, doch der war inzwischen auf ihrem Schoß eingeschlafen. Gott sei Dank!

Schleier für Schleier entblößten die Sklavinnen ihren Leib. Jetzt näherte sich ihr der Nubier mit seiner Lanze. Ein Raunen ging durch den Saal. Rahel schämte sich für ihre Freundin so sehr, dass sie immer tiefer in ihren Sessel rutschte. Ein Glück, dass sie das nicht war, die da vor aller Augen auf der Leinwand tanzte.

Als der letzte Schleier fiel, verstummte das Klavier. Aus der Dunkelheit waren für eine Weile nur unterdrückte Stöhnlaute zu hören.

Rahel drehte sich zu Lilly um und schaute sie an. Die erwiderte trotzig ihren Blick.

»Na und? Das sind doch lauter Komplimente. Die einzigen Komplimente, zu denen Männer fähig sind.«

56

Tino hatte vom Spielplatz noch Sand in den Schuhen, als er die Treppe des Piccadilly-Hauses hinaufeilte. Seit er der Frau in der Kittelschürze, die auf Rahels Sohn aufpasste, offenbart hatte, wer er war und warum er ihrem Schützling nachstellte, war sie seine Verbündete. Inzwischen durfte er sie Tante Ottilie nennen und mit dem kleinen Alex spielen, wann immer er wollte. Jede Woche trafen sie sich ein- oder zweimal auf dem Spielplatz Ecke Jerusalemer-/Kronenstraße, und jetzt, da der Sommer allmählich zur Neige ging und das Laub in den Bäumen sich zu färben begann, hatten sie fast sämtliche Ritterburgen des Deutschen Reichs im Sandkasten nachgebaut.

Als er in die Direktionsetage kam, saß Fräulein Jaschek nicht an ihrem Platz. Einen Moment war er unschlüssig, ob er auf sie warten sollte, weit konnte sie nicht sein, ihre Brille lag auf dem Schreibtisch. Doch da er bereits verspätet war, beschloss er, ohne Anmeldung bei seinem Chef anzuklopfen. Das Film-Inserat für Persil lief inzwischen seit einem Vierteljahr in den Kinos – Stauß wartete ungeduldig auf die erste Zwischenbilanz. Und Tino konnte es selbst kaum erwarten, sie ihm zu präsentieren.

»Herein!«

Sein Chef war nicht allein. Erna Grau, die Frau des stellvertretenden Vorstandsvorsitzenden, war bei ihm im Büro. Tino wollte sich wieder zurückziehen, doch Stauß hielt ihn zurück.

»Bleiben Sie, Reichenbach. Die Frau Major verabschiedet sich gerade.« Er beugte sich über ihre Hand und deutete einen Handkuss an. »Danke für Ihren Besuch, gnädige Frau. Und richten Sie Ihrem Herrn Gemahl bitte meine Grüße aus.«

Tino kannte Graus Frau von den alljährlichen Weihnachtsfeiern des Vorstands mit Damen. Dabei erzählte sie jedes Mal dieselbe Geschichte vom Aufstieg ihres Vaters, der es angeblich vom Kneipenwirt in Kreuzberg zum erfolgreichen Schnapsfabrikanten gebracht hatte und jetzt eine der größten Destillen in ganz Berlin betrieb – zum offensichtlichen Verdruss ihres Gatten.

Als sie jetzt das Büro verließ, hatte er den Eindruck, dass in ihren Augen Tränen schimmerten.

»Ist etwas passiert?«, fragte er, nachdem er die Tür hinter ihr geschlossen hatte. Graus Kur zog sich inzwischen so viele Monate hin, dass in der Ufa alle möglichen Gerüchte über seine Abwesenheit kursierten. Eines besagte, dass er gar nicht in Kur sei, sondern im Zuchthaus. Weil er an dem Putsch in München beteiligt gewesen war.

»Muss ich Ihnen das wirklich erklären?«, fragte Stauß.

Tino hob die Brauen. »Dann stimmt es also, was die Leute sagen?«

»Ja, leider.«

»Aber – ist er dann für die Ufa noch tragbar? Ich meine, als verurteilter Hochverräter?«

Stauß zuckte kurz mit den Augen. »Sobald er seine Strafe verbüßt hat«, erklärte er dann, »hat er wieder als geachteter Mann zu gelten. Bis dahin kein Wort zu niemandem.« Er rückte an seiner Krawatte und setzte sich an den Schreibtisch. »Bitte die Zahlen!«

Damit war die Diskussion beendet. Also zückte Tino seine Unterlagen, um zu rapportieren.

»Das Persil-Inserat wurde zu einem Fixpreis von zehntausend Mark produziert. Leider reichte der Betrag nicht aus, um die tatsächlich angefallenen Kosten zu decken. Unter dem Strich beläuft sich das Defizit auf tausenddreihundertzweiunddreißig Mark und achtundsiebzig Pfennigen. Trotzdem war das Experiment ein voller Erfolg. Dem genannten Verlust stehen Einnahmen durch das Abspielen des Films in den Ufa-Kinos von inzwischen achtzehntausendfünfhundertsechsundachtzig Mark und siebzehn Pfennigen gegenüber, und dank der ungebrochenen Nachfrage ist auch in den kommenden Quartalen mit ähnlichen Ergebnissen zu rechnen.«

Stauß pfiff leise durch die Zähne. »Gratuliere, Reichenbach. Eine beeindruckende Bilanz. Machen Sie weiter, am besten, Sie stellen für die Akquisition einen eigenen Verkäuferstab zusammen. Ich erwarte hundert Neukunden bis Jahresende. Trauen Sie sich das zu?«

»Ich denke, das müsste zu schaffen sein. Der Erfolg von ›Wäsche – Waschen – Wohlergehen‹ spricht ja für sich und ist die beste Reklame.« Tino zögerte einen Moment, dann fügte er hinzu: »Darf ich fragen, wofür Sie die Einkünfte zu verwenden beabsichtigen?«

Stauß verließ den Schreibtisch und ging an die Tür. Nachdem er sich vergewissert hatte, dass sie fest verschlossen war, drehte er sich zu Tino herum.

»Habe ich Ihr Wort, dass Sie striktes Stillschweigen wahren?«

57

Alex war todmüde, schon mehrere Male waren ihm die Augen zugefallen, und er brauchte nur noch eine Knochengeschichte, um einzuschlafen. Doch was sollte Rahel ihm heute erzählen?

Tante Ottilie war schon am frühen Morgen gekommen, um auf Alex aufzupassen. Sie selbst hatte den ganzen Tag auf dem Arbeitsamt verbracht. Doch vergebens, wieder einmal. Es war immer dasselbe, seit inzwischen über einem halben Jahr. »Kommen Sie nächste Woche wieder, vielleicht ist dann ja was Passendes für Sie dabei ...« Sie konnte den Spruch nicht mehr hören! Dabei wurden die Warteschlangen auf dem Amt von Monat zu Monat kürzer, es gab immer mehr offene Stellen, fast in allen Branchen. Nach der Währungsreform hatten die Siegermächte die deutschen Reparationszahlungen abgemildert, ein amerikanischer Bankier namens Dawes hatte dafür gesorgt, und weil die Firmen wieder gutes Geld verdienten, suchten sie neue Arbeitskräfte, manche sogar händeringend, wie in den Zeitungen zu lesen stand. Nur für Rahel war nie etwas dabei. Mit der Folge, dass sie und ihr Kind immer noch auf Edgars Kosten lebten, und das ließ Detlef sie mit seiner zähnefletschenden Freundlichkeit so deutlich spüren, dass sie und Alex kaum noch die kleine Kammer verließen, wenn sie in der Wohnung waren.

Ja, der Knochen war wirklich abgenagt. Egal, was sie versuchte ...

»Alex?«, flüsterte sie.

Er hatte die Augen geschlossen, und sein Atem ging ganz gleichmäßig. Gott sei Dank, er war eingeschlafen! Sie nahm die beiden Teddybären, die ans Fußende gewandert waren, und legte sie ihm in die Arme, damit er sich nicht allein fühlte, wenn er in der Nacht aufwachte. Doch als sie sich über ihn beugte, um ihm einen Kuss zu geben, schlug er die Augen auf, mit einem Schlag wieder hellwach.

»Was hat der große Junge heute gemacht? Sag schon, Mama!«

Mit einem Seufzer sank sie zurück auf ihren Stuhl. Da sie nicht wusste, was Tante Ottilie und er heute gemacht hatten, blieb ihr nichts anderes übrig, als es aufs Geratewohl zu versuchen.

»Ich glaube, der große Junge war heute auf dem Spielplatz.«

»Ja, auf dem Spielplatz. Mit Tante Ottilie.«

»Natürlich mit Tante Ottilie. Und die hat den großen Jungen auf die Schaukel gesetzt, und dann hat er ganz doll geschaukelt, immer höher und höher, bis in den Himmel hinauf. Danach ist der große Junge in den Sandkasten gegangen. Da hat er eine Burg gebaut. Eine riesengroße Burg mit ganz vielen Türmen und einem Wassergraben drum herum.«

»Und einer Eisenbahnbrücke!«

»Einer Eisenbahnbrücke?«, wiederholte Rahel verwundert. »Ach so«, lachte sie. »Du meinst eine Zugbrücke!«

»Ja, eine Zugbrücke. Für die Ritter!«

»Natürlich. Und das alles hat der große Junge ganz allein geschafft. Die ganze riesengroße Burg mit den Türmen und dem Wassergraben und der Zugbrücke.«

»Nein«, rief Alex. »Nicht allein! Der liebe Mann hat auch geholfen!«

Rahel stutzte. »Welcher liebe Mann?«

»Onkel Tino!«

Als sie den Namen hörte, blieb ihr das Herz stehen.

»Was sagst du da? Wie heißt der Mann?«

»Konstantin«, antwortete Alex. »Aber alle sagen Tino zu ihm …«

58

Tino ging die Liste der Firmen durch, die inzwischen Film-Inserate für ihre Produkte in Auftrag gegeben hatten. Sie las sich wie ein »Who's who« der deutschen Konsumgüterindustrie. Obwohl sein Verkäuferstab erst seit ein paar Wochen akquirierte, waren lauter klangvolle Marken bereits darin vertreten: von Erdal bis Odol. Wenn sich die Sache so weiter entwickelte, würden sie das Ziel von hundert Kunden erreichen, noch bevor der erste Schnee fiel.

Auf dem Schreibtisch klingelte das Telefon. Fräulein Jaschek war in der Leitung.

»Der Chef erwartet Sie im Vorführraum. Die Probenummer ist fertig!«

»Tatsächlich? Bin unterwegs!«

Tino legte den Hörer auf. Die Probenummer, von der Fräulein Jaschek sprach, würde einen Vorgeschmack davon geben, wofür Stauß das viele Geld ausgeben wollte, das sie mit den Kino-Inseraten verdienten. Gespannt wie vor einer großen Filmpremiere verließ Tino das Büro und eilte hinunter in den Keller des Piccadilly-Hauses, wo es einen kleinen Kinosaal gab.

Als er den verdunkelten Raum betrat, saß Stauß schon in einem Klappsessel und blickte auf die Leinwand. Darauf prangte, von einem Scheinwerfer angestrahlt, der Ufa-Namenszug in heller Leuchtschrift und warf einen übergroßen Schatten mit den drei Buchstaben auf eine dahinter kreisende Weltkugel.

»Bitte nehmen Sie Platz, wir wollen gleich anfangen.«

Stauß hob die Hand, um dem Vorführer ein Zeichen zu geben. Der Projektor ratterte los, und dann flackerte ein kunterbuntes Potpourri über die Leinwand, mit Bildern aus den unterschiedlichsten Lebensbereichen: aus Politik und Wirtschaft, Sport und Kultur, Wissenschaft und Unterhaltung, unterbrochen nur von Zwischentiteln mit den jeweiligen Nachrichten.

»Die ›Ufa-Wochenschau‹«, flüsterte Tino, andächtig wie in einer Kirche.

Stauß drehte sich zu ihm herum. »Und – was halten Sie davon?«

»Einfach großartig«, erwiderte Tino. »Eine Illustrierte in bewegten Bildern. So etwas hat es noch nicht gegeben.«

»Die Gebrüder Ullstein haben vertraglich zugesichert, so viele Nachrichten für uns zu produzieren, wie wir nur wollen, egal, zu welchen Themen.« Triumphierend blickte Stauß ihn an. »Aber wissen Sie, was das Beste ist? Wir können die Wochenschau mit so viel Reklame zupflastern, wie wir lustig sind – genauso wie eine Zeitungsillustrierte. Ich sage Ihnen, die Leute werden uns die Bude einrennen, um darin zu inserieren.«

Tino musste grinsen. »Ich freue mich jetzt schon auf die Gesichter von Hugenberg und seinem Feldwebel Klitzsch. – Allerdings«, fügte er nach einer kurzen Pause hinzu, »haben Sie keine Bedenken wegen Ihres Abkommens?«

»Sie meinen die Aufteilung des Filmgeschäfts?« Stauß zuckte mit den Schultern. »Konkurrenz bedeutet Krieg, Reichenbach, in der Wirtschaft nicht anders als in der Politik. Und ein Abkommen zwischen konkurrierenden Parteien ist immer nur ein Waffenstillstand auf Zeit. Wer das nicht begreift, hat auf dem Schlachtfeld des freien Marktes nichts verloren.«

59

Vom Turm der Osterkirche schlug es halb sechs, und draußen eilten Scharen von Arbeitern in der Dunkelheit zur Frühschicht, als Rahel am nächsten Morgen mit der Elektrischen in den Wedding fuhr. Kaum kam die Tram an der Haltestelle Samoastraße zum Stehen, sprang sie ins Freie. Sie war so aufgewühlt, dass sie in der Nacht kein Auge zugemacht hatte. Stundenlang hatte sie sich im Bett hin und her gewälzt, von einer Seite auf die andere, von der Seite auf den Rücken, vom Rücken auf den Bauch, ohne Schlaf zu finden, weil sie wieder und wieder an die letzte Knochengeschichte vom Vorabend hatte denken müssen. Und an die anschließende Entdeckung, mit wem Alex auf dem Spielplatz seine Burg gebaut hatte.

Die Vorstellung hatte sie nicht mehr losgelassen.

Alex und der liebe Mann …

Alex und Onkel Tino …

Alex und …

Irgendwann hatte sie es nicht mehr ausgehalten, sie hatte die Decke von sich geworfen und beschlossen, Tante Ottilie zur Rede zu stellen. Alex hatte noch tief und fest geschlafen, mit Plisch und Plum in den Armen, als sie die Wohnung verlassen hatte. Für den Fall, dass er vor ihrer Rückkehr wach werden würde, hatte sie einen Zettel auf den Küchentisch gelegt, mit der Bitte an Edgar, sich um ihn zu kümmern. Wahrscheinlich war das gar nicht nötig, normalerweise war Alex ja ein Langschläfer, wenn man ihn nicht weckte, wachte er fast nie vor acht Uhr auf. Und bis dahin würde sie wieder zurück sein.

Im Laufschritt überquerte sie die Straße und bog in den Hinterhof ein, der zu ihrer alten Wohnung führte. Im Treppenhaus schlug ihr der vertraute Geruch entgegen, der seit der Erschaffung der Welt hier jeden Morgen in der Luft hing, eine Mischung von abgestandenem Kohl und frisch aufgebrühtem Muckefuck.

Auf dem Treppenabsatz betätigte sie, noch ganz außer Atem, die Drehklingel. Das ratschende Geräusch tat ihr in den Ohren weh. Gleich darauf hörte sie auf der anderen Seite Schritte im Flur.

»Rahel? Du? Um diese Zeit?« Tante Ottilie war noch im Nachthemd, als sie die Etagentür öffnete, und ihr sonst zu einem Knoten gebundenes graues Haar hing ihr in losen Strähnen auf die Schultern herab. »Ich dachte, du brauchst mich erst wieder nächsten …«

»Wie lange geht das schon?«, fiel Rahel ihr ins Wort.

»Wie lange geht was?«

»Dass Konstantin Reichenbach meinem Sohn auf dem Spielplatz auflauert.«

»Ach so – das meinst du.« Tante Ottilie atmete auf. »Und ich hatte mir schon Sorgen gemacht … Nein, von auflauern kann keine Rede sein. Herr Reichenbach hat sich mir vorgestellt, wie es sich gehört, und höflich gefragt, ob er und Alex …«

Rahel schnappte nach Luft. »Du hast gewusst, wer dieser Mann ist, und hast es trotzdem erlaubt?«

»Ja, warum denn nicht?« Tante Ottilie schüttelte den Kopf. »Wenn du schon keinen Verstand hast, solltest du froh sein, wenn wenigstens ich meinen gebrauche. Die zwei sind ein Herz und eine Seele. Du müsstest mal sehen, wie schön sie zusammen spielen. Wie Vater und Sohn.«

»Wie Vater und – WAS?«

»Sohn«, wiederholte Tante Ottilie, als wäre das das Natürlichste von der Welt. »Ich bin ja schon eine alte Frau, die einiges erlebt hat, aber so, wie dieser vornehme Herr sich um deinen Alex kümmert – da … da geht mir richtig das Herz auf. Und ein vornehmer Herr ist er ja, da beißt die Maus keinen Faden ab, schon allein diese Nelke im Knopfloch. Aber wenn die beiden im Sandkasten hocken und zusammen eine Burg bauen – glaubst du, er denkt auch nur eine Sekunde an seinen teuren Anzug oder die teuren Schuhe? Nein, immer mittenrein ins Vergnügen, ohne Rücksicht auf Verluste, Hauptsache, Alex hat seinen Spaß und ist glücklich …«

Rahel hörte die Worte, doch sie drangen nicht in sie ein – wie in weiter Ferne rauschten sie an ihrem Ohr vorbei. Alle hatten sie hintergangen. Hintergangen und verraten. Tante Ottilie, Tino – ja, sogar Alex, der ihr kein Sterbenswörtchen gesagt hatte. Vor allem aber hatte sie sich selbst verraten. Verraten und hintergangen. Weil sie immer noch dieselben Gefühle für Tino empfand wie früher, dieses unentwirrbare Durcheinander von Liebe und Enttäuschung und Wut und Ohnmacht und Angst. Angst, dass alles wieder von vorn losgehen würde, wenn sie ihren Gefühlen nachgab.

»Warum hast du mir nichts davon gesagt?«

Tante Ottilie schaute sie voller Mitgefühl an. »Ach Kindchen! Spielt das denn wirklich eine Rolle?«

60

Schwer wie Blei hingen die grauen Winterwolken vom Himmel herab, und der Geschmack von Schnee lag in der Luft. Es war bereits so kalt, dass Tino trotz seines warmen Kamelhaarmantels fror, als er auf dem Spielplatz ankam. Tante Ottilie und Alex waren schon da, zusammen saßen sie auf einer Bank und packten irgendwelche Sachen aus. Alex war vermummt wie ein kleiner Eskimo, und während er sich mit seinem Eimerchen und der Spielzeugschaufel bewaffnete, holte Tante Ottilie eine Thermoskanne aus ihrem Korb, um sich in der Kälte aufzuwärmen. Außer den beiden war kein Mensch zu sehen. Nur ein paar Krähen hockten im kahlen Geäst der Bäume und wachten über den verwaisten Ort.

»Onkel Tino! Onkel Tino!« Kaum hatte Alex ihn entdeckt, kam er auch schon angerannt. »Bauen wir wieder eine Burg?«

Seine kindliche Freude rührte Tino in einer Weise, die er sich kaum noch erklären konnte. Wie war es möglich, dass Alex ihm inzwischen so ans Herz gewachsen war?

»Ich glaube, heute bauen wir mal keine Burg, sondern ein Schloss«, sagte er. »Was meinst du?«

»So wie an einer Tür?«, fragte Alex verwundert. »Wo man einen Schlüssel reinsteckt?«

»Nein«, lachte Tino, »ich meine ein anderes Schloss. So eins, wo Könige drin wohnen. Ein Königsschloss.«

»Oh ja, ein Königsschloss! Ein Königsschloss!«

Hand in Hand liefen sie zum Sandkasten. Tino hatte eine Einkaufstasche voller Überraschungen mitgebracht, einen Schaufelbagger für den Sandkasten und ein paar Zinnfiguren für das Schloss: ein Königspaar, einen Prinzen und eine Prinzessin sowie ein Dutzend Diener und Lakaien. Als er die Spielsachen aus der Tasche hervorzauberte, war Alex so aus dem Häuschen, dass er kaum noch sprechen konnte.

»Da! Da! Da!«

Als Erstes stürzte er sich auf den Bagger. Während er alle Knöpfe und Hebel ausprobierte, zog Tino sich die Handschuhe aus. Klamm und kalt fühlte sich der Sand an.

Wie lange würden Alex und Tante Ottilie wohl noch auf den Spielplatz kommen?

»Bist du traurig?«

»Wie … wie kommst du denn darauf?«, fragte Tino.

Alex schaute ihn mit zusammengekniffenen Augen an. »Du ziehst so ein komisches Gesicht. Das will ich nicht. Das macht mir Angst.«

»Ach was!« Tino versuchte zu lächeln. »Ich habe gerade nur über etwas nachgedacht.«

61

Verborgen hinter einem Mauervorsprung, schaute Rahel zu, wie die zwei miteinander spielten. Sie hatte lange gebraucht, bis sie sich überwunden hatte, Tante Ottilies Rat zu folgen und auf den Spielplatz zu kommen – fast, als hätte sie Angst vor dem, was sie hier sehen würde. Doch am Ende war ihre Neugier größer gewesen. Ihre Neugier und noch ein anderes Gefühl, das sie nicht benennen konnte. Jetzt war sie so irritiert, dass sie fast wünschte, sie wäre zu Hause geblieben. Obwohl die innige Vertrautheit, die Tino und Alex offensichtlich miteinander verband, sie zutiefst berührte, wagte sie nicht, sich darüber zu freuen.

Ja, Tante Ottilie hatte recht. Wie Vater und Sohn …

»Worüber hast du denn nachgedacht?«, wollte Alex wissen.

Rahel sah, wie Tino zögerte. Dabei zog er ein Gesicht, das er früher nur gezogen hatte, wenn ihn etwas bedrückte. Was konnte das sein? Doch plötzlich veränderte sich seine Miene, der sorgenvolle Ausdruck verschwand, und seine Augen blitzten auf, als hätte er eine Idee.

»Ich habe mich gerade gefragt, ob es wohl bald schneien wird«, sagte er. »Dann könnten wir nämlich zusammen einen Schneemann bauen.«

»Einen Schneemann?«, fragte Alex. »Was ist das?«

»Ein Mann aus Schnee!«

»Und den kann man bauen?«

»Ja, das geht ganz einfach. Man braucht nur einen alten Zylinder, zwei Kohlestücke, ein paar Zweige, eine Möhre und natürlich ganz, ganz viel Schnee. Was meinst du – hast du Lust auf so einen Schneemann?«

»Ja, ich will einen Schneemann!« Alex strahlte. »Einen ganz, ganz großen Schneemann!«

»Einen ganz, ganz großen und ganz, ganz dicken Schneemann«, sagte Tino. »Aber jetzt bauen wir erst mal unser Schloss. Damit der König und die Königin ein Dach über dem Kopf haben, wenn es anfängt zu schneien.«

Mit seinem Kamelhaarmantel kniete Tino sich in den Sand. Rahel musste schlucken. Beim Spielen zeigte Tino sich von einer Seite, die sie bisher nicht an ihm kannte. Er beantwortete nicht nur die zahllosen Fragen, mit denen Alex ihn löcherte, ohne auch nur einmal ungeduldig zu werden, sondern tröstete ihn jedes Mal mit liebevoller Nachsicht, wenn er durch irgendeine Ungeschicklichkeit mit seinem Bagger einen gerade fertig gewordenen Turm zum Einsturz brachte oder sonst ein Malheur passierte und sie wieder von neuem anfangen mussten. Geduld gehörte eigentlich nicht zu Tinos Stärken, im Gegenteil, wenn er ein Paket auspackte oder versuchte, einen verhedderten Knoten aufzulösen, wurde er normalerweise vor lauter Ungeduld so zappelig, dass man beim Zuschauen selber ganz nervös wurde.

Woher kam diese Wandlung?

Jetzt nahm er die Zinnfiguren, die im Sand verstreut lagen, und postierte sie rund um das Schloss.

»Täterätäää! Fertig!« Voller Stolz blickte er Alex an. »Gefällt dir unser Schloss?«

»Und wieeeee!«, rief Alex. »So ein schönes Schloss!«

»Das meine ich aber auch! Das schönste Schloss der Welt!« Tino stand auf und klopfte sich den Sand vom Mantel. »Jetzt musst du allerdings allein weiter spielen. Es ist höchste Zeit für mich.«

Alex schaute enttäuscht zu ihm auf. »Nein, nicht gehen, Onkel Tino! Bitte, bitte! Nicht gehen!«

»Doch, mein Junge. Ich muss jetzt arbeiten. Leider!« Seinem Gesicht war anzusehen, dass er das nicht nur sagte, sondern es wirklich bedauerte. »Aber weißt du was? Zum Abschied gebe ich dir noch was.« Er nahm seine Nelke aus dem Knopfloch und drückte sie Alex in die Hand. »Die musst du zu Hause verwahren, bis wir einen Schneemann bauen. Dann stecken wir sie dem Schneemann an den Zylinder! Sollen wir das so machen?«

»Ja«, sagte Alex und hielt sich die Blume an den Kopf. »So, Onkel Tino?«

Tino lachte. »Genau so! Ich wusste doch, du bist ein großer Junge.«

Während Alex' Gesicht sich wieder aufhellte, kam Tante Ottilie herbei. Tino hob Alex vom Boden und gab ihn ihr auf den Arm.

»Auf Wiedersehen, mein Junge!«

»Auf Wiedersehen, Onkel Tino.«

»Und stell die Blume zu Hause in eine Vase. Damit sie hält, bis es schneit.«

Während die beiden winkend voneinander Abschied nahmen, war Rahel für einen Moment versucht, aus ihrem Versteck hervorzutreten.

Warum tat sie es nicht einfach?

Bevor sie sich entschloss, hatte Tino den Spielplatz jedoch schon verlassen und eilte im Laufschritt die Straße hinunter.

62

Die ersten Schneeflocken fielen vom Himmel herab, um die Dächer und Straßen Berlins mit einem weißen Firnis zu überziehen, als am 4. Dezember des Jahres 1924 im eigens dazu errichteten »Haus der Funkindustrie« am Messedamm die erste Große Deutsche Funkausstellung eröffnet wurde. Zweihundertachtundsechzig Aussteller zeigten hier die neuesten Erfindungen der jungen Branche, und angelockt von dem Reklamespruch »Wer will unter die Radioten?« strömten die Menschen in Scharen herbei, um auf siebentausend Quadratmetern Ausstellungsfläche die Wunderwerke einer Technik zu bewundern, die seit nunmehr einem Jahr auf unsichtbare Weise Musik und Unterhaltung und Nachrichten durch den Äther schickte. Während die meisten Unternehmen technische Geräte wie Röhrenempfänger, Detektoren oder Kopfhörer präsentierten, war die Reichspost mit einem nachgebauten Sendestudio vertreten, um neue Radiohörer für ein Abonnement zu gewinnen – zwei Mark pro Monat kostete der Anschluss an die Welt. Die Firma Seibt offerierte sogar den ersten reisetauglichen Empfänger. Doch zwischen den vielen verschiedenen Ständen ragte ein Pavillon hervor, der größer und bunter war als alle anderen. Hier stellte keine Technikfirma ihre Angebote aus, sondern ein Presse- und Werbeunternehmen: die Scherl-Verlagsgruppe, in Person vertreten durch ihren Besitzer Alfred Hugenberg, der das Publikumsinteresse aufmerksam beobachtete.

»Soeben wurde an der Kasse der zehntausendste Besucher registriert«, meldete Klitzsch, der sich am Haupteingang informiert hatte. »Dabei haben wir noch nicht mal Mittag.«

»Sehr gut. Je mehr Besucher, desto mehr Aufträge für unsere Radio-Inserate. Aber damit wir nicht übermütig werden, schlage ich einen kleinen Rundgang vor. Die Konkurrenz schläft bekanntlich nicht.«

»Sie meinen – die Ufa?«

»Natürlich, wen sonst?«, knurrte Hugenberg, der es gar nicht mochte, wenn man ihn durchschaute. »Manchmal glaube ich wirklich, ich bin mit Ihnen statt mit meiner Frau verheiratet.«

Ohne auf Klitzsch zu warten, machte er sich auf den Weg. Der Pavillon der Universum Film AG befand sich am anderen Ende der Halle und war nur halb so groß wie der Stand der Scherl-Verlagsgruppe. Doch der Andrang dort war keineswegs geringer, im Gegenteil – Hugenberg hatte Mühe, überhaupt bis zum Eingang vorzudringen.

Als er den Grund für den Menschenauflauf sah, holte er tief Luft. Nein, die Konkurrenz schlief nicht – bei Gott! In dem verdunkelten Innenraum war eine Leinwand installiert, darauf war in bewegten Bildern die Weiße Dame von Persil zu sehen, die dem Publikum die Vorzüge des ersten selbsttätigen Waschmittels vorführte. Als zum Schluss der Titel des Films eingeblendet wurde – »Wäsche – Waschen – Wohlergehen«, klatschten die Zuschauer Beifall.

Der Applaus stieß Hugenberg so bitter auf wie Galle. Aber nur für einen Moment, dann hatte er sich wieder gefasst.

»Haben Sie das gesehen?«, fragte er Klitzsch, der ihm wie immer auf dem Fuß gefolgt war.

»Jawoll!«

»Ist das alles, was Ihnen dazu einfällt?«

»Nein, das heißt – einen Moment …« Sein Adlatus zückte einen Notizblock. »Ich bitte um Anweisungen.«

Hugenberg verspürte eine gewisse Genugtuung. »Sie enttäuschen mich, Klitzsch. Wenn meine Frau an Ihrer Stelle wäre, würde sie wissen, was zu tun ist.« Mit der Hand über sein Stehhaar streichend, diktierte er: »Stichwort: ›Reklamefilme‹. – Erstens: Einrichtung einer Sonderabteilung. Zweitens: Aufbau einer Vertriebsstruktur. Drittens: Akquisition in Kombination mit der ›Deulig Woche‹. – Haben Sie das?«

»Ist notiert!« Klitzsch schlug die Hacken zusammen. »Fabelhafte Idee.«

Hugenberg nickte. »Ja, es kann nie schaden, sich bei der Konkurrenz umzusehen. Aber jetzt Abmarsch, zurück an die Arbeit!«

Noch während er sprach, machte er kehrt – es war nicht nötig, dass einer der Ufa-Fritzen ihn hier sah. Doch er war noch keine zwei

Schritte weit gekommen, da ertönte in seinem Rücken eine so machtvoll anschwellende Kino-Orgel, dass er sich unwillkürlich noch einmal umdrehte.

Als er in den Pavillon sah, erstarrte er. Auf der Leinwand kreiste eine Weltkugel, versehen mit dem doppelten Ufa-Namenszug, in Schwarz und in Weiß.

63

Der Andrang im Pavillon der Universum Film AG war so groß, dass die Zuschauer sich gegenseitig auf den Füßen standen, während sie mit großen Augen das kunterbunte Potpourri aus Politik und Wirtschaft, Sport und Kultur, Wissenschaft und Unterhaltung bestaunten, das über die Leinwand flimmerte. Doch nicht nur das allgemeine Publikum war schier aus dem Häuschen, genauso begeistert waren auch die Fachleute unter den Zuschauern von dieser bislang nie gesehenen Mischung von Nachrichten aus den unterschiedlichsten Lebensbereichen in einem einzigen Bilderbogen.

Obwohl es Tino schwerfiel, musste er Stauß innerlich Abbitte leisten. War sein Chef doch nicht nur der verknöcherte Zahlenmensch, den er stets in ihm gesehen hatte? Stauß war konservativ bis in die Knochen und reagierte auf alles Neue in der Regel mit Skepsis und Abwehr, und seine Vorträge waren ermüdend bis zum Einschlafen. Und trotzdem hatte er diese Glanzidee gehabt.

»Jetzt müssen wir den Kinobetreibern nur noch begreiflich machen, welche Geschäfte ihnen die ›Ufa-Wochenschau‹ in Verbindung mit unseren Kino-Inseraten ermöglicht«, sagte Stauß. »Dann reißen sie uns die Abonnements nur so aus den Händen.«

»Sie können sich auf mich verlassen«, erklärte Tino.

»Das tue ich auch, Reichenbach, ich weiß doch, was ich an Ihnen habe.« Stauß klopfte ihm auf die Schulter. »Apropos: Wie viele Inserenten haben wir inzwischen akquiriert?«

»Einhundertzwölf. Die letzten drei Produktionsaufträge sind erst gestern Abend hereingekommen.«

»Welche Produkte?«

»Leitz Registrator, Maggi Suppenwürze und der Leibniz Butterkeks von Bahlsen.«

Während Tino die Namen aufsagte wie ein Schüler seine frisch gelernten Vokabeln, spürte er immer noch Stauß' Hand auf seiner Schulter. War das eine Belobigung oder eine Demütigung gewesen! Die Sache hätte eigentlich ihm einfallen müssen, schließlich war er das Genie von ihnen beiden!

Um das irritierende Gefühl loszuwerden, schaute er hinauf zur Leinwand, wo gerade die Zusammenfassung eines Fußballspiels lief. 1. FC Nürnberg gegen die Spielvereinigung Fürth. Voller Spannung verfolgte das Publikum, wie der Rechtsaußen der Fürther in den Nürnberger Strafraum eindrang. »Foul!« Als der Schiedsrichter auf den Elfmeterpunkt zeigte, wurde es mucksmäuschenstill im Pavillon. Aber noch bevor der Fürther Mittelstürmer zum Strafstoß antrat, machte sich plötzlich eine seltsame Unruhe breit. Irritiert blickte Tino sich um. Ein Großteil der Zuschauer schien auf einmal das Interesse an dem Spiel verloren zu haben, in Scharen strömten sie zum Ausgang. Und das vor einem Elfmeter!

»Haben Sie eine Ahnung, was da los ist?«, fragte Stauß, offenbar nicht weniger irritiert.

»Nein«, erwiderte Tino. »Aber ich schaue mal nach.«

Die meisten Zuschauer, die aus dem Pavillon drängten, strömten zum Stand des Berliner Rundfunks. Der Grund dafür war ein riesiger Lautsprecher, der über dem Eingang hing. Daraus ertönte eine Nachricht, die das Publikum gleichzeitig mit Beifall und Buhrufen quittierte.

Bei dem Lärm konnte Tino die Worte kaum verstehen.

»… wurde laut Gerichtsbeschluss die Haftstrafe von vier Jahren und vier Monaten in eine entsprechende Bewährungsfrist umgewandelt. Der Führer der NSDAP Adolf Hitler sowie die anderen verurteilten Putschisten kommen somit nach Verbüßung von acht Monaten Festungshaft noch vor Jahresende wieder auf freien Fuß …«

64

Seit Tagen versuchte Rahel, mit Edgar unter vier Augen zu sprechen, er war der einzige Mensch, der ihr helfen konnte. Lilly kam nicht in Frage, bei ihr war ja von vornherein klar, was sie sagen würde, sie würde ihr raten, sich einen anderen Kerl zu suchen, und Tante Ottilie war zu alt, um sie zu verstehen. Doch bislang hatte sich nie die Gelegenheit zu einem solchen Gespräch ergeben, entweder war Detlef dabei oder Alex noch nicht im Bett.

Heute aber war die Gelegenheit da. Alex war ausnahmsweise gleich nach dem Abendessen eingeschlafen, und Detlef hatte sich mit einer Flasche Rotwein in sein Billardzimmer zurückgezogen, so dass Rahel Edgar allein antraf, als sie im Wohnzimmer nach ihm schaute.

»Willst du nicht mit ihm reden?«, fragte er, nachdem sie ihm von ihrem Besuch auf dem Spielplatz erzählt hatte. »Du liebst ihn doch noch immer. Oder etwa nicht?«

»Natürlich liebe ich ihn noch immer«, sagte sie, »und wahrscheinlich werde ich nie damit aufhören können. Das ist ja das Schlimme.«

»Das Schlimme?« Edgar schaute sie mit seinen sanften Augen vorwurfsvoll an. »Was meinst du, wie viele Menschen dich darum beneiden würden, jemanden so zu lieben, wie du ihn liebst?«

»Ich weiß.« Rahel wich seinem Blick aus, damit er nicht sah, wie sie mit den Tränen kämpfte. »Aber ich kann ihm einfach nicht verzeihen. Ich war so glücklich wie noch nie in meinem Leben, als ich Alex zum ersten Mal auf dem Arm hielt, und freute mich so sehr darauf, ihn seinem Vater zu zeigen. Und dann …«

»Was und dann?«, fiel Edgar ihr ins Wort. »Ja, er hat einen Fehler gemacht, einen sehr großen und vor allem sehr dämlichen Fehler. Aber willst du deshalb dein Leben lang unglücklich sein? Nur weil du ihm nicht verzeihen kannst? Oder nicht verzeihen willst? Und dir deshalb irgendwelche unsinnigen Argumente ausdenkst, an die du selbst nicht glaubst? Sei nicht so dumm, meine Süße! Das passt doch gar nicht zu dir! Lieber solltest du dich daran erinnern, was du zu mir gesagt hast, als ich um deine Hand anhielt. Da hast du ganz anders gesprochen. Oder hast du das vergessen?«

Rahel schüttelte den Kopf. Nein, das hatte sie nicht, natürlich nicht. »Eine Ehe ohne Liebe ist doch keine Ehe«, hatte sie gesagt. Aber – wenn es ohne Liebe keine Lösung gab, konnte man dann einfach daraus schließen, dass Liebe selbst die Lösung sei? So einfach war das Leben doch nicht! Außer der Liebe gab es tausend andere Dinge, die zählten. Auch wenn sie sich noch so sehr wünschte, dass es anders wäre.

Unsicher hob sie die Augen.

»Und was ist mit dir?«, fragte sie leise.

»Was soll mit mir sein?« Unwillig erwiderte er ihren Blick. »Ich habe doch meinen Detlef!«

»Ja, eben. Und deshalb bist du in Gefahr …«

Ein Zucken ging durch sein Gesicht, und ein paar Sekunden nagte er wortlos an seiner Lippe. Offenbar hatte er verstanden, was sie meinte.

Doch dann straffte er sich und schüttelte den Kopf.

»Sollst du deshalb auf dein Glück verzichten?«, fragte er. »Nein, Rahel, das will ich nicht, ich würde es mir nie verzeihen, wenn du deswegen jetzt den Fehler deines Lebens machst und deine Liebe mit Füßen trittst. Wenn Gefühle so stark sind wie deine, darf man sie nicht unterdrücken. Und man kann es auch gar nicht, zumindest nicht auf Dauer. Das weiß ich besser als jeder andere, schließlich habe ich es am eigenen Leib erfahren. Jahrelang habe ich versucht, ein anderer zu sein, als der, der ich bin. Aber es hat keinen Sinn, gegen seine Gefühle anzukämpfen, sie wachsen ja sowieso immer wieder nach, wie Unkraut, das durch den Asphalt dringt. Also muss man irgendwann damit aufhören und den Mut haben, ihnen zu folgen. Oder man läuft Gefahr, dieses eine besondere, ganz und gar einzigartige Leben, das irgendjemand da oben im Himmel für jeden von uns und niemand sonst vorgesehen hat und das nur du selbst leben kannst, einfach wegzuschmeißen.« Er nahm ihre Hand und schaute sie an. »Willst du das wirklich riskieren?«

65

Wie ein verwunschenes Märchenschloss erhob sich die Festung Landsberg aus der schneebedeckten Winterlandschaft, und die Glöckchen im Geschirr der beiden Kutschpferde klingelten in der eisesklaren Luft, während der Schlitten sich in rascher Fahrt der von zwei Zwiebeltürmen eingerahmten Hofeinfahrt näherte. Eingemummt in eine Pelzdecke saß Constanze auf der Rückbank und zählte die Minuten, die sie noch von ihrem Geliebten trennten. Heute kam Alexander aus der Haft frei, früher als alle seine Mitgefangenen – General Ludendorff hatte sich dafür verwandt, dass er noch vor Weihnachten entlassen wurde, damit er das Fest mit den Menschen verbringen konnte, die er liebte.

»Brrrr …«

Der Kutscher zog an den Leinen, und mit knirschenden Kufen kam der Schlitten im Innenhof der Festung zum Stehen. Constanze wusste, es war eine romantische, ja vielleicht auch kindische Idee, Alexander in diesem Gefährt abzuholen, doch in der Hoffnung, dass er ihre Beweggründe verstand, hatte sie sich von ihren Gefühlen leiten lassen. Sie holte ihren Geliebten aus der Kriegsgefangenschaft ab – Penelope hätte da auch kein Taxi genommen.

»Bitte warten Sie hier«, wies sie den Kutscher an.

Sie hielt einen Moment inne, um sich zu sammeln, dann wickelte sie sich aus ihrer Pelzdecke und stieg aus dem Wagen. Obwohl weit und breit kein Tannenbaum oder sonst etwas zu sehen war, das auf das baldige Weihnachtsfest hingewiesen hätte, war ihr nie weihnachtlicher zumute gewesen als in dieser Stunde. Weihnachten war das Fest der Liebe, und wie konnte sie es besser feiern als in den Armen des Mannes, den sie mehr liebte als ihr Leben?

Zum Glück war der Weg zum Haupteingang von Schnee und Eis geräumt, so dass sie in ihren Stiefeletten nicht ins Rutschen geriet. Sie hatte befürchtet, Alexander an irgendeiner rückwärtigen Pforte abholen zu müssen, doch sein Anwalt hatte erreicht, dass er nicht durch einen Hinterausgang, sondern durch das Hauptportal in die Freiheit zurückkehren konnte.

Mit ihrer behandschuhten Hand griff sie nach der Türklinke. Durch den Stoff hindurch spürte sie die Kälte des Metalls.

Für einen Moment überkam sie Angst. Wie würde das Wiedersehen sein?

Als sie die Halle betrat, wartete Alexander bereits auf sie. In Gedanken versunken, saß er auf einer Bank, einen Koffer zu seinen Füßen. Doch als er sie hörte, hob er sofort den Blick, ein Leuchten ging durch sein Gesicht, und er stand auf, um sie mit ausgebreiteten Armen zu empfangen.

Im selben Moment fiel alle Angst von ihr ab.

»Alexander …«

»Constanze …«

»Mein Held …«

Wie am Tag der Urteilsverkündigung trug er Uniform. Doch als sie auf ihn zutrat, stutzte sie. Irgendetwas war anders, irgendetwas stimmte nicht, und sie brauchte ein paar Sekunden, bis sie begriff, was es war.

»Was … was hast du mit deinem Bart gemacht?«

Lächelnd fuhr er mit der Hand zum Gesicht. Anstelle seines imposanten, beidseitig geschweiften Kaiser-Wilhelm-Barts zierte nur noch ein kleines Viereck seine Oberlippe. Ein wenig war sie enttäuscht.

»Das ist mein Geschenk an den Führer«, sagte er. »Als sichtbares Zeichen meiner Gefolgschaft.«

Seine Worte beschämten sie. Was für eine noble Geste … Ja, sie hatte seinen Bart geliebt, als Ausdruck seiner Männlichkeit. Doch kam es auf solche Äußerlichkeiten an? Viel mehr zählte doch die Gesinnung! Und keine Gesinnung konnte edler sein als die eines Mannes, der sich mit allem, was er war und hatte, in den Dienst einer Mission stellte.

Überwältigt von ihren Gefühlen, fasste sie einen Entschluss.

»Ich habe auch ein Geschenk«, sagte sie.

»Ein Geschenk?« Alexander hob die Brauen. »Für mich?«

Constanze nickte. »Ja, ich werde mich scheiden lassen.« Sie musste einmal schlucken, bevor sie weitersprechen konnte. Dann fügte sie hinzu: »Bist … bist auch du bereit?«

Eine lange Weile erwiderte er wortlos ihren Blick, ohne auch nur mit einer Regung seines Gesichts zu verraten, was in ihm vorging. Je länger er schwieg, desto unsicherer wurde sie. Um Gottes willen, hatte sie ihn verschreckt? Der Mund trocknete ihr aus, und ihr Herz raste, als wolle es ihr in der Brust zerspringen.

Doch während sie noch fieberhaft überlegte, wie sie ihre Worte zurücknehmen konnte, ging plötzlich ein Lächeln über sein Gesicht, und den Blick fest auf sie gerichtet, nahm er ihre Hand und führte sie an die Lippen.

»Was bist du nur für ein wunderbares Weib«, sagte er mit rauer Stimme. »Ja, Constanze, ich bin bereit.«

66

Im Wohnzimmer rasselte die Kette der Standuhr, und gleich darauf schlugen die Pendel an, dunkel und schwer. Viertel nach acht. Rahel saß am Küchentisch, allein mit sich und ihren Gedanken und der Entscheidung, die sie treffen musste, und schaute auf die Nelke in ihrer Hand, die Alex vom Spielplatz mitgebracht und ihr zur Aufbewahrung gegeben hatte. Sie hatte ihn vor einer halben Stunde ins Bett gebracht, zum Glück war er gleich eingeschlafen, und Edgar und Detlef waren nach dem Abendessen noch einmal aus dem Haus gegangen, um über den Weihnachtsmarkt am Französischen Dom zu schlendern, so dass sie die Küche für sich hatte, um noch eine Tasse Tee vor dem Einschlafen zu trinken. Während sie einen Schluck nahm, verhallten die Schläge der Pendel, und noch einmal rasselte die Pendelkette. Dann schlug die Stille wieder über ihr zusammen.

Was sollte sie tun?

Natürlich hatte Edgar recht, es hatte keinen Sinn, seine Gefühle zu leugnen, wer seine Gefühle kannte und sich ihnen verschloss, verriet sein eigenes Leben, und sie wusste ja, was sie empfand. Ihre Liebe zu Tino würde niemals vergehen, sie war stärker als jedes Unkraut, und mochte der Asphalt noch so undurchdringlich scheinen, sie würde sich immer einen Weg an die Oberfläche bahnen. Vielleicht ließ sie sich für eine Weile unterdrücken, vielleicht würde sie mit der Zeit sogar abklingen, nach und nach und im Lauf von vielen Jahren. Aber sie würde nur schlafen, tief in ihrer Seele verborgen, in ihrer Seele und jeder Zelle ihres Leibes. Sterben würde sie nie.

Mit einem Seufzer strich Rahel über die Nelke, die Blüte war längst verwelkt und an manchen Stellen schon braun. Wenn sie allein nach der Liebe entscheiden könnte, wüsste sie, was zu tun war – sie würde sich überwinden und Tino verzeihen und alles, was gewesen war, hinter sich lassen, um mit ihm noch einmal von vorn anzufangen. Doch was würde dann aus Edgar? Jetzt tat er, als bräuchte er ihre Hilfe nicht, aber sie wusste es besser. Er brauchte den Schutz ihrer Ehe, allein mit Detlef würde er wieder in derselben Gefahr schweben wie früher – der schöne Joachim würde jede Gelegenheit nutzen, um ihn bloßzustellen und seinen Rauswurf zu provozieren. Darum hatte Edgar ihr ja den Antrag gemacht, zu ihrer beider Nutzen … Nein, sie durfte ihn nicht im Stich lassen, sie hatte ihm versprochen, ihn zu schützen – so wie er ihr versprochen hatte, für sie und Alex zu sorgen. Er hatte sein Wort gehalten, so schwer es für ihn auch manches Mal war, er nahm dafür sogar in Kauf, dass Detlef immer wieder mit ihm stritt, weil sie und ihr Kind auf seine Kosten zusammen mit ihnen in der Wohnung lebten. Durfte sie da ihr Wort brechen, auch wenn er selbst ihr dazu riet?

Sie nahm einen Schluck Tee, doch der war inzwischen so kalt, dass sie ihn wieder ausspuckte. Plötzlich kam ihr ein Gedanke. Und wenn sie es einfach so machte, wie Lilly es machen würde? Sich irgendeinen Kerl anlachen? Wenn es ihr gelang, sich noch einmal in jemanden zu verlieben – wer weiß, vielleicht würde es ihr dann ja doch gelingen, Tino zu vergessen, irgendwann, das war doch nicht ausgeschlossen, irgendwann musste es doch mal aufhören, irgendwann hörte schließlich jedes Gefühl einmal auf … Ach ja, und wenn nicht? … Mit leeren Augen blickte sie in ihre Tasse. Wenn sie Kaffee statt Tee getrunken hätte, könnte sie jetzt auf dem Grund vielleicht ihre Zukunft sehen, vielleicht würde das Schicksal ihr ja ein Zeichen geben – sie war gar nicht so schlecht darin, im Kaffeesatz zu lesen. Aber so sehr sie sich nach einem Gottesurteil sehnte, wusste sie doch, dass ihr diesmal niemand die Entscheidung abnehmen konnte. Diesmal musste sie sich selbst entscheiden, sie ganz allein, mit allen Konsequenzen, die daraus folgen würden … Bei der Vorstellung erinnerte sie sich an eine philosophische Abhandlung, die sie als Schülerin gelesen hatte, »Selbstdenken«, von Arthur Schopenhauer. Damals hatte sie die Aufforderung, die der Titel enthielt, wie eine Befreiung empfunden. Jetzt empfand sie ihre Freiheit wie einen Fluch …

Warum war nur niemand da, der ihr bei der Entscheidung half? Nie hatte sie sich so einsam und allein und verloren gefühlt wie an diesem Abend.

»Mama?«

Als sie sich umdrehte, stand Alex in der Tür, ganz verschlafen in seinem Pyjama und mit Plisch und Plum unter den Armen.

»Was – du bist noch auf?«

»Ich … ich konnte nicht schlafen.«

»Mein kleiner Liebling. Ich auch nicht.« Sie legte die Nelke auf den Tisch und breitete die Arme aus. »Möchtest du auf meinen Schoß?«

Sie hatte noch nicht ausgesprochen, da ließ er seine Teddybären fallen und kam auf seinen nackten Füßen angerannt.

»Na, dann komm mal her zu mir.« Sie fasste ihn unter den Achseln und hob ihn in die Höhe. »Vielleicht können wir uns ja gegenseitig helfen.«

»Ja, Mama, ja!«

Ob er wirklich verstanden hatte, was sie meinte? Ach, darauf kam es doch gar nicht an – Hauptsache, sein kleines Gesichtchen strahlte. Und wie sehr strahlte es wieder!

»Liebe, liebe Mama …« Kaum saß er auf ihrem Schoß, schlang er beide Arme um sie. »Erzählst du mir eine Knochengeschichte?«

67

In der Direktionsetage des Zollernhofs Unter den Linden brannte trotz der fortgeschrittenen Stunde noch Licht. Hugenberg hatte Klitzsch, als dieser sich bereits in den Feierabend verabschieden wollte, noch einmal zu sich gerufen, um mit ihm zu beratschlagen, wie sie auf den Angriff der Ufa auf ihr Wochenschau-Monopol reagieren sollten. Der Angriff erfolgte genau in der Weise, wie Hugenberg schon vor Monaten prophezeit hatte: Stauß nutzte die Verflechtung der Universum Film AG mit dem Ullstein-Verlag, um die Nachrichten zu produzieren, die er für die Wochenschau brauchte, und würde diese nun in Hunderten konzerneigener Lichtspielhäuser vermarkten.

»In meinen Augen ist das ein klarer Bruch des Abkommens, das Stauß und Sie getroffen haben«, erklärte Klitzsch. »Die Scherl-Verlagsgruppe überlässt der Universum Film AG den Markt für Spielfilme, diese verzichtet dafür im Gegenzug auf den Nachrichtenmarkt. So war es ausgemacht.«

Hugenberg nickte. »In der Tat, so lautete die Vereinbarung, als Kompensation dafür, dass Ludendorff und seine Monokelträger aus dem Prinz-Albrecht-Palais mich bei der Gründung der Ufa ausgebootet hatten. Sie konnten einfach nicht verknusen, dass ich im Krieg ihrem hochwohlgeborenen Kanzler Bethmann Hollweg Kumpanei mit den Sozis vorgeworfen hatte – natürlich zu Recht, ganz nebenbei bemerkt. Leider wurde unser Abkommen nie schriftlich fixiert. Wir haben nur mit einem Glas Cognac darauf angestoßen.«

»Juristisch macht das keinen Unterschied«, erwiderte Klitzsch. »Auch wenn die Vereinbarung nur mündlich getroffen wurde, hat sie vertraglich bindende Wirkung. Voraussetzung ist lediglich, dass es einen Zeugen gibt und dieser bereit ist, den Vorgang vor Gericht zu bestätigen.«

»Das ist kein Problem, meine Frau war ja dabei, als wir angestoßen haben. Wir haben zusammen mit Stauß und Gemahlin im ›Adlon‹ Silvester gefeiert, und natürlich wird sie vor Gericht aussagen, wenn ich sie darum bitte.« Hugenberg versuchte, sich den Abend so genau wie möglich in Erinnerung zu rufen. »Es war Silvester 1918, die erste Silvesternacht nach dem Krieg. Die Menschen feierten vor dem Brandenburger Tor und schossen Raketen ab, ich habe alles noch sehr lebhaft vor Augen. Der Cognac war übrigens ausgezeichnet, ein Courvoisier Jahrgang 96, wenn ich mich nicht irre. Stauß hatte ihn bestellt und ein ziemliches Gewese darum gemacht.«

»Hervorragend!«, sagte Klitzsch, vor lauter Eifer ganz rot im Gesicht, und zückte seinen Notizblock. »Dann wüsste ich nicht, was einer Klage im Wege steht. Ich werde gleich morgen früh mit unseren Anwälten sprechen.«

»Mit unseren Anwälten?« Hugenberg zögerte. »Hm, ich weiß nicht.«

Er fuhr sich mit der Hand über das Haar. Zögern war eigentlich nicht seine Art – Zögern war ein Zeichen von Unsicherheit, und die war seinem Wesen fremd. Doch diesmal …

Je mehr er über die Sache nachdachte, desto weniger behagte sie ihm.

»Was wird passieren, wenn wir meine Frau vor Gericht zerren?«, fragte er, um sich selbst die Antwort zu geben. »Dann werden Stauß' Anwälte seine Frau ebenfalls als Zeugin aufrufen, und die wird natürlich das Gegenteil dessen behaupten, was meine Frau aussagt, das ist so sicher wie das Amen in der Kirche. – Nein«, entschied er, »keine Klage. Bei einem Prozess gewinnen immer nur die Anwälte. Und die haben sowieso schon goldene Nasen, da müssen nicht auch wir ihnen noch unser sauer verdientes Geld in den Rachen werfen.«

Irritiert ließ Klitzsch seinen Notizblock wieder sinken. »Aber … aber wenn Sie keinen Prozess wollen – wie wollen Sie sich dann wehren?«

Hugenberg straffte sich. »Die Gerade ist die kürzeste Verbindung zwischen zwei Punkten. Das habe ich in der Schule gelernt, und das hat sich im Laufe meines Lebens immer wieder bestätigt. Also marschieren wir geradeaus.« Wieder mit sich im Reinen, klemmte er beide Daumen in die Taschen seiner Weste, und auf den Fußballen wippend, erklärte er: »Angriff ist die beste Verteidigung. Wenn die Ufa Krieg will, soll sie Krieg haben! Nicht vor Gericht, sondern in offener Feldschlacht!«

68 Nein, Rahel war nicht allein mit ihrer Entscheidung, egal, was sie gedacht hatte. Alex war bei ihr, ihr Sohn, und er konnte ihr helfen. Warum kam sie erst jetzt auf die Idee, ihn zu fragen? Die Entscheidung betraf ihn doch genauso wie sie selbst.

Plötzlich wurde sie ganz ruhig.

»Ich soll dir also eine Knochengeschichte erzählen?«, fragte sie.

»Ja, Mama, eine Knochengeschichte. Bitte.«

»Na gut. Aber vorher trinkst du noch deine Milch.«

Sie hob ihn wieder auf den Schoß und reichte ihm das Glas, das sie für ihn aufgewärmt hatte. Mit beiden Händen hielt er das Glas fest, und während er trank, ruckte sein kleiner Kehlkopf bei jedem Schluck auf und ab. Geduldig wartete sie, bis er fertig war, dann wischte sie ihm den Schnurrbart vom Mund, und schlug das Plaid, das sie aus dem Wohnzimmer geholt hatte, um ihn, damit er nicht fror, und fing an zu erzählen.

»Es war einmal ein großer Junge, und der tat nichts lieber, als auf den Spielplatz zu gehen und Burgen zu bauen. Das tat er so gerne, dass er den ganzen Sommer über immer nur auf den Spielplatz wollte – und auch im Herbst, als die Blätter schon von den Bäumen fielen, ja, sogar noch im Winter, als alle anderen Kinder gar nicht mehr auf den Spielplatz kamen und er den ganzen Sandkasten für sich allein hatte, wollte er nirgendwo anders hin. Denn er hatte dort einen Freund gefunden, der genauso gerne Burgen baute wie er selbst, und dieser Freund war der liebe Mann …«

»Onkel Tino«, rief Alex, glucksend vor Freude. »Onkel Tino!«

»Ja, so hieß der liebe Mann – Onkel Tino. Und jedes Mal, wenn der große Junge ihn auf dem Spielplatz traf, bauten die beiden zusammen wunderschöne Burgen mit Türmen und Wassergräben und Zugbrücken für die Ritter, und manchmal bauten sie auch ein Schloss, in dem ein Königspaar mit seinen Kindern wohnte. Aber es gab ein großes, großes Geheimnis, von dem der große Junge nichts wusste, und das war …«

Mitten im Satz hielt sie inne. Sie hatte die Geschichte angefangen, ohne nachzudenken, wie von selbst waren ihr die Worte über die Lippen gekommen. Doch plötzlich war sie unsicher. Sollte sie wirklich weitererzählen? Wenn sie das Geheimnis einmal gelüftet hatte, würde es kein Zurück mehr geben.

Alex nahm ihr die Entscheidung ab.

»Was wusste der große Junge nicht?«

»Willst du das wirklich wissen?«

»Ja, Mama. Ja!«

»Also gut.« Sie räusperte sich, um den Kloß in ihrem Hals loszuwerden, dann fuhr sie fort: »Das, was der große Junge nicht wusste, das große, große Geheimnis – das war, dass die Mama von dem großen Jungen den lieben Mann nämlich kannte. Sie kannte ihn sogar schon viele, viele Jahre – noch länger als der große Junge selbst. Die beiden hatten früher zusammen in einer Wohnung gelebt und sich ganz, ganz lieb gehabt, bevor der große Junge auf die Welt gekommen war …«

Alex drehte sich auf dem Schoß zu ihr herum und schaute mit großen Augen zu ihr auf. »Aber die Mama von dem großen Jungen – das bist du doch! Und … und der liebe Mann – das ist doch Onkel Tino!«

Rahel sah an seinem Gesichtchen, wie angestrengt er versuchte, sich einen Reim auf das alles zu machen, und für einen Moment wusste sie nicht, wie sie ihre Geschichte weitererzählen sollte.

Was ging jetzt wohl gerade in seinem Köpfchen vor?

Es gab nur eine Möglichkeit, es herauszufinden. Und statt die Frage, für die sie die ganze Geschichte erfunden hatte, noch länger hinauszuzögern, fasste sie sich ein Herz.

Sie nahm sein Gesicht in beide Hände und blickte ihn an.

»Und wenn die Mama den lieben Mann heiraten würde – was meinst du, würde das dem großen Jungen gefallen?«

69

Die ganze Nacht über hatte es geschneit, so dass der Spielplatz Ecke Jerusalemer-/Kronenstraße unter einer dicken Schneedecke lag, als Tino am nächsten Vormittag dort ankam, mit einem Jutesack über der Schulter wie ein Nikolaus. Vor dem Eingang spielte ein

Drehorgelmann Weihnachtslieder, und auf dem Trottoir gegenüber hatte ein italienischer Maroni-Verkäufer seinen Stand aufgebaut. Verführt von dem herbeiwehenden Duft zückte Tino sein Portemonnaie, um eine Tüte Kastanien zu kaufen, er kannte jemanden, dem sie sicher schmecken würden, da hörte er seinen Namen rufen.

»Onkel Tino! Onkel Tino!« Zusammen mit Tante Ottilie wartete Alex schon beim Sandkasten. Aufgeregt zeigte er über den zugeschneiten Spielplatz. »Ist das genug Schnee für den Schneemann?«

»Und ob! Damit können wir eine ganze Schneemannfamilie bauen!«

Tino gab seinen Rucksack bei Tante Ottilie in Verwahrung, dann formte er einen Schneeball, kullerte ihn zu Boden und wälzte ihn dann durch den Schnee. Alex half mit, er war ganz begeistert, wie die Kugel bei jeder Umdrehung auf wundersame Weise an Größe und Umfang zunahm. Es dauerte keine zwei Minuten, bis der Sockel stand, und nach nicht mal einer Viertelstunde hatten sie den ganzen Schneemann gebaut.

»Das ist ja ein Riese«, staunte Alex.

»Das muss er auch sein. Schließlich ist das ein Schnee*mann* – und kein Schnee*männchen*. Aber ich glaube, etwas fehlt noch.«

»Was denn?«

»Das Gesicht!«

Tino holte den Sack, darin hatte er alles mitgebracht, was man für einen Schneemann brauchte. Er hatte sogar an die zwei Stecken für die Arme gedacht, die er letztes Mal in seiner Aufzählung vergessen hatte.

»Die Kohlen – das sind die Augen … Aus den Zweigen machen wir den Mund … Und die Mohrrübe – die ist … Na, was meinst du wohl, was die ist?«

»Die Nase!«

»Ja, du kleiner Schlauberger! Natürlich – die Nase!«

Tino hob Alex ihn in die Höhe, damit er die Mohrrübe dem Schneemann selbst ins Gesicht stecken konnte. Dann griff er noch einmal in seinen Sack und holte daraus einen alten, zusammengefalteten Zylinder hervor. Gemeinsam ließen sie ihn aufspringen und setzten ihn dem Schneemann auf den Kopf.

»Jetzt fehlen nur noch die Arme.«

Als Letztes nahm Tino die zwei Stecken aus dem Sack.

»Fertig«, sagte er, nachdem er sie an den Schultern befestigt hatte.

»Nein«, rief Alex. »Noch nicht fertig.«

»Ja, was fehlt denn noch?«, fragte Tino verwundert.

»Die Blume!« Alex griff in seine Jackentasche und holte daraus die alte, verblühte Nelke hervor.

Tino konnte es kaum glauben. »Daran hast du wirklich gedacht? Das ist ja toll! Ja, du hast recht, die brauchen wir noch. Und weißt du auch noch wofür?«

Alex strahlte. »Für den Zylinder!«

»Was bist du doch für ein kluger, kleiner Mann.« Tino strich ihm über die Wange. »Ja, für den Zylinder brauchen wir die Blume. Und weil du an sie gedacht hast, darfst du sie unserem Schneemann auch anstecken. Dann hat er immer Glück.« Er knöpfte seinen Mantel auf und löste die Ziernadel von seiner Krawatte. Dann hob er Alex auf beide Schultern und half ihm, die Nelke an dem Zylinder zu befestigen.

»Das ist aber ein schöner Schneemann«, sagte in seinem Rücken eine Stimme.

Ungläubig drehte Tino sich um.

»Rahel?« Mehr brachte er nicht hervor.

Wie im Märchen stand sie da, vollkommen unwirklich und unwirklich schön. Mit einem Lächeln erwiderte sie seinen Blick.

»Weißt du schon, wo du Heiligabend verbringst?«

»Heiligabend?«, wiederholte er wie ein Idiot.

Zum Glück hörte sie deshalb nicht auf zu lächeln. »Möchtest du vielleicht zusammen mit uns feiern?«, fragte sie. »Ich glaube, Alex würde sich sehr freuen. – Und ich«, fügte sie nach kurzem Zögern hinzu, »… ich mich auch.«

70

Aus dem Wohnzimmer war das leise Knistern von Edgars Grammophon zu hören, und gleich darauf begann ein Kinderchor zu singen.

Heute kommt der Weihnachtsmann,
Kommt mit seinen Gaben …

Voller Ungeduld zappelte Alex auf dem Flur vor der Tür herum, hinter der Edgar und Detlef den Christbaum schmückten. Ja, zum Fest der Liebe hatte Detlef seine Feindseligkeiten eingestellt, er hatte Alex sogar eine Stange Lakritz aus seiner Süßigkeiten-Schublade geschenkt, damit ihm das Warten leichter fiel.

»Wann können wir endlich rein, Mama?«

»Jetzt hab noch ein bisschen Geduld«, sagte Rahel. »Das Christkindchen ist noch nicht fertig. Erst muss das Glöckchen klingeln, vorher darf niemand ins Weihnachtszimmer.«

Nur mit Mühe gelang es ihr, ihn von der Tür zurückzuhalten. Seit sie ihn für die Bescherung fertig gemacht hatte, war er kaum noch zu bändigen. Es war sein erstes bewusstes Weihnachtsfest, und sie hatte in den letzten Tagen so manches Dämmerstündchen mit ihm verbracht, um ihm vom Christkind und dessen kleinen und großen Helfern in der Himmelswerkstatt zu erzählen. Zusammen hatten sie einen Wunschzettel geschrieben und auf die Fensterbank gelegt. Alex hatte sich einen Schneemann gewünscht, und seit dem Morgen, an dem der Zettel wie von Geisterhand verschwunden war, löcherte er sie mit der Frage, ob das Christkind ihm wohl wirklich einen bringen würde. Da Rahel nicht genug Geld hatte, um ein fertiges Exemplar im Wertheim oder KaDeWe zu kaufen, hatte sie aus Stoffresten und Verpackungsmaterial, das Edgar für sie organisiert hatte, selbst einen Schneemann gebastelt – sogar mit einer Mohrrübe aus orangefarbenem Filz als Nase, genauso wie der Schneemann, den Tino zusammen mit ihm gebaut hatte, mit einem Zylinder auf dem Kopf sowie einer aufgemalten Nelke.

»Wann ist das Christkind endlich fertig?«

Rahel konnte seine Ungeduld kaum noch mitansehen – sie war ja genauso gespannt wie er. Allerdings nicht in Erwartung der Geschenke, sondern in Erwartung ihres Gastes.

Ja, sie hatte sich entschieden. Doch Tino auch? Heute würde es sich zeigen.

Obwohl sie auf nichts anderes wartete, schrak sie zusammen, als es endlich klingelte.

»Da! Da! Da!« Alex hüpfte vor Aufregung wie ein Hündchen in die Höhe.

»Aber das war doch noch gar nicht das Christkindchen.« Sie nahm seine Hand und zog ihn vom Wohnzimmer fort. »Das war doch die Türklingel!«

71

Tino nahm die Hand von der Klingel, und während er ein letztes Mal den Sitz seines Krawattenknotens korrigierte, trat er auf dem Treppenabsatz einen Schritt zurück. Er konnte sich nicht erinnern, je vor einer Premiere so nervös gewesen zu sein wie an diesem Abend. Seit Rahel ihn eingeladen hatte, zusammen mit ihr und Alex Weihnachten zu feiern, hatte er die Zeit nur noch mit Vorbereitungen verbracht. Was sollte er anziehen? Welches Geschenk für Alex mitbringen? Eine Nelke im Knopfloch – ja oder nein? Für Alex hatte er ein rotes Feuerwehrauto gekauft, damit konnte man bei einem dreieinhalbjährigen Jungen nichts falsch machen. Bei Rahel hingegen war er vollkommen unsicher gewesen, und eine Ewigkeit hatte er hin und her überlegt, ohne zu einem Ergebnis zu kommen. War ein Geschenk überhaupt angebracht? Oder war das zu aufdringlich? Und was – wenn er ein Geschenk für sie hatte, und sie hatte keines für ihn? Das würde ihr sicher peinlich sein. Da sie wahrscheinlich kein Geschenk haben würde, hatte er sich schließlich entschieden, nur einen Strauß Blumen mitzubringen. Einundzwanzig rote Rosen. Die Zahl war nicht zufällig gewählt, und vielleicht würde sie verstehen, was er damit meinte. Auf jeden Fall hatte sich auf diese Weise die Frage nach der Nelke im Knopfloch erübrigt. Zwei verschiedene Sorten Blumen auf einmal waren eindeutig zu viel.

Ja, er hatte sich gründlich vorbereitet. Doch als sein Blick auf das Namensschild an der Tür fiel, war alle Vorbereitung dahin.

FAMILIE EDGAR WEISSPFENNIG

Das Schild erschien ihm plötzlich wie ein einziger, messingblitzender Hohn. War er verrückt gewesen, die Einladung anzunehmen? Am liebsten wäre er auf der Stelle wieder davongelaufen, aber dafür war es zu spät. Vom Flur her näherten sich bereits Schritte, und noch während er in aller Eile das Seidenpapier von seinem Blumenstrauß entfernte, ging auch schon die Tür auf und Rahel stand vor ihm – in demselben dunkelgrünen Trägerkleid, das sie auf der Silvesterfeier im »Café Größenwahn« getragen hatte, bei ihrer ersten gemeinsamen Party überhaupt, und das er so sehr an ihr mochte.

»Schön, dass du da bist«, sagte sie. »Frohe Weihnacht!«

»Frohe Weihnacht! … Die … die sind für dich.«

Er streckte ihr den Strauß Rosen entgegen, doch sie machte keine Anstalten, ihn zu nehmen. Stattdessen trat sie zu ihm auf den Treppenabsatz und zog die Tür hinter sich zu. Natürlich! Hätte er bloß eine Packung Pralinen mitgebracht! Kein Mann, der wusste, was sich gehörte, verehrte einer verheirateten Frau rote Rosen.

Unwillkürlich kehrte sein Blick zu dem Messingschild zurück. Ja, er war verrückt gewesen, hierherzukommen – vollkommen verrückt.

»Nein, das ist es nicht«, sagte sie.

»Was ist was nicht?«, fragte er.

»Das Namensschild. Es hat nichts zu bedeuten. Zumindest nicht, was du gerade denkst.«

»Wie bitte? Aber da steht doch ›Familie Edgar …‹«

»Glaub mir einfach«, sagte sie. »Doch bevor wir reingehen, muss ich erst etwas wissen.« Sie zögerte einen Moment, dann hob sie den Blick und schaute ihn an. »Was ist, wenn Alex nicht dein Sohn ist?«

72

Rahel sah, wie Tinos Gesicht förmlich in sich zusammenfiel. Sein Blick flackerte, sein Kinn bebte, als könne er jeden Moment die Kontrolle verlieren, und während er den Strauß Blumen sinken ließ, wich aus seinen Wangen, die eben noch von der Kälte ganz rot gewesen waren, alle Farbe. Umso deutlicher trat dafür das Feuermal auf seiner Stirn hervor.

Sein verfluchtes Feuermal …

Ihre Illusionen lösten sich auf wie Tinos Gesichtszüge. Warum hatte sie ihn nur eingeladen? Sie war so sicher gewesen, dass sie ihm nur diese eine Frage stellen müsste und danach alles wieder gut sein würde. Doch das war ein Fehler gewesen, ein ganz und gar idiotischer Fehler. Sie hatte Tino überschätzt, er hatte die Prüfung nicht bestanden. Durchgefallen mit Pauken und Trompeten …

Sie machte kehrt, um zurück in die Wohnung zu gehen, doch als sie nach der Klinke griff, berührte er ihren Arm.

Ein scheues Lächeln huschte über sein Gesicht.

»Es ist egal«, sagte er, »ob Alex mein Sohn ist oder nicht …«

Unsicher ließ sie die Türklinke los. »Was … was sagst du da?«

Er hatte so leise gesprochen, dass sie nicht wusste, ob sie ihn richtig verstanden hatte. Doch das Lächeln in seinem Gesicht ließ keinen Zweifel.

»Ich liebe dich«, sagte er, mit ruhiger, fester Stimme. »Das ist das Einzige, was zählt.«

Wie ein Zauberspruch lösten die wenigen Worte den Bann, alle Schwere fiel von ihr ab, auf einmal fühlte sie sich ganz leicht, so leicht wie das Leben selbst, das eben noch so sehr auf ihr gelastet hatte, und ihr Herz fing vor Freude an zu rasen.

»Natürlich ist Alex dein Sohn«, sagte sie. »Wie hast du je daran zweifeln können?«

Überglücklich schlang sie die Arme um ihn. Und als ihre Lippen sich berührten, schloss sie die Augen.

»Rahel«, flüsterte er. »Endlich … Endlich …«

»Ach, Tino … Ja, ich liebe dich …«

Dann verschmolzen sie in einem Kuss.

Rahel wusste nicht, wie lange der Kuss gedauert hatte, einen Augenblick oder eine Ewigkeit, doch als sie aus ihm erwachte, schaute sie in einen Strauß roter Rosen.

Der Anblick berührte sie so sehr, dass sie gar nicht anders konnte als lächeln.

»Einundzwanzig, stimmt's?«

Mit großen Augen schaute er sie an. »Hast du – hast du sie gezählt?«

»Nicht nötig. Oder für wie dumm hältst du mich?«

Noch während sie sprach, wurde sein Gesicht zu einem Grinsen. »Soll das heißen, ich darf wieder Sie zu dir sagen?«

Lachend schüttelte sie den Kopf. »Nein, Tino, kein zweiter Aufguss. Lass uns was Neues anfangen.« Sie löste sich aus der Umarmung, dann nahm sie seine Hand und öffnete die Wohnungstür. »Aber jetzt komm rein. Ich bin sicher, du wirst drinnen schon sehnsüchtig erwartet.«

73

Sie hatte nicht übertrieben. Als Tino in die Wohnung kam, stieß Alex einen Freudenschrei aus und vergaß sogar für einen Moment das Christkind. Wie ein geölter Blitz kam er den Flur entlanggerannt und wollte auf den Arm.

»Onkel Tino! Onkel Tino!«

Als Tino ihn an sich drückte, musste er mit den Tränen kämpfen.

»Mein kleiner, lieber, großer, wunderbarer Junge …«

Danach war Alex nicht mehr von seiner Seite gewichen. Beim Essen hatte er darauf bestanden, neben ihm zu sitzen, und bei der Bescherung hatte er nur zusammen mit ihm seine Geschenke auspacken wollen. Jetzt spielte er unter dem Weihnachtsbaum mit seinem Feuerwehrauto und seinem Schneemann, während Detlef die Gläser der Erwachsenen mit Rotwein füllte und Edgar eine Schallplatte auflegte.

O du fröhliche, o du selige,
Gnadenbringende Weihnachtszeit!
Welt ging verloren, Christ ist geboren:
Freue, freue dich, o Christenheit …

Während die altvertraute Weise etwas dünn und krächzend aus dem Grammophon tönte, schaute Tino sich unauffällig um. Das Wohnzimmer war dekoriert wie ein Weihnachtsschaufenster im Wertheim. Noch nie hatte er so viel Tannengrün und Lametta und Engelshaar in einem Wohnraum gesehen, und der Weihnachtsbaum brach unter der

Last all der Kugeln und Schleifen und Kerzen schier zusammen. War das etwa Rahels Werk? Er konnte sich kaum vorstellen, dass sie für diesen Zuckerbäckerschmuck gesorgt hatte, auch nicht Alex zuliebe, dafür hatte sie einen viel zu guten Geschmack. Auf seine vorsichtige Frage, wer denn das Zimmer und den Baum so anheimelnd hergerichtet habe, gaben sich Edgar und Detlef als die Verantwortlichen zu erkennen. Im selben Moment ging Tino ein Licht auf, was Rahel mit ihrer Behauptung, das Türschild habe nichts zu bedeuten, gemeint haben könnte. Tatsächlich – angesichts der Art und Weise, wie Detlef und Edgar jetzt ihre Weihnachtsplätzchen tauschten und sich diese dabei gegenseitig in den Mund steckten, konnte es gar keinen Zweifel geben, dass die zwei weder als Liebhaber noch Ehemänner für Rahel in Frage kamen. Offenbar war das Türschild nur Tarnung! Innerlich über sich selbst lachend, schüttelte er den Kopf. Und er hatte wirklich geglaubt, Edgar Weißpfennig könnte Alex' Vater sein. Was für ein Idiot war er nur gewesen!

Einer plötzlichen Eingebung folgend, nahm er Rahels Hand.

»Lass uns heiraten.«

Kaum hörte Alex das Wort, kam er mit seinem Feuerwehrauto herangebraust.

»Ja, heiraten! Heiraten!«

Auch Edgar und Detlef unterbrachen ihren Plätzchentausch, wie auf Kommando drehten sie die Köpfe herum.

Doch Rahel zögerte. »Bist du wirklich sicher?«, fragte sie. »Vielleicht reicht es ja für den Anfang, wenn wir erst mal nur unser altes Verlobungsversprechen ...«

»Du meinst, dass du weiter tun und lassen darfst, was du möchtest? – Keine Angst«, sagte Tino, bevor sie etwas erwidern konnte, »daran wird sich nichts ändern. Natürlich sollst du weiter alle Freiheit haben, genau so, wie wir es vereinbart hatten. Ich war schließlich der Idiot, und wenn einer von uns sich in Zukunft in Zurückhaltung üben sollte, dann höchstens ich. Versprochen!« Er hielt inne und schaute sie an. »Sag bitte ja.«

Abermals zögernd, schaute sie durch ihn hindurch und ließ dann ihren Blick durch den Raum wandern, als suche sie die Antwort auf seine Frage irgendwo in dem Weihnachtsschmuck.

Hoffte sie etwa auf ein Gottesurteil?

Plötzlich rastete ihr Blick ein, ihr Gesicht wurde ernst, und während sie ihm fest in die Augen sah, nickte sie.

Vor Freude machte sein Herz einen Sprung.

»Soll das heißen – ja?«

»Jaha«, sagte sie. »Seit wann bist du so schwer von kapé?«

Tino wusste nicht, was er als Erstes tun sollte – vor ihr auf die Knie sinken, sie küssen, sie in der Luft herumwirbeln? Am liebsten hätte er alles gleichzeitig auf einmal getan.

Doch dann kam ihm eine Idee.

»Sehr schön«, sagte er so sachlich und nüchtern und geschäftsmäßig, wie er nur konnte. »Dann wäre das also geklärt. Jetzt gibt es nur noch ein Problem …«

»Ein Problem?«, wiederholte sie und runzelte tatsächlich die Stirn.

»Allerdings.« Er legte eine Kunstpause ein und schaute sie mit strenger Miene an. »Kein zweiter Aufguss, hast du gesagt. Richtig?«

»Ja, habe ich.« Immer noch verständnislos erwiderte sie seinen Blick.

Tino grinste. »Ich meine, wenn wir wirklich etwas Neues anfangen wollen, dann auch richtig. Mit allem Drum und Dran – mit Glockengeläut und Brautkleid und Priester und dem ganzen verdammten kitschigen Brimborium, das zu einer wirklichen Hochzeit gehört.« Er küsste ihre Hand. »Einverstanden?«

Rahel lächelte – lächelte, wie nur sie lächeln konnte, und statt ihm eine Antwort zu geben, gab sie ihm vor aller Augen einen Kuss, der keine weiteren Fragen offen ließ.

»Tatütata! Tatütata!«

Während Alex mit seinem Feuerwehrauto zurück zum Weihnachtsbaum brauste, um seinem Schneemann die Neuigkeit zu verkünden, nahm Edgar sein Glas und prostete ihnen zu.

»Ich glaube, dann habe ich genau das passende Hochzeitsgeschenk für euch«, sagte er. »Gleich am ersten Tag im neuen Jahr reiche ich die Scheidung ein.«

Tino verschluckte sich fast an seinem Rotwein. »Wie bitte?« Vollkommen perplex blickte er Rahel an. »Soll das heißen, du bist *doch* verheiratet?«

»Natürlich«, erwiderte sie, als wäre das die selbstverständlichste Sache der Welt. »Du hast doch das Namensschild an der Tür gesehen – oder etwa nicht? – Aber das«, fügte sie, als sie sein dummes Gesicht sah, hinzu, »ist eine lange Geschichte. Die erzähle ich dir ein andermal.«

74

Machtvoll erhob sich die Kuppel der St.-Hedwigs-Kathedrale, der größten und prachtvollsten katholischen Kirche ganz Berlins, vor dem fahlblauen Himmel, und das goldene Kuppelkreuz glänzte in den noch kalten Strahlen der Vorfrühlingssonne auf, als eine schwarze Maybach-Limousine im Schritttempo auf den angrenzenden Opernplatz zurollte.

Gustav Reichenbach, der am frühen Morgen in Dresden aufgebrochen war, beugte sich im Fonds des Wagens vor und tippte seinem Fahrer auf die Schulter.

»Bitte halten Sie hier.«

Eine weiße Hochzeitskutsche, mit vier Schimmeln bespannt, rasselte über den Platz und kam vor dem Portal zu stehen, wo sie von einer kleinen Festgesellschaft erwartet wurde. Als das Brautpaar ausstieg, krampfte sich Gustavs Herz zusammen. Auch wenn die Entfernung zu groß war, um das Gesicht des Bräutigams zu erkennen, wusste er doch, dass dieser sein Sohn war.

Die Hochzeitsanzeige hatte im »Sächsischen Staatsanzeiger« eine ganze Seite eingenommen. Als Constanze sie entdeckt hatte, hatte sie zum ersten Mal in ihrem Leben die Contenance vollständig verloren und einen hysterischen Anfall bekommen.

»Er macht es wirklich wahr! *Dein* Sohn! Verflucht sei der Tag, an dem ich ihn geboren habe …«

Gustav hatte sie erst gar nicht gefragt, ob sie ihn begleiten würde. Sie waren bereits so gut wie geschieden. Noch am selben Tag, an dem

Constanze aus München zurückgekehrt war, hatte sie erklärt, dass sie sich von ihm trennen werde. Seitdem sprachen sie nicht mal mehr das Nötigste miteinander.

Durch das Wagenfenster hörte Gustav, wie das Hochzeitsgeläut einsetzte. Mit dem Handschuh wischte er über die beschlagene Fensterscheibe und schaute hinaus auf den Platz. Während die Glocken immer lauter schlugen, bewegte die Festgesellschaft sich auf das Portal der Kathedrale zu, um in deren Innern zu verschwinden.

»Wünschen Sie weiterzufahren?«, fragte der Chauffeur.

Gustav schüttelte den Kopf. »Nein. Noch nicht. Erst, wenn es vorbei ist.«

Mit einem Seufzer lehnte er sich zurück. Obwohl er wusste, dass es unsinnig war, wollte er bleiben. Es war die einzige Möglichkeit, dabei zu sein, wenn Tino seiner Braut das Jawort gab.

75

Empfangen von einem Festgeläut, von dem das ganze Gotteshaus widerhallte, zog Rahel mit Tino in die Kathedrale ein. Edgar hatte bei der Scheidung eidesstattlich erklärt, die Ehe mit ihr nie vollzogen zu haben, um ihr so die Heirat nach katholischem Ritus zu ermöglichen – den Rest hatte eine großzügige Spende Tinos zugunsten der Missionierung Afrikas bewirkt. Während sie nun an der Seite ihres Bräutigams durch den Mittelgang zum Hochaltar schritt, vor dessen neobarocker Pracht bereits der Priester auf sie wartete, durchströmte sie ein Glücksgefühl, wie sie es nie zuvor empfunden hatte. Fast schämte sie sich. Nicht im Traum hätte sie für möglich gehalten, dass sie zu kitschigen Gefühlen fähig war, und als auch noch mit Sturmgebraus die Orgel einsetzte, schossen ihr vor lauter Glück die Tränen in die Augen.

Warum zum Teufel musste sie weinen, wenn dies doch der schönste Tag in ihrem Leben war?

Gott sei Dank verbarg ein Schleier ihr Gesicht, so dass niemand ihre Tränen sehen konnte. Edgar hatte mit ihr das Hochzeitskleid ausgesucht: ein Kleid, wie es sich für eine Hochzeit mit allem Drum und

Dran gehörte – ein einziger Traum in Weiß aus Tüll und Seide. Sie hatte sich Tino darin erst gezeigt, als er sie mit seiner Kutsche am Hausvogteiplatz abgeholt hatte. Vor lauter Begeisterung war er ins Stammeln geraten. »Du … bist verflucht noch mal die schönste Braut der Welt.«

Das Orgelgebraus verebbte, das Präludium ging in den Hochzeitsmarsch über, und während sie in den schleppenden Gleichschritt fielen, in dem sich alle Brautpaare der Welt auf den Weg in die Ehe machten, seit es den Hochzeitsmarsch gab, schickte Tante Ottilie Alex mit einem Körbchen in den Gang, damit er Rosenblätter für sie streute. Ihr kleiner gemeinsamer Schatz … Rahel liefen die Tränen jetzt nur so an den Wangen herunter, und sie musste daran denken, wie sie Tino zum ersten Mal begegnet war, vor dem Blumenladen am Gendarmenmarkt. Genauso wie damals trug er auch heute eine gelbe Nelke im Knopfloch. Sie schlug den Schleier zurück und wischte sich über die Augen. In dem grauen Cutaway sah er einfach hinreißend aus – wer immer diesen Anzug erfunden hatte, er musste dabei Tino vor Augen gehabt haben, den Mann, dem sie hier und heute ihr Jawort geben würde.

Noch einmal brauste die Orgel auf, dann verstummte die Musik. Der Priester sprach irgendwelche Worte, die inhaltslos an ihr vorüberrauschten, ein paar Lieder wurden gesungen, und als die Festgemeinde sich erhob, war der Augenblick plötzlich da.

»Willst du, Konstantin, die hier anwesende Rahel, die Gott dir anvertraut, als deine Ehefrau lieben und ehren und die Ehe mit ihr nach Gottes Gebot und Verheißung führen, in guten und in bösen Tagen, bis dass der Tod euch scheidet, so antworte: Ja, ich will.«

Rahel erwartete, dass Tino seine Nelke berührte, bevor er antwortete – sie hätte gewettet, dass er das tat. Doch das tat er nicht.

»Ja, ich will«, sagte er nur, die Augen fest auf den Priester gerichtet. »Mit Gottes Hilfe.«

»Willst auch du, Rahel«, fuhr der Priester an sie gewandt fort, »den hier anwesenden Konstantin, den Gott dir anvertraut, als deinen Ehemann lieben und ehren und die Ehe mit ihm nach Gottes Gebot und

Verheißung führen, in guten und in bösen Tagen, bis dass der Tod euch scheidet, so antworte: Ja, ich will.«

Sie machte gerade den Mund auf, da spürte sie plötzlich Tinos Hand in ihrem Rücken. Er tastete an ihrem Kleid entlang, als würde er dort etwas suchen. Obwohl sie nicht wusste, was das zu bedeuten hatte, zögerte auch sie keinen Moment.

»Ja«, sagte sie. »Ich will!«

76

Als Ehepaar vor Gott und der Welt vereint, verließen sie die Kathedrale. Auf dem Treppenabsatz blieb Tino stehen, um nach der Eheschließung den ersten Kuss mit seiner ihm soeben angetrauten Frau zu tauschen.

»Es lebe das Brautpaar!«

Ein Regen aus guten Wünschen und Reiskörnern prasselte auf sie herab. Konnten zwei Menschen glücklicher sein? In Reih' und Glied standen ihre Gäste auf der Treppe Spalier und jubelten ihnen zu: die Zeremonienmeister der Feier Edgar und Detlef, beide im weißen Smoking und mit roter Fliege; Rahels Trauzeugin Lilly mit dem weißem Myrtenkranz der Brautjungfer im Haar und Tinos Trauzeuge Erich Pommer, zusammen mit Gertrud und dem Hänschen; Tante Ottilie mit Alex an der Hand und Fritz im feierlichen Sonntagsstaat; Herr von Stauß nebst Frau Gemahlin; Schauspielerinnen und Schauspieler, darunter die berühmte Pola Negri und der noch berühmtere Emil Jannings; die Regisseure Ernst Lubitsch und Fritz Lang, dieser in Begleitung der Drehbuchautorin Thea von Harbou; zwei Dutzend Verkäufer und Verkäuferinnen aus dem Wertheim, ein halbes Dutzend Kommilitonen aus Tinos Studentenzeiten sowie, ganz am Ende der Treppe, Stabsarzt Dr. Recknagel. Es war Rahels Idee gewesen, ihren alten Chef einzuladen, sie hatte es ihm vor geraumer Zeit versprochen für den Fall, dass sie und Tino je heiraten würden. Tino hatte ihr den Wunsch nur zu gerne erfüllt – der Arzt war schließlich ihr beider Schutzpatron, ohne ihn und sein Lazarett hätten sie vermutlich nie zusammengefunden.

»Werdet glücklich, ihr zwei«, schnarrte Dr. Recknagel, als er ihnen gratulierte. »Das ist ein Befehl!«

Täuschte Tino sich, oder glänzten die Augen des alten Arztes wirklich hinter den Gläsern der Brille, die er inzwischen anstelle des früher getragenen Kneifers trug?

Dr. Recknagel wandte sich ab, und ohne sich zu verabschieden, verließ er die Festgesellschaft. Tino wollte ihm folgen.

»Lass ihn«, sagte Rahel.

Als hätte er sie gehört, drehte der Arzt sich noch einmal um und legte salutierend die Hand an die Stirn. Rahel winkte ihm zu, um seinen Gruß zu erwidern.

»Ich bin so froh, dass er dabei war.«

»Ja. Er hätte sonst wirklich gefehlt.«

Voller Dankbarkeit blickte er Dr. Recknagel nach, der sich in aufrechter Haltung entfernte, da sah er plötzlich einen schwarzen Maybach, der am anderen Ende des Opernplatzes parkte.

War das etwa sein Vater?

Bevor er sich vergewissern konnte, drehte Rahel sich zu ihm herum. »Sag mal, warum hast du mir beim Jawort eigentlich hinter den Rücken gefasst? Es kam mir vor, als hättest du dort etwas gesucht.«

»Das habe ich auch«, erwiderte Tino. »Und zwar deine Hand. Ich wollte sicher sein, dass du nicht heimlich den Blitzableiter machst. Ich weiß ja, wie sehr du Lügen hasst. Und das wäre deine einzige Chance gewesen, trotz Jawort davonzukommen. Doch apropos Lügen«, wechselte er das Thema. »Wer hatte eigentlich die Idee, Fräulein Seidenschön zur Brautjungfer zu küren? Ich meine – Lilly und Jungfer?«

Unauffällig deutete er auf Rahels Trauzeugin, die sich gerade an Fritz Lang und Thea von Harbou heranmachte – wahrscheinlich, um sich bei ihnen für eine Schauspielrolle interessant zu machen.

»Das war ihre Idee«, lachte Rahel. »Oder genauer: ihr Wunsch. Sie wusste ja, dass unter den Gästen eine ganze Reihe Filmleute sind, und da dachte sie, dass sie mit dem Myrtenkranz vielleicht ein bisschen die Aufmerksamkeit auf sich lenken könnte. Und weil sie nun mal meine beste Freundin ist …«

Alex unterbrach sie. Er hatte sich von Tante Ottilie losgemacht und kam laut rufend angerannt.

»Onkel Tino! Papa! Mama!«

»Na, willst du uns gratulieren?«, fragte Rahel.

Doch Alex dachte gar nicht daran. Aufgeregt streckte er seinen Finger in die Luft und zeigte zum Himmel.

»Da! Da – da ist was Tolles!«

77

Als Rahel in die Höhe schaute, sah sie am Himmel ein Sportflugzeug fliegen, mit einem Reklamebanner im Schlepp. Darauf stand in riesigen Buchstaben ein Name.

CHRISTEL REICHENBACH

Während sie sich fragte, wer Christel Reichenbach war, brach die ganze Festgesellschaft in Jubel aus.

»Auf den kommenden Ufa-Star!«

»Auf die Braut! Sie lebe hoch!«

»Hoch! Hoch! Hoch!«

Rahel blickte Tino verständnislos an. »Weißt du vielleicht, was das bedeutet?«

»Natürlich«, grinste er. »Ich hoffe, die Überraschung ist gelungen.«

»Um ehrlich zu sein, ich verstehe nur Bahnhof.«

»Und ich dachte, ich hätte eine intelligente Frau geheiratet.« Mit gespielter Enttäuschung schüttelte er den Kopf. »Aber gut, ich will es dir erklären. Oder nein, Pommer selbst soll das tun. Der ist nämlich der Hauptverantwortliche.«

Auf einen Wink von ihm trat Erich zu ihnen.

»Ich habe dich im ›Liebeslabyrinth‹ gesehen«, sagte er. »Tino hat mir keine Ruhe gelassen und mich buchstäblich ins Kino geprügelt, damit ich mir den Film anschaue. Und er hat recht gehabt.« Die Zigarettenspitze in seiner Hand schnellte nach oben. »Wenn mich nicht alles täuscht, Rahel, hast du eine große Zukunft als Schauspielerin vor dir.

Ich habe deshalb einen Vertrag aufgesetzt, erst mal nur für zwei Filme, sozusagen zur Probe. Du musst nur noch unterschreiben.«

»Und bevor Sie sich fragen, warum Sie jetzt Christel Reichenbach heißen«, mischte Herr von Stauß sich ein, bevor sie auch nur den Mund aufmachen konnte, »das war meine Bedingung. Fast alle großen Schauspielerinnen haben einen Künstlernamen, und Rahel wäre definitiv schlecht für die Karriere gewesen. Und Karriere wollen Sie doch machen, oder?«

»Jetzt … jetzt weiß ich gar nicht, was ich sagen soll …« Vollkommen überwältigt reichte sie dem Ufa-Chef die Hand. »Danke!« Dann nahm sie Erich in den Arm und drückte ihn an sich. »Du bist ja genauso verrückt wie mein Mann«, flüsterte sie ihm ins Ohr und küsste ihn auf beide Wangen. »Ich hoffe, ich werde dich nicht enttäuschen.«

»Na, das fängt ja gut an!«, rief Tino. »Noch keine fünf Minuten verheiratet, und schon wirfst du dich einem anderen Kerl an den Hals!«

»Nur deinem besten Freund.«

»Das will ich dir auch geraten haben! Aber warum sagst du eigentlich gar nichts zu *meinem* Geschenk?«

»Welchem Geschenk?«

Rahel drehte sich um. Für eine Sekunde fürchtete sie, dass er jetzt irgendein Schmuckstück hervorzaubern würde. Das wäre dann doch zu viel des Guten. Doch zum Glück tat er nichts dergleichen. Statt ein Collier oder Armband zu zücken, zeigte er nur hinauf zum Himmel, wo das Flugzeug weiter seine Bahn zog.

»Ich hoffe, es gefällt dir.«

»Das Banner? Natürlich gefällt mir das!«

Tino schüttelte den Kopf. »Das meine ich nicht. Ich meine das Flugzeug!«

»Ja, das gefällt mir auch! Aber warum fragst du?«

»Was für eine blöde Frage! Weil es dir gehört!«

Ungläubig schaute sie ihn an. »Das … das ist nicht dein Ernst.«

»Doch. Mein absoluter Ernst. Eine Junkers – viersitzig. Für den Fall, dass wir noch mal Zuwachs bekommen.«

»Bist du – *wahnsinnig*?«

»Im Gegenteil.« Mit einem zärtlichen Lächeln erwiderte er ihren Blick. »Du wolltest doch schon immer fliegen. Oder habe ich das falsch verstanden?«

Eine Weile stand sie wie eine Idiotin da, mit offenem Mund und nicht in der Lage, irgendeine Antwort zu geben. »Ach, Tino«, stieß sie schließlich hervor. »Ich glaube, jetzt muss ich dich küssen. Damit ich weiß, dass ich nicht träume.«

»Endlich! Das erste vernünftige Wort von dir, seit wir verheiratet sind! Na, los! Worauf wartest du?«

Sie schlang die Arme um ihn und gab ihm einen langen, tiefen, innigen Kuss.

»Glaubst du es jetzt?«, fragte er leise, als ihre Lippen sich voneinander lösten.

Rahel nickte. Und gleichzeitig musste sie schlucken. Weil ihr schon wieder die Tränen kamen.

»So viel Glück macht mir fast Angst«, flüsterte sie.

»Angst – wovor?« Lachend schüttelte er den Kopf. »Was sind Träume, so lange sie nur Träume bleiben? Also hab Vertrauen und probier es einfach aus.« Er nahm sie in den Arm, und während er sie an sich drückte, rief er ihren Gästen zu: »Und jetzt wird gefeiert! In einer Stunde im ›Größenwahn‹!«

78

Gustav wandte sich ab. Es war vorbei.

»Wir können fahren.«

»Sehr wohl.«

Der Chauffeur startete den Motor und legte den ersten Gang ein. Gustav stieß einen Seufzer aus. Tino war alles, was ihm von seiner Ehe geblieben war. Mit ihm zu brechen war der größte Fehler seines Lebens gewesen.

»Wann werden wir in Dresden sein?«

»In etwa drei Stunden.«

Gustav schloss für einen Moment die Augen, und während der Maybach beschleunigte und sie sich allmählich vom Opernplatz entfernten, versuchte er, seine Gedanken zu ordnen. Sein einziger Sohn hatte geheiratet, und er hatte ihm noch nicht mal gratuliert.

Als der Chauffeur den Winker setzte, um an der nächsten Kreuzung abzubiegen, schaute Gustav noch einmal über die Schulter zurück auf den Platz.

Umringt von der Festgesellschaft bestieg Tino gerade mit seiner Braut die Hochzeitskutsche.

»Alles Gute, mein Junge.«

Er wünschte, Tino könnte ihn hören. Doch würde das etwas nützen? Er konnte nur hoffen, dass seinem Sohn größeres Glück in seiner Ehe beschieden sein würde, als ihm in seiner vergönnt gewesen war.

Der Kutscher hob die Peitsche, die Schimmel zogen an, und die Hochzeitskutsche rollte davon. Gustav wischte sich über die Augen. Dann drehte er sich um und blickte nach vorn.

Vor der Schlossbrücke standen ein paar Zeitungsjungen und machten sich die besten Plätze auf dem Trottoir streitig, während sie ihre Schlagzeilen ausriefen.

»Reichspräsident Ebert tot! Staatstrauer und Staatsbegräbnis!«

»›Die gefundene Braut‹ – Premiere des neuen Ufa-Films im Zoopalast!«

»NSDAP-Verbot aufgehoben! Weg jetzt frei für Hitler?«

NOTWENDIGE NACHBEMERKUNG

Wenn ich nach ein oder zwei Jahren ununterbrochener Arbeit einen Roman abschließe, stellen sich bei mir in der Regel zwei Gefühle ein: Wehmut über den Abschied von den vertraut gewordenen Figuren – und gleichzeitig Erleichterung darüber, es noch einmal geschafft zu haben. Die Wehmut war mir auch nach Abschluss dieses Romans vergönnt, an dem ich ziemlich genau anderthalb Jahre gearbeitet habe, die Erleichterung jedoch war nur von kurzer Dauer. Denn kaum hatte ich das fertige Manuskript an den Verlag geschickt, rief mich meine Lektorin Cordelia Borchardt an: »Peter, wir müssen noch mal reden.«

Der Grund ihres Anrufs war weniger inhaltlichen oder formalen Aspekten meines Romans geschuldet als vielmehr dem zunehmend herrschenden Zeitgeist. Cordelia hatte einige Formulierungen im Text entdeckt, an denen heutige Leserinnen und Leser Anstoß nehmen könnten und auf die sie mich, in Ausübung ihrer verlegerischen Fürsorgepflicht dem Autor gegenüber, aufmerksam machen wollte. Vor allem das Kinderlied »Zehn kleine Negerlein«, dessen Zählverse ich einem fiktiven Mitglied der berühmt-berüchtigten »Organisation Consul«, verantwortlich für mehrere politische Attentate zur Zeit der Weimarer Republik, in den Mund gelegt habe, empfand sie als problematisch. Sie schlug mir einen anderen Abzählreim vor und machte mich außerdem auf die Möglichkeit aufmerksam, meinem Roman einen Disclaimer voranzustellen, um mich als Autor von möglicherweise inkriminierenden Äußerungen oder Gedanken meiner Figuren zu distanzieren. Nach reiflicher Überlegung habe ich mich am Ende dagegen entschieden. Um zu begründen, warum, muss ich ein wenig ausholen.

Am Anfang eines jeden meiner Romane steht stets eine einfache, aber gerade darum oft kaum zu beantwortende Frage, die mich nicht selten schon seit Jahren oder Jahrzehnten beschäftigt und deren Wurzeln mehr oder weniger tief in mein eigenes Plusquamperfekt zurückreichen. Drei Beispiele:

1. »Wie wurde ich der, der ich bin?« Das war die Frage, der ich mich in »Unsere wunderbaren Jahre« anzunähern versuchte, in einer Geschichte der Bundesrepublik Deutschland vom ersten bis zum letzten Tag der D-Mark, widergespiegelt in der kleinen Welt meiner Heimatstadt Altena, einem Industriestädtchen zwischen Sauerland und Ruhrgebiet, in dem ich in der Zeit des Wirtschaftswunders aufgewachsen bin.
2. »Was für ein Mensch wäre aus mir geworden, hätte ich nicht das Glück gehabt, in die Wirtschaftswunderzeit hineingeboren zu werden, sondern wie meine Eltern in der Zeit des Nationalsozialismus hätte aufwachsen müssen?« Um dieser Frage nachzuspüren, habe ich »Eine Familie in Deutschland« geschrieben, eine im Wolfsburger Land angesiedelte und eng mit der Entstehung des Volkswagenwerks verflochtene Geschichte, in der ich die Schicksale unterschiedlichster Menschen miteinander in Beziehung gesetzt habe, um eine Ahnung davon zu bekommen, welche Wege und Irrwege ein Leben zwischen 1933 und 1945 in Deutschland nehmen konnte.
3. »Wie war es möglich, dass die Generation meiner Großeltern, aufgewachsen in einer Kulturnation wie Deutschland und mit Goethe und Kant im geistigen Gepäck, in den zwanziger Jahren Hitler den Weg zur Macht ebnen und ihm in die Barbarei des Nationalsozialismus folgen konnte?« Das ist die Frage, um die »Der Traumpalast« kreist und die mich in die Zeit der Weimarer Republik geführt hat: vom Aufbruch zur Freiheit, den das Ende des Kaiserreichs mit dem Kriegsende 1918 bedeutete, bis zur

kollektiven Selbstentmündigung des deutschen Volkes in freien Wahlen im November 1932, ohne die Hitler vermutlich nicht an die Macht gekommen wäre.

Ob »Unsere wunderbaren Jahre«, »Eine Familie in Deutschland« oder »Der Traumpalast«: Alles Graben in der Geschichte ist letztlich nichts anderes als eine Suche nach mir selbst. Um dabei den Ursprüngen meines eigenen Denkens, Fühlens und Handelns auf die Schliche zu kommen, rekonstruiere ich die uns bis heute prägenden Ereignisse der Vergangenheit nicht aus der Besserwisser-Perspektive von uns Nachgeborenen, die wir den Fortgang der historischen Entwicklung in der Rückschau einigermaßen wohlsortiert vor Augen haben. Vielmehr versuche ich, diese aus dem Dunkel des gelebten Augenblicks, aus der Perspektive der in der jeweiligen Epoche beheimateten und befangenen Zeitgenossen zu erzählen und gedanklich wie emotional nachzuvollziehen, um mit den Mitteln der Fiktion eine Vorstellung zu gewinnen, warum die historische Geschichte sich an und mit und durch unsere Vorfahren so entwickeln konnte, wie sie sich entwickelt hat.

Unsere Sprache formt unser Denken, und zugleich äußert sich unser Denken in unserer Sprache. Um die zeitgebundenen Figuren meiner fiktiven Geschichten zu verstehen, um mich – so weit überhaupt möglich – in sie hineinzuversetzen, muss ich als Autor darum ihre Sprache sprechen. Würde ich sie sprachlich dem heutigen Zeitgeist anpassen, würde ich nicht nur ihnen nicht gerecht, sondern noch weniger den historischen Zeitläuften, von denen sie geprägt wurden und die sie gleichzeitig selbst mitgestaltet haben. Geschichte ist nichts Fertiges, sondern immer Gewordenes, und Vergangenheit in heute sprachlich politisch korrekter Weise wiederauferstehen zu lassen, ist historische Schönfärberei. Denn unsere Vorfahren waren nicht politisch korrekt, weder in ihrem Sprachgebrauch noch in ihrer Art zu denken – so wenig, wie wir das vermutlich in den Augen unserer Nachfahren sein werden. Nur allzu oft dachten und sprachen sie in einer Weise, die uns heute die Haare zu Berge stehen lässt.

Mein Großvater, 1886 geboren, hat mir in meiner Jugend sehr lebhaft davon Zeugnis gegeben. Mit folgenden Merkversen wurde ihm um 1900 als Schüler einer sogenannten Rektoratsschule das Lateinische eingebläut: »*Eram, eras, erat,* / Ich ging mal in die Stadt. / *Ille, illa, illud,* / Da traf ich einen Jud'. / *Hic, haec, hoc,* / Ich nahm mir einen Stock. / *Sum, fui, esse,* / Und schlug ihm in die Fresse.« Gut zwanzig Jahre später wurde diese Denk- und Sprechweise konkret: »Schlagt tot den Walther Rathenau, / Die gottverdammte Judensau!« Mit dieser Parole hetzte die politische Rechte gegen den liberalen Außenminister, und weil Sprache und Denken einander nicht nur wechselseitig bedingen, sondern beide zusammen Wirklichkeit erzeugen, sollte es nicht bei der Parole bleiben. Am 24. Juni 1922 haben Mitglieder der »Organisation Consul« sie in die Tat umgesetzt, bei einem Attentat auf Walther Rathenau im Berliner Grunewald, das im »Traumpalast« zur Sprache gelangt.

Darum noch einmal: Unsere Vorfahren waren nicht politisch korrekt. Selbst einer der größten Heroen deutschen Geistes, Thomas Mann (»Wo ich bin, ist deutsche Kultur«), entwarf 1915 in der Stockholmer Zeitung »Svenska Dagbladet« ein rassistisches Bild des Schreckens, um die deutsche Kriegsbegeisterung gleichsam als Notwehr zu rechtfertigen. Bei der Vorstellung eines Senegalesen, der deutsche Kriegsgefangene bewacht, bezeichnet er diesen, man mag es kaum glauben, als »Senegalneger« – »ein Tier mit Lippen so dick wie ein Kissen«. Diese durchaus zeittypische Denk- und Redeweise gab auch der sozialdemokratische Reichspräsident der frühen Weimarer Republik Friedrich Ebert, Sattler von Beruf wie mein Großvater und selber angefeindet als oberster Repräsentant der »›vereberten‹ Judenregierung«, unzweideutig zu erkennen, als er während der Besetzung des Ruhrgebiets durch die Franzosen 1923 »die Verwendung farbiger Truppen niederster Kultur als Aufseher über eine Bevölkerung von der hohen Bedeutung der Rheinländer« als eine nicht hinnehmbare »Verletzung der Gesetze« brandmarkte, mit der die Besatzer in besonders demütigender Weise an den deutschen Kriegsverlierern Rache zu nehmen trachteten. Müssen wir uns da wundern, wenn in solchen

Zeiten Millionen Deutsche schon im Kleinkindalter die Zählverse der »Zehn kleinen Negerlein« unter Anleitung fröhlicher Kindermädchen einübten?

Nein, wenn wir begreifen wollen, wie wir wurden, was wir sind, dürfen wir die Geistesäußerungen unserer Vorfahren nicht nach heutigen Maßstäben schönreden, sondern müssen sie beim Wort nehmen, als Voraussetzung dafür, dass wir aus ihren Fehlern lernen, um uns selbst weiter zu entwickeln. So unerträglich eine solche Vergegenwärtigung der Vergangenheit manchmal sein mag, bleibt uns nichts anderes übrig, als uns sich ihr zu stellen.

»Nur wer weiß, woher er kommt«, so Theodor Heuss, der erste Präsident der Bundesrepublik Deutschland mit Blick auf die oft problematische deutsche Geschichte, »weiß, wohin er geht.« Schauen wir also der Vergangenheit ins ungewaschene Gesicht, damit wir den Blick frei bekommen für eine Zukunft, wie wir sie uns erwünschen und wie sie uns lebenswert erscheint.

Tübingen, im Juni 2021
Peter Prange

DANKE

Wenn ein Buch erscheint, steht meist nur ein Name auf dem Titel. Tatsächlich aber sind an seiner Entstehung weitaus mehr Menschen als nur der Autor oder die Autorin beteiligt. Es ist mir darum ein Bedürfnis, an dieser Stelle denen zu danken, die an der Entstehung meines Romans mitgewirkt haben. Dies sind insbesondere und namentlich:

Prof. Dr. Johannes Hürter: Er hat einmal mehr in bewährter Weise dafür gesorgt, dass alles seine historische Richtigkeit hat. Seine Beratung zeichnet sich nicht nur durch wissenschaftliche Kompetenz und Gründlichkeit aus, sondern auch durch hohes Verständnis für die Besonderheiten eines fiktionalen Textes.

Dr. Cordelia Borchardt: An ihr ist eine Hebamme verlorengegangen. Während der langen Inkubationszeit, in der ein Buch entsteht, geht es ihr weder um sich noch um den Autor, sondern immer nur um das im Nirgendwo der Imagination heranwachsende, oft störrische Wesen, das es zur Welt zu bringen gilt. Mit einer einzigen ihrer oft ins Blaue zielenden, aber fast immer ins Schwarze treffenden Fragen hat sie dafür gesorgt, dass Major Grau im Romangeschehen die Größe und Bedeutung erlangt hat, die ihm gebührt.

Cornelia Nelles: Angeblich hat sie als junges Mädchen »Vom Winde verweht« in nur einem Tag gelesen. Umso erstaunlicher, wie ihre Lektüre nachwirkt. Leider verbieten die Gepflogenheiten der Buchherstellung es mir, im Roman die Stellen zu kennzeichnen, die sich ihrer Mitwirkung verdanken. Es wäre mir eine Freude gewesen.

Sabrina Rabow: Natürlich kenne ich nicht alle PR-Berater und -Beraterinnen in diesem Land. Trotzdem zögere ich nicht zu behaupten, dass sie, inzwischen unterstützt von Katharina Stüber, die beste von allen ist. Das sage ich allerdings nur ganz leise. Aus Angst, dass sie sonst zu viele Angebote von anderen Autorinnen und Autoren bekommt.

Michael Klich: Zusammen mit Milan Hildebrand (Kamera) und Oliver Göbel (Ton) hat er den Trailer zu meinem Roman gedreht und es dabei geschafft, sogar mich ins rechte Bild zu setzen. Hier der Beweis: https://vimeo.com/558179460/32116d7685

Christiane von Wahlert: Als langjährige Vorsitzende des Dachverbands der deutschen Filmwirtschaft SPIO ist sie in direkter Linie Amtsnachfolgerin von dessen Gründungsvorsitzenden, dem legendären Ufa-Produzenten Erich Pommer. Sie hat mir nicht nur wichtige Lektürehinweise gegeben, sondern auch zahlreiche Anregungen im persönlichen Gespräch.

Stefan Paul: Filmemacher, Art House-Kinobetreiber und Filmverleiher in einem ist er Mensch gewordener Kintopp. Trotz ständig schlechter Laune – man nennt ihn nicht umsonst den »Tübinger Sonnenschein« –, hat er bereitwillig Brücken zwischen Verlags- und Kinowelt geschlagen.

Roman Hocke: Er ist nicht nur als Agent, sondern auch als Freund immer wieder mit mir durch Dick und Dünn gegangen, inzwischen ein halbes Menschenleben lang. In diesem Herbst feiern wir unser Vierzigstes. Ohne ihn wäre ich nicht der Autor geworden, der ich heute bin. Reklamationen sind darum an seine Adresse zu richten.

Serpil Prange: Leider hat sie nicht das geringste Talent zur Bewunderung – fast könnte man meinen, sie sei Schwäbin (»Nicht geschimpft ist genug gelobt«). Damit hat sie mich oft zur Weißglut gebracht. Und zugleich weiter, als ich ohne sie je gekommen wäre. Außerdem hat sie für unsere Tochter Coco die Erzählgattung ›Knochengeschichte‹ erfunden.

Mein letzter Dank gilt den Mitarbeiterinnen und Mitarbeitern des FISCHER Scherz Verlags, die gemeinsam aus meiner Geschichte ein Buch gemacht haben. Dr. Siv Bublitz (Geschäftsführerin Fischer Verlage) und Dr. Julia Schade (Leiterin Scherz Verlag): Sie haben auf mich auch in Zeiten gesetzt, in denen das keine Selbstverständlichkeit war. Thomas Reisch (Marketingleitung Fischer Verlage), Verena Wälscher (Marketing Scherz), Mirjam Schenk (Presse) und Janina Bradacs (Veranstaltungen): Sie sorgen immer wieder dafür, dass meine Bücher den Weg zum Publikum finden. Annette Scheerer (Herstellung): Obwohl ich ihre Belastbarkeit gehörig auf die Probe gestellt habe, hat sie einmal mehr das pünktliche Erscheinen meines Romans sichergestellt.

LISTE DER HANDELNDEN PERSONEN

DAS PAAR:

Rahel Rosenberg: Tochter des Berliner Schneiders Simon Rosenberg und seiner Frau Hanna

Konstantin (Tino) Reichenbach: Bankier und Finanzdirektor der Universum Film AG

Gustav Reichenbach: Direktor der Reichenbach Bank, Tinos Vater

Constanze Reichenbach: Ehefrau von Gustav, Tinos Mutter, Dame der Gesellschaft

Arnim Reichenbach: Tinos jüngerer Bruder

WEITERE PERSONEN:

**Graf Arco:* Mitglied der nationalistischen »Thule-Gesellschaft« und Attentäter beim Anschlag gegen den bayerischen Ministerpräsidenten Kurt Eisner

**Kapitän Hermann Ehrhardt:* Anführer der »Organisation Consul«

**Hermann Göring:* Jagdfliegerlegende, spätere NSDAP-Größe und Gast in Constanze Reichenbachs Salon

**Major Alexander Grau:* stellvertretender Vorstandsvorsitzender der Universum Film AG, für den Theaterbereich zuständig

**Thea von Harbou:* Drehbuchautorin und Ehefrau von *Fritz Lang

**Alfred Hugenberg:* Stahlmagnat und Chef des größten deutschen Medienkonzerns, Mitgründer und zeitweiliger Vorsitzender der DNVP

Rupert von Kampmann: Unternehmer und Schwarzmarkthändler im Ruhrgebiet
**Ludwig Klitzsch:* Hugenbergs Adlatus, Direktor der Scherl-Verlagsgruppe
Günter Jeschonnek: Kokainhändler in der »Statistenbörse«
**Fritz Lang:* Filmregisseur, Schöpfer von »Dr. Mabuse« und »Metropolis«
Ottilie Lehmkuhl (Tante Ottilie): Rahels Vermieterin
**General Erich Ludendorff:* Mitglied der Obersten Heeresleitung im Ersten Weltkrieg und Politiker
Gottlieb Meineke: Filmproduzent in Berlin
**Georg Neithardt:* Richter im Prozess gegen Hitler in München
**Erich Pommer:* Filmproduzent und Freund von Tino
**Gertrud Pommer:* Erichs Ehefrau, Mutter des gemeinsamen Sohnes *Hans
Joachim Raschke: Chefredakteur der »Wertheim Welt«, Rahels Chef
Dr. Recknagel: Arzt und Freund der Familie Rosenberg
**Ernst von Salomon:* Jungdichter, Mitglied der »Organisation Consul«
**Ferdinand Sauerbruch:* Chirurg und Direktor der Universitätsklinik München
Detlef Scheunemann: Versicherungsagent, mit Edgar befreundet
Lilly Seidenschön: Rahels Freundin mit Filmambitionen
**Emil Georg von Stauß:* Vorstandsvorsitzender der Universum Film AG
Edgar Weißpfennig: Rayonleiter im Kaufhaus Wertheim, Rahels Freund und Helfer in der Not

---

Mit * gekennzeichnete Personen sind historisch.

Liebe Leserin, lieber Leser,

wenn Sie darüber informiert werden wollen,
wenn es Neuigkeiten zu meinen Romanen
oder deren Verfilmungen gibt,
besuchen Sie meine Facebook-Seite »Peter Prange«
oder senden Sie eine E-Mail
mit Ihrem Namen an:

peter.prange@fischerverlage.de

Sie werden dann entsprechend benachrichtigt.

Lesen Sie, wie es mit der Geschichte
von Tino und Rahel weitergeht

Leseprobe aus Band 2
Scherz Verlag

Schauen Sie auch bei www.dertraumpalast.de

1

Schmutzig graue Wolken hingen über Berlin, aus denen der Regen in großen, schweren Tropfen auf die Stadt herabfiel – fast war es, als wolle der Himmel das Geschehnis beweinen, dem an diesem Mittwoch, dem 4. März des Jahres 1925, alles Leben erlag. Von dem sonst üblichen Lärmen und Drängen war an diesem außergewöhnlichen Werktag nichts zu spüren; vielmehr lag eine solche Stille über den Straßen und Plätzen, dass trotz der vieltausendköpfigen Menschenmenge, die sich vor dem Reichstag versammelt hatte, das Surren der Kameras zu hören war, mit denen die Lichtbildner der Deulig-Wochenschau einen schier endlosen Trauerzug aufnahmen, der, vom Präsidentenpalais kommend, sich in schleppend langsamem Schritt dem Parlamentsgebäude näherte. Wie in allen deutschen Städten hingen die Flaggen auf Halbmast, und während von den Türmen der umliegenden Kirchen die Glocken mit dunklem Klang anschlugen, hörten Kinder auf zu spielen, Männer nahmen ihre Hüte von den Köpfen, und Frauen wischten sich Tränen aus den Augen. Sie alle verabschiedeten sich von einem Mann, dessen sterbliche Überreste mit militärischem Geleit auf einem fahnengeschmückten Katafalk zum Potsdamer Bahnhof überführt wurden: Friedrich Ebert, dem im Alter von nur vierundfünfzig Jahren verstorbenen Reichspräsidenten – das erste demokratisch gewählte Staatsoberhaupt Deutschlands nach der Abdankung Kaiser Wilhelms.

Ein Radioreporter kommentierte mit gedämpfter Stimme das Geschehen für die Hörer im ganzen Land: »Von der Bevölkerung als ›roter Kaiser‹ verehrt, hat dieser einfache, gradlinige Mann, Sattlermeister von Beruf und Sozialdemokrat aus Überzeugung, die junge Republik seit ihrer Geburt durch alle Irrungen und Wirrungen geführt, stets mit dem Ziel, die Gegensätze zwischen den politischen Parteien zu überwinden und die Widersacher zu versöhnen. Umso tragischer ist nun sein jähes Ende. Schon vor Wochen hatte sein Leibarzt eine Blinddarmentzündung festgestellt, doch nachdem ein Journalist ihn des Landesverrats sowie der Mitschuld an der deutschen Niederlage im Kriege bezichtigt hatte, sah Präsident Ebert sich zur Verteidigung seiner Ehre gezwungen, einen Verleumdungsprozess zu führen, worüber er die Behandlung verschleppte, mit dem tragischen Ende, dass er am 28. Februar an den Folgen eines Blinddarmdurchbruchs verstarb.«

Während eine Ehrenkompanie der Reichswehr aufmarschierte, um vor dem Leichenwagen zu salutieren, riss, als dieser das Reichstagsgebäude passierte, für einen Moment die Wolkendecke auf; Sonnenstrahlen, kalt und weiß, tauchten den Sarg mit der Präsidentenfahne in gleißendes Licht, und an der Spitze des Geleitzugs flatterte eine Taube auf. Doch dieser Moment währte nur einen Wimpernschlag, dann schlug das schmutzige Grau des Himmels wieder über dem Volk zusammen.

»In Erfüllung seines letzten Wunsches«, fuhr der Reporter fort, »wird der Präsident nicht in der Reichshauptstadt, sondern in seinem Heimatort Heidelberg beigesetzt. Während Hunderttausende Berliner die Straßen säumen, um Friedrich Ebert vor Antritt seiner letzten Reise noch einmal die Ehre zu erweisen, erfüllt eine von beklemmenden Ahnungen geschwängerte Trauer die Menschen, ein Gefühl der Verlorenheit wie nach dem Verlust des Vaters, gepaart mit der unsicher drängenden Frage, welches Schicksal unser Volk und Vaterland ohne diesen Mann nehmen wird. Wird es gelingen, sein Werk der Versöhnung fortzusetzen, um den so mühsam errungenen inneren Frieden zu wahren? Oder wird das Deutsche Reich im Chaos versinken und wir alle mit ihm untergehen?«

2

Rahel klopfte das Herz bis zum Hals, als sie zusammen mit Tino und Alex am Tempelhofer Feld das Hochzeitsgeschenk ihres Mannes auf dem Flugplatz stehen sah: eine viersitzige Junkers, silbern in der Frühlingssonne erstrahlend, das Heck am Boden, die Schnauze mit dem Propeller unternehmungslustig in die Höhe gereckt, stand sie zu Rahels Jungfernflug bereit. Während ein Mechaniker im ölverschmierten Overall sich noch mit einem Schraubenschlüssel am Motor zu schaffen machte, wartete ihr Fluglehrer Harry Bartels schon in der gläsernen Kanzel auf sie. Angetan mit einer Lederhaube und Fliegerbrille, winkte er ihr lachend zu.

Rahel blickte in die Höhe. Keine einzige Wolke stand am Himmel, über ihr war nur dieses unendlich weite Blau, das sich in immer fernere Fernen verlor.

»Angst vor der eigenen Courage?«, fragte Tino, während an seiner Hand Alex schon ungeduldig zappelnd zu der Maschine drängte.

»I wo!«

Mit festerem Schritt, als ihr in Wahrheit zumute war, marschierte Rahel voraus. Eine Minute später saß sie an der Seite ihres Fluglehrers in der Kanzel. Während Tino und Alex sich auf die Rückbank quetschten, ging Harry mit ihr noch einmal alles durch, was sie gelernt hatte. Theoretisch war sie schon viele Male geflogen, auch hatte ihr Lehrer ihr bei einem Dutzend Instruktionsflüge vorgemacht, was in der Praxis zu tun war. Doch heute war der Tag, an dem sie zum ersten Mal den Steuerknüppel selbst in die Hand nehmen würde.

»Wann geht es endlich los?«, fragte Alex.

Obwohl Tino Höhenangst hatte, hatte er darauf bestanden, sie zusammen mit Alex zu begleiten. Hier, auf dem Tempelhofer Feld, hatten sie sich nach ihrer ersten Begegnung am Gendarmenmarkt wiedergefunden, sechs Jahre war das her. Tino war mit der Spanischen Grippe in das Lazarett eingeliefert worden, in dem sie damals als Krankenschwester gearbeitet hatte.

Obwohl er selber ganz blass um die Nase war, nickte er ihr aufmunternd zu. »Keine Sorge, du schaffst das.«

Harry gab dem Mechaniker ein Zeichen. Der warf den Propeller herum, und mit ohrenbetäubendem Lärm sprang der Motor an.

»Bereit zum Start?«, brüllte Harry.

Rahel setzte ihre Kappe auf und nickte.

»Dann Hals- und Beinbruch!«

Ohne zu wissen, an wen, schickte sie ein Stoßgebet zum Himmel und repetierte im Geist noch einmal alle Schritte. Als Erstes drückte sie den Gashebel bis zum Anschlag durch. Im selben Augenblick setzte sich die Maschine in Bewegung. Während das Flugzeug holpernd Fahrt aufnahm, betätigte sie mit den Füßen die Lenkpedale, um es in der Spur zu halten – durch den Linksdrall des Propellers zog es sonst zur Seite. In rasender Geschwindigkeit kam das von einer Baumreihe bestandene Ende der Piste näher und näher.

»Jetzt!«, rief Harry.

Vorsichtig zog sie den Steuerknüppel zu sich heran – aber nicht vorsichtig genug. Kaum hatte das Flugzeug ein paar Meter abgehoben, setzte es schon wieder auf, mit solcher Wucht, dass Rahel sich den Kopf anstieß. Sie versuchte es ein zweites, ein drittes Mal – doch die Maschine dachte gar nicht daran, abzuheben. Jetzt nicht die Nerven verlieren! Mit beiden Händen umfasste sie den Steuerknüppel. Wenn sie zu schnell zog, riss die Luftströmung an den Tragflächen ab, die Maschine bekam keinen Auftrieb und schmierte ab. Zog sie aber zu langsam, dann …

Immer schneller und schneller rasten sie auf die Baumreihe zu. Wie in aller Welt sollte sie es hinüberschaffen?

»Allez hopp!«

Ohne nachzudenken, folgte sie Harrys Befehl. Plötzlich wurde die Maschine ganz weich, das Poltern und Rumpeln hörte auf, dann hob sie ab, und so leicht und mühelos, als könnte es gar nicht anders sein, flog sie über die Baumreihe hinweg, ohne auch nur die Wipfel zu streifen – hinein ins Offene, ins Blaue.

»Geschafft!«

Erst jetzt merkte sie, dass der Lärm, den die Maschine beim Start gemacht hatte, fast vollständig verstummt war. Leise und gleichförmig schnurrte der Motor. Während sie durch die Lüfte schwebten, schrumpfte die Welt unter ihnen zu einer winzigen Spielzeuglandschaft zusammen. Und vor ihr und über ihr und um sie herum gab es nichts als die weite, blaue, offene Unendlichkeit.

Mit der Hand am Steuerknüppel schwenkte sie in eine Kurve ein. Wie an einer Schnur gezogen gehorchte die Maschine ihrem Befehl. Rahel jauchzte vor Glück. Noch nie hatte sie ein Gefühl so grenzenloser Freiheit erlebt wie in diesem wunderbaren, schwerelosen Augenblick.

Konnte es sein, dass ihr Leben jetzt erst wirklich anfing?

Als sie sich umdrehte, sah sie in die Gesichter ihres Sohnes und ihres Mannes.

»Du hast die beste Mama der Welt«, sagte Tino. Bleich vor Angst, aber glücklich, drückte er Alex an sich und schickte ihr einen Luftkuss.

Rahel schickte ihm einen Luftkuss zurück. »Und ich den besten Mann …«

3

Wie ein verliebtes Ehepaar standen die beiden Automobile Seite an Seite am Straßenrand, als Tino den Flugplatz verließ: seine neue, viertürige Horch-Limousine, eine Familienkutsche mit extra großem Kofferraum, die er gleich nach der Hochzeit angeschafft hatte, weil sie ja jetzt eine richtige Familie waren – und daneben Rahels Cabriolet, derselbe kleine Sportflitzer, in dem Tino einst als Junggeselle durch Berlin gebraust war und in dem er seiner unlängst angetrauten Frau das Fahren beigebracht hatte.

Während Rahel mit Alex im Flieger-Casino zurückgeblieben war, um mit ihrem Lehrer weitere Übungsflüge zu vereinbaren, startete Tino den Motor. Ein Blick auf die Uhr sagte ihm, dass er mal wieder spät dran war, doch wenn er ordentlich Gas gab, würde er es noch rechtzeitig bis zum Potsdamer Platz schaffen. Vorsichtshalber strich er einmal über die Nelke im Knopfloch seines braun-beige gestreiften Jacketts – sein floraler Glücksbringer, den er sich täglich ans Revers steckte.

Denn Glück würde er heute brauchen. Der Vorstandsvorsitzende der Universum Film AG, Emil Georg von Stauß, hatte den Vorstand einberufen, um über die wichtigsten Vorhaben der Filmfabrik bis Ende des Jahres zu beraten. Und als Finanzdirektor des Unternehmens, in welcher Eigenschaft Tino der Ufa seit ihrer Gründung angehörte, war es nicht nur seine Aufgabe, die dafür nötigen Gelder bereitzustellen; von noch größerer Wichtigkeit war, seinem Freund Erich Pommer beizustehen, dem Produktionsdirektor, der vom Filmen mehr verstand als irgendjemand sonst in Deutschland, jedoch einfach nicht mit Geld umgehen konnte. Bei dem Gedanken, welche Unsummen sein Freund das Unternehmen, vor allem aber, wie viele Nerven er ihn in den vergangenen Jahren gekostet hatte, bereute Tino, dass er sich für die Sitzung mit nur einer Nelke gewappnet hatte. Zwei wären besser gewesen, vielleicht hatte Rahels Jungfernflug ja das Glück des einen Exemplars, das in seinem Knopfloch steckte, bereits verbraucht.

Für zwölf Uhr war die Sitzung anberaumt, drei Minuten vor der Zeit erreichte Tino das Piccadilly-Haus am Potsdamer Platz, in dem die Ufa ihren Firmensitz hatte. Allerdings hatte das langgestreckte, sechs Stockwerke hohe Gebäude mit dem Kuppelvorbau seit kurzem einen neuen Namen – »Haus Vaterland« hieß es jetzt, wie ein Omen prangten die meterhohen Lettern über dem Eingang, vor dem Pommer bereits wartete, mit seiner unvermeidlichen Zigarettenspitze in der Hand.

»Hast du es überlebt?«, fragte er mit einem spöttischen Grinsen, als Tino aus dem Wagen stieg.

»Spar dir deine Witze. Stauß wartet. Und du weißt ja, wie sehr er Unpünktlichkeit hasst. Bist du bereit?«

»Natürlich.« Wie immer, wenn Pommer Zustimmung signalisierte, zeigte seine Zigarettenspitze in die Höhe.

»Das will ich hoffen. Vor allem für dich.« Tino senkte die Stimme. »Wenn du deine Sache gut machst, wartet eine Überraschung auf dich. Tipptopp.«

»Eine Überraschung?«, wiederholte Pommer.

Jetzt war es Tino, der grinste. Sein Freund war der intelligenteste Mensch, den er kannte. Umso mehr genoss er deshalb nun den dämlichen Ausdruck in dessen fein geschnittenem Gesicht.

»Geduld, mein Lieber«, sagte er. »Du wirst es schon früh genug erfahren. Bis dahin wird nichts verraten. Sonst wäre es ja keine Überraschung, nicht wahr?«

4

»Sag, Mama, wenn ich groß bin – darf ich dann auch fliegen?«

»Ja, Alex. Aber erst, wenn du wirklich groß bist.«

»Juchhu! Ich will nämlich Pilot werden!«

»Das ist ja das Allerneuste! Ich dachte, du willst Schutzmann werden!«

»Jetzt nicht mehr! Jetzt will ich Pilot werden! Und immer nur fliegen! Rund um die ganze Welt! Und dich nehme ich überallhin mit!«

»Das sind ja schöne Aussichten. Aber bis dahin ist wohl noch ein bisschen Zeit. Jetzt erst mal ab nach oben!«

Wie ein geölter Blitz schoss Alex die Treppe hinauf. Seit ihrem Flug hatte sein Plappermaul keine Minute stillgestanden, und auf dem Weg vom Auto zum Haus war er wie ein Hündchen um Rahel herumgehüpft. Auch sie war noch ganz aufgewühlt, ihr Jungfernflug war noch viel aufregender, viel großartiger gewesen, als sie sich vorgestellt hatte – und gleichzeitig ganz und gar anders. Die unglaubliche Kraft, die der Motor beim Start entfaltet hatte … das herrliche Kribbeln im Bauch, als es steil in die Höhe gegangen war … die Leichtigkeit, mit der sie über die Baumwipfel hinweggesetzt hatten … und dann dieses plötzliche, allumfassende Schweigen hoch droben in den Lüften, wie wenn man einen Berg erklommen hat und vor lauter Andacht und Staunen und wortloser Glückseligkeit ins Tal hinabschaut … Alles um sie herum schien mit einem Mal stillgestanden zu haben, in einem Schwebezustand vollkommener Harmonie.

Konnte es etwas Schöneres geben?

»Wann kommst du endlich, Mama? Ich muss aufs Klo!«

Mit zusammengekniffenen Beinen wartete Alex auf dem Treppenabsatz. Dabei schien sein Gesichtchen nur noch aus den vielen tausend Sommersprossen zu bestehen, die er von ihr geerbt hatte.

»Keine Sorge, ich bin ja schon da.«

Rahel schloss die Etagentür auf. Noch immer befremdete sie der Anblick der kahlen Wände im Flur. Als wären die Menschen, die hier gewohnt hatten, ausgezogen, zeugten nur leere, unterschiedlich große Rechtecke auf den Tapeten von den Bildern, die früher hier gehangen hatten. Tino hatte seine gesamte Kunstsammlung verkauft, um ihr zur Hochzeit das Flugzeug zu schenken.

Mit einem Seufzer zog sie den Mantel aus. Sosehr sein Liebesbeweis sie beglückte, machte er ihr gleichzeitig Angst. Die Bilder waren Werke bekannter Expressionisten gewesen, von Dix und Grosz und Beckmann und Kokoschka und Kandinsky, dazu außerdem Werke von Künstlern, die Tino selbst entdeckt hatte.

War es überhaupt möglich, sich eines solchen Liebesbeweises würdig zu erweisen?

5

Wie nicht anders zu erwarten, saß Stauß mit bereits gezückter Taschenuhr am Kopfende des Konferenztisches, als Tino und Pommer den Raum betraten. Mit seinem blassen Dutzendgesicht und der hohen Stirnglatze sowie seinem allzu knapp sitzenden Anzug, dem verrutschten Binder und dem nur unzulänglich gesteiften Stehkragen sah er aus wie ein Volksschullehrer aus der Mark Brandenburg. Doch seine harmlose Erscheinung entsprach in keiner Weise seiner Stellung in der Welt. Tatsächlich war Emil Georg von Stauß nicht nur Vorstandsvorsitzender der Universum Film AG, sondern zugleich auch Generaldirektor der Deutschen Bank sowie Mitglied in den Vorständen und Aufsichtsräten Dutzender Großunternehmen und damit einer der einflussreichsten Industriellen des ganzen Reichs – ein Mann, der es mit dem Schicksal selbst aufnehmen konnte.

»Auch schon da, Reichenbach?«, fragte er spöttisch, als Tino sich setzte. »Und sogar fast pünktlich? Muss man sich Sorgen machen?«

Stauß klappte den Deckel seiner Taschenuhr zu. Trotz der Verspätung war er sichtlich guter Laune, nicht anders als die übrigen Vorstandsherren am Tisch, die pflichtschuldig über das Witzchen ihres Vorsitzenden lachten. Kein Wunder – der Universum Film AG ging es prächtig: Das Unternehmen hatte inzwischen viertausend Angestellte, es produzierte zwanzig Prozent aller in Deutschland hergestellten Filme und betrieb in Babelsberg auf achttausend Quadratmetern das größte Filmstudio ganz Europas. Und obwohl die im letzten Herbst angelaufenen »Nibelungen« den ganzen Winter über in den Lichtspielhäusern gezeigt worden waren, spülten sie weiter Tag für Tag frisches Geld in die Kassen.

»Zur Tagesordnung!« Mit gebotenem Ernst wandte Stauß sich an Pommer. »Ihre Produktionsstrategie, wenn ich bitten darf.«

»Mit Vergnügen, Herr Generaldirektor. Erstens: volle Konzentration auf den deutschen Qualitätsfilm. Zweitens: schnellstmöglicher Stapellauf unseres Flaggschiffs ›Metropolis‹. Drittens: Sturmangriff auf Hollywood.«

Stauß wiegte den Kopf. »Sie wollen also den Amerikanern tatsächlich den Kampf ansagen? Obwohl die Profitabilität unseres Unternehmens noch keineswegs im gewünschten Maß seiner Größe entspricht? Und ›Metropolis‹ bis jetzt nichts als Kosten produziert?«

Tino schielte nach der Zigarettenspitze seines Freundes. Die zeigte unbeirrt in die Höhe. »Ich bin mir der Probleme bewusst«, sagte Pommer. »Doch hege ich nicht den geringsten Zweifel, dass wir die gesteckten Ziele erreichen. Bei allen Großfilmen der Vergangenheit, von ›Anna Boleyn‹ über ›Dr. Mabuse‹ bis zu den ›Nibelungen‹, hat es während der Produktion Budgetüberschreitungen gegeben, was uns aber nicht daran hinderte, an den Erfolg zu glauben. Zum Glück, wie wir heute wissen. Denn all diese Filme haben die Kosten mehr als wettgemacht. Und wenn Regisseur Fritz Lang mit ›Metropolis‹ gelingt, was die Dreharbeiten versprechen, nämlich das bedeutendste Filmkunstwerk aller Zeiten – dann wird sich in diesem Fall unsere Erfolgsstrategie nicht nur wiederholen, vielmehr wird dieser Film alle Rekorde brechen.«

»Sehr richtig«, sprang Tino ihm bei. »Nicht kleckern, sondern klotzen heißt die Devise. Abgesehen von den erfreulich sprudelnden Einnahmen, die wir unseren fertigen Produktionen verdanken, geht in diesem Jahr ja die Ufa-Wochenschau an den Start. Da diese Ihre eigene Erfindung ist«, fügte er mit einer Verbeugung in Stauß' Richtung hinzu, »brauche ich die Erfolgsaussichten nicht zu betonen. Die Wochenschau wird sich als eine Gelddruckmaschine erweisen, mit deren Hilfe wir das Wachstum unseres Unternehmens praktisch aus der Hosentasche finanzieren können …«

Er hielt kurz inne, um Stauß' Reaktion abzuwarten. Der hatte wie bei jeder Konferenz ein Glas Natronlösung vor sich stehen für den Fall, dass sein Sodbrennen ihn plagte. Doch statt von dem Mittel Gebrauch zu machen, nickte er zustimmend mit dem Kopf.

Erfreut wollte Tino fortfahren, aber ein anderer kam ihm zuvor: Alexander Grau, Stauß' Stellvertreter und Leiter der Ufa-Theaterabteilung.

»Wenn ich mir eine Bemerkung erlauben darf?«

Tino konnte den Major a. D., der sich trotz seines Zivilanzugs immer noch gerierte, als würde er Galauniform und Orden tragen, nicht ausstehen. Als General Ludendorffs einstiger Pressechef hatte Grau zwar mitgeholfen, die Ufa aus der Taufe zu heben, um der damaligen Kriegsmüdigkeit der Bevölkerung mit Hilfe bewegter Bilder entgegenzuwirken, doch als sich mit der Niederlage des Kaiserreichs der ursprüngliche Zweck des Unternehmens erübrigt und Stauß in der Erwartung, dass sich mit Kunst und Unterhaltung mehr Geld verdienen ließe als mit Propaganda, beschlossen hatte, Spielfilme zu produzieren, war der Major a. D. ins Abseits geraten. Er war jetzt nur noch eine Art besserer Frühstücksdirektor, der bei jeder Gelegenheit versuchte, seine Bedeutungslosigkeit durch Wichtigtuerei zu kompensieren.

»Nur heraus mit der Sprache«, erteilte Stauß ihm das Wort.

Grau richtete sich auf seinem Stuhl auf. »Ich nenne nur einen Namen, meine Herren – Alfred Hugenberg.« Mit bedeutungsvoller Miene warf er einen Blick in die Runde. »Die Universum Film AG hat mit dem Inhaber der Scherl-Verlagsgruppe einen Nichtangriffspakt geschlossen. Darin haben beide Seiten vertraglich vereinbart, auf das Wildern in den Revieren des Konkurrenten zu verzichten.« Er legte eine Kunstpause ein und wartete, bis alle Augen auf ihn gerichtet waren. »Wenn wir dagegen verstoßen – werden wir dann nicht einen Krieg vom Zaun brechen?«

Peter Prange

Das Bernstein-Amulett

Roman

Band 03700

Ein Schicksal, wie es nur in Deutschland zu finden ist. Barbaras Geschichte beginnt im Oktober 1944 und schließt im Oktober 1990. Ihre Familie wird durch den Zweiten Weltkrieg auseinandergerissen und kann erst ein halbes Jahrhundert später wieder zusammenfinden. Dazwischen liegen die Jahre des nackten Überlebenskampfes unmittelbar nach dem Krieg, des Kalten Krieges – bis zur Wiedervereinigung 1989. Für Barbara scheint es nur eine Wahl zu geben, die Wahl zwischen zwei Männern, zwischen Westen und Osten ...

fi 03700 / 1

Peter Prange
Eine Familie in Deutschland.
Roman in 2 Büchern
Erstes Buch: Zeit zu hoffen, Zeit zu leben 1933 – 1939

Seit Generationen leben die Isings im Wolfsburger Land, fernab der Welt und doch mitten in Deutschland. Alles verändert sich für die Familie, als auf Hitlers Befehl eine gigantische Automobilfabrik entstehen soll, um den »Volkswagen« zu bauen. Kinderärztin Charly und Filmproduzentin Edda, Autoingenieur Georg und Parteisoldat Horst – sie alle müssen sich entscheiden: Mache ich mit? Beuge ich mich? Oder widersetze ich mich? Mut, Verzweiflung, Verrat und Liebe im Zeichen des Nazi-Regimes: bewegend schildert Bestseller-Autor Peter Prange die deutsche Jahrhundert-Tragödie und den Weg einer Familie, deren Mitglieder so unterschiedlich sind, wie Menschen nur sein können.

672 Seiten, broschiert

Weitere Informationen finden Sie auf
www.fischerverlage.de

AZ 596-29988/1

Peter Prange

Eine Familie in Deutschland.

Roman in 2 Büchern

Zweites Buch: Am Ende die Hoffnung 1939 – 1945

Groß war die Hoffnung im Wolfsburger Land, als auf Hitlers Befehl das Volkswagen-Werk aus dem Boden gestampft wurde. Aber nun bricht der Krieg aus, und die Welt der Familie Ising verwandelt sich von Grund auf. So unterschiedlich die Geschwister Ising sind – Parteibonze Horst, Filmproduzentin Edda, VW-Testfahrer Georg und Charly, deren große Liebe Benny in den Wirren von Krieg und Zerstörung verschollen scheint – ein jeder muss sich zu erkennen geben, im Guten wie im Bösen ...

Fortsetzung und Abschluss der großen deutschen Familiengeschichte: Bestseller-Autor Peter Prange bringt uns unsere eigene Geschichte nah.

816 Seiten, broschiert

Peter Prange
Unsere wunderbaren Jahre
Ein deutsches Märchen.
Roman

Sie sind jung, sie haben große Träume, und sie fangen alle neu an: am Tag der Währungsreform 1948, jeder mit 40 DM. Was werden sechs junge Leute daraus machen? Vom Schuhverkäufer zum Unternehmer, von der Fabrikantentochter zur rebellischen Studentin - sie alle gehen ihre ganz eigenen Wege. Ihre Schicksale sind gleichzeitig dramatische Familiengeschichte und episches Zeitporträt von 1948 bis 2001. Es ist der Roman der Bundesrepublik. Es ist unsere Geschichte. Der große Deutschland-Roman aus der Zeit, als die D-Mark unsere Währung war.

976 Seiten, broschiert

Weitere Informationen finden Sie auf
www.fischerverlage.de

AZ 596-03606/1